Elogios para

11/22/63

"Una obra profundamente sentida y muy lograda. Demuestra que la maestría de King no se limita a las novelas de terror".

—*The New Yorker*

"Stephen King es el gran narrador americano".   —*The Observer*

"Una novela realmente adictiva, compulsiva, no solamente sobre un viaje en el tiempo o el asesinato de Kennedy, sino una novela sobre la historia reciente de Estados Unidos, sobre lo que podría haber ocurrido, y sobre el amor y cómo la vida cambia totalmente en un instante. Son casi 900 páginas que me dejaron con ganas de más. El maestro narrador en plena forma".   —*Daily Mail*

"Por primera vez, Stephen King ha basado su novela en hechos reales, en uno de los hombres más malignos y notorios de la historia americana, Lee Harvey Oswald".   —*The Wall Street Journal*

"Stephen King nos ofrece todos los placeres que esperamos encontrar en sus libros: personajes de buen corazón y vidas dañadas, aventuras con escenarios fantasiosos, pero totalmente creíbles por sus raíces en la realidad, diálogos y lugares tan reales que nos transportan sin ningún esfuerzo por los giros de la trama".   —*The Washington Post*

"En este libro, el lector ve claramente los cuarenta años de oficio narrativo del autor. Al viajar hacia el pasado, este magnífico narrador da otro paso adelante en la literatura americana".

—*The Guardian*

"Esta nueva novela épica es posiblemente el primer *thriller* romántico de conspiración y viajes en el tiempo de la literatura".

—*The Independent*

STEPHEN KING
11/22/63

Stephen King es autor de más de cincuenta libros, todos bestsellers internacionales. Los más recientes son *Después del anochecer*, *La cúpula* y *Todo oscuro, sin estrellas*. En 2003 fue galardonado con la medalla del National Book Award Foundation por su contribución a las letras estadounidenses, y en 2007 fue nombrado Gran Maestro de los Mystery Writers of America. Vive entre Maine y Florida con su esposa Tabitha King, también novelista.

11/22/63

STEPHEN
KING

11/22/63

UNA NOVELA

Traducción de José Óscar Hernández Sendín
y Gabriel Dols Gallardo

VINTAGE ESPAÑOL
Una división de Random House, Inc.
Nueva York

PRIMERA EDICIÓN VINTAGE ESPAÑOL, NOVIEMBRE 2012

*Copyright de la traducción © 2012 por Gabriel Dols Gallardo
y José Óscar Hernández Sendín*

Vintage Español agradece el permiso cedido para
reproducir el material que se cita:

Imágenes: pp. 17, 25, 371 (izquierda) y 593 © Getty; p. 115, por cortesía
de la Lisbon Historical Society (con un especial agradecimiento
a Russ Dorr por su labor de búsqueda); pp. 243 y 763
© Corbis, y p. 371 (derecha), por cortesía de Steven Meyers y Bob Rowen.

La letra de la canción "Honky Tonk Women" se ha utilizado con el permiso de
Alfred Music Publishing Co., Inc. Letra y música son propiedad de Mick Jagger
y Keith Richards. © 1969 (renovado) ABKCO Music, Inc., 85 Quinta Avenida,
Nueva York, NY 10003. Todos los derechos reservados.

Biblioteca del Congreso de los Estados Unidos
Información de catalogación de publicaciones
King, Stephen, 1947–
[11/22/63. Spanish]
11/22/63 / Stephen King; traducción de José Oscar Hernández Sendín y Gabriel
Dols Gallardo.—Primera ed. Vintage Español.
p. cm.
ISBN 978-0-307-95143-4
1. Kennedy, John F. (John Fitzgerald), 1917–1963—Assassination—Fiction.
2. Time travel—Fiction. I. Hernández Sendín, José Oscar. II. Dols Gallardo,
Gabriel. III. Title. IV. Title: Once veintidós sesenta y tres.
PS3561.I483A61518 2011
813'.54—dc23   2012033448

www.vintageespanol.com

Impreso en los Estados Unidos de América
10 9 8 7 6 5 4 3 2 1

Para Zelda

Eh, cariño, bienvenida a la fiesta

A nuestra razón le es virtualmente imposible asimilar que un hombrecillo solitario derrumbara a un gigante en medio de sus limusinas, de sus legiones, de su muchedumbre, de su seguridad. Si una persona tan insignificante destruyó al líder de la nación más poderosa del planeta, entonces nos hallamos sumidos en un mundo de desproporciones, y el universo en que vivimos es absurdo.

NORMAN MAILER

Si hay amor, las cicatrices de la viruela son bellas como hoyuelos.

Proverbio japonés

El baile es vida.

ÍNDICE

11/22/63

11/22/63

Nunca he sido lo que se diría un hombre llorón.

Mi ex mujer alegó que el motivo principal de la separación era mi «inexistente gradiente emocional» (como si el tipo que conoció en las reuniones de Alcohólicos Anónimos no hubiera influido). Christy dijo que suponía que podía perdonarme por no haber llorado en el funeral de su padre, solo le había conocido seis años y no podía entender lo maravilloso y generoso que había sido (como cuando, por ejemplo, le regaló un Mustang descapotable por su graduación). Pero luego, cuando tampoco lloré en los funerales de mis propios padres —murieron con dos años de diferencia, mi padre de cáncer de estómago y mi madre de un inesperado ataque al corazón mientras paseaba por una playa de Florida—, empezó a comprender esa cosa del inexistente gradiente emocional. Yo era «incapaz de sentir mis sentimientos», en lenguaje de AA.

—*Jamás* te he visto derramar ni una lágrima —me dijo ella, hablando con la monótona entonación que la gente emplea cuando está expresando el argumento definitivo que marca el final de una relación—. Ni siquiera cuando me amenazaste con marcharte si no iba al centro de desintoxicación.

Esta conversación tuvo lugar aproximadamente seis meses antes de que ella recogiera sus cosas, las metiera en su coche, y se mudara a la otra punta de la ciudad con Mel Thompson. «Chico conoce a chica en el campus de AA.» He aquí otra frase de esas reuniones.

No lloré cuando la vi partir. Tampoco lloré cuando regresé a la pequeña casa con la desproporcionada hipoteca. La casa que no había recibido a ningún bebé y que ya nunca lo recibiría. Me senté simplemente en la cama que ahora me pertenecía a mí solo, me tapé los ojos con el brazo, y me lamenté.

Sin lágrimas.

Pero no estoy emocionalmente bloqueado. Christy se equivocaba en eso. Un día, cuando tenía nueve años, volvía a casa del colegio y encontré a mi madre esperándome en la puerta. Me dijo que Rags, mi perro, había muerto atropellado por un camión que ni siquiera se molestó en detenerse. No lloré cuando lo enterramos, aunque mi padre me aseguró que nadie pensaría mal de mí si lo hacía, pero sí lloré cuando ella me lo contó. En parte porque fue mi primera experiencia con la muerte, pero sobre todo porque era mi responsabilidad asegurarme de dejarlo encerrado en nuestro patio trasero.

Y también lloré cuando el médico de mi madre telefoneó para contarme lo sucedido aquel día en la playa.

—Lo siento, pero no hubo nada que hacer —dijo—. A veces, cuando es tan repentino, los médicos solemos considerarlo una bendición.

Christy no estaba allí (aquel día tuvo que quedarse hasta tarde en el colegio para reunirse con una madre que quería hablar de las notas de su hijo), pero yo lloré, ¿vale? Me metí en nuestro pequeño lavadero y cogí una sábana sucia del cesto y lloré. No mucho rato, pero las lágrimas rodaron. Se lo podría haber contado más tarde, pero no le vi el sentido, en parte porque ella me habría dicho que quería inspirar lástima (esta no es una expresión de AA, pero tal vez debería serlo), y en parte porque no creo que la capacidad para soltar berridos en el momento justo deba ser un requisito para el buen funcionamiento de un matrimonio.

Nunca vi llorar a mi padre, ahora que lo pienso; a lo sumo, expresaba sus emociones exhalando un profundo suspiro o gruñendo alguna risita a regañadientes; para William Epping no existían las lamentaciones ostentosas golpeándose el pecho ni las carcajadas estridentes. Pertenecía a esa clase de personas extremadamente calladas, y en gran medida, mi madre era igual. Así que quizá esta «no facilidad» para el llanto sea genética. Pero ¿bloqueado? ¿Incapaz de sentir mis sentimientos? No, yo nunca he sido así.

Aparte de cuando me dieron la noticia de mi madre, únicamente recuerdo otra ocasión en la que lloré de adulto, y eso fue cuando leí la historia del padre del conserje. Estaba solo, sentado en la sala de profesores del Instituto de Secundaria Lisbon, corrigiendo un montón de redacciones que mi clase de lengua del programa para adultos había escrito. Por el pasillo me llegaba el ruido sordo de los balones de baloncesto, el estruendo de la bocina de tiempo muerto y el clamor del público que jaleaba mientras combatían las bestias del deporte: los Galgos de Lisbon contra los Tigres de Jay.

¿Quién puede saber cuándo tu vida pende de un hilo, o por qué?

El tema que les había asignado era «El día que me cambió la vida». La mayoría de estos trabajos, aunque sinceros, eran horribles: relatos sentimentales acerca de una tía bondadosa que había acogido a una adolescente embarazada, un compañero del ejército que había demostrado el verdadero significado de la valentía, un encuentro fortuito con un famoso (creo que Alex Trebek, el presentador de *Jeopardy!*, pero quizá se trataba de Karl Malden). Aquellos de vosotros que seáis profesores y, por un salario extra de tres o cuatro mil dólares al año, hayáis dado alguna vez clase a adultos que estudian para sacarse el Diploma de Equivalencia de Secundaria, sabréis lo desalentadora que puede resultar la tarea de leer este tipo de redacciones. La nota apenas cuenta, o al menos para mí; yo aprobaba a todo el mundo, porque nunca he tenido un alumno adulto que no se dejara la piel en el empeño. Si entregabas una hoja de papel con algo escrito, Jake Epping, del departamento de lengua del Instituto Lisbon, siempre te echaba un cable, y si las frases estaban organizadas en párrafos, sacabas como mínimo un notable bajo.

Lo que hacía la tarea ardua era que el rotulador rojo sustituía a mi boca como principal herramienta docente, y gastaba casi un rotulador entero. Me deprimía saber que muy poco de lo que señalara con aquella tinta roja iba a ser asimilado; si llegas a la edad de veinticinco o treinta años y no has aprendido a escribir correctamente (*completo*, no *conpleto*), o a poner mayúsculas donde corresponda (*Casa Blanca*, no *casa-blanca*), o a construir una frase que contenga un sustantivo *y* un verbo, probablemente ya nunca aprenderás. Aun así, seguimos al pie del cañón, trazando círculos alegremente alrededor de las faltas de ortografía en frases como «*Mi marido se apresuró ha juzgarme*» o tachando la palabra *voceando* y reemplazándola por *buceando* en la frase «*Después de eso, iba muchas veces voceando hasta la balsa*».

En definitiva, una tarea inútil y pesada la que estaba realizando aquella noche mientras, no muy lejos, otro partido de baloncesto de instituto se escurría hacia otro bocinazo final, mundo sin fin, amén. Esto ocurrió poco después de que Christy abandonara el centro de desintoxicación, y supongo que pensaba, si es que realmente pensaba en algo, en la esperanza de llegar a casa y encontrarla sobria (y así fue; se ha aferrado a su sobriedad mejor de lo que se aferró a su marido). Recuerdo que me dolía un poco la cabeza y me masajeaba las sienes del modo en que uno lo hace cuando intenta evitar que un pequeño pinchazo se convierta en una saeta. Recuerdo que pensé: *Tres más, solo tres, y podré largarme de aquí. Me iré a casa, me prepararé una taza grande de cacao instantáneo, y me sumergiré en la nueva novela de John Irving sin tener estas historias sinceras pero mal escritas pendiendo sobre mi cabeza.*

No hubo violines ni campanas de alarma cuando saqué del montón la redacción del conserje y la puse delante de mí, ninguna sensación de que ni mi insignificante vida ni la de nadie estaba a punto de cambiar. Pero eso nunca se sabe, ¿verdad? La vida cambia en un instante.

El conserje había utilizado un bolígrafo barato cuya tinta emborronaba las cinco páginas en varios sitios; debió de mancharse todos los dedos. Su caligrafía era un garabato enrevesado pero legible, y debió de presionar con fuerza, porque las palabras quedaron verdaderamente grabadas en aquellas páginas de cuaderno barato; si hubiera cerrado los ojos y deslizado los dedos por la parte de atrás de aquellas hojas arrancadas, habría sido como leer Braille. El final de cada *y* minúscula estaba rematado con una pequeña ondulación, una especie de floritura. Lo recuerdo con especial claridad.

También recuerdo cómo empezaba su redacción. Lo recuerdo palabra por palabra.

No fue un día sino una noche. La noche que cambió mi vida fue la noche cuando mi padre asesinó a mi madre y dos hermanos y me irió grave. También irió a mi hermana, tan grave que ella cayó en coma. En tres años murió sin despertar. Se llamaba Ellen y la quería mucho. Le gustaba recoger flores y ponerlas en boteyas.

Hacia la mitad de la primera página empezaron a picarme los ojos y solté mi fiel rotulador rojo. Fue al llegar a la parte en que describía cómo se arrastraba debajo de la cama, con los ojos cubiertos de sangre (*también me corría por la garganta y sabía horrible*), cuando empecé a llorar (Christy se habría sentido muy orgullosa). Lo leí de principio a fin sin hacer ni una sola marca, enjugándome los ojos para que las lágrimas no cayeran sobre las páginas que obviamente le habían costado tanto esfuerzo. ¿No había creído que era el más lento de la clase, quizá solo medio peldaño por encima de lo que solíamos llamar «discapacitado mental educable»? Bueno, por Dios, existía una razón para ello, ¿no? Y también para la cojera. Después de todo, era un milagro que hubiera sobrevivido. Pero lo había hecho. Un hombre amable que siempre sonreía y nunca levantaba la voz. Un hombre amable que había pasado por un infierno y que se estaba esforzando —con humildad y esperanza, como la mayoría de ellos— para sacarse un título de secundaria. Aunque continuaría siendo conserje durante el resto de su vida, solo un tipo con pantalones caqui marrones o verdes, empujando una escoba o rascando chicle del suelo con la espátula que siempre guardaba en el bolsillo trasero. Quizá pudo haber sido algo diferente, pero una noche su vida cambió en un instante y ahora simplemente era un tipo con uniforme al que los críos apodaban Harry el Sapo por su manera de andar.

Así que lloré. No mucho rato, pero aquellas fueron lágrimas reales, de esas que surgen de lo más hondo. Por el pasillo me llegó el sonido de la banda de música del Lisbon, que tocaba el himno de la victoria, así que el equipo de casa había ganado, bien por ellos. Más tarde, tal vez, Harry y un par de colegas aparecerían en las gradas y barrerían la porquería que hubiera caído debajo.

Tracé una gran A en rojo en la primera página del trabajo. Me quedé mirándola un minuto o dos, luego añadí un gran + en rojo. Porque era bueno, y porque su dolor había provocado una reacción emocional en mí, su lector. ¿Acaso no es eso lo que debe lograr un escrito sobresaliente? ¿Provocar una respuesta?

En cuanto a mí, solo desearía que la antigua Christy Epping hubiera estado en lo cierto. Desearía haber sido una persona emocionalmente bloqueada, al fin y al cabo. Porque todo cuanto siguió —todas y cada una de las cosas terribles que siguieron— derivó de aquellas lágrimas.

PARTE 1

MOMENTO DIVISORIO

CAPÍTULO 1

1

Harry Dunning se graduó de manera triunfal. Yo asistí a la pequeña ceremonia en el gimnasio del instituto, por invitación suya. En realidad, él no tenía a nadie más, así que acepté con mucho gusto.

Tras la bendición (pronunciada por el padre Bandy, quien raramente se perdía un acto del instituto), me abrí paso entre el remolino de amigos y familiares hasta donde, solitario, se encontraba Harry envuelto en su inflada toga negra, sosteniendo el diploma en una mano y el birrete alquilado en la otra. Le cogí el gorro para poder estrecharle la mano. Sonrió, exponiendo una dentadura con muchos agujeros y varias piezas torcidas. Aun así, esgrimía una sonrisa radiante y cautivadora.

—Gracias por venir, señor Epping. Muchas gracias.

—Ha sido un placer. Y puedes llamarme Jake. Es un pequeño privilegio que concedo a los estudiantes que tienen edad suficiente para ser mi padre.

Por un momento pareció confundido, entonces se echó a reír.

—Sí, supongo que es así, ¿no? ¡Ostras!

Yo también me eché a reír. Un montón de gente reía a nuestro alrededor. Y corrían las lágrimas, por supuesto. Lo que para mí entraña tanta dificultad, resulta fácil para muchas personas.

—¡Y ese sobresaliente alto! ¡Ostras! ¡Nunca en toda mi vida había sacado un sobresaliente alto! ¡Ni siquiera lo esperaba!

—Te lo merecías, Harry. Y bueno, ¿qué es lo primero que vas a hacer como graduado de secundaria?

Su sonrisa desapareció por un segundo; era una perspectiva que no había contemplado.

—Pues supongo que volveré a casa. Tengo una casita alquilada en Goddard Street, ¿sabe? —Alzó el diploma, sujetándolo cuidadosamente con las yemas de los dedos, como si la tinta pudiera correrse—. Le pondré un marco y lo colgaré en la pared. Después supongo que me serviré una copa de vino y me sentaré en el sofá y me quedaré admirándolo hasta la hora de dormir.

—Parece un buen plan —dije—, pero antes, ¿te gustaría acompañarme a comer una hamburguesa con patatas fritas? Podríamos ir a Al's.

Esperaba una mueca como respuesta, aunque, por supuesto, estaba juzgando a Harry tomando como patrón a mis colegas. Por no mencionar a la mayoría de los chicos a los que enseñábamos; evitaban Al's como la peste y solían frecuentar el Dairy Queen frente al instituto o el Hi-Hat en la 196, cerca de donde en otro tiempo estuvo el viejo autocine de Lisbon.

—Sería estupendo, señor Epping. ¡Gracias!

—Jake, ¿recuerdas?

—Jake, claro.

De modo que llevé a Harry a Al's, donde yo era el único cliente asiduo de entre el profesorado y, aunque aquel verano había contratado a una camarera, nos sirvió el propio Al. Como de costumbre, un cigarrillo (ilegal en establecimientos públicos hosteleros, pero eso nunca fue un impedimento) ardía en la comisura de sus labios, y entornaba el ojo del mismo lado a causa del humo. Cuando vio la toga de graduación doblada y comprendió el motivo de la celebración, insistió en correr con la cuenta (si podía llamarse así; las comidas en Al's eran extraordinariamente baratas, lo cual había suscitado rumores acerca del destino de ciertos animales callejeros de la vecindad). Además, nos sacó una foto, que más tarde colgó en lo que él denominaba Muro Local de los Famosos. Entre los «famosos» representados se incluía al difunto Albert Dunton, fundador de la Joyería Dunton; a Earl Higgins, un antiguo director del instituto; a John Crafts, fundador de Automóviles John Crafts, y, por supuesto, al padre Bandy, de la iglesia de San Cirilo. (El sacerdote estaba emparejado con el papa Juan XXIII; este último no por ser lugareño, sino por la veneración de Al Templeton, quien se definía como «un buen católico».) La foto que Al sacó aquel día muestra a Harry Dunning con una gran sonrisa. Yo posaba a su lado, y ambos sujetábamos el diploma. Su corbata estaba ligeramente torcida. Lo recuerdo porque me hizo pensar en aquellos garabatos que trazaba al final de las *y* minúsculas. Lo recuerdo todo. Lo recuerdo muy bien.

2

Dos años más tarde, el último día de curso, me encontraba sentado en la misma sala de profesores leyendo una hornada de trabajos finales que mis alumnos de la clase avanzada de poesía americana habían escrito. Los chicos ya se habían marchado, libres y despreocupados ante un nuevo verano, y pronto yo seguiría su ejemplo. Por el momento, me alegraba de estar donde estaba, disfrutando de ese silencio poco frecuente. Pensé que antes de irme incluso tendría que limpiar el armario donde guardábamos comida. *Alguien* tenía que hacerlo, pensé.

Más temprano, ese mismo día, Harry Dunning se me había acercado cojeando después de las tutorías (que habían sido especialmente bulliciosas, como suele ocurrir en todas las aulas y salas de estudio el último día de curso) y me había tendido la mano.

—Quería darle las gracias por todo —dijo.

Sonreí abiertamente.

—Ya lo hiciste, según recuerdo.

—Sí, pero este es mi último día. Me jubilo, así que quería estar seguro y darle las gracias otra vez.

Mientras le estrechaba la mano, un chaval que pasaba a nuestro lado —seguramente del segundo curso, a juzgar por la cosecha fresca de espinillas y el tragicómico rastrojo que aspiraba a ser perilla en el mentón— susurró:

—Harry el Sapo, brincando calle a-ba-jo.

Hice ademán de agarrarle con la intención de obligarle a que se disculpara, pero Harry me detuvo. Su sonrisa era natural y no parecía ofendido.

—Bah, no se preocupe, estoy acostumbrado. Son solo niños.

—Correcto —asentí—. Y nuestro trabajo es educarlos.

—Lo sé, y a usted se le da bien. Pero no es mi trabajo ser… cómo se dice, el «momento enseñable» de nadie. Y hoy menos aún. Espero que se cuide, señor Epping. —Quizá tuviera edad suficiente para ser mi padre, pero por lo visto *Jake* siempre iba a estar fuera de su alcance.

—Tú también, Harry.

—Nunca olvidaré ese sobresaliente alto. También le puse un marco. Lo tengo junto a mi diploma.

—Bien hecho.

Y era cierto. Era perfecto. Su redacción había sido arte primitivista, pero en todos los aspectos tan poderoso y auténtico como cualquier pintura de la abuela Moses. Desde luego, era mejor que el material que leía en ese momento. Esos trabajos estaban redactados con una ortografía en su mayor parte correcta y un lenguaje claro (aunque mis precavidos alumnos «no corredores de riesgos» destinados a la universidad tenían una irritante tendencia a caer en la voz pasiva), pero el mensaje era pálido. Aburrido. Mis chicos de la clase avanzada pertenecían a los primeros cursos —Mac Steadman, el director del departamento, se adjudicaba los del último año—, pero escribían como ancianitos y ancianitas, todo con un estilo amanerado y *«oooh, no resbales en ese suelo helado, Mildred»*. A pesar de sus lapsus gramaticales y su concienzuda cursiva, Harry Dunning había escrito como un héroe. En una ocasión, al menos.

Mientras cavilaba sobre la diferencia entre la literatura ofensiva y defensiva, el interfono de la pared carraspeó.

—¿Está el señor Epping en la sala de profesores del ala oeste? ¿Por casualidad sigues ahí, Jake?

Me levanté, apreté el botón con el pulgar y dije:

—Sigo aquí, Gloria. Por mis pecados. ¿En qué puedo ayudarte?

—Tienes una llamada. Un tipo llamado Al Templeton. Puedo pasártela si quieres. O decirle que ya te has ido.

Al Templeton, dueño y operario de Al's Diner, del que renegaba todo el cuerpo docente del instituto, excepto un servidor. Incluso mi estimado director del departamento —que intentaba hablar como un catedrático de Cambridge y que también se aproximaba a la edad de jubilación— era conocido por referirse a la especialidad de la casa como la Famosa Gatoburguesa de Al en lugar de la Famosa Granburguesa de Al.

Bueno, claro que no es realmente de gato, diría la gente, o pro-bablemente *no es de gato, pero si cuesta uno con diecinueve, tampo-co puede ser de ternera.*

—¿Jake? ¿Te me has quedado dormido?

—No, no, estoy bien despierto. —Además, sentía curiosidad por saber por qué Al me llamaba al instituto. Y, si vamos al caso, por qué me llamaba siquiera. La nuestra siempre había sido una rela-ción estrictamente cocinero-cliente. Yo apreciaba su comida, y Al apreciaba mi patrocinio—. Adelante, pásamelo.

—De todas formas, ¿por qué sigues aquí?

—Me estoy flagelando.

—¡Oooh! —exclamó Gloria, y pude imaginarla aleteando sus largas pestañas—. Me encanta cuando dices guarrerías. No cuel-gues y espera hasta que oigas el ring-ring.

Cortó la comunicación. La extensión sonó y levanté el auricular.

—¿Jake? ¿Estás ahí, socio?

Al principio pensé que Gloria debía de haber entendido mal el nombre. Aquella voz no podía pertenecer a Al. Ni siquiera el peor resfriado del mundo podría haber producido semejante graznido.

—¿Quién es?

Al Templeton, ¿no te lo han dicho? Jesús, ese tono de espera es un asco. ¿Qué pasó con Connie Francis?

Empezó a toser, emitiendo un ruido de trinquetes tan fuerte que me obligó a apartar el teléfono de la oreja.

—Parece que tengas la gripe.

Se echó a reír, pero a la vez seguía tosiendo. La combinación resultaba verdaderamente truculenta.

—He pillado algo, sí.

—Ha debido de pegarte rápido. —Había estado allí el día ante-rior tomando una cena temprana. Una Granburguesa, patatas fritas y un batido de fresa. En mi opinión, es fundamental que un tipo que vive solo les dé a todos los grupos alimenticios importantes.

—Podrías decirlo así. Aunque también podrías decir que tardó su tiempo. Acertarías de cualquiera de las dos formas.

No supe qué responder a eso. Había mantenido muchas con-versaciones con Al en los seis o siete años que llevaba frecuentando el Diner, y él podía ser raro —insistía en referirse a los Patriots de Nueva Inglaterra como los Patriots de Boston, por ejemplo, y hablaba de Ted Williams como si le conociera igual que a un hermano—, pero nunca había tenido una conversación tan extraña como aquella.

—Jake, necesito verte. Es importante.

—¿Puedo preguntar…?

—Ya cuento con que me harás muchas preguntas, y las responderé, pero no por teléfono.

Ignoraba cuántas respuestas sería capaz de dar antes de que le fallara la voz, pero le prometí que iría aproximadamente en una hora.

—Gracias. Ven antes si puedes. El tiempo es, como se suele decir, de vital importancia. —Y colgó, tal cual, sin despedirse siquiera.

Terminé de leer dos trabajos más, y aunque solo me quedaban cuatro, eso no me sirvió de motivación. Había perdido el humor. Así que los deslicé en mi maletín y me marché. Me pasó por la cabeza la idea de subir a la oficina y desearle a Gloria un buen verano, pero no me molesté. Ella estaría allí toda la semana siguiente, cerrando los libros de otro año escolar, y yo iba a volver el lunes para limpiar el armarito; se trataba de una promesa que me había hecho a mí mismo. De otro modo, los profesores que usaran la sala del ala oeste durante el verano lo encontrarían infestado de bichos.

Si hubiera sabido lo que me deparaba el futuro, ciertamente habría subido a verla. Quizá incluso le habría dado el beso que flirteaba en el aire entre nosotros desde el último par de meses. Pero, por supuesto, no lo sabía. La vida cambia en un instante.

3

Al's Diner ocupaba una enorme caravana plateada frente a las vías de Main Street, a la sombra de la vieja fábrica textil Worumbo. Lugares como ese pueden parecer vulgares, pero Al había ocultado los bloques de cemento sobre los que se asentaba su establecimiento con frondosos parterres de flores. Tenía incluso un cuadrado de césped que él mismo recortaba con un antiguo cortacésped manual. El aparato estaba tan bien cuidado como las flores y el césped; ni rastro de herrumbre en las runruneantes hojas, pintadas de un color resplandeciente. Bien podría haberla comprado en la tienda local de Western Auto la semana anterior…, si aún hubiera un Western Auto en Las Falls, claro. En otro tiempo sí hubo uno, pero cayó víctima de las grandes superficies con el cambio de siglo.

Avancé por el camino pavimentado, subí los escalones, y entonces me detuve con el ceño fruncido. El letrero en el que se leía ¡BIENVENIDOS A AL'S DINER, EL HOGAR DE LA GRANBURGUESA! ya no estaba. Lo sustituía un cuadrado de cartón que anunciaba CERRADO POR ENFERMEDAD. NO REABRIREMOS. GRACIAS POR ELEGIRNOS TODOS ESTOS AÑOS & QUE DIOS OS BENDIGA.

Aún no me había internado en la niebla de irrealidad que pronto me engulliría, pero los primeros zarcillos ya se filtraban, rodeándome, y los sentía. No era un resfriado de verano lo que había causado la ronquera que oí en la voz de Al ni los graznidos de tos. Tampoco había sido la gripe. A juzgar por el letrero, se trataba de algo más serio. Pero ¿qué clase de enfermedad grave se contraía en veinticuatro horas? En menos, realmente. Eran las dos y media. Me había marchado de Al's a las cinco cuarenta y cinco, y entonces se encontraba bien. Casi frenético, de hecho. Recuerdo que le pregunté si no habría estado bebiendo mucho café, y respondió que no, que solo estaba pensando en tomarse unas vacaciones. ¿Las personas que están enfermas (lo bastante enfermas como para cerrar el negocio que han regentado en solitario durante más de veinte años) hablan de tomarse unas vacaciones? Algunas, quizá, pero probablemente no sean muchas.

La puerta se abrió antes de que mi mano alcanzara el picaporte, y allí estaba Al mirándome, sin sonreír. Eché una ojeada por encima del hombro, sintiendo que aquella niebla de irrealidad se espesaba a mi alrededor. El día era cálido; la niebla, fría. En aquel momento aún habría podido dar media vuelta y salir de ella, regresar al sol de junio, y una parte de mí deseó hacerlo. Sin embargo, más que nada, me quedé petrificado por el asombro y la consternación. También por el terror, debería admitirlo. Porque las enfermedades graves nos *aterrorizan*, ¿verdad?, y bastaba un simple vistazo para notar que Al se encontraba gravemente enfermo. Aunque puede que *mortalmente* sea la palabra más apropiada.

No solo era que sus normalmente rubicundas mejillas se habían tornado flácidas y cetrinas. No solo era el velo que cubría sus ojos azules, que ahora parecían desvaídos y miopes. Ni siquiera era su pelo, antes casi todo negro y ahora casi todo blanco…, después de todo, tal vez se aplicaba uno de esos productos cosméticos por vanidad y decidió de improviso lavárselo y dejárselo al natural.

Lo imposible del asunto era que, en las veintidós horas transcurridas desde la última vez que lo había visto, Al Templeton parecía haber perdido por lo menos quince kilos. Quizá veinte, lo cual representaría un cuarto de su anterior peso corporal. Nadie pierde quince o veinte kilos en menos de un día, *nadie*. Sin embargo, mis ojos no me engañaban. Y aquí, creo, fue donde la niebla de irrealidad me engulló de un bocado.

Al sonrió, y advertí que, además de peso, había perdido varios dientes. Las encías presentaban un aspecto pálido y enfermizo.

—¿Te gusta mi nuevo yo, Jake? —Y empezó a toser, espesos sonidos de cadenas que surgían desde sus entrañas.

Abrí la boca. No brotó palabra alguna. La idea de huir se cernió de nuevo sobre cierta parte cobarde y asqueada de mi mente, pero incluso si dicha parte hubiera tenido el control, no habría podido hacerlo. Estaba clavado en el suelo.

Al dominó la tos y sacó un pañuelo del bolsillo trasero. Se limpió primero la boca y luego la palma de la mano. Antes de que volviera a guardarlo, pude distinguir algunas vetas rojas.

—Entra —me dijo—. Tengo mucho que contar, y creo que eres el único que me escuchará. ¿Me vas a escuchar?

—Al. —Mi voz sonaba tan baja y débil que a duras penas me oía a mí mismo—. ¿Qué te ha pasado?

—¿*Me vas a escuchar*?

—Claro.

—Tendrás preguntas, y responderé a tantas como pueda, pero procura que sean las mínimas. No me queda demasiada voz. Diablos, no me queda demasiada *fuerza*. Vamos dentro.

Entré. El restaurante estaba oscuro y frío y vacío; la barra, bruñida y sin migas; el cromo de los taburetes relucía, la urna de la cafetera brillaba lustrosa; el cartel que decía SI NO TE GUSTA NUESTRA CIUDAD, BUSCA UN HORARIO seguía en su sitio de costumbre, junto a la caja registradora Sweda. Lo único que faltaba eran los clientes.

Bueno, y el cocinero-propietario, por supuesto. Al Templeton había sido reemplazado por un fantasma anciano y renqueante.

Cuando corrió el pestillo de la puerta, encerrándonos dentro, el sonido retumbó con fuerza.

4

—Cáncer de pulmón —explicó con total naturalidad tras dirigirnos a un reservado en el otro extremo del restaurante. Se dio unas palmadas en el bolsillo de su camisa, y vi que estaba vacío. El siempre presente paquete de Camel había desaparecido—. No fue una gran sorpresa. Empecé a fumar a los once años y no lo dejé hasta el día que me lo diagnosticaron. Más de cincuenta condenados años. Tres paquetes diarios hasta que el precio subió en 2007. Entonces hice un sacrificio y lo rebajé a dos diarios. —Se echó a reír, resollando.

Pensé en decirle que sus cálculos tenían que estar equivocados, porque yo conocía su edad real. Un día del invierno anterior, al preguntarle por qué estaba manejando la parrilla con un gorro de cumpleaños puesto, contestó *«Porque hoy cumplo cincuenta y siete, socio. Lo que me convierte en un Heinz oficial»*. Sin embargo, me había rogado que no hiciera preguntas a menos que fuera absolutamente necesario, y supuse que la petición incluía no interrumpir para realizar correcciones.

—Si yo fuera tú, y ojalá lo fuera, aunque nunca desearía que tú fueras yo, no en mi situación actual, estaría pensando: «Aquí está pasando algo muy raro, nadie coge un cáncer de pulmón avanzado de la noche a la mañana». ¿Es correcto?

Asentí con la cabeza. Exactamente.

—La respuesta es muy simple. No ha sido de la noche a la mañana. Empecé a toser y a echar los higadillos hace unos siete meses, en mayo.

Eso era una novedad para mí; si había tosido, no fue mientras yo estaba presente. Además, se equivocaba otra vez en los cálculos.

—Al, ¿hola? Estamos en junio. Hace siete meses era diciembre.

Agitó una mano —falanges delgadas, el anillo del cuerpo de Marines colgando de un dedo donde antes solía encajar cómodamente— como diciendo *«Por ahora, pásalo por alto, no lo tomes en cuenta»*.

—Al principio pensé que había cogido un catarro. Pero no tenía fiebre, y en lugar de mejorar, la tos empeoró. Después empecé a perder peso. Bueno, no soy estúpido, socio, y siempre supe que la C mayúscula podría estar esperándome en la baraja… aunque mis padres fumaban como condenadas chimeneas y vivieron más de ochenta años. Supongo que siempre encontramos excusas para mantener nuestros malos hábitos, ¿no?

Empezó a toser de nuevo y sacó el pañuelo. Cuando el ataque remitió, dijo:

—No puedo irme por las ramas, pero lo he estado haciendo toda mi vida y es difícil parar. Más difícil que dejar los cigarrillos, en realidad. La próxima vez que empiece a divagar, haz como si te cortaras la garganta con el dedo, ¿vale?

—De acuerdo —asentí con suficiente amabilidad. Para entonces, ya se me había ocurrido que lo estaba soñando todo. De ser así, se trataba de un sueño sumamente vívido, uno que incluía hasta la última sombra arrojada por el ventilador del techo, sombras que desfilaban por los manteles individuales donde se leía ¡NUESTRO BIEN MÁS PRECIADO ERES *TÚ*!

—Para abreviar, fui al médico y me hizo una radiografía, y allí estaban, grandes como el demonio. Dos tumores. Necrosis avanzada. Inoperable.

Una radiografía, pensé; *¿seguían utilizándolas para diagnosticar el cáncer?*

—Me quedé allí una temporada, pero al final tuve que regresar.

—¿De dónde? ¿De Lewiston? ¿Del Hospital General de Central Maine?

—De mis vacaciones. —Sus ojos me observaban fijamente desde las oscuras cavidades en donde estaban desapareciendo—. Salvo que no eran ningunas vacaciones.

—Al, nada de esto tiene sentido para mí. Ayer tú estabas aquí y estabas *bien*.

—Échale un buen vistazo a mi cara. Empieza por el pelo y sigue hacia abajo. Procura ignorar lo que me está haciendo el cáncer (hace estragos en el aspecto de una persona, de eso no cabe duda) y luego dime que soy el mismo hombre que viste ayer.

—Bueno, es evidente que te has quitado el tinte…

—Nunca he usado tinte. No me molestaré en dirigir tu atención hacia los dientes que he perdido mientras estaba... fuera. Sé que te has fijado. ¿Crees que eso lo hizo una máquina de rayos X? ¿O el estroncio noventa en la leche? Ni siquiera *bebo* leche, excepto una gota en la última taza de café del día.

—¿Estroncio *qué*?

—No importa. Busca en tu, ya sabes, en tu lado femenino. Mírame como miran las mujeres cuando quieren calcular la edad de otra.

Probé a hacer lo que me pedía, y aunque lo que observé nunca se sostendría ante un tribunal, a mí me convenció. Telarañas de estrías se desplegaban alrededor de sus ojos, y en los labios se apreciaban los finos y delicadamente arrugados pliegues que uno distingue en las personas que ya no tienen que enseñar sus tarjetas de descuento de la tercera edad en las taquillas de los multicines. Surcos de piel que no habían estado allí la noche anterior ahora cruzaban la frente de Al. Otras dos arrugas, mucho más profundas, enmarcaban su boca. La barbilla se veía más afilada, y la piel del cuello había ganado en flacidez. El mentón puntiagudo y dos pliegues de piel en la garganta podrían ser consecuencia de la catastrófica pérdida de peso de Al, pero aquellas arrugas... y si no mentía con respecto a su pelo...

Sonreía un poco. Era una sonrisa adusta carente de humor. Lo que, de algún modo, la agravaba.

—¿Recuerdas mi cumpleaños el pasado marzo? «No te preocupes, Al», dijiste, «si ese estúpido gorro de fiesta se te prende cuando estés agachado sobre la parrilla, agarraré el extintor y te apagaré». ¿Te acuerdas?

Me acordaba.

—Dijiste que ya eras un Heinz oficial.

—Eso es. Y ahora tengo sesenta y dos años. Sé que el cáncer me hace parecer todavía más viejo, pero esos... y esos... —Se tocó la frente y a continuación el contorno de los párpados—. Esos son auténticos tatuajes de la edad. Medallas de honor, en cierto sentido.

—Al... ¿puedo beber un vaso de agua?

—Claro. Menudo shock, ¿no? —Me miraba con comprensión—. Seguro que piensas: «O yo estoy loco, o él está loco, o lo estamos los dos». Lo sé. Ya he pasado por eso.

Se impulsó fuera del reservado con gran esfuerzo, colocando la mano derecha por debajo de la axila izquierda, como si de algún modo intentara mantenerse de una pieza. Después me condujo al otro lado de la barra. Al hacerlo, identifiqué otro elemento de aquel irreal encuentro: excepto por las ocasiones en que habíamos compartido un banco en la iglesia de San Cirilo (no muy frecuentes; aunque me educaron en la fe cristiana, no soy muy católico) o cuando por casualidad me cruzaba con él en la calle, nunca había visto a Al sin su delantal de cocina.

Cogió un reluciente vaso de un estante y me sirvió agua de un centelleante grifo plateado. Le di las gracias, y cuando ya me dirigía de regreso al reservado, me tocó en el hombro. Ojalá no lo hubiera hecho. Fue como ser tocado por el Viejo Marinero de Coleridge, aquel que detiene a uno de tres.

—Antes de volver a sentarnos, quiero que veas algo. Será más rápido así. Solo que *ver* no es la palabra correcta. Supongo que *experimentar* se acerca más. Bebe, socio.

Bebí la mitad del vaso. El agua estaba fresca y sabía bien, pero en ningún momento aparté los ojos de Al. La parte cobarde de mí esperaba ser sobresaltada, como la primera víctima involuntaria en una de esas películas de maníacos sueltos, esas cuyos títulos suelen ir siempre acompañados de un número. Sin embargo, Al se limitó a permanecer allí parado, con una mano apoyada en la barra, una mano arrugada y de nudillos enormes. No parecía propia de un hombre de cincuenta y tantos, ni siquiera de uno con cáncer, y…

—¿Eso lo hizo la radiación? —pregunté de repente.

—¿Hacer qué?

—Estás *moreno*. Por no mencionar esos lunares oscuros que tienes en el dorso de la mano. O son producto de la radiación o has tomado demasiado el sol.

—Bueno, puesto que no me he sometido a ningún tratamiento con radiación, solo queda el sol. He recibido una buena dosis en los últimos cuatro años.

Por lo que yo sabía, Al había pasado la mayor parte de ese tiempo volteando hamburguesas y preparando batidos bajo los tubos fluorescentes, pero guardé silencio y me bebí el resto del agua. Cuando dejé el vaso sobre la barra de formica, noté que la mano me temblaba ligeramente.

—Muy bien, ¿qué es lo quieres que vea? ¿O que experimente?

—Ven por aquí.

Me guió por la larga y estrecha área de cocina, pasando por la parrilla doble, la freidora, el fregadero, la nevera Frost-King y el zumbante congelador, que me llegaba a la altura de la cintura. Se detuvo delante del silencioso lavavajillas y señaló la puerta en el extremo de la cocina. Era baja; Al tendría que agachar la cabeza para atravesarla, y solo medía aproximadamente uno sesenta y ocho. Yo medía uno noventa (algunos chicos me apodaban Helicóptero Epping).

—Ahí —indicó—. Por esa puerta.

—¿Esa no es tu despensa? —Una pregunta estrictamente retórica; a lo largo de los años había visto a Al sacar de allí suficientes latas, sacos de patatas y bolsas de productos secos para saber de sobra lo que era.

Al parecía no haberme oído.

—¿Sabías que originariamente abrí este tugurio en Auburn?

—No.

Asintió con la cabeza, y eso pareció desencadenar otro acceso de tos. Lo sofocó con el cada vez más ensangrentado pañuelo. Cuando este último ataque por fin remitió, tiró el pañuelo a un cubo de basura cercano y luego cogió un puñado de servilletas de un dispensador que había en la barra.

—Es una Aluminaire, fabricada en los años treinta, auténtico art déco donde lo haya. Quise una desde la primera vez que mi padre me llevó al Chat' N Chew de Bloomington cuando yo era un crío. La compré totalmente equipada y me instalé en Pine Street. Estuve allí casi un año, y vi que si me quedaba, estaría arruinado en un año. Había demasiados garitos para tomar un bocado en la vecindad, algunos buenos, otros no tanto, todos con sus clientes regulares. Era como un chaval recién salido de la escuela de abogados que monta un bufete en un pueblo que ya tiene una docena de picapleitos bien establecidos. Además, en aquellos días la Famosa Granburguesa de Al se vendía por dos cincuenta. Incluso en los noventa, dos y medio era el mejor precio que podía ofrecer.

—Entonces, ¿cómo demonios la vendes ahora por menos de la mitad? A no ser que de verdad *sea* carne de gato.

Soltó un bufido, un sonido que produjo un eco flemático de sí mismo en las profundidades de su pecho.

—Socio, lo que vendo es ternera americana cien por cien, la mejor del mundo. ¿Que si sé lo que dice la gente? Claro, pero no le doy importancia. ¿Qué otra cosa puedo hacer? ¿Impedir que la gente hable? De paso, también podría intentar impedir que el viento sople.

Me pasé un dedo por la garganta. Al esbozó una sonrisa.

—Sí, me estoy yendo por las ramas, lo sé, pero esto forma parte de la historia. Podría haberme quedado en Pine Street dándome cabezazos contra la pared, pero Yvonne Templeton no crió a ningún tonto. «Más vale huir para luchar otro día», solía decirnos de niños. Reuní todo el capital que me quedaba, engatusé al banco para que me prestara otros cinco de los grandes (no me preguntes cómo) y me trasladé aquí, a Las Falls. El negocio no ha ido del todo bien debido a cómo está la economía y a todos esos estúpidos chismes sobre las Gatoburguesas de Al, las Perroburguesas, las Rataburguesas o cualquier otra tontería que se invente la gente, pero resulta que ya no estoy atado a la economía de la misma forma que los demás. Y eso se debe a lo que hay detrás de la puerta de esa despensa. No estaba ahí cuando me establecí en Auburn, lo juraría sobre un montón de biblias de diez metros de altura. Solo se manifestó aquí.

—¿De qué estás hablando?

Me miró fijamente con sus ojos acuosos, de repente ancianos.

—Basta de charla por ahora. Tienes que descubrirlo por ti mismo. Adelante, ábrela.

Le miré con reservas.

—Considéralo la última petición de un hombre moribundo —insistió—. Adelante, socio. Si de verdad eres mi amigo. Abre la puerta.

5

Mentiría si dijera que mi corazón no metió una marcha más alta al hacer girar el pomo y tirar. No tenía ni idea de qué iba a encontrarme (aunque creo recordar que me asaltó una breve imagen de gatos muertos, despellejados y listos para la picadora eléctrica), pero cuando Al pasó la mano por encima de mi hombro y encendió la luz, lo que vi fue…

Bueno, una despensa.

Era pequeña, y estaba tan ordenada como el resto del local. Había estantes en ambas paredes, repletos de grandes latas tamaño restaurante. Al otro lado del cuarto, donde el techo se curvaba hacia abajo, había varios artículos de limpieza, aunque la escoba y la fregona descansaban en posición horizontal porque esa parte de la despensa no alcanzaba el metro de altura. El suelo era del mismo linóleo gris oscuro que el del restaurante, pero en lugar de un ligero olor a carne cocinada, aquí se percibía un aroma a café, hierbas y especias. En el aire flotaba también otro olor, sutil y no tan agradable.

—Vale, es la despensa —dije—. Ordenada y bien abastecida. Sobresaliente en gestión de provisiones, si existe tal cosa.

—¿A qué huele?

—A especias, sobre todo. Y a café. También a ambientador, quizá, no estoy seguro.

—Ajá, uso Glade. A causa de ese otro olor. ¿Quieres decir que no huele a nada más?

—Bueno, hay algo. Como azufre. Me recuerda a cerillas quemadas. —También me recordaba al gas venenoso que mi familia y yo soltábamos después de las judías que cocinaba mi madre los sábados por la noche, pero consideré inapropiado mencionarlo. ¿Los tratamientos contra el cáncer provocan ventosidades?

—Es azufre. Además de otras sustancias, ninguna de ellas Chanel Número 5. Es el olor de la fábrica textil, socio.

Otro disparate más, pero lo único que contesté (en un tono de ridícula cortesía de cóctel) fue:

—¿De veras?

Sonrió de nuevo, exponiendo aquellos huecos que el día anterior habían albergado dientes.

—Eres demasiado educado para decir que la Worumbo lleva cerrada desde que Hector era un cachorro. Que de hecho se quemó casi hasta los cimientos a finales de los ochenta, y ahí detrás —señaló con el pulgar por encima del hombro— no queda nada más que un viejo almacén en desuso. La parada turística básica de Vacacionlandia, igual que la Compañía Frutera del Kennebec durante los Días del Moxie. Además, estás pensando que ya es hora de coger el teléfono móvil y llamar a los hombres de las batas blancas. ¿Ando muy desencaminado, socio?

—No voy a llamar a nadie, porque no estás loco. —Me sentía de todo menos seguro respecto a eso—. Pero aquí solo veo una despensa, y es cierto que el Taller de Tejidos Worumbo no ha producido ni un rollo de tela en el último cuarto de siglo.

—No vas a llamar a nadie, en eso has acertado, porque quiero que me entregues tu teléfono, tu cartera y el dinero que tengas en los bolsillos, monedas incluidas. No es un robo; lo recuperarás todo. ¿De acuerdo?

—¿Cuánto va a durar esto, Al? Porque me quedan varios trabajos por corregir antes de poder cerrar las actas del año escolar.

—Durará tanto como tú quieras —dijo—, porque solo dura dos minutos. *Siempre* dura dos minutos. Si quieres, tómate una hora y curiosea un poco por ahí, pero yo no abusaría la primera vez, porque es un verdadero shock para el organismo. Ya verás. ¿Confías en mí? —Algo que advirtió en mi rostro hizo que apretara los labios sobre la mermada dentadura—. Por favor. *Por favor*, Jake. La petición de un hombre moribundo.

Yo estaba seguro de que se había vuelto loco, pero estaba igual de seguro de que decía la verdad con respecto a su estado. En el poco rato que llevábamos hablando, tenía la impresión de que sus ojos habían retrocedido aún más en las profundidades de las cuencas. Además, se le veía agotado. Las dos docenas de pasos desde el reservado hasta la despensa, en el otro extremo del restaurante, habían bastado para que se tambaleara. Y el pañuelo ensangrentado, me recordé a mí mismo. No te olvides del pañuelo ensangrentado.

Además… a veces lo más fácil es seguir adelante, ¿no creéis? «Déjalo y déjaselo a Dios», les gusta proclamar en las reuniones a las que asiste mi ex mujer, pero decidí que en esta ocasión iba a ser «Déjalo y déjaselo a Al». Hasta cierto límite, en cualquier caso. Y oye, me dije, en estos tiempos coger un avión es más incordio que esto. Él ni siquiera me ha pedido que ponga los zapatos en una cinta.

Desenganché el teléfono del cinturón y lo deposité sobre una caja de latas de atún. Añadí mi cartera, unos pocos billetes doblados, monedas por valor de un dólar cincuenta, más o menos, y mi llavero.

—Guárdate las llaves, no importan.

Bueno, a mí sí me importaban, pero mantuve la boca cerrada.

Al metió la mano en el bolsillo y sacó un fajo de billetes considerablemente más grueso que el que yo había depositado encima de la caja. Me lo tendió.

—Dinero para emergencias. Por si quieres comprarte un recuerdo o algo. Vamos, cógelo.

—¿Por qué no habría de usar mi propio dinero para eso? —pregunté de manera muy razonable, en mi opinión. Como si esa disparatada conversación tuviera algún sentido.

—Eso da igual ahora —dijo—. La experiencia responderá a la mayoría de tus preguntas mejor de lo que yo sería capaz, aun cuando me sintiera en plena forma, y ahora mismo estoy a años luz de sentirme en plena forma. Toma el dinero.

Cogí el fajo y lo inspeccioné. Los primeros billetes, de un dólar, parecían buenos. Entonces llegué a uno de cinco que parecía al mismo tiempo bueno y no tan bueno. Encima del retrato de Abe Lincoln se leía la leyenda **CERTIFICADO DE PLATA**, y a la izquierda destacaba un gran 5 de color azul. Lo sostuve a contraluz.

—No es una falsificación, si es lo que estás pensando. —Al sonaba cansadamente divertido.

Quizá no —al tacto parecía tan auténtico como a la vista—, pero no había ninguna imagen impresa con tinta penetrante.

—Si es auténtico, es viejo —comenté.

—Guárdate el dinero en el bolsillo, Jake.

Obedecí.

—¿Llevas encima alguna calculadora? ¿O cualquier otro aparato electrónico?

—No.

—Entonces supongo que ya estás listo para partir. Date la vuelta y mira al fondo de la despensa. —Sin embargo, antes de que pudiera hacerlo, se pegó una palmada en la frente y dijo—: Ay, Dios, ¿dónde tengo la sesera? Me olvidaba de Míster Tarjeta Amarilla.

—¿Quién? ¿Míster qué?

—Míster Tarjeta Amarilla. Así es como yo le llamo, no conozco su nombre real. Toma, coge esto. —Hurgó en su bolsillo y luego me tendió una moneda de cincuenta centavos. Hacía años que no veía una, quizá desde que era niño.

La sopesé en la palma de la mano y finalmente dije:

—No creo que quieras darme esto. Probablemente tenga valor.

—Claro que tiene valor. Medio dólar.

Rompió a toser, y esta vez el ataque lo zarandeó como un vendaval, pero cuando hice ademán de acercarme, me indicó con un gesto de la mano que me apartara. Se inclinó sobre la pila de cajas donde se hallaban mis cosas, escupió en el puñado de servilletas, las miró, parpadeó, y después cerró el puño. El sudor empapaba su demacrado rostro.

—Un sofoco, o algo por el estilo. El maldito cáncer me está jodiendo el termostato a la vez que me hace papilla. Respecto a Míster Tarjeta Amarilla. Es un borrachín, y es inofensivo, pero no se parece a los demás. Es como si *supiera* algo. Creo que solo se trata de una coincidencia, porque da la casualidad de que merodea no muy lejos de donde irás a salir, pero quería ponerte al corriente.

—Pues te estás luciendo —le dije—. No tengo ni puta idea de qué estás hablando.

—Dirá: «Tengo una tarjeta amarilla del frente verde, así que dame un pavo porque hoy se paga doble». ¿Lo has entendido?

—Entendido. —Cada vez estaba más hundido en la mierda.

—Y sí, lleva una tarjeta amarilla metida en la cinta del sombrero. Probablemente no sea más que la tarjeta de una compañía de taxis, o a lo mejor un cupón del Red & White que encontró en alguna cloaca, pero tiene las neuronas regadas con vino barato y parece pensar que es como el Billete Dorado de Willy Wonka. Entonces *tú* le dices: «No me sobra un dólar para dártelo, pero ahí va media piedra», y le sueltas la moneda. Después puede que él diga… —Al levantó un dedo esquelético—. *Puede* que diga algo como: «¿Por qué estás aquí?» o «¿De dónde vienes?». O incluso algo como: «Tú no eres el mismo tipo». No lo creo, pero es posible. Hay mucho que desconozco. Diga lo que diga, déjalo junto al secadero, que es donde lo encontrarás sentado, y sal por la verja. Cuando te vayas, probablemente dirá: «*Sé* que tenías un pavo de sobra, gorrón hijoputa», pero no le hagas caso. No mires atrás. Cruza las vías y estarás en la intersección de las calles Main y Lisbon. —Me dirigió una sonrisa irónica—. Después de eso, socio, el mundo es tuyo.

—¿El secadero? —Me parecía recordar vagamente *algo* cerca del lugar donde se ubicaba ahora el restaurante, y supuse que podía tratarse de la nave de secado de la antigua Worumbo, pero, fuera lo que fuese, ya había desaparecido. De haber existido una ventana en la pared trasera de la acogedora y pequeña despensa no se habría divisado nada salvo un patio de ladrillos y una tienda de ropa de abrigo llamada Confort de Maine. Yo mismo había adquirido allí una parka North Face poco después de Navidad, y resultó una verdadera ganga.

—No te preocupes por el secadero, tan solo acuérdate de lo que te he dicho. Ahora date la vuelta otra vez, eso es, y avanza dos o tres pasos. Que sean cortos, pasos de bebé. Haz como si estuvieras buscando una escalera con las luces apagadas, con cuidado.

Hice lo que pedía, sintiéndome como el mayor imbécil del mundo. Un paso… bajando la cabeza para evitar rozar el techo de aluminio…, dos pasos…, ahora agachándome ligeramente. Dos o tres pasos más y tendría que arrodillarme, cosa que no estaba dispuesto a hacer, fuera o no fuese aquella la petición de un hombre moribundo.

—Al, esto es absurdo. A no ser que quieras que te lleve una caja de macedonia o algunos de estos paquetes de gelatina, aquí no hay nada que…

Entonces fue cuando mi pie descendió, de modo similar a cuando empiezas a bajar un tramo de escalera. Excepto que seguía pisando firmemente el suelo de linóleo gris oscuro. Lo veía.

—Ahí lo tienes —dijo Al. Los guijarros se habían desprendido de su voz, al menos temporalmente; la satisfacción suavizaba sus palabras—. Lo has encontrado, socio.

Pero ¿qué había encontrado? ¿Qué estaba experimentando exactamente? El poder de la sugestión parecía la respuesta más probable, pues independientemente de lo que sintiera, veía mi pie en el suelo. Excepto que…

¿Sabéis cuando, en un día soleado, cerráis los ojos y podéis ver en la retina una imagen remanente de lo que fuese que estuvierais mirando? Era parecido a eso. Cuando me miraba el pie, lo veía en el suelo, pero cuando *pestañeaba* —no sabría decir si un milisegundo antes o un milisegundo después de cerrar los ojos—, captaba fugazmente la visión de mi pie en un peldaño de madera. Y no se hallaba bajo la tenue luz de una bombilla de sesenta vatios. Se hallaba bajo un sol radiante.

Me quedé petrificado.

—Adelante —dijo Al—. No te va a pasar nada, socio. Continúa. —Tosió con aspereza, y seguidamente, en una especie de desesperado gruñido, añadió—: *Necesito que hagas esto.*

De modo que lo hice.

Que Dios me ayude, lo hice.

CAPÍTULO 2

1

Avancé otro paso y descendí otro escalón. Mis ojos aún me ubicaban sobre el suelo de la despensa del restaurante, pero estaba erguido y la coronilla de mi cabeza ya no rozaba el techo, cosa que, por supuesto, era imposible. Mi estómago, infeliz, se revolvió en respuesta a mi confusión sensorial, y sentí que el sándwich de ensalada de huevo y la porción de tarta de manzana que había tomado en el almuerzo se preparaban para pulsar el botón de eyección.

A mi espalda —aunque a cierta distancia, como si se encontrara a quince metros en lugar de a metro y medio—, Al dijo:

—Cierra los ojos, socio, así es más fácil.

Cuando lo hice, la confusión sensorial desapareció de inmediato. Fue como desconectar los ojos. O como ponerse esas gafas especiales para ver una película en 3D, quizá eso se aproxime más a la realidad. Moví el pie derecho y descendí otro escalón. *Eran* escalones; con mi vista desconectada, mi cuerpo no albergaba ninguna duda al respecto.

—Solo dos más, y entonces ábrelos —indicó Al. Su voz sonaba más lejos que nunca. En el otro extremo del restaurante en lugar de en el vano de la puerta de la despensa.

Bajé el pie izquierdo, después otra vez el pie derecho, y de repente noté un pequeño estallido dentro de mi cabeza, exactamente igual al que uno oye en un avión cuando se produce un cambio súbito de presión. El campo oscuro tras mis párpados se tornó rojo y sentí cierta calidez en la piel. Era la luz del sol. Indiscutiblemente.

Y el débil olor a azufre se había vuelto más denso, desplazándose por la escala sensorial desde el «apenas perceptible» hasta el «nauseabundo». Eso también era indiscutible.

Abrí los ojos.

Ya no estaba en la despensa, ni tampoco en Al's Diner. Aunque en la despensa no había ninguna puerta desde la que acceder al mundo exterior, yo *estaba* fuera. En el patio. Este, sin embargo, ya no era de ladrillos, y no se veía ningún almacén *outlet* alrededor. Me hallaba de pie sobre una superficie de cemento sucia y agrietada. Varios contenedores enormes de metal se alineaban contra el muro blanco y virgen donde debería haber estado Confort de Maine. Encima se distinguía algo amontonado y cubierto con bastas lonetas marrones del tamaño de sábanas.

Me volví para echar un vistazo a la enorme caravana plateada donde se encontraba Al's Diner, pero el restaurante había desaparecido.

2

En el lugar donde debería estar, se erguía ahora la vasta mole dickensiana del Taller de Tejidos Worumbo, que funcionaba a pleno rendimiento. Oía el tronar de la maquinaria de tintura y secado, el *shat-HOOSH*, *shat-HOOSH* de los gigantescos telares que en otro tiempo llenaron el segundo piso (había visto fotografías de aquellas máquinas, manejadas por mujeres que llevaban un pañuelo en la cabeza y bata de trabajo, en el minúsculo edificio de la Sociedad Histórica de Lisbon, en lo alto de Main Street). De las tres altas chimeneas que se habían derrumbado durante un vendaval en los años ochenta brotaba un humo de color gris blancuzco.

Yo estaba de pie junto a un gran edificio cúbico pintado de verde; el secadero, supuse. Ocupaba la mitad del patio y se elevaba a una altura de unos seis metros. Aunque acababa de descender por un tramo de escalera, este ya no existía. No había camino de retorno. Me invadió una sensación de pánico.

—¿Jake? —Era la voz de Al, pero muy débil. Daba la impresión de que llegaba a mis oídos gracias a un mero efecto acústico, como una voz serpenteando durante kilómetros por un largo y angosto cañón—. Podrás volver a entrar del mismo modo que saliste. Busca a tientas los escalones.

Levanté el pie izquierdo, lo bajé, y sentí un escalón. Mi pánico cesó.

—Adelante. —Débil. Una voz en apariencia propulsada por su propio eco—. Echa un vistazo y vuelve.

Al principio no fui a ningún sitio, simplemente permanecí allí sin moverme, frotándome la boca con la palma de la mano. Notaba los ojos como si fueran a salirse de las órbitas. Algo parecía arrastrarse por mi cuero cabelludo y descender a lo largo de una estrecha franja de piel hasta la región dorsal. Estaba asustado —casi aterrado—, pero contrarrestando y manteniendo a raya el pánico (por el momento) sentía una poderosa curiosidad. Veía mi sombra sobre el cemento, tan definida como algo que hubiera sido recortado de una tela negra. Veía escamas de óxido en la cadena que separaba la nave de secado del resto del patio. Olía el potente efluvio que emanaba del trío de chimeneas, lo bastante fuerte como para que me picaran los ojos. Cualquier inspector de la Agencia de Protección del Medio Ambiente que respirara esa mierda cerraría la planta en menos de un minuto. Excepto que… no creía que hubiera ningún inspector de la Agencia en la vecindad. Ni siquiera tenía la certeza de que la Agencia ya se hubiera creado. Sabía dónde estaba; Lisbon Falls, Maine, en el corazón del condado de Androscoggin.

La verdadera pregunta no era dónde, sino *cuándo*.

3

Un letrero que no podía leer colgaba de la cadena; el mensaje estaba orientado hacia el lado equivocado. Eché a andar hacia él, pero entonces me volví. Cerré los ojos y avancé arrastrando los pies, recordándome a mí mismo dar pasos de bebé. Cuando mi pie izquierdo chocó contra el escalón inferior de la escalera que ascendía hasta la despensa del Al's Diner (o eso esperaba fervientemente), palpé el bolsillo trasero y extraje una hoja de papel doblada: la nota de mi exaltado director de departamento. «Que pases un buen verano y no olvides el día de capacitación en julio.» Me pregunté brevemente qué opinaría acerca de que el próximo curso Jake Epping impartiera un bloque de seis semanas titulado *Literatura de viajes en el tiempo*. Rasgué una tira del encabezado, hice una bola y la dejé caer en el primer escalón de la escalera invisible. Aterrizó en el suelo, por supuesto, pero en cualquier caso servía para señalar su posición. Era una tarde cálida, sin viento, y dudaba que la bola fuera a salir volando, pero encontré un pequeño fragmento de hormigón y lo usé a modo de pisapapeles, solo para asegurarme. Aterrizó en el escalón, pero también sobre el trozo de papel. Porque no *había* escalón. La letra de una vieja canción se deslizó a través de mis pensamientos: «*Primero hay una montaña, luego no hay montaña, luego hay*».

«Curiosea por ahí», había dicho Al, y decidí seguir su consejo. Me figuraba que si aún no había perdido el juicio, probablemente aguantaría un rato más. Es decir, siempre que no presenciara un desfile de elefantes rosa o un ovni cerniéndose sobre Automóviles John Crafts. Intenté autoconvencerme de que aquello no estaba sucediendo, que no *podía* estar sucediendo, pero no funcionó. Los filósofos y los psicólogos podrán debatir sobre lo que es real y lo que no, pero la mayoría de los que vivimos vidas ordinarias conocemos y aceptamos la textura del mundo que nos rodea. Aquello estaba sucediendo. Demás consideraciones al margen, aquel maldito hedor descartaba cualquier alucinación.

Me acerqué a la cadena, que colgaba a la altura de mi muslo, y la franqueé por debajo. Estarcido en el otro lado con pintura negra se leía **PROHIBIDO EL PASO MÁS ALLÁ DE ESTE PUNTO HASTA QUE EL COLECTOR ESTÉ REPARADO**. Me volví, no divisé indicios de ninguna reparación en perspectiva para el futuro inmediato, doblé la esquina de la nave de secado, y casi tropecé con el hombre que estaba tomando el sol allí. Aunque iba a resultar difícil que consiguiera un buen bronceado. Llevaba puesto un viejo abrigo negro que se desparramaba a su alrededor como una sombra amorfa. Había regueros de mocos secos en ambas mangas. El cuerpo dentro del abrigo estaba consumido al punto de la escualidez. El cabello gris acero le caía apelmazado alrededor de unas mejillas pobladas por una desaliñada barba. Era un borrachín, si es que alguna vez hubo un borrachín allí.

En la cabeza, echada hacia atrás, llevaba un sombrero de fieltro que parecía directamente sacado de una película de cine negro de los años cincuenta, aquellas en las que todas las mujeres tienen un buen par de domingas y todos los hombres hablan rápido con un cigarrillo pegado en la comisura de los labios. Y sí, sobresaliendo de la cinta del sombrero, cual un pase de prensa de un reportero a la antigua usanza, había una tarjeta amarilla. Probablemente en otro tiempo había sido de un amarillo más vivo, pero el excesivo manoseo de unos dedos mugrientos le habían conferido un tono mortecino.

Cuando mi sombra cayó sobre su regazo, Míster Tarjeta Amarilla se volvió y me inspeccionó con ojos empañados.

—¿Quién cojones eres? —preguntó, salvo que pronunció algo similar a «¿*Quin co-jone se-res?*».

Al no me había proporcionado instrucciones detalladas sobre cómo responder a sus preguntas, así que contesté lo que consideré más seguro.

—¿Y a ti qué coño te importa?

—Vale, pues que te jodan.

—Bien —dije—. Estamos de acuerdo.

—¿Eh?

—Que pases un buen día.

Me encaminé hacia la verja, que permanecía abierta sobre un raíl de acero. Más allá, a la izquierda, se extendía un aparcamiento que nunca antes había estado allí. Estaba lleno de coches, la mayoría abollados y todos lo bastante antiguos como para pertenecer a un museo de automoción. Había Buicks con ojos de buey y Fords con narices de torpedo. *Pertenecen a operarios reales de la fábrica*, pensé. *Operarios reales que ahora mismo están dentro trabajando, cobrando por horas.*

—Tengo una tarjeta amarilla del frente verde —dijo el borrachín. Su voz sonaba truculenta y preocupada—. Así que dame un pavo porque hoy se paga doble.

Le tendí la moneda de cincuenta centavos. Entonces, sintiéndome como un actor que solo tiene una frase en la obra, recité:

—No me sobra un dólar para dártelo, pero ahí va media piedra.

«*Después le sueltas la moneda*», había dicho Al, pero no fue necesario. Míster Tarjeta Amarilla me la arrebató y la sostuvo cerca de su cara. Por un instante pensé que incluso iba a morderla, pero simplemente cerró su mano de largos dedos en torno a la moneda, haciéndola desaparecer. Me escudriñó con recelo, lo cual confería a su rostro un aspecto casi cómico.

—¿Quién eres? ¿Qué haces aquí?

—Que me aspen si lo sé —respondí, y me volví hacia la verja. Esperaba que continuara lanzando preguntas a mi espalda, pero solo hubo silencio. Salí por la puerta.

4

El vehículo más moderno del aparcamiento era un Plymouth Fury de —creo— mediados o finales de los cincuenta. La placa de la matrícula parecía una versión imposiblemente antigua de la montada en la parte trasera de mi Subaru; a petición de mi ex mujer, la mía llevaba pintado un lazo rosa contra el cáncer de mama. En la placa que yo estaba mirando en ese momento *sí* ponía VACACIONLANDIA, pero tenía el fondo de color naranja en lugar de blanco. Al igual que en la mayoría de los estados, las matrículas de Maine ahora incluyen letras —la de mi Subaru es 23383 IY—, pero la de ese Fury rojo y blanco casi nuevo era 90-811. Sin letras.

Toqué el maletero. Era sólido y estaba caliente por el sol. Era real.

«Cruza las vías y estarás en la intersección de las calles Main y Lisbon. Después de eso, socio, el mundo es tuyo.»

Ninguna línea de ferrocarril pasaba por delante de la antigua fábrica —no en mi tiempo—, pero ahí estaban las vías, en efecto. Tampoco tenían aspecto de meros artefactos abandonados. Se veían pulidas, relucientes. Y desde algún lugar en la distancia se oía el *wuf-chuf* de un tren real. ¿Cuánto hacía que no pasaban los trenes por Lisbon Falls? Probablemente desde que la fábrica cerró y la US Gypsum (conocida por los lugareños como la US Ginchos) aún operaba las veinticuatro horas.

Excepto que está operando las veinticuatro horas, pensé. *Me apostaría cualquier cosa. Y también la fábrica. Porque esto ya no es la segunda década del siglo veintiuno.*

Había reanudado la marcha sin darme cuenta siquiera, caminando como un hombre en un sueño. Me detuve en la esquina de Main Street con la Ruta 196, también conocida como Antigua Carretera de Lewiston. Solo que en ese momento no tenía nada de antigua. Y en la diagonal de la intersección, en la esquina opuesta...

Allí se encontraba la Compañía Frutera del Kennebec, un nombre ciertamente pomposo para una tienda que había estado tambaleándose al borde del olvido —o así me lo parecía— durante los diez años que yo llevaba enseñando en el instituto. Su inverosímil *raison d'être* y único medio de supervivencia lo constituía el Moxie, el más extraño de los refrescos. El propietario, un anciano afable llamado Frank Anicetti, me había dicho en una ocasión que la población mundial se dividía de forma natural (y probablemente por herencia genética) en dos grupos: los escasos pero bienaventurados elegidos que apreciaban Moxie por encima de todas las demás bebidas potables... y el resto. Frank definía a este segundo grupo como «la mayoría desafortunadamente incapacitada».

La Compañía Frutera del Kennebec de mi tiempo es una construcción de colores desteñidos, verde y amarillo, con un sucio escaparate desprovisto de mercancía..., a no ser que el gato que a veces duerme allí esté en venta. El tejado se ha combado por la nieve de numerosos inviernos. La oferta en el interior es poca salvo por los souvenirs de Moxie: camisetas de un naranja vivo en las que se lee ¡TENGO MOXIE!, gorras del mismo color, calendarios de época, letreros de metal que *parecen* de época pero que probablemente hayan sido fabricados el año anterior en China. Durante casi todo el año, el lugar está vacío de clientes y casi todos los estantes están desnudos de mercancías..., aunque puedes comprar algunos aperitivos azucarados o una bolsa de patatas fritas (si te gustan las aderezadas con sal y vinagre, claro). En el refrigerador de refrescos no hay nada más que Moxie. El refrigerador de cervezas está vacío.

Cada mes de julio, en Lisbon Falls se celebra el Festival Moxie de Maine. Hay bandas de música, fuegos artificiales y un desfile donde participan —juro que es cierto— carrozas Moxie y reinas de la localidad vestidas con trajes de baño de color Moxie, lo cual es sinónimo de un naranja tan brillante que puede ocasionar quemaduras de retina. El mariscal del desfile siempre va vestido como el Doctor Moxie, es decir, con una bata blanca, un estetoscopio y uno de esos espejos que llevan los médicos sobre la frente. Hace dos años el mariscal fue Stella Langley, la directora del instituto, y nunca logrará sobreponerse a la vergüenza.

Durante el festival, la Compañía Frutera del Kennebec cobra vida y hace una caja excelente, sobre todo gracias a los desconcertados turistas de camino a las zonas vacacionales del oeste de Maine. El resto del año es poco más que una cáscara acosada por el débil aroma del Moxie, un olor que siempre me ha recordado —probablemente porque pertenezco a la mayoría desafortunadamente incapacitada— al Musterole, el remedio fabulosamente hediondo con el que mi madre insistía en frotarme la garganta y el pecho cuando me resfriaba.

Lo que ahora contemplaba yo desde el otro lado de la Antigua Carretera de Lewiston era un negocio próspero en la flor de la vida. El cartel colgado sobre la puerta (REFRÉSCATE CON 7-UP encima, BIENVENIDO A LA CÍA. FRUTERA DEL KENNEBEC debajo) era lo bastante brillante como para lanzarme flechas solares a los ojos. La pintura era reciente, el tejado estaba incólume. La gente entraba y salía. Y en el escaparate, en lugar de un gato...

Naranjas, cielo santo. En otro tiempo la Compañía Frutera del Kennebec vendió fruta de verdad. ¿Quién lo hubiera adivinado?

Empecé a cruzar la calle, pero retrocedí al divisar un autobús interurbano que se acercaba roncando hacia mí. El cartel de ruta sobre el parabrisas dividido decía LEWISTON EXPRESS. Cuando el autobús frenó y se detuvo en el paso a nivel del ferrocarril, vi que la mayoría de los pasajeros estaban fumando. La atmósfera allí dentro debía de ser algo así como la atmósfera de Saturno.

En cuanto el autobús hubo continuado camino (dejando tras de sí el olor del diésel a medio quemar para que se combinara con el hedor a huevo podrido que escupían las chimeneas de Worumbo), crucé la calle y me pregunté por un instante qué sucedería si me atropellara un coche. ¿Desaparecería? ¿Despertaría tirado en el suelo de la despensa de Al? Probablemente ninguna de las dos cosas. Probablemente moriría aquí, en un pasado del que casi con certeza mucha gente sentía nostalgia. Tal vez porque habían olvidado lo mal que olía el pasado, o porque, de entrada, nunca se habían planteado ese aspecto de los Gloriosos Cincuenta.

Un chaval estaba apostado el exterior de la Compañía Frutera, calzaba botas negras y apoyaba un pie contra el revestimiento de madera. Llevaba el cuello de la camisa levantado en la nuca, y el pelo peinado con un estilo que identifiqué (por películas antiguas, principalmente) como Elvis Temprano. A diferencia de los chicos que estaba acostumbrado a ver en mis clases, no lucía perilla, ni siquiera una mosca bajo el labio. Comprendí que en el mundo que ahora visitaba (*esperaba* que estuviera simplemente de visita), lo echarían a patadas del instituto por presentarse sin siquiera una sola hebra de vello facial. Al instante.

Saludé con una inclinación de cabeza. James Dean devolvió el gesto y dijo:

—¿Qué hay, papaíto?

Entré. Una campanilla tintineó sobre la puerta. En lugar de polvo y madera en un lento proceso de descomposición, percibí olor a naranjas, manzanas, café y aroma de tabaco. A mi derecha había un expositor de cómics con las cubiertas arrancadas: *Archie*, *Batman*, *Capitán Marvel*, *El Hombre Plástico*, *Historias de la cripta*. El letrero escrito a mano encima de este tesoro, que habría provocado un paroxismo a cualquier aficionado de eBay, decía: TEBEOS 5C C.U. TRES POR 10C. NUEVE POR UN CUARTO. *POR FAVOR, NO TOCAR SI NO TIENES INTENCIÓN DE COMPRAR.*

A la izquierda había un expositor de periódicos. No vi ningún ejemplar del *New York Times*, pero sí del *Press Herald* de Portland y un único *Boston Globe*. El titular de este pregonaba **DULLES INSINÚA QUE HARÁ CONCESIONES SI LA CHINA ROJA RENUNCIA AL USO DE LA FUERZA EN FORMOSA**. La fecha en ambos era «Jueves, 9 de septiembre de 1958».

5

Cogí el *Globe*, que se vendía por ocho centavos, y caminé hacia un dispensador de bebidas que no existía en mi época. Tras el mostrador de mármol se encontraba Frank Anicetti. Era él, sin duda, hasta en las distinguidas sienes, salvo que en esta versión —llamadle Frank 1.0— era delgado en lugar de regordete y usaba bifocales sin montura. También era más alto. Sintiéndome como un extraño en mi propio cuerpo, me deslicé en uno de los taburetes.

Él señaló el periódico con una inclinación de cabeza.

—¿Eso va a ser todo, o puedo servirle algo?

—Cualquier cosa fría que no sea Moxie —me oí decir a mí mismo.

Frank 1.0 sonrió en respuesta.

—No lo vendemos, hijo. ¿Qué le parece un refresco de zarzaparrilla?

—Suena bien. —Y era verdad. Tenía la garganta seca y la cabeza ardiendo. Me sentía como si tuviera fiebre.

—¿De cinco o de diez?

—¿Perdón?

—La zarzaparrilla. ¿De cinco o de diez centavos? —Pronunció «zarzaparrilla» al estilo de Maine: *zaarspaarilla*.

—Ah. De diez, supongo.

—De acuerdo, creo que supone bien. —Abrió un congelador y sacó un vaso cubierto de escarcha de aproximadamente el tamaño de una jarra de limonada. Lo llenó de un grifo y percibí el olor suntuoso e intenso de aquella cerveza de raíz. Retiró la espuma sobrante con el mango de una cuchara de madera, después rellenó el vaso hasta arriba y lo depositó en la barra—. Aquí tiene. Con el periódico son dieciocho centavos. Más un penique para el gobernador.

Le entregué uno de los dólares antiguos de Al y Frank 1.0 me devolvió el cambio.

Tomé un sorbo a través de la espuma que había arriba y me quedé asombrado. Era… *completa*. Deliciosa en todos los sentidos. No conozco una manera mejor de expresarlo. Este mundo desaparecido cincuenta años atrás olía peor de lo que jamás habría imaginado, pero sabía infinitamente mejor.

—Qué maravilla —dije.

—¿Sí? Me alegro de que le guste. Usted no es de por aquí, ¿verdad?

—No.

—¿De fuera del estado?

—Wisconsin —contesté. No era del todo mentira; mi familia vivió en Madison hasta que cumplí los once, cuando mi padre consiguió trabajo de profesor de lengua en la Universidad del Sur de Maine. Yo he estado deambulando por el estado desde entonces.

—Bien, ha elegido la mejor época para venir —dijo Anicetti—. La mayoría de los veraneantes se han ido, y en cuanto eso sucede, los precios bajan. Lo que está bebiendo, por ejemplo. Después del

Día del Trabajo, una zarzaparrilla de diez centavos solo cuesta un décimo de dólar.

La campanilla sobre la puerta tintineó; las tablas del suelo crujieron. Fue un sonido agradable. La última vez que me aventuré en la frutería Kennebec, con la esperanza de encontrar un paquete de tabletas masticables Tums (me llevé una desilusión), habían gruñido.

Un chico de quizá unos diecisiete años se deslizó tras el mostrador. Tenía el pelo muy corto, casi al estilo militar. El parecido con el hombre que me había atendido resultaba inconfundible, y me di cuenta de que ese era *mi* Frank Anicetti. El tipo que había cercenado la cabeza de espuma de mi cerveza era su padre. Frank 2.0 ni siquiera me echó una ojeada; para él, yo era un cliente más.

—Titus ha subido el camión en el elevador —le comunicó a su padre—. Dice que estará listo para las cinco.

—Bien, eso es estupendo —dijo Anicetti sénior, y encendió un cigarrillo. Por primera vez noté que sobre la barra de mármol se alineaban pequeños ceniceros de cerámica. Escrito a los lados se leía WINSTON SABE BIEN, A CIGARRILLO ¡COMO DEBE SER! Volviéndose de nuevo hacia mí, preguntó—: ¿Quiere una bola de vainilla en el refresco? Invita la casa. Nos gusta tratar bien a los turistas, en especial cuando vienen tarde.

—Gracias, pero así está bien —dije, y era cierto. Un poco más de dulzura y me estallaría la cabeza. Y era *fuerte*, como beber un expreso carbonatado.

El chico me dirigió una sonrisa tan dulce como el líquido de la jarra helada; no mostraba nada del divertido desdén que había sentido emanar del aspirante a Elvis de fuera.

—Leímos una historia en el colegio —dijo—, donde los vecinos se comían a los turistas que los visitaban fuera de temporada.

—Frankie, bonita forma de hablar a un visitante —reprendió el señor Anicetti. Sin embargo, sonreía al decirlo.

—No pasa nada —dije—. Yo mismo he enseñado esa historia. De Shirley Jackson, ¿verdad? *La gente del verano*.

—Esa es —admitió Frank—. La verdad es que no la entendí, pero me gustó.

Tomé otro trago de mi cerveza de raíz, y cuando la dejé sobre el mostrador de mármol (donde produjo un clonc satisfactoriamente recio), no me sorprendió excesivamente ver que casi no quedaba.

Podría convertirme en un adicto a esto, pensé. *Deja el Moxie a la altura del betún.*

El mayor de los Anicetti exhaló un penacho de humo hacia el techo, donde un ventilador de palas lo impulsó en perezosos haces azulados.

—¿Imparte clases en Wisconsin, señor…?

—Epping —respondí. Me había pillado demasido por sorpresa para pensar siquiera en dar un nombre falso—. Lo cierto es que sí, pero este es mi año sabático.

—Eso significa que se ha cogido un año libre —explicó Frank.

—Sé lo que significa —contestó Anicetti. Trataba de parecer irritado, pero no le salió bien. Decidí que esos dos me gustaban tanto como la cerveza de zarzaparrilla. Me gustaba incluso el aspirante a matón adolescente de la calle, aunque solo fuera porque desconocía que ya era un cliché. Aquí existía cierta sensación de seguridad, una sensación de, no sé, preordenación. Sin duda falsa, ese mundo era tan peligroso como cualquier otro, pero yo poseía una pieza de conocimiento que antes de esa tarde habría creído que solo estaba reservada a Dios: sabía que el chico sonriente que había disfrutado de la historia de Shirley Jackson (incluso a pesar de no haberla entendido) iba a sobrevivir a ese día y a más de cincuenta años de días venideros. No iba a morir en un accidente de tráfico, ni a sufrir un ataque al corazón, ni a contraer cáncer de pulmón por respirar el humo de segunda mano de su padre. Frank Anicetti estaba listo para la acción.

Eché un vistazo al reloj de la pared (COMIENZA EL DÍA CON UNA SONRISA, se leía en la esfera, BEBE CAFÉ PARA ANIMARTE). Marcaba las 12.22. Eso no me decía nada, pero fingí sobresaltarme. Apuré la *zaarspaarilla* y me levanté.

—He de ponerme en marcha si quiero llegar a tiempo a Castle Rock para reunirme con mis amigos.

—Bueno, vaya despacio por la Ruta 117 —aconsejó Anicetti—. Esa carretera es una hijaputa. —Aunque lo que dijo fue '*japuta*. No había escuchado un acento norteño tan pronunciado en años. Entonces me di cuenta de que eso era literalmente cierto y casi estallé en carcajadas.

—Así lo haré —aseguré—. Gracias. Hijo, respecto a esa historia de Shirley Jackson…

—¿Sí, señor? —*Señor*, todavía. Y no había nada despectivo en ello. Empezaba a opinar que 1958 había sido un buen año. Aparte del hedor de la fábrica textil y del humo de los cigarrillos, claro.

—No hay nada que entender.

—¿No? Eso no es lo que dice el señor Marchant.

—Con el debido respeto al señor Marchant, dile que Jake Epping dice que a veces un cigarro es solo humo y que a veces una historia es solo una historia.

Se rió.

—¡Se lo diré! ¡Mañana por la mañana a tercera hora!

—Bien. —Incliné la cabeza en dirección a su padre, deseando poder contarle que, gracias al Moxie (que él no vendía… aún), su negocio iba a permanecer en la esquina de Main Street con la Antigua Carretera de Lewiston mucho tiempo después de su fallecimiento—. Gracias por la zarzaparrilla.

—Vuelva cuando quiera, hijo. Estoy pensando en rebajar el precio de la grande.

—¿A un décimo de dólar?

Sonrió. Al igual que su hijo, exhibía una sonrisa natural y abierta.

—Creo que ya empieza a pillarlo.

La campanilla tintineó. Entraron tres mujeres. No llevaban pantalones, sino vestidos cuyo bajo caía hasta la mitad de la espinilla. ¡Y sombreros! Dos de ellos tenían pequeños velos de gasa blanca. Se pusieron a revolver en los cajones abiertos de fruta, en busca de la mejor pieza. Yo empecé a alejarme de la fuente de bebidas, pero entonces se me ocurrió algo y di media vuelta.

—¿Podría decirme qué es un frente verde?

El padre y el hijo intercambiaron una divertida mirada que me hizo pensar en un chiste antiguo. Un turista originario de Chicago que conduce un lujoso coche deportivo se detiene en una granja en el campo. El viejo granjero está sentado en el porche, fumando una pipa de maíz. El turista saca la cabeza fuera de su Jaguar y pregunta: «Eh, abuelo, ¿puede decirme cómo llegar a East Machias?». El viejo granjero pega un par de chupadas a su pipa reflexivamente, y entonces contesta: «No se mueva ni un milímetro».*

* Por los distintos acentos en las regiones de Estados Unidos, «East Machias» podría confundirse con «Ease my itchy ass», que significa literalmente «Ráscame el culo». (N. del T.)

—Usted es de fuera, ¿verdad? —preguntó Frank. No tenía un acento tan cerrado como su padre. *Probablemente ve más televisión*, pensé. *No hay nada como la tele para erosionar un acento regional.*

—En efecto —asentí.

—Es curioso, habría jurado que hablaba un poco gangoso, como un norteño.

—Es cosa del dialecto peninsular —expliqué—. Es decir, de la Península Superior.

Excepto que —¡maldición!— eso era Michigan.

No obstante, ninguno de los dos pareció enterarse. De hecho, el joven Frank se retiró y se puso a fregar platos. A mano, me fijé.

—El frente verde es la licorería —dijo Anicetti—. Justo al otro lado de la calle, por si quiere comprar una pinta de algo.

—Creo que con la zarzaparrilla tengo suficiente —dije—. Era solo por saberlo. Que tenga un buen día.

—Igualmente, amigo mío. Vuelva a visitarnos.

Al pasar junto al trío que examinaba la fruta, murmuré: «Señoras». Y en ese momento deseé haber llevado un sombrero con el que saludar. Un fedora, quizá.

Como los que se ven en las películas antiguas.

6

El aspirante a matón había dejado su puesto y pensé en caminar por Main Street para ver qué más había cambiado, pero la idea solo duró un segundo. No tenía sentido forzar mi suerte. Imaginad que alguien me preguntaba por mi ropa. Creía que mi americana y mis pantalones pasarían más o menos desapercibidos, pero no estaba del todo seguro. Por no hablar de mi pelo, que me llegaba hasta el cuello. En mi época eso se consideraba perfectamente correcto para un profesor de secundaria —incluso conservador—, pero podría atraer miradas en una década donde rasurarse la nuca se consideraba una parte normal del servicio de barbería y donde las patillas estaban reservadas para rockabillies como el que me había llamado «papaíto». Por supuesto, podría decir que era un turista, que en Wisconsin todos los hombres llevaban el pelo un poco largo, era la última tendencia, pero el pelo y la ropa —esa sensación de no ser yo mismo, como una especie de alienígena en un disfraz humano imperfecto— solo constituía una parte del asunto.

Más que nada, estaba flipando, lisa y llanamente. No es que estuviera mentalmente inestable, creo que un cerebro humano moderamente equilibrado puede absorber gran cantidad de rarezas antes de que llegue a desmoronarse del todo, pero flipando, sí. Continuaba pensando en esas señoras con vestido largo y sombrero, señoras que se avergonzarían por enseñar el borde de la tira del sujetador en público. Y el sabor de la zarzaparrilla. Qué *completo* había sido.

Al otro lado de la calle había una tienda con una modesta fachada donde se leían las palabras LICORERÍA DEL ESTADO DE MAINE grabadas en relieve sobre el pequeño escaparate. Y sí, la pared frontal era de un claro verde lima. Dentro distinguí a mi compinche del secadero. El largo abrigo negro colgaba de las perchas de sus hombros; se había quitado el sombrero, y el cabello brotaba de la cabeza en todas direcciones, crizado, como el de un palurdo de dibujos animados que hubiera insertado el Dedo A en el Enchufe B. Gesticulaba al dependiente con ambas manos, y pude ver su tesoro amarillo en una de ellas. Intuía que apresaba el medio dólar de Al Templeton en la otra. El dependiente, que llevaba una corta bata blanca que se parecía un poco a la que llevaba el Doctor Moxie en el desfile anual, exhibía una expresión de singular indiferencia.

Caminé hasta la esquina, esperé a que se redujera el tráfico, y crucé la Antigua Carretera de Lewiston hacia la Worumbo. Un par de hombres empujaban por el patio una plataforma rodante cargada de fardos de ropa, fumando y riendo. Me pregunté si tendrían idea de lo que esa combinación de humo de tabaco y polución de la fábrica estaba haciendo a sus entrañas, y supuse que no. Probablemente eso fuera una bendición, aunque se trataba de una cuestión más propia de un profesor de filosofía que de un tipo que se ganaba el sueldo exponiendo a adolescentes de dieciséis años las maravillas de Shakespeare, Steinbeck y Shirley Jackson.

Una vez que entraron en la fábrica, haciendo rodar la plataforma entre las fauces de metal oxidado de unas puertas con una altura equivalente a tres pisos, franqueé la cadena de la que colgaba el cartel de **PROHIBIDO EL PASO MÁS ALLÁ DE ESTE PUNTO**.

Me obligué a no caminar demasiado rápido y a no escudriñar alrededor, a evitar *cualquier cosa* que pudiera atraer la atención, pero resultaba difícil. Ahora que casi me hallaba en el lugar por donde había llegado, la urgencia de apresurarme era casi irresistible. Tenía la boca seca, y la zarzaparrilla que había bebido enturbiaba mi estómago. ¿Y si no podía regresar? ¿Y si la marca que coloqué para indicar la posición de la escalera invisible había desaparecido? ¿Y si seguía allí, pero la escalera no?

Calma, me dije. *Calma.*

No pude resistirme a una rápida inspección antes de agacharme bajo la cadena, pero el patio estaba desierto. Desde algún lugar distante, como procedente de un sueño, me llegó de nuevo aquel tenue *wuf-chuf* del tren diésel. Me trajo a la mente otro verso de otra canción: «*Este tren tiene el blues de las vías en desaparición*».

Avancé hasta el flanco verde de la nave de secado, con el corazón latiéndome fuerte y alto en el pecho. La bola de papel y el trozo de hormigón seguían allí; por el momento todo bien. Le di una patada con cuidado, pensando: *Por favor, Dios, que esto funcione, por favor, Dios, déjame volver.*

La punta del zapato golpeó el trozo de hormigón —lo vi salir rebotando—, pero también chocó contra el tope del escalón. Estas dos acciones simultáneas eran en sí mismas imposibles, pero ambas sucedieron. Eché otro vistazo alrededor, pese a que desde el patio nadie podría verme en aquel estrecho callejón a menos que casualmente pasara justo por delante, en uno u otro extremo. Nadie.

Subí un escalón. Mi pie lo sentía, aunque los ojos me decían que continuaba en el pavimento agrietado del patio. La zarzaparrilla pegó otro cálido bandazo en mi estómago. Cerré los ojos y experimenté cierta mejoría. Di el segundo paso, luego el tercero. Eran bajos, esos escalones. Cuando pisé el cuarto, el calor estival desapareció de mi nuca y la oscuridad tras mis párpados se hizo más profunda. Intenté dar con el quinto escalón, solo que no había un quinto escalón. En cambio, mi cabeza chocó contra el bajo techo de la despensa. Una mano me asió por el antebrazo y casi grité.

—Relájate —dijo Al—. Relájate, Jake. Ya has vuelto.

Me ofreció una taza de café, pero rehusé con la cabeza; mi estómago aún se revolvía. Se sirvió una para él, y volvimos al reservado donde se había iniciado aquella travesía de locos. Mi cartera, el teléfono móvil y el dinero estaban amontonados en el centro de la mesa. Al se sentó con un jadeo de dolor y alivio. Parecía un poco menos demacrado y un poco más relajado.

—Bueno —empezó—. Ya has ido y has vuelto. ¿Qué opinas?

—Al, no sé qué pensar. Estoy conmocionado hasta el tuétano. ¿Lo encontrastre por accidente?

—Totalmente. Menos de un mes después de instalarme aquí. Aún debía de tener el polvo de Pine Street en las botas. La primera vez, de hecho, me *caí* por esa escalera, como Alicia en la madriguera de conejo. Creí que me había vuelto loco.

Podía imaginármelo. Yo al menos había recibido cierta preparación, por pobre que esta hubiera sido. Y realmente, ¿existía algún método adecudado para preparar a una persona para un viaje en el tiempo?

—¿Cuánto tiempo he estado fuera?

—Dos minutos. Ya te lo dije, siempre dura dos minutos. Da igual cuánto tiempo pases allí. —Tosió, escupió en un puñado limpio de servilletas, las dobló y las guardó en el bolsillo— Y cuando bajas los escalones, siempre son las 11.58 de la mañana del 9 de septiembre de 1958. Cada viaje es el primero. ¿Adónde fuiste?

—A la frutería Kennebec. Me tomé una cerveza de raíz. Fantástica.

—Sí, las cosas saben mejor allí. Menos conservantes, o lo que sea.

—¿Sabes quién es Frank Anicetti? Lo he visto cuando era un chaval de diecisiete años.

De algún modo, a pesar de todo, esperaba que Al se riera, pero se lo tomó como un asunto rutinario.

—Claro. He visto a Frank muchas veces, pero él solo me ha visto a mí una vez. En el pasado, quiero decir. Para Frank, cada vez es la primera vez. Entra en la tienda, ¿verdad? Viene de la Chevron. «Titus ha subido el camión en el elevador», le cuenta a su padre. «Dice que estará listo para las cinco.» Eso lo he escuchado cincuenta veces, por lo menos. No entro en la tienda siempre que voy, pero cuando lo hago, es lo que dice. Después llegan las mujeres y se ponen a seleccionar fruta. La señora Symonds y sus amigas. Es como ver la misma película una y otra y otra vez.

—Cada vez es la primera vez —repetí lentamente, rodeando con un espacio cada palabra. Intentando que cobraran sentido en mi mente.

—Correcto.

—Y cada persona con la que te encuentras, se encuentra *contigo* por primera vez, independientemente de las veces que os hayáis encontrado antes.

—Correcto.

—Podría volver y tener la misma conversación con Frank y su padre y no lo sabrían.

—De nuevo, correcto. O podrías cambiar algo, pedir un helado de plátano en lugar de un refresco, por ejemplo, y el resto de la conversación tomaría un rumbo distinto. El único que parece sospechar algo es Míster Tarjeta Amarilla, pero está demasiado borracho para darse cuenta de lo que siente. Si tengo razón, claro está, y él presiente algo, es porque está sentado cerca de la madriguera de conejo. O lo que sea. Quizá desprende alguna especie de campo energético y él…

Entonces rompió a toser y no pudo proseguir. Verle encogido, agarrándose el costado e intentando ocultarme el dolor que padecía y cómo le desgarraba por dentro, resultaba doloroso en sí mismo. *No puede seguir así*, pensé. *En menos de una semana acabará en el hospital, y probablemente solo es cuestión de días.* ¿Y no era esa la razón por la que me había llamado? ¿Porque tenía que transmitir a alguien su increíble secreto antes de que el cáncer le sellara los labios para siempre?

—Creí que podría ponerte al tanto de todo esta tarde, pero será imposible —dijo Al cuando recuperó el control de sí mismo—. Necesito ir a casa, tomarme algunas medicinas, y acostarme. Nunca en toda mi vida he tomado nada más fuerte que una aspirina, y esa mierda de OxyContina me apaga como a una cerilla. Dormiré seis horas y luego me sentiré mejor durante un rato. Un poco más fuerte. ¿Puedes venir a mi casa a eso de las nueve y media?

—Lo haría si supiera dónde vives —dije.

—Una cabaña pequeña en Vining Street. El número diecinueve.

Busca el gnomo de jardín al lado del porche. No tiene pérdida. Está agitando una bandera.

—¿De qué tenemos que hablar, Al? Quiero decir… me lo has *enseñado*. Te creo. —En efecto, pero… ¿por cuánto tiempo? Mi breve visita a 1958 ya estaba adquiriendo la evanescente textura de un sueño. Unas pocas horas más (o unos pocos días) y probablemente sería capaz de convencerme a mí mismo de que lo *había* soñado.

—Tenemos mucho de que hablar, socio. ¿Vas a venir? —No repitió «*la petición de un hombre moribundo*», pero lo leí en sus ojos.

—De acuerdo. ¿Quieres que te lleve a casa?

Los ojos le relampaguearon.

—Tengo la camioneta, y son solo cinco manzanas. Puedo conducir hasta allí.

—Seguro que sí —dije, con la esperanza de que mi voz sonara más convincente de lo que me sentía. Me levanté y empecé a guardar mis cosas en los bolsillos. Encontré el fajo de dinero que Al me había entregado y lo saqué. Ahora entendía los cambios en el billete de cinco. Probablemente también habría diferencias en los otros.

Se lo tendí y negó con la cabeza.

—No, quédatelo. Tengo mucho.

Sin embargo, lo dejé en la mesa.

—Si cada vez es la primera vez, ¿cómo es posible que conserves el dinero que trajiste? ¿Cómo es que no se esfuma en cada viaje?

—Ni idea, socio. Ya te lo dije, hay muchas cosas que desconozco. Existen reglas, y he averiguado algunas, pero no demasiadas. —El rostro se le iluminó en una lánguida pero genuinamente divertida sonrisa—. Tú te has traído contigo la cerveza, ¿no? ¿A que sigue removiéndose en tu barriga?

A decir verdad, así era.

—Bien, ahí lo tienes. Te veré esta noche, Jake. Estaré descansado y podremos hablar de esto.

—Una pregunta más.

Agitó una mano en mi dirección, como diciendo «adelante». Advertí que sus uñas, que siempre había mantenido escrupulosamente limpias, estaban amarillentas y resquebrajadas. Otra mala señal. No tan reveladora como una pérdida de peso de quince kilos, pero igualmente mala. Mi padre, que trabajó como ayudante de un médico, solía decir que uno puede deducir mucho acerca de la salud de una persona a partir del estado de sus uñas.

—La Famosa Granburguesa.

—¿Qué pasa con ella? —dijo, pero advertí una sonrisa jugueteando en las comisuras de sus labios.

—Puedes vender barato porque compras barato, ¿no es cierto?

—Carne picada del Red & White —dijo—. Uno diecinueve el kilo. Voy todas las semanas. O lo hacía hasta mi última aventura, que me llevó muy lejos de Las Falls. Negocio con el señor Warren, el carnicero. Si le pido cinco kilos de carne picada, me dice: «Marchando». Si le pido seis o siete, dice: «Tendrá que concederme un minuto para picársela fresca. ¿Celebra una reunión familiar?».

—Siempre lo mismo.

—Sí.

—Porque siempre es la primera vez.

—Correcto. Si lo piensas, es como la historia de los panes y los peces de la Biblia. Compro la misma carne picada semana tras semana. Se la he servido en las comidas a cientos o miles de personas, a pesar de esos estúpidos rumores de las gatoburguesas, y siempre se renueva.

—Compras la misma carne, una y otra vez —repetí, intentando asimilarlo.

—La misma carne, a la misma hora, del mismo carnicero, que siempre dice lo mismo a no ser que yo diga algo diferente. Admito, socio, que a veces se me ha pasado por la cabeza la idea de acercarme y soltarle: «¿Cómo va eso, señor Warren, calvo cabrón? ¿Se ha follado a alguna gallina últimamente?». Jamás se acordaría. Pero jamás lo he hecho, porque es un buen hombre. La mayoría de la gente que he conocido en esa época son buenas personas. —Al decir esto parecía un poco nostálgico.

—No entiendo cómo puedes comprar carne allí, servirla aquí... y luego volver a comprarla.

—Únete al club, socio. Te agradezco mucho que todavía sigas aquí; podría haberte perdido. De hecho, no tenías por qué haber contestado al teléfono cuando te llamé al instituto.

Una parte de mí deseaba no haberlo hecho, pero no lo mencioné. Probablemente no hacía falta. Al estaba enfermo, pero no ciego.

66

—Ven a casa esta noche. Te contaré lo que tengo en mente, y después podrás actuar como creas oportuno. Pero tendrás que decidirlo rápido, porque el tiempo es escaso. Un poco irónico, considerando dónde desembocan los escalones invisibles de mi despensa, ¿no te parece?

Más despacio que nunca, repetí:

—Cada… vez… es… la… primera vez.

Al volvió a sonreír.

—Creo que ya has captado esa parte. Te veré esta noche, ¿vale? Vining Street, número diecinueve. Busca el gnomo con la bandera.

8

Salí del Al's Diner a las tres treinta. Las seis horas entre ese momento y las nueve y media no fueron tan extrañas como visitar Lisbon Falls cincuenta y tres años antes, pero casi. El tiempo parecía simultáneamente demorarse y acelerar. Conduje hasta la casa que estaba pagando en Sabattus (Christy y yo habíamos vendido la que poseíamos en Las Falls y dividido los ingresos cuando nuestra corporación marital se disolvió). Pensé en echarme una siesta; por supuesto, no pude dormir. Tras veinte minutos tumbado de espaldas, más tieso que un palo, con la vista clavada en el techo, fui al cuarto de baño a hacer pis. Mientras observaba la orina salpicar la taza, pensé: *Esto es cerveza de zarzaparrilla procesada en 1958*. Sin embargo, al mismo tiempo pensaba que eso era una memez. Al me había hipnotizado de algún modo.

Esa cosa de la duplicación, ¿entendéis?

Intenté terminar de leer los últimos trabajos de mi clase avanzada, y no me sorprendí lo más mínimo al descubrirme incapaz de hacerlo. ¿Blandir el temible rotulador rojo del señor Epping? ¿Establecer juicios críticos? De risa. Ni siquiera conseguía conectar las palabras. Así que encendí el tubo (jerga con raíces en los Gloriosos Cincuenta; los televisores ya no *tenían* tubos) y navegué por los canales durante un rato. En el TCM di con una película antigua titulada *La chica de las carreras*. Me encontré mirando con tal intensidad coches antiguos y a adolescentes dominados por la angustia, que acabé con dolor de cabeza, de modo que la apagué. Me preparé un salteado, pero a pesar de que estaba hambriento, no pude comer. Ahí sentado, contemplando el plato, pensaba en Al Templeton sirviendo los mismos seis kilos de hamburguesas una y otra vez, año tras año. Realmente era como el milagro de los panes y los peces, y entonces, ¿qué importaba si, debido a los bajos precios, circulaban rumores sobre gatoburguesas y perroburguesas? Considerando lo que pagaba por la carne, debía de estar obteniendo un beneficio disparatado con cada Granburguesa que vendía.

Cuando me di cuenta de que andaba en círculos por la cocina —incapaz de dormir, incapaz de leer, incapaz de ver la tele, un salteado perfecto tirado por el triturador del fregadero—, me subí al coche y conduje de vuelta a la ciudad. Para entonces eran las siete menos cuarto y en Main Street abundaban las plazas de aparcamiento. Me detuve enfrente de la frutería Kennebec y me quedé sentado tras el volante, contemplando una reliquia con la pintura desconchada que en otro tiempo había sido un próspero negocio en una ciudad pequeña. Ya cerrado, parecía listo para la bola de demolición. El único indicio de vida humana eran unos carteles en el polvoriento escaparate (¡BEBER MOXIE ES *SALUDABLE*!, rezaba el más grande), tan anticuados que bien podrían llevar años abandonados.

La sombra de la frutería se extendía por la calle hasta tocar mi coche. A mi derecha, donde había estado la licorería, se levantaba ahora un edificio de ladrillo visto que albergaba una sucursal del Key Bank. ¿Quién necesitaba un frente verde cuando podías colarte en cualquier tienda de comestibles del estado y salir alegremente con una pinta de Jack o un cuarto de licor de café? Y nada de endebles bolsas de papel; en estos tiempos modernos usamos plástico, hijo. Dura mil años. Y hablando de tiendas de comestibles, nunca había oído hablar de ningún establecimiento llamado Red & White. Si querías comprar comida en Las Falls, ibas al supermercado de la IGA, a un bloque de distancia por la 196. Estaba justo enfrente de la vieja estación de tren. La cual, por cierto, era ahora una combinación de tienda de camisetas y salón de tatuajes.

Sea como fuere, en ese momento el pasado daba la impresión de hallarse muy cerca; quizá se debía a la estela dorada de la declinante luz estival, que siempre se me ha antojado ligeramente sobrenatural. Era como si 1958 aún permaneciera aquí mismo, oculto solo tras una fina película de años intermedios. Y, si lo que me había sucedido esa tarde no procedía de mi imaginación, eso era cierto.

Quiere que haga algo. Algo que él mismo habría hecho si el cáncer no le hubiera detenido. Dijo que volvió y se quedó cuatro años (eso era lo que creía recordar que había dicho, al menos), *pero cuatro años no fueron suficientes.*

¿Estaba yo dispuesto a volver a bajar esa escalera y quedarme cuatro años o más? ¿Fijar mi residencia allí, básicamente? ¿Regresar dos minutos más tarde... solo que ya en la cuarentena, con hebras de gris asomando en el pelo? No podía imaginarme haciendo eso, aunque, de entrada, tampoco podía imaginar qué habría descubierto Al que fuera tan importante. Únicamente sabía que pedirme cuatro o seis u ocho años de vida era demasiado pedir, incluso para un hombre moribundo.

Aún me faltaban dos horas hasta la cita en casa de Al. Decidí volver a casa y prepararme otro bocado, pero en esta ocasión me obligaría a comer. Después, me concedería otra oportunidad para terminar de corregir los trabajos. Quizá yo era una de las pocas personas que habían viajado en el tiempo —para el caso, Al y yo podríamos ser los únicos en la historia del mundo—, pero mis alumnos de poesía seguían esperando sus calificaciones finales.

En el trayecto rumbo a la ciudad no había puesto la radio, pero entonces la encendí. Al igual que mi tele, obtiene la programación de sondas espaciales manejadas por ordenador que giran alrededor de la Tierra a una altura de treinta y cinco mil kilómetros, una idea que seguramente el adolescente Frank Anicetti habría recibido abriendo los ojos como platos (pero probablemente sin una total incredulidad). Sintonicé Los Sesenta a las Seis y pillé a Danny y los Juniors desentramando «Rock'n'Roll is Here to Stay», tres o cuatro voces armónicas y apremiantes cantando sobre un piano martilleante. Les siguió Little Richard gritando «Lucille» a pleno pulmón, y a continuación Ernie K-Doe más o menos gimiendo «Mother-in-Law»: *«Ella cree que su consejo es una contribución, pero si lo dejara, eso sería la solución».* Todo sonaba tan melodioso y fresco como las naranjas que la señora Symonds y sus amigas habían estado seleccionando esa misma tarde.

Sonaba a *nuevo.*

¿Quería yo pasar varios años en el pasado? No. Sin embargo, *sí* quería volver. Aunque solo fuera para escuchar cómo sonaba Little Richard cuando aún estaba en la cresta de la ola. O para subir en un avión de Trans World Airlines sin tener que quitarme los zapatos, someterme a un escáner de cuerpo entero y atravesar un detector de metales.

Y anhelaba tomar otra cerveza de raíz.

CAPÍTULO 3

1

El gnomo enarbolaba una bandera, en efecto, pero no americana. Ni siquiera la bandera de Maine con el alce. La que sostenía el gnomo tenía una franja vertical azul y dos gruesas franjas horizontales, la superior de color blanco y la inferior de color rojo. Tenía, además, una única estrella. Al pasar junto al gnomo, le di una palmadita en el sombrero puntiagudo, y subí los escalones del porche de la casita de Al, en Vining Street, pensando en una graciosa canción de Ray Wylie Hubbard: «Que os jodan, nosotros somos de Texas».

La puerta se abrió antes de que pudiera tocar el timbre. Al llevaba puesto un albornoz encima del pijama, y el reciente pelo canoso formaba enmarañados tirabuzones, un grave caso de «cabeza de cama», si alguna vez vi uno. No obstante, el sueño (y los analgésicos, por supuesto) le había sentado bien. Aún tenía aspecto de enfermo, pero las arrugas alrededor de la boca no eran tan profundas, y mientras me conducía por el corto pasillo hacia la sala de estar, su andar parecía más seguro. Ya no se presionaba la axila izquierda con la mano derecha como si intentara mantenerse de una pieza.

—Ya me parezco un poco más a mi antiguo yo, ¿verdad? —preguntó con voz ronca mientras se sentaba en la butaca delante del televisor. Salvo que realmente no se sentó, sencillamente se posicionó y se dejó caer.

—Verdad. ¿Qué te han dicho los médicos?

—El que vi en Portland dice que no hay esperanza, ni siquiera con quimio y radiación. Exactamente lo mismo que me dijo el doctor que vi en Dallas. Y eso fue en 1962. Es agradable pensar que algunas cosas nunca cambian, ¿no crees?

Abrí la boca, seguidamente la cerré. A veces no hay nada que decir. A veces uno sencillamente se queda sin palabras.

—No tiene sentido marear la perdiz —dijo—. Sé que la muerte incomoda a la gente, sobre todo cuando el que se muere solo puede culpar a sus propios malos hábitos, pero no puedo malgastar el tiempo siendo delicado. Prontó ingresaré en un hospital, aunque no haya otra razón para ello que ser incapaz de ir y volver del cuarto de baño por mí mismo. Y que me parta un rayo si me quedo sentado tosiendo hasta echar los higadillos y hundiéndome en mi propia mierda.

—¿Qué pasa con el restaurante?

—El restaurante está acabado, socio. Aunque estuviera sano como un caballo, desaparecería a final de mes. Sabes que tenía alquilada esa parcela, ¿no?

Lo ignoraba, pero tenía su lógica. Aunque la Worumbo aún se llamaba Worumbo, ahora era básicamente un moderno centro comercial, y eso implicaba que Al habría estado pagando una renta a alguna corporación.

—Hay que renovar el contrato de arrendamiento, y Mill Associates quiere ese espacio para poner algo llamado (esto te va a encantar) L. L. Bean Express. Aparte, dicen que mi Aluminaire es una monstruosidad.

—¡Eso es ridículo! —exclamé, y mi indignación era tan genuina que hizo reír a Al.

La risa trató de metamorfosearse en un ataque de tos y se obligó a sofocarlo. Aquí, en la intimidad de su hogar, no usaba pañuelos de papel, ni pañuelos de tela ni servilletas para lidiar con esa tos; había una caja de compresas Maxi Pads en la mesa junto a la butaca. Mis ojos se desviaban una y otra vez hacia ellas. Los instaba a apartarse, tal vez para mirar la foto en la pared de Al rodeando con un brazo a una mujer bien parecida, pero enseguida los descubría retornando a la caja. He aquí una de las grandes verdades de la condición humana: si necesitas compresas para absorber las expectoraciones producidas por tu maltrecho cuerpo, es que tienes un problemón de la hostia.

—Gracias por decir eso, socio. Podríamos beber algo. Mis días de alcohol han terminado, pero tengo té helado en la nevera. Quizá deberías hacer los honores.

2

En el restaurante Al solía utilizar una cristalería resistente y sencilla, pero la jarra que contenía el té helado me parecía Waterford. Un limón entero cabeceaba plácidamente en la superficie, con la piel cortada para permitir que el sabor se filtrara. Llené un par de vasos con hielo, vertí el té y regresé a la sala de estar. Al tomó un trago largo y profundo del suyo y cerró los ojos, agradecido.

—Chico, es estupendo. Ahora mismo todo en Mundo Al es estupendo. Esas drogas son una maravilla. Adictivas como mil demonios, por supuesto, pero maravillosas. Incluso me quitan un poco la tos. El dolor llegará a hurtadillas otra vez hacia medianoche, pero debería darnos tiempo suficiente para hablar de eso. —Tomó otro sorbo y me dirigió una mirada de atribulada diversión—. Las cosas humanas son fantásticas hasta el final, por lo que se ve. Nunca lo habría imaginado.

—Al, ¿qué pasará con ese… ese agujero al pasado si retiran tu caravana y construyen un *outlet* en ese lugar?

—No lo sé, igual que no sé cómo puedo comprar la misma carne una y otra vez. Lo que yo *creo* es que desaparecerá. Creo que es una extravagancia de la naturaleza, como los géiseres de Yellowstone, o como esa extraña roca en equilibrio que tienen en Australia occidental, o como un río que fluye hacia atrás en ciertas fases de la luna. Estas cosas son delicadas, socio. Un pequeño corrimiento de la corteza terrestre, un cambio de temperatura, unos cartuchos de dinamita, y adiós.

—Así que no crees que vaya a producirse… no sé… ¿una especie de cataclismo? —En mi mente imaginaba una brecha en la cabina de un avión volando a once mil metros de altitud y que todo desaparecía succionado, incluidos los pasajeros. Lo había visto una vez en una película.

—No lo creo, pero ¿quién es capaz de asegurarlo? De cualquier forma, solo sé que no hay nada que hacer al respecto. A menos que quieras que te ceda el local, claro. Podría arreglarlo. Después podrías ir a la Sociedad Nacional de Conservación Histórica y decirles: «Eh, muchachos, no permitáis que pongan un *outlet* en el patio de la vieja fábrica Worumbo. Allí hay un túnel del tiempo. Comprendo que es difícil de creer, pero dejadme que os lo enseñe».

Por un instante me lo planteé, porque probablemente Al tenía razón: la fisura que conducía al pasado era casi con toda certeza delicada. Por cuanto yo sabía (o *él*), podría reventar como una burbuja de jabón simplemente con una sacudida fuerte del Aluminaire. Después pensé en el gobierno federal descubriendo que podrían enviar al pasado a los cuerpos de operaciones especiales para cambiar todo cuanto quisieran. No sabía si eso sería posible, pero en tal caso, los tipos que nos proporcionaban cosas tan divertidas como armas biológicas y bombas inteligentes guiadas por ordenador eran las últimas personas que querría que modificaran sus agendas en beneficio de una historia viva y desprotegida.

Un momento después de que se me ocurriera esta idea —no, en el mismo *segundo*—, supe lo que Al tenía en mente. Solo me faltaban los detalles. Dejé a un lado mi té y me puse en pie.

—Ah, no, no. Rotundamente no.

Al recibió mis palabras con calma. Podría decir que se debía a su colocón de OxyContina, pero me engañaría a mí mismo. Se daba cuenta de que, dijera lo que dijese, no tenía intención de marcharme. Mi curiosidad —por no mencionar mi fascinación— probablemente saltaba a la vista cual púas de puercoespín. Porque una parte de mí quería conocer los detalles.

—Veo que puedo pasar por alto la introducción e ir directamente al grano —dijo Al—. Eso es bueno. Siéntate, Jake, y te confiaré el único motivo que tengo para no engullir de golpe toda mi reserva de pastillitas color rosa. —Y como permanecí de pie, prosiguió—: Sabes que deseas oírlo, y ¿qué hay de malo? Aunque pudiera obligarte a hacer algo aquí, en el 2011, cosa que no puedo, no podría obligarte a hacer nada en el pasado. Allí, Al Templeton no es más que un crío de cuatro años de Bloomington, Indiana, corriendo por el patio con una máscara del Llanero Solitario que aún duda a la hora de utilizar el váter. Así que siéntate. Como dicen en los publirreportajes, sin ninguna obligación.

Correcto. Por otra parte, mi madre habría dicho que *la voz del diablo es dulce.*

Pero me senté.

3

—¿Conoces la expresión *momento divisorio*, socio?

Asentí. No tenías que ser profesor de lengua para conocerla; ni siquiera tenías que ser una persona culta. Era uno de esos irritantes atajos lingüísticos que se manifiestan en los programas de noticias de la tele por cable, día sí y día también. Otros incluyen *conectar los puntos y en este instante de tiempo.* El más irritante de todos (he arremetido en su contra delante de mis alumnos visiblemente aburridos una vez y otra vez y otra vez) es la expresión, completamente sin sentido, *alguna gente dice*, o *numerosa gente cree.*

—¿Sabes de dónde viene? ¿Su origen?

—No.

—Cartografía. Una divisoria delimita un área de tierra, una cuenca, generalmente una montaña o un bosque, que vierte sus aguas a un determinado río. La historia también es un río. ¿No la describirías así?

—Sí, supongo que sí. —Bebí un sorbo de mi té.

—A veces los acontecimientos que cambian la historia son generalizados, como una lluvia fuerte y prolongada sobre una cuenca entera que inunda las riberas de un río. Pero los ríos pueden incluso desbordarse en días soleados. Todo cuanto se necesita es un chaparrón fuerte y prolongado en *una pequeña zona* de la cuenca. En la historia también existen riadas relámpago. ¿Quieres ejemplos? ¿Qué me dices del 11-S? ¿O de la derrota de Gore en el 2000?

—Al, no puedes comparar unas elecciones nacionales con una riada.

—Quizá la mayoría no, pero las elecciones presidenciales del 2000 pertenecen a una categoría aparte. Imagina que pudieras volver a Florida en el otoño del doble cero y gastar doscientos mil dólares en favor de Al Gore.

—Hay un par de problemas —objeté—. Primero, no tengo doscientos mil dólares. Segundo, soy profesor de instituto. Puedo contarte todo lo relacionado con la fijación materna de Thomas Wolfe, pero en lo que se refiere a política, estoy en pañales.

Batió la mano en un gesto de impaciencia que casi hizo que su anillo del cuerpo de Marines saliera despedido de su escuálido dedo.

—El dinero no es problema. Tendrás que confiar en mí, por ahora. Y por lo general, el conocimiento anticipado supera con creces a la experiencia. La diferencia en Florida fue supuestamente inferior a seiscientos votos. ¿Crèes que con doscientos de los grandes se podrían comprar seiscientos votos el día de las elecciones si todo se redujera a eso?

—A lo mejor —dije—. Probablemente. Supongo que aislaría comunidades con un alto grado de apatía y donde tradicionalmente la participación sea baja; no haría falta investigar demasiado. Y luego empezaría a repartir dinero.

Al sonrió burlonamente mostrando los huecos de dientes desaparecidos y las enfermizas encías.

—¿Por qué no? En Chicago funcionó durante años.

La idea de comprar la Presidencia por menos de lo que costarían dos sedanes Mercedes Benz me hizo callar.

—Pero cuando se trata del río de la historia, los momentos divisorios más susceptibles de cambiar son los asesinatos, los que tuvieron éxito y los que fracasaron. Al archiduque Francisco Fernando de Austria le disparó un mequetrefe mentalmente inestable llamado Gavrilo Princip, y eso marcó el inicio de la Primera Guerra Mundial. Por otra parte, después de que Claus von Stauffenberg fracasara en su intento de matar a Hitler en 1944 (al poste, pero sin premio), la guerra continuó y murieron millones de personas.

También yo había visto esa película.

Al prosiguió:

—No hay nada que podamos hacer en el caso del archiduque o en el caso de Hitler. Están fuera de nuestro alcance.

Pensé en acusarle por esas presunciones, pero mantuve la boca cerrada. Me sentía como un hombre leyendo un libro macabro. Una novela de Thomas Hardy, por ejemplo. Sabes cómo va a terminar, pero eso, en lugar de estropear las cosas, de algún modo aumenta tu fascinación. Es como mirar a un niño que hace correr su tren eléctrico cada vez más rápido y esperar a que descarrile en una curva.

—En cuanto al 11-S, si quisieras remediarlo, tendrías que esperar cuarenta y tres años. Te pondrías casi con ochenta, si es que consigues llegar a esa edad.

Ahora cobraba sentido la bandera con la solitaria estrella que enarbolaba el gnomo. Era un recuerdo de la última incursión de Al en el pasado.

—Tú no lograrías llegar a 1963, ¿verdad?

Ante esto no replicó, solo se limitó a observarme. Los ojos, que habían presentado un aspecto velado y distraído esa misma tarde en el restaurante, ahora brillaban. Casi rejuvenecidos.

—Porque eso es de lo que estás hablando, ¿verdad? Dallas en 1963.

—Así es —confirmó—. Tuve que desistir. Pero *tú* no estás enfermo, socio. Estás sano y en la flor de la vida. Puedes volver, y puedes impedirlo.

Se inclinó hacia delante. Sus ojos no solo brillaban; ardían.

—Tú puedes cambiar la historia, Jake. ¿Lo entiendes? *John Kennedy puede salvarse.*

4

Conozco las bases de la narrativa de suspense —o por lo menos debería, pues he leído suficientes novelas de intriga a lo largo de mi vida— y la regla principal es mantener la incertidumbre en el lector. Sin embargo, si habéis captado algo de la esencia de mi personaje a partir de los extraordinarios sucesos de aquel día, sabréis que deseaba que me convenciera. Christy Epping se había convertido en Christy Thompson (chico conoce a chica en reunión de AA, ¿recordáis?), y yo vivía solo. Ni siquiera teníamos hijos por los que pelear. Me desempeñaba bien en mi trabajo, pero mentiría si dijera que suponía un desafío. Un viaje en autoestop por Canadá con un amigo después del último año de universidad constituía lo más cercano a una aventura que había vivido, y dada la naturaleza alegre y amable de la mayoría de los canadienses, tampoco tuvo mucho de aventura. Ahora, de repente, se me ofrecía la oportunidad de convertirme en un jugador importante no solo en la historia de América, sino en la del *mundo*. Así que sí, sí, sí, deseaba que me convenciera.

Pero también tenía miedo.

—¿Y si sale mal? —Bebí el resto del té helado en cuatro largos tragos; los cubitos de hielo tintinearon contra mis dientes—. ¿Y si me las arreglo, Dios sabe cómo, para impedir que suceda y empeoro las cosas en lugar de mejorarlas? ¿Y si regreso y descubro que América está bajo un régimen fascista? ¿O que la polución es tan extrema que todo el mundo anda con máscaras antigás?

—Entonces vuelves otra vez —dijo—. Vuelves a las doce menos dos minutos del 9 de septiembre de 1958. Anulas toda la operación. Cada viaje es el primero, ¿recuerdas?

—Parece lógico, pero ¿y si los cambios fueran tan radicales que tu restaurante ya ni siquiera existiera?

Al sonrió abiertamente.

—Entonces tendrías que vivir tu vida en el pasado. Pero ¿sería eso tan malo? Como profesor de lengua todavía te defenderías para conseguir un empleo, y ni siquiera lo necesitarías. Yo pasé allí cuatro años, Jake, y junté una pequeña fortuna. ¿Sabes cómo?

Podría haber aventurado una respuesta educada, pero sacudí la cabeza.

—Apostando. Tuve cuidado, no quería levantar ninguna sospecha, y desde luego no quería que ningún corredor de apuestas enviara a un rompepiernas por mí, pero cuando uno ha estudiado quién ganó los grandes eventos deportivos entre el verano de 1958 y el otoño de 1963, te puedes permitir el lujo de ser cuidadoso. No diré que puedas vivir como un rey, porque es una forma de vida peligrosa, pero no existe ninguna razón para no vivir bien. Y creo que el restaurante seguirá aquí. Ha aguantado en mi caso, y he cambiado multitud de cosas. Como cualquier persona. Solo dar la vuelta a la esquina y comprar una barra de pan y un litro de leche ya cambia el futuro. ¿Has oído hablar alguna vez del efecto mariposa? Se trata de una elaborada teoría científica que básicamente se reduce a la idea de que…

Empezó a toser otra vez, el primer ataque prolongado desde que yo había llegado. Cogió una de las compresas de la caja, se cubrió la boca como si fuera una mordaza, y luego de repente se dobló hacia delante. Un truculento ruido de arcadas brotó de su pecho. Sonaba como si la mitad de sus mecanismos internos se hubieran desprendido y estuvieran colisionando entre sí como autos de choque en un parque de atracciones. Finalmente remitió. Examinó la compresa, parpadeó, la dobló, y la tiró a la basura.

—Perdona, socio. Esta menstruación oral es una putada.

—¡Por Dios, Al!

Se encogió de hombros.

—Si uno no puede bromear sobre ello, ¿qué sentido tiene todo? Bueno, ¿dónde estaba?

—El efecto mariposa.

—Eso. Significa que sucesos de poca importancia pueden tener, cómo se dice, ramificaciones. La idea es que si un tipo mata a una mariposa en China, quizá dentro de cuarenta años, o de cuatrocientos, se produzca un terremoto en Perú. ¿Opinas como yo que es algo disparatado?

Efectivamente, pero me acordé de la antediluviana paradoja del viaje en el tiempo y la saqué a colación.

—Sí, pero ¿y si vuelves atrás y matas a tu propio abuelo?

Me miró de hito en hito, perplejo.

—¿Por qué coño ibas a hacer eso?

Esa era una buena pregunta, así que le indiqué que continuara.

—Tú, esta tarde, has cambiado el pasado en toda clase de pequeños aspectos solo por entrar en la frutería Kennebec…, pero los escalones que subían a la despensa de vuelta a 2011 seguían ahí, ¿verdad? Y Las Falls es la misma que cuando te marchaste.

—Eso parece, sí. Pero estás hablando de algo un poco más importante; a saber: salvar la vida de JFK.

—Oh, estoy hablando de mucho más, porque esto no se trata de matar a una mariposa en China, socio. Estoy hablando además de salvarle la vida a RFK, porque si John sobreviviera en Dallas, Robert probablemente no se presentaría como candidato a la presidencia en 1968. El país no estaría preparado para sustituir a un Kennedy por otro.

—Eso no lo sabes seguro.

—No, pero escucha. ¿Acaso crees que si le salvas la vida a John Kennedy, su hermano Robert estará en el hotel Ambassador a las doce y cuarto del mediodía del 5 de junio de 1968? Y aunque así fuera, ¿Sirhan Sirhan aún trabajará en la cocina?

Quizá, pero las probabilidades debían de ser ínfimas. Si uno introducía un millón de variables en una ecuación, la solución iba a cambiar, desde luego.

—O ¿qué hay de Martin Luther King? ¿Estará aún en Memphis en abril del 68? Incluso si así fuera, ¿saldrá al balcón del Motel Lorraine a la hora exacta en que James Earl Ray le disparó? ¿Qué opinas?

—Si esa teoría de la mariposa es correcta, probablemente no.

—Eso es lo que yo creo también. Y si MLK sobrevive, los disturbios raciales que siguieron a su muerte no ocurrirán. Quizá no disparen a Fred Hampton en Chicago.

—¿A quién?

Pasó de mí.

—Para el caso, quizá no exista el SLA, el Ejército Simbiótico de Liberación. Sin SLA, no hay secuestro de Patty Hearst. Sin secuestro de Patty Hearst, habrá una pequeña pero quizá significativa reducción del miedo a los negros entre los blancos de clase media.

—Me estás liando. Recuerda, yo estudié lengua y literatura inglesa.

—Te estás liando porque sabes más de la Guerra Civil del siglo diecinueve que de la guerra que ha despedazado a este país después del asesinato de Kennedy en Dallas. Si te preguntara quién protagonizó *El graduado*, estoy seguro de que me lo dirías. Pero si te pidiera que me dijeras a quién intentó asesinar Lee Oswald solo unos meses antes de abatir a Kennedy, reaccionarías en plan «¿Quéee?». Porque de algún modo todo eso se ha perdido.

—¿Oswald intentó asesinar a alguien *antes* que a Kennedy?
—Aquello era una novedad para mí, pero la mayor parte de mi conocimiento sobre la muerte de Kennedy procedía de una película de Oliver Stone. En cualquier caso, Al no respondió. Al estaba en racha.

—O ¿qué pasa con Vietnam? Johnson fue quien inició la demencial escalada de violencia. Kennedy era un guerrero frío, no cabe duda, pero Johnson lo llevó al siguiente nivel. Poseía el mismo complejo de «mis pelotas son las más grandes» que mostró Dubya cuando se plantó delante de las cámaras y dijo «A la carga». Kennedy podría haber cambiado de idea. Johnson y Nixon eran incapaces de eso. Gracias a ellos, en Vietnam perdimos a casi sesenta mil soldados americanos. Los vietnamitas, del norte y del sur, perdieron a *millones*. ¿La carnicería sería tan grande si Kennedy no muriera en Dallas?

—No lo sé. Y tú tampoco, Al.

—Eso es cierto, pero me he convertido en todo un estudioso de la historia americana reciente, y creo que las probabilidades de mejorar las cosas salvándole la vida son muy altas. Y de veras, no existe un lado negativo. Si las cosas se van a la mierda, solo hay que retroceder. Es tan fácil como borrar una palabrota de una pizarra.

—Si no puedo regresar, nunca sabré el resultado.

—Tonterías. Eres joven. Mientras no te dejes atropellar por un taxi ni sufras un infarto, vivirías el tiempo suficiente para enterarte de cómo resultan las cosas.

Permanecí sentado en silencio, con la vista fija en mi regazo, meditando. Al no me interrumpió. Por fin, alcé la cabeza.

—Debes de haber leído mucho acerca del asesinato y acerca de Oswald.

—Todo lo que ha caído en mis manos, socio.

—¿Qué certeza tienes de que lo hiciera él? Porque hay unas mil teorías de la conspiración. Eso lo sé hasta yo. Pero ¿y si vuelvo al pasado y le detengo, y entonces algún otro tipo le vuela los sesos a Kennedy desde la loma de hierba, o lo que fuera?

—El montículo de hierba. Y estoy casi al cien por cien seguro de que Oswald actuó solo. Para empezar, todas las teorías de la conspiración son descabelladas, y la mayoría se han refutado a lo largo de los años. La idea de que el tirador no fue Oswald, sino alguien que se le parecía, por ejemplo. El cadáver fue exhumado en 1981 y se le practicó una prueba de ADN. Era él, estaba claro. Ese puto bastardo. —Hizo una pausa, luego agregó—: Le conocí, ¿sabes?

Le miré fíjamente.

—¡Anda ya!

—Oh, sí. Habló conmigo. Eso fue en Fort Worth. Él y su mujer, Marina, que era rusa, habían ido a visitar al hermano de Oswald. Si Lee alguna vez quiso a alguien, fue a su hermano Bobby. Estuve esperando junto a la valla que rodeaba el patio de Bobby Oswald, apoyado en un poste de teléfonos, fumando un cigarrillo y fingiendo que leía el periódico. El corazón parecía latirme a doscientas pulsaciones por minuto. Lee y Marina salieron juntos. Ella llevaba a su hija, June. Una cosita chiquitita, de menos de un año. La niña estaba dormida. Ozzie iba vestido con unos pantalones caquis y una camisa abotonada de la Liga de la Hiedra, toda raída alrededor del cuello. Los pantalones estaban bien planchados, aunque sucios. Tenía el pelo muy corto, no ya al estilo marine, pero sí lo suficiente como para no poder tirar de él. Y Marina... ¡Cielo santo! ¡Una mujer impresionante! Cabello oscuro, ojos azules vivos, piel perfecta. Parece una estrella de cine. Si haces esto, lo verás por ti mismo. Mientras salían por el paseo, ella le dijo algo en ruso. Él le respondió, sonreía al hablar, pero entonces le dio un empujón que casi la hizo caer. La niña se despertó y empezó a llorar. Oswald no dejó de sonreír en ningún momento.

—Viste todo eso. Realmente. Le viste a *él*. —A pesar de mi propio viaje en el tiempo, estaba medio convencido de que aquello tenía que ser un delirio o una descarada mentira.

—Sí. Ella salió por la portezuela y pasó caminando a mi lado con la cabeza gacha, sosteniendo al bebé contra el pecho. Como si yo no estuviera allí. Pero él vino directo hacia mí, tan cerca que pude oler la Old Spice que se echaba para intentar camuflar el olor a sudor. Tenía la nariz salpicada de puntos negros. Por su ropa, y sus zapatos, que estaban rozados y rotos por detrás, dirías que no tenía donde caerse muerto, pero cuando mirabas su cara, comprendías que daba igual. A él le daba igual. Se creía alguien importante.

Al recapacitó un momento, luego sacudió la cabeza.

—No, retiro lo dicho. Él *sabía* que era alguien importante. Solo era cuestión de esperar a que el resto del mundo se pusiera al día. Así que ahí estaba, delante de mis narices, casi podría haberlo estrangulado, y no creas que la idea no se me pasó por la cabeza...

—¿Por qué no lo hiciste? O directamente, ¿por qué no le pegaste un tiro?

—¿Delante de su mujer y su hija? ¿Tú serías capaz, Jake?

No tuve que pensarlo mucho tiempo.

—Supongo que no.

—Yo tampoco. Además, tenía mis motivos. Entre ellos, una aversión a la prisión del estado... y a la silla eléctrica. Estábamos en la calle, ¿recuerdas?

—Ah.

—Vale. Cuando se acercó a mí, todavía tenía esa sonrisita en la cara. Arrogante y remilgada, las dos cosas al mismo tiempo. Lleva esa sonrisa en más o menos todas las fotografías que han podido sacarle. La lleva en la comisaría después de que le arrestaran por matar al presidente y a un agente de policía que por casualidad se cruzó en su camino cuando intentaba escapar. Me dijo: «¿Qué está mirando, señor?». Yo contesté: «Nada, amigo». Y él dijo: «Entonces no se meta donde no le llaman».

»Marina le esperaba en la acera, tal vez a unos cinco o seis metros, y trataba de calmar a la niña para que volviera a dormirse. Hacía un calor infernal, pero ella se recogía el pelo con un pañuelo, al estilo de muchas mujeres europeas de esa época. Oswald llegó hasta donde estaba ella y la agarró por el codo, como si fuera un poli en lugar de su marido, y le dijo: *"Pokhoda! Pokhoda!"*. Camina, camina. Ella le respondió algo, quizá le pidió que llevara al bebé un rato. Bueno, solo es una suposición. Pero él la empujó y dijo: *"Pokhoda, cyka!"*. Camina, perra. Ella obedeció. Luego echaron a andar hacia la parada del autobús, y eso fue todo.

—¿Hablas ruso?

—No, pero tengo buen oído y un ordenador. Es decir, aquí.

—¿Le viste más veces?

—Solo a distancia. Para entonces ya empezaba a estar muy enfermo. —Sonrió—. En ningún sitio de Texas se hace una barbacoa mejor que en Forth Worth, y no pude probarla. Este es un mundo cruel, a veces. Fui a ver a un médico, aunque yo mismo podría haber deducido el diagnóstico, y volví al siglo veintiuno. Básicamente, no había nada más que ver. Solo un maltratador de mujeres flacucho que espera hacerse famoso.

Se inclinó hacia delante.

—¿Sabes cómo era el hombre que cambió la historia de América? Era el típico crío que tira piedras a los otros niños y luego sale corriendo. Para cuando se alistó en los Marines (quería ser como su hermano Bobby, idolatraba a Bobby), había vivido en casi dos docenas de ciudades distintas, desde Nueva Orleans hasta Nueva York. Tenía grandes ideas y no entendía por qué la gente no las escuchaba. Eso le enloquecía, le ponía furioso, pero nunca perdió esa sonrisita cabrona. ¿Sabes cómo le llamó William Manchester?

—No. —Ni siquiera sabía quién era William Manchester.

—Un miserable descarriado. Manchester hablaba acerca de todas las teorías de la conspiración que florecieron en el período posterior al asesinato… y después de que dispararan y mataran al mismo Oswald. Es decir, eso lo sabes, ¿verdad?

—Por supuesto —contesté, un poco irritado—. Lo hizo un tipo llamado Jack Ruby. —Sin embargo, habida cuenta de las lagunas de conocimiento que había demostrado, supongo que tenía derecho a preguntarlo.

—Manchester decía que si pones al presidente asesinado en un extremo de la balanza y a Oswald, el miserable descarriado, en el otro, no se equilibra. De ninguna manera. Si se quiere dar un significado a la muerte de Kennedy, hay que añadir algo más pesado, lo cual explica la proliferación de teorías conspiratorias. Como que fue la mafia y que Carlos Marcello ordenó el trabajo. O que fue la KGB. O Castro, para vengarse de la CIA por intentar liquidarlo con puros envenenados. Hoy en día hay gente que cree que lo hizo Lyndon Johnson para llegar a presidente. Pero en definitiva… —Al meneó la cabeza—. Casi seguro fue Oswald. Has oído hablar de la navaja de Occam, ¿no?

Era agradable saber algo con certeza.

—Es un principio también conocido como Ley de Parsimonia. «En igualdad de condiciones, la explicación más simple es generalmente la correcta.» Entonces, ¿por qué no le mataste cuando *no estuviera* en la calle con su mujer y su hija? Tú también fuiste marine. Cuando supiste lo enfermo que estabas, ¿por qué no mataste tú mismo a ese arrogante hijo de puta?

—Porque estar seguro al noventa y cinco por ciento no es lo mismo que estarlo al cien por cien. Porque, fuera o no un tarado, era un hombre de familia. Porque después de ser arrestado, Oswald dijo que era un cabeza de turco y quería cerciorarme de que mentía. En este endemoniado mundo, no creo que nadie pueda estar seguro de nada al cien por cien, pero quería subir la probabilidad hasta el noventa y ocho. Aunque no me proponía esperar hasta el 22 de noviembre y detenerle en el Depósito de Libros Escolares de Texas; eso habría sido hilar demasiado fino, y existe un buen motivo que debo contarte.

Sus ojos ya no se veían tan brillantes, y las arrugas en el rostro volvían a acentuarse. Me asustaba cuánto habían mermado sus reservas de fuerza.

—Lo he escrito todo, y quiero que lo leas. De hecho, quiero que te lo empolles como un cabrón. Mira encima de la tele, socio. ¿Te importaría? —Me dirigió una cansada sonrisa y agregó—: Tengo puestos mis calzones de estar sentado.

Se trataba de un grueso cuaderno azul. El precio estampado en la tapa era de veinticinco centavos. La marca me resultaba ajena.

—¿Qué es Kresge?

—La cadena de hipermercados que ahora se conoce como Kmart. Lo que pone en la tapa no importa, presta atención a lo que hay dentro. Es la cronología de Oswald, más todas las pruebas reunidas en su contra... que en realidad no tendrás que leer si accedes a esto, porque vas a detener a esa rata en abril de 1963, más de medio año antes de que Kennedy visite Dallas.

—¿Por qué en abril?

—Porque es cuando alguien intentará matar al general Edwin Walker... solo que para entonces ya no era general. Fue destituido en 1961 por el propio JFK. El general Edwin distribuía folletos segregacionistas entre sus tropas y les ordenaba leerlos.

—¿Fue Oswald quien disparó?

—Eso es lo que deberás comprobar. Es el mismo puto rifle, no hay duda, las pruebas de balística lo demostraron. Yo esperaba presenciar el disparo. Podía permitirme el lujo de no interferir, porque en esa ocasión Oswald falló. La bala se desvió por el listón central de madera de la ventana de la cocina. No mucho, pero bastó. La bala le peinó literalmente el pelo y sufrió cortes leves en el brazo debido a las astillas que salieron volando del marco. Fueron sus únicas heridas. —Al sacudió la cabeza—. No diré que el hombre mereciera morir (muy pocos hombres son tan malvados como para merecer que les peguen un tiro en una emboscada), pero cambiaría a Walker por Kennedy con los ojos cerrados.

No presté atención a esto último. Estaba hojeando el Cuaderno Oswald de Al, página tras página de notas escritas con letra apretada, completamente legibles al principio, menos hacia el final. Las últimas páginas eran los garabatos de un hombre muy enfermo. Cerré el cuaderno y dije:

—Si hubieras podido confirmar que Oswald fue el tirador del atentado contra el general Walker, ¿eso habría despejado tus dudas?

—Sí. Necesitaba asegurarme de que era capaz de hacerlo. Ozzie es un hombre malo, Jake, lo que la gente en el 58 llama un canalla, pero pegar a tu esposa y retenerla como virtual prisionera por no hablar el idioma no justifica el asesinato. Y algo más. Aunque no hubiera desarrollado la C mayúscula, sabía que a lo mejor no dispondría de otra oportunidad para enderezarlo si mataba a Oswald y a pesar de todo otra persona disparaba al presidente. Cuando un hombre llega a los sesenta, su garantía prácticamente ha expirado, ¿entiendes lo que quiero decir?

—¿Era preciso matarlo? ¿No podías… no sé… incriminarle por algo?

—Quizá, pero ya estaba enfermo. No sé si hubiera podido hacerlo aun estando sano. En conjunto, parecía más simple acabar con él una vez que me asegurara. Como pegarle un manotazo a una avispa antes de que te pique.

Permanecí en silencio, pensando. El reloj de la pared marcaba las diez y media. Al había iniciado la conversación diciendo que aguantaría hasta medianoche, pero bastaba mirarle para saber que había sido una estimación salvajemente optimista.

Llevé su vaso y el mío a la cocina, los enjuagué y los coloqué en el escurreplatos. Me sentía como si se hubiera desencadenado un embudo de tornado detrás de mi frente. En lugar de vacas y postes y trozos de papel, lo que succionaba y hacía girar eran nombres: Lee Oswald, Bobby Oswald, Marina Oswald, Edwin Walker, Fred Hampton, Patty Hearst. Había también brillantes acrónimos en ese torbellino, dando vueltas como ornamentos cromados arrancados del capó de algún coche de lujo: JFK, RFK, MLK, SLA. El ciclón incluso emitía un sonido, dos palabras rusas pronunciadas una y otra vez con un monótono acento sureño: *pokhoda*, *cyka*.

Camina, perra.

5

—¿Cuánto tiempo tengo para decidirme? —pregunté.

—No mucho. El restaurante desaparece a final de mes. He hablado con un abogado para ver si se podía ganar más tiempo, interponer una demanda, o algo, pero no fue muy optimista. ¿Alguna vez has visto un letrero en una tienda de muebles que dice LIQUIDACIÓN POR FIN DE ARRENDAMIENTO?

—Claro.

—Nueve de cada diez casos son trucos de venta, pero mi caso es el décimo. Y no estoy hablando de una tienda de saldos cualquiera. Estoy hablando de Bean's, y en Maine, L.L. Bean es el mayor simio de la jungla. En cuanto llegue el 1 de julio, el restaurante desaparecerá como la Enron. Pero eso no es lo importante. Puede que el 1 de julio *yo* ya me haya ido. Puedo pillar un resfriado y morir de neumonía en tres días. Puede darme un infarto o un derrame cerebral. O podría matarme accidentalmente con esas malditas píldoras de OxyContina. La enfermera a domicilio me pregunta a diario si tengo cuidado en no sobrepasar la dosis, y *tengo* cuidado, pero noto que le preocupa entrar una mañana y encontrarme muerto, seguramente por haberme colocado y haber perdido la cuenta. Además, las píldoras inhiben los procesos respiratorios, y mis pulmones están hechos polvo. Y encima, he adelgazado una barbaridad.

—¿De verdad? No me había fijado.

—A nadie le gustan los listillos, socio. Lo aprenderás cuando llegues a mi edad. En cualquier caso, quiero que te lleves el cuaderno y esto. —Me tendió una llave—. Es del restaurante. Si por algún motivo me llamaras mañana y la enfermera te dijera que he fallecido durante la noche, tendrás que moverte rápido. Siempre suponiendo que decidas moverte, claro.

—Al, no estás planeando…

—Solo intento ser precavido. Porque esto es importante, Jake. En lo que mí respecta, es más importante que cualquier otra cosa. Si alguna vez quisiste cambiar el mundo, esta es tu oportunidad. Salvar a Kennedy, salvar a su hermano, salvar a Martin Luther King. Detener los disturbios raciales. Impedir Vietnam, tal vez. —Se inclinó hacia delante—. Deshazte de un miserable descarriado, socio, y podrías salvar millones de vidas.

—Es un truco de venta de la hostia —dije—, pero no necesito la llave. Cuando mañana salga el sol, aún seguirás en el gran autobús azul.

—Hay un noventa y cinco por ciento de probabilidades. Pero no es suficiente. Toma la condenada llave.

Cogí la condenada llave y la guardé en el bolsillo.

—Te dejo para que descanses.

—Antes de que te vayas, una cosa más. Necesito hablarte de Carolyn Poulin y Andy Cullum. Vuelve a sentarte, Jake. Solo serán unos minutos.

Permanecí de pie.

—No, no. Estás agotado. Necesitas dormir.

—Dormiré cuando me muera. Ahora, siéntate.

6

Después de descubrir lo que él llamaba la madriguera de conejo, explicó Al, en un principio se contentaba con usarla para comprar víveres, apostar de vez en cuando a través de un corredor que encontró en Lewiston, y hacer acopio de monedas de cincuenta. Además, se tomaba vacaciones esporádicas a mitad de semana en el lago Sebago, un hervidero de peces sabrosos y perfectamente aptos para el consumo. A la gente le preocupaban las nubes radiactivas causadas por las pruebas nucleares, pero el temor a una intoxicación por mercurio por comer pescado contaminado aún pertenecía al futuro. Denominaba estas excursiones (que normalmente hacía los martes y los miércoles, aunque a veces se quedaba hasta el viernes) sus minivacaciones. El tiempo siempre era bueno (porque siempre era el mismo) y el botín de pesca siempre era espléndido (probablemente capturaba los mismos peces una y otra vez, al menos algunos de ellos).

—Sé exactamente cómo te sientes, Jake, porque yo mismo estuve más o menos en shock los primeros años. ¿Quieres saber lo que es alucinante? Bajar esos escalones en enero, en lo más crudo del invierno, y salir a ese sol brillante de septiembre con una temperatura para ir en mangas de camisa, ¿tengo razón?

Asentí y le indiqué que continuara. La pizca de color que lucían sus mejillas cuando llegué se había esfumado, y volvía a toser con regularidad.

—Pero si a un hombre le das tiempo, puede acostumbrarse a cualquier cosa, y cuando finalmente el shock fue remitiendo, empecé a pensar que había encontrado esa madriguera de conejo por una razón. Fue entonces cuando pensé en Kennedy. Pero tu pregunta levantó su fea cabeza: ¿se puede cambiar el pasado? No me preocupaban las consecuencias, al menos en un primer momento, sino solo si podría hacerse o no. En uno de mis viajes a Sebago, saqué mi navaja y tallé AL T. 2007 en un árbol cerca de la cabaña donde me alojaba. Cuando volví aquí, salté al coche y conduje hasta el lago Sebago. Las cabañas han desaparecido; construyeron un hotel turístico. Pero el árbol sigue allí. Igual que mi inscripción. Vieja y erosionada, pero allí sigue. AL T. 2007. Así supe que podía hacerse. *Luego* empecé a pensar en el efecto mariposa.

»Existía en aquella época un periódico en Las Falls, el *Lisbon Weekly Enterprise*, y el bibliotecario informatizó todo el microfilm en 2005. Eso acelera mucho las cosas. Yo buscaba un accidente ocurrido en otoño o en los primeros días de invierno de 1958. Cierto tipo de accidente. Habría llegado hasta principios de 1959 de ser preciso, pero encontré lo que buscaba el 15 de noviembre de 1958. Una niña de doce años llamada Carolyn Poulin salió de caza con su padre en la otra orilla del río, en la parte de Durham conocida como Bowie Hill. A eso de las dos de la tarde, era sábado, un cazador de Durham llamado Andrew Cullum disparó a un ciervo en la misma zona del bosque. Erró el tiro y alcanzó a la niña. Aunque estaba a casi medio kilómetro, alcanzó a la niña. Pienso en ello, ¿sabes? Cuando Oswald disparó al general Walker, la distancia era inferior a cien metros, tal vez solo sesenta. Pero la bala chocó contra el marco de una ventana y falló. La bala que dejó paralítica a la niña Poulin viajó más de cuatrocientos metros (el doble de distancia que el tiro que mató a Kennedy) y esquivó todos los troncos y las ramas en el trayecto. Con que solo hubiera tocado una ramita, casi seguro que no le habría dado. Así que sí, pienso en ello.

Aquella fue la primera vez que la frase «la vida cambia en un instante» cruzó mi mente. No fue la última. Al agarró otra compresa, tosió, escupió, la tiró a la papelera. Después respiró hondo, o lo más parecido a hondo que pudo lograr, y siguió insistiendo. No traté de detenerle. De nuevo, volvía a estar fascinado.

—Introduje su nombre en la base de datos del *Enterprise* y encontré varias noticias sobre ella. Se graduó en el instituto de Lisbon Falls en 1965, un año después que el resto de su clase, pero lo consiguió, y fue a la Universidad de Maine. Estudió empresariales. Se hizo contable. Vive en Gray, a menos de quince kilómetros del lago Sebago, a donde iba yo en mis mini-vacaciones, y sigue trabajando como autónoma. ¿Adivinas quién es uno de sus mejores clientes?

Negué con la cabeza.

—John Crafts, aquí mismo, en Las Falls. Squiggy Wheaton, uno de los vendedores, es un cliente habitual del restaurante, y cuando un día me dijo que estaban haciendo la auditoría anual y que la «señora de los números» estaba allí repasando los libros, me propuse ir a echar una ojeada. Ahora tiene sesenta y cinco años, y... ¿sabes que a esa edad algunas mujeres son realmente hermosas?

—Sí —dije. Estaba pensando en la madre de Christy, que no alcanzó su máxima belleza hasta la cincuentena.

—Carolyn Poulin pertenece a ese grupo. Tiene facciones clásicas, de la clase que cualquier pintor de hace doscientos o trescientos años admiraría, y el cabello blanco como la nieve, que lleva largo y le cae por la espalda.

—Cualquiera diría que estás enamorado, Al.

Aún le quedaba fuerza suficiente para mandarme a freír espárragos.

—Además, está en buena forma física. Claro que era de esperar, ¿no? Una mujer soltera, que se sienta por sí misma en una silla de ruedas cada día y que sube y baja de la furgoneta especialmente equipada que conduce. Por no hablar de meterse en la cama y salir de la cama, meterse en la ducha y salir de la ducha, etcétera. Y lo hace. Squiggy dice que es completamente autosuficiente. Me dejó impresionado.

—Y decidiste salvarla. Como prueba.

—Bajé por la madriguera de conejo, solo que esta vez me quedé en la cabaña del lago más de dos meses. Le conté al dueño que había recibido una herencia de un tío mío que había muerto. Recuérdalo, socio; la historia del anciano tío rico está probada y contrastada. Todo el mundo se la cree porque todo el mundo la desearía para sí. Y llegó el día: 15 de noviembre de 1958. No interferí con los Poulin. Dada mi idea de detener a Oswald, me interesaba mucho más Cullum, el tirador. También le había investigado, y averigüé que vivía a un kilómetro y medio de Bowie Hill, cerca del viejo salón de reuniones de Durham. Pensé que llegaría allí antes de que saliera hacia el bosque. Las cosas no resultaron exactamente de ese modo.

»Me fui de la cabaña de Sebago muy temprano, lo cual fue un acierto, porque a poco más de un kilómetro se me pinchó una rueda del coche alquilado que conducía. Saqué la de repuesto, la puse, y aunque parecía estar en perfecto estado, no había recorrido ni dos kilómetros cuando también se pinchó.

»Hice autoestop hasta la gasolinera Esso de Naples, donde el tipo del taller me dijo que tenía la hostia de trabajo como para salir y ponerle un neumático nuevo a un Chevrolet de alquiler. Creo que estaba cabreado por perderse el sábado de caza. Una propina de veinte dólares le hizo cambiar de idea, pero no conseguí llegar a Durham hasta después de mediodía. Tomé la vieja carretera de Runaround Pond porque era el camino más rápido, y adivina. El puente sobre el Chuckle Brook se había caído al agua. Grandes caballetes de color rojo y blanco; braseros de humo para fumigar; una gran señal naranja que decía CARRETERA CORTADA. Para entonces, ya me había hecho una idea bastante clara de lo que estaba pasando, y tenía la deprimente sensación de que no iba a ser capaz de llevar a cabo lo que había planeado esa mañana. Date cuenta de que había salido a las ocho, para ir sobre seguro, y había tardado más de cuatro horas en recorrer veintinueve kilómetros. Pero no me rendí. Lo que hice fue dar un rodeo por la carretera de la iglesia metodista, exprimiendo el coche de alquiler hasta más no poder, arrastrando tras de mí un remolino de polvo; en esa época, todas las carreteras de esa zona son de tierra.

»Entonces empecé a ver coches y camiones aquí y allá, aparcados a los lados o a la entrada de las pistas forestales, y también a cazadores andando con las escopetas abiertas y apoyadas en los brazos. Todos y cada uno de ellos me saludaron con la mano, la gente es más amistosa en el 58, no hay ninguna duda al respecto. Yo les devolvía el saludo, pero la verdad es que esperaba otro pinchazo. O un reventón. Eso probablemente me habría sacado de la carretera, porque iba por lo menos a noventa. Recuerdo a uno de los cazadores haciendo aspavientos en el aire, como cuando le dices a alguien que vaya más despacio, pero no le presté atención.

»Subí Bowie Hill a toda velocidad, y nada más pasar la vieja casa de oración de los cuáqueros, descubrí una camioneta aparcada junto al cementerio. Pintado en la puerta, CONSTRUCCIÓN Y CARPINTERÍA POULIN. El vehículo vacío. Poulin y la niña en los bosques, quizá sentados en algún claro, comiendo el almuerzo y hablando como padre e hija. O al menos como yo imagino que lo hacen, nunca he tenido una…

Otro prolongado ataque de tos, que concluyó con un terrible sonido húmedo de arcadas.

—Ah, *mierda*, anda que no *duele* —gimió.

—Al, necesitas parar.

Sacudió la cabeza y se limpió una escurridiza mancha de sangre en el labio inferior con el canto de la mano.

—Lo que necesito es acabar con esto, así que cállate y déjame terminar.

»Me quedé mirando la camioneta, todavía rodando a noventa por hora, y cuando volví la vista a la carretera, vi que había un árbol caído en medio. Frené justo a tiempo para evitar chocar contra él. No era un árbol muy grande, y antes de que el cáncer se cebara conmigo, yo era bastante fuerte. Además, estaba frenético. Bajé del coche y empecé a pelearme con él. Mientras lo hacía, sin dejar de maldecir, se acercó un coche en sentido contrario. Se bajó un hombre que llevaba un chaleco de caza color naranja. No estaba seguro de si era o no *mi* hombre, el *Enterprise* nunca publicó su foto, pero parecía tener la edad correcta.

»Dice: "Permítame ayudarle, viejo".

»Le doy las gracias y le tiendo la mano. "Bill Laidlaw."

»Me la estrecha y dice: "Andy Cullum". Así que era él. Teniendo en cuenta todos los problemas que había tenido para llegar a Durham, apenas podía creerlo. Me sentía como si hubiera ganado la lotería. Agarramos el árbol, y entre los dos conseguimos moverlo. Después, me senté en la carretera y me apreté el pecho. Me preguntó si estaba bien. "No lo sé", digo yo. "Nunca he sufrido un infarto, pero esto tiene toda la pinta." Esa es la razón por la que el señor Andy Cullum nunca cazó nada aquella tarde de noviembre, Jake, y tampoco disparó a ninguna cría. Estuvo ocupado trasladando al pobre Bill Laidlaw al Hospital de Central Maine de Lewiston.

—¿Lo hiciste? ¿De verdad lo hiciste?

—Apuéstate el culo. En el hospital conté que me había comido un submarino enorme para almorzar (en esa época llaman así a los sándwiches italianos), y el diagnóstico fue «indigestión aguda». Pagué veinticinco dólares en efectivo y me soltaron. Cullum me estaba esperando y me llevó de vuelta al coche de alquiler. ¿Qué te parece eso como ejemplo de buen vecino? Regresé a 2011 esa misma noche... pero, por supuesto, volví solo dos minutos después de haberme ido. Es una mierda, tienes jet-lag sin siquiera haber montado en un avión.

»Mi primera parada fue la biblioteca municipal, donde busqué la noticia de la graduación de 1965. Antes, venía acompañada de una foto de Carolyn Poulin. El director por aquel entonces (Earl Higgins, ha llovido bastante desde que se fue al otro barrio) se inclinaba para entregarle el diploma a la chica, que estaba sentada en su silla de ruedas, vestida con su toga y su birrete. El pie de foto decía: "*Carolyn Poulin cumple uno de sus objetivos principales dentro de su largo proceso de recuperación*".

—¿Seguía allí?

—La noticia sobre la graduación sí, ya lo creo. Las ceremonias de graduación siempre son portada en los periódicos de ciudades pequeñas, ya lo sabes, socio. Pero cuando volví de 1958, la foto mostraba en el estrado a un chico con un chapucero peinado de Beatle, y el pie de foto rezaba: "*El amigo Trevor Briggs, mejor alumno de su promoción, pronunciando el discurso de graduación*". Se incluía un listado con todos los graduados, solo un centenar, más o menos, y Carolyn Poulin no estaba entre ellos. Así que comprobé la noticia de la graduación del 64, el año en que se habría graduado si no hubiera estado ocupada recuperándose de un tiro en la columna. Y bingo. Ninguna foto y ninguna mención especial, pero su nombre aparecía entre David Platt y Stephanie Routhier.

—Una chica más desfilando con «pompa y solemnidad».

—Correcto. Después introduje su nombre en el buscador del *Enterprise*, y encontré varios resultados posteriores a 1964. No muchos, tres o cuatro. Prácticamente lo que uno esperaría de una mujer ordinaria que vive una vida ordinaria. Fue a la Universidad de Maine, se licenció en Administración de Empresas, después hizo un posgrado en New Hampshire. Encontré un artículo más, de 1979, poco antes de que el *Enterprise* cerrara sus puertas. ANTIGUA ALUMNA DEL INSTITUTO DE SECUNDARIA DE LISBON GANA EL CONCURSO NACIONAL DE LIRIOS, decía. Había una foto suya, posando con la planta ganadora, de pie sobre sus propias piernas perfectamente sanas. Vive... vivía... no sé qué tiempo verbal es el correcto, quizá los dos… en un pueblo a las afueras de Albany, Nueva York.

—¿Casada? ¿Hijos?

—No lo creo. En la foto, sostenía en alto el lirio ganador y no vi ningún anillo en la mano izquierda. Sé lo que estás pensando, que no supone un gran cambio excepto por el hecho de ser capaz de caminar. Pero ¿quién puede asegurarlo realmente? Vivía en un lugar distinto e influyó en las vidas de quién sabe cuántas personas distintas, personas a las que nunca habría conocido si Cullum le hubiese disparado y ella se hubiera quedado en Las Falls. ¿Ves lo que quiero decir?

Lo que veía era que parecía realmente imposible estar seguro, en un sentido u otro, pero coincidí con él. Sobre todo porque quería terminar con aquello antes de que Al se derrumbara. Y pretendía verle a salvo en su cama antes de marcharme.

—Lo que te estoy diciendo, Jake, es que *puedes* cambiar el pasado, pero no es tan fácil como parece. Esa mañana me sentí como un hombre intentando liberarse de unas medias de nailon. Cedían levemente, pero después volvían a ceñirse de golpe, igual que al principio. Sin embargo, finalmente logré desgarrarlas.

—¿Por qué es tan difícil? ¿Porque el pasado no *quiere* ser cambiado?

—Estoy completamente seguro de que hay *algo* que no quiere que se cambie el pasado. Pero puede hacerse. Si tienes en cuenta la resistencia, puede hacerse. —Al me miraba, sus ojos brillaban en su demacrado rostro—. Al fin y al cabo, la historia de Carolyn Poulin termina con un «Y vivió feliz para siempre», ¿no crees?

—Sí.

—Mira dentro del cuaderno que te he dado, socio, en la contraportada, y a lo mejor cambias de idea. Es algo que he imprimido hoy.

Hice lo que me pedía y encontré una funda de cartón. Para guardar cosas como memorandos de oficina y tarjetas comerciales, supuse. Contenía una solitaria hoja de papel doblada. La saqué, la desplegué, y la miré durante un buen rato. Era una impresión por ordenador de la primera página del *Weekly Lisbon Enterprise*. La fecha que aparecía bajo la cabecera era 18 de junio de 1965. El titular rezaba: **LA PROMOCIÓN DE 1965 ESTALLA EN LÁGRIMAS DE**

ALEGRÍA. En la fotografía, un hombre calvo (con el birrete bajo el brazo para que no se le cayera de la cabeza) se inclinaba sobre una chica sonriente en silla de ruedas. Él agarraba un extremo del diploma; ella agarraba el otro. «*Carolyn Poulin cumple uno de sus objetivos principales dentro de su largo proceso de recuperación*», se leía en el pie de foto.

Levanté la vista hacia Al, confuso.

—Si cambiaste el futuro y la salvaste, ¿cómo es que tienes esto?

—Cada viaje es un reinicio, socio. ¿Recuerdas?

—Oh, Dios mío. Cuando volviste para detener a Oswald, todo lo que hiciste para salvar a Poulin se borró.

—Sí… y no.

—¿Qué significa eso de sí y no?

—El salto atrás para salvar a Kennedy iba a ser el último, pero no tenía prisa por trasladarme a Texas. ¿Por qué motivo? En septiembre de 1958, Ozzie el Conejo (como le llamaban sus compañeros en los Marines) ni siquiera está en América. Está navegando alegremente por el Pacífico Sur con su unidad, salvaguardando la democracia en Japón y Formosa. Así que volví a las Cabañas Shadyside, en Sebago, y me quedé allí hasta el 15 de noviembre. Otra vez. Pero cuando se presentó el día, salí incluso más temprano, y joder, esa sí que fue una buena decisión por mi parte, porque esa vez no solo se pincharon un par de ruedas. Se soltó una biela del cigüeñal del maldito Chevy de alquiler. Terminé pagándole sesenta pavos al tipo de la estación de servicio de Naples para que me prestara su coche durante el resto del día, y le dejé mi anillo del cuerpo de Marines como señal de garantía. Tuve otras aventuras que no merece la pena recordar…

—¿El puente en Durham seguía cortado?

—No lo sé, socio, ni siquiera probé esa ruta. Una persona que no aprende del pasado es un idiota, a mi juicio. Una cosa que *yo* aprendí fue por qué camino vendría Andrew Cullum, y no malgasté el tiempo. El árbol estaba caído en medio de la carretera, igual que antes, y cuando él llegó, yo forcejeaba, igual que antes. Pronto sufrí el dolor en el pecho, igual que antes. Interpretamos la comedia entera, Carolyn Poulin pasó el sábado en el bosque con su padre, y un par de semanas más tarde dije «adiós» y cogí un tren a Texas.

—Entonces, ¿cómo es posible que tenga yo ahora esta foto de su graduación en silla de ruedas?

—Porque cada viaje a la madriguera de conejo es un reinicio.
—Después, Al simplemente me observó, para ver si lo comprendía. Tras un minuto, lo hice.

—¿*Yo…*?

—Así es, socio. Esta tarde no solo compraste una cerveza de raíz. También devolviste a Carolyn Poulin a su silla de ruedas.

CAPÍTULO 4

1

Al dejó que le acompañara al dormitorio e incluso musitó un «Gracias, socio» cuando me arrodillé para desatarle los cordones de los zapatos y quitárselos. Solo puso impedimentos cuando me ofrecí a ayudarle en el cuarto de baño.

—Hacer del mundo un lugar mejor es importante, pero también lo es que uno sea capaz de ir al váter por su propio pie.

Mientras estés seguro de poder lograrlo.

—Esta noche estoy seguro de que puedo, y mañana ya me preocuparé de mañana. Vete a casa, Jake. Empieza a leer el cuaderno; contiene mucha información. Consúltalo con la almohada. Ven a verme por la mañana y dime lo que hayas decidido. Yo aún seguiré aquí.

—¿Con un noventa y cinco por ciento de probabilidad?

—Con un noventa y siete, por lo menos. En conjunto, me siento bastante animado. Ni siquiera confiaba en llegar tan lejos contigo. Solo el hecho de habértelo contado, y que me creas, me quita un peso de encima.

Yo no estaba tan seguro de que lo *creía*, ni siquiera después de mi aventura de aquella tarde, pero no lo mencioné. Le di las buenas noches, le recordé que no perdiera la cuenta de las pastillas («Sí, vale»), y me marché. Fuera, me detuve a contemplar al gnomo que enarbolaba la bandera de la Estrella Solitaria, y un minuto después caminaba hacia el coche.

No juegues con Texas, pensé… pero a lo mejor lo hacía. Y dadas las dificultades que había tenido Al para cambiar el pasado —los neumáticos pinchados, la avería del motor, el puente derruido— se me ocurrió la idea de que, si continuaba adelante, sería Texas la que jugaría conmigo.

2

Con todo lo sucedido, pensaba que no sería capaz de conciliar el sueño antes de las dos o las tres de la mañana, y existía la verdadera posibilidad de que no consiguiera dormir en absoluto. Sin embargo, a veces el cuerpo impone sus propios imperativos. Para cuando llegué a casa y me preparé una copa (poder tener alcohol en casa era una de las ventajas de mi regreso a la soltería), me pesaban los párpados; después de terminarme el whisky y leer las primeras nueve o diez páginas del Cuaderno Oswald de Al, apenas era capaz de mantener los ojos abiertos.

Enjuagué el vaso en el fregadero, fui al dormitorio (dejando un reguero de ropa en el camino a mi paso, algo por lo que Christy me habría montado una bronca), y me desplomé en la cama de matrimonio donde ahora dormía de nuevo solo. Pensé en apagar la lámpara de la mesilla de noche, pero sentía el brazo pesado, muy pesado. Corregir los trabajos de los alumnos de la clase avanzada en la extrañamente silenciosa sala de profesores me parecía ahora una actividad muy lejana en el tiempo. Tampoco era tan raro; todo el mundo sabe que, para ser algo tan implacable, el tiempo es singularmente maleable.

He dejado lisiada a esa niña. La he devuelto a la silla de ruedas.

No seas imbécil, cuando bajaste por esos escalones de la despensa esta tarde, ni siquiera sabías quién era Carolyn Poulin. Además, quizá en alguna parte aún pueda andar. Quizá atravesar ese agujero origina realidades alternativas, o corrientes temporales, o lo que coño sean.

Carolyn Poulin, sentada en su silla de ruedas y recibiendo su diploma. El año en que los McCoys triunfaban en las listas de éxitos con «Hang On, Sloopy».

Carolyn Poulin, paseando por su jardín de lirios en 1979, cuando los Village People triunfaban en las listas de éxitos con «Y.M.C.A.»; agachándose de vez en cuando, rodilla en tierra, para arrancar malas hierbas, irguiéndose y continuando su paseo.

Carolyn Poulin con su padre en el bosque, momentos antes de quedar paralítica.

Carolyn Poulin con su padre en el bosque, momentos antes de adentrarse en una ordinaria adolescencia de pueblo. ¿Dónde había estado ella en esa corriente temporal, me pregunté, cuando la radio y los boletines informativos de televisión anunciaron que habían disparado al trigésimo quinto presidente de Estados Unidos en Dallas?

«John Kennedy puede vivir. Tú puedes salvarle, Jake.»

¿Y eso de verdad conseguiría que las cosas mejorasen? No había garantías.

«Me sentí como un hombre intentando liberarse de unas medias de nailon.»

Cerré los ojos y vi pasar las hojas de un calendario, la imagen cursi de transición que solía aparecer en las películas antiguas. Las vi salir volando por la ventana de mi dormitorio, como pájaros.

Antes de quedarme dormido me vino una cosa más a la mente: el estúpido adolescente, con la aún más estúpida perilla en el mentón, mumurando con una mueca burlona «Harry el Sapo, brincando calle a-ba-jo». Y Harry impidiéndome que le llamara la atención. «Bah, no se preocupe», había dicho. «Ya estoy acostumbrado.»

Entonces me quedé profundamente dormido.

3

Desperté con la primera luz de la mañana y el gorjeo de los pájaros rozándome la cara; estaba seguro de que había llorado momentos antes de despertar. Había tenido un sueño, y aunque no podía recordarlo, debía de haber sido muy triste, porque yo nunca he sido lo que se diría un hombre llorón.

Mejillas secas. Ninguna lágrima.

Giré la cabeza sobre la almohada para mirar el reloj de la mesilla de noche y vi que faltaban solo dos minutos para las seis. Dada la cualidad de la luz, iba a ser una hermosa mañana de junio, y las clases habían terminado. El primer día de las vacaciones de verano generalmente es tan alegre para los profesores como para los estudiantes, pero me sentía triste. Triste. Y no solo porque tuviera una dura decisión que tomar.

A medio camino de la ducha, tres palabras estallaron en mi mente: *¡Kowabunga, Buffalo Bob!*

Me detuve, desnudo y contemplé mi propio reflejo con unos ojos como platos en el espejo sobre la cómoda. Ahora ya recordaba el sueño, y no era de extrañar que me hubiera despertado con esa sensación de tristeza. Había soñado que estaba en la sala de profesores, leyendo las redacciones de la clase de lengua para adultos mientras que, en el gimnasio, otro partido de baloncesto discurría hacia otra bocina final. Mi mujer acababa de salir del centro de desintoxicación. Yo confiaba en encontrarla en casa y no tener que pasarme una hora al teléfono antes de localizarla y rescatarla de algún abrevadero local.

En el sueño, sacaba la redacción de Harry Dunning de lo alto del montón y empezaba a leer: «*No fue un día sino una noche. La noche que cambió mi vida fue la noche cuando mi padre asesinó a mi madre y dos hermanos...*».

Había captado mi atención por completo y de inmediato. Bueno, a cualquiera le habría sucedido lo mismo, ¿verdad? Sin embargo, solo empezaron a picarme los ojos cuando llegué a la parte en la que hablaba de cómo iba vestido. Además, el atuendo no desentonaba en absoluto. Cuando los niños salían en esa noche especial de otoño, cargando con bolsas vacías que esperaban llenar con un botín de caramelos, sus disfraces siempre reflejaban la moda actual. Hace cinco años parecía que todos los niños que se presentaban en mi puerta llevaban gafas de Harry Potter y, en la frente, una calcomanía de una cicatriz con forma de relámpago. En mi viaje de iniciación como mendigo de golosinas, de eso hace muchas lunas, yo corría traqueteando por la acera (mi madre, ante mi apremiante insistencia, trotaba a tres metros detrás de mí) vestido como un soldado de asalto de *El Imperio contraataca*. Por tanto, ¿era de extrañar que Harry Dunning llevara ropa de ante con flecos?

—Kowabunga, Buffalo Bob —le dije a mi reflejo, y de repente me precipité hacia el estudio. Yo no guardo todos los trabajos de mis alumnos, ningún profesor lo hace (¡os ahogaríais en ellos!), pero tenía por costumbre fotocopiar las mejores redacciones. Constituyen una gran herramienta para la docencia. Nunca habría usado la de Harry en clase, era demasiado personal para eso, pero creía recordar que aun así conservaba una copia, debido a la fuerte reacción emocional que había provocado en mí. Abrí de un tirón el cajón del fondo y empecé a revolver en aquel nido de ratas de carpetas y papeles sueltos. Tras quince sudorosos minutos, lo encontré. Me senté en la silla de mi escritorio y empecé a leer.

4

No fue un día sino una noche. La noche que cambió mi vida fue la noche cuando mi padre asesinó a mi madre y dos hermanos y me irió grave. También irió a mi hermana, tan grave que ella cayó en coma. En tres años murió sin despertar. Se llamaba Ellen y la quería mucho. Le gustaba recoger flores y ponerlas en boteyas. Lo que pasó fue como una película de terror. Nunca voy a ver películas de terror porque la noche de Halloween en 1958 yo viví una.

    Mi hermano Troy era muy mayor para el truco o trato (15). Él estaba viendo la tele con mi madre y dijo que nos ayudaría a comerse nuestras golosinas cuando volvieramos y Ellen, ella dijo no, disfrazate y sal a por las tuyas, y todo el mundo se rió porque todos la queriamos. Ellen, solo tenía 7 pero ella era como una muñequita Lucile Ball, podía hacer que todo el mundo se riera, hasta mi padre (si estaba sobrio, cuando estaba borracho siempre estaba enfadado). Ella iba a ir como la Princesa Summerfall Winterspring (lo he buscado y se escribe así) y yo iba a ir como Buffalo Bob, por EL SHOW DE HOWDY DOODY que nos gustaba ver a los dos. «Chicos a ver ¿que hora es?» y «Oigamos lo que nos cuentan desde la Galería Penut» y «¡¡¡Kowabunga, Buffalo Bob!!!» A mi y a Ellen nos encantaba ese programa. Ella adoraba a la Princesa y yo adoraba a Buffalo Bob ¡y los dos adorabamos a Howdy! Queriamos que mi hermano Tugga (su nombre era Arthur pero todos lo llamabamos Tugga, no me acuerdo porqué) saliera como el «Alcalde Fineus T. Bluster» pero él no, decia que Howdy Doody era un programa de niños chicos, él iba a ir como «Frankinstine» aunque Ellen, decia que la mascara daba mucho miedo. Además Tugga me llamó tonto del c*** por coger mi rifle de aire comprimido Daisy porque decia que Buffalo Bob no sacaba ninguna pistola en la tele y mi madre dijo «Llevalo

si quieres Harry no es un arma de verdad ni siquiera dispara balas
de mentirigilla asi que a Buffalo Bob no le importara». Eso fue la
última cosa que me dijo y me alegro que fuera una cosa bonita por-
que ella podía ser muy extricta.

Bueno, ya estabamos listos para salir y yo dije porque estaba
muy nervioso, esperar un momento que tengo que ir al lavabo. To-
dos se rieron de mi, hasta mamá y Troy que estaban en el sofá pero
ir a hacer pis en ese momento me salvó la vida porque fue entonces
cuando llegó mi padre con el martillo. Mi padre era malo cuando
estaba borracho y le daba palizas a mi madre «una detrás de otra».
Una vez cuando Troy discutió con él para que no lo hiciera, le rom-
pió el brazo. Esa vez casi fue a la carcel (mi padre quiero decir). De
todas formas mis padres estaban «separados» en esta época de la que
estoy escribiendo, y ella estaba pensando en divorciarse, pero eso no
era tan fácil en 1958 como ahora.

De todas formas, él entró por la puerta y yo estaba en el lavabo
y oí a mi madre decir «Lárgate y llévate esa cosa, se supone que no
puedes estar aquí». Lo siguiente fue que ella empezó a gritar. Luego
después de eso todos se pusieron a gritar.

Había más, tres terribles páginas más, pero no era yo quien tenía que leerlas.

5

Aún faltaban unos minutos para las seis y media, pero encontré a
Al en el listín telefónico y marqué su número sin vacilación. Tampoco le desperté. Contestó al primer timbrazo, con voz tan áspera
y cavernosa que resultaba difícil de comprender: parecía más el
ladrido de un perro que una voz humana.

—Eh, socio, ¿te levantas con las estrellas o qué?

—Quiero enseñarte algo. Una redacción de clase. Conoces incluso a quien la escribió, o deberías; tienes su foto en el Muro de los
Famosos.

Tosió y a continuación dijo:

—Tengo muchas fotos en el Muro de los Famosos, socio. Creo
que incluso hay una de Frank Anicetti, de cuando el primer Festival Moxie. Échame un cable.

—Prefiero enseñártelo. ¿Puedo pasarme?

—Si te atreves a verme en albornoz, bienvenido seas. Pero tengo que preguntártelo ya, ahora que has tenido una noche para meditarlo. ¿Has tomado una decisión?

—Creo que primero necesito hacer otro viaje al pasado.

Colgué sin darle tiempo a formular más preguntas.

6

Bajo la primera luz de la mañana, que se derramaba a través de la ventana del salón, Al presentaba peor aspecto que nunca. La bata blanca de tejido de rizo le colgaba como un paracaídas desinflado. Renunciar a la quimio le había permitido conservar el cabello, aunque raleaba y era fino como el de un bebé. Los ojos daban la impresión de haber retrocedido aún más en sus cuencas. Leyó la redacción de Harry Dunning dos veces, hizo ademán de dejarla, y después volvió a leerla. Por fin alzó la vista hacia mí y musitó:

—Por las alpargatas de Cristo.

—Lloré la primera vez que lo leí.

—No te culpo. La parte del rifle de aire comprimido es la que más me ha llamado la atención. Allá en los cincuenta, había anuncios de rifles Daisy en las contraportadas de todos los malditos tebeos que salían a la venta. La chiquillada de mi barrio al completo (bueno, al menos los niños) quería solo dos cosas: un rifle de aire comprimido Daisy y un gorro de mapache a lo Davy Crockett. Y no se equivoca, no tenía balas, ni siquiera de mentira, aunque nosotros solíamos verter un poco de aceite Johnson en el cañón. Así, cuando le metías aire y apretabas el gatillo, salía una nube de humo azul. —Volvió a bajar la vista hacia las páginas fotocopiadas—. ¿El hijo de puta mató a su mujer y a tres de sus hijos con un *martillo*? Jesús.

Él enseguida la emprendio a golpes —había escrito Harry—. *Volvi corriendo al salón y había sangre por todas las paredes y una sustancia blanca en el sofa. Eso era el cerebro de mi madre. Ellen, ella estaba tirada en el suelo y tenía la mecedora encima de las piernas y le salia sangre de las orejas y el pelo. La tele seguía encendida, era ese programa que a mi madre le gustaba sobre Elerie Queen, que solucionaba crimenes.*

El crimen cometido aquella noche guardaba poca relación con los elegantes misterios incruentos que Ellery Queen desentrañaba; había sido una masacre. El niño de diez años que había hecho un alto para mear antes de salir al truco o trato regresó del cuarto de baño a tiempo para presenciar cómo su padre, borracho y despotricando, le abría la cabeza a Arthur «Tugga» Dunning cuando este se arrastraba hacia la cocina. Entonces se volvió y vio a Harry, que levantó su rifle de aire comprimido Daisy y dijo: «No me toques, papá, o te pegaré un tiro».

Dunning se abalanzó hacia el muchacho, blandiendo el ensangrentado martillo. Harry apretó el gatillo (pude oír el sonido que debió de producir, una especie de *ka-chow*, a pesar de que yo nunca había disparado uno de esos rifles), luego lo dejó caer y corrió hacia el dormitorio que compartía con el ahora difunto Tugga. Su padre había olvidado cerrar la puerta principal al entrar, y en algún lugar —«sonaba como a 1.000 kilómetros de distancia», había escrito el conserje— los vecinos gritaban y los niños que hacían el truco o trato chillaban.

Casi con toda certeza, Dunning habría matado también a su otro hijo de no haber tropezado con la «mecedora» volcada. Cayó cuan largo era, se levantó, y corrió hacia la habitación de sus hijos menores. Harry intentaba escabullirse debajo de la cama. Su padre le sacó de un tirón y le asestó un mazazo en el costado de la cabeza que seguramente habría matado al muchacho si la mano del padre no hubiera resbalado por la ensangrentada empuñadura; en lugar de partirle el cráneo a Harry, el martillo solo se hundió en parte, por encima de la oreja derecha.

No me desmayé pero casi. Seguí arrastrandome bajo la cama y ni me di cuenta de que me pegaba en la pierna pero lo hizo y me la rompió en 4 sitios distintos.

En este punto, un hombre que vivía calle abajo, y que había estado recorriendo el vecindario con su hija en busca de golosinas, entró a toda prisa. A pesar de la carnicería del salón, el vecino tuvo arrestos suficientes para agarrar el recogedor de cenizas del cubo de herramientas junto al horno de leña. Le asestó un golpe en la nuca a Dunning mientras este intentaba apartar la cama para alcanzar a su hijo semiinconsciente y herido de gravedad.

Despues me quedé inconciente como Ellen solo que yo tuve

suerte y me desperté. Los medicos dijeron que a lo mejor tenían que amputarme la pierna pero al final no lo hicieron.

No, conservó la pierna y con el tiempo se convirtió en conserje en el Instituto de Secundaria de Lisbon Falls y fue conocido por generaciones de estudiantes como Harry el Sapo. ¿Habrían sido los chicos más amables si hubieran sabido el origen de la cojera? Probablemente no. Aunque los adolescentes son emocionalmente delicados y propensos a sufrir magulladuras, carecen de compasión. Esta llega en etapas posteriores de la vida, si es que llega en algún momento.

—Octubre de 1958 —dijo Al con un áspero ladrido por voz—. ¿Se supone que tengo que creer que es una coincidencia?

Recordé lo que le dije a la versión adolescente de Frank Anicetti sobre la historia de Shirley Jackson y sonreí.

—A veces un cigarro no es más que humo y una coincidencia es solo una coincidencia. Todo cuanto sé es que hablamos de otro momento divisorio.

—¿Y no encontré esta noticia en el *Enterprise* porque ?

—No sucedió aquí. Sucedió en Derry, al norte. Cuando Harry se recuperó y pudo abandonar el hospital, se fue a vivir con sus tíos a Haven, a unos cuarenta kilómetros al sur de Derry. Le adoptaron y, cuando quedó claro que no podría terminar la escuela, le pusieron a trabajar en la granja familiar.

—Suena a *Oliver Twist*, o a algo así.

—No, fueron buenos con él. Recuerda que en aquellos días no existían las clases de refuerzo, y la expresión «discapacitado mental» aún no se había inventado…

—Lo sé —dijo Al con sequedad—. En aquel entonces, «discapacitado mental» significaba que eras debilucho, idiota, o sencillamente subnormal.

—Pero él no era nada de eso entonces, ni tampoco ahora —dije—. En realidad no. Si hubo algún daño neurológico, se curó. Creo que fue sobre todo el shock, ¿sabes? El trauma. Tardó años en recuperarse de aquella noche, pero cuando lo logró, la escuela ya quedaba demasiado lejos para él.

—Al menos hasta que pudo retomar los estudios para el diploma de equivalencia, y para entonces ya era un hombre de mediana edad camino de la vejez. —Al meneó la cabeza—. Qué desperdicio.

—Tonterías —repliqué—. Una vida buena nunca es un desperdicio. ¿Podría haber sido mejor? Sí. ¿Puedo hacer que eso suceda? Basándome en lo ocurrido ayer, quizá sí. Pero esa no es la verdadera cuestión.

—Entonces, ¿cuál es? Porque a mí me parece una repetición del caso de Carolyn Poulin, y ya quedó probado. Sí, puedes cambiar el pasado. Y no, el mundo no estallará como un globo cuando lo hagas. ¿Me sirves una taza de café, Jake? Y de paso sírvete otra para ti. Está caliente, y tienes pinta de necesitarla.

Mientras servía el café, vi varios bollos de canela. Cuando le ofrecí uno, negó con la cabeza.

—La comida sólida me duele al tragarla, pero si estás decidido a hacerme ingerir calorías, hay un paquete de seis de Ensure en la nevera. En mi opinión, sabe a moco helado, pero lo puedo tragar.

Cuando se lo llevé en una copa de vino que había encontrado en el aparador, se rió con ganas.

—¿Crees que eso le dará mejor sabor?

—Quizá. Finge que es *pinot noir*.

Bebió la mitad del contenido y observé cómo se peleaba con su garganta para hacerlo bajar. Ganó esa batalla, pero apartó la copa y volvió a sostener la taza de café. No bebió, simplemente se limitó a envolverla con las manos, como si tratara de absorber parte del calor. Presenciar ese gesto me obligó a recalcular el tiempo que podría restarle de vida.

—Bien —dijo—. ¿Por qué esto es diferente?

De no haberse encontrado tan enfermo, lo habría deducido por sí mismo. Era un tipo brillante.

—Porque Carolyn Poulin nunca fue un buen caso de prueba. No le salvaste la vida, Al, solo las piernas. Siguió disfrutando de una existencia buena pero completamente normal en ambos casos, uno donde Cullum le disparó y otro donde tú interveniste. En ninguno de los dos se casó ni tuvo hijos. Es como… —Vacilé un poco en busca de un ejemplo adecuado—. No te ofendas, Al, pero lo que hiciste fue como si un médico salvara un apéndice infectado. Genial para el apéndice, pero, incluso estando sano, nunca tendrá una función vital. ¿Ves lo que digo?

—Sí. —Me dio la impresión de que se había picado un poco—. Carolyn Poulin me parecía lo mejor que podía hacer, socio. A mi edad, el tiempo es limitado aunque uno esté sano, y yo tenía los ojos puestos en un premio mayor.

—No te estoy criticando, pero la familia Dunning constituye un mejor caso de prueba, porque no se trata solo de una niña paralítica, por terrible que deba de haber sido algo así para ella y su familia. Estamos hablando de cuatro personas asesinadas y una quinta lisiada de por vida. Además, le conocemos. Después de que obtuviera su diploma de equivalencia, le llevé al restaurante a comer una hamburguesa, y cuando viste su birrete y su toga, nos invitaste. ¿Te acuerdas?

—Sí. Fue entonces cuando saqué la foto para mi Muro.

—Si lo logro, si puedo impedir que su viejo empuñe ese martillo, ¿crees que esa foto seguirá allí?

—No lo sé —respondió Al—. Quizá no. Para empezar, es posible que ni siquiera yo recuerde que estuvo allí.

Tantas hipótesis teóricas me superaban, así que no añadí ningún comentario.

—Y piensa en los otros tres niños: Troy, Ellen y Tugga. Seguramente alguno de ellos se casará si sobrevive. Y tal vez Ellen se convierta en una humorista famosa. ¿No dice ahí que era tan divertida como Lucille Ball? —Me incliné hacia delante—. Lo único que quiero es tener un ejemplo mejor de lo que sucede cuando se altera un momento divisorio. Lo necesito antes de meterle mano a algo de la trascendencia del asesinato de Kennedy. ¿Tú qué dices, Al?

—Digo que entiendo tu punto de vista. —Al se puso en pie con dificultad. Era una visión dolorosa, pero cuando hice ademán de levantarme, negó con un gesto de la mano—. No, quédate ahí. En la otra habitación tengo algo para ti. Iré a buscarlo.

7

Se trataba de una caja de latón. Me la tendió y me pidió que la llevara a la cocina. Dijo que sería más fácil desplegar su contenido encima de la mesa. Cuando estuvimos sentados, la abrió con una llave que llevaba colgada al cuello. La primera cosa que sacó fue un abultado sobre de manila. Levantó la solapa y con una sacudida hizo salir un gran y desordenado fajo de billetes. Cogí un billete y lo inspeccioné maravillado. Era de veinte dólares, pero en lugar del rostro de Andrew Jackson en el anverso, vi a Grover Cleveland, a quien probablemente nadie incluiría en su lista de los diez mejores presidentes de Estados Unidos. En el reverso, bajo las palabras **BILLETE DE LA RESERVA FEDERAL**, había una locomotora y un barco de vapor que parecían condenados a colisionar.

—Es como dinero del Monopoly.

—No lo es. Y hay menos de lo que seguramente calculas, porque no manejo billetes mayores de veinte. En estos días, en que te cuesta treinta o treinta y cinco dólares llenar el depósito, un billete de cincuenta no despierta suspicacias, ni siquiera en una tienda veinticuatro horas. En aquella época es diferente, y no querrás que la gente te mire arqueando las cejas.

—¿Estas son tus ganancias en el juego?

—Una parte. Son mis ahorros, principalmente. Trabajé de cocinero entre el 58 y el 62, igual que aquí, y un hombre que vive solo puede ahorrar mucho, sobre todo si no anda con mujeres de gustos caros. Cosa que no hice. Tampoco con las de gustos baratos, para el caso. Me comporté amistosamente con todo el mundo y no intimé con nadie. Te aconsejo que hagas lo mismo, tanto en Derry como en Dallas, si es que te decides a ir. —Removió el dinero con un dedo escuálido—. Hay poco más de nueve mil dólares, hasta donde puedo recordar. Te alcanza para comprar lo mismo que comprarías hoy en día con sesenta mil.

Contemplé el dinero.

—El dinero vuelve. Permanece, independientemente del número de veces que utilices la madriguera de conejo. —Ya habíamos pasado por ese punto, pero seguía intentando asimilarlo.

—Sí, aunque también sigue en el pasado; un reinicio completo, ¿recuerdas?

—¿Eso no es una paradoja?

Me miró, demacrado, con la paciencia casi agotada.

—No lo sé. Hacer preguntas que no tienen respuesta es una pérdida de tiempo, y a mí no me queda mucho.

—Lo siento, lo siento. ¿Qué más tienes ahí dentro?

—No demasiado. Pero lo bueno es que no necesitas mucho. Era una época muy diferente, Jake. Puedes leer acerca de ella en los libros de historia, pero no la comprenderás del todo hasta que hayas vivido allí una temporada. —Me pasó una tarjeta de la Seguridad Social. El número era 005-52-0223; el nombre, George T. Amberson. Al sacó un bolígrafo de la caja y me lo tendió—. Fírmala.

Cogí el bolígrafo, un regalo de propaganda. Escrito en el lateral se leía CONFÍE SU VEHÍCULO AL HOMBRE QUE PORTE LA ESTRELLA **TEXACO**. Sintiéndome un poco como Daniel Webster sellando su pacto con el diablo, firmé la tarjeta. Cuando intenté devolvérsela, negó con la cabeza.

El siguiente artículo consistía en un permiso de conducir de Maine, a nombre de George T. Amberson, donde se declaraba que yo medía un metro noventa y dos, tenía ojos azules, cabello castaño, y pesaba ochenta y cinco kilos. Había nacido el 22 de abril de 1923 y vivía en el 19 de Bluebird Lane, en Sabattus, que casualmente era mi residencia en 2011.

—¿Uno noventa y dos es más o menos correcto? —preguntó Al—. Tuve que adivinarlo.

—Se acerca bastante. —Firmé el permiso de conducir, la típica cartulina color beis burocrático—. ¿Sin foto?

—El estado de Maine aún está a años de eso, socio. Los otros cuarenta y ocho estados, también.

—¿Cuarenta y *ocho*?

—Hawaii no se incorporará a la Unión hasta un año después.

—Ah. —Sentí que perdía un poco el aliento, como si alguien acabara de darme un puñetazo en las entrañas—. Así que... si te paran por exceso de velocidad, ¿la poli supone que eres la persona que esta tarjeta afirma que eres?

—¿Por qué no? En 1958, si comentas algo sobre un ataque terrorista, la gente va a pensar que hablas de adolescentes que se dedican a hacer putadas a las vacas. Firma también esto.

Me tendió una tarjeta cliente de Hertz, una tarjeta para combustible Cities Service, un carnet del Diners Club y una American Express. La Amex era de celuloide; el carnet del Diners Club, de cartulina. Ambos tenían escrito el nombre de George Amberson. A máquina, no impreso.

—Si quieres, el año que viene podrás conseguir una genuina tarjeta Amex de plástico.

Sonreí.

—¿No hay talonario?

—Habría sido fácil, pero ¿de qué te serviría? Cualquier impreso que rellenara en nombre de George Amberson se perdería en el siguiente reinicio, además del dinero que ingresara en la cuenta.

—Ah. —Me sentí como un estúpido—. De acuerdo.

—No te preocupes demasiado, todo esto aún es nuevo para ti. Aunque necesitarás abrirte una cuenta. Te sugiero que no ingreses más de mil. Guarda la mayor parte de la pasta en efectivo y donde puedas echarle mano.

—Por si tengo que volver pitando.

—Exacto. Y las tarjetas de crédito son meras portadoras de identidad. Las cuentas reales que abrí para conseguirlas quedarán borradas cuando regreses al pasado. Aunque podrían ser de utilidad, nunca se sabe.

—¿George recibe su correo en el 19 de Bluebird Lane?

—En 1958, Bluebird Lane no es más que una dirección en un plano catastral de Sabattus, socio. La urbanización donde vives aún no se ha construido. Si alguien te lo menciona, di que es un tema financiero. Se lo tragarán. En el 58, las finanzas son como un dios, todo el mundo las venera pero nadie las entiende. Toma.

Me arrojó una espléndida cartera de hombre. La miré boquiabierto.

—¿Esto es piel de *avestruz*?

—Quiero que tengas aspecto de hombre próspero —dijo Al—. Busca algunas fotos y guárdalas ahí con los carnets. Tengo más chismes para ti. Más bolígrafos, uno que causa furor, con una combinación de abridor de cartas y regla en un extremo. Un lápiz mecánico Scripto. Un protector de bolsillos. En el 58 se consideran necesarios, no son solo para empollones. Un reloj Bulova con una correa de cromo Speidel extensible, esto le chifla a toda la gente guapa, papi. Ya revisarás el resto tú mismo. —Tosió larga y violentamente, con una mueca de dolor. Cuando paró, grandes goterones de sudor perlaban su rostro.

—Al, ¿cuándo reuniste todo esto?

—Cuando me di cuenta de que no iba a llegar a 1963, dejé Texas y volví a casa. Ya te tenía en mente, aunque no te había visto en cuatro años. Divorciado, sin hijos, inteligente y, lo mejor de todo, joven.

Ah, mira, casi lo olvido. Aquí está la semilla a partir de la cual germinó todo lo demás. Saqué el nombre de una tumba del cementerio de San Cirilo y mandé una solicitud a la Secretaría de Estado de Maine.

Me entregó mi certificado de nacimiento. Deslicé los dedos sobre la estampilla en relieve. Poseía cierto tacto sedoso de oficialidad.

Cuando levanté la mirada, vi que Al había puesto otra hoja de papel en la mesa. El encabezado rezaba DEPORTES 1958-1963.

—No la pierdas. No solo porque es tu equivalente a un vale de comida, sino porque tendrías que contestar a un montón de preguntas si cayera en las manos equivocadas. Sobre todo cuando los resultados empiecen a confirmarse.

Comencé a guardar las cosas en la caja y Al sacudió la cabeza.

—Tengo un maletín Lord Buxton para ti en mi armario, perfectamente gastado en los bordes.

—No lo necesito; tengo una mochila en el maletero del coche.

Al parecía divertido.

—Allá adonde vas, nadie lleva mochilas excepto los Boy Scouts, y solo cuando salen de exploración y de acampada. Te queda mucho por aprender, socio, pero si andas con cuidado y no corres riesgos, lo conseguirás.

Me di cuenta de que verdaderamente iba a seguir adelante con aquello, y que iba a suceder inmediatamente, sin apenas preparación. Me sentí como un visitante de los muelles londinenses del siglo diecisiete que de repente comprende que está a punto de ser narcotizado y enrolado en un barco.

—Pero ¿qué hago? —La pregunta brotó casi como un balido.

Al enarcó las cejas, frondosas y ahora tan blancas como el raleante cabello de su cabeza.

—Salvar a la familia Dunning. ¿No es eso de lo que estamos hablando?

—No me refiero a eso. ¿Qué hago cuando la gente me pregunte cómo me gano la vida? ¿Qué digo?

—Cuenta que tenías un tío rico que murió. Cuenta que estás gastando tu inesperada herencia poco a poco, que la estás haciendo durar el tiempo suficiente para escribir un libro. ¿No hay un escritor frustrado dentro de todo profesor de lengua y literatura? ¿O me equivoco?

Lo cierto era que no, no se equivocaba.

Permaneció sentado, observándome, demacrado, excesivamente delgado, pero no sin simpatía. Incluso con compasión, tal vez. Por fin, con suavidad, dijo:

—Es algo grande, ¿verdad?

—Lo es —asentí—. Y Al... amigo... yo no soy más que un hombrecillo.

—Lo mismo podría decirse de Oswald. Un don nadie que disparó emboscado. Y de acuerdo a la redacción de Harry Dunning, su padre solo es un borracho mezquino con un martillo.

—Ya no. Murió de una intoxicación estomacal aguda en la Prisión Estatal de Shawshank. Harry decía que probablemente fue por culpa de tuba mal fermentada. Es...

—Sí, conozco ese brebaje. Estuve destinado en las Filipinas y vi cómo se hacía, incluso lo bebí, muy a mi pesar. De todas formas, allá adonde vas no estará muerto. Y Oswald tampoco.

—Al... sé que estás enfermo, y sé que tienes mucho dolor, pero ¿podrías venir al restaurante conmigo? Yo... —Por primera y última vez, utilicé su apelativo habitual—. Socio, no quiero empezar esto solo. Estoy asustado.

—Jamás me lo perdería. —Se colocó una mano bajo la axila y se levantó con una mueca que le estiró los labios hasta dejar las encías a la vista—. Tú coge el maletín. Yo voy a vestirme.

8

Eran las ocho menos cuarto cuando Al abrió la puerta de la caravana plateada que la Famosa Granburguesa llamaba hogar. Los relucientes enseres cromados tras la barra presentaban un aspecto fantasmal. Los taburetes parecían murmurar *«nadie volverá a sentarse sobre nosotros»*. Los anticuados azucareros parecían responder en susurros *«nadie volverá a servirse de nosotros; se acabó la fiesta»*.

—Abran paso a L. L. Bean —dije.

—Así es —repuso Al—. La puta marcha del progreso.

Estaba sin aliento, jadeando, pero no se detuvo a descansar. Me condujo detrás de la barra, hacia la puerta de la despensa. Le seguí, pasando de una mano a otra el maletín que contenía mi nueva vida.

Era un modelo antiguo, con hebillas. Si lo llevara a mi aula de clase en el instituto, la mayoría de los chicos se reirían. Puede que unos cuantos —aquellos con un emergente sentido del estilo— aplaudieran su aire retro.

Al abrió la puerta a la fragancia de verduras, especias, café. Una vez más pasó el brazo por encima de mi hombro para encender la luz. Me quedé mirando fijamente el suelo de linóleo gris igual que un hombre miraría una piscina que bien podría estar infestada de tiburones hambrientos, y cuando Al me tocó el hombro, pegué un salto.

—Lo siento —se disculpó—, pero deberías coger esto. —Me tendía una moneda de cincuenta centavos. Media piedra—. Míster Tarjeta Amarilla, ¿te acuerdas?

—Claro. —En realidad, me había olvidado de él. El corazón me latía tan fuerte que sentía como si los globos oculares palpitaran en sus cuencas. La lengua me sabía como un viejo retazo de alfombra, y cuando me entregó la moneda, casi la dejé caer.

Me echó un último vistazo crítico.

—Los vaqueros están bien por ahora, pero deberías pasarte por Mason's Menswear, al final de Main Street, y comprarte unos pantalones antes de partir hacia el norte. Los de sarga caqui o unos Pendletons son perfectos para diario. Para vestir, unos Ban-Lon.

—¿Ban-Lon?

—Tú pídelos, ellos sabrán. Además, necesitarás algunas camisas de vestir, y con el tiempo, un traje. Y corbatas y un alfiler. Cómprate también un sombrero. *No* una gorra de béisbol sino un buen sombrero de paja.

Vi que las lágrimas asomaban a sus ojos, lo que me aterró más que cualquier cosa que hubiera dicho.

—¿Al? ¿Qué pasa?

—Estoy asustado, lo mismo que tú. Aunque no hace falta montar una escena sensiblera de despedida. Si vuelves, estarás aquí dentro de dos minutos, da igual cuánto te quedes en el 58. El tiempo justo para poner en marcha la cafetera. Si sale bien, nos tomaremos una taza juntos y me lo contarás todo.

Si. Inmensa palabra.

—También podrías decir una oración. Te dará tiempo de rezar, ¿verdad?

—Claro. Rezaré para que todo transcurra sin complicaciones. No te dejes impresionar por la situación, no sea que olvides que estás tratando con un hombre peligroso, quizá más que Oswald.

—Tendré cuidado.

—Bien. Mantén la boca cerrada todo lo posible hasta que te adaptes al dialecto y a la atmósfera del lugar. Ve despacio. No agites las aguas.

Intenté sonreír, pero no estoy seguro de haberlo conseguido. El maletín parecía muy pesado, como si estuviera lleno de piedras en lugar de dinero y carnets falsos. Pensé que era probable que me desmayara. Y aun así, que Dios me asista, una parte de mí todavía deseaba partir. Estaba *impaciente* por partir. Deseaba ver Estados Unidos desde mi Chevrolet; América demandaba una visita.

Al extendió una mano delgada y temblorosa.

—Buena suerte, Jake. Que Dios te bendiga.

— Querrás decir George.

—George, claro. Ponte en marcha ya. Como decían entonces, es hora de hacer mutis por el foro.

Me giré y me adentré lentamente en la despensa, avanzando como un hombre que intenta localizar el primer peldaño de una escalera con las luces apagadas.

Al tercer paso, lo encontré.

PARTE 2

EL PADRE
DEL CONSERJE

CAPÍTULO 5

1

Caminé a lo largo del costado del secadero, como la vez anterior. Me agaché bajo la cadena de la que colgaba el letrero **PROHIBIDO EL PASO MÁS ALLÁ DE ESTE PUNTO**, como la vez anterior. Doblé la esquina del enorme cubo pintado de verde que era la nave de secado, como la vez anterior, y entonces algo me arrolló. No soy especialmente pesado para mi altura, pero tengo algo de carne en los huesos. «Nunca saldrás volando en un vendaval», solía decir mi padre, y aun así Míster Tarjeta Amarilla casi me derribó. Fue como si me atacara un abrigo negro lleno de pájaros aleteando. El hombre gritaba algo, pero yo estaba demasiado sorprendido (no asustado, exactamente, ocurrió todo demasiado rápido) para hacerme una idea de lo que decía.

Lo aparté con un empujón y trastabilló de espaldas contra el secadero; el abrigo se le enredó entre las piernas. Se oyó un ruido resonante cuando la nuca chocó contra el metal, y su mugriento fedora cayó al suelo. Luego cayó él, aunque más que una caída pareció una especie de acordeón plegándose sobre sí mismo. Me arrepentí de mi reacción antes incluso de que mi corazón tuviera la ocasión de recuperar un ritmo más normal, y lo sentí todavía más cuando el tipo recogió el sombrero y empezó a sacudirlo con una mano roñosa. El sombrero nunca volvería a estar limpio, y, con toda probabilidad, él tampoco.

—¿Se encuentra bien? —pregunté, pero cuando me arrodillé para tocarle el hombro, se escurrió a lo largo de la pared del secadero, impulsándose con las manos y deslizándose sobre el trasero. Diría que parecía una araña lisiada, pero no. Parecía ser exactamente lo que era: un borrachín con el cerebro licuado. Un hombre que podría hallarse igual de cerca de la muerte que Al Templeton, porque en esta versión de América de hacía más de cincuenta años probablemente no existían refugios caritativos ni centros de desintoxicación para tipos como él. El departamento de Asuntos de Veteranos podría acogerle si alguna vez vistió el uniforme, pero ¿quién le llevaría hasta allí? Probablemente nadie, aunque a lo mejor alguien —lo más seguro un trabajador de la fábrica— llamaría a la policía para que se lo llevaran. Le meterían en la celda de los borrachos durante veinticuatro o cuarenta y ocho horas. Si no moría por las convulsiones provocadas por el delírium trémens mientras lo tuvieran encerrado, le liberarían y daría comienzo el siguiente ciclo. Me encontré deseando que mi mujer estuviera allí; ella podría localizar una reunión de AA y llevarle. Solo que Christy aún tardaría otros veintiún años en nacer.

Me coloqué el maletín entre las piernas y extendí las manos para mostrarle que estaban vacías, pero se encogió aún más contra la pared del secadero. La saliva relucía en su barbilla regordeta. Miré en derredor para asegurarme de que no atraíamos la atención, vi que disponíamos de esta sección de la fábrica para nosotros solos, y volví a intentarlo.

—Solo te empujé porque me asustaste.

—¿Quién cojones *eres*? —preguntó, su voz quebrada osciló a través de cinco registros diferentes.

Si no hubiera oído la pregunta en mi anterior visita, ni siquiera habría tenido una vaga idea de lo que preguntaba... y aunque la manera de arrastrar las palabras era idéntica, ¿no parecía esta vez la inflexión un poco distinta? No estaba seguro, pero así lo creía. «*Es inofensivo, pero no se parece a los demás* —había dicho Al—. *Es como si* supiera *algo.*» Al pensaba que se debía a que casualmente a las 11.58 de la mañana del 9 de septiembre de 1958 se hallaba tomando el sol cerca de la madriguera de conejo, y que era susceptible a su influencia. De la misma manera que uno puede producir interferencias en la pantalla de un televisor si enciende una batidora cerca. Quizá fuera eso. O, diablos, quizá fuera simplemente el efecto del alcohol.

—Nadie importante —dije con mi voz más tranquilizadora—. Nadie de quien tengas que preocuparte. Me llamo George. ¿Y tú?

—¡Follamadres! —gruñó, y se apartó arrastrándose aún más. Si se llamaba así, ciertamente tenía un nombre bastante inusual—. ¡Tú no deberías estar aquí!

—No te preocupes, ya me voy —dije. Recogí el maletín para demostrar mi sinceridad, y alzó sus delgados hombros hasta enterrar las orejas, como si temiera que fuera a arrojárselo. Era como un perro que ha sido apaleado tan a menudo que no espera que lo traten de otro modo—. No hay pena sin delito, ¿vale?

—¡Lárgate, hijueputa! ¡Vuélvete al lugar del que hayas venido *y déjame en paz*!

—Trato hecho. —Aún me estaba recuperando del susto que me había dado, y lo que me quedaba de adrenalina se mezclaba de un modo terrible con la compasión que sentía, por no mencionar la exasperación. La misma exasperación que sentía hacia Christy cuando llegaba a casa y la descubría otra vez borracha y camino de la inconsciencia pese a todas sus promesas de enderezarse, alzar el vuelo y abandonar la bebida de una vez por todas. La combinación de emociones sumada al calor de ese mediodía de finales de verano me revolvió un poco el estómago. Probablemente no sea la mejor manera de iniciar una misión de rescate.

Me acordé de la frutería Kennebec y del delicioso sabor de la cerveza de raíces; pude ver la bocanada de vapor exhalada por la nevera de los helados cuando Frank Anicetti Sénior sacó la jarra. Además, recordé que se estaba increíblemente fresco allí dentro. Me encaminé en esa dirección sin más preámbulos, con mi maletín nuevo (pero cuidadosamente envejecido en los bordes) rebotando contra mi rodilla.

—¡Eh! ¡Eh, tú, caraculo!

Me volví. El borrachín intentaba ponerse en pie usando la pared del secadero como apoyo. Había echado mano al sombrero y lo estrujaba contra el abdomen. Enseguida empezó a hurgar en él.

—Tengo una tarjeta amarilla del frente verde, así que dame un pavo, cabrón. Hoy se paga doble.

Volvíamos a ceñirnos al guión, lo cual resultaba reconfortante. No obstante, tomé la precaución de no arrimarme demasiado. No quería asustarle otra vez o provocar un nuevo ataque. Me detuve a unos dos metros de distancia y extendí la mano. La moneda que Al me había entregado relucía en la palma.

—No me sobra un dólar para dártelo, pero ahí va media piedra.

Vaciló, sujetando ahora el sombrero en la mano izquierda.

—Más te vale que no quieras una mamada.

—Creo que podré resistir la tentación.

—¿Eh?

De la moneda de cincuenta centavos dirigió la mirada a mi rostro y luego volvió a posarla en la moneda. Levantó la mano derecha para secarse la saliva de la barbilla, y me percaté de otra diferencia con respecto a la vez anterior. Nada devastador, pero suficiente para que me cuestionara la solidez de la afirmación de Al de que cada viaje era un reinicio completo.

—No me importa si la coges o la dejas, pero decídete —dije—. Tengo cosas que hacer.

Me arrebató la moneda y volvió a encogerse de espaldas contra el secadero. Tenía los ojos grandes y húmedos. La capa de saliva había reaparecido en la barbilla. No existe realmente nada en el mundo que pueda equipararse al glamour de un alcohólico terminal; no entiendo por qué Jim Beam, Seagrams y Mike's Hard Lemonade no los emplean para sus anuncios de las revistas. Bebe Beam y descubre una nueva clase de bichos.

—¿Quién eres? ¿Qué estás haciendo aquí?

—Un trabajo, espero. Escucha, ¿has probado asistir a AA por ese problemilla que tienes con la beb…?

—¡A tomar por culo, Jimla!

No tenía la menor idea de qué significaba «jimla», pero recibí la primera parte del mensaje alta y clara. Me dirigí hacia la verja, esperando que siguiera soltando una retahíla de preguntas detrás de mí. La vez anterior no lo hizo, pero este encuentro estaba siendo considerablemente distinto.

Porque este hombre no era Míster Tarjeta Amarilla; esta vez no. Cuando alzó la mano para enjugarse la barbilla, la tarjeta que apresaba entre los dedos había mudado de color.

Esta vez era de un sucio pero brillante naranja.

Seguí mi camino a través del aparcamiento de la fábrica y una vez más di varias palmadas en el maletero del Plymouth Fury rojo y blanco para invocar a la buena suerte. Ciertamente, iba a necesitar toda la que pudiera reunir. Atravesé las vías y una vez más oí el *wuf-chuf* de un tren, salvo que en esta ocasión sonaba un poco distante, porque en esta ocasión mi encuentro con Míster Tarjeta Amarilla —que ahora era Míster Tarjeta Naranja— había durado más tiempo. El aire apestaba a los efluvios de la fábrica, igual que antes. El mismo autobús interurbano pasó roncando. A causa del retraso, en esta ocasión no pude leer el rótulo frontal, pero recordaba qué línea era: LEWISTON EXPRESS. Me pregunté distraídamente cuántas veces habría visto Al ese mismo autobús, con los mismos pasajeros mirando por las mismas ventanillas.

Me apresuré a cruzar la calle, esparciendo con la mano lo mejor que pude la nube azulada de los gases de combustión. El rebelde rockabilly seguía en su puesto fuera de la puerta, y me pregunté brevemente cómo reaccionaría si le robara su frase. Pero en cierto modo eso sería tan ruin como aterrorizar al borrachín del secadero a propósito. Si te apropias del lenguaje secreto de los chavales como ese, a ellos no les queda nada. Este ni siquiera podría desahogarse con la Xbox. Por tanto, me limité a inclinar la cabeza.

El chico me devolvió el saludo.

—¿Qué hay, papaíto?

Entré. La campanilla tintineó. Pasé junto a los tebeos rebajados y fui directo hacia la fuente de refrescos donde se hallaba Frank Anicetti Sénior.

—¿En qué puedo ayudarle, amigo mío?

Eso me dejó momentáneamente perplejo, pues no se correspondía con lo que había dicho en mi anterior visita. Entonces comprendí que no tenía por qué. La vez anterior yo había cogido un periódico del expositor. Esta vez no. Quizá cada viaje a 1958 reiniciara el cuentakilómetros a cero (con la excepción de Míster Tarjeta Amarilla), pero en el instante en que se alteraba cualquier detalle, las cartas se barajaban de nuevo. La idea era al mismo tiempo espeluznante y liberadora.

—No me vendría mal una zarzaparrilla —dije.

—Y a mí no me vienen mal los clientes, así que tenemos consenso entre las partes. ¿De cinco o de diez centavos?

—De diez, supongo.

—De acuerdo, creo que supone bien.

La jarra cubierta de escarcha emergió del congelador. Usó el mango de la cuchara de madera para retirar la espuma. La rellenó hasta arriba y la depositó delante de mí. Todo exactamente igual que antes.

—Pues son diez centavos, más uno para el gobernador.

Le entregué uno de los dólares antiguos de Al, y mientras Frank 1.0 contaba el cambio, miré por encima del hombro y vi al otrora Míster Tarjeta Amarilla balanceándose de lado a lado en el exterior de la licorería, el *frente verde*. Me recordó a un faquir hindú que había visto en alguna película antigua tocando una flauta para hechizar a una cobra y hacerla salir de una cesta de mimbre. Y, andando por la acera, de acuerdo al programa previsto, venía Anicetti el Joven.

Retorné a mi zarzaparrilla, le di un sorbo, y lancé un suspiro.

—Ah, sabe a gloria.

—Sí, nada como una cerveza fría en un día caluroso. Usted no es de por aquí, ¿verdad?

—No. De Wisconsin. —Le tendí la mano—. George Amberson.

La estrechó en medio del tintineo de la campanilla sobre la puerta.

—Frank Anicetti. Y aquí llega mi chico, Frank Júnior. Saluda al señor Amberson de Wisconsin, Frankie.

—Hola, señor. —Me dirigió una sonrisa y una inclinación de cabeza; acto seguido se volvió hacia su padre—. Titus ha subido el camión en el elevador. Dice que estará listo para las cinco.

—Bien, eso es estupendo. —Esperé a que Anicetti 1.0 se encendiera un cigarrillo, y no me defraudó. Inhaló y se centró de nuevo en mí—. ¿Viaja por negocios o por placer?

Por un instante no supe qué contestar, pero no porque me hubiera quedado en blanco. Lo que me desconcertaba era la manera en que esta escena se empeñaba en divergir del guión original para luego retornar a él. En cualquier caso, Anicetti no pareció notarlo.

—Sea como fuere, ha elegido la mejor época para venir. La mayoría de los veraneantes se han ido y, cuando eso ocurre, todos nos relajamos. ¿Le gustaría una cucharada de helado de vainilla en su refresco? Habitualmente son cinco centavos más, pero los martes reduzco el precio a un níquel.

—Llevas diez años repitiendo eso, papá —dijo Frank Júnior afablemente.

—Gracias, pero así está bien —contesté—. La verdad es que vengo por negocios. Una operación inmobiliaria en… ¿Sabattus? Creo que se llama así. ¿Conoce esa ciudad?

—Solo desde que nací —respondió Frank. Exhaló humo por la nariz y me dirigió una mirada perspicaz—. Viene de muy lejos para una operación inmobiliaria.

Le devolví una sonrisa que pretendía comunicar «si usted supiera lo que yo sé». Debió de captar el mensaje, porque me respondió con un guiño. La campanilla sobre la puerta tintineó y entraron las compradoras de fruta. El reloj de pared con la leyenda BEBE CAFÉ CHEER-UP marcaba las 12.28. Por lo visto, la parte del guión donde Frank Júnior y yo comentábamos la historia de Shirley Jackson había sido tachada de este borrador. Me terminé la zarzaparrilla en tres largos tragos, y de inmediato un calambre me atenazó el vientre. En las novelas, los personajes raramente han de evacuar, pero en la vida real el estrés mental a menudo provoca una reacción física.

—Perdone, ¿no tendrá por casualidad un aseo de caballeros?

—No, lo siento —dijo Frank Sénior—. Ando con intención de instalar uno, pero en verano hay demasiado trajín y en invierno nunca parece haber suficiente dinero para hacer reformas.

—Puede ir a donde Titus, a la vuelta de la esquina —sugirió Frank Júnior.

Estaba echando helado dentro de un cilindro metálico con intención de prepararse un batido. Antes no lo había hecho, y pensé con cierto desasosiego en el denominado efecto mariposa. Justo ante mis ojos, el lepidóptero desplegaba ahora sus alas. Estábamos cambiando el mundo. Solo en pequeñas pinceladas, infinitesimales, pero sí, lo estábamos cambiando.

—¿Señor?

—Lo siento —dije—. Tuve un momento de senilidad.

Se mostró extrañado al principio, y luego rió.

—Nunca lo había oído, pero es bastante bueno. —Por esta razón, a lo mejor el chico lo repetía la próxima vez que perdiera el hilo de sus pensamientos. Y así, una expresión que de otro modo no entraría en el brillante flujo de la jerga americana hasta la década de los setenta o los ochenta efectuaría un temprano debut. No podría calificarse exactamente de debut *prematuro*, porque en esta línea temporal aparecería a su hora prevista.

—Titus Chevron está doblando la esquina a la derecha —dijo Anicetti Sénior—. Pero si es… eh… urgente, es bienvenido a usar nuestro cuarto de baño del piso de arriba.

—No, estoy bien —dije, y aunque ya había mirado el reloj de pared, eché un vistazo a mi Bulova con su fardona correa Speidel. Por fortuna, no vieron la esfera, porque había olvidado reajustar el reloj y aún se guiaba por el tiempo de 2011—. Pero he de irme. Debo atender varios recados, y a no ser que tenga mucha suerte, me mantendrán ocupado más de un día. ¿Puede recomendarme un buen motel por aquí?

—¿Quiere decir un moto hotel? —preguntó Anicetti Sénior. Aplastó la colilla de su cigarrillo en uno de los ceniceros con la leyenda WINSTON SABE BIEN que se alineaban en la barra.

—Sí. —Esta vez esbocé una sonrisa que se me antojó estúpida en lugar de bien informada… y los retortijones atacaron de nuevo. Si no solucionaba pronto ese problema, iba a desencadenar una auténtica situación de emergencia—. En Winsconsin los llamamos moteles.

—Bueno, diría el Moto Hotel Tamarack, en la 196, a unos ocho kilómetros en dirección Lewiston —indicó Anicetti Sénior—. Está cerca del autocine.

—Gracias por el consejo —dije, levantándome.

—No hay de qué. Y si quiere ir al barbero antes de alguna de sus reuniones, pruebe la Barbería de Baumer. Hace un trabajo estupendo.

—Gracias. Otro buen consejo.

—Los consejos son gratis, la cerveza se vende en América. Disfrute de su estancia en Maine, señor Amberson. Y Frankie, bébete ese batido y vuelve a la escuela.

—Descuida, papá. —Esta vez fue Júnior quien lanzó un guiño en mi dirección.

—¿Frank? —llamó una de las señoras con el mismo tono de voz que utilizaría para exclamar «yu-ju»—. ¿Estas naranjas son frescas?

—Tan frescas como tu sonrisa, Leola —replicó, y las señoras soltaron un «jiji». No trato de ser cursi; realmente soltaron un «jiji».

Musité un «Señoras» cuando pasé a su lado. La campanilla tintineó y salí al mundo que había existido antes de que yo naciera. Pero esta vez, en lugar de cruzar la calle hacia el patio donde se ubicaba la madriguera de conejo, me adentré en aquel mundo. Al otro lado de la calle, el borrachín del abrigo negro gesticulaba en dirección al dependiente de la bata. Puede que la tarjeta que blandía fuera naranja en lugar de amarilla, pero por lo demás había retornado al guión.

Lo consideré una buena señal.

3

Titus Chevron estaba más allá del supermercado Red & White, donde Al había comprado las provisiones para su restaurante una y otra y otra vez. De acuerdo con el letrero de la ventana, la langosta se vendía a un dólar cincuenta y cuatro el kilo. Frente al mercado, en una parcela de terreno que se hallaba vacía en 2011, se erguía un gran establo de color granate con las puertas abiertas y con toda clase de muebles de segunda mano expuestos; las existencias de cunas, mecedoras de mimbre y butacas embutidas de relleno para la «relajación de papá» parecían especialmente abundantes. En el letrero sobre la puerta se leía **EL ALEGRE ELEFANTE BLANCO**. Un letrero adicional, apuntalado en un bastidor para atraer la atención de los conductores de camino a Lewiston, declaraba con audacia que **SI NO LO TENEMOS, NO LO NECESITAS**. En una de las mecedoras estaba sentado un tipo que deduje que sería el propietario, fumando una pipa y mirando en mi dirección. Llevaba una camiseta de tirantes y unos pantalones marrones abombados. Lucía, además, una perilla que consideré bastante audaz para esta particular isla en el río del tiempo. El cabello, aunque peinado hacia atrás y mantenido en su sitio con alguna especie de gomina, se curvaba en la nuca y me trajo a la memoria un antiguo vídeo de rock and roll que había visto: Jerry Lee Lewis brincando sobre el piano mientras cantaba «Great Balls of Fire». El propietario de El Alegre Elefante Blanco probablemente tenía reputación de ser el *beatnik* local.

Le apunté con un dedo. Me respondió con una levísima inclinación de cabeza y continuó aspirando su pipa.

En la Chevron (donde la gasolina normal se vendía a 19,9 centavos el galón y la súper era un penique más cara), un hombre con un mono azul y un extenuante corte de pelo al estilo marine trabajaba en un camión —el de los Anicetti, presumiblemente— subido en el elevador.

—¿Señor Titus?

Echó un vistazo por encima del hombro.

—¿Sí?

—El señor Anicetti me dijo que podría usar su aseo.

—La llave está por dentro de la puerta de delante. —*Dalante*.

—Gracias.

La llave estaba sujeta a un zagual de madera con la palabra HOMBRES impresa. La otra llave tenía CHICAS impresa en el zagual. Mi ex mujer habría echado pestes al verlo, pensé, y no sin regocijo.

El aseo estaba limpio pero olía a humo. Había un cenicero estilo urna junto al inodoro. Por el número de colillas incrustadas allí, era fácil suponer que muchos de los visitantes de ese cuartito diminuto disfrutaban fumando mientras evacuaban.

Cuando salí, vi unas dos docenas de automóviles usados en el pequeño solar contiguo a la estación. Por encima, una hilera de banderines de colores ondeaba a merced de una ligera brisa. Coches que en 2011 se habrían vendido por varios miles —como clásicos, no menos— estaban marcados con precios de setenta y cinco y cien dólares. Un Caddy que parecía estar en un estado casi perfecto ascendía a ochocientos. El letrero en la pequeña caseta de ventas (dentro, una monada con una cola de caballo que mascaba chicle estaba absorta en *Photoplay*) decía: TODOS LOS VEHÍCULOS FUNCIONAN BIEN Y VAN ACOMPAÑADOS DE FACTURA. TITUS GARANTIZA QUE ¡REVISAMOS LO QUE VENDEMOS!

Colgué las llaves, le di las gracias a Titus (que respondió con un gruñido sin apartar la vista del camión en el elevador), y me encaminé de vuelta a Main Street pensando que sería buena idea cortarme el pelo antes de hacer una visita al banco. Me acordé entonces del *beatnik* de la perilla e, impulsivamente, crucé la calle hacia el emporio del mueble usado.

—Buenos días —saludé.

—Bueno, ya es por la tarde, pero lo que le haga más feliz.

—Chupó una calada de su pipa, y aquella ligera brisa de finales de verano me trajo un olorcillo a Cherry Blend. También un recuerdo de mi abuelo, que solía fumarlo cuando yo era un crío. A veces me echaba el humo en la oreja para disipar el dolor de oído, un tratamiento que probablemente no aprobaría la Asociación Médica Americana.

—¿Vende maletas?

—Oh, sí, tengo a patadas. Nada más que doscientas, diría. Vaya hasta el fondo del todo y mire a la derecha.

—Si compro una, ¿podría guardarla aquí un par de horas, mientras hago algunas compras?

—Tengo abierto hasta las cinco —respondió, y levantó la cara hacia el sol—. Después, por su cuenta y riesgo.

4

Canjeé dos de los dólares antiguos de Al por una maleta de cuero, la dejé detrás del mostrador del *beatnik*, y luego eché a andar por Main Street con el maletín rebotando en mi pierna. Miré al interior del frente verde y vi al dependiente sentado junto a la caja registradora y leyendo el periódico. Ni rastro de mi colega del abrigo negro.

Habría resultado difícil perderse en el distrito comercial; ocupaba solo una manzana. Tres o cuatro tiendas más arriba de la frutería Kennebec llegué a la Barbería de Baumer. Un poste rojo y blanco giraba en el escaparate. A su lado había un cartel político que mostraba a Edmund Muskie. Lo recordaba como un anciano cansado y de hombros caídos, pero en esta versión parecía casi demasiado joven para votar, y no digamos para ser elegido como representante de nada. El cartel rezaba: MANDA A ED MUSKIE AL SENADO DE ESTADOS UNIDOS, ¡VOTA A LOS DEMÓCRATAS! Alguien había colocado una banda blanca brillante en la parte inferior. Escrito a mano se leía: DECÍAN QUE NO PODRÍA HACERSE EN MAINE, PERO *LO HICIMOS*. EL SIGUIENTE: ¡HUMPHREY EN 1960!

Dentro, dos parroquianos de edad estaban sentados contra la pared mientras a un tercer parroquiano igual de viejo le rasuraban la coronilla. Los dos hombres que esperaban fumaban como chimeneas. También el barbero (Baumer, supuse), que, mientras cortaba, entrecerraba el ojo para protegerse del humo ascendente. Los cuatro me estudiaron de una manera con la que ya estaba familiarizado: la no-del-todo-recelosa mirada que Christy llamó en una ocasión El Repaso Yanqui. Me complacía saber que algunas cosas nunca cambiaban.

—Vengo de fuera de la ciudad pero soy un amigo —les dije—. He votado por el programa demócrata toda mi vida. —Alcé una mano en un gesto de «y que Dios me ayude».

Baumer resopló divertido y cayó ceniza de su cigarrillo. La barrió con aire ausente de la bata al suelo, donde había varias colillas aplastadas entre el pelo cortado.

—Ahí Harold es republicano. Tenga cuidado no vaya a morderle.

—Ya no le quedan dientes para hacerlo —dijo uno de los otros, y todos rieron socarronamente.

—¿De dónde es usted, señor? —preguntó Harold el Republicano.

—De Wisconsin. —Cogí un ejemplar del *Man's Adventure* para eludir cualquier conversación. En la portada, un infrahumano caballero asiático con un látigo en una mano enguantada se aproximaba a una belleza rubia atada a un poste. El reportaje que la acompañaba se titulaba ESCLAVAS SEXUALES JAPONESAS EN EL PACÍFICO. El olor de la barbería era una dulce y absolutamente maravillosa mezcla de polvos de talco, pomada y humo de cigarrillos. Cuando Baumer me hizo una seña para que me sentara en la silla, yo estaba inmerso en la historia de las esclavas sexuales. No era tan excitante como la portada.

—¿De viaje, señor Wisconsin? —me preguntó mientras me colocaba una tela de rayón blanco sobre el pecho y la ceñía a la garganta con un cuello de papel.

—Sí, y bastante largo —dije sinceramente.

—Bueno, ahora ya está en el país de Dios. ¿Cómo lo quiere de corto?

—Lo necesario para no parecer… —«Un hippy», estuve a punto de concluir, pero Baumer no lo habría entendido— un *beatnik*.

—Me figuro que se le descontroló un poco. —Empezó a cortar—. Si se lo dejara crecer un poco más, se parecería a ese maricón que regenta El Alegre Elefante Blanco.

—Eso no me gustaría —convine.

—No, señor, menudo mamarracho el tipo ese. —*El tip'eese.*

Cuando Baumer terminó, me empolvó la nuca, me preguntó si quería algún fijador, como Vitalis, Brylcreem o Wildroot, y me cobró cuarenta centavos.

A eso lo llamo yo un buen negocio.

5

Mi depósito de mil dólares en el Hometown Trust no provocó ningún arqueamiento de cejas. El reciente corte de pelo seguramente ayudó, pero creo que se debió sobre todo al hecho de estar en una sociedad de pagos al contado donde las tarjetas de crédito aún seguían en pañales... y probablemente eran contempladas con suspicacia por ahorrativos yanquis. Una cajera de severa belleza con el cabello arreglado en ceñidos tirabuzones y un camafeo en el cuello contó el dinero, anotó la cantidad en un libro de contabilidad, y luego llamó al director adjunto, que lo volvió a contar, comprobó el registro, y después me extendió un recibo que mostraba tanto el depósito como el total disponible en mi nueva cuenta corriente.

—Si me permite una sugerencia, es una suma considerable para llevar en cheques, señor Amberson. ¿Le interesaría abrir una cuenta de ahorros? Actualmente ofrecemos un tres por ciento de interés, capitalizado trimestralmente. —Ensanchó los ojos para mostrarme cuán increíbles eran estas condiciones. Se daba un aire a aquel director de orquesta cubano de antaño, Xavier Cugat.

—Gracias, pero tengo que efectuar una buena cantidad de transacciones. —Bajé la voz—. Un cierre inmobiliario. O en eso confío.

—Buena suerte —respondió, bajando su propia voz al mismo tono de confidencialidad—. Lorraine le facilitará los cheques. ¿Le alcanza con cincuenta?

—Cincuenta será suficiente.

—Más adelante podremos proporcionárselos con su nombre y su dirección. —Enarcó las cejas, convirtiendo la afirmación en un interrogante.

—Tengo previsto viajar a Derry, pero estaré en contacto.

—Perfecto. Yo estoy en Drexel ocho cuatro-siete-siete-siete.

No supe de qué hablaba hasta que me deslizó su tarjeta a través de la ventanilla. Grabado en ella, se leía: Gregory Dusen, Director Adjunto, y **DRexel 8-4777**.

Lorraine me entregó los cheques y un talonario de falsa piel de cocodrilo para guardarlos. Le di las gracias y los dejé caer en mi maletín. En la puerta me detuve para mirar hacia atrás. Un par de cajeros trabajaban con calculadoras; por lo demás, todas las transacciones pertenecían a la variedad de las sumas con lápiz y papel. Se me ocurrió que, salvo por unas cuantas excepciones, Charles Dickens se habría sentido aquí como en casa. También se me ocurrió que vivir en el pasado se asemejaba un poco a vivir bajo el agua y respirar a través de un tubo.

6

Conseguí la ropa que Al me había recomendado en Mason's Menswear, y el dependiente me dijo que sí, que aceptarían encantados un cheque siempre y cuando estuviera girado en un banco local. Gracias a Lorraine, pude satisfacer ese requisito.

De vuelta en El Alegre Elefante Blanco, el *beatnik* me observó en silencio mientras yo pasaba el contenido de las tres bolsas de compra a mi nueva maleta. Cuando la cerré, finalmente me ofreció su opinión.

—Una manera curiosa de comprar, compadre.

—Supongo que sí —dije—. Pero este viejo mundo también es curioso, ¿verdad?

Esbozó una sonrisa en respuesta.

—En mi opinión, esa es la razón por la que Dios lo inclinó antes de dejarlo suelto. Choca ese pellejo, hermano. —Extendió la mano, con la palma hacia arriba.

Por un instante fue como intentar averiguar qué representaba la palabra *Drexel* unida a una serie de números. Entonces me acordé de una película, *La chica de las carreras*, y comprendí que el *beatnik* me ofrecía la versión de los años cincuenta de chocar los puños. Arrastré mi palma sobre la suya, sintiendo el calor y el sudor, pensando de nuevo: *Esto es real. Está pasando de verdad.*

—Salud, colega —dije.

7

Crucé de nuevo hacia Titus Chevron, balanceando la maleta recién cargada en una mano y el maletín en la otra. Era solo media mañana en el mundo de 2011 del que procedía, pero me sentía exhausto. Supongo que estaba sufriendo una versión del jet-lag propia de *En los límites de la realidad*. Había una cabina telefónica entre la estación de servicio y el concesionario adyacente. Entré, cerré la puerta, y leí el cartel escrito a mano sobre el anticuado aparato: RECUERDE: LLAMADAS AHORA A DIEZ CENTAVOS, CORTESÍA DE «MAMÁ» BELL.

Hojeé las Páginas Amarillas de la localidad y encontré la compañía Lisbon Taxi. El anuncio mostraba el dibujo de un coche con ojos por faros y una gran sonrisa en la rejilla del radiador. Prometía un SERVICIO RÁPIDO Y CORTÉS. A mí me valía. Escarbé en los bolsillos en busca de cambio, pero lo primero que encontré fue algo que debería haber dejado atrás: mi teléfono móvil Nokia. Era una antigualla para los estándares del año del que procedía —me había propuesto cambiarlo por un iPhone—, pero aquí no pintaba nada. Si alguien lo veía, me haría un centenar de preguntas a las que no podría responder. Lo sepulté en el maletín. Por el momento bastaría con eso, supuse, pero tarde o temprano tendría que deshacerme de él. Conservarlo sería como pasearse con una bomba sin detonar.

Encontré una moneda de diez, la inserté en la ranura, y fue a parar directamente al cajetín de devolución. La recuperé y me bastó un solo vistazo para localizar el problema. Al igual que mi Nokia, la moneda provenía del futuro; era un sándwich de cobre, no más que un penique con pretensiones. Saqué toda la calderilla, la removí, y di con diez centavos de 1953 que probablemente formaban parte del cambio de la zarzaparrilla que había tomado en la frutería Kennebec. Me disponía a introducir la moneda cuando me asaltó un pensamiento que me heló la sangre. ¿Y si mis diez centavos de 2002 se hubieran quedado atascados en la garganta del teléfono en lugar de caer al cajetín de devolución? ¿Y si el operario de AT&T que hacía el mantenimiento de las cabinas en Lisbon Falls los hubiera encontrado?

Habría pensado que se trataba de una broma, eso es todo. Alguna clase de elaborada travesura.

Tenía mis dudas; la moneda era demasiado perfecta. La habría enseñado por ahí; tarde o temprano incluso podría llegar a publicarse un artículo al respecto en el periódico. En esta ocasión había tenido suerte, pero quizá la próxima vez no fuera tan afortunado. Debía andarme con más cuidado. Con creciente desasosiego, pensé de nuevo en mi teléfono móvil. Después inserté los diez centavos de 1953 en la ranura y fui recompensado con el tono de marcado. Realicé la llamada lenta y cuidadosamente, tratando de recordar si alguna vez había utilizado un teléfono con disco rotatorio. Creía que no. Cada vez que lo soltaba, el teléfono emitía un extraño cloqueo mientras el disco retrocedía a su posición inicial.

—Lisbon Taxi —contestó una mujer—, donde el kilometraje es un feliz viaje. ¿En qué podemos ayudarle?

8

Mientras esperaba a que llegara el taxi, pasé el tiempo curioseando por el concesionario de Titus. Quedé especialmente prendado de un Ford descapotable rojo del 54, un Sunliner, según la inscripción bajo el faro cromado del lado del conductor. Tenía neumáticos de banda blanca y una genuina capota de lona que los tíos chulos de *La chica de las carreras* habrían llamado techo-trapo.

—Esa no es mala elección, señor —dijo Bill Titus detrás de mí—. Corre como una bala, eso lo puedo asegurar personalmente.

Me volví. Se estaba limpiando las manos con un trapo rojo que parecía casi tan grasiento como sus dedos.

—Hay algo de óxido en los estribos —observé.

—Sí, bueno, es por este clima. —Se encogió de hombros, como diciendo «qué se le va a hacer»—. Lo importante es que el motor funciona como la seda y esos neumáticos están casi nuevos.

—¿V-8?

—Bloque en Y —dijo, y asentí con la cabeza como si lo hubiera entendido a la perfección—. Se lo compré a Arlene Hadley de Durham después de la muerte de su marido. Otra cosa no, pero Bill Hadley sabía cómo cuidar un coche…, pero eso a usted no le dice nada, claro, porque no es de por aquí, ¿verdad?

—No. De Wisconsin. George Amberson. —Le tendí la mano.

Negó con la cabeza, sonriendo levemente.

—Encantado de conocerle, señor Amberson, pero no querría mancharle de grasa. Considérese saludado. ¿Es usted comprador o solo un mirón?

—Todavía no lo sé —dije, aunque fue una respuesta no del todo sincera. El Sunliner me parecía el coche más alucinante que había visto en mi vida. Abrí la boca para preguntar cuánto consumía, pero entonces me di cuenta de que se trataba de una cuestión sin sentido en un mundo donde uno podía llenar el depósito por dos dólares. En cambio, le pregunté si era manual.

—Ah, sí. Pero cuando se mete segunda, más vale estar pendiente de la poli, porque corre como un hijo de su madre. ¿Le gustaría dar una vuelta y probarlo?

—No puedo —dije— Acabo de llamar a un taxi.

—Esa no es forma de viajar —dictaminó Titus—. Si comprara este coche, volvería a Wisconsin con estilo y podría olvidarse del tren.

—¿Cuánto pide por él? No hay ningún precio en el parabrisas.

—No, hice la transacción anteayer, pero entre unas cosas y otras no he tenido tiempo. —Sacó el paquete de cigarrillos—. Iba a ponerlo a tres cincuenta, pero ¿sabe qué?, estaría dispuesto a regatear. —*Arregateáa*.

Apreté los dientes, como si me hubiera puesto un cepo, para evitar que la mandíbula se me cayera al suelo, y contesté que lo pensaría. Si mis planes iban por buen camino, le comuniqué, volvería al día siguiente.

—Será mejor que venga temprano, señor Amberson; este no va a durar mucho.

De nuevo me sentí reconfortado. Tenía monedas que no funcionaban en las cabinas, las operaciones bancarias aún se efectuaban mayoritariamente a mano, y los teléfonos radiaban un raro cloqueo en el oído al marcar, pero algunas cosas nunca cambiaban.

9

El taxista era un hombre corpulento que llevaba un maltrecho sombrero con una insignia en la que se leía VEHÍCULO CON LICENCIA.

Fumaba un Lucky tras otro, y tenía la radio sintonizada en la WJAB. Escuchamos «Sugartime», de las McGuire Sisters, «Bird Dog», de los Everly Brothers, y «Purple People Eater», de cierta criatura llamada Sheb Wooley. Habría podido vivir sin esta última. Después de cada tema, un trío de jovencitas cantaba desafinando: «Catorce cuarenta, WJA-*beee*... ¡el Súper *Jab*!». Me enteré de que Romanow's celebraba las explosivas rebajas anuales de final de verano, y que F. W. Woolworth's acababa de recibir un nuevo pedido de hula-hops, que vendía a uno treinta y nueve la unidad, un robo.

—Esos malditos trastos no sirven para otra cosa que para enseñar a los críos a menear las caderas —comentó el taxista, y dejó que el deflector triangular de la ventanilla se tragara la ceniza del extremo de su cigarrillo. Fue su único intento por entablar una conversación en todo el trayecto entre Titus Chevron y el Moto Hotel Tamarack.

Bajé la ventanilla de mi lado para escapar un poco de la niebla tóxica del cigarrillo y ver pasar un mundo diferente. La expansión urbana descontrolada entre Lisbon Falls y el límite municipal de Lewiston no existía. Aparte de por unas cuantas gasolineras, el Hi-Hat y el cine al aire libre (la marquesina anunciaba una doble sesión compuesta por *Vértigo* y *El largo y cálido verano*, ambas en CinemaScope y Technicolor), circulábamos por una región rural de Maine en estado puro. Divisé más vacas que personas.

El moto hotel estaba ubicado a cierta distancia de la carretera, a la sombra no de alerces sino de enormes y majestuosos olmos. No fue como ver una manada de dinosaurios, pero casi. Los contemplé embobado mientras Don Vehículo Con Licencia encendía otro pitillo.

—¿Necesita una mano con sus maletas, señor?

—No, está bien. —El importe que marcaba el taxímetro no poseía la majestuosidad de los olmos, pero aun así se ganó una segunda mirada de incredulidad. Le entregué al tipo dos dólares y le pedí cincuenta centavos de vuelta. Pareció satisfecho; después de todo, la propina era suficiente para comprar un paquete de Lucky.

10

Me registré (sin problemas; puse el dinero encima de la mesa y no me pidieron ninguna identificación) y me eché una prolongada siesta en una habitación donde el aire acondicionado consistía en un ventilador sobre el alféizar de la ventana. Me desperté renovado (algo bueno) y luego por la noche me resultó imposible conciliar el sueño (algo malo). Tras la puesta de sol, el tráfico en la autopista era prácticamente inexistente y la quietud era tan profunda que resultaba inquietante. El televisor era un Zenith modelo de mesa que debía de pesar cincuenta kilos. Sobre él descansaban un par de orejas de conejo. Un cartel apoyado en ellas rezaba AJUSTE LA ANTENA MANUALMENTE ¡NO USE «PAPEL DE PLATA»! GRACIAS DE PARTE DE LA DIRECCIÓN.

Solo había tres cadenas. La filial de la NBC se veía con demasiada nieve independientemente de cuánto toqueteara las orejas de conejo, y en la CBS la imagen bailaba; ajustar el control vertical no surtió ningún efecto. La ABC, que se recibía con total nitidez, emitía *La vida y leyenda de Wyatt Earp*, protagonizada por Hugh O'Brian. Disparó a varios forajidos y después siguió un anuncio de cigarrillos Viceroy. Steve McQueen explicaba que los Viceroy combinaban el mejor sabor para el hombre fumador con el mejor filtro para el hombre pensador. Mientras el actor encendía uno, me levanté de la cama y apagué la tele.

Entonces solo quedó el sonido de los grillos.

Me desnudé, me tumbé en calzoncillos, y procuré dormir. Mi mente evocó a mi padre y a mi madre. Él tenía en ese momento seis años y vivía en Eau Claire. Ella, de solo cinco, vivía en una granja de Iowa que ardería hasta los cimientos al cabo de tres o cuatro años. Su familia se trasladaría entonces a Wisconsin, acercándose a la intersección de vidas que con el tiempo produciría… mi nacimiento.

Estoy loco, pensé. *Estoy loco y sufriendo una alucinación terriblemente enrevesada en algún manicomio de algún sitio. Tal vez un médico escriba sobre mí para una revista de psiquiatría. En lugar de «El hombre que confundió a su mujer con un sombrero», seré «El hombre que creía estar en 1958».*

Entonces deslicé la mano sobre el tejido rústico de la colcha, que aún no había retirado, y supe que todo aquello era real. Pensé en Lee Harvey Oswald, pero Oswald aún pertenecía al futuro, y en la pieza de museo que era aquella habitación de motel, él no me preocupaba.

Me senté en el borde de la cama, abrí el maletín y saqué el teléfono móvil, un artilugio viajero del tiempo que aquí era completamente inútil. No obstante, cedí al impulso de levantar la tapa y pulsar el botón de encendido. En la pantalla apareció un aviso de SIN SERVICIO, por supuesto; ¿qué esperaba? ¿Cinco rayas? ¿Una voz lastimera diciendo «*Vuelve a casa, Jake, antes de que provoques algo que no puedas deshacer*»? Era una idea estúpida, supersticiosa. Si causaba algún daño, *podría* deshacerlo, porque cada viaje representaba un reinicio. Podría decirse que el viaje en el tiempo venía con un dispositivo de seguridad integrado.

La idea resultaba reconfortante, pero tener un teléfono como ese en un mundo donde la televisión en color era el mayor adelanto tecnológico en electrónica de consumo no reconfortaba en absoluto. No me quemarían como a una bruja si me descubrían con semejante artilugio, pero la policía local podría arrestarme y retenerme en una celda hasta que algunos de los chicos de J. Edgar Hoover llegaran desde Washington para interrogarme.

Lo dejé encima de la cama y luego saqué toda la calderilla del bolsillo derecho del pantalón. Separé las monedas en dos montones. Las de 1958 y anteriores regresaron al bolsillo. Las que venían del futuro fueron a parar a uno de los sobres que encontré en el cajón del escritorio (junto con una biblia Gideon y un menú para llevar del Hi-Hat). Me vestí, cogí la llave y salí de la habitación.

El canto de los grillos se oía con más intensidad en el exterior. Un fragmento de luna pendía en el cielo. Alejadas de su resplandor, las estrellas jamás habían parecido tan brillantes ni tan próximas. Un camión pasó zumbando y seguidamente la carretera quedó en silencio. Esto era el campo, y el campo dormía. En la distancia, el silbido de un tren de mercancías perforó la noche.

Solo había dos vehículos en el patio, y las unidades a las que pertenecían estaban a oscuras. También la oficina. Sintiéndome como un criminal, me interné en el prado más allá del aparcamiento. La hierba alta relinchaba contra las perneras de mis vaqueros, que al día siguiente reemplazaría por mis nuevos pantalones Ban-Lon.

Una valla de alambre liso marcaba los límites de la propiedad del Tamarack. Más allá había un pequeño estanque, eso que la gente de campo llama charca. Cerca, media docena de vacas dormían en la calidez de la noche. Una de ellas levantó la mirada hacia mí mientras me abría paso por debajo de la valla y caminaba hasta la charca. Luego perdió el interés y bajó de nuevo la cabeza. Ni siquiera volvió a alzarla cuando el Nokia chocó contra la superficie del estanque para sumergirse en él. Sellé el sobre que contenía las monedas y siguió el mismo camino que el teléfono. Después desanduve mis pasos y me detuve brevemente detrás del motel para cerciorarme de que el patio seguía vacío. Nadie a la vista.

Me metí en mi habitación, me desvestí y caí dormido casi al instante.

CAPÍTULO 6

1

A la mañana siguiente me recogió otra vez el taxista que fumaba como un carretero y cuando me dejó en Titus Chevron el descapotable seguía allí. Contaba con ello, pero aun así suponía un alivio. Llevaba puesta una indescriptible chaqueta de color gris que había comprado en Mason's Menswear. Mi nueva cartera de avestruz se hallaba segura en el bolsillo interior, escoltada por quinientos dólares que procedían del dinero de Al. Titus se acercó mientras yo admiraba el Ford; se frotaba las manos con lo que parecía ser el mismo trapo que había usado el día anterior.

—Lo he consultado con la almohada y quiero comprarlo —dije.

—Eso está bien —dijo él, y luego asumió un aire de arrepentimiento—. Pero yo también lo he meditado, señor Amberson, y supongo que le mentí cuando dije que habría espacio para el regateo. ¿Sabe lo que dijo mi mujer esta mañana mientras desayunábamos nuestras tortitas? Dijo: «Bill, serías un condenado idiota si vendieras ese Sunliner por menos de tres cincuenta». De hecho, dijo que ya era un condenado idiota por haberle puesto un precio tan bajo.

Asentí con la cabeza, como si no hubiera esperado otra cosa.

—De acuerdo —dije.

Puso cara de sorpresa.

—Estas son mis opciones, señor Titus. Puedo extenderle un cheque por trescientos cincuenta (un cheque válido, del Hometown Trust, puede telefonearles y comprobarlo), o bien darle trescientos en efectivo ahora mismo, directamente de mi cartera. Menos papeleo si lo hacemos así. ¿Qué me dice?

Sonrió, revelando una dentadura de un blanco reluciente.

—Digo que allá en Wisconsin saben negociar bien. Si sube a tres veinte, le pondré una pegatina de matrícula de catorce días y a correr.

—Tres diez.

—Oh, no me haga sufrir —dijo Titus, pero no sufría; estaba disfrutando—. Súmele otros cinco y trato hecho.

Le tendí la mano.

—Tres quince. Por mí, vale.

—Aleluya. —Esta vez sí me estrechó la mano, la grasa no importaba. Después señaló la cabina de ventas. Hoy la monada de la cola de caballo leía el *Confidential*. Tendrá que pagar a esa jovencita, que casualmente es mi hija. Ella anotará la venta. Cuando acaben, venga por aquí y le pondré esa pegatina. Y además le llenaré el depósito gratis.

Cuarenta minutos más tarde, sentado al volante de un Ford descapotable de 1958 que ahora me pertenecía, circulaba hacia el norte rumbo a Derry. Había aprendido a conducir con cambio de marchas manual, así que no tuve problema, pero esta era la primera vez que manejaba un coche con el cambio de marchas en la columna de dirección. Al principio fue raro, pero en cuanto me acostumbré (también tendría que acostumbrarme a accionar el conmutador de las luces con el pie izquierdo), me gustó. Y Bill Titus había estado en lo cierto respecto a la segunda marcha; en segunda, el Sunliner corría como un hijo de su madre. En Augusta, me detuve el tiempo justo para plegar la capota. En Waterville, tomé un estupendo pan de carne que costaba noventa y cinco centavos, pastel de manzana *à la mode* incluido. Logró que la Granburguesa pareciera excesivamente cara. Canté acompañando a los Skyliners, los Coasters, los Del Vikings, los Elegants. El sol era cálido, la brisa me alborotaba el nuevo corte de pelo, y disponía de la autopista (apodada «Autovía Milla Por Minuto», según las vallas publicitarias) prácticamente para mí solo. Tuve la sensación de haberme quitado de encima las dudas de la noche anterior, hundidas en la charca de las vacas junto al teléfono móvil y la calderilla futurista. Me sentía bien.

Hasta que vi Derry.

Algo andaba mal en esa ciudad, y creo que lo supe desde el primer momento.

Tomé la Ruta 7 cuando la Autovía Milla Por Minuto quedó reducida a dos meros carriles asfaltados, y a unos treinta kilómetros de Newport superé una elevación del terreno y divisé Derry irguiéndose amenazadoramente en la orilla oeste del Kenduskeag bajo una nube de polución proveniente de Dios sabía cuántas fábricas textiles y papeleras, todas funcionando a pleno rendimiento. Una arteria de verdor atravesaba el centro de la ciudad. Desde la distancia era como una cicatriz. La ciudad alrededor de este irregular cinturón verde parecía erigirse exclusivamente en bloques negros y gris hollín bajo un cielo manchado de amarillo orín por las sustancias que surgían en oleadas de todas aquellas chimeneas.

Pasé por delante de varios puestos de carretera donde aquellos que los atendían (o que simplemente permanecían de pie en la cuneta y me miraban boquiabiertos) se parecían más a los paletos endogámicos de *Defensa* que a los granjeros de Maine. Al pasar por delante del último, PRODUCTOS DE CARRETERA BOWERS, un chucho de gran tamaño salió corriendo de detrás de varias cestas de tomates amontonadas y me persiguió, babeando y con intención de morder los neumáticos traseros del Sunliner. Parecía una especie de bulldog. Antes de perderlo de vista, una mujer flaca y huesuda vestida con un peto se acercó a él y empezó a pegarle con un trozo de madera.

Esta era la ciudad donde Harry Dunning había crecido, y la odié desde el primer momento. Por ninguna razón en concreto; sencillamente sucedió así. La zona comercial, situada en la base de tres pronunciadas colinas, era claustrofóbica y semejante a una fosa. Mi Ford rojo cereza parecía el objeto más brillante de la calle, una llamativa (y non grata, a juzgar por las miradas que atraía) salpicadura de color entre los Plymouths negros, los Chevrolets marrones y los mugrientos camiones de reparto. Por el centro de la ciudad discurría un canal cuyas negras aguas llegaban casi hasta arriba de los muros de contención de cemento musgoso.

Encontré una zona de estacionamiento en Canal Street. Cinco centavos en el parquímetro sirvieron para proporcionarme una hora de tiempo. Había olvidado comprar un sombrero en Lisbon

Falls, y dos o tres escaparates más arriba divisé una tienda llamada Trajes & Ropa de Diario Derry, «la moda para caballeros más refinada de Maine Central». Dudaba que hubiera mucha competencia en ese ámbito.

Había aparcado frente a la farmacia, y me detuve a examinar el cartel en el escaparate. De algún modo resumía mis sentimientos hacia Derry —la agria desconfianza, la sensación de violencia apenas contenida— mejor que cualquier otra cosa, a pesar de que permanecí en la ciudad durante casi dos meses y (con la posible excepción de unas cuantas personas que por casualidad conocí) me desagradaba todo de ella. El cartel decía:

¡EL HURTO NO ES UNA «DIVERSIÓN» NI UNA «AVENTURA»
NI UNA «TRAVESURA»!
¡EL HURTO ES *UN DELITO* PERSEGUIDO POR LA JUSTICIA!
NORBERT KEENE
PROPIETARIO Y GERENTE

Y el hombre delgado de los anteojos y la bata blanca que me observaba debía de ser precisamente el señor Keene. Su expresión no decía *«Entre, forastero, fisgonee y compre algo. A lo mejor le apetece una gaseosa con helado».* Sus ojos duros y su boca torcida hacia abajo decían *«Váyase, aquí no hay nada para los de su clase».* Una parte de mí lo interpretó como una fantasía; la mayor parte de mí sabía que no lo imaginaba. En plan experimento, levanté una mano a modo de saludo.

El hombre de la bata blanca no me devolvió el gesto.

Me di cuenta de que el canal que había visto debía de discurrir directamente por debajo de ese peculiar centro hundido y que yo me encontraba justo encima. Sentí en los pies el agua oculta, rasgueando y aporreando rítmicamente la acera. Era una sensación vagamente desagradable, como si esa pequeña porción del mundo se hubiera vuelto blanda.

Un maniquí de hombre vestido con un esmoquin posaba en el escaparate de Trajes & Ropa de Diario Derry. Tenía un monóculo en un ojo, y en una mano de plástico sujetaba un banderín escolar donde se leía ¡LOS TIGRES DE DERRY MASACRARÁN A LOS CARNEROS DE BANGOR! Pese a que yo mismo alentaba el espíritu escolar, me dio la impresión de que se pasaba un poco de la raya. Derrotar a los Carneros de Bangor, por supuesto…, pero ¿masacrarlos?

Es solo una forma de hablar, me dije, y entré.

Un dependiente con una cinta métrica alrededor del cuello se aproximó. Su ropa era mucho más bonita que la mía, pero las opacas bombillas del techo le conferían una complexión amarillenta. Sentí la absurda necesidad de preguntar: «*¿Puede venderme un sombrero de paja elegante o me voy directamente a tomar por culo?*». Entonces sonrió, preguntó en qué podía ayudarme, y todo pareció casi normal. Tenía el artículo requerido, y tomé posesión de él por solo tres dólares y setenta centavos.

—Es una lástima que disponga de tan poco tiempo para ponérselo antes de que llegue el frío —dijo.

Me calé el sombrero y me lo ajusté en el espejo junto al mostrador.

—Quizá disfrutemos de un veranillo de San Martín largo.

El dependiente, con delicadeza y un considerable aire de disculpa, me inclinó el sombrero hacia el otro lado. Fueron cinco centímetros o menos, pero dejé de parecerme a un patán de visita en la gran ciudad y empecé a parecerme… bueno… al viajero en el tiempo más refinado de Maine Central. Le di las gracias.

—No hay de qué, señor…

—Amberson —dije, y le tendí la mano. Su apretón fue breve, flojo y empolvado por alguna clase de talco. Contuve el impulso de restregarme la mano en la chaqueta una vez que la hubo soltado.

—¿Está en Derry por negocios?

—Sí. ¿Usted es de aquí?

—Residente de toda la vida —dijo, y suspiró como si eso constituyera una carga. Basándome en mis primeras impresiones, supuse que quizá lo fuera—. ¿Cuál es su campo, señor Amberson, si me permite la pregunta?

—Inmobiliario. Pero ya que estoy aquí, se me ocurrió buscar a un antiguo compañero del ejército. Se llama Dunning. No me acuerdo de su nombre de pila, solíamos llamarle Skip. —Esto último me lo había inventado, pero era cierto que no conocía el nombre de pila del padre de Harry Dunning. El conserje había nombrado a sus hermanos y a su hermana en la redacción, pero siempre se refirió al hombre del martillo como «mi padre» o «papá».

—Me temo que no puedo ayudarle, señor. —Ahora sonaba distante. El negocio se había completado, y aunque en la tienda no había otros clientes, el hombre me quería fuera.

—Bueno, quizá pueda ayudarme con otra cosa. ¿Cuál es el mejor hotel de la ciudad?

—El Derry Town House. Vuelva a Kenduskeag Avenue, gire a la derecha, y suba por Up-Mile Hill hasta Main Street. Busque los faroles de carruaje delante de la fachada.

—¿Up-Mile Hill?

—Así lo llamamos, señor, sí. Si no se le ofrece nada más, tengo varios arreglos que atender.

—Nada más. Ha sido usted de gran ayuda.

Cuando salí, la luz comenzaba a desvanecerse del cielo. Una cosa que recuerdo vívidamente del tiempo que pasé en Derry durante septiembre y octubre de 1958 es que la noche siempre parecía sobrevenir muy temprano.

Un escaparate por debajo de Trajes & Ropa de Diario Derry estaba Artículos Deportivos Machen's, donde las REBAJAS OTOÑALES EN ARMAS DE FUEGO ya habían arrancado. En el interior, vi a dos hombres inspeccionando rifles de caza mientras un dependiente de edad con una corbata de lazo (y un cuello fibroso a juego) observaba con aprobación. En el otro lado del canal parecían alinearse bares de obreros, el tipo de bar donde podrías conseguir una cerveza y un lingotazo por cincuenta centavos y donde toda la música de la rockola sería country. Estaban el Rincón Feliz, el Pozo de los Deseos (que los habituales llamaban El Cubo de Sangre, de eso me enteré más adelante), el Dos Hermanos, el Lengua Dorada y el Dólar de Plata Soñoliento.

A la puerta de este último, un cuarteto de caballeros currantes tomaba el aire de la tarde y no quitaba ojo a mi descapotable. Estaban pertrechados con jarras de cerveza y cigarrillos. Gorras planas de tweed y algodón ensombrecían sus rostros. Llevaban los pies enfundados en monstruosas botas de trabajo de color indeterminado que mis alumnos de 2011 llamaban «pisamierdas». Tres de los cuatro utilizaban tirantes. Me miraban sin expresión alguna. Por un instante me acordé del chucho que había perseguido mi coche, babeando y con intención de morder, y luego crucé la calle.

—Caballeros —dije—. ¿Qué sirven ahí dentro?

Por un momento ninguno de ellos constestó. Justo cuando pensaba que nadie lo haría, el hombre *sans* tirantes dijo:

—Bud y Mick, ¿qué si no? ¿Forastero?

—De Wisconsin —dije.

—Bravo por usted —masculló con ironía uno de ellos.

—Ya es tarde para turistas —dijo otro.

—Estoy en la ciudad por negocios, pero se me ocurrió que podría buscar a un viejo compañero del servicio militar mientras estoy aquí. —Nada en respuesta, a menos que se pudiera considerar como tal el que uno de los hombres tirara la colilla a la acera y luego la apagara con un escupitajo mucoso del tamaño de un mejillón pequeño. No obstante, seguí insistiendo—. Skip Dunning, se llama. ¿Alguno de ustedes conoce a algún Dunning?

—Mejor que espere sentado hasta que los cerdos vuelen —dijo Sin Tirantes.

—¿Disculpe?

Puso los ojos en blanco y torció las comisuras de la boca hacia abajo, el gesto de impaciencia de un hombre ante un estúpido para el que no hay esperanza de que algún día se vuelva listo.

—Derry está llena de Dunnings. Busque en la puñetera guía de teléfonos. —Se encaminó hacia dentro y su pandilla le siguió. Sin Tirantes les abrió la puerta y a continuación se volvió hacia mí—. ¿Qué lleva ese Ford? —El mismo acento relajado—. ¿Un V-8?

—Bloque en Y —respondí, con la esperanza de sonar como si supiera qué significaba.

—¿Y va bien?

—No está mal.

—Entonces a lo mejor debería montarse en él y subir la colina cagando leches. Allí arriba tienen varios antros de más categoría. Estos bares son para los trabajadores de las fábricas. —Sin Tirantes me evaluaba con aquella frialdad que llegué a conocer bien en Derry pero a la que nunca me acostumbré—. Aquí será el centro de atención de muchas miradas, y más cuando el turno de once a siete salga de Striar's y Boutillier's.

—Gracias. Muy amable por su parte.

La fría evaluación continuó.

—Usted no sabe mucho, ¿verdad? —comentó, y se metió dentro.

Caminé de vuelta a mi descapotable. En aquella calle gris, con el olor de los humos industriales impregnando el aire y la tarde desangrándose hacia la noche, el centro de Derry solo parecía marginalmente más encantador que una fulana muerta en el banco de una iglesia. Subí al coche, pisé el embrague, encendí el motor, y me invadió el poderoso impulso de marcharme. Conducir de vuelta a Lisbon Falls, trepar por la madriguera de conejo y decirle a Al Templeton que se buscara a otro. Solo que le sería imposible, ¿verdad? No le quedaban fuerzas y casi no le quedaba tiempo. Yo era, como reza el dicho de Nueva Inglaterra, el último cartucho del trampero.

Conduje hasta Main Street, vi los faroles de carruaje (que se encendieron para la noche justo en el momento en que los divisé), y me detuve en la curva delante del Derry Town House. Cinco minutos más tarde ya me había registrado. Mi etapa en Derry acababa de iniciarse.

3

Para cuando desempaqueté mis nuevas pertenencias (guardé parte del dinero en la cartera y escondí el resto dentro del forro de la maleta) me sentía bien y hambriento, pero antes de bajar a cenar, examiné la guía telefónica. Lo que encontré hizo que se me hundiera el corazón. El señor Sin Tirantes podría no haber sido muy hospitalario, pero estaba en lo cierto respecto a que los Dunning se vendían baratos en Derry y en las cuatro o cinco aldeas circundantes que se incluían también en el directorio. Ocupaban casi una página entera. No era de extrañar, porque en las ciudades pequeñas ciertos nombres parecen germinar como los dientes de león en junio. En mis últimos cinco años en el instituto, debía de haber dado clase a dos docenas de Starbirds y Lemkes; algunos eran hermanos; la mayoría, primos carnales, segundos, o terceros, que se casaban entre ellos y engendraban más.

Antes de partir hacia el pasado debería haberme tomado un momento para llamar a Harry Dunning y preguntarle el nombre de pila de su padre; habría sido muy sencillo. Sin duda lo habría hecho si no hubiera estado tan completa y absolutamente estupefacto por todo cuanto Al me había revelado y por lo que me pedía que hiciera. *Sin embargo*, pensé, *¿qué dificultad puede entrañar?* Seguramente no se requeriría la presencia de un Sherlock Holmes para localizar a una familia cuyos hijos se llamaran Troy, Arthur (alias Tugga), Ellen y Harry.

Animado por este pensamiento, bajé al restaurante del hotel y pedí una cena marinera, compuesta por almejas y una langosta de aproximadamente el tamaño de un motor fueraborda. Me salté el postre en beneficio de una cerveza en el bar. En las novelas de detectives que leía, los taberneros constituían a menudo una excelente fuente de información. Evidentemente, si el que trabajaba en la barra del Town House era como las demás personas que había conocido hasta el momento en este lúgubre pueblucho, no llegaría lejos.

No lo era. El hombre que abandonó sus obligaciones como abrillantador de vasos para servirme era joven y achaparrado, con una jovial luna llena por rostro bajo un corte de pelo estilo portaaviones.

—¿Qué puedo ofrecerle, amigo?

La palabra con «a» me sonó bien, y le devolví la sonrisa con entusiasmo.

—Una Miller Lite.

Me miró perplejo.

—Nunca he oído hablar de esa cerveza, pero tengo High Life.

Por supuesto; no podía conocer la Miller Lite porque aún no se había inventado.

—Perfecto. Supongo que olvidé por un segundo que estaba en la Costa Este.

—¿De dónde es usted? —Usó un abridor para quitar con destreza el tapón de una botella y me puso delante un vaso helado. En el 58 son muy dados a la cristalería escarchada.

—De Wisconsin, pero me quedaré aquí una temporada. —Aunque nos hallábamos solos, bajé la voz. Parecía inspirar confianza—. Un asunto inmobiliario. Tengo que echar un vistazo por los alrededores.

Asintió respetuosamente y me sirvió la cerveza en el vaso antes de que pudiera hacerlo yo.

—Buena suerte. Dios sabe que hay cantidad de propiedades en venta por estos lares, y la mayoría a bajo precio. Pero yo me voy. A finales de mes. Tiraré hacia algún sitio donde las cosas estén menos crispadas.

—Cierto que la gente no parece muy hospitalaria —dije—, pero creí que era la típica actitud yanqui. En Wisconsin somos más sociables, y como prueba de ello, le invitaré a una cerveza.

—Nunca bebo alcohol en el trabajo, pero me tomaría una Coca-Cola.

—Adelante.

—Muchas gracias. Es agradable tener a un caballero en una noche floja. —Observé cómo se preparaba la Coca-Cola, vertiendo sirope en un vaso, añadiendo agua carbonatada y luego agitando. Tomó un sorbo y se relamió los labios—. Me gusta dulce.

A juzgar por la tripa que estaba echando, no me sorprendió.

—De todas formas, eso de que los yanquis se muestran fríos y distantes son patrañas —dijo—. Crecí en Fort Kent, y es el pueblecito más sociable que uno podría visitar jamás. Vaya, cuando los turistas se bajan del tren de Boston y Maine allá arriba, casi les damos un beso de bienvenida. Fui a la escuela de hostelería allí, y luego tiré al sur en busca de fortuna. Este parecía un buen sitio para empezar, y la paga no es mala, pero… —Miró en derredor, no vio a nadie, y aun así bajó la voz—. ¿Quiere la verdad, Jackson? Esta ciudad apesta.

—Entiendo lo que dice. Todas esas fábricas.

—Es mucho más que eso. Eche un vistazo alrededor. ¿Qué ve?

Hice lo que me pedía. En un rincón había un tipo con pinta de vendedor bebiendo un cóctel de whisky y zumo de limón, pero eso era todo.

—No mucho —dije.

—Así son las cosas toda la semana. La paga es buena porque no hay propinas. Los tugurios del centro hacen buena caja, y nosotros tenemos algo más de clientela los viernes y sábados por la noche, pero por lo demás, eso es prácticamente todo. Supongo que la gente que tiene dinero se pilla las borracheras en casa. —Bajó la voz aún más. Pronto hablaría en susurros—. Hemos tenido un mal verano, amigo mío. Los lugareños guardan silencio, ni siquiera los periódicos le dan repercusión, pero han ocurrido cosas feas. Asesinatos. Media docena, por lo menos. De niños. Encontraron uno en los Barrens hace muy poco. Patrick Hockstetter, se llamaba. Totalmente descompuesto.

—¿Los Barrens?

—Sí, es esa franja pantanosa que atraviesa justo el centro de la ciudad. Seguramente la vio desde el avión.

Había llegado en coche, pero aun así supe a qué se refería.

Los ojos del camarero se ensancharon.

—No será ese el terreno en el que está usted interesado, ¿verdad?

—No puedo hablar de ello —le contesté—. Si se corriera la voz, tendría que buscarme un nuevo empleo.

—Entendido, entendido. —Se bebió la mitad de la Coca-Cola y ahogó un eructo con el dorso de la mano—. Pero espero que lo sea. Deberían pavimentar esa maldita ciénaga. Allí no hay más que agua fétida y mosquitos. Le haría un favor a esta ciudad. La endulzaría un poco.

—¿Encontraron a más críos allí? —pregunté. Un asesino en serie de niños explicaría en gran medida la sombría sensación que había percibido desde el mismo momento en que crucé los límites de la ciudad.

—No que yo sepa, pero la gente dice que allí es donde iban algunos de los desaparecidos, porque es donde están todas las estaciones de bombeo de aguas residuales. He escuchado a la gente decir que hay tantas alcantarillas bajo Derry (la mayoría construidas en la Gran Depresión) que nadie conoce la localización de todas ellas. Y ya sabe cómo son los críos.

—Aventureros.

Asintió enérgicamente.

—Como dicen en la radio, «con plumas Eversharp siempre acertarás». Hay gente que dice que fue un vagabundo que desde entonces ha seguido su camino. Otros dicen que fue un lugareño que se disfrazaba de payaso para evitar que lo reconocieran. A la primera de las víctimas (esto ocurrió el año pasado, antes de que yo viniera) la encontraron en la intersección de Witcham y Jackson; le habían arrancado el brazo limpiamente. Denbrough se llamaba, George Denbrough. Pobre chiquillo. —Me dirigió una mirada elocuente—. Y lo encontraron justo al lado de una boca de tormenta. De las que vierten en los Barrens.

—Jesús.

—Sí.

—He notado que habla en pasado.

Me disponía a explicarle a qué me refería, pero este tipo, por lo visto, había estado tan atento en las clases de lengua como en la escuela de hostelería.

—Parece que han cesado, toquemos madera. —Golpeó con los nudillos en la barra—. Tal vez quienquiera que lo hiciera empaquetó sus cosas y siguió su camino. O a lo mejor el hijo de puta se suicidó, a veces pasa. Eso estaría bien. De todas formas, no fue ningún maníaco homicida vestido de payaso el que mató al pequeño de los Corcoran. El payaso que cometió *ese* asesinato fue el propio padre del chico, ¿puede creerlo?

Aquello se acercaba demasiado a la razón que me había llevado hasta allí como para pensar que se trataba de una coincidencia. Di un prudente sorbo a mi cerveza.

—¿En serio?

Puede apostar a que sí. Dorsey Corcoran, así se llamaba el crío. Solo tenía cuatro años, y ¿sabe lo que hizo su maldito padre? Lo mató a golpes con un martillo sin retroceso.

Un martillo. Lo hizo con un martillo. Mantuve mi expresión de educado interés —o eso esperaba, al menos—, pero sentí que se me ponía la carne de gallina en los brazos.

—Qué horror.

—Sí, y eso no es lo pe… —Se interrumpió y miró por encima de mi hombro—. ¿Le sirvo otra, señor?

Era el comerciante.

—A mí no —dijo, y le entregó un billete de dólar—. Me voy a la cama, y mañana saldré pitando de esta maldita casa de empeños. Espero que en Waterville y en Augusta se acuerden de cómo se hace un pedido de maquinaria, porque aquí seguro que no. Quédate el cambio, hijo, y cómprate un DeSoto. —Se marchó con pasos lentos y pesados y la cabeza gacha.

—¿Ve? Un ejemplo perfecto de lo que viene a este oasis. —El barman observó con tristeza la partida de su cliente—. Un trago y a la cama, y al día siguiente hasta luego cocodrilo, no te olvides de escribir. Si esto sigue así, esta ciudad de mala muerte se va a convertir en un pueblo fantasma. —Se enderezó y trató de cuadrar los hombros, una tarea imposible porque eran tan redondos como el resto de su cuerpo—. Pero ¿a quién le importa un comino? Si viene usted el 1 de octubre, ya no estaré. Carretera y manta. Que le vaya bien, hasta que nos volvamos a encontrar.

—El padre de ese niño, Dorsey…, ¿no mató a nadie más?

—No, tenía coartada para los otros. Creo que era el padrastro del niño, ahora que lo pienso. Dicky Macklin. Johnny Keeson, de recepción (probablemente fue él quien le registró a usted en el hotel), me contó que a veces venía a beber aquí, hasta que le prohibieron la entrada por intentar ligarse a una camarera y ponerse desagradable cuando ella le mandó a la porra. Después de aquello, supongo que iba a beber al Lengua o al Cubo. En esos sitios admiten a cualquiera.

Se inclinó hacia mí y se acercó tanto que olí el Aqua Velva de sus mejillas.

—¿Quiere saber lo peor?

No quería, pero pensé que estaba obligado a saberlo. Asentí con la cabeza.

—Había un hermano mayor en esa familia destrozada. Eddie. Desapareció el pasado junio. ¡Zas!, se esfumó sin dejar dirección, ¿capta lo que le digo? Algunas personas creen que se fugó para escapar de Macklin, pero cualquiera con un poco de sentido común sabe que en ese caso habría aparecido en Portland o en Castle Rock o en Portsmouth; un chaval de diez años no puede permanecer tanto tiempo ilocalizable. Créame, Eddie Corcoran pasó por el martillo, igual que su hermano pequeño, aunque Macklin no confesará. —Sonrió abiertamente, una repentina y radiente sonrisa que casi consiguió que su cara de luna pareciera atractiva—. ¿Le he disuadido de adquirir propiedades en Derry, señor?

—Eso no depende de mí —dije. Para entonces ya volaba con el piloto automático. ¿No había escuchado o leído algo sobre una serie de asesinatos de niños en esta parte de Maine? ¿O quizá lo había visto en televisión, con solo una cuarta parte de mi cerebro pendiente mientras el resto esperaba a oír los pasos —o las eses— de mi problemática mujer volviendo a casa tras otra «noche de chicas»? Creía que sí, pero lo único que recordaba con certeza acerca de Derry era que a mediados de los ochenta se iba a producir una inundación que destruiría la mitad de la ciudad.

—¿No?

—No, solo soy el intermediario.

—Pues buena suerte. Esta ciudad no está tan mal como antes (el pasado julio, la gente estaba más tensa que el cinturón de castidad de Doris Day), pero todavía se halla lejos de estar bien. Yo soy un tipo amigable, y me gustan las personas amigables. Así que me largo.

—Buena suerte, también —dije, y deposité dos dólares en la barra.

—Caray, señor, ¡eso es demasiado!

—Siempre dejo propina por una buena conversación. —En realidad, la propina era por un rostro amigo. La conversación había sido perturbadora.

—¡Pues gracias! —Se le iluminó el rostro, y entonces extendió la mano—. No he llegado a presentarme. Fred Toomey.

—Encantado de conocerle, Fred. Yo soy George Amberson. —Tenía un buen apretón. Sin rastro de polvos de talco.

¿Quiere un pequeño consejo?

—Claro.

—Mientras esté en la ciudad, cuídese de hablar con niños. Después del último verano, un extraño hablando con un crío es el candidato ideal para recibir una visita de la policía. O para que le den una paliza. Desde luego, no sería algo impensable.

—Aun sin el traje de payaso, ¿eh?

—Bueno, ese es el objetivo de disfrazarse, ¿verdad? —Su sonrisa se había evaporado. Ahora tenía un semblante pálido y adusto. En otras palabras, como todos los demás habitantes de Derry—. Cuando te pones un traje de payaso y una nariz de goma, nadie tiene ni idea de quién se esconde debajo.

4

Pensaba en ello mientras el anticuado ascensor chirriaba de camino al tercer piso. Era cierto. Y si el resto de lo que me había contado Fred Toomey también lo era, ¿le extrañaría a alguien que otro padre la emprendiera con su familia con un martillo? Creía que no. Creía que la gente diría que simplemente se trataba de otro caso de Derry actuando como Derry. Y quizá tuvieran razón.

Al entrar en mi habitación, se me ocurrió una idea verdaderamente horrible: ¿y si en las próximas siete semanas cambiaba las cosas de tal modo que el padre de Harry mataba también a Harry en lugar de dejarle con una cojera y un cerebro parcialmente eclipsado?

Eso no pasará, me dije. *No lo permitiré. Como decía Hilary Clinton en 2008, juego para ganar.*

Salvo que, por supuesto, había perdido.

5

Desayuné a la mañana siguiente en el restaurante Riverview del hotel, que se hallaba desierto a excepción de mí y el vendedor de maquinaria de la noche anterior. Este enterraba el rostro en el periódico local, que apresé en cuanto lo dejó en la mesa. No me interesaba la primera página, dedicada a otro alarde de belicismo en las Filipinas (aunque me pregunté brevemente si Lee Oswald se encontraría en las proximidades). Lo que quería ver era la sección local. En 2011, yo había sido un lector asiduo del *Sun Journal* de Lewiston, y la última página de la sección B siempre estaba encabezada por el titular «Actividades Escolares». En ella, los orgullosos padres podían ver impresos los nombres de sus hijos si estos habían ganado un premio, salido a una excursión de clase o participado en un proyecto de limpieza de la comunidad. Si el *Daily News* de Derry contaba con un apartado similar, no era imposible que alguno de los hermanos Dunning apareciera en la lista.

Sin embargo, la última página del *News* solo contenía esquelas.

Lo intenté en las páginas deportivas, donde leí acerca del gran partido de fútbol que se avecinaba para el fin de semana: los Tigres de Derry contra los Carneros de Bangor. Según la redacción del conserje, Troy Dunning tenía quince años. Un chaval de esa edad fácilmente podía formar parte del equipo, aunque probablemente no jugaría de titular.

No encontré su nombre, y aunque leí palabra por palabra un artículo más breve sobre el equipo de fútbol infantil de la ciudad (los Cachorros de Tigre), tampoco encontré a ningún Arthur «Tugga» Dunning.

Pagué el desayuno y subí de vuelta a mi habitación con el periódico prestado bajo el brazo, pensando que como detective sería pésimo. Tras contar cuántos Dunning había en la guía de teléfonos (noventa y seis), se me ocurrió otra cosa: me había quedado cojo, tal vez incluso lisiado, por culpa de una sociedad donde internet lo dominaba todo, una sociedad de la que había llegado a depender y que daba por garantizada. ¿Qué dificultad habría entrañado localizar a la familia Dunning correcta en 2011? Probablemente habría bastado con introducir *Tugga Dunning* y *Derry* en mi motor de búsqueda favorito para obrar el milagro; pulsar intro y dejar que Google, ese Gran Hermano del siglo veintiuno, se ocupara del resto.

En la Derry de 1958, la computadora más moderna tenía el tamaño de una pequeña urbanización, y el periódico local no servía de nada. ¿Qué me quedaba entonces? Me acordé de un profesor de sociología que tuve en la facultad —un viejo cabrón sarcástico—, quien solía decir: «*Cuando todo lo demás falle, ríndete y acude a una biblioteca*».

Allí me dirigí.

6

Esa tarde, frustradas las esperanzas (al menos por el momento), subí despacio por Up-Mile Hill, deteniéndome brevemente en la intersección de Jackson y Witcham para inspeccionar la boca de tormenta donde un niño llamado George Denbrough había perdido el brazo y la vida (al menos según Fred Toomey). Para cuando alcancé la cima de la colina, el corazón me latía con fuerza y yo jadeaba. La causa no era que estuviera en baja forma; la causa era el hedor de las fábricas.

Me sentía desanimado y un poco asustado. Era cierto que aún disponía de mucho tiempo para localizar a la familia Dunning correcta, y tenía plena confianza en que lo conseguiría —si hacía falta llamar a todos los Dunning de la guía de teléfonos, así lo haría, aun a riesgo de alertar a la bomba de relojería que era el padre de Harry—, pero estaba empezando a sentir lo que Al había sentido: una fuerza actuando en mi contra.

Caminé por Kansas Street, tan absorto en mis pensamientos que al principio no noté que a mi derecha ya no había más casas. El terreno ahora se desplomaba abruptamente hacia la embrollada profusión verde de suelo pantanoso que Toomey había llamado los

Barrens. Solo una destartalada valla blanca separaba la acera de la caída. Planté las manos encima y clavé la mirada en el indisciplinado crecimiento de abajo. Divisé destellos de agua turbia estancada, bancales de juncos tan altos que parecían prehistóricos, y marañas de zarzas que brotaban en oleadas. Los árboles serían raquíticos allí abajo, en constante lucha por la luz del sol. Habría hiedra venenosa, basura desparramada y muy posiblemente algún esporádico asentamiento de vagabundos. También existirían senderos que solo algunos niños de la localidad conocerían. Los aventureros.

Permanecí allí parado, mirando sin ver, consciente pero sin apenas percatarme de la débil cadencia de la música, algo con trompetas. Estaba pensando en lo poco que había logrado esa mañana. «*Tú puedes cambiar el pasado* —me había dicho Al—, *pero no es tan fácil como parece.*»

¿Qué *era* esa música? Algo alegre, con cierto tempo vivo. Me hizo pensar en Christy, en los primeros días, cuando estaba loco por ella. Cuando estábamos locos el uno por el otro. *Bah-dah-dah... bah-dah-da-dee-dum...* ¿Glenn Miller, quizá?

Había ido a la biblioteca con la esperanza de poder consultar los archivos del censo. El último a nivel nacional se habría realizado ocho años antes, en 1950, y habría listado a tres de los niños Dunning: Troy, Arthur y Harold. Solo Ellen, que en la época de los asesinatos tenía siete años, no estaba presente para ser contabilizada en 1950. Habría una dirección. Cierto que la familia podía haberse mudado en los ocho años de intervalo, pero en ese caso alguno de los vecinos podría indicarme dónde habían ido. Se trataba de una ciudad pequeña.

Solo que los archivos del censo no se encontraban allí. La bibliotecaria, una agradable mujer llamada señora Starrett, me dijo que en su opinión esos archivos *pertenecían* sin duda a la biblioteca, pero el concejo, por alguna razón, había decidido que pertenecían al ayuntamiento. Los habían trasladado allí en 1954, dijo.

—No parece prometedor —dije, sonriendo—. Ya sabe lo que dicen; es inútil luchar contra el ayuntamiento.

La señora Starrett no me devolvió la sonrisa. Era una persona atenta, encantadora incluso, pero mostraba la misma reserva vigilante que el resto de las personas que había conocido en ese extraño lugar (Fred Toomey era la excepción que confirmaba la regla).

—No sea tonto, señor Amberson. No hay nada confidencial en el censo de Estados Unidos. Diríjase allí ahora mismo y dígale a la funcionaria del registro que Regina Starrett le envía. Se llama Marcia Guay. Ella le ayudará, aunque probablemente los hayan guardado en el sótano, que *no* es donde deberían estar. Es húmedo y no me sorprendería que hubiera ratones. Si tiene algún problema, cualquier tipo de problema, venga a verme otra vez.

Así que fui al ayuntamiento, donde un póster en el vestíbulo decía PADRES, RECORDAD A VUESTROS HIJOS QUE NO HABLEN CON EXTRAÑOS Y QUE SIEMPRE JUEGUEN CON AMIGOS. Varias personas hacían cola en las diversas ventanillas. (La mayoría fumando. Por supuesto.) Marcia Guay me saludó con una sonrisa avergonzada. La señora Starrett se había adelantado y había telefoneado en mi nombre, y se sintió debidamente horrorizada cuando la señorita Guay le contó lo que ahora me contaba a mí: los archivos del censo de 1950 habían desaparecido, junto con casi la totalidad de los documentos que se almacenaban en el sótano del ayuntamiento.

—Tuvimos unas lluvias terribles el año pasado —explicó—. Duraron una semana entera. El canal se desbordó, y todo en la Ciudad Baja (así es como llaman los más viejos al centro de la ciudad, señor Amberson), todo en la Ciudad Baja quedó inundado. Nuestro sótano pareció el Gran Canal de Venecia durante casi un mes. La señora Starrett tenía razón, esos archivos nunca debieron trasladarse, y nadie parece saber por qué se hizo ni quién lo autorizó. Lo siento en el alma.

Era imposible no experimentar la sensación que Al había experimentado mientras intentaba salvar a Carolyn Poulin: que me hallaba encerrado en una especie de prisión con paredes flexibles. Tendría que abrirme camino, pero ¿cómo? ¿Se suponía que debía merodear por las escuelas locales con la esperanza de divisar a un chico que se pareciera al conserje de más de sesenta años que acababa de jubilarse? ¿Buscar a una niña de siete años cuyos compañeros de clase estuvieran continuamente tronchándose de risa? ¿Prestar atención por si algún chaval gritaba: «*Eh, Tugga, espérame*»?

Correcto. Un recién llegado merodeando por los colegios en una ciudad donde lo primero que uno veía en el ayuntamiento era un póster alertando a los padres sobre el peligro de los desconocidos. Si existía algo semejante a ponerse directamente en el punto de mira del radar, sería eso.

Una cosa estaba clara; tenía que dejar el Derry Town House. Con los precios de 1958, bien podría permitirme alojarme allí las siguientes siete semanas, pero eso desataría las habladurías. Decidí mirar los anuncios clasificados y buscarme una habitación que pudiera alquilar por meses. Me volví en dirección a la Ciudad Baja, pero entonces me detuve.

Bah-dah-dah... bah-dah-da-dee-dum...

Eso *era* de Glenn Miller. Era «In the Mood», una melodía que yo tenía motivos para conocer bien. Lleno de curiosidad, eché a andar hacia el sonido de la música.

7

Había un pequeño merendero al final de la destartalada valla, entre la acera de Kansas Street y la caída hacia los Barrens. Contaba con una barbacoa de piedra y dos mesas de picnic separadas por un oxidado cubo de basura. Un tocadiscos portátil descansaba en una de las mesas, y un formidable disco de vinilo giraba a 78 rpm en el plato.

En la hierba, un muchacho larguirucho con gafas remendadas con cinta adhesiva y una preciosa chica pelirroja bailaban. En el instituto nos referíamos a los novatos de primer año como «niñolescentes», y estos chavales se encasillaban en esa categoría, si acaso. Pero se movían con gracilidad adulta. No seguían un ritmo de bugui-bugui, tampoco; bailaban al compás del swing. Yo miraba hechizado, pero también estaba... ¿qué? ¿Asustado? Un poco, quizá. Estuve asustado casi todo el tiempo que pasé en Derry. Pero también había algo más, algo más grande. Una especie de sobrecogimiento, como si hubiera agarrado el borde de un vasto conocimiento. O atisbado (viendo por espejo, oscuramente, ya me entendéis) los auténticos engranajes del universo.

Porque, veréis, yo había conocido a Christy en una clase de swing en Lewiston, y ese era uno de los temas que habíamos aprendido a bailar. Más tarde, en nuestro mejor año —los seis meses anteriores a la boda y los seis meses siguientes—, habíamos participado en concursos, y en una ocasión ganamos el cuarto premio (también conocido como «el primero de los perdedores», al decir de Christy) en el Concurso de Baile Swing de Nueva Inglaterra. Nuestra canción fue una versión dance ligeramente ralentizada de «Boogie Shoes», de KC y la Sunshine Band.

Esto no es una coincidencia, pensé mientras los observaba. El muchacho llevaba puesto unos vaqueros azules y una camiseta de cuello redondo; ella vestía una blusa blanca con los faldones colgando sobre unos pantalones pirata de un rojo desteñido. Se recogía su asombroso pelo en una impúdica y atractiva cola de caballo idéntica a la que Christy siempre llevaba cuando participábamos en alguna competición. Junto con sus calcetines cortos y su clásica falda de caniche, por supuesto.

Esto no puede ser una coincidencia.

Ejecutaban una variación lindy que yo conocía como hellzapoppin. Se supone que es un baile rápido —a la velocidad del rayo, si uno posee el vigor físico y la gracia corporal necesaria para conseguirlo—, pero ellos bailaban lento porque aún estaban aprendiendo los pasos. Podía ver con detalle cada movimiento. Los conocía todos, aunque en realidad no había practicado ninguno de ellos desde hacía cinco años o más. Se arriman, asidos de las manos. Él se encorva un poco y levanta la pierna izquierda mientras ella hace lo propio, ambos contoneando las caderas de modo que parezca que van en direcciones opuestas. Se separan, sin soltarse, después ella se gira, primero a la izquierda y luego a la derecha…

Pero la fastidiaron en el giro de retorno y ella cayó de culo en la hierba.

—Jesús, Richie, ¡nunca te saldrá bien! *Argh*, ¡eres un inútil! —Reía, sin embargo. Se desplomó de espaldas y se quedó mirando el cielo.

—¡Lo siento, s'ita Esca'lata! —exclamó el muchacho con una chillona voz de negrito que en el políticamente correcto siglo veintiuno habría sentado como un puñetazo en el estómago—. Soy un zagal poblerino, eso 'tá claro, pero ¡pienso aprender este baile anque me mate!

—Lo más seguro es que sea yo la que te mate —dijo ella—. Pon el disco otra vez antes de que pierda la… —Entonces ambos me vieron.

Fue un momento extraño. Existía como un velo en Derry, uno que llegué a conocer tan bien que casi era capaz de verlo. Los lugareños se posicionaban a un lado; la gente de fuera (como Fred Toomey, como yo mismo) estaba en el otro. A veces los lugareños se asomaban, como cuando la señora Starrett, la bibliotecaria, había expresado su irritación por la pérdida de los archivos del censo, pero si hacías demasiadas preguntas —y ciertamente si se sentían alarmados—, se retiraban de nuevo tras él.

Sin embargo, aunque había sobresaltado a esos chicos, no se retiraron tras el velo. En lugar de cerrarse, sus rostros mantenían una expresión abierta, llenos de curiosidad e interés.

—Perdón, perdón —dije—. No pretendía sorprenderos, pero oí la música y entonces os vi bailando el lindy-hop.

—*Intentándolo*, es lo que usted quiere decir —matizó el muchacho. Ayudó a la chica a ponerse en pie y saludó con una reverencia—. Richie Tozier, a su servicio. Todos mis amigos dicen «Richie-Richie, que vive en un nichi», pero ¿qué sabrán ellos?

—Encantado de conocerte —dije—. George Amberson. —Y luego se me ocurrió de repente—: Todos *mis* amigos dicen «Georgie-Georgie, que lava su ropa en Norgie», pero ellos tampoco saben nada.

La chica se dejó caer en uno de los bancos, entre risitas. El muchacho elevó las manos al aire y simuló tocar una corneta.

—¡Un adulto forastero suelta una buena! ¡Uau, uau, uau! ¡*Deee*-licioso! Ed McMahon, ¿qué tenemos para este portentoso tipo? Bien, Johnny, los premios de hoy en *En quién confías* son la colección completa de la Enciclopedia Británica y una aspiradora Electrolux para chupar…

—Bip-bip, Richie —dijo la chica. Se frotaba el contorno de los ojos.

Esto provocó un desafortunado regreso a la voz chillona de negrito.

—Lo siento, s'ita Esca'lata, pero ¡no m'azote! ¡Toavía tengo cicatrices de la última ve'!

—¿Quién eres tú, señorita? —pregunté.

—Bevvie-Bevvie, yo vivo en el ferry —respondió, y volvió a reír tontamente—. Lo siento, Richie es idiota, pero yo no tengo excusa. Beverly Marsh. Usted no es de por aquí, ¿verdad?

Algo que todo el mundo parecía notar de inmediato.

—No, y vosotros dos tampoco parecéis de aquí. Sois los dos primeros habitantes de Derry que conozco que no parecéis... gruñones.

—Ahí le ha dado; Derry es una ciudad de gruñones cagones —dijo Richie, y levantó el brazo del tocadiscos. La aguja se había empeñado en chocar una y otra vez contra el último surco del vinilo.

—Entiendo que la gente está especialmente preocupada por sus hijos —dije—. Fijaos en que guardo la distancia. Vosotros, chicos, en la hierba; yo, en la acera.

—Pues cuando se cometían los asesinatos, a nadie le importaba lo más mínimo —rezongó Richie—. ¿Sabe lo de los asesinatos?

Asentí con la cabeza.

—Me alojo en el Town House. Una persona que trabaja allí me lo contó.

—Sí, ahora que ya acabaron, la gente está muy preocupada por los niños. —Se sentó al lado de Bevvie, aquella que vivía en el ferry—. Pero cuando estaban pasando, nadie abría la boca.

—Richie —dijo ella—. Bip-bip.

Esta vez el muchacho probó con una imitación realmente atroz de Humphrey Bogart.

—Bueno, es cierto, muñeca. Y tú lo sabes.

—Eso ya pasó —aseguró Bevvie. Estaba tan seria como un asesor de la Cámara de Comercio—. Solo que ellos todavía no lo saben.

—¿Con *ellos* te refieres a la gente del pueblo o solo a los adultos en general?

Se encogió de hombros, como diciendo «¿*Cuál es la diferencia?*».

—Pero vosotros lo sabéis.

—A decir verdad, sí —dijo Richie. Me miraba con aire desafiante, pero detrás de las gafas remendadas aquel destello de humor maníaco persistía en sus ojos. Intuía que nunca los abandonaba del todo.

Di unos pasos hasta la hierba. Ninguno de los dos chicos huyó gritando. De hecho, Beverly se deslizó en el banco (propinándole un codazo a Richie para que la imitara) y me hizo sitio. O eran muy valientes o muy estúpidos, y no parecían estúpidos.

Entonces la chica dijo algo que me dejó estupefacto.

—¿Le conozco? ¿Le *conocemos*?

Richie habló antes de que pudiera contestar.

—No, no es eso. Es… no sé. ¿Busca algo, señor Amberson? ¿Es eso?

—En realidad, sí. Información. Pero ¿cómo lo habéis sabido? ¿Y cómo sabéis que no soy peligroso?

Se miraron mutuamente y algo ocurrió entre ellos. Era imposible discernir qué, aunque estuve seguro de dos cosas: habían presentido algo en mí que iba más allá del hecho de que era un forastero en la ciudad… pero, a diferencia de Míster Tarjeta Amarilla, a ellos eso no les daba miedo. Todo lo contrario; les fascinaba. Pensé que esos dos intrépidos y atractivos muchachos podrían haberme contado algunas historias si hubieran querido. Siempre me ha quedado la curiosidad de saber qué tipo de historias sabían.

—Pues porque no lo es —dijo Richie, y cuando miró a la chica, esta asintió.

—¿Y estáis seguros de que… los malos tiempos… se han terminado?

—En su mayor parte —dijo Beverly—. Las cosas mejorarán. Creo que en Derry los malos tiempos han terminado, señor Amberson; aunque es un lugar complicado en muchos sentidos.

—Suponed que os cuento, solo hipotéticamente, que aún hay una cosa mala en el horizonte. Algo como lo que le sucedió a un niño llamado Dorsey Corcoran.

Parpadearon como si hubiera pellizcado una zona donde los nervios casi afloraban a la superficie. Beverly se inclinó sobre Richie y le susurró algo al oído. No estoy muy seguro de lo que dijo, habló rápido y bajo, pero pudo haber sido *«No fue el payaso»*. Después se volvió a mirarme.

—¿Qué cosa mala? ¿Como cuando el padre de Dorsey…?

—Da igual. No hace falta que lo sepáis. —Era hora de dar el salto. Estos eran los elegidos. No sabía cómo lo sabía, pero lo sabía—. ¿Conocéis a unos chicos de apellido Dunning? —Los enumeré con los dedos—. Troy, Arthur, Harry y Ellen. Aunque a Arthur le llaman…

—Tugga —dijo Beverly con la mayor naturalidad—. Claro que lo conocemos, va a nuestro colegio. Estamos practicando el lindy para el concurso de talentos, que es justo antes de Acción de Gracias…

—La s'ita Esca'lata es partidaria de empezáa *pronto* con los ensa'ios —dijo Richie.

Beverly Marsh no le prestó atención.

—Tugga también se ha apuntado al concurso. Va a cantar «Splish Splash» en playback. —Puso los ojos en blanco. La chica era buena.

—¿Dónde vive? ¿Lo sabéis?

Lo sabían, estaba claro, pero ninguno de los dos contestó. Y si no les proporcionaba algo más, no lo harían. Lo percibía en sus rostros.

—Suponed que os cuento que existe una alta probabilidad de que Tugga nunca llegue a participar en el concurso de talentos a menos de que alguien cuide de él. Y también de sus hermanos y su hermana. ¿Creeríais algo así?

Los chicos volvieron a mirarse, conversando con los ojos. Duró mucho tiempo, diez segundos, quizá. Era la clase de mirada prolongada que los amantes consienten, pero estos niñolescentes no podían ser amantes. Aunque sí amigos, por supuesto. Amigos íntimos que habían pasado por algo juntos.

—Tugga y su familia viven en Cossut Street —dijo finalmente Richie. O al menos es lo que me pareció oír.

—¿Cossut?

—Así es como lo dice la gente de por aquí —aclaró Beverly—. K-O-S-S-U-T-H. Cossut.

—Entendido. —Ahora el único interrogante era cuánto iban a divulgar estos chicos de nuestra extraña conversión al borde los Barrens.

Beverly me observaba con mirada seria y preocupada.

—Pero, señor Amberson, yo conozco al papá de Tugga. Trabaja en el mercado de Center Street. Es un hombre *simpático*. Siempre está sonriendo y…

—El hombre simpático ya no vive en casa —la interrumpió Richie—. Su mujer le dio la patada.

Ella se volvió a mirarle con los ojos como platos.

—¿Eso te lo ha contado Tug?

—No. Ben Hanscom. Tug se lo contó a *él*.

—Sigue siendo un hombre simpático —dijo Beverly con un hilo de voz—. Siempre está contando chistes y esas cosas, pero nunca de mal gusto.

—Los payasos también gastan bromas a todas horas —comenté. Ambos pegaron un salto, como si hubiera vuelto a pellizcar aquel vulnerable haz de nervios—. Pero eso no los convierte en simpáticos.

—Lo sabemos —musitó Beverly. Se miraba las manos. Entonces alzó los ojos hacia mí—. ¿Conoce a la Tortuga? —pronunció la palabra *tortuga* de tal forma que la hizo sonar como un nombre propio.

Pensé en decir «*Conozco a las Tortugas Ninja*», pero no lo hice. Faltaban muchas décadas para Leonardo, Donatello, Raphael y Michelangelo. De modo que negué con la cabeza.

La chica miró dubitativamente a Richie. Este me miró a mí, y después de nuevo a ella.

—Pero él es bueno. Estoy bastante segura de que es bueno. —La chica me tocó la muñeca. Tenía los dedos fríos—. El señor Dunning es un hombre *amable*. Y solo porque ya no viva en su casa no significa que no lo sea.

Aquello dio en la diana. Mi esposa me había dejado, pero no porque yo no fuera amable.

—Lo sé. —Me levanté—. Voy a estar por Derry una temporada, y me convendría no llamar mucho la atención. ¿Podríais guardar silencio sobre esto? Sé que es mucho pedir, pero…

Se miraron el uno al otro y estallaron en carcajadas.

Cuando pudo hablar, Beverly dijo:

—Sabemos guardar un secreto.

Asentí con la cabeza.

—Estoy seguro. Apuesto a que guardáis unos cuantos de este verano.

No replicaron.

Levanté un pulgar señalando a los Barrens.

—¿Alguna vez jugáis ahí abajo?

—En otra época, sí —dijo Richie—, pero ya no. —Se levantó y se sacudió el trasero de sus vaqueros azules—. Ha sido agradable hablar con usted, señor Amberson. No coja indios de madera. —Vaciló—. Y tenga cuidado en Derry. Ahora está mejor, pero creo que nunca estará, ya sabe, bien del todo.

—Gracias. Gracias a los dos. Quizá algún día la familia Dunning también tendrá algo que agradeceros, pero si las cosas se desarrollan de la manera que yo espero, ellos…

—… ellos nunca sabrán nada —concluyó Beverly por mí.

—Exacto. —Entonces, recordando algo que había dicho Fred Toomey—: Con plumas Eversharp siempre acertarás. Vosotros dos, cuidaos.

—Lo haremos —dijo Beverly, y entonces volvió a soltar una risita—. Siga lavando esas ropas en Norgie, Georgie.

Arranqué un saludo del ala de mi nuevo sombrero y empecé a alejarme. Entonces tuve una idea y volví a donde se encontraban.

—¿Ese tocadiscos reproduce a treinta y tres y un tercio?

—¿Como en los LP? —preguntó Richie—. No. El equipo hi-fi que tenemos en casa sí, pero el de Bevvie es un bebé que funciona a pilas.

—Cuidado con lo que dices de mi tocadiscos, Tozier —dijo Beverly—. Lo compré con mis ahorros. —Luego, dirigiéndose a mí—: Solo reproduce a setenta y ocho y a cuarenta y cinco. Aunque he perdido la pieza de plástico para el agujero de los de cuarenta y cinco, así que ahora ya solo reproduce los de setenta y ocho.

—A cuarenta y cinco debería valer —dije—. Pon el disco otra vez, pero reprodúcelo a esa velocidad. —Ralentizar el tempo mientras se le cogía el tranquillo a los pasos del swing era un truco que Christy y yo habíamos aprendido en nuestras clases.

—Chachi, papi —dijo Richie. Movió la palanca del control de velocidad junto al plato y volvió a poner el disco al principio. Esta vez sonó como si todos los miembros de la banda de Glenn Miller hubieran ingerido metacualona.

—Vale. —Extendí las manos hacia Beverly—. Tú observa, Richie.

La chica tomó mis manos con absoluta confianza, mirándome con grandes y divertidos ojos azules. Me pregunté dónde estaba y quién era ella en 2011. Siempre y cuando siguiera viva. Suponiendo que sí, ¿recordaría que una vez un extraño que hacía preguntas extrañas había bailado con ella una lánguida versión de «In the Mood» durante una soleada tarde de septiembre?

—Chicos, antes estabais haciéndolo despacio, y de esta forma iréis más lentos todavía, pero podréis llevar el compás —dije—. Hay tiempo de sobra para cada paso.

Tiempo. Tiempo de sobra. Pon el disco otra vez pero reduce la velocidad.

Asidos de las manos, la atraje hacia mí y luego dejé que retrocediera. Los dos nos arqueamos como personas sumergidas en agua y lanzamos una patada a la izquierda mientras la orquesta de Glenn Miller tocaba *bahhhhh... dahhh... dahhh... bahhhh... dahhhh... daaaa... deee... dummmmmm*. A esa misma velocidad pausada, como un juguete de cuerda cuyo muelle ya casi se ha desenrollado, ella dio una vuelta hacia la izquierda bajo mis manos levantadas.

—¡Para! —dije, y se quedó inmóvil, de espaldas a mí y con nuestras manos aún enlazadas—. Ahora apriétame la mano derecha para recordarme lo que viene a continuación.

Apretó y luego rotó suavemente de vuelta a la posición inicial y hacia la derecha.

—¡Bárbaro! —exclamó—. Ahora se supone que paso por debajo, entonces usted tira de mí hacia fuera y yo doy una voltereta. Por eso estábamos ensayando en la hierba, para no desnucarme si la fastidiaba.

—Os dejaré esa parte a vosotros —dije—. Soy demasiado viejo para voltear otra cosa que no sea una hamburguesa.

Una vez más, Richie levantó las manos a ambos lados de la cara.

—¡Uau, uau, uau! El forastero ha soltado *otra*...

—Bip-bip, Richie —le corté, y eso le provocó una carcajada—. Inténtalo tú ahora. Y practicad las señales de manos para los movimientos que van más allá del clásico bugui-bugui de dos pasos que se baila en la heladería del pueblo. De ese modo, aunque no ganéis el concurso de talentos, pareceréis buenos.

Richie agarró las manos de Beverly y lo intentaron. Dentro y fuera, lado a lado, vuelta a la izquierda, vuelta a la derecha. Perfecto. Ella se deslizó con los pies por delante entre las piernas extendidas de Richie, ágil como una liebre, y el muchacho la levantó. La chica terminó con una llamativa voltereta que la devolvió sobre sus pies. Richie le cogió las manos y lo repitieron entero. La segunda vez salió todavía mejor.

—Hemos perdido el compás en el abajo-y-afuera —se quejó Richie.

—Lo haréis bien cuando el disco suene a la velocidad normal. Confiad en mí.

—Me gusta —dijo Beverly—. Es como tenerlo todo bajo un

cristal. —Giró sobre las puntas de sus zapatillas—. Me siento como Loretta Young al principio de su programa, cuando sale con un vestido de vuelo.

—Me llaman Arthur Murray, y soy de Mis-UUU-ri —dijo Richie. También parecía complacido.

—Voy a aumentar la velocidad —dije—. Recordad vuestras señas. Y marcad los tiempos. Es todo cuestión de ritmo.

Glenn Miller tocó aquella dulce melodía, y los chicos bailaron. Sobre la hierba, sus sombras bailaban junto a ellos. Fuera… dentro… inclinación… patada… giro a la izquierda… giro a la derecha… por debajo… emersión… y *voltereta*. Esta vez no fue perfecto, y mezclarían los pasos muchas veces antes de clavarlos (si lo conseguían alguna vez), pero no lo hacían mal.

Oh, al infierno. Eran una maravilla. Por primera vez desde que superé la elevación de la Ruta 7 y divisé Derry erigida como una mole en la orilla oeste del Kenduskeag, me sentí feliz. Era una buena sensación para seguir adelante, así que me alejé de ellos tratando de hacer caso del viejo consejo: no mires atrás, nunca mires atrás. ¿Con cuánta frecuencia la gente se dice eso mismo después de una experiencia excepcionalmente buena (o excepcionalmente mala)? Muy a menudo, supongo. Y, por lo general, no hacen caso del consejo. Los humanos fuimos construidos para mirar atrás, por eso poseemos una articulación giratoria en el cuello.

Recorrí media manzana y luego, pensando que me estarían mirando, me di la vuelta. Pero me equivocaba. Seguían bailando. Y eso era bueno.

8

Había una estación Cities Service un par de bloques más abajo en Kansas Street, y entré en la oficina para preguntar la dirección de Kossuth Street, pronunciado «Cossut». Oía el runrún de un compresor de aire y el sonido metálico de la música pop que provenía del taller mecánico, pero la oficina estaba vacía. No me supuso ningún problema, porque vi algo útil junto a la caja registradora: un expositor de alambre lleno de mapas. La rejilla superior contenía un solitario plano de la ciudad, sucio y olvidado. La portada mostraba una foto de una estatua excepcionalmente fea de Paul Bunyan moldeada en plástico. Paul apoyaba su hacha sobre el hombro y sonreía al sol estival. *Solo Derry*, pensé, *elegiría una estatua de plástico de un mítico leñador como icono.*

Había un dispensador de periódicos justo al lado de los surtidores de gasolina. Cogí un ejemplar del *Daily News* como *atrezzo*, y eché una moneda de cinco encima de la pila de periódicos, que se unió a las otras monedas allí desperdigadas. No sé si en 1958 la gente es más honesta, pero sí sé que es muchísimo más confiada.

Según el plano, Kossuth Street se encontraba en la misma zona que Kansas Street, y resultó ser un agradable paseo de quince minutos desde la gasolinera. Caminé bajo olmos a los que aún no había afectado la plaga que arrasaría la mayoría de ellos en la década de los setenta, árboles que aún conservaban el verdor del mes de julio. Los niños me adelantaban a toda velocidad en sus bicis o jugaban a las tabas en las aceras. Grupos reducidos de adultos se apiñaban en las paradas de autobús de las esquinas, señalizadas con rayas blancas en los postes del teléfono. Derry se ocupaba de sus asuntos y yo de los míos; no era más que un tipo con una indescriptible chaqueta y un sombrero de paja echado ligeramente hacia atrás, un tipo con un periódico doblado en la mano. Podría estar buscando un rastrillo en un patio o en un garaje; podría estar pasando revista a las propiedades inmobiliarias de la clase alta. Ciertamente, tenía aspecto de pertenecer a ese lugar.

Así lo esperaba.

Kossuth era una calle flanqueada de setos y anticuadas casas de madera típicas de Nueva Inglaterra, de tejado a dos aguas y un faldón frontal más corto que el posterior. Los aspersores giraban en los jardines. Dos chicos pasaron corriendo a mi lado lanzándose un balón de fútbol. Una mujer con el cabello cubierto por un pañuelo (y el inevitable cigarrillo oscilando en el labio inferior) lavaba el coche familiar y en ocasiones mojaba al perro de la familia, que retrocedía entre ladridos. Kossuth Street parecía un decorado exterior de alguna confusa comedia antigua.

Dos niñas hacían girar una cuerda mientras una tercera brincaba de un lado a otro con agilidad, moviendo lateralmente los pies y esquivando la cuerda sin esfuerzo al tiempo que canturreaba: «¡Charlie Chaplin se fue a *Francia*! ¡Para ver a las damas que *danzan*! ¡Saluda al *Capitán*! ¡Saluda a la *Reina*! ¡Mi viejo un submarino go-bier-na!». La cuerda azotaba y azotaba el pavimento. Sentí que unos ojos me miraban. La mujer del pañuelo había interrumpido su tarea, con la manguera en una mano y una enorme esponja cubierta de jabón en la otra. Me observaba mientras me aproximaba a las niñas saltarinas. Las evité y vi que la mujer volvía al trabajo.

Corriste un riesgo de la hostia al hablar con aquellos chicos en Kansas Street, me dije. Solo que no lo creía. Si me hubiera acercado un poco más a las niñas de la comba…, *eso sí* habría sido correr un riesgo de la hostia. Pero Richie y Bev habían sido los adecuados. Lo supe casi tan pronto como posé los ojos en ellos, y ellos también lo supieron. Habíamos congeniado.

«*¿Le conocemos?*», había preguntado la chica, Bevvie-Bevvie, que vivía en el ferry.

Kossuth terminaba en un callejón sin salida donde se erigía un edificio llamado Centro Recreativo West Side. Estaba abandonado, y un cartel en el descuidado césped anunciaba EN VENTA POR EL AYUNTAMIENTO. Sin duda un objeto de interés para cualquier cazador de propiedades que se preciara. Dos casas más abajo, a la derecha, una niña de cabello color zanahoria y rostro salpicado de pecas montaba una bicicleta de cuatro ruedas por el camino de entrada a una casa. Mientras pedaleaba, cantaba una y otra vez diversas variaciones de la misma frase: «Bing-bang, vi a la banda entera pasar, ding-dang, vi a la banda entera pasar, ring-rang, vi a la banda entera pasar…».

Caminé hacia el centro recreativo como si no existiera nada en el mundo que me interesara más, pero con el rabillo del ojo continuaba vigilando a la Pequeña Zanahoria. Se balanceaba de lado a lado sobre el sillín, tratando de averiguar cuánto podía aguantar sin perder el equilibrio. A juzgar por las costras en las espinillas, no se trataba de la primera vez que lo intentaba. No había ningún nombre en el buzón de la casa, solo el número 379.

Me acerqué al cartel de EN VENTA y apunté la información en el periódico. Entonces di media vuelta y emprendí el camino de regreso. Al pasar ante el 379 de Kossuth (por el otro lado de la calle y fingiendo estar absorto en el periódico), una mujer salió a la escalinata de la entrada. La acompañaba un niño. Este masticaba un trozo de algo envuelto en una servilleta y en la mano libre sostenía el rifle de aire comprimido Daisy con el cual, dentro de no mucho tiempo, intentaría ahuyentar a su devastador padre.

—¡Ellen! —llamó la mujer—. ¡Bájate de ese trasto antes de que te caigas! Entra a comer una galleta.

Ellen Dunning desmontó, tumbó la bici de lado en el camino particular, y corrió hacia la casa cantando «Sing-*sang*, vi a la banda entera pasar» con toda la fuerza de sus formidables pulmones. Su cabello, una sombra de rojo mucho más desventurada que la de Beverly Marsh, brincaba como muelles de cama en rebeldía.

El niño, quien crecería para escribir una historia dolorosamente redactada que me provocaría lágrimas, la siguió. El niño que iba a ser el único miembro superviviente de su familia.

A menos que yo intercediera. Y ahora que los había visto, personas reales viviendo vidas reales, parecía no existir alternativa.

CAPÍTULO 7

1

¿Cómo debería relataros mis siete semanas en Derry? ¿Cómo explicar el modo en que llegué a odiarla y a temerla?

No se debía a que la ciudad guardara secretos (aunque lo hacía), ni a que crímenes terribles, algunos de los cuales aún sin resolver, se hubieran cometido allí (aunque así había sido). «*Los malos tiempos han terminado*», había dicho la chica llamada Beverly, el chico llamado Richie había coincidido, y yo mismo había llegado a creer lo…, aunque también llegué a creer que la sombra nunca abandonaría completamente aquella ciudad con su extraño centro hundido.

Era la sensación de inminente fracaso lo que me incitaba a odiarla. Y aquella impresión de estar en una celda de paredes elásticas. Si quisiera marcharme, me soltaría (¡de buen grado!), pero si me quedaba, se ceñiría con más fuerza en torno a mí. Se ceñiría hasta impedirme respirar. Además —he aquí la parte mala—, marcharme no era una opción, porque ahora había visto a Harry antes de la cojera y antes de la confiada y levemente aturdida sonrisa. Le había visto antes de convertirse en Harry el Sapo, brincando calle a-ba-jo.

También había visto a su hermana. Ahora era más que un nombre en una redacción minuciosamente escrita, una niña sin rostro a quien le encantaba recoger flores y ponerlas en *boteyas*. A veces yacía despierto pensando en cómo planeaba salir al «truco o trato» vestida de Princesa Summerfall Winterspring. A menos que yo hiciera algo, eso nunca sucedería. Había un ataúd esperándola tras una larga e infructuosa lucha por su vida. Había un ataúd esperando a su madre, cuyo nombre de pila aún ignoraba. Y otro para Troy. Y otro para Arthur, conocido como Tugga.

Si permitía que sucediera, no concebía cómo podría vivir conmigo mismo. Por tanto, me quedé, pero no fue fácil. Y cada vez que pensaba en que tendría que volver a ponerme en la misma situación en Dallas, mi mente amenazaba con bloquearse. Al menos, Dallas no sería como Derry. Porque ningún lugar en la tierra podía ser como Derry.

Entonces, ¿cómo debería explicároslo?

En mi vida como profesor, solía insistir machaconamente en la noción de simplicidad. Tanto en la ficción como en la no ficción, existe solo una pregunta y una repuesta. «*¿Qué ocurrió?*», pregunta el lector. «*Esto es lo que ocurrió*», contesta el escritor. «*Esto… y esto… y también esto.*» Simplificar. Es el único camino seguro a casa.

De modo que lo intentaré, aunque deberéis tener presente que en Derry la realidad es una fina capa de hielo en la superficie de un profundo lago de agua oscura. Pero aun así:

¿Qué ocurrió?

Esto ocurrió. Y esto. Y también esto.

2

El viernes, mi segundo día completo en Derry, bajé al mercado de Center Street. Esperé hasta las cinco de la tarde porque pensé que a esa hora el lugar estaría más concurrido; al fin y al cabo, el viernes es día de paga, y para muchas personas (y con esto me estoy refiriendo a las mujeres; una de las reglas de la vida en 1958 es «Los hombres no compran comestibles») eso significa día de compra. Una aglomeración de compradores facilitaría mi integración. Para que me fuera más fácil, fui a W. T. Grant's y completé mi guardarropa con varios pantalones chinos y camisas de trabajo azules. Acordándome de Sin Tirantes y sus amigos del Dólar de Plata Soñoliento, también compré un par de botas Wolverine. De camino al mercado, fui dando patadas contra los bordillos repetidamente hasta dejar las puntas raspadas.

El lugar estaba tan concurrido como había esperado, con colas en las tres cajas registradoras y los pasillos llenos de mujeres empujando carritos de compra. Los pocos hombres que vi solo portaban cestas, así que yo también cogí una. En la mía metí una bolsa de manzanas (prácticamente regalada) y una bolsa de naranjas (casi tan cara como en 2011). Bajo mis pies, el suelo de madera encerada crujía.

¿Qué *hacía* el señor Dunning en el mercado de Center Street? Bevvie-la-del-ferry no lo había mencionado. No era el encargado; un vistazo a la oficina acristalada más allá de la sección de productos agrícolas mostró a un caballero canoso que podría haber reclamado a Ellen Dunning como su nieta, tal vez, pero no como su hija. Y la placa en su escritorio decía SEÑOR CURRIE.

Mientras andaba hacia la parte trasera de la tienda, pasando frente al refrigerador de lácteos (me hizo gracia un cartel que rezaba ¿HAS PROBRADO EL «YOGUR»? SI LA RESPUESTA ES NO, TE ENCANTARÁ CUANDO LO HAGAS), empecé a oír risas. Risas femeninas de la variedad inmediatamente identificable oh-menudo-granuja. Giré hacia el pasillo del otro extremo y divisé a un enjambre de mujeres, vestidas con un estilo muy similar al de las señoras de la frutería Kennebec, que se arromolinaban en torno al mostrador de la carne. CARNICERÍA, decía el rótulo de madera artesanal que colgaba de decorativas cadenas de cromo. CORTE AL ESTILO CASERO. Y en la parte inferior: FRANK DUNNING, CARNICERO JEFE.

A veces la vida escupe coincidencias que ningún escritor de ficción se atrevería a copiar.

Era Frank Dunning quien hacía reír a las señoras. El parecido con el conserje que había asistido a mi curso de lengua era tan cercano que resultaba estremecedor. Era la viva encarnación de Harry, excepto que esta versión tenía el cabello casi completamente negro en lugar de casi todo gris, y la sonrisa dulce, ligeramente perpleja, había sido reemplazada por una mueca disoluta y bulliciosa. No era de extrañar que todas las señoras estuvieran alborotadas. Incluso Bevvie-la-del-ferry le consideraba la mar de gracioso, ¿y por qué no? Debía de tener solo doce o trece años, pero no dejaba de ser una fémina, y Frank Dunning seducía con su encanto. Y además lo sabía. Debían de existir buenas razones para que la flor y nata de la femineidad gastara la paga de sus maridos en el mercado del centro en lugar de ir al A&P, ligeramente más barato, y una de esas razones se encontraba ahí mismo. El señor Dunning era atractivo, el señor Dunning vestía de un blanco limpio, casi impoluto (salvo por unas tenues manchas de sangre en los puños, pero era carnicero, después de todo), el señor Dunning llevaba un sugestivo sombrero blanco que semejaba un cruce entre la toca de un chef y la boina de un artista. Le caía justo a ras de la ceja. Toda una declaración de estilo, por Dios.

En síntesis, el señor Frank Dunning, con sus sonrosadas mejillas bien afeitadas y su cabello negro inmaculadamente cortado, era un regalo de Dios para las Mujercitas. Mientras me acercaba con aire despreocupado, ató un paquete de carne con un trozo de cuerda de un rollo metido en un huso junto a la balanza y escribió el precio con una floritura de su rotulador negro. Se lo entregó a una dama de unas cincuenta primaveras que llevaba un vestido con florecientes rosas rosadas, medias de nailon con costura y rubor de colegiala.

—Aquí tiene, señora Levesque, medio kilo de Bologna alemana en lonchas finas. —Se inclinó confidencialmente sobre el mostrador, lo bastante cerca para que la señora Levesque (y las demás señoras) fuera capaz de oler el cautivador aroma de su colonia. ¿Era Aqua Velva, la marca de Fred Toomey? Creía que no. Pensé que un seductor como Frank Dunning elegiría algo un poco más caro—. ¿Sabe cuál es el problema con las salchichas de Bologna alemanas?

—No —respondió la mujer, arrastrando la vocal de modo que se convirtió en un *Noo-oo*. Las demás señoras empezaron a gorjear, expectantes.

Los ojos de Dunning se desviaron brevemente hacia mí y no vieron nada que les interesase. Cuando volvieron a mirar a la señora Levesque, recuperaron su patentado centelleo.

—Una hora después de comerlas, uno se siente ávido de poder.

No estoy seguro de que todas las señoras lo pillaran, pero todas ellas rieron escandalosamente. Dunning despidió a la señora Levesque, que prosiguió alegre su camino, y mientras yo pasaba de largo, él centraba su atención en una tal señora Bowie. La cual estaría, no me cupo duda, igualmente alegre de recibirla.

«*Es un hombre simpático. Siempre está contando chistes y esas cosas.*»

Pero el hombre simpático poseía ojos fríos. Mientras interactuaba con su embelesado harén, habían sido azules. Sin embargo, cuando volvió su atención hacia mí —si bien brevemente—, podría haber jurado que se tornaron grises, del color del agua bajo un cielo del que pronto caería la nieve.

3

El mercado cerraba a las seis, y cuando me marché con los pocos artículos que había comprado eran solo las cinco y veinte. Había un U-Needa-Lunch en Witcham Street, justo a la vuelta de la esquina. Pedí una hamburguesa, una Coca-Cola y una porción de tarta de chocolate que tenía un sabor delicioso: a chocolate y crema de verdad. Me llenaba la boca del mismo modo que lo había hecho la zarzaparrilla de Frank Anicetti. Me entretuve allí todo el tiempo posible, y luego paseé hasta el canal, donde había varios bancos. Además, ofrecía una panorámica —estrecha, pero adecuada— del mercado de Center Street. Me sentía saciado pero de todas formas me comí una de las naranjas, arrojando trozos de piel por encima del muro de contención y viendo cómo se los llevaba el agua.

A las seis en punto las luces de los ventanales frontales del mercado se apagaron. Transcurrido un cuarto de hora, las últimas mujeres en salir empujaban sus carritos cuesta arriba por Up-Mile Hill o se apiñaban en uno de aquellos postes telefónicos con una raya blanca pintada. Apareció un autobús que indicaba CIRCULAR TARIFA ÚNICA y las recogió. A la siete menos cuarto, los empleados del mercado empezaron a marcharse. Los dos últimos en salir fueron el señor Currie, el encargado, y Dunning. Se dieron un apretón de manos y se separaron, Currie por el callejón entre el mercado y la zapatería contigua, probablemente en busca de su coche, y Dunning hacia la parada del autobús.

Para entonces solo había un par de personas allí, y no quise unirme a ellas. Gracias al modelo de tráfico unidireccional en la Ciudad Baja, no me hizo falta. Caminé hasta otro poste pintado de blanco, este próximo al The Strand (donde *Machine-Gun Kelly* y *Reformatorio femenino* componían la doble sesión; la marquesina prometía ACCIÓN EXPLOSIVA), y esperé con unos obreros que hablaban sobre los posibles emparejamientos en la Serie Mundial de béisbol. Podría haberles contado mucho respecto a ese tema, pero mantuve la boca cerrada.

Llegó un autobús urbano y paró frente al mercado de Center Street. Dunning subió. Terminó de descender la colina y se detuvo en la parada del cine. Dejé que los obreros entraran delante de mí, con el fin de ver cuánto dinero metían en el receptáculo de monedas instalado en la barra junto al asiento del conductor. Me sentía como un alienígena en una película de ciencia ficción, uno que intenta camuflarse como un terrícola. Era una estupidez —quería montar en un autobús urbano, no volar la Casa Blanca con un rayo mortal—, pero eso no cambiaba la sensación.

Uno de los tipos que subieron delante de mí enseñó fugazmente un pase de autobús de color amarillo canario que invocó un recuerdo efímero de Míster Tarjeta Amarilla. Los otros introdujeron en el receptáculo quince centavos, que chasquearon y repicaron. Hice lo mismo, aunque tardé un poco más porque la moneda de diez se me pegó en la palma sudorosa. Tuve la impresión de que todos los ojos se clavaban en mí, pero cuando alcé la vista los demás pasajeros leían el periódico o miraban por las ventanillas con expresión ausente. La atmósfera dentro del autobús estaba viciada de humo gris azulado.

Frank Dunning se encontraba hacia la mitad del vehículo, a la derecha, y vestía unos pantalones grises de confección, camisa blanca y corbata azul oscuro. Elegante. Estaba ocupado encendiendo un cigarrillo y ni siquiera me miró cuando pasé a su lado y tomé asiento cerca de la parte trasera. El autobús reanudó con un gruñido su ruta por las calles de un solo sentido de la Ciudad Baja y luego ascendió Up-Mile Hill por Witcham. Una vez que alcanzó la zona residencial del lado occidental, los pasajeros empezaron a bajar. Todos eran hombres; las mujeres, presumiblemente, ya estaban de vuelta en casa, guardando las compras o preparando la mesa para la cena. A medida que el autobús se vaciaba, Frank Dunning continuaba sentado en la misma posición, fumando su cigarrillo, y temí que termináramos siendo los dos últimos pasajeros.

Mi preocupación resultó infundada. Cuando el autobús torció hacia la parada de la esquina de Witcham Street con Charity Avenue (más tarde me enteré de que Derry también contaba con una avenida Faith y una avenida Hope), Dunning tiró su cigarrillo al suelo, lo aplastó con el zapato y se levantó de su asiento. Avanzó con facilidad por el pasillo, sin utilizar los asideros, pero balanceándose con el movimiento del autobús al frenar. Algunos hombres conservan la gracilidad física de la adolescencia hasta edades relativamente tardías. Dunning parecía ser uno de ellos. Habría sido un excelente bailarín de swing.

Palmoteó el hombro del conductor y empezó a contarle un chiste. Fue breve, y la mayor parte se perdió entre el resoplido neumático de los frenos, pero capté la frase *«tres negratas atrapados en un ascensor»* y decidí que ese no se lo habría contado a su Harén de Amas de Casa. El conductor estalló en carcajadas, y luego tiró de la larga palanca de cromo que abría la puerta delantera.

—Te veo el lunes, Frank —dijo.

—Si el arroyo no crece —respondió Dunning. Descendió los dos escalones y saltó por encima de la franja de hierba hasta la acera. Noté que los músculos se le tensaban bajo la camisa. ¿Qué posibilidades tendrían una mujer y cuatro niños contra él? *No muchas*, fue mi primer pensamiento, pero me equivocaba. La respuesta correcta era *ninguna*.

Al alejarse el autobús, vi a Dunning subir las escaleras del primer edificio desde la esquina de Charity Avenue. Había un grupo de ocho o nueve hombres y mujeres sentados en mecedoras en el amplio porche delantero. Varios saludaron al carnicero, que empezó a estrechar manos como un político de visita. La casa, de estilo victoriano de Nueva Inglaterra, constaba de planta baja y dos pisos; un letrero colgaba del alero del porche. Tuve el tiempo justo para leerlo.

PENSIÓN DE EDNA PRICE
HABITACIONES POR SEMANAS O MESES
COCINA DISPONIBLE
¡NO SE ADMITEN MASCOTAS!

Debajo, colgando de unos ganchos en el letrero, había otro de color naranja que decía COMPLETO.

Bajé del autobús dos paradas más adelante. Le di las gracias al conductor, que profirió un gruñido hosco en respuesta. Esto, según estaba descubriendo, era lo que se consideraba un discurso cortés en Derry, Maine. A no ser, por supuesto, que por casualidad supieras un par de chistes sobre negratas atrapados en un ascensor o sobre la armada polaca.

Caminé lentamente de regreso a la ciudad, desviándome un par de manzanas de mi camino para mantenerme alejado del establecimiento de Edna Price, donde aquellos que allí residían se reunían en el porche después de la cena, como hacía la gente en las historias de Ray Bradbury sobre la bucólica Greentown, Illinois. ¿Y no poseía Frank Dunning cierta semejanza con alguna de esas buenas personas? Sí, sí. Pero también habían existido horrores en la Greentown de Bradbury.

«El hombre simpático ya no vive en casa», había dicho Richie-el-del-nichi, y había dado en el clavo. El hombre simpático vivía en una casa de huéspedes donde todo el mundo parecía considerarle el rey del mambo.

Según mis cálculos, la Pensión de Price se encontraba a no más de cinco manzanas al oeste del 379 de Kossuth Street, quizá más cerca. ¿Se sentaba Frank Dunning en su habitación alquilada, después de que los demás inquilinos se hubieran acostado, de cara al este como un fiel que vuelve la mirada hacia la *qibla*? De ser así, ¿lo hacía con su sonrisa de «eh, me alegro de verte» en el rostro? Sospechaba que no. ¿Y sus ojos eran azules, o retornaba aquella frialdad y el especulativo color gris? ¿Cómo explicó el hecho de haber dejado su casa y hogar a los tipos que tomaban el aire nocturno en el porche de Edna? ¿Había inventado una historia, una donde su mujer estaba un poco tarada o era la mala indiscutible de la película? Sospechaba que sí. ¿Y la gente le creía? La respuesta a esta pregunta era sencilla. No importa si hablamos de 1958, 1985 o 2011. En Estados Unidos, donde la superficie siempre se ha confundido con la sustancia, la gente siempre ha creído a los tipos como Frank Dunning.

4

El martes siguiente alquilé un apartamento que se anunciaba en el *Derry News* como «semiamueblado, buen vecindario», y el miércoles, 17 de septiembre, el señor George Amberson se mudó. Adiós, Derry Town House; hola, Harris Avenue. Llevaba poco más de una semana viviendo en 1958 y empezaba a sentirme cómodo, aunque no exactamente un nativo.

El semiamueblado consistía en una cama (que incluía un colchón ligeramente manchado pero sin sábanas), un sofá, una mesa de cocina con una pata que había que calzar para que no se tambaleara, y una silla solitaria con un asiento de plástico amarillo que emitía un extraño sonido, semejante a un «*smuac*», cada vez que, a regañadientes, liberaba mis pantalones de sus garras. Contaba con un horno y un traqueteante frigorífico. En la despensa descubrí la unidad de aire acondicionado del apartamento: un ventilador General Electric con un enchufe pelado con aspecto absolutamente letal.

Pagar sesenta y cinco dólares mensuales por ese apartamento, que se encontraba justo debajo de la trayectoria de aproximación de los aviones que aterrizaban en el aeropuerto de Derry, me parecía exagerado, pero accedí porque la señora Joplin, la casera, estaba dispuesta a pasar por alto la falta de referencias del señor Amberson. También ayudó el hecho de que le ofreciera en efectivo tres meses por adelantado. Ella, no obstante, insistió en copiar los datos de mi permiso de conducir. Si le resultó raro que un agente inmobiliario de Wisconsin portara una licencia de Maine, no lo mencionó.

Me alegraba de que Al me hubiera entregado tanto efectivo. El dinero es un bálsamo para los extraños.

Además, en el 58 alcanza para mucho más. Por apenas trescientos dólares, fui capaz de transformar el apartamento en una vivienda completamente amueblada. Invertí noventa y tres pavos en un televisor RCA de segunda mano, modelo de mesa. Aquella noche vi *El show de Steve Allen* en un hermoso blanco y negro; luego apagué la tele y me senté a la mesa de la cocina, oyendo un avión que se posaba en tierra entre el clamor de las hélices. Del bolsillo trasero saqué una libreta Blue Horse que había comprado en la farmacia de la Ciudad Baja (aquella en la que el hurto no era una diversión, ni una aventura, ni una travesura). La abrí por la primera página y apreté el pulsador de mi igualmente nuevo bolígrafo Parker. Me quedé sentado así durante tal vez quince minutos, tiempo suficiente para que aterrizara otro avión entre traqueteos, aparentemente tan cerca que casi esperaba sentir el coletazo de las ruedas arañando el tejado.

La página continuaba en blanco. También mi mente. Cada vez que intentaba ponerla a carburar, el único pensamiento coherente que conseguía elaborar era *el pasado no quiere ser cambiado*.

Nada provechoso.

Finalmente me levanté, cogí el ventilador del estante de la despensa, y lo coloqué en la encimera. No estaba seguro de si funcionaría, pero lo hizo, y el zumbido del motor me brindó una extraña relajación. Además, enmascaraba el irritante estruendo del frigorífico.

Cuando volví a sentarme, tenía la mente más despejada, y esta vez llegaron las palabras.

OPCIONES

1. Denunciar a la policía
2. Llamada anónima al carnicero (Decir «Te estoy vigilando, hijo de puta, y si haces algo, lo contaré»)
3. Inculpar al carnicero de algo
4. Incapacitar al carnicero de alguna forma

Ahí me detuve. El ruido del frigorífico cesó. Ni aviones descendiendo ni tráfico en Harris Avenue. Por el momento solo estábamos mi ventilador, mi lista incompleta y yo. Finalmente, escribí el último punto:

5. Matar al carnicero

Entonces arrugué la hoja, abrí la caja de cerillas que utilizaba para encender los quemadores y el horno, y raspé una. El ventilador la apagó al momento, y volví a pensar en lo difícil que resultaba cambiar algunas cosas. Desconecté el ventilador, encendí otra cerilla, y acerqué la llama a la pelota de papel. Cuando prendió, la dejé caer en el fregadero, esperé a que se consumiera, y luego el agua arrastró las cenizas por el sumidero.

Después de eso el señor George Amberson se fue a la cama.

Pero tardó mucho tiempo en conciliar el sueño.

A las doce y media, cuando el último avión de la noche pasó rozando el tejado, seguía despierto y pensando en la lista. Hablar con la policía quedaba descartado. Puede que funcionara con Oswald, quien declararía su amor eterno por Fidel Castro tanto en Dallas como en Nueva Orleans, pero Dunning constituía un caso distinto. Dunning era un miembro de la comunidad querido y respetado. ¿Quién era yo? El nuevo en una ciudad que detestaba a los forasteros. Aquella tarde, al salir de la farmacia, había visto una vez más al señor Sin Tirantes y a su tropa en la puerta del Dólar de Plata Soñoliento. A pesar de que me había puesto mi ropa de obrero, me dirigieron la misma mirada de *quién cojones eres*.

De todos modos, incluso aunque llevara viviendo ocho años en Derry en lugar de ocho días, ¿qué le diría a la policía? ¿Que había tenido una visión de Frank Dunning matando a su familia en la noche de Halloween? Seguro que les parecería concluyente.

Me gustaba un poco más la idea de hacer una llamada anónima al carnicero, pero era una opción que asustaba. Una vez que telefoneara a Frank Dunning —bien al trabajo, bien a la pensión de Edna Price, donde sin duda atendería la llamada desde el teléfono del vestíbulo—, modificaría los acontecimientos. Quizá esa llamada impidiera que matara a su familia, pero creía igual de probable que causara el efecto contrario, que lo derribara del precario filo de cordura por el que debía de estar moviéndose tras su afable sonrisa de George Clooney. En lugar de evitar los asesinatos, quizá solo conseguiría que ocurrieran antes. Tal como estaban las cosas, conocía el dónde y el cuándo. Si le ponía sobre aviso, todas las apuestas quedarían canceladas.

¿Inculparle de algo? A lo mejor funcionaría en una novela de espías, pero yo no era un agente de la CIA; era un simple profesor de lengua.

El siguiente punto de la lista, «*Incapacitar al carnicero*». Vale, pero ¿cómo? ¿Atropellándole con el Sunliner, quizá mientras fuera caminando desde Charity Avenue a Kossuth Street con un martillo en la mano y el asesinato en la mente? A menos que tuviera una suerte extraordinaria, me apresarían y encarcelarían. Además, había otra cosa: la gente incapacitada habitualmente mejora. Y en cuanto eso sucediera, podría volver a intentarlo. Mientras yacía en la oscuridad, ese escenario se me antojó demasiado plausible. Porque el pasado no quiere ser cambiado. El pasado es obstinado.

La única forma segura era seguirle, esperar hasta que se encontrara solo, y entonces matarlo. Simplifica, idiota.

Sin embargo, ahí también había problemas. El mayor lo planteaba la incertidumbre de si podría llevarlo a cabo. Creía que sería capaz en caliente —para protegerme a mí mismo o a otra persona—, pero ¿a sangre fría? ¿Incluso aunque supiera que mi potencial víctima iba a matar a su mujer y a sus hijos si no se lo impedía?

Además… ¿y si lo hacía y me atrapaban antes de poder huir al futuro, donde yo era Jake Epping en lugar de George Amberson? Sería juzgado, declarado culpable, enviado a la prisión estatal de Shawshank. Y allí me encontraría el día que John F. Kennedy sería asesinado en Dallas.

Pero ni siquiera eso abordaba el fondo de la cuestión. Me levanté, atravesé la cocina con paso lento hacia la cabina telefónica que tenía por baño, entré, y me senté en la tapa del váter con la frente apoyada en las palmas de la mano. Había asumido como cierta la redacción de Harry. Igual que Al. Probablemente lo era, porque Harry se adentraba dos o tres grados en la penumbra de la normalidad, y las personas así son menos propensas a hacer pasar la fantasía del asesinato de una familia entera por la realidad. Pero de todos modos…

«Un noventa y cinco por ciento de probabilidades no es el cien por cien», había dicho Al, y eso hablando de Oswald, prácticamente la única persona que *podría* haber sido el asesino, una vez que se dejaba de lado todo el parloteo conspiratorio. Y, sin embargo, en Al aún persistían aquellas últimas dudas.

En ningún momento verifiqué la historia de Harry. Habría sido fácil en el computerizado mundo de 2011, pero nunca se me ocurrió. E incluso aunque fuera completamente cierta, tal vez existieran detalles cruciales que él podría haber equivocado o no mencionado en absoluto. Cosas que podrían ponerme la zancadilla. ¿Y si, en lugar de cabalgar al rescate como sir Galahad, lo único que conseguía era que me matara a mí también? Eso cambiaría el futuro en toda una serie de interesantes aspectos, pero yo no estaría por allí para descubrir en qué consistían.

Una nueva idea irrumpió en mi cabeza, una idea que poseía un alocado atractivo. Podría apostarme frente al 379 de Kossuth en la noche de Halloween... *y simplemente observar*. Cerciorarme de que realmente sucedía, sí, pero también anotar todos los detalles que se le hubieran escapado al único testigo superviviente, un niño traumatizado. Después, conducir de regreso a Lisbon Falls, ascender por la madriguera de conejo, y regresar inmediatamente a la mañana del 9 de septiembre de 1958. Volvería a comprar el Sunliner y me trasladaría a Derry de nuevo, esta vez cargado de información. Cierto que ya había gastado buena cantidad del dinero de Al, pero quedaba más que suficiente para subsistir.

La idea salió con ímpetu pero se tambaleó antes incluso de doblar la primera curva. El propósito fundamental de este viaje había sido averiguar cómo afectaría al futuro salvar a la familia del conserje, y si permitía que Frank Dunning cometiera los asesinatos, no lo descubriría. Y yo ya me enfrentaba al hecho de tener que volver a pasar por aquello, porque se produciría uno de esos reinicios cuando —*si*— regresara por la madriguera de conejo para detener a Oswald. Una vez era malo. Dos veces sería peor. Tres veces, inconcebible.

Y otra cosa. La familia de Harry Dunning ya había muerto una vez. ¿Iba yo a condenarles a morir una segunda vez? ¿Incluso aunque cada vez fuera un reinicio y no lo supieran? ¿Y quién era yo para decir que en algún nivel profundo ellos no lo recordarían?

El dolor. La sangre. Pequeña Zanahoria yaciendo en el suelo bajo la mecedora. Harry tratando de ahuyentar al lunático con el rifle Daisy de aire comprimido: «No me toques, papá, o te pegaré un tiro».

Crucé la cocina de camino al dormitorio, arrastrando los pies, y me detuve un instante para mirar la silla de la cocina con el asiento de plástico amarillo.

—Te odio, silla —le dije; luego me volví a la cama.

Esta vez caí dormido casi inmediatamente. Cuando desperté al día siguiente, el sol de las nueve de la maña irradiaba a través de la ventana aún sin cortinas del dormitorio, los pájaros gorjeaban vanidosamente, y yo creí saber lo que debía hacer. Simplifica, idiota.

A mediodía, me puse la corbata, me calé el sombrero de paja en un conveniente ángulo desenfadado, y me dejé caer por la tienda de Artículos Deportivos Machen's, donde continuaban las REBAJAS OTOÑALES EN ARMAS DE FUEGO. Le conté al dependiente que estaba interesado en adquirir una pistola, porque me dedicaba al negocio inmobiliario y en ocasiones tenía que transportar grandes sumas de dinero. Me mostró varios modelos, incluido un revólver Colt del calibre 38 Especial de la policía. El precio era de nueve noventa y nueve. Me pareció ridículamente bajo hasta que recordé que, de acuerdo a los apuntes de Al, el rifle italiano que Oswald compró por catálogo y que usó para cambiar la historia había costado menos de veinte dólares.

—Esta es un arma excelente para protegerse —dijo el dependiente al tiempo que extraía el tambor y lo hacía girar: *clic-clic-clic-clic-clic*—. Letalmente certero hasta quince metros, garantizado, y cualquiera que sea lo bastante estúpido como para intentar limpiarle el dinero se va a acercar mucho más que eso.

—Me lo quedo.

Me preparé para una revisión de mis escasos papeles, pero una vez más había olvidado tener en cuenta la atmósfera relajada y sin pánico de la América en la que vivía ahora. He aquí cómo se completó la transacción: pagué y salí andando tranquilamente con la pistola. No hubo papeleo ni tiempo de espera. Ni siquiera tuve que dar mi dirección.

Oswald había envuelto su arma con una manta y la había escondido en el garaje de la casa donde su esposa vivía con una mujer llamada Ruth Paine. Pero cuando salí de Machen's con la mía en el maletín, creí saber cómo debió de sentirse: como un hombre que atesora un poderoso secreto. Un hombre que poseía su propio tornado privado.

Un tipo que debería haber estado trabajando en alguna de las fábricas hacía guardia en la entrada del Dólar de Plata Soñoliento fumando un cigarrillo y leyendo el periódico. O, al menos, aparentando que lo leía. No podría jurar que estuviera observándome, aunque, por otro lado, tampoco podría jurar lo contrario.

Era Sin Tirantes.

Esa noche, una vez más me aposté cerca de The Strand, donde la marquesina anunciaba ¡MAÑANA GRAN ESTRENO! ¡CAMINO DE ODIO (MITCHUM) Y LOS VIKINGOS (DOUGLAS)! Otra ración de ACCIÓN EXPLOSIVA en perspectiva para los cinéfilos de Derry.

Dunning, una vez más, cruzó hasta la parada del autobús y montó a bordo. En esta ocasión no le seguí. No había necesidad; sabía adónde iba. Regresé andando a mi nuevo apartamento, buscando de vez en cuando con la mirada a Sin Tirantes. No había rastro de él, y me dije que el hecho de verle frente a la tienda de artículos deportivos no había sido más que una coincidencia. Nada especial. Después de todo, el Dólar de Plata Soñoliento era su antro favorito. Como las fábricas de Derry operaban seis días a la semana, los trabajadores tenían días de descanso rotativos. El jueves podría haber sido el día en que libraba ese tipo, y la próxima semana quizá le encontrara haraganeando por allí el viernes. O el martes.

A la noche siguiente ocupé de nuevo mi puesto en The Strand fingiendo observar el cartel de *Camino de odio (¡Robert Mitchum a toda carrera por la autopista más caliente de la tierra!)*, principalmente porque no tenía otro sitio adonde ir; aún quedaban seis semanas para Halloween, y yo parecía haberme adentrado en la fase de matar el tiempo de nuestro programa. Esta vez, sin embargo, Frank Dunning no cruzó hacia la parada del autobús, sino que caminó hasta la triple intersección de las calles Center, Kansas y Witcham y se quedó allí parado, como indeciso. De nuevo, lucía un aspecto impecable, con pantalones oscuros, camisa blanca, corbata azul y chaqueta de cuadros de color gris claro. Llevaba el sombrero echado hacia atrás. Por un momento pensé que se dirigiría al cine a inspeccionar la autopista más caliente de la tierra, en cuyo caso me alejaría paseando de forma casual hacia Canal Street. Pero giró a la izquierda, hacia Witcham. Le oí silbar. Silbaba bien.

No tenía necesidad de seguirle; no iba a cometer ningún asesinato a martillazos el 19 de septiembre. Pero sentía curiosidad y no tenía nada mejor que hacer. Entró en un restaurante llamado El Farolero, no tan de clase alta como el bar del Town House, pero tampoco se acercaba ni de lejos a los antros de Canal Street. En toda ciudad pequeña hay uno o dos locales fronterizos donde obreros y oficinistas se tratan como iguales, y este parecía esa clase de lugar. Por lo general, el menú ofrecía alguna delicatessen local que hacía que los forasteros se rascaran la cabeza con asombro. La especialidad de El Farolero era algo denominado Migas de Langosta Frita.

Pasé por delante de los amplios ventanales delanteros, holgazaneando más que andando, y vi que Dunning se abría camino por la sala entre saludos. Estrechó manos; palmeó mejillas; cogió el sombrero de un hombre y se lo lanzó a un tipo en la máquina de bolos, quien lo atrapó al vuelo con destreza, provocando la hilaridad general. Un hombre simpático. Siempre gastando bromas. «Ríe y el mundo entero reirá contigo», esa clase de cosas.

Vi que se sentaba a una mesa cercana a la máquina de bolos, y a punto estuve de seguir caminando. Pero me moría de sed. Una cerveza me vendría estupendamente, y una sala abarrotada de gente separaba la barra de El Farolero de la mesa grande donde Dunning se había unido a un grupo exclusivamente formado por hombres. Él no me vería, pero yo podría echarle un ojo por el espejo. Y no aspiraba a presenciar algo demasiado alarmante.

Además, si yo iba a permanecer allí otras seis semanas, era hora de empezar a *pertenecer* a esa ciudad. Por tanto, di media vuelta y me adentré en el sonido de voces joviales y risas ebrias y Dean Martin cantando «That's Amore». Las camareras circulaban con jarras de cerveza y bandejas colmadas de lo que debían de ser Migas de Langosta Frita. Por supuesto, no faltaban las columnas ascendentes de humo azulado.

En 1958, siempre hay humo.

8

—Veo que se está fijando en aquella mesa de allí —dijo una voz a la altura de mi codo. Llevaba en El Farolero tiempo suficiente para haber pedido mi segunda cerveza y una «fuente júnior» de Migas de Langosta. Pensé que al menos debería probarlas, si no siempre me acosaría la duda.

Miré alrededor y vi a un hombrecillo con el cabello engominado peinado hacia atrás, cara redonda y vivarachos ojos negros. Parecía una alegre ardilla. Me sonrió abiertamente y me tendió una mano pequeña como la de un niño. En su antebrazo, una sirena de pechos desnudos agitaba su cola de pez y guiñaba un ojo.

—Charles Frati. Pero puede llamarme Chaz. Todo el mundo lo hace.

Le estreché la mano.

—George Amberson, pero puede llamarme George. También lo hace todo el mundo.

Rió y yo le imité. Se considera de mala educación reírse de los chistes propios (especialmente de los cortos), pero algunas personas son tan simpáticas que nunca tienen que reír solas. Chaz Frati encajaba en esta categoría. La camarera le sirvió una cerveza, y él la alzó.

—Va por usted, George.

—Brindo por eso —dije, y entrechoqué el borde de mi vaso contra el suyo.

—¿Alguien que usted conozca? —preguntó, mirando la mesa grande del fondo por el espejo de detrás de la barra.

—No. —Me limpié la espuma del labio superior—. Es solo que parecen estar pasándoselo mejor que cualquiera de los que estamos aquí, eso es todo.

Chaz sonrió.

—Es la mesa de Tony Tracker. Bien podría tener su nombre grabado en ella. Tony y su hermano Phil son propietarios de una empresa de transporte de mercancías. También poseen más hectáreas de tierra en esta ciudad y alrededores que píldoras para el hígado tiene Carter. Phil no viene mucho por aquí, está la mayor parte del tiempo en la carretera, pero Tony se pierde muy pocas noches de viernes o sábado. Además, tiene un montón de amigos. Siempre se lo pasan bien, pero nadie anima una fiesta igual que Frankie Dunning. Es el cuentachistes. A todo el mundo le gusta el viejo Tones, pero a Frankie le *adoran*.

—Da la impresión de conocerlos a todos.

—Desde hace años. Conozco a la mayoría de la gente de Derry, pero usted no me suena.

—Eso es porque acabo de llegar. Me dedico a los bienes raíces.

—Para usos comerciales, entiendo.

—Correcto. —La camarera me sirvió las Migas de Langosta y se alejó apresuradamente. El contenido de la fuente tenía aspecto de haberle pasado un camión por encima, pero desprendía un olor delicioso y sabía aún mejor. Cada bocado probablemente equivalía a un billón de gramos de colesterol, pero en 1958 a nadie le preocupaba eso, lo cual supone un gran alivio.

—Ayúdeme con esto —dije.

—No, es todo suyo. ¿Viene de Boston? ¿Nueva York?

Me encogí de hombros y él rió.

—No suelta prenda, ¿eh? Pues no le culpo. Labios sellados hunden barcos. Pero tengo una idea bastante aproximada de en qué está metido.

Me detuve con un tenedor lleno de Migas de Langosta a medio camino de la boca. Hacía calor en El Farolero, pero de repente se me congeló la sangre.

—¿De verdad?

Se inclinó hacia mí. Percibí el olor a gomina Vitalis en su cabello alisado y a refrescante bucal Sen-Sen en su aliento.

—Si dijera «posible construcción de una galería comercial», ¿cantaría un bingo?

Sentí una oleada de alivio. La idea de estar en Derry buscando un emplazamiento para levantar un centro comercial nunca se me había pasado por la cabeza, pero era buena. Guiñé un ojo a Chaz Frati.

—No puedo decirlo.

—No, no, por supuesto. Los negocios son los negocios, siempre lo digo. Dejaremos el tema. Pero si alguna vez se plantea hablar con algún palurdo local sobre un buen asunto, le escucharé encantado. Y para demostrarle que mi corazón alberga buenas intenciones, le daré un pequeño consejo. Si todavía no ha inspeccionado la vieja fundición Kitchener, debería hacerlo. Es un sitio perfecto. Y en cuanto a las galerías comerciales, ¿sabe lo que son, hijo mío?

—La ola del futuro —dije.

Me apuntó con un dedo a modo de pistola y guiñó un ojo. Volví a reír; sencillamente, no pude evitarlo. En parte se debía al mero alivio de descubrir que no todos los adultos de Derry habían olvidado cómo mostrarse cordiales con los extraños.

—Hoyo en uno.

—¿Y a quién pertenecen los terrenos donde se ubica la vieja fundición Kitchener, Chaz? A los hermanos Tracker, supongo.

—He dicho que ellos son los propietarios de la mayoría de las tierras por estos lares, pero no de todas. —Bajó la vista a la sirena—. Milly, ¿debería contarle a George quién es el dueño de ese excelente terreno calificado como suelo comercial a solo tres kilómetros del centro de esta metrópoli?

Milly meneó su cola escamosa y sacudió sus pechos, moldeados como tazas de té. Chaz Frati no apretó el puño para conseguir que ocurriera; los músculos de su antebrazo parecieron moverse por sí solos. Era un buen truco. Me pregunté si también sacaba conejos de chisteras.

—De acuerdo, querida. —Alzó de nuevo la vista hacia mí—. En realidad pertenecen a un servidor. Yo compro lo mejor y dejo el resto para los hermanos Tracker. Los negocios son los negocios. ¿Puedo entregarle mi tarjeta, George?

—Desde luego.

Así lo hizo. La tarjeta decía simplemente CHARLES «CHAZ» FRATI COMPRO-VENDO-CAMBIO. La guardé en el bolsillo de la camisa.

—Si conoce a toda esa gente y ellos le conocen a usted, ¿por qué no esta allí en lugar de sentado en la barra con el chico nuevo del barrio? —pregunté.

Chaz Frati primero se mostró sorprendido y luego divertido de nuevo.

—¿Nació en un circo y después le arrojaron de un tren en marcha, o qué?

—Simplemente soy nuevo en la ciudad y aún no estoy enterado de lo que se cuece por aquí. No me lo tenga en cuenta.

—Jamás. Hacen negocios conmigo porque poseo la mitad de los moto hoteles de esta ciudad, los dos cines del centro y el autocine, aparte de un banco y todas las casas de empeño del este y el centro de Maine. Pero no comen ni beben conmigo, ni me invitan a sus casas ni al club de campo porque no soy miembro de la tribu.

—No le sigo.

—Pues que soy judío.

Se fijó en mi expresión y sonrió.

—Usted no lo sabía. Ni aun cuando rehusé comer de su langosta lo sabía. Estoy conmovido.

—Intento comprender por qué debería suponer alguna diferencia —dije.

Se echó a reír como si fuera el mejor chiste que había oído en todo el año.

—Entonces usted no nació en un circo sino en otro planeta.

En el espejo, Frank Dunning estaba hablando. Tony Tracker y sus amigos escuchaban con amplias sonrisas en el rostro. Cuando estallaron en carcajadas como toros mugiendo, me pregunté si habría contado el chiste de los tres negratas atrapados en el ascensor, o quizá uno todavía más divertido y satírico…, sobre tres judíos en un campo de golf, quizá.

Chaz se percató de mi mirada.

—Frank sabe cómo animar una fiesta, desde luego. ¿Sabe dónde trabaja? No, claro, es nuevo en la ciudad, me olvidé. En el mercado de Center Street. Es el carnicero jefe, y también es medio propietario, aunque no lo pregona. ¿Sabe qué? Él es en gran medida la razón de que ese lugar siga en pie y obteniendo beneficios. Atrae a las mujeres como la miel a las abejas.

—¿Sí? Vaya.

—Sí, y también cae bien a los hombres. No siempre se da el caso. A los tíos no siempre les gustan los donjuanes.

Eso me hizo recordar la feroz fijación de mi ex mujer por Johnny Depp.

—Pero ya no es como en los viejos tiempos, cuando se quedaba a beber con ellos hasta la hora de cierre y luego se iban a jugar al póquer a la terminal de carga hasta rayar el alba. Estos días se toma una cerveza o dos y luego sale por la puerta. Usted observe.

Era un patrón de comportamiento que yo conocía de primera mano gracias a los esporádicos esfuerzos de Christy por controlar, que no eliminar, su ingesta de alcohol. Funcionaba durante una temporada, pero tarde o temprano siempre terminaba hundiéndose en el pozo.

—¿Problemas con la bebida? —pregunté.

—No lo sé, pero lo que sí tiene seguro es un problema de mal genio. —Bajó la vista al tatuaje del antebrazo—. Milly, ¿alguna vez te has fijado en cuántos tipos divertidos esconden una vena malvada?

Milly volteó la cola. Chaz me miró con solemnidad.

—¿Ve? Las mujeres siempre lo saben. —Cogió con disimulo una Miga de Langosta y movió cómicamente los ojos de lado a lado. Era un tipo muy divertido, y en ningún momento se me pasó por la cabeza que no fuera quien afirmaba ser. Pero, como el propio Chaz había insinuado, yo estaba en cierto modo en el bando de los ingenuos—. No se lo cuente al rabino Snoresalot.

—Su secreto está a salvo conmigo.

Por la forma en que los hombres de la mesa de Tracker se inclinaban hacia Frank, este se había lanzado con otro chiste. Era la clase de hombre que gesticulaba mucho con las manos. Unas manos grandes. Era fácil imaginar una de ellas empuñando un martillo.

—En el instituto era un mal bicho —dijo Chaz—. Está usted viendo a un tipo que sabe de lo que habla, porque fui con él a la antigua Escuela Consolidada del Condado. Pero mi madre no crió a ningún tonto, así que me mantenía apartado de su camino todo lo posible. Expulsiones a diestro y siniestro, siempre buscando pelea. Se suponía que iría a la Universidad de Maine, pero dejó preñada a una chica y terminó casándose. Uno o dos años más tarde, ella cogió al bebé y se largó. Probablemente fue una decisión inteligente, por la manera de ser de él en aquella época. Frankie era la clase de tipo al que le habría venido bien luchar contra los alemanes o los japos, para sacarse toda aquella furia de dentro, ¿sabe? Pero le declararon no apto para el servicio. Nunca me enteré de por qué. ¿Pies planos? ¿Un soplo en el corazón? ¿Tensión alta? No lo sé. Pero usted no querrá escuchar todos estos chismorreos antiguos.

—Me gustaría —repliqué—. Son interesantes. —Desde luego que sí. Había entrado en El Farolero para remojarme el gaznate y había tropezado con una mina de oro—. Tome otra Miga de Langosta.

—Me ha convencido —dijo, y raudo se echó una a la boca. Mientras masticaba, agitó el pulgar señalando el espejo—. ¿Y por qué no debería? Mire a esos tipos de ahí. La mitad de ellos son católicos y a pesar de todo engullen hamburguesas y bocadillos de beicon y salchichas ¡en viernes! Pero ¿quién se explica la religión, eh?

—Ahí me ha pillado —dije—. Soy metodista no practicante.

Supongo que el señor Dunning nunca recibió esa educación universitaria, ¿no?

—No, en la época en que su primera esposa se marchó de casa a la francesa, estaba sacándose el título de troceador de carne, y se le daba bien. Se metió en varios problemas más, y sí, la bebida estuvo de por medio, según he oído; la gente chismorrea una barbaridad, ¿sabe?, y los dueños de las casas de empeños lo oyen todo. El señor Vollander, el propietario del mercado en aquellos días, se sentó con el viejo Frankie y le soltó un sermón. —Chaz meneó la cabeza y pescó otra Miga—. Si Benny Vollander hubiera sabido que Frankie Dunning iba a poseer la mitad del lugar para cuando terminara esa mierda de guerra en Corea, probablemente habría sufrido una hemorragia cerebral. Menos mal que no podemos ver el futuro, ¿verdad?

—Eso complicaría las cosas, está claro.

Chaz se estaba entusiasmando con su historia, y cuando le pedí a la camarera que trajera otro par de cervezas, él no dijo que no.

—Benny Vollander dijo que Frankie era el mejor aprendiz de carnicero que jamás había tenido, pero si volvía a meterse en problemas con la policía (en otras palabras, pelearse cada vez que alguien se tirara un pedo de lado), tendría que echarle. A buen entendedor pocas palabras bastan, dicen, y Frankie se enderezó. Se divorció de esa primera mujer alegando abandono del hogar uno o dos años después de que ella se marchara, y se volvió a casar no mucho más tarde. Para entonces la guerra avanzaba a toda máquina y él podría haber escogido a la mujer que hubiera querido (así de encantador era, ya sabe, y la mayoría de la competencia estaba en ultramar), pero se decidió por Doris McKinney. Era una muchacha adorable.

—Y aún lo es, estoy seguro.

—Absolutamente, vaya. Bonita como un cuadro. Tienen tres o cuatro hijos. Una familia agradable. —Chaz se inclinó de nuevo hacia mí—. Pero Frankie todavía pierde los estribos de vez en cuando, y debió de pagarlo con su mujer la primavera pasada, porque ella apareció en la iglesia con moratones en la cara y una semana después le puso de patitas en la calle. Ahora él vive en una casa de huéspedes, la más cercana a su antiguo hogar que ha podido encontrar. A la espera de que ella le vuelva a aceptar, imagino. Y tarde o temprano lo hará. Él tiene una manera encantadora de… ¡Epa! Mire allá, ¿qué le decía? El tío se marcha.

Dunning se estaba levantando. Los demás hombres clamaban para que volviera a sentarse, pero él sacudió la cabeza y señaló su reloj. Vertió por la garganta el último trago de cerveza y luego se agachó y plantó un beso en la calva de un hombre. Esto provocó un bramido de aprobación que azotó la sala y Dunning cabalgó en la ola hacia la puerta.

Al pasar junto a Chaz, le dio una palmadita en la espalda y dijo:

—Mantén limpia esa nariz, Chazzy; es demasiado larga para que se ensucie.

Y se marchó. Chaz me miró. Me dirigía su alegre sonrisa de ardilla, pero sus ojos no sonreían.

—Qué tipo más salado, ¿verdad?

—Seguro —dije yo.

9

Soy una de esas personas que no sabe realmente qué piensa hasta que lo escribe, de modo que dediqué la mayor parte de ese fin de semana a tomar notas de lo que había visto en Derry, lo que había hecho y lo que planeaba hacer. Para ampliar la información, decidí explicar en primer lugar cómo había llegado a Derry, y el domingo me di cuenta de que había iniciado un trabajo demasiado extenso para una libreta de bolsillo y un bolígrafo. El lunes salí a comprar una máquina de escribir portátil. Mi intención había sido acudir a la tienda local de artículos de oficina, pero entonces vi la tarjeta de Chaz Frati encima de la mesa de la cocina y decidí ir allí. Estaba en East Side Drive, una casa de empeños casi tan amplia como unos grandes almacenes. Siguiendo la tradición, había tres bolas doradas sobre la puerta, pero también algo más: una sirena de yeso que batía su cola de pez y guiñaba un ojo. Esta, al exhibirse en público, se tapaba los pechos con un biquini. Frati no estaba presente, pero conseguí una espléndida Smith-Corona por doce dólares. Le dije al dependiente que comunicara al señor Frati que George, el tipo de los bienes raíces, había venido.

—Con mucho gusto, señor. ¿Quiere dejar su tarjeta?

Mierda. Tendría que imprimir varias..., lo cual, después de todo, implicaba una visita a Suministros Empresariales Derry.

—Me las he olvidado en la otra chaqueta —dije—, pero creo que se acordará de mí. Tomamos una copa en El Farolero.

Esa tarde empecé a ampliar mis notas.

10

Me acostumbré a los aviones que pasaban justo por encima de mi cabeza para aterrizar. Contraté el reparto del periódico y la leche: botellas de cristal grueso entregadas en la misma puerta. Al igual que la zarzaparrilla que Frank Anicetti me sirvió en mi primera incursión en 1958, la leche poseía un sabor pleno y delicioso. La nata era aún mejor. Ignoraba si ya se habría inventado la leche en polvo artificial, pero no tenía intención de averiguarlo. ¿Para qué?

Transcurrieron los días. Leí las notas de Al Templeton acerca de Oswald hasta ser capaz de citar largos pasajes de memoria. Visité la biblioteca y leí lo relativo a la plaga de asesinatos y desapariciones que había asolado Derry en 1957 y 1958. Busqué artículos sobre Frank Dunning y su famoso mal genio, pero no encontré ninguno; si alguna vez le arrestaron, la noticia no llegó a la columna Ronda Policial del periódico, una sección bastante larga la mayoría de los días, pero que solía ampliarse a una página entera los lunes, cuando recogía un resumen completo de las fechorías del fin de semana (la mayoría de las cuales acontecían después de que los bares cerraran). La única mención que encontré al padre del conserje se refería a una campaña benéfica en 1955. El mercado de Center Street había donado un diez por ciento de sus ganancias de aquel otoño a la Cruz Roja, para ayudar después de que los huracanes Connie y Diane arremetieran contra la Costa Este; como consecuencia, doscientas personas murieron y las inundaciones en Nueva Inglaterra ocasionaron cuantiosos daños. Había una fotografía del padre de Harry entregando un cheque sobredimensionado al director regional de la Cruz Roja. Dunning lucía la sonrisa propia de una estrella de cine.

No fui más de compras al mercado de Center Street, pero hubo dos fines de semana —el último de septiembre y el primero de octubre— que seguí al carnicero favorito de Derry después de finalizar su media jornada de los sábados tras el mostrador de carne. Con tal fin, alquilé anodinos Chevrolets de Hertz en el aeropuerto. El Sunliner se me antojaba excesivamente llamativo para una operación encubierta.

La tarde del primer sábado acudió a un mercadillo de Brewer en un Pontiac que guardaba en un garaje del centro, de renta mensual, y que raramente usaba durante la semana laboral. El domingo siguiente condujo a su casa de Kossuth Street, recogió a sus hijos, y los llevó a una doble sesión de Disney en el Aladdin. Incluso desde la distancia, Troy, el mayor, parecía soberanamente aburrido, tanto a la entrada del cine como a la salida.

Dunning no entró en la casa ni cuando los recogió ni cuando los devolvió. Al llegar, tocó el claxon para avisarles, y cuando regresaron, aparcó junto al bordillo y vigiló hasta que los cuatro estuvieron dentro. Aun entonces, no se marchó inmediatamente, sino que se limitó a permanecer sentado al volante del Boneville, con el motor al ralentí, fumando un cigarrillo, quizá con la esperanza de que la adorable Doris quisiera salir y hablar. Cuando estuvo seguro de que tal cosa no ocurriría, usó el camino de entrada de un vecino para dar la vuelta y aceleró, con un chirrido de neumáticos tan fuerte que despidió pequeños mechones de humo azulado.

Me hundí en el asiento de mi coche de alquiler, pero no tenía por qué haberme molestado. En ningún momento miró en mi dirección, y cuando se halló a una buena distancia, le seguí por Witcham Street. Devolvió el coche al garaje donde lo guardaba, hizo una visita a El Farolero para tomarse una solitaria cerveza en el bar prácticamente desierto, y por último regresó andando penosamente y con la cabeza gacha a la pensión de Edna Price en Charity Avenue.

El sábado siguiente, 4 de octubre, recogió a sus hijos y los llevó al partido de fútbol en la Universidad de Maine, en Orono, a unos cincuenta kilómetros de distancia. Yo aparqué en Stillwater Avenue y aguardé a que terminara el partido. En el camino de vuelta, se detuvieron a cenar en el Ninety-Fiver. Estacioné en el extremo más alejado del aparcamiento y esperé a que salieran, pensando en que la vida de un investigador privado debía de ser un coñazo absoluto, independientemente de lo que las películas nos hicieran creer.

Cuando Dunning dejó a sus hijos en casa, el crepúsculo reptaba sobre Kossuth Street. Estaba claro que Troy había disfrutado más con el partido de fútbol que con las aventuras de Cenicienta; salió del Pontiac de su padre sonriendo de oreja a oreja y ondeando un banderín de los Osos Negros. Tugga y Harry también blandían sus respectivos banderines y también parecían llenos de vigor. Ellen, no tanto, pues dormía profundamente. Dunning la llevó en brazos hasta la puerta de la casa. Esta vez la señora Dunning hizo una breve aparición, el tiempo justo para tomar a la pequeña en brazos.

Dunning le dijo algo a Doris. La respuesta de ella no pareció complacerle. Mediaba una distancia demasiado grande para leer la expresión en el rostro del carnicero, pero apuntaba a su esposa con un dedo admonitorio mientras hablaba. Ella escuchó, sacudió la cabeza, dio media vuelta y entró en la casa. Él permaneció allí parado un buen rato, luego se quitó el sombrero y lo sacudió contra la pierna.

Todo muy interesante —e instructivo respecto a la relación— pero, por lo demás, de nulo provecho. No era lo que yo buscaba.

Lo conseguí al día siguiente. Había decidido que ese domingo solo efectuaría dos pasadas de reconocimiento, presintiendo que, incluso con un coche de alquiler marrón oscuro que casi se fundía con el paisaje, si hacía más me arriesgaría a delatar mi presencia. No advertí nada en la primera y supuse que probablemente se quedaría bajo techo, y ¿por qué no? Ese domingo había amanecido gris y caía una fina llovizna. Seguramente estaría viendo los deportes en la televisión con el resto de los huéspedes, todos ellos fumando y encapotando el salón con nubes de tormenta.

Pero me equivocaba. Justo cuando enfilaba Witcham para mi segunda pasada, le vi caminando hacia el centro, vestido con unos vaqueros azules, una cazadora y un sombrero impermeable de ala ancha. Le adelanté con el coche y aparqué en Main Street a una manzana más arriba del garaje. Veinte minutos más tarde, le seguía fuera de la ciudad en dirección oeste. El tráfico no era muy denso y me mantuve a cierta distancia.

Su destino resultó ser el cementerio Longview, a unos tres kilómetros más allá del Autocine Derry. Se detuvo junto a un puesto floral que había enfrente y, al pasar, vi que compraba dos cestas de flores otoñales a una anciana que sostuvo en alto un paraguas negro sobre ambos durante la transacción. Observé por el espejo retrovisor que ponía las flores en el asiento del pasajero, montaba en el coche y tomaba la carretera de acceso al cementerio.

Di la vuelta y retorné a Longview. Aunque implicara un riesgo, debía exponerme, porque la situación era tentadora. El aparcamiento estaba vacío a excepción de dos camionetas cargadas con equipo de mantenimiento bajo una lona impermeable y una vieja pala mecánica abollada que parecía un excedente de guerra. Ni rastro del Pontiac de Dunning. Crucé el aparcamiento hacia la pista de grava que se internaba en el mismo cementerio, el cual era enorme y se extendía a lo largo de varias hectáreas de terreno accidentado.

Ya en el camposanto, diversas calles más estrechas se escindían de la vía principal. Jirones de niebla se elevaban de las hondonadas y los valles, y la llovizna empezaba a condensarse en lluvia. No era un buen día para visitar a los difuntos queridos, en definitiva, y Dunning tenía el lugar para él solo. Su Pontiac, aparcado en uno de los ramales a medio camino de la cima de una colina, era fácil de localizar. Estaba colocando los cestos de flores delante de dos tumbas alineadas una al lado de la otra. Sus padres, supuse, pero en realidad no me importaba. Di media vuelta con el coche y le dejé que continuara en privado.

Para cuando estuve de vuelta en mi apartamento de Harris Avenue, aquel primer chaparrón otoñal ya batía contra la ciudad. En el centro, el canal estaría rugiendo, y aquel peculiar zumbido que brotaba del asfalto en la Ciudad Baja se apreciaría más que nunca. El veranillo de San Martín tocaba a su fin. Tampoco me importaba. Abrí mi libreta, pasé las hojas casi hasta el final antes de encontrar una página en blanco, y escribí: «*5 de octubre, 15.45 h. Dunning en cement. Longview, pone flores en tumbas de sus padres (?). Llueve*».

Tenía cuanto quería.

CAPÍTULO 8

1

En las semanas que precedieron a Halloween, el señor George Amberson inspeccionó casi todas las propiedades calificadas como suelo comercial en Derry y en los pueblos vecinos.

Sabía bien que no me aceptarían como a un lugareño en tan poco tiempo, pero quería que los habitantes de Derry se acostumbraran a la visión de mi Sunliner descapotable rojo, que formara parte del decorado. *Ahí va el tipo de la inmobiliaria, ya lleva aquí casi un mes. Si sabe lo que se hace, a lo mejor alguien saca un buen pellizco.*

Cuando la gente me preguntaba qué buscaba, respondía con un guiño y una sonrisa. Cuando la gente me preguntaba cuánto tiempo me quedaría, decía que era difícil calcularlo. Aprendí la geografía de la ciudad, y empecé a aprender la geografía verbal de 1958. Aprendí, por ejemplo, que *la guerra* significaba Segunda Guerra Mundial; *el conflicto*, Corea. Ambas habían terminado, adiós y buen viaje. A la gente le preocupaba Rusia y la denominada «brecha de los misiles», pero no demasiado. A la gente le preocupaba la delincuencia juvenil, pero no demasiado. La economía estaba en recesión, pero la gente había vivido épocas peores. Cuando regateabas con alguien, era totalmente correcto decir que racaneabas como un judío (o estafabas como un gitano). Las golosinas de a penique incluían gominolas, gusanitos y caramelos de goma negra con forma de bebé llamadas «negritos». En el sur regían las leyes de Jim Crow. En Moscú, Nikita Khrushchev bramaba amenazas. En

Washington, el presidente Eisenhower repetía cansinamente sus frases de buen ánimo.

Me propuse inspeccionar la extinta fundición Kitchener poco después de hablar con Chaz Frati. Se trataba de un gran solar vacío cubierto de malas hierbas al norte de la ciudad, y sí, sería el emplazamiento perfecto para una galería comercial una vez que la extensión de la Autovía Milla Por Minuto alcanzara este punto. Pero el día que la visité —después de tener que abandonar el coche y caminar cuando la carretera se convirtió en un reguero de escombros que destrozaría los amortiguadores— bien podría confundirse con las ruinas de una antigua civilización. («Contemplad mi obra, oh poderosos, y desesperad.») Columnas de cascotes y vestigios oxidados de maquinaria afloraban de la hierba alta. En el centro yacía una larga chimenea de cerámica con los bordes ennegrecidos por el hollín y su enorme boca llena de oscuridad. Agachando la cabeza y encorvándome, habría podido internarme en ella, y no soy un hombre bajo.

Vi mucho de Derry en aquellas semanas que precedieron a Halloween, y *sentí* mucho Derry. Los residentes de hace tiempo me trataron bien, pero —con una sola excepción— nunca intimaban. Chaz Frati constituía la excepción, y en retrospectiva supongo que sus espontáneas revelaciones deberían haberme extrañado, pero tenía demasiadas cosas en la cabeza y Frati no parecía tan importante. *A veces te encuentras con gente simpática, eso es todo*, pensé, y no le di más vueltas. Claro que no sospechaba ni remotamente que un hombre llamado Bill Turcotte había instigado a Frati para que lo hiciera.

Bill Turcotte, también conocido como Sin Tirantes.

2

Bevvie-la-del-ferry había dicho que los malos tiempos en Derry habían terminado, pero cuanto más veía (y cuanto más sentía, principalmente), más me inclinaba a creer que Derry no era como otros lugares. Derry no estaba bien. Al principio traté de convencerme de que era yo y no la ciudad. Yo era un hombre dislocado, un beduino temporal, y cualquier lugar me habría parecido extraño, un poco distorsionado, como una ciudad de pesadilla sacada de esas peculiares novelas de Paul Bowles. Al principio resultaba convincente, pero a medida que transcurrían los días y continuaba explorando mi nuevo hábitat, la idea perdía fuerza. Empecé incluso a cuestionar la aseveración de Beverly Marsh de que los malos tiempos habían terminado, y sospechaba (las noches en que no podía dormir, y no fueron pocas) que ella misma lo cuestionaba. ¿No había vislumbrado en sus ojos una semilla de duda? ¿La mirada de quien no cree del todo pero quiere creer? ¿Quizá incluso que necesita creer?

Algo malo, algo pernicioso.

Ciertas casas vacías que parecían mirar como los rostros de las personas que sufren una terrible enfermedad mental. Un granero vacío en las afueras de la ciudad, la puerta del pajar que oscilaba sobre oxidados goznes, abriéndose y cerrándose lentamente, primero revelando oscuridad, luego ocultándola, luego revelándola. Una valla astillada en Kossuth Street, a solo una manzana de la casa donde vivían la señora Dunning y sus hijos. Aquella valla me daba la impresión de que algo —o *alguien*— se había abalanzado sobre ella hacia los Barrens. Un parque de recreo vacío con un tiovivo que giraba lentamente aun cuando no había niños que lo empujaran ni viento apreciable para moverlo. Sus cojinetes ocultos chirriaban al moverse. Un día divisé una figura de Jesucristo toscamente tallada que bajaba flotando por el canal y se introducía en el túnel que discurría bajo la calle. Tenía un metro de longitud. Los dientes asomaban de unos labios cuarteados en un mohín de desagrado. Una corona de espinas, torcida de modo desenfadado, cercaba la frente; lágrimas de sangre pintadas caían de los extraños ojos blancos de la efigie. Parecía un fetiche de poder mágico. En el denominado Puente de los Besos, en el parque Bassey, entre declaraciones de espíritu escolar y amor imperecedero, alguien había grabado las palabras MATARÉ A MI MADRE PRONTO, y alguien había añadido debajo: NO LO BASTANTE LA ENFERMEDAD YA LA DEBORA. Una tarde, mientras paseaba por el margen este de los Barrens, oí un terrible quejido y al levantar la mirada divisé la silueta de un hombre delgado en el puente del ferrocarril Great Southern & Western Maine, a no mucha distancia. En la mano blandía una vara arriba y abajo, como si estuviera golpeando algo. El gemido cesó y pensé: *Era un perro y ha acabado con él. Lo llevó allí con una correa de cuerda y lo mató a palos.* No había forma de que pudiera saber eso, por supuesto… pero lo sabía. Estuve seguro entonces, y lo estoy ahora.

Algo malo.

Algo pernicioso.

¿Alguno de estos sucesos guarda relación con la historia que estoy narrando? ¿La historia sobre el padre del conserje y sobre Lee Harvey Oswald (aquel de la sonrisita satisfecha que decía «conozco un secreto» y los peculiares ojos grises que nunca llegaban a encontrarse con los tuyos)? No lo sé con certeza, pero puedo contaros una cosa más: había algo dentro de aquella chimenea derrumbada en la fundición Kitchener. No sé qué era, y no *quiero* saberlo, pero en la boca del armatoste advertí un cúmulo de huesos roídos y un diminuto collar mordisqueado con un cascabel. Un collar que seguramente había pertenecido al querido gatito de algún niño. Y en el interior del conducto —en las profundidades de aquel descomunal agujero— algo se movía y se arrastraba.

«*Entra a ver* —parecía susurrar ese algo en mi cabeza—. *Olvídate de todo lo demás, Jake. Entra a ver. Entra a visitarme. El tiempo aquí no importa; aquí, el tiempo flota. Sabes que quieres hacerlo, sabes que sientes curiosidad. A lo mejor es otra madriguera de conejo. Otro portal.*»

Quizá lo fuera, pero no lo creía. Creo que ahí dentro habitaba *Derry*, todo lo que andaba mal en ella, todo lo que estaba torcido, escondida en el conducto. Hibernando. Dejando que la gente pensara que los malos tiempos se habían acabado, aguardando a que se relajaran y olvidaran incluso que en una ocasión existieron malos tiempos.

Me marché a toda prisa, y nunca más regresé a aquella parte de Derry.

3

Un día de la segunda semana de octubre —para entonces los robles y los olmos de Kossuth Street eran un derroche de oro y rojo— visité de nuevo el extinto Centro Recreativo West Side. Ningún cazarrecompensas inmobiliario que se preciara obviaría investigar a fondo las posibilidades de una propiedad privilegiada como esa, y pregunté a varias personas en la calle cómo era por dentro (un candado impedía la entrada, por supuesto) y cuándo había cerrado.

Una de las personas con las que hablé fue Doris Dunning. «*Bonita como un cuadro*», así la había descrito Frati, con un cliché generalmente sin sentido, pero en este caso acertado. Los años habían dejado algunas arrugas en su rostro, finas en torno a los ojos, más profundas en las comisuras de la boca, pero poseía una tez exquisita y una tremenda figura con grandes pechos (en 1958, en el apogeo de Jayne Mansfield, los pechos grandes se consideran más atractivos que embarazosos). Hablamos en la escalinata de la puerta. Invitarme a entrar a una casa vacía estando los niños en el colegio habría sido indebido y sin duda objeto de los cotilleos del vecindario, especialmente cuando el marido «vivía fuera». Tenía un trapo para el polvo en una mano y un cigarrillo en la otra. Un bote de abrillantador de madera sobresalía del bolsillo de su delantal. Como la mayoría de la gente de Derry, se mostró educada pero distante.

Sí, declaró, cuando todavía funcionaba, el West Side había sido una instalación estupenda para los niños. Era bueno tener tan cerca un lugar así adonde pudieran ir después del colegio y corretear todo lo que quisieran. Ella veía el patio y la cancha de baloncesto desde la ventana de la cocina, y fue muy triste ver cómo lo vaciaban. Dijo que creía que lo habían cerrado por una serie de recortes presupuestarios, pero su manera de mover los ojos y apretar la boca me sugería algo más: que se había cerrado durante la serie de infanticidios y desapariciones. La cuestión presupuestaria probablemente fue secundaria.

Le di las gracias y le entregué una de mis recién impresas tarjetas. La cogió, me dedicó una sonrisa distraída, y cerró la puerta. Fue un golpe suave, no un portazo, pero oí un ruido metálico al otro lado y supe que estaba corriendo la cadena.

Pensé que el centro recreativo serviría a mis propósitos en Halloween, aunque no me gustaba del todo. No planteaba problemas para entrar, y una de las ventanas delanteras me ofrecería una estupenda visión de la calle. Podría ser que Dunning no llegara a pie, pero sabía qué coche conducía. Sucedería después del anochecer, según la redacción de Harry, pero había farolas.

Por supuesto, la visibilidad era un arma de doble filo. A menos que el carnicero fijara totalmente su atención en lo que se proponía hacer, había muchas probabilidades de que Dunning me viera correr hacia él. Yo tenía la pistola, pero solo podía confiar en un tiro certero a una distancia máxima de quince metros. Necesitaría acercarme aún más antes de arriesgar un disparo, porque en la noche de Halloween seguro que Kossuth Street bulliría de duendes y fantasmas de estatura diminuta. Tampoco podía esperar a que el carnicero irrumpiera en la casa para abandonar mi escondite, porque, según la redacción, el marido separado de Doris Dunning se había puesto manos a la obra inmediatamente. Para cuando Harry salió del cuarto de baño, todos ellos habían caído y todos excepto Ellen estaban muertos. Si esperaba, vería lo mismo que vio Harry: el cerebro de su madre empapando el sofá.

No había surcado más de medio siglo para salvar una sola vida. ¿Y qué si me veía llegar? Yo sería el hombre de la pistola; Dunning, el hombre del martillo (probablemente birlado de la caja de herramientas de su pensión). Si se lanzaba corriendo hacia mí, podría sacar ventaja. Actuaría como un payaso de rodeo, distrayendo al toro. Haría cabriolas y gritaría hasta que se pusiera a tiro, y entonces le metería dos balas en el pecho.

Suponiendo que fuera capaz de apretar el gatillo, claro.

Y suponiendo que la pistola disparase. La había probado en una cantera de grava a las afueras de la ciudad, y parecía funcionar bien… pero el pasado es obstinado.

No quiere ser cambiado.

4

Tras recapacitar detenidamente, se me ocurrió que podría haber una ubicación aún mejor para mi operación de vigilancia de la noche de Halloween. Necesitaría una pizca de suerte, pero tal vez no demasiada. *Dios sabe que hay cantidad de propiedades en venta por estos lares*, había asegurado Fred Toomey, el barman, en mi primera noche en Derry. Mis exploraciones lo habían confirmado.

A raíz de los asesinatos (y la gran inundación del 57, no lo olvidéis), parecía que media ciudad estuviera en venta. En un lugar menos taciturno, a estas alturas un supuesto corredor inmobiliario como yo probablemente ya habría sido galardonado con la llave de la ciudad y un fin de semana salvaje con Miss Derry.

Una calle que no había inspeccionado era Wyemore Lane, a una manzana al sur de Kossuth Street, lo que implicaba que los patios traseros de ambas calles serían colindantes. No perdería nada por comprobarlo.

El 206 de Wyemore, que quedaba directamente detrás de la casa de los Dunning, estaba habitado, pero la casa contigua a la izquierda —el 202— se presentaba como una plegaria atendida. La pintura gris parecía fresca y el tejado de madera era nuevo, pero los postigos estaban cerrados a cal y canto. En el césped rastrillado había un letrero amarillo y verde que había visto por toda la ciudad: EN VENTA POR ESPECIALISTAS INMOBILIARIOS DE DERRY. Este me invitaba a llamar al especialista Keith Haney para discutir la financiación. No tenía intención de hacerlo, pero aparqué mi Sunliner en el camino de entrada recién asfaltado (alguien estaba poniendo toda la carne en el asador para vender esa casa) y caminé hacia el patio trasero con la cabeza alta, los hombros rectos, grande como el demonio. Había descubierto muchas cosas mientras exploraba mi nuevo hábitat, y una de ellas era que si actuabas como si pertenecieras a cierto sitio, la gente se lo creía.

El césped del patio estaba perfectamente cortado, rastrillado y limpio de hojas para que luciera su aterciopelado verdor. El alero del garaje daba cobijo a un cortacésped manual cuyas cuchillas rotativas estaban protegidas por una lona verde impermeable. Junto a la puerta inclinada del sótano había una caseta con un cartel que mostraba en todo su esplendor al Keith Haney más minucioso: AQUÍ VIVE TU CHUCHO. Dentro, un desplantador de jardín y unas tijeras de podar sujetaban, a modo de pisapapeles, una pila de bolsas sin usar para recoger hojas secas. En 2011, las herramientas se guardaban bajo llave; en 1958, alguien comprobaba que no se encontraban a la intemperie y lo daba por bueno así. No me cabía duda de que la casa estaría cerrada, pero no importaba. No tenía interés en forzar la entrada.

Al fondo del patio del 202 de Wyemore se elevaba un seto de

aproximadamente metro ochenta de altura. No tan alto como yo, en otras palabras, y aunque era exuberante, un hombre podría abrirse paso a través de él con facilidad si no le importaban unos pocos arañazos. Lo mejor de todo es que cuando me acerqué al rincón de la derecha, que quedaba detrás del garaje, pude divisar diagonalmente el patio trasero de la casa Dunning. Vi dos bicicletas, una Schwinn de niño, de pie sobre la pata de apoyo, y otra tendida de costado como un poni muerto, la de Ellen Dunning. Las dos ruedecillas eran inconfundibles.

Había, además, un montón de juguetes desparramados. Uno de ellos era el rifle de aire comprimido Daisy de Harry Dunning.

5

Si alguna vez habéis actuado en una compañía de teatro amateur —o dirigido una función estudiantil, cosa que hice en varias ocasiones durante mi época en el instituto—, sabréis cómo fueron los días previos a Halloween para mí. Al principio, en los ensayos se disfruta de un ambiente distendido. Abundan las improvisaciones, los chistes, las payasadas, los flirteos, estos especialmente numerosos mientras terminan de establecerse las polaridades sexuales. En esos primeros ensayos, si alguien la pifia en una frase o pierde su pie de entrada, proporciona una ocasión para reírse. Si un actor se retrasa quince minutos, puede que se gane una suave reprimenda, pero probablemente nada más.

Luego la noche del estreno empieza a parecer una posibilidad real en lugar de un sueño ridículo. Las improvisaciones se reducen, al igual que las payasadas, y aunque los chistes se mantienen, las risas con que son recibidos evidencian una tensión nerviosa de la que carecían antes. Las pifias y las entradas a destiempo empiezan a parecer más exasperantes que divertidas. Cuando los decorados están montados y faltan pocos días para el estreno, un actor que se presente tarde a un ensayo tiene todas las papeletas para ganarse un serio rapapolvo del director.

Llega la noche del estreno. Los actores se visten y se maquillan. Algunos están absolutamente aterrorizados; ninguno se siente preparado del todo. Pronto habrán de enfrentarse a una sala llena de gente que ha venido a ver cómo se pavonean. Por fin ha llegado lo que parecía imposiblemente lejano en los días en que los movimientos en escena se planificaban en un escenario desnudo. Y antes de que se alce el telón, Hamlet, Willie Loman o Blanche DuBois se precipitará al cuarto de baño más cercano y vomitará. Nunca falla.

Creedme en lo referente a los vómitos. Lo sé.

6

En las horas previas al amanecer del día de Halloween, me encontré a mí mismo no en Derry sino en el océano. Un océano *tormentoso*. Me aferraba a la barandilla de una embarcación grande —un yate, creo— que estaba a punto de naufragar. Ráfagas huracanadas impulsaban sábanas de lluvia que me azotaban el rostro. Olas enormes, negras en la base, de un verde cuajado y espumoso en la cresta, se abalanzaron sobre mí. El yate se elevó, viró, y luego cayó a plomo con un violento movimiento en espiral.

Desperté de ese sueño con el corazón desbocado y las manos aún curvadas por intentar aferrarse a la barandilla que mi cerebro había inventado. Salvo que no se trataba solo de mi cerebro, porque la cama aún subía y bajaba. Mi estómago parecía haber soltado las amarras de los músculos que debían mantenerlo en su sitio.

En momentos así, el cuerpo casi siempre se muestra más sabio que el cerebro. Aparté la manta y esprinté hacia el cuarto de baño, derribando de una patada la odiosa silla amarilla al cruzar la cocina a la carrera. Más tarde me dolerían los dedos de los pies, pero en ese momento apenas lo noté. Intenté cerrar la garganta, pero solo logré una victoria parcial. Percibí un extraño sonido que se filtraba hacia la boca. *Ulk-ulk-urp-ulk*, algo similar. Mi estómago era el yate, elevándose primero y desplomándose luego en una horrible espiral. Caí de rodillas delante del inodoro y expulsé la cena. Después vino el almuerzo y el desayuno del día anterior: oh, cielos, huevos con jamón. Solo con pensar en toda aquella grasa reluciente regresaron las náuseas. Hubo una pausa, y entonces me sentí como si cada comida ingerida durante la última semana estuviera abandonando el edificio.

Justo cuando empezaba a creer que ya había pasado, mis tripas se retorcieron con un terrible espasmo líquido. Me puse en pie trastabillando, bajé la tapa del inodoro de un manotazo, y me las arreglé para sentarme antes de expulsarlo todo con un acuoso plaf.

Pero no. Eso no fue todo, todavía no. Mi estómago se montó en otro mareante sube y baja justo cuando los intestinos volvían a la carga. Solo quedaba una cosa que pudiera hacer, y la hice: me incliné hacia delante y vomité en el lavabo.

Así continuó hasta el mediodía del día de Halloween. Para entonces, mis dos puertos de eyección no producían nada salvo gachas caldosas. Cada vez que devolvía, cada vez que sufría retortijones, pensaba lo mismo: *El pasado no quiere ser cambiado. El pasado es obstinado.*

Pero cuando Frank Dunning apareciera esa noche, tenía la firme intención de estar allí. Aun cuando siguiera echando las entrañas y cagando lodo, tenía la firme intención de estar allí. Aun cuando significara mi muerte, tenía la firme intención de estar allí.

7

El señor Keene, propietario de la farmacia de Center Street, atendía el mostrador cuando entré aquella tarde de viernes. Un ventilador de madera en el techo levantaba lo que le quedaba de pelo en una danza temblorosa: telarañas en una brisa de verano. Su simple visión bastó para que mi castigado estómago diera otro bandazo de advertencia. A pesar de la bata blanca de algodón, se notaba que era un hombre flacucho, con aspecto casi demacrado, y cuando me vio, sus labios pálidos se arrugaron en una sonrisa.

—Parece usted un poco pachucho, amigo.

—Antidiarreico Kaopectate —pedí con una voz ronca que no sonaba como la mía—. ¿Tiene?

Me pregunté si lo habrían inventado ya.

—¿Estamos sufriendo de algún virus en el estómago? —La luz del techo se reflejó en las lentes de sus anteojos pequeños sin montura y resbaló cuando el farmacéutico movió la cabeza. *Como mantequilla por una sartén,* pensé, y como consecuencia el estómago me dio otra embestida—. Está por toda la ciudad. Me temó que le quedan por delante veinticuatro horas bastante repugnantes. Lo más probable es que sea un germen, pero tal vez utilizó usted un servicio público y olvidó lavarse las manos. Hay muchas personas perezosas a la hora de...

—¿Tiene Kaopectate o no?

—Claro. Segundo pasillo.

—Calzones para la incontinencia. ¿Dónde?

Los finos labios se desplegaron en una amplia sonrisa burlona. Los calzones para la incontinencia son graciosos, no lo niego. A menos, por supuesto, que sea uno mismo quien los necesite.

—Quinto pasillo. Aunque no le harán falta si no se aleja mucho de casa. Por su palidez, señor..., y por cómo suda..., quizá fuera lo más prudente.

—Gracias —dije, y me imaginé propinándole un puñetazo en toda la boca y enviando su dentadura garganta abajo. *Chupa un poco de dentífrico, colega.*

Hice las compras despacio, pues no deseaba agitar mis licuados intestinos más de lo necesario. Cogí el Kaopectate (¿tamaño económico?, vale) y después los calzones para la incontinencia (¿talla grande de adulto?, vale). Estos se encontraban en la sección de suministros de ostomía, entre las bolsas de enema y unas amenazadoras mangueras de plástico amarillo cuya función no quería saber. También había pañales para adultos, pero a eso me oponía rotundamente. Rellenaría los calzones con paños de cocina si fuera preciso. Esa imagen me hizo gracia, y pese a mi sufrimiento tuve que hacer esfuerzos para por no reírme. En mi delicado estado, la risa podría acarrear un desastre.

Como si presintiera mi suplicio, el esquelético farmacéutico marcó los artículos en la caja registradora a cámara lenta. A la hora de pagar, le tendí un billete de cinco dólares con una mano que temblaba apreciablemente.

—¿Algo más?

—Solo una cosa. Me siento fatal, usted ve que me siento fatal, entonces ¿por qué cojones se está riendo de mí?

El señor Keene retrocedió un paso, los labios perdiendo su sonrisa.

—No me estoy *riendo*, se lo aseguro. Espero sinceramente que se mejore.

Mis tripas se retorcieron. Me tambaleé un poco, agarrando la bolsa de papel que contenía mis cosas, y con la mano libre me aferré al mostrador.

—¿Hay cuarto de baño?

La sonrisa reapareció.

—Para los clientes no, me temo. ¿Por qué no prueba en alguno de los… los establecimientos de la acera de enfrente?

—Menudo cabrón está hecho, ¿verdad? Un ciudadano de Derry ejemplar.

Se puso rígido, me dio la espalda y emigró airadamente a la tenebrosa región donde se almacenaban las pastillas, los polvos y los jarabes.

Con andar lento, dejé atrás la fuente de soda y salí por la puerta. Me sentía como un hombre de cristal. El día era frío, la temperatura no superaba los siete grados, pero notaba la piel ardiendo por el sol. Y pegajosa. Mis tripas volvieron a retorcerse y permanecí inmóvil durante un momento con la cabeza gacha, un pie en la acera y otro en la alcantarilla. El retortijón pasó. Crucé la calle sin fijarme en el tráfico y alguien tocó una bocina. Refrené el impulso de hacer un corte de mangas al que había pitado, pero solo porque ya tenía suficientes problemas. No podía arriesgarme a enzarzarme en una pelea, ya estaba metido en una.

El retortijón atacó de nuevo, un cuchillo de doble filo en el bajo vientre. Eché a correr. El bar más cercano era el Dólar de Plata Soñoliento, así que abrí su puerta de un tirón y empujé mi desdichado cuerpo hacia la semioscuridad y hacia el olor a levadura y cerveza. En la rockola, Conway Twitty cantaba con un gemido que solo era una fantasía. Ojalá hubiera sido cierto.

El lugar se encontraba desierto a excepción de por un solitario cliente, sentado a una mesa vacía, que me miraba con ojos sorprendidos, y el tabernero reclinado sobre la barra, que hacía el crucigrama del periódico. Este alzó la vista.

—Baño —dije—. Deprisa.

Apuntó con el dedo la parte de atrás y esprinté hacia las puertas señaladas como CHIVOS y CHIVAS. Empujé la primera con el brazo estirado, como un defensa en busca de campo abierto para correr. El lugar apestaba a mierda, humo de cigarrillos y cloro, que escocía en los ojos. El único váter no tenía puerta, lo que probablemente fue una suerte. Me despojé de los pantalones como Superman llegando tarde al atraco de un banco, giré sobre los talones y me dejé caer.

Justo a tiempo.

Cuando la última de las agonías hubo pasado, saqué de la bolsa el frasco gigante de Kaopectate y bebí tres tragos largos con avidez. El estómago se revolvió y contraatacó para mantenerlo en su sitio. Cuando estuve seguro de que retendría la primera dosis, me tomé una segunda, eructé, y lentamente volví a enroscar el tapón. A mi izquierda, vi que en la pared alguien había dibujado un pene y unos testículos. Los testículos estaban rajados y chorreaban sangre. Debajo de esta encantadora imagen, el artista había escrito: HENRY CASTONGUAY LA PRÓXIMA VEZ QUE TE FOLLES A MI MUJER ESTO ES LO QUE TE LLEVARÁS.

Cerré los ojos y, al hacerlo, vi al sorprendido cliente que había presenciado mi carga hacia el cuarto de baño. Pero ¿se trataba de un cliente? No había nada en su mesa; simplemente estaba allí sentado. Con los ojos cerrados, pude ver claramente su rostro. Era un rostro que conocía.

Cuando regresé al bar, Ferlin Husky había relevado a Conway Twitty, y Sin Tirantes no estaba. Me acerqué al tabernero y dije:

—Había un tipo ahí sentado cuando entré. ¿Quién era?

Levantó los ojos del crucigrama.

—Yo no he visto a nadie.

Saqué la cartera, extraje un billete de cinco, y lo deposité en la barra al lado de un posavasos de cerveza Narragansett.

—El nombre.

El tabernero mantuvo una breve y silenciosa conversación consigo mismo, echó un vistazo al tarro de las propinas que estaba junto a otro que contenía huevos encurtidos, no vio nada salvo una solitaria moneda de diez centavos, e hizo desaparecer el billete.

—Era Bill Turcotte.

El nombre no significaba nada para mí. La mesa vacía tampoco podría significar nada, aunque por otro lado…

Puse sobre la barra al hermano gemelo de Abe el Honesto.

—¿Vino aquí para vigilarme?

Si la respuesta era afirmativa, significaba que me había estado siguiendo. Y quizá no solo ese día. Pero ¿por qué?

El tabernero apartó el billete.

—Lo único que sé es que suele venir por aquí a beber cerveza, y mucha.

—Entonces, ¿por qué se ha marchado sin tomarse una?

—Tal vez miró en su cartera y no encontró nada más que su carnet de la biblioteca. ¿Me parezco a la bruja Bridey Murphy o qué? Ahora que ya me ha dejado un cuarto de baño apestoso, ¿por qué no pide algo o se larga?

—Ya apestaba de lo lindo antes de que yo entrara, amigo.

No valía mucho como frase de mutis, pero fue lo mejor que se me ocurrió dadas las circunstancias. Salí y me quedé parado en la acera buscando a Turcotte. No había rastro de él, pero Norbert Keene estaba asomado a la ventana de su farmacia, con las manos entrelazadas a la espalda, observándome. Su sonrisa se había esfumado.

8

A las cinco y veinte de aquella tarde aparqué mi Sunliner en el solar contiguo a la iglesia baptista de Witcham Street. Tenía multitud de compañía; según el tablón de anuncios, el templo albergaba una reunión de AA desde las cinco. En el maletero del Ford guardaba todas las posesiones que había reunido durante mis siete semanas como residente en la ciudad que ya denominaba la Villa Singular. Los únicos artículos indispensables estaban en el maletín Lord Buxton que Al me había dado: sus notas, las mías, el manuscrito fragmentario en el que estaba trabajando y el dinero que me quedaba. Gracias a Dios conservaba la mayoría en una forma fácilmente transportable.

En el asiento a mi lado estaba la bolsa de papel que contenía el frasco de Kaopectate —ahora tres cuartas partes vacío— y los calzones para la incontinencia. Afortunadamente, no creía que fuera a necesitarlos, el estómago y los intestinos parecían haberse asentado y ya no me temblaban las manos. En la guantera, media docena de chocolatinas Payday cubrían mi .38 Especial de la policía. Añadí estos artículos a la bolsa. Más tarde, cuando me hallara en posición entre el garaje y el seto del 202 de Wyemore Lane, cargaría la pistola y me la colgaría del cinturón. Como un criminal de pacotilla en una película de serie B de esas que se exhibían en The Strand.

Quedaba otro artículo más en la guantera: un número de *TV Guide* que mostraba a Fred Astaire y Barrie Chase en la portada. Por enésima vez desde que compré la revista en el quiosco de Main Street, comprobé la programación del viernes:

20.00, Canal 2: **Las nuevas aventuras de Ellery Queen**, George Nader, Les Tremayne. «Tan rica, tan hermosa, tan muerta.» Un maquinador corredor bursátil (Whit Bissell) acecha a una acaudalada heredera (Eva Gabor). Ellery y su padre investigarán el caso.

Metí la revista en la bolsa con el resto de las cosas —como amuleto, principalmente—, después salí del coche, cerré con llave, y partí hacia Wyemore Lane. Pasé al lado de varios padres y madres que habían salido al truco o trato con niños demasiado pequeños para ir solos. Calabazas talladas sonreían alegremente desde numerosos porches, y un par de peleles de paja me miraron fijamente con ojos inexpresivos.

En Wyemore Lane, caminaba por el centro de la acera como si tuviera todo el derecho a estar allí. Un adulto venía hacia mí, sujetando de la mano a una niña que iba disfrazada con unos pendientes de aro de gitana, el pintalabios rojo de mamá y grandes orejas negras de plástico a modo de diadema sobre una peluca de pelo rizado. Cuando se acercaron, saludé al padre levantándome el sombrero y me agaché a la altura de la niña, que llevaba su propia bolsa de papel.

—¿Y *tú* quién eres, cielo?

—Annette Funichelo —respondió ella—. Es la Mouseketeer *más guapa.*

—Igual de guapa que tú —señalé—. ¿Y ahora qué se dice?

Puso cara de perplejidad, por lo que su padre se inclinó sobre ella y le susurró algo al oído. El rostro de la niña se iluminó con una sonrisa.

—¡Trugoo trato!

—Correcto —dije—. Pero nada de trucos esta noche. —Excepto el que yo esperaba ejecutar con el hombre del martillo.

Saqué una chocolatina de mi bolsa (tuve que hurgar por debajo de la pistola para cogerla), y se la tendí. Ella abrió la bolsa y la dejé caer dentro. Yo no era más que un tipo en la calle, un perfecto extraño en una ciudad que habría sido acosada por una serie de crímenes terribles no mucho tiempo atrás, pero percibí la misma confianza ingenua en el rostro del padre y de la hija. Los días de los caramelos adulterados con LSD pertenecían a un futuro lejano (como también los días de las advertencias de NO USAR SI EL PRECINTO ESTÁ ROTO).

El padre volvió a susurrarle algo a la niña.

—Muchas gracias, señor —dijo Annette Funichelo.

—Muchas de nadas. —Le guiñé un ojo al padre—. Que disfruten de la noche.

—Mañana por la mañana le dolerá el estómago —dijo el padre, pero sonrió—. Vamos, Calabacita.

—¡Soy *Annette*! —exclamó ella.

—Lo siento, lo siento. Vamos, Annette. —Me dirigió una sonrisa, se despidió levantando su propio sombrero, y partieron de nuevo en busca del botín.

Continué hacia el 202 sin demasiada prisa. Habría silbado si no hubiera tenido los labios tan secos. En el camino de entrada a la casa arriesgué una rápida mirada en derredor. Divisé a unos cuantos chavales haciendo truco o trato al otro lado de la calle, pero ninguno me prestaba la más mínima atención. Excelente. Recorrí con paso enérgico la entrada. Una vez que estuve detrás de la casa, exhalé un suspiro de alivio tan profundo que parecía ascender desde los talones. Me aposté en el rincón derecho al fondo del patio, oculto en un lugar seguro, entre el garaje y el seto. O así lo creía.

Espié el patio trasero de los Dunning. Las bicicletas no estaban. La mayoría de los juguetes seguían allí —un arco de niño y algunas flechas con ventosas en las puntas, un bate de béisbol con la empuñadura envuelta con cinta aislante, un hula-hop verde—, pero faltaba el rifle Daisy. Harry lo habría metido en la casa, pues pretendía utilizarlo como parte de su disfraz de Buffalo Bob cuando saliera al truco o trato.

¿Tugga le habría llamado ya «tonto del culo»? ¿Su madre habría dicho ya *llévalo si quieres, no es un arma de verdad*? Si no, lo harían pronto. Su texto ya estaba escrito. Un calambre me atenazó el estómago, aunque en esta ocasión no se debió al virus de veinti-cuatro horas que circulaba por ahí, sino a que finalmente me había alcanzado la comprensión absoluta —de la clase que sientes en las entrañas— en toda su descarnada gloria. Esto iba a suceder realmen-te. De hecho, ya estaba sucediendo. La función había comenzado.

Miré el reloj. Tenía la impresión de que había dejado el coche en el aparcamiento de la iglesia hacía una hora, pero solo eran las seis menos cuarto. En la casa de los Dunning, la familia estaría sen-tándose a cenar…, aunque, conociendo a los niños, los más peque-ños estarían demasiado nerviosos para comer, y Ellen ya se habría vestido con su traje de Princesa Summerfall Winterspring. Proba-blemente había saltado dentro de él en cuanto llegó del colegio, y estaría volviendo loca a su madre pidiéndole que la ayudara con las pinturas de guerra.

Me senté con la espalda apoyada contra la pared trasera del garaje, rebusqué en la bolsa y saqué una chocolatina. La sostuve en alto y pensé en el pobre J. Alfred Prufrock. Yo no era muy diferente, no estaba seguro de que me atreviera a comer esa cho-colatina. Por otra parte, me aguardaba mucho trabajo en las si-guientes tres horas, y mi estómago vacío retumbaba.

A tomar por culo, pensé, y arranqué el envoltorio de la choco-latina. Era una maravilla: dulce, salada y masticable. Engullí casi todo en dos bocados. Me preparaba para echarme el resto a la boca (mientras me preguntaba por qué en el nombre de Dios no había incluido en el paquete un sándwich y una botella de Coca-Cola), cuando capté un movimiento con el rabillo del ojo izquierdo. Em-pecé a girarme al tiempo que alargaba la mano en busca de la pisto-la, pero fue demasiado tarde. Algo frío y afilado apareció en la concavidad de mi sien izquierda.

—Saca la mano de esa bolsa.

Reconocí aquella voz de inmediato. «*Mejor que espere sentado hasta que los cerdos vuelen*», me había contestado su dueño cuando pregunté si él o sus amigos conocían a un tipo llamado Dunning. Había dicho que Derry estaba llena de Dunnings, algo que yo mis-mo verifiqué no mucho después, pero desde el principio él ya se había formado una idea bastante acertada de a quién me refería, ¿verdad? Y ahí estaba la prueba.

La punta de la hoja se hundió un poco más, y sentí que un hilo de sangre me resbalaba por el costado de la cara. Su calidez contrastaba con la frialdad de mi piel. Casi ardía.

—Sácala *ahora mismo*, amigo. Imagino lo que hay dentro, y como no tengas la mano vacía, el trato de Halloween va a ser cuarenta y cinco centímetros de acero japo. Este juguete está muy afilado. Te atravesará la cabeza de lado a lado.

Saqué la mano de la bolsa, vacía, y me volví a mirar a Sin Tirantes. El pelo le caía sobre las orejas y la frente en mechones grasientos. Los ojos oscuros nadaban en su rostro pálido y sin afeitar. Me invadió una consternación tan inmensa que casi rayaba en la desesperación. Casi… pero no del todo. *Aun cuando signifique mi muerte*, pensé de nuevo. *Incluso así.*

—En la bolsa no hay nada, solo chocolatinas —dije con suavidad—. Si quiere una, señor Turcotte, basta con que me la pida y se la regalaré.

Me arrebató la bolsa antes de que pudiera alcanzarla. Usó la mano que no empuñaba el arma, la cual resultó ser una bayoneta. No sé si era japonesa o no, pero por los destellos que emitía bajo la menguante luz del ocaso, era capaz de asegurar que estaba muy afilada.

Rebuscó en el interior y sacó mi .38 Especial.

—Solo chocolatinas, ¿eh? A mí esto no me parece un caramelo, *señor* Amberson.

—Necesito eso.

—Ya, y la gente en el infierno necesita agua con hielo, pero no se la dan.

—Baje la voz —dije.

Se colocó la pistola en el cinturón —exactamente en el mismo sitio donde yo había imaginado que me la pondría en cuanto me abriera camino a través del seto hacia el patio de los Dunning— y a continuación me apuntó con la bayoneta entre los ojos. Se requería mucha fuerza de voluntad para permanecer inmóvil sin pestañear.

—No me digas lo que… —Se tambaleó sobre sus pies. Se frotó primero el estómago, después el pecho, después la áspera columna que tenía por garganta, como si algo se hubiera quedado atascado allí. Oí una especie de chasquido cuando tragó saliva.

—¿Señor Turcotte? ¿Se encuentra bien?

—¿Cómo sabes mi nombre? —Y entonces, sin esperar respuesta—: Fue Pete, ¿no? Te lo dijo el tabernero del Dólar.

—Sí. Ahora tengo yo una pregunta. ¿Cuánto tiempo hace que me sigues? ¿Y por qué?

Forzó una mueca burlona que dejó a la vista la ausencia de un par de dientes.

—Eso son dos preguntas.

—Contéstalas.

—Actúas como… —Otra vez se le crispó el rostro por el dolor, volvió a tragar, y se apoyó contra la pared trasera del garaje—. Como si aquí mandaras tú.

Calibré la palidez y el sufrimiento de Turcotte. El señor Keene podía ser un cabrón con una vena sádica, pero pensé que diagnosticar no se le daba demasiado mal. Al fin y al cabo, ¿quién es más apto que el farmacéutico de la localidad para saber lo que ronda por ahí? Estaba bastante seguro de que yo no iba a necesitar el resto del Kaopectate, pero era probable que Bill Turcotte sí. Por no mencionar los calzones para la incontinencia una vez que el virus empezara a afectarle de verdad.

Esto podría ser muy bueno o muy malo, pensé. Pero eso era una memez. Aquello no tenía nada de bueno.

Da igual. Que siga hablando. Y cuando se ponga a vomitar, suponiendo que lo haga antes de cortarme el cuello o dispararme con mi propia pistola, le saltas encima.

—Dímelo —insistí—. Creo que tengo derecho a saberlo, puesto que yo no te he hecho nada.

—Pensabas hacerle algo *a él*, es lo que creo. Todas esas historias sobre negocios inmobiliarios que no has parado de contar por toda la ciudad… una mierda. Viniste a buscarle *a él*. —Inclinó la cabeza hacia la casa que había al otro lado del seto—. Lo supe en el mismo instante en que pronunciaste su nombre.

—¿Cómo? Esta ciudad está llena de Dunnings, tú mismo lo dijiste.

—Sí, pero solo hay uno que me interese. —Levantó la mano que empuñaba la bayoneta y se enjugó el sudor de la frente con la manga. Calculo que podría haberle quitado el arma justo entonces, pero temí que el ruido de una refriega atrajera la atención. Y si la pistola se disparaba, probablemente sería yo quien recibiera la bala.

Además, sentía curiosidad.

—Debe de haberte hecho un favor de la hostia en algún punto del camino para que te hayas convertido en su ángel de la guarda —dije.

Profirió un ladrido de risa carente de humor.

—Esa sí que es buena, compadre, aunque en cierto sentido es verdad. Supongo que soy una especie de ángel de la guarda. Por ahora.

—¿Qué quieres decir?

—Quiero decir que él es mío, Amberson. Ese hijo de puta mató a mi hermana pequeña, y si alguien va a meterle una bala… o una puñalada… —Blandió la bayoneta ante su rostro pálido y adusto—, seré yo.

9

Le miré de hito en hito con la boca abierta. Desde algún lugar en la distancia llegó el sonido de una serie de pequeños estallidos cuando algún bellaco de Halloween encendió una hilera de petardos. Los críos subían y bajaban por Witcham Street gritando. Sin embargo, allí solo estábamos nosotros dos. Christy y sus compañeros alcohólicos se hacían llamar los Amigos de Bill; nosotros constituíamos los Enemigos de Frank. Un equipo perfecto, diría cualquiera…, salvo que a Bill «Sin Tirantes» Turcotte no parecía gustarle jugar en equipo.

—Tú… —Me detuve y meneé la cabeza—. Cuéntamelo.

—Si fueras la mitad de listo de lo que te crees, deberías ser capaz de juntar las piezas tú mismo. ¿O es que Chazzy no te contó lo suficiente?

Por un momento no lo asimilé. Entonces cobró sentido. El hombrecillo de la sirena en el antebrazo y el jovial rostro de ardilla. Salvo que su rostro no había mostrado ninguna señal de jovialidad cuando Frank Dunning le palmeó la espalda y le dijo que mantuviera limpia la nariz porque era demasiado larga para que se ensuciara. Antes de eso, mientras Frank seguía contando chistes en la mesa de los hermanos Tracker en el fondo de El Farolero, Chaz Frati me había puesto al corriente sobre el mal genio de Dunning…, lo cual, gracias a la redacción del conserje, no era una noticia nueva para mí. «*Dejó preñada a una chica. Uno o dos años más tarde, ella cogió al bebé y se largó.*»

—¿Recibimos algo a través de las ondas de radio, Comandante Cody? Parece que sí

—La primera esposa de Frank Dunning era tu hermana.

—Bien ahí. El caballero ha pronunciado la palabra secreta y se gana cien dólares.

—El señor Frati me dijo que ella cogió al bebé y se fugó, porque ya estaba harta de que él se pusiera violento cada vez que se emborrachaba.

—Sí, eso te contó, y eso es lo que cree casi toda la ciudad, hasta el propio Chazzy, por cuanto sé, pero yo conozco la verdad. Clara y yo siempre estuvimos muy unidos. Crecimos siendo uña y carne, yo para ella y ella para mí. Tú probablemente no has tenido nunca una relación así, me da la impresión de que eres frío como un pez, pero es así como fue.

Me acordé del único año bueno que había vivido con Christy, los seis meses anteriores a la boda y los seis meses posteriores.

—No tan frío. Sé de lo que estás hablando.

Turcotte se frotó otra vez el cuerpo, aunque no creo que fuera consciente de ello: del vientre al pecho, del pecho a la garganta, de vuelta al pecho. Tenía el rostro más pálido que nunca. Me pregunté qué habría tomado para comer, pero calculé que no tendría que seguir preguntándomelo mucho más; pronto podría verlo con mis propios ojos.

—¿Sí? Entonces a lo mejor te parecerá raro que ella nunca me escribiera después de que se hubiera instalado con Mikey en algún sitio. Ni siquiera una postal. Para mí, es mucho más que raro. Porque me habría escrito. *Ella* conocía mis sentimientos. Y sabía cuánto quería yo a ese crío. Ella tenía veinte años y Mikey dieciséis meses cuando ese bufón malnacido denunció su desaparición. Eso pasó en el verano del 39. Ella ahora habría cumplido ya los cuarenta, y mi sobrino veintiuno. Ya tendría edad suficiente para votar, joder. ¿Y pretendes decirme que no escribiría una sola *línea* al hermano que impidió que Nosey Royce le metiera dentro su arrugada salchicha cuando éramos niños? ¿O que no me pediría dinero para ayudarla a instalarse en Boston o en New Haven o donde fuera? Señor, yo habría…

Torció el gesto, emitió un sonido similar a *urk-ulp* que me resultaba muy familiar, y retrocedió tambaleándose contra la pared del garaje.

—Necesitas sentarte —indiqué—. Estás enfermo.

—Yo jamás me pongo enfermo. No he pescado ni un resfriado desde que estaba en sexto curso.

En ese caso, el virus realizaría un ataque relámpago, como los alemanes cuando entraron en Varsovia.

—Es una gastroenteritis, Turcotte. Me tuvo levantado toda la noche. El señor Keene, de la farmacia, dice que está por todas partes.

—Esa alcahueta de culo estrecho no sabe nada. Estoy bien. —Se sacudió los mechones grasientos de pelo para enseñarme lo bien que se encontraba. El rostro había adquirido una palidez extrema. La mano que asía la bayoneta japonesa temblaba de la misma manera que había temblado la mía hasta ese mismo mediodía—. ¿Quieres oír el resto o no?

—Claro. —Miré de reojo el reloj. Eran las seis y diez. El tiempo, que antes se arrastraba tan lentamente, ahora aceleraba. ¿Dónde estaba Frank Dunning en aquel momento? ¿Seguiría en el mercado? No lo creía. Sospechaba que ese día se habría marchado temprano, aduciendo quizá que iba a llevar a sus hijos al truco o trato. Salvo que ese no era el plan. Estaba en un bar en alguna parte, aunque no en El Farolero. Allí acudía para tomarse una cerveza, dos a lo sumo. Una cantidad que pudiera dominar, aunque —si mi mujer constituía un buen ejemplo, y en mi opinión sí lo era— siempre se marcharía con la boca seca mientras su cerebro demandaba furiosamente más.

No, cuando él sintiera la necesidad de bañarse en alcohol, querría hacerlo en los sórdidos bares de Derry: la Lengua, el Dólar, el Cubo. Quizá incluso en alguno de los antros aún peores que pendían sobre el contaminado Kenduskeag: el Wally's o el escabroso Salón-Bar Paramount, donde prostitutas ancianas con rostros que parecían de cera todavía poblaban la mayoría de los taburetes de la barra. ¿Y contaría chistes que levantarían carcajadas por todo el local? ¿Se le acercaría la gente mientras él se dedicaba a la tarea de verter alcohol sobre las brasas de la ira en el fondo de su cerebro? No a menos que quisieran un improvisado trabajo dental.

—Cuando mi hermana y mi sobrino desaparecieron, ellos y Dunning vivían en una casita alquilada en las afueras, cerca del límite de Cashman. Él bebía como un cosaco, y cuando bebía, ejercitaba sus putos puños. Vi los cardenales en ella, y una vez Mikey tenía todo el bracito azul y negro, desde la muñeca hasta el codo. Yo le dije: «Hermana, ¿os pega a ti y al bebé? Porque si lo hace, le daré una paliza». Ella dijo que no, pero no me miró a los ojos. Me dijo: «No te acerques a él, Billy. Es fuerte. Tú también, ya lo sé, pero estás esquelético. Saldrías volando en una ventolera. Te haría daño». No habían pasado ni seis meses cuando ella desapareció. Alzó el vuelo, eso dijo *él*. Pero hay mucho bosque en esa parte de la ciudad. Coño, si cuando entras en Cashman no hay más que bosques. Bosques y ciénagas. Sabes lo que ocurrió realmente, ¿no?

Afirmativo. Otros quizá no lo creyeran porque Dunning era ahora un ciudadano respetado que parecía haber controlado su problema con la bebida hacía mucho tiempo. Además, poseía encanto para dar y regalar. Sin embargo, yo disponía de información confidencial, ¿verdad?

—Imagino que se quebró. Imagino que volvió a casa borracho y ella dijo lo que no debía, quizá algo completamente inocuo…

—¿Ino-*qué*?

Escudriñé el patio a través del seto. Al otro lado, una mujer cruzó por delante de la ventana de la cocina y desapareció. En *casa* Dunning, la cena estaba servida. ¿Tomarían postre? ¿Gelatina con nata? ¿Bizcocho? Lo dudaba. ¿Quién necesita postre en la noche de Halloween?

—Quiero decir que él los mató. ¿No es eso lo que tú crees?

—Sí… —Parecía desconcertado y al mismo tiempo receloso. Pienso que las personas obsesivas siempre presentan ese aspecto cuando oyen, no solo articular, sino corroborar las cosas que los mantienen en vela por la noche. *Tiene que ser un truco*, piensan. Salvo que aquello no era ningún truco. Y, ciertamente, no era un trato.

—Dunning tenía… ¿cuánto? ¿Veintidós? Toda la vida por delante. Debió de pensar «Vale, he hecho una cosa horrible, pero puedo limpiarlo. Estamos en los bosques, y los vecinos más cercanos están a kilómetro y medio de distancia…». ¿Acierto con la distancia, Turcotte?

—Sí, había por lo menos kilómetro y medio —confirmó a regañadientes. Se masajeaba con una mano la base del cuello. La bayoneta había descendido. Podría haberla agarrado fácilmente con la mano derecha, y sustraerle el revólver del cinturón con la izquierda tampoco habría sido impensable, pero no quise. Creí que el virus se encargaría del señor Bill Turcotte. Realmente creí que sería así de simple. ¿Os dais cuenta de lo fácil que es olvidar la obstinación del pasado?

—Así que se llevó los cuerpos a los bosques y los enterró. Declaró que había huido, y el caso no se investigó demasiado.

Turcotte giró la cabeza y escupió.

—Él proviene de una buena familia de Derry. La mía vino del valle de Saint John en una camioneta oxidada cuando yo tenía diez años y Clara seis. Nada más que basura parlante, así que ¿tú qué crees?

Creía que se trataba de otro caso de Derry actuando como Derry; eso es lo que yo creía. Y mientras comprendía el afecto de Turcotte y le compadecía por su pérdida, él hablaba de un crimen del pasado. El que me preocupaba a mí estaba programado que ocurriera en menos de dos horas.

—Tú arreglaste mi encuentro con Frati, ¿verdad? Aunque obvio, no por ello dejaba de ser decepcionante. Había creído que el tipo estaba siendo amistoso, confiando cotilleos locales frente a una cerveza y unas Migas de Langosta. Error—. ¿Colega tuyo?

Turcotte esbozó una sonrisa que se acercaba más a una mueca de dolor.

—¿Yo amigo de un prestamista judío? Qué gracioso. ¿Quieres escuchar una pequeña historia?

Eché otra mirada furtiva al reloj y vi que aún disponía de algo de tiempo. Mientras Turcotte siguiera hablando, el buen virus estomacal estaría trabajando con ahínco. Mi intención era echarme encima en cuanto se encorvara para vomitar la primera vez.

—¿Por qué no?

—Dunning, Chaz Frati y yo somos de la misma edad: cuarenta y dos. ¿Puedes creerlo?

—Claro. —Pero Turcotte, que había vivido alocadamente (y que ahora estaba enfermando, por poco que le gustara admitirlo), aparentaba diez años más que cualquiera de los otros dos.

—Cuando estábamos en último curso de secundaria, yo era mánager adjunto del equipo de fútbol. Bill el Tigre, me llamaban, ¿qué te parece? Hice las pruebas para entrar en el equipo siendo novato y las repetí en segundo curso, pero quedé fuera las dos veces. Demasiado delgado para la línea ofensiva, demasiado lento para jugar por detrás del *quaterback*. La historia de mi jodida vida, señor. Pero me encantaba el deporte, y no podía permitirme los diez centavos que costaban las entradas (mi familia no tenía *nada*), así que acepté el cargo de mánager adjunto. Bonito nombre, pero ¿sabes lo que significa?

Por supuesto. En mi vida como Jake Epping, yo no era Míster Agente Inmobiliario, sino Míster Profesor de Instituto, y algunas cosas nunca cambian.

—Eras el aguador.

—Sí, yo les llevaba el agua. Y aguantaba el cubo si alguien echaba los hígados después de correr en un día de calor o de recibir un casquetazo en los huevos. También me quedaba hasta tarde para recoger toda la porquería del campo y pescar sus calzones manchados de mierda en el suelo de las duchas.

Hizo una mueca. Me imaginé su estómago convertido en un yate en un mar tormenso. Arriba va, marineros…, y luego la inmersión en espiral.

—Bueno, pues un día de septiembre u octubre del 34, estoy allí afuera después del entrenamiento, yo solo, recogiendo codilleras y espinilleras y vendajes elásticos y todas las cosas que solían dejar tiradas, y metiéndolo todo en mi carrito, y a quién veo si no a Chaz Frati corriendo que se las pela por el campo de fútbol; se le iban cayendo los libros detrás de él. Le perseguía un grupo de chavales y… *¡Hostias!* ¿Qué ha sido eso?

Miró en derredor, los ojos prominentes fuera de las órbitas en su pálido rostro. De nuevo, quizá hubiera podido agarrar la pistola, y la bayoneta por descontado, pero no lo hice. Volvía a frotarse el pecho con la mano. No el estómago, sino el pecho. Eso probablemente debería haberme indicado algo, pero tenía demasiadas cosas en la cabeza, y su relato no era la menor de ellas. Es la maldición de la raza lectora. Nos pueden seducir con una buena historia incluso en los momenos más inoportunos.

—Relájate, Turcotte. Solo son niños tirando petardos. Es Halloween, ¿recuerdas?

—No me encuentro muy bien. Tal vez tuvieras razón con lo del virus.

Si se le ocurría que la enfermedad podía incapacitarle, cabía la posibilidad de que cometiera alguna temeridad.

—No te preocupes ahora por el virus. Cuéntame lo de Frati.

Sonrió. En aquel rostro sudoroso, pálido y sin afeitar, era una expresión perturbadora.

—El bueno de Chazzy corría como un mediocentro tratando de anotar al final de un partido empatado, pero le alcanzaron. Había una quebrada a unos veinte metros más allá de los postes del fondo sur del campo, y lo tiraron dentro de un empujón. ¿Te sorprendería saber que Frankie Dunning formaba parte de ese grupo?

Negué con la cabeza.

Lo acorralaron allí abajo y le quitaron los pantalones. Entonces empezaron a empujarle de un lado a otro y a pegarle manotazos. Yo les grité que lo dejaran, y uno de ellos me miró y gritó: «Baja aquí a obligarnos, caraculo. Te daremos el doble de lo que está recibiendo este». Así que me fui corriendo a los vestuarios y les conté a algunos de los jugadores que un grupo de matones estaban acosando a un chaval y que a lo mejor ellos querrían ponerle fin. Bueno, a estos tipos les importaba una mierda a quién acosaban y a quién no, pero siempre estaban listos para una pelea. Salieron afuera corriendo, algunos no llevaban puesto nada más que los calzoncillos. ¿Y quieres saber algo realmente gracioso, Amberson?

—Claro. —Eché otro rápido vistazo al reloj. Casi las siete menos cuarto. En casa de los Dunning, Doris estaría fregando los platos y tal vez escuchando a Huntley Brinkley en la televisión.

—¿Tienes prisa? —preguntó Turcotte—. ¿Vas a perder el puto tren?

—Querías contarme algo gracioso.

—Ah. Sí. ¡Iban cantando la canción del instituto! ¿Qué te parece?

Con el ojo de mi mente, visualicé a nueve o diez muchachos fornidos y medio desnudos cargando a través del campo de fútbol, ansiosos por hacer un poco de ejercicio extra con los puños, y cantando *Salve, Tigres de Derry, tu estandarte enarbolamos*. Sí, en cierto modo era gracioso.

Turcotte reparó en mi sonrisa y respondió con una propia. Era un gesto forzado pero genuino.

—Los futbolistas zurraron de lo lindo a un par de aquellos tipos, aunque no a Frankie Dunning; ese cobarde vio que los superaban en número y huyó a los bosques. Chazzy estaba tumbado en el suelo sujetándose el brazo. Lo tenía roto, aunque pudo ser mucho peor. Lo habrían mandado al hospital. Uno de los futbolistas le vio, le tocó despacito con la punta del pie (como si fuera una bosta de vaca que has estado a punto de pisar), y dijo: «Hemos venido corriendo hasta aquí para salvarle el pellejo a un judío». Unos cuantos se rieron, porque era una especie de chiste, ya sabes, como queriendo decir que le habían salvado los garbanzos a un judío. —Me observó con ojos escrutadores a través de los mechones de su pelo abrillantado.

—Ya lo pillo —indiqué.

—«Va, qué coño importa», dijo otro. «He pateado algunos culos y con eso me basta.» Se fueron y yo ayudé al pobre Chaz a salir de la quebrada. Incluso le acompañé andando a casa, porque pensé que podría desmayarse o algo. Tenía miedo de que Frankie y sus amigos volvieran, y Chaz también, pero me quedé con él. ¿Por qué? Ni puta idea. Deberías haber visto la casa en la que vivía, un jodido palacio. Con ese negocio de los empeños se debe ganar dinero de verdad. Cuando llegamos, me dio las gracias. Y eran sinceras. Estaba a punto de ponerse a berrear. Le dije: «No hay de qué, no me gustaba ver una pelea de seis contra uno». Y no mentía. Pero ya sabes lo que dicen de los judíos: nunca olvidan una deuda ni un favor.

—El cual te cobraste para averiguar qué hacía yo.

—Ya me había hecho una idea de lo que estabas haciendo, colega. Solo quería asegurarme. Chaz me pidió que lo dejara estar, dijo que le parecías un tipo simpático, pero cuando se trata de Frankie Dunning, no puedo dejarlo estar. Nadie se mete con Frankie Dunning excepto yo. Él es *mío*.

Se le crispó el rostro y volvió a frotarse el pecho. Y esta vez tomé conciencia de ello.

—Turcotte…, ¿*es* el estómago?

—Nah, el pecho. Siento como una contracción.

Eso no sonaba bien, y el pensamiento que acudió a mi mente fue: *Ahora él también está en las medias de nailon.*

—Siéntate antes de que te caigas. —Hice ademán de acercarme

y sacó el revólver. Comenzó a picarme la piel entre los pezones, allí donde recibiría el impacto de la bala. *Pude haberle desarmado*, pensé. *Tuve realmente la oportunidad. Pero no, tenía que oír la historia. Tenía que saciar mi curiosidad.*

—Siéntate *tú*, hermano. Relájate, chaval.

—Si vas a sufrir un infarto…

—No voy a sufrir ningún jodido infarto. Siéntate *ya*.

Me senté y levanté la mirada mientras él se apoyaba contra el garaje. Sus labios habían adquirido una sombra azulada que yo no asociaba con buena salud.

—¿Qué quieres de él? —preguntó Turcotte—. Eso es lo que quiero saber. Eso es lo que *tengo* que saber antes de decidir qué hago contigo.

Medité cuidadosamente la respuesta. Como si mi vida dependiera de ello, y quizá así fuera. No le veía capaz de un asesinato a sangre fría, independientemente de lo que *él* pensara, o en caso contrario Frank Dunning ya llevaría mucho tiempo criando malvas junto a sus padres. Pero Turcotte tenía mi pistola, y era un hombre enfermo. Podría apretar el gatillo por accidente. Cabía incluso la posibilidad de que recibiera la ayuda de cualquiera que fuese la fuerza que quería conservar las cosas intactas.

Si se lo contaba de manera apropiada —en otras palabras, omitiendo los detalles fantasiosos—, a lo mejor me creía. Debido a lo que él ya sospechaba, a lo que su corazón ya sabía.

—Va a hacerlo otra vez.

Empezó a preguntar a qué me refería, pero no necesitó terminar. Se le dilataron los ojos.

—¿Te refieres a… ella?

Miró hacia el seto. Hasta ese momento yo ni siquiera estaba seguro de que él supiera lo que había al otro lado.

—No solo a ella.

—¿También a uno de los niños?

—No a uno, a *todos*. Ahora mismo está bebiendo en algún sitio, Turcotte, despertando otro de sus ataques de furia ciega. Sabes bien de qué hablo, ¿verdad? Solo que esta vez no habrá ningún encubrimiento posterior, y tampoco le importa. Esto lleva fraguándose desde su última juerga, cuando Doris finalmente se hartó de recibir palos. Ella le enseñó la puerta, ¿estabas enterado?

—Todo el mundo se enteró. Está viviendo en una pensión en Charity Avenue.

—Ha intentado congraciarse de nuevo con ella, pero su papel de encantador ya no funciona. Doris quiere el divorcio, y como él finalmente ha entendido que no podrá disuadirla, va a concedérselo con un martillo. Después se divorciará de sus hijos de la misma manera.

Me miró con el ceño fruncido. La bayoneta en una mano, la pistola en la otra. «*Saldrías volando en una ventolera*», le había dicho su hermana muchos años atrás, pero esa noche bastaría con una brisa.

—¿Cómo es posible que sepas eso?

—No tengo tiempo para explicártelo, pero lo sé, ¿vale? Estoy aquí para detenerle. Así que devuélveme la pistola y deja que lo haga. Por tu hermana, por tu sobrino. Y porque en el fondo creo que eres un buen tipo. —Sandeces, pero puestos a dar coba, solía decir mi padre, más te vale recargar las tintas al máximo—. ¿Por qué si no impediste que Dunning y sus compinches casi mataran a golpes a Chaz?

Turcotte meditaba. Prácticamente oía girar los engranajes y los chasquidos de las ruedas dentadas. Entonces se encendió una luz en sus ojos. Tal vez solo se trataba de los rescoldos del ocaso, pero yo la veía como las velas que en ese momento estarían parpadeando dentro de los fanales de calabaza por todo Derry. Empezó a sonreír. Lo que dijo a continuación solo podía provenir de un hombre mentalmente enfermo… o de un hombre que ha vivido demasiado tiempo en Derry… o ambas cosas.

—Así que va a ir a por ellos, ¿eh? Muy bien, que lo haga.

—¿Qué?

Me apuntó con el .38.

—Vuelve a sentarte, Amberson. Quítate un peso de encima.

Me senté de mala gana. Ya eran más de las siete y el hombre se estaba transformando en sombra.

—Señor Turcotte… Bill… sé que no te encuentras bien, y por tanto a lo mejor no comprendes completamente la situación. Ahí dentro hay una mujer y cuatro niños. La niña tiene solo siete años, por el amor de Dios.

—Mi sobrino era mucho más pequeño. —Turcotte habló con

gravedad, un hombre expresando una gran verdad que lo explica todo y que, además, lo justifica—. Estoy demasiado enfermo para encargarme de él, y tú no tienes las agallas necesarias. Se nota con solo mirarte.

Pensé que se equivocaba. Quizá acertara con respecto al Jake Epping de Lisbon Falls, pero aquella persona había cambiado.

—¿Por qué no me dejas intentarlo? ¿Qué daño te hará?

—Porque aunque mates a ese cerdo, no bastará. Lo entendí de repente. Me vino como… —Chasqueó los dedos—. Como surgido de la nada.

—Lo que dices no tiene lógica.

—Eso es porque tú no has pasado veinte años viendo cómo hombres como Tony y Phil Tracker le trataban como al Rey Mierda. Veinte años viendo cómo las mujeres le hacían ojitos como si fuera Frank Sinatra en vez del puto Frank Dunning. Él conduce un Pontiac mientras que yo me he partido el culo en seis fábricas distintas por el salario mínimo, aspirando, tragando tantas fibras de tejido que a duras penas soy capaz de levantarme por la mañana. —Mano en el pecho, masajeando una y otra vez. Su rostro, una pálida mancha en el patio en penumbra del 202 de Wyemore—. La muerte es demasiado buena para ese soplapollas. Lo que necesita son cuarenta años en Shawkshank, donde cuando se le caiga el jabón en la ducha no se atreverá ni una puta vez a agacharse para recogerlo. Donde la única bebida que conseguirá será aguamiel. —Su voz se debilitó—. ¿Y sabes qué más?

—¿Qué? —Sentí frío por todo el cuerpo.

—Cuando esté sobrio, los echará de menos. Lamentará lo que hizo. Deseará poder volver atrás. —Ahora prácticamente susurraba, un sonido ronco y flemático. Así es como los locos irremediablemente perdidos de sitios como Juniper Hill deben de dialogar consigo mismos a altas horas de la madrugada, cuando el efecto de la medicación se ha diluido—. Puede que no se arrepienta mucho por su mujer, pero por los críos, seguro. —Rió, entonces torció el semblante, como si le hubiera dolido—. Probablemente mientes más que hablas, pero ¿sabes qué? Tengo la esperanza de que digas la verdad. Esperaremos a ver.

—Turcotte, esos niños son inocentes.

—También lo era Clara. También lo era el pequeño Mikey. —Sus hombros-sombra subieron y bajaron en un gesto de indiferencia—. Que se jodan.

—Eso no lo dices en seri…

—Cállate. Vamos a esperar.

10

El reloj que Al me había dado contaba con manecillas luminiscentes, y observé con horror y resignación cómo la aguja grande descendía hasta la mitad de la esfera y luego reanudaba la ascensión. Veinticinco minutos para el comienzo de *Las aventuras de Ellery Queen*. Después veinte. Después quince. Intenté hablar con él y me contestó que me callara. Seguía masajeándose el pecho, deteniéndose solo el tiempo necesario para sacar el tabaco del bolsillo de la camisa.

—Vaya, qué gran idea —dije—. Eso ayudará mucho a tu corazón.

—Cierra el pico.

Clavó la bayoneta en la grava de detrás del garaje y encendió el cigarrillo con un maltratado Zippo. En el momentáneo parpadeo de la llama, advertí que el sudor le corría por las mejillas, pese a que la noche era fría. Los ojos parecían haber retrocedido hasta el fondo de las cuencas, convirtiendo su rostro en una calavera. Aspiró humo y lo expulsó entre toses. Su cuerpo delgado temblaba, pero la pistola se mantenía firme. Apuntándome al pecho. En el cielo, las estrellas habían salido. Faltaban diez minutos para las ocho. ¿Por dónde iba *Ellery Queen* cuando Dunning llegó? La redacción de Harry no lo mencionaba, pero calculaba que habría sido al poco de iniciarse. Al día siguiente no había colegio, pero aun así Doris Dunning no querría que la pequeña Ellen de siete años andara por la calle después de las diez, aunque estuviera con Tugga y Harry.

Cinco minutos para las ocho.

Y entonces se me ocurrió una idea. Poseía la claridad de la verdad indiscutible, y hablé mientras aún conservaba su brillo.

—Tú, gallina.

—¿*Qué?* —Se enderezó como si le hubieran pellizcado en las nalgas.

—Ya me has oído. —Le imité—. «Nadie se mete con Frankie Dunning excepto yo. Él es *mío.*» Llevas veinte años diciéndote eso a ti mismo, ¿verdad? Y aún no has hecho nada.

—He dicho que te calles.

—No, diablos, ¡veintidós! Tampoco hiciste nada cuando persiguió a Chaz Frati, ¿verdad? Huiste como una nenaza a buscar a los jugadores de fútbol.

—¡Eran seis!

—Claro, pero Dunning ha estado solo muchas veces desde entonces, y ni siquiera has tirado una piel de plátano en la acera por si de casualidad resbalaba. Eres un cobarde de mierda, Turcotte, siempre escondiéndote como un conejo en su madriguera.

—¡Cállate!

—Diciéndote a ti mismo chorradas como que verle en prisión sería la mejor venganza, para no tener que afrontar el hecho…

—*¡Que te calles!*

—… de que eres un calzonazos que ha permitido que el asesino de su hermana ande libre durante más de veinte años…

—*¡Te lo advierto!* —Amartilló el percutor del revólver.

Me golpeé con el puño en el pecho.

—Adelante. Hazlo. Todo el mundo oirá el disparo y vendrá la policía. Dunning verá el follón y dará media vuelta, y entonces *tú* acabarás en Shawshank. Apuesto a que también tienen un taller de tejidos allí. Podrás trabajar por cinco centavos la hora en lugar de un dólar veinte. Solo que eso te *gustaría,* porque no tendrás que intentar explicarte a ti mismo por qué te quedaste al margen todos estos años. Tu hermana te *escupiría* si siguiera viv…

Empujó el revólver hacia delante, con intención de presionar la boca del cañón contra mi pecho, y trastabilló con su propia condenada bayoneta. Aparté la pistola a un lado con el dorso de la mano y se disparó. La bala debió de impactar en el suelo a un par de centímetros de mi pierna, porque una pequeña rociada de piedras me salpicó en los pantalones. Agarré el arma y le apunté, listo para disparar si hacía el menor movimiento para asir la bayoneta al suelo.

Lo que hizo fue desplomarse contra la pared del garaje. Ahora ambas manos presionaban el costado izquierdo del pecho, y emitía un quedo sonido amordazado.

En algún lugar a no mucha distancia —en Kossuth Street, no en Wyemore— un hombre rugió:

—¡Una cosa es divertirse, chicos, pero un petardo más y llamo a la poli! ¡Es un aviso!

Volví a respirar. Turcotte también, pero entre jadeos renqueantes. Los sonidos amordazados continuaron mientras resbalaba por la pared del garaje y quedaba tendido en la grava. Recogí la bayoneta, consideré la posibilidad de engancharla al cinturón, y determiné que solo conseguiría rajarme la pierna cuando me abriera paso a través del seto: el pasado trabajaba con ahínco, intentando detenerme. Lo que hice fue arrojarla a la oscuridad del patio, y oí un apagado sonido metálico cuando golpeó contra algo. Quizá contra la caseta del AQUÍ VIVE TU CHUCHO.

—Ambulancia —graznó Turcotte. Sus ojos lanzaban destellos a causa de lo que quizá fueran lágrimas—. Por favor, Amberson. Duele mucho.

Ambulancia, buena idea. Y he aquí algo hilarante. Había estado en Derry —en *1958*— durante casi dos meses, pero de todos modos hundí la mano en el bolsillo derecho del pantalón, donde siempre guardaba el teléfono móvil cuando no llevaba puesta una chaqueta. Mis dedos no encontraron nada salvo unas monedas y las llaves del Sunliner.

—Lo siento, Turcotte. Has nacido en la época errónea para un rescate inmediato.

—¿Qué?

Según el Bulova, *Las nuevas aventuras de Ellery Queen* ya se estaba transmitiendo a una América expectante.

—Aguanta —dije, y atravesé el seto a empellones, alzando la mano que no empuñaba la pistola para protegerme los ojos de los rasguños de las rígidas ramas.

11

Tropecé con el cajón de arena que había en el centro del patio de los Dunning, caí cuan largo era, y me hallé cara a cara con una muñeca de ojos muertos que llevaba puesta una diadema y nada más. El revólver salió volando de mi mano. A gatas, empecé a buscarlo, pensando que nunca lo encontraría; este se revelaba como el último truco del obstinado pasado, pequeño en comparación con el furioso virus estomacal y Bill Turcotte, pero no por ello menos bueno. Entonces, justo cuando lo divisé sobre la arista de luz trapezoidal proyectada a través de la ventana de la cocina, percibí el ruido de un coche que se acercaba por Kossuth Street. Iba a una velocidad mucho mayor de la que cualquier conductor sensato se atrevería a circular en una calle que sin duda se encontraba llena de niños enmascarados y provistos de bolsas de truco o trato. Supe quién era antes incluso de oír el chirrido de los frenos.

La hora de la función. En el 379, Doris Dunning estaba sentada en el sofá con Troy mientras Ellen andaba pavoneándose de un lado a otro con su disfraz de princesa india, loca por ponerse en marcha. Troy acababa de decirle que les ayudaría a comerse las golosinas cuando ella, Tugga y Harry regresaran. Ellen le replicaba: «No, no, disfrázate tú y sal por las tuyas». Todo el mundo respondería con una carcajada, incluso Harry, que estaba en el cuarto de baño echando un pis de última hora. Porque Ellen era una verdadera Lucille Ball capaz de hacer que todo el mundo se riera.

Me apoderé de la pistola, que resbaló de entre mis dedos sudados y aterrizó de nuevo en la hierba. La espinilla que me había golpeado contra el bordillo del cajón de arena aullaba. En el otro lado de la casa, la portezuela de un coche se cerró con un golpe y unos pasos rápidos avanzaron por el camino de entrada. Recuerdo que pensé: *Atranca la puerta, mamá, ese no es solo tu malhumorado marido; es la misma Derry que viene a tu casa.*

Recogí la pistola, me incorporé torpemente y tropecé con mis estúpidos pies; estuve a punto de volver a caer, recuperé el equilibrio, y corrí hacia la puerta trasera. El mamparo del sótano se hallaba en mi camino. Lo bordeé, convencido de que si apoyaba todo el peso sobre la puerta, esta cedería. El mismo aire parecía haberse espesado cual jarabe, como si también intentara frenarme.

Aun cuando signifique mi muerte, pensé. *Aun cuando signifique mi muerte y Oswald siga adelante y mueran millones. Incluso entonces. Porque esto es* ahora. *Y ahora se trata de* ellos.

La puerta trasera tendría echado el cerrojo. Estaba tan convencido de eso que casi me escurrí del escalón cuando el pomo giró y la puerta se abrió hacia fuera. Penetré en una cocina que aún conservaba el aroma del asado que la señora Dunning había guisado en el horno Hotpoint. Los platos se amontonaban en el fregadero. Había una salsera sobre la encimera; a su lado, una fuente de tallarines fríos. Del televisor provenía una banda sonora de violines trémulos, lo que Christy solía llamar «música de asesinato». Muy apropiado. La máscara de goma de Frankenstein que Tugga pretendía ponerse para salir al truco o trato descansaba sobre la encimera. Junto a ella había una bolsa de papel para el botín con la inscripción **CARAMELOS DE TUGGA NO TOCAR** escrita en el lateral con pintura de cera negra.

En su redacción, Harry había citado las palabras de su madre: «Lárgate y llévate esa cosa, se supone que no puedes estar aquí». Se aproximaba mucho. Lo que yo capté mientras corría por el linóleo hacia el arco entre la cocina y el salón fue:

—¿Frank? ¿Qué estás haciendo aquí? —Elevó progresivamente la voz—. ¿Qué es eso? ¿Por qué tienes…? *¡Vete de aquí!*

Entonces ella gritó.

12

Al llegar al arco, un niño preguntó:

—¿Quién eres? ¿Por qué grita mamá? ¿Está aquí mi padre?

Giré la cabeza y vi a Harry Dunning con diez años, de pie en el vano de la puerta de un cuartito de baño en el rincón opuesto de la cocina. Iba ataviado con pieles de ante y armado con un rifle de aire comprimido. Con la mano libre tiraba de la cremallera de la bragueta. En ese momento Doris Dunning profirió un alarido. Los otros dos niños gritaban. Se produjo un golpetazo —un sonido pesado y espeluznante— y el alarido cesó.

—*¡No, papá, no, le estás haciendo DAAAÑO!* —chilló Ellen.

Crucé el arco a la carrera y me quedé paralizado, con la boca abierta. A partir de la redacción de Harry, había deducido que tendría que detener a un hombre que blandía la clase de martillo que se acostumbra a guardar en una caja de herramientas. Eso no era lo que él tenía. Lo que él tenía era una almádena con una cabeza de diez kilos que esgrimía como si se tratara de un juguete. Llevaba la camisa arremangada y pude ver la protuberancia de músculos fortalecida durante veinte años de cortar carne y acarrear reses muertas. Doris estaba tendida en la alfombra del salón. Ya tenía el brazo roto —el hueso asomaba a través de un desgarrón en la manga del vestido— y, a juzgar por su aspecto, también el hombro dislocado. Su rostro había palidecido y reflejaba aturdimiento. Se arrastraba por la alfombra delante del televisor, con el cabello cayéndole sobre la cara. Dunning balanceó hacia atrás el martillo. Esta vez conectaría un golpe en la cabeza de su mujer, que le machacaría el cráneo y esparciría sus sesos por los cojines del sofá.

Ellen era una pequeña derviche, tratando de empujarle hacia la puerta.

—¡Para, papá, para!

Agarró a la niña por el pelo, la izó, y se la quitó de encima con un brutal empujón. La pequeña fue tambaleándose, las plumas de su tocado volando, hasta chocar contra la mecedora y volcarla.

—¡Dunning! —grité—. ¡Basta ya!

Me miró con ojos rojos y lacrimosos. Estaba borracho. Lloraba. De las fosas nasales pendían flemas y la saliva lustraba su barbilla. El rostro se le crispó en un calambre de ira, aflicción y perplejidad.

—¿Quién cojones eres tú? —preguntó, y embistió contra mí sin esperar respuesta.

Apreté el gatillo del revólver, pensando. *Ahora no disparará, es una pistola de Derry y no disparará.*

Pero lo hizo. La bala le alcanzó en el hombro. Una rosa roja floreció en su camisa blanca. Giró de costado por el impacto, y luego volvió a la carga. Levantó la maza. La amapola en su camisa se extendió, pero no dio muestras de sentirlo.

Apreté otra vez el gatillo, pero en ese preciso instante alguien me desplazó de un empujón y la bala se perdió. Era Harry.

—¡No sigas, papá! —Su voz sonaba estridente—. ¡No sigas o te pegaré un tiro!

Arthur «Tugga» Dunning reptaba hacia mí, hacia la cocina. Justo cuando Harry disparaba el rifle —¡ka-chow!—, Dunning descargó la maza sobre la cabeza de Tugga. El rostro del chico se disipó en una cortina de sangre. Fragmentos de hueso y glebas de cabello saltaron por los aires; gotas púrpura salpicaron la lámpara del techo. Ellen y la señora Dunning estaban chillando. Chillando.

Recuperé el equilibrio y disparé por tercera vez. El tiro le arrancó por entero la mejilla derecha hasta la oreja, pero sin embargo no le detuvo. *No es humano*, pensé entonces, y lo sigo pensando ahora. Todo cuanto vislumbraba en los ojos encharcados y en el rechinamiento de dientes —como si masticara el aire más que respirarlo— era una especie de balbuceante vacío.

—¿Quién cojones eres tú? —repitió, y luego—: Has entrado en mi casa ilegalmente.

Echó la maza hacia atrás y describió horizontalmente un arco sibilante. Doblé las rodillas, agachando la cabeza al mismo tiempo, y aunque el cotillo de diez kilos pareció errar el tiro por completo —no sentí dolor, no entonces—, una ola de calor me surcó la nuca como un relámpago. La pistola salió volando de mi mano, golpeó contra la pared y rebotó en el rincón. Una sustancia cálida me recorría el costado de la cara. ¿Comprendí que me había alcanzado lo suficiente para abrirme una brecha de quince centímetros en el cuero cabelludo? ¿Que falló el golpe que me habría noqueado o directamente matado por tal vez apenas medio centímetro? No puedo asegurarlo. Todo esto sucedió en menos de un minuto; quizá solo fueron treinta segundos. La vida cambia en un instante, y cuando lo hace, vira con rapidez.

—¡Sal fuera! —le grité a Troy—. *¡Coge a tu hermana y salid fuera! ¡Pide ayuda! ¡Grita hasta que te estallen los pulm…!*

Dunning blandió la maza. Reculé de un salto y la cabeza del martillo se incrustó en la pared, hizo trizas los listones y envió al aire una ráfaga de yeso que se unió al humo de las detonaciones. La tele seguía emitiendo. Violines, música de asesinato.

Mientras Dunning forcejeaba por desenterrar la maza de la pared, algo pasó volando a mi lado. Era el rifle de aire comprimido Daisy, que Harry había arrojado. El cañón golpeó a Frank Dunning en la mejilla abierta y aulló de dolor.

—*¡Tú, pequeño bastardo! ¡Te mataré por esto!*

Troy llevaba a Ellen hacia la puerta. *Eso está bien*, pensé, *al menos he cambiado las cosas hasta cierto punto…*

Sin embargo, antes de que pudiera sacarla a la calle, alguien llenó el vano de la puerta y luego entró a trompicones, chocando con Troy Dunning y la niña, que cayeron al suelo. Apenas tuve tiempo de verlo, porque Frank había liberado la maza y venía por mí. Retrocedí, empujando a Harry con la mano al interior de la cocina.

—Por la puerta de atrás, hijo. Deprisa. Le entretendré hasta que…

Frank Dunning profirió un alarido y se puso rígido. De repente algo despuntó en su pecho. Fue como un truco de magia. El objeto estaba bañado en sangre y tardé un momento en darme cuenta de qué era: la punta de una bayoneta.

—Esto es por mi hermana, hijo de puta —espetó Bill Turcotte con voz áspera—. Esto es por Clara.

13

Dunning se desplomó, los pies en el salón, la cabeza bajo el arco que separaba la cocina. Sin embargo, no completó la caída. La punta de la hoja se hincó en el suelo y lo mantuvo en posición inclinada. Uno de los pies se agitó una sola vez, después quedó inmóvil. Daba la impresión de haber muerto mientras hacía flexiones.

Todo el mundo gritaba. El aire apestaba a pólvora, yeso y sangre. Doris se acercó dando tumbos hasta su hijo muerto, encorvada y con el cabello suspendido sobre el rostro. No quería que contemplara eso —la cabeza de Tugga estaba hendida completamente hasta la mandíbula—, pero no tenía manera de impedírselo.

—Lo haré mejor la próxima vez, señora Dunning —murmuré—. Lo prometo.

La sangre me cubría toda la cara; tuve que enjugarme el ojo izquierdo para poder ver de ese lado. Como aún seguía consciente, deduje que no estaba herido de gravedad; además, sabía que las heridas en la cabeza sangraban como cabronas. Pero me encontraba hecho un asco, y si había de producirse una próxima vez, tenía que marcharme de allí en ese momento, sin ser visto y a toda prisa.

Sin embargo, debía hablar con Turcotte antes de irme, o por lo menos intentarlo. Se había derrumbado contra la pared junto a los pies extendidos de Dunning. Se agarraba el pecho y jadeaba. El rostro mostraba una palidez cadavérica, a excepción de los labios, ahora tan morados como los de un niño que ha estado engu-

llendo arándanos. Alargué la mano y me la asió con nerviosa pre-
miosidad, pero en sus ojos persistía un minúsculo destello de
humor.

—¿Quién es ahora el gallina, Amberson?

—Tú no —respondí—. Eres un héroe.

—Sí —resolló—. No te olvides de echar la puta medalla encima
de mi ataúd.

Doris acunaba a su hijo muerto. Detrás de ella, Troy caminaba
en círculos mientras Ellen hundía con fuerza la cabeza en el pecho
de su hermano. Este no miró hacia nosotros, no parecía notar que
estábamos allí. La niña lloraba.

—Te pondrás bien —dije a Turcotte. Como si yo lo supiera—.
Ahora escucha, porque esto es importante: olvídate de mi nombre.

—¿Qué nombre? Nunca me lo dijiste.

—Correcto. Y… ¿conoces mi coche?

—Ford. —Estaba perdiendo la voz, pero sus ojos continuaban
fijos en los míos—. Bonito. Descapotable. Rojo. Cincuenta y cuatro o cincuenta y cinco.

—Nunca lo has visto. Esto es lo más importante de todo, Turcotte. Lo necesito para viajar al sur del estado esta noche y tendré
que ir por la autopista casi todo el trayecto porque no conozco
ninguna otra carretera. Si puedo llegar al centro de Maine, estaré
libre y sin cargos. ¿Entiendes lo que te estoy diciendo?

—Nunca he visto tu coche —afirmó, después hizo una mueca—. Ah, joder, vaya si no *duele*.

Coloqué los dedos en su cuello, espinoso por la barba, y le
tomé el pulso. Era rápido y salvajemente irregular. En la distancia
sonaban sirenas quejumbrosas.

—Hiciste lo correcto.

Puso los ojos en blanco.

—Casi no lo hago. No sé en qué pensaba. Debía de estar loco.
Escucha, socio. Si te cazan, no les cuentes lo que yo… ya sabes, lo
que…

—Jamás lo haría. Cuídate, Turcotte. Ese hombre era un perro
rabioso y tú lo abatiste. Tu hermana estaría orgullosa.

Esbozó una sonrisa y cerró los ojos.

Entré en el cuarto de baño, agarré una toalla, la empapé en el lavabo y me restregué la cara ensangrentada. Tiré la toaña a la bañera, cogí dos más y salí a la cocina.

El niño que me había llevado hasta allí se hallaba de pie sobre el apagado suelo de linóleo junto al horno y me observaba. Aunque probablemente habían pasado más de seis años desde que se chupaba el pulgar, ahora lo hacía. Los ojos eran anchos y solemnes, anegados de lágrimas. Pecas de sangre salpicaban sus mejillas y su frente. Ahí había un muchacho que acababa de experimentar un suceso que sin duda le traumatizaría, pero también un muchacho que nunca crecería para convertirse en Harry el Sapo. Tampoco escribiría jamás una redacción capaz de hacer que se me saltaran las lágrimas.

—¿Quién es usted, señor? —preguntó.

—Nadie. —Me encaminé hacia la puerta, dejándolo atrás. No obstante, se merecía algo más, y aunque las sirenas se oían más cerca, me volví—. Tu ángel bueno —dije.

Entonces me escabullí por la puerta trasera y me adentré en la noche de Halloween de 1958.

Subí por Wyemore hasta Witcham, vi el centelleo de unas luces azules dirigiéndose hacia Kossuth Street y continué andando. Me interné dos manzanas más en el distrito residencial y giré a la derecha en Gerard Avenue. La gente se arremolinaba en las aceras, vuelta hacia el sonido de las sirenas.

—Señor, ¿sabe qué ha pasado? —me preguntó un hombre que sujetaba de la mano a una Blancanieves calzada con zapatillas.

—Oí a unos críos prendiendo petardos —respondí—. Quizá provocaron un incendio.

Continué andando y me aseguré de mantener el lado izquierdo de la cara fuera de la vista, porque había una farola cerca y mi cuero cabelludo aún rezumaba sangre.

Cuatro manzanas más adelante tomé la dirección de regreso a Witcham. A esta distancia al sur de Kossuth, Witcham Street se hallaba oscura y silenciosa. Todos los coches patrulla disponibles probablemente se encontraban en la escena del crimen. Bien. Casi había alcanzado la esquina de Grove y Witcham cuando mis rodillas se volvieron de goma. Miré en derredor y, al no divisar a nadie, me senté en el bordillo. No podía permitirme el lujo de detenerme, pero lo necesitaba. Había vomitado todo el contenido de mi estómago, no había comido nada en todo el día salvo una pequeña chocolatina (y no recordaba si había conseguido siquiera devorarla entera antes de que Turcotte me asaltara), y acababa de superar un violento interludio del que había salido herido; cuán gravemente herido aún lo ignoraba. O me detenía y permitía que mi cuerpo se reorganizara o me desmayaría en la acera.

Coloqué la cabeza entre las rodillas y respiré con una serie de inspiraciones lentas y profundas, tal como había aprendido en el curso de la Cruz Roja que había seguido para obtener la certificación de socorrista en la época de la facultad. Al principio no cesaba de ver la cabeza de Tugga Dunning al estallar bajo la descendente fuerza trituradora del martillo, y ello solo empeoró el desfallecimiento. Después pensé en Harry; le había salpicado la sangre de su hermano, pero por lo demás había salido ileso. Y en Ellen, que no se había hundido en un coma del que nunca emergería. Y en Troy. Y en Doris. Cabía la posibilidad de que el brazo gravemente fracturado le doliera durante el resto de su vida, pero al menos iba a *tener* una vida.

—Lo conseguí, Al —musité.

Pero ¿qué había hecho en 2011? ¿Qué le había hecho *a* 2011? Se trataba de preguntas que aún debían ser respondidas. Si hubiera sucedido algo terrible a causa del efecto mariposa, podría volver atrás y anularlo…, a menos que, al variar el curso de las vidas de la familia Dunning, de algún modo hubiera variado también el curso de la vida de Al Templeton. ¿Y si el restaurante ya no se encontraba donde lo había dejado? ¿Y si resultaba que nunca lo trasladó desde Auburn? ¿O que, de entrada, nunca abrió un restaurante? No parecía probable…, pero ahí estaba yo, sentado en un bordillo de 1958, la sangre rezumando de un corte de pelo practicado en 1958, ¿y cuán probable era *eso*?

Me puse en pie, me tambaleé, y luego emprendí la marcha. A mi derecha, Witcham Street abajo, puede ver el destello estroboscópico de luces azules. Una multitud se congregaba en la esquina de Kossuth, pero de espaldas a mí. La iglesia donde había dejado el coche quedaba al otro lado de la calle. El Sunliner era ahora el único vehículo en el aparcamiento, pero parecía en perfecto estado; ningún bromista de Halloween había desinflado los neumáticos. Vi entonces un cuadrado de papel amarillo bajo uno de los limpiaparabrisas. La imagen de Míster Tarjeta Amarilla me cruzó la mente como un relámpago y se me encogió el estómago. Lo arranqué de la varilla y exhalé un suspiro de alivio cuando leí lo que había escrito: ÚNETE A TUS AMIGOS Y VECINOS EN LA HOMILÍA DE ESTE DOMINGO A LAS 9.00 ¡LOS RECIÉN LLEGADOS SIEMPRE SON BIENVENIDOS! RECUERDA, «LA VIDA ES LA PREGUNTA, JESÚS ES LA RESPUESTA».

—Creía que las drogas duras eran la respuesta, y vaya si no me vendrían bien unas cuantas ahora mismo —musité, y abrí la puerta del conductor. Pensé en la bolsa de papel abandonada detrás del garaje de la casa en Wyemore Lane. Los policías que investigaran la zona tenían muchas probabilidades de descubrirla. Dentro hallarían unas pocas chocolatinas, un frasco casi vacío de Kaopectate… y el equivalente a un montón de pañales para adulto.

Me pregunté qué conclusión extraerían de ello.

Aunque no demasiado.

16

Para cuando alcancé la autopista, la cabeza me dolía horrores, pero aunque esto no estuviera ocurriendo antes de la época de las tiendas abiertas las veinticuatro horas, no sé con certeza si me habría atrevido a parar; tenía la camisa apelmazada por la sangre seca en el costado izquierdo. Por lo menos me había acordado de llenar el depósito.

En una ocasión probé a explorarme el tajo en la cabeza con la punta de los dedos y fui recompensado con una llamarada de dolor que me disuadió de hacer un segundo intento.

Sí me detuve en un área de descanso a las afueras de Augusta. Para entonces ya pasaban de las diez de la noche y el lugar se encontraba desierto. Encendí la luz del techo y me examiné las pupilas en el espejo retrovisor. Se veían del mismo tamaño, lo cual supuso un alivio. En el exterior del aseo de caballeros había una máquina expendedora de tentempiés, donde por diez centavos compré un pastelillo de chocolate relleno de nata. Lo engullí mientras conducía, y el dolor de cabeza remitió en parte.

Era más de medianoche cuando llegué a Lisbon Falls. Main Street estaba oscura, pero las fábricas Worumbo y US Gypsum operaban a toda máquina, resoplando y bufando, despidiendo nubes fétidas a la atmósfera y vertiendo sus residuos ácidos al río. Racimos de luces brillantes las hacían parecer naves espaciales. Aparqué el Sunliner en la frutería Kennebec, donde permanecería hasta que alguien atisbara el interior y viera las manchas de sangre en el asiento, la puerta y el volante. Entonces llamarían a la policía. Suponía que espolvorearían el Ford en busca de huellas dactilares. Era posible que las cotejaran con las impresiones de cierto .38 Especial hallado en el escenario de un asesinato en Derry. Pero si la madriguera de conejo seguía en su sitio, George no iba a dejar ninguna pista que rastrear, y las huellas dactilares pertenecían a un hombre que nacería dieciocho años después.

Abrí el maletero, saqué el maletín, y decidí abandonar todo lo demás. Por cuanto sabía, podría acabar a la venta en El Alegre Elefante Blanco, la tienda de segunda mano cercana a Titus Chevron. Atravesé la calle hacia el aliento de dragón de la fábrica, un *shat-HOOSH, shat-HOOSH* que proseguiría día y noche hasta que el librecambismo de la era Reagan volviera obsoletas las caras tejedurías norteamericanas.

El secadero estaba iluminado por un blanco resplandor fluorescente que provenía de las ventanas de la nave de tintura. Localicé la cadena que aislaba el secadero del resto del patio. Estaba demasiado oscuro para leer el letrero que colgaba de ella, y habían transcurrido casi dos meses desde que lo había visto, pero recordaba lo que decía: **PROHIBIDO EL PASO MÁS ALLÁ DE ESTE PUNTO HASTA QUE EL COLECTOR ESTÉ REPARADO**. No había señal de Míster Tarjeta Amarilla (o Míster Tarjeta Naranja, si esa era ahora su identidad).

La luz de unos faros inundó el patio, iluminándome como a una hormiga en un plato. Mi sombra apareció de golpe, larga y escuálida, delante de mí. Me quedé congelado cuando un enorme camión de carga avanzó pesadamente hacia mí. Esperaba que el conductor se detuviera, se asomara por la ventanilla, y me preguntara qué demonios estaba haciendo allí. Redujo la velocidad pero no paró. Alzó una mano en mi dirección, yo le devolví el gesto, y condujo hacia los muelles de carga con docenas de barriles vacíos traqueteando en la caja. Me dirigí hacia la cadena, eché una rápida mirada alrededor, y me colé por debajo.

Recorrí el flanco del secadero, el corazón latiendo con fuerza en el pecho, la brecha en la cabeza palpitando en consonancia. Esta vez ningún fragmento de hormigón señalaba el lugar. *Despacio*, me dije. *Despacio*. El escalón está justo… *aquí*.

Pero no estaba. Bajo el zapato, que tanteaba el suelo con tímidos puntapiés, no había nada sino el pavimiento.

Avancé un poco más, y aún nada. Hacía frío como para advertir un fino vaho cuando espiraba, pero una capa de sudor liviana y pegajosa me cubrió los brazos y el cuello. Avancé un poco más, pero ahora estaba casi seguro de haberme alejado demasiado. O la madriguera de conejo había desaparecido o nunca había existido, lo que implicaba que mi vida entera como Jake Epping —todo, desde mi huerto premiado por la asociación de Futuros Granjeros de América cuando estaba en primaria hasta mi matrimonio con una mujer esencialmente dulce que casi ahogó mi amor por ella en alcohol, pasando por la novela que renuncié a escribir en la facultad— era fruto de una disparatada alucinación. Yo había sido George Amberson en todo momento.

Avancé un poco más y me detuve, respirando con fuerza. En algún lugar —quizá en la nave de tintura, quizá en una sala de telares— alguien gritó «*¡Manda cojones!*». Pegué un salto, y otro más por el bramido de las carcajadas que siguieron a esa exclamación.

Ahí tampoco estaba.

Desaparecida.

O nunca existió.

¿Y me embargó la decepción? ¿El terror? ¿El pánico absoluto? No, en realidad no. Lo que experimenté fue una sensación de alivio. Lo que pensé fue: *Podría vivir aquí. Fácilmente. Incluso feliz*.

¿Era eso verdad? Sí. *Sí*.

Apestaba en las inmediaciones de las fábricas y en los transportes públicos donde todo el mundo fumaba como una chimenea, pero la mayoría de los lugares poseían un olor increíblemente dulce. Increíblemente *nuevo*. La comida sabía bien; la leche te la dejaban directamente en tu puerta. Tras un período de abstinencia de mi ordenador, había adquirido la perspectiva suficiente para darme cuenta de lo adicto que me había vuelto a esa jodida máquina, malgastando horas leyendo estúpidos archivos adjuntos y visitando páginas web por la misma razón que impulsa a los alpinistas a escalar el Everest: porque estaban allí. Mi teléfono móvil nunca sonaba porque no *tenía* teléfono móvil, y qué alivio había resultado ser. Fuera de las grandes ciudades, la mayoría de la gente aún compartía la línea telefónica, ¿y echaban el cerrojo por la noche? Y una mierda lo echaban. Preocupaba la guerra nuclear, pero yo estaba a salvo en el conocimiento de que la gente de 1958 envejecería y moriría sin escuchar jamás que una bomba atómica había sido detonada aparte de en las pruebas nucleares. A nadie le preocupaba el calentamiento global ni los terroristas suicidas que secuestraban aviones y los estrellaban contra rascacielos.

Y si mi vida de 2011 *no fuera* una alucinación (como mi corazón sabía), aún podría detener a Oswald. La única diferencia era que no conocería el resultado final. Pensé que podría vivir con eso.

De acuerdo. La primera tarea consistía en regresar al Sunliner y salir de Lisbon Falls. Iría en coche hasta Lewiston, buscaría la estación de autobuses y compraría un billete a Nueva York. Desde allí tomaría un tren a Dallas…, diablos, ¿por qué no un avión? Aún disponía de una buena cantidad de efectivo, y ninguna aerolínea me pediría una identificación con foto. Bastaba con aflojar el dinero que costaba el pasaje y Trans World Airlines me daría la bienvenida a bordo.

Esta decisión trajo consigo un alivio tan enorme que mis piernas se volvieron otra vez de goma. El desfallecimiento no fue tan grave como en Derry, cuando me vi obligado a sentarme, pero me incliné contra el secadero en busca de apoyo. Choqué con el hombro, se oyó un suave *bang*. Y una voz me habló de la nada. Ronca. Casi un gruñido. Una voz del futuro, por así decirlo.

—¿Jake? ¿Eres tú? —Le siguió una descarga cerrada de toses secas como ladridos.

Estuve a punto de guardar silencio. *Podría* haber guardado silencio. Entonces pensé en cuánto tiempo de vida había invertido Al en este proyecto y en que yo era el único depositario de todas sus esperanzas.

Me volví hacia el sonido de las toses y hablé en voz baja.

—¿Al? Háblame. Cuenta. —Podría haber añadido «*O sigue tosiendo*».

Empezó a contar. Me dirigí hacia el sonido de los números tanteando con el pie. Después de diez pasos —más allá del lugar donde me había rendido—, la punta de mi zapato dio un paso adelante y simultáneamente chocó contra algo que lo frenó en seco. Eché un último vistazo alrededor. Tomé una bocanada más de aquel aire que hedía a productos químicos. Luego cerré los ojos y empecé a ascender unos escalones que no podía ver. En el cuarto, el frío aire nocturno fue reemplazado por una sofocante calidez y el aroma a café y especias. Al menos así era en la mitad superior de mi cuerpo. Por debajo de la cintura, aún sentía la noche.

Permanecí así durante quizá treinta segundos, mitad en el presente y mitad en el pasado. Entonces abrí los ojos, contemplé el rostro de Al, demacrado, ansioso y excesivamente delgado, y penetré de regreso en 2011.

PARTE 3

VIVIENDO
EN EL PASADO

CAPÍTULO 9

1

Habría asegurado que para entonces ya era inmune a cualquier sorpresa, pero lo que observé justo a la izquierda de Al hizo que se me descolgara la mandíbula: un cigarrillo consumiéndose en un cenicero. Alargué la mano y aplasté la colilla.

—¿Quieres expectorar el poco tejido pulmonar funcional que aún te quede?

Él no respondió. Ni siquiera estoy seguro de que me oyera. Me miraba de hito en hito, con los ojos abiertos como platos.

Dios bendito, Jake..., ¿quién te ha arrancado la cabellera?

—Nadie. Salgamos de aquí antes de que me ahogue con tu humo de segunda mano. —Pero se trataba de una reprimenda vacía. Durante las semanas vividas en Derry me había acostumbrado al olor de los cigarrillos encendidos. Pronto yo mismo adquiriría el hábito si no iba con cuidado.

—Por si no lo sabes, te han *trasquilado* —dijo—. Tienes un trozo de pelo colgando por detrás de la oreja, y... por cierto, ¿cuánta sangre has perdido? ¿Un litro? ¿Y quién te lo ha hecho?

—A, menos de un litro. B, Frank Dunning. Si eso satisface tus preguntas, ahora *yo* tengo una. Dijiste que ibas a rezar y en cambio estás fumando, ¿por qué?

—Porque estaba nervioso. Y porque ya no importa. Ese caballo ya ha salido del establo.

Difícilmente podría rebatir ese punto.

2

Al caminó a paso lento hasta detrás de la barra, donde abrió un armario y sacó una caja de plástico con una cruz roja en la tapa. Me senté en un taburete y miré el reloj. Marcaba las ocho menos cuarto cuando Al descorrió el cerrojo de la puerta y me guió al interior del restaurante. Serían quizá las ocho menos cinco cuando descendí por la madriguera de conejo y emergí en el País de las Maravillas hacia 1958. Al afirmaba que cada viaje duraba exactamente dos minutos, y el reloj de la pared parecía corroborarlo. Había pasado cincuenta y dos días en 1958, pero aquí eran las 7.59 de la mañana.

Al estaba reuniendo gasas, esparadrapo y un frasco de peróxido de hidrógeno.

—Agacha la cabeza para que pueda verlo —dijo—. Apoya la barbilla sobre la barra.

—Puedes prescindir del agua oxigenada. Sucedió hace cuatro horas y ya se ha coagulado. ¿Ves?

—Más vale prevenir que curar —recitó, y entonces me ardió la coronilla.

—¡*Aaahhh!*

—Duele, ¿eh? Porque sigue abierta. ¿Preferirías que un matasanos de 1958 te curara esa brecha infectada antes de partir hacia la Gran Dallas? Fíate de mí, socio, no querrías eso. No te muevas. Tengo que pasarte la tijera o el esparadrapo no aguantará. Gracias a Dios que te cortaste el pelo.

Clip, clip, clip. Después añadió presión al escozor —para colmo de males, como se suele decir— apretando la gasa sobre la herida y fijándola con esparadrapo.

—Podrás quitarte la gasa dentro de un día o dos, pero te conviene llevar puesto el sombrero hasta entonces. Va a parecer como si tuvieras sarna en esa zona, pero si el pelo no vuelve a crecer ahí, siempre puedes peinarte de modo que la cubra. ¿Quieres una aspirina?

—Sí. Y una taza de café. ¿Puedes prepararme una? —No obstante, el café solo ayudaría un rato. Lo que necesitaba era dormir.

—Sí, claro. —Accionó el interruptor de la cafetera y luego empezó a hurgar otra vez en el botiquín de primeros auxilios—. Parece que has perdido peso.

Mira quién habla, pensé.

—He estado enfermo. Pillé un virus... —Ahí fue donde me interrumpí.

—Jake, ¿algo va mal?

Estaba mirando las fotografías enmarcadas de Al. Cuando descendí por la madriguera de conejo, en la pared colgaba una foto donde Harry Dunning y yo posábamos sonriendo y exhibiendo para la cámara su Diploma de Equivalencia de Secundaria.

Había desaparecido.

3

—¿Jake? ¿Socio? ¿Qué pasa?

Cogí las aspirinas que Al había puesto encima de la barra, me las metí en la boca y las tragué sin agua. Luego me levanté y me acerqué despacio al Muro de los Famosos. Me sentía como un hombre de cristal. El sitio que había ocupado nuestra foto durante los últimos dos años lo ocupaba ahora una de Al estrechando la mano de Mike Michaud, diputado por el Segundo Distrito de Maine. Debía de haber sido mientras Michaud hacía campaña para la reelección, porque Al lucía dos chapas en su delantal de cocinero. Una decía VOTA A MICHAUD PARA EL CONGRESO; la otra, LISBON QUIERE A MIKE. El honorable representante se había enfundado una camiseta de Moxie de un naranja brillante y alzaba una pringosa Granburguesa hacia la cámara.

Descolgué la foto de su alcayata.

—¿Cuánto tiempo lleva esto aquí?

Me miró con el ceño fruncido.

—No había visto esa foto en mi vida. Dios sabe que apoyé a Michaud en sus dos últimas candidaturas (demonios, apoyo a cualquier demócrata que no haya sido pescado malversando fondos) y le conocí en un mitín en 2008, pero eso fue en Castle Rock. Él nunca ha pisado este restaurante.

—Por lo visto, estuvo aquí. Esa es tu barra, ¿verdad?

Cogió la foto con unas manos ahora tan escuálidas que semejaban garras y la sostuvo cerca de la cara.

—Sí —confirmó—. Claro que lo es.

—Por lo tanto, *hay* un efecto mariposa. Esta foto es la prueba.

La miró fijamente con una leve sonrisa. De asombro, creo. O quizá de temor reverencial. Después me la devolvió y pasó detrás de la barra a servir el café.

—Al… Todavía te acuerdas de Harry, ¿verdad? Harry Dunning.

—Por supuesto. ¿No es él la razón por la que fuiste a Derry y casi consigues que te arranquen la cabeza?

—Él y el resto de su familia, sí.

—¿Y los salvaste?

—A todos menos a uno. Su padre lo cazó antes de que pudiéramos detenerlo.

—¿Pudiéramos? ¿Quiénes?

—Te lo contaré todo, pero primero me voy a casa a acostarme.

—Socio, no tenemos mucho tiempo.

—Eso ya lo *sé* —repliqué mientras pensaba: *Me basta con mirarte, Al*—. Pero estoy muerto de sueño. Para mí es la una y media de la madrugada, y he tenido… —Mi boca se abrió en un enorme bostezo—. He tenido una noche movidita.

—De acuerdo. —Trajo el café (una taza llena para mí, negro, media taza para él, teñido con una generosa dosis de leche)—. Cuéntame lo que puedas mientras te bebes esto.

—Primero, explícame cómo es posible que te acuerdes de Harry si nunca fue conserje en el instituto y jamás en toda su vida te compró una Granburguesa. Segundo, explícame por qué *no* te acuerdas de que Mike Michaud visitó el restaurante cuando esa foto dice lo contrario.

—No sabes a ciencia cierta si Harry Dunning está en la ciudad —dijo Al—. De hecho, no sabes con certeza si sigue trabajando de conserje en el Instituto Lisbon.

—Sería mucha coincidencia. He cambiado el pasado drásticamente, Al…, con ayuda de un tipo llamado Bill Turcotte. Harry no tuvo que irse a vivir con sus tíos en Haven, porque su madre no murió. Como tampoco murió su hermano Troy ni su hermana Ellen. Y Dunning ni siquiera llegó a acercarse a Harry con aquel martillo suyo. Si Harry vive en Las Falls después de todos esos cambios, seré el tipo más sorprendido de la tierra.

—Hay una forma de comprobarlo —dijo Al—. Tengo un portátil en mi oficina. Vamos atrás.

Encabezó la marcha, tosiendo y apoyándose en las cosas. Me llevé mi taza de café; él se dejó la suya.

Oficina era un nombre excesivamente grandilocuente para el chiribitil adosado a la cocina. Del tamaño de un armario, apenas había suficiente espacio para los dos. Las paredes estaban empapeladas con memorandos, permisos y directrices sanitarias, tanto del estado de Maine como federales. Si la gente que difundía los rumores y las habladurías sobre la Famosa Gatoburguesa viera todos aquellos documentos oficiales —que incluían una Certificación de Higiene de clase A posterior a la última inspección por la Comisión de Restauración del estado de Maine— a lo mejor se verían obligados a reconsiderar su postura.

Un MacBook descansaba encima de una especie de pupitre que recuerdo haber utilizado en tercer curso. Al se dejó caer en una silla de dimensiones similares con un gruñido de dolor y alivio.

—El instituto tiene página web, ¿verdad?

—Claro.

Mientras aguardábamos a que el portátil se encendiera, me pregunté cuánto correo electrónico se habría acumulado durante mi ausencia de cincuenta y dos días. Entonces recordé que en realidad solo había estado fuera dos minutos. Tonto de mí.

—Creo que estoy perdiendo el control, Al —declaré.

—Conozco la sensación. Aguanta, socio, te..., espera, allá vamos. A ver... cursos... calendario de verano... profesorado... administración... personal de vigilancia.

—Pincha ahí —le indiqué.

Movió el ratón táctil, musitó algo, inclinó la cabeza, hizo clic en otro sitio, y luego miró fijamente la pantalla del ordenador como un swami consultando una bola de cristal.

—¿Y bien? No me tengas en ascuas.

Giró el portátil para que yo pudiera verlo. PERSONAL DE VIGILANCIA DEL I.S.L., decía. ¡LOS MEJORES DE MAINE! Una fotografía mostraba a dos hombres y una mujer posando en el círculo central de la pista del gimnasio. Todos ellos sonreían. Todos ellos vestían la sudadera de los Galgos de Lisbon.

Ninguno de ellos era Harry Dunning.

4

—Lo recuerdas en su vida como conserje y como tu alumno porque eres tú quien bajaste por la madriguera de conejo —explicó Al. Estábamos de vuelta en el comedor, sentados en un reservado—. En mi caso, lo recuerdo o porque yo mismo he utilizado la madriguera o porque estoy cerca de ella. —Lo meditó un instante—. Probablemente sea eso. Una especie de radiación. Pasa lo mismo con Míster Tarjeta Amarilla, solo que en el otro lado, y él también lo siente. Tú le has visto, así que ya lo sabes.

—Ahora es Míster Tarjeta Naranja.

—¿De qué estás hablando?

Bostecé de nuevo.

—Si intentara contártelo ahora, lo mezclaría con todo lo demás y sería peor. Quiero llevarte a casa y luego irme a la mía. Voy a coger algo para comer, porque tengo más hambre que un oso…

—Te prepararé unos huevos revueltos —dijo él. Hizo ademán de levantarse, pero volvió a sentarse dando un golpetazo y comenzó a toser. Cada inspiración era un resuello seco que sacudía todo su cuerpo. Algo aleteaba ruidosamente en su garganta, como un naipe en los radios de una rueda de bicicleta.

Posé mi mano sobre su brazo.

—Lo que vas a hacer es irte a casa, tomar la medicina y descansar. Duerme si puedes. Yo sí voy a dormir, seguro. Ocho horas. Pondré la alarma.

El ataque de tos cesó, pero aún oía el traqueteo del naipe en su garganta.

—Dormir a pierna suelta, me acuerdo de cómo era eso. Te envidio, socio.

—Iré a tu casa esta noche a las siete. No, mejor a las ocho. Así antes aprovecharé para comprobar unas cosas en internet.

—¿Y si nada te pone en *jaque*? —Sonrió por el juego de palabras… que yo, por supuesto, había escuchado como mínimo mil veces.

—Entonces regresaré mañana y me prepararé para cometer el acto en cuestión.

—No. Vas a *deshacer* un acto —corrigió. Me apretó la mano. Sus dedos eran delgados, pero aún conservaban su fuerza—. De eso trata todo esto. Encontrar a Oswald, deshacer su puta mierda y borrarle esa autocomplaciente sonrisita de la cara.

5

Cuando arranqué el coche, lo primero que hice fue echar mano a la achaparrada palanca de cambios del Ford en la columna de dirección y pisar el elástico embrague del Ford con el pie izquierdo. Cuando mis dedos se cerraron en torno a nada sino aire y mi zapato chocó contra nada sino la alfombrilla, rompí a reír. No pude evitarlo.

—¿Qué? —preguntó Al desde su posición en el asiento del copiloto.

Añoraba mi elegante Ford Sunliner, eso era, pero no pasaba nada; pronto volvería a comprarlo. Aunque dado que la próxima vez andaría más escaso de fondos, por lo menos al principio (ni siquiera dispondría de mi depósito de dos mil dólares en el Hometown Trust, pues se esfumaría en el siguiente reinicio), podría rebajar el precio cuando regateara con Bill Titus.

Creía que podía conseguirlo.

Creía que ahora yo era distinto.

—¿Jake? ¿Algo gracioso?

—No es nada.

Busqué cambios en Main Street, pero todos los edificios habituales se hallaban presentes y listos para rendir cuentas, incluida la frutería Kennebec, que ofrecía el aspecto —como de costumbre— de que dos facturas impagadas la separaban del colapso financiero. La estatua del Jefe Worumbo aún se erigía en el parque municipal, y el anuncio en el escaparate de Muebles Cabell's todavía pregonaba al mundo: NUESTROS PRECIOS SON IMBATIBLES.

—Al, recuerdas que hay que pasar por debajo de una cadena para volver a la madriguera de conejo, ¿verdad?

—Claro.

—¿Y el letrero que cuelga de la cadena?

—El del colector. —Iba sentado como un soldado que piensa que la carretera por delante puede estar sembrada de minas, y se le crispaba el rostro cada vez que saltábamos sobre un bache.

—Cuando volviste de Dallas, después de comprender que estabas demasiado enfermo para hacerlo, ¿seguía ese letrero allí?

—Sí —asintió tras un momento de reflexión—. Así es. Es curioso, ¿verdad? ¿Quién tarda cuatro años en reparar unas tuberías rotas?

—Nadie, y aún menos en el patio de una fábrica donde los camiones van y vienen día y noche. Entonces, ¿por qué no llama la atención?

Meneó la cabeza.

—Ni idea.

—Debe de estar ahí para evitar que cualquiera que deambule cerca se meta en la madriguera de conejo por accidente. Pero ¿quién la puso ahí?

—No lo sé. Ni siquiera sé si tu deducción es correcta.

Giré hacia su calle con la esperanza de dejarlo sano y salvo dentro de la casa y luego recorrer los trece o catorce kilómetros de distancia hasta Sabattus sin quedarme dormido al volante. Sin embargo, me rondaba por la cabeza una cosa más, y necesitaba decirla, aunque solo fuera para que no mantuviera unas expectativas demasiado elevadas.

—El pasado es obstinado, Al. No quiere ser cambiado.

—Lo sé. *Te* lo dije.

—En efecto, pero lo que creo ahora es que la resistencia al cambio es directamente proporcional a la magnitud con la que una determinada acción altera el futuro.

Me miró. Las bolsas bajo sus ojos eran más oscuras que nunca, incluso los ojos irradiaban dolor.

—¿Puedes repetírmelo en cristiano?

—Cambiar el futuro de la familia Dunning fue más difícil que cambiar el futuro de Carolyn Poulin, en parte porque había más personas involucradas, pero sobre todo porque la niña Poulin habría sobrevivido, de un modo u otro. Doris Dunning y sus hijos habrían muerto… y de todas formas uno de ellos murió, aunque tengo intención de remediarlo.

El fantasma de una sonrisa le rozó los labios.

—Bien por ti. Asegúrate de agacharte un poco más la próxima vez. Ahórrate una cicatriz embarazosa allí donde el pelo puede no volver a crecer.

Tenía ideas al respecto, pero no me molesté en exponerlas. Enfilé el coche hacia el camino de entrada de su casa.

—Lo que estoy diciendo es que cabe la posibilidad de que no sea capaz de detener a Oswald. No a la primera, al menos. —Me eché a reír—. Pero qué coño, también cateé el examen de conducir la primera vez.

—Igual que yo, pero no me hicieron esperar cinco años para volver a presentarme.

Ahí no le faltaba razón.

—¿Qué edad tienes, Jake? ¿Treinta? ¿Treinta y dos?

—Treinta y cinco. Y estoy dos meses más cerca de los treinta y seis que esta mañana, pero ¿qué significan un par de meses entre amigos?

—Si la cagas y tienes que empezar de nuevo, habrás cumplido *cuarenta* y cinco cuando el tiovivo se pare por segunda vez. Pueden ocurrir muchas cosas en diez años, sobre todo si el pasado está en tu contra.

—Lo sé —dije—. Mira lo que te ocurrió a ti.

—Yo tengo cáncer de pulmón por culpa del tabaco, eso es todo. —Tosió como para demostrarlo, pero además del dolor vislumbré un destello de duda en sus ojos.

—Probablemente sea así. *Espero* que sea así, pero hay una cosa más que no sabem...

La puerta delantera de la casa se abrió de golpe. Una corpulenta mujer joven que llevaba una bata verde lima y zuecos blancos de enfermera se acercó a medio correr por el camino. Vio a Al hundido en el asiento del pasajero de mi coche y tiró con fuerza de la portezuela.

—Señor Templeton, ¿dónde ha estado? Vine a traerle el intravenoso y las inyecciones, y al encontrar la casa vacía, pensé que...

Al se las apañó para esbozar una sonrisa.

—Ya sé lo que pensó, pero estoy bien. No como una rosa, pero bien.

Ella me miró.

—Y usted, ¿qué hace paseándolo en coche por ahí? ¿No ve lo delicado que está?

Por supuesto que lo veía. No obstante, como difícilmente podría explicar qué hacíamos, mantuve la boca cerrada y me preparé para recibir mi reprimenda como un hombre.

—Teníamos un asunto importante que discutir —dijo Al—. ¿Vale? ¿Lo entiende?

—Aun así…

—Ayúdeme a entrar, Doris —dijo él mientras salía del coche—. Jake tiene que irse a casa.

Doris.

Como la señora Dunning.

Al no se percató de la coincidencia —y seguramente no se trataba de más; era un nombre bastante común—, pero aun así siguió resonando en mi cabeza.

6

Conseguí llegar a casa, y en esta ocasión me encontré alargando la mano en busca del freno de emergencia del Sunliner. Mientras apagaba el motor de mi coche, pensé en cuán estrecho, mísero y esencialmente ingrato era ese cacharro de plástico y fibra de vidrio en comparación con el coche que me había acostumbrado a conducir en Derry. Entré en la casa, me dispuse a dar de comer al gato y vi que la comida en su plato aún estaba fresca y húmeda. ¿Por qué no habría de ser así? En 2011, solo llevaba una hora y media en el bol.

—Cómete eso, Elmore —dije—. Hay gatos muriéndose de hambre en China a los que les encantaría un bol de selectas tajadas Friskies.

Elmore me obsequió con la mirada que eso merecía y se escurrió fuera por la gatera. Yo ataqué un par de platos precocinados congelados (pensando como el monstruo de Frankenstein cuando aprende a hablar: *microondas bueno, coches modernos malos*). Los devoré en un santiamén, saqué la basura, y fui al dormitorio. Me quité la camisa blanca lisa de 1958 (agradeciendo a Dios que la Doris de Al hubiera estado demasiado enfadada para reparar en las salpicaduras de sangre), me senté en el borde de la cama para desatar mis cómodos y prácticos zapatos de 1958, y luego me desplomé de espaldas. Estoy bastante seguro de que me quedé dormido mientras aún me hallaba en plena caída.

Me olvidé por completo de poner la alarma y podría haber dormido hasta mucho más de las cinco de la tarde, pero Elmore me saltó sobre el pecho a las cuatro y cuarto y empezó a olisquearme el rostro. Eso significaba que había limpiado su plato y demandaba que se rellenara. Suministré alimento al felino, me salpiqué la cara con agua fría, y después me tomé un bol de cereales Special K pensando en que tardaría días en restablecer el orden correcto de las comidas.

Con el estómago lleno, fui al estudio y encendí mi propio ordenador. La biblioteca municipal fue mi primer ciberdestino. Al estaba en lo cierto; su base de datos almacenaba la tirada entera del *Lisbon Weekly Enterprise*. Tuve que hacerme Amigo de la Biblioteca antes de poder acceder a los contenidos interesantes, lo que costaba diez dólares, pero, dadas las circunstancias, parecía un pequeño precio a pagar.

El número del *Enterprise* que buscaba llevaba fecha del 7 de noviembre. En la página dos, emparedado entre una noticia sobre un accidente de tráfico mortal y otra concerniente a un incendio presuntamente premeditado, había un artículo con el encabezamiento POLICÍA LOCAL BUSCA A HOMBRE MISTERIOSO. El hombre misterioso era yo... o más bien mi álter ego de la época Eisenhower. Habían hallado el Sunliner descapotable y habían advertido las manchas de sangre. Bill Titus identificó el Ford como uno que había vendido a un tal señor George Amberson. El tono del artículo me conmovió: una sincera preocupación por el paradero de un hombre desaparecido (y posiblemente herido). Gregory Dusen, el banquero del Hometown Trust, me describió como «un tipo cortés y de habla educada». Eddie Baumer, propietario de la barbería, declaró esencialmente lo mismo. Ni el menor indicio de sospecha recaía sobre el nombre de Amberson. Las cosas podrían haber sido distintas si me hubieran vinculado a cierto caso sensacionalista de Derry, pero no ocurrió así.

Tampoco se me relacionaba con el crimen en el número de la semana siguiente, donde me habían reducido a una mera cuña en el Registro Policial: CONTINÚA LA BÚSQUEDA DE HOMBRE DE WISCONSIN DESAPARECIDO. En el número siguiente, el *Weekly Enterprise* reflejaba un entusiasmo desmedido por la proximidad de la temporada vacacional, y el caso de George Amberson no aparecía por ningún sitio. *Pero yo estuve ahí.* Al talló su nombre en un árbol. El mío se talló en las páginas de una antigua publicación. Lo había esperado, pero contemplar una prueba real era impresionante.

A continuación, entré en la web del *Daily News* de Derry. Acceder a sus archivos costaba considerablemente más —treinta y cuatro cincuenta—, pero en cuestión de minutos me encontraba mirando la primera página del periódico correspondiente al 1 de noviembre de 1958.

Uno esperaría que un espectacular crimen cometido en la localidad encabezara la primera página del periódico local, pero en Derry —la Villa Singular— guardaban silencio sobre sus atrocidades en la medida de lo posible. La gran noticia de aquel día concernía a un encuentro entre Rusia, Gran Bretaña y Estados Unidos en Ginebra para discutir un posible tratado de prohibición de los ensayos nucleares. Debajo había un artículo acerca de un niño prodigio del ajedrez llamado Bobby Fischer, de catorce años. En la esquina inferior izquierda (donde, si nos atenemos a lo que cuentan los expertos en medios de comunicación, la gente tiende a mirar en último lugar, si acaso), aparecía una noticia con el titular DELIRIO HOMICIDA TERMINA CON 2 MUERTOS. Según el periódico, Frank Dunning, «un destacado miembro del gremio comercial y colaborador en numerosas campañas benéficas», había ido «en estado de embriaguez» a casa de su esposa separada poco después de las ocho de la noche del viernes. Tras una discusión con su mujer (que yo no oí, desde luego… y estaba allí), Dunning la golpeó con un martillo y le rompió el brazo; después, mató a su hijo de doce años, Arthur Dunning, cuando el niño trató de defender a su madre.

La crónica continuaba en la página doce. Allí me recibió una fotografía de mi viejo *amigoenemigo* Bill Turcotte. Según el artículo, «el señor Turcotte pasaba por las inmediaciones cuando oyó gritos y alaridos procedentes de la residencia Dunning». Corrió a toda velocidad hasta la entrada, vio lo que ocurría a través de la puerta abierta, y ordenó al señor Frank Dunning que dejara de repartir martillazos a diestro y siniestro. Dunning se negó; el señor Turcotte entrevió un cuchillo de caza envainado en el cinturón de Dunning y se lo sustrajo de un tirón; Dunning giró en redondo hacia el señor Turcotte, que se enfrentó a él; en el transcurso de la pelea que siguió, Dunning resultó muerto de una puñalada. Segundos más tarde, el heroico señor Turcotte sufrió un infarto.

Permanecí sentado, contemplando la vieja fotografía —Turcotte posaba con un pie apoyado orgullosamente en el parachoques de un sedán de finales de los cuarenta y un cigarrillo en la comisura de la boca— y tamborileando con los dedos en los muslos. Dunning fue apuñalado por la espalda, no de frente, y con una bayoneta, no un cuchillo de caza. Además, iba armado únicamente con la almádena (que en el artículo no se identificaba como tal). ¿Podía ser que la policía no hubiera reparado en detalles tan manifiestos? No entendía cómo, a menos que estuvieran tan ciegos como Ray Charles. Aunque tratándose de la Derry que yo conocía, todo era perfectamente lógico.

Creo que yo sonreía. La historia era digna de admiración por lo disparatada. Todos los cabos sueltos quedaban atados. Tenías al marido borracho enloquecido, a la familia encogida de terror y al heroico transeúnte (ninguna indicación del lugar *adonde* se dirigía). ¿Qué más necesitabas? Y en ningún momento se mencionaba la presencia de cierto Extraño Misterioso en la escena del crimen. Era todo tan… *Derry*.

Rebusqué en la nevera, encontré las sobras de un pudin de chocolate y devoré hasta la última migaja mientras, de pie junto a la encimera, miraba por la ventana el patio trasero. Después, icé en brazos a Elmore y lo acaricié hasta que empezó a revolverse para que lo depositara en el suelo. Regresé a mi ordenador, presioné una tecla para hacer desaparecer el salvapantallas como por arte de magia, y contemplé un rato más la foto de Bill Turcotte, el heroico personaje que había salvado a la familia y sufrido un infarto a consecuencia del esfuerzo.

Finalmente, fui hasta el teléfono y marqué el número de información.

8

En la guía de Derry no figuraban ni Doris, ni Troy, ni Harold Dunning. Como último recurso, probé con Ellen, sin esperar nada; aunque aún viviera en la ciudad, probablemente habría tomado el nombre de su marido. Pero a veces los disparos lejanos son disparos certeros (Lee Harvey Oswald representaba un ejemplo de ello particularmente malvado). Me llevé tal sorpresa cuando la voz robótica escupió un número, que hasta solté el lápiz. En lugar de pulsar la tecla de rellamada, marqué el 1 para contactar directamente con el número que había solicitado. Con tiempo para meditarlo, no estoy seguro de si habría actuado así. A veces no deseamos saber, ¿no es cierto? A veces tenemos miedo de saber. Nos aventuramos demasiado lejos y entonces damos media vuelta. Aun así, aferré valientemente el auricular y oí sonar un teléfono en Derry, una, dos, tres veces. A la siguiente probablemente saltaría el contestador automático, pero decidí que no quería dejar un mensaje. No tenía ni idea de qué decir.

Sin embargo, a la mitad del cuarto tono, contestó una mujer.

—¿Diga?

—¿Ellen Dunning?

—Bueno, supongo que eso depende de quién llame. —Su voz sonaba cautelosamente divertida; fogosa y sutilmente insinuante. Si no supiera más, habría imaginado una mujer en la treintena en lugar de una que había cumplido, o que rayaba, los sesenta. *Es la voz*, pensé, *de una persona que la utiliza profesionalmente. ¿Una cantante? ¿Una actriz? ¿Quizá una humorista, después de todo?* Ninguna de las opciones parecía probable en Derry.

—Mi nombre es George Amberson. Conocí a su hermano Harry hace mucho tiempo. He vuelto a Maine y se me ocurrió que a lo mejor podría contactar con él.

—¿Harry? —Dio la impresión de que se sobresaltaba—. ¡Oh, Dios mío! ¿Fue en el ejército?

¿Lo había sido? Lo medité rápido y decidí que esa historia no me convenía. Demasiados escollos potenciales.

—No, no, en Derry, en otra época. Cuando éramos niños. —Me vino la inspiración—. Solíamos jugar en el Recreativo. Íbamos siempre en el mismo equipo y nos hicimos muy amigos.

—Bueno, lamento comunicarle esto, señor Amberson, pero Harry murió.

Por un momento me quedé mudo de asombro, solo que eso no se percibe por teléfono, ¿verdad? No obstante, me las apañé para decir:

—Oh, cielos, cuánto lo siento.

—Fue hace mucho tiempo. En Vietnam, durante la ofensiva del Tet.

Me senté, sintiendo que se me revolvía el estómago. Lo había salvado de una cojera y de cierta nebulosa mental, ¿y para qué? ¿Para recortar su tiempo de vida en cuarenta años, más o menos? Aterrador. La cirugía fue un éxito, pero el paciente murió.

Entretanto, el espectáculo debía continuar.

—¿Y Troy? ¿Y usted, cómo se encuentra? Por aquel entonces era una niña pequeña que montaba en una bici de cuatro ruedas. Y canturreaba. Siempre estaba cantando. —Ensayé una risa lánguida—. Caramba, solía volvernos locos.

—Hoy en día solo canto las Noches de Karaoke en el Pub Bennigan, pero nunca me cansé de hablar por los codos. Pincho en la WKIT de Bangor. Soy disc-jockey, ¿sabe?

—Ajá. ¿Y Troy?

—Viviendo *la vida loca* en Palm Springs. Es el rico de la familia. Ganó un dineral con el negocio de la informática. Empezó desde abajo en los setenta, y ahora come con Steve Jobs y compañía.

Se echó a reír. Era una risa magnífica. Apuesto a que los habitantes de todo el este de Maine sintonizaban la emisora solo para oírla. Sin embargo, cuando volvió a hablar, bajó el tono y no había rastro de humor en su voz. Como pasar del sol a la sombra, tal cual.

—¿Quién es usted realmente, señor Amberson?

—¿Qué quiere decir?

—Los fines de semana hago un coloquio en el que participan los oyentes. Los sábados es como un mercadillo radiofónico… «Tengo un motocultor, Ellen, prácticamente nuevo, pero no puedo con los pagos. Acepto la mejor oferta por encima de cincuenta pavos.» Cosas así. Los domingos trata sobre política. La gente llama para despellejar a Rush Limbaugh o para comentar que Glenn Beck debería presentarse a las presidenciales. Sé de voces. Si usted hubiera sido amigo de Harry en la época del Recreativo, ahora tendría más de sesenta años, pero no es así. No aparenta más de treinta y cinco.

Dios, un acierto pleno.

—La gente me dice continuamente que aparento menos edad. Apuesto que a usted le ocurre lo mismo.

—Buen intento —dijo ella de manera inexpresiva, y de repente su voz sonó más vieja—. Yo he entrenado la jovialidad de mi voz durante años, ¿y usted?

No se me ocurrió ninguna respuesta, así que guardé silencio.

—Además, nadie llama para interesarse cincuenta años después por un amigo de cuando estaba en primaria. No, las cosas no son así.

Será mejor que cuelgue, pensé. *Ya tengo lo que quería, y más de lo que esperaba. Voy a colgar.* Pero parecía tener el teléfono pegado a la oreja. No estoy seguro de si hubiera podido soltarlo ni aun cuando hubiera visto las cortinas del salón en llamas.

Cuando volvió a hablar, percibí cierto temblor en su voz.

—¿Sigue usted ahí?

—No sé lo que…

—Había alguien más aquella noche. Harry lo vio y yo también. ¿Era usted?

—¿Qué noche? —Solo que brotó algo similar a «*cua-nushe*» porque sentía los labios anestesiados. Me sentía como si alguien me hubiera puesto una máscara en la cara. Una máscara forrada de nieve.

—Harry dijo que fue su ángel bueno, y creo que ese es usted. ¿Dónde estaba entonces?

Ahora era ella quien hablaba de forma confusa, porque había empezado a llorar.

—Señora… Ellen… lo que dice no tiene ningún sent…

—Le llevé al aeropuerto cuando lo llamaron a filas después de completar el servicio militar. Lo mandaban a Nam, y le ordené que vigilara su culo. Él dijo: «Tranquila, hermanita, tengo un ángel bueno que cuida de mí, ¿recuerdas?». Así es que, ¿dónde estaba usted el 6 de febrero de 1968, señor Ángel? ¿Dónde estaba usted cuando mi hermano murió en Khe Sanh? *¿Dónde estabas entonces, hijo de puta?*

Añadió algo más, aunque no sabría decir qué. Para entonces ella lloraba desconsoladamente. Colgué el teléfono y fui al cuarto de baño. Me metí en la bañera, cerré la cortina y enterré la cabeza entre las rodillas, de modo que solo veía la esterilla de goma decorada con margaritas amarillas. Entonces grité. Una vez. Dos veces. Tres veces. Y he aquí lo peor: no solo deseé que Al nunca me hubiera hablado acerca de su condenada madriguera de conejo. Fui mucho más allá: deseé que estuviera muerto.

<h2 style="text-align:center">9</h2>

Tuve un mal presentimiento cuando aparqué en su camino de entrada y vi que la casa se hallaba completamente a oscuras. La sensación empeoró cuando así el pomo de la puerta y descubrí que no estaba cerrada con llave.

—¿Al?

Nada.

Encontré un interruptor y lo accioné. La sala de estar principal poseía la estéril pulcritud de las habitaciones limpiadas con regularidad pero que ya no se utilizan con frecuencia. Las paredes estaban cubiertas de fotografías enmarcadas. Casi todas eran de personas desconocidas para mí —familiares de Al, supuse—, pero reconocí a la pareja de la foto que colgaba encima del sofá: John y Jacqueline Kennedy. Estaban en la orilla del mar —probablemente en Hyannisport— y se rodeaban mutuamente con los brazos. Se percibía en el aire cierto aroma a ambientador Glade que no llegaba a enmascarar del todo el olor a enfermedad que procedía de las entrañas de la casa. En algún lugar, a bajo volumen, los Temptations cantaban «My Girl». Un rayo de sol en un día nublado y todo eso.

—¿Al? ¿Estás aquí?

¿Dónde si no? ¿En el Estudio Nueve de Portland bailando música disco y tratando de ligarse a una auxiliar de vuelo? Yo sabía la respuesta. Había pedido un deseo, y a veces los deseos se conceden.

Tanteé en busca de los interruptores de la cocina, los encontré, e inundé la habitación de luz fluorescente suficiente como para extirpar un apéndice. Sobre la mesa había un pastillero de plástico de esos donde se guardan las píldoras prescritas para una semana. La mayoría de estas cajitas son tan pequeñas que caben en un bolsillo o una cartera, pero aquella casi tenía el tamaño de una enciclopedia. A su lado vi un mensaje garabateado en una hoja de papel de carta: *Como se olvide de las medicinas de las 8, ¡¡¡LE MATARÉ!!! Doris.*

Terminó «My Girl» y empezó «Just My Imagination». Seguí el sonido de la música hasta el origen del hedor a enfermedad. Al estaba acostado en la cama de su dormitorio. Parecía hallarse relativamente en paz. Al final, una única lágrima se había escurrido de cada extremo de los ojos cerrados. La estela aún seguía lo bastante húmeda para relucir. El reproductor de cedés múltiple descansaba sobre la mesilla a su izquierda. También había una nota en la mesa, con un frasco de pastillas encima para sujetarla. Como pisapapeles no habría servido de mucho ni siquiera con una leve corriente de aire, porque se hallaba vacío. Leí la etiqueta: OxyContina, veinte miligramos. Cogí la nota.

Lo siento, socio, ya no aguantaba. Demasiado dolor. Tienes la llave del restaurante y sabes qué hacer. Tampoco te engañes diciéndote que podrás volver a intentarlo, porque pueden pasar muchas cosas. Hazlo bien a la primera. Quizá estés cabreado conmigo por haberte metido en esto. Si fuera tú, yo lo estaría. Pero ahora no te eches atrás. Por favor, no lo hagas. La caja de metal está bajo la cama. Dentro hay unos quinientos dólares más que reservé.

Depende de ti, socio. Unas dos horas después de que Doris me encuentre por la mañana, el arrendador seguramente cerrará con candado el restaurante, así que ha de ser esta noche. Sálvalo, ¿vale? Salva a Kennedy y todo cambiará.

Por favor.

AL

Cabrón, pensé. *Sabías que podría tener dudas, y esta es tu forma de solucionarlas, ¿cierto?*

Claro que había dudado, pero las dudas no implicaban que tuviera elección. Si se le había ocurrido que me echaría atrás, se equivocó. ¿Detener a Oswald? Claro. Pero Oswald era un asunto estrictamente secundario en ese momento, formaba parte de un futuro nebuloso. Una forma curiosa de expresarlo cuando uno se refería a 1963, pero completamente acertada. Era la familia Dunning la que ocupaba mi mente.

Arthur, también conocido como Tugga: aún podía salvarlo. Y también a Harry.

«*Kennedy podría haber cambiado de idea*», había dicho Al. Hablaba de Vietnam.

Aunque Kennedy no cambiara de idea y se retirara, ¿el 6 de

febrero de 1968 Harry estaría exactamente en el mismo lugar en el mismo momento? Lo dudaba.

—Vale —dije—. Vale. —Me incliné sobre Al y le di un beso en la mejilla. Pude saborear la ligera salinidad de aquella última lágrima—. Que duermas bien, socio.

10

De vuelta en casa, hice inventario del contenido de mi maletín Lord Buxton y mi elegante cartera de piel de avestruz. Tenía las exhaustivas notas de Al sobre las andanzas de Oswald después de que se licenciara voluntariamente de los Marines el 11 de septiembre de 1959. Toda mi documentación seguía allí, lista para ser usada. Mi situación económica era mejor de la que había esperado; con el dinero extra que había reservado Al sumado a lo que yo ya tenía, mi saldo neto superaba los cinco mil dólares.

Había carne picada en el frigorífico. Cociné una parte y la eché en el plato de Elmore. Lo acaricié mientras la devoraba.

—Si no vuelvo, vete a la casa de al lado, donde los Ritters —le indiqué—. Cuidarán de ti.

Elmore no prestó atención, por supuesto, pero sabía que lo haría si yo no estuviera allí para alimentarle. Los gatos son supervivientes. Recogí el maletín, caminé hasta la puerta y allí combatí un breve pero fuerte impulso de correr a mi dormitorio y ocultarme bajo las sábanas. ¿Mi gato y mi casa seguirían aquí cuando regresara, si tenía éxito en la empresa que iba a acometer? No existía forma de saberlo. ¿Queréis saber algo curioso? Ni siquiera la gente capaz de vivir en el pasado conoce realmente lo que depara el futuro.

—Eh, Ozzy —dije en voz baja—. Voy a por ti, cabrón.

Cerré la puerta y me marché.

11

El restaurante se veía extraño sin Al, porque daba la sensación de que él seguía allí; su fantasma, quiero decir. Los rostros del Muro de los Famosos parecían mirarme de hito en hito, preguntándome qué hacía allí, acusándome de que ese no era mi sitio, exhortándome a abandonar antes de que quebrara los resortes del universo. Existía algo especialmente perturbador en la foto de Al y Mike Michaud, colgada en el lugar que nos correspondía a Harry y a mí.

Entré en la despensa y empecé a avanzar, con pasos cortos, arrastrando los pies. *«Haz como si estuvieras buscando una escalera con las luces apagadas»*, había dicho Al, y eso hacía. *«Cierra los ojos, socio, así es más fácil.»*

Seguí el consejo. Dos pasos más abajo, percibí aquel estallido de presión en el interior de mis oídos. La sensación de calidez me golpeó la piel; la luz del sol brilló a través de los párpados cerrados; oí el *shat-HOOSH, shat-HOOSH* de las planchas de los telares. Era el 9 de septiembre de 1958, dos minutos antes del mediodía. Tugga Dunning volvía a estar vivo, y el brazo de la señora Dunning nunca había sufrido ninguna fractura. No lejos de allí, en Titus Chevron, un sensacional Ford Sunliner descapotable de color rojo me estaba esperando.

Pero primero habría de lidiar con el otrora Míster Tarjeta Amarilla. Esta vez él iba a recibir el dólar que pedía, porque había olvidado traer conmigo una moneda de cincuenta centavos. Pasé por debajo de la cadena y me detuve el tiempo justo para meter un billete de dólar en el bolsillo derecho del pantalón.

Y allí se quedó, pues al doblar la esquina del secadero encontré a Míster Tarjeta Amarilla tirado en el suelo de cemento con los ojos abiertos y un charco de sangre que se expandía alrededor de su cabeza. Tenía la garganta degollada de oreja a oreja. En una mano asía el trozo dentado de cristal verde de una botella de vino que había utilizado para ejecutar el trabajo. En la otra sujetaba su tarjeta, la que supuestamente guardaba relación con que hoy se pagara doble en el frente verde. La tarjeta que en cierta ocasión fuera amarilla, luego naranja, ahora era negra como la muerte.

CAPÍTULO 10

1

Atravesé el aparcamiento para empleados por tercera vez, andando rápido pero sin llegar a correr. Una vez más, al pasar di unos golpecitos en el maletero del Plymouth Fury rojo y blanco. Para invocar a la buena suerte, supongo. En las semanas, meses y años venideros iba a necesitar toda la fortuna que pudiera reunir.

Esta vez no visité la frutería Kennebec, y tampoco tenía intención de comprar ropa o un coche. Eso podría hacerlo igualmente al día siguiente o al otro, pero ese era un mal día para ser forastero en Las Falls. Muy pronto alguien iba a hallar un cadáver en el patio de la fábrica, y cabía la posibilidad de que los forasteros fuesen interrogados. La documentación de George Amberson no sería suficiente en tal situación, menos aún cuando su permiso de conducir indicaba la dirección de una casa en Bluebird Lane que aún no se había construido.

Alcancé la parada de autobús ubicada a la salida de la fábrica justo en el momento en que se acercaba roncando el autocar cuyo panel de destino decía LEWISTON EXPRESS. Monté y entregué el billete de dólar que había pensado darle a Míster Tarjeta Amarilla. El conductor me devolvió un puñado de calderilla plateada que sacó del portamonedas cromado colgado de su cinturón. Dejé caer los diez centavos que costaba el viaje en la urna al efecto y avancé por el basculante pasillo hasta un asiento casi al fondo, detrás de dos marineros cubiertos de granos —probablemente de la Base Aérea Naval de Brunswick— que hablaban sobre las chicas que esperaban encontrar en un club de striptease llamado Holly. Su conversación estaba puntuada por un intercambio de puñetazos en los fornidos hombros y numerosas carcajadas gangosas.

Observaba sin ver cómo se desplegaba la Ruta 196. No hacía más que pensar en el hombre muerto. Y en la tarjeta que ahora era abismalmente negra. Quería distanciarme del inquietante cadáver lo más posible, pero me había detenido un momento para tocar la tarjeta. No era de cartulina, como imaginé al principio, ni tampoco de plástico. Celuloide, quizá…, salvo que tampoco daba exactamente esa sensación. Al tacto parecía piel muerta, semejante a la que se desprende de una dureza. No había nada escrito en ella, o al menos nada que yo pudiera ver.

Al había supuesto que Míster Tarjeta Amarilla era un borracho que había enloquecido por una desafortunada combinación de alcohol y cercanía a la madriguera de conejo. Yo no lo puse en duda hasta que la tarjeta se tornó naranja. Ahora no es que lo pusiera en duda, es que en absoluto lo creía. Y en cualquier caso, ¿qué *era* él?

Un muerto, eso es lo que es. Y nada más que eso. Así que olvídalo. Tienes mucho que hacer.

Cuando pasamos por el Autocine Lisbon, tiré de la cuerda para solicitar parada. El conductor se detuvo en el siguiente poste telefónico pintado de blanco. Recorrí el pasillo entre nubes de humo azulado.

—Que tenga un buen día —le dije al conductor cuando este tiró de la palanca que abría las puertas.

—Lo único bueno de esto es la cerveza fría al final de la jornada —contestó, y encendió un cigarrillo.

Unos segundos más tarde me hallaba en el arcén de la carretera, con el maletín colgando de la mano izquierda, observando el autobús en su pesado avance hacia Lewiston y la nube de gases de combustión que arrastraba. En la parte trasera había un cartel publicitario que mostraba a un ama de casa que sujetaba una cazuela reluciente en una mano y un estropajo SOS Magic en la otra. Los enormes ojos azules unidos a una sonrisa de labios rojos que enseñaba demasiado los dientes sugerían que se trataba de una mujer quizá a solo unos minutos de sufrir un catastrófico colapso mental.

El cielo estaba despejado. Los grillos cantaban en la hierba alta. En algún lugar mugió una vaca. Después de que una ligera brisa ahuyentara el hedor a diésel, el aire olía a dulce y a fresco y a nuevo. Eché a andar fatigosamente hacia el Moto Hotel Tamarack, a unos cuatrocientos metros. Era un corto paseo, pero antes de llegar a mi destino, dos personas frenaron y me preguntaron si necesitaba que me llevaran. Les di las gracias y contesté que estaba bien. Y así era. Para cuando alcancé el Tamarack, había empezado a silbar.

Septiembre de 1958, Estados Unidos de América.

Con o sin Míster Tarjeta Amarilla, era bueno estar de vuelta.

2

Pasé el resto del día en mi habitación, repasando las notas sobre Oswald por enésima vez, aunque en esta ocasión presté especial atención a las dos páginas finales con el epígrafe CONCLUSIONES SOBRE CÓMO PROCEDER. Intentar ver la televisión, que esencialmente solo tenía un canal, constituía un ejercicio absurdo, de modo que al atardecer me acerqué dando un paseo hasta el autocine y pagué un precio especial para viandantes de treinta centavos. Había varias sillas plegables colocadas delante del snack-bar. Compré una bolsa de palomitas, la acompañé con un delicioso refresco con sabor a canela llamado Pepsol, y vi *El largo y cálido verano* junto a varios otros viandantes, la mayoría ancianos que se conocían y charlaban amigablemente. Cuando dio comienzo *Vértigo*, el aire se había vuelto frío y yo no tenía chaqueta. Regresé andando al motel y dormí profundamente.

A la mañana siguiente tomé el autobús de vuelta a Lisbon Falls (nada de taxis; me consideraba una persona con un presupuesto reducido, al menos por el momento) y efectué mi primera parada en El Alegre Elefante Blanco. Era temprano, y aún hacía fresco en la calle, por lo que el *beatnik* se encontraba dentro, sentado en un desvencijado sofá y leyendo una revista, *Argosy*.

—Hola, vecino —saludó.

—Hola a ti también. Imagino que venderás maletas, ¿verdad?

—Ah, me quedan algunas. No más de dos o tres centenares. Tienes que ir hasta el fondo del todo…

—Y mirar a la derecha —concluí.

—Correcto. ¿Has estado aquí antes?

—*Todos* hemos estado aquí antes —dije—. Esto es más grande que el fútbol profesional.

Lanzó una risotada.

—Eso es total, hermano. Ve a escoger a la ganadora.

Escogí la misma maleta de piel. Después crucé la calle y volví a comprar el Sunliner. Esta vez negocié y lo conseguí por trescientos. Cuando el regateo hubo terminado, Bill Titus me envió a donde su hija.

—Por su acento, usted no parece de por aquí —dijo ella.

—Originario de Wisconsin, pero llevo en Maine una temporada. Negocios.

—Supongo que no estaría en Las Falls ayer, ¿verdad? —Cuando respondí que no, hizo estallar un globo de chicle y dijo—: Se perdió un buen alboroto. Encontraron muerto a un viejo borrachín en el exterior del secadero de la fábrica. —Bajó la voz—. Suicidio. Se cortó él mismo la garganta con un trozo de cristal. ¿Se lo puede imaginar?

—Eso es horrible —dije, metiendo la factura de venta del Sunliner en la cartera. Hice rebotar las llaves del coche en la palma de la mano—. ¿Un lugareño?

—No. Además, no tenía ninguna identificación. Probablemente vino desde Aroostook en un vagón de mercancías, eso dice mi padre. Tal vez para recolectar manzanas en Castle Rock. El señor Cady, que es el dependiente del frente verde, le contó a mi padre que el tipo entró ayer por la mañana y quiso comprar una pinta, pero estaba borracho y apestaba, así que el señor Cady lo echó a patadas. Después debió de irse a la fábrica a beberse lo que le quedara de vino, y cuando se lo terminó, rompió la botella y se cortó la garganta con uno de los trozos. —Repitió—: ¿Se lo puede *imaginar*?

Tras la visita a Titus Chevron, me salté el corte de pelo y también me salté el banco, pero una vez más compré ropa en Mason's Menswear.

—Debe de gustarle ese tono de azul —comentó el dependiente al tiempo que levantaba la camisa que coronaba la pila—. Es del mismo color que la que lleva puesta.

De hecho, *era* la camisa que llevaba puesta, pero no lo mencioné. Únicamente habría conseguido confundirnos a los dos.

Ese jueves por la tarde tomé la Autovía Milla Por Minuto en dirección norte. Ya en Derry, esta vez no necesité comprar un buen sombrero de paja veraniego, pues había recordado añadir uno a mis adquisiciones en Mason's. Me registré en el Derry Town House y cené en el comedor. Al terminar, entré en el bar y pedí una cerveza a Fred Toomey. En esta ocasión no hice ningún esfuerzo por entablar conversación.

Al día siguiente alquilé mi antiguo apartamento en Harris Avenue y, lejos de mantenerme despierto, el ruido de los aviones que descendían me arrulló. El día después, bajé hasta la tienda de Artículos Deportivos Machen's y expliqué al dependiente que estaba interesado en adquirir una pistola porque me dedicaba al negocio inmobiliario y blablablá. El dependiente me enseñó mi .38 Especial de la policía y una vez más aseguró que se trataba de un arma excelente para protegerse. La compré y la guardé en el maletín. Pensé en ir andando por Kansas Street hasta la pequeña área de picnic para ver a Richie-el-del-nichi y a Bevvie-la-del-ferry practicar sus pasos de swing, y entonces me di cuenta de que me los había perdido por un día. Pensé que ojalá se me hubiera ocurrido echar un vistazo a los números del *Daily News* de finales de noviembre durante mi breve retorno a 2011; podría haber averiguado si ganaron aquel concurso de talentos.

Convertí en un hábito el dejarme caer por El Farolero para tomar una cerveza a última hora de la tarde, antes de que el local empezara a llenarse. A veces pedía Migas de Langosta. Nunca vi a Frank Dunning allí, ni ganas que tenía. Existía una razón para mis visitas regulares a El Farolero. Si todo salía bien, pronto estaría de camino a Texas, y quería erigir mi propia tesorería personal antes de partir. Me hice amigo del barman Jeff, y una noche hacia finales de septiembre él sacó un tema que yo mismo había planeado mencionar.

—¿Con quién vas en la Serie Mundial de béisbol, George?

—Con los Yankees, por supuesto —respondí.

—¿Lo dices en serio? ¿Un tío de *Wisconsin*?

—El orgullo por mi estado natal no tiene nada que ver. Este año, los Yankees son el equipo del destino.

—Imposible. Los lanzadores son viejos; la defensa hace aguas.

Mantle está bajo de forma. La dinastía de los Bombarderos del Bronx está acabada. Milwaukee podría hasta arrasar.

Me reí.

—Has tocado algunos puntos interesantes, Jeff, veo que eres un estudioso del juego, pero confiésalo: odias a los Yanks igual que el resto de la gente de Nueva Inglaterra, y eso ha destruido tu objetividad.

—Aplícate el cuento. ¿Apostamos?

—Claro. Cinco pavos. Tengo el compromiso de no robarles más que esa cantidad a los esclavos asalariados. ¿Estamos de acuerdo?

—De acuerdo. —Y nos dimos la mano.

—Vale —dije entonces—, y ahora que hemos concluido este asunto, y como estamos con el tema del béisbol y las apuestas (los dos grandes pasatiempos americanos), me pregunto si podrías indicarme dónde encontrar algo de acción seria en esta ciudad. Si me permites la metáfora, quiero jugar en las ligas mayores. Sírveme otra cerveza y trae otra para ti.

Pronuncié «ligas mayores» al estilo de Maine y se rió como si se hubiera tomado un par de Narragansetts (la marca de cerveza que había aprendido a llamar Nasty Gansett; allá donde fueres, en la medida de lo posible, haz lo que vieres).

Entrechocamos los vasos, y Jeff me preguntó a qué me refería con «acción seria». Fingí meditarlo y luego se lo dije.

—¿Quinientos machacantes? ¿Por los *Yankees*? ¿Cuando los Bravos tienen a Spahn y Burdette, por no mencionar a Aaron y a Steady Eddie Matthews? Estás chalado.

—Quizá sí, quizá no. Lo veremos a principios de octubre, ¿no es cierto? ¿*Hay* alguien en Derry que cubra una apuesta de esa envergadura?

¿Sabía yo lo que él iba a decir a continuación? No. No poseo esa clase de presciencia. ¿Me sorprendió? Nuevamente no. Porque el pasado no solo es obstinado; está en armonía consigo mismo y con el futuro, y yo experimentaba dicha armonía una y otra vez.

—Chaz Frati. Seguro que lo has visto por aquí. Es dueño de varias casas de empeño. Yo no diría que es exactamente un corredor de apuestas, pero se mantiene muy ocupado durante la Serie Mundial y las temporadas de fútbol y baloncesto a nivel de instituto.

—Y crees que me aceptará el envite.

—Claro. Te informará de las probabilidades, ventajas y todo eso. Lo único… —Miró en derredor y vio que aún disponíamos del bar para nosotros solos, pero de todas formas redujo la voz a un susurro—. No le times, George. Conoce a gente. Gente *fuerte*.

—Tomo nota —dije—. Gracias por el consejo. De hecho, voy a hacerte un favor y no te obligaré a pagarme esos cinco cuando los Yankees ganen la Serie.

4

Al día siguiente entré en Empeños & Préstamos La Sirena, de Chaz Frati, donde me enfrenté a una robusta señora de rostro pétreo que debía de pesar ciento cincuenta kilos. Lucía un vestido púrpura y un collar de cuentas indias, y calzaba sus hinchados pies con unos mocasines. Le expliqué que estaba interesado en discutir con el señor Frati una importante propuesta de negocios orientada a los deportes.

—¿Eso hablando en cristiano es una apuesta? —preguntó ella.

—¿Es usted policía? —pregunté yo.

—Sí —respondió, sacando un cigarrillo de uno de los bolsillos del vestido y encendiéndolo con un Zippo—. Soy J. Edgar Hoover, hijo mío.

—Bien, señor Hoover, me ha pillado. Estoy hablando de una apuesta.

—¿La Serie Mundial o los Tigres de fútbol?

—No soy de la ciudad, y no distinguiría a un Tigre de Derry de un Babuino de Bangor. Se trata de béisbol.

La mujer introdujo la cabeza a través de unas cortinas que ocultaban una puerta al fondo de la habitación, mostrándome lo que seguramente era uno de los traseros más grandes de Maine Central, y vociferó:

—Eh, Chazzie, ven aquí. Tienes a un derrochador.

Frati salió y plantó un beso en la mejilla de la robusta señora.

—Gracias, amor. —Llevaba la camisa arremangada y pude ver la sirena—. ¿Puedo ayudarle?

—Eso espero. Me llamo George Amberson. —Le tendí la

mano—. Soy de Wisconsin y, aunque mi corazón está con los muchachos de casa, cuando se trata de la Serie mi billetera está con los Yankees.

Se volvió hacia la estantería ubicada a su espalda, pero la robusta señora ya tenía lo que buscaba: un rozado libro de contabilidad verde con las palabras PRÉSTAMOS PERSONALES impresas en la cubierta. Lo abrió y pasó las páginas hasta una hoja en blanco, humedeciéndose periódicamente la yema del dedo.

—¿De qué porción de su billetera estamos hablando, pues?

—¿A cuánto se pagaría una apuesta de quinientos dólares por la victoria?

La gorda rió y esparció el humo con un soplido.

—¿A favor de los Bombarderos? Las probabilidades están igualadas.

—¿Y a cuánto pagaría una de quinientos a los Yankees en siete partidos?

Lo meditó un instante y luego miró a la robusta señora. Ella sacudió la cabeza, aún con gesto divertido.

—No cambia nada —dijo ella—. Si no me crees, envía un telegrama a Nueva York y comprueba las estadísticas.

Lancé un suspiro y tamborileé con los dedos en un expositor de cristal repleto de relojes y anillos.

—Vale, a ver esto: quinientos y los Yankees levantan un tres uno en contra.

El prestamista soltó una risotada.

—Eso es sentido del humor, vaya. Déjeme consultarlo con la jefa.

Frati y la robusta señora (el hombre, a su lado, parecía un enano de Tolkien) deliberaron en susurros, luego volvió a arrimarse al mostrador.

—Si eso significa lo que yo creo que significa, aceptaré el envite en cuatro a uno. Pero si los Yankees no van tres uno abajo o no completan la remontada, pierde la plata. Lo digo porque me gusta aclarar los términos de la apuesta.

—No podían estar más claros —asentí—. Aunque... no pretendo ofenderle a usted ni a su amiga...

—Estamos casados —me interrumpió la robusta señora—, así que no nos llame amigos. —Y se echó a reír otra vez.

—No pretendo ofenderle a usted ni a su esposa, pero cuatro a uno no es suficiente. *Ocho* a uno, sin embargo…, esa sí sería una buena jugada para ambas partes.

—Le daré cinco a uno, pero de ahí no paso —dijo Frati—. Esto para mí es una actividad secundaria. Si quiere Las Vegas, vaya a Las Vegas.

—Siete —insistí—. Venga, señor Frati, colabore conmigo.

Se acercó de nuevo a conferenciar con la robusta señora. Cuando regresó, me ofreció seis a uno y acepté. Seguía siendo una cuota baja para una apuesta tan disparatada, pero no quería perjudicar demasiado a Frati. Era cierto que él me tendió una trampa a instancias de Bill Turcotte, pero había tenido sus razones.

Además, aquello ocurrió en otra vida.

5

En aquel entonces, el béisbol se jugaba como debía jugarse: en tardes de sol radiante y a principios de otoño, cuando los días aún poseían un aire veraniego. La gente se congregaba delante de la tienda de Electrodomésticos Benton's, en la Ciudad Baja, para ver los partidos en tres televisores Zenith montados sobre pedestales en el escaparate. Por encima de ellos colgaba un letrero que rezaba ¿POR QUÉ VERLO EN LA CALLE CUANDO PUEDE VERLO EN SU CASA? ¡CRÉDITOS CON FACILIDADES DE PAGO!

Ah, sí. Créditos con facilidades de pago. Eso ya se acercaba más a la América en la que yo había crecido.

El 1 de octubre, Milwaukee derrotó a los Yankees, uno a cero para Warren Spahn, el lanzador ganador. El 2 de octubre, Milwaukee enterró a los Bombarderos, trece a cinco. El 4 de octubre, cuando la Serie regresó al Bronx, Don Larsen dejó en blanco el marcador de Milwaukee, cuatro a cero patatero, con ayuda del relevista Ryne Duren, quien nunca sabía a dónde iría a parar la pelota una vez que abandonaba su mano, y consecuentemente hacía cagarse de miedo a los bateadores que se le plantaban delante. En otras palabras, era el cerrador perfecto.

Escuché por la radio la primera parte de ese partido en mi apartamento, y luego vi el último par de entradas junto a la muchedumbre congregada frente a Benton's. Cuando se acabó, entré en la farmacia y compré Kaopectate (probablemente el mismo frasco tamaño económico que en mi anterior viaje). El señor Keene me preguntó una vez más si estaba sufriendo algún tipo de virus. Cuando le contesté que me encontraba bien, el viejo cabrón pareció decepcionado. Me sentía bien de verdad, y no esperaba que el pasado volviera a lanzarme exactamente las mismas bolas rápidas propias de Ryne Duren, pero convenía estar preparado.

Cuando me dirigía a la salida, me llamó la atención una vitrina con un letrero que rezaba ¡LLÉVESE A CASA UN PEDACITO DE MAINE! Había postales, langostas hinchables de juguete, bolsas con mantillo de pino blando de olor dulce, réplicas de la estatua de Paul Bunyan y pequeños almohadones ornamentales con la imagen de la torre depósito de Derry (una estructura circular que abastecía de agua potable a la ciudad). Compré uno de esos.

—Para mi sobrino en la ciudad de Oklahoma —le expliqué al señor Keene.

Los Yankees ya habían ganado el tercer partido de la Serie cuando paré en la estación Texaco situada en la Extensión de Harris Avenue. Había un cartel delante de los surtidores que decía MECÁNICO DE SERVICIO 7 DÍAS A LA SEMANA - ¡CONFÍE SU VEHÍCULO AL HOMBRE QUE PORTA LA ESTRELLA!

Mientras el chico de la gasolinera llenaba el tanque y limpiaba el parabrisas del Sunliner, deambulé por la zona del taller, encontré a un mecánico de servicio que respondía al nombre de Randy Baker, e hice un pequeño trato con él. Baker se mostró perplejo pero conforme con mi propuesta. Veinte dólares cambiaron de manos. Me dio los números de la gasolinera y de su casa. Me marché con un depósito lleno, un parabrisas limpio y una mente satisfecha. Bueno… *relativamente* satisfecha. Resultaba imposible prever todas las contingencias.

A causa de los preparativos para el día siguiente, me pasé por El Farolero a tomar mi cerveza vespertina más tarde de lo habitual, pero no corría riesgo de toparme con Frank Dunning. Era el día en que le tocaba llevar a sus hijos al partido de fútbol en Orono, y en el camino de vuelta iban a detenerse en el Ninety-Fiver para cenar almejas fritas y batidos.

Chaz Frati estaba en la barra dando sorbos a un whisky de centeno con agua.

—Yo que usted rezaría para que mañana ganen los Bravos, o se quedará sin sus quinientos —dijo.

Iban a ganar, pero yo tenía cosas más importantes en la cabeza. Permanecería en Derry el tiempo necesario para recaudar los tres mil dólares del señor Frati, pero me proponía finiquitar mis verdaderos asuntos al día siguiente. Si todo transcurría como yo esperaba, habría acabado en Derry antes de que Milwaukee anotara la que a la postre sería la única carrera que necesitaba en la sexta entrada.

—Bueno, habrá que verlo, ¿verdad? —repliqué, y pedí una cerveza y una ración de Migas de Langosta.

—Así es, primo. Ahí reside el placer de las apuestas. ¿Le importa si le hago una pregunta?

—No, siempre y cuando no se ofenda si no la respondo.

—Eso es lo que me gusta de usted, ese sentido del humor. Debe de ser propio de los de Wisconsin. Sentía curiosidad por saber qué le ha traído a nuestra bonita ciudad.

—Un negocio de bienes raíces. Creía que lo había mencionado ya.

Se inclinó hacia mí. Percibí el olor a gomina Vitalis en su cabello alisado y a refrescante bucal Sen-Sen en su aliento.

—Si dijera «posible construcción de una galería comercial», ¿cantaría un bingo?

Continuamos hablando durante un rato, pero ya conocéis esa parte.

6

Como ya he dicho, me mantenía alejado de El Farolero cuando existía la posibilidad de que Frank Dunning se encontrara allí, y la razón era que ya sabía todo cuanto necesitaba saber sobre él. Es la verdad, pero no *toda* la verdad. Quiero dejar este punto claro. De lo contrario, nunca entenderéis por qué me comporté como lo hice en Texas.

Imaginad que entráis en una habitación y veis un intrincado castillo de naipes con incontables plantas construido encima de la mesa. Vuestra misión es derribarlo. Si eso fuera todo, no entrañaría demasiada dificultad, ¿verdad? Un fuerte taconazo en el suelo o un enorme soplido (como cuando tomas aire para apagar las velas de una tarta de cumpleaños) bastaría para ejecutar el trabajo. Sin embargo, eso *no* es todo. La cuestión es que tenéis que derribar ese castillo de naipes en un momento específico en el tiempo. Hasta entonces, debe resistir.

Yo sabía dónde iba a estar Dunning la tarde del domingo 5 de octubre de 1958, y no quería arriesgarme a cambiar las cosas ni un ápice. Incluso un cruce de miradas en El Farolero podría alterar su curso. Podéis resoplar y calificarme de excesivamente cauteloso; podéis decir que sería improbable que un hecho tan nimio desviara el curso de los acontecimientos. Pero el pasado es tan frágil como las alas de una mariposa. O como un castillo de naipes.

Había retornado a Derry para derribar el castillo de naipes de Frank Dunning, pero hasta entonces, tenía que protegerlo.

7

Le deseé buenas noches a Chaz Frati y regresé a mi apartamento. Guardé el frasco de Kaopectate en el botiquín del cuarto de baño, y dejé en la mesa de la cocina el cojín souvenir que tenía la torre depósito bordada con hilos dorados. Saqué un cuchillo del cajón de la cubertería y con cuidado corté en diagonal la funda del almohadón. A continuación, embutí el revólver dentro, enterrándolo en el relleno.

No estaba seguro de si dormiría, pero lo hice profundamente. *«Hazlo lo mejor posible y que Dios se ocupe del resto»* es solo uno de los muchos aforismos que Christy arrastró de sus reuniones de Alcohólicos Anónimos. No sé si existe un Dios o no —para Jake Epping, el jurado aún no ha alcanzado un veredicto—, pero cuando me acosté esa noche, estaba convencido de haberlo hecho lo mejor posible. Lo único que podía hacer ya era dormir y confiar en que lo mejor posible fuera suficiente.

8

No hubo gastroenteritis. Esta vez me desperté al amanecer con el dolor de cabeza más paralizante de mi vida. Una migraña, supuse. No lo sabía con certeza, porque nunca había padecido una. Mirar a la luz, aun tenue, producía en mi cabeza un ruido sordo y enfermizo que rodaba desde la nuca hasta la base de los senos nasales. Los ojos derramaban lágrimas sin sentido.

Me levanté (incluso eso me dolió), me puse unas gafas de sol baratas que había adquirido en el trayecto hacia Derry, y me tomé cinco aspirinas. Me aliviaron lo suficiente como para ser capaz de vestirme y enfundarme en mi abrigo, porque iba a necesitarlo; la mañana, fría y gris, amenazaba lluvia. En cierta forma, representaba una ventaja. No estoy seguro de haber podido sobrevivir a la luz del sol.

Necesitaba un afeitado, pero me lo salté; presumía que plantarme bajo una luz brillante —duplicada en el espejo del cuarto de baño— sencillamente provocaría que mis neuronas se desintegraran. Era incapaz de imaginar cómo iba a superar ese día, así que no lo intenté. *Paso a paso*, me dije mientras bajaba despacio la escaleras. Asía con fuerza el pasamanos a un lado y apretaba el cojín souvenir con la otra mano. Debía de parecer un niño crecido con un osito de peluche. *Paso a p…*

La barandilla se partió.

Por un momento me balanceé hacia delante, la cabeza martilleando, las manos agitándose salvajemente en el aire. Solté el cojín (la pistola produjo un ruido metálico) y arañé la pared por encima de mi cabeza. En el último segundo, antes de que mi balanceo se convirtiera en una caída que me rompería los huesos, mis dedos se aferraron a uno de los anticuados candelabros de pared atornillado en el yeso. Lo arranqué del tirón, pero el cable resistió el tiempo justo para que pudiese recuperar el equilibrio.

Me senté en los escalones y apoyé mi cabeza palpitante en las rodillas. El dolor latía en sincronización con el martillo neumático de mi corazón. Mis ojos lagrimosos parecían demasiado grandes para las cuencas. Podría deciros que quise reptar de vuelta a mi apartamento y rendirme, pero no sería cierto. Lo cierto es que quise morir allí mismo, en la escalera, y acabar con todo de una vez. ¿De verdad hay gente que padece estos dolores de cabeza no solo esporádicamente sino *con frecuencia*? En ese caso, que Dios los ayude.

Existía una única cosa capaz de lograr que me pusiera en pie, y obligué a mis doloridas neuronas no solo a pensar en ella, sino a visualizarla: el rostro de Tugga Dunning repentinamente evaporado cuando se arrastraba hacia mí. Su pelo y sus sesos saltando por los aires.

—Vale —dije—. Vale, sí, de acuerdo.

Recogí el almohadón y descendí tambaleándome el resto de las escalera. Emergí a un día encapotado que parecía tan brillante como una tarde en el Sahara. Busqué a tientas las llaves. No estaban. Lo que hallé en su lugar fue un agujero de buen tamaño en el bolsillo derecho. No estaba allí la noche anterior, eso era casi seguro. Con pasos cortos y bruscos, di una vuelta en derredor y las encontré tiradas en la escalinata del portal, entre un montón de calderilla desparramada. Me agaché, haciendo una mueca cuando una bola de plomo resbaló hacia delante dentro de mi cabeza. Recogí las llaves y salvé la distancia hasta el Sunliner. Y cuando encendí el contacto, mi otrora fiable Ford se negó a arrancar. Se oyó un clic proveniente del solenoide. Eso fue todo.

Me había preparado para esta eventualidad; lo que no había preparado era tener que arrastrar mi emponzoñada cabeza escaleras arriba. Jamás en mi vida había deseado tan fervientemente disponer de mi Nokia. Con él, podría haber llamado sentado al volante y luego esperar tranquilamente con los ojos cerrados hasta que llegara Randy Baker.

Conseguí de algún modo subir la escalera, dejando atrás la barandilla rota y la lámpara que pendía contra el yeso resquebrajado como una cabeza muerta sobre un cuello fracturado. Llamé a la gasolinera y no hubo respuesta —era temprano y era domingo—, así que marqué el número de la casa de Baker.

Seguro que está muerto, pensé. *Ha tenido un infarto en plena noche. Asesinado por el obstinado pasado, con Jake Epping como el conspirador cómplice no acusado.*

Mi mecánico no estaba muerto. Contestó al segundo tono, con voz somnolienta, y cuando le expliqué que mi coche no arrancaba, hizo la pregunta lógica:

—¿Cómo lo sabía ayer?

—Soy buen adivino —respondí—. Ven tan pronto como puedas, ¿vale? Te daré otros veinte dólares si puedes ponerlo en marcha.

Cuando Baker reemplazó el cable de la batería que misteriosamente se había soltado durante la noche (quizá en el mismo momento en que se formaba un agujero en el bolsillo de mis pantalones) y el Sunliner siguió sin arrancar, inspeccionó las bujías y encontró dos que estaban terriblemente corroídas. El mecánico llevaba varias en su enorme caja de herramientas verde, y cuando estuvieron en su sitio, mi cuadriga cobró vida con un rugido.

—Probablemente no sea asunto mío, pero a donde debería irse es de vuelta a la cama. O a ver a un médico. Está usted tan pálido como un fantasma.

—Es solo migraña. Estaré bien. Miremos en el maletero. Quiero comprobar la rueda de repuesto.

Así lo hicimos. Desinflada.

Le seguí hasta la Texaco en medio de una ligera e ininterrumpida llovizna. Los coches con los que nos cruzábamos llevaban los faros encendidos y, aun con las gafas de sol puestas, los haces de luz parecían taladrarme el cerebro. Baker abrió la zona de servicio e intentó inflar el neumático. Fue inútil. El aire se escapaba siseando de media docena de grietas tan finas como los poros de la piel humana.

—Vaya, nunca había visto esto antes —dijo—. Debe de ser un neumático defectuoso.

—Pon otro en la llanta —le pedí.

Mientras lo hacía, rodeé la gasolinera hasta la parte de atrás, pues no soportaba el ruido del compresor. Me apoyé contra los ladrillos de hormigón y alcé el rostro, dejando que la fría llovizna cayera sobre mi piel caliente. *Paso a paso*, me dije. *Paso a paso*.

Más tarde, cuando intenté pagarle a Randy Baker el neumático, negó con la cabeza.

—Ya me ha dado la paga de media semana. Sería un canalla si le cobrara más. Lo único que me preocupa es que se salga de la carretera o algo parecido. ¿De verdad es tan importante?

—Un pariente enfermo.

—Usted sí que está enfermo, hombre.

Eso no podía negarlo.

10

Salí de la ciudad por la Ruta 7, y en cada intersección reducía la marcha para mirar a ambos lados tanto si tenía preferencia de paso como si no. Esto resultó ser una buena idea, porque un camión cargado de grava se saltó un semáforo en rojo en el cruce de la Ruta 7 con la Antigua Carretera de Derry. Si no hubiera frenado hasta casi detenerme por completo a pesar de la luz verde, mi Ford habría sido arrollado. Conmigo dentro convertido en hamburguesa. Toqué el claxon pese al dolor de cabeza, pero el conductor hizo caso omiso. Parecía un zombi sentado al volante del camión.

Jamás seré capaz de hacer esto, pensé, pero si no podía detener a Frank Dunning, ¿qué esperanza tenía de detener a Oswald? ¿Para qué ir a Texas, entonces?

Sin embargo, no fue eso lo que me impulsó a continuar. Fue la imagen de Tugga la que lo consiguió; por no mencionar a los otros tres niños. Los había salvado una vez. Si no los volvía a salvar, ¿cómo eludir el seguro conocimiento de que yo había sido cómplice de su asesinato al activar un nuevo reinicio?

Me aproximaba al Autocine Derry, y giré hacia el acceso de grava que conducía a la taquilla, ahora con los postigos cerrados. El camino estaba bordeado de abetos ornamentales. Aparqué detrás de ellos, ahogué el motor e intenté salir del coche. No pude. La portezuela no se abría. Arremetí con el hombro un par de veces, y al ver que no cedía, advertí que el seguro estaba echado, incluso a pesar de que me encontraba en una época muy anterior a la era de los automóviles con cierre automático y yo ni siquiera lo había tocado. Tiré de él y no subió. Lo moví de un lado a otro y no subió. Abrí la ventanilla, me asomé, y me las arreglé para introducir la llave en la cerradura bajo el pulsador cromado de la manilla exterior. Esta vez el seguro saltó. Salí del coche y luego alargué el brazo para agarrar el cojín.

«La resistencia al cambio es directamente proporcional a la magnitud con la que una determinada acción altera el futuro», le había dicho a Al con mi mejor voz de orador de escuela, y era cierto. Pero en aquel momento no me había percatado del coste personal. Ahora sí.

Caminé despacio por la Ruta 7, con el cuello levantado para protegerme de la lluvia y el sombrero encasquetado hasta las orejas. Cuando venía algún coche —lo cual no ocurría con frecuencia—, me escondía entre los árboles que bordeaban mi lado de la carretera. Creo que una o dos veces me llevé las manos a los costados de la cabeza para cerciorarme de que no se estaba hinchando. Eso era lo que sentía.

Finalmente, los árboles quedaron atrás y un muro de piedra los reemplazó. Más allá se divisaban colinas ondulantes cuidadas con esmero y salpicadas de lápidas y monumentos funerarios. Había llegado al cementerio Longview. Coroné una loma y allí estaba el puesto de flores, al otro lado de la carretera. Tenía las persianas echadas y estaba oscuro. Los fines de semana debían de ser por lo general días de visita a los parientes fallecidos, pero con un tiempo así el negocio no tendría demasiada actividad. Suponía que la anciana que regentaba el lugar habría aprovechado para dormir un poco más. Pensé que abriría más tarde. Yo mismo había sido testigo.

Trepé el muro, esperando que cediera bajo mi peso, pero no lo hizo. Y una vez que estuve verdaderamente en Longview, sucedió algo maravilloso: el dolor de cabeza empezó a remitir. Me senté en una lápida bajo las ramas de un olmo, cerré los ojos y contrasté el grado de dolor: de un estridente diez —que por momentos se estiraba hasta un once, como amplificado por un altavoz de los Spinal Tap— había bajado a un ocho.

—Creo que he traspasado la barrera, Al —dije—. Creo que estoy al otro lado.

Aun así, me moví con cautela, alerta por si se manifestaban nuevos trucos: árboles derrumbándose, ladrones de tumbas, o quizá incluso un meteorito en llamas. No ocurrió nada. Para cuando alcancé las dos tumbas contiguas marcadas respectivamente con las inscripciones ALTHEA PIERCE DUNNING Y JAMES ALLEN DUNNING, el nivel de dolor en mi cabeza se había reducido a cinco.

Miré en derredor y vi un mausoleo que tenía grabado en el granito rosado un nombre familiar: TRACKER. Me acerqué y probé la puerta de hierro. En 2011 habría estado cerrada, pero esto era 1958 y se abrió con facilidad… aunque giró sobre los oxidados goznes con un chirrido propio de una película de terror.

Entré y me abrí paso a través de un montón de hojas quebradizas. Un banco de meditación de piedra se erigía en el centro del panteón; a ambos lados, los Tracker descansaban en columbarios de piedra que se remontaban a 1831. Según la placa de cobre en la lápida de más antigüedad, allí dentro yacían los huesos de monsieur Jean Paul Traiche.

Cerré los ojos.

Me tumbé en el banco de meditación y me adormilé.

Dormí.

Cuando desperté era casi mediodía. Me acerqué a la puerta delantera del panteón de los Tracker y aguardé la llegada de Dunning... igual que Oswald, sin duda, cuando cinco años después aguardaría la llegada de la comitiva de Kennedy en su puesto de tirador en el sexto piso del Depósito de Libros Escolares de Texas.

El dolor de cabeza se había esfumado.

11

El Pontiac de Dunning apareció más o menos al mismo tiempo que Red Schoendienst conseguía la carrera que a la postre daría la victoria a los Bravos de Milwaukee. Dunning aparcó en el ramal más cercano, salió del coche, se alzó el cuello, y se agachó para coger las cestas de flores. Descendió la colina hasta las tumbas de sus padres transportando una cesta en cada mano.

Ahora, en el momento de la verdad, me encontraba bastante bien. Había logrado cruzar al otro lado de aquello que intentaba retenerme, fuera lo que fuese. Oculté el cojín bajo el abrigo, con la mano metida dentro. La hierba húmeda amortiguaba mis pasos. No había sol que proyectara mi sombra. Dunning no supo que yo estaba detrás de él hasta que pronuncié su nombre. Entonces se volvió.

—No me gusta la compañía cuando estoy visitando a mis padres —dijo—. Y por cierto, ¿quién narices es usted? ¿Y qué es eso? —Miraba el cojín souvenir, que ahora mostraba con descaro. Lo llevaba como si fuera un guante.

Elegí contestar solo a la primera pregunta.

—Me llamo Jake Epping y he venido a hacerte una pregunta.

—Pues hazla y luego déjame en paz.

La lluvia goteaba del ala de su sombrero. También del mío.

—¿Qué es lo más importante en la vida, Dunning?

—¿Qué?

—Para un hombre, quiero decir.

—¿Qué eres, un chiflado? ¿Y por qué ese cojín?

—Compláceme. Responde a la pregunta.

Se encogió de hombros.

—Su familia, supongo.

—Lo mismo opino yo —dije, y apreté el gatillo dos veces. El primer estallido sonó apagado, como cuando se golpea una alfombra con un sacudidor. El segundo fue un poco más fuerte. Pensé que el cojín podría incendiarse (lo había visto en *El Padrino 2*), pero solo humeó un poco. Dunning se desplomó y aplastó la cesta de flores que había depositado en la tumba de su padre. Me agaché a su lado, con la rodilla hincada en el suelo apisonando la tierra húmeda, presioné el extremo desgarrado del cojín contra su sien, y disparé otra vez.

Solo para asegurarme.

12

Arrastré el cuerpo hasta el mausoleo de los Tracker y le tapé la cara con el cojín chamuscado. Al salir, un par de coches circulaban despacio por el cementerio y varias personas con paraguas visitaban algunas tumbas, pero nadie me prestó la más mínima atención. Caminé sin prisa hacia el muro de piedra, de vez en cuando me detenía para admirar un sepulcro o un monumento. Una vez estuve protegido por los árboles, regresé a mi Ford al trote. Cuando oía que se acercaba un coche, me internaba en el bosque. En una de esas retiradas, enterré la pistola bajo treinta centímetros de tierra y hojas. El Sunliner esperaba inmóvil donde lo había dejado, y lo arranqué al primer intento. Conduje de vuelta a mi apartamento y escuché el final del partido de béisbol. Lloré un poco, creo, pero eran lágrimas de alivio, no de remordimiento. Independientemente de lo que me sucediera a mí, la familia Dunning estaba a salvo.

Esa noche dormí como un bebé.

El *Daily News* de Derry dedicaba una parte importante de su edición del lunes a la Serie Mundial y publicaba una bonita foto de Schoendienst en el momento en que se deslizaba hacia la base meta y lograba la carrera ganadora aprovechando un error de Tony Kubek. Los Bombarderos del Bronx estaban acabados, según la columna de Red Barber. «Que les den ya la estocada final», opinaba. «Los Yankees han muerto, larga vida a los Yankees.»

Nada sobre Frank Dunning para empezar la semana laboral de Derry, pero fue material de primera plana en el periódico del martes; en portada aparecía también una foto que le mostraba sonriendo con la animosa expresión de «las mujeres me adoran». En sus ojos aparecía aquel brillo travieso de George Clooney, siempre tan a punto.

COMERCIANTE HALLADO MUERTO EN CEMENTERIO LOCAL
Dunning fue una destacada figura en numerosas campañas benéficas

Según el jefe de policía de Derry, el departamento estaba siguiendo diversas pistas muy prometedoras y confiaban en que pronto se produciría un arresto. En una entrevista telefónica, Doris Dunning declaró estar «horrorizada y desolada». No se mencionaba el hecho de que ella y su difunto marido estaban viviendo separados. Varios amigos y compañeros del mercado de Central Street expresaron una conmoción similar. Todo el mundo parecía coincidir en que Frank Dunning había sido un tipo estupendísimo, y nadie podía imaginarse por qué alguien querría dispararle.

Tony Tracker se mostró especialmente indignado (posiblemente porque el cadáver fue hallado en el mausoleo de la familia). «Para ese tipejo, deberían volver a instaurar la pena de muerte», manifestó.

El miércoles, 8 de octubre, los Yankees ganaron por la mínima a los Bravos en el County Stadium; el jueves rompieron un empate a dos en la octava entrada, anotando cuatro carreras y clausurando la Serie. El viernes regresé a Empeños & Préstamos La Sirena esperando ser recibido por Doña Gruñona y Don Pesimismo. La robusta señora hizo más que igualar mis expectativas; en cuanto me vio, curvó los labios en una mueca de desprecio y vociferó:

—¡Chazzie! ¡El Señor Ricachón está aquí!

Luego franqueó con brusquedad la puerta acortinada y desapareció de mi vida.

Frati salió luciendo la misma sonrisa de ardilla que la primera vez que lo vi en El Farolero, en mi anterior viaje al pintoresco pasado de Derry. En una mano sujetaba un sobre excesivamente abultado con el nombre G. AMBERSON escrito en el anverso.

—Aquí está usted, primo —dijo—, más alto que un mayo y el doble de guapo. Y aquí está su botín. Siéntase libre de contarlo.

—Me fío —dije, y me guardé el sobre en el bolsillo—. Le noto bastante contento para ser un tipo que acaba de aflojar tres de los grandes.

—No negaré que ha sacado tajada del Clásico Otoñal de este año —comentó—. Una *buena* tajada, aunque de todas formas yo también he ganado unos pavos. Eso es siempre así, pero estoy metido en el juego principalmente porque es un... cómo lo llamaría... un servicio público. La gente apuesta, la gente siempre apuesta, y yo pago rápido cuando hay que pagar. Además, me gusta aceptar apuestas. Es una especie de afición para mí. ¿Y sabe cuándo me gusta más?

—No.

—Cuando se presenta alguien como usted, un caballo blanco que va contra la corriente y vence pese a los pronósticos. Eso restaura mi fe en la naturaleza aleatoria del universo.

Me pregunté qué opinaría de esa aleatoriedad si le enseñara la chuleta de Al Templeton.

—Su esposa no parece compartir una visión tan... esto... católica.

Frati rió, y sus pequeños ojos negros chispearon. Ganara, perdiera o empatara, el hombrecillo de la sirena en el antebrazo disfrutaba la vida. Yo admiraba eso.

—Ah, Marjorie. Se pone de lo más sensible si viene algún tipo patético con el anillo de compromiso de su mujer y una historia trágica, pero cuando se trata de negocios deportivos, se convierte en una mujer distinta. Se lo toma como algo personal.

—La quiere mucho, ¿verdad, señor Frati?

—Como la luna a las estrellas, primo. Como la luna a las estrellas.

Marjorie había estado leyendo el periódico del día, y este seguía encima del mostrador de cristal que exhibía anillos y demás objetos. El título rezaba PROSIGUE LA CAZA DEL ASESINO MISTERIOSO MIENTRAS FRANK DUNNING RECIBE SEPULTURA.

—¿Qué opina de *esto*? —pregunté.

—No sé, pero le diré algo. —Se inclinó hacia delante y su sonrisa se esfumó—. No era el santo que el periodicucho local quiere hacernos creer. Podría contarle algunas historias, primo.

—Adelante. Dispongo de todo el día.

La sonrisa reapareció.

—No. En Derry nos guardamos nuestras cosas para nosotros.

—Sí, ya lo he notado —dije.

14

Yo quería regresar a Kossuth Street. Sabía que la policía podría estar vigilando la casa de los Dunning por si alguien mostraba un interés inusual en la familia, pero aun así el deseo era muy fuerte. No se trataba de Harry; quería ver a la hermana pequeña. Tenía cosas que decirle.

Que debería salir en Halloween al truco o trato aunque se sintiera triste por su padre.

Que sería la princesa india más bonita, más mágica, que cualquiera hubiera visto jamás, y que llegaría a casa con una montaña de caramelos.

Que tenía por delante al menos cincuenta y tres largos y ajetreados años, y probablemente muchos más.

Por encima de todo, que algún día su hermano Harry iba a querer enfundarse el uniforme y se alistaría en el ejército y que ella debía poner todo, todo, todo su empeño en disuadirle.

Salvo que los niños olvidan. Todo profesor lo sabe.

Y piensan que van a vivir para siempre.

Era hora de abandonar Derry, pero tenía que encargarme de una última tarea antes de marcharme. Esperé hasta el lunes. Esa tarde, 13 de octubre, cargué mis cosas en el maletero del Sunliner y luego, sentado al volante, garabateé una breve nota. La metí en un sobre, lo sellé, y escribí el nombre del destinatario en el anverso.

Conduje hasta la Ciudad Baja, aparqué y entré en el Dólar de Plata Soñoliento. Se encontraba vacío a excepción de por Pete el tabernero, tal y como había esperado. Estaba fregando vasos y viendo *Amor a la vida* en la caja tonta. Se volvió hacia mí a regaña dientes, con un ojo puesto en John y Marsha, o como se llamaran.

—¿Qué le sirvo?

—Nada, pero puedes hacerme un favor, por el cual te compensaré con la bonita suma de cinco dólares americanos.

No parecía muy impresionado.

—Ya. ¿Cuál es ese favor?

Deposité el sobre encima de la barra.

—Entregar esto a la persona indicada

Miró el nombre en el anverso del sobre.

—¿Qué quieres de Bill Turcotte? ¿Y por qué no se lo das tú mismo?

—Se trata de una misión muy simple, Pete. ¿Quieres los cinco o no?

—Claro, siempre que no le vaya a perjudicar. Billy es un tipo legal.

—No va a perjudicarle. Es más, puede que le beneficie.

Puse un billete encima del sobre. Pete lo hizo desaparecer y retornó a su culebrón. Me marché. Turcotte probablemente recibiría el sobre. Si hizo algo o no después de leer su contenido es otra cuestión, una de muchas para las que nunca obtendré respuesta. Esto es lo que escribí:

Estimado Bill:
Algo anda mal en tu corazón. Debes ir a ver a un médico pronto o será demasiado tarde. Puede que pienses que es una broma,

pero no lo es. Puede que pienses que es imposible que sepa algo así, pero lo sé, tan seguro como que tú sabes que Frank Dunning asesinó a tu hermana Clara y a tu sobrino Mikey. *¡POR FAVOR, CRÉEME Y VE AL MÉDICO!*

Un Amigo

16

Monté en el Sunliner y, mientras salía marcha atrás de la plaza de aparcamiento en pendiente, vislumbré el rostro estrecho y receloso del señor Keene espiándome desde la farmacia. Bajé la ventanilla, saqué el brazo y le enseñé el dedo corazón. Después ascendí Up-Mile Hill y salí de Derry por última vez.

CAPÍTULO 11

Mientras conducía hacia el sur por la Autovía Milla por Minuto, intentaba convencerme a mí mismo de que no debía perder el tiempo con Carolyn Poulin. Me dije que ella era el experimento de Al Templeton, no el mío, y su experimento, al igual que su vida, ahora había terminado. Me recordé a mí mismo que el caso de la niña Poulin era muy distinto al de Doris, Troy, Tugga y Ellen. Sí, Carolyn iba a quedar paralítica de cintura para abajo, y sí, se trataba de un suceso terrible. Sin embargo, quedar paralítica por una bala dista mucho de ser golpeado hasta la muerte con una maza de hierro. Con silla de ruedas o sin ella, Carolyn Poulin iba a vivir una vida plena y fructífera. Me dije que sería una locura arriesgar mi verdadera misión desafiando una vez más al obstinado pasado a que estirara el brazo, me agarrara y me triturara.

Todo me sonaba a excusa.

Había previsto pasar la primera noche en la carretera en Boston, pero la visión de Dunning sobre la tumba de su padre y la cesta de flores aplastada bajo su cuerpo no cesaba de repetirse periódicamente. Merecía la muerte —diablos, *debía* morir—, pero el 5 de octubre aún no le había hecho nada a su familia. Bueno, al menos a su segunda familia. Podía decirme (¡y lo hacía!) que ya había causado suficiente mal, que antes del 13 de octubre de 1958 ya era culpable de un doble asesinato, una de las víctimas poco mayor que un bebé, pero solo contaba con la palabra de Bill Turcotte como prueba.

Supongo que, al fin y al cabo, deseaba compensar una acción que percibía como mala con otra buena, independientemente de lo necesaria que fuese la primera. Por tanto, en lugar de dirigirme a Boston, salí de la autopista en Auburn y tomé dirección oeste, hacia la región de los lagos de Maine. Me registré en las mismas cabañas donde Al se había alojado, justo antes de caer la noche. Conseguí la mayor de las cuatro que estaban a la orilla del lago pagando una ridícula tarifa de temporada baja.

Esas cinco semanas tal vez fueron las mejores de mi vida. No veía a nadie más que a la pareja que regentaba la tienda local, donde me aprovisionaba de comestibles sencillos dos veces por semana, y al señor Winchell, el propietario de las cabañas. Este me visitaba los domingos para cerciorarse de que me encontraba bien y que disfrutaba de la estancia. Yo contestaba afirmativamente cada vez que él preguntaba, y no mentía. Me entregó una llave del embarcadero, y yo salía en canoa por las mañanas y al anochecer si el agua estaba en calma. Recuerdo observar, una de aquellas noches, cómo la luna llena se elevaba silenciosamente sobre las copas de los árboles y cómo abría una senda plateada a través del agua, mientras el reflejo de la canoa pendía por debajo de mí como una gemela ahogada. Un somorgujo gritó en alguna parte, y le respondió un colega o una pareja. Pronto otros se unieron a la conversación. Desarmé el remo y permanecí allí sentado, a trescientos metros de la orilla, contemplando la luna y escuchando el diálogo de las aves. Recuerdo haber pensado que si en alguna parte existía un cielo y no era como ese, entonces no quería ir allí.

Los colores del otoño empezaron a florecer mientras otro verano de Maine se consumía en llamas: primero un amarillo tímido, después naranja, por último un rojo furioso y encendido. En el mercado había cajas de cartón repletas de libros en rústica sin cubierta, y debí de leer tres docenas o más: novelas de misterio de Ed McBain, John D. MacDonald, Chester Himes y Richard S. Prather; apasionados melodramas como *Peyton Place* y *Una lápida para Danny Fisher*; westerns a mansalva, y una novela de ciencia ficción titulada *The Lincoln Hunters*, que trataba sobre unos viajeros en el tiempo que intentaban grabar un discurso «olvidado» de Abraham Lincoln.

Cuando no estaba leyendo o navegando en canoa, paseaba por

el bosque. Largas tardes otoñales, la mayoría brumosas y cálidas. Luz que teñía de oro el polvo en suspensión y se filtraba oblicuamente a través de los árboles. Por la noche, un silencio tan colosal que casi parecía reverberar. Pocos vehículos circulaban por la Ruta 114; después de las diez, ninguno en absoluto. Después de las diez, la parte del mundo que había elegido para descansar pertenecía solo a los somorgujos y al viento en los abetos. Poco a poco, la visión de Frank Dunning yaciendo sobre la tumba de su padre empezó a diluirse, y yo estaba cada vez menos dispuesto a rememorar en los ratos libres cómo había dejado caer el cojín souvenir, aún humeante, sobre sus ojos de mirada perdida en el mausoleo de los Tracker.

Hacia finales de octubre, cuando las últimas hojas se desprendían revoloteando de los árboles y las temperaturas nocturnas iniciaban su inmersión bajo los cero grados, empecé a viajar a Durham para reconocer la configuración del terreno en las inmediaciones de Bowie Hill, donde al cabo de dos semanas ocurriría un accidente de caza. La casa de oración de los cuáqueros que Al había mencionado constituía un punto de referencia idóneo. No mucho más allá, un árbol muerto se inclinaba sobre la carretera, probablemente el mismo con el que Al había estado peleándose cuando apareció Andrew Cullum luciendo ya su chaleco naranja de cazador. Además, me aseguré de localizar la casa del tirador accidental y trazar una posible ruta desde allí hasta Bowie Hill.

En realidad, mi plan no era un plan en absoluto; simplemente seguiría el sendero que Al ya había trazado. Conduciría hasta Durham a primera hora de la mañana, aparcaría cerca del árbol derribado, batallaría con él, y luego, cuando apareciera Cullum y se ofreciera a echar una mano, fingiría sufrir un ataque al corazón. Sin embargo, tras localizar la casa del cazador sucedió que casualmente me detuve a tomar un refresco en Brownie's Store, a menos de un kilómetro de distancia, y vi algo en la ventana que me dio una idea. Era una locura, pero podría ser interesante.

Se trataba de un cartel cuyo encabezamiento decía RESULTADOS DEL TORNEO DE CRIBBAGE DEL CONDADO DE ANDROSCOGGIN. Le seguía una lista de unos cincuenta nombres. El vencedor del torneo, de West Minot, había logrado una puntuación de diez mil «clavijas», fueran lo que fuesen. El subcampeón había conseguido nueve mil quinientas. En tercer lugar, con ocho mil setecientas veintidós clavijas, estaba Andy Cullum. El círculo en rojo alrededor de su nombre fue lo que inicialmente había atraído mi atención.

Las coincidencias ocurren, pero he llegado a creer que son verdaderamente raras. Existen fuerzas en movimiento, ¿vale? En algún lugar del universo (o más allá), una gran máquina late y hace girar sus fabulosos engranajes.

Al día siguiente conduje de vuelta hasta la casa de Cullum poco antes de las cinco de la tarde. Aparqué detrás de su ranchera Ford con paneles de madera y me acerqué a la puerta.

Una mujer de rostro afable abrió a mi llamada. Llevaba puesto un delantal con volantes y sostenía a un bebé en brazos. Supe con solo mirarla que estaba haciendo lo correcto, porque Carolyn Poulin no iba a ser la única víctima el 15 de noviembre, solo la que acabaría en una silla de ruedas.

—¿Sí?

—Me llamo George Amberson, señora. —La saludé con una inclinación del sombrero—. Me pregunto si podría hablar son su marido.

Sin duda podría, pues él se acercó a la espalda de la mujer y le pasó un brazo por los hombros. Un tipo joven, que aún no había cumplido los treinta, mostrando ahora una expresión agradablemente inquisitiva. El bebé trató de cogerle la cara, y cuando Cullum besó los dedos de la niña, esta rió. El hombre me tendió la mano y se la estreché.

—¿Qué puedo hacer por usted, señor Amberson?

Levanté un tablero de cribbage.

—He visto en Brownie's que es usted un jugador excelente. Y tengo una proposición que hacerle.

La señora Cullum se mostró alarmada.

—Mi marido y yo somos metodistas, señor Amberson. Los torneos son una simple diversión. Él ganó un trofeo, y a mí no me importa sacarle brillo para que luzca sobre la repisa de la chimenea, pero si lo que usted quiere es jugar a las cartas por dinero, ha venido a la casa equivocada. —Sonrió. Noté que le supuso un gran esfuerzo, pero aun así fue una sonrisa amable. Ella me gustaba. Los dos me gustaban.

—Mi mujer tiene razón. —La voz de Cullum sonaba pesarosa

pero firme—. Solía jugar a penique la clavija cuando trabajaba en los bosques, pero eso fue antes de conocer a Marnie.

—Tendría que estar loco para jugar con usted por dinero —dije—, porque no sé jugar. Pero me gustaría aprender.

—En ese caso, pase —invitó—. Le enseñaré con mucho gusto. No nos llevará más de quince minutos, y aún queda una hora para la cena. Qué diantres, si sabe sumar hasta quince y contar hasta treinta y uno, ya sabe jugar al cribagge.

—Estoy seguro de que es más complicado que contar y sumar, o de lo contrario no habría quedado tercero en el torneo de Androscoggin —dije—. Y yo en verdad quiero un poco más que aprender las reglas. Quiero comprarle un día de su vida. El 15 de noviembre, para ser exactos. Desde las diez de la mañana hasta las cuatro de la tarde, digamos.

Ahora su mujer empezaba a asustarse y estrechaba al bebé entre sus brazos.

—Por esas seis horas de su tiempo, le pagaré doscientos dólares.

Cullum frunció el ceño.

—¿Qué está tramando, señor?

—Esperaba aprender cribbage. —Eso, sin embargo, no iba a ser suficiente. Lo notaba en sus rostros. Miren, no voy a engañarles diciendo que solo se trata de eso, pero si intentara explicárselo, pensarían que estoy loco.

—Yo ya lo pienso —observó Marnie Cullum—. Mándalo a paseo, Andy.

Me volví hacia ella.

—No es nada malo, no es nada ilegal, no es una estafa, y no es peligroso. Se lo aseguro bajo juramento. —No obstante, empezaba a pensar que no iba a funcionar, con juramento o sin él. Había sido una mala idea. Cullum sospecharía el doble cuando me encontrara cerca de la casa de oración de los cuáqueros en la tarde del 15.

Pero seguí insistiendo. Era algo que había aprendido a hacer en Derry.

—Solo es *cribbage* —dije—. Usted me enseña las reglas, jugamos unas cuantas horas, le doy doscientos dólares, y nos separamos como amigos. ¿Qué me dice?

—¿De dónde es usted, señor Amberson?

—Originariamente de Wisconsin. Más recientemente, he vivido

en Derry, al norte. Me dedico a los bienes inmuebles comerciales. Ahora estoy de vacaciones en el lago Sebago antes de emprender mi viaje de regreso. ¿Quiere algunos nombres? ¿Referencias, por decirlo así? —Sonreí—. ¿Personas que les confirmaran que no estoy chiflado?

—Mi marido se va al bosque los sábados durante la temporada de caza —dijo la señora Cullum—. Es la única oportunidad que tiene de hacerlo, porque trabaja toda la semana y cuando llega a casa ya está tan cerca la noche que no le compensa cargar el arma.

Ella aún no había abandonado su expresión recelosa, pero ahora noté algo en su rostro que me dio esperanzas. Cuando una es joven y tiene un hijo, cuando tu marido tiene un trabajo manual —como así indicaban las manos agrietadas y callosas de él—, doscientos dólares representan muchos comestibles. O, en 1958, dos letras y media de la hipoteca de la casa.

—Podría faltar una tarde —comentó Cullum—. De todas formas, en la ciudad ya no queda prácticamente nada de caza. El único sitio donde puedes abatir un maldito ciervo es Bowie Hill.

—Cuida tu lengua cerca del bebé, señor Cullum —le reprendió su esposa. Su tono de voz era severo, pero sonrió cuando él respondió besándola en la mejilla.

—Señor Amberson, necesito hablar con mi esposa —dijo Cullum—. ¿Le importaría esperar en la entrada un par de minutos?

—Haré algo mejor —propuse—. Bajaré hasta Brownie's y me tomaré una pócima. —Así denominaban a la gaseosa la mayoría de los habitantes de Derry—. ¿Les apetecen unos refrescos?

Rehusaron, dándome las gracias, y luego Marnie Cullum me cerró la puerta en las narices. Conduje hasta Brownie's, donde compré una naranjada para mí y un regaliz que pensé que podría gustarle al bebé, si es que tenía edad suficiente para tomarlo. Intuía que los Cullum iban a rechazarme, agradecidos pero firmes. Yo era un extraño con una propuesta extraña. Había albergado la esperanza de que cambiar el pasado resultara más fácil esta vez, porque Al ya lo había cambiado en dos ocasiones. Aparentemente ese no iba a ser el caso.

Para mi sorpresa, Cullum dijo que sí, y su esposa me permitió darle el regaliz a la pequeña, que lo recibió con una risa jubilosa, lo chupó, y luego se lo pasó por el pelo como un peine. Incluso me invitaron a cenar, cosa que decliné. Le ofrecí a Andy Cullum un anticipo de cincuenta dólares, cosa que *él* declinó... hasta que su esposa insistió en que los aceptara.

De regreso a Sebago me sentía exultante, pero mientras conducía hacia Durham la mañana del 15 de noviembre (los campos estaban blancos por una escarcha tan espesa que los cazadores, vestidos de naranja —habían salido en masa—, abrían senderos en ella), mi humor había cambiado. *Habrá llamado a la policía estatal o al agente local*, imaginé. *Y mientras me interrogan en la comisaría más cercana para intentar averiguar qué clase de lunático soy, Cullum estará cazando en los bosques de Bowie Hill.*

Sin embargo, no había ningún coche patrulla en el camino de entrada, solo el Ford con paneles de madera de Andy Cullum. Cogí mi nuevo tablero de cribbage y caminé hasta la puerta. Abrió él mismo y dijo:

—¿Preparado para sus lecciones, señor Amberson?

Esbocé una sonrisa.

—Sí, señor, por supuesto.

Me guió hasta el porche trasero; sospecho que la señora no me quería dentro de la casa con ella y el bebé. Las reglas eran simples. Las clavijas representaban los puntos, y una partida constaba de dos vueltas al tablero. Aprendí qué era el valet del palo, una doble pareja-escalera, caer en el lodazal, y lo que Andy llamaba «el diecinueve místico» (o la mano imposible). Después jugamos. Al principio llevaba la cuenta, pero abandoné cuando Cullum me aventajó en cuatrocientos puntos. De vez en cuando se oía el disparo distante de algún cazador, y Cullum miraba hacia los bosques más allá de su pequeño patio.

—El próximo sábado —le animé en una de esas ocasiones—. Tendrás tu oportunidad el próximo sábado, seguro.

—Probablemente lloverá —dijo echándose a reír—. No debería quejarme, ¿eh? Me estoy divirtiendo y ganando dinero. Y tú estás mejorando, George.

Marnie preparó el almuerzo a mediodía; sándwiches de atún y cuencos de sopa de tomate casera. Comimos en la cocina, y cuando terminamos ella sugirió que continuáramos jugando dentro. Había decidido que yo no era peligroso, después de todo, lo cual me alegró. Eran buenas personas los Cullum. Una pareja agradable con un bebé adorable. A veces me acordaba de ellos cuando oía los gritos que Lee y Marina Oswald se proferían mutuamente en su apartamento barato…, o cuando, en una ocasión al menos, vi que exteriorizaban su animadversión en plena calle. El pasado armoniza; además, intenta mantener un equilibrio, y casi siempre lo logra. Los Cullum se encontraban en un extremo de la balanza; los Oswald, en el otro.

¿Y Jake Epping, también conocido como George Amberson? Él era el punto de apoyo.

Hacia el final de nuestra maratoniana sesión, gané mi primer juego. Tres rondas después, cuando pasaban varios minutos de las cuatro, le machaqué realmente, y reí con alegría. Las risas de Baby Jenna se unieron a las mías, y entonces la niña se inclinó hacia delante desde lo alto de su trona y me dio un amigable tirón de pelo.

—¡Ya está! —exclamé, riendo. Los tres Cullum también se reían conmigo—. ¡Aquí es donde me retiro! —Saqué mi cartera y deposité tres billetes de cincuenta en el hule rojo y blanco que cubría la mesa de la cocina—. ¡Ha valido la pena!

Andy los empujó hacia mi lado.

—Devuélvelos a tu billetera, George, ese es su sitio. Lo he pasado demasiado bien para aceptar tu dinero.

Asentí como si accediera, pero le tendí los billetes a Marnie, que casi me los arrebató de las manos.

—Gracias, señor Amberson. —Miró con reproche a su marido y luego de nuevo a mí—. Realmente nos va a venir bien.

—Estupendo. —Me levanté y me estiré, y oí cómo me crujía la columna. En algún sitio, a unos nueve o diez kilómetros de distancia, Carolyn Poulin y su padre estarían montando en una camioneta con las palabras CONSTRUCCIÓN Y CARPINTERÍA POULIN pintadas en un lateral. Quizá habían abatido un ciervo, quizá no. En cualquier caso, estaba seguro de que habían disfrutado de una tarde agradable en el bosque, hablando sobre cualquier cosa de la que hablasen los padres y las hijas, y me alegraba por ellos.

—Quédate a cenar, George —invitó Marnie—. Tengo judías y salchichas.

De modo que me quedé, y después miramos las noticias en el pequeño televisor modelo mesa de los Cullum. Se había producido una muerte en New Hampshire por un accidente de caza, pero en

Maine no había ocurrido nada. Me dejé convencer para tomar una segunda ración del pastel de manzana de Marnie, aunque estaba lleno a reventar. Finalmente, me levanté y les agradecí su hospitalidad.

Andy Cullum me tendió la mano.

—La próxima vez jugaremos sin dinero de por medio, ¿de acuerdo?

—Por supuesto. —No iba a haber próxima vez, y creo que él lo presentía.

Resultó que su mujer sí lo sabía. Me alcanzó justo antes de que me metiera en el coche. Había envuelto al bebé con una manta y le había puesto un sombrerito en la cabeza, pero la propia Marnie no iba abrigada. Vi el vaho en su aliento. Tiritaba.

—Señora Cullum, deberías entrar antes de que pesques un resfriado de muer…

—¿De qué le has salvado?

—¿Perdón?

—Sé que esa es la razón de que vinieras. Lo medité rezando mientras Andy y tú estabais en el porche. Dios me envió una respuesta, pero no la respuesta *completa*. ¿De qué le has salvado hoy?

Coloqué las manos sobre sus temblorosos hombros y la miré directamente a los ojos.

—Marnie… si fuera deseo de Dios que conocieras esa parte, Él te lo habría contado.

De pronto me rodeó entre sus brazos y me estrechó contra ella. Sorprendido, le devolví el abrazo. Baby Jenna, atrapada en medio, nos miraba confundida.

—Sea lo que sea, gracias —me susurró Marnie al oído. Su cálido aliento me puso la piel de gallina.

—Entra en la casa, cielo, antes de que te congeles.

Se abrió la puerta delantera. Andy estaba de pie en el umbral con una lata de cerveza en la mano.

—¿Marnie? ¿Marn?

Ella retrocedió un paso. Sus ojos eran grandes y oscuros.

—Dios nos ha traído un ángel de la guarda —dijo ella—. No hablaré de esto, pero así lo mantendré. Y así lo ponderaré en mi corazón. —Entonces recorrió con paso rápido el camino de entrada hasta donde esperaba su marido.

Ángel. Era la segunda vez que lo escuchaba, y ponderé esa palabra en mi propio corazón aquella noche mientras yacía en la cabaña, intentando conciliar el sueño, y al día siguiente, remando a la deriva sobre unas aguas mansas de domingo bajo un cielo azul que se inclinaba hacia el invierno.

Ángel de la guarda.

El lunes, 17 de noviembre, contemplé los primeros torbellinos de nieve y lo tomé como una señal. Recogí mis cosas, conduje hasta Sebago Village, y encontré al señor Winchell bebiendo café y comiendo donuts en el restaurante Lakeside (en 1958, la gente come muchos donuts). Le entregué las llaves y le informé de que había disfrutado de una estancia maravillosa y reconstituyente. Se le iluminó el rostro.

—Eso es estupendo, señor Amberson, como debe ser. Tiene pagado hasta fin de mes. Si me da una dirección, puedo enviarle un cheque por correo para reembolsarle esas dos últimas semanas.

—No sabré con certeza dónde estaré hasta que los jefazos de la oficina tomen una decisión corporativa —dije—, pero me aseguraré de escribirle. —Los viajeros en el tiempo mienten mucho.

Me tendió la mano.

—Ha sido un placer tenerle de huésped.

Se la estreché y respondí:

—El placer ha sido todo mío.

Monté en mi coche y puse rumbo al sur. Esa noche me registré en el Parker House de Boston e inspeccioné la infame Zona de Combate. Tras las semanas de paz en Sebago, el neón me provocó un tintineo en los ojos y las hordas de merodeadores nocturnos —la mayoría jóvenes, la mayoría varones, muchos vestidos de uniforme— me hicieron sentir agorafóbico y nostálgico de aquellas noches tranquilas en el oeste de Maine, cuando las escasas tiendas cerraban a las seis y el tráfico cesaba a las diez.

Pasé la noche siguiente en el hotel Harrington de Washington D. C. Tres días más tarde me encontraba en la costa oeste de Florida.

CAPÍTULO 12

1

Tomé la Ruta 1 en dirección sur. Comí en multitud de restaurantes de carretera que ofrecían cocina casera, lugares donde el plato combinado especial, que incluía una macedonia como entrante y tarta de manzana *à la mode* como postre, costaba ochenta centavos. En ningún momento vi una sola franquicia de comida rápida, a menos que consideraras como tal el Howard Johnson's, con sus veintiocho sabores de helado y el logo de Simple Simon. Vi una tropa de boy scouts ocupándose de una hoguera de hojas secas con su jefe de exploradores, vi mujeres ataviadas con sobretodos y chanclas recogiendo la colada una tarde gris que amenazaba lluvia; vi largos trenes de pasajeros con nombres como *El Aviador del Sur* y *Estrella de Tampa* dirigiéndose hacia esos climas de Estados Unidos donde el invierno no está permitido. Vi ancianos fumando en pipa sentados en bancos en las plazas de los pueblos. Vi un millón de iglesias, y un cementerio donde una congregación de al menos cien miembros formaba un círculo alrededor de una tumba abierta y cantaba «The Old Rugged Cross». Vi hombres construyendo graneros. Vi gente ayudando a gente. Dos personas en una camioneta se detuvieron para echarme un cable cuando saltó la tapa del radiador del Sunliner y me quedé tirado al borde de la carretera. Esto ocurrió en Virginia, hacia las cuatro de la tarde, y uno de ellos me preguntó si necesitaba un lugar para dormir. Supongo que puedo imaginar algo así sucediendo en 2011, pero requiere un esfuerzo enorme.

Y una cosa más. En Carolina del Norte me detuve a repostar

en una gasolinera de Humble Oil. Luego, doblé la esquina para usar el aseo. Había dos puertas y tres indicaciones. La palabra **CABALLEROS** estaba nítidamente estarcida en una puerta; en la otra se leía **SEÑORAS**. La tercera indicación era una flecha en una estaca que apuntaba hacia la pendiente cubierta de arbustos detrás de la gasolinera. Decía *DE COLOR*. Con curiosidad, descendí por el sendero, teniendo cuidado de moverme furtivamente en un par de sitios donde las hojas aceitosas y verdes con tintes marrones de la hiedra venenosa resultaban inconfundibles. Esperaba que los padres y las madres que guiaran a sus hijos hacia cualquier servicio que se ubicara allí abajo supieran identificar estos molestos arbustos como lo que eran, porque a finales de los cincuenta la mayoría de los niños llevaban pantalones cortos.

No había *ningún* servicio. Lo que hallé al final del sendero fue un riachuelo estrecho; una tabla apoyada sobre un par de postes de cemento agrietado lo cruzaba. Un hombre que tuviera que orinar podría situarse en la orilla, bajarse la bragueta y sacar el pajarito. Una mujer podría sujetarse a un arbusto (suponiendo que este no fuera hiedra o roble venenoso) y ponerse en cuclillas. La tabla era donde uno se sentaba si tenía ganas de defecar. A veces, quizá bajo un aguacero.

Si alguna vez os he dado la idea de que en 1958 todo es divino y maravilloso, recordad el sendero, ¿de acuerdo? Y la hiedra venenosa. Y la tabla sobre el riachuelo.

2

Me instalé a cien kilómetros al sur de Tampa, en la ciudad de Sunset Point. Por ochenta dólares al mes, alquilé un bungalow en la playa más hermosa (y en su mayor parte desierta) que había visto jamás. Había otras cuatro chozas similares en mi extensión de arena, todas tan humildes como la mía. De las «neohorrorosas» McMansiones que más tarde brotarían como hongos de cemento en esta parte del estado no vi ni rastro. Había un supermercado a dieciséis kilómetros al sur, en Nokomis, y un somnoliento distrito comercial en Venice. La Ruta 41, la Ruta Tamiami, era poco más que un camino rural. Tenías que circular despacio por ella, en especial hacia la hora del crepúsculo, porque es cuando a los caimanes y a los armadillos les gustaba cruzar. Entre Sarasota y Venice había puestos de frutas, mercados al borde de la carretera, un par de bares y una sala de baile llamada Blackie's. Más allá de Venice, hermano, estabas solo, al menos hasta llegar a Fort Myers.

Renuncié al personaje de agente inmobiliario de George Amberson. En la primavera de 1959, Estados Unidos vivía tiempos de recesión. En la costa del golfo de Florida todo el mundo vendía y nadie compraba, así que George Amberson se convirtió exactamente en lo que Al había previsto: un autor diletante cuyo tío relativamente rico le había legado suficiente dinero para vivir, al menos durante una temporada.

Lo cierto era que *sí* escribía; además, no solamente me dedicaba a un proyecto, sino a dos. Por las mañanas, cuando estaba más fresco, empecé a redactar el manuscrito que ahora estáis leyendo vosotros (si alguna vez *hay* un vosotros). Por las noches trabajaba en una novela que titulé provisionalmente *El lugar del crimen*. Ese lugar en cuestión era Derry, por supuesto, aunque en mi libro lo llamé Dawson. Empezó siendo únicamente una pieza del decorado, para tener algo que enseñar si hacía amigos y alguno de ellos me pedía ver mi trabajo (guardaba mi «manuscrito matinal» en una caja fuerte de acero bajo la cama). Con el tiempo, *El lugar del crimen* se convirtió en algo más que camuflaje. Empecé a pensar que era bueno, incluso albergaba la esperanza de que quizá algún día viera la imprenta.

Una hora en las memorias por la mañana y una hora en la novela por la noche aún dejaban mucho tiempo que llenar. Probé con la pesca, y había peces en abundancia que atrapar, pero no me gustó y lo dejé. Pasear estaba bien al amanecer y al anochecer, pero no durante las horas de calor. Me convertí en cliente asiduo de una librería de Sarasota, y pasaba largas horas (y en su mayor parte felices) en las pequeñas bibliotecas de Nokomis y Osprey.

Leí y releí el material sobre Oswald de Al. Finalmente, reconocí esto como el comportamiento obsesivo que era, y guardé el cuaderno en la caja fuerte con mi «manuscrito matinal». He descrito esas notas como exhaustivas, y así me lo parecieron entonces, pero a medida que el tiempo —la cinta transportadora en la que todos nosotros debemos montar— me arrastraba más y más cerca del punto donde mi vida convergería con la del joven futuro asesino, ya no me lo parecían tanto. Contenían agujeros.

A veces maldecía a Al por obligarme a emprender esta misión deprisa y corriendo, pero en los momentos de mayor lucidez comprendía que no habría supuesto ninguna diferencia. Podría haber empeorado las cosas, y Al probablemente lo sabía. Aunque no se hubiera suicidado, como mucho habría dispuesto de una semana o dos, ¿y cuántos libros se habían escrito sobre la cadena de acontecimientos que desembocaron en aquel día en Dallas? ¿Cien? ¿Trescientos? Probablemente cerca de mil. Algunos coincidían con la creencia de Al de que Oswald actuó solo, algunos aseguraban que había formado parte de una elaborada conspiración, algunos declaraban con absoluta certeza que no había apretado el gatillo y que era exactamente lo que se llamó a sí mismo después del arresto: un cabeza de turco. Con su suicidio, Al había eliminado el mayor punto débil del estudioso: la investigación inducida por las dudas.

3

Hacía viajes esporádicos a Tampa, donde unas discretas pesquisas me condujeron a un corredor de apuestas llamado Eduardo Gutierrez. Una vez que se cercioró de que yo no era policía, se mostró encantado de aceptar mis envites. Primero aposté a que los Lakers de Minneapolis derrotaban a los Celtics en la final del 59, estableciendo de ese modo mi reputación de primo; los Lakers no ganaron ni un solo partido. También aposté cuatrocientos dólares a que los Canadiens derrotarían a los Maple Leafs en las finales de la Copa Stanley. Esta la gané… pero se pagaba la misma cantidad jugada. Calderilla, amigo, habría dicho mi camarada Chaz Frati.

Mi único gran golpe se produjo en la primavera de 1960, cuando aposté a que Venetian Way batiría a Bally Ache, el gran favorito en el Derbi de Kentucky. Gutierrez me ofreció cuatro a uno si me jugaba un grande, y cinco a uno si doblaba. Tras hacer los pertinentes ruidos de vacilación, opté por doblar, y me marché diez mil dólares más rico. Pagó con un buen humor fratiesco, aunque percibí un centelleo de acero en sus ojos que no me gustó.

Gutierrez era un cubano que probablemente no superaba los sesenta y cinco kilos de peso ni estando calado hasta los huesos, pero era además un desterrado de la mafia de Nueva Orleans, dirigida en aquellos días por un chico malo llamado Carlos Marcello. Me enteré de este chismorreo en la sala de billar próxima a la barbería donde Gutierrez hacía sus negocios (y donde entre bastidores tenía lugar una partida de póquer, aparentemente interminable, bajo una fotografía de una casi desnuda Diana Dors). El hombre con quien había estado jugando a la bola nueve se inclinó hacia delante, miró en derredor para cerciorarse de que teníamos la mesa del rincón para nosotros solos, y luego murmuró:

—Ya sabes lo que dicen de la mafia, George: una vez dentro, nunca fuera.

Me habría gustado hablar con Gutierrez sobre sus años en Nueva Orleans, pero intuía que no sería prudente mostrarme demasiado curioso, especialmente después de la cuantiosa paga que había cobrado el día del Derbi. Si me *hubiera* atrevido —y si se me hubiera ocurrido una forma plausible de sacar el tema—, habría preguntado a Gutierrez si alguna vez conoció a otro reputado miembro de la organización de Marcello, un ex boxeador llamado Charles «Dutz» Murret. Por alguna razón sospechaba que habría respondido afirmativamente, porque el pasado armoniza consigo mismo. La mujer de Dutz Murret era la hermana de Marguerite Oswald, y esto lo convertía en tío de Lee Harvey Oswald.

4

Un día de primavera de 1959 (la primavera *existe* en Florida; los nativos me decían a veces que dura tanto como una semana), abrí el buzón y descubrí un aviso de la Biblioteca Pública de Nokomis. Había reservado un ejemplar de *El desencantado*, la nueva novela de Budd Schulberg, y acababa de llegar. Salté al interior de mi Sunliner —ningún coche mejor para lo que entonces empezaba a conocerse como la Costa del Sol— y pasé a recogerlo.

Cuando me dirigía hacia la salida, me fijé en un nuevo cartel en el atestado tablón de anuncios del vestíbulo. Habría sido difícil ignorarlo; era de un brillante color azul y mostraba la caricatura de un hombre tiritando que miraba un descomunal termómetro que registraba diez bajo cero. ¿PROBLEMAS DE GRADOS?, inquiría el cartel. ¡USTED PUEDE OBTENER UN TÍTULO POR CORRESPONDENCIA DE LA UNIVERSIDAD UNIDA DE OKLAHOMA! ¡ESCRÍBANOS PARA INFORMARSE SOBRE LOS REQUISITOS!

Esa Universidad Unida de Oklahoma olía a chamusquina, peor que un estofado de caballa, pero me dio una idea, principalmente porque estaba aburrido. Oswald continuaba en los Marines y no abandonaría el ejército hasta septiembre; después se dirigiría a Rusia y su primer movimiento consistiría en intentar renunciar a la ciudadanía norteamericana. No lo lograría, pero tras una ostentosa —y probablemente fingida— tentativa de suicidio en un hotel de Moscú, los rusos le permitirían permanecer en el país. «En período de prueba», por así decirlo. Se quedaría allí treinta meses, aproximadamente, trabajando en una fábrica de radios de Minsk. Y en una fiesta conocería a una chica llamada Marina Prusakova. «*Vestido rojo, zapatillas blancas* —había escrito Al en sus notas—. *Preciosa. Vestida para bailar.*»

Bien por él, pero ¿qué iba a hacer yo mientras tanto? La Universidad Unida me ofrecía una posibilidad. Escribí solicitando detalles y recibí una pronta respuesta. El catálogo brindaba una amplia variedad de grados. Me fascinó descubrir que, por trescientos dólares (en efectivo o mediante giro postal), podría recibir un título de licenciado en filología. Lo único que tenía que hacer era aprobar un examen que consistía en cincuenta preguntas de opciones múltiples.

Envié el giro postal, diciéndoles mentalmente adiós a mis trescientos con un beso, y envié una solicitud. Dos semanas después, recibí un delgado sobre manila de la Universidad Unida que contenía dos hojas borrosamente mimeografiadas. Las preguntas eran increíbles. He aquí dos de mis favoritas:

22. ¿Cuál era el apellido de «Moby»?
 A. Tom
 B. Dick
 C. Harry
 D. John

37. ¿Quién escribió «La casa de 7 mesas»?

A. Charles Dickens
B. Henry James
C. Ann Bradstreet
D. Nathaniel Hawthorne
E. Ninguno de los anteriores

Cuando terminé de disfrutar de este maravilloso test, marqué las respuestas (con espóradicas exclamaciones de «¡Vamos, no me jodas!»), y lo envié de vuelta a Enid, Oklahoma. Recibí una postal de vuelta felicitándome por haber aprobado el examen. Después de que hubiera pagado cincuenta dólares adicionales en concepto de «tasas administrativas», me informaba, me enviarían mi diploma. Así se me dijo, y hete aquí que así vino a acontecer. El título tenía muchísimo mejor aspecto que el examen, y venía con un soberbio sello dorado. Cuando lo presenté ante un representante del consejo escolar del condado de Sarasota, tan ilustre personaje lo aceptó sin preguntas y me incluyó en la lista de profesores suplentes.

Así es como terminé impartiendo clases uno o dos días por semana durante el año académico 1959-1960. Era bueno estar de vuelta. Disfrutaba con los alumnos —chicos con cortes de pelo estilo portaaviones, chicas con el pelo recogido en colas de caballo y con faldas de caniche hasta las espinillas—, aunque era dolorosamente consciente de que los rostros que veía en las diversas clases que visitaba pertenecían todos a la variedad más corriente. Aquellos días de suplencias hicieron que me reencontrara con una faceta básica de mi personalidad. Me gustaba escribir, y había descubierto que poseía cierta habilidad para ello, pero lo que amaba era la enseñanza. Me completaba en un sentido que no puedo explicar. Ni quiero. Las explicaciones son una forma de poesía barata.

Mi mejor día como sustituto llegó en el instituto West Sarasota. Después de relatar en una clase de literatura americana la historia básica de *El guardián entre el centeno* (un libro que, por supuesto, estaba prohibido en la biblioteca de la escuela y que habría sido confiscado si algún alumno lo hubiera llevado a aquellas sagradas aulas), les alenté a discutir la queja principal de Holden Caulfield: que el colegio, los adultos y en general el estilo de vida americano estaban llenos de falsedad. Los chicos arrancaron despacio, pero cuando sonó el timbre, todos estaban intentando hablar al mismo tiempo, y media docena se arriesgaron a llegar tarde a su siguiente clase para exponer una última opinión sobre lo que tenía de malo la sociedad que veían a su alrededor y la vida que sus padres habían planeado para ellos. Sus ojos brillaban, sus rostros ardían sonrojados de entusiasmo. No me cabía duda de que en las librerías de la zona iba a aumentar la demanda de cierto libro en rústica de color rojo vino.

El último alumno en salir fue un chaval musculoso que llevaba una sudadera de fútbol. Me recordaba a Moose Mason en los cómics de Archie.

—Ojalá se quedará aquí todo el curso, señor Amberson —dijo con un suave acento sureño—. Usted me gusta el que más.

Yo no solo le gustaba; le gustaba *el que más*. Nada se puede comparar a oír algo así de un chico de diecisiete años que por primera vez en su carrera académica da la impresión de estar totalmente despierto.

Días más tarde, el director me llamó a su despacho, hizo algunos cumplidos, me ofreció una Coca-Cola, y por fin preguntó:

—Hijo, ¿es usted un elemento subversivo?

Le aseguré que no lo era. Le dije que había votado por Ike. Pareció satisfecho, pero sugirió que en el futuro me convendría ceñirme más a la «lista de lecturas generalmente aceptadas». Los peinados cambian, y la longitud de las faldas, y la jerga, pero ¿la administración de los institutos? Nunca.

5

Una vez, en una clase de la facultad (esto fue en la Universidad de Maine, en una verdadera facultad donde obtuve una verdadera licenciatura), escuché a un profesor de psicología expresar la opinión de que los humanos realmente *poseen* un sexto sentido. Lo llamó *pensamiento del corazón*, y dijo que se hallaba más desarrollado en místicos y proscritos. Yo no era ningún místico, pero sí un exiliado de mi propio tiempo y un asesino (puede que yo considerara que disparar a Frank Dunning estaba justificado, pero con toda certeza la policía no lo vería de esa forma). Si estas dos cosas no me convertían en un proscrito, nada lo haría.

«Mi consejo en situaciones donde exista una amenaza de peligro —concluyó el profesor aquel día de 1995— es que prestéis oído a vuestras corazonadas.»

En julio de 1960 decidí hacer justamente eso. Por momentos me invadía una creciente inquietud en relación con Eduardo Gutierrez. Era un tipo pequeño, pero había que considerar sus presuntas conexiones con la mafia… y la forma en que le chispearon los ojos al pagar la apuesta del Derbi, que ahora se me antojaba estúpidamente elevada. ¿Por qué la había hecho si aún me hallaba lejos de la ruina? No se trataba de avaricia; era más como lo que siente un bateador, supongo, cuando se le obsequia con una pelota curva mal lanzada. En algunos casos, sencillamente uno no puede evitar ir por todas. De modo que pegué un batazo, como solía expresarlo Leo «El Respondón» Durocher en sus pintorescas retransmisiones radiofónicas, pero ahora me arrepentía.

Perdí a propósito las dos últimas apuestas que crucé con Gutierrez, poniendo el mayor empeño en quedar como un tonto, un jugador temerario normal y corriente que tuvo un golpe de suerte una vez y que en breve volvería a perderlo todo, pero el pensamiento del corazón me indicaba que no estaba resultando. El pensamiento del corazón no consideró una buena señal que Gutierrez empezara a saludarme diciendo: «¡Mira! ¡Aquí viene mi yanqui de Yanquilandia!». No *el* yanqui, sino *mi* yanqui.

¿Y si hubiera enviado a uno de sus amigos de la partida de póquer para que me siguiera desde Tampa hasta Sunset Point? ¿Cabía la posibilidad de que mandara a varios de sus amigos de póquer —o a un par de forzudos ávidos por librarse de los abusivos intereses que el tiburón de Gutierrez les estuviera cobrando en la actualidad— para llevar a cabo una operación de rescate y recuperar lo que quedara de esos diez mil? A mi mente racional le parecía la clase de recurso flojo para lograr que la trama avanzara en las series detectivescas de televisión como *77 Sunset Strip*, pero la corazonada decía algo distinto. La corazonada decía que el hombrecillo de pelo raleante era perfectamente capaz de dar luz verde a una invasión de mi casa y ordenar a los camorristas que me pegaran una paliza si trataba de oponerme. No quería que me agredieran ni que me robaran. Sobre todo, no quería arriesgarme a que mis papeles cayeran en manos de un corredor conectado con la mafia. No me gustaba la idea de huir con el rabo entre las piernas, pero diablos, de todos modos tendría que partir hacia Texas tarde o temprano, así que ¿por qué no hacerlo temprano? Además, la mejor parte del valor es la discreción. Y una retirada a tiempo es una victoria. Eso lo aprendí en las rodillas de mi madre.

Por tanto, en julio, tras una noche de insomnio en que el sónar de la corazonada había emitido pulsos particularmente fuertes, empaqueté mis bienes materiales (escondí la caja fuerte donde guardaba mis memorias y el dinero bajo la rueda de repuesto del Sunliner), dejé una nota y un cheque con el último alquiler para mi casero, y me dirigí al norte por la Ruta 19. Mi primera noche en la carretera me alojé en un ruinoso motel de DeFuniak Springs. Las mosquiteras estaban llenas de agujeros, y hasta que apagué la única luz del dormitorio (una bombilla sin pantalla colgando de un trozo de cable eléctrico muy deshilachado), fui acosado por mosquitos del tamaño de aviones de combate.

Dormí como un bebé, sin embargo. No tuve pesadillas y los pulsos de mi sónar interior se habían silenciado. Para mí era suficiente.

Pasé el 1 de agosto en Gulfport, aunque en el primer lugar donde me detuve, a las afueras de la ciudad, se negaron a aceptarme. El recepcionista del Red Top Inn me explicó que era solo para negros y me dirigió al Southern Hospitality, que calificó como «el de mayor calidad de Gulf-pote». Quizá sí, pero en conjunto creo que habría preferido el Red Top. La guitarra con *slide* que se oía proveniente del bar-barbacoa contiguo sonaba tremenda.

6

Nueva Orleans no se hallaba precisamente en mi camino a la Gran Dallas, pero con el pulso de mi sónar acallado, me sentía con ánimo de hacer turismo…, aunque no quería visitar el Barrio Francés, ni los barcos de vapor al final de Bienville Street, ni el Vieux Carré.

Le compré un plano a un vendedor callejero y encontré el camino al destino que me interesaba. Aparqué y, tras un paseo de cinco minutos, me planté delante del 4905 de Magazine Street, donde Lee y Marina Oswald vivirían con su hija June durante la última primavera y el último verano de la vida de John Kennedy. Se trataba de una ruina de edificio que parecía arrastrarse. Una valla de hierro a la altura de la cintura rodeaba un patio lleno de hierbajos. La pintura de la planta baja, en otro tiempo blanca, era ahora una sombra desconchada de color amarillo orina. El piso superior estaba construido con tablones de granero grises sin pintar. En un trozo de cartón que tapaba una de las ventanas de arriba se leía SE ALQUILA LLAMAR AL MU3-4192. Una oxidada galería cercaba el porche donde, en septiembre de 1963, Lee Oswald se sentaría en ropa interior después del anochecer, murmurando entre dientes «*¡Pou! ¡Pou! ¡Pou!*» y disparando en seco a los transeúntes con el arma que iba a convertirse en el rifle más famoso de la historia estadounidense.

Pensaba en esto cuando alguien me palmeó en el hombro, y casi solté un grito. Supongo que pegué un salto, porque el joven negro que me había abordado dio un respetuoso paso atrás y levantó las manos abiertas.

—Lo siento, señó. Lo siento, no pretendía asustarle.

—Está bien —dije—. Culpa mía totalmente.

Esta declaración pareció inquietarle, pero tenía un negocio en mente y siguió adelante con él…, aunque eso le obligaba a arrimarse otra vez, porque su negocio requería utilizar un tono de voz más bajo que el conversacional. Quería saber si yo estaría interesado en comprar unas piruletas. Creía saber a qué se refería, pero no estuve del todo seguro hasta que añadió:

—Yerba de los pantanos de güena calidad, señó.

Rechacé su ofrecimiento, pero le propuse que si podía indicarme un buen hotel en el París del Sur, le recompensaría con medio pavo. Cuando habló otra vez, pronunciaba de forma mucho más nítida.

—Las opiniones difieren, pero diría el hotel Monteleone. —Me proporcionó las instrucciones precisas para llegar.

—Gracias. —Le entregué la moneda y esta desapareció en uno de sus numerosos bolsillos.

—Dígame, en cualquier caso, ¿por qué miraba ese sitio? —Inclinó la cabeza hacia la destartalada casa de apartamentos—. ¿Está pensando en comprarla?

Resurgió una pequeña chispa del viejo George Amberson.

—Debes de vivir por aquí. ¿Crees que sería un buen negocio?

—Algunas casas de esta calle podrían serlo, pero no esta. A mí me parece que está encantada.

—Todavía no —dije, y me encaminé hacia mi coche, dejando que me vigilara las espaldas, perplejo.

7

Saqué la caja fuerte del maletero y la deposité en el asiento del pasajero del Sunliner; quería subirla a la habitación en el Monteleone, y así lo hice. Sin embargo, mientras el portero cogía el resto de mi equipaje, atisbé algo en el suelo del asiento trasero que me hizo ruborizar, me invadió un sentimiento de culpa desproporcionado en relación con el objeto. Pero las enseñanzas de la infancia son las enseñanzas más fuertes, y otra cosa que aprendí en el regazo de mi madre fue a devolver puntualmente los libros de la biblioteca.

—Señor portero, ¿le importaría alcanzarme ese libro, por favor? —pregunté.

—Por supuesto, señó. ¡Encantado!

Se trataba de *El informe Chapman*, que había cogido prestado de la Biblioteca Pública de Nokomis alrededor de una semana antes de decidir que era hora de calzarme las botas de viaje. La pegatina en la esquina del forro protector —*SOLO 7 DÍAS, SEA AMABLE CON EL SIGUIENTE USUARIO*— me lo reprochaba.

Ya en mi habitación, miré el reloj y vi que solo marcaba las seis. En verano, la biblioteca no abría hasta el mediodía, pero permanecía abierta hasta las ocho. Las conferencias a larga distancia son una de las pocas cosas más caras en 1960 que en 2011, pero aquel infantil sentimiento de culpa aún persistía. Contacté con la operadora del hotel y le di el número de la biblioteca de Nokomis leyéndolo del portatarjetas pegado a la guarda trasera del libro. El mensaje escrito debajo, *«Por favor, llame si va a devolverlo con más de tres días de retraso»*, me hizo sentir más que nunca como un perro.

Mi operadora habló con otra operadora. De fondo se oía un parloteo de voces apagadas. Me di cuenta de que en la época de la que yo procedía, la mayoría de estas personas que hablaban en la distancia estarían muertas. Entonces, el teléfono empezó a sonar en el otro extremo de la línea.

—Hola, Biblioteca Pública de Nokomis. —Era la voz de Hattie Wilkerson, pero aquella dulce anciana parecía estar atrapada en un enorme cilindro de acero.

—Hola, señora Wilkerson...

—¿Hola? ¿*Hola*? ¿Me oye? ¡*Puñeteras* conferencias!

—¿Hattie? —Ahora gritaba—. ¡Al habla George Amberson!

—¿George *Amberson*? ¡Dios Santo! ¿Desde dónde llama, George?

Casi le conté la verdad, pero el sónar de las corazonadas emitió un único pulso y, por tanto, vociferé:

—¡Baton Rouge!

—¿En Louisiana?

—¡Sí! ¡Tengo uno de sus libros! ¡Lo acabo de encontrar! ¡Voy a enviar...!

—No hace falta que grite, George, la conexión es *mucho* mejor ahora. La operadora no debió de enchufar la clavija hasta el fondo. *Cuánto* me alegro de saber de usted. La providencia de Dios quiso que no se encontrara aquí. Estábamos preocupados, a pesar de que el jefe de bomberos aseguró que no había nadie en la casa.

—¿De qué está hablando, Hattie? ¿Mi casa en la playa?

Pero, en serio, ¿qué si no?

—¡Sí! Alguien tiró una botella de gasolina ardiendo por la ventana. Todo fue pasto de las llamas en cuestión de minutos. El jefe Durand piensa que lo hicieron chavales que estaban bebiendo y de jarana. Hay demasiadas manzanas podridas en estos tiempos. Es porque tienen miedo de la bomba, eso dice mi marido.

Seguro.

—¿George? ¿Sigue ahí?

—Sí —respondí.

—¿Cúal es el libro?

—¿Qué?

—¿Cuál es el *libro*? No me obligue a comprobar el fichero.

—Ah. *El informe Chapman*.

—Bien, me lo enviará tan pronto como pueda, ¿verdad? Tenemos a unas cuantas personas esperando por él. Irving Wallace es sumamente popular.

—Sí —dije—. Me aseguraré de enviárselo.

—Y lamento mucho lo de su casa. ¿Ha perdido sus pertenencias?

—Tengo conmigo todo lo importante.

—Gracias a Dios. ¿Va a regresar pr…?

Se produjo un clic lo suficientemente fuerte como para aguijonearme el oído; después, el ronroneo de una línea abierta. Colgué el auricular en la horquilla. ¿Regresaría pronto? No vi la necesidad de volver a llamar para responder a esa pregunta. Sin embargo, debería estar atento al pasado, pues presentía los agentes de cambio, y tenía dientes.

Al día siguiente, envié *El informe Chapman* a la biblioteca de Nokomis a primera hora de la mañana.

Después, partí hacia Dallas.

8

Tres días más tarde, estaba sentado en un banco de Dealey Plaza contemplando el cubo enladrillado del Depósito de Libros Escolares de Texas. Atardecía y hacía un calor abrasador. Me había aflojado el nudo de la corbata (si no llevas corbata en 1960, incluso en los días calurosos, es probable que atraigas miradas indeseadas) y me desabotoné el cuello de mi camisa blanca, pero no sirvió de mucho. Como tampoco ayudó la escasa sombra del olmo detrás del banco.

Al registrarme en el hotel Adolphus de Commerce Street, me dieron a elegir entre dos opciones: con o sin aire acondicionado. Pagué los cinco dólares adicionales por una habitación donde el módulo instalado en la ventana bajó la temperatura hasta los veinticinco grados, y si tuviera cerebro en la cabeza me habría ido allí de inmediato para evitar desmayarme por un golpe de calor. Quizá refrescara cuando cayera la noche, pero solo un poco.

Sin embargo, aquel cubo de ladrillo me sostenía la mirada, y las ventanas —en especial la situada en la esquina derecha del sexto piso— parecían evaluarme. Existía una palpable sensación de maldad sobre el edificio. Vosotros (si alguna vez *hay* un vosotros) tal vez os lo toméis a burla y consideréis que no era más que el efecto de mi presciencia única, pero eso no explicaba qué me estaba reteniendo en aquel banco a pesar de aquel calor extenuante. Ni por qué tenía la sensación de que ya había visto ese edificio anteriormente.

Me recordaba a la fundición Kitchener, en Derry.

El Depósito de Libros no estaba en ruinas, pero transmitía la misma sensación de amenaza consciente. Recordé haberme acercado a aquella chimenea sumergida, ennegrecida por el hollín, que yacía entre la hierba como una prehistórica serpiente gigante dormitando al sol. Recordé haber mirado en el interior de su oscuro orificio, tan grande que habría podido adentrarme en él caminando. Y recordé haber presentido que algo habitaba allí dentro. Algo vivo. Algo que *quería* que entrara. Que lo visitara. Quizá por mucho, mucho tiempo.

Entra, susurraba la ventana del sexto piso. *Echa un vistazo. El lugar está ahora vacío, el escaso personal que trabaja aquí en verano ya se ha ido a casa, pero si das la vuelta hasta el muelle de carga junto a las vías del tren, encontrarás una puerta abierta, estoy bastante seguro de ello. Después de todo, ¿qué hay que proteger aquí? Nada salvo libros de texto, y ni siquiera los estudiantes a quienes van destinados los quieren. Como tú muy bien sabes, Jake. Así que entra. Sube al sexto piso. En tu época esto es un museo, viene gente de todo el mundo y algunos aún lloran por el hombre que fue asesinado y por todo lo que podría haber hecho, pero esto es 1960, Kennedy todavía es senador, y Jake Epping no existe. Únicamente existe George Amberson, un hombre con el pelo muy corto y una camisa empapada de sudor y una corbata aflojada. Un hombre de su tiempo, por así decirlo. Así que sube. ¿Tienes miedo de los fantasmas? ¿Cómo puede ser si el crimen aún no ha ocurrido?*

Pero allí arriba habitaban los fantasmas. Quizá no los hubiera en Magazine Street de Nueva Orleans, pero ¿allí? Oh, sí. Salvo que nunca tendría que enfrentarme a ellos, porque no entraría en el Depósito de Libros más de lo que me aventuré en aquella chimenea derrumbada en Derry. Oswald conseguiría su empleo apilando libros aproximadamente un mes antes del asesinato, pero esperar tanto sería jugar con fuego. No, me proponía seguir el plan que Al había bosquejado en la sección final de sus notas, la titulada CONCLUSIONES SOBRE CÓMO PROCEDER.

Aun defendiendo la teoría del tirador solitario, Al no descartaba la posibilidad, pequeña pero estadísticamente significativa, de que estuviera equivocado. En sus notas se refería a ella como «la ventana de incertidumbre».

Como en «ventana del sexto piso».

Al había planeado cegar esa ventana para siempre el 10 de abril de 1963, más de medio año antes del viaje de Kennedy a Dallas, y a mí me gustaba la idea. Posiblemente unos días más tarde en ese mes de abril, o con toda probabilidad la noche del mismo día 10 (¿para qué esperar?), mataría al marido de Marina y padre de June del mismo modo que había hecho con Frank Dunning. Y sin ningún escrúpulo. Si vieras a una araña correteando por el suelo hacia la cuna de tu bebé, es posible que vacilaras. Podrías incluso considerar la opción de atraparla en un frasco y sacarla al patio para que continuara viviendo su pequeña vida. Pero ¿y si tuvieras la certeza de que la araña era venenosa? ¿Una viuda negra, por ejemplo? En ese caso, no vacilarías. No si estabas cuerdo.

Levantarías el pie y la aplastarías.

9

Tenía mi propio plan para el período comprendido entre agosto de 1960 y abril de 1963. Mantendría vigilado a Oswald cuando este regresara de Rusia, pero no interferiría. A causa del efecto mariposa, no podía permitirme ese lujo. Si existe una metáfora más estúpida que *cadena de acontecimientos*, no la conozco. Las cadenas son fuertes (aparte de las que todos aprendemos a fabricar con tiras de papel coloreado en la guardería, supongo). Las utilizamos para extraer los bloques del motor de los camiones y para atar de brazos y piernas a los prisioneros peligrosos. Ya no simbolizaba la realidad tal como yo la entendía. Los sucesos son frágiles, os lo digo, son un castillo de naipes, y con solo aproximarme a Oswald (por no hablar ya de intentar advertirle de que no cometiera un crimen que ni siquiera había concebido aún) bastaría para regalar mi única ventaja. La mariposa desplegaría sus alas, y el curso de la vida de Oswald se alteraría.

Quiza al principio fueran cambios pequeños, pero como nos cuenta la canción de Bruce Springsteen, de cosas pequeñas, nena, un día las grandes llegan. A lo mejor eran cambios buenos, cambios que salvarían al hombre que en la actualidad era senador júnior por Massachusetts. Sin embargo, no lo creía. Porque el pasado es obstinado. En 1962, según una de las anotaciones garabateadas en el margen, Kennedy iba a estar en Houston, en la Universidad Rice, dando un discurso sobre el viaje a la luna. *«Auditorio abierto, no podio a prueba de balas»*, había escrito Al. Houston se encontraba a menos de cuatrocientos kilómetros de Dallas. ¿Y si Oswald decidía abatir al presidente allí?

O supongamos que Oswald era exactamente lo que él afirmaba ser, un cabeza de turco. ¿Y si lo ahuyentaba de Dallas y volvía a Nueva Orleans y Kennedy *aún* moría, víctima de un disparatado complot de la mafia o de la CIA? ¿Tendría yo el valor suficiente para volver a atravesar la madriguera de conejo y empezar desde cero? ¿Salvar una vez más a la familia Dunning? ¿Salvar una vez más a Carolyn Poulin? Ya había dedicado casi dos años a esa misión. ¿Estaría dispuesto a invertir otros cinco, sabiendo que el resultado sería tan incierto como siempre?

Mejor no tener que averiguarlo.

Mejor cerciorarse.

En el trayecto de Nueva Orleans a Texas había decidido cuál sería la mejor forma de controlar a Oswald sin interponerme en su camino: yo viviría en Dallas mientras él estuviera en la ciudad hermana de Fort Worth y después me trasladaría a Fort Worth cuando Oswald se mudara con su familia a Dallas. La idea poseía la virtud de la simplicidad, pero no funcionaría. Lo comprendí en las semanas posteriores a la tarde en que miré el Depósito de Libros por primera vez y tuve la fuerte sensación de que el edificio —como el abismo de Nietzsche— me miraba a mí.

En aquel año de elecciones presidenciales, pasé los meses de agosto y septiembre recorriendo Dallas en el Sunliner a la caza de un apartamento (después de tanto tiempo seguía añorando profundamente mi GPS y me detenía con frecuencia a preguntar cómo llegar a los sitios). No encontraba nada a mi gusto. Al principio pensaba que se trataba de los propios apartamentos. Después, cuando empecé a palpar mejor el ambiente de la ciudad, comprendí que se trataba de mí.

La verdad era que detestaba Dallas, y ocho semanas de duro

estudio bastaban para hacerme creer que existía mucho que detestar. El *Times Herald* (que muchos lugareños llamaban rutinariamente el *Slimes Herald*) era un aburrido gigante de la propaganda barata. El *Morning News* podría deshacerse en elogios al hablar sobre cómo Dallas y Houston estaban inmersos «en una carrera hacia el cielo», pero los rascacielos a los que se refería el editorial eran una isla de parafernalia arquitectónica rodeada por anillos que llegué a denominar mentalmente El Gran Culto Apartamentístico de América. Los periódicos ignoraban los suburbios donde las divisiones por criterios raciales empezaban a fundirse. Más hacia las afueras se extendían interminables urbanizaciones de clase media; allí vivían principalmente veteranos de la Segunda Guerra Mundial y la guerra de Corea cuyas mujeres pasaban el día limpiando los muebles con abrillantador Pledge y haciendo la colada en lavadoras Maytag. La mayoría tenían 2,5 hijos. Los adolescentes cortaban el césped de las casas, repartían el *Slimes Herald* en bicicleta, enceraban el coche familiar con Turtle Wax, y escuchaban (furtivamente) a Chuck Berry en transistores. Tal vez diciendo a sus angustiados padres que era blanco.

Más allá de los barrios residenciales de las afueras y sus casas con aspersores giratorios en los céspedes se abrían vastas extensiones de vacío. Aquí y allá irrigadores giratorios aún proporcionaban servicio a los cultivos algodoneros, pero el Rey Algodón estaba prácticamente muerto, reemplazado por interminables hectáreas de maíz y soja. Los cultivos reales del condado de Dallas eran los productos electrónicos, los textiles, la mierda de toro y el dinero negro de los petrodólares. No había demasiadas torres de perforación en la zona, pero cuando el viento soplaba del oeste, donde se encuentra la Cuenca Pérmica, las ciudades gemelas apestaban a petróleo y gas natural.

El distrito comercial estaba plagado de hormiguitas afanosas que vestían con lo que llegué a denominar mentalmente el Dallas de Gala: chaquetas a cuadros, corbatas estrechas sujetas con vistosos alfileres (estas joyas, la versión en los años sesenta del *bling-bling*, normalmente estaban engarzadas con diamantes u otros sucedáneos pasables que brillaban en el centro), pantalones blancos Sansabelt y llamativas botas de vaquero con complejos bordados. Trabajaban en bancos y compañías de inversiones. Vendían futuros de soja y arrendamientos petroleros y propiedades al oeste de la ciudad, terrenos donde nada crecería excepto el estramonio y los cardos. Intercambiaban palmaditas en los hombros con manos que lucían anillos y se llamaban unos a otros «*hijo*». En sus cinturones, donde los ejecutivos de 2011 enganchaban su teléfono móvil, muchos portaban un arma en una funda hecha a mano.

Había vallas publicitarias que abogaban por la destitución de Earl Warren como presidente del Tribunal Supremo; vallas publicitarias que mostraban a Nikita Khrushchev gruñendo (NYET, CAMARADA KHRUSHCHEV, rezaba el texto, ¡VAMOS A *ENTERRARTE*!); había una en el lado oeste de Commerce Street que decía EL PARTIDO COMUNISTA AMERICANO ESTÁ A FAVOR DE LA INTEGRACIÓN. ¡PIENSA EN ELLO! Este cartel había sido pagado por algo llamado Sociedad Tea Party. Dos veces, en establecimientos cuyos nombres sugerían que sus dueños eran judíos, distinguí esvásticas que habían sido restregadas con jabón.

No me gustaba Dallas. No señor, no señora, de ninguna manera. No me gustó desde el momento en que me registré en el Adolphus y vi que el maître asía por el brazo a un joven camarero encogido y le gritaba a la cara. No obstante, mis asuntos estaban allí, y allí me quedaría. Eso era lo que pensaba entonces.

10

El 22 de septiembre finalmente encontré un lugar que parecía habitable. Estaba en Blackwell Street, en la zona norte de Dallas. Era un garaje independiente que había sido reconvertido en un bonito apartamento dúplex. La mayor ventaja: el aire acondicionado. La mayor desventaja: el propietario-casero. Ray Mack Johnson era un racista que me aconsejó lo prudente que sería no acercarme a las inmediaciones de Greenville Avenue si me quedaba con la vivienda, pues había un montón de tugurios de mestizos y negros con navajas de resorte.

—No tengo absolutamente nada contra los negros —me dijo—. No, señor. Fue Dios quien los condenó a ocupar la posición que tienen, no yo. Usted sabe eso, ¿verdad?

—Me habré saltado esa parte de la Biblia.

Entornó los ojos con recelo.

—¿Qué es usted, metodista?

—Sí. —Me parecía mucho más seguro que decir que, confesionalmente hablando, no era nada.

—Necesita introducirse en las prácticas de los baptistas, hijo. Los recién llegados son bien recibidos en nuestra iglesia. Quédese con este apartamento, y tal vez algún domingo pueda acompañarnos a mí y a mi mujer.

—A lo mejor sí —asentí, recordándome estar en coma ese domingo. O incluso muerto.

El señor Johnson, entretanto, había retornado a sus originales Sagradas Escrituras.

—Verá, Noé se emborrachó una sola vez en el Arca y se echó a dormir en su cama, desnudo como un arrendajo. Dos de sus hijos no miraron, volvieron la vista hacia otro lado y le taparon con una manta. No sé, o a lo mejor fue con una sábana. Pero Cam, que era el negro de la familia, miró a su padre en su desnudez, y Dios lo condenó a él y a toda su raza a talar árboles y sacar agua. Ahí la tiene, la historia que está detrás de todo. Génesis, capítulo nueve. Vaya y búsquela, señor Amberson.

—Ajá —asentí de nuevo, diciéndome a mí mismo que necesitaba *un sitio para vivir*, que no podía permitirme alojarme en el Adolphus indefinidamente. Diciéndome a mí mismo que podría vivir con un poco de racismo, que lo soportaría. Diciéndome a mí mismo que se trataba del carácter de la época, que era probablemente el mismo en casi todas partes. Solo que no llegaba a creérmelo por completo—. Voy a pensármelo y en un par de días le daré una respuesta, señor Johnson.

—No debería esperar demasiado, hijo. Este sitio va a volar. Hasta pronto y que Dios le bendiga.

11

Dios me bendijo con otro día abrasador, y la búsqueda de apartamento era un trabajo que daba sed. Tras abandonar la docta compañía de Ray Mack Johnson, sentí que necesitaba una cerveza. Decidí tomarla en Greenville Avenue. Si el señor Johnson no recomendaba el vecindario, supuse que debería echarle un vistazo.

Él tenía razón en dos aspectos: no había segregación racial (más o menos) y era una calle peligrosa. Era también una calle animada. Aparqué y di un paseo, saboreando la atmósfera carnavalesca. Pasé por delante de casi dos docenas de bares, unos cuantos cines de segunda (ENTRA, DENTRO ESTÁ FRESCO, decían los toldos que aleteaban en las marquesinas bajo un viento cálido de Texas con aroma a petróleo) y un club de striptease.

—¡Chicas, chicas, chicas, el mejor espectáculo del mundo entero! ¡El mejor *burlesque* que jamás hayáis *visto*! ¡Estas damas *se afeitan*! ¿Entendéis a lo que me refiero? —anunciaba a voz en cuello un pregonero en la acera.

Me encontré también con tres o cuatro casas de préstamos rápidos y cobro de cheques. Plantada con descaro delante de uno de estos establecimientos —Financiera Faith, Donde la Confianza es Nuestra Consigna—, había una pizarra con las palabras CUOTAS DEL DÍA impresas en la parte superior y SOLO POR DIVERSIÓN en la inferior. Varios hombres con sombrero de paja y tirantes (una imagen que parecía reservada únicamente a los jugadores entregados a la causa) se congregaban alrededor discutiendo las cuotas en oferta. Algunos tenían programas de carreras; otros, la sección de deportes del *Morning News*.

Solo por diversión, pensé. *Sí, sí, seguro*. Por un momento imaginé mi choza de la playa ardiendo en la noche, las llamas elevándose hacia la negrura estrellada de la noche, arrastradas por la brisa del golfo. La diversión tenía sus desventajas, especialmente cuando había apuestas de por medio.

La música y el olor a cerveza emergían al exterior a través de las puertas abiertas. Oí a Jerry Lee Lewis cantando «Whole Lotta Shakin' Goin' On» en una máquina de discos; en el local contiguo, Ferlin Husky interpretaba de manera emocionada «Wings of a Dove». Recibí proposiciones deshonestas de cuatro putas y un vendedor callejero que mercadeaba con tapacubos, navajas de afeitar engastadas y banderas del Estado de la Estrella Solitaria con las palabras NO JUEGUES CON TEXAS en relieve. Ya podrían traducir ese lema al latín.

Aquella turbadora sensación de *déjà vu* era muy fuerte, aquella impresión de que allí las cosas no andaban bien, como algo que ya hubiera sucedido antes. Era una locura —jamás en mi vida había estado en Greenville Avenue—, pero resultaba imposible negarla; nacía del corazón más que de la cabeza. De golpe decidí que no quería una cerveza. Tampoco quería alquilar el garaje reconvertido del señor Johnson, por muy bueno que fuera el aire acondicionado.

Acababa de pasar por delante de un bebedero llamado La Rosa del Desierto, donde se oía a Muddy Waters sonando a todo volumen en la rockola. Cuando daba media vuelta para emprender el regreso a donde tenía aparcado el coche, un hombre salió volando por la puerta. Trastabilló y cayó despatarrado en la acera. Hubo un estallido de carcajadas en el oscuro interior del bar.

—¡Y no vuelvas por aquí, pichacorta! —gritó una mujer, lo cual generó más carcajadas (y más desenfrenadas).

El cliente expulsado sangraba por la nariz, que estaba severamente torcida, y por un arañazo que le cruzaba el lado izquierdo de la cara desde la sien hasta la línea de la mandíbula. Los ojos, abiertos como platos, parecían conmocionados. La camisa, por fuera de los pantalones, aleteaba casi contra sus rodillas mientras él se agarraba a una farola y trataba de levantarse. Una vez de pie, fulminó con la mirada a todo cuanto le rodeaba, sin ver nada.

Di uno o dos pasos en su dirección, pero antes de que pudiera llegar hasta él, una de las mujeres que me había preguntado si quería compañía se acercó contoneándose sobre sus tacones de aguja. Salvo que no era una mujer, todavía no. Tendría dieciséis años a lo sumo, grandes ojos oscuros y una piel tersa de color café. Sonreía, pero no de forma mezquina, y cuando el hombre del rostro ensangrentado se tambaleó, ella le asió por el brazo.

—Despacio, cielo —dijo la chica—. Necesitas calmarte antes de…

El hombre se recogió los faldones de la camisa. La carne pálida le caía sobre la cintura de sus pantalones de gabardina, y hundida en la grasa se veía la culata de nácar de una pistola, mucho más pequeña que el revólver que yo había comprado en la tienda de Artículos Deportivos Machen's; poco más que un juguete, en realidad. La bragueta estaba medio bajada y atisbé unos calzoncillos bóxer con coches de carreras rojos estampados. De eso me acuerdo. Sacó la pistola, presionó la boca del cañón contra el estómago de la prostituta y apretó el gatillo. Se oyó una estúpida minidetonación, no mayor que el sonido de un petardo pequeño explotando en un bote de hojalata. La mujer gritó y se sentó en la acera con las manos entrecruzadas sobre el vientre.

—¡Me has *disparado*! —Daba la impresión de estar más furiosa que herida, pero la sangre empezaba a derramarse entre sus dedos—. ¡Me has *disparado*, maricón de mierda! ¿Por qué me has *disparado*?

El hombre hizo caso omiso, se volvió hacia la puerta de La Rosa del Desierto y la abrió de un tirón. Yo no me había movido del sitio en el que estaba cuando disparó a la guapa prostituta, en parte porque me había quedado helado por el estupor, pero principalmente porque todo había ocurrido en cuestión de segundos; algo más de lo que necesitaría Oswald para matar al presidente de Estados Unidos, quizá, aunque no mucho más.

—¿Es esto lo que quieres, Linda? —gritó él—. Si esto es lo que quieres, te daré lo que quieres.

Se metió la boca del arma en la oreja y apretó el gatillo.

12

Doblé mi pañuelo y lo presioné con cuidado sobre el orificio en el vestido rojo de la muchacha. No sé cuán grave era la herida, pero aún le quedaba energía suficiente para proferir un estacionario torrente de expresiones coloridas que probablemente no había aprendido de su madre (aunque, ¿quién sabe?). Y cuando la incomodó que un individuo de la creciente muchedumbre se arrimara demasiado, gruñó:

—Deja de mirarme el escote, bastardo fisgón. Para eso tienes que pagar.

—Ese hijueputa d'ahí no puede estar más muerto —observó un tipo, arrodillándose junto al hombre al que habían echado de La Rosa del Desierto. Una mujer se puso a chillar.

Sirenas aproximándose; ellas también chillaban. Reconocí a otra de las damas que me había abordado durante el paseo por Greenville Avenue, una pelirroja con pantalones pirata. La llamé por señas. Ella se tocó el pecho en un gesto de «*¿quién, yo?*» y asentí con la cabeza. Sí, tú.

—Sujeta este pañuelo sobre la herida —le ordené—. Trata de detener la hemorragia. Tengo que irme.

Me dirigió una sonrisita avispada.

—No quieres que la poli te pesque rondando por aquí, ¿eh?

—No, la verdad. No conozco a ninguna de estas personas. Solo estaba de paso.

La pelirroja se arrodilló junto a la chica que sangraba y maldecía en la acera. Presionó el empapado pañuelo y dijo:

—Cariño, ¿no lo estamos todos?

13

Aquella noche no pude conciliar el sueño. Empezaba a adormilarme y entonces veía el rostro de Ray Mack Johnson, complacido y cubierto de aceitoso sudor mientras culpaba de dos mil años de esclavitud, asesinato y explotación a un muchacho adolescente que escudriñó el manubrio de su padre. Me despertaba sobresaltado, me calmaba, me adormilaba… y entonces veía al hombrecillo de la bragueta bajada metiéndose el cañón de su pistola de bolsillo en la oreja. «*¿Es esto lo que quieres, Linda?*» Un último arrebato de chulería antes del sueño eterno. Y volvía a despertar. Lo siguiente fue la visión de un grupo de hombres en un sedán negro arrojando un cóctel molotov a través de la ventana delantera de mi casa en Sunset Point: Eduardo Gutierrez intentando deshacerse de su yanqui de Yanquilandia. ¿Por qué? Porque no le gustaba perder, eso era todo. Para él, eso era suficiente.

Finalmente me rendí y me senté junto a la ventana, donde el aire acondicionado vibraba animosamente. En Maine la noche sería lo bastante fría y vigorizante como para empezar a colorear los árboles, pero allí en Dallas, a las dos y media de la madrugada, el termómetro aún marcaba veinticuatro grados y el ambiente era húmedo.

—Dallas, Derry —dije mientras observaba la cuneta silenciosa de Commerce Street. El cubo enladrillado del Depósito de Libros no se veía, pero se encontraba cerca. A cuatro pasos.

—Derry, Dallas.

Cada nombre constaba de dos sílabas que se partían en la letra doble como un trozo de leña sobre una rodilla doblada. No podía quedarme allí. Treinta meses en la Gran D me volverían loco. ¿Cuánto tiempo transcurriría hasta que empezara a ver grafitis como MATARÉ A MI MADRE PRONTO? ¿O a vislumbrar una figura de Jesucristo flotando en el río Trinity? Fort Worth quizá fuera mejor, pero Fort Worth no estaba lo bastante lejos.

¿Qué me obliga a quedarme en uno de los dos sitios?

El pensamiento me sobrevino poco después de las tres de la mañana y poseía la fuerza de una revelación. Yo tenía un coche estupendo —un coche del que en cierto modo me había enamorado, a decir verdad— y en el centro de Texas no escaseaban las carreteras buenas y rápidas, muchas de las cuales se habían construido recientemente. En el siglo veintiuno estarían colapsadas por el tráfico, pero en 1960 se veían casi misteriosamente desiertas. Había límites de velocidad, pero no se respetaban. En Texas, hasta la policía estatal creía en el evangelio de pisar a fondo el acelerador y dejar que rugiera.

Podría escapar de la sombra agobiante que sentía cerniéndose sobre la ciudad. Podría encontrar un sitio más pequeño y menos amenazador, un sitio que no sintiera tan embriagado de odio y violencia. A plena luz del día podría decirme a mí mismo que estaba imaginando cosas, pero no en el foso de la noche. En Dallas vivía sin duda buena gente, miles y miles de personas buenas, la gran mayoría, pero aquel acorde latente estaba allí y a veces saltaba. Como ocurrió en La Rosa del Desierto.

Bevvie-la-del-ferry había dicho «*Creo que en Derry los malos tiempos han terminado*».

No estaba del todo convencido en cuanto a lo de Derry, y lo mismo me ocurría en el caso de Dallas, incluso aunque el peor día de su historia aún se hallara a tres años en el futuro.

—Vendré a diario —resolví—. George quiere un lugar tranquilo y bonito donde escribir su libro, pero como trata sobre una ciudad (una ciudad *encantada*), realmente tiene que viajar a ella todos los días, ¿verdad? Para conseguir material.

No era extraño que hubiera tardado casi dos meses en ocurrírseme esta idea; las respuestas más simples de la vida a menudo son también las más fáciles de ignorar.

Regresé a la cama y caí dormido casi al instante.

Al día siguiente salí de Dallas en dirección sur por la Autopista 77. Una hora y media me llevó al condado de Denholm. Giré al oeste hacia la Ruta 109 principalmente porque me gustó el cartel que señalaba la intersección. Mostraba a un heroico futbolista con casco, leotardos dorados y camiseta negra. LOS LEONES DE DENHOLM, proclamaba el cartel. ¡TRES VECES CAMPEONES DEL DISTRITO! ¡LANZADOS A POR EL CAMPEONATO ESTATAL DE 1960! «¡TENEMOS EL PODER DE JIM!»

Sea lo que sea, pensé. Todos los institutos poseen sus símbolos y códigos secretos, por supuesto; así se consigue que los chicos se sientan parte integrante.

Tras recorrer ocho kilómetros por la Ruta 109, llegué a Jodie. POBLACIÓN 1280, indicaba la señal. ¡BIENVENIDO, FORASTERO! Hacia la mitad de Main Street, una amplia calle arbolada, vi un pequeño restaurante con un letrero en la ventana que rezaba ¡LAS MEJORES HAMBURGUESAS, PAPAS Y BATIDOS DE TODO TEXAS! Se llamaba Al's Diner.

Por supuesto.

Aparqué en uno de los espacios en cuesta frente al establecimiento, entré y pedí la Especial Berrendo, que resultó ser una hamburguesa doble con queso y salsa barbacoa acompañada de Patatas Fritas Mesquite y un Batido Rodeo (a elegir entre vainilla, chocolate o fresa). La Berrendo no era tan buena como la Granburguesa, pero no era en absoluto mala, y las patatas estaban justo como a mí me gustan: crujientes, saladas y un poco demasiado fritas.

Al resultó ser Al Stevens, un tipo flacucho de mediana edad que no se parecía en nada a Al Templeton. Lucía un peinado rockabilly, un bigote de bandido veteado de gris, un fuerte acento tejano y un sombrero de papel echado de forma desenfadada sobre un ojo. Cuando le pregunté si había mucho para alquilar en la ciudad de Jodie, se rió y dijo:

—Podrá escoger lo que le plazca. Pero si busca trabajo, esto no es exactamente la capital del comercio. Es tierra de ranchos, mayoritariamente, y perdone que se lo diga, pero usted no tiene pinta de vaquero.

—No lo soy —confirmé—. En realidad, soy escritor de libros.

—¡Vaya! ¿De veras? ¿Alguno que yo haya leído?

—Todavía no. Sigo intentándolo —dije—. Tengo una novela a medias y algunos editores han mostrado cierto interés. Estoy buscando un lugar tranquilo para terminarla.

—Bueno, pues Jodie es tranquilo, sí. —Puso los ojos en blanco—. Cuando se trata de tranquilidad, calculo que debemos de tener la patente. Solo hay alboroto los viernes por la noche.

—¿Fútbol?

—Sí, señor. Toda la ciudad acude al partido. En el descanso todos rugen como leones, y luego empiezan con el Grito de Jim. Se oye incluso a tres kilómetros de distancia. Es bastante gracioso.

—¿Quién es Jim?

—Jim LaDue, el *quaterback*. Hemos tenido varios equipos buenos, pero nunca ha habido un *quaterback* como LaDue en Denholm. Y solo es un juvenil. La gente ya habla de ganar el campeonato estatal. A mí me parece un poco optimista, con todas esas grandes escuelas de Dallas al norte, pero un poco de esperanza nunca hace daño, esa es mi opinión.

—Aparte del fútbol, ¿cómo es la escuela?

—Es realmente buena. Al principio mucha gente tenía sus dudas respecto al asunto de la fusión (como yo mismo), pero ha resultado ser algo bueno. Este año hay setecientos alumnos. Algunos vienen en autobús y tardan una hora o más, pero no parece molestarles. Seguro que se libran de hacer faenas en casa. ¿Va su libro sobre chavales de secundaria? ¿Algo como *Semilla de maldad*? Porque aquí no tenemos bandas ni nada por el estilo. Nuestros chicos aún cuidan sus modales.

—No, nada de eso. Poseo algunos ahorros, pero no me importaría estirarlos con un empleo como sustituto. No puedo enseñar a jornada completa y escribir a la vez.

—No, por supuesto —dijo respetuosamente.

—Mi licenciatura es de Oklahoma, sin embargo… —Me encogí de hombros como para indicar que Oklahoma no era Texas, pero que la esperanza nunca se pierde.

—Bueno, debería usted hablar con Deke Simmons, el director. Viene a cenar casi todas las noches. Su mujer murió hace un par de años.

—Lamento oír eso —dije.

—Todos lo sentimos. Es un buen hombre, como casi toda la gente por estos lares, señor...

—Amberson. George Amberson.

—Bien, George. Somos bastante tranquilos, excepto los viernes por la noche, pero podría ser peor. A lo mejor incluso aprende a rugir como un león en los descansos.

—Tal vez sí —asentí.

—Vuelva a eso de las seis. Es la hora a la que suele venir Deke. —Apoyó los brazos en la barra y se inclinó hacia delante—. ¿Quiere un consejo?

—Claro.

—Es probable que venga acompañado de su medio novia, la señorita Corcoran, que es la bibliotecaria de la escuela. Digamos que Deke lleva cortejándola desde las pasadas Navidades o así. He oído que Mimi Corcoran es la que dirige *de verdad* la Escuela Consolidada de Denholm, porque lo dirige a *él*. Si usted la impresiona, calculo que tendrá tanto éxito como si fuera Errol Flynn.

—Lo tendré en cuenta —dije.

15

Varias semanas de cacería por Dallas me habían reportado exactamente un solo apartamento posible, cuyo propietario resultó ser un hombre con quien no deseaba tratos. En Jodie tardé tres horas en encontrar un sitio con una pinta excelente. No era un apartamento, sino una casita estrecha y alargada (lo que se llamaba una «casa escopeta») de cinco habitaciones. Se encontraba en venta, me informó el agente inmobiliario, pero la pareja propietaria estaría dispuesta a alquilarla a una persona decente. Contaba con un patio sombreado por olmos, un garaje para el Sunliner... y aire acondicionado central. El precio era razonable, dadas las comodidades.

Desperté cierta curiosidad en el agente, que se llamaba Freddy Quinlan, pero no demasiada. Supongo que la matrícula de Maine en el coche le parecía exótica. Lo mejor de todo, me sentía fuera de la sombra que se había abatido sobre mí en Dallas, Derry y Sunset Point, donde mi última residencia yacía ahora en cenizas.

—¿Y bien? —preguntó Quinlan—. ¿Qué opina?

—La quiero, pero no puedo darle una respuesta esta tarde. Antes he de ver a un hombre. Imagino que mañana no abrirá, ¿o sí?

—Sí, señor. Los sábados abro hasta el mediodía. Después me voy a casa y veo el partido de la semana en la televisión. Parece que la Serie Mundial de este año va a ser la leche.

—Sí, es cierto —asentí.

Quinlan extendió la mano.

—Ha sido un placer conocerle, señor Amberson. Apuesto a que le gustará Jodie. Somos buena gente y espero que todo le salga bien.

Le estreché la mano.

—Yo también.

Como había dicho Al Stevens, un poco de esperanza nunca ha hecho daño a nadie.

16

Esa noche volví a Al's Diner y me presenté al director de la Escuela Superior Consolidada de Denholm y a su medio novia bibliotecaria. Me invitaron a sentarme con ellos.

Deke Simmons era un hombre alto y calvo que debía de rondar los sesenta. Mimi Corcoran era una mujer de tez morena y con gafas. Sus azules ojos tras las bifocales me inspeccionaban de arriba abajo en busca de pistas. Caminaba con la ayuda de un bastón, manejándolo con la destreza descuidada (casi desdeñosa) que proporcionaba el uso prolongado. Los dos, me hizo gracia verlo, llevaban banderines del equipo de Denholm y lucían chapas doradas en las que se leía ¡TENEMOS EL PODER DE JIM! Era viernes por la noche en Texas.

Simmons me preguntó si me gustaba Jodie (mucho), cuánto tiempo había estado en Dallas (desde agosto) y si disfrutaba con el fútbol preuniversitario (desde luego que sí). Lo más cercano a una pregunta sustancial que llegó a formular fue si yo confiaba en mi capacidad para hacer que los chicos «razonaran». Porque, añadió, muchos sustitutos tenían problemas en ese sentido.

—Estos profesores jóvenes nos los envían al despacho como si no tuviéramos cosas mejores que hacer —dijo, y acto seguido masticó un bocado de su Berrenburguesa.

—La salsa, Deke —indicó Mimi, y él se limpió obedientemente la comisura de la boca con una servilleta de papel del dispensador.

Ella, entretanto, continuaba con el inventario de mi persona: chaqueta, corbata, corte de pelo. Los zapatos ya habían recibido una buena ojeada mientras me acercaba a su reservado.

—¿Tiene referencias, señor Amberson?

—Sí, señora. Impartí muchas clases como profesor suplente en el condado de Sarasota.

—¿Y en Maine?

—Allí no demasiadas, aunque en Wisconsin enseñé durante tres años de manera regular antes de dedicarme a tiempo completo a mi libro. Bueno, tan a tiempo completo como mis finanzas me lo permitían. —Tenía realmente referencias de la Escuela Secundaria de St. Vincent, en Madison. Era una buena carta de recomendación; la había escrito yo mismo. Por supuesto, si alguien las comprobaba, me colgarían. Deke Simmons no las comprobaría, pero quizá sí Mimi ojos de lince, con su curtida tez de vaquero.

—¿Y de qué trata su novela?

Por eso también podrían colgarme, pero decidí ser sincero. O en cualquier caso, tan sincero como me fuera posible, dadas mis peculiares circunstancias.

—Una serie de asesinatos y su efecto sobre la comunidad donde ocurren.

—¡Válgame Dios! —exclamó Deke.

Ella le dio un golpecito en la mano.

—Calla. Continúe, señor Amberson.

—Mi escenario original era una ciudad ficticia de Maine (la llamaba Dawson), pero después decidí que sería más realista si la ambientaba en una ciudad *real*, una más grande. Al principio pensé en Tampa, pero por algún motivo no encajaba bien…

La mujer rechazó Tampa con un gesto de la mano.

—Demasiado pastelosa. Demasiados turistas. Usted buscaba algo un poco más… insular, sospecho.

Una dama muy perspicaz. Sabía más acerca de mi libro que yo mismo.

—Correcto. Así que decidí probar con Dallas. Creo que es el lugar idóneo. Sin embargo…

—Sin embargo, usted no quería vivir allí.

—Exacto.

—Ya veo. —Picoteó de su ración de pescado frito. Deke la observaba con una ligera expresión de aturdimiento. Ella parecía poseer lo que fuese que él anhelaba mientras recorría al galope la recta final de su vida. No era tan extraño; todo el mundo ama a alguien alguna vez, como tan sabiamente apuntó Dean Martin. Pero no durante muchos años.

—Y cuando no está escribiendo, ¿qué le gusta leer, señor Amberson?

—Oh, prácticamente de todo.

—¿Ha leído *El guardián entre el centeno*?

Oh, oh, pensé.

—Sí, señora.

Se mostró impaciente.

—Llámeme Mimi. Hasta los chicos me llaman así, aunque insisto en que agreguen un «señorita» delante por decoro. ¿Qué opina del *cri de coeur* del señor Salinger?

¿Mentir o decir la verdad? Aunque no me lo preguntó en serio. Esa mujer me leería la mentira en el rostro igual que yo leería… bueno… una valla publicitaria por la IMPUGNACIÓN DE EARL WARREN.

—Creo que dice mucho sobre cuán desastrosos fueron los cincuenta y sobre lo buenos que pueden ser los sesenta. Claro está, siempre que los Holden Caulfield de América no pierdan su indignación. Ni su coraje.

—Ummm…, no sé. —Jugueteaba con su pescado, pero no la veía comer nada. No era de extrañar que su aspecto diera la impresión de que podías graparle una cuerda en la espalda del vestido y echarla a volar como una cometa—. ¿Cree que debería estar en la biblioteca de la escuela?

Lancé un suspiro, pensando en cuánto habría disfrutado viviendo y enseñando a tiempo parcial en la ciudad de Jodie, Texas.

—La verdad, señora… Mimi…, es que sí. Aunque también opino que solo debería prestarse a ciertos alumnos, y a discreción de la bibliotecaria.

—¿De la bibliotecaria? ¿No de los padres?

—No, señora. Ese es un terreno resbaladizo.

Mimi Corcoran esgrimió una amplia sonrisa y se dirigió a su pretendiente.

—Deke, el sitio de este caballero no es la lista de suplentes. Debería dar clases a tiempo completo.

—Mimi...

—Sí, lo sé, no hay vacantes en el departamento de lengua, pero si se queda por aquí, tal vez pueda entrar cuando ese idiota de Phil Bateman se retire.

—Meems, eso es muy indiscreto.

—Sí —asintió ella, pero en realidad me hizo un guiño—. Y también muy cierto. Envíe a Deke sus referencias de Florida, señor Amberson. Deberían servir de sobra. Mejor aún, llévelas usted mismo la semana que viene. El año escolar ya ha empezado y no tiene sentido perder el tiempo.

—Llámeme George —pedí.

—Desde luego —dijo ella. Apartó su plato—. Deke, esto es *horrible*. ¿Por qué comemos aquí?

—Porque a mí me gustan las hamburguesas y a ti la tarta de fresas de Al.

—Ah, sí —dijo la mujer—. La tarta de fresas. Vamos allá. Señor Amberson, ¿se quedará para el partido de fútbol?

—Esta noche no —respondí—. Tengo que volver a Dallas. Tal vez para el partido de la próxima semana. Siempre que consideren oportuno emplearme.

—Si a Mimi le gusta, a mí me gusta —dijo Deke Simmons—. No puedo garantizarle un día cada semana, pero calculo que algunas semanas podrá dar clases dos o incluso tres días. Así en promedio se compensará.

—Estoy seguro.

—El salario de un profesor suplente no es alto, me temo...

—Lo sé, señor. Solo busco una manera de aumentar mis ingresos.

—El libro del *Guardián* nunca formará parte de nuestra biblioteca —dijo Deke dirigiendo una pesarosa mirada de soslayo a su amada, que fruncía los labios—. El consejo escolar nunca lo aprobaría y Mimi lo sabe. —Otro gran mordisco a su Berrenburguesa.

—Los tiempos cambian —replicó Mimi Corcoran; después, señaló el servilletero y luego la boca del director—. Deke. La salsa.

La semana siguiente cometí un error. Debería haber mostrado mayor sensatez; hacer otra apuesta fuerte debería ser lo último que ocupara mi mente después de todo lo que me había pasado. Diréis que debería haber mantenido la guardia alta.

Comprendía los riesgos, de veras, pero me preocupaba el dinero. Había llegado a Texas con algo menos de dieciséis mil dólares. Una parte provenía del dinero del juego de Al, pero la mayoría era fruto de dos cuantiosas apuestas, una en Derry y otra en Tampa. Sin embargo, mi estancia de siete semanas en el Adolphus se había merendado más de mil dólares; instalarme en una nueva ciudad costaría fácilmente otros cuatrocientos o quinientos. Comida, alquiler y servicios aparte, iba a necesitar mucha más ropa —y mejor— si quería presentarme en un aula con aspecto respetable. Residiría en Jodie dos años y medio antes de concluir mis asuntos con Lee Harvey Oswald. Catorce mil dólares no iban a ser suficientes. ¿El salario de profesor suplente? Quince dólares y cincuenta centavos al día. Yuju.

Vale, quizá arañando hasta el último centavo, *podría* haber subsistido con esos catorce de los grandes, más los treinta y a veces hasta cincuenta pavos a la semana como sustituto. Sin embargo, eso me obligaría a no enfermar ni sufrir ningún accidente, cosa en la que no podía confiar. Porque el pasado es ladino además de obstinado. Siempre contraataca. Y sí, quizá había también un elemento de codicia. En ese caso, se basaba menos en el amor al dinero que en el embriagador conocimiento de poder vencer a la tradicionalmente imbatible casa siempre que lo deseara.

Ahora pienso: *Si Al hubiera investigado el mercado de valores tan minuciosamente como investigó quién ganó todos esos partidos de béisbol, y todos esos partidos de fútbol, y todas esas carreras de caballos...*

Pero no lo hizo.

Ahora pienso: *Si Freddy Quinlan no hubiera mencionado que la Serie Mundial prometía ser espectacular...*

Pero lo hizo.

Y yo volví a Greenville Avenue.

Me dije que todos aquellos carreristas con sombrero de paja

que había visto congregados en el exterior de la Financiera Faith (Donde la Confianza es Nuestra Consigna) apostarían también a la Serie y que algunos de ellos se jugarían considerables sumas. Me dije que yo sería uno entre muchos, y que una apuesta mediana por parte del señor George Amberson no atraería la atención (además, declararía vivir en un bonito garaje reconvertido en dúplex de Blackwell Street, allí mismo, en Dallas, en el supuesto de que alguien inquiriera). Diablos, me dije, los tipos que administraban la Financiera Faith probablemente no reconocerían ni por asomo al *señor* Eduardo Gutierrez de Tampa, de la misma forma que nadie reconocería a Adán. O para el caso, a Cam, el hijo de Noé.

En fin, me dije muchas cosas, pero todas ellas se reducían a dos ideas básicas: que era perfectamente seguro y que era perfectamente lógico querer hacer algo de dinero aun cuando por el momento tuviera suficiente para vivir. Menudo cretino. Pero la estupidez es una de las dos cosas que, en retrospectiva, vemos con mayor claridad. La otra son las oportunidades perdidas.

18

El 28 de septiembre, una semana antes del inicio previsto de la Serie Mundial, entré en la Financiera Faith y, después de un breve tira y afloja, hice que me apuntaran seiscientos dólares a que los Piratas de Pittsburgh derrotaban a los Yankees en el séptimo. Acepté una cuota de dos a uno, que era abusiva considerando la clara condición de favoritos de los Yankees. Un día después de que Bill Mazeroski conectara el increíble *home run* en la novena entrada que sellaba la victoria de los Bucaneros, volví a Dallas y a Greenville Avenue. Creo que si hubiera encontrado desierta la Financiera Faith, habría dado media vuelta y regresado a Jodie... o quizá es simplemente lo que me digo ahora. No lo sé con certeza.

Lo que sé es que había una cola de apostantes para cobrar y me uní a ellos. Tal grupo era como un sueño de Martin Luther King hecho realidad: cincuenta por ciento negros, cincuenta por ciento blancos, cien por cien felices. La mayoría salía con nada más que unos pocos billetes de cinco o a lo sumo un par de veinte, pero también vi a varios tipos que contaban fajos de cien. Un atracador armado que hubiera elegido ese día para robar en la Financiera Faith habría dado un buen golpe, vaya si no.

El pagador era un hombre bajo y fornido con una visera verde. Me hizo la primera pregunta rutinaria («¿Es usted policía? Si lo es, tiene que enseñarme su placa»), y cuando respondí negativamente, me pidió el nombre y el permiso de conducir. Era un carnet totalmente nuevo que había recibido por correo certificado la semana anterior; por fin un documento de Texas que añadir a mi colección. Y tuve cuidado de sujetarlo tapando con el pulgar la dirección de Jodie.

Me pagó mil doscientos dólares. Me los embutí en el bolsillo y me dirigí con paso rápido a mi coche. Ya en la Autopista 77, mientras Dallas se hundía a mi espalda y Jodie crecía cada vez más cerca con cada giro de las ruedas, por fin me relajé.

Tonto de mí.

19

Vamos a dar otro salto adelante en el tiempo (las narraciones también contienen madrigueras de conejo, cuando uno se para a pensarlo), pero primero tengo que relatar un suceso más de 1960.

Fort Worth. 16 de noviembre de 1960. Kennedy, el presidente electo desde hacía poco más de una semana. La esquina de Ballinger con la Séptima Oeste. El día era frío y plomizo. Los coches despedían gases de combustión blanquecinos. El hombre del tiempo de la K-Life («Todos los éxitos, a todas horas») pronosticaba que la lluvia podría convertirse en aguanieve hacia medianoche, así que cuidado en la carretera los rockanroleros al volante.

Me abrigaba con una zamarra ranchera de piel de vaca y me había encasquetado un gorro de fieltro con orejeras. Estaba sentado en un banco delante de la Asociación de Criadores de Ganado de Texas, mirando hacia la Séptima Oeste. Llevaba allí casi una hora y suponía que la visita del joven a su madre no duraría mucho más. Según las notas de Al, los tres hijos habían abandonado el nido materno tan pronto como les fue posible. Albergaba la esperanza de que ella saliera del edificio de apartamentos con él. La mujer había vuelto al barrio después de varios meses en Waco, donde estuvo ejerciendo como señora de compañía.

Mi paciencia se vio recompensada. Se abrió la puerta de los Apartamentos Rotario y asomó un hombre flacucho que tenía un escalofriante parecido con Lee Harvey Oswald. Sostuvo la puerta y salió una mujer con un chaquetón de tartán y zapatos blancos de enfermera. Le llegaba al hijo a la altura del hombro, pero era de constitución robusta. Llevaba peinado el cabello entrecano hacia atrás, apartado de un rostro surcado por prematuras arrugas. Llevaba un pañuelo rojo. Un pintalabios a juego perfilaba una boca pequeña que parecía insatisfecha y belicosa; la boca de una mujer que cree que el mundo está en su contra y que ha reunido abundantes pruebas a lo largo de los años para demostrarlo. El hermano mayor de Lee Oswald recorrió con paso rápido el camino de cemento. La mujer se apresuró tras él y le agarró el sobretodo por la espalda. El hijo se giró hacia ella en la acera. Daba la impresión de que discutían, pero sobre todo hablaba la mujer. Agitaba un dedo delante de la cara de él. No había forma de que yo pudiera saber por qué le regañaba. Observaba desde una prudente distancia de manzana y media. Después él echó a andar hacia la esquina de la Séptima Oeste con Summit Avenue, tal como me esperaba. Había llegado en autobús y allí era donde se encontraba la parada más cercana.

La mujer permaneció donde estaba por un momento, como indecisa.

Vamos, mamá, pensé. *No vas a dejar que se escape tan fácilmente, ¿verdad? Solo está a media manzana calle abajo. Lee tuvo que irse a Rusia para escapar de ese dedo admonitorio.*

La mujer fue tras él; al aproximarse a la esquina, alzó la voz y la oí con claridad:

—*Quieto*, Robert, no vayas tan rápido. ¡Todavía no he acabado contigo!

Él miró por encima del hombro pero continuó caminando. Ella le alcanzó en la parada de autobús y le tiró de la manga hasta que él la miró. El dedo reanudó su admonición cual el péndulo de un reloj. Capté frases aisladas: *«lo prometiste»* y *«te lo he dado todo»* y (creo) *«quién eres tú para juzgarme»*. No podía ver el rostro de Oswald porque me daba la espalda, pero sus hombros hundidos decían mucho. Dudaba de que aquella fuera la primera vez que mamá le había seguido calle abajo, parloteando todo el camino, ajena a los espectadores. Ella extendió una mano sobre la plataforma de su busto, en ese intemporal gesto materno que expresa «*Heme aquí, sí, hijo desagradecido*».

Oswald escarbó en su bolsillo trasero, extrajo su cartera, y le entregó un billete. Ella se lo guardó en su bolso sin mirarlo y echó a andar de regreso a los Apartamentos Rotario. Entonces se acordó de algo más y dio media vuelta. La oí claramente. Elevada a un grito para salvar la distancia de quince o veinte metros que ahora los separaban, su voz aflautada era como una garra arañando una pizarra.

—Y llámame si tienes noticias de Lee, ¿me oyes? Todavía uso la línea compartida, es todo lo que puedo permitirme hasta que encuentre un trabajo mejor, y esa Sykes del piso de abajo la ocupa *todo el tiempo*. Hablé con ella y le canté las cuarenta. «Señora Sykes», le dije…

Un hombre pasó a su lado. Se introdujo un teatral dedo en el oído, sonriendo burlonamente. Si mamá lo vio, no le prestó atención. Ciertamente, hacía caso omiso de la mueca avergonzada de su hijo.

—«Señora Sykes», le dije, «no eres la única que necesita el teléfono, así que te agradecería que *acortaras* tus llamadas. Y si no lo haces por voluntad propia, puede que avise a un representante de la compañía telefónica para que te obligue». Eso le dije. Así que llámame, Rob. Sabes que necesito tener noticias de Lee.

Aquí llegaba el autobús. Al detenerse, Oswald alzó la voz para hacerse oír por encima del resoplido de los frenos de aire.

—Es un maldito comunista, mamá, y no va a volver a casa. Acostúmbrate.

—¡*Tú* llámame! —se desgañitó ella. Su rostro adusto mostraba unas facciones tensas. Permanecía plantada en el sitio con los pies separados, como un boxeador preparado para encajar un puñetazo. Cualquier puñetazo. Todos los puñetazos. Sus ojos lanzaban miradas desafiantes tras las gafas de arlequín con montura negra. Llevaba el pañuelo atado con un doble nudo bajo la barbilla. La lluvia había empezado a caer, pero no daba la impresión de importarle. Tomó aliento y elevó la voz hasta un tono que rayaba en la estridencia.

—*Tengo que saber qué es de mi niño, ¿me oyes?*

Robert Oswald subió de un salto al interior del vehículo, sin replicar. El autobús se puso en marcha soltando un resoplido de gases azulados y en ese momento una sonrisa iluminó el rostro de la mujer. Consiguió un efecto que me parecía imposible para una sonrisa: la hizo simultáneamente más joven y más fea.

Un obrero pasó a su lado. No chocó contra ella, ni siquiera la rozó, hasta donde pude observar, pero ella espetó:

—¡Mira por dónde vas! ¿O te crees que la acera es solo tuya?

Marguerite Oswald echó a andar de vuelta a su apartamento. Cuando me dio la espalda, aún sonreía.

Esa tarde regresé en mi coche a Jodie, agitado y pensativo. No vería a Lee Oswald hasta al cabo de otro año y medio, y estaba decidido a detenerle, pero ya me inspiraba más compasión de la que jamás sentí por Frank Dunning.

CAPÍTULO 13

1

Eran las siete cuarenta y cinco de la tarde del 18 de mayo de 1961. La luz de un largo anochecer tejano se extendía por mi patio trasero. La ventana estaba abierta y las cortinas aleteaban en una suave brisa. En la radio, Troy Shondell cantaba «This Time». Yo estaba sentado en lo que otrora fuera el segundo dormitorio de la casita, ahora reconvertido en mi estudio. La mesa provenía del mobiliario desechado del instituto. Tenía una pata coja, la cual había calzado. La máquina de escribir era una Webster portátil. Me encontraba revisando las primeras ciento cincuenta páginas o así de mi novela, *El lugar del crimen*, principalmente porque Mimi Corcoran no cesaba de acosarme para leerla; ella, según había descubierto, era la clase de persona a la que no se podía disuadir con excusas durante mucho tiempo. El trabajo en realidad iba bien. En el primer borrador no había tenido problemas para convertir Derry en la ciudad ficticia de Dawson, y transformar Dawson en Dallas fue todavía más fácil. Inicialmente había introducido esos cambios solo para que el trabajo en curso respaldara mi tapadera cuando finalmente se lo dejara leer a Mimi, pero ahora los cambios parecían vitales e inevitables. Daba la sensación de que el libro había querido tratar sobre Dallas todo el tiempo.

Sonó el timbre de la puerta. Coloqué un pisapapeles encima del manuscrito para que las páginas no salieran volando y fui a ver quién era mi visitante. Recuerdo todo esto con una claridad nítida: la danza de las cortinas, la alisada piedra de río que me servía de pisapapeles, «This Time» sonando en la radio, la alargada luz del ocaso tejano que había llegado a admirar. *Debería* recordarlo bien. Fue cuando dejé de vivir en el pasado y sencillamente empecé a vivir.

Abrí la puerta y allí se encontraba Michael Coslaw. Sollozaba.

—No puedo, señor Amberson —dijo—. De verdad que no puedo.

—Bueno, Mike, entra —le invité—. Hablemos de ello.

2

Su visita no me sorprendió. Había estado a cargo del pequeño departamento de arte dramático del Instituto Lisbon durante cinco años antes de fugarme a la Era del Fumador Universal, y en ese tiempo había presenciado numerosos casos de miedo escénico. Dirigir a actores adolescentes es como hacer juegos malabares con frascos de nitroglicerina: excitante y peligroso. He visto a chicas que memorizaban y recitaban sus líneas con deliciosa naturalidad en los ensayos quedarse completamente paralizadas en el escenario; he visto a chavales timoratos florecer y crecer un palmo de estatura la primera vez que conseguían arrancar una carcajada del público. He dirigido a estudiantes diligentes pero lentos y al ocasional alumno que exhibe una chispa de talento. Sin embargo, nunca había tenido a un muchacho como Mike Coslaw. Sospecho que hay profesores de instituto y universidad que llevan toda su vida dedicándose al teatro amateur y nunca han tenido a un muchacho como él.

Mimi Corcoran era verdaderamente quien mandaba en la Escuela Superior Consolidada de Denholm, y fue ella quien me engatusó para que me encargara de la obra juvenil cuando a Alfie Norton, el profesor de matemáticas que la había dirigido durante años, le diagnosticaron una leucemia mieloide aguda y le enviaron a Houston para el tratamiento. Intenté negarme, aduciendo que aún no había terminado mis investigaciones en Dallas, pero en el invierno y la primavera de 1961 no iba mucho por allí. Mimi lo sabía porque solía encontrarme disponible cada vez que Deke necesitaba un profesor sustituto de lengua a mitad del curso académico. En lo concerniente a Dallas, básicamente estaba haciendo tiempo. Lee seguía en Minsk y pronto se casaría con Marina Prusakova, la chica del vestido rojo y los zapatos blancos.

—Tienes mucho tiempo en tus manos —había dicho Mimi. Ella misma apoyaba las suyas en las inexistentes caderas con los puños cerrados: aquel día había activado el modo «sin prisioneros»—. Y es un trabajo *pagado*.

—Ah, sí, ya me informó Deke —respondí—. Cincuenta pavos. Como para pegarme la vida padre.

—¿*Qué*?

—No importa, Mimi. Por ahora ando bien de dinero. ¿No podemos dejarlo así?

No. No podíamos. La señorita Mimi era un bulldozer humano, y cuando se topaba con un objeto en apariencia inamovible, simplemente bajaba la pala y aceleraba el motor al máximo. Sin mí no habría obra juvenil por primera vez en la historia del instituto, aseguró. Los padres se sentirían decepcionados. El consejo escolar se sentiría decepcionado.

—Y *yo* me sentiría *desolada* —añadió juntando las cejas.

—Dios la libre de sentirse desolada, señorita Mimi —manifesté—. Te diré qué podemos hacer. Si se me permite elegir la obra (nada demasiado controvertido, lo prometo), aceptaré.

El ceño fruncido se diluyó en la brillante sonrisa de Mimi Corcoran que siempre convertía a Deke Simmons en un bol de avena cociéndose a fuego lento (lo que, en lo referente a su temperamento, no implicaba una transformación demasiado grande).

—¡Excelente! Y quién sabe, lo mismo descubres a un actor brillante agazapado en nuestras aulas.

—Sí, claro, y los burros vuelan —dije.

No obstante (la vida es una gran broma), *descubrí* a un actor brillante. Un actor con un don innato. Y en ese momento lo tenía sentado en mi salón la noche antes de la primera de cuatro representaciones de nuestra obra, ocupando casi todo el sofá (que se arqueó humildemente bajo sus ciento veinte kilos), llorando a moco tendido. Mike Coslaw. También conocido como Lennie Small en la adaptación «apta para el instituto» que George Amberson había hecho de la novela de John Steinbeck *De ratones y hombres*.

Siempre y cuando lograra convencerle para que saliera al escenario al día siguiente.

Pensé en ofrecerle algunos Kleenex y decidí que no bastarían. En su lugar fui a buscar un trapo de cocina. El muchacho se restregó la cara con él, recuperó algo parecido a la compostura, y luego me miró desconsoladamente. Tenía los ojos rojos e hinchados. No había empezado a llorar al aproximarse a la puerta; daba la impresión de llevar así toda la tarde.

—Está bien, Mike… ¿qué pasa? Anda, cuéntame.

—Todos los del equipo se burlan de mí, señor Amberson. El entrenador empezó a llamarme Clark Gable (esto fue en el Picnic de Primavera de la Manada), y ahora *todo el mundo* lo hace, hasta Jimmy. —Se refería a Jim LaDue, el veloz *quaterback* del equipo y el mejor amigo de Mike.

No me sorprendía del entrenador Borman; era un bravucón que predicaba el evangelio del patriotismo y a quien no le gustaba que nadie cazara en su territorio, ni durante la temporada ni fuera de ella. Por otro lado, Mike acostumbraba a oír cosas peores; estando como vigilante de pasillo, había escuchado que le llamaban King Kong Mike, Tarzán de los monos y Godzilla. Él se tomaba a risa los apodos. Esta reacción divertida, incluso distraída, a las calumnias y las burlas puede que sea el mayor don que la altura y el tamaño transmite a los muchachos corpulentos, y con sus casi dos metros y sus ciento veinte kilos, Mike me hacía parecer Mickey Rooney.

Había una única estrella en el equipo de fútbol de los Leones, y esa era Jim LaDue; ¿acaso no poseía su propia valla publicitaria en la intersección de la Autopista 77 y la Ruta 109? Pero si existía un jugador que hacía *posible* que Jim sobresaliera, ese era Mike Coslaw, quien planeaba firmar por los Texas A&M tan pronto como la temporada sénior terminara. LaDue entraría a formar parte de la Marea Carmesí de Alabama (como él y su padre os contarían encantados), pero si alguien me hubiera pedido que votara por quien tuviera mayores probabilidades de llegar a profesional, habría puesto mi dinero a favor de Mike. Me gustaba Jim, pero presentía que el futuro le deparaba una lesión de rodilla o una luxación de hombro. Mike, por el contrario, parecía hecho para aguantar largos recorridos.

—¿Qué dice Bobbi Jill? —Mike y Bobbi Jill Allnut estaban prácticamente unidos por la cadera. ¿Chica preciosa? Sí, señor. ¿Rubia? Sí, señor. ¿Animadora? ¿Por qué preguntar siquiera?

El chico sonrió.

—Bobbi Jill me apoya en un mil por cien. Dice que sea un hombre y que no permita que los demás tíos me fastidien.

—Una mujercita muy sensata.

—Sí, es la mejor.

—De todas formas, sospecho que no son los insultos lo que te preocupa. —Y cuando no replicó—: ¿Mike? Háblame.

—Voy a hacer el ridículo delante de toda esa gente. Eso me dijo Jimmy.

—Jimmy es un *quaterback* de la leche, y sé que vosotros dos sois muy amigos, pero de actuar no sabe una mierda. Mike parpadeó. En 1961 uno no acostumbraba a escuchar la palabra *mierda* de labios de los profesores, ni aunque estuvieran enfadados. Pero, por supuesto, yo solo era un suplente y eso me disculpaba en parte—. Creo que lo sabes. Como dicen por estos lares, podrás titubear, pero no eres ningún estúpido.

—La gente *cree* que lo soy —dijo en voz baja—. Y soy estrictamente un estudiante de aprobado raspado. A lo mejor usted no está enterado, porque no sé si los sustitutos llegan a ver las notas, pero es la verdad.

—Eché un vistazo a las tuyas después de la segunda semana de ensayos, cuando vi de lo que eras capaz en el escenario. Eres un estudiante de aprobado porque, como futbolista, *se supone* que debes ser un estudiante de aprobado. Es parte del *ethos*.

—¿El qué?

—Dedúcelo por el contexto, pero reserva el papel de tonto para tus amigos. Sin olvidarte del entrenador Borman, que seguro que necesita atar una cuerda a su silbato para acordarse de por qué lado se sopla.

Mike se rió disimuladamente, con los ojos rojos y todo.

—Escúchame. La gente piensa automáticamente que alguien tan grande como tú es estúpido. Corrígeme si quieres; según tengo entendido, llevas paseándote en ese cuerpo desde los doce años, así que deberías saberlo.

No me corrigió. Lo que dijo fue:

—Todos los del equipo se presentaron a la prueba para el papel de Lennie. Fue una farsa. Una burla. —Añadió apresuradamente—: No era nada personal contra usted, señor A. Usted cae bien en el equipo, incluso le cae bien al entrenador.

Efectivamente, un grupo de jugadores se había colado en las pruebas, intimidando a los aspirantes más estudiosos de tal manera que no se atrevían a hablar. Todos solicitaron leer la parte del amigo grandote y tonto de George Milton. Por supuesto que se trataba de una farsa, pero la interpretación de Mike como Lennie había sido lo más opuesto del mundo a una broma. Había sido una condenada revelación. De requerirlo, habría usado una cerca eléctrica para retenerlo en la sala, pero por supuesto no hubo necesidad de tomar medidas tan drásticas. ¿Queréis saber qué es lo mejor de la enseñanza? Presenciar ese momento en que un chico o una chica descubre su don. No existe un sentimiento en la tierra similar. Mike sabía que sus compañeros de equipo se reirían de él, pero de todos modos aceptó el papel.

Por supuesto, al entrenador Borman no le gustó. A los entrenadores Borman del mundo nunca les gusta. En este caso, sin embargo, no había mucho que pudiera hacer al respecto, sobre todo porque yo tenía a Mimi Corcoran de mi lado. Desde luego no podía alegar que necesitaba a Mike para los entrenamientos en abril y mayo. Así que tuvo que conformarse con llamar a su mejor liniero Clark Gable. Hay tipos que no son capaces de desprenderse de la idea de que actuar es para chicas y para maricas que en el fondo *desean* ser chicas. Gavin Borman pertenecía a esa clase de tipos. En la fiesta anual de los Inocentes en casa de Don Haggarty, se me acercó para quejarse por «meterle cosas raras en la cabeza a ese zoquete».

Le contesté que sin duda era muy libre de expresar su opinión; la opinión es como el culo, todo el mundo tiene uno. Después me alejé, dejándole con un vaso de papel en la mano y una expresión de perplejidad en el rostro. Los entrenadores Borman del mundo también acostumbran a salirse con la suya mediante una suerte de intimidación jocosa, y este era incapaz de entender por qué no le estaba funcionando con el humilde sustituto que se había calzado los zapatos de director de Alfie Norton en el último minuto. Difícilmente podría explicarle a Borman que disparar a un tío para evitar que matara a su mujer y a sus hijos poseía la virtud de cambiar a un hombre.

En el fondo, el entrenador nunca tuvo una oportunidad. Elegí a varios de los demás jugadores (asignándoles papeles de vecinos del pueblo), pero me propuse conseguir que Mike interpretara a Lennie desde el mismo momento en que abrió la boca y dijo: «¡Me acuerdo de los conejos, George!».

Porque *se convirtió* en Lennie. No solo te secuestraba los ojos —por ser tan condenadamente grande—, sino también el corazón. Te olvidabas de todo, igual que la gente olvidaba sus quehaceres cotidianos cuando Jim LaDue retrocedía para lanzar un pase. Puede que Mike estuviera hecho para machacar las líneas rivales en humilde oscuridad, pero había nacido —bien por obra de Dios, en caso de que exista una deidad semejante, bien por obra de los dados genéticos— para plantarse en un escenario y desaparecer en el interior de otra persona.

—Era una burla para todos menos para ti —observé.

—Para mí también. Al principio.

—Porque al principio no lo sabías.

—No. No lo sabía. —Ronco. Casi susurrando. Agachó la cabeza porque las lágrimas volvieron a aparecer y no quería que yo las viera. El entrenador le había llamado Clark Gable, y si yo se lo recriminara, el hombre afirmaría que solo se trataba de una broma. Una burla. Una pulla. Como si no supiera que el resto del equipo recogería el testigo y lo propagaría. Como si no supiera que esa mierda heriría a Mike de una manera que apodos como King Kong Mike nunca lograría. ¿Por qué la gente se comporta así con las personas que tienen talento? ¿Es envidia? ¿Miedo? Quizá las dos cosas. No obstante, ese chico tenía la ventaja de saber lo bueno que era. Y ambos sabíamos que el verdadero problema no era el entrenador Borman. La única persona que podía impedir que Mike saliera al escenario la noche siguiente era el propio Mike.

—Has jugado al fútbol ante un público nueve veces mayor que el que asistirá al auditorio. Diablos, cuando fuisteis a Dallas para las finales regionales el pasado noviembre, jugaste delante de diez mil o doce mil personas. Y *no* eran muy amigables.

—El fútbol es diferente. En el campo todos llevamos el mismo uniforme y cascos. La gente solo puede diferenciarnos por nuestros números. Todo el mundo está en el mismo bando...

—Hay otras nueve personas en la obra aparte de ti, Mike, y eso sin contar a los vecinos del pueblo que incluí para dar a tus colegas futbolistas algo que hacer. También son un equipo.

—No es lo mismo.

—Tal vez no sea exactamente igual, pero una cosa sí es la misma: si les fallas, la mierda se desmorona y todos pierden. Los actores, los tramoyistas, las chicas del Pep Club que hicieron la publicidad, y todas las personas que están planeando venir a la obra, algunas de ranchos a ochenta kilómetros. Eso sin contarme a mí. Yo también pierdo.

—Supongo que sí —admitió. Se miraba los pies, poderosos y grandes.

—Podría resistir perder a Slim o a Curley; mandaría a alguien con el libro para que recitara su parte. Supongo que hasta podría resistir perder a la esposa de Curley...

—Ojalá Sandy fuera un poquito mejor —dijo Mike—. Es guapísima, pero cuando acierta con sus frases es de casualidad.

Me permití esbozar una cautelosa sonrisa para mis adentros. Empezaba a creer que esto iba a resolverse bien.

—Lo que no podría resistir, lo que *la obra* no resistiría, es perderte a ti o a Vince Knowles.

Vince interpretaba a George, el compañero de andanzas de Lennie, y en realidad *podríamos* resistir su pérdida si pillara la gripe o se rompiera el cuello en un accidente de tráfico (siempre una posibilidad, dada la forma en que conducía el camión de la granja de su padre). Si las cosas se hubieran tornado feas, yo habría ocupado el lugar de Vince; aunque era demasiado grande para el papel, ni siquiera necesitaría leer el texto. Después de seis semanas de ensayos, me lo sabía tan bien como cualquiera de los actores. Mejor que algunos. Sin embargo, no sería capaz de reemplazar a Mike. Nadie sería capaz de reemplazarle, por su combinación única de tamaño y talento real. Mike era el eje.

—¿Y si la jodo? —preguntó, y al darse cuenta de lo que acababa de decir se tapó la boca con la mano.

Me senté a su lado en el sofá. No quedaba mucho espacio, pero me las apañé. Entonces no pensaba en John Kennedy, ni en Al Templeton, ni en Frank Dunning, ni en el mundo del que provenía. Entonces no pensaba en nada que no fuera ese muchachote... y mi obra. Sí, porque en algún punto se *convirtió* en mía, igual que esta época pasada de líneas telefónicas compartidas y gasolina barata se había convertido en la mía. En aquel momento me preocupaba más por *De ratones y hombres* que por Lee Harvey Oswald.

Pero me preocupaba aún más por Mike.

Le retiré la mano de la boca. La posé sobre un muslo enorme. Situé mis manos en sus hombros. Le miré a los ojos.

—Escúchame —le ordené—. ¿Me estás escuchando?

—Sí, señor.

—Tú *no* vas a joderla. Dilo.

—Yo…

—*Dilo.*

—Yo no voy a joderla.

—Vas a dejarlos pasmados. Te lo prometo, Mike —dije apresándole los hombros con fuerza. Era como tratar de hundir los dedos en una roca. Él podría haberme levantado fácilmente y partirme sobre su rodilla, a pesar de mi estatura, pero se limitó a permanecer allí sentado, mirándome con un par de ojos humildes, esperanzados y aún ribeteados de lágrimas—. ¿Me oyes? Te lo prometo.

4

El escenario era una cabeza de playa de luz. Más allá, donde se sentaba el público, se extendía un lago de oscuridad. George y Lennie se encontraban a la orilla de un río imaginario. Los demás hombres se habían marchado, pero no tardarían en regresar; si el gigantón vagamente risueño del peto debía morir con dignidad, George tendría que ocuparse él mismo.

—¿George? ¿Dónde están los otros?

Mimi Corcoran se sentaba a mi derecha. En algún momento me había asido la mano y la apretaba. Fuerte, fuerte, fuerte. Estábamos en la primera fila. Junto a ella, del otro lado, Deke Simmons contemplaba el escenario con la boca ligeramente abierta. Era la expresión de un granjero que divisa un enorme ovni planeando sobre sus tierras.

—Cazando. Se han ido de caza. Siéntate, Lennie.

Vince Knowles nunca sería actor —lo más probable es que acabara siendo vendedor en el concesionario Chrysler-Dodge de Jodie, igual que su padre—, pero una gran actuación puede realzar a todos los integrantes de una producción, y eso había ocurrido esa noche. Vince, que en los ensayos solo logró alcanzar cotas bajas de credibilidad en una o dos ocasiones (fundamentalmente porque su rostro pequeño, inteligente y malhumorado *era* el reflejo del George Milton de Steinbeck), se había contagiado de Mike. De improviso, hacia la mitad del Acto I, por fin pareció comprender lo que significaba deambular por la vida con un Lennie como único amigo y entonces se introdujo en el papel. Ahora, mientras se echaba hacia atrás un viejo sombrero de fieltro, Vince me recordó a Henry Fonda en *Las uvas de la ira*.

—¡George!

—¿Sí?

—¿No me vas a reñir?

—¿Qué quieres decir?

—Ya sabes, George. —Sonriendo. La clase de sonrisa que expresa *«Sí, sé que soy un bobo, pero no puedo evitarlo»*. Sentado junto a George en la imaginaria ribera. Despojándose de su propio sombrero, arrojándolo a un lado, despeinándose su corto cabello rubio. Imitando la voz de George. Mike la había clavado con una facilidad espeluznante en el primer ensayo, sin ninguna ayuda por mi parte—. Si estuviera solo podría vivir tan bien… Podría conseguir un empleo y no pasar apuros. —Retomando su propia voz… o la de Lennie, más bien—: Puedo irme. Puedo irme ahora mismo a las montañas y buscar una cueva, si no me quieres contigo.

Vince Knowles agachó la cabeza. Cuando la levantó y pronunció su siguiente frase, la voz sonaba espesa y entrecortada. Era un simulacro de pesar al que jamás llegó a aproximarse ni en sus mejores ensayos.

—No, Lennie. Quiero que te quedes aquí conmigo.

—¡Entonces háblame como antes! ¡Eso de los otros hombres y de nosotros!

Ahí fue cuando oí el primer sollozo quedo procedente del público. Le siguió otro. Y luego un tercero. Jamás lo habría imaginado, ni en mis más disparatados sueños. Un escalofrío me recorrió la espalda, y le robé una mirada a Mimi. No lloraba aún, pero el brillo líquido en sus ojos me indicó que no tardaría. Sí, incluso ella, tan dura como era.

George vaciló y a continuación agarró la mano de Lennie, una cosa que Vince jamás habría hecho en los ensayos. «*Eso es de maricas*», habría dicho.

—Los hombres como nosotros…, Lennie, los hombres como nosotros no tienen familia. No tienen a nadie en el mundo a quien le importe un bledo lo que les pase. —Tocando con la mano libre la pistola de attrezzo oculta bajo el abrigo. Sacándola parcialmente. Volviéndola a guardar. Después, armándose de valor y descubriéndola por completo. Situándola junto a la pierna.

—¡Pero nosotros no, George! ¡Nosotros no! ¿No está bien eso?

Mike se había esfumado. El escenario se había esfumado. Ahora solo quedaban ellos dos, y para cuando Lennie le suplicaba a George que le hablara del rancho, y de los conejos, y de cómo iban a vivir a cuerpo de rey, la mitad del auditorio sollozaba audiblemente. Vince lloraba tan fuerte que a duras penas conseguía pronunciar sus frases finales, diciéndole al pobre idiota de Lennie que mirara a lo lejos, que el rancho donde iban a vivir estaba al otro lado del río. Si miraba fijamente, podría verlo.

El escenario se sumió lentamente en una oscuridad total, Cindy McComas por una vez operando las luces a la perfección. Birdie Jamieson, el conserje de la escuela, disparó un cartucho de fogueo. Una mujer del público soltó un grito. Esta clase de reacción normalmente viene seguida de una risa nerviosa, pero aquella noche solo se oía el sonido de la gente sollozando en sus butacas. Por lo demás, silencio. Se prolongó por diez segundos. O quizá solo cinco. Comoquiera que fuese, se me antojó una eternidad. Entonces estallaron los aplausos, el mejor trueno que haya escuchado jamás en mi vida. Las luces se encendieron. El auditorio entero se había puesto en pie. Las dos primeras filas estaban reservadas para el profesorado y mi mirada se posó por casualidad en el entrenador Borman. Que me aspen si no lloraba también.

En las dos filas del fondo, donde se sentaban juntos todos los deportistas del instituto, Jim LaDue se levantó de un salto.

—¡*Eres una máquina, Coslaw!* —gritó. Provocó risas y aplausos.

El elenco salió a saludar al público: primero los futbolistas-vecinos, después Curley y la mujer de Curley, después Candy y Slim y el resto de los peones. Los aplausos empezaron a morir un poco y entonces salió Vince, colorado y feliz, con las mejillas aún mojadas.

Mike Coslaw apareció en último lugar, arrastrando los pies como si estuviera avergonzado, adoptando después una expresión de cómico asombro cuando Mimi gritó «¡Bravo!».

Otros la imitaron y pronto el auditorio resonó con su eco: *Bravo, Bravo, Bravo*. Mike se inclinó, trazando un arco con el sombrero tan bajo que barrió el escenario. Cuando se irguió, estaba sonriendo. Pero no se trataba de una simple sonrisa; su rostro se había transformado y reflejaba una felicidad reservada para aquellos a quienes finalmente se les ha permitido alcanzar su meta.

Entonces gritó:

—¡Señor Amberson! ¡Suba aquí, señor Amberson!

El elenco inició el cántico de «¡Director! ¡Director!».

—No mates la ovación —rezongó Mimi a mi lado—. ¡Sube ahí arriba, memo!

Así lo hice, y los aplausos se intensificaron de nuevo. Mike me agarró, me dio un abrazo, me levantó del suelo, después me soltó y me dio un efusivo beso en la mejilla. Todos se rieron, yo incluido. Todos nos agarramos de las manos, las alzamos al auditorio e hicimos una reverencia. Mientras escuchaba los aplausos se me ocurrió un pensamiento, uno que me oscureció el corazón. En Minsk había unos recién casados. Lee y Marina llevaban viviendo como marido y mujer exactamente diecinueve días.

5

Tres semanas más tarde, justo antes de que la escuela cerrara sus puertas durante el verano, fui a Dallas a tomar varias fotografías de los tres apartamentos donde Lee y Marina vivirían juntos. Utilicé una Minox pequeña, sujetándola en la palma de la mano y dejando que la lente asomara entre dos dedos extendidos. Me sentía ridículo —más como las caricaturas con gabardina de *Espía contra Espía* de la revista *Mad* que como James Bond—, pero había aprendido a ser cuidadoso con estas cosas. Cuando desafiabas al pasado, este poseía sus propias armas para contraatacar.

Al regresar a casa encontré el Nash Rambler azul celeste de Mimi Corcoran aparcado en la acera. Ella acababa de sentarse tras el volante, pero volvió a bajar nada más verme. Una breve mueca le crispó el rostro —de dolor o esfuerzo—, pero mientras recorría la entrada lucía de nuevo su habitual sonrisa seca. Como si estuviera divirtiéndose a mi costa, pero en el buen sentido. En las manos llevaba un abultado sobre manila, el cual contenía las ciento cincuenta páginas de *El lugar del crimen*. Finalmente me había rendido a su insistencia…, aunque eso había ocurrido tan solo el día anterior.

—O te ha gustado una barbaridad o no has conseguido pasar de la página diez —le dije, cogiendo el sobre—. ¿Cuál de las dos cosas?

Su sonrisa ahora se mostraba enigmática además de divertida.

—Como todos los bibliotecarios, leo rápido. ¿Podemos hablar dentro? No estamos ni a mitad de junio y ya hace un calor insoportable.

Cierto, y ella estaba sudando, algo que nunca antes había visto. Además, parecía haber perdido peso, lo cual no era bueno para una mujer a la que no le sobraban los kilos.

Sentados en mi sala de estar, con grandes vasos de té helado —yo en la butaca, ella en el sofá—, Mimi me dio su opinión.

—Me encantó lo del asesino disfrazado de payaso. Llámame retorcida, pero lo encontré deliciosamente escalofriante.

—Si tú eres retorcida, yo también lo soy.

Esbozó una sonrisa.

—Estoy segura de que encontrarás un editor. En conjunto, me gustó mucho.

Me sentí un poco herido. Quizá *El lugar del crimen* había empezado siendo un camuflaje, pero a medida que profundizaba en ella había ido adquiriendo cada vez más importancia. Era como una memoria secreta. Una memoria de los nervios.

—Ese «en conjunto» me recuerda a Alexander Pope, ya sabes, condenando con tímidas alabanzas.

—No era exactamente eso lo que quería decir. —Más reservas—. Es solo que… maldita sea, George, esto no es lo tuyo. Estás destinado a enseñar, y si publicas un libro así, ningún departamento escolar de Estados Unidos te contratará. —Hizo una pausa—. Bueno, excluyendo tal vez Massachusetts.

No repliqué. Me hallaba sin habla.

—Lo que hiciste con Mike Coslaw, lo que hiciste *por* Mike Coslaw, es la cosa más maravillosa y asombrosa que jamás haya visto.

—Mimi, no fui yo. Él tiene un talento nat…

—*Sé* que tiene un talento natural, eso quedó patente desde el momento en que pisó el escenario y abrió la boca, pero te diré algo, amigo mío. Algo que cuarenta años en institutos y sesenta años de vida me han enseñado, y me lo han enseñado bien. El talento artístico es mucho más común que el talento para *educar* el talento artístico. Cualquier padre con mano dura puede aplastarlo, pero educarlo es mucho más complicado. Ese es el talento que tú posees, y en una dosis mucho mayor de la que creó esto. —Tocó el fajo de páginas que descansaba sobre la mesa de café delante de ella.

—No sé qué decir.

—Di gracias y felicítame por mi agudo criterio.

—Gracias. Y tu perspicacia solo se ve superada por tu belleza.

Mi comentario restauró su sonrisa, más seca que nunca.

—No te excedas en tus competencias, George.

—No, señorita Mimi.

La sonrisa desapareció y se inclinó hacia delante. Los ojos azules tras las gafas eran demasiado grandes, nadaban en su rostro. La piel bajo su bronceado se veía amarillenta, y sus anteriormente firmes mejillas estaban hundidas. ¿Cuándo había ocurrido? ¿Lo habría notado Deke? Pero eso era ridi, como decían los niños. Deke no se daría cuenta de que llevaba los calcetines desparejados hasta que se los quitara por la noche, y probablemente ni siquiera entonces.

Ella prosiguió:

—Phil Bateman ya no solo amenaza con retirarse; ha tirado de la anilla y lanzado la granada, como diría nuestro entrañable entrenador Borman. Lo cual implica que queda una vacante en el profesorado de lengua. George: ven y enseña a tiempo completo en la ESCD. Gustas a los chicos, y tras la obra juvenil, la comunidad te considera el segundo advenimiento de Alfred Hitchcock. Deke está esperando tu solicitud (me lo dijo precisamente anoche). Por favor. Publica tu novela bajo seudónimo, si quieres, pero ven a enseñar. Es para lo que estás hecho.

Me moría de ganas de decir que sí, porque ella tenía razón. Mi trabajo no era escribir libros ni, desde luego, matar a gente, por mucho que merecieran morir. Y estaba Jodie. Había llegado allí como un extraño, desplazado de su hogar y de su tiempo, y las primeras palabras que me dirigieron aquí —pronunciadas por Al

Stevens, en el restaurante— habían sido palabras amistosas. Si alguna vez habéis sentido nostalgia, u os habéis sentido desterrados de todas las cosas y todas las personas que una vez os definieron, sabréis lo importantes que pueden ser unas palabras de bienvenida y unas sonrisas amigables. Jodie era la anti-Dallas, y ahora una de sus ciudadanas destacadas me ofrecía ser un residente en lugar de un visitante. Sin embargo, el momento divisorio se aproximaba. Las nubes habían empezado a concentrarse en el horizonte y el diluvio comenzaría pronto. Solo que aún no estaba aquí. Quizá…

—¿George? Tienes una expresión de lo más *peculiar*.

—Se llama pensar. ¿Me permites que lo medite, por favor?

Se puso las manos en las mejillas y redondeó su boca en una cómica O de disculpa.

—Vale, mientras, tréncame el pelo y llámame Buckwheat.

No presté atención, pues estaba ocupado pasando revista a las notas de Al. Ya no necesitaba mirarlas para hacerlo. Cuando el nuevo curso escolar arrancara en septiembre, Oswald aún seguiría en Rusia, aunque ya habría iniciado lo que sería una larga batalla administrativa para regresar a América con su mujer y su hija June, de quien Marina se quedaría embarazada en cualquier momento. Se trataba de una batalla que Oswald finalmente ganaría, enfrentando a las burocracias de ambas superpotencias con una instintiva (si bien rudimentaria) astucia. No obstante, no desembarcarían del USS *Maasdam* y pisarían suelo americano hasta mediados del próximo año. Y en cuanto a Texas…

—Meems, el curso escolar normalmente termina la primera semana de junio, ¿verdad?

—Siempre. Los chicos que necesitan trabajos de verano tienen que concretarlos.

… en cuanto a Texas, los Oswald iban a llegar el 14 de junio de 1962.

—Y cualquier contrato de docente que firme sería de prueba, ¿verdad? ¿Por un año?

—Con posibilidad de renovación si las partes están satisfechas, sí.

—Entonces acabas de conseguir un profesor de lengua a prueba.

Ella rió, aplaudió, se levantó y extendió los brazos.

—¡Maravilloso! ¡Un abrazo para la señorita Mimi!

La abracé, pero la liberé rápidamente cuando noté que respiraba con dificultad.

—¿Qué demonios le pasa, madam?

Regresó al sofá, cogió su té helado y le dio un sorbo.

—Déjame darte un par de consejos, George. El primero es que, si procedes de climas norteños, nunca llames a una mujer tejana «madam». Suena a sarcasmo. El segundo es que nunca le preguntes a *ninguna* mujer qué demonios le pasa. Procura que sea algo ligeramente más delicado, como «¿Te encuentras del todo bien?».

—¿Y te encuentras bien?

—¿Por qué no debería? Me voy a casar.

Al principio no pude emparejar este particular zig con su correspondiente zag. Salvo que la expresión de sus ojos sugería que no estaba zigzagueando en absoluto. Daba vueltas en círculo en torno a algo, y probablemente un algo no muy agradable.

—Di «Enhorabuena, señorita Mimi».

—Enhorabuena, señorita Mimi.

—Deke me saltó con la pregunta hace casi un año. Le disuadí diciendo que era demasiado pronto tras la muerte de su esposa, y que desataría habladurías. A medida que pasa el tiempo, ese argumento ha perdido eficacia. De todos modos, teniendo en cuenta nuestras edades, dudo que haya muchas habladurías. La gente de las ciudades pequeñas comprende que las personas como Deke y yo no pueden permitirse el lujo del decoro una vez que alcanzan cierta… digamos meseta de madurez. La verdad es que prefería que las cosas siguieran tal y como estaban. El viejo me quiere mucho más de lo que yo le quiero a él, pero me *gusta* bastante y, a riesgo de avergonzarte, las damas que han alcanzado cierta meseta de madurez no se muestran reacias a un buen revolcón el sábado por la noche. ¿Te estoy avergonzando?

—No. En realidad, me estás deleitando —respondí.

La sonrisa seca.

—Precioso. Porque mi primer pensamiento por las mañanas cuando salgo de la cama es: «¿Habrá alguna forma de deleitar a George Amberson hoy? Y si es así, ¿cómo?».

—No se exceda en sus competencias, señorita Mimi.

—Ahora hablas como un hombre. —Tomó un sorbo de su té helado—. He venido con dos objetivos, y ya he cumplido el primero. Pasaré al segundo para que puedas continuar con tu día. Deke y yo vamos a casarnos el 21 de julio, que es viernes. Celebraremos una ceremonia íntima en su casa; solo nosotros, el predicador y algunos familiares. Sus padres, que para ser unos dinosaurios están llenos de energía, vienen de Alabama, y mi hermana de San Diego. Organizaremos una recepción en el jardín de mi casa al día siguiente. Desde las dos de la tarde hasta la borrachera en punto. Estamos invitando prácticamente a todos los vecinos de la ciudad. Habrá piñata y limonada para los niños pequeños, barbacoa y barriles de cerveza para los niños grandes, y traeremos una banda de San Antonio. A diferencia de casi todas las bandas de allí, creo que serán capaces de tocar «Louie Louie» además de «La Paloma». Si no nos honras con tu presencia…

—¿Te sentirás desolada?

—Y mucho. ¿Te reservarás ese día?

—Por supuesto.

—Bien, Deke y yo nos iremos a México el domingo, cuando se le haya pasado la resaca. Somos un poco viejos para una luna de miel, pero hay ciertos recursos disponibles al sur de la frontera que no es posible encontrar en el Estado del Revólver. Ciertos tratamientos experimentales. Dudo que funcionen, pero Deke tiene esperanzas. Y qué narices, vale la pena intentarlo. La vida… —Lanzó un triste suspiro—. La vida es demasiado dulce para rendirse sin luchar, ¿no crees?

—Sí —asentí.

—Sí. Hay que resistir. —Me miró detenidamente—. ¿Vas a llorar, George?

—No.

—Bien, porque me sentiría avergonzada. Yo también podría llorar y no se me da bien. Nadie escribiría jamás un poema sobre mis lágrimas. Yo *grazno*.

—¿Puedo preguntar cómo es de grave?

—Bastante grave —respondió de manera despreocupada—. Me quedan tal vez ocho meses. Es posible que un año. Siempre suponiendo que los tratamientos con hierbas o los huesos de melocotón o las costumbres de México no tengan como efecto una curación mágica, claro.

—Siento mucho oír eso.

—Gracias, George. Lo has expresado con la delicadeza de rigor. Más hubiera sido sentimentaloide.

Esbocé una sonrisa.

—Tengo otra razón para invitarte a nuestra recepción, aunque sobra decir que tu encantadora compañía y tus chispeantes réplicas serían motivo suficiente. Phil Bateman no es el único que se retira.

—Mimi, no lo hagas. Tómate una excedencia si es necesario, pero...

Meneó la cabeza con determinación.

—Sana o enferma, cuarenta años son suficientes. Es hora de dejar paso a manos más jóvenes, ojos más jóvenes y una mente más joven. Siguiendo mi recomendación, Deke ha contratado a una jovencita bien cualificada de Georgia. Se llama Sadie Clayton. Asistirá a la recepción, no conocerá a nadie, y espero que tú seas especialmente amable con ella.

—¿Es señorita Clayton?

—No exactamente. —Mimi me miró con candidez—. Creo que pretende recuperar su nombre de soltera en un futuro cercano, después de cumplir ciertas formalidades legales.

—Mimi, ¿estás haciendo de casamentera?

—En absoluto —respondió... y luego soltó una risita—. Para *nada*. Aunque serás el único profesor del departamento de lengua que no está comprometido actualmente con nadie, lo que te convierte en la persona adecuada para actuar como su mentor.

Me parecía un salto gigantesco hacia lo ilógico, en especial para una mente tan disciplinada, pero la acompañé hasta la puerta sin mencionarlo. Lo que dije fue:

—Si es tan grave, deberías estar buscando tratamiento *ya*. Y no hablo de ningún curandero en Juárez. Deberías estar en la Clínica Cleveland. —Ignoraba si la Clínica Cleveland ya existía, pero en aquel momento no me importaba.

—Creo que no. Si me dan a elegir entre morir en una habitación de hospital, llena de tubos y cables, y morir en una hacienda mejicana a la orilla del mar... la solución es de cajón, como te gusta decir. Además, hay otro motivo. —Me miró con franqueza—. El dolor todavía no es muy fuerte, pero me han asegurado que empeorará. En México son menos propensos a adoptar posturas morales a la hora de administrar grandes dosis de morfina. O de Nembutal, si llega el caso. Confía en mí, sé lo que hago.

Basándome en lo que le había sucedido a Al Templeton, suponía que era cierto. La rodeé con los brazos, esta vez abrazándola con mucho cuidado. La besé en una curtida mejilla.

Lo soportó con una sonrisa, y después se escabulló. Sus ojos escrutaron mi cara.

—Me gustaría conocer tu historia, amigo mío.

Me encogí de hombros.

—Soy un libro abierto, señorita Mimi.

Se echó a reír.

—Menuda sandez. Dices que eres de Wisconsin, pero apareces en Jodie con acento de Nueva Inglaterra en la boca y placas de Florida en tu coche. Dices que viajas a Dallas con objeto de investigar, y tu manuscrito pretende tratar *sobre* Dallas, pero tus personajes hablan como si fueran de Nueva Inglaterra. De hecho, hay un par de veces en que los personajes dicen «*epa*». Harías bien en cambiarlo.

Y yo que pensaba que mi nueva versión había resultado muy inteligente…

—En realidad, Mimi, los de Nueva Inglaterra lo pronuncian «*yepa*».

—Anotado. Continuaba escrutando mi rostro. Me costó un gran esfuerzo no bajar los ojos, pero lo logré—. A veces me sorprendo preguntándome seriamente si no serás un alienígena del espacio, como Michael Rennie en *Ultimátum a la Tierra*, si no estarás aquí para analizar a los nativos e informar a Alfa Centauri de si aún hay esperanza para nosotros como especie o si deberíamos ser eliminados por rayos de plasma antes de esparcir nuestros gérmenes por el resto de la galaxia.

—Eso es demasiado fantástico —dije con una sonrisa.

—Bien. Detestaría que el planeta entero estuviera siendo juzgado a partir de Texas.

—Si se utilizara a Jodie como muestra, estoy seguro de que la Tierra obtendría la aprobación.

—Te gusta esto, ¿verdad?

—Sí.

—¿Es George Amberson tu verdadero nombre?

—No. Me lo cambié por razones que solo me importan a mí y a nadie más. Te rogaría que no lo airecases. Por motivos obvios.

Ella asintió.

—Descuida. Nos veremos por ahí, George. El restaurante, la biblioteca… y en la fiesta, por supuesto. Serás amable con Sadie Clayton, ¿verdad?

—Dulce como la miel —aseguré, dándole un toque tejano que la hizo reír.

Cuando se marchó, me senté en mi sala de estar durante un buen rato, sin leer, sin ver la televisión. Trabajar en cualquiera de mis manuscritos ni se me pasó por la cabeza. Pensaba en el empleo que acababa de aceptar: un año como profesor de lengua a tiempo completo en la Escuela Superior Consolidada de Denholm, hogar de los Leones. Decidí que no lo lamentaría. Podría rugir tan fuerte como el mejor.

Bueno, sí lamentaría algo, pero no por mí. Cuando pensaba en Mimi y su situación actual, tenía mucho de lo que lamentarme.

6

En el tema del amor a primera vista, yo estoy con los Beatles: creo que sucede todo el tiempo. Sin embargo, no sucedió así para Sadie y para mí, aunque la abracé en nuestro primer encuentro, con mi mano derecha ahuecada sobre su pecho izquierdo. Así que supongo que también estoy con Mickey y Sylvia, que decían que el amor es extraño.

El centro y sur de Texas puede ser salvajemente caluroso a mediados de julio, pero el sábado de la fiesta tras la boda hacía un tiempo casi perfecto, con temperaturas en torno a los veinticinco grados y montones de nubes gruesas surcando apresuradamente un cielo del color de los vaqueros desteñidos. Largas cortinas de sol y sombra se deslizaban por el patio trasero de Mimi, el cual tenía una suave pendiente que terminaba en un hilillo de agua turbia que ella llamaba Reguero Anónimo.

Había cintas de amarillo y plata —los colores de Denholm— tendidas en los árboles, y una piñata colgaba de la rama de un pino de azúcar a una altura tentadoramente baja. Ningún niño pasaba cerca sin dirigirle una mirada anhelante.

—Después de la cena, los críos cogerán palos y la destrozarán a golpes —dijo una voz justo detrás de mi hombro izquierdo—. Caramelos y juguetes para todos los *niños*.

Me volví y contemplé a Mike Coslaw, refulgente (como una alucinación) con unos vaqueros negros ajustados y una camisa blanca de cuello abierto. Un sombrero le caía por la espalda y llevaba una faja multicolor alrededor de la cintura. Divisé a varios jugadores más, incluido a Jim LaDue, vestidos de la misma manera algo ridícula y circulando con bandejas. Mike extendió la suya con una sonrisa ligeramente torcida.

—¿Un canapé, señor Amberson?

Cogí una gamba pinchada en un palillo y la bañé en la salsa.

—Bonito atuendo. Muy del estilo de Speedy Gonzalez.

—No empiece. Si quiere ver un atuendo *de verdad*, eche un vistazo a Vince Knowles. —Señaló más allá de la red donde un grupo de profesores jugaban un torpe pero entusiasta partido de voleibol. Contemplé a Vince Knowles vestido con frac y chistera. Se encontraba rodeado de niños que observaban fascinados cómo sacaba pañuelos de la nada. El truco estaba bien logrado, siempre que aún fueras lo suficientemente pequeño como para no fijarte en la tela que asomaba de la manga. Su bigote de betún brillaba a la luz del sol.

—En conjunto, prefiero la imagen de Cisco Kid —dijo Mike.

—Estoy seguro de que sois unos camareros excelentes, pero en el nombre de Dios, ¿quién os convenció para disfrazaros así? ¿Y lo sabe el entrenador?

—Debería; está aquí.

—¿Sí? No lo he visto.

—Está donde la barbacoa, emborrachándose con los del Booster Club. Y en cuanto a la vestimenta… la señorita Mimi puede ser muy persuasiva.

Pensé en el contrato que yo había firmado.

—Lo sé.

Mike bajó la voz.

—Todos sabemos que está enferma. Además… me lo tomo como si estuviera actuando. —Adoptó una pose de torero (lo cual no es fácil cuando cargas con una bandeja de canapés)—. *¡Arriba!*

—No está mal, pero…

—Lo sé, todavía no estoy metido en el papel. Tengo que *sumergirme*, ¿correcto?

—A Brando le funcionaba. ¿Cómo lo veis para este otoño, Mike?

—¿El último año? ¿Con Jim en el *pocket*? ¿Y Hank Alvarez, Chip Wiggins, Carl Crockett y yo en la línea? Vamos a pasar a las estatales y ese balón de oro va a ir a la vitrina de los trofeos.

—Me gusta tu actitud.

—¿Va a hacer alguna obra en otoño, señor Amberson?

—Ese es el plan.

—Bien. Genial. Guárdeme un papel... pero, con el fútbol, tendrá que ser uno pequeño. Eche un vistazo a la banda, no tocan mal.

La banda no solo no tocaba mal, sino que era bastante buena. El logo en la batería los proclamaba Los Caballeros. El cantante adolescente contó cuatro y la banda se lanzó a interpretar una fresca versión de «Ooh, My Head», la antigua canción de Ritchie Valens (no tan antigua en el verano del 61, a pesar de que Valens llevaba muerto casi dos años).

Me serví una cerveza en un vaso de papel y me acerqué al escenario. La voz del muchacho me resultaba familiar, igual que el teclado, que sonaba como desesperado por ser un acordeón. Y de repente caí en la cuenta. El muchacho era Doug Sahm, que de aquí a no muchos años tendría sus propios éxitos: «She's About a Mover», por ejemplo; «Mendocino», otro. Sería durante la Invasión Británica, así que la banda, que básicamente tocaba rock tejano, tomaría un nombre seudobritánico: The Sir Douglas Quintet.

—¿George? Ven a conocer a alguien, ¿quieres?

Me volví. Mimi descendía la pendiente del jardín con una mujer a remolque. Lo primero que me llamó la atención de Sadie —lo primero que llamó la atención de todo el mundo, no me cabe duda— fue su estatura. Llevaba zapatos planos, como la mayoría de las mujeres de la fiesta, sabiendo que pasarían la tarde y la noche al aire libre andando de un lado para otro, pero aquella era una mujer que probablemente la última vez que había calzado tacones fue en su propia boda, y puede que incluso para tal ocasión hubiera elegido un vestido que ocultara un par de zapatos con tacones bajos o sin tacón, escogidos para no descollar cómicamente sobre el novio en el altar. Medía por lo menos metro ochenta y dos, quizá un poco más. Yo aún le sacaba unos siete centímetros, pero aparte del entrenador Borman y de Greg Underwood, del departamento de historia, yo era el único hombre de la fiesta más alto que ella. Y Greg era como un espárrago. Sadie tenía, en el argot de la época, un buen chasis. Ella lo sabía y se mostraba más cohibida que orgullosa. Así lo atestiguaba su manera de andar.

«*Sé que soy demasiado grande para considerarme normal*», decían sus andares. Los hombros añadían: «*No es culpa mía, crecí así. Como Topsy*». Llevaba un vestido sin mangas con rosas estampadas. Tenía los brazos bronceados. No se había puesto más maquillaje que un pintalabios de un suave tono rosado.

No fue amor a primera vista, estoy bastante seguro de ello, pero recuerdo aquella primera imagen con sorprendente claridad. Si os contara que me acuerdo con similar claridad de la primera vez que vi a la antigua Christy Epping, mentiría. Claro que fue en un club de baile y ambos estábamos borrachos, así que quizá se me pueda perdonar.

Sadie era guapa a la manera natural de «lo que ves es lo que hay» de una chica americana. Pero había algo más que la definía. El día de la fiesta pensé que se trataba de una simple torpeza propia de las personas grandes. Más tarde descubrí que no era torpe en absoluto. De hecho, era todo lo contrario.

Mimi tenía buen aspecto (o al menos no peor que el día que había ido a mi casa para convencerme de que diera clases a tiempo completo), pero llevaba maquillaje, lo cual era inusual en ella. No ocultaba del todo las bolsas bajo los ojos, probablemente causadas por una combinación de falta de sueño y dolor, ni las nuevas arrugas en las comisuras de la boca. Sin embargo, sonreía, ¿y por qué no? Se había casado con su hombre, había montado una fiesta que estaba teniendo un éxito tremendo, y había traído a una chica bonita con un bonito vestido veraniego para que conociera al único profesor de lengua soltero del instituto.

—Eh, Mimi —saludé, y empecé a subir la suave pendiente hacia ella, sorteando las mesas de cartas (tomadas prestadas del Salón Amvets) donde más tarde la gente se sentaría a comer carne a la parrilla y contemplar la puesta de sol—. Felicidades. Supongo que ahora tendré que acostumbrarme a llamarte señora Simmons.

Sonrió con su sonrisa seca.

—Por favor, cíñete a Mimi, es a lo que estoy acostumbrada. Quiero presentarte a la nueva miembro del cuerpo docente. Esta es…

Alguien, en un descuido, había olvidado colocar bien una de las sillas plegables, y la alta chica rubia, ya tendiendo la mano y componiendo su sonrisa de «encantada de conocerte», tropezó y se precipitó hacia delante. La silla la acompañó, volcándose, y vi la posibilidad de que ocurriera un desagradable accidente si una de las patas le arponeaba el estómago.

Tiré el vaso de cerveza en la hierba, di un gigantesco paso adelante, y la agarré mientras caía. Mi brazo izquierdo la rodeó por la cintura. La mano derecha aterrizó más arriba, apresando algo cálido y redondo y ligeramente blando. Entre mi mano y su pecho, el algodón de su vestido se deslizó sobre el suave tejido, nailon o seda, de la prenda que llevara debajo. Fue una presentación íntima, pero los batientes ángulos de la silla nos servían de carabina, y aunque me tambaleé levemente por el impulso de sus sesenta y cinco o setenta kilos, mantuve el equilibrio y ella también.

Retiré la mano de la parte de su cuerpo que raramente se estrecha cuando dos extraños son presentados y dije:

—Hola, soy… —*Jake*. Me faltó un pelo para dar mi nombre del siglo veintiuno, pero lo agarré en el último momento—. Soy George. Encantado de conocerla.

Estaba ruborizándose hasta las raíces del cabello, y probablemente yo también. No obstante, tuvo la cortesía de reír.

—Encantada de conocerle. Creo que acaba de salvarme de un accidente bastante desagradable.

Seguramente. Porque de eso se trataba, ¿lo veis? Sadie no era torpe, era propensa a los accidentes. Resultaba asombroso hasta que comprendías lo que realmente era: una especie de maleficio. Ella era la chica, me contó más tarde, a la que se le quedó el dobladillo del vestido cogido en la puerta del coche cuando llegó con su cita al baile de graduación, de modo que se le desgarró la falda mientras se dirigían al gimnasio. Era la mujer alrededor de la cual todas las fuentes de agua funcionaban mal, de modo que recibía una rociada en la cara; la mujer que era capaz de prender fuego a un librito entero de cerillas cuando se encendía un cigarrillo, de modo que se quemaba los dedos o se chamuscaba el pelo; la mujer a la que se le rompían los tirantes del sujetador durante la Noche de los

Padres o que descubría largas carreras en las medias antes de las asambleas escolares en las que estaba previsto que hablara.

Siempre ponía cuidado de no golpearse la cabeza cuando franqueaba una puerta (como aprenden a hacer todas las personas altas sensatas), pero la gente tendía a abrirlas en su dirección justo cuando ella se acercaba. Se había quedado atrapada en ascensores en tres ocasiones, una vez durante dos horas, y el año anterior, en unos grandes almacenes de Savannah, la escalera mecánica recientemente instalada se había tragado uno de sus zapatos. Claro que entonces yo no conocía nada de esto; todo cuanto sabía aquella noche de julio era que una guapa mujer de pelo rubio y ojos azules había caído en mis brazos.

—Veo que tú y la señorita Dunhill ya os lleváis a las mil maravillas —observó Mimi—. Os dejo para que os conozcáis mejor.

O sea que el cambio de señora Clayton a señorita Dunhill ya se ha efectuado, pensé, *con formalidades legales o sin ellas*. Entretanto, una pata de la silla había quedado clavada en el césped. Cuando Sadie intentó liberarla, al principio no salió. Cuando lo hizo, el respaldo de la silla subió con destreza por su muslo, arrastrando la falda, lo que reveló el bordado superior de la media y una liga del mismo color rosa que las flores de su vestido. Ella soltó un gritito de exasperación. El rubor se oscureció hasta adquirir la alarmante tonalidad de un ladrillo refractario.

Agarré la silla y la afiancé a un lado.

—Señorita Dunhill… Sadie… jamás he visto a una mujer que necesitara tanto una cerveza fría como usted. Acompáñeme.

—Gracias —dijo—. Lo siento. Mi madre me decía que jamás me lanzara sobre un hombre, pero no hay manera de que aprenda.

Mientras la conducía hasta la hilera de barriles, señalando a varios miembros del profesorado por el camino (y asiéndola por el brazo para esquivar a un jugador de voleibol que parecía destinado a chocar con ella mientras retrocedía de espaldas para devolver un globo), me invadió una certeza: podríamos ser colegas y podríamos ser amigos, quizá buenos amigos, pero nunca pasaría de ahí, independientemente de las esperanzas que Mimi pudiera albergar. En una comedia romántica interpretada por Rock Hudson y Doris Day, nuestra presentación se calificaría sin duda como el «encuentro fortuito» entre el chico y la chica, pero en la vida real, frente a un público que aún se sonreía, era una situación violenta y embarazosa. Sí, ella era bonita. Sí, resultaba agradable caminar con una chica tan alta y aun así más baja que uno. Y claro, me había gustado la tierna firmeza de su pecho, acomodada en el interior de una fina doble capa de algodón formal y sugestivo nailon. Pero a menos que uno tenga quince años, un toqueteo accidental en una fiesta no se califica de amor a primera vista.

Conseguí una cerveza para la recién bautizada (o rebautizada) señorita Dunhill, y nos quedamos conversando cerca de la improvisada barra la cantidad requerida de tiempo. Reímos cuando la paloma que Vince Knowles había alquilado para la ocasión asomó la cabeza de su chistera y le picó en un dedo. Le señalé a varios educadores más de Denholm (muchos abandonando ya la Ciudad de la Sobriedad en el Expreso del Alcohol). Dijo que nunca llegaría a conocerlos a todos y yo le aseguré que lo haría. No habló sobre su vida en Georgia como señora Clayton, y yo no pregunté. Le pedí que me llamara si necesitaba ayuda con cualquier cosa. El número requerido de minutos, las tácticas previstas para entablar conversación. Después me dio las gracias de nuevo por haberla salvado de una desagradable caída y fue a ver si podía ayudar a organizar a los niños en la turba revienta-piñatas en la que pronto se convertirían. La observé mientras se alejaba, no enamorado pero sí con cierta lujuria; admito que me quedé ensimismado recordando brevemente el bordado de la media y la liga de color rosa.

Mis pensamientos retornaron a ella aquella noche mientras me preparaba para acostarme. Llenaba un gran vacío de forma muy agradable, y mis ojos no habían sido los únicos que siguieron el seductor contoneo de su avance en el vestido estampado, pero en serio, eso era todo. ¿Qué más podría haber? Había leído un libro titulado *Una esposa de fiar* poco antes de embarcarme en el viaje más extraño del mundo, y mientras trepaba a la cama, me cruzó por la mente una frase de la novela: «Él había perdido el hábito del romance».

Ese soy yo, pensé mientras apagaba la luz. *Totalmente desprovisto de hábitos*. Y luego, mientras los grillos me arrullaban con su canto: *Pero no solo fue agradable el tacto de su pecho. Fue sentir su peso. El peso de ella en mis brazos.*

Al final resultó que yo no había perdido en absoluto el hábito del romance.

Jodie en agosto era un horno, con temperaturas en torno a los treinta y cinco grados como mínimo todos los días y a menudo superando los cuarenta. El aire acondicionado de mi casa alquilada en Mesa Lane era una bendición, aunque parecía incapaz de resistir un ataque ininterrumpido de esa magnitud. A veces refrescaba un poco por las noches si caía un chaparrón, pero no demasiado.

Me encontraba en mi estudio la mañana del 27 de agosto, trabajando en *El lugar del crimen*, vestido con unos pantalones cortos y nada más, cuando sonó el timbre de la puerta. Fruncí el ceño. Era domingo, no hacía mucho había oído el competitivo repicar de campanas de iglesia rivales, y casi todas las personas que conocía asistían a uno de los cuatro o cinco templos de oración de la ciudad.

Me enfundé una camiseta y acudí a la puerta. Allí estaba el entrenador Borman con Ellen Dockerty, la anterior jefa del departamento de economía doméstica y directora interina de la ESCD durante el siguiente año; para sorpresa de nadie, Deke había presentado su dimisión el mismo día que Mimi presentó la suya. El entrenador estaba embutido en un traje azul marino y una llamativa corbata que amenazaba con estrangularle. Ellen llevaba un formal conjunto gris con un brocado de encaje en el cuello. Tenían un aspecto solemne. Mi primer pensamiento, tan convincente como descabellado, fue: *Lo saben. De algún modo saben quién soy y de dónde vengo. Han venido a decírmelo.*

Al entrenador Borman le temblaban los labios, y aunque Ellen no sollozaba, las lágrimas anegaban sus ojos. Entonces lo supe.

—¿Se trata de Mimi?

El entrenador asintió.

—Deke me llamó. Fui a buscar a Ellen, ya que suelo llevarla a la iglesia, y estamos informando a todo el mundo. La gente a la que más apreciaba primero.

—Cuánto siento oírlo —me lamenté—. ¿Cómo está Deke?

—Parece sobrellevarlo —respondió Ellen, y luego miró al entrenador con cierta aspereza—. Al menos según él.

—Sí, está bien —aseguró el entrenador—. Destrozado, claro.

—Es normal que lo esté —dije.

—Va a hacer que la incineren. —Ellen apretó los labios en un gesto de desaprobación—. Dice que es lo que ella quería.

Reflexioné un instante.

—Deberíamos celebrar algún tipo de asamblea extraordinaria cuando empiecen las clases. ¿Podría hacerse? Que la gente pueda expresarse. Y tal vez montar un pase de diapositivas. La gente debe de tener muchas fotos de ella.

—Es una idea maravillosa —dijo Ellen—. ¿Podrías organizarlo, George?

—Me encantaría intentarlo.

—Que te ayude la señorita Dunhill. —Y antes de que la sospecha del emparejamiento se adueñara de mi mente, ella añadió—: Creo que será beneficioso que los chicos y chicas que querían a Meems sepan que la sustituta que eligieron ayudó a planificar la asamblea en su memoria. También será beneficioso para Sadie.

No cabía duda. Siendo una recién llegada, le vendría bien un poco de crédito para comenzar el año.

—Vale, hablaré con ella. Gracias a los dos. ¿Os las apañaréis bien?

—Claro —respondió el entrenador de manera resuelta, pero aún le temblaban los labios. Me gustó por eso. Regresaron despacio a su coche, aparcado en la acera. El entrenador tenía la mano en el codo de Ellen. También me gustó por eso.

Cerré la puerta, me senté en el banco del recibidor, y me acordé de Mimi diciendo que se sentiría desolada si no me encargaba de la obra juvenil. Y si no firmaba para enseñar a tiempo completo por al menos un año. Y si no asistía a su banquete de boda. Mimi, que opinaba que el sitio de *El guardián entre el centeno* era la biblioteca de la escuela, y que no hacía ascos a un buen revolcón los sábados por la noche. Ella era uno de esos miembros del cuerpo docente que los chicos recuerdan mucho tiempo después de graduarse y a los que a veces vuelven a visitar cuando ya han dejado de ser niños. Los que a veces aparecen en la vida de un estudiante con problemas en un momento crítico y marcan una diferencia crítica.

Mujer virtuosa, ¿quién la hallará?, pregunta el proverbio. *Pues su estima sobrepasa largamente a la de las piedras preciosas. Busca ella lana y lino, y con voluntad trabaja con sus manos. Es como nave de mercader, que trae su pan de lejos.*

Hay más ropas que aquellas con las que vistes tu cuerpo, todo profesor lo sabe, y la comida no es solo lo que te llevas a la boca. La señorita Mimi había alimentado y vestido a muchos. Y yo me incluía entre ellos.

Me senté allí, en un banco que había comprado en un mercadillo de Fort Worth, con la cabeza agachada y las manos en el rostro. Pensaba en ella y sentía una enorme tristeza, pero mis ojos permanecieron secos.

Nunca he sido lo que se diría un hombre llorón.

8

Sadie accedió inmediatamente a ayudarme a preparar la asamblea in memóriam. Pasamos las dos últimas semanas de aquel caluroso mes de agosto trabajando en ella y recorriendo en coche la ciudad para organizar a los oradores. Escogí a Mike Coslaw para leer Proverbios 31, que describe a la mujer virtuosa, y Al Stevens se ofreció voluntario para contar la historia —que yo nunca había oído de la propia Mimi— de cómo puso nombre a la Berrenburguesa, la *spécialité de la maison*. Además, recopilamos alrededor de doscientas fotografías. Mi favorita mostraba a Mimi y a Deke bailando el twist en un baile de la escuela. Ella parecía estar divirtiéndose; él parecía un hombre con un palo de tamaño respetable metido por el culo. Seleccionamos las fotos en la biblioteca de la escuela, donde la placa del nombre sobre el escritorio decía ahora SEÑORITA DUNHILL en lugar de SEÑORITA MIMI.

Durante ese tiempo Sadie y yo nunca nos besamos, nunca nos cogimos de la mano, nunca nos miramos a los ojos más de lo que duraba una mirada pasajera. Ella no habló de su matrimonio arruinado ni de las razones para venir a Texas desde Georgia. Yo no hablé de mi novela ni de mi pasado en gran parte inventado. Hablamos de libros. Hablamos de Kennedy, cuya política exterior ella consideraba patriotera. Discutimos el naciente movimiento por los derechos civiles. Le hablé de la tabla sobre el arroyo al final del sendero tras la gasolinera Humble Oil en Carolina del Norte. Ella dijo que había visto servicios similares para gente de color en Georgia, pero creía que sus días estaban contados. Ella pensaba que la integración en las escuelas no llegaría probablemente hasta mediados de los setenta. Le dije que ocurriría antes, impulsada por el nuevo presidente y su hermano el fiscal general.

Ella dio un resoplido.

—Respetas más que yo a ese irlandés que no para de sonreír. Dime, ¿alguna vez se ha cortado el pelo?

No nos hicimos amantes, pero nos hicimos amigos. A veces se tropezaba con las cosas (también con sus propios pies, que eran grandes) y en dos ocasiones la sujeté para que no perdiera el equilibrio, pero nada tan memorable como aquella primera vez en la fiesta. A veces declaraba que *necesitaba* un cigarrillo, y yo la acompañaba afuera, a la zona de fumadores para los alumnos detrás del taller.

—Voy a lamentar no poder salir aquí y tumbarme en el banco con mis vaqueros —dijo ella un día. Faltaba menos de una semana para el inicio previsto de las clases—. El ambiente está siempre tan *viciado* en las salas de profesores…

—Eso cambiará algún día. Fumar estará prohibido en todos los centros escolares, tanto para profesores como para alumnos.

Ella sonrió. Lucía una atractiva sonrisa, pues sus labios eran gruesos y exuberantes. Y los vaqueros, debo añadir, le sentaban muy bien. Sus piernas eran largas, muy largas; por no hablar del trasero, redondo, en su justa proporción.

—Una sociedad libre de humo…, niños negros y niños blancos estudiando hombro con hombro en perfecta armonía…, no me extraña que estés escribiendo una novela, tienes una imaginación endiablada. ¿Qué otras cosas ves en tu bola de cristal, George? ¿Cohetes a la luna?

—Claro, pero es probable que tarden un poco más que la integración. ¿Quién te contó que estoy escribiendo una novela?

—La señorita Mimi —dijo, y aplastó la colilla en una de la media docena de urnas de arena—. Opinaba que era buena. Y hablando de la señorita Mimi, supongo que deberíamos volver al trabajo. Creo que ya casi terminamos con las fotografías, ¿verdad?

—Sí.

—¿Y estás seguro de que poner esa canción de *West Side Story* durante la exposición no será demasiado sensiblero?

«Somewhere» me parecía más sensiblera que Iowa y Nebraska

juntos, pero, según Ellen Dockerty, había sido la canción favorita de Mimi.

Se lo comenté a Sadie y se rió sin demasiado convencimiento.

—Yo no la conocía tan bien, pero no me encaja con ella. A lo mejor es la canción favorita de *Ellie*.

—Ahora que lo pienso, parece lo más probable. Escucha, Sadie, ¿te gustaría ir conmigo al partido de fútbol el viernes? Así los chicos ya te verán aquí antes de que empiecen las clases el lunes.

—Me encantaría. —Calló por un instante; se la veía un poco incómoda—. Siempre que no saques, ya sabes, ninguna conclusión. Todavía no estoy preparada para tener citas, y tal vez pase mucho tiempo hasta que lo esté.

—Yo tampoco. —Ella probablemente pensaba en su ex, pero yo pensaba en Lee Oswald. Pronto recuperaría su pasaporte estadounidense. Después solo sería cuestión de agenciarse un visado de salida de la Unión Soviética para su esposa—. Pero los amigos a veces van juntos a los partidos.

—Eso es cierto, sí. Y me gusta ir a sitios contigo, George.

—Porque yo soy más alto.

Me dio un puñetazo en el hombro juguetonamente, el puñetazo propio de una hermana mayor.

—Tienes razón, socio. Eres el tipo de hombre al que puedo admirar.

9

En el partido, prácticamente *todo el mundo* nos admiraba, alzando la vista hacia nosotros con un vago temor reverencial, como si pensaran que representábamos a una raza de humanos ligeramente distinta. Me producía una sensación en cierto modo agradable, y por una vez Sadie no tuvo que andar desgarbada para encajar. Llevaba una sudadera de los Leones (Orgullo de la Manada) y sus vaqueros desteñidos. Con el cabello rubio recogido hacia atrás en una coleta, ella misma presentaba el aspecto de una alumna de último curso, probablemente la pívot del equipo de baloncesto femenino.

Nos sentamos en la fila del profesorado y vitoreamos a Jim

LaDue cuando perforó la defensa de los Osos de Arnette con media docena de pases cortos seguida de una bomba de sesenta yardas que levantó al público. En el descanso el marcador era de Denholm treinta y uno, Arnette seis. Cuando los jugadores se retiraron del campo y la banda de Denholm desfiló moviendo de lado a lado sus tubas y trombones, le pregunté a Sadie si le apetecía un perrito caliente y una Coca-Cola.

—Ya lo creo, pero ahora mismo la cola debe de llegar hasta el aparcamiento. Espera a que haya un tiempo muerto en el tercer cuarto o algo. Tenemos que rugir como leones y hacer el Hurra Jim.

—Confío en que podrás manejarte bien tú sola.

Ella sonrió y me asió del brazo.

—No, necesito tu ayuda. Soy nueva aquí, ¿recuerdas?

Ante su tacto, sentí un tibio escalofrío que no asociaba con la amistad. ¿Y por qué no? Sus mejillas se sonrojaron, sus ojos centelleaban; bajo los focos y el cielo azul verdoso de un crepúsculo tejano cada vez más profundo, estaba más que guapa. Las cosas entre nosotros podrían haber progresado más rápido de como lo hicieron de no ser por lo que ocurrió durante el descanso de aquel partido.

La banda de música desfilaba del modo en que suelen hacerlo las bandas de instituto, acompasada pero sin estar totalmente afinada, trompeteando un popurrí difícil de descifrar. Cuando terminaron, las animadores trotaron hasta la línea de cincuenta yardas, dejaron caer los pompones a sus pies, y situaron las manos en sus caderas.

—¡Dadnos una L!

Les dimos lo que demandaban, y como siguieron importunando, las complacimos con una E, una O, una N, otra E y una S.

—¿Y cómo se lee?

—¡LEONES! —Todos en las gradas locales en pie y aplaudiendo.

—¿Y quién va a ganar?

—¡LOS LEONES! —Habida cuenta del marcador en el descanso, pocas dudas cabían.

—¡Pues queremos oír cómo rugís!

Rugimos a la manera tradicional, girando la cabeza primero a la izquierda y luego a la derecha. Sadie echó el resto: formó bocina con las manos alrededor de la boca y la coleta voló de un hombro al otro.

Lo que vino a continuación fue el Hurra Jim. En los tres años anteriores —sí, nuestro señor LaDue empezó de *quaterback* ya desde el primer curso— había sido bastante simple. Las animadoras gritaban algo como «*¡Que os oigamos, Manada! ¿Quién es el capitán de nuestro equipo?*». Y la afición de casa bramaba «*¡JIM! ¡JIM! ¡JIM!*». A continuación, las animadoras ejecutaban varias volteretas y luego abandonaban el campo para que la banda del otro equipo pudiera desfilar y tocar una o dos piezas. Ese año, sin embargo, posiblemente en honor de la temporada de despedida de Jim, los vítores se habían modificado.

Cada vez que el público voceaba «*¡JIM!*», las animadoras respondían con la primera sílaba de su apellido, alargándola en una suerte de burlona nota musical. Era nuevo, pero nada complicado, y el público lo pilló enseguida. Sadie vitoreaba como la que más, hasta que se percató de que yo permanecía allí quieto, con la boca abierta.

—¿George? ¿Te encuentras bien?

No pude responder. De hecho, apenas la oí. Porque la mayor parte de mí había regresado a Lisbon Falls. Acababa de cruzar la madriguera de conejo a las doce menos dos minutos del 9 de septiembre de 1958. Acababa de recorrer la pared del secadero y de pasar por debajo de la cadena. Había estado preparado para encontrarme con Míster Tarjeta Amarilla; en esta ocasión se trataba de Míster Tarjeta Naranja. «*¡No deberías estar aquí!*», había exclamado. «*¿Quién eres? ¿Qué estás haciendo aquí?*». Y cuando intenté preguntarle si había probado asistir a AA por su problema con la bebida, me interrumpió…

—¿George? —Ahora su voz sonaba preocupada además de interesada—. ¿Qué pasa? ¿Algo va mal?

La afición estaba totalmente entregada al juego del reclamo-respuesta. Las animadoras gritaban «*JIM*» y las criaturas de las gradas respondían desgañitándose «*LA*».

«*¡A tomar por culo, Jimla!*»

Eso fue lo que Míster Tarjeta Amarilla, ahora convertido en Míster Tarjeta Naranja (aunque no todavía en Míster «muerto por su propia mano» Tarjeta Negra), me había espetado con un gruñido, y eso era lo que yo oía ahora, lanzado de un lado a otro como un balón medicinal entre las animadoras y los dos mil quinientos aficionados que las observaban:

¡JIMLA! ¡JIMLA! ¡JIMLA!

Sadie me asió del brazo y me sacudió.

—¡Háblame, hombre! ¡Háblame! ¡Me estás asustando!

Me volví hacia ella y me las arreglé para sonreír. No fue fácil, creedme.

—Una bajada de azúcar, supongo. Voy por esas Coca-Colas.

—No te desmayarás, ¿verdad? Puedo acompañarte al puesto de primeros auxilios si…

—Estoy bien —aseguré, y entonces, sin pensar en lo que hacía, le di un beso en la punta de la nariz.

—*¡Así se hace, señor A.!* —gritó algún muchacho.

Más que mostrarse irritada, ella arrugó la nariz como un conejo y luego sonrió.

—Largo de aquí, entonces, antes de que dañes mi reputación. Y tráeme un perrito con chile. Con mucho queso.

—Sí, madam.

El pasado armoniza consigo mismo, bien lo sabía ya para entonces. Aunque, ¿qué melodía era esa? Lo desconocía, pero me preocupaba en grado sumo. En la pasarela de cemento que conducía al puesto de los refrescos, los vítores resonaban aún con más fuerza y yo deseé taparme las orejas con las manos para bloquearlos.

JIMLA, JIMLA, JIMLA.

PARTE 4

SADIE
Y EL GENERAL

CAPÍTULO 14

1

La asamblea in memóriam se celebró al final del primer día del nuevo curso escolar, y si el éxito puede medirse en pañuelos húmedos, la exposición que Sadie y yo preparamos rompió todos los récords. Estoy seguro de que resultó catártica para los chicos y creo que a la propia señorita Mimi le habría encantado.

«*Las personas sarcásticas tienden a ser malvaviscos bajo la armadura* —me contó en una ocasión—. *Yo no soy distinta.*»

Los profesores se mantuvieron enteros durante la mayor parte de los panegíricos. Fue Mike quien primero les llegó al corazón, con su tranquila y sentida recitación de Proverbios 31. Después, durante la presentación de las fotografías, con la sensiblería de *West Side Story* como acompañamiento, el profesorado también se derrumbó. Encontré particularmente gracioso al entrenador Borman. Con las lágrimas derramándose por las enrojecidas mejillas y los prolongados sollozos que brotaban de su pecho macizo, el gurú futbolero de Denholm me recordaba al *segundo* pato de dibujos animados favorito de todo el mundo, Baby Huey.

De pie a un lado de la pantalla por la que desfilaban las imágenes de la señorita Mimi, le susurré esta observación a Sadie. Ella también lloraba, pero tuvo que retroceder del escenario hacia los bastidores cuando la risa primero luchó contra las lágrimas y luego las venció. En la seguridad de las sombras, me miró con aire de reproche… y entonces me enseñó el dedo medio. Decidí que me lo merecía. Me pregunté si la señorita Mimi aún seguiría pensando que Sadie y yo nos llevábamos a las mil maravillas.

Intuía que probablemente sí.

Escogí *12 hombres sin piedad* para la obra de otoño, olvidando a propósito notificar a la Compañía Samuel French que pretendía retitular nuestra versión como *El jurado* a fin de poder incluir a varias chicas. Las audiciones se celebrarían a finales de octubre y empezaría los ensayos el 13 de noviembre, después del último partido de la temporada regular de los Leones. Había puesto el ojo en Vince Knowles para el Jurado número 8 —el arquitecto discrepante que Henry Fonda encarnó en la película— y en Mike Coslaw para el que consideraba el mejor papel de la obra: el intimidador y desabrido Jurado número 3.

Pero, además, había empezado a concentrarme en una obra más importante, una que en comparación convertía el asunto de Frank Dunning en una parodia vodevilesca. Llamadla *Jake y Lee en Dallas*. Si las cosas iban bien, sería una tragedia de un acto. Debía prepararme para saltar al escenario cuando sonara la hora, y eso implicaba empezar temprano.

2

El 6 de octubre, los Leones de Denholm ganaron el quinto partido en su camino hacia una temporada invicta que dedicarían a Vince Knowles, el muchacho que había interpretado a George en *De ratones y hombres* y que nunca tendría la oportunidad de actuar en la versión de George Amberson de *12 hombres sin piedad* (regresaré a esto más adelante). Se iniciaba un fin de semana de tres días, pues el lunes siguiente era el Día de Colón.

En la jornada de fiesta viajé a Dallas. La mayoría de los negocios estaban abiertos e hice mi primera parada en una casa de empeños de Greenville Avenue. Le dije al hombrecillo tras el mostrador que deseaba comprar el anillo de boda más barato que tuviera en existencias. Salí por la puerta con una alianza de ocho dólares de oro (al menos *parecía* oro) en el dedo anular de mi mano izquierda. Después me dirigí al centro, a un lugar de la Baja Main Street que había rastreado en las Páginas Amarillas de Dallas: Electrónica Satélite de Silent Mike. Me recibió un hombrecillo estilizado que llevaba unas gafas de carey y una chapa extrañamente futurista en el chaleco: NO CONFÍES EN NADIE, rezaba.

—¿Es usted Silent Mike? —pregunté.

—El mismo.

—¿Y es usted realmente callado?

Sonrió.

—Depende de quién esté escuchando.

—Digamos que nadie —dije, y a continuación le expliqué lo que deseaba. Resultó que podría haberme ahorrado los ocho pavos, porque no mostró interés alguno en una esposa que supuestamente me engañaba. Era el equipo que quería comprar lo que interesaba al propietario de Electrónica Satélite. Con respecto a ese tema debería haberse llamado Mike el Locuaz.

—Señor, ese aparato lo tendrán en el planeta de donde viene *usted*, pero le aseguro que aquí no lo tenemos.

Aquello agitó el recuerdo de la señorita Mimi comparándome con un visitante alienígena de *Ultimátum a la Tierra*, pero me zafé de él.

—No entiendo a qué se refiere.

—¿Busca un dispositivo de escucha sin cables? Perfecto. Tengo varios en la vitrina de ahí, a su izquierda. Se llaman radios de transistor. Vendo Motorola y GE, aunque las mejores las fabrican los japoneses. —Extendió el labio inferior y se apartó un mechón de pelo de la frente con un soplido—. Es como una patada en el trasero, ¿o no? Hace quince años reducimos a polvo radiactivo dos ciudades suyas y los vencimos, pero ¿murieron? ¡No! Se escondieron en sus agujeros hasta que el polvo se asentó y luego salieron arrastrándose armados con tarjetas de circuitos y soldadores en vez de ametralladoras Nambu. Para 1985 serán los dueños del mundo. O por lo menos de la parte en la que *yo* vivo.

—Entonces ¿no puede ayudarme?

—¿Qué, me toma el pelo? Por supuesto que sí. Silent Mike McEachern siempre se alegra de poder satisfacer las necesidades electrónicas de un cliente. Pero costará.

—Estoy dispuesto a pagar un buen pellizco. Me ahorraré aún más cuando lleve a esa zorra infiel al tribunal de divorcios.

—Ya. Espere aquí un minuto mientras traigo una cosa de la

trastienda. Y dele la vuelta al letrero de la puerta para que diga CERRADO, ¿quiere? Voy a enseñarle algo que probablemente no…, bueno, tal vez *sea* legal, pero ¿quién sabe? ¿Acaso Silent Mike McEachern es fiscal?

—Me imagino que no.

Hice lo que me indicó. Intuía que no perdería demasiada clientela; pequeña y polvorienta, la tienda de Silent Mike ofrecía el aspecto del típico establecimiento que subsistía mes a mes.

Mi gurú de la electrónica sesentera reapareció con un artilugio de extraña apariencia en una mano y una cajita de cartón en la otra. La inscripción en la caja era japonesa. El artilugio parecía un consolador para duendecillas montado en un disco de plástico negro. Este tenía siete u ocho centímetros de espesor y aproximadamente el diámetro de un cuarto de dólar, del cual brotaba un ramillete de cables. Lo depositó sobre el mostrador.

—Esto es un Echo. Fabricado aquí, en la ciudad, hijo. Si alguien puede vencer a los hijos de Nipón en su propio juego, esos somos nosotros. Hacia 1970 la electrónica habrá reeemplazado a la banca aquí en Dallas. Tome buena nota de mis palabras. —Se santiguó, apuntó al cielo, y añadió—: Dios bendiga a Texas.

Levanté el artilugio.

—¿Qué es exactamente un Echo en términos de andar por casa?

—Lo más cercano que podrá conseguir a la clase de micrófono que me describió. Es pequeño porque no tiene válvulas de vacío y no funciona con baterías. Funciona simplemente con corriente alterna normal.

—¿Se enchufa a la pared?

—Claro, ¿por qué no? Así su mujer y su novio podrán verlo y decir: «Qué bonito, alguien ha pinchado el lugar mientras estábamos fuera, vamos a echar un buen polvo escandaloso y luego a discutir todos nuestros asuntos privados».

El tipo era un ganso, estaba claro. Con todo, la paciencia es una virtud. Y yo necesitaba lo que necesitaba.

—Entonces, ¿cómo se hace?

Dio un golpecito en el disco.

—Esto va dentro de la base de una lámpara, pero no en el suelo, a menos que esté interesado en grabar a los ratones corriendo por los zócalos, ¿lo capta? Una lámpara de mesa, de modo que alcance donde hable la gente. —Peinó los cables—. El rojo y el amarillo se conectan al cordón de la lámpara, el cordón de la lámpara se enchufa a la pared. El dispositivo permanece muerto hasta que alguien enciende la luz. En ese momento, bingo, ya está listo para correr.

—¿Esa otra cosa es el micro?

—Sí, y para estar fabricado en América es bueno. Ahora... ¿ve los otros dos cables? ¿El azul y el verde?

—Ajá.

Abrió la caja de cartón con la inscripción en japonés y sacó un magnetófono. Superaba en tamaño a uno de los paquetes de Winston de Sadie, aunque no por mucho.

—Esos cables se conectan aquí. La base va en la lámpara, la grabadora en el cajón de una cómoda, escondida bajo la lencería de su mujer, por ejemplo. O puede taladrar un agujerito y meterla en el armario.

—La grabadora también se alimenta a través del cordón de la lámpara.

—Naturalmente.

—¿Podría conseguir dos de estos Echos?

—Podría conseguirle cuatro si quiere. Aunque tardaría una semana.

—Me bastará con dos. ¿Cuánto?

—Un equipo así no es barato. Un par le costaría ciento cuarenta. Es el mejor precio que puedo ofrecerle. Y tendría que pagar en efectivo. —Habló con un tono de pesar que sugería que habíamos disfrutado de un bonito sueño tecnológico y que ahora casi tocaba a su fin.

—¿Cuánto me cobraría por prepararme la instalación? —Advertí la alarma en su rostro y me apresuré a disiparla—. No me refiero a una operación clandestina ni nada parecido. Solo colocar los micros en un par de lámparas y enganchar los magnetófonos de cinta.

—Magnetófonos de *cable*, querrá decir. Verá, un grabador de cinta sería una barbaridad de grande...

—¿Lo haría?

—Por supuesto, señor...

—Digamos señor Nadie.

Sus ojos centellearon como imagino que centellearían los ojos de E. Howard Hunt al contemplar por primera vez el desafío que suponía el hotel Watergate.

—Buen nombre.

—Gracias. Y estaría bien disponer de un par de alternativas. Cables cortos por si puedo colocarlo cerca, cables más largos por si necesito esconderlo en un armario o al otro lado de una pared.

—No hay problema, pero no le recomiendo más de tres metros o el sonido se convierte en un galimatías. Además, cuanto más cable utilice, mayor será el riesgo de que alguien lo encuentre.

Hasta un profesor de lengua era capaz de entenderlo.

—¿Cuánto por el lote completo?

—Mmmm… ¿ciento ochenta?

Parecía inclinado a regatear, pero yo no tenía ni tiempo ni ganas. Puse cinco billetes de veinte en el mostrador y concreté:

—Le daré el resto a la entrega, pero no antes de probarlos y cerciorarme de que funcionan, ¿de acuerdo?

—Sí, bien.

—Una cosa más. Consiga lámparas usadas y un poco cutres.

—¿Cutres?

—Como las que se pueden comprar en un rastrillo o un mercadillo por veinticinco centavos la unidad. —Cuando uno ha dirigido varias obras de teatro (contando aquellas en las que trabajé durante mi etapa en el Instituto Lisbon, *De ratones y hombres* hacía la número cinco) se aprenden unas cuantas cosas sobre cómo decorar un escenario. Lo último que deseaba era que alguien robara de un apartamento semiamueblado una lámpara pinchada con un micro.

Por un momento se quedó perplejo, pero entonces una sonrisa de complicidad despuntó en su rostro.

—*Ya* lo pillo. Realismo.

—Ese es el plan. —Me encaminé hacia la puerta, pero me volví al instante, apoyé los antebrazos en el expositor de las radios de transistor, y le miré directamente a los ojos. No puedo jurar que él viera al hombre que mató a Frank Dunning, pero tampoco puedo afirmar con certeza que no lo hiciera—. Usted no va hablar de esto con nadie, ¿verdad?

—¡No! ¡Por supuesto que no! —Con dos dedos corrió una imaginaria cremallera sobre los labios.

—Como debe ser —aprobé—. ¿Cuándo?

—Deme unos días.

—Vendré el próximo lunes. ¿A qué hora cierra?

—A las cinco.

Calculé la distancia desde Jodie hasta Dallas y dije:

—Le daré otros veinte si tiene abierto hasta las siete. Me será imposible llegar más pronto. ¿Le parece bien?

—Claro.

—Estupendo. Téngalo todo listo.

—Lo tendré. ¿Alguna cosa más?

—Sí. ¿Por qué demonios le llaman Silent Mike?

Esperaba que respondiera «Porque sé guardar un secreto», pero no lo hizo.

—De niño creía que el villancico lo cantaban por mí, así que me quedé con ese nombre.

No quise preguntar, pero a mitad de camino en coche caí en la cuenta y me eché a reír.

Silent Mike, holy Mike.

Silencioso micro, sagrado micro.

A veces, el mundo en que vivimos es un lugar verdaderamente extraño.

3

Cuando Lee y Marina regresaran a Estados Unidos, vivirían en una triste sucesión de apartamentos de renta baja, incluyendo aquel en Nueva Orleans que ya había inspeccionado, pero basándome en las notas de Al, deduje que solo necesitaría centrarme en dos de ellos. Uno se encontraba en el número 214 de Neely Oeste Street, en Dallas. El otro estaba en Fort Worth, y allí me dirigí después de mi visita a Silent Mike.

Contaba con un plano de la ciudad, pero aun así tuve que preguntar tres veces por la dirección. Terminó siendo una anciana negra que atendía una tiendecilla familiar quien me indicó el camino correcto. Cuando logré encontrar lo que buscaba, no me sorprendió que hubiera sido tan difícil de localizar. Mercedes Street, en su extremo más mísero, era una cañada sin pavimentar flanqueada por casas destartaladas solo un poco mejores que chabolas de aparceros. Desembocaba en un vasto y casi desierto aparcamiento donde los matojos rodadores volaban por el asfalto agrietado. Más allá del solar se veía la parte de atrás de un almacén construido con bloques de hormigón. Escrito en la pared con letras encaladas de tres metros de altura se leía PROPIEDAD DE MONTGOMERY WARD Y PROHIBIDO EL PASO Y POLICÍA ALERTA DE INTRUSOS.

El aire apestaba a petróleo refinado en la dirección de Odessa-Midland y a aguas residuales sin procesar en las inmediaciones. El sonido del rock and roll se derramaba a través de las ventanas abiertas. Oí a los Dovells, Johnny Burnette, Lee Dorsey, Chubby Checker… y eso solo en los primeros cuarenta metros. Las mujeres tendían la colada en molinetes oxidados. Todas ellas llevaban batas que probablemente habrían comprado en Zayre's o en Mammoth Mart, y todas ellas parecían estar embarazadas. Un chiquillo mugriento y una chiquilla igualmente mugrienta plantados en un camino de acceso de arcilla agrietada me miraron al pasar. Se agarraban de la mano y eran demasiado idénticos para no ser gemelos. El niño, desnudo excepto por un único calcetín, sujetaba una pistola de juguete. La niña tenía puesto un deformado pañal por debajo de una camiseta del Club Mickey Mouse. Estrujaba una muñeca de plástico tan mugrienta como ella misma. Dos hombres con el pecho desnudo se lanzaban un balón de fútbol desde sus respectivos patios, ambos con un cigarrillo colgando de la comisura de la boca. Más allá, un gallo y dos gallinas de plumas enmarañadas picoteaban en la tierra, cerca de un perro escuálido que o dormía o estaba muerto.

Me detuve delante del 2703, el lugar al que Lee traería a su esposa y a su hija cuando ya no aguantara más el pernicioso amor asfixiante de Marguerite Oswald. Dos franjas de cemento conducían a una superficie de tierra baldía con manchas de aceite donde se habría ubicado el garaje en un barrio mejor de la ciudad. Había juguetes de plástico esparcidos por el erial de hierbajos que hacía las veces de césped. Una niña pequeña con unos andrajosos pantalones rosados daba patadas a un balón de fútbol contra un costado de la casa. Cada vez que golpeaba la pared de madera, exclamaba «¡*Chumba!*».

Una mujer con el cabello enrollado en rulos de color azul y un cigarrillo clavado en la comisura de la boca asomó la cabeza por la ventana y gritó:

—¡Deja de hacer eso, Rosette, si no quieres que salga y te dé un sopapo! —Entonces me vio—. ¿Qué quiere? Si es una factura, no puedo ayudarlo. Mi marido se encarga de esas cosas y hoy consiguió trabajo.

—No es una factura —aclaré. Rosette me envió el balón de una patada, soltando un gruñido que se convirtió en una sonrisa reticente cuando lo paré con el interior del pie y se lo devolví suavemente—. Me gustaría hablar con usted un segundo.

—Pues tendrá que esperar. No estoy presentable.

Su cabeza desapareció. Esperé. Rosette dio otra patada al balón («¡*Chumba!*») y esta vez el tiro salió alto, pero logré atajarlo con la palma de la mano antes de que golpeara la casa.

—Tá pro'bido usar las manos, cerdo hijeputa —espetó la niña—. Eso es penalti.

—Rosette, ¿qué te tengo dicho de esa boca sucia? —Mamá apareció en el umbral de la puerta atándose un vaporoso pañuelo amarillo sobre los rulos. Les confería aspecto de crisálidas, la clase de insectos que serían venenosos cuando eclosionaran.

—¡Cerdo hijeputa *de mierda*! —chilló Rosette, y luego se escabulló por Mercedes Street en dirección al almacén de Monkey Ward, dando patadas a su balón de fútbol y riendo como una demente.

—¿Qué quiere? —La madre tendría veintipocos años que parecían cincuenta. Había perdido varios dientes, mostraba los restos desteñidos de un ojo morado y también estaba embarazada.

—Me gustaría hacerle algunas preguntas.

—¿Qué hace que mis asuntos sean asunto suyo?

Saqué mi cartera y le ofrecí un billete de cinco dólares.

—No me haga preguntas y no le contaré mentiras.

—Usted no es de por aquí. Tiene acento yanqui.

—Señora, ¿quiere el dinero o no?

—Depende de las preguntas. Si es por mi talla de sujetador, no voy a decirle un carajo.

—Quisiera saber cuánto tiempo lleva viviendo aquí, para empezar.

—¿En esta casa? Seis semanas, creo. Harry pensó que pillaría algo en el almacén, pero no contratan un carajo. Así que probó en Manpower. ¿Sabe qué es eso?

—¿Empleo a jornal?

—Sí, y está trabajando con un puñado de malditos negros.
—Solo que no pronunció *trabajando* sino *trabiando*—. Nueve dólares al día por trabajar con un puñado de malditos negros en la carretera. Dice que es como estar de vuelta en el correccional de West Texas.

—¿Qué renta pagan?

—Cincuenta al mes.

—¿Amueblada?

—A medias. Bueno, es una forma de decirlo. Una puñetera cama y un puñetero horno de gas que lo más seguro nos va a matar a todos. Y no lo voy a invitar dentro, así que no pregunte. No lo conozco de nada.

—¿Incluía lámparas y eso?

—Señor, está usted chalado.

—¿Las tenía?

—Sí, un par. Una que funciona y otra que no. No me voy a quedar aquí, maldita sea. Él dice que no quiere volverse con mi madre a Mozelle, pero mala suerte. No me voy a quedar aquí. ¿Ha visto cómo huele este sitio?

—Sí, señora.

—No es otra cosa que mierda, hijo mío. Y nada de mierda de perro ni mierda de gato. Es la mierda de la gente. Trabajar con negros es una cosa, pero ¿vivir como ellos? No, señor. ¿Ya ha acabado?

Todavía no, aunque lo deseaba. Estaba indignado con ella e indignado conmigo por atreverme a juzgar. Ella era una prisionera de su tiempo, de sus elecciones, de aquella calle que olía a mierda. Y a pesar de todo, yo no cesaba de mirar los rulos y aquel pañuelo amarillo. Bichos gordos azules aguardando a eclosionar.

—Supongo que nadie se queda aquí mucho tiempo.

—¿En 'Cedes Street? —Blandió el cigarrillo hacia la cañada que conducía al desierto aparcamiento y al vasto almacén lleno de cosas bonitas que ella jamás poseería. Hacia aquellas chabolas, levantadas pared contra pared, con sus escalones de hormigón resquebrajado y las ventanas rotas tapadas con trozos de cartón. Hacia los niños embarrados. Hacia los antiguos y corroídos Fords y Hudsons y Studebakers. Hacia el implacable cielo de Texas. Entonces profirió una risa horrible, mezcla de regocijo y desesperación—. Señor, esto es una parada de autobús en el camino a ninguna parte. Bratty Sue y yo nos volvemos a Mozelle. Si Harry no viene con nosotras, zarparemos sin él.

Saqué el plano del bolsillo de atrás, rasgué una tira y garabateé mi número de teléfono de Jodie. Después agregué otro billete de cinco y se lo tendí. Ella lo miró pero no lo cogió.

—¿Para qué carajo quiero su número de teléfono? Yo no tengo un puñetero teléfono y, además, ese número no pertenece al intercambiador de Dallas. Es una puñetera conferencia.

—Llámeme cuando se disponga a mudarse. Es todo cuanto quiero. Solo tiene que llamarme y decir «Señor, soy la madre de Rosette, y nos mudamos». Eso es todo.

Pude apreciar que estaba haciendo cálculos. No le llevó mucho tiempo. Diez dólares era más que lo que su marido ganaría trabajando todo el día bajo el ardiente sol de Texas. Porque Manpower no sabía nada de la bonificación del cincuenta por ciento por festivo. Y serían diez dólares de los que *él* jamás sabría nada.

—Deme otros setenta y cinco centavos —pidió—. Para la conferencia.

—Tome, un dólar. Viva un poco. Y no se olvide.

—No me olvidaré.

—Le recomiendo que no. Porque si se olvida, se me podría ocurrir buscar a su marido y charlar un rato. Se trata de un asunto importante, señora. Es importante para mí. En cualquier caso, ¿cómo se llama?

—Ivy Templeton.

Me quedé inmóvil, allí plantado en medio de la tierra y los hierbajos, oliendo la mierda, el petróleo a medio procesar y el aroma flatulento del gas natural.

—¿Señor? ¿Qué le pasa? Se le ha puesto una cara rara.

—Nada —contesté. Y quizá no *fuera* nada. Templeton dista mucho de ser un nombre poco común. Por supuesto, un hombre puede autoconvencerse de cualquier cosa si lo intenta con suficiente fuerza. El movimiento se demuestra andando.

—¿Y cuál es *su* nombre?

—Puddentane —contesté—. Pregunte otra vez y lo mismo le diré.

Ante este toque de chanza escolar, finalmente forzó una sonrisa.

—Llámeme, señora.

—Sí, vale. Lárguese ya. Si atropellara al vago de mi marido al salir, es probable que me estuviera haciendo un favor.

Al regresar a Jodie, encontré una nota clavada en mi puerta con una chincheta.

George:
¿Te importaría telefonearme? Necesito un favor.

SADIE (¡¡y ese es el problema!!)

Lo cual significaba exactamente ¿qué? Entré y la llamé para averiguarlo.

4

La madre del entrenador Borman, que vivía en una residencia de ancianos de Abilene, se había roto la cadera, y el sábado siguiente se celebraba el Baile de Sadie Hawkins en la ESCD. Me resultó imposible encajar estas dos piezas de información, y así se lo hice saber.

—¡El entrenador me convenció para que supervisara el baile con él! Dijo, y cito textualmente: «¿Cómo puede resistirse a ir a un baile que prácticamente lleva su nombre?». Esto fue la semana pasada. Y yo como una tonta accedí. Ahora se marcha a Abilene, ¿y dónde quedo yo? ¿Cómo voy a controlar a doscientos alumnos de dieciséis años obsesionados con el sexo que bailan el twist? ¡No podré! ¿Y si algunos de los chicos llevan cerveza?

En mi opinión, sería sorprendente que no lo hicieran, pero me pareció mejor no mencionarlo.

—O ¿y si hay una pelea en el aparcamiento? Ellie Dockerty me contó que un grupo de chicos de Henderson se colaron en el baile el año pasado. ¡Dos de ellos y dos de los nuestros terminaron en el hospital! George, ¿puedes ayudarme? *Por favor*.

—¿Acabo de ser Sadie Hawkinizado por Sadie Dunhill? —dije sonriendo. La idea de asistir al baile con ella no me llenaba exactamente de melancolía.

—¡No bromees! ¡No es divertido!

—Sadie, te acompañaré encantado. ¿Me regalarás un ramillete?

—Te regalaré una botella de champán si hace falta. —Lo recapacitó—. Bueno, con mi salario, mejor un vino espumoso. Cold Duck o algo así.

—¿Las puertas abren a las siete y media? —En realidad ya lo sabía. Había carteles por todo el instituto.

—Correcto.

—Y se trata de un baile con pinchadiscos. Que no haya banda es bueno.

—¿Por qué?

—Las bandas en directo pueden causar problemas. En un baile que vigilé una vez, el batería vendía cerveza en los interludios. *Aquello* sí fue una experiencia agradable.

—¿Hubo peleas? —Su voz sonaba horrorizada además de fascinada.

—No, pero hubo cantidad de vómitos.

—¿Fue en Florida?

Ocurrió realmente en el Instituto Lisbon, año 2009, así que contesté que sí, en Florida. Añadí también que me encantaría hacer de co-controlador en el baile.

—Muchas gracias, George.

—Un placer, madam.

Lo era. Absolutamente.

5

El Pep Club, encargado de organizar el baile, realizó una labor estupenda: había infinidad de serpentinas de papel crepé meciéndose de las vigas del gimnasio (en colores plata y oro, por supuesto) y gran cantidad de ponche, galletitas con crema de limón y pasteles de «terciopelo rojo» proporcionados por las Futuras Amas de Casa de América. El departamento de arte —pequeño pero entregado a la causa— contribuyó con un mural que mostraba a la inmortal señorita Hawkins en persona persiguiendo a los solteros disponibles de Dogpatch. Mattie Shaw y Bobbi Jill, la novia de Mike, hicieron casi todo el trabajo y se sentían orgullosas con toda justicia. Me pregunté si ese orgullo perduraría dentro de siete u ocho años, cuando la primera oleada de feministas empezara a quemar sus sujetadores y a manifestarse por sus derechos reproductivos. Por no hablar de los mensajes que lucirían en sus camisetas, cosas como NO SOY UNA PROPIEDAD O UNA MUJER NECESITA A UN HOMBRE IGUAL QUE UN PEZ UNA BICICLETA.

El DJ de la noche y maestro de ceremonias era Donald Bellingham, un estudiante de segundo curso. Llegó con una colección de discos absolutamente fantástica no en una sino en dos maletas Samsonite. Con mi permiso (Sadie simplemente parecía desconcertada), conectó su tocadiscos Webcor y el preamplificador de su padre a la megafonía de la escuela. El gimnasio era lo bastante grande como para proporcionar una reverberación natural, y tras unos preliminares chillidos de retroalimentación, consiguió una resonancia espectacular. Aunque nacido en Jodie, Donald era residente permanente de Rockville, en el estado de Papi Chulo. Llevaba unas gafas de color rosa con lentes gruesas, pantalones de cinturón trasero y zapatos de plataforma tan grotescamente cuadrados que eran una auténtica locura, tío. Su rostro era una fábrica de granos en erupción bajo un tupé estilo Bobby Rydell cargado de gomina. Daba la impresión de que recibiría su primer beso de una chica real hacia los cuarenta y dos años, pero se manejaba rápido y con gracia ante el micrófono, y su colección de discos (que él llamaba «el silo del vinilo» y el «nido preferido del sonido de Donny B.») era, como he comentado anteriormente, absolutamente fantástico.

—Empecemos con un tornado del pasado, una reliquia del rock and roll desde el sacrosurco del fervor, una gozada dorada, un disco que es distinto, moved los pies con el ritmo de *Danny... ¡y los JUUUNIORS!*

«At the Hop» detonó en el gimnasio como una bomba atómica. El baile se inició como la mayoría a principios de los sesenta, las chicas moviéndose al son del bugui-bugui con las chicas. Pies calzados en mocasines alzaban el vuelo. Las enaguas giraban. Después de un rato, sin embargo, la pista comenzó a llenarse con parejas chico-chica... al menos para los bailes rápidos, temas más actuales como «Hit the Road, Jack» y «Quarter to Three».

No muchos de aquellos adolescentes habrían pasado el corte de *Bailando con las estrellas*, pero eran jóvenes y entusiastas y obviamente se lo pasaban en grande. Me alegraba verlos. Más tarde, si

Donny B. no tenía el buen juicio de bajar un poco las luces, lo haría yo mismo. Sadie se mostró nerviosa al principio, esperando problemas, pero aquellos chicos habían venido a divertirse. No arribaron hordas invasoras de Henderson ni de ninguna otra escuela. Se dio cuenta y empezó a relajarse.

Tras unos cuarenta minutos de música sin interrupción (y cuatro pastelitos de terciopelo rojo), me incliné hacia Sadie y le dije:

—Hora de que el Guardián Amberson haga la primera ronda por el edificio y se cerciore de que nadie en el patio procede de forma inapropiada.

—¿Quieres que te acompañe?

—Quiero que no pierdas de vista la ponchera. Si algún jovencito se acerca con una botella de algo, aunque sea jarabe para la tos, quiero que le amenaces con la electrocución o la castración, lo que tú creas que puede resultar más efectivo.

Se dejó caer contra la pared y rió hasta que las lágrimas centellearon en las comisuras de sus ojos.

—Largo de aquí, George, eres *horrible*.

Me marché. Me alegraba de haberla hecho reír, pero incluso después de tres años, era fácil olvidar que en la Tierra de Antaño las bromas con tintes sexuales causaban mucho más efecto.

Pillé a una pareja montándoselo en un rincón oscuro en el lado este del gimnasio; él prospectando bajo el suéter de la chica, ella aparentemente intentando absorber los labios del chico. Cuando toqué al joven prospector en el hombro, los dos se separaron de un salto.

—Guardadlo para después del baile en Los Riscos —aconsejé—. Por ahora, volved al gimnasio. Caminad despacio. Refrescaos. Tomad un poco de ponche.

Se marcharon, ella abotonándose el suéter, él andando ligeramente encorvado en la postura bien conocida por los varones adolescentes que se denomina Síndrome de las Pelotas Azules.

Dos docenas de luciérnagas rojas pestañearon detrás del taller. Saludé con la mano y un par de chicos en la zona de fumadores me devolvieron el saludo. Asomé la cabeza por la esquina oriental de la carpintería y vi una escena que no me gustó. Mike Coslaw, Jim LaDue y Vince Knowles se encontraban acurrucados allí, pasándose algo. Se lo quité de las manos y lo arrojé sobre la valla de tela metálica antes de que ellos supieran siquiera que yo estaba allí.

Jim se sobresaltó momentáneamente y luego me dedicó su vaga sonrisa de héroe del fútbol.

—Hola a usted también, señor A.

—Ahórratelo conmigo, Jim. No soy ninguna chica a la que puedas encandilar para meterte en sus bragas, y desde luego no soy tu entrenador.

Pareció conmocionado y un poco asustado, pero no distinguí ninguna muestra de justificada ofensa en su rostro. Supongo que si esto hubiera sido un instituto importante de Dallas así habría sido. Vince había retrocedido un paso. Mike no cedió terreno, pero bajaba la vista con aspecto abochornado. No, era más que bochorno. Era pura vergüenza.

—Una botella —proseguí—. No es que espere que os atengáis a todas las normas, pero ¿por qué sois tan estúpidos a la hora de violarlas? Jimmy, si te pillan bebiendo y te echan del equipo de fútbol, ¿qué pasaría con tu beca en Alabama?

—Probablemente me pondrían la «camiseta roja», supongo —dijo—. Eso es todo.

—Correcto, y a tragar un año entero apartado de la competición. En realidad necesitarás buenas notas. Lo mismo se aplica a ti, Mike. Y serías expulsado del Club de Teatro. ¿Quieres eso?

—No, señor. —Apenas un susurro.

—¿Y tú, Vince?

—No, claro que no, señor A. Rotundamente no. ¿Todavía vamos a hacer la obra del jurado? Porque si estamos…

—¿No sabes cerrar la boca cuando un profesor te está regañando?

—Sí, señor, señor A.

—Hoy es vuestro día de suerte, pero la próxima vez no os lo dejaré pasar. Esta noche os habéis ganado un pequeño consejo: *No jodáis vuestro futuro*. Y mucho menos por un trago de Five Star en un baile informal de instituto que ni siquiera recordaréis dentro de un año. ¿Entendido?

—Sí, señor —dijo Mike—. Lo siento.

—Yo también —dijo Vince—. Totalmente. —Y se santiguó con una sonrisa. Algunos sencillamente están hechos así. Quizá el mundo necesite una cuadrilla de listillos para animar el ambiente, ¿quién sabe?

—¿Jim?

—Sí, señor —respondió—. Por favor, no se lo cuente a mi padre.

—No, esto queda entre nosotros. —Los miré uno a uno—. Chicos, el año que viene en la facultad encontraréis multitud de sitios donde beber. Pero no en nuestra escuela. ¿Me oís?

Esta vez contestaron «Sí, señor» al unísono.

—Ahora volved dentro. Tomad un poco de ponche y enjuagaos el olor a whisky del aliento.

Se marcharon. Les di tiempo y después los seguí a distancia, con la cabeza gacha, las manos hundidas en los bolsillos, cavilando.

No en nuestra escuela.

Nuestra.

«Ven a enseñar —me había rogado Mimi—. *Es para lo que estás hecho.»*

El año 2011 nunca se me había antojado tan distante como entonces. Diablos, Jake Epping nunca se me había antojado tan distante.

Un reverberante saxo tenor sonaba en un gimnasio iluminado de fiesta en el corazón de Texas. Una dulce brisa lo transportaba en la noche. Una batería conminaba insidiosamente a levantarse de la silla y mover los pies.

Creo que fue entonces cuando decidí que nunca iba a regresar.

6

El saxo reverberante y la batería huchi-cuchi acompañaban a un grupo llamado los Diamonds. La canción era «The Stroll». Los chicos, sin embargo, no estaban haciendo ese baile. O no del todo.

Se trataba del primer paso que Christy y yo aprendimos cuando empezamos a asistir a las clases de baile los jueves por la noche. Es un baile dos por dos, una especie de rompehielos donde cada pareja desfila por un pasillo formado por chicas y chicos que dan palmas. Lo que vi cuando regresé al gimnasio era diferente. Aquí los chicos y las chicas se juntaban, giraban uno en brazos del otro como en un vals y luego se separaban de nuevo, terminando en el lado opuesto de donde habían empezado. Estando alejados, los pies iban hacia atrás sobre los talones y las caderas se meneaban hacia delante, un movimiento seductor e insinuante.

Mientras los observaba tras la mesa de los dulces, Mike, Jim y Vice se unieron en el lado masculino. Vince no tenía mucha idea (decir que bailaba como un chico blanco sería un insulto a todos los chicos blancos), pero Jim y Mike se movían como los atletas que eran, que equivale a decir con una elegancia inconsciente. Al poco tiempo la mayoría de las chicas los miraban desde el otro lado.

—¡Ya empezaba a preocuparme! —me gritó Sadie por encima de la música—. ¿Va todo bien ahí fuera?

—¡Perfectamente! —grité a mi vez—. ¿Cuál es ese baile?

—¡El madison! ¡Lo llevan haciendo en Bandstand todo el mes! ¿Quieres que te enseñe?

—Milady —dije al tiempo que la tomaba por el brazo—. Yo os enseñaré a vos.

Los chicos nos vieron llegar y nos hicieron sitio, aplaudiendo y exclamando: «¡*Así se hace, señor A.!*» y «*Enséñele lo que vale, señorita Dunhill!*». Sadie se rió y se apretó la goma elástica de la coleta. El color le subió a las mejillas; estaba más que guapa. Se echó hacia atrás sobre los talones, batiendo palmas y sacudiendo los hombros en sincronización con las demás chicas, después vino a mis brazos, levantando los ojos para encontrar los míos. Me alegré de que mi estatura le permitiera hacerlo. Giramos como una novia y un novio de cuerda en una tarta de bodas, después nos separamos. Me agaché y di una vuelta sobre las puntas de los pies con las manos extendidas como Al Jolson cantando «Mammy». Esto provocó más aplausos y algunos chillidos prebeatlenianos entre las chicas. No estaba alardeando (vale, tal vez un poco); más que nada estaba contento de poder bailar. Había pasado demasiado tiempo.

La canción terminó, el saxo reverberante se apagó en esa eternidad de rock and roll que nuestro joven pinchadiscos se había complacido en llamar el sacrosurco, y empezamos a abandonar la pista.

—Dios, qué divertido —dijo ella. Me asió del brazo y lo apretó—. *Tú* eres divertido.

Antes de que pudiera replicar, la voz de Donald tronó por la megafonía.

—En honor de dos carabinas que saben bailar de verdad (¡un hito en la historia de nuestra escuela!) aquí va un tornado del pasado, ausente de las listas pero no de nuestros corazones, un disco que es distinto, directamente de la colección de mi padre, que no sabe que lo he traído, y si alguno de vosotros se lo cuenta, tíos, me meto en un lío. Al loro, rockeros constantes, ¡esto es lo que sonaba cuando el señor A. y la señorita D. estaban en el instituto!

Todos se volvieron a mirarnos, y… bueno…

¿Sabéis cuando estáis fuera por la noche y veis el borde de una nube iluminarse con un brillo dorado y sabéis que la luna va a aparecer de un momento a otro? Esa fue la sensación que me embargó en aquel instante, de pie entre las serpentinas de papel crepé que se mecían suavemente en el gimnasio de Denholm. Sabía lo que iba a sonar, sabía que íbamos a bailarlo, y sabía *cómo* íbamos a bailarlo. Entonces llegó aquella suave intro de metal:

Bah-dah-dah… bah-dah-da-dee-dum…

Glenn Miller. «In the Mood.»

Sadie se llevó una mano a la espalda, tiró de la goma elástica y se soltó la coleta. Aún riendo, comenzó a menear las caderas un poquito. Su cabello resbaló con suavidad de un hombro a otro.

—¿Sabes bailar swing? —Elevando la voz para que me oyera por encima de la música. Sabiendo que sabía. Sabiendo que *bailaría*.

—¿Te refieres al lindy-hop? —preguntó ella.

—A eso me refiero.

—Bueno…

—Vamos, señorita Dunhill —la animó una de las chicas—. Queremos verlo. —Y dos de sus amigas empujaron a Sadie hacia mí.

Ella vaciló. Di una vuelta sobre mí mismo y extendí las manos. Los chicos aplaudieron mientras nos desplazábamos por la pista. Nos hicieron corro. La atraje hacia mí y, tras la menor de las vacilaciones, ella giró primero a la izquierda y luego a la derecha, cruzando los pies en la medida que se lo permitió el vestido pichi que llevaba. Se trataba de la variación lindy que Richie-el-del-nichi y Bevvie-la-del-ferry habían aprendido aquel día de otoño de 1958. La que yo conocía como hellzapoppin. Por supuesto. Porque el pasado armoniza.

Sin soltarle las manos, la acerqué a mí y luego la dejé ir. Nos separamos. Entonces, como una pareja que hubiera practicado esos movimientos durante meses (posiblemente con un disco a menos revoluciones en un área de picnic desierta), nos agachamos y levantamos una pierna, primero a la izquierda y luego a la derecha. Los chicos, que formaban un círculo dando palmas en el centro de la abrillantada pista, rieron y vitorearon.

Nos arrimamos y bajo nuestras manos enlazadas ella giró sobre sí misma como una bailarina de ballet.

Ahora me aprietas para indicarme izquierda o derecha.

El leve apretón se produjo en la mano derecha, como si el pensamiento lo hubiera invocado, y ella retrocedió dando vueltas como una hélice, con el cabello volando en un abanico que reflejó destellos de luz roja primero y azul después. Oí que varias chicas sofocaban exclamaciones de asombro. Apresé a Sadie y doblé una pierna con ella arqueada sobre mi brazo, esperando con todas mis fuerzas que mi rodilla no reventara. No lo hizo.

Me levanté. Ella me acompañó. Se despegó, después regresó a mis brazos. Bailamos bajo las luces.

El baile es vida.

7

La fiesta terminó a las once, pero el Sunliner no enfiló el camino de entrada de la casa de Sadie hasta las doce y cuarto de la madrugada del domingo. Una de las cosas que nadie te cuenta acerca del glamouroso trabajo de vigilar un baile de adolescentes es que las carabinas han de asegurarse de que todo quede recogido y guardado una vez que la música deja de sonar.

Ninguno de los dos hablamos mucho en el trayecto de vuelta. Aunque Donald pinchó varias melodías tentadoras y los chicos nos dieron la lata para que volviéramos a bailar el swing, rehusamos. Una vez era memorable; dos veces habría sido indeleble, y quizá no muy buena idea en una ciudad pequeña. Para mí ya era un recuerdo imborrable. No podía evitar pensar en la sensación de tenerla entre mis brazos o en su rápida respiración en mi rostro.

Apagué el motor y me volví hacia ella.

Ahora me dirá «Gracias por echarme un cable» o «Gracias por esta maravillosa velada», y eso será todo.

Pero no dijo ninguna de esas cosas. No dijo nada. Se limitó a mirarme. El cabello sobre los hombros. Los dos botones superiores de la camisa de tejido Oxford bajo el vestido desabrochados. El centelleo de los pendientes. Entonces nos echamos uno en brazos del otro, primero tanteándonos, después estrechándonos con fuerza. Nos besamos, pero aquello era más que besarse. Era como comer cuando has estado hambriento, como beber cuando has estado sediento. Olía su perfume y debajo del perfume su sudor limpio y probé el sabor del tabaco, tenue pero aún acre, en sus labios y en su lengua. Sus dedos se deslizaron por mi pelo (un meñique me hizo cosquillas un instante en el lóbulo de la oreja y me estremecí) y se unieron en la nuca. Sus pulgares se movían, se movían. Rozándome la piel desnuda del cuello que en otro tiempo, en otra vida, habría estado cubierta de pelo. Deslicé mi mano debajo y alrededor de la plenitud de su pecho y ella susurró:

—Oh, gracias, creí que iba a caerme.

—Un placer —aseguré, y apreté con delicadeza.

Nos besuqueamos tal vez durante cinco minutos, respirando cada vez más fuerte a medida que las caricias crecían en atrevimiento. El parabrisas de mi Ford se empañó. Entonces me apartó y vi que tenía las mejillas mojadas. ¿Cuándo, en el nombre de Dios, había empezado a llorar?

—George, lo siento —dijo—. No puedo. Estoy demasiado asustada. —El vestido se arrugaba en su regazo, revelando los ligueros, el dobladillo de la enagua, la espuma de encaje de sus medias. Se estiró la falda por debajo de las rodillas.

Imaginé que se debía a lo de estar casada; aunque el matrimonio se hubiera roto, estábamos a mediados del siglo veinte, no a principios del veintiuno, y aquí todavía importaba. O quizá se debiera a los vecinos. Las casas parecían oscuras y dormidas, pero uno nunca puede afirmarlo con certeza; en las ciudades pequeñas, los nuevos predicadores y los nuevos maestros siempre son interesantes temas de conversación. Resultó que me equivocaba en ambas suposiciones, pero no había manera de que pudiera saberlo.

—Sadie, no tienes que hacer nada que no quieras. Yo no...

—No lo entiendes. No es que no quiera. No es eso por lo que estoy asustada. Es porque nunca lo he hecho.

Sin darme a tiempo a decir nada, salió del coche y corrió hacia la casa hurgando en el bolso en busca de la llave. No miró atrás.

Llegué a casa a la una menos veinte y cuando salí del garaje iba caminando con mi propia versión del Síndrome de las Pelotas Azules. No había hecho más que encender las luces de la cocina cuando el teléfono empezó a sonar. En 1961 aún faltan cuarenta años para el identificador de llamadas, pero solo existía una persona que me llamaría a esa hora y después de esa noche.

—¿George? Soy yo. —Parecía serena, pero su voz era espesa. Había estado llorando. Y fuerte, a juzgar por el sonido.

—Hola, Sadie. No tuve la oportunidad de darte las gracias por una velada tan agradable. Durante el baile y después.

—Yo también lo he pasado bien. Hacía mucho tiempo que no bailaba. Casi me da miedo contarte con quién aprendí el lindy.

—Bueno, yo aprendí con mi ex mujer. Supongo que tú aprendiste con tu distante marido. —Pero no se trataba de una suposición; así funcionaban las cosas. Ya no me sorprendían, pero mentiría si os dijera que llegué a acostumbrarme a ese extraño repiqueteo de los acontecimientos.

—Sí. —Su tono era apagado—. Él. John Clayton, de los Clayton de Savannah. Y *distante* es la palabra correcta, porque es un hombre que vive en otro mundo.

—¿Cuánto tiempo llevas casada?

—Una eternidad y un día. Eso si es que quieres llamar matrimonio a lo que teníamos, claro. —Se rió. Era la risa de Ivy Templeton, llena de humor y desesperación—. En mi caso, una eternidad y un día suman poco más de cuatro años. Cuando terminen las clases en junio haré un discreto viaje a Reno. Buscaré un trabajo temporal de camarera o algo. El requisito de residencia es de seis semanas, lo que significa que a finales de julio o principios de agosto podré pegarle un tiro a este… chiste en el que me metí… como a un caballo con una pata rota.

—Puedo esperar —dije, pero en cuanto las palabras brotaron de mi boca me cuestioné su veracidad. Porque los actores empezaban a congregarse entre bastidores y la obra pronto se iniciaría. Para junio de 1962, Lee Oswald ya estaría de regreso en Estados Unidos, viviendo primero con Robert y la familia de Robert y luego con su madre. En agosto se mudaría a Mercedes Street en Fort

Worth y trabajaría de soldador en la cercana Leslie Welding Company, montando ventanas de aluminio y la clase de contrapuertas que podía personalizarse con las iniciales.

—Estoy segura de que *yo* no podré. —Hablaba con una voz tan baja que tuve que aguzar el oído—. Era una novia virgen a los veintitrés y ahora soy una separada virgen a los veintiocho. Como dicen en mi tierra, eso es mucho tiempo para que el fruto siga colgando del árbol, sobre todo cuando la gente (tu propia madre, por ejemplo) presupone que has empezado a practicar el tema de las abejas y los pájaros hace cuatro años. Nunca se lo he explicado a nadie, y si lo cuentas, creo que me moriré.

—Quedará entre nosotros, Sadie. Ahora y siempre. ¿Era impotente?

—No exact... Se interrumpió. Por un momento solo hubo silencio. Cuando volvió a hablar, su voz estaba llena de horror—. George... ¿esta es una línea compartida?

—No. Por tres cincuenta más al mes, esta nena es toda mía.

—Gracias a Dios. Pero aun así no es un tema que se deba hablar por teléfono. Y, desde luego, tampoco en Al's Diner comiendo una Berrenburguesa. ¿Quieres venir a cenar? Podemos hacer un picnic en el patio de atrás. Pongamos... ¿alrededor de las cinco?

—Me parece estupendo. Llevaré un bizcocho, o algo.

—No es eso lo que quiero que traigas.

—Entonces, ¿qué?

—No puedo decirlo por teléfono, aunque no sea una línea compartida. Algo que se compra en una farmacia. Pero no lo compres en Jodie.

—Sadie...

—No digas nada, por favor. Voy a colgar y a mojarme la cara con agua fría. La tengo como si estuviera ardiendo.

Sonó un clic en mi oído. Ella se había ido. Me desvestí y me metí en la cama, donde yací despierto durante mucho tiempo, cavilando profundos pensamientos. Sobre el tiempo y el amor y la muerte.

CAPÍTULO 15

1

A las diez de la mañana del domingo, salté al Sunliner y conduje treinta kilómetros hasta Round Hill. En la avenida principal había una farmacia que estaba abierta, pero divisé una pegatina en la puerta con la leyenda RUGIMOS POR LOS LEONES DE DENHOLM y recordé que Round Hill formaba parte del Distrito Consolidado Cuatro. Me dirigí a Kileen. Allí, un farmacéutico de edad avanzada que presentaba un espeluznante, aunque probablemente casual, parecido con el señor Keene de Derry me guiñó un ojo al entregarme una bolsa de papel marrón y el cambio.

—No haga nada que vaya en contra de la ley, hijo.

Le devolví el guiño de la manera como se esperaba y regresé a Jodie. Aunque había trasnochado, cuando intenté echarme una siesta ni siquiera me acerqué a las puertas del sueño. De modo que salí y, después de todo, compré un bizcocho en la Weingarten's. Tenía pinta de pastel de domingo, seco y duro, pero no me importaba, e intuía que a Sadie tampoco. Picnic o no picnic, estaba bastante seguro de que la comida no era el punto principal en la agenda del día. Cuando llamé a la puerta, un enjambre entero de mariposas me revoloteaba en el estómago.

El rostro de Sadie estaba limpio de maquillaje. Ni siquiera se había pintado los labios. Los ojos se veían grandes, oscuros, atemorizados. Por un momento tuve la certeza de que me daría con la puerta en las narices, huiría a la carrera tan rápido como se lo permitieran sus largas piernas y ahí acabaría todo.

Pero no corrió.

—Entra —me invitó—. He preparado ensalada de pollo. —Empezaron a temblarle los labios—. Espero que te guste... te guste mu-mucho m-mi... mi...

Las rodillas se le doblaron. Dejé caer en el suelo la caja que contenía el bizcocho y la agarré. Pensé que se desmayaría, pero no. Me echó los brazos alrededor del cuello y se estrechó con fuerza, como se aferraría a un tronco flotante una mujer que se ahoga. Noté las vibraciones de su cuerpo. Di un paso y pisé el maldito bizcocho. Después lo hizo ella. *Chof.*

—Estoy asustada —dijo—. ¿Y si no soy buena?

—¿Y si no lo soy yo? —No se trataba en absoluto de una broma. Había pasado mucho tiempo. Cuatro años como mínimo.

No dio la impresión de que me hubiera oído.

—Él nunca me quiso. No de la manera que yo esperaba, y su manera es la única que conozco. Los tocamientos, después la escoba.

En el nombre de Dios, ¿qué...?

—Cálmate, Sadie. Respira hondo.

—¿Has ido a la farmacia?

—Sí, en Kileen. Pero no tenemos que...

—Sí. Sí *tengo.* Antes de que pierda el poco valor que me queda. Vamos.

Su dormitorio se encontraba al final del pasillo. Era espartano: una cama, una mesa, un par de cuadros en las paredes, cortinas de cretona que danzaban con el suave aliento del aparato de aire acondicionado de la ventana, encendido al mínimo. Otra vez empezaron a cederle las rodillas y otra vez la agarré. Era una extraña forma de bailar swing. En el suelo incluso estaban marcados los famosos pasos de Arthur Murray. El bizcocho. La besé y sus labios se abrocharon a los míos, secos y frenéticos.

La empujé con cuidado y la afiancé contra el armario. Me miró con solemnidad, con el cabello caído sobre los ojos. Se lo peiné hacia atrás y luego —con mucha delicadeza— empecé a lamerle los labios secos con la punta de la lengua. Lo hice despacio, asegurándome de alcanzar las comisuras.

—¿Mejor? —pregunté.

Ella no contestó con la voz sino con la lengua. Sin presionar mi cuerpo contra el suyo, empecé a explorar su larga figura con la mano, muy despacio, sintiendo los rápidos latidos de su pulso a ambos lados de la garganta, descendiendo a su escote, a sus senos, a su vientre, por la lisa inclinación de su hueso púbico, bordeando una nalga, descendiendo después al muslo. La tela de sus vaqueros susurró bajo la palma de mi mano. Ella se inclinó hacia atrás y su cabeza golpeó la puerta.

—¡Oh! —exclamé—. ¿Estás bien?

Cerró los ojos.

—Estoy bien. No pares. Bésame un poco más. —Meneó la cabeza—. No, no me beses. Mis labios. Lámeme otra vez. Me gusta eso.

Obedecí. Suspiró y sus dedos resbalaron bajo mi cinturón en la parte baja de la espalda. Después, buscaron la hebilla.

2

Quería ir rápido, cada fibra de mi ser imploraba a gritos velocidad, pidiendo que me sumergiera dentro, anhelando esa sensación de perfecto *acoplamiento* que es la esencia del acto, pero fui despacio. Al menos al principio. Entonces ella dijo:

—No me hagas esperar, ya he aguantado suficiente.

Así que besé la sudorosa concavidad de su sien e impulsé mis caderas hacia delante. Como si estuviéramos bailando una versión horizontal del madison. Ella jadeó, se retiró un poco, y luego levantó sus propias caderas para encontrarme.

—¿Sadie? ¿Todo bien?

—Ohdiosmíosí —musitó, y yo reí. Abrió los ojos y me miró con curiosidad y esperanza—. ¿Ha acabado o hay más?

—Un poco más —respondí—. No sé cuánto. No he estado con una mujer desde hace mucho tiempo.

Resultó que hubo bastante más. En tiempo real, solo unos minutos, pero a veces el tiempo es diferente; nadie lo sabía mejor que yo. Hacia el final empezó a jadear:

—¡Oh cielos, Dios bendito, oh cielos cielos, oh *cariño*!

El sonido de ávido descubrimiento en su voz me llevó al límite, así que no fue completamente simultáneo, pero unos segundos después ella levantó la cabeza y hundió el rostro en el hueco de mi hombro. Su mano cerrada en un puño me golpeó en el omoplato una vez, dos veces… luego se abrió como una flor y yació inmóvil. Se derrumbó sobre la almohada. Me miró fijamente, con ojos como platos y una expresión de estupor que daba un poco de miedo.

—Me he corrido —anunció.

—Ya lo he notado.

—Mi madre me contó que eso no les pasaba a las mujeres, solo a los hombres. Decía que el orgasmo femenino era un mito. —Soltó una risa temblorosa—. Dios mío, lo que se estaba perdiendo.

Se incorporó sobre un codo, tomó mi mano y se la llevó al pecho. Debajo, su corazón palpitaba y palpitaba.

—Dígame, señor Amberson, ¿cuánto falta para poder repetirlo?

3

El sol enrojecido se hundía en la eterna niebla de petróleo y gas en el oeste. Sadie y yo nos sentamos en el diminuto patio de atrás bajo una vieja pacana y comimos ensalada de pollo y bebimos té helado. Nada de bizcocho, claro. El bizcocho había quedado siniestro total.

—¿Te molesta tener que ponerte…, ya sabes, eso de la farmacia?

—No, está bien —dije. En realidad no lo estaba, y nunca lo había estado. Entre 1961 y 2011 se producirían mejoras en innumerables productos estadounidenses, pero fiaos de la palabra de Jake: los condones prácticamente no han variado. Puede que tengan nombres más llamativos e incluso componentes de sabores (para aquellos con gustos peculiares), pero continuaban siendo un corsé que uno se ceñía sobre el pito.

—Antes tenía un diafragma —dijo ella.

A falta de una mesa de picnic, había extendido una manta sobre la hierba. Alcanzó un recipiente de Tupperware que contenía los restos de una ensalada de pepino y cebolla, y empezó a juguetear con la tapa, ahora la abría, ahora la cerraba, una manifestación de ansiedad que algunos habrían considerado freudiana. Yo incluido.

—Me lo dio mi madre una semana antes de que Johnny y yo nos casáramos. Hasta me explicó cómo se ponía, aunque no me miró ni una sola vez a los ojos, y si le hubiera caído una gota de agua en la mejilla, estoy segura de que habría chisporroteado. «No te quedes preñada en los primeros dieciocho meses», me dijo. «Y si puedes hacerle esperar dos años, mejor. De esa forma podrás vivir con su salario y ahorrar el tuyo.»

—No es el peor consejo del mundo. —Me mostraba cauto. Nos hallábamos en un campo de minas, y ella lo sabía tan bien como yo.

—Johnny es profesor de ciencias. Es alto, pero no tanto como tú. Estaba cansada de ir a los sitios con hombres más bajos que yo, y creo que por esa razón accedí a salir con él la primera vez que me lo pidió. Con el tiempo se convirtió en una costumbre. Se portaba bien conmigo y no era de los que al final de la noche les crecen un par de manos extra. Por entonces confundía esas cosas con el amor. Era un poco ingenua, ¿verdad?

Hice un gesto de así, así con la mano.

—Nos conocimos en la Universidad de Georgia del Sur y luego conseguimos trabajo en el mismo instituto en Savannah. Era mixto, pero privado. Estoy segura de que su padre tiró de un par de hilos para que ocurriera. Los Clayton no tienen dinero (ahora ya no, aunque en otro tiempo lo tuvieron), pero aún forman parte de la alta sociedad de Savannah. Pobres pero refinados, ¿sabes?

No sabía —las cuestiones de quién era quién en la alta sociedad nunca fueron importantes en mi época de crío—, pero murmuré un asentimiento. Ella había pasado mucho tiempo incubando aquello y ahora parecía casi hipnotizada.

—Bueno, pues tenía un diafragma, sí, en una cajita muy femenina, con una rosa en la tapa. Nunca lo utilicé. Nunca lo necesité. Al final lo tiré a la basura después de uno de esos escapes. Así lo llamaba él, escape. «Tengo que darle un escape», solía decir. Después venía la escoba. ¿Entiendes?

No entendía nada en absoluto.

Sadie se echó a reír, y de nuevo me recordó a Ivy Templeton.

—¡Dos años, dijo! ¡Podríamos haber esperado *veinte* y sin necesidad de diafragma!

—¿Qué pasaba? —La agarré ligeramente por la parte superior de los brazos—. ¿Te pegaba? ¿Te pegaba con el mango de una escoba? —Existía otra manera de utilizar un mango de escoba (había leído *Última salida Brooklyn*), pero no parecía que se tratara de eso. Ella había sido virgen, de acuerdo; la prueba estaba en las sábanas.

—No —respondió—. La escoba no era para pegarme, George.

Creo que no puedo seguir hablando de esto. Ahora no. Me siento..., no sé..., como una botella de gaseosa que han agitado. ¿Sabes lo que quiero?

Lo sospechaba; sin embargo, me comporté con corrección y pregunté.

—Quiero que me lleves adentro y me quites el tapón. —Levantó los brazos por encima de la cabeza y se estiró. No se había molestado en ponerse otra vez el sujetador, de modo que pude ver sus pechos elevarse bajo la blusa. A la última luz del día, los pezones proyectaban diminutas sombras, como signos de puntuación, en la tela.

—Hoy no quiero revivir el pasado. Hoy solo quiero burbujear —dijo ella.

4

Una hora más tarde vi que estaba adormilada. Le di un beso en la frente y otro en la nariz para despertarla.

—Tengo que irme, aunque solo sea para sacar mi coche de tu entrada antes de que tus vecinos empiecen a llamar a sus amigos.

—Supongo que sí. Los Sanford viven al lado, y Lila Sanford es la bibliotecaria estudiante del mes.

Y no me cabía duda de que el padre de Lila pertenecía al consejo escolar, pero no lo mencioné. Sadie resplandecía y no había necesidad de estropearlo. Por cuanto los Sanford sabían, nosotros estábamos sentados en el sofá, rodilla contra rodilla, esperando a que terminara *Daniel el Travieso* y diera comienzo el show de Ed Sullivan. Si a las once de la noche mi coche continuaba en la entrada de la casa de Sadie, su percepción podría cambiar.

Ella me observó mientras me vestía.

—¿Qué va a suceder ahora, George? Con nosotros.

—Yo quiero estar contigo si tú quieres estar conmigo. ¿Es eso lo que deseas?

Se sentó, con la sábana formando un charco alrededor de su cintura, y alargó el brazo en busca de sus cigarrillos.

—Muchísimo, pero estoy casada, y eso no cambiará hasta el próximo verano en Reno. Si intentara conseguir una anulación, Johnny batallaría. Demonios, sus *padres* batallarían.

—Si somos discretos, todo saldrá bien. Pero tenemos que ser discretos. Lo sabes, ¿verdad?

Ella rió y encendió el cigarrillo.

—Oh, sí. Lo sé.

—Sadie, ¿has tenido problemas de disciplina en la biblioteca?

—¿Eh? Algunos, claro. Los normales. —Se encogió de hombros; sus pechos se balancearon y deseé no haberme vestido tan rápido. Aunque, por otra parte, ¿a quién pretendía engañar? Puede que James Bond hubiera estado listo para una tercera ronda, pero Jake/George había sido eliminado de la competición.

—Soy la chica nueva de la escuela. Me están poniendo a prueba. Son como un grano en el culo, pero ya me lo esperaba. ¿Por qué?

—Creo que tus problemas están a punto de resolverse. A los estudiantes les encanta que los profesores se enamoren. Incluso a los chicos. Para ellos es como un programa de la tele.

—Entonces, ¿sabrán que nosotros…?

Lo medité.

—Algunas de las chicas sí. Las que tengan más experiencia.

Echó el humo con un bufido.

—Genial. —Sin embargo, no parecía disgustada del todo.

—¿Qué tal si algún día vamos a cenar al Saddle en Round Hill? Así la gente se acostumbrará a vernos como pareja.

—De acuerdo. ¿Mañana?

—No, mañana tengo algo que hacer en Dallas.

—¿Investigar para tu libro?

—En efecto. —Henos aquí, recién salidos de fábrica, y ya estaba mintiendo. No me gustaba, pero no vi forma de sortearlo. En cuanto al futuro…, en ese momento me negaba a pensar en ello. Tenía mi propia aureola que proteger—. ¿El martes?

—Sí. Y… George…

—¿Qué?

—Tenemos que encontrar una manera de seguir haciéndolo.

Sonreí.

—El amor encontrará el camino.

—Me parece que esta parte es más lujuria.

—Ambas cosas, quizá.

—Eres un hombre dulce, George Amberson.

Joder, hasta el nombre era falso.

—Te contaré lo mío con Johnny cuando pueda. Y si quieres oírlo.

—Quiero. —Lo consideraba necesario. Para que aquello funcionara, tenía que comprender. A ella. A él. El asunto de la escoba—. Cuando estés preparada.

—Como a nuestra estimada directora le gusta decir: «Estudiantes, esto supondrá un desafío pero merecerá la pena».

Me eché a reír.

Aplastó la colilla del cigarrillo.

—Hay algo que me pregunto. ¿La señorita Mimi aprobaría lo nuestro?

—Estoy convencido.

—Yo también lo creo. Conduce con cuidado, cariño. Y será mejor que te lleves esto. —Señalaba la bolsa de papel de la farmacia Kileen, encima de la cómoda—. Si vienen visitas entrometidas de las que fisgan en el armario de las medicinas después de hacer pipí, tendría que dar unas cuantas explicaciones.

—Buena idea.

—Pero tenlos a mano, cariño.

Y me guiñó un ojo.

5

De camino a casa, me sorprendí pensando en esos condones. Marca Troyano… y con estrías para proporcionarle placer a *ella*, según la caja. La dama en cuestión ya no tenía un diafragma (aunque supuse que podría conseguir uno en su próximo viaje a Dallas), y las píldoras anticonceptivas no serían un producto muy extendido hasta dentro de un año o dos. Incluso entonces, si recordaba correctamente mi curso de sociología moderna, los médicos las recetarían con precaución. De modo que por ahora no quedaba otra alternativa que los Troyano. No me los ponía por el placer de ella, sino para no hacerle un bebé. Lo cual resultaba asombroso si uno consideraba que yo no nacería hasta quince años después.

Pensar en el futuro es confuso en todos los sentidos.

La tarde siguiente repetí visita al establecimieno de Silent Mike. El letrero en la puerta estaba girado en la posición de CERRADO y el lugar parecía desierto, pero cuando llamé, mi colega electrónico me dejó entrar.

—Justo a tiempo, señor Nadie, justo a tiempo —saludó—. Veamos qué opina. Por mi parte, creo que me he superado a mí mismo.

Me quedé esperando al lado de la vitrina repleta de transistores mientras él desaparecía en la trastienda. Regresó portando una lámpara en cada mano. Las pantallas estaban roñosas, como si hubieran sido toqueteadas por incontables dedos llenos de mugre. La base de una estaba astillada, de modo que se aguantaba ladeada sobre el mostrador: la Lámpara Inclinada de Pisa. Eran perfectas, y así se lo comenté. Sonrió de oreja a oreja y puso dos gramófonos embalados junto a las lámparas. Añadió una bolsa fruncida con un cordón que contenía varios fragmentos de cable tan fino que parecía casi invisible.

—¿Quiere un breve tutorial?

—Creo que lo tengo dominado —respondí, y deposité cinco billetes de veinte en el mostrador. Me sentí ligeramente conmovido cuando intentó devolverme uno.

—El precio acordado fue de ciento ochenta.

—Los otros veinte son para que olvide que alguna vez he estado aquí.

Lo meditó durante un instante y a continuación situó el pulgar sobre el billete descarriado y lo atrajo hacia el grupo con sus otros amiguitos verdes.

—Ya está olvidado. ¿Por qué no lo considero una propina?

Mientras metía el material en una bolsa de papel marrón, me asaltó una mera curiosidad y le planteé una pregunta.

—¿Kennedy? Yo no voté por él, pero mientras no reciba órdenes del Papa, creo que lo conseguirá. El país necesita sangre joven. Estamos en una nueva era, ¿sabe?

—Si viniera a Dallas, ¿cree que le iría bien?

—Puede, aunque es difícil de asegurar. En conjunto, si yo fuera él, mc quedaría al norte de la línea Mason-Dixon.

Sonreí burlonamente.

—¿Donde todo duerme en derredor entre astros que esparcen su luz?

Silent Mike (Holy Mike) dijo:

—No empiece.

7

En la sala de profesores de la planta baja había un casillero para el correo y los anuncios de la escuela. El martes por la mañana, durante mi hora libre, encontré un pequeño sobre sellado en mi compartimiento.

> Querido George:
>
> Si todavía quieres llevarme a cenar esta noche, tendrá que ser a eso de la cinco, porque esta semana y la siguiente tendré que levantarme temprano para preparar la Subasta Otoñal de Libros. A lo mejor podríamos ir a mi casa para el postre.
>
> Tengo bizcocho, por si te apetece un trozo.
>
> SADIE

—¿De qué te ríes, Amberson? —preguntó Danny Laverty, que se encontraba corrigiendo deberes con una ojerosa intensidad que sugería resaca—. Cuéntame, me vendría bien echarme unas risas.

—Nada —respondí—. Es un chiste privado. No lo pillarías.

8

Pero *nosotros* lo pillamos; «bizcocho» se convirtió en nuestra palabra para el sexo, y ese otoño comimos en abundancia.

Fuimos discretos, aunque, por supuesto, cierto número de personas se enteró de lo que se cocía. Probablemente circularon los chismorreos, pero no se originó ningún escándalo. La gente de las ciudades pequeñas raramente es gente mezquina. Conocían la situación de Sadie, al menos a grandes rasgos, y entendían que no podíamos hacer pública nuestra relación, al menos durante una temporada. Ella no venía a mi casa; eso habría suscitado habladurías inapropiadas. Yo nunca me quedaba en la suya hasta después de las diez; eso también habría suscitado habladurías inapropiadas. No existía la posibilidad de meter mi Sunliner en el garaje de Sadie y pasar allí la noche porque su Volkswagen Escarabajo, aun pequeño como era, ocupaba casi todo el espacio de pared a pared. En cualquier caso, tampoco lo habría hecho, pues alguien se habría enterado. En las ciudades pequeñas, tales cosas siempre se saben.

Yo la visitaba después de las clases. Me dejaba caer para lo que ella llamaba merienda-cena. A veces íbamos al Al's Diner y cenábamos Berrenburguesas o filetes de siluro; a veces íbamos al Saddle; en dos ocasiones la llevé al baile del sábado noche en la Alquería local. Veíamos películas en el Gem de la ciudad o en el Mesa de Round Hill o en el Autocine Starlite de Kileen (que los chavales llamaban la «carrera de submarinos»). En un restaurante elegante como el Saddle, ella a veces tomaba una copa de vino antes de la cena y yo una cerveza durante la cena, pero nos cuidábamos de no dejarnos ver en ninguna de las tabernas locales y, desde luego, no pisábamos el Gallo Rojo, el único e inigualable bar negro de carretera de Jodie, un lugar del que nuestros alumnos hablaban con añoranza y temor reverencial. Estábamos en 1961 y la segregación por fin se estaba mitigando en el centro —los negros habían ganado el derecho a sentarse en las barras de comida Woolworth en Dallas, Fort Worth y Houston—, pero los maestros no bebían en el Gallo Rojo. No si querían mantener su empleo. Jamás-jamás-jamás.

Cuando hacíamos el amor en el dormitorio de Sadie, ella siempre dejaba unos pantalones, un suéter y un par de mocasines en su lado de la cama. Lo llamaba su conjunto de emergencia. La única vez que el timbre de la puerta sonó mientras nos encontrábamos desnudos (un estado que ella se había aficionado a llamar «*de flagrante delicia*»), se enfundó esas prendas en diez segundos exactos. Cuando regresó, reía entre dientes y blandía un ejemplar de *La Atalaya*.

—Testigos de Jehová. Les he dicho que ya estaba salvada y se han marchado.

En una ocasión, mientras devorábamos filetes de jamón en la

cocina después de la consumación, comentó que nuestro noviazgo le recordaba a aquella película con Audrey Hepburn y Gary Cooper, *Ariane*.

—A veces me pregunto si sería mejor por la noche. —Hablaba con cierta melancolía—. Cuando lo hace la gente normal.

—Tendremos oportunidad de averiguarlo —aseguré—. No flaquees, muñeca.

Sonrió y me besó en la comisura de la boca.

—Me encantan las frases que te inventas, George.

—Oh, sí —contesté con ironía—. Soy muy original.

Apartó el plato a un lado.

—Estoy lista para el postre. ¿Y tú?

9

No muchos días después de que los Testigos de Jehová vinieran a llamar a casa de Sadie —esto debió de ser a principios de noviembre, porque ya había terminado de elegir el reparto de mi versión de *12 hombres sin piedad*—, estaba rastrillando el césped cuando alguien dijo:

—Hola, George, ¿cómo te va?

Me volví y allí estaba Deke Simmons, ahora viudo por segunda vez. Se había quedado en México más tiempo del que nadie habría esperado, y justo cuando la gente empezaba a creer que se establecería definitivamente allí, había regresado. Esa era la primera vez que yo lo veía. Estaba muy moreno, pero demasiado delgado. La ropa le iba holgada, y su cabello —de un color gris férreo el día de la recepción nupcial— se había teñido casi totalmente de blanco y raleaba en la coronilla.

Solté el rastrillo y corrí hacia él. Me proponía estrecharle la mano, pero lo que hice fue darle un abrazo. Se llevó un susto —en 1961, los Hombres De Verdad No Se Abrazan—, pero al instante se echó a reír.

Estiré los brazos, agarrándolo todavía.

—¡Tienes un aspecto estupendo!

—Buen intento, George. Aunque me siento mejor que antes. La muerte de Meems… sabía que iba a pasar, pero eso no evitó que me quedara fuera de combate. La cabeza nunca se impone sobre el corazón en estos asuntos, imagino.

—Entra a tomar una taza de café.

—Me encantaría.

Hablamos sobre su estancia en México. Hablamos sobre el instituto. Hablamos sobre el imbatido equipo de fútbol y la próxima función de otoño. Entonces dejó la taza y anunció:

—Ellen Dockerty me pidió que te transmitiera unas palabras sobre tu relación con Sadie Clayton.

Oh-oh. Y yo que había pensado que lo estábamos haciendo tan bien...

—Ella responde ahora al nombre de Dunhill. Es su apellido de soltera.

—Conozco su situación desde que la contratamos. Es una chica estupenda y tú eres un hombre estupendo, George. Basándome en lo que me cuenta Ellie, estáis manejando una situación difícil con extremada mesura.

Me relajé un poco.

—Ellie está casi segura de que ninguno de los dos conocéis los Bungalows Candlewood, a las afueras de Kileen. Le incomodaba la idea de decírtelo, por eso me pidió que lo hiciera yo.

—¿Bungalows Candlewood?

—Yo solía llevar allí a Meems muchos sábados por la noche. —Jugueteaba nerviosamente con la taza de café con manos que ahora parecían demasiado grandes para su cuerpo—. Los regentan un par de maestros retirados de Arkansas o de Alabama. Da igual, de un estado que empieza por A. Maestros *varones* retirados, ¿entiendes lo que quiero decir?

—Creo que te sigo, sí.

—Son unos tipos simpáticos, muy reservados en lo concerniente a su relación y a las relaciones de algunos de sus huéspedes. —Levantó la vista de la taza de café. Se había ruborizado ligeramente, pero también sonreía—. No se trata de un motelucho por horas, si es lo que estás pensando. Todo lo contrario. Las habitaciones son bonitas, tiene un precio razonable, y carretera abajo hay un pequeño restaurante típico regional. A veces una chica necesita un sitio así, y tal vez también un hombre. De ese modo no han de andarse con tanta prisa. Y no se sienten degradados.

—Gracias —dije.

—No hay de qué. Mimi y yo pasamos muchas noches agradables en los Candlewood. A veces lo único que hacíamos era ver la tele en pijama antes de acostarnos, pero a cierta edad eso puede ser tan bueno como todo lo demás. —Esbozó una sonrisa llena de tristeza—. O casi. Nos dormíamos escuchando a los grillos. A veces algún coyote aullaba, muy en la distancia, en las praderas de salvia. A la luna, ¿sabes? De verdad que lo hacen. Aúllan a la luna.

Se sacó un pañuelo del bolsillo trasero con la lentitud de un anciano y se restregó las mejillas.

Le ofrecí la mano y Deke la tomó.

—Tú le gustabas, aunque nunca supo descifrar qué había en ti. Decía que le recordabas a la forma en que solían presentar a los fantasmas en esas películas antiguas de los años treinta. «Es brillante y reluciente, pero es como si no estuviera del todo aquí», decía.

—No soy un fantasma —aseguré—. Te lo prometo.

Él sonrió.

—¿No? Por fin encontré tiempo para comprobar tus referencias. Fue cuando ya estabas haciendo suplencias con nosotros y después del formidable trabajo con la obra de teatro. Las del Distrito Escolar de Sarasota son buenas, pero aparte de ahí… —Sacudió la cabeza, aún sonriendo—. Y tu título de licenciado es de una fábrica de Oklahoma.

Aclararme la garganta no sirvió de ayuda. No podía hablar en absoluto.

—¿Y a mí qué me importa?, te preguntarás. No mucho. Hubo una época en esta parte del mundo en que cualquier hombre que entrara en la ciudad con unos cuantos libros en sus alforjas, lentes en la nariz y una corbata en el cuello podía conseguir que le contrataran como maestro de por vida. Tampoco es que fuera hace demasiado tiempo. Tú eres un profesor del copón. Los chavales lo saben, yo lo sé, y Meems también lo sabía. Y eso me importa *mucho*.

—¿Ellen está enterada de que falsifiqué mis otras referencias? —Porque Ellen Dockerty era la directora en funciones, y una vez que el consejo se reuniera en enero, el puesto sería suyo de forma permanente. No había más candidatos.

—No, y no se enterará, al menos por mi parte. No me parece que necesite saberlo. —Se levantó—. Pero sí hay una persona que necesita conocer la verdad acerca de dónde has estado y qué has hecho en el pasado, y esa es cierta dama bibliotecaria. Si es que vas en serio con ella, claro está. ¿Vas en serio?

—Sí —confirmé, y Deke asintió como si eso bastara para arreglarlo todo.

Ojalá.

10

Gracias a Deke Simmons, Sadie finalmente averiguó cómo era hacer el amor después de la puesta de sol. Al preguntarle, me dijo que había sido maravilloso.

—Pero aún me hace más ilusión despertarme por la mañana a tu lado. ¿Oyes el viento?

Lo oía. Ululaba a través de los aleros.

—¿No es acogedor ese sonido?

—Sí.

—Ahora voy a decir una cosa. Espero que no te haga sentir incómodo.

—Dime.

—Creo que estoy enamorada de ti. Quizá solo sea sexo. He oído que la gente suele cometer ese error, pero a mí no me lo parece.

—¿Sadie?

—¿Sí? —Intentaba sonreír, pero su rostro reflejaba pavor.

—Yo también te quiero. Sin quizá ni errores.

—Gracias a Dios —dijo, y se acurrucó a mi lado.

11

En nuestra segunda visita a los Bungalows Candlewood, ella estuvo preparada para hablar sobre Johnny Clayton.

—Pero apaga la luz, ¿quieres?

Obedecí a su petición. Fumó tres cigarrillos durante la narración. Hacia el final lloraba a moco tendido, probablemente no tanto por el dolor rememorado como por la vergüenza. Creo que a la mayoría de nosotros nos resulta más fácil confesar que hemos obrado mal que admitir que hemos sido estúpidos. Ella no lo había sido. Existe un mundo de diferencia entre la estupidez y la ingenuidad y, como la mayoría de las muchachas de clase media que alcanzaron la madurez en las décadas de mil novecientos cuarenta y cincuenta, Sadie no sabía prácticamente nada sobre sexo. Me contó que en realidad nunca había contemplado un pene hasta que vio el mío. Había vislumbrado fugazmente el de Johnny, pero cuando él la pillaba mirando, le tapaba con una mano la cara y se la apartaba con un apretón que evitaba fuera doloroso.

—Pero siempre *hacía* daño —dijo ella—. ¿Entiendes?

John Clayton provenía de una familia religiosa convencional, nada fanática. Él era agradable, atento, razonablemente atractivo. No poseía demasiado sentido del humor (en realidad, no poseía ningún sentido del humor en absoluto), pero parecía adorarla. Los padres de Sadie *lo* adoraban. Claire Dunhill estaba especialmente loca por Johnny Clayton. Y, por supuesto, era más alto que Sadie, incluso cuando ella se ponía tacones. Tras años de aguantar bromas sobre espárragos, eso cobraba importancia.

—La única cosa alarmante antes del matrimonio era su pulcritud compulsiva —dijo Sadie—. Tenía todos sus libros ordenados por orden alfabético y se alteraba mucho si los cambiabas de sitio. Se ponía nervioso si sacabas uno del estante, podías sentirlo, como una especie de tensión. Se afeitaba tres veces al día y se lavaba las manos continuamente. Cuando alguien le daba la mano, ponía una excusa para salir pitando al lavabo y lavársela lo antes posible.

—Además, los colores de la ropa debían estar coordinados —apunté yo—. En su cuerpo y en el armario, y pobre de la persona que se atreviera a moverla. ¿Colocaba por orden alfabético los productos de la despensa? ¿O se levantaba varias veces por la noche para comprobar que el gas estaba apagado y las puertas cerradas con llave?

Se volvió a mirarme con los ojos muy abiertos e interrogantes en la oscuridad. La cama chirrió amigablemente; sopló una ráfaga de viento; un postigo suelto traqueteó.

—¿Cómo sabes eso?

—Es un síndrome. Trastorno obsesivo compulsivo. TOC, para abreviar. Howard... —Iba a decir: «*Howard Hugues padece un caso grave*», pero quizá eso no fuera cierto todavía. Aun cuando lo fuera, probablemente la gente aún no lo sabía—. Un viejo amigo mío lo tenía. Howard Temple. Da igual. Sadie, ¿él te hacía daño?

—En realidad no; ni palizas ni puñetazos. Una vez me dio una bofetada, eso es todo. Pero las personas se hieren unas a otras de muchas formas, ¿verdad?

—Sí.

—No podía hablar de ello con nadie. Está claro que con mi madre no. ¿Sabes lo que me dijo el día de mi boda? Que si rezaba media oración antes y media oración durante, todo iría bien. *Durante* era lo más que ella podía acercarse a la palabra *cópula*. Intenté hablar con mi amiga Ruthie, pero solo una vez. Fue después de las clases, y me estaba ayudando a recoger la biblioteca. «Lo que pasa tras la puerta del dormitorio no es asunto mío», me dijo. Me callé, porque en realidad no *quería* hablar de ello. Me daba mucha vergüenza.

Después todo manó en un torrente. Parte de su relato quedó empañado por las lágrimas, pero capté lo esencial. En ciertas noches, quizá una vez por semana, quizá dos, Johnny anunciaba que necesitaba un «escape». Ocurría en la cama, estando acostados uno al lado del otro, ella en camisón (su marido insistía en que fuera opaco), él en calzoncillos bóxer (lo más cerca que ella estuvo jamás de verle desnudo). Entonces él se bajaba la sábana hasta la cintura y ella veía la tienda de campaña que levantaba su erección.

—Una vez él miró la tienda. Solo una vez que yo recuerde. ¿Y sabes qué dijo?

—No.

—«Qué repugnantes somos.» Y después: «Termina rápido para que pueda dormir».

Ella metía la mano bajo la sábana y le masturbaba. Nunca duraba mucho, a veces solo unos segundos. En raras ocasiones le tocaba las tetas mientras ella desempeñaba su función, pero casi siempre mantenía las manos entrelazadas sobre el pecho. Cuando acababa, entraba en el cuarto de baño, se lavaba y volvía a la cama en pantalón de pijama. Tenía siete pares, todos azules.

Después le tocaba a Sadie ir al baño. Le insistía para que se lavara las manos durante tres minutos como mínimo, y con agua tan caliente que le enrojecía la piel. Cuando regresaba a la cama, extendía las palmas frente al rostro de su marido. Si el olor a jabón Lifebuoy no era lo bastante fuerte para complacerle, ella debía repetir la operación.

—Y cuando volvía, allí estaba la escoba…

La ponía encima de la sábana si era verano; sobre las mantas si era invierno. Dividía la cama por la mitad. El lado de él y el lado de ella.

—Si yo estaba inquieta y la movía durante la noche, se despertaba. Daba igual que estuviera profundamente dormido. Y me empujaba de vuelta a mi lado. Con fuerza. Lo llamaba «traspasar la escoba».

La vez que la abofeteó fue cuando ella le preguntó cómo iban a tener hijos si nunca la penetraba.

—Se puso furioso. Por eso me pegó una bofetada. Más tarde se disculpó, pero lo que dijo entonces fue: «¿Crees que me metería en tu agujero infestado de gérmenes para traer niños a este mundo de mierda? Si de todas formas va a estallar por los aires; cualquiera que lea los periódicos lo ve venir: la radiación nos matará. Moriremos con el cuerpo cubierto de llagas y expectorando los pulmones por la boca. Podría suceder cualquier día».

—Jesús. No me extraña que le dejaras, Sadie.

—Solo después de malgastar cuatro años. Tardé todo ese tiempo en convencerme de que merecía más de la vida que ordenar por colores el cajón de los calcetines de mi marido, hacerle pajas dos veces por semana y dormir con una puñetera escoba. Esa fue la parte más humillante, la parte que estaba segura de que jamás podría contar a nadie… porque era *rara*.

Yo no la consideraba rara. En mi opinión, se encontraba en esa zona crepuscular entre la neurosis y la psicosis absoluta. Pensaba, además, que estaba escuchando la perfecta Fábula de los Años Cincuenta. Uno se imaginaba fácilmente a Rock Hudson y Doris Day durmiendo con una escoba entre ellos. Es decir, si Rock no hubiera sido gay.

—¿Y no ha venido a buscarte?

—No. Solicité trabajo en una docena de colegios e hice que me enviaran las respuestas a un apartado de correos. Me sentía como una mujer que tuviera una aventura, moviéndome furtivamente. Y así es como me trataron mis padres cuando lo averiguaron. Mi padre se ha tranquilizado un poco (creo que sospecha lo mal que estaban las cosas, aunque, claro, no quiere conocer ningún detalle), pero ¿mi madre? Ella no. Está furiosa conmigo. Ha tenido que cambiar de iglesia y dejar el taller de costura de la Sewing Bee. Porque ya no puede ir con la frente alta, dice.

En cierto modo, eso me parecía tan cruel y absurdo como la escoba, pero no lo mencioné. Sin embargo, me interesaba un aspecto distinto del asunto más que los convencionales padres sureños de Sadie.

—¿*Clayton* no les contó que te habías ido? ¿Lo he pillado bien? ¿Nunca fue a verlos?

—No. Mi madre lo entendía, por supuesto. —El acento sureño de Sadie, por lo general débil, se acentuó—. Yo había avergonzado tanto a ese pobre muchacho que era normal que no quisiera contárselo a *nadie*. —Renunció a hablar arrastrando las palabras—. No pretendo ser sarcástica. Ella conoce la deshonra y sabe disimular. En estas dos cosas, Johnny y mi madre se encuentran en perfecta armonía. *Ellos* deberían haberse casado. —Se rió histéricamente—. Seguramente a mamá le habría *encantado* la escoba.

—¿Nunca recibiste ningún mensaje suyo? ¿Ni siquiera una postal? Algo como: «Eh, Sadie, atemos los cabos sueltos para que podamos seguir con nuestras vidas».

—¿Cómo? No sabe dónde estoy y diría que tampoco le importa.

—¿Se ha quedado con algo que tú quieras? Porque estoy seguro de que un abogado…

Me dio un beso.

—La única cosa que quiero está aquí en la cama conmigo.

Me destapé agitando las piernas y las sábanas acabaron en nuestros tobillos.

—Sadie, mírame.

Ella miró. Y luego, tocó.

12

Me adormilé poco después. No alcancé un estado de somnolencia profundo —aún oía el viento y el traqueteo de los postigos—, pero descendí lo suficiente para soñar. Sadie y yo nos hallábamos en una casa vacía. Estábamos desnudos. Algo se movía en la planta de arriba, un desapacible ruido de fuertes pisadas. Podría estar simplemente caminando de un lado a otro, pero daba la impresión de que había demasiados pies. No me sentía culpable por que fueran a descubrirnos sin ropa. Me sentía aterrado. Escritas con carboncillo en el yeso desconchado de una pared se leían las palabras: MATARÉ AL PRESIDENTE PRONTO. Debajo, alguien había añadido: NO LO BASTANTE LA ENFERMEDAD YA LO DEBORA. Esto último estaba grabado con lápiz de labios oscuro. O quizá con sangre.

Pum, clam, pum.

Por encima de nuestras cabezas.

—Creo que es Frank Dunning —le susurré a Sadie. La así del brazo. Estaba muy frío. Era como asir el brazo de una persona muerta, quizá de una mujer que había sido golpeada hasta la muerte con una maza de hierro.

Sadie negó con la cabeza. Miraba el techo; le temblaba la boca.

Clam, pum, clam.

Caía yeso como polvo tamizado.

—Entonces es John Clayton —susurré.

—No —replicó ella—. Creo que se trata de Míster Tarjeta Amarilla. Ha traído al Jimla.

Sobre nosotros, los pesados pasos se detuvieron abruptamente.

Ella me aferró el brazo y empezó a sacudirlo. Sus ojos le consumían el rostro.

—¡Es eso! ¡Es el Jimla! ¡Y nos ha oído! *¡El Jimla sabe que estamos aquí!*

13

—¡Despierta, George! ¡Despierta!

Abrí los ojos. Sadie se inclinaba sobre mí, apoyada sobre un codo, su rostro era un pálido contorno borroso.

—¿Qué? ¿Qué hora es? ¿Ya tenemos que irnos? —Pero aún seguía oscuro y el viento soplaba con fuerza.

—No. Ni siquiera es medianoche. Tenías una pesadilla. —Rió, un poco nerviosa—. ¿Soñabas con fútbol, tal vez? Porque gritabas «Jimla, Jimla».

—¿En serio? —Me incorporé. Se oyó el raspar de una cerilla y su rostro se iluminó momentáneamente cuando se encendió un cigarrillo.

—Sí, en serio. Hablabas de toda clase de cosas.

Aquello pintaba mal.

—¿Como qué?

—No pude distinguir la mayor parte, aunque hubo algo bastante claro: «Derry es Dallas», dijiste. Después lo repetiste a la inversa. «Dallas es Derry.» ¿De qué iba *eso*? ¿Te acuerdas?

—No. —Sin embargo, resulta difícil mentir de forma convincente cuando acabas de salir de un sueño, incluso de un ligero sopor, y percibí el escepticismo en su rostro. Antes de que la incredulidad pudiera arraigar, aporrearon la puerta. Un cuarto para la medianoche, un golpe en la puerta.

Nos miramos fijamente.

La llamada se repitió.

Es el Jimla. El pensamiento surgió con suma nitidez, con suma certeza.

Sadie dejó el cigarrillo en el cenicero, se envolvió en la sábana y corrió al cuarto de baño sin mediar palabra. La puerta se cerró a su espalda.

—¿Quién es? —pregunté.

—El señor Yorrity, señor…, Bud Yorrity.

Uno de los profesores gays retirados que regentaban el lugar. Salí de la cama y me enfundé los pantalones.

—¿Cuál es el problema, señor Yorrity?

—Tengo un mensaje para usted, señor. La mujer dijo que era urgente.

Abrí la puerta. Apareció un hombre bajo en un raído albornoz. Su cabello era una nube de rizos encrespados por el sueño. En una mano sujetaba un trozo de papel.

—¿Qué mujer?

—Ellen Dockerty.

Le agradecí las molestias y cerré la puerta. Desdoblé el papel y leí el mensaje.

Sadie salió del baño, aún apretando la sábana. Miraba con ojos muy abiertos y asustados.

—¿Qué ha pasado?

—Ha habido un accidente —dije—. Vince Knowles ha volcado

su camioneta a las afueras de la ciudad. Mike Coslaw y Bobbi Jill le acompañaban. Mike salió despedido y se ha roto un brazo. Bobbi Jill tiene un feo corte en la cara, pero Ellie dice que aparte de eso está bien.

—¿Y Vince?

Me acordé de cómo describía todo el mundo la forma de conducir de Vince: como si no existiera el mañana. Ahora no existía. Para él no.

—Está muerto, Sadie.

Se le descolgó la mandíbula.

—¡No puede ser! *¡Solo tiene dieciocho años!*

—Lo sé.

La sábana se liberó de sus brazos laxos y formó un charco a sus pies. Se cubrió el rostro con las manos.

14

Mi versión revisada de *12 hombres sin piedad* se canceló. Su lugar lo ocupó *Muerte de un estudiante*, una obra en tres actos: el duelo en la funeraria, el servicio en la Iglesia Metodista de Gracia, el servicio junto a la tumba en el cementerio de West Hill. A esta triste función asistió la ciudad entera, o un número tan próximo que no supone ninguna diferencia.

Los padres y la aturdida hermana pequeña de Vince protagonizaron las honras fúnebres sentados en sillas plegables junto al ataúd. Cuando me acerqué a ellos con Sadie a mi lado, la señora Knowles se levantó y me rodeó con los brazos. Me vi casi superado por el olor a perfume White Shoulders y a antitranspirante Yodora.

—Usted cambió su vida —me susurró al oído—. Me lo dijo él. Por primera vez estaba logrando buenas notas, porque quería actuar.

—Señora Knowles, lo siento tanto… —dije. De pronto, un horrible pensamiento me cruzó la mente y la abracé con fuerza, como si con ello pudiera ahuyentarlo: *Quizá sea el efecto mariposa. Quizá Vince esté muerto porque yo vine a Jodie.*

El ataúd estaba flanqueado por montajes fotográficos de la breve vida de Vince. Delante se erguía un caballete destinado por entero a una imagen suya con la vestimenta que había llevado en *De ratones y hombres* y aquel viejo sombrero maltrecho de fieltro, por debajo del cual asomaba su rostro malhumorado e inteligente. Vince no había sido precisamente un buen actor, pero esa foto lo capturaba luciendo una sonrisa de sabiondo absolutamente perfecta. Sadie empezó a sollozar y supe por qué. La vida cambia en un instante. A veces gira en nuestra dirección, pero con más frecuencia rueda lejos de nosotros, flirteando y haciendo señas mientras se marcha: *Hasta la vista, cariño, fue bonito mientras duró, ¿verdad?*

Y Jodie *era* bonito, un buen sitio para mí. En Derry me sentía como un intruso, pero Jodie se había convertido en mi casa. He aquí lo que conforma un hogar: el aroma de la salvia y el modo en que las colinas se coloreaban de naranja en verano al cubrirse de gallardías. El sabor velado del tabaco en la lengua de Sadie y las tablas de madera tratadas con aceite de mi sala de estar. Ellie Dockerty preocupándose de enviarnos un mensaje en mitad de la noche, quizá para que pudiéramos regresar a la ciudad sin ser descubiertos, probablemente solo para informarnos. La casi asfixiante mezcla de perfume y desodorante cuando la señora Knowles me abrazó. Mike echándome un brazo alrededor —el que no estaba encerrado en una escayola— en el cementerio y luego apretando la cara contra mi hombro hasta recuperar el control de sí mismo. El feo corte rojo en la mejilla de Bobbi Jill también representa el hogar, y el pensar que, a menos que se sometiera a cirugía plástica (un lujo que su familia no podía permitirse), le dejaría una cicatriz que le recordaría el resto de su vida que una vez vio al chico que vivía calle abajo muerto en la cuneta de una carretera, con la cabeza casi arrancada de los hombros. Hogar es el brazalete negro que Sadie llevó, que yo llevé, que el profesorado entero llevó durante la semana siguiente. Y Al Stevens fijando una foto de Vince en el ventanal de su restaurante. Y las lágrimas de Jimmy LaDue al plantarse delante de la escuela entera y dedicar la temporada, que terminaron imbatidos, a Vince Knowles.

Y también otras cosas. La gente saludando con un «¿Cómo va eso?» en la calle o agitando la mano desde sus coches; Al Stevens conduciéndonos a la mesa del fondo, a la que ya se refería como «nuestra mesa»; jugar al cribbage los viernes por la tarde en la sala de profesores con Danny Laverty a penique el punto; discutir con la anciana señorita Mayer sobre quién presentaba mejor las noticias, si Chet Huntley y David Brinkley, o Walter Cronkite. Mi calle, mi casa estrecha y alargada, la renacida costumbre de escribir a máquina. Tener una amiga íntima y recibir cupones de regalo con las compras y en el cine comer palomitas con auténtica mantequilla.

Hogar es contemplar la luna elevarse sobre la durmiente tierra baldía y tener a alguien a quien llamar para que se acerque a la ventana y te acompañe. Hogar es donde bailas con otros y el baile es vida.

15

El año de nuestro Señor de 1961 tocaba a su fin. Un día lloviznoso, unas dos semanas antes de Navidad, entraba en casa después de las clases, envuelto una vez más en mi zamarra ranchera, cuando oí sonar el teléfono.

—Aquí Ivy Templeton —dijo una mujer—. Lo más seguro es que ni se acuerde de mí, ¿no?

—La recuerdo muy bien, señora Templeton.

—No sé por qué me molesto siquiera en llamar, esos diez pavos del carajo ya hace mucho que me los gasté, pero se me quedó grabado en la cabeza, y también a Rossette. Ella le llama «el hombre que cogió el balón».

—¿Se traslada, señora Templeton?

—Ciento por ciento correcto. Mi madre viene mañana con su camioneta desde Mozelle.

—¿No tiene usted vehículo propio? ¿O está averiado?

—El coche funciona bien para la chatarra que es, pero Harry no va a montar en él. Tampoco es que vaya a volver a conducirlo. El mes pasado consiguió uno de esos malditos trabajos a jornal. Se cayó en una zanja y un camión de grava que iba marcha atrás le pasó por encima. Le rompió la columna.

Cerré los ojos y vi los restos destrozados de la camioneta de Vince siendo arrastrada por Main Street tras la grúa de la Sunoco de Gogie. La sangre se esparcía por el interior del parabrisas agrietado.

—Lamento oír eso, señora Templeton.

—Sobrevivirá, pero no volverá a andar. Se quedará en una silla de ruedas y hará pis en una bolsa, es lo único para lo que va a servir. Aunque, claro, antes le daremos un paseo hasta Mozelle en la parte de atrás de la camioneta de mi madre. Pillaremos el colchón del cuarto para que se tumbe. Ya ve, es como llevarse al perro de vacaciones.

Se puso a llorar.

—He dejado de pagar dos meses de alquiler, pero eso ya no es ninguna afrenta. ¿Sabe lo que he de afrontar, señor Puddentane, Pregunte Otra Vez Y Lo Mismo le Diré? Me quedan treinta y cinco puñeteros dólares y pare de contar. Ese gilipollas de Harry…, si él hubiera aguantado el equilibrio, ahora yo no estaría en este aprieto. Pensaba que antes tenía problemas, pero mire ahora.

A mi oreja llegó un largo y acuoso resoplido.

—¿Sabe qué? El cartero me ha estado echando miraditas, y creo que por veinte dólares dejaría que me follara en el puñetero suelo del salón si los malditos vecinos del otro lado de la calle no pudieran vernos en plena faena. Tampoco puedo llevármelo al dormitorio, ¿verdad? Porque ahí está mi maridito con la espalda rota. —Soltó una risa áspera—. Le propongo una cosa, ¿por qué no se viene hasta aquí con su lujoso descapotable y me lleva a algún motel? Si se gasta un poco más, coja una habitación con zona de estar, así Rosette podrá ver la tele mientras yo le dejo a usted que me folle. Tiene pinta de hacerlo bien.

No dije nada. Se me acababa de ocurrir una idea que brillaba como una bombilla.

Si los malditos vecinos del otro lado de la calle no pudieran vernos en plena faena.

Aparte del propio Oswald, había un hombre al que se suponía que yo debía vigilar. Un hombre cuyo nombre daba la casualidad de que era George y que se convertiría en el único amigo de Oswald. «No confíes en él», había escrito Al en sus notas.

—¿Sigue ahí, señor Puddentane? ¿No? Pues a tomar por culo. Adi…

—No cuelgue, señora Templeton. ¿Y si me ofreciera a pagarle la renta atrasada y añadiera además cien dólares? —Superaba con creces el precio para lo que quería, pero yo tenía el dinero y ella lo necesitaba.

—Señor, ahora mismo, por doscientos pavos le echaría un polvo delante de mi *padre*.

—No tendrá que echarme ningún polvo, señora Templeton. En absoluto. Solo quiero que nos encontremos en el aparcamiento al final de la calle. Y que me traiga algo.

16

Cuando llegué al aparcamiento de Montgomery Ward, ya había oscurecido y la lluvia caía un poco más espesa, de la manera en que lo hace cuando está tratando de convertirse en aguanieve. Eso no ocurre a menudo en la región de las colinas al sur de Dallas, pero rara vez no equivale a nunca. Confiaba en poder regresar a Jodie sin salirme de la carretera.

Ivy se encontraba sentada al volante de un viejo y penoso sedán con estribos herrumbrosos y la luna trasera agrietada. Subió a mi Ford e inmediatamente se inclinó hacia la rejilla de la calefacción, que funcionaba a pleno rendimiento. Llevaba dos camisas de franela en lugar de abrigo y tiritaba.

—Qué bien sienta. Ese Chevrolet es más frío que la teta de una monja. La calefacción está estropeada. ¿Ha traído el dinero, señor Puddentane?

Le entregué un sobre. Lo abrió y hojeó varios de los billetes de veinte que habían permanecido en el estante superior de mi armario desde que los gané apostando a la Serie Mundial en la Financiera Faith hacía más de un año. Ella levantó su considerable trasero del asiento y se embutió el sobre en sus vaqueros; luego, hurgó en el bolsillo del pecho de la camisa interior. Sacó una llave y me la plantó en la mano.

—¿Le sirve?

Serviría muy bien.

—Es una copia, ¿verdad?

—Justo como me pidió. La hice en la ferretería de la calle McLaren. ¿Por qué quiere una llave de ese cagadero con pretensiones? Con doscientos dólares le daría para pagar la renta de cuatro meses.

—Tengo mis razones. Hábleme de los vecinos del otro lado de la calle. Los que podrían verla haciéndoselo con el cartero en el suelo del salón.

Se removió inquieta y se ciñó las camisas sobre un busto tan imponente como su trasero.

—Solo estaba bromeando.

—Lo sé. —Falso, pero no me importaba—. Simplemente quiero saber si los vecinos pueden ver el interior de su salón.

—Claro que pueden. Yo veo el interior del suyo si no corren las cortinas. Habría comprado unas para la casa de poder permitírmelo. Si hablamos de privacidad, es como si todos viviéramos en la calle. Supongo que podría colgar un saco de arpillera, agenciado de por allí… —señaló hacia los contenedores alineados contra la pared oriental del almacén—, pero tienen pinta de estar muy guarros.

—Los vecinos con vistas, ¿dónde viven? ¿En el 2704?

—En el 2706. Antes vivía ahí Slider Burnett y su familia, pero se fueron después de Halloween. Era payaso de rodeo suplente, ¿se lo puede creer? ¿Quién se imagina un trabajo así? Ahora vive un tipo llamado Hazzard con sus dos niños y creo que su madre. Rosette no juega con los críos, dice que están sucios. Menuda novedad viniendo de *esa* pocilga. La abuela intenta hablar y todo lo que le salen son babas. Tiene un lado de la cara paralizado. No sé en qué le ayudará, arrastrándose de un lado a otro como lo hace. Si alguna vez yo me quedo así, que me peguen un tiro. ¡Ieee, perritos! —Sacudió la cabeza—. Le diré una cosa. No durarán mucho. Nadie se queda en Mercedes Street. ¿Tiene un cigarrillo? Debería dejarlo. Cuando no puedes permitirte gastar veinticinco centavos en tabaco es cuando sabes seguro que eres más pobre que una puñetera rata.

—No fumo.

Se encogió de hombros.

—Qué diantres. Ahora ya me los puedo permitir, ¿no? Soy una condenada ricachona. Usted no está casado, ¿verdad?

—No.

—Pero tiene una novia. Este lado del coche huele a perfume. Y del bueno.

Eso me provocó una sonrisa.

—Sí, tengo una novia.

—Bien por usted. ¿Sabe ella de estos tejemanejes nocturnos que se trae a escondidas en el distrito sur de Fort Worth?

No dije nada, aunque callar a veces es suficiente respuesta.

—Me da igual. Eso es cosa entre usted y ella. Pero ya le aviso ahora, antes de irme. Si mañana sigue lloviendo y con este frío, no sé qué vamos a hacer con Harry en la caja de la camioneta de mamá. —Me miró y esbozó una sonrisa—. De niña solía imaginar que cuando creciera sería Kim Novak. Ahora Rosette piensa que va a sustituir a Darlene en las Mousekeeters. Hala, adiosito.

Se disponía a abrir la portezuela cuando le dije:

—Espere.

Saqué toda la porquería de mis bolsillos —pastillas de menta Life Savers, Kleenex, un librito de cerillas que guardaba para Sadie, apuntes para un examen de lengua de primero que pretendía poner antes de las vacaciones de Navidad— y después le tendí mi zamarra.

—Tome esto.

Su rostro mostraba sorpresa.

—¡No voy a coger su puñetera zamarra!

—Tengo otra en casa. —Falso, pero compraría una nueva, lo cual iba más allá de sus posibilidades.

—¿Y qué le digo a Harry? ¿Que la encontré debajo de una hoja de lechuga?

Sonreí.

—Dígale que le echó un polvo al cartero y la compró con las ganancias. ¿Qué va a hacerle? ¿Perseguirla por el camino de entrada a la casa y darle una paliza?

Se rió con un áspero graznido que resultó extrañamente encantador. Y cogió la zamarra.

—Dele recuerdos a Rosette —le pedí—. Dígale que la veré en sus sueños.

Su sonrisa se esfumó.

—Espero que no, señor. Ya tuvo una pesadilla con usted una vez. Creí que la casa se venía abajo con tantos gritos, tendría que haberla oído. Me despertó del primer sueño a las dos de la mañana. Dijo que el hombre que cogió su balón llevaba un monstruo en el asiento de atrás del coche y tenía miedo de que se la comiera. Me dio un susto de muerte, vaya, qué manera de chillar.

—¿El monstruo tenía nombre? —Por supuesto que sí.

—Dijo que era un jimla. Supongo que quiso decir un genio,

como en esos cuentos de Aladino y los Siete Velos. Bueno, tengo que irme. Cuídese.

—Lo mismo digo, Ivy. Feliz Navidad.

Volvió a graznar su risa.

—No me acordaba. Feliz Navidad a usted también. No se olvide de hacerle un regalo a su chica.

Trotó hasta su viejo coche con mi zamarra —ahora suya— echada sobre los hombros. Nunca más la volví a ver.

17

La lluvia únicamente se congeló en los puentes, y sabía por mi otra vida —la de Nueva Inglaterra— que debía tener cuidado; con todo, fue un largo camino de regreso a Jodie. No había hecho más que poner a calentar agua para una taza de té cuando sonó el teléfono. Esta vez era Sadie.

—Estoy intentando contactar contigo desde la hora de la cena para preguntarte sobre la fiesta de Nochebuena del entrenador Borman. Empieza a las tres. Iré si quieres llevarme, porque así podremos marcharnos temprano. Pondremos como excusa que tenemos reserva en el Saddle o algo similar. Pero se ruega confirmación.

Vi mi propia invitación junto a la máquina de escribir y sentí un leve aguijonazo de culpa. Llevaba allí tres días y ni siquiera la había abierto.

—¿Tú quieres ir? —pregunté.

—No me importaría hacer acto de presencia. —Se produjo una pausa—. ¿Dónde has estado todo este tiempo?

—En Fort Worth. —Casi añadí: «*De compras navideñas*». Sin embargo, callé. Lo único que había comprado en Fort Worth era información. Y la llave de una casa.

—¿Has estado de compras?

De nuevo, tuve que esforzarme por no mentir.

—La verdad…, Sadie, no puedo hablar de ello.

Hubo una larga pausa, muy larga, durante la cual me descubrí a mí mismo ansiando un cigarrillo. Probablemente había desarrollado una adicción por contacto. Dios sabía que era un fumador pasivo todo el día, todos los días. La sala de profesores era una constante bruma azulada.

—¿Se trata de una mujer, George? ¿Otra mujer? ¿O soy una entrometida?

Bueno, estaba Ivy, pero Sadie se refería a otra clase de mujer.

—En el departamento femenino, tú eres la única.

Otra de aquellas largas pausas. En el mundo físico, quizá Sadie se moviera sin prestar la debida atención; en su cabeza, nunca lo hacía. Por fin habló:

—Sabes mucho de mí, cosas que creí que jamás le contaría a nadie, pero yo no sé casi nada de ti. Supongo que acabo de darme cuenta. Sadie puede ser muy estúpida, ¿verdad, George?

—No eres estúpida. Y una cosa que sí sabes es que te quiero.

—Sí... —En su voz se percibía un tono de duda. Me acordé de la pesadilla que había tenido aquella noche en los Bungalows Candlewood y la cautela que había visto en su rostro al decirle que no lo recordaba. ¿Mostraría ahora su rostro idéntica mirada? ¿O tal vez una expresión más grave que la mera cautela?

—¿Sadie? ¿Estamos bien?

—Sí. —Su voz recuperó cierto tono de confianza—. Claro que sí. Menos por la fiesta del entrenador. ¿Qué quieres hacer? Ten en cuenta que asistirá el departamento escolar al completo y que la mayoría estarán borrachos como cubas para cuando la esposa del entrenador ponga el bufet.

—Vayamos —propuse con demasiada efusividad—. Vayamos de fiesta y a liarla parda.

—¿A liarla *qué*?

—A divertirnos un poco, es lo que quería decir. Nos quedaremos una hora, una hora y media como mucho, y después nos iremos a cenar al Saddle. ¿Te parece bien?

—Perfecto. —Éramos como una pareja negociando una segunda cita después de que la primera no hubiera resultado convincente—. Nos lo pasaremos bien.

Me acordé de Ivy Templeton oliendo el fantasma del perfume de Sadie y preguntándome si mi chica sabía de los tejemanejes nocturnos que me traía a escondidas en el distrito sur de Fort Worth. Me acordé de Deke Simmons indicándome que cierta persona merecía conocer la verdad acerca de dónde había estado y qué había hecho en el pasado. Sin embargo, ¿iba a contarle a Sadie que maté a Frank Dunning a sangre fría porque de lo contrario él mataría a su mujer y a tres de sus cuatro hijos? ¿Que vine a Texas para impedir un asesinato y cambiar el curso de la historia? ¿Que sabía que era posible hacerlo porque procedía de un futuro donde podríamos haber mantenido esa conversación chateando vía ordenador?

—Sadie, esto va a funcionar. Te lo prometo.

—Perfecto —repitió. Luego, añadió—: Te veré mañana en el instituto, George. —Y colgó, muy suave y educadamente.

Sostuve el teléfono en la mano durante varios segundos, mirando fijamente la nada, y al final también colgué. En las ventanas que daban al patio de atrás se inició un repiqueteo. La lluvia se había convertido por fin en aguanieve.

CAPÍTULO 16

1

La fiesta de Nochebuena del entrenador Borman resultó un fracaso, y no se debió únicamente al fantasma de Vince Knowles. El día 21, Bobbi Jill Allnut se hartó de mirar aquel corte rojo que le recorría el lado izquierdo de la cara hasta la línea de la mandíbula y se tragó un puñado de los somníferos de su madre. No murió, pero pasó dos noches en el Parkland Memorial, el hospital donde tanto el presidente como el asesino del presidente expirarían a menos que yo lo evitara. Probablemente en 2011 haya clínicas más cercanas —en Kileen casi seguro, y quizá incluso en Round Hill—, pero no durante mi año de docencia a tiempo completo en la ESCD.

La cena en el Saddle tampoco fue muy animada. El local rebosaba de gente y de una cordial jovialidad prenavideña, pero Sadie rechazó el postre y me pidió que la llevara a casa temprano. Alegó que le dolía la cabeza. No la creí.

En el baile de Nochevieja en la Alquería Bountiful N.º 7 las cosas experimentaron cierta mejoría. Había una banda de Austin llamada Los Jokers y realmente pusieron toda la carne en el asador. Sadie y yo bailamos bajo redes combadas llenas de globos hasta que nos dolieron los pies. A medianoche los Jokers se lanzaron a una versión estilo Ventures de «Auld Lang Syne» y el líder de la banda gritó:

—¡Que todos vuestros sueños se hagan *realidad* en mil novecientos sesenta y dos!

Los globos descendieron flotando a nuestro alrededor. Besé a Sadie y le deseé un feliz año nuevo mientras danzábamos a ritmo de vals, pero aunque ella había estado toda la noche alegre y riéndose, no sentí sonrisa alguna en sus labios.

—Feliz año nuevo para ti también, George. ¿Podrías traerme un vaso de ponche? Tengo mucha sed.

Una cola muy larga esperaba turno en la ponchera aderezada con alcohol, una más pequeña en la versión sin. Serví la mezcla de limonada rosa y ginger ale en un vaso de plástico, pero cuando regresé, Sadie ya no estaba.

—Creo que salió a tomar el aire, campeón —dijo Carl Jacoby, uno de los cuatro profesores de artes industriales del instituto, y probablemente el mejor, pero esa noche no le habría dejado acercarse a menos de doscientos metros de una herramienta eléctrica.

Miré en la escalera de incendios, bajo la que se apiñaba un grupo de fumadores, pero Sadie no se contaba entre ellos. Caminé hacia el Sunliner. La encontré en el asiento del pasajero, con la voluminosa falda levantada en oleadas hasta el salpicadero. Dios sabe cuántas enaguas se habría puesto. Estaba fumando y lloraba.

Subí al coche e intenté atraerla entre mis brazos.

—Sadie, ¿qué pasa? ¿Cuál es el problema, cariño? —Como si no lo supiera. Como si no hiciera tiempo que lo sabía.

—Nada. —Llorando más fuerte—. Tengo el período, eso es todo. Llévame a casa.

Estaba a menos de cinco kilómetros, pero fue un trayecto muy largo. No hablamos. Me interné en el camino de entrada a su casa y apagué el motor. Ella había dejado de llorar, pero continuaba callada. También yo. Algunos silencios pueden ser confortables. Este, sin embargo, producía una sensación casi mortal.

Sacó sus Winstons del bolso de mano, los estudió y los guardó de nuevo. El clic del cierre sonó muy alto. Se volvió a mirarme. Su cabello era una nube oscura que enmarcaba el óvalo blanco de su rostro.

—¿Hay algo que quieras contarme, George?

Lo que deseaba contarle más que cualquier otra cosa era que no me llamaba George. Había empezado a cogerle aversión a ese nombre. Casi lo odiaba.

—Dos cosas. La primera es que te amo. La segunda es que no estoy haciendo nada de lo que me avergüence. Ah, y añado: nada de lo *tú* puedas avergonzarte.

—Bien. Eso es bueno. Te amo, George, pero voy a decirte algo, en caso de que quieras escucharme.

—Siempre te escucharé. —Sin embargo, me estaba asustando.

—Todo puede seguir igual… por ahora. Mientras siga casada con John Clayton, aunque sea sobre el papel y aunque nunca hayamos consumado el acto propiamente dicho, hay cosas que no me siento con derecho a preguntarte…, a pedirte.

—Sadie…

Me selló los labios con los dedos.

—Por ahora. Pero jamás permitiré que otro hombre ponga una escoba en la cama. ¿Me entiendes?

Plantó un fugaz beso donde antes habían estado sus dedos y salió corriendo hasta su puerta mientras buscaba la llave.

Así fue cómo empezó 1962 para el hombre que se hacía llamar George Amberson.

2

El día de Año Nuevo amaneció frío y despejado, aunque el meteorólogo del Boletín Granjero amenazó con una niebla glacial en las tierras bajas. Tenía guardadas las dos lámparas con micro oculto en el garaje. Metí una en el coche y conduje hasta Fort Worth. Consideraba que si había un día en que el harapiento carnaval de Mercedes Street se cancelara, probablemente sería ese. Acerté. Se hallaba tan silenciosa como…, bueno, tan silenciosa como el mausoleo de los Tracker, adonde había llevado el cuerpo de Frank Dunning. Triciclos volcados y algunos juguetes yacían en los patios pelados. Algún juerguista había dejado un juguete más grande —un monstruoso Mercury— aparcado de lado junto al porche. Las portezuelas seguían abiertas. Había restos de tristes serpentinas de papel crepé esparcidos por la calle sin pavimentar y abundantes latas de cerveza en las cunetas, la mayoría Lone Star.

Eché una ojeada al 2706 y no vi a nadie mirando por el amplio ventanal frontal, pero Ivy había estado en lo cierto: cualquiera que se asomara dispondría de una línea de visión perfecta del salón del 2703.

Aparqué en la franja de cemento que hacía las veces de camino de entrada a la casa, como si tuviera todo el derecho a estar en el antiguo hogar de la desafortunada familia Templeton. Saqué la lámpara y una flamante caja de herramientas y me encaminé a la puerta delantera. Pasé un mal rato cuando la llave se negó a funcionar, pero se debía sencillamente a que era nueva. Después de lubricarla con saliva y moverla de un lado a otro dentro de la cerradura, por fin giró y entré.

Había cuatro habitaciones si se contaba el baño, visible a través de una puerta que colgaba abierta de un solo gozne. La habitación más grande combinaba sala de estar y cocina. Las otras dos eran dormitorios. En la cama del dormitorio más grande faltaba el colchón. Recordé a Ivy diciendo: «*Ya ve, es como llevarse al perro de vacaciones*». En el cuarto más pequeño, Rosette había dibujado niñas con pinturas de cera en las paredes allí donde el yeso se desprendía y dejaba a la vista los listones de madera. Todas llevaban vestidos pichi de color verde y calzaban zapatones negros. Sus coletas se veían desproporcionadas, tan largas como sus piernas, y muchas daban patadas a balones de fútbol. Una de ellas lucía una diadema de Miss América en el pelo y esbozaba una gran sonrisa pintada con lápiz de labios rojo. La casa aún olía a alguna carne que Ivy había freído para su última comida antes de irse a vivir con su madre, su pequeña diablesa y su marido paralítico.

Aquel era el lugar donde Lee y Marina iniciarían la fase americana de su matrimonio. Harían el amor en el dormitorio principal y allí él la maltrataría. Era el lugar donde Lee yacería despierto después de largos días de ensamblar contrapuertas, preguntándose por qué cojones no era famoso. ¿No lo había intentado? ¿No lo había intentado con todo su *empeño*?

Y en la salita, con su suelo irregular y su raída alfombra de color verde bilis, Lee conocería al hombre en quien yo supuestamente no debía confiar, el hombre que aglutinaba la mayoría, si no todas, de las dudas que Al abrigara sobre la participación de Oswald en el papel de tirador solitario. Ese hombre se llamaba George de Mohrenschildt, y me interesaba sobremanera escuchar lo que Oswald y él tuvieran que decirse.

Había un viejo buffet-aparador en el lado de la habitación principal más próximo a la cocina. Los cajones eran un batiburrillo de cubiertos desemparejados y cutres utensilios de cocina. Aparté el buffet de la pared y encontré un enchufe. Excelente. Coloqué la lámpara encima del mueble y la enchufé. Sabía que alguien podría vivir allí una temporada antes de que los Oswald se instalaran, pero no creía que nadie tuviera deseos de llevarse la Lámpara Inclinada de Pisa cuando levantaran el campamento. Si lo hacían, me quedaba una de repuesto en el garaje.

Taladré un agujero en la pared hacia el exterior con la broca más pequeña, empujé el buffet de vuelta a su sitio, y probé la lámpara. Funcionaba a la perfección. Recogí y abandoné la casa, cuidándome de cerrar la puerta tras de mí. Luego, conduje de regreso a Jodie.

Sadie llamó para preguntarme si quería ir a cenar a su casa. Solo tenía fiambres, especificó, pero había bizcocho de postre, por si me interesaba. Fui y el postre resultó tan maravilloso como siempre, pero las cosas habían cambiado. Porque ella tenía razón. Había una escoba en la cama. Como el jimla que Rosette había visto en el asiento de atrás de mi coche, era invisible... pero estaba allí. Proyectaba sombra.

3

En ocasiones, un hombre y una mujer alcanzan una encrucijada y se detienen allí, reluctantes a tomar un camino u otro, sabiendo que una elección errónea significará el fin... y sabiendo que tienen mucho que perder. De esa manera transcurrió aquel implacable invierno gris de 1962 para Sadie y para mí. Aún salíamos a cenar una o dos veces por semana y aún íbamos a los Bungalows Candlewood alguna que otra noche de sábado. Sadie disfrutaba del sexo y esa era una de las cosas que nos mantenían unidos.

Bailamos en tres ocasiones. Donald Bellingham actuó siempre de pinchadiscos y tarde o temprano nos pedía que repitiéramos nuestro primer lindy-hop. Los chicos siempre nos aplaudían y silbaban, pero nunca por educación. Su admiración era genuina e incluso varios empezaron a aprender los pasos.

¿Nos sentíamos complacidos? Claro, pues la imitación es realmente la forma más sincera de elogio. Sin embargo, nunca nos salió tan bien como la primera vez, nunca tan intuitivamente fluido. El garbo de Sadie flaqueó. Una vez falló al agarrarme la mano en un giro y habría caído al suelo de no haberse hallado cerca un par de futbolistas musculosos con reflejos rápidos. Ella se lo tomó a risa, pero percibí la vergüenza en su rostro. Y el reproche. Como si yo hubiera tenido la culpa. Aunque, en cierto sentido, no le faltaba razón.

Todo presagiaba el estallido de una riña, que habría ocurrido antes de cuando lo hizo de no ser por la *Jodie Jamboree*. Ese fue nuestro reverdecimiento, una oportunidad para detenernos a meditar las cosas antes de vernos forzados a una decisión que ninguno de los dos quería tomar.

4

Ellen Dockerty me abordó en febrero y me preguntó dos cosas: primero, si por favor recapacitaría y firmaría un contrato para el curso escolar 62/63, y segundo, si por favor dirigiría otra vez la obra juvenil, pues la del año anterior había sido un bombazo. Me negué a ambas peticiones, no sin una punzada de dolor.

—Si es por tu libro, tendrías todo el verano para trabajar en él —intentó persuadirme.

—No sería suficiente —objeté, aunque a esas alturas *El lugar del crimen* me importaba una mierda.

—Sadie Dunhill cree que esa novela te trae sin cuidado.

Esa era una percepción que ella no había compartido conmigo. Me dejó desconcertado, pero intenté no exteriorizarlo.

—El, Sadie no lo sabe todo.

—La obra de teatro, entonces. Haz la obra, por lo menos. Mientras no haya desnudos, respaldaré cualquiera que elijas. Considerando la composición actual del consejo y el hecho de que yo misma solo tengo un contrato de dos años como directora, es una promesa enorme. Si quieres, puedes dedicársela a Vince Knowles.

—Vince ya tiene una temporada de fútbol dedicada a su memoria, Ellie. Creo que es suficiente.

Se marchó, derrotada.

La segunda petición provino de Mike Coslaw, que iba a graduarse en junio y, según me contó, tenía intención de especializarse en teatro en la universidad.

—Pero me gustaría mucho hacer una obra más aquí. Con usted, señor Amberson, porque me enseñó el camino.

A diferencia de Ellie Dockerty, él aceptó la excusa de mi falsa novela sin cuestionarme, lo que me hizo sentir mal. Terriblemente mal, de hecho. Para un hombre que detestaba mentir —y que había presenciado el derrumbe de su matrimonio a causa de todas las mentiras que escuchó de su esposa «puedo-dejarlo-cuando-quiera»—, no cabía duda de que estaba contando una buena carretada de ellas, como decíamos en mis días de Jodie.

Acompañé a Mike hasta el aparcamiento estudiantil donde tenía estacionada su posesión más preciada (un viejo sedán Buick con guardabarros) y le pregunté cómo sentía el brazo ahora que le habían retirado la escayola. Respondió que bien y aseguró que estaría en condiciones de entrenar para ese mismo verano.

—Aunque si no lo logro —añadió—, tampoco me rompería el corazón. Así a lo mejor podría hacer algo de teatro en la comunidad además de los estudios. Quiero aprenderlo todo, diseño de decorados, iluminación, hasta vestuario. —Rió—. La gente empezará a llamarme marica.

—Concéntrate en el fútbol, saca buenas notas y no añores demasiado tu casa el primer semestre —le rogué—. Por favor. No la cagues.

Puso una voz de Frankenstein zombi.

—Sí..., maestro...

—¿Cómo se encuentra Bobbi Jill?

—Mejor —dijo—. Allí está.

Bobbi Jill esperaba junto al Buick de Mike. Lo saludó con la mano, pero entonces me vio y se dio la vuelta de inmediato, como interesada en el campo de fútbol vacío y en la dehesa más allá. Se trataba de un gesto al que todo el instituto se había acostumbrado ya. La cicatriz del accidente había sanado dejando una gruesa hebra roja. Ella intentaba disimularla con maquillaje, lo cual solo conseguía hacerla más visible.

—Le digo que ya no se ponga más polvos, que así parece un anuncio de la Funeraria de Soame, pero no me escucha —comentó Mike—. También le digo que no salgo con ella por lástima, o para que no se trague más pastillas. Dice que me cree, y a lo mejor es verdad. Cuando tiene un día bueno.

Observé a Mike correr hacia Bobbi Jill, agarrarla por la cintura y girarla en el aire. Lancé un suspiro; me sentía un poco estúpido y muy testarudo. Una parte de mí quería hacer la maldita obra, aunque no sirviera para otra cosa que para llenar el tiempo mientras esperaba a que empezara mi propia función, *Lee y Jake en Dallas*. Sin embargo, no quería engancharme a la vida de Jodie de ninguna otra manera. Al igual que mi posible futuro a largo plazo con Sadie, mi relación con Jodie necesitaba un compás de espera.

Si todo salía bien, cabía la posibilidad de que acabara llevándome a la chica, el reloj de oro y todo lo demás. Pero no podía contar con ello por muy cuidadosamente que lo planeara. Aunque tuviera éxito, quizá me viera obligado a huir, y si no escapaba, existían muchas posibilidades de que mi buena acción en nombre del mundo fuera recompensada con la cadena perpetua. O la silla eléctrica en Huntsville.

5

Fue Deke Simmons quien finalmente me tendió la trampa para que aceptara. Le bastó con señalar que tendría que estar chiflado para considerarlo siquiera. Debería haber reconocido aquel truco tipo *«Oh, Hermano Zorro, por favor, no me eches a ese zarzal»*, pero lo ejecutó de manera muy astuta. Muy sutil. Como un auténtico Hermano Rabito, se podría decir.

Estábamos en mi salón bebiendo café un sábado por la tarde mientras en mi vieja tele borrosa y con nieve emitían una película antigua: vaqueros en Fort Hollywood repeliendo el ataque de unos dos mil indios. En el exterior, caía más lluvia. Debió de haber unos cuantos días soleados en el invierno del 62, pero no recuerdo ninguno. Todo cuanto recuerdo son los fríos dedos de la llovizna buscando el camino hacia mi nuca afeitada a pesar del cuello levantado de la chaqueta de piel ovina que había comprado para sustituir a la zamarra.

—No necesitas preocuparte por esa obra del carajo solo porque Ellen Dockerty se lo haya tomado tan a pecho —dijo Deke—. Termina tu novela, consigue un superventas y no mires atrás. Vive la buena vida en Nueva York. Tómate unas copas con Norman Mailer e Irwin Shaw en la Taberna del Caballo Blanco.

—Sí, sí. —dije. John Wayne estaba tocando una corneta—. No

creo que Norman Mailer tenga que preocuparse mucho por mí. Ni tampoco Irwin Shaw.

—Además, después del éxito que tuviste con *De ratones y hombres* —prosiguió—, cualquier cosa posterior que hagas sería probablemente una decepción en compara… ¡Eh, caray, mira eso! ¡Una flecha le ha atravesado el sombrero a John Wayne! ¡Por suerte era de veinte galones!

Me sentí más ofendido de lo que debiera por la idea de que mi segundo intento no fuera a cumplir las expectativas. Me hizo pensar en que Sadie y yo nunca lograríamos igualar nuestra primera actuación en la pista de baile pese a todo nuestro empeño.

Deke parecía completamente absorto en la tele mientras hablaba.

Además, Ratty Sylvester se ha mostrado interesado por la obra juvenil. Está pensando en *Arsénico por compasión*. Dice que la vio con su mujer en Dallas hace dos años y que te desternillabas.

Dios bendito, la *misma* historia de siempre. ¿Y Fred Sylvester, del departamento de ciencias, como director? Yo no estaba seguro siquiera de si confiaría a Ratty la dirección de un simulacro de incendios en una escuela primaria. Si un actor con talento pero aún verde como Mike Coslaw acabara con Ratty al timón, su proceso de maduración podría retrasarse cinco años. Ratty y *Arsénico por compasión*. Para echarse a llorar.

De todas formas, no quedaría tiempo para preparar algo realmente bueno —insinuó Deke—. Así que yo digo que Ratty pague los platos rotos. Nunca me cayó bien ese insidioso hijoputa.

A *nadie* le caía bien, hasta donde yo sabía, a excepción quizá de la señora Ratty, que iba siempre correteando a su lado en cada acto de la escuela y el profesorado, envuelta en hectáreas de organdí. Sin embargo, no sería él quien pagaría los platos rotos. Serían los chicos.

—Podrían preparar un espectáculo de variedades —apunté—. Para eso habría tiempo suficiente.

—¡Eh, por Dios, George! ¡Wallace Beery se ha llevado un flechazo en el hombro! Creo que está en las últimas.

—¿Deke?

—No, John Wayne lo está poniendo a cubierto. Este tiroteo no tiene ni *pizca* de sentido, pero me encanta, ¿a ti no?

—¿Has oído lo que he dicho?

Entró la publicidad. Keenan Wynn saltó de un bulldozer, se quitó el sombrero, y anunció al mundo que caminaría sobre ascuas por un Camel. Deke se volvió hacia mí.

—No, se me ha debido de pasar.

Viejo zorro ladino. Disimulando.

—Decía que habría tiempo para preparar un espectáculo de variedades. Una revista. Canciones, bailes, chistes y un puñado de sketches.

—¿Cualquier cosa? ¿También piensas en un grupo de chicas bailando el cancán?

—No seas idiota.

—De esa manera se convertiría en un vodevil. Siempre me ha encantado el vodevil. «Buenas noches, señora Calabash, dondequiera que estés», y todo eso.

Extrajo su pipa del bolsillo de su chaqueta de punto, la rellenó con tabaco Prince Albert y la encendió.

—¿Sabes? La verdad es que solíamos montar algo parecido en la Alquería. El espectáculo se llamaba *Jodie Jamboree*, pero no lo hemos repetido desde finales de los cuarenta. La gente se avergonzaba un poco, aunque nadie se atrevía a decirlo. Y no lo llamábamos vodevil.

—¿De qué estás hablando?

—Era un espectáculo de blancos haciendo de negros, George. Todos los vaqueros y granjeros participaban en él. Se tiznaban la cara, cantaban y bailaban, contaban chistes en lo que imaginaban que era un dialecto de negros. Se basaba más o menos en *El show de Amos y Andy*.

Me eché a reír.

—¿Alguien tocaba el banjo?

—Si te digo la verdad, nuestra actual directora lo hizo en un par de ocasiones.

—¿*Ellen* tocó el *banjo* en un show de negros *blancos*?

—Cuidado, o empezarás a hablar en pentámetro yámbico. Eso puede conducir a delirios de grandeza, colega.

Me incliné hacia delante, por una vez sin pensar en Oswald ni en mi problemática relación con Sadie.

—Cuéntame uno de esos chistes.

Deke se aclaró la garganta y habló con dos voces de registro grave.

—«Oye, Tambo, ¿pa' qué compras tanto tarro vaselina?» «Bueno, hermano, es que se m'acaaaban.»

Me miró expectante, y me di cuenta de que aquel era el final.

—¿Y les hacía gracia? —Casi temía la respuesta.

—Se tronchaban de risa y vociferaban pidiendo más. Oías esos chistes circulando durante semanas. —Me miró con gesto adusto, pero los ojos centelleaban como luces de Navidad—. Somos una ciudad pequeña. Nuestras necesidades en cuanto a humor son bastante humildes. Nuestro concepto del ingenio rabelesiano se reduce a un ciego que resbala con una piel de plátano.

Me quedé cavilando. El western se reanudó, pero Deke parecía haber perdido el interés. Me observaba.

—Ese material aún podría funcionar —comenté.

George, siempre funciona.

—No debería haber negros caricaturizados.

—Ya no podría montarse de esa manera, en cualquier caso —dijo—. Quizá en Lousiana o en Alabama, pero no de camino hacia Austin, que los tipos del *Slimes Herald* llaman la Ciudad Comunista. Y tú tampoco querrías, ¿no es cierto?

—No. Llámame defensor de las causas perdidas, pero la idea me resulta repulsiva. ¿Y por qué molestarse? Chistes malos…, chicos con trajes de talla grande y hombreras en lugar de petos de granjero…, chicas con vestidos de los años veinte por las rodillas y con muchos flecos…, me encantaría ver de qué es capaz Mike Coslaw en una sátira cómica…

—Oh, nos mataría de risa —aseguró Deke como si fuera una conclusión inevitable—. Muy buena idea. Lástima que no tengas tiempo para intentar llevarla a cabo.

Me disponía a replicar cuando de pronto me azotó otro de aquellos fogonazos, tan brillante como el que me iluminó el cerebro cuando Ivy Templeton dijo que los vecinos del otro lado de la calle podían ver el interior de su salón.

—¿George? Te has quedado con la boca abierta. La vista es buena pero no apetitosa.

—Podría sacar tiempo —dije—. Si consigues persuadir a Ellie Dockerty para que acepte una condición.

Se levantó y apagó la tele sin mirar siquiera, aunque la batalla entre el Duque Wayne y la Nación Pawnee había alcanzado en ese momento el punto crítico, con Fort Hollywood ardiendo en un infierno al fondo.

—Exponla.

Se la expuse. Luego, añadí:

—Tengo que hablar con Sadie. Ahora mismo.

6

Ella al principio mostró un gesto adusto. Después esbozó una sonrisa. La sonrisa se convirtió en risa. Y cuando le conté la idea que se me había ocurrido al final de mi conversación con Deke, me echó los brazos al cuello. Pero eso no le valía, así que trepó hasta que también pudo envolverme con las piernas. Aquel día no existía escoba alguna entre nosotros.

—¡Es brillante! ¡Eres un genio! ¿Escribirás el guión?

—Por supuesto. Tampoco me llevará mucho. —Varios chistes malos ya surcaban mi mente: *El entrenador Borman se quedó mirando el zumo de naranja durante veinte minutos porque en la botella ponía* CONCENTRADO. *A nuestro perro le implantaron una pata de goma, pero cada vez que se rascaba se borraba. Monté en un avión tan viejo, tan viejo, que en un aseo ponía Orville y en el otro Wilbur—.* Pero voy a necesitar bastante ayuda para las demás tareas, lo que significa que necesito un productor. Espero que aceptes el trabajo.

—¡Claro! —Resbaló hasta el suelo, aún presionando su cuerpo contra el mío. Esto originó un destello lamentablemente breve de su pierna desnuda cuando se le subió la falda.

Empezó a andar de un lado a otro de la salita, fumando compulsivamente. Se tropezó con la butaca (la séptima u octava vez desde que intimamos) y recuperó el equilibrio aparentemente sin darse cuenta siquiera, aunque cuando cayera la noche iba a tener un bonito moratón en la espinilla.

—Si estás pensando en ropas de estilo años veinte, puedo hacer que Jo Peet se encargue del vestuario. —Jo era la nueva jefa del departamento de economía doméstica y había asumido el puesto cuando Ellen Dockerty fue confirmada como directora.

—Genial.

—A la mayoría de las chicas de eco doméstica les encanta coser… y cocinar. George, habrá que servir una merienda, ¿verdad? Por si los ensayos se alargan más de la cuenta… Seguro, porque empezaremos terriblemente tarde.

—Sí, pero con unos bocadillos…

—Podemos hacer algo mejor que bocadillos. *Mucho* mejor. ¡Y música! ¡Necesitaremos música! Tendrán que ser grabaciones, porque la banda no será capaz de acoplarse a tiempo.

Y entonces, en perfecta armonía, exclamamos al unísono:

—¡*Donald Bellingham*!

—¿Qué hay de los anuncios? —pregunté. Empezábamos a parecernos a Mickey Rooney y Judy Garland preparándose para montar una función en el granero de Tía Milly.

—Carl Jacoby y sus chicos de diseño gráfico. Hay que colocar carteles por toda la ciudad, no solo aquí. Porque querremos que asista la ciudad entera, no solo los familiares de los alumnos que participen en el espectáculo. Que se agoten los asientos.

—Bingo —dije, y le di un beso en la nariz. Me encantó su entusiasmo. Yo mismo me estaba emocionando.

—¿Qué decimos sobre el aspecto benéfico? —preguntó Sadie.

—Nada hasta que estemos seguros de que recaudaremos el dinero suficiente. No conviene crear falsas esperanzas. ¿Te apetece que mañana nos demos una vuelta por Dallas para hacer algunas indagaciones?

—Mañana es domingo, cielo. El lunes, después de las clases. Incluso antes si puedes librarte de la séptima hora.

—Haré que Deke abandone su retiro y me cubra en la clase de recuperación de inglés —dije—. Me lo debe.

7

Sadie y yo viajamos a Dallas el lunes, conduciendo más deprisa de lo habitual para llegar dentro del horario comercial. La oficina que buscábamos resultó estar en Harry Hines Boulevard, no muy lejos del Parkland Memorial. Allí hicimos una carretada de preguntas y Sadie entregó una breve muestra de lo que perseguíamos. Las respuestas fueron más que satisfactorias y dos días más tarde emprendí mi penúltima aventura como director del *Jodie Jamboree*, Espectáculo Vodevil de Baile y Canto, Completamente Nuevo, Completamente Hilarante. Y todo en beneficio de Una Buena Causa. No especificamos cuál era esa causa, y nadie preguntó.

Dos cosas acerca de la Tierra de Antaño: hay mucho menos papeleo y muchísima más confianza.

8

Efectivamente, acudió toda la ciudad y, además, Deke Simmons tenía razón en una cosa: aquellos chistes malos nunca parecían envejecer. Al menos, no a dos mil quinientos kilómetros de Broadway.

En las personas de Jim LaDue (que no lo hacía mal y en realidad sabía cantar un poco) y Mike Coslaw (que era absolutamente hilarante), nuestro espectáculo resultó más del estilo de Dean Martin y Jerry Lewis que de Míster Bones y Míster Tambo. Las parodias pertenecían al género de la astracanada, y con un par de atletas para interpretarlas, funcionaron mejor de lo que probablemente merecían. El público se palmoteaba las rodillas y se partía el pecho. Es probable que también reventaran unos cuantos corsés.

Ellen Dockerty desempolvó su jubilado banjo; para tratarse de una señora que ya peinaba canas, ejecutó un solo fenomenal. Y, después de todo, hubo un elemento picante. Mike y Jim persuadieron al resto del equipo de fútbol para que representaran un animado cancán vestidos con enaguas y bombachos de cintura para abajo y con nada salvo la piel de cintura para arriba. Jo Peet les proporcionó unas pelucas y con ellos la sala se vino abajo. Con peluca y todo, esos jovencitos de pecho desnudo hicieron enloquecer especialmente a las mujeres de la ciudad.

Para el gran final, el elenco completo se distribuyó en parejas e invadieron el escenario del gimnasio bailando un frenético swing mientras «In the Mood» resonaba a todo volumen por los altavoces. Las faldas revoloteaban; los pies se movían como relámpagos; los futbolistas (ahora vestidos con trajes de espaldas anchas y sombreros de ala corta) volteaban a ágiles muchachas, animadoras en su mayoría, que ya conocían unas cuantas cosas sobre cómo menear el esqueleto.

La música terminó; el risueño elenco de actores, abrazados por la cintura, dio un paso adelante para agradecer los aplausos con una reverencia, y cuando el público se puso en pie por tercera vez (o quizá por cuarta) desde que se alzara el telón, Donald volvió a pinchar «In the Mood». En esta ocasión los chicos y las chicas corretearon hacia lados opuestos del escenario, pillaron las docenas de tartas de crema dispuestas para ellos en varias mesas en los bastidores, y empezaron a arrojárselas entre sí. El público manifestó su aprobación riéndose a carcajadas.

El elenco había conocido y esperado con impaciencia esa parte del espectáculo, aunque dado que no se había ensayado con tartas reales, no estaba seguro de cómo resultaría. Salió espléndidamente, por supuesto, lo normal tratándose de una batalla de tartas. Hasta donde los chicos sabían, era el punto culminante de la función. Sin embargo, yo me guardaba un truco más en la manga.

Cuando se adelantaron para saludar al público por segunda vez, con la cara chorreando crema y la ropa salpicada, «In the Mood» empezó a sonar por *tercera* vez. La mayoría de los chicos miraron alrededor, perplejos, y por tanto no se percataron de que la fila del profesorado se ponía en pie armados con las tartas de crema que Sadie y yo habíamos escondido bajo sus asientos. Las tartas volaron, y los actores acabaron pringados por segunda vez. El entrenador Borman disparó *dos* tartas, y su puntería fue infalible: acertó a su *quaterback* y a su defensa estrella.

Mike Coslaw, con el rostro chorreando crema, empezó a bramar:

—¡Señor A.! ¡Señorita D.! ¡Señor A.! ¡Señorita D.!

El resto del reparto recogió el testigo, después el público, dando palmas al compás. Subimos al escenario de la mano, y Bellingham pinchó el puñetero disco una vez más. Los chicos formaron dos filas a ambos lados, gritando «¡*Bailen! ¡Bailen! ¡Bailen!*».

No tuvimos elección, y aunque estaba convencido de que mi novia se resbalaría en medio de toda esa crema y se rompería el cuello, lo ejecutamos a la perfección por primera vez desde el Baile de Sadie Hawkings. Hacia el final, apreté ambas manos de Sadie, vi su leve asentimiento —*Adelante, vamos, confío en ti*— y la lancé entre mis piernas. Sus dos zapatos salieron volando hacia la primera fila, su falda se deslizó delirantemente hasta los muslos… y milagrosamente surgió en pie de una pieza, con las manos extendidas primero hacia el público —que enloqueció— y luego a los lados de su falda untada de crema, en una elegante reverencia.

Resultó que los chicos también se guardaban un truco en la manga, uno que casi con toda seguridad había instigado Mike Coslaw, aunque nunca lo confesó. Habían reservado varias tartas, y mientras permanecíamos allí de pie, recibiendo los aplausos, fuimos alcanzados, como mínimo, por una docena de tartas, que llegaron volando de todas direcciones. Y el público, como se suele decir, se desmadró.

Sadie tiró de mí, se limpió la nata de la boca con el meñique, y me susurró al oído:

—¿Cómo puedes abandonar todo esto?

9

Y aún no acabó ahí.

Deke y Ellen salieron al centro del escenario, hallando casi milagrosamente un camino entre las vetas, las salpicaduras y los coágulos de crema. Nadie habría osado arrojarles una tarta de crema a ninguno de *ellos*.

Deke alzó las manos solicitando silencio, y cuando Ellen Dockerty se adelantó, habló con una voz entrenada en las aulas, potente y nítida, que se transmitió con facilidad sobre los murmullos y las risas residuales.

—Damas y caballeros, la función de esta noche de *Jodie Jamboree* se representará tres veces más.

La noticia provocó otra salva de aplausos.

—Se trata de funciones *benéficas* —prosiguió Ellen cuando la ovación se extinguió—, y me complace, sí, me siento sumamente complacida de anunciar el beneficiario de la recaudación. El pasado otoño perdimos a uno de nuestros valiosos alumnos y todos nosotros lloramos el fallecimiento de Vincent Knowles, que se produjo muy, muy pronto. Demasiado pronto.

Un silencio sepulcral se apoderó del público.

—Una chica que todos conocéis, una figura destacada de nuestro cuerpo estudiantil, quedó terriblemente marcada por el accidente. El señor Amberson y la señorita Dunhill han realizado las gestiones pertinentes para que Roberta Jillian Allnut sea sometida a una cirugía de reconstrucción facial este mes de junio, en Dallas. No supondrá ningún coste para la familia Allnut; me confirma el señor Sylvester, que se ha encargado de las cuentas del *Jodie Jamboree*, que los compañeros de clase de Bobbi Jill (y esta ciudad) han garantizado que todos los costos de la cirugía se cubren en su totalidad.

Hubo un momento de silencio mientras procesaban aquella información y entonces todo el mundo se puso en pie de un salto. El aplauso resonó como un trueno de verano. Divisé a Bobbi Jill en las gradas. Lloraba con las manos en el rostro. Sus padres la rodeaban con los brazos.

No se trataba más que de una noche en una ciudad pequeña, uno de aquellos burgos apartados de las carreteras principales por los que nadie se preocupa a excepción de los que viven allí. Y eso está bien, porque *ellos* sí se preocupan. Miré a Bobbi Jill, sollozando con el rostro enterrado entre las manos. Miré a Sadie. Tenía el pelo embadurnado de crema. Ella sonrió. Yo hice lo propio.

—Te quiero, George —musitó.

Moví mudamente los labios en respuesta. *Yo también te quiero.*

Aquella noche los quise a todos ellos, me quise a mí mismo por hallarme entre ellos. Jamás me sentí tan vivo ni tan feliz de *estar* vivo. ¿Cómo podría abandonar todo aquello?

La pelea estalló dos semanas después.

10

Era sábado, día de compras. Sadie y yo habíamos tomado por costumbre hacerlas juntos en el Weingarten's de la Autopista 77. Acompañados por la música de Mantovani de fondo, empujábamos nuestros carritos amigablemente codo con codo, examinando la fruta y buscando las mejores ofertas de la sección de cárnicos. Se podía conseguir casi cualquier corte que uno deseara, mientras fuera de ternera o pollo. Para mí no suponía ningún inconveniente; incluso al cabo de casi tres años, aún me impresionaban aquellos precios de ganga.

Otro asunto ocupaba mi mente aquel día: la familia Hazzard,

que vivía en el 2706 de Mercedes Street, una chabola estrecha situada enfrente y un poco a la izquierda de la decadente vivienda que Lee Oswald pronto llamaría hogar. El *Jodie Jamboree* me había mantenido muy atareado, pero aquella primavera me las apañé para regresar tres veces a Mercedes Street. Aparcaba mi Ford en un solar del centro de Fort Worth y tomaba el autobús de Winscott Road, que paraba a menos de ochocientos metros de distancia. En esos viajes me vestía con vaqueros, botas gastadas y una desteñida cazadora vaquera que había adquirido en un mercadillo. Mi historia, por si alguien preguntaba: buscaba un alquiler barato porque acababa de conseguir un empleo de vigilante nocturno en la Texas Sheet Metal, en el distrito occidental de Fort Worth. Eso me convertía en un individuo de confianza (mientras nadie lo verificara) y me proporcionaba una razón por la cual la casa estaría tranquila, con las persianas echadas, durante las horas diurnas.

En mis idas y venidas por Mercedes Street hasta el almacén de Monkey Ward (siempre con un periódico doblado abierto por la sección de clasificados), atisbaba al señor Hazzard, una mole en torno a los treinta y cinco años, a los dos niños con los que Rosette no quería jugar, y a una anciana con parálisis facial que arrastraba un pie al andar. En una ocasión, al pasar lenta y perezosamente por el surco que servía de acera, Mamá Hazzard me observó con recelo desde el buzón, pero no habló.

En mi tercer reconocimiento, vi un viejo remolque herrumbroso enganchado a la camioneta de Hazzard. El hombre y los niños lo estaban cargando con cajas mientras la anciana esperaba cerca en los recién reverdecidos hierbajos, apoyada en un bastón y luciendo un rictus apopléjico que podría haber enmascarado cualquier emoción. Yo apostaba por completa indiferencia. A mí, en cambio, me embargó un sentimiento de felicidad. Los Hazzard se mudaban. En cuanto lo hicieran, un currante de nombre George Amberson iba a alquilar el 2706. Lo importante era cerciorarse de ser el primero de la lista.

Mientras atendíamos nuestras tareas de aprovisionamiento del sábado, intentaba dilucidar si existía algún método infalible para conseguirlo. A cierto nivel, respondía a Sadie, hacía los comentarios apropiados, bromeaba si se entretenía demasiado en la sección de lácteos, empujaba el carrito cargado de comestibles por el aparcamiento, metía las bolsas en el maletero del Ford. Sin embargo, hacía todo esto en piloto automático, con la mayor parte de mi mente preocupada por la logística en Fort Worth, y así sobrevino mi perdición. No prestaba atención a lo que yo mismo decía, y cuando uno vive una doble vida, eso es peligroso.

Tampoco prestaba atención a lo que cantaba mientras conducía de vuelta a casa de Sadie, que iba sentada a mi lado callada, muy callada. Me puse a cantar porque la radio del Ford estaba *kaput*. Las válvulas también emitían un sonido asmático. El Sunliner aún ofrecía un aspecto estiloso, y yo le tenía cariño por toda clase de razones, pero hacía siete años que había salido de la cadena de montaje y el cuentakilómetros marcaba más de ciento cuarenta mil kilómetros.

Llevé las provisiones de Sadie a la cocina en un solo viaje, profiriendo heroicos gruñidos y tambaleándome para crear efecto. No me percaté de que ella no sonreía, y ni siquiera sospeché que nuestro corto período de reverdecimiento se había acabado. Seguía pensando en Mercedes Street y preguntándome qué clase de función tendría que montar allí (o, más bien, de qué magnitud). Sería delicado. Quería convertirme en un rostro familiar, porque la familiaridad engendra desinterés además de desprecio, pero no deseaba destacar. Luego estaban los Oswald. Ella no hablaba inglés y él era una persona fría por naturaleza, tanto mejor, pero el 2706 se encontraba terriblemente cerca. El pasado podría ser obstinado pero el futuro era delicado, un castillo de naipes, y tendría que cuidarme mucho de no alterarlo hasta que estuviera preparado. Así pues, tendría que…

Fue entonces cuando Sadie me habló; poco después, la vida en Jodie tal y como yo la había conocido (y amado) se derrumbó.

11

—¿George? ¿Puedes venir al salón? Quiero hablar contigo.

—¿No sería mejor que metieras la carne picada y las chuletas de cerdo en la nevera? Y me parece que el helado de…

—¡*Pues que se derrita!* —gritó, y eso me sacó de mi ensimismamiento a toda prisa.

Me volví hacia ella, pero ya se encontraba en el salón. Cogió los cigarrillos de la mesa junto al sofá y encendió uno. Debido a mis suaves insistencias, había intentado dejarlo (al menos estando yo presente), y ese gesto de algún modo se me antojó más ominoso que el hecho de que hubiera alzado la voz.

Entré en el salón.

—¿Qué pasa, cariño? ¿Algo va mal?

—Todo. ¿Qué canción era esa?

Su rostro se mostraba pálido y rígido. Sostenía el cigarrillo delante de la boca a modo de escudo. Me di cuenta de que había cometido un desliz, pero ignoraba cuándo o dónde, y eso me asustaba.

—No sé a qué…

—La canción que cantabas en el coche al venir. La que berreabas a pleno pulmón.

No me acordaba. Imposible. Únicamente recordaba el pensamiento de que, para no dar la nota en Mercedes Street, tendría que vestirme siempre como un trabajador que estaba atravesando una ligera mala racha. Seguro que me había puesto a cantar, pero lo hacía a menudo cuando estaba pensando en otras cosas; ¿no lo hacemos todos?

—Supongo que sería algo que escuché en la K-Life y se me metió en la cabeza. Ya sabes lo que pasa con las canciones. No entiendo qué te ha alterado tanto.

—Algo que escuchaste en la K-Life. ¿Con esta letra: «Conocí a una reina en Memphis empapada en ginebra, quiso subirme a su cuarto y montar una juerga»?

No fue solo que se me hundiera el corazón; tuve la sensación de que todo mi organismo zozobraba por debajo del cuello. «Honky Tonk Women». Eso había estado cantando. Un tema que no se grabaría hasta al cabo de siete u ocho años, de un grupo que ni siquiera conseguiría un éxito en América hasta pasados otros tres. Mi mente se hallaba en otras cosas, pero aun así, ¿cómo había podido ser tan idiota?

—¿«Me sopló la nariz y me dejó la mente flipando»? ¿Escuchaste eso en la *radio*? ¡La Comisión Federal de Comunicaciones clausuraría una emisora que pinchara algo así!

En ese instante empecé a enfadarme. Sobre todo conmigo mismo… pero no *exclusivamente*. Yo estaba caminando por la cuerda floja y ella me gritaba por un tema de los Rolling Stones.

—Tranquilízate, Sadie. Es solo una *canción*. Ni siquiera sé *dónde* la oí.

—Eso es mentira y ambos lo sabemos.

—Estás flipando. Creo que será mejor que coja mi compra y me vaya a casa. —Intentaba mantener la voz calmada. El tono me resultaba familiar. Era el modo en que siempre intentaba hablar con Christy cuando llegaba a casa con una curda. La falda torcida, la blusa medio fuera, el pelo alborotado. Sin olvidar el lápiz de labios corrido… ¿a causa del borde de un vaso o por los labios de algún moscón de bar?

Solo rememorarlo me encrespó.

Otro error, pensé. Ignoraba si referido a Sadie, a Christy o a mí, pero en ese momento no me importaba. Jamás nos ponemos tan furiosos como cuando nos pillan, ¿verdad?

—Creo que será mejor que me cuentes dónde oíste esa canción si quieres volver aquí otra vez. Y dónde oíste lo que le respondiste al chico de la caja cuando te dijo que metería el pollo en dos bolsas para que no goteara.

—No tengo la menor idea de qué…

—«Cojonudo, tronco», eso fue lo que dijiste. Creo que será mejor que me cuentes dónde oíste *eso*. Y «*liarda parda*». Y «*boogie shoes*». Y «*menea el pandero*». Y «*estás flipando*», quiero saber dónde oíste esa jerga. Por qué nadie más que tú la utiliza. Quiero saber por qué te asustaste tanto con ese estúpido cántico de Jimla del que hablabas en sueños. Quiero saber dónde está Derry y por qué es como Dallas. Quiero saber cuándo estuviste casado, y con quién, y durante cuánto tiempo. Quiero saber dónde estuviste antes de ir a Florida, porque Ellie Dockerty dice que no lo sabe, que algunas de tus referencias son falsas. «Parecen muy imaginativas», así lo expresó.

Ellen no lo había averiguado por Deke, de eso estaba seguro… pero lo *había* averiguado. No me sorprendió demasiado, en realidad, pero me enfureció que se lo hubiera chismorreado a Sadie.

—¡No tenía ningún derecho a contarte eso!

Aplastó su cigarrillo y agitó la mano cuando se quemó con una pizca de ceniza al rojo.

—A veces te comportas como si vinieras…, no sé…, ¡de otro universo! ¡Uno donde las canciones hablan de tirarse a mujeres de

M-Memphis! Intenté convencerme de que no importa, que el a-a-amor todo lo vence, pero no es verdad. No vence a las mentiras. —Le tembló la voz, pero no lloró. Sus ojos continuaron clavados en los míos. Si en ellos solo hubiera habido enfado, habría sido un poquito más fácil. Sin embargo, también había súplica.

—Sadie, si pudieras…

—No. Ya no puedo más. Así que no empieces con la cantinela de que no estás haciendo nada vergonzoso ni para ti ni para mí. Eso debería decidirlo yo misma. Todo se reduce a que o se va la escoba, o te vas tú.

—Si lo supieras, no querrías…

—¡Pues cuéntamelo!

—*¡No puedo!* —La furia estalló como un globo pinchado y dejó un embotamiento emocional detrás. Aparté los ojos de su rostro tenso y por casualidad se posaron en el escritorio. Lo que vi allí me cortó la respiración.

Era un pequeño montón de solicitudes de empleo para su estancia en Reno de ese mismo verano. La de arriba iba destinada al Hotel & Casino Harrah. En la primera línea había escrito su nombre con esmeradas letras de imprenta. Su nombre *completo*, incluyendo el segundo, que nunca se me había ocurrido preguntarle.

Bajé las manos, muy despacio, y coloqué los pulgares sobre el primer nombre y la segunda sílaba de su apellido. Lo que quedó fue **DORIS DUN**.

Me acordé del día en que hablé con la esposa de Frank Dunning fingiendo ser un especulador inmobiliario interesado en el Centro Recreativo West Side. Ella era veinte años mayor que Sadie Doris Clayton, de soltera Dunhill, pero ambas mujeres compartían ojos azules, una tez exquisita y una perfecta figura de pechos generosos. Ambas mujeres fumaban. Todo ello podrían haber sido similitudes fortuitas, pero no lo eran. Y yo lo sabía.

—¿Qué estás haciendo? —El tono acusatorio indicaba que la verdadera pregunta era «*¿Por qué sigues eludiendo el tema?*», pero yo ya no estaba enfadado. Ni siquiera un poco.

—¿Estás segura de que él no sabe dónde estás? —pregunté.

—¿Quién? ¿Johnny? ¿Te refieres a Johnny? ¿Por qué…? —Fue en ese momento cuando decidió que era inútil. Se lo vi en la cara—. George, tienes que irte.

—Pero podría averiguarlo —indiqué—. Porque tus padres lo saben, y ellos piensan que es la mar de bueno, tú misma lo dijiste.

Di un paso hacia ella; ella dio un paso hacia atrás. Como cuando te apartas de una persona que ha demostrado tener perturbadas las facultades mentales. Vi en sus ojos el miedo y la falta de comprensión, pero aun así no pude detenerme. Recordad que yo mismo me encontraba aterrado.

—Aunque les pidieras que no se lo dijeran, él podría sonsacárselo. Porque es encantador. ¿Verdad, Sadie? Cuando no se está lavando compulsivamente las manos, o colocando los libros por orden alfabético, o hablando sobre lo repugnante que es tener una erección, él es muy, muy encantador. Sin duda, te cautivó *a ti*.

—Por favor, George, márchate. —Le temblaba la voz.

Di otro paso hacia ella, sin embargo. Sadie lo compensó con otro paso hacia atrás, chocó con la pared… y *se encogió*. Verla así fue como cruzarle la cara de una bofetada a un histérico o echarle un vaso de agua fría en la cara a un sonámbulo. Retrocedí hasta el arco entre la salita y la cocina, con las manos levantadas a ambos lados de la cabeza, como un hombre presentando su rendición. Precisamente lo que estaba haciendo.

—Me voy, pero Sadie…

—No entiendo cómo has podido hacerlo —dijo ella. Las lágrimas habían llegado; rodaban lentamente por sus mejillas . Ni por qué te niegas a *deshacerlo*. Teníamos algo maravilloso.

—Aún lo tenemos.

Sacudió la cabeza, despacio pero con firmeza.

Crucé la cocina como si flotara en lugar de andar, saqué la tarrina de helado de vainilla de una de las bolsas que descansaban en la encimera, y la metí en el congelador de su Coldspot. Una parte de mí pensaba que se trataba solo de un mal sueño del que pronto despertaría. La mayor parte de mí sabía más.

Sadie permaneció en el arco, observándome. Tenía un cigarrillo nuevo en una mano y las solicitudes de empleo en la otra. Ahora que lo veía, el parecido con Doris Dunning era sobrecogedor. Lo cual planteaba la cuestión de por qué no lo había visto antes. ¿Porque había estado preocupado por otros asuntos? ¿O era porque aún no había captado plenamente la inmensidad de las cosas en las que estaba enredado?

Al salir, me detuve en los escalones de la entrada y la miré a través de la malla de la mosquitera.

—Ten cuidado con él, Sadie.

—Johnny está confundido acerca de muchas cosas, pero no es peligroso —dijo—. Y mis padres nunca le dirían dónde estoy. Me lo prometieron.

—La gente puede romper promesas y la gente puede quebrarse. Especialmente aquellos que han estado sometidos a mucha presión y son mentalmente inestables.

—Debes irte, George.

—Prométeme que tendrás cuidado con él y lo haré.

—*¡Lo prometo, lo prometo, lo prometo!* —gritó. El modo en que el cigarrillo temblaba entre sus dedos era horrible; la combinación de temor, pérdida, pena y enfado en sus ojos enrojecidos resultaba mucho peor. Pude sentirlos siguiéndome todo el camino de vuelta hasta el coche.

Condenados Rolling Stones.

CAPÍTULO 17

1

Unos días antes de que se iniciara el período de exámenes finales, Ellen Dockerty me convocó a su despacho.

—Lamento el problema que te he causado, George —dijo tras cerrar la puerta—, pero si me viera otra vez en la misma situación, no estoy segura de si actuaría de forma distinta.

No dije nada. Se me había pasado el enfado, pero seguía aturdido. Apenas había conseguido conciliar el sueño desde la pelea y tenía el presentimiento de que las cuatro de la madrugada y yo íbamos a entablar una íntima amistad en un futuro cercano.

—Cláusula Veinticinco del Código Administrativo Escolar de Texas —indicó, como si eso lo explicara todo.

—Disculpa, Ellie, no entiendo.

—Fue Nina Wallingford quien me lo hizo notar. —Nina era la enfermera del distrito. Sumaba decenas de miles de kilómetros a su Ford Ranch Wagon cada curso recorriendo los ocho colegios del condado de Denholm, tres de los cuales aún pertenecientes a la categoría de una o dos aulas—. La Cláusula Veinticinco atañe a las normas estatales de vacunación en los colegios. Engloba tanto a profesores como a alumnos, y Nina señaló que no existía ningún registro de vacunación tuyo. De hecho, no existe ningún historial médico de ninguna clase.

Y allí estaba. El falso profesor descubierto por no haberse puesto una inyección contra la polio. Bueno, al menos no se debía a mi conocimiento anticipado de los Rolling Stones ni al uso inapropiado de cierta jerga.

—Estabas tan ocupado con la *Jamboree* y todo eso que decidí escribir a las escuelas donde habías enseñado para ahorrarte la molestia. Recibí una carta de Florida informándome de que ellos no exigen registros de vacunación a los suplentes. Sin embargo, lo que recibí de Maine y Wisconsin fue un «Nunca hemos oído hablar de él».

Se inclinó hacia delante desde detrás del escritorio, observándome. No pude sostenerle la mirada mucho tiempo. Lo que detecté en su rostro antes de redirigir la vista al dorso de mis manos fue una insoportable compasión.

—¿Le importaría al Consejo Estatal de Educación que hayamos contratado a un impostor? Mucho. Puede que incluso emprendiera acciones legales para recuperar tu año de salario. ¿Me importa a mí? Rotundamente no. Tu trabajo en la ESCD ha sido ejemplar. Lo que Sadie y tú hicisteis por Bobbi Jill Allnut fue absolutamente maravilloso, la clase de cosas que cosechan nominaciones para Profesor del Año del Estado.

—Gracias —musité—. Supongo.

—Pensé en acudir a Deke con esta información, pero lo que hice fue preguntarme qué haría Mimi Corcoran. Lo que Meems me aconsejó fue: «Si hubiera firmado un contrato para dar clases el próximo año y el siguiente, estarías obligada a actuar. Pero como se marcha dentro de un mes, te interesa (y también al instituto) guardar silencio». Después añadió: «Sin embargo, hay una persona que *tiene* que saber que no es quien dice ser».

Hizo una pausa.

—Le dije a Sadie que estaba segura de que tendrías una explicación lógica, pero parece que no es así.

Miré el reloj.

—Señorita Ellie, si no me vas a despedir, debería regresar a mi clase de la quinta hora. Estamos dando análisis sintáctico. Se me ha ocurrido ponerles esta oración compuesta: «*Soy inocente en este asunto, aunque no puedo decir por qué*». ¿Qué opinas? ¿Demasiado complicada?

—Demasiado complicada para mí, eso seguro —respondió en tono agradable.

—Una cosa. El matrimonio de Sadie fue difícil. Su marido tenía ciertas costumbres extrañas en las que no deseo entrar. Se llama

John Clayton y creo que puede ser peligroso. Es necesario que le preguntes a Sadie si tiene una foto de él, así le reconocerás si se presenta indagando por aquí.

—¿Y lo has deducido porque…?

—Porque ya he visto cosas similares antes. ¿Lo harás?

—Supongo que no me queda más remedio, ¿verdad?

No era una respuesta suficientemente válida.

—¿Se lo preguntarás?

—Sí, George. —Quizá lo dijera en serio; quizá solo me estuviera contentando. No estoy seguro.

Me dirigí hacia la puerta y entonces, como si estuviéramos pasando el rato con una charla insustancial, ella comentó:

—Le estás rompiendo el corazón a esa muchacha.

—Lo sé —contesté, y me marché.

2

Mercedes Street. Finales de mayo.

—¿Qué eres, soldador?

Me encontraba en el porche del 2706 con el propietario, un perfecto americano de nombre Jay Baker. Era un hombre bajo y fornido, con una barriga enorme a la que llamaba «el hogar que la cerveza construyó». Acabábamos de finalizar una rápida visita de la vivienda que, según me explicó Baker, se hallaba en un sitio «privilegiado por la cercanía a la parada del autobús», como si eso compensara los techos combados, las manchas de humedad de las paredes, la cisterna rajada y la atmósfera de decrepitud general.

—Vigilante nocturno —le informé.

—¿Sí? Ese es un buen trabajo. Puedes pasarte un montón de tiempo tocándote los huevos.

Tal apreciación no parecía requerir respuesta.

—¿No tienes mujer o críos?

—Estoy divorciado. Ellos volvieron al este.

—Y pagarás la dichosa pensión, ¿no?

Me encogí de hombros y él lo dejó estar.

—Así que te interesa la casa, Amberson.

—Supongo que sí —dije, y lancé un suspiro.

Sacó del bolsillo trasero un cuaderno con tapas de cuero flexibles donde anotaba los pagos.

—El primer mes y el último por adelantado, más otro de fianza.

—¿Fianza? Debe de estar bromeando.

Baker prosiguió como si no me hubiera oído.

—El alquiler se paga el último viernes de cada mes. Si te quedas corto o te retrasas, te vas a la calle, por cortesía del Departamento de Policía de Fort Worth. Ellos y yo nos llevamos realmente bien.

Echó mano al bolsillo de la camisa, cogió la colilla carbonizada de un puro, se metió el extremo masticado en la bocaza, e hizo saltar la llama de una cerilla de madera con la uña del pulgar.

Hacía calor en el porche; tenía la impresión de que iba a ser un largo y caluroso verano. Volví a suspirar. Después, con reticencia manifiesta, saqué mi cartera y empecé a eliminar billetes de veinte.

—En Dios confiamos —dije—. Todos los demás pagamos al contado.

Soltó una carcajada, expeliendo al mismo tiempo nubes de acre humo azulado.

—Esa es buena, la recordaré. Sobre todo el último viernes del mes.

No me podía creer que fuera a mudarme a esa deplorable chabola y a esa deplorable calle después de haber vivido en mi bonita casa al sur de allí, donde me enorgullecía de mantener un verdadero césped bien segado. A pesar de que aún no me había marchado de Jodie, ya sentí una punzada de nostalgia.

—Deme un recibo, por favor —pedí.

Eso al menos lo conseguí gratis.

3

Era el último día de clases. Las aulas y los pasillos se hallaban vacíos. Los ventiladores del techo ya removían aire caliente, aunque solo estábamos a 8 de junio. La familia Oswald había salido de Rusia; según las notas de Al, el *SS Maasdam* atracaría al cabo de cinco días en Hoboken. Allí desembarcarían; atravesarían la plancha y pisarían suelo estadounidense.

La sala de profesores se hallaba vacía, a excepción de por Danny Laverty.

—Eh, campeón. Tengo entendido que te vas a Dallas para terminar ese libro tuyo.

—Ese es el plan. —Fort Worth conformaba el verdadero plan, al menos en su inicio. Empecé a vaciar mi casilla, que estaba atestada de comunicados de fin de curso.

—Si yo fuera libre como el viento y no estuviera atado a una mujer, tres renacuajos y una hipoteca, puede que también intentara escribir un libro —dijo Danny—. Estuve en la guerra, ¿sabes?

Lo sabía. Todo el mundo lo sabía, normalmente a los diez minutos de conocerle.

—¿Tienes suficiente para vivir?

—Me las arreglaré.

Gracias a nueve meses de sueldo regular, contaba con casi doce mil dólares en el banco. Más que suficiente para llegar hasta el próximo abril, cuando esperaba concluir mis asuntos con Lee Oswald. No necesitaría hacer más expediciones a la Financiera Faith de Greenville Avenue. Ir allí una sola vez había sido increíblemente estúpido. Si quería, podría tratar de convencerme a mí mismo de que lo acontecido con mi casa de Florida solo había sido consecuencia de una travesura que se me fue de las manos, pero también había tratado de convencerme de que Sadie y yo estábamos bien, y mirad cómo había resultado *eso*.

Tiré el fajo de documentos administrativos de mi casilla a la basura... y vi un pequeño sobre sellado que de algún modo había pasado por alto. Sabía quién utilizaba sobres de ese tipo. Contenía una hoja de papel de carta sin saludo ni firma, a excepción de la tenue (tal vez incluso ilusoria) fragancia de su perfume. El mensaje era breve:

> Gracias por enseñarme lo buenas que pueden ser las cosas. Por favor, no digas adiós.

La sostuve en la mano durante un minuto, reflexionando, y después la guardé en el bolsillo de atrás del pantalón y eché a andar rápidamente hacia la biblioteca. No sé qué planeaba hacer ni qué pretendía decirle, pero nada de eso importó, pues la biblioteca se encontraba a oscuras y las sillas colocadas encima de las mesas. Probé el pomo, no obstante, pero la puerta estaba cerrada con llave.

Los dos únicos vehículos que quedaban en el extremo del aparcamiento reservado al profesorado eran el sedán Plymouth de Danny Laverty y mi Ford, cuya capota ahora se veía bastante ajada. Me identificaba con ella; yo mismo me sentía un poquito ajado.

—¡Señor A.! ¡Espere, señor A.!

Mike y Bobbi Jill corrían por el aparcamiento hacia mí. Mike llevaba un pequeño regalo envuelto, que me tendió.

—Yo y Bobbi le hemos comprado algo.

—Bobbi y *yo*. Y no teníais por qué hacerlo, Mike.

—Sí teníamos, hombre.

Me sentí conmovido al ver que Bobbi Jill estaba llorando, y complacido por ver que la espesa capa de Max Factor había desaparecido de su rostro. Ahora que sabía que los días de la cicatriz que la desfiguraba estaban contados, habían cesado sus intentos por ocultarla. Me dio un beso en la mejilla.

—Muchas, muchas, muchísimas gracias, señor Amberson. Nunca le olvidaré. —Miró a Mike—. Nunca le *olvidaremos*.

Y probablemente no lo hicieran. Eso era algo bueno. No compensaba la biblioteca cerrada y oscura, pero sí, era algo muy bueno.

—Ábralo —instó Mike—. Esperamos que le guste. Es para su libro.

Abrí el paquete. Dentro había una caja de madera de unos veinte centímetros de largo y cinco de ancho. Dentro de la caja, envuelta en seda, había una pluma estilográfica Waterman con las iniciales GA grabadas en la horquilla.

—Oh, Mike —dije—. Esto es demasiado.

—No sería suficiente ni aunque fuera de oro macizo —replicó él—. Usted ha cambiado mi vida. —Miró a Bobbi Jill—. Las vidas de los dos.

—Mike, fue un placer —manifesté.

Me abrazó, y eso en 1962 no es un gesto banal entre hombres. Le devolví el abrazo gustosamente.

—Siga en contacto —dijo Bobbi Jill—. Dallas no es lejos. —Hizo una pausa—. *Está.*

—Lo haré —convine, pero no lo haría, y ellos probablemente

tampoco. Emprenderían el camino hacia sus propias vidas y, si la suerte les sonreía, estas serían resplandecientes.

Empezaron a alejarse, pero entonces Bobbi se volvió.

—Es una lástima que ustedes dos rompieran. Me da mucha pena.

—A mí también —admití—, pero probablemente sea lo mejor.

Me dirigí a casa a empaquetar mi máquina de escribir y el resto de mis pertenencias, que calculaba que aún eran lo suficientemente escasas para caber en una maleta y unas pocas cajas de cartón. En el único semáforo de Main Street, abrí el estuche y contemplé la pluma. Era un objeto bello, un regalo que me emocionó inmensamente, pero me emocionaba aún más que me hubieran esperado para despedirse. El semáforo se puso en verde. Cerré el estuche y reanudé la marcha. Tenía un nudo en la garganta, pero mis ojos permanecieron secos.

5

Vivir en Mercedes Street no era una experiencia edificante.

Los días no eran tan malos. Resonaban con los gritos de los niños recién liberados del colegio, todos vestidos con prendas demasiado grandes, heredadas de hermanos mayores; amas de casa quejándose en los buzones o en los tendederos de los patios; adolescentes conduciendo herrumbrosas tartanas con silenciadores rellenos de fibra de vidrio y radios a todo volumen sintonizadas en la K-Life. Las horas entre las dos y las seis de la madrugada tampoco eran malas. Descendía entonces sobre la calle una especie de anonadado silencio cuando los bebés con cólico finalmente se dormían en sus cunas (o cajones de cómodas) y sus padres roncaban hacia otra jornada de salario por horas en los talleres, fábricas o granjas periféricas.

Entre las cuatro y las seis de la tarde, sin embargo, la calle se convertía en un constante repiqueteo de madres gritando a los críos que entraran cagando leches a hacer sus tareas y padres llegando a casa para gritar a sus mujeres, probablemente porque no tenían a nadie más a quien gritar. Muchas de las mujeres pagaban con la misma moneda. Los padres bebedores empezaban a aparecer hacia las ocho, y las cosas se tornaban realmente feas hacia las once, bien porque los bares cerraban, bien porque se acababa el dinero. Entonces oía portazos, ruido de cristales rotos y gritos de dolor cuando algún padre borracho ponía a tono a la mujer, al crío o a ambos. Luces estroboscópicas rojas se filtraban a menudo a través de las cortinas corridas cuando llegaba la policía. Un par de veces hubo disparos, quizá al aire, quizá no. Y una mañana a primera hora, cuando salí a coger el periódico, vi a una mujer con una costra de sangre seca en la mitad inferior de su rostro. Se encontraba sentada en el bordillo cuatro casas más abajo de la mía, bebiendo una lata de Lone Star. Estuve a punto de acercarme a comprobar si estaba bien, aun cuando sabía lo imprudente que sería involucrarme en la vida de aquel vecindario de clase obrera baja. Entonces ella se dio cuenta de que la miraba y levantó el dedo medio. Volví adentro.

No había Comités de Bienvenida ni mujeres llamadas Muffy o Buffy miembros de la Junior League. En cambio, Mercedes Street proporcionaba tiempo abundante para pensar. Tiempo para añorar a mis amigos de Jodie. Tiempo para añorar el trabajo que había mantenido mi mente alejada de la misión que me había llevado hasta allí. Tiempo para comprender que la enseñanza había logrado mucho más que distraerme; había satisfecho mi mente como lo hace el trabajo cuando te importa, cuando percibes que existe una posibilidad real de marcar la diferencia.

Había incluso tiempo para sentir lástima por mi otrora fantástico descapotable. Además de la radio inoperativa y las válvulas jadeantes, ahora balaba roncamente y petardeaba por el tubo de escape; una grieta surcaba el parabrisas, causada por una piedra que había salido rebotada de la parte de atrás de un pesado camión de asfaltado. Ya no me preocupaba de lavarlo, y ahora —tristemente— encajaba a la perfección con el resto de los vehículos escacharrados de Mercedes Street.

Sobre todo, había tiempo para pensar en Sadie.

«*Le estás rompiendo el corazón a esa muchacha*», había dicho Ellie Dockerty, pero el mío tampoco había salido bien parado. La idea de revelárselo todo a Sadie me asaltó una noche mientras yacía despierto escuchando una discusión de borrachos en la casa de al lado: *fuiste tú, yo no fui, fuiste tú, yo no fui, que te follen*. Rechacé la idea, pero regresó rejuvenecida a la mañana siguiente. Me imaginé a mí mismo sentado con ella en la mesa de su cocina, bebiendo café, bajo la fuerte luz del sol vespertino que entraba en diagonal por la ventana sobre el fregadero. Hablando tranquilamente. Contándole que mi verdadero nombre era Jacob Epping, que en verdad no nacería hasta al cabo de cuarenta años, que había llegado procedente del año 2011 a través de una fisura en el tiempo que mi difunto amigo Al Templeton denominaba madriguera de conejo.

¿Cómo la convencería de una historia semejante? ¿Contándole que cierto desertor estadounidense que había cambiado de opinión respecto a Rusia iba a instalarse dentro de poco al otro lado de la calle donde vivía yo ahora, junto con su esposa rusa y su bebé? ¿Contándole que ese otoño los Tejanos de Dallas —aún no los Cowboys, aún no el Equipo de América— iban a derrotar a los Petroleros de Houston por 20 a 17 después de una doble prórroga? Ridículo. Pero ¿qué otra cosa conocía acerca del futuro inmediato? No mucho, porque no había tenido tiempo para estudiar. Conocía una cantidad considerable de información sobre Oswald, pero eso era todo.

Ella me tomaría por un chiflado. Podría recitarle letras de otra docena de canciones que aún no se habían grabado, y me seguiría tomando por un chiflado. Me acusaría de inventármelas, ¿no era escritor, al fin y al cabo? Y suponiendo que me creyera, ¿estaba dispuesto a arrastrarla conmigo a la boca del lobo? ¿No era ya bastante malo que ella regresara a Jodie en agosto y que John Clayton pudiera estar buscándola si resultaba ser un eco de Frank Dunning?

—¡*Vale, lárgate entonces!* —gritó una mujer en la calle, y un coche se alejó acelerando en dirección a Winscott Road. Una cuña de luz escrutó brevemente a través de la rendija entre las cortinas y surcó el techo como un relámpago.

—¡*SOPLAPOLLAS!* —vociferó la mujer.

Una voz masculina, a cierta distancia, replicó:

—Chúpemela, señora, a ver si con eso se calma.

Eso era la vida en Mercedes Street en el verano de 1962.

Déjala al margen. Hablaba la voz de la razón. *La cuestión de si serías o no capaz de convencerla no viene al caso. Sencillamente, es demasiado peligroso. Quizá en un futuro ella pueda volver a formar parte de tu vida —una vida en Jodie, incluso— pero ahora no.*

Salvo que para mí nunca existiría una vida en Jodie. Considerando lo que Ellen sabía de mi pasado, enseñar en el instituto era el sueño de un loco. ¿Y qué otra cosa iba a hacer? ¿Verter cemento?

Una mañana preparé la cafetera y salí a recoger el periódico. Cuando abrí la puerta, vi que los dos neumáticos de atrás del Sunliner estaban desinflados. Algún mocoso aburrido los había rajado con un cuchillo. Eso también era la vida en Mercedes Street en el verano de 1962.

6

El 14 de junio, jueves, me puse unos vaqueros, una camisa de trabajo azul y un viejo chaleco de cuero que había adquirido en una tienda de segunda mano en la carretera de Camp Bowie. Después pasé la mañana dando vueltas por la casa, como si me fuera a algún sitio. No tenía televisión, pero escuchaba la radio. Según las noticias, el presidente Kennedy planeaba una visita de estado a México a finales de mes. El informe meteorológico anunciaba cielos limpios y temperaturas cálidas. El DJ parloteó un rato y después pinchó «Palisades Park». Los gritos y efectos sonoros del disco simulando una montaña rusa me desgarraron la cabeza.

Al final no pude aguantar más. Iba a llegar temprano, pero no me importaba. Monté en el Sunliner —que ahora ostentaba dos neumáticos recauchutados de banda negra para acompañar a los de banda blanca delanteros— y conduje los sesenta y pico kilómetros hasta el aeropuerto Love Field, al noroeste de Dallas. No había aparcamiento de corta ni de larga estancia, simplemente aparcamiento. Costaba setenta y cinco centavos al día. Me encasqueté mi viejo sombrero de paja veraniego en la cabeza y recorrí a pie aproximadamente un kilómetro hasta el edificio de la terminal. Un par de policías de Dallas bebían café en la acera, pero en el interior no había guardias de seguridad ni detectores de metal que franquear. Los pasajeros sencillamente enseñaban las tarjetas de embarque a un tipo de pie junto a la puerta y luego cruzaban la abrasadora pista hasta los aviones pertenecientes a cinco aerolíneas: American, Delta, TWA, Frontier y Texas Airways.

Inspeccioné la pizarra instalada en la pared detrás del mostrador de Delta. Ponía que el Vuelo 194 llegaba a la hora prevista. Cuando pregunté a la azafata para cerciorarme, sonrió y me informó de que acababa de despegar de Atlanta.

—Pero viene usted tempranísimo.

—No puedo evitarlo —dije—. Probablemente llegaré temprano a mi propio funeral.

Rió y me deseó un buen día. Compré un ejemplar de la revista *Time* y caminé hasta el restaurante, donde pedí la Ensalada del Chef Séptimo Cielo. Era enorme y yo estaba demasiado nervioso para tener hambre —conocer a la persona que cambiará la historia del mundo no es algo que pase todos los días—, pero me proporcionaba algo para picar mientras esperaba el aterrizaje del avión que transportaba a la familia Oswald.

Me senté en un reservado con una buena vista de la terminal principal. No se hallaba muy concurrida, y una mujer joven con un traje chaqueta azul oscuro captó mi atención. Tenía el cabello enroscado en un cuidado moño. Llevaba una maleta en cada mano. Un maletero negro se le acercó. Ella rehusó con un movimiento de cabeza, sonriendo, y luego se golpeó el brazo al pasar junto a la esquina de la caseta de Asistencia al Viajero. Dejó caer una de las maletas, se frotó el codo, recogió el equipaje, y prosiguió su avance con pasos largos.

Sadie rumbo a su estancia de seis semanas en Reno.

¿Me sorprendió? En absoluto. Se trataba nuevamente de aquella cuestión de la convergencia. Ya estaba acostumbrado. ¿Me anegó el impulso de salir corriendo del restaurante para alcanzarla antes de que fuera demasiado tarde? Por supuesto.

Por un momento se me antojó más que posible, se me antojó necesario. Le diría que el destino (en lugar de algún extraño armónico de una onda temporal) nos había traído al aeropuerto. Ese argumento funcionaba en las películas, ¿verdad? Le pediría que esperara mientras sacaba un pasaje a Reno y le diría que se lo explicaría todo una vez estuviéramos allí. Y cuando transcurrieran las seis semanas obligatorias, podríamos invitar a un trago al juez que nos casaría después de que le hubiera concedido el divorcio.

De hecho, empezaba a levantarme cuando mis ojos se posaron por casualidad en la revista *Time* que había comprado en el quiosco. Jacqueline Kennedy aparecía en portada, sonriente, radiante, luciendo un vestido sin mangas con cuello en uve. LOS VESTIDOS DE LA PRIMERA DAMA PARA EL VERANO, rezaba la leyenda. Mientras contemplaba la fotografía, el color viró hacia el blanco y negro y su semblante mudó de una alegre sonrisa a una mirada ausente. Ahora estaba al lado de Lyndon Johnson en el *Air Force One*. Ya no llevaba el bonito (y ligeramente sexy) vestido veraniego; un traje chaqueta de lana salpicado de sangre había ocupado su lugar. Recordaba haber leído —no en las notas de Al, sino en algún otro sitio— que no mucho después de dictaminarse la muerte de su marido, Lady Bird Johnson se había acercado a abrazar a la señora Kennedy y había visto un pegote del cerebro del difunto presidente en ese traje.

Un presidente con un disparo en la cabeza. Y todos los muertos que vendrían después, formando tras él una fantasmal fila que se extendía hasta el infinito.

Me volví a sentar y observé a Sadie acarrear sus maletas hacia el mostrador de Frontier Airlines. Se notaba claramente que los bultos eran pesados, pero ella los transportaba *con brío*, la espalda recta, los zapatos bajos taconeando enérgicamente. El empleado facturó las maletas y las colocó en un carrito para equipajes; luego, ella le entregó el billete que había comprado dos meses antes en una agencia de viajes y el empleado garabateó algo. Se lo devolvió y ella se dirigió hacia la puerta de embarque. Agaché la cabeza para cerciorarme de que no me veía. Cuando alcé la vista de nuevo, ya no estaba, había desaparecido.

7

Cuarenta eternos minutos más tarde, un hombre, una mujer y dos niños pequeños —chico y chica— pasaron por delante del restaurante. El niño iba agarrado de la mano de su padre y parloteaba. El padre bajaba la vista hacia él, asintiendo y sonriendo. El padre era Robert Oswald.

El altavoz tronó: «El vuelo 194 de Delta procedente de Newark y el aeropuerto municipal de Atlanta está efectuando su llegada. Los pasajeros podrán ser recibidos en Puerta 4. Vuelo 194 de Delta efectuando su llegada».

La esposa de Robert —Vada, de acuerdo con las notas de Al— cogió a la pequeña en brazos y apuró el paso. No había rastro de Marguerite.

Picoteé la ensalada, masticando sin saborear. El corazón me latía con fuerza.

Oí un rugido de motores aproximándose y vi el blanco morro de un DC-8 que se detenía. Los que esperaban se apiñaron alrededor de la puerta. Una camarera me dio una palmada en el hombro y casi pegué un grito.

—Disculpe, señor —dijo en un acento de Texas tan espeso que casi se podía cortar—. Quería preguntarle si le traigo alguna cosa más.

—No —respondí—. Así está bien.

Ah, perfecto.

Los primeros pasajeros empezaron a cruzar la terminal. Todos ellos eran hombres trajeados con prósperos cortes de pelo. Por supuesto. Los primeros pasajeros en bajar del avión siempre eran los de primera clase.

—¿Seguro que no quiere un trozo de tarta de melocotón? Está recién hecha.

—No, gracias.

—¿Está seguro, corazón?

Los pasajeros de clase turista irrumpieron en ese momento en oleadas. Había mujeres además de hombres, todos engalanados con equipaje de mano. Oí chillar a una mujer. ¿Era Vada saludando a su cuñado?

—Estoy seguro —dije, y cogí la revista.

Ella captó la indirecta. Me quedé removiendo los restos de la ensalada en una sopa anaranjada de aliño francés y observando. Ahí llegaban un hombre y una mujer con un bebé, pero este debía de tener ya edad para caminar; demasiado mayor para ser June. Los pasajeros pasaron por delante del restaurante, charlando con los amigos y familiares que habían ido a recogerlos. Vi a un muchacho con uniforme militar palmear el trasero de su novia. Ella rió, le dio un cachete en la mano y se puso de puntillas para besarle.

Durante cinco minutos la terminal estuvo llena. Después la gente empezó a dispersarse. No había señal de los Oswald. Me asaltó una descabellada certeza: no estaban en el avión. Yo no solo había viajado hacia atrás en el tiempo, había saltado a alguna especie de universo paralelo. Quizá Míster Tarjeta Amarilla debía impedir que algo así sucediera, pero Míster Tarjeta Amarilla estaba muerto y eso me liberaba. ¿No hay Oswald? Perfecto, no hay misión. Kennedy iba a morir en alguna otra versión de América, pero no en esta. Podría dar alcance a Sadie y vivir felices y comer perdices.

La idea no había hecho más que cruzarme la mente cuando vi a mi objetivo por primera vez. Robert y Lee caminaban uno al lado del otro, hablando animadamente. Lee balanceaba lo que era un maletín de grandes dimensiones o una cartera mochila pequeña. Robert asía una maleta rosa con esquinas redondeadas que parecía un objeto sacado del armario de Barbie. Vada y Marina iban detrás. Vada había cogido uno de los dos bolsos con mosaicos de tela. Marina llevaba el otro colgado del hombro. También llevaba en brazos a June, que ahora tenía cuatro meses, y se esforzaba en mantener el ritmo. Los hijos de Robert y Vada la flanqueaban, mirándola con abierta curiosidad.

Vada llamó a los hombres y estos se detuvieron casi delante del restaurante. Robert sonrió y cogió el bolso de Marina. Lee mostraba un semblante… ¿divertido? ¿De complicidad? Quizá ambas cosas. La insinuación diminutísima de una sonrisa le creaba unos hoyuelos en las comisuras de la boca. El anodino cabello oscuro estaba pulcramente peinado. De hecho, con su camisa blanca planchada, sus pantalones caquis y sus zapatos abrillantados, simbolizaba al perfecto marine. No parecía un hombre que acababa de completar un viaje alrededor de medio mundo; no se detectaba ni una arruga en él ni sombra de barba en sus mejillas. Tenía veintidós años, pero aparentaba la edad de uno de los adolescentes de mi última clase de literatura americana.

Lo mismo podía decirse de Marina, aunque ella no tendría edad suficiente para comprar legalmente una bebida alcohólica hasta al cabo de un mes. Daba la impresión de estar agotada y perpleja, pero lo admiraba todo. Además, era hermosa, con nubes de cabello oscuro y ojos azules vueltos hacia arriba y en cierta manera atribulados.

Los bracitos y las piernecitas de June estaban envueltos en pañales de tela. Incluso llevaba algo enrollado alrededor del cuello, y aunque no lloraba, tenía el rostro enrojecido y sudoroso. Lee cogió al bebé. Marina sonrió con gratitud, y cuando sus labios se separaron, vi que le faltaba un diente. El resto eran amarillentos, uno de ellos casi negro. El contraste con su piel cremosa y sus preciosos ojos era discordante.

Oswald se inclinó hacia ella y dijo algo que le borró la sonrisa del rostro. Ella alzó la vista con recelo. Su marido añadió algo más, clavándole un dedo en el hombro mientras hablaba. Recordé la historia de Al y me pregunté si Oswald le estaría diciendo ahora a su esposa lo mismo: *pokhoda, cyka*; camina, perra.

Pero no. Eran los pañales la causa de su alteración. Los arrancó —primero de los brazos, después de las piernas— y se los tiró a Marina, que los atrapó con torpeza. Luego miró en derredor para comprobar que nadie los observaba.

Vada se acercó y le tocó el brazo a Lee. Este hizo caso omiso, se limitó a desenrollar la bufanda de algodón improvisada del cuello de June y también se la tiró a Marina. Cayó al suelo de la terminal. Ella se agachó y la recogió sin decir nada.

Robert se unió a ellos y propinó un puñetazo amistoso en el hombro a su hermano. La terminal se hallaba ahora casi completamente despejada —el último de los pasajeros en abandonar el avión había adelantado a la familia Oswald— y pude oír sus palabras con claridad.

—Dale un respiro, acaba de llegar. Ni siquiera sabe todavía dónde está.

—Mira a la cría —indicó Lee, y elevó a June para que la viera bien, con lo que, finalmente, el bebé se puso a llorar—. La lleva envuelta como a una maldita momia de Egipto porque así es como lo hacen allá. No sé si reírme o llorar. *Staryj baba!* Vieja. —Se volvió hacia Marina con el bebé berreante en brazos. Ella lo miró con miedo—. *Staryj baba!*

Ella trató de sonreír del modo en que sonríe la gente que sabe que es el blanco de la broma aunque ignore el porqué. Pensé fugazmente en Lennie, en *De ratones y hombres*. Entonces, una amplia sonrisa, chulesca y ligeramente de soslayo, iluminó el rostro de Oswald. Casi le hizo parecer atractivo. Besó a su esposa con dulzura, primero en una mejilla y luego en la otra.

—¡Estados Unidos! —exclamó, y volvió a besarla—. ¡Estados Unidos, Rina! ¡La tierra de los libres y el hogar de los mierdas!

La sonrisa de Marina se tornó radiante. Lee empezó a dirigirse a ella en ruso, devolviéndole el bebé mientras hablaba. La rodeó con un brazo por la cintura a la vez que procuraba serenar a June. Cuando salían de mi campo de visión, ella se cambió el bebé al hombro para poder tomar de la mano a su marido. Aún sonreía.

8

Regresé a casa —si podía llamar «casa» a Mercedes Street— y traté de echarme una siesta. No pude conciliar el sueño, así que me quedé tendido con las manos en la nuca escuchando los inquietantes ruidos callejeros y hablando con Al Templeton. Ahora que estaba solo, me descubría haciéndolo bastante a menudo. Para ser un hombre muerto, él siempre tenía mucho que decir.

—He sido un estúpido por venir a Fort Worth —reconocí—. Si intento conectar el micro a la grabadora, me arriesgo a que alguien me vea. El mismo Oswald podría verme, y eso lo cambiaría todo. Ya está paranoico, lo decías en tus notas. Sabía que la KGB y el Ministerio de Interior Ruso le estaban vigilando en Minsk, y va a temer que el FBI y la CIA le vigilen aquí. De hecho, el FBI le *vigilará*, al menos durante un período de tiempo.

—Sí, tendrás que ser cuidadoso —coincidió Al—. No será fácil, pero confío en ti, socio. Por eso te llamé.

—Ni siquiera quiero estar cerca de él. Me bastó con verlo en el aeropuerto para que se me pusieran los pelos como escarpias.

—Lo sé, pero no tienes más remedio. Como cocinero que pasó casi toda su maldita vida entre fogones, puedo asegurarte que jamás se ha hecho una tortilla sin cascar huevos. Y sería un error sobrestimar a este individuo. No es ningún supercriminal. Además, va a estar distraído, sobre todo por la bruja de su madre. ¿Cómo va a lograr ser bueno en algo? Durante una temporada, solo se le dará bien gritar a su mujer y pegarle cuando se cabree tanto que eso no le baste.

—Creo que ella le importa. Un poco, al menos; quizá mucho, a pesar de los gritos.

—Sí, y son esos tipos los que más posibilidades tienen de terminar jodiendo a sus mujeres. Mira a Frank Dunning. Tan solo ocúpate de tus asuntos, socio.

—¿Y qué voy a conseguir si me las apaño para conectar el micro? ¿Una grabación de sus discusiones? ¿Y en *ruso*? *Eso sí* que me servirá de ayuda.

—No necesitas descodificar su vida familiar. Es en George de Mohrenschildt en quien debes centrar tus indagaciones. Tienes que cerciorarte de que De Mohrenschildt no está involucrado en el atentado contra el general Walker. Una vez conseguido eso, la ventana de incertidumbre se cierra. Y míralo por el lado bueno. Si Oswald te pilla espiándolo, es posible que sus acciones futuras cambien para *bien*. A la postre, tal vez no intente asesinar a Kennedy.

—¿En serio lo crees?

—No, la verdad es que no.

—Yo tampoco. El pasado es obstinado. No quiere ser cambiado.

—Socio, ahora empiezas… —dijo Al.

—A pillarlo —me oí susurrar—. Ahora empiezo a pillarlo.

Abrí los ojos. Me había quedado dormido, después de todo. La última luz de la tarde se filtraba a través de las cortinas corridas. En algún lugar a no mucha distancia, en Davenport Street de Fort Worth, los hermanos Oswald y sus esposas estarían sentándose a cenar: la primera comida de Lee tras su regreso al viejo terruño.

Desde el exterior de mi propio pedacito de Fort Worth me llegó el cántico de un juego de comba. Me sonaba muy familiar. Me levanté, atravesé la salita en penumbra (amueblada con nada más que dos butacas de segunda mano) y abrí una de las pesadas cortinas un par de centímetros. Instalarlas había sido mi primera tarea en la casa. Quería ver; no quería ser visto.

El 2703 aún se hallaba deshabitado, con un cartel de SE ALQUILA clavado en la barandilla del desvencijado porche, pero el césped no estaba desierto. Allí, dos niñas giraban una cuerda mientras una tercera la esquivaba moviendo ambos pies adentro y afuera. Por supuesto, no eran las mismas niñas que había visto en Kossuth Street de Derry: estas tres, vestidas con vaqueros remendados y desteñidos en vez de con pantaloncitos cortos nuevos y limpios, parecían raquíticas y desnutridas, pero cantaban la misma tonadilla, solo que ahora con acento tejano.

—¡Charlie Chaplin se fue a *Francia*! ¡Para ver a las damas que *danzan*! ¡Saluda al *Capitán*! ¡Saluda a la *Reina*! ¡Mi viejo un submarino go-bier-na!

La niña que saltaba se enredó con los pies y cayó trastabillando en los hierbajos que servían de césped en el 2703. Las otras dos se abalanzaron encima y las tres rodaron por el suelo. Después se pusieron de pie y se marcharon pitando.

Las observé mientras se alejaban, pensando: *Las he visto pero ellas a mí no. Algo es algo. Es un comienzo. Pero Al, ¿dónde está la meta?*

De Mohrenschildt guardaba la clave de toda la trama, lo único que me impedía matar a Oswald en cuanto se instalara al otro lado de la calle. George de Mohrenschildt, un geólogo especialista en petróleo que especulaba con arrendamientos petrolíferos. Un hombre que vivía el estilo de vida de un *playboy*, principalmente gracias a la fortuna de su mujer. Al igual que Marina, era un exiliado ruso, pero, a diferencia de ella, procedía de una familia noble; de hecho, poseía el título de *barón* de Mohrenschildt. El hombre que iba a convertirse en el único amigo de Lee Oswald durante los pocos meses de vida que le quedaban a Oswald. El hombre que iba a sugerirle que el mundo estaría mucho mejor sin cierto ex general racista de derechas. Si De Mohrenschildt resultaba formar parte del atentado contra la vida de Edwin Walker, mi situación se complicaría inmensamente; todas las descabelladas teorías de la conspiración entrarían en juego. Al, sin embargo, creía que todo cuanto el geólogo ruso había hecho (o *haría*; como ya he comentado, vivir en el pasado es confuso) era incitar a un hombre que ya estaba obsesionado con la fama y era mentalmente inestable.

Al había escrito en sus notas: «*Si Oswald actúa por su cuenta la noche del 10 de abril de 1963, las probabilidades de que haya otro tirador involucrado en el asesinato de Kennedy siete meses después se reducen al uno por ciento o menos*».

Debajo, en letras mayúsculas, formulaba el veredicto final: *SUFICIENTE PARA LIQUIDAR AL HIJO DE PUTA.*

9

Ver a las niñas sin que ellas me vieran me hizo pensar en aquella vieja película de Jimmy Stewart, *La ventana indiscreta*. Un persona podía ver mucho sin siquiera abandonar su propia sala de estar. Especialmente si contaba con las herramientas adecuadas.

Al día siguiente fui a una tienda de artículos deportivos y compré un par de prismáticos Bausch & Lomb, recordándome que debía ser precavido con los reflejos del sol en las lentes. Dado que el 2703 se encontraba en el lado oriental de Mercedes Street, pensé que cualquier hora después del mediodía sería bastante segura en ese aspecto. Introduje los binoculares por el resquicio entre las cortinas, y cuando regulé la rueda de enfoque, el cutre salón-cocina al otro lado se hizo tan luminoso y detallado que era como si me encontrara allí.

La Lámpara Inclinada de Pisa aún continuaba en el viejo buffet-aparador donde se guardaban los utensilios de cocina, esperando a que alguien la encendiera y activara el micro. Sin embargo, de nada me serviría si no conectaba el diminuto magnetófono japonés, capaz de grabar hasta doce horas a su velocidad más baja. Lo había probado, hablando de verdad a la lámpara de repuesto (lo cual me hizo sentir como un personaje de una comedia de Woody Allen), y aunque la grabación sonaba como arrastrándose, las palabras eran comprensibles. Todo lo cual significaba que estaba en condiciones de entrar en acción.

Si me atrevía.

10

El Cuatro de Julio en Mercedes Street fue un día de mucho movimiento. Hombres con el día libre regaban céspedes que se hallaban más allá de la salvación —aparte de unas pocas tormentas a última hora de la tarde, el tiempo había sido caluroso y seco— y luego se arrellanaban en sillas de jardín a escuchar el partido de béisbol en la radio y a beber cerveza. Pelotones de subadolescentes tiraban petardos a chuchos callejeros y las pocas gallinas errantes. Una de las aves fue alcanzada y explotó en una masa de sangre y plumas. El niño responsable del lanzamiento fue arrastrado entre gritos dentro de una de las casas calle abajo por una madre a medio vestir, solo con una enagua y una gorra de béisbol Farmall. Deduje por su inestable andar que ella misma se había trincado unas cuantas birras. Lo más cercano a un espectáculo de fuegos artificiales tuvo lugar después de las diez de la noche, cuando alguien, posiblemente el mismo chaval que había rajado los neumáticos de mi descapotable, prendió fuego a un viejo Studebaker que llevaba alrededor de una semana abandonado en el aparcamiento del almacén de Montgomery Ward. El cuerpo de bomberos de Fort Worth se presentó para extinguirlo y todo el mundo se echó a la calle a mirar.

Salve, Columbia.

A la mañana siguiente me acerqué a inspeccionar la carrocería quemada, que descansaba con tristeza sobre los restos derretidos de los neumáticos. Divisé una cabina telefónica próxima a uno de los muelles de carga del almacén y, en un impulso, llamé a Ellie Dockerty, logrando que la operadora localizara el número y me conectara. Lo hice en parte porque me sentía solo y nostálgico; principalmente, porque deseaba tener noticias de Sadie.

Ellie contestó al segundo tono de llamada y parecía encantada de oír mi voz. Allí de pie, en una cabina telefónica abrasadora, con Mercedes Street durmiendo la borrachera del Glorioso Cuatro de Julio a mi espalda y el olor a vehículo calcinado en mis fosas nasales, eso me arrancó una sonrisa.

—Sadie está bien. He recibidos dos postales y una carta. Trabaja como camarera en el Harrah. —Bajó la voz—. Creo que como camarera de *cócteles*, pero el consejo escolar jamás se enterará de eso por mí.

Visualicé las largas piernas de Sadie con una falda corta. Visualicé a hombres de negocios intentando ver sus ligas o echando miradas al interior del valle de su escote cuando ella se inclinaba para servir las bebidas en una mesa.

—Preguntó por ti —dijo Ellie, lo cual me arrancó una nueva sonrisa—. No quise decirle que has zarpado al fin del mundo, por cuanto sabe cualquiera en Jodie, así que le conté que estabas muy ocupado con tu libro y que te iba bien.

Hacía un mes o más que no añadía una sola palabra a *El lugar del crimen*, y las dos ocasiones en que intenté leer el manuscrito, todo me daba la impresión de estar escrito en púnico del siglo tercero.

—Me alegro de que le vaya bien.

—El requisito de residencia será satisfecho a finales de mes, pero ha decidido quedarse hasta agotar las vacaciones de verano. Dice que las propinas son muy buenas.

—¿Le pediste una foto de su futuro ex marido?

—Justo antes de que se marchara, pero no tenía ninguna. Cree que sus padres tienen varias, pero se negó a escribirles. Dijo que ellos nunca habían renunciado al matrimonio, y que eso les daría falsas esperanzas. Además, ella opinaba que exagerabas. Que exagerabas *como un bellaco*, esa fue la frase que usó.

Me sonaba muy propio de mi Sadie. Solo que ya no la podía llamar mía. Ahora simplemente era «*eh, camarera, tráenos otra ronda… y esta vez agáchate un poco más*». Todo hombre tiene una vena celosa, y la mía tañía con fuerza la mañana del 5 de julio.

—¿George? No me cabe duda de que todavía le importas, y puede que no sea demasiado tarde para esclarecer este embrollo.

Pensé en Lee Oswald, que no atentaría contra la vida del general Edwin Walker hasta al cabo de otros nueve meses.

—Es demasiado pronto —señalé.

—¿Cómo dices?

—Nada. Me ha encantado hablar contigo, señorita Ellie, pero dentro de poco la operadora va a irrumpir en la línea pidiéndome más dinero y me he quedado sin monedas.

—Supongo que no querrás venir hasta aquí a tomar una hamburguesa y un batido en el Diner, ¿verdad? Si quieres, invitaré a Deke Simmons para que nos acompañe. Pregunta por ti casi a diario.

La idea de volver a Jodie y ver a mis amigos del instituto era probablemente lo único que podría haberme animado aquella mañana.

—Por supuesto. ¿Esta tarde sería demasiado apresurado? ¿A las cinco, por ejemplo?

—Es perfecto. Los ratones de campo cenamos temprano.

—Bien. Estaré allí. Pago yo.

—Eso habrá que verlo.

11

Al Stevens había contratado a una chica que yo conocía de la clase de inglés comercial y me sentí conmovido por el modo en que se le iluminó el rostro cuando vio quién estaba sentado con Ellie y Deke.

—¡Señor Amberson! Caramba, ¡qué alegría verle! ¿Cómo le va?

—Estupendamente, Dorrie —dije.

—Bueno, pero yo que usted me pediría *todo* el menú. Ha perdido peso.

—Es cierto —asintió Ellie—. Necesitas que alguien cuide bien de ti.

El bronceado mexicano de Deke se había desvanecido, lo cual me indicó que pasaba la mayor parte de su retiro en casa, y cualquier peso que yo hubiera perdido, él lo había encontrado. Me estrechó la mano con un fuerte apretón y expresó su alegría por verme. No había artificios en el hombre. Ni en Ellie Dockerty, para el caso. Cambiar aquel lugar por Mercedes Street, donde celebraban el Cuatro de Julio haciendo explotar gallinas, me parecía cada vez más una locura, daba igual lo que supiera acerca del futuro. Definitivamente, esperaba que Kennedy lo valiera.

Comimos hamburguesas, patatas fritas crujientes de aceite y tarta de manzana con helado. Hablamos sobre quién estaba haciendo qué, y nos echamos unas risas a costa de Danny Laverty, que finalmente estaba escribiendo su largamente rumoreado libro. Ellie comentó que, según la esposa de Danny, el primer capítulo se titulaba «Entro en liza».

Hacia el término de nuestra comida, mientras Deke rellenaba su pipa con Prince Albert, Ellie levantó una bolsa que había guardado bajo la mesa y sacó un libro enorme que me pasó por encima de los restos grasientos de nuestra cena.

—Página ochenta y nueve. Y mantenlo lejos de ese antiestético charco de ketchup, haz el favor. Es exclusivamente un préstamo, y quisiera devolverlo en el mismo estado en que lo recibí.

Se trataba de un anuario titulado *Colas de tigre*, y procedía de una institución mucho más finolis que la ESCD. *Colas de tigre* estaba encuaderno en piel en vez de tela, las páginas eran gruesas y satinadas, y la sección de anuncios en la parte de atrás tenía fácilmente un grosor de cien páginas. La institución que conmemoraba —*exaltaba* sería la mejor definición— era la Academia Longacre de Savannah. Hojeé la sección del último curso, de un uniforme tono vainilla, y se me ocurrió que hacia 1990 incluiría una o dos caras de color. Quizá.

—¡Cuernos! —exclamé—. Para Sadie, cambiar este sitio por Jodie debió de suponer un duro golpe a su cartera.

—Creo que estaba ansiosa por marcharse —dijo Deke en voz baja—. Y estoy seguro de que tenía sus razones.

Pasé a la página ochenta y nueve. El encabezamiento rezaba DEPARTAMENTO DE CIENCIAS DE LONGACRE. Mostraba la trillada imagen de cuatro profesores con bata blanca de laboratorio sosteniendo burbujeantes vasos de precipitados (en plan doctor Jekyll), y debajo había cuatro fotos de estudio. John Clayton no se parecía ni un ápice a Lee Oswald, pero poseía esa clase de rostro que con gusto se relega al olvido, y las comisuras de los labios formaban hoyuelos por ese mismo asomo de sonrisa. ¿Era el fantasma de la diversión o un desprecio apenas camuflado? Diablos, quizá fue lo mejor que logró el cabrón obsesivo compulsivo cuando el fotógrafo le pidió que dijera «patata». Los únicos rasgos distintivos eran unas sienes levemente hundidas, casi a juego con los hoyuelos en las comisuras de la boca. Aunque la foto era en blanco y negro, la claridad de sus ojos me revelaba con certeza que eran azules o grises.

Giré el libro hacia mis amigos.

—¿Veis estas mellas a ambos lados de la cabeza? ¿Son una formación natural, como una nariz aguileña o un hoyuelo en la barbilla?

—No —dijeron exactamente al mismo tiempo. Hasta cierto punto resultó cómico.

—Son marcas de fórceps —observó Deke—. Se deben a que el médico se hartó de esperar y extrajo a la criatura. Normalmente desaparecen, pero no siempre. Si el pelo no le raleara en las sienes, difícilmente podrías verlas, ¿verdad?

—¿Y no ha aparecido por aquí preguntando por Sadie? —inquirí.

—No —respondieron nuevamente al unísono. Ellen agregó—: Nadie ha preguntado por ella. Excepto tú, George. Maldito estúpido. —Sonrió como hace la gente cuando gasta una broma que en realidad no lo es.

Miré mi reloj y dije:

—Ya os he entretenido bastante. Es hora de que regrese.

—¿Quieres dar un paseo hasta el campo de fútbol antes de irte? —preguntó Deke—. El entrenador Borman me pidió que te llevara, si se presentaba la ocasión. Ya tiene a los muchachos entrenando, por supuesto.

—Por lo menos lo hacen en el frescor de la tarde —dijo Ellie al tiempo que se levantaba—. Gracias a Dios por los pequeños dones. ¿Recuerdas cuando el chico de los Hasting sufrió una insolación hace tres años, Deke? ¿Y que al principio pensaron que era un ataque al corazón?

—No imagino por qué querría verme —comenté—. Convertí uno de sus defensas estrella al lado oscuro del universo. —Bajé el tono y susurré con voz ronca—: *¡Arte dramático!*

Deke sonrió.

—Sí, pero quizá salvaste a otro de la «camisa roja» en Alabama. Eso piensa Borman, al menos. Porque, hijo mío, es lo que Jim La-Due le contó.

En un primer momento no tuve la menor idea de qué estaba hablando. Entonces recordé el Baile de Sadie Hawkins y sonreí abiertamente.

—Lo único que pasó fue que pillé a tres de los muchachos pasándose una botella de matarratas. La lancé al otro lado de la valla.

Deke había dejado de sonreír.

—¿Era Vince Knowles uno de ellos? ¿Sabías que estaba borracho el día en que volcó su camioneta?

—No. —Sin embargo, no me sorprendía. Los autos y la bebida forman un cóctel popular, y a menudo letal, en los institutos.

—Pues sí. Eso, combinado con el sermón que les echaste en el baile, ha hecho que LaDue reniegue de la bebida.

—¿Qué les dijiste? —preguntó Ellie. Hurgaba en su bolso en busca de la cartera, pero me encontraba demasiado perdido en el recuerdo de aquella noche para discutir con ella por la cuenta. *«No jodáis vuestro futuro»*, eso había dicho. Y a Jim LaDue, aquel de la perezosa sonrisa de «Manejo el mundo a mi antojo», le había calado hondo. Nunca sabemos en qué vidas influimos, ni cuándo, ni por qué. No lo descubrimos hasta que el futuro devora el presente. Cuando es demasiado tarde.

—No me acuerdo —mentí.

Ellie trotó a pagar la cuenta.

—Dile a Ellie que esté pendiente del hombre de la foto, Deke —le pedí—. Tú también. Puede que no venga por aquí, estoy empezando a pensar que a lo mejor me he equivocado, pero no me fío. Ese tipo no está demasiado en sus cabales.

Deke prometió que lo haría.

Estuve a punto de no acercarme al campo de fútbol. Jodie se veía muy bonita bajo la inclinada luz de aquel atardecer de finales de julio. Creo que una parte de mí deseaba regresar a Fort Worth cagando leches antes de que perdiera la voluntad para hacerlo. Me pregunto cuánto habría variado todo si me hubiera saltado esa pequeña excursión. Quizá nada. Quizá mucho.

El entrenador ensayaba dos o tres jugadas con los muchachos de los equipos especiales mientras el resto de los jugadores descansaban en el banco sin los cascos y el sudor deslizándose en sus rostros.

—*¡Dos rojo, dos rojo!* —se desgañitaba el entrenador. Nos vio a Deke y a mí y levantó una mano con la palma extendida: *cinco minutos.* Después se volvió hacia la reducida y agotada cuadrilla que aún seguía en el campo—: *¡Una vez más! A ver si sois capaces de poner algo de músculo en esos huesos, ¿qué decís?*

En el otro extremo del campo divisé a un tipo con una chaqueta deportiva tan chillona que dañaba la vista. Trotaba arriba y abajo por la banda con unos auriculares en la cabeza y un objeto similar a una ensaladera en las manos. Sus gafas me recordaron a alguien. Al principio no pude establecer la conexión, pero entonces me vino: se parecía un poco a Silent Mike McEachern. Mi Mr. Wizard particular.

—¿Quién es ese? —pregunté.

Deke escudriñó con los ojos entornados.

—Que me aspen si lo sé.

El entrenador dio unas palmadas y mandó a los chicos a las duchas. Se aproximó a las gradas y me dio una palmadita en la espalda.

—¿Cómo va eso, Shakespeare?

—Bastante bien —dije, sonriendo con bravura.

—«Shakespeare, Shakespeare, patada en la pelvis»; eso solíamos decir cuando éramos críos. —Rompió a reír con ganas.

—*Nosotros* solíamos decir «Entrenador, entrenador, pisa un escorpión».

El entrenador Borman puso cara de perplejidad.

—¿De veras?

—¡Qué va!, me estaba mofando. —Y arrepintiéndome de no

haber obedecido a mi primer impulso de largarme de la ciudad después de la cena—. ¿Qué tal pinta el equipo?

—Ah, son buenos chicos, se esfuerzan, pero no será lo mismo sin Jimmy. ¿Has visto el nuevo cartel donde la 109 se separa de la Autopista 77? —Pronunció *seeenta seete*.

—Supongo que estoy demasiado acostumbrado a verlo y no me he fijado.

—Bueno, échale un vistazo en el camino de vuelta, socio. El comité de apoyo se ha superado. La madre de Jimmy casi lloró cuando lo vio. Entiendo que te debo un voto de agradecimiento por lograr que ese muchacho dejara la bebida. —Se quitó la gorra adornada con una gran E, se enjugó el sudor de la frente con el brazo y se la encasquetó otra vez. Suspiró pesadamente—. Quizá también le deba un voto de agradecimiento a ese jodido atontado de Vince Knowles, pero lo máximo que puedo hacer ya es ponerle en mi lista de plegarias.

Recordé que el entrenador pertenecía a la facción más intransigente de los baptistas. Aparte de las listas de plegarias, probablemente creía en toda esa mierda de los hijos de Noé.

—No hay nada que agradecer —dije—. Solo hacía mi trabajo.

Me dirigió una mirada penetrante.

—Deberías estar haciéndolo todavía en vez de andar mariconeando con un libro. Perdona por no morderme la lengua, pero así es como lo siento.

—No pasa nada. —Era cierto. Se ganó mi simpatía por ello. En otro mundo, puede que hasta tuviera razón. Señalé con el dedo al otro lado del campo, donde el doble de Silent Mike estaba guardando su ensaladera en un estuche de acero. Los auriculares aún le colgaban del cuello—. Entrenador, ¿quién es ese?

Borman soltó un resoplido.

—Creo que se llama Hale Duff. O puede que Cale. El nuevo locutor deportivo de la Big Damn. —Se refería a la KDAM, la única estación radiofónica del condado de Denholm, que emitía informes granjeros por la mañana, música country al mediodía y rock and roll después de acabar las clases. Los chicos disfrutaban con las cuñas tanto como con la música; sonaba una explosión a la cual seguía la voz de un viejo cowboy diciendo «¡KA-DAM! ¡*Esa* ha sido bestial!». En la Tierra de Antaño, eso se considera el súmmum del atrevimiento.

—¿Qué es ese artilugio, entrenador? —preguntó Deke—. ¿Lo sabes?

—Desde luego que sí —respondió el entrenador—, pero si se piensa que le voy a permitir usarlo durante las retransmisiones de los partidos, lo lleva claro. ¿Crees que quiero que cualquiera que tenga una radio me oiga llamar «panda de malditas nenazas» a mis chicos si no son capaces de rechazar la presión en la línea de tres yardas?

Me volví hacia él, muy despacio.

—¿De qué estás hablando?

—No me lo creía, así que lo probé —masculló el entrenador. Después, con creciente indignación añadió—: ¡Escuché a Boof Redford diciéndole a uno de los novatos que mis pelotas eran más grandes que mi cerebro!

—¿De veras? —El pulso se me aceleró sensiblemente.

—Ese Duffer dijo que lo construyó en su puñetero garaje —retumbó el entrenador—. Dijo que cuando se aumenta la potencia al máximo, se puede oír a un gato tirarse un pedo a una manzana de distancia. Eso es una tontería, por supuesto, pero Redford estaba al otro lado del campo cuando se pasó de listo con su comentario.

El locutor deportivo, que aparentaba unos veinticuatro años, recogió la caja de acero que contenía su equipo y saludó con la mano libre. El entrenador agitó la mano en respuesta y murmuró entre dientes:

—El día en que le deje estar en un partido con *esa* cosa será el día en que ponga una pegatina de Kennedy en mi puto Dodge.

13

Prácticamente había oscurecido del todo cuando llegué a la intersección de la Autopista 77 y la Ruta 109, pero una hinchada luna anaranjada que se elevaba en el este proporcionaba la luz suficiente para ver el cartel. Mostraba a un sonriente Jim LaDue, con el casco de fútbol en una mano, un balón en la otra y un mechón de cabello negro cayendo heroicamente sobre su frente. Encima de la imagen, en letras tachonadas de estrellas, se leía ¡FELICIDADES A JIM LADUE, MEJOR QUATERBACK DEL ESTADO EN 1960 Y 1961! ¡BUENA SUERTE EN ALABAMA! ¡NUNCA TE OLVIDAREMOS!

Y debajo, en letras rojas que parecían gritar:

«¡JIMLA!»

14

Dos días más tarde, entré en Electrónica Satélite y esperé mientras mi anfitrión vendía un transistor del tamaño de un iPod a un chaval que mascaba chicle. Cuando salió por la puerta (colocándose ya el auricular de la radio), Silent Mike se dirigió a mí:

—Vaya, si es mi viejo colega Nadie. ¿En qué puedo ayudarle? —Después, bajando la voz a un susurro conspiratorio—: ¿Más lámparas con micros ocultos?

—Hoy no —respondí—. Dígame, ¿ha oído hablar alguna vez de un dispositivo llamado micrófono omnidireccional?

Los labios se retrajeron sobre los dientes en una sonrisa.

—Amigo mío —dijo—, una vez más ha venido al sitio indicado.

CAPÍTULO 18

1

Hice que me instalaran un teléfono, y la primera persona a la que llamé fue Ellen Dockerty, quien se mostró encantada de facilitarme la dirección de Sadie en Reno.

—También tengo el número de teléfono de la pensión donde se hospeda —dijo Ellen—. Si lo quieres.

Por supuesto que lo quería. Sin embargo, si lo tenía, tarde o temprano cedería a la tentación y llamaría. Algo me indicaba que sería un error.

—Con la dirección bastará.

Escribí una carta tan pronto como colgué, en un tono poco natural y artificialmente informal que detestaba pero que no sabía cómo superar. La maldita escoba continuaba entre nosotros. ¿Y si allí conocía a un viejo forrado que le pagaba todos los caprichos y se olvidaba por completo de mí? ¿No era posible? Sin duda ella sabría cómo complacerle; Sadie había aprendido con rapidez y era tan ágil en la cama como en la pista de baile. La vena celosa volvía a manifestarse, así que terminé la carta deprisa y corriendo, consciente de que probablemente sonaría lastimera, aunque no me importaba. Cualquier cosa para destruir la artificialidad y decir algo sincero.

Te echo de menos y lamento una barbaridad el modo en que dejamos las cosas. Ahora no sé cómo arreglarlo. Tengo un trabajo que hacer, y no estará acabado hasta la próxima primavera como mínimo. Quizá ni siquiera entonces, pero creo que sí. Espero que sí. Por favor, no me olvides. Te quiero, Sadie.

Firmé como George, lo cual parecía anular cualquier atisbo de sinceridad. Debajo añadí: «Por si quieres llamarme», y mi nuevo número de teléfono. Después fui andando hasta la Biblioteca Benbrook y eché la carta en el buzón de correos de enfrente. Por el momento, era lo mejor que podía hacer.

2

Había tres fotos sujetas con sus respectivos clips en el cuaderno de Al, imprimidas de varios sitios de internet. Las había confinado en mi memoria. Una era de George de Mohrenschildt vestido con un traje gris de banquero con un pañuelo en el bolsillo superior de la chaqueta. Mostraba la frente despejada, el cabello peinado con una esmerada raya acorde al estilo ejecutivo de la época. Una sonrisa que me recordaba a la cama de Bebé Oso arrugaba sus gruesos labios: ni demasiado dura ni demasiado tierna, en su justa medida. No había rastro del auténtico loco a quien pronto observaría rasgarse la camisa en el porche del 2703 de Mercedes Street. O puede que *sí* hubiera un indicio. Algo en los ojos oscuros. Una arrogancia. Una pincelada del clásico «jódete».

La segunda foto era del nido del infame tirador, construido con cajas de cartón, en el sexto pisto del Depósito de Libros Escolares de Texas.

La tercera era de Oswald, vestido de negro, sujetando el rifle comprado por correo en una mano y un par de revistas izquierdistas en la otra. El revólver que iba a usar durante su frustrado intento de huida para matar al agente de policía J. D. Tippit —a menos que yo lo impidiera— estaba enfundado en su cinturón. Marina tomaría esa foto menos de dos meses antes del atentado contra la vida del general Walker. El lugar era el patio lateral vallado de un edificio de dos apartamentos en el 214 de Neely Oeste Street, en Dallas.

Mientras desgranaba los días a la espera de que los Oswald se mudaran a la casucha al otro lado de la calle frente a la mía en Fort

Worth, visité a menudo el 214 de Neely Oeste Street. No cabía duda de que Dallas era un enorme truño, como acostumbraban a decir mis alumnos de 2011, pero Neely Oeste se ubicaba en un vecindario ligeramente mejor que Mercedes Street. Apestaba, por supuesto —en 1962, la mayor parte del centro de Texas olía como una refinería disfuncional—, pero el hedor a mierda y aguas residuales se hallaba ausente. La calzada, aunque agrietada, estaba pavimentada. Y no había gallinas.

Una joven pareja con tres niños vivía entonces en la planta superior del 214. Cuando se marcharan, los Oswald se instalarían allí. Era el apartamento de abajo el que me interesaba, porque cuando Lee, Marina y June se mudaran arriba, yo quería estar abajo.

En julio de 1962, dos mujeres y un hombre habitaban el apartamento de la planta baja. Las mujeres eran gruesas, de movimientos lentos, con debilidad por los vestidos arrugados sin mangas. Una estaba en la sesentena y caminaba con una pronunciada cojera. La otra tendría treinta y muchos o cuarenta y pocos. El parecido facial las delataba como madre e hija. El hombre era un esqueleto encadenado a una silla de ruedas. Su cabello era una fina capa de hebras grises. Una bolsa de orina turbia acoplada a un grueso catéter descansaba en su regazo. Fumaba continuamente, apagando las colillas en un cenicero sujeto a uno de los reposabrazos. Aquel verano siempre lo vi vestido con la misma ropa: unos pantalones cortos de satén rojo que enseñaban sus consumidos muslos casi hasta la entrepierna, una camiseta de tirantes tan amarilla como la orina del catéter, zapatillas remendadas con cinta adhesiva impermeable y un enorme sombrero de vaquero con una cinta que parecía de piel de serpiente. La parte delantera estaba adornada con dos sables de caballería cruzados. La mujer o la hija lo sacaban al césped, donde permanecía hundido en la silla a la sombra de un árbol, inmóvil como una estatua. Empecé a saludarle con la mano cuando circulaba por allí, pero nunca levantó la suya en respuesta, aunque llegó a reconocer mi coche. Quizá tenía miedo de devolver el gesto. Quizá pensaba que estaba siendo evaluado por el Ángel de la Muerte, que hacía sus rondas por Dallas al volante de un anticuado descapotable Ford en vez de a lomos de un caballo negro. En cierto sentido, supongo que definía bien lo que yo era.

Daba la impresión de que ese trío llevaba residiendo allí una buena temporada. ¿Continuarían viviendo en ese apartamento el año siguiente, cuando yo lo necesitara? Lo ignoraba. Las notas de Al no mencionaban nada sobre ellos. Por el momento, todo cuanto podía hacer era observar y esperar.

Recogí mi nuevo equipo, montado por el propio Silent Mike. Aguardé a que mi teléfono sonara. Lo hizo tres veces y las tres me abalancé sobre él, esperanzado. Dos veces llamó Ellie para charlar. Una vez llamó Deke para invitarme a cenar, invitación que acepté con gratitud.

Sadie no llamó.

3

El 3 de agosto, un sedán Bel Air del 58 estacionó en lo que pretendía ser el camino particular del 2703. Le siguió un reluciente Chrysler. Los hermanos Oswald se apearon del Bel Air y se quedaron parados uno al lado del otro, sin hablar.

Metí la mano a través de las cortinas lo suficiente para subir la ventana de delante, lo que dejó entrar el ruido de la calle y una apática ráfaga de aire caliente y húmedo. Después corrí al dormitorio y saqué mi nuevo aparato de debajo de la cama. Silent Mike había practicado un agujero en la base de un cuenco Tupperware y pegado con cinta adhesiva el micrófono omnidireccional —que me aseguró que era tecnología punta— de modo que asomaba como un dedo. Empalmé los cables del micrófono a los puntos de conexión en la parte posterior de la grabadora, enroscándolos con fuerza. Había un orificio de entrada para auriculares que mi gurú electrónico también afirmaba que eran tecnología punta.

Eché un vistazo afuera. Los Oswald hablaban con el tipo del Chrysler. Este llevaba un Stetson, una corbata de ranchero y unas extravagantes botas con bordados. Mejor vestido que mi casero, pero miembro de la misma tribu. No me hacía falta escuchar la conversación; los ademanes del hombre eran de manual. *«Sé que no es mucho, pero tú tampoco eres gran cosa. ¿Verdad, socio?»* Debía de ser un pasaje duro para un viajero de mundo como Lee, quien se creía destinado a la fama, si no necesariamente a la fortuna.

Había una toma de corriente en el zócalo. Enchufé la grabadora con la esperanza de no recibir una descarga ni fundir un fusible. Se encendió el piloto rojo del aparato. Me puse los auriculares y deslicé el cuenco por el hueco entre las cortinas. Si miraran en esa dirección, el sol les obligaría a entornar los ojos, y gracias a la sombra proyectada por el alero sobre la ventana, verían a lo sumo un borrón blanco inidentificable que podría ser cualquier cosa. No obstante, me recordé fijar el recipiente con cinta adhesiva negra. Mejor prevenir que curar.

En cualquier caso, no se oía nada.

Incluso los ruidos de la calle se habían amortiguado.

Vale, estupendo, pensé. *Sencillamente brillante, joder. Gracias por este pedazo de mierda, Silent Mi...*

En ese momento advertí que el control de volumen de la grabadora estaba puesto a cero. Lo giré por completo hasta el símbolo + y una oleada de voces me *bombardeó*. Me arranqué los auriculares de la cabeza profiriendo una maldición, ajusté el botón de volumen en el punto medio, y probé de nuevo. El resultado fue extraordinario. Como prismáticos para los oídos.

—Sesenta al mes me parece un poco excesivo, señor —estaba diciendo Lee Oswald (considerando que los Templeton habían pagado diez dólares menos al mes, a mí también me lo parecía). El tono de su voz era respetuoso, con leves matices de acento sureño—. Si pudiéramos ponernos de acuerdo en cincuenta y cinco...

—Respeto a los hombres que quieren regatear, pero ni se moleste —dijo Botas de Serpiente. Se balanceaba adelante y atrás sobre los tacones como un hombre que arde en deseos de marcharse—. Pido lo que pido. Si no me lo da usted, ya me lo dará otro.

Lee y Robert intercambiaron una mirada.

—Tal vez deberíamos entrar a echar un vistazo —sugirió Lee.

—Es un buen sitio, en una calle familiar —dijo Botas de Serpiente—. Pero mejor que pongan cuidado con el primer escalón del porche, necesita un poquitín de carpintería. Tengo varias casas, y la gente me las destroza todas. El último hato, menuda calaña.

Cuidado, gilipollas, pensé. *Estás hablando de la gente de Ivy.*

Entraron. Perdí las voces y las volví a pillar —débilmente— cuando Botas de Serpiente subió la ventana del cuarto de delante. Era la salita; Ivy no se equivocaba al asegurar que los vecinos del otro lado de la calle podían ver todo lo que pasaba dentro.

Lee quiso saber si el posible futuro casero pensaba hacer algo con respecto a los agujeros en las paredes. No existía indignación en la pregunta, ni sarcasmo, pero tampoco servilismo, a pesar del «señor» que agregaba al final de cada frase. Era un respetuoso aunque lacónico tratamiento que probablemente había aprendido en los Marines. «*Anodino*» era la palabra que mejor le definía. Poseía el rostro y la voz de un hombre con habilidad para pasar desapercibido. En público, al menos. Era Marina quien veía su otro rostro y oía su otra voz.

Botas de Serpiente hacía vagas promesas y garantizó sin reservas que pondría un colchón nuevo en el dormitorio para reemplazar el que había robado «el último hato». Reiteró que si Lee no quería la casa, algún otro se la quedaría (como si no llevara desocupada todo el año), y luego invitó a los hermanos a inspeccionar los dormitorios. Me pregunté si apreciarían los esfuerzos artísticos de Rosette.

Perdí sus voces y las recuperé cuando recorrieron la zona de la cocina. Me alegró observar que pasaban junto a la Lámpara Inclinada de Pisa sin echarle siquiera un vistazo.

—¿… sótano? —interpeló Robert.

—¡No tiene sótano! —replicó Botas de Serpiente, tronando, como si dicha carencia fuera una ventaja. Aparentemente, él pensaba que sí—. En un vecindario como este, lo único que hacen es acumular agua. ¡Y humedad, rayos! —Aquí volví a perder el rastro de voz cuando abrió la puerta de atrás para enseñarles el patio, el cual no era más que un solar vacío.

Cinco minutos más tarde estaban de nuevo delante de la casa. Esta vez fue Robert, el hermano mayor, quien intentó regatear. No tuvo más éxito que Lee.

—¿Nos da un minuto? —preguntó Robert.

Botas de Serpiente miró su anacrónico reloj cromado y asintió.

—Pero tengo una cita en Church Street, así que necesito que se decidan rápido, muchachos.

Los hermanos caminaron hasta la parte posterior del Bel Air de Robert y, aunque redujeron la voz a un tono más bajo para evitar que Botas de Serpiente les oyera, cuando incliné el cuenco en su dirección, capté la mayoría. Robert era partidario de mirar más sitios. Lee se empeñó en que quería ese. Serviría para empezar.

—Lee, es un cuchitril —dijo Robert—. Estás tirando… —*El dinero*, probablemente.

Lee contestó algo que no pillé. Robert suspiró y levantó las manos en un gesto de rendición. Volvieron a donde esperaba Botas de Serpiente, que dio un breve meneo a la mano de Lee y alabó su sabia elección. A continuación enunció el Evangelio del Casero: primer mes, último mes, fianza. Robert intervino entonces diciendo que no se entregaría ninguna fianza hasta que las paredes estuvieran reparadas y el colchón nuevo instalado.

—El colchón nuevo, seguro —dijo Botas de Serpiente—. Y echaré un vistazo a ese escalón para que la mujercita no se tuerza el tobillo. Pero para reparar las paredes enseguida tendría que subir el alquiler cinco dólares más al mes.

Sabía por las notas de Al que Lee se quedaría con la casa, y aun así esperaba que huyera de esta atrocidad. En cambio, sacó una flácida cartera del bolsillo de atrás y extrajo un delgado fajo de billetes. Los contó a medida que trasvasaba la mayoría a la mano extendida de su nuevo casero; mientras, Robert regresó a su coche moviendo la cabeza en un gesto de disgusto. Sus ojos se volvieron brevemente hacia mi casa al otro de la calle, pero pasaron de largo con indiferencia.

Botas de Serpiente volvió a agitar la mano de Lee, después saltó a su Chrysler y se marchó a toda velocidad, levantando polvo a su paso.

Una de las niñas de la comba se acercó como un bólido en un patinete oxidado.

—¿Va a vivir en la casa de Rosette, señor? —le preguntó a Robert.

—Yo no, él —respondió Robert, y amartilló el pulgar en dirección a su hermano.

Ella propulsó el patinete hacia Lee y preguntó al hombre que iba a volarle el lado derecho de la cabeza a Kennedy si tenía niños.

—Tengo una niñita —dijo Lee. Colocó las manos sobre las rodillas y se agachó a su nivel.

—¿Es guapa?

—No tan bonita como tú, ni tan grande.

—¿Sabe saltar a la cuerda?

—Cariño, ni siquiera sabe andar todavía.

—Bueno, pues a tomar por saco. —Salió pitando en dirección a Winscott Road.

Los dos hermanos se volvieron hacia la casa. Esto amortiguó sus voces un poco, pero cuando subí el volumen, aún pude oír la mayoría de su conversación.

—Este... gato por liebre —le dijo Robert—. Cuando Marina vea este sitio, se te echará encima como moscas sobre una caca de perro.

—Me... Rina —dijo Lee—. Pero, hermano, si no... de mamá y salgo de ese apartamento, soy capaz de matarla.

—Ella puede ser... pero... te quiere, Lee. —Robert dio unos pocos pasos hacia la calle. Lee se le unió, y sus voces llegaron claras como el tañir de una campana.

—Lo sé, pero no puede evitarlo. La otra noche cuando Rina y yo estábamos haciéndolo, nos pegó un grito desde el sofá cama. Duerme en la salita, ya sabes. «Vosotros dos, tranquilitos», grita, «es muy pronto para hacer otro. Esperad a que podáis mantener a la que ya tenéis.»

—Lo sé. Puede ser dura.

—No para de *comprar* cosas, hermano. Dice que son para Rina, pero *me* las restriega por la cara. —Lee rió y regresó al Bel Air. Esta vez fueron sus ojos los que patinaron hasta el 2706, y necesité recurrir a todo cuanto poseía en mi interior para permanecer inmóvil tras las cortinas. Y también para mantener inmóvil el cuenco.

Robert se le unió. Se apoyaron en el parachoques trasero, dos hombres con camisa azul limpia y pantalones de trabajo. Lee llevaba una corbata, y en ese momento se la aflojó.

—Escucha esto. Mamá va al Leonard Brothers y vuelve con un montón de ropa para Rina. Saca un par de pantalones cortos que son tan largos como bombachos, solo que de cachemir. «Mira, Reenie, ¿no son potitos?», dice. —La imitación del acento de su madre fue despiadada.

—¿Y qué contesta Rina? —Robert sonreía.

—Ella dice: «No, Mamochka, no. Yo gracias pero mí no gustar, no gustar. Gustar *esta* forma». Y se pone la mano en la pierna. —Lee apoyó el canto de la mano hacia la mitad del muslo.

La sonrisa de Robert se ensanchó.

—Seguro que *eso* le gustó a mamá.

—Ella dice: «Marina, esos pantaloncitos son para muchachas que se van exhibiendo por la calle para ver si pescan un novio, no para mujeres casadas». No le digas dónde vivimos, hermano. Ni se te ocurra. ¿Queda claro?

Robert guardó silencio durante unos segundos. Tal vez estaba recordando un frío día de noviembre de 1960. Su madre trotando detrás de él por la Séptima Oeste, voceando: «*Quieto*, Robert, no vayas tan rápido. ¡Todavía no he acabado contigo!». Y pese a que las notas de Al no decían nada sobre el tema, dudaba que ella hubiera acabado con Lee. Después de todo, Lee era el hijo que más le importaba. El niño mimado de la familia. El que durmió en la misma cama que ella hasta los once años. El que necesitaba inspecciones regulares para ver si ya le había empezado a crecer pelo en los huevos. El cuaderno de Al *sí* recogía estos datos. Anotadas al margen, había dos palabras que uno generalmente no esperaría de un cocinero de comida rápida: *fijación histérica*.

—Queda claro, Lee, pero esta no es una ciudad grande. Os encontrará.

—La mandaré a freír espárragos. Dalo por hecho.

Montaron en el Bel Air y partieron. El cartel de SE ALQUILA había desaparecido de la barandilla del porche. El nuevo casero de Lee y Marina se lo había llevado al irse.

Me acerqué a la ferretería, compré un rollo de cinta aislante, y revestí el cuenco Tupperware, por dentro y por fuera. En conjunto, consideré que había sido un buen día, pero acababa de penetrar en la zona de peligro. Y lo sabía.

4

El 10 de agosto, en torno a las cinco de la tarde, reapareció el Bel Air, esta vez arrastrando un pequeño remolque de madera. Lee y Robert necesitaron menos de diez minutos para transportar todos los bienes materiales de los Oswald a la nueva mansión (cuidándose de evitar el tablón suelto del porche, que aún no habían reparado). Durante el proceso de mudanza, Marina permaneció en el terreno de hierbajos con June en sus brazos, mirando su nuevo hogar con una expresión de consternación que no requería traducción.

Esta vez se presentaron las tres niñas de la comba; dos venían andando, la otra empujaba su patinete. Pidieron ver al bebé y Marina accedió con una sonrisa.

—¿Cómo se llama? —preguntó una de las niñas.

—June —dijo Marina.

De pronto las tres prorrumpieron en preguntas.

—¿Cuántos años tiene? ¿Sabe hablar? ¿Por qué no se ríe? ¿Tiene una muñeca?

Marina movió la cabeza de lado a lado. Aún sonreía.

—Perdón. Mí no hablar.

Las tres crías salieron a todo correr, canturreando:

—¡*Mí no hablar, mí no hablar!*

Una de las gallinas supervivientes de Mercedes Street echó a volar a su paso, cacareando. Marina las observó alejarse, su sonrisa se diluyó.

Lee salió al patio y se acercó a ella. Estaba desnudo de cintura para arriba, sudando profusamente. Su piel era blanca como el vientre de un pez; los brazos, delgados y flácidos. La rodeó por la cintura, se inclinó y besó a June. Pensé que Marina apuntaría con el dedo hacia la casa y diría «*mí no gustar, no gustar*» —eso ya se lo sabía al dedillo—, pero se limitó a entregarle el bebé y trepó al porche, trastabillando por un instante en el tablón suelto y recuperando el equilibro enseguida. Se me ocurrió que Sadie probablemente se habría caído de bruces y habría estado cojeando con el tobillo inflamado los siguientes diez días.

También se me ocurrió que Marina tenía tantas ganas de librarse de Marguerite como su marido.

5

El 10 fue viernes. El lunes, unas dos horas después de que Lee hubiera partido a otra jornada soldando puertas de aluminio, una ranchera de color fango aparcó en la cuneta frente al 2703. Marguerite Oswald se apeó del lado del pasajero antes de que se detuviera por completo. Ese día, había sustituido el pañuelo rojo por uno blanco con lunares negros, pero los zapatos de enfermera eran los mismos, al igual que su semblante de insatisfecha pugnacidad. Los había localizado, tal y como vaticinó Robert.

El sabueso del cielo, pensé. *El sabueso del cielo*.

Estaba mirando a través de la rendija entre las cortinas, pero no vi la necesidad de encender el micrófono. Se trataba de una historia que no precisaba banda sonora.

La amiga que conducía el vehículo —una muchacha corpulenta— salió con esfuerzo de detrás del volante y se abanicó con el cuello del vestido. Era otro día abrasador, pero eso a Margueritte parecía traerle sin cuidado. Metió prisa a su chófer para que acudiera al maletero de la ranchera. Dentro había una trona y una bolsa con provisiones. Marguerite cogió la silla; su amiga cargó con el resto.

La niña de la comba se acercó montada en su patinete, pero Marguerite la despachó sin rodeos. Oí un «¡Zape, niña!», y la chiquilla se marchó con los labios fruncidos.

Marguerite recorrió el camino pelado que servía de acceso a la casa. Mientras observaba con atención el peldaño suelto, salió Marina. Llevaba un blusón y la clase de pantaloncitos cortos que la señora Oswald no aprobaba en una mujer casada. No me extrañó que a Marina le gustaran. Tenía unas piernas de infarto. Su expresión fue de sobresalto, alarmada, y no necesité mi improvisado amplificador para oírla.

—No, Mamochka… ¡Mamochka, no! ¡Lee dice no! ¡Lee dice no! ¡Lee dice…! —Siguió después un rápido parloteo en ruso cuando Marina expresó del único modo que sabía lo que su marido había dicho.

Marguerite Oswald pertenecía a esa especie de estadounidenses que creen que los extranjeros te entenderán seguro si hablas *despacio… y muy ALTO*.

—¡Sí… Lee… tiene… su… ORGULLO! —pregonó como a golpe de corneta. Subió al porche (sorteando con destreza el peldaño roto) y habló directamente a la cara asustada de su nuera—. ¡No… tiene… nada… de malo… pero… no… puede… dejar… que… mi… NIETA… pague… el PRECIO!

Ella era fornida; Marina, esbelta. «Mamochka» se lanzó adentro sin ninguna consideración, como un tren de vapor. Siguió un momento de silencio; luego, el bramido de un estibador.

—*¿Dónde está esa RICURA mía?*

En lo profundo de la casa, probablemente en el antiguo dormitorio de Rosette, June empezó a lloriquear.

La mujer que había llevado en coche a Marguerite dirigió una tímida sonrisa a Marina y luego entró con la bolsa de provisiones.

6

A las cinco y treinta y cinco, Lee llegó andando por Mercedes Street procedente de la parada del autobús, con una tartera negra rebotándole en el muslo. Ascendió los escalones, olvidándose del tablón suelto. Se tambaleó y se le cayó la tartera; luego, se agachó a recogerla.

Eso le mejorará el humor, pensé.

Entró en la casa. Lo observé cruzar la salita y poner la tartera en la encimera de la cocina. Se giró y vio la trona nueva. Era evidente que conocía el modus operandi de su madre, porque a continuación abrió la herrumbrosa nevera. Aún seguía escudriñando dentro cuando Marina salió del cuarto del bebé. Llevaba un pañal en el hombro, y mis prismáticos tenían suficiente aumento para permitirme distinguir manchas de regurgitación.

Ella le habló, sonriendo, y Oswald se volvió. Poseía esa tez blanquecina que es la pesadilla de cualquier rubor, y el ceñudo rostro había enrojecido hasta el nacimiento de su fino cabello. Se puso a gritar mientras apuntaba con un dedo a la nevera (la puerta aún abierta, exhalando vapor). Ella se volvió para regresar al cuarto del bebé. Oswald la asió por el hombro, le hizo dar media vuelta y empezó a zarandearla. La cabeza de Marina se movió bruscamente adelante y atrás.

No quería presenciar esa escena, y no existía ninguna razón por la que debiera; no aportaba nada que necesitara saber. Oswald era un maltratador, sí, pero Marina iba a sobrevivirle, que era más de lo que John F. Kennedy podía decir… o el agente Tippit, para el caso. Así que no, no necesitaba presenciar esa escena. Sin embargo, a veces uno no puede apartar la vista.

Discutieron, Marina sin duda intentando explicar que no *sabía* cómo los había encontrado Marguerite y que había sido incapaz de impedir que «Mamochka» entrara en la casa. Finalmente, Lee la golpeó en la cara, por supuesto, porque no podía pegar a mamá. Aun cuando ella hubiera estado presente, él no habría sido capaz de levantarle la mano a su madre.

Marina lanzó un grito y él la soltó. Ella le habló con vehemencia, las manos extendidas. Lee trató de apresarle una y ella la retiró con presteza. Después alzó las manos al techo, las dejó caer, y salió por la puerta delantera. Lee empezó a seguirla, pero pareció pensarlo mejor. Los hermanos habían puesto dos raídas sillas de jardín en el porche. Marina se hundió en una. Tenía un rasguño bajo el ojo izquierdo, y la mejilla ya empezaba a hincharse. Miró fijamente hacia la calle, y al otro lado. Sentí una punzada de miedo culpable, aunque las luces de mi salita estaban apagadas y sabía que ella no podía verme. Tuve cuidado de permanecer inmóvil, no obstante, con los prismáticos congelados en el rostro.

Lee se sentó a la mesa de la cocina y apoyó la frente en las manos. Se quedó así un rato, hasta que oyó algo y entró en el dormitorio pequeño. Salió con June en brazos y empezó a pasearla por la salita, frotándole la espalda, calmándola. Marina entró en la casa. June la vio y extendió los regordetes bracitos hacia ella. Marina se acercó y Lee le pasó el bebé. Acto seguido, antes de que ella se alejara, la abrazó. Por un instante permaneció entre sus brazos en silencio, y al final cambió al bebé de posición para poder corresponderle con un abrazo manco. Oswald enterró la boca en el cabello de ella, y yo sabía con bastante certeza lo que estaría diciendo: las palabras en ruso que significan «lo siento». No me cabía duda de su sinceridad. También lo sentiría la próxima vez. Y la siguiente.

Marina llevó a June al dormitorio que en otro tiempo había pertenecido a Rosette. Lee se quedó donde estaba, pero al cabo de un momento fue a la nevera, sacó algo, y empezó a comérselo.

7

Al día siguiente por la tarde, justo cuando Lee y Marina se sentaban a cenar (June estaba tendida en el suelo de la salita, dando patadas en una manta), Marguerite llegó jadeando por la calle desde la parada de autobús en Winscott Road. Esta vez llevaba unos pantalones azules bastante desafortunados, considerando la generosa amplitud de su trasero. Cargaba con una bolsa de tela de gran tamaño. Por arriba asomaba el tejado de plástico rojo de una casa de muñecas. Subió los escalones del porche (sorteando una vez más con destreza el peldaño roto) y entró resueltamente sin llamar.

Luché contra la tentación de coger el micrófono direccional —se trataba de otra escena de la que no necesitaba estar enterado— y perdí. No existe nada tan fascinante como una discusión familiar, creo que fue León Tolstói quien lo dijo. O quizá fue Jonathan Franzen. Para cuando lo conecté y apunté desde mi ventana hacia la ventana abierta de enfrente, la riña se hallaba en pleno apogeo.

—¡… querido que supieras dónde estábamos, yo mismo te lo habría *dicho*, coño!

—Me lo contó Vada, es una buena chica —dijo Marguerite tranquila y sosegadamente. La furia de Lee resbalaba sobre ella como un ligero chubasco de verano. Estaba descargando platos desemparejados en la encimera con la rapidez de un crupier de *blackjack*. Marina la observaba con indiscutible asombro. La casa de muñecas descansaba en el suelo, cerca de la mantita de June. El bebé agitaba las piernas ignorándola. Por supuesto que la ignoraba. ¿Qué iba a hacer una criatura de cuatro meses con una casa de muñecas?

—Mamá, ¡tienes que dejarnos en paz! ¡Tienes que dejar de *traernos* cosas! ¡Sé cuidar de mi familia!

Marina aportó su granito de arena:

—Mamochka, Lee dice no.

Marguerite rió alegremente.

—«Lee dice no, Lee dice no.» Cariño, Lee *siempre* dice no, este hombrecito lleva haciéndolo toda su vida y eso no significa un pimiento. Mamá le cuida. —Pellizcó la mejilla a su hijo del modo en que una madre pellizcaría la mejilla a un niño de seis años después de una travesura graciosa e innegablemente cándida. Si Marina hubiera intentado hacerlo, estoy seguro de que Lee le habría roto la crisma.

En cierto momento, las niñas de la comba se congregaron en el pelado sucedáneo de césped. Observaron la discusión tan atentamente como espectadores del teatro Globe presenciando la nueva creación de Shakespeare de pie en el patio. Solo que en la obra que contemplábamos, la arpía iba a salir victoriosa.

—¿Qué te ha hecho de cena, cariño? ¿Estaba rico?

—Estofado. *Zharkoye.* Hay un tipo, Gregory, que nos envió cupones para el Shop-Rite. —Su boca se puso a trabajar. Marguerite esperó—. ¿Quieres un poco, mamá?

—*Zharkoye* muy bueno, Mamochka —dijo Marina con una sonrisa esperanzada.

—No, no podría comerme eso —dijo Marguerite.

—-Coño, mamá, ¡si ni siquiera sabes lo que es!

Fue como si él no hubiera hablado.

—Me sentaría mal al estómago. Aparte, no quiero estar en un autobús urbano después de las ocho. Hay demasiados borrachos a esa hora. Lee, cariño, tienes que arreglar ese escalón antes de que alguien se rompa una pierna.

Oswald masculló algo, pero la atención de Marguerite se había desviado a otro sitio. Se abatió como un halcón sobre un ratón de campo y apresó a June. Con los prismáticos, la expresión asustada del bebé resultaba inequívoca.

—*¿Cómo está mi RICURA esta noche? ¿Cómo está mi AMOR-CITO? ¿Cómo está mi pequeñina DEVUSHKA?*

Su pequeñina *devushka,* cagada de miedo, se puso a llorar a moco tendido.

Lee hizo ademán de coger al bebé. Los labios rojos de Marguerite se despegaron de los dientes en lo que podría definirse como un rictus, eso siendo benévolo. A mí me pareció un gruñido. También debió de parecérselo a su hijo, porque retrocedió. Marina se mordía el labio, los ojos llenos de consternación.

—*¡Oooo, Junie! ¡Cuchi-cuchi Junie-MOONIE!*

Marguerite desfiló arriba y abajo por la raída alfombra verde, ignorando los cada vez más angustiados gemidos de June igual que había ignorado la ira de Lee. ¿Acaso se *alimentaba* de su llanto? Me dio esa impresión. Al cabo de un rato, Marina no pudo aguantarlo más. Se levantó y se acercó a Marguerite, que se apartó con ímpetu, estrechando al bebé contra sus pechos. Incluso desde el otro lado de la calle pude imaginar el sonido de sus enormes zapatos de enfermera: *clad-clamp-clad.* Marina la siguió. Marguerite, tal vez sintiendo que ya había dejado claro su punto de vista, al fin rindió el bebé. Apuntó a Lee con el dedo y luego se dirigió a Marina con su potente voz de instructor.

—*¡Ganó peso... cuando os quedabais conmigo... porque yo me encargué de ella... de todas las cosas que LE GUSTAN.... pero MALDITA SEA... todavía está DEMASIADO... FLACUCHA!*

Marina la miraba por encima de la cabeza del bebé, sus bonitos ojos abiertos como platos. Marguerite puso los suyos en blanco, bien con impaciencia, bien con franca indignación, y se encaró con Marina. La Lámpara Inclinada de Pisa estaba encendida, y la luz patinaba en las lentes de las gafas ojos de gato de Marguerite.

—*¡CUÍDALE... DALE COMIDA DE VERDAD! ¡NADA DE... CREMA... AGRIA! ¡NI... YOGURT! ¡ESTÁ... DEMASIADO... FLACUCHA!*

—Flacucha —repitió Marina sin convicción. A salvo en brazos de su madre, el llanto de June se iba reduciendo poco a poco a una serie de hipos acuosos.

—¡Sí! —dijo Marguerite. Después se giró hacia Lee—. ¡Arregla ese escalón!

Y con esto se marchó, deteniéndose solo para plantar un beso en la cabeza de su nieta. Mientras caminaba hacia la parada del autobús, sonreía. Parecía más joven.

8

La mañana después de que Marguerite llevara la casa de muñecas, me levanté a las seis. Me acerqué a la ventana y eché una mirada furtiva a través de la rendija entre las cortinas sin ni siquiera pensar en lo que hacía; espiar la casa del otro lado de la calle se había convertido en un hábito. Marina estaba sentada en una de las sillas de jardín fumando un cigarrillo. Llevaba puesto un pijama de rayón rosa que le quedaba demasiado grande. Tenía un nuevo ojo morado y había manchas de sangre en la chaqueta del pijama. Fumaba despacio, inhalando profundamente, oteando la nada.

Al cabo de un rato volvió adentro y preparó el desayuno. Lee apareció enseguida y se sentó a comer. No la miró. Leía un libro.

«Hay un tipo, Gregory, que nos envió cupones para el Shop-Rite», le había dicho Lee a su madre, tal vez para explicar la carne del estofado, quizá para comunicar que Marina y él tenían amigos en Fort Worth y no estaban solos. Mamochka dio la impresión de no enterarse, pero a mí no me pasó inadvertido. Peter Gregory era el primer eslabón de la cadena que conduciría a George de Mohrenschildt a Mercedes Street.

Al igual que De Mohrenschildt, Gregory era un expatriado ruso en el negocio del petróleo. Originario de Siberia, una noche por semana enseñaba ruso en la biblioteca de Fort Worth. Lee lo descubrió y solicitó una cita para preguntar si a él, Lee, le sería posible conseguir un empleo como traductor. Gregory le hizo una prueba y calificó su ruso como «pasable». Lo que le interesaba realmente a Gregory —y a *todos* los expatriados, debía de pensar Lee— era la antigua Marina Prusakova, una muchacha de Minsk que de algún modo había logrado escapar de las garras del oso ruso solo para terminar en las de un palurdo americano.

Lee no consiguió el empleo; en cambio, Gregory contrató a Marina como profesora de ruso de su hijo Paul. Era dinero que los Oswald necesitaban desesperadamente. Era además, para Lee, un motivo añadido para el resentimiento. Ella daba clases particulares a un niño rico dos veces por semana mientras que él se pudría soldando puertas mosquiteras.

La mañana que vi a Marina fumando en el porche, Paul Gregory (bien parecido y aproximadamente de la misma edad que Marina) detuvo su flamante Buick frente a la casa. Llamó a la puerta y abrió Marina; la abundante capa de maquillaje me hizo pensar en Bobbi Jill. Consciente de los celos de Lee, o quizá obedeciendo a las reglas de urbanidad que aprendiera en su hogar, impartió la clase en el porche. Duró una hora y media. June pasó ese tiempo echada en su mantita en medio de los dos, y cada vez que lloraba, ellos se turnaban para cogerla en brazos. Componían una bonita escena, aunque el señor Oswald probablemente no habría opinado lo mismo.

Hacia el mediodía, el padre de Paul aparcó detrás del Buick. Le acompañaban dos hombres y dos mujeres. Traían comestibles. El Gregory mayor abrazó a su hijo y luego le dio un beso a Marina en la mejilla (la que no estaba hinchada). Hablaron en ruso. Al Gregory joven se le veía perdido, pero Marina se halló a sí misma: su rostro se había iluminado como un letrero de neón. Los invitó a entrar. Pronto estuvieron sentados en la salita, bebiendo té helado y charlando. Las manos de Marina volaban como pájaros alborotados. June circuló de mano en mano y de regazo en regazo.

Me sentía fascinado. La comunidad de emigrados rusos había encontrado a la mujer-niña que se convertiría en su predilecta. ¿Acaso podría haber sido de otro modo? Ella era joven, ella era forastera en tierra extraña, ella era hermosa. Por supuesto, sucedía que la bella estaba casada con la bestia, un hosco joven estadounidense que le pegaba (malo) y que creía fervientemente en un sistema que aquellas gentes de clase media-alta habían rechazado con idéntico fervor (mucho peor).

No obstante, Lee aceptaría los alimentos que les compraban, con algún esporádico arrebato de ira, y cuando llegaran con muebles —una cama nueva, una cuna de un vivo color rosa para el bebé—, también los aceptaría. Oswald abrigaba la esperanza de que los rusos le sacaran de esa cloaca en la que vivía, pero no le gustaban, y para cuando trasladara a su familia a Dallas en noviembre del 62, ya debía de saber que el sentimiento era sinceramente recíproco. Por qué *habría* de gustarles, debía de pensar. Él era ideológicamente puro; ellos, unos cobardes que habían abandonado la Madre Rusia cuando hincó la rodilla en el 43, que habían lamido las botas de los alemanes y que más tarde, al terminar la guerra, habían huido a Estados Unidos, donde abrazaron rápidamente el Estilo de Vida Americano…, que para Oswald simbolizaba ruido de sables, opresión de las minorías, criptofascismo explotador de la clase obrera.

Sabía algunas de estas cosas por las notas de Al. La mayoría las vi representadas en el escenario al otro lado de la calle o las deduje de la única conversación importante que mi lámpara espía recogió y grabó.

10

La tarde-noche del sábado 25 de agosto, Marina se engalanó con un bonito vestido azul y enfundó a June en un pelele de pana con flores de encaje en la pechera. Lee, con cara avinagrada, emergió del dormitorio con el que debía de ser su único traje. Era un saco de lana, moderadamente cómico, que solo podía haber sido confeccionado en Rusia. Hacía calor, e imaginé que estaría empapado de sudor antes de que concluyera la velada. Bajaron con cuidado los escalones del porche (el tablón suelto aún estaba por reparar) y se encaminaron hacia la parada del autobús. Monté en el coche y me aproximé a la esquina de Mercedes Street con Winscott Road. Los vi parados junto al poste telefónico con la franja pintada de blanco. Discutían, menuda sorpresa. Llegó el autobús. Los Oswald subieron. Los seguí, igual que había seguido a Frank Dunning en Derry.

«La historia se repite a sí misma» es otra manera de expresar que el pasado armoniza consigo mismo.

Se apearon del autobús en un barrio residencial en la zona norte de Dallas. Aparqué y los observé caminar hasta una pequeña pero bonita casa Tudor de madera y piedra vista. Los faroles de carruaje al final del paseo brillaban tenuemente en la penumbra. No crecían hierbajos en aquel césped. Todo en aquel sitio proclamaba a voces *«¡América funciona!»*. Marina encabezaba la marcha hacia la casa con el bebé en brazos. Lee, ligeramente rezagado, parecía fuera de lugar con su chaqueta de doble botonadura, que le caía ondeando casi hasta las rodillas.

Marina empujó a su marido delante de ella y señaló el timbre. Lee llamó. Peter Gregory y su hijo salieron, y cuando June extendió los brazos hacia Paul, el muchacho rió y la cogió. La boca de Lee se torció hacia abajo cuando vio eso.

Otro hombre apareció en la puerta. Lo reconocí del grupo que se había presentado el día de la primera clase de ruso de Paul Gregory; había vuelto a la casa Oswald tres o cuatro veces desde entonces, llevando comestibles, juguetes para June o ambas cosas. Estaba bastante seguro de que se llamaba George Bouhe (sí, otro George, el pasado armoniza en todo tipo de sentidos), y aunque rondaba los sesenta, me daba la impresión de que perdía gravemente la chaveta por Marina.

Según el cocinero de comida rápida que me había metido en aquello, Bouhe fue quien persuadió a Peter Gregory para ofrecer una fiesta de confraternización. George de Mohrenschildt no asistió, pero le llegarían noticias de la fiesta poco más tarde. Bouhe le hablaría de los Oswald y su peculiar matrimonio. También le relataría la escena que Lee Oswald había montado en ella, alabando el socialismo y las cooperativas rusas. «*Ese joven me pareció chalado*», comentaría Bouhe. De Mohrenschildt, versado en locura toda su vida, decidiría que tenía que conocer a esa extraña pareja por sí mismo.

¿Por qué reventó Oswald en la fiesta de Peter Gregory, ofendiendo a los bienintencionados expatriados que de otro modo hubieran podido ayudarle? No lo sé con certeza, pero me hago una idea bastante acertada. Ahí está Marina, encandilándolos a todos (especialmente a los hombres) con su vestido azul. Ahí está June, un bebé de foto con su peto de la caridad bordado con flores. Y ahí está Lee, sudando en su feo traje. Lee sigue el flujo y reflujo de ruso mejor que el joven Paul Gregory, pero al final, aún se queda atrás. Debió de haberle enfurecido tener que doblar la cerviz ante aquellas personas y comerse su comida. Espero que sí. Espero que doliera.

No me demoré. Quien me importaba era De Mohrenschildt, el siguiente eslabón de la cadena, que pronto saldría a escena. Entretanto, los tres Oswald estaban finalmente fuera de casa al mismo tiempo y no volverían como mínimo hasta las diez. Puesto que al día siguiente era domingo, quizá incluso tardaran más.

Regresé a activar el micro de su salita.

11

Mercedes Street festejaba por todo lo alto aquel sábado noche, pero el terreno detrás de *chez* Oswald se hallaba silencioso y desierto. Suponía que mi llave funcionaría en la puerta trasera además de en la principal, pero se trataba de una teoría que nunca tuve que poner a prueba, porque la puerta no estaba cerrada con llave. Durante mi etapa en Fort Worth jamás utilicé la llave que le había comprado a Ivy Templeton. La vida está llena de ironías.

El lugar se veía descorazonadoramente ordenado. Habían situado la trona entre las sillas de los padres en la mesita de la cocina, donde se sentaban a comer; la bandeja estaba limpia y reluciente. Lo mismo podía decirse de la irregular superficie de la encimera y el fregadero, con un herrumbroso cerco de cal producido por la dureza del agua. Aposté conmigo mismo a que Marina había conservado a las niñas ataviadas con pichis de Rosette y entré en el dormitorio de June a verificarlo. Llevaba una linterna y alumbré las paredes. Sí, seguían allí, aunque en la oscuridad ofrecían una visión más fantasmagórica que alegre. June probablemente las miraba desde la cuna mientras succionaba su chupete. Me pregunté si, pasado el tiempo, las recordaría en algún nivel profundo de su mente. Niñas fantasmas a la témpera.

Jimla, pensé sin ninguna razón en absoluto, y me estremecí.

Moví el buffet, conecté el cable del micrófono al enchufe de la lámpara, y lo inserté a través del agujero que había taladrado en la pared. Todo perfecto, pero de pronto experimenté un mal momento. Muy malo. Al colocar el mueble en su posición original, chocó contra la pared y la Lámpara Inclinada de Pisa se volcó.

Si hubiera dispuesto de tiempo para pensar, me habría quedado congelado en el sitio y el maldito trasto se habría hecho añicos en el suelo. ¿Y luego qué? ¿Retirar el micro y dejar los pedazos? ¿Confiar en que aceptarían la idea de que la lámpara, inestable de entrada, se había caído sola? La mayoría de la gente daría por buena esta explicación, pero la mayoría de la gente no tiene motivos para estar paranoica respecto del FBI. Lee podría encontrar el agujero que yo había taladrado en la pared y, en tal caso, la mariposa desplegaría sus alas.

Sin embargo, no dispuse de tiempo para pensar. Alargué el brazo y atrapé la lámpara en plena caída. Después, simplemente me quedé allí parado, sujetándola con fuerza, temblando. La casa era un horno y pude oler el hedor de mi propio sudor. ¿Lo olerían *ellos* cuando regresaran? ¿Cómo no iban a hacerlo?

Me cuestioné mi propia cordura. Seguramente lo más sensato era retirar el micro… y luego retirarme yo mismo. Podría reencontrarme con Oswald el 10 de abril del año siguiente, observar cómo intentaba asesinar al general Edwin Walker y, si actuaba solo, entonces podría matarlo igual que había matado a Frank Dunning. El principio KISS, que solían decir en las reuniones de AA de Christy; simplifica, idiota.* ¿Por qué demonios andaba jodiendo con una

* KISS («beso») corresponde a las siglas de «*Keep It Simple, Stupid*». *(N. del T.)*

birria de lámpara-espía cuando el futuro del mundo se hallaba en juego?

Fue Al Templeton quien contestó: «*Estás aquí porque la ventana de incertidumbre sigue abierta. Estás aquí porque si George de Mohrenschildt es más de lo que aparenta, entonces quizá Oswald fuera realmente un cabeza de turco. Estás aquí para salvar a Kennedy, y el asegurarte empieza ahora. Así que vuelve a poner esa puta lámpara en el sitio que le corresponde*».

Volví a poner la lámpara en el sitio que le correspondía, aunque su inestabilidad me preocupaba. ¿Y si Lee la tiraba al suelo y descubría el micro oculto cuando la base de cerámica se hiciera añicos? Para el caso, ¿y si Lee y De Mohrenschildt conversaban en esa habitación, pero con la lámpara apagada y en voz demasiado baja para que mi micrófono de largo alcance captara una sola palabra? Entonces todo habría sido en vano.

«Nunca harás una tortilla con esa mentalidad, socio.»

Lo que me convenció fue el pensar en Sadie. Yo la quería y ella me quería —o al menos me quiso—, pero lo había echado todo por la borda para venirme a esa calle de mierda. Y por Dios, no iba a marcharme sin al menos intentar oír lo que George de Mohrenschildt tuviera que decir.

Me escabullí por la puerta de atrás y, con la linterna entre los dientes, conecté el cable del micro al magnetófono. Introduje la grabadora en una oxidada lata de manteca Crisco para protegerla de los elementos y luego la oculté en un nido de ladrillos y tablones que ya tenía preparado al efecto.

Después regresé a mi propia casa de mierda en aquella calle de mierda y me puse a esperar.

12

Nunca la encendían hasta que prácticamente estaba demasiado oscuro para ver. Supongo que por ahorrar en la factura de la luz. Además, Lee era un obrero y se acostaba temprano. Ella seguía su ejemplo. La primera vez que comprobé la grabación, lo que obtuve fue principalmente una retahíla en ruso; en un perezoso ruso, además, considerando la velocidad ultralenta del magnetófono. Si Marina practicaba su vocabulario en inglés, Lee la reprendía. No obstante, a veces hablaba a June en inglés si el bebé se ponía pesado, siempre en un tono bajo y relajante. A veces incluso cantaba. Las grabaciones a velocidad ultralenta hacían que sonara como un orco probando suerte con «Rockabye, Baby».

En dos ocasiones oí cómo pegaba a Marina; la segunda vez, su ruso no le llegó para expresar su ira: «¡Quejica hija de puta, no vales para nada! ¡Mi madre tenía razón sobre ti!». A esto siguió un portazo y el llanto de Marina, que se interrumpió abruptamente cuando apagó la lámpara.

En la noche del 4 de septiembre, vi a un chaval, de unos trece años, acercarse a la puerta de los Oswald con un saco de lona al hombro. Abrió Lee, descalzo y vestido con camiseta y vaqueros. Hablaron. Lee le invitó a entrar. Hablaron un poco más. En cierto momento, Lee cogió un libro y se lo enseñó al chaval, que lo miró con recelo. No cabía la posibilidad de utilizar el micrófono direccional porque el tiempo se había vuelto frío y las ventanas estaban cerradas. No obstante, la Lámpara Inclinada de Pisa estaba encendida, y cuando recuperé la segunda cinta la madrugada de la noche siguiente, me brindó una entretenida conversación, sí.

El chaval vendía suscripciones a un periódico —o quizá se trataba de una revista— llamado *Grit*. Expuso a los Oswald que contenía toda clase de historias interesantes que los periódicos de Nueva York no se molestaban en publicar (las etiquetó como «noticias del país»), además de consejos sobre deportes y jardinería. También incluía lo que llamó «relatos de ficción» y tiras cómicas.

—No encontrarán a *Dixie Dugan* en el *Times Herald* —informó a los Oswald—. Mi madre adora a Dixie.

—Vaya, hijo, eso es estupendo —dijo Lee—. Estás hecho todo un hombrecito de negocios, ¿verdad?

—Eh... ¿sí, señor?

—Dime cuánto ganas.

—Nada más que cuatro centavos de cada diez, pero eso no es lo importante, señor. Lo que más me gusta son los premios. Son muchísimo mejores que los que te dan vendiendo pomada Cloverine. ¡A la porra las cremas! ¡Voy a ganarme un .22! Mi padre me dejará tenerlo.

—Hijo, ¿sabes que te están explotando?

—¿Eh?

—Ellos se llevan los dólares y tú los peniques y la promesa de un rifle.

—Lee, es buen chico —intervino Marina—. Sé amable. Deja tranquilo.

Oswald la ignoró.

—Debes saber lo que cuenta este libro, hijo. ¿Eres capaz de leer lo que pone en la portada?

—Ah, sí, señor. Dice *La situación de la clase obrera*, de Friedrich… ¿Ing-gulls?

—*Engels*. Trata sobre lo que les pasa a los muchachos que piensan que van a hacerse millonarios vendiendo cosas de puerta en puerta.

—Yo no quiero ser millonario —objetó el muchacho—. Solo quiero un .22 para poder disparar a las ratas en el vertedero, igual que mi amigo Hank.

—Tú ganas peniques vendiendo sus periódicos, ellos ganan dólares vendiendo tu sudor y el sudor de un millón de muchachos como tú. El libremercado no es libre. Debes educarte por ti mismo, hijo. Yo lo hice y también empecé cuando tenía tu edad.

Lee le soltó al muchacho del *Grit* un sermón de diez minutos sobre los males del capitalismo, sazonándolo con citas escogidas de Karl Marx y todo. El chico escuchó pacientemente y al final preguntó:

—Entonces, ¿va a comprarme una *sups-cripción*?

—Hijo, ¿has escuchado una sola palabra de lo que he dicho?

—¡Sí, señor!

—Pues deberías saber que este sistema me ha robado igual que os está robando a ti y a tu familia.

—¿Está arruinado? ¿Por qué no lo dijo antes?

—Lo que llevo un rato intentando explicarte es *por qué* estoy arruinado.

—Jolines, pues me habría dado tiempo para probar en tres casas más, pero ahora ya me tengo que volver porque casi es mi toque de queda.

—Buena suerte —le deseó Marina.

La puerta principal chirrió sobre sus goznes al abrirse y luego se cerró con un traqueteo (se encontraba demasiado extenuada para producir un portazo). Siguió un largo silencio. Entonces, con una voz sin inflexiones, Lee dijo:

—Ya lo has visto. Eso es contra lo que tenemos que plantar cara.

No mucho después, la lámpara se apagó.

13

Mi nuevo teléfono permaneció en silencio la mayor parte del tiempo. Deke llamó una vez —una de esas rápidas llamadas de cumplido para preguntar cómo va la vida— y eso fue todo. Me dije que no cabía esperar otra cosa. Las clases ya habían comenzado y las primeras semanas siempre eran desenfrenadas. Deke estaba ocupado porque la señorita Ellie lo había sacado de su retiro. Me contó que, tras refunfuñar un rato, había accedido a que incluyera su nombre en la lista de suplentes. Ellie no me llamaba porque tenía cinco mil cosas que hacer y probablemente quinientas fogatas que apagar.

Fue al colgar cuando me di cuenta de que el antiguo director no había mencionado a Sadie..., y dos noches después del sermón de Lee al chico de los periódicos, decidí que tenía que hablar con ella. Necesitaba oír su voz incluso aunque lo único que tuviera que decirme fuera «*Por favor, no me llames más, George, lo nuestro se acabó*».

El teléfono sonó justo en el instante en que alargaba la mano hacia el aparato. Descolgué y, con absoluta certidumbre, saludé:

—Hola, Sadie. Hola, cariño.

14

Hubo un prolongado momento de silencio, suficiente para pensar que, a fin de cuentas, me había fallado la intuición, que alguien contestaría «*No soy Sadie, soy un capullo que se ha equivocado al marcar el número*». Finalmente, preguntó:

—¿Cómo sabías que era yo?

Estuve a punto de decir «*armónicos*», y puede que me hubiera entendido. Sin embargo, un «*puede*» no bastaba. Aquella era una llamada importante y no quería cagarla. Necesitaba *desesperadamente* no cagarla. Durante la mayor parte de la conversación subsiguiente hubo dos yos al teléfono: George, que hablaba en voz alta, y Jake en el interior, manifestando todas las cosas que George no podía decir. Quizá siempre haya dos de cada interlocutor cuando el amor de verdad pende de un hilo.

—Porque llevo pensando en ti todo el día —dije. *(Llevo pensando en ti todo el verano.)*

—¿Cómo estás?

—Bien. —*(Me siento solo.)*—. ¿Y tú? ¿Qué tal el verano? ¿Lo solucionaste? —*(¿Has cortado los lazos legales con el bicho raro de tu marido?)*

—Sí —confirmó—. Asunto finiquitado. ¿No es eso lo que tú dices, George? ¿Asunto finiquitado?

—Supongo. ¿Cómo van las cosas por el instituto? ¿Y en la biblioteca?

—¿George? ¿Vamos a seguir hablando de tonterías o vamos a hablar?

—De acuerdo. —Me senté en mi sofá de segunda mano lleno de bultos—. Hablemos. ¿Te encuentras bien?

—Sí, pero apenada. Y confusa. —Titubeó unos instantes y añadió—: Estuve trabajando en el Harrah, seguro que ya lo sabías. Como camarera de cócteles. Y conocí a alguien.

—¿Sí? —*(Oh, mierda.)*

—Sí. Un buen hombre. Encantador. Un caballero. Va a cumplir cuarenta. Se llama Roger Beaton. Trabaja como asesor del senador republicano por California, Tom Kuchel. Es el responsable de la disciplina entre los miembros de la oposición en el Senado, se asegura de que acudan a votar y todo eso, ¿sabes? Quiero decir Kuchel, no Roger. —Rió, pero no de la manera en que uno lo hace cuando algo le parece gracioso.

—¿Debería alegrarme de que hayas conocido a alguien?

—No lo sé, George…, *¿te alegras?*

—No. —*(Quiero matarlo.)*

—Roger es guapo —dijo ella en el tono de voz apagado de una persona que se limita a exponer los hechos—. Es amable. Estudió en Yale. Sabe cómo enseñar a una chica a pasárselo bien. Y es alto.

Mi segundo yo no pudo aguantar callado por más tiempo.

—Quiero matarlo.

Eso la hizo reír, y el sonido de su risa supuso un alivio.

—No te cuento esto para herirte ni para que te sientas mal.

—¿En serio? Entonces, ¿por qué me lo cuentas?

—Salimos tres o cuatro veces. Me besó…, nos enrollamos…, solo besuqueos, como críos…

(*No solo quiero matarlo, quiero hacerlo muy despacio.*)

—Pero no fue lo mismo. Quizá podría serlo con el tiempo, quizá no. Me dio su número de Washington y me pidió que lo llamara si… ¿cómo lo expresó? «Si me cansaba de colocar libros en las estanterías y de mantener la llama encendida por el tipo que se evadió.» Creo que esas fueron esencialmente sus palabras. Me dijo que viaja a muchos sitios y que necesita a una mujer buena que le acompañe. Piensa que yo podría ser esa mujer. Aunque, claro, los hombres cuentan toda clase de historias. Ya no soy tan ingenua como antes, pero a veces lo dicen en serio.

—Sadie…

—De todos modos, no fue lo mismo.   Su voz sonaba reflexiva, ausente, y por primera vez me pregunté si le pasaría algo más aparte de las dudas sobre su vida personal. Si era posible que estuviera enferma—. Por el lado positivo, no había indicios de ninguna escoba a la vista. Aunque, claro, a veces los hombres la esconden, ¿verdad? Como Johnny. Como tú, George.

—¿Sadie?

—¿Sí?

—¿Estás *tú* escondiendo una escoba?

Hubo un prolongado momento de silencio. Mucho más largo del que siguió cuando contesté al teléfono saludándola por su nombre, y mucho más largo de lo que me esperaba. Finalmente, respondió:

—No sé a qué te refieres.

—No pareces tú misma, eso es todo.

—Ya te lo he dicho, estoy muy confusa. Y triste. Porque todavía no estás preparado para contarme la verdad, ¿no es cierto?

—Lo haría si pudiera.

—¿Sabes qué es lo curioso? En Jodie tienes buenos amigos, no solo yo, y ninguno de ellos sabe dónde vives.

—Sadie…

—Dices que en Dallas, pero tu número corresponde a la centralita de Elmhurst, y Elmhurst está en Fort Worth.

Nunca lo había pensado. ¿En qué otros detalles no habría pensado?

—Sadie, únicamente puedo decirte que estoy haciendo algo muy import…

—Oh, sí, estoy segura. Y el senador Kuchel también hace una labor muy importante. Roger puso mucho esmero en aclararlo, y en asegurarme que si… si me reunía con él en Washington, terminaría más o menos sentada a los pies de la grandeza… o a las puertas de la historia… o algo parecido. El poder lo excita. Era una de las pocas cosas que no me gustaban de él. Pensé, y todavía lo pienso, que quién soy yo para sentarme a los pies de la grandeza, una simple bibliotecaria divorciada.

—¿Quién soy yo para sentarme a las puertas de la historia? —murmuré.

—¿Qué? ¿Qué has dicho, George?

—Nada, cariño.

—Tal vez sea mejor que no me llames así.

—Lo siento. —(*No, para nada*)—. ¿De qué estamos hablando exactamente?

—De ti y de mí y de si eso aún nos convierte o no en *nosotros*. Ayudaría si pudieras contarme por qué estás en Texas. Porque *sé* que no viniste para escribir un libro ni para dar clases en un instituto.

—Podría ser peligroso.

—*Todos* estamos en peligro —replicó ella—. Johnny acertaba en eso. ¿Quieres saber algo que me contó Roger?

—De acuerdo. —(*¿Dónde tuvo lugar la conversación, Sadie? ¿Y cómo? ¿En posición vertical o en horizontal?*)

—Habíamos tomado una o dos copas y se le soltó la lengua. Estábamos en la habitación de su hotel, pero no te preocupes: no despegué los pies del suelo ni la ropa del cuerpo.

—No estaba preocupado.

—Pues me defraudarías si no.

—Vale, sí estaba preocupado. ¿De qué habló?

—Dijo que corre el rumor de que se va a producir una situación grave en el Caribe este otoño o invierno. Un polvorín, lo llamó. Me imagino que se refería a Cuba. Dijo: «Ese idiota de Kennedy nos va a colocar a todos en un brete solo para demostrar que tiene pelotas».

Me acordé de toda la mierda apocalíptica que su ex marido había vertido en sus oídos. «*Cualquiera que lea los periódicos lo ve venir*», le había dicho. «*Moriremos con el cuerpo cubierto de llagas y expectorando los pulmones por la boca*». Peroratas así dejan huella, especialmente si son expuestas en un tono de árida certeza científica. ¿Dejan huella? Cicatrices, más bien.

—Sadie, eso es una chorrada.

—¿Sí? —Su voz denotaba irritación—. ¿He de suponer que posees información confidencial que el senador Kuchel desconoce?

—Digamos que sí.

—Digamos que no. Esperaré un poco más a que te sinceres, pero no mucho. No sé por qué, quizá solo porque eres un buen bailarín.

—¡Pues vayamos a bailar! —propuse en un arrebato.

—Buenas noches, George.

Y sin darme tiempo a contestar, colgó.

15

Iba a devolver la llamada, pero cuando la operadora preguntó «¿Número, por favor?», la cordura se impuso. Volví a colocar el teléfono en la horquilla. Ella había dicho cuanto necesitaba decir. Instigarla a que dijera más solo empeoraría las cosas.

Intenté autoconvencerme de que su llamada no había sido más que una estratagema para que moviera ficha, una especie de acicate, como cuando Priscilla Mullins instó al pionero colonizador John Alden a «hablar por sí mismo». No funcionó porque aquella no era Sadie. Me había parecido más un grito de socorro.

Volví a descolgar el teléfono y, en esta ocasión, cuando la operadora me pidió un número, le proporcioné uno. El teléfono sonó dos veces al otro extremo de la línea y entonces contestó Ellie Dockerty.

—¿Sí? ¿Quién es, por favor?

—Hola, señorita Ellie. Soy yo, George.

Quizá aquellos momentos de silencio fueran un fenómeno contagioso. Aguardé. Por fin, ella dijo:

—Hola, George. Te tengo desatendido, ¿verdad? Es solo que he estado terriblemente…

—Ocupada, claro. Sé cómo son las dos primeras semanas, Ellie. Llamaba porque acabo de hablar con Sadie.

—¿Sí? —Percibí cautela en su voz.

—Le contaste que mi número no pertenecía a la centralita de Dallas sino a la de Fort Worth, ¿cierto? No pasa nada, está bien.

—No pretendía chismorrear, confío en que lo entiendas. Consideré que ella tenía derecho a saberlo. Aprecio a Sadie. También te aprecio a ti, George, por supuesto…, pero tú te has ido y ella no.

Lo entendía, sí, aunque doliera. La sensación de hallarme en una cápsula espacial con rumbo a las profundidades del cosmos retornó.

—No hay problema, Ellie, y en realidad no he mentido del todo. Espero trasladarme a Dallas pronto.

Ninguna respuesta, pero ¿qué iba a decir?, *«Tal vez sí, pero ambos sabemos que eres algo embustero»*.

—No me ha gustado el modo en que hablaba. ¿Tú la ves bien?

—No estoy segura de querer contestar a esa pregunta. Si digo que no, vendrás como una bala, y ella no quiere verte mientras esta situación se mantenga igual.

En realidad acababa de responder a mi pregunta.

—¿Se encontraba bien cuando volvió?

—Sí, estaba perfectamente. Contenta de vernos.

—Pero ahora parece distraída y dice que se siente triste.

—¿Acaso te sorprende? —prorrumpió Ellie con aspereza—. Sadie guarda muy buenos recuerdos de Jodie, muchos relacionados con un hombre por el que aún alberga sentimientos. Un buen hombre que es un estupendo profesor, pero que llegó enarbolando una bandera falsa.

Aquello sí que dolió de verdad.

—Me dio otra impresión. Comentó algo sobre una especie de crisis en ciernes, algo de lo que se enteró por… —¿Por un sujeto de Yale que se sentaba a las puertas de la historia?—. Por alguien que conoció en Nevada. Su marido le llenó la cabeza con un montón de tonterías…

—¿Su cabeza? ¿Su bonita cabecita? —Ahora ya no solo aspereza; ira explícita. Hizo que me sintiera pequeño y mezquino—. George, tengo una pila de carpetas de medio kilómetro de altura delante de mí y he de ponerme con ellas. No puedes psicoanalizar a Sadie Dunhill a distancia y yo no puedo ayudarte con tu vida amorosa. Lo único que puedo hacer es aconsejarte que te sinceres si verdaderamente la aprecias. Y más pronto que tarde.

—Supongo que no habrás visto a su marido por ahí, ¿verdad?

—¡No! ¡Buenas noches, George!

Por segunda vez aquella noche, una mujer que me importaba me colgó el teléfono. Ese era un nuevo récord personal.

Entré en el dormitorio y empecé a desvestirme. Ella estaba bien cuando regresó. Contenta de reencontrarse con sus amigos de Jodie. Pero ahora no tanto. ¿Porque se debatía entre el tío nuevo y guapo en la vía rápida del éxito y el extraño alto y oscuro de invisible pasado? Probablemente ese habría sido el caso en una novela romántica, pero si fuera así, ¿por qué no se la había visto deprimida desde el momento en que llegó?

Se me ocurrió una desagradable idea: quizá le había dado por beber. Mucho. A escondidas. ¿No era posible? Mi mujer había sido en secreto una bebedora empedernida durante años —de hecho, desde antes de casarnos— y el pasado armoniza consigo mismo. Resultaría fácil descartar esa teoría, decir que la señorita Ellie habría observado las señales, pero los borrachos pueden ser listos. A veces pasan años antes de que la gente empiece a sospechar. Si Sadie se presentaba en el trabajo a su hora, Ellie podría no haber notado que bebía, a pesar de los ojos inyectados en sangre y la menta en su aliento.

La idea era probablemente ridícula. Todas mis conjeturas eran sospechosas, cada una empañada por el afecto inmenso que aún sentía por Sadie.

Me tendí en la cama, con la vista clavada en el techo. En la salita, la estufa de petróleo gorgoteó; otra noche fría.

«Olvídalo, socio —dijo Al—. Tienes que hacerlo. Recuerda, no estás aquí para conseguir...»

La chica, el reloj de oro y todo lo demás. Sí, Al, ya lo he pillado.

«Además, seguro que ella está bien. Eres tú quien tiene un problema.»

Más de uno, en realidad. Pasó mucho tiempo antes de que me quedara dormido.

El lunes siguiente, cuando realizaba una de mis regulares incursiones a Neely Oeste Street de Dallas, observé un alargado coche fúnebre de color gris aparcado en la entrada del 214. Las dos mujeres regordetas estaban de pie en el porche mirando cómo un par de hombres con traje oscuro metían una camilla en la parte de atrás. Sobre ella se distinguía una figura envuelta en una sábana. La joven pareja que vivía en el apartamento de arriba también miraba desde el balcón de aspecto inestable sobre el porche. El hijo menor dormía en los brazos de su madre.

La silla de ruedas con el cenicero acoplado al brazo permanecía huérfana bajo el árbol donde el anciano había pasado la mayor parte de sus días durante el último verano.

Me detuve a un lado y esperé junto al coche hasta que el vehículo fúnebre partió. Luego (aunque me daba cuenta de que la oportunidad del momento era bastante… digamos inoportuna) crucé la calle y recorrí el sendero hasta el porche. Al pie de la escalera, saludé con el sombrero.

—Señoras, lamento mucho su pérdida.

La mayor de las dos —la esposa que ahora era viuda, suponía— dijo:

—Usted ya ha estado por aquí antes.

Por supuesto que sí, pensé en contestar. *Este asunto es más grande que el fútbol profesional.*

—Mi marido le vio. —No había acusación; solo exponía los hechos.

—He estado buscando un apartamento en este vecindario. ¿Van a conservar este?

—No —respondió la más joven—. Él cobraba una poliza. Era prácticamente lo único que tenía, excepto unas cuantas medallas en una caja. —Se sorbió la nariz. Os lo aseguro, me rompió el corazón ver cuán desconsoladas se encontraban esas mujeres.

—Decía que usted era un fantasma —explicó la viuda—. Decía que podía ver a través de usted. Claro que estaba como una chota. Llevaba chiflado tres años, desde que tuvo el derrame cerebral y le pusieron esa bolsa de pis. Inda y yo nos volvemos a Oklahoma.

Probad en Mozelle, pensé. *Ahí es donde se supone que debéis ir después de abandonar el apartamento.*

—¿Qué desea? —preguntó la más joven—. Tenemos que llevarle un traje a la funeraria.

—Quisiera el número de su casero —dije.

Los ojos de la viuda centellearon.

—¿Y cuánto nos pagaría, señor?

—¡Yo se lo daré gratis! —gritó la mujer joven desde el balcón del segundo piso.

La afligida hija miró hacia arriba y le dijo que cerrara la puta boca.

Así eran las cosas en Dallas. Igual que en Derry.

Amistosas.

CAPÍTULO 19

1

George de Mohrenschildt hizo su aparición estelar la tarde del 15 de septiembre, un sábado oscuro y lluvioso. Iba al volante de un Cadillac color café como salido de una canción de Chuck Berry. Lo acompañaba un hombre al que conocía, George Bouhe, y otro al que no, un tipo seco y delgado con una mata de pelo blanco y la espalda tiesa de quien ha pasado mucho tiempo en las fuerzas armadas y sigue contento de haberlo hecho. De Mohrenschildt fue a la parte de atrás del coche y abrió el maletero. Salí disparado a por el micrófono parabólico.

Cuando volví con mi equipo, Bouhe llevaba un parque para niños plegable bajo el brazo, y el tipo de aspecto militar cargaba con una brazada de juguetes. De Mohrenschildt iba con las manos vacías, y subió la escalera por delante de los otros dos con la cabeza alta y el pecho fuera. Era alto y de constitución fuerte. Llevaba el pelo canoso peinado hacia atrás en diagonal desde su ancha frente, de un modo que proclamaba, por lo menos para mí: «*Contemplad mis obras, oh poderosos, y desesperad. Pues yo soy GEORGE*».

Enchufé la grabadora, me puse los auriculares y apunté la antena con el micrófono acoplado hacia el otro lado de la calle.

No había ni rastro de Marina. Lee estaba sentado en el sofá, leyendo un grueso libro en rústica a la luz de la lámpara del buffet. Cuando oyó pasos en el porche, alzó la vista con la frente arrugada y tiró el libro sobre la mesa baja. «*Más expatriados de los cojones*», podría haber estado pensando.

No obstante, se levantó a abrir la puerta. Tendió la mano al extraño de cabello plateado plantado en su porche, pero De Mohrenschildt le sorprendió —y a mí también— atrayendo a Lee a sus brazos y estampándole un beso en cada mejilla. Tenía una voz grave y con acento, más alemán que ruso, me pareció.

—¡Deja que eche un vistazo al hombre que ha viajado tan lejos y ha regresado con sus ideales intactos! —Después dio otro abrazo a Lee. La cabeza de Oswald apenas asomaba por encima del hombro del tipo, y vi algo más sorprendente todavía: Lee Harvey Oswald estaba sonriendo.

2

Marina salió del cuarto del bebé con June en brazos. Lanzó una exclamación de alegría al ver a Bouhe, y le dio las gracias por el parque y lo que llamó, con su forzado vocabulario, los «jugares del niño». Bouhe presentó al delgado como Lawrence Orlov —*coronel* Lawrence Orlov, si no le importa— y a De Mohrenschildt como «un amigo de la comunidad rusa».

Bouhe y Orlov se pusieron manos a la obra para montar el parque en el centro del suelo. Marina se quedó con ellos, charlando en ruso. Al igual que Bouhe, se diría que Orlov no podía apartar la mirada de la joven madre. Marina llevaba un blusón y unos pantalones cortos que exhibían esas piernas que no se acababan nunca. La sonrisa de Lee había desaparecido. Retomaba su hosquedad habitual.

El problema era que De Mohrenschildt no pensaba permitírselo. Avistó el libro de Lee, se acercó de un salto a la mesa baja y lo cogió.

—¿*La rebelión de Atlas*? —Hablaba solo para Lee, desentendiéndose por completo de los demás, que seguían admirando el parque nuevo—. ¿Ayn Rand? ¿Qué hace un joven revolucionario con esto?

—Conoce a tu enemigo —dijo Lee, y cuando De Mohrenschildt profirió una sonora carcajada, su sonrisa reapareció.

—¿Y qué opinión te merece el *cri de coeur* de la señorita Rand? —Eso hizo sonar una campanilla cuando volví a poner la cinta.

Escuché el comentario dos veces antes de caer en la cuenta: era, casi palabra por palabra, la misma expresión que había usado Mimi Corcoran al preguntarme por *El guardián en el centeno*.

—Creo que se ha tragado el señuelo envenenado —dijo Oswald—. Ahora gana dinero vendiéndolo a otros.

—Exacto, amigo mío. Nunca he oído una mejor descripción. Llegará el día en que las Rand del mundo responderán de sus crímenes. ¿Tú lo crees?

—Lo sé —respondió Lee, con total aplomo.

De Mohrenschildt dio una palmada en el sofá.

—Siéntate a mi lado. Quiero oír tus aventuras en la patria.

Bouhe y Orlov se acercaron a Lee y De Mohrenschildt. Hubo muchos dimes y diretes en ruso. Lee no parecía muy convencido, pero cuando De Mohrenschildt le dijo algo también en ruso, asintió y habló un momento con Marina. El gesto con la mano hacia la puerta lo dejaba bastante claro: «Vale, vete».

De Mohrenschildt lanzó las llaves de su coche a Bouhe, que no las atrapó. De Mohrenschildt y Lee cruzaron una mirada de burla compartida mientras Bouhe escarbaba en la sucia moqueta verde hasta encontrarlas. Entonces salieron, Marina con el bebé en brazos, y partieron en el barco que era el Cadillac de De Mohrenschildt.

—Ahora estamos tranquilos, amigo mío —dijo este—. Y los hombres abrirán sus carteras, que no está mal, ¿verdad?

—Me estoy cansando de que siempre abran sus carteras —replicó Lee—. Rina empieza a olvidar que no volvimos a Estados Unidos solo para comprar un puñetero congelador y unos cuantos vestidos.

De Mohrenschildt le quitó importancia al asunto con un gesto de la mano.

—Sudor del lomo del cerdo capitalista. Hombre, ¿no te basta con vivir en este sitio tan deprimente?

—Desde luego no es gran cosa, ¿verdad? —dijo Lee.

De Mohrenschildt le dio una palmada en la espalda que casi fue lo bastante fuerte para apearlo del sofá.

—¡Anímate! Lo que tomes ahora, lo devolverás centuplicado más tarde. ¿No es eso lo que crees? —Esperó a que Lee asintiera—. Y ahora cuéntame cómo están las cosas en Rusia, camarada; ¿puedo llamarte camarada, o has repudiado ese tratamiento?

—Puedes llamarme lo que sea menos tarde para cenar —dijo Oswald, y se rió. Yo lo veía abrirse para De Mohrenschildt como una flor se abre al sol tras varios días de lluvia.

Lee habló de Rusia. Fue prolijo y pomposo. No me interesó mucho su diatriba sobre que la burocracia comunista había secuestrado todos los maravillosos ideales socialistas de antes de la guerra (pasó por alto la Gran Purga de Stalin en los años treinta). Tampoco me interesó su juicio de que Nikita Khrushchev era un idiota; era el mismo parloteo ocioso que podía oírse sobre los dirigentes de Estados Unidos en cualquier peluquería o puesto de limpiabotas del país. Oswald tal vez iba a cambiar el curso de la historia al cabo de apenas catorce meses, pero era un pelmazo.

Lo que me interesó fue el modo en que De Mohrenschildt le escuchaba. Lo hacía como lo hacen las personas más encantadoras y magnéticas del mundo, planteando siempre las preguntas adecuadas en el momento preciso, sin inquietarse o apartar la mirada del rostro de quien habla, haciendo que se sienta la persona más sabia, brillante e intelectualmente dotada del planeta. Quizá fuera la primera vez en la vida de Lee que le escuchaban así.

—Solo veo una esperanza para el socialismo —concluyó Lee—, y es Cuba. Allí la revolución aún es pura. Espero ir algún día. Quizá pida la ciudadanía.

De Mohrenschildt asintió con gravedad.

—No es ninguna tontería. Yo he estado, muchas veces, antes de que la administración actual pusiera trabas para viajar allí. Es un bello país… y ahora, gracias a Fidel, es un bello país que pertenece a la gente que vive en él.

—Lo sé. —Lee estaba radiante.

—Hay un pero. —De Mohrenschildt alzó un dedo magistral—. Si crees que los capitalistas americanos dejarán que Fidel, Raúl y el Che obren su magia sin interferir, vives en un mundo de fantasía. Los engranajes ya están girando. ¿Conoces a ese tal Walker?

Agucé el oído.

—¿Edwin Walker? ¿El general al que despidieron? —Lee dijo «dispidieron».

—Ese mismo.

—Lo conozco. Vive en Dallas. Se presentó a gobernador y no se comió un rosco. Después se fue a Mississippi a ponerse del lado de Ross Barnett cuando James Meredith acabó con la discriminación en la Universidad de Mississippi. No es más que otro pequeño Hitler segregacionista.

—Un racista, sin duda, pero para él la causa segregacionista y los pequeñoburgueses del Klan son solo una fachada. Él ve la campaña en pro de los derechos de los negros como una maza para golpear los principios socialistas que tanto les preocupan a él y a los de su calaña. ¿James Meredith? ¡Un comunista! ¿La Asociación Nacional para el Progreso de la Gente de Color? ¡Una tapadera! ¿El Comité Coordinador Estudiantil Para la No Violencia? ¡Negro por fuera, rojo por dentro!

—Vaya —dijo Lee—, ellos funcionan así.

Yo no sabía distinguir si De Mohrenschildt sentía de verdad lo que decía o si tan solo espoleaba a Lee por diversión.

—¿Y qué ven los Walkers, los Barnetts y los predicadores evangelistas titiriteros como Billy Graham o Billy James Hargis como el corazón palpitante de ese monstruo comunista malvado y amante de los negros? ¡Rusia!

—Lo sé.

—¿Y dónde ven la mano codiciosa del comunismo a apenas noventa millas de la costa de Estados Unidos? ¡En Cuba! Walker ya no va de uniforme, pero su mejor amigo, sí. ¿Sabes de quién te hablo?

Lee sacudió la cabeza. Sus ojos no se apartaban en ningún momento de la cara de De Mohrenschildt.

—Curtis LeMay. Otro racista que ve comunistas detrás de cada arbusto. ¿Qué insisten Walker y LeMay en que haga Kennedy? ¡Bombardear Cuba! ¡Después, invadir Cuba! ¡Después, convertir Cuba en el estado cincuenta y uno! ¡Su humillación en la bahía de Cochinos no ha hecho sino convencerlos más! —De Mohrenschildt trazó sus propios signos de exclamación dándose con el puño en el muslo—. Los hombres como LeMay y Walker son mucho más peligrosos que la zorra de Rand, y no porque tengan pistolas. Porque tienen *seguidores*.

—Conozco el peligro —aseveró Lee—. He empezado a montar un grupo de Cuba No Se Toca aquí en Fort Worth. Ya tengo una docena de interesados.

Eso era atrevido. Por lo que yo sabía, lo único que había montado Lee en Fort Worth era un montón de puertas mosquiteras de aluminio, además del tendedero giratorio del patio en las pocas ocasiones en que Marina podía convencerle de que colgara en él los pañales del bebé.

—Más te vale trabajar deprisa —dijo De Mohrenschildt con tono lúgubre—. Cuba es un anuncio de la revolución. Cuando la gente que sufre en Nicaragua, Haití y la República Dominicana mira a Cuba, ve una pacífica sociedad agraria y socialista donde han derrocado al dictador y facturado a la policía secreta, ¡a veces con la porra metida por su gordo culo!

Lee soltó una carcajada chillona.

—Ven las grandes plantaciones de azúcar y las granjas de mano de obra esclava de United Fruit entregadas a los campesinos. Ven a la Standard Oil mandada a freír espárragos. Ven los casinos, todos dirigidos por la mafia de Lansky...

—Lo sé —dijo Lee.

—... cerrados. Los espectáculos guarros han terminado, amigo mío, y las mujeres que antes vendían sus cuerpos, y los cuerpos de sus *hijas*, han encontrado trabajos honrados de nuevo. Un peón que hubiese muerto en la calle cuando estaba el cerdo de Batista ahora puede ir al hospital y que lo traten como a un hombre. ¿Y por qué? ¡Porque con Fidel, el médico y el peón son iguales!

—Lo sé —dijo Lee. Era su posición en caso de duda.

De Mohrenschildt se levantó de un salto del sofá y arrancó a caminar alrededor del nuevo parque.

—¿Crees que Kennedy y su contubernio de irlandeses permitirá que ese anuncio siga en pie? ¿Ese *faro* que ilumina con su mensaje de esperanza?

—A mí Kennedy me gusta, más o menos —dijo Lee, como si le diera vergüenza admitirlo—. A pesar de la bahía de Cochinos. Eso fue un plan de Eisenhower, no sé si lo sabías.

—El presidente Kennedy gusta mucho a la AGE. ¿Sabes lo que quiero decir con AGE? Te puedo asegurar que la alimaña rabiosa que escribió *La rebelión de Atlas* lo sabe. La América Grande y Estúpida, eso quiero decir. Los ciudadanos que la forman vivirán felices y morirán satisfechos si tienen una nevera que haga hielo, dos coches en el garaje y una serie en la caja tonta. A la América Grande y Estúpida le encanta la *sonrisa* de Kennedy. Oh, sí. Claro que sí. Tiene una sonrisa estupenda, lo reconozco. Pero ¿no dijo

Shakespeare que un hombre puede sonreír, y sonreír, y ser un villano? ¿Sabes que Kennedy ha dado el visto bueno a un plan de la CIA para *asesinar* a Castro? ¡Sí! Ya lo han intentado, y fracasado, gracias a Dios, tres o cuatro veces. Lo sé por mis contactos en Haití y la República Dominicana, Lee, y es de buena tinta.

Lee expresó su consternación.

—Pero Fidel tiene un amigo fuerte en Rusia —prosiguió De Mohrenschildt sin dejar de caminar—. No es la Rusia de los sueños de Lenin, ni de los tuyos o los míos, pero es posible que tengan sus propios motivos para respaldar a Fidel si Estados Unidos intenta otra invasión. Y mira lo que te digo: si de Kennedy depende, lo intentará, y pronto. Hará caso a LeMay. Hará caso a Dulles y Angleton, de la CIA. Lo único que necesita es el pretexto adecuado y se tirará de cabeza, aunque solo sea para demostrar al mundo que tiene pelotas.

Siguieron hablando de Cuba. Cuando el Cadillac regresó, el asiento trasero estaba lleno de víveres; comida suficiente para un mes, se diría.

—Mierda —dijo Lee—. Han vuelto.

—Y nosotros nos alegramos de verlos —señaló De Mohrenschildt con tono afable.

—Quédate a cenar —dijo Lee—. Rina no es muy buena cocinera, pero…

—Tengo que irme. Mi mujer espera ansiosa que le dé el parte, ¡y bien bueno que será! La próxima vez la traeré, ¿de acuerdo?

—Sí, claro.

Fueron a la puerta. Marina hablaba con Bouhe y Orlov mientras los dos hombres sacaban cajas de comida enlatada del maletero. Pero no solo hablaba; también coqueteaba un poco. Bouhe parecía a punto de caer de rodillas.

En el porche, Lee dijo algo sobre el FBI. De Mohrenschildt le preguntó cuántas veces. Lee levantó tres dedos.

—Un agente llamado Fain. Ha venido dos veces. Otro llamado Hosty.

—¡Míralos a los ojos sin inmutarte y contesta a sus preguntas! —dijo De Mohrenschildt—. No tienes nada que temer, Lee; ¡no solo porque eres inocente, sino porque tienes razón!

Los demás lo estaban mirando… y no solo ellos. Habían aparecido las niñas de la comba, que estaban en el surco que hacía las veces de acera en nuestra manzana de Mercedes Street. De Mohrenschildt tenía público, y declamaba para él.

—Tiene usted dedicación ideológica, joven señor Oswald, de modo que, por supuesto, ellos vienen. ¡La banda de Hoover! ¡Quién nos dice que no están escuchando ahora mismo, quizá desde calle abajo, quizá desde esa casa, justo al otro lado de la calle!

De Mohrenschildt señaló con el dedo mis cortinas echadas. Lee se volvió a mirar. Me quedé inmóvil en las sombras, contento de haber dejado en el suelo el cuenco de Tupperware para amplificar el sonido, aunque ya lo tuviera cubierto de cinta aislante negra.

—Sé quiénes son. ¿Acaso no han venido a verme ellos y sus primos hermanos de la CIA en muchas ocasiones para intentar intimidarme y que informe sobre mis amigos rusos y sudamericanos? Después de la guerra, ¿no me llamaron «nazi encubierto»? ¿No han afirmado que contraté a los *tonton macoute* para pegar y torturar a mis competidores por la extracción de petróleo en Haití? ¿No me acusaron de sobornar a Papa Doc y pagar por el asesinato de Trujillo? ¡Sí, sí, de todo eso y más!

Las niñas de la comba lo miraban boquiabiertas. También Marina. En cuanto arrancaba, George de Mohrenschildt arrasaba con todo lo que encontraba a su paso.

—¡Sé valiente, Lee! ¡Cuando vengan, ponte firme! ¡Enséñales esto! —Echó mano de su camisa y la abrió de un tirón. Los botones salieron disparados y repiquetearon en el porche. Las niñas de la comba lanzaron un grito ahogado, demasiado pasmadas para reír. A diferencia de la mayoría de los estadounidenses de esa época, De Mohrenschildt no llevaba camiseta interior. Su piel era del color de la caoba aceitada. Unos pechos regordetes colgaban sobre su flácida musculatura. Se golpeó con el puño derecho sobre el pezón izquierdo—. Diles: «¡Aquí tenéis mi corazón, y mi corazón es puro, y mi corazón pertenece a mi causa!». Diles: «¡Aunque Hoover me arranque el corazón, seguirá latiendo, y mil corazones más latirán a su compás! ¡Después diez mil! ¡Después cien mil! ¡Después un millón!».

Orlov dejó la caja de comida enlatada que llevaba para poder dedicarle un aplauso breve y satírico. Marina tenía las mejillas ruborizadas. La cara de Lee era la más interesante. Como Pablo de Tarso en el camino de Damasco, había tenido una revelación.

Se le había caído la venda de los ojos.

Las prédicas y los aspavientos descamisados de De Mohrenschildt —no muy diferentes de las payasadas de feriante de los evangelistas de derechas a los que vilipendiaba— me inquietaron profundamente. Había tenido la esperanza de que, si podía escuchar una conversación de hombre a hombre entre los dos, podría llegar muy lejos para eliminar a De Mohrenschildt como factor real en la intentona contra Walker y, por ende, el asesinato de Kennedy. Había asistido a la charla de hombre a hombre, pero esta no había hecho sino empeorar las cosas.

Algo parecía claro: había llegado el momento de despedirme, sin mucho pesar, de Mercedes Street. Había alquilado la planta baja del 214 de Neely Oeste Street. El 24 de septiembre, cargué en mi vetusto Ford Sunliner mi poca ropa, mis libros y mi máquina de escribir, y los trasladé a Dallas.

Las dos señoras gordas habían dejado a su paso una pocilga que apestaba a enfermo. Me encargué de la limpieza yo mismo y di gracias a Dios de que la madriguera de conejo de Al hubiese ido a dar a una época en la que había ambientador en aerosol. Compré un televisor portátil a una familia que vendía sus trastos sobrantes y la planté en la encimera de la cocina, junto a los fogones (que yo denominaba el Gran Depósito de Grasas Antiguas). Mientras barría, lavaba platos, fregaba y rociaba, veía series de polis y ladrones como *Los intocables*, y cómicas como *Coche 54, ¿dónde estás?* Cuando los pasos y los gritos de los críos de arriba cesaban por las noches, me acostaba y dormía como un tronco. Sin sueños.

Conservé la casa de Mercedes Street, pero no vi gran cosa en el 2703. A veces Marina metía a June en un carrito (otro regalo de su maduro admirador, el señor Bouhe) y la paseaba hasta el aparcamiento del almacén y de vuelta. Por las tardes, cuando salían de clase, las niñas de la comba a menudo las acompañaban. Marina incluso saltó un par de veces, cantando en ruso. La visión de su madre brincando con esa gran nube de pelo moreno al aire hacía reír al bebé. Las niñas de la comba también se reían. A Marina no le importaba. Hablaba mucho con ellas, y nunca parecía molestarle cuando la corregían con una risilla. Parecía complacida, a decir verdad. Lee no quería que aprendiese inglés, pero lo estaba aprendiendo de todas formas. Bien por ella.

El 2 de octubre de 1962, me desperté en mi piso de Neely Street en medio de un silencio sepulcral: ni pies corriendo ni gritos de la madre para que los dos críos se preparasen para ir al colegio. Se habían mudado en plena noche.

Fui al piso de arriba y probé mi llave en su puerta. No funcionó, pero la cerradura era de las de muelles y la forcé fácilmente con una percha. Vi una librería vacía en el salón. Taladré un agujerito en el suelo, enchufé la segunda lámpara-espía y colé el cable por el agujero hasta mi piso. Después coloqué encima la librería.

El dispositivo funcionaba bien, pero los carretes de la ingeniosa y pequeña grabadora japonesa solo arrancaban a girar cuando algún potencial inquilino acudía a ver el piso y tenía a bien encender la lámpara. Hubo curiosos, pero nadie se lo quedó. Hasta que se mudaron los Oswald, tuve la casa de Neely Street para mí solo. Después del escandaloso carnaval que había sido Mercedes Street, fue todo un alivio, aunque echaba un poco de menos a las niñas de la comba. Eran mi coro griego.

1

Dormía en mi piso de Dallas por la noche y veía a Marina pasear al bebé en Fort Worth por el día. Mientras ocupaba así el tiempo, otro momento divisorio de los sesenta se avecinaba, pero no le hice caso. Estaba concentrado en los Oswald, que atravesaban otro espasmo doméstico.

Lee llegó temprano a casa del trabajo un día de la segunda semana de octubre. Marina había salido a pasear a June. Hablaron frente a la entrada de su casa, al otro lado de la calle. Hacia el final de la conversación, Marina pasó al inglés:

—¿Qué siñifica «dispido»?

Lee se lo explicó en ruso. Marina abrió los brazos en un gesto de «qué se le va a hacer» y lo abrazó. Lee le dio un beso en la mejilla y cogió al bebé del carrito. June se rió cuando la alzó por encima de su cabeza y tendió las manos hacia abajo para tirarle del pelo.

Entraron juntos. Una pequeña familia feliz plantando cara a una adversidad pasajera.

Eso duró hasta las cinco de la tarde. Me estaba preparando para volver en coche a Neely Street cuando vi que Marguerite Oswald se acercaba desde la parada del autobús de Winscott Street.

Se avecinan problemas, pensé, y vaya si tenía razón.

Una vez más, Marguerite salvó el peldaño suelto, que seguía sin reparar; una vez más entró sin llamar. Los fuegos artificiales empezaron en el acto. Era una tarde cálida y tenían las ventanas abiertas. No me molesté en sacar el micrófono parabólico. Lee y su madre discutían a todo volumen.

Al parecer no lo habían despedido de su empleo en Leslie Welding, a fin de cuentas; se había ido él. El jefe llamó a Vada Oswald, lo buscaban porque andaban cortos de personal, y al no recibir ayuda de la esposa de Robert, llamó a Marguerite.

—¡He *mentido* por ti, Lee! —gritó esta—. ¡He dicho que tenías gripe! ¿Por qué siempre me obligas a mentir por ti?

—¡Yo no te obligo a hacer nada! —replicó él a voces. Estaban cara a cara en el salón—. ¡No te obligo a hacer nada y tú lo haces de todas formas!

—Lee, ¿cómo vas a mantener a tu familia? ¡Necesitas un trabajo!

—¡Bah, conseguiré trabajo! ¡No te preocupes por eso, mamá!

—¿*Dónde*?

—No lo sé…

—¡Vamos, Lee! ¿Cómo pagarás el alquiler?

—… pero ella tiene muchos amigos. —Señaló con el pulgar a Marina, que se encogió—. No valen para mucho, pero para esto servirán. Tienes que irte, mamá. Vuelve a casa. Déjame respirar.

Marguerite se abalanzó sobre el parque.

—¿De dónde ha salido esto?

—Los amigos que te decía. La mitad son ricos y el resto lo intenta. Les gusta hablar con Rina. —Lee hizo un gesto desdeñoso—. A los más viejos les gusta mirarle las tetas.

—¡*Lee!* —Voz escandalizada, pero una expresión en la cara que era de… ¿satisfacción? ¿A Mamochka le complacía la furia que captaba en la voz de su hijo?

—Vamos, mamá. Déjanos en paz.

—¿Ella entiende que los hombres que regalan cosas siempre esperan algo a cambio? ¿Lo entiende, Lee?

—*¡Que te largues!* —Sacudiendo los puños. Casi bailando de impotencia y rabia.

Marguerite sonrió.

—Estás alterado. Es normal. Volveré cuando estés más tranquilo. Y ayudaré. Yo siempre quiero ayudar.

Entonces, de improviso, salió disparada hacia Marina y el bebé. Fue como si pretendiera atacarlas. Cubrió de besos la cara de June y luego cruzó la habitación a zancadas. Al llegar a la puerta, se volvió y señaló el parque.

—Dile que le pase un trapo, Lee. Los trastos que la gente tira siempre tienen gérmenes. Si la niña se pone enferma, no podréis permitiros el médico.

—¡Mamá! *¡Vete!*

—Eso hago. —Tan pancha. Hizo un gesto infantil de despedida con los dedos, y se fue.

Marina se acercó a Lee, sostenía al bebé como un escudo. Hablaron. Después gritaron. La solidaridad familiar se la llevó el viento; Marguerite se había encargado de eso. Lee cogió a la niña, la acunó sobre un brazo y luego —sin el menor aviso— dio un puñetazo en la cara a su mujer. Marina cayó, sangrando por la boca y la nariz y llorando sonoramente. Lee la miró. La criatura también lloraba. Lee acarició el fino pelo de June, le dio un beso en la mejilla y la meció un poco más. Marina apareció de nuevo en el encuadre, poniéndose en pie con esfuerzo. Lee le dio una patada en el costado y volvió a caer. No se veía otra cosa que la nube de su pelo.

Déjalo, pensé, aunque sabía que no lo haría. *Coge a la niña y déjalo. Ve con George Bouhe. Calienta su cama si hace falta, pero aléjate de ese monstruo enclenque y su trauma materno a toda prisa.*

Pero fue Lee quien la dejó, al menos por un tiempo. No volví a verlo por Mercedes Street.

5

Fue su primera separación. Lee se marchó a Dallas a buscar trabajo. No sé dónde se alojó. Según las notas de Al fue en Y Street, pero el dato resultó erróneo. A lo mejor encontró sitio en una de las casas de huéspedes baratas del centro. No me preocupaba. Sabía que aparecerían juntos para alquilar el piso de arriba y, por el momento, ya tenía bastante de él. Fue un lujo no tener que escuchar su voz ralentizada diciendo «*Lo sé*» una docena de veces en cada conversación.

Gracias a George Bouhe, Marina salió adelante. Al poco de la visita de Marguerite y la espantada de Lee, Bouhe y otro hombre llegaron con una camioneta Chevrolet y se ocuparon de su mudanza. Cuando el vehículo se alejó del 2703 de Mercedes Street, madre e hija viajaban sobre la cama. La maleta rosa que Marina se había traído de Rusia iba forrada de mantas, y June dormía como una bendita en ese nido improvisado. Marina sujetó a la niña con una mano en el pecho cuando la camioneta arrancó. Las niñas de la comba estaban mirando, y Marina se despidió con la mano. Ellas le devolvieron el gesto.

6

Encontré la dirección de George de Mohrenschildt en el listín de Dallas y lo seguí dos veces. Tenía curiosidad por saber con quién quedaba, aunque si hubiera sido con un hombre de la CIA, un esbirro de la mafia de Lansky u otro posible conspirador, dudo que lo hubiese reconocido. Lo único que puedo decir es que no se vio con nadie que me pareciera sospechoso. Iba a trabajar; iba al Club de Campo de Dallas, donde jugaba al tenis o nadaba con su mujer; fueron a un par de locales de striptease. No molestaba a las bailarinas, pero tenía tendencia a sobar los pechos y el trasero de su mujer en público. A ella no parecía importarle.

En dos ocasiones se encontró con Lee. Una vez fue en su club de striptease favorito. Lee parecía incómodo en ese ambiente, y no se quedaron mucho tiempo. La segunda vez comieron en una cafetería de Browder Street. Estuvieron hasta las dos de la tarde, hablando entre un sinfín de tazas de café. Lee hizo un amago de levantarse, pareció meditarlo y pidió alguna cosa. La camarera le llevó un trozo de tarta, y él le entregó algo que ella se metió en el bolsillo del delantal tras una mirada rápida. En vez de seguirles cuando partieron, abordé a la camarera y le pregunté si podía ver lo que el joven le había dado.

—Te lo puedes quedar —dijo ella, y me dio una hoja de papel

amarillo encabezada con letras negras de panfleto sensacionalista: ¡CUBA NO SE TOCA! Instaba a «las personas interesadas» a unirse a la sucursal de Dallas-Fort Worth de esa noble organización. ¡NO DEJÉIS QUE EL TÍO SAM OS EMBAUQUE! ESCRIBID AL APARTADO DE CORREOS 1919 SI QUERÉIS INFORMAROS SOBRE FUTURAS REUNIONES.

—¿De qué han hablado? —pregunté.

—¿Eres poli?

—No, doy mejor propina que los polis —dije, y le pasé un billete de cinco dólares.

—De esos rollos —respondió ella, y señaló el panfleto que Oswald sin duda había imprimido en su nuevo lugar de trabajo—. Cuba. Como si eso me importase.

Pero en la noche del 22 de octubre, menos de una semana más tarde, el presidente Kennedy también estaba hablando de Cuba. Y entonces a todo el mundo le importó.

7

Es un tópico del blues que nadie echa de menos su agua hasta que el pozo se seca, pero hasta la primavera de 1962 no caí en la cuenta de que la frase también valía para el correteo de unos piececillos sacudiendo tu techo. Partida la familia del piso de arriba, el 214 de Neely Oeste Street adoptó un ambiente lúgubre de casa encantada. Echaba de menos a Sadie, y empecé a preocuparme por ella de forma casi obsesiva. Bien pensado, podéis tachar el «casi». Ellie Dockerty y Deke Simmons no se tomaron en serio mi preocupación por su marido. Ni la propia Sadie se la tomaba en serio; me daba la impresión de que creía que intentaba meterle en el cuerpo el miedo a John Clayton para evitar que me expulsara por completo de su vida. Ninguno de ellos sabía que, si quitabas «Sadie», su nombre estaba a una sola sílaba de Doris Dunning. Ninguno de ellos conocía el efecto armónico, el cual parecía estar creando yo mismo con mi mera presencia en la Tierra de Antaño. Si ese era el caso, ¿quién tendría la culpa si a Sadie le pasaba algo?

Las pesadillas reaparecieron. Los sueños con Jimla.

Dejé de seguir a George de Mohrenschildt y empecé a dar largos paseos que se iniciaban por la tarde y no terminaban de vuelta en Neely Oeste Street hasta las nueve o incluso las diez de la noche. En ellos pensaba en Lee, que a esas alturas trabajaba de aprendiz de revelador en una empresa de artes gráficas de Dallas llamada Jaggars-Chiles-Stovall. O en Marina, que se había instalado temporalmente con una mujer recién divorciada llamada Elena Hall. Esta trabajaba para el dentista de George Bouhe, y era el dentista quien había estado al volante de la camioneta el día en que Marina y June se mudaron del cuchitril de Mercedes Street.

Más que nada pensaba en Sadie. Y en Sadie. Y en Sadie.

En uno de esos paseos, como me sentía sediento además de deprimido, paré en un tugurio del barrio llamado Ivy Room y pedí una cerveza. La máquina de los discos estaba apagada y entre los clientes reinaba un desacostumbrado silencio. Cuando la camarera me puso la cerveza delante y se volvió de inmediato para mirar la tele situada por encima de la barra, me di cuenta de que todo el mundo observaba al hombre al que había acudido a salvar. Tenía el rostro solemne, pálido y ojeroso.

—«Para detener esta escalada ofensiva, se ha iniciado una estricta cuarentena de todo el material ofensivo que viaje rumbo a Cuba. Se obligará a dar media vuelta a todo navío de cualquier clase destinado a Cuba si se descubre que contiene cargamentos de armas ofensivas.»

—¡Cristo Dios! —exclamó un hombre que llevaba sombrero de vaquero—. ¿Se cree que los *ruskis* no harán *nada* al respecto?

—Cállate, Rolf —dijo el dueño—. Tenemos que oír esto.

—«Será la política de esta nación —prosiguió Kennedy— considerar que cualquier misil nuclear lanzado desde Cuba contra cualquier nación del Hemisferio Occidental es un ataque de la Unión Soviética a Estados Unidos, el cual exigirá una represalia completa sobre la Unión Soviética.»

Una mujer del extremo de la barra emitió un gemido y se agarró el estómago. El hombre que estaba a su lado la envolvió con un brazo, y ella apoyó la cabeza en su hombro.

Lo que vi en la cara de Kennedy fue temor y determinación a partes iguales. Lo que también vi fue *vida*, una entrega total a la tarea que tenía entre manos. Faltaban exactamente trece meses para su cita con la bala del asesino.

—«Como precaución militar necesaria, he reforzado nuestra base de Guantánamo y evacuado hoy a las personas dependientes de nuestra dotación en ella.»

—Invito a una ronda —proclamó de repente Rolf el Vaquero—. Porque esto parece el final del camino, amigos. —Dejó dos billetes de veinte junto a su vaso de chupitos, pero el dueño no hizo ademán de cogerlos. Estaba observando a Kennedy, que en ese momento conminaba al secretario Khrushchev a eliminar «esta clandestina, temeraria y provocadora amenaza a la paz mundial».

La camarera que me había servido la cerveza, una rubia teñida de unos cincuenta años con pinta de haber visto de todo, rompió a llorar de repente. Eso me decidió. Me levanté de mi taburete, me abrí paso entre las mesas cuyos ocupantes, hombres y mujeres, miraban el televisor como niños solemnes, y entré en una de las cabinas de teléfono junto a las máquinas de *skee-ball*.

La operadora me dijo que depositase cuarenta centavos para los tres primeros minutos. Eché dos monedas de veinticinco. El teléfono emitió un suave tintineo. De fondo, aún oía hablar a Kennedy con esa voz nasal de Nueva Inglaterra. Ahora acusaba al ministro soviético de Exteriores Andréi Gromiko de ser un mentiroso. Sin pelos en la lengua.

—Le paso, señor —dijo la operadora, que luego me espetó—: ¿Está escuchando al presidente? Si no, debería encender la tele o la radio.

—Le estoy escuchando —respondí. Sadie también lo estaría. Sadie, cuyo marido había soltado un montón de gilipolleces apocalípticas con un fino barniz de ciencia. Sadie, cuyo amigo político licenciado en Yale le había dicho que iba a pasar algo gordo en el Caribe. Un polvorín, probablemente Cuba.

No tenía ni idea de lo que iba a decir para tranquilizarla, pero eso no suponía un problema. El teléfono sonaba y sonaba. No me gustó. ¿Dónde estaría a las ocho y media de un lunes por la noche en Jodie? ¿En el cine? No me lo creía.

—Señor, su número no responde.

—Lo sé —dije, e hice una mueca cuando oí salir de mi boca la frase favorita de Lee.

Mis monedas resonaron al caer al cajetín de devolución cuando colgué. Me dispuse a meterlas de nuevo, pero cambié de idea. ¿De qué serviría llamar a la señorita Ellie? A esas alturas ya estaba en su lista negra. También en la de Deke, probablemente. Me mandarían a freír espárragos.

Mientras regresaba a la barra, Walter Cronkite mostraba en el telediario imágenes obtenidas por un avión U-2 de las bases de misiles soviéticas en construcción. Dijo que muchos congresistas estaban instando a Kennedy a que emprendiese misiones de bombardeo o lanzara una invasión a gran escala de inmediato. Las bases de misiles estadounidenses y el Mando Aéreo Estratégico habían pasado a DEFCON-4 por primera vez en la historia.

—«Bombarderos B-52 estadounidenses pronto patrullarán el exterior de las fronteras de la Unión Soviética —decía Cronkite con aquella voz grave y solemne—. Como es obvio para todos los que hemos informado sobre los últimos siete años de esta guerra fría cada vez más terrorífica, las posibilidades de que haya un error, un error potencialmente *desastroso*, crecen con cada nueva escalada de...»

—*¡No esperéis!* —gritó un hombre de pie junto a la mesa de billar—. *¡Machacad ahora mismo a bombazos a esos comunistas hijos de puta!*

La sanguinaria consigna arrancó unos pocos gritos de protesta, pero en su mayor parte quedaron ahogados por una ronda de aplausos. Salí del Ivy Room y volví al trote a Neely Street. Cuando llegué, subí de un salto a mi Sunliner y arranqué rumbo a Jodie.

8

La radio de mi coche, que volvía a funcionar, no emitía nada que no fuese una ración cada vez mayor de calamidades mientras yo perseguía mis luces por la Autopista 77. Hasta los pinchadiscos se habían contagiado de la Gripe Nuclear y decían cosas como «Que Dios bendiga a América» y «No gasten su pólvora en salvas». Cuando el locutor de la K-Life puso a Johnny Horton maullando «El himno de batalla de la República», la apagué de golpe. Se parecía demasiado al día después del 11-S.

Seguí pisando a fondo a pesar del sonido cada vez más forzado del motor del Sunliner y del modo en que la aguja del dial de TEMP

MOTOR iba avanzando hacia el extremo derecho. Las carreteras estaban todas poco menos que desiertas, y enfilé el camino de entrada de la casa de Sadie cuando pasaban muy poco de las doce y media de la madrugada del día 23. Su Volkswagen Escarabajo amarillo estaba aparcado delante de las puertas cerradas del garaje, y la luz del piso de arriba estaba encendida, pero no hubo respuesta cuando llamé al timbre. Di la vuelta a la casa y aporreé la puerta de la cocina, también sin resultado. Aquello cada vez me gustaba menos.

Sadie guardaba una llave de repuesto bajo el peldaño de atrás. La saqué y abrí. El inconfundible aroma del whisky me golpeó la nariz. También olía a humo rancio de cigarrillos.

—¿Sadie?

Nada. Crucé la cocina y pasé al salón. Había un cenicero rebosante sobre la mesa baja de delante del sofá, y un líquido empapaba las revistas *Life* y *Look* que había abiertas sobre ella. Mojé los dedos en él y me los llevé a la nariz. Whisky escocés. Mierda.

—¿Sadie?

Entonces me llegó otro olor que conocía bien de las últimas juergas de Christy: el intenso hedor del vómito.

Crucé corriendo el corto pasillo del otro lado del salón. Había dos puertas, una delante de la otra: la de su dormitorio y la que llevaba a un despacho o estudio. Estaban cerradas, pero la puerta del baño al final del pasillo estaba abierta. La cruel luz fluorescente mostraba manchurrones de vómito en el anillo del váter. Había más en el suelo de baldosas rosa y en el borde de la bañera. Vi un frasco de pastillas junto a la jabonera del lavabo. Estaba destapado. Corrí al dormitorio.

Estaba tumbada de través sobre el cobertor revuelto, en combinación y con un mocasín puesto. El otro había caído al suelo. Su piel presentaba el color de la cera vieja de vela, y no parecía respirar. Entonces emitió un enorme ronquido entrecortado y expulsó el aire con un jadeo. Su pecho permaneció plano durante cuatro terroríficos segundos y después se sacudió con otro aliento discontinuo. Había otro cenicero rebosante sobre la mesita de noche. Un paquete arrugado de Winston, chamuscado en un extremo por un cigarrillo mal apagado, reposaba sobre las colillas. Junto al cenicero había un vaso medio vacío y una botella de Glenlivet. No faltaba mucho whisky —algo es algo—, pero no era la bebida lo que me preocupaba, sino las pastillas. También había en la mesa un sobre marrón de papel manila del que asomaban unas fotografías, aunque no las miré. No entonces.

Le pasé los brazos alrededor del cuerpo e intenté sentarla. La combinación era de seda y se me escurría de las manos. Sadie se desplomó de nuevo sobre la cama y emitió otra de esas respiraciones trabajosas y roncas. Su pelo cayó sobre un ojo cerrado.

—¡Sadie, despierta!

Nada. La agarré por los hombros, la levanté y la apoyé en la cabecera de la cama, que chocó contra la pared y tembló.

—Jame en paz. —Farfullando y débil, pero mejor que nada.

—¡Despierta, Sadie! ¡Tienes que despertar!

Empecé a darle suaves bofetadas. Siguió con los ojos cerrados, pero levantó las manos e intentó —débilmente— apartarme.

—¡Despierta! ¡Despierta, maldita sea!

Abrió los ojos, me miró sin reconocerme y volvió a cerrarlos. Pero respiraba con mayor normalidad. Ahora que estaba sentada, aquel estertor terrorífico había desaparecido.

Volví al baño, saqué su cepillo de dientes del vaso de plástico rosa y abrí el grifo del agua fría. Mientras llenaba el vaso, miré la etiqueta del frasco de pastillas. Nembutal. Quedaban unas diez o doce cápsulas, o sea que no había sido un intento de suicidio. Por lo menos conscientemente. Las tiré al váter y volví corriendo al dormitorio. Sadie se estaba deslizando desde la posición de sentada en que la había dejado y, con la cabeza inclinada hacia abajo y la barbilla pegada al esternón, su respiración se había vuelto entrecortada otra vez.

Dejé el vaso de agua en la mesita de noche y por un segundo me quedé paralizado al ver una de las fotografías que sobresalían del sobre. Podría haber sido una mujer —lo que quedaba de su pelo era largo— pero costaba saberlo a ciencia cierta. Donde debería haber tenido la cara solo había carne viva con un agujero cerca de la parte de abajo. El agujero parecía gritar.

Icé a Sadie, agarré un puñado de pelo y tiré de su cabeza hacia atrás. Gimió algo que podría haber sido «*No, eso duele*». Después le tiré el agua del vaso a la cara. Dio un respingo y abrió los ojos de golpe.

—¿Yor? ¿Cases aquí, Yor? ¿Po qué toi mojá?

—Despierta. Despierta, Sadie. —Empecé a abofetearla de nuevo, pero con más suavidad, casi como si le diera palmaditas. No bastó. Sus ojos empezaron a cerrarse otra vez.

—¡Fue… *ra*!

—No, si no quieres que llame a una ambulancia. Así podrás ver tu nombre en el periódico. Al consejo escolar le encantaría. Arriba.

Conseguí unir mis manos a su espalda y sacarla de la cama. La combinación se le subió por el cuerpo y después cayó de nuevo a su sitio cuando se desplomó de rodillas sobre la moqueta. Abrió mucho los ojos y gritó de dolor, pero logré ponerla en pie. Se tambaleó adelante y atrás, tratando de abofetearme con más fuerza.

—¡Fera! ¡Fera, Yor!

—No, señora. —Le pasé el brazo por la cintura y conseguí que avanzara hacia la puerta, medio guiándola y medio llevándola.

Hicimos el giro hacia el baño y entonces le fallaron las rodillas. La llevé a peso, lo que no fue, dada su estatura. Gracias a Dios por la adrenalina. Conseguí sentarla en el váter justo antes de que mis propias rodillas cedieran. Me faltaba el aliento, en parte por el esfuerzo pero sobre todo por el miedo. Ella empezó a inclinarse a estribor, y le di una palmada en su brazo desnudo; ¡zas!

—¡Ponte recta! —le grité a la cara—. ¡Ponte recta, Christy, maldita sea!

Sus ojos lucharon hasta abrirse. Los tenía muy rojos.

—¿Jién Christy?

—La cantante de los putos Rolling Stones —respondí—. ¿Cuánto hace que tomas Nembutal? ¿Y cuántos te has tomado esta noche?

—Ngo reseta —dijo ella—. Nosunto tuyo, Yor.

—¿Cuántos? ¿Cuánto has bebido?

—Fue…ra.

Abrí a tope el grifo del agua fría de la bañera y después tiré de la palanca que ponía en marcha la ducha. Ella adivinó mis intenciones y empezó otra vez a abofetearme.

—¡No, Yor! ¡No!

No le hice caso. No era la primera vez que metía a una mujer medio vestida en una ducha fría, y hay cosas que son como montar en bicicleta. La pasé por encima del borde de la bañera con un rápido levantamiento en dos tiempos que notaría en las lumbares al día siguiente, y después la sujeté con fuerza mientras el chorro de agua fría le azotaba y ella se revolvía. Estiró los brazos para agarrar la barra de las toallas, chillando. Ya tenía los ojos abiertos. Gotas de agua punteaban su melena. La combinación se volvió transparente y, a pesar de las circunstancias, fue imposible no sentir una punzada de lujuria cuando esas curvas quedaron a plena vista.

Sadie intentó salir. Volví a meterla.

—Ponte de pie, Sadie. Ponte de pie y aguanta.

—¿Cu… cuánto tiempo? ¡Está *helada*!

—Hasta que te vea algo de color en las mejillas.

—¿Po… por qué haces esto? —Le castañeteaban los dientes.

—¡Porque has estado a punto de matarte! —grité.

Ella se encogió. Resbaló con un pie, pero se agarró a la barra de las toallas y se mantuvo derecha. Volvían los reflejos. Bien.

—Las pa… pastillas no funcionaban, así que me puse una co… copa, nada más. Déjame salir, tengo mucho frío. Por favor, G-George, *por favor* déjame salir. —Tenía el pelo pegado a las mejillas y parecía una rata ahogada, pero le había vuelto un poco de color a la cara. No pasaba de un leve rubor, pero era un principio.

Cerré el grifo de la ducha, la envolví con los brazos y la sostuve mientras superaba con apuros el borde de la bañera. El agua de su combinación mojada roció la alfombrilla rosa. Le susurré al oído:

—Pensaba que estabas muerta. Cuando he entrado y te he visto allí tumbada, he pensado que estabas muerta, joder. Nunca sabrás lo que ha sido eso.

La solté. Ella me miró con los ojos muy abiertos e intrigados. Entonces dijo:

—John tenía razón. Y R-Roger también. Me ha llamado esta noche antes del discurso de Kennedy. Desde Washington. Así que, ¿qué más da? Dentro de una semana *todos* estaremos muertos. O desearemos estarlo.

Al principio no tuve ni idea de lo que hablaba. Veía a Christy allí plantada, goteando, despeinada y diciendo chorradas, y se me llevaban los demonios. *Maldita cobarde*, pensé. Debió de verlo en mis ojos, porque retrocedió.

Eso me despejó la cabeza. ¿Podía acusarla de cobarde solo porque yo sabía qué aspecto tenía el paisaje más allá del horizonte?

Cogí una toalla del toallero de encima del váter y se la pasé.

—Desnúdate y luego te secas —dije.

—Sal, entonces. Dame un poco de intimidad.

—Lo haré si me dices que estás despierta.

—Estoy despierta. —Me miró con grosero rencor y, tal vez, un ínfimo atisbo de humor—. Desde luego sabes entrar a lo grande, George.

Me volví hacia el botiquín.

—Ya no quedan —dijo ella—. Lo que no llevo dentro está en la taza.

Como había estado casado con Christy durante cuatro años, miré de todas formas. Después tiré de la cadena. Resuelto ese asunto, pasé por su lado en dirección a la puerta del baño.

—Te doy tres minutos —advertí.

9

El remite del sobre de papel manila era John Clayton, Oglethorpe Este Avenue, 79, Savannah, Georgia. Desde luego no podía acusarse al muy cabrón de ir de tapadillo o buscar el anonimato. La carta estaba sellada el 28 de agosto, de manera que ella probablemente se la encontró esperándola al volver de Reno. Había tenido casi dos meses para darle vueltas al contenido. ¿La había notado triste y deprimida al hablar con ella la noche del 6 de septiembre? Bueno, no era de extrañar, dadas las fotografías que su ex había tenido la amabilidad de mandarle.

«*Todos estamos en peligro* —me había dicho la última vez que hablé con ella por teléfono—. *Johnny acertaba en eso.*»

Las imágenes eran de hombres, mujeres y niños japoneses. Víctimas de las explosiones atómicas de Hiroshima, Nagasaki o ambas. Algunos estaban ciegos. Muchos, calvos. La mayoría sufrían quemaduras a causa de la radiación. Unos pocos, como la mujer sin cara, se habían abrasado. En una foto se veía un cuarteto de estatuas negras en posturas encogidas. Había cuatro personas delante de una pared cuando estalló la bomba. La gente se había vaporizado, al igual que la mayor parte del muro. Las únicas partes que habían aguantado eran las que habían quedado protegidas por las personas situadas ante ellas. Las formas eran negras porque estaban recubiertas de carne carbonizada.

En el dorso de cada fotografía había escrito el mismo mensaje con su letra clara y pulcra: «*Pronto en Estados Unidos. El análisis estadístico no miente*».

—Bonitas, ¿eh?

La voz de Sadie era inexpresiva y desanimada. Estaba plantada en el umbral, envuelta en la toalla. El pelo le caía sobre los hombros desnudos en mojados tirabuzones.

—¿Cuánto has bebido, Sadie?

—Solo un par de chupitos cuando vi que las pastillas no funcionaban. Creo que he intentado explicártelo cuando me estabas zarandeando y abofeteando.

—Si cuentas con que me disculpe, puedes esperar sentada. Los barbitúricos y el alcohol son una mala combinación.

—No importa —dijo ella—. Ya me han dado bofetadas otras veces.

Eso me hizo pensar en Marina, y me estremecí. No era lo mismo, pero un bofetón es un bofetón. Y yo había actuado con rabia además de con miedo.

Sadie fue a la silla del rincón, se sentó y se ajustó la toalla en torno al cuerpo. Parecía una niña enfurruñada. Una niña enfurruñada y asustada.

—Me llamó mi amigo Roger. ¿Te lo he dicho?

—Sí.

—Mi *buen* amigo Roger. —Sus ojos me retaron a sacar conclusiones. No lo hice. A fin de cuentas, era su vida. Yo solo quería asegurarme de que *tuviera* una.

—De acuerdo, tu buen amigo Roger.

—Me dijo que no me perdiera el discurso de esta noche del «gilipollas irlandés». Así lo llamó. Después me preguntó a qué distancia estaba Jodie de Dallas. Cuando se lo expliqué, me dijo: «Debería bastar, según hacia dónde sople el viento». Él se va a ir de Washington, como mucha gente, pero no creo que les sirva de nada. No se puede huir de una guerra nuclear. —Entonces rompió a llorar, con unos sollozos roncos y desconsolados que estremecían todo su cuerpo—. *¡Esos idiotas van a destruir un mundo precioso! ¡Van a matar niños! ¡Los odio! ¡Los odio a todos! ¡Kennedy, Khrushchev, Castro, espero que se pudran todos en el infierno!*

Se tapó la cara con las manos. Me arrodillé como si fuera un caballero chapado a la antigua que se dispusiera a proponerle matrimonio y la abracé. Ella me pasó las manos por el cuello y me agarró casi como si se estuviera ahogando. Su cuerpo aún estaba frío por la ducha, pero la mejilla que apoyó en mi brazo estaba caliente como si tuviera fiebre.

En ese momento yo también los odié a todos, y a John Clayton el primero por plantar esa semilla en una joven que estaba insegura en su matrimonio y era psicológicamente vulnerable. Él la había plantado, regado, cuidado y visto crecer.

¿Y era Sadie la única aterrorizada esa noche, la única que se había entregado a las pastillas y el alcohol? ¿Cuánto y a qué velocidad estarían bebiendo en el Ivy Room en ese mismo momento? Había cometido la estupidez de dar por supuesto que la gente iba a vivir la Crisis de los Misiles de Cuba más o menos como cualquier otro incidente internacional pasajero porque cuando yo estudiaba no era más que otro cruce de nombres y fechas que debía memorizar para el siguiente parcial. Así es como se ven las cosas desde el futuro. Para la gente del valle (el oscuro valle) del presente, tienen otro aspecto.

—Las fotos estaban aquí cuando volví de Reno. —Me miró con sus ojos inyectados en sangre y asustados—. Quería tirarlas, pero no pude. No paraba de mirarlas.

—Eso es lo que quería el muy cabrón. Por eso te las envió.

No pareció oírme.

—El análisis estadístico es su hobby. Dice que algún día, cuando las computadoras sean lo bastante buenas, será la ciencia más importante, porque el análisis estadístico nunca se equivoca.

—No es verdad. —En mi imaginación vi a George de Mohrenschildt, el hechicero que era el único amigo de Lee—. Siempre hay una ventana de incertidumbre.

—Supongo que el día de las supercomputadoras de Johnny nunca llegará —dijo ella—. La gente, si es que queda alguien, vivirá en cuevas. Y el cielo… se acabó el azul. Oscuridad nuclear, así la llama Johnny.

—Es un cantamañanas, Sadie. Y tu amiguito Roger, otro.

Ella sacudió la cabeza. Sus ojos rojos me miraron con tristeza.

—Johnny sabía que los rusos iban a lanzar un satélite espacial. Entonces acabábamos de terminar el instituto. Me lo dijo en verano, y vaya si no, pusieron en órbita el *Sputnik* en octubre. «Ahora mandarán a un perro o un mono», dijo Johhny. «Después de eso enviarán a un hombre. Luego a dos hombres y una bomba.»

—¿Y eso lo hicieron? ¿Lo hicieron, Sadie?

—Enviaron al perro, y enviaron al hombre. Fue una perra que se llamaba Laika, ¿te acuerdas? Murió allí arriba. Pobre animal. No tendrán que enviar a los dos hombres y la bomba, ¿verdad? Usarán sus misiles. Y nosotros, los nuestros. Todo por una isla de mierda en la que hacen *puros*.

—¿Sabes lo que dicen los magos?

—¿Los…? ¿De qué estás hablando?

—Dicen que puede engañarse a un científico, pero nunca a otro mago. Puede que tu ex enseñe ciencia, pero te aseguro que no es ningún mago. Los rusos, en cambio, lo son.

—Lo que dices no tiene sentido. Johnny cree que los rusos *tienen* que pelear por narices, y pronto, porque ahora tienen superioridad de misiles, pero no será por mucho tiempo. Por eso no se echan atrás con lo de Cuba. Es un pretexto.

—Johnny ha visto demasiados partes de noticias de misiles paseados por la plaza Roja el Primero de Mayo. Lo que él *no* sabe, y tampoco lo sabe el senador Kuchel, probablemente, es que más de la mitad de esos misiles no tienen motor.

—No sabes… No puedes…

—Él no sabe cuántos de sus ICBM explotan en sus plataformas de lanzamiento de Siberia porque sus expertos en cohetería son unos incompetentes. No sabe que más de la mitad de los misiles que nuestros aviones U-2 han fotografiado en realidad son árboles pintados con alerones de cartón. Es ilusionismo, Sadie. Engaña a los científicos como Johnny y a los políticos como el senador Kuchel, pero jamás engañaría a otro prestidigitador.

—Eso no es… No es… —Guardó silencio durante un instante, mordiéndose los labios. Después dijo—: ¿Cómo puedes saber cosas así?

—No puedo decírtelo.

—Entonces no puedo creerte. Johnny dijo que Kennedy iba a ser el candidato del Partido Demócrata, aunque todo el mundo pensaba que sería Humphrey porque Kennedy es católico. Analizó los estados donde había primarias, echó cuentas y acertó. Dijo que Johnson sería el candidato a vicepresidente de Kennedy porque era el único sureño que sería aceptable al norte de la línea Mason-Dixon. También acertó. Kennedy salió y ahora va a matarnos a todos. El análisis estadístico no miente.

Respiré hondo.

—Sadie, quiero que me escuches. Con mucha atención. ¿Estás lo bastante despierta?

Por un momento no hubo respuesta. Luego la noté asentir contra la piel de mi brazo.

—Estamos en la madrugada del martes. Esta crisis durará otros tres días. A lo mejor son cuatro, no lo recuerdo.

—¿Qué quieres decir con que no lo *recuerdas*?

Quiero decir que no salía nada de esto en las notas de Al, y mi única asignatura de historia de Estados Unidos la tuve hace casi veinte años. Es un milagro que aún recuerde ciertas cosas.

—Bloquearemos Cuba, pero el único barco ruso que detendremos no llevará nada a bordo salvo comida y productos comerciales. Los rusos fanfarronearán, pero para el jueves o el viernes estarán muertos de miedo y buscando una salida. Uno de los peces gordos de la diplomacia rusa establecerá un canal independiente de comunicación con un tipo de la tele. —Y como de la nada, del mismo modo en que me vienen de vez en cuando las respuestas de los crucigramas, recordé el nombre. O casi—. Se llama John Scolari, o algo parecido...

—¿Scali? ¿Estás hablando de John Scali, el de las noticias de la ABC?

—Sí, ese. Eso pasará el viernes o el sábado, mientras el resto del mundo, incluidos tu ex marido y tu amiguito de Yale, solo espera una orden para meter la cabeza entre las piernas y darle un beso de despedida a su culo.

Me sorprendió y animó oírle soltar una risilla.

—Ese ruso dirá, más o menos... —Aquí puse un acento ruso bastante conseguido; se lo había escuchado a la mujer de Lee. También a Boris y Natasha de *Las aventuras de Rocky y Bullwinkle*—. «Comuñique a su Priesidente que quierriemos una forma de salir de esta con honorr. Ustiedes acciedan a rietirar sus misiles de Turrquía. Promieten no infadir nunca Kuba. Nosiotrros disimos okey y diesmantielamos misiles de Kuba.» Y eso, Sadie, es exactamente lo que va a pasar.

Ya no se reía. Me miraba con unos ojos como platos.

—Te lo estás inventando para tranquilizarme.

No dije nada.

—*No* —susurró—. Lo crees de verdad.

—Falso —corregí—. Lo *sé*. Es muy distinto.

—George…, *nadie* conoce el futuro.

—John Clayton afirma que lo conoce, y a *él* le crees. Roger de Yale afirma que lo conoce, y a él también le crees.

—Estás celoso de él, ¿verdad?

—Pues sí, joder.

—No me he acostado con él. Ni siquiera he querido nunca hacerlo. —Con solemnidad, añadió—: Jamás podría acostarme con un hombre que lleva tanta colonia.

—Es bueno saberlo. Sigo celoso.

—¿Podría preguntarte cómo…?

—No. No responderé. —Probablemente no debería haberle contado ni siquiera lo que ya había dicho, pero no había podido contenerme. Para ser sincero, volvería a hacerlo—. Pero te diré otra cosa, y eso podrás comprobarlo sola dentro de un par de días. Adlai Stevenson y el representante ruso en la ONU tendrán un encontronazo en la Asamblea General. Stevenson enseñará unas fotos enormes de las bases de misiles que los rusos están construyendo en Cuba y le pedirá al ruso que explique lo que ellos dijeron que no estaba allí. El ruso replicará algo en plan: «Dieben esperrar, no puedo riesponder sin una trraducsión complieta». Y Stevenson, que sabe que el tipo habla un inglés perfecto, dirá algo que pasará a la historia junto con «*no disparen hasta que les vean el blanco de los ojos*». Le dirá al ruso que puede esperar hasta que se hiele el infierno.

Me miró poco convencida, se volvió hacia la mesita de noche, vio el paquete chamuscado de Winston encima del montículo de colillas aplastadas y dijo:

—Creo que me he quedado sin tabaco.

—Aguantarás hasta la mañana —respondí en tono seco—. Yo diría que te has metido entre pecho y espalda el suministro de una semana, más o menos.

—George… —Lo dijo con un hilo de voz, muy tímida—. ¿Te quedas conmigo esta noche?

—Tengo el coche aparcado en tu…

—Si alguna de las chismosas del barrio dice algo, les contaré que viniste a verme después del discurso del presidente y que luego el coche no arrancaba.

A la vista de cómo funcionaba el Sunliner últimamente, la historia era plausible.

—¿Tu repentina preocupación por el decoro significa que ha dejado de inquietarte el apocalipsis nuclear?

—No lo sé. Solo sé que no quiero estar sola. Hasta haré el amor contigo si eso consigue que te quedes, pero no creo que disfrutemos mucho ninguno de los dos. Tengo un dolor de cabeza *espantoso*.

—No tienes que hacer el amor conmigo, cariño. No es un acuerdo de negocios.

—No quería…

—Chis. Iré por una aspirina.

—Y mira encima del botiquín del baño, haz el favor. A veces dejo allí un paquete de tabaco.

Encontré uno, pero para cuando le dio tres caladas al cigarrillo que le encendí, se le cerraban los ojos y cabeceaba. Se lo quité de los dedos y lo apagué en la ladera del monte Cáncer. Después la abracé y me recosté en las almohadas. Nos dormimos así.

10

Cuando desperté con las primeras luces del amanecer, tenía la cremallera de los pantalones bajada y una mano habilidosa exploraba el interior de mis calzoncillos. La miré. Ella me contemplaba con calma.

—El mundo sigue aquí, George. Y nosotros también. Venga. Pero con suavidad. Todavía me duele la cabeza.

Lo hice con suavidad, y lo hice durar. *Hicimos* que durase. Al final, ella alzó las caderas y me clavó las manos en los omoplatos. Era su agarrón «*Oh cielos, ay Dios mío, oh cariño*».

—Cualquier cosa —susurró, y su aliento en mi oído me hizo estremecerme mientras eyaculaba—. Puedes ser cualquier cosa, hacer cualquier cosa, solo di que te quedarás. Y que aún me quieres.

—Sadie… nunca he dejado de quererte.

Desayunamos en su cocina antes de que volviera a Dallas. Le dije que de verdad estaba en Dallas esa vez y que, aunque todavía no tenía teléfono, le daría el número en cuanto lo tuviese.

Asintió y pinchó sus huevos con el tenedor.

—Hablaba en serio. No te haré más preguntas sobre tus asuntos.

—Es lo mejor. No preguntar, no explicar.

—¿Cómo?

—Da igual.

—Basta con que me digas que andas metido en algo bueno y no malo.

—Sí —dije—. Soy de los buenos.

—¿Podrás contármelo algún día?

—Espero que sí —contesté—. Sadie, esas fotos que te mandó…

—Las he roto esta mañana . No quiero hablar de ellas.

—No hace falta. Pero necesito que me digas que ese es *todo* el contacto que has tenido con él. Que no se ha pasado por aquí.

—No lo ha hecho. Y el sello del sobre era de Savannah.

Ya me había fijado. Pero también había reparado en que la fecha era de hacía casi dos meses.

—No es muy aficionado a la confrontación personal. Es la mar de valiente en su cabeza, pero creo que es un cobarde físicamente hablando.

Me pareció una valoración certera; enviar esas fotos era un comportamiento pasivo-agresivo de libro. Aun así, ella había estado segura de que Clayton no descubriría dónde estaba viviendo y trabajando, y se había equivocado.

—El comportamiento de las personas mentalmente inestables es difícil de predecir, cariño. Si lo ves, llama a la policía, ¿vale?

—*Sí*, George. —Con una pizca de su impaciencia de antes—. Tengo que hacerte una pregunta, y después no hablaremos más de esto hasta que estés preparado. Si es que lo estás algún día.

—Vale. —Intenté preparar una respuesta a la pregunta que estaba seguro de que se avecinaba: «*¿Eres del futuro, George?*».

—Te parecerá una locura.

—Ha sido una noche loca. Adelante.

—¿Eres…? —Se rió, y luego empezó a recoger los platos. Los llevó al fregadero y, vuelta de espaldas, preguntó—: ¿Eres humano? O sea, ¿del planeta Tierra?

Fui hasta ella, la envolví con los brazos, puse mis manos en sus pechos y la besé en la nuca.

—Totalmente humano.

Ella se volvió. Estaba seria.

—¿Puedo hacer otra?

Suspiré.

—Dispara.

—Tengo al menos cuarenta minutos antes de vestirme para ir al instituto. ¿No llevarás por casualidad otro condón? Creo que he descubierto la cura para el dolor de cabeza.

CAPÍTULO 20

1

De manera que, al final, solo hizo falta la amenaza de una guerra nuclear para juntarnos de nuevo; ¿no es romántico?

Vale, a lo mejor no.

Deke Simmons, que era de la clase de hombres que llevan un pañuelo extra para las películas tristes, lo aprobó de corazón. Ellie Dockerty, no. Es algo curioso que he descubierto: a las mujeres se les da mejor guardar secretos, pero los hombres están más cómodos con ellos. Una semana o así después de que terminara la Crisis de los Misiles, Ellie llamó a Sadie a su despacho y cerró la puerta; mala señal. Con su característica franqueza, le preguntó si sabía algo más de mí que antes.

—No —respondió Sadie.

—Pero habéis vuelto.

—Sí.

—¿Sabes al menos dónde vive?

—No, pero tengo un número de teléfono.

Ellie puso los ojos en blanco, y ¿quién podría culparla?

—¿Te ha dicho algo, lo que sea, sobre su pasado? ¿Si ha estado casado? Porque creo que lo ha estado.

Sadie, que me había oído llamarla Christy la noche en que volví a su vida, guardó silencio.

—¿No habrá mencionado por casualidad si ha dejado un hijo o dos sueltos en alguna parte? Porque hay hombres que hacen eso, y un hombre que lo haya hecho una vez no dudará en…

—Señorita Ellie, ¿puedo volver ya a la biblioteca? He dejado a una estudiante al cargo y, aunque Helen es muy responsable, no me gusta que estén demasiado...

—Ve, ve. —Ellie agitó la mano hacia la puerta.

—Pensaba que George te caía *bien* —dijo Sadie mientras se levantaba.

—Y me cae bien —replicó Ellie en un tono que decía, según Sadie me contó luego, «me caía bien»—. Me caería aún mejor, y me gustaría más para *ti*, si supiera cómo se llama de verdad y en qué anda metido.

—No preguntar, no explicar —dijo Sadie mientras se dirigía a la puerta.

—¿Y eso *qué* se supone que significa?

—Que le quiero. Que me salvó la vida. Que todo lo que puedo darle a cambio es mi confianza, y pienso dársela.

La señorita Ellie era una de esas mujeres acostumbrada a decir la última palabra en la mayoría de las situaciones, pero esa vez no lo consiguió.

2

Ese otoño e invierno adoptamos una rutina. Yo bajaba en coche a Jodie los viernes por la tarde. A veces, por el camino, compraba flores en la floristería de Round Hill. En ocasiones iba a cortarme el pelo a la barbería de Jodie, que era un lugar genial para enterarse de los chismorreos locales. Además, me había acostumbrado a llevarlo corto. Recordaba cuando lo llevaba tan largo que se me metía en los ojos, pero no por qué había aguantado esa molestia. Acostumbrarse a llevar slips en vez de boxers fue un poco más difícil, pero al cabo de un tiempo mis pelotas dejaron de quejarse de que se asfixiaban.

Solíamos comer en el Al's Diner esas tardes, y después íbamos al partido de fútbol. El equipo no era gran cosa sin Jim LaDue, pero siempre peleaba. A veces Deke nos acompañaba, y entonces llevaba su camiseta de la universidad con Brian el León Luchador de Denton en el pecho.

La señorita Ellie no venía nunca.

Su desaprobación no nos impedía ir a los Bungalows Candlewood después del partido del viernes. Por lo general me quedaba allí a solas los sábados por la noche, y los domingos acompañaba a Sadie a misa en la Primera Iglesia Metodista de Jodie. Compartíamos un himnario y cantábamos muchos versos de «Trayendo sus gavillas». «*Sembrando por la mañana, sembrando semillas de bondad…*» La melodía y esas buenas intenciones todavía resuenan en mi cabeza.

Después de misa almorzábamos en su casa, y después de eso yo volvía a Dallas. Cada vez que hacía ese trayecto, más largo me parecía y menos me gustaba. Hasta que en un día gélido de mediados de diciembre a mi Ford se le rompió una biela, como si expresara así su opinión de que viajábamos en dirección contraria. Quería repararlo —aquel Sunliner descapotable ha sido el único coche que he amado de verdad— pero el tipo del taller de Kileen me dijo que necesitaría un motor entero nuevo y que no tenía ni idea de dónde podría echar mano de uno.

Recurrí a mi aún abundante (bueno, *relativamente*) reserva de efectivo y compré un Chevrolet de 1959, uno de esos con las aletas virgueras estilo ala de gaviota. Era un buen coche, y Sadie dijo que le chiflaba, pero para mí nunca llegó a ser lo mismo.

Pasamos la Nochebuena juntos en Candlewood. Puse una rama de acebo en el vestidor y le regalé una rebeca. Ella me regaló un par de mocasines que llevo puestos ahora mismo. Hay cosas que no se tiran nunca.

El 26 de diciembre cenamos en su casa y, mientras yo ponía la mesa, el Plymouth de Deke entró en el camino de acceso. Eso me sorprendió, porque Sadie no había dicho que fuéramos a tener compañía. Me sorprendió más aún ver a la señorita Ellie en el asiento del copiloto. Su manera de quedarse allí plantada con los brazos cruzados mirando mi nuevo coche me aclaró que no era el único al que habían mantenido en la ignorancia acerca de la lista de invitados. Aun así, justo es reconocerlo, me saludó con una aceptable imitación de afecto y me dio un beso en la mejilla. Llevaba un gorro de punto que la hacía parecer una niña anciana, y me ofreció una prieta sonrisa de agradecimiento cuando se lo quité de la cabeza.

—A mí tampoco me llegó la circular —dije.

Deke me estrujó la mano.

—Feliz Navidad, George. Me alegro de verte. Caramba, qué bien huele.

Se dirigió a la cocina. Al cabo de un momento oí que Sadie se reía y decía:

—Quita esos dedos de ahí, Deke, ¿es que tu madre no te enseñó nada?

Ellie se estaba desabrochando poco a poco los botones de su abrigo, sin apartar los ojos de mi cara.

—¿Es sensato? —preguntó—. Lo que estáis haciendo tú y Sadie… ¿es sensato?

Antes de que pudiera responder, Sadie entró con el pavo con el que andaba a vueltas desde que habíamos regresado de Candlewood. Nos sentamos y unimos las manos.

—Bendice Señor estos alimentos para nuestro cuerpo —dijo Sadie—, y bendice nuestra comunión, los unos con los otros, para nuestra mente y nuestro espíritu.

Empecé a aflojar las manos, pero ella todavía me tenía agarrada con su izquierda y Ellie con su derecha.

—Y bendice a George y Ellie con la amistad. Ayuda a George a recordar la bondad de Ellie y ayuda a Ellie a recordar que, sin George, habría una chica de este pueblo con la cara destrozada por las cicatrices. Los quiero a los dos y es triste ver la desconfianza en sus ojos. Por Jesús, amén.

—¡Amén! —dijo Deke de todo corazón—. ¡Buena oración! —Guiñó un ojo a Ellie.

Creo que una parte de Ellie deseaba levantarse y marcharse. Quizá fue la referencia a Bobbi Jill lo que la detuvo. O tal vez fue lo mucho que había llegado a gustarle la nueva bibliotecaria de su escuela. Puede que hasta tuviera un poco que ver conmigo. Me gusta pensar eso.

Sadie miraba a la señorita Ellie con toda su antigua ansiedad.

—Ese pavo tiene una pinta estupenda —dijo Ellie, y me pasó su plato—. ¿Me pones un muslo, George? Y no racanees con el relleno.

Sadie podía ser vulnerable y podía ser torpe, pero también podía ser muy, muy valiente.

Cuánto la quería.

Ese año Nochevieja cayó en lunes. Lee, Marina y June fueron a casa de los De Mohrenschildt para recibir el año nuevo. Me quedé solo y sin nada que hacer, pero cuando Sadie llamó y me preguntó si la acompañaría al baile de Nochevieja en la Alquería Bountiful de Jodie, vacilé.

—Sé lo que estás pensando —dijo ella—, pero será mejor que el año pasado. Nosotros lo *haremos* mejor, George.

De modo que allí estábamos a las ocho en punto, bailando una vez más entre las flácidas redes de globos. La banda de ese año se llamaba The Dominoes. Tenían una sección de viento de cuatro músicos en vez de las guitarras surferas a lo Dick Dale que habían dominado el baile del año anterior, pero ellos también sabían meterle caña. Había los mismos dos cuencos de limonada rosa y ginger ale, uno sin y otro con. Había los mismos fumadores apiñados bajo la escalera de incendios en el aire helado. El mundo había pasado bajo una sombra nuclear en octubre… pero luego la había dejado atrás. Oí varios comentarios que aprobaban cómo Kennedy había hecho retroceder al oso malo ruso.

Alrededor de las nueve, durante un baile lento, Sadie de repente gritó y se separó de mí. Estaba seguro de que había avistado a John Clayton, y me dio un vuelco el corazón. Pero había sido un chillido de pura felicidad, porque los dos recién llegados a los que había visto eran Mike Coslaw —que estaba de lo más apuesto con su abrigo de tweed— y Bobbi Jill Allnut. Sadie corrió hacia ellos… y tropezó con el pie de alguien. Mike la atrapó y la hizo girar sobre sus talones. Bobbi Jill me saludó con un gesto algo tímido.

Estreché la mano de Mike y besé en la mejilla a Bobbi Jill. La cicatriz ya solo era una leve línea rosa.

—El médico dice que para el verano que viene habrá desaparecido del todo —explicó—. Dijo que era su paciente que más rápido curaba. Gracias a usted.

—Tengo un papel en *Muerte de un viajante*, señor A. —dijo Mike—. Hago de Biff.

—Estás encasillado —repliqué—. Cuidado con las tartas voladoras.

Vi a Mike hablar con el cantante principal de la banda en una de las pausas y supe a la perfección lo que me esperaba. Cuando volvieron al escenario, el cantante dijo:

—Tengo una petición especial. ¿Están George Amberson y Sadie Dunhill entre el público? ¿George y Sadie? Subid aquí, George y Sadie, arriba de vuestras sillas y a mover las cinturillas.

Caminamos hasta el escenario en mitad de una estruendosa ovación. Sadie, ruborizada, se reía como una loca. Sacudió un puño en dirección a Mike, que sonrió. El chico estaba abandonando sus facciones; llegaba el hombre. Tímidamente, pero llegaba. El cantante hizo una cuenta atrás y la sección de viento se arrancó con el compás que todavía oigo en mis sueños.

Bah-dah-dah… bah-dah-da-dee-dum.

Le tendí las manos. Sadie sacudió la cabeza pero empezó a contonear un poco las caderas.

—¡A por él, señorita Sadie! —gritó Bobbi Jill—. ¡Que se note! El público se sumó al coro.

—¡*Vamos! ¡Vamos! ¡Vamos!*

Sadie cedió y me cogió las manos. Bailamos.

4

A medianoche, la banda tocó «Auld Lang Syne» —una versión diferente de la del año anterior, pero la misma dulce canción— y los globos bajaron flotando. A nuestro alrededor todas las parejas se besaban y abrazaban. Hicimos lo mismo.

—Feliz Año Nuevo, G… —Se apartó de mí, con la frente arrugada—. ¿Qué pasa?

Me había venido a traición una imagen del Depósito de Libros Escolares de Texas, un feo cubo de ladrillo con ventanas como ojos. Ese era el año en que se convertiría en un icono estadounidense.

No lo será. Nunca te dejaré llegar tan lejos, Lee. Nunca estarás ante esa ventana del sexto piso. Esa es mi promesa.

—¿George?

—Me ha dado un escalofrío —dije—. Feliz Año Nuevo.

Me dispuse a besarla, pero ella me contuvo un momento.

—Ya casi está aquí, ¿verdad? Lo que has venido a hacer.

—Sí —respondí—. Pero no es esta noche. Esta noche, de momento, solo contamos tú y yo. Así que bésame, cariño. Y baila conmigo.

5

Tuve dos vidas a finales de 1962 y principios de 1963. La buena estaba en Jodie, y en el Candlewood de Kileen. La otra estaba en Dallas, una ciudad que me recordaba cada vez más a Derry.

Lee y Marina volvieron. Su primera parada en Dallas fue un cuchitril doblando la esquina de Neely Oeste Street. De Mohrenschildt les ayudó con la mudanza. De George Bouhe no había ni rastro. Tampoco de ninguno de los demás emigrados rusos. Lee los había ahuyentado. «*Lo odiaban*», había escrito Al en sus notas, y debajo de eso: «*Es lo que él quería*».

El destartalado edificio de ladrillo rojo del 604 de Elsbeth Street había sido dividido en cuatro o cinco pisos llenos a reventar de individuos pobres que trabajaban mucho, bebían mucho y engendraban hordas de críos gritones con las narices llenas de mocos. De hecho, aquella casa conseguía que hasta el domicilio de los Oswald en Fort Worth pareciera bueno.

No necesité asistencia electrónica para supervisar el deterioro de su matrimonio; Marina siguió llevando pantalones cortos aun después de que llegara el frío, como si quisiera provocarlo con sus moratones. Y con su atractivo sexual, claro. June por lo general se sentaba entre ellos en su cochecito. Ya no lloraba mucho durante sus peleas a gritos; se limitaba a observar, chupándose el pulgar o un chupete.

Un día de noviembre de 1962, volví de la biblioteca y vi a Lee y Marina en la esquina de Neely Oeste con Elsbeth, gritándose. Varias personas (en su mayoría mujeres, a esa hora del día) habían salido a los porches a mirar. June, callada y olvidada, esperaba en su cochecito envuelta en una manta rosa y peluda.

Discutían en ruso, pero el dedo acusador de Lee dejaba claro cuál era la última manzana de la discordia. Marina llevaba una falda negra recta —no sé si por aquel entonces las llamaban faldas de tubo o no— y llevaba medio bajada la cremallera de la cadera izquierda. Lo más probable era que se hubiera enganchado con la tela pero, escuchando las soflamas de Oswald, cualquiera diría que iba provocando al personal.

Marina se echó el pelo hacia atrás, señaló a June, después indicó con una mano la casa que habitaban en aquel entonces —los canalones rotos de los que goteaba agua negra, la basura y las latas de cerveza del jardín delantero baldío— y le gritó en inglés:

—¡Dices mentiras alegres y después traes mujer e hija a esta *posilga*!

Lee se puso rojo como un tomate y cruzó con fuerza los brazos sobre su pecho delgado, como si quisiera apresar sus manos para impedirles que hicieran daño. Podría haberlo conseguido —por esa vez, al menos— si ella no se hubiera reído y no hubiese movido el índice al lado de su oreja, un gesto que debe de ser común a todas las culturas. Luego empezó a girar sobre sus talones. Él la hizo volver de un tirón que la hizo chocar con el cochecito y casi volcarlo. Después le dio un tortazo. Marina cayó sobre la acera agrietada y se cubrió la cara cuando él se inclinó sobre ella.

—¡No, Lee, no! ¡No pegar mí más!

Lee no le pegó. La puso en pie a estirones y en lugar de eso la zarandeó. La cabeza de Marina daba tumbos de un lado a otro.

—¡Oye! —dijo una voz ronca a mi izquierda que me sobresaltó—. ¡Oye, chico!

Era una anciana con un andador. Estaba plantada en su porche con un camisón de franela rosa y una chaqueta acolchada encima. Llevaba el pelo canoso peinado hacia arriba, lo que me recordó la permanente de veinte mil voltios de Elsa Lanchester en *La novia de Frankenstein*.

—¡Ese hombre está pegando a esa mujer! ¡Ve a pararle!

—No, señora —dije yo con voz vacilante. Pensé en añadir «*No pienso interponerme entre un hombre y su mujer*», pero eso hubiera sido mentira. La verdad era que no pensaba hacer nada que pudiera alterar el futuro.

—Cobarde —me espetó ella.

«*Llame a la poli*», estuve a punto de decir, pero me contuve justo a tiempo. Si a la viejecita no se le había pasado por la cabeza y yo le daba la idea, eso también cambiaría el curso del futuro. ¿Intervino la policía? ¿Alguna vez? El cuaderno de Al no decía nada de eso. Lo único que sabía era que Oswald nunca sería juzgado por maltrato conyugal. Supongo que en aquella época y aquel lugar, pocos hombres lo eran.

La estaba arrastrando por la acera con una mano mientras con la otra tiraba del cochecito. La anciana me dedicó una última mirada fulminante y después se metió de nuevo en su casa. El resto de los espectadores estaban haciendo lo mismo. El espectáculo había terminado.

Yo los imité, pero saqué mis prismáticos y peiné con ellos la monstruosidad de ladrillo visto que había cruzando la calle en diagonal. Dos horas más tarde, justo cuando estaba a punto de renunciar a la vigilancia, Marina apareció con la maletita rosa en una mano y la niña envuelta en una manta en la otra. Se había cambiado la falda de la discordia por unos pantalones y lo que parecían ser dos jerséis; el día había refrescado. Cruzó la calle a paso rápido, mirando por encima del hombro un par de veces por si veía a Lee. Cuando estuve seguro de que él no la seguía, lo hice yo.

Llegó hasta el túnel de lavado Míster Car Wash, que estaba a cuatro manzanas por Davis Oeste, y usó la cabina de teléfono del establecimiento. Me senté en la parada de autobús del otro lado de la calle con un periódico abierto delante. Al cabo de veinte minutos, apareció el fiel George Bouhe. Marina habló con él en tono vehemente. Bouhe la acompañó hasta el lado del copiloto del coche y le abrió la puerta. Ella sonrió y le dio un piquito en la comisura de la boca. Estoy seguro de que él atesoró ambos gestos. Después se puso al volante y se alejaron.

6

Esa noche hubo otra discusión delante de la casa de Elsbeth Street, y una vez más la mayoría de los vecinos inmediatos salieron a mirar. Sintiéndome seguro entre la masa, me uní a ellos.

Alguien —Bouhe casi a ciencia cierta— había enviado a George y Jeanne de Mohrenschildt a recoger el resto de las cosas de Marina. Bouhe probablemente había pensado que eran los únicos que podrían entrar sin que hubiese que amarrar a Lee.

—¡Y una mierda voy a darle nada! —gritó Lee, ajeno a los embelesados vecinos que no perdían comba. Se le marcaban las venas del cuello; su cara había adoptado de nuevo aquel rojo encendido. Cómo debía de odiar esa tendencia a ruborizarse como una chiquilla a la que habían pillado pasando notas de amor.

De Mohrenschildt adoptó la estrategia del hombre razonable.

—Piensa, amigo mío. Así todavía queda una oportunidad. Si manda a la policía... —Se encogió de hombros y alzó las manos hacia el cielo.

—Dame una hora, entonces —dijo Lee. Enseñaba los dientes, pero esa expresión era lo más lejano del mundo a una sonrisa—. Así podré clavar un cuchillo a todos y cada uno de sus vestidos y romper todos y cada uno de los juguetes que esos chupópteros enviaron para comprar a mi hija.

—¿Qué pasa? —me preguntó un joven. Rondaba los veinte años e iba montado en bicicleta.

—Una pelea doméstica, supongo.

—Osmont, o como se llame, ¿no? ¿La rusa lo ha dejado? Ya iba siendo hora, diría yo. Ese tío está loco. Es un rojo, ¿lo sabía?

—Creo que oí algo.

Lee subía hecho una furia los escalones del porche, con la cabeza alta y la espalda recta —Napoleón retirándose de Moscú—, cuando Jeanne de Mohrenschildt le dio una voz.

—¡Para, estupidnik!

Lee se volvió hacia ella, con los ojos muy abiertos y cara de incredulidad... y dolor. Miró a De Mohrenschildt con una expresión que decía «¿*No puedes controlar a tu mujer?*», pero su amigo no dijo nada. Parecía que se lo estaba pasando bien. Como un hastiado aficionado al teatro viendo una obra que no está tan mal. No es fantástica, no es Shakespeare, pero es un pasatiempo perfectamente aceptable.

Jeanne siguió:

—Si quieres a tu mujer, Lee, deja de actuar como un niñato malcriado, por el amor de Dios. Compórtate.

—No puedes hablarme así. —Bajo presión, se le notaba más el acento sureño.

—Puedo y lo hago —replicó ella—. Déjanos recoger sus cosas o llamaré yo misma a la policía.

—Dile que se calle y se ocupe de sus asuntos, George —dijo Lee.

De Mohrenschildt se rió con ganas.

—Hoy *tú* eres nuestro asunto, Lee. —Después se puso serio—.

Te estoy perdiendo el respeto, camarada. Déjanos pasar ya. Si valoras mi amistad como yo valoro la tuya, déjanos pasar de una vez.

Lee dejó caer los hombros y se hizo a un lado. Jeanne subió los escalones con paso decidido y sin dedicarle una mirada siquiera, pero De Mohrenschildt se paró y envolvió a Lee, que estaba ya angustiosamente delgado, en un poderoso abrazo. Al cabo de unos instantes, Oswald correspondió al gesto. Me di cuenta (con una mezcla de pena y asco) de que el chico, porque eso es lo que era en realidad, se había puesto a llorar.

—¿Qué son? —preguntó el joven de la bici—, ¿una pareja de raritos?

—Sí que son raritos, sí —dije yo—, pero no en el sentido que tú crees.

7

Más avanzado ese mismo mes, regresé de uno de mis placenteros fines de semana con Sadie para descubrir que Marina y June habían vuelto a instalarse en el cuchitril de Elsbeth Street. Durante una breve temporada, la familia pareció vivir en paz. Lee se iba a trabajar —esta vez creando ampliaciones fotográficas en vez de puertas mosquiteras de aluminio— y volvía a casa, en ocasiones con flores. Marina lo recibía con besos. Una vez le enseñó el jardín de delante, del que había recogido toda la basura, y él aplaudió. Eso la hizo reír y, cuando lo hizo, me fijé en que le habían arreglado los dientes. No sé cuánto tuvo que ver George Bouhe en eso, pero imagino que mucho.

Presencié esa escena desde la esquina, y me sorprendió de nuevo la voz ronca de la anciana del andador.

—No durará, puede estar seguro.

—Quizá tenga razón.

—Lo más probable es que la mate. Lo he visto otras veces. —Bajo su pelo eléctrico, sus ojos me contemplaban con frío desprecio—. Y usted no piensa intervenir, ¿me equivoco, figura?

—Sí —respondí yo—. Si la cosa empeora mucho, intervendré.

Era una promesa que pensaba cumplir, aunque no por Marina.

El día después de la cena del 26 de diciembre en casa de Sadie, encontré una nota de Oswald en mi buzón, aunque iba firmada por A. Hidell. Ese alias figuraba en las notas de Al. La «A» era de Alek, el mote que le puso Marina durante sus días en Minsk.

La comunicación no me inquietó, puesto que todos los habitantes de la calle parecían haber recibido una igual. Los folletos estaban impresos en papel rosa chicle (probablemente robado del lugar de trabajo de Oswald), y vi una docena o más ondeando junto a las alcantarillas. Los residentes del barrio de Oak Cliff de Dallas no eran famosos por echar la basura en su sitio.

¡PROTESTA CONTRA EL FASCISMO DEL CANAL 9!
¡SEDE DEL SEGREGACIONISTA BILLY JAMES HARGIS!
¡PROTESTA CONTRA EL EX GENERAL FASCISTA
EDWIN WALKER!

Durante la retramsmisión de la noche del jueves de la llamada «Cruzada Cristiana» de Billy James Hargis, el Canal 9 concederá tiempo en antena al GENERAL EDWIN WALKER, un fascista de derechas que ha animado a JFK a invadir a las gentes pacíficas de Cuba y que ha fomentado el discurso del odio contra los negros y la integración en todo el sur del país. (Si tienen alguna duda sobre la veracidad de esta información, conprueben la «Guía televisiva».) Esos dos hombres representan todo aquello contra lo que luchamos en la Segunda Guerra Mundial, y sus DELIRIOS fascistas no tienen cabida en la televisión. EDWIN WALKER fue uno de los SUPREMACISTAS BLANCOS que intentó impedir que JAMES MERDITH estudiara en la UNIVERSIDAD DE MISSISSIPPI. Si aman Estados Unidos, protesten contra el tiempo gratuito en antena concedido a unos hombres que perdican el ODIO y la VIOLENCIA. ¡Escriban una carta! ¡Mejor aún, vengan al Canal 9 el 27 de diciembre y participen en la «sentada»!

A. Hidell
Presidente de Cuba No Se Toca
Sucursal de Dallas-Fort Worth

Contemplé las faltas unos instantes y luego doblé el folleto y lo metí en la caja donde guardaba mis manuscritos.

Si se produjo una protesta ante la cadena, el *Slimes Herald* no informó de ella el día después de la «retramsmisión» de Hargis y Walker. Dudo que se presentara nadie, ni siquiera el propio Lee. Yo desde luego no fui, pero la noche del jueves sintonicé el Canal 9, ansioso por ver al hombre al que Lee pronto intentaría matar.

Al principio solo salía Hargis, sentado tras un escritorio de oficina y fingiendo que tomaba notas importantes mientras un coro de lata entonaba «El himno de batalla de la República». Era un sujeto tirando a gordo, con una gran mata de pelo engominado y peinado hacia atrás. Cuando el volumen del coro bajó poco a poco, dejó su pluma, miró a cámara y dijo:

—«Bienvenidos a la Cruzada Cristiana, vecinos. Traigo buenas nuevas: *Jesús les ama*. Sí, les ama, a todos y cada uno de ustedes. Únanse a mi plegaria.»

Hargis dio la tabarra al Todopoderoso durante al menos diez minutos. Cubrió los temas de costumbre: dio gracias a Dios por la oportunidad de difundir el Evangelio y le encomendó bendecir a quienes habían enviado presentes de amor. Después entró en materia y pidió a Dios que armara a Su Pueblo Elegido con la espada y el escudo de la rectitud para que pudiéramos derrotar al comunismo, que alzaba su fea cabeza a apenas noventa millas de las costas de Florida. Pidió a Dios que concediera al presidente Kennedy la sabiduría (que Hargis, por estar más cerca del Jefe, ya poseía) para entrar allí y erradicar la cizaña de la impiedad. También exigió que Dios pusiera fin a la creciente amenaza comunista en los campus universitarios estadounidenses: la música folk parecía tener algo que ver con el asunto, pero Hargis perdió un poco el hilo en esa parte. Acabó agradeciendo a Dios la presencia de su invitado de esa noche, el héroe de Anzio y del Embalse de Chosin, el general Edwin A. Walker.

Walker no se mostró de uniforme sino vestido con un traje caqui que casi parecía de una sola pieza. Los pliegues de su pantalón se veían lo bastante afilados para afeitarse con ellos. Su cara pétrea me recordaba al actor de películas de vaqueros Randolph Scott. Estrechó la mano de Hargis y hablaron del comunismo, que campaba a sus anchas no solo por los campus universitarios, sino también por los pasillos del Congreso y la comunidad científica. Tocaron el tema de la fluoración y luego cotillearon sobre Cuba, que Walker llamó «el cáncer del Caribe».

Entendí por qué Walker había fracasado de manera tan estrepitosa en su candidatura al cargo de gobernador de Texas el año anterior. Delante de una clase de instituto hubiese dormido a los chicos incluso a primera hora, cuando más frescos estaban. Pero Hargis lo llevaba adelante de la mano, terciando con un «¡Alabado sea Dios!» o un «¡Palabra de Dios, hermano!» cuando la cosa decaía. Charlaron sobre una inminente cruzada rural a lo largo y ancho del Sur, llamada operación Cabalgata de Medianoche, y después Hargis invitó a Walker a dejar las cosas claras a propósito de «ciertas acusaciones insidiosas de segregacionismo que han aparecido en la prensa de Nueva York y otros puntos».

Walker por fin olvidó que se encontraba en la televisión y se animó.

—«Ya sabes que eso no es más que un montón de propaganda roja.»

—«¡Lo sé! —exclamó Hargis—. Y Dios quiere que lo cuentes, hermano.»

—«Pasé mi vida en el ejército de Estados Unidos, y en el fondo seré un soldado hasta el día en que me muera. —Si Lee se salía con la suya, ese momento llegaría más o menos en tres meses—. Como soldado, siempre cumplí con mi deber. Cuando el presidente Eisenhower me ordenó que fuera a Little Rock durante los disturbios civiles de 1957, que derivaron de la integración racial forzosa del Instituto Central, como sabes, cumplí con mi deber. Pero Billy, también soy un soldado de Dios...»

—«¡Un soldado cristiano! ¡Alabado sea Dios!»

—«... y, como cristiano, sé que la integración racial forzosa es un rotundo *error*. Va contra la Constitución, los derechos de los estados y la Biblia.»

—«Explícalo» —dijo Hargis secándose una lágrima de la mejilla. O a lo mejor era el sudor que rezumaba a través del maquillaje.

—«¿Odio a la raza negra? Quienes dicen eso, y quienes trabajaron para apartarme del servicio militar que tanto amaba, son mentirosos y comunistas. Tú lo sabes, los hombres con los que serví lo saben y *Dios* lo sabe. —Se inclinó hacia delante en la silla de los invitados—. ¿Crees que los profesores *negros* de Alabama,

Arkansas, Luisiana y el gran estado de Texas quieren la integración? No la quieren. La ven como una bofetada a su preparación y su trabajo duro. ¿Crees que los estudiantes *negros* quieren ir a clase con blancos naturalmente mejor preparados para la lectura, la escritura y la aritmética? ¿Crees que los estadounidenses reales quieren la clase de mestizaje racial que derivaría de esa mezcolanza?»

—«¡Por supuesto que no! *¡Alabaaado sea Dios!*»

Pensé en el cartel que había visto en Carolina del Norte, el que indicaba un camino bordeado de hiedra venenosa. *DE COLOR*, rezaba. Walker no merecía que lo matasen, pero una sacudida enérgica no le hubiese venido nada mal. Por eso sí que le diría a *cualquiera* un buen «alabado sea Dios».

Se me había ido el santo al cielo, pero algo que Walker dijo en ese momento me devolvió de golpe a la realidad.

—«Fue Dios, no el general Edwin Walker, quien decretó la posición de los negros en Su mundo cuando les dio un color de piel diferente y un conjunto distinto de talentos. Unos talentos más *atléticos*. ¿Qué nos dice la Biblia sobre esa diferencia, y por qué la raza negra lleva la maldición de tantas penas y trabajos? Basta consultar el capítulo noveno del Génesis, Billy.»

—«Alabado sea Dios por su Santa Palabra.»

Walker cerró los ojos y alzó la mano derecha, como si testificara ante un tribunal.

—«"Y Noé bebió del vino, y se embriagó, y se quedó desnudo en medio de su tienda. Cuando Cam, padre de Canaán, vio la desnudez de su padre, se lo dijo a sus dos hermanos, que estaban afuera." Pero Sem y Jafet, padre el uno de la raza árabe, y el otro de la raza blanca, sé que tú ya lo sabes, Billy, pero no todo el mundo lo sabe, no todo el mundo posee ese entrañable conocimiento de la Biblia que nosotros adquirimos sobre las rodillas de nuestra madre…»

—«¡Alabado sea Dios por las madres cristianas, cuéntanos!»

—«Sem y Jafet no miraron. Y cuando Noé despertó y descubrió lo que había pasado, dijo: "Maldito sea Canaán. Será siervo de siervos, leñador y agua…".»

Apagué la tele.

Lo que vi de Lee y Marina durante enero y febrero de 1963 me hizo pensar en una camiseta que Christy a veces llevaba durante el último año de nuestro matrimonio. Delante había un fiero pirata sonriente con el siguiente mensaje debajo: LAS PALIZAS SEGUIRÁN HASTA QUE MEJORE LA MORAL. Ese invierno abundaron las palizas en el 904 de Elsbeth Street. Los vecinos del barrio oímos los gritos de Lee y los chillidos de Marina, a veces de rabia, a veces de dolor. Nadie hizo nada, yo incluido.

Tampoco es que ella fuera la única mujer que se llevaba palizas regulares en Oak Cliff; las Broncas del Viernes y el Sábado Noche parecían una tradición local. Lo único que recuerdo haber deseado durante esos deprimentes meses grises fue que el sórdido e interminable culebrón terminase para poder estar con Sadie a jornada completa. Verificaría que Lee estaba solo al intentar asesinar al general Walker y después remataría mi faena. Que Oswald actuase a solas una vez no significaba necesariamente que hubiese actuado por su cuenta en ambas ocasiones, pero era lo más que yo podía conseguir. Una vez unidos los puntos —la mayoría de ellos, por lo menos—, escogería un momento y un lugar y dispararía a Lee Oswald con la misma frialdad con la que había disparado a Frank Dunning.

Pasó el tiempo. Despacio, pero pasó. Y entonces, un día, poco antes de que los Oswald se mudasen al piso de encima del mío en Neely Street, vi que Marina hablaba con la anciana del andador y el pelo a lo Elsa Lanchester. Las dos sonreían. La anciana le preguntó algo. Marina se rió, asintió y estiró los brazos por delante de su barriga.

Me quedé plantado ante mi ventana con la cortina retirada, los prismáticos en una mano y la boca abierta. Las notas de Al no decían nada sobre *esa* novedad; o no lo había sabido o no le había importado. Pero a mí sí me importaba.

La mujer del hombre al que yo había esperado cuatro años para matarlo volvía a estar embarazada.

CAPÍTULO 21

1

Los Oswald se convirtieron en mis vecinos de arriba el 2 de marzo de 1963. Trajeron sus posesiones a cuestas, sobre todo en cajas de licorería, desde el ruinoso cubo de ladrillo de Elsbeth Street. Pronto las ruedas de la pequeña grabadora japonesa empezaron a girar con regularidad, aunque la mayoría del tiempo yo escuchaba con los auriculares. Así las conversaciones de arriba sonaban normales en vez de frenadas, pero por supuesto no podía entender casi nada.

La semana después de que los Oswald se mudasen a su nuevo alojamiento, visité una de las casas de empeño de Greenville Avenue para comprar una pistola. El primer revólver que el cambista me enseñó fue el mismo Colt .38 que había comprado en Derry.

—Es una excelente *protección* contra atracadores y ladrones de casas —dijo el vendedor—. Letalmente certero hasta a veinte metros de distancia.

—Quince —dije yo—. Tenía entendido quince.

El cambista alzó las cejas.

—Vale, digamos que quince. Cualquiera que sea lo bastante estúpido...

... como para intentar limpiarme el dinero se va a acercar mucho más que eso, ya me conozco el rollo.

—... para asaltarle tendrá que acercarse, o sea que, ¿qué me dice?

Mi primer impulso, solo por romper esa sensación de armonía como de campanillas pero discordante, fue decirle que quería otra cosa, a lo mejor un .45, pero romper la armonía quizá fuese mala idea. ¿Quién sabía? Lo que *sí* sabía era que el .38 que había comprado en Derry había cumplido.

—¿Cuánto?

—Se lo dejo por doce.

Eran dos dólares más de lo que había pagado en Derry, pero claro, aquello había sido cuatro años y medio atrás. Con el ajuste por la inflación, doce parecía más o menos correcto. Le dije que añadiera una caja de balas y trato hecho.

Cuando el prestamista me vio guardar el arma y la munición en el maletín que llevaba conmigo a tal efecto, me dijo:

—¿Por qué no me deja venderle una funda, hijo? No parece de por aquí y es probable que no lo sepa, pero en Texas es legal ir armado, no hace falta permiso si no tiene antecedentes penales. ¿Tiene antecedentes penales?

—No, pero no espero que me atraquen a plena luz del día.

El vendedor me dedicó una sonrisa siniestra.

—En Greenville Avenue nunca se sabe *qué* puede pasar. Hace unos años un tipo se voló la tapa de los sesos a solo una manzana y media de aquí.

—¿De verdad?

—Sí, señor, delante de un bar llamado La Rosa del Desierto. Por una mujer, claro está. ¿Cómo no?

—Ya —dije—. Aunque a veces es por política.

—No, qué va, detrás siempre hay una mujer, hijo. —Se rió.

Había aparcado cuatro manzanas al oeste de la casa de empeños y, para volver a mi nuevo coche (nuevo por lo menos para mí), tenía que pasar por delante de la Financiera Faith, donde había realizado mi apuesta por los Piratas Milagrosos en otoño de 1960. El vivales que había pagado mis mil doscientos estaba fumando delante. Llevaba su visera verde. Sus ojos pasaron por encima de mí, pero no pareció interesarse ni reconocerme.

2

Eso fue una tarde de viernes, y fui directo con el coche desde Greenville Avenue hasta Kileen, donde me reuní con Sadie en los Bungalows Candlewood. Pasamos la noche allí, como teníamos por costumbre ese invierno. Al día siguiente ella volvió en coche a Jodie, donde me reuní con ella el domingo para ir a misa. Después de la bendición, durante la parte en que estrechábamos la mano a quienes nos rodeaban diciendo «La paz sea contigo», mis pensamientos fueron a dar —con cierto desasosiego— a la pistola que había escondido en el maletero de mi coche.

Cuando almorzábamos ese domingo, Sadie preguntó:

—¿Cuánto falta? Para que acabes lo que tienes que hacer.

—Si todo va como espero, no mucho más de un mes.

—¿Y si no?

Me pasé las manos por el pelo y me acerqué a la ventana.

—Entonces no lo sé. ¿Hay algo más que te ronde la cabeza?

—Sí —dijo ella con calma—. De postre hay pastel de cereza. ¿Quieres nata con el tuyo?

—Mucha —respondí—. Te quiero, cariño.

—Más te vale —dijo ella mientras se levantaba para ir por el postre—. Porque me la estoy jugando.

Me quedé en la ventana. Un coche pasó poco a poco por la calle —no viejo sino clásico, como decían los pinchadiscos de la K-Life— y sentí de nuevo ese tintineo armónico. Pero para entonces lo sentía siempre, y a veces no significaba nada. Me vino a la mente una de las consignas de AA de Christy: TEMER, siglas de «*Tomar espejismos y mentiras por evidencias reales*».

Esa vez sentí el chasquido de una asociación, sin embargo. El coche era un Plymouth Fury rojo y blanco, como el que había visto en el aparcamiento de la fábrica Worumbo, no muy lejos del secadero al que daba la madriguera de conejo a 1958. Ese llevaba matrícula de Arkansas, no de Maine, pero aun así... ese tintineo. Ese tintineo armónico. A veces me daba la sensación de que, si supiera lo que significaba ese tintineo, lo sabría todo. Probablemente fuera una estupidez, pero era cierto.

Míster Tarjeta Amarilla lo sabía, pensé. *Lo sabía y eso lo mató.*

Mi último armónico señalizó que doblaría a la izquierda, giró en la señal de «stop» y desapareció hacia la calle principal.

—Ven a comerte el postre, hombre —dijo Sadie a mi espalda, y di un respingo.

Los de AA dicen que TEMER también significa otra cosa: «*Todo es una mierda, escapa rápido*».

Cuando volví a Neely Street esa noche, me puse los auriculares y escuché la última grabación. No esperaba otra cosa que ruso, pero esa vez también me tocó algo de inglés. Y chapoteos.

Marina: (Habla en ruso.)

Lee: ¡No puedo, mamá, estoy en la bañera con Junie!

(Más chapoteos, y risas: la de Lee y las agudas carcajadas de la niña.)

Lee: ¡Mamá, hemos tirado agua al suelo! ¡Junie ha *salpicado*! ¡Qué niña tan mala!

Marina: ¡A fregarlo! ¡Yo soy ocupada! *¡Ocupada!* (Pero también se ríe.)

Lee: No puedo, ¿quieres que la niña…? (Ruso.)

Marina: (Habla en ruso, riñendo y riendo a la vez.)

(Más chapoteos. Marina tararea una canción pop de la K-Life. Suena dulce.)

Lee: ¡Mamá, trae nuestros juguetes!

Marina: *Da, da*, siempre con los juguetes.

(Otro chapoteo, fuerte. La puerta del baño ya debe de estar abierta del todo.)

Marina: (Habla en ruso.)

Lee (voz de niño caprichoso): Mamá, te has olvidado de nuestra pelota de goma.

(Gran chapoteo: la niña chilla de alegría.)

Marina: Hala, los juguetes para el príinsipe y la prinseeessa.

(Risas de los tres: su felicidad me da frío.)

Lee: Mamá, tráenos un (palabra en ruso). Tenemos agua en la oreja.

Marina (riendo): Ay, Dios, ¿qué será lo siguiente?

Esa noche estuve en vela mucho tiempo, pensando en los tres. Felices por una vez, ¿y por qué no? El 214 de Neely Oeste Street no era gran cosa, pero seguía siendo una mejora. Quizá hasta dormían en la misma cama y June por una vez estaba contenta en vez de muerta de miedo.

Y ahora un cuarto en la cama, además. El que crecía en la barriga de Marina.

Los acontecimientos empezaron a acelerarse, como había sucedido en Derry, solo que ahora la flecha del tiempo volaba hacia el 10 de abril en vez de hacia Halloween. Las notas de Al, en las que yo había confiado para que me llevaran hasta allí, se fueron volviendo menos útiles. En la cuenta atrás hacia el intento de asesinar a Walker se concentraban casi en exclusiva en las acciones y en los movimientos de Lee, y ese invierno había mucho más en sus vidas, sobre todo en la de Marina.

Para empezar, por fin había trabado amistad con alguien; no un madurito iluso como George Bouhe, sino una amiga. Se llamaba Ruth Paine, y era una cuáquera. «*Rusoparlante*», había anotado Al con un laconismo que recordaba poco a sus primeras notas. «*La conoció en fiesta, 2(??)/63. Marina separada de Lee y viviendo con la Paine en fechas del asesinato de Kennedy.*» Y luego, como si no fuera más que una ocurrencia de última hora: «*Lee guardó M-C en garaje de Paine. Envuelto en manta*».

Por M-C se refería al fusil Mannlicher-Carcano adquirido por correo con el que Lee planeaba matar al general Walker.

No sé quién celebró la fiesta en la que Lee y Marina conocieron a los Paine. No sé quién los presentó. ¿De Mohrenschildt? ¿Bouhe? Probablemente uno o el otro, porque para entonces el resto de los emigrados evitaban a los Oswald. El maridito era un sabelotodo repelente y su mujercita una estera humana que había dejado pasar Dios sabe cuántas oportunidades de abandonarlo para siempre.

Lo que sí sé es que la potencial válvula de escape de Marina Oswald llegó al volante de una ranchera Chevrolet —blanca y roja— un día lluvioso de mediados de marzo. Aparcó en la calle y miró a su alrededor con incertidumbre, como si no estuviera segura de haber llegado a la dirección correcta. Ruth Paine era alta (aunque no tanto como Sadie) y exageradamente delgada. Tenía un flequillo castaño bien cortado sobre una frente enorme y pelo corto y ahuecado, un peinado que no la favorecía. Llevaba gafas sin montura sobre una nariz salpicada de pecas. A mí, que miraba a través de una abertura en las cortinas, me parecía la clase de mujer que repudiaba la carne y asistía a las manifestaciones en contra de la Bomba..., y así era poco más o menos Ruth Paine, creo, una mujer de la New Age antes de que la New Age estuviera de moda.

Marina debía de estar pendiente de su llegada, porque bajó taconeando la escalera de la entrada con la niña en brazos, tapada con una manta a la altura de la cabeza para protegerla de la llovizna. Ruth Paine sonrió con timidez y habló cautelosamente, dejando un espacio entre palabra y palabra.

—Hola, señora Oswald, soy Ruth Paine. ¿Se acuerda de mí?

—*Da* —dijo Marina—. Sí. —Después añadió algo en ruso.

Ruth respondió en la misma lengua…, aunque vacilante.

Marina la invitó a pasar. Esperé hasta que oí el chirrido de sus pasos encima de mí y entonces me puse los auriculares conectados al micrófono de la lámpara. Lo que oí fue una conversación en una mezcla de inglés y ruso. Marina corrigió a Ruth varias veces, en ocasiones riendo. Entendí lo suficiente para comprender el motivo de la visita de Ruth Paine. Al igual que Paul Gregory, quería clases de ruso. Entendí algo más a partir de sus risas frecuentes y su conversación cada vez más fluida: se caían bien.

Me alegré por Marina. Si mataba a Oswald tras su intentona contra el general Walker, la New Age Ruth Paine quizá la acogiese. De esperanza también se vive.

5

Ruth solo fue dos veces a Neely Street a recibir lecciones. Después de eso, Marina y June subían a la ranchera y Ruth se las llevaba. Probablemente a su casa en el elegante (por lo menos para los estándares de Oak Cliff) barrio de Irving. Esa dirección no figuraba en las notas de Al —parecía importarle poco la relación de Marina con Ruth, probablemente porque esperaba acabar con Lee mucho antes de que ese fusil terminara en el garaje de los Paine—, pero la descubrí en el listín telefónico: 2515 de la Quinta Oeste Street.

Una encapotada tarde de marzo, unas dos horas después de que Marina y Ruth hubieran partido, Lee y George de Mohrenschildt aparecieron en el coche de este último. Lee salió cargado con una bolsa de papel marrón con un sombrero de mariachi y PEPINO'S, EL MEJOR MEXICANO estampado en un lado. De Mohrenschildt llevaba un pack de seis Dos Equis. Subieron por la escalera de la entrada charlando y riendo. Cogí los auriculares con el corazón desbocado. Al principio no se oía nada, pero luego uno de ellos encendió la lámpara. Después de eso bien podría haber estado en la habitación con ellos, un tercero invisible.

Por favor, no conspiréis para matar a Walker, pensé. *Por favor, no hagáis mi trabajo más difícil de lo que ya es.*

—Perdona el desorden —dijo Lee—. Últimamente no hace mucho más que dormir, ver la tele y hablar con esa mujer a la que da clases.

De Mohrenschildt habló durante un rato de las concesiones petrolíferas que estaba intentando procurarse en Haití y echó pestes del régimen represor de Duvalier.

—Al final del día, los camiones atraviesan el mercado y recogen los cadáveres. Muchos son niños que han muerto de hambre.

—Castro y El Frente pondrán fin a eso —dijo Lee en un tono torvo.

—Que la Providencia adelante ese día. —Se oyó un tintineo de botellas, probablemente un brindis por la idea de que la Providencia adelantase el día—. ¿Cómo va el trabajo, camarada? ¿Y cómo es que no estás allí esta tarde?

No estaba allí, dijo Lee, porque quería estar aquí. Así de sencillo. Había fichado y se había ido como si tal cosa.

—¿Qué van a hacer al respecto? Soy el mejor técnico de impresión que tiene el viejo Bobby Stovall, joder, y él lo sabe. El capataz, se llama [no lo distinguí; ¿Graff? ¿Grafe?] dice: «Deja de jugar a los sindicalistas, Lee». ¿Sabes qué hago yo? Me río y le digo: «Vale, *svinoyeb*», y lo dejo con un palmo de narices. Es un soplapollas, lo sabe todo el mundo.

Aun así, estaba claro que a Lee le gustaba su trabajo, aunque se quejaba de la actitud paternalista y de que la veteranía contaba más que el talento. En un momento dado dijo:

—Sabes, en Minsk, en igualdad de condiciones, yo dirigiría el chiringuito en un año.

—Ya lo sé, hijo; es de lo más evidente.

Dándole cuerda. *Calentándolo.* Lo veía clarísimo, y no me gustaba.

—¿Has leído el periódico esta mañana?

—Esta mañana no he visto más que telegramas y memorándums. ¿Por qué crees que estoy aquí, si no para alejarme de mi escritorio?

—Walker lo ha hecho —dijo Lee—. Se ha unido a la cruzada de Hargis, o a lo mejor es la cruzada de Walker y el que se ha unido es Hargis. No sé cuál es cuál. Vamos, la Cabalgata de Medianoche de los cojones. Esos dos memos piensan hacer una gira por todo el sur, para contarle a la gente que el NAACP es una tapadera comunista. Harán que la integración y los derechos de voto retrocedan veinte años.

—¡Desde luego! Y fomentarán el odio. ¿Cuánto pasará hasta que empiecen las matanzas?

—¡O hasta que alguien le pegue un tiro a Ralph Abernathy y al doctor King!

—Pues *claro* que dispararán a King —dijo De Mohrenschildt, casi riendo. Yo estaba de pie, apretando los auriculares con las manos contra mis sienes mientras me corría un reguero de sudor por la cara. Ese era un terreno muy peligroso, al borde mismo de la conspiración—. Es solo cuestión de tiempo.

Uno de ellos usó el abridor con otro botellín de cerveza mexicana, y Lee dijo:

—Alguien tendría que parar los pies a ese par de cabrones.

—Te equivocas llamando memo al general Walker —advirtió De Mohrenschildt en tono pedagógico—. Hargis, sí, vale. Hargis es de chiste. Lo que tengo entendido es que, como tantos de su calaña, es un hombre de apetitos sexuales retorcidos, de los que se cepillan un coño de niña por la mañana y un culo de crío por la tarde.

—¡Ese tipo está *enfermo*! —La voz de Lee se quebró como la de un adolescente en la última palabra. Después se rió.

—Pero Walker, ja, es harina de otro costal. Es un peso pesado de la Sociedad John Birch…

—¡Esos fascistas antisemitas!

—…y veo venir un día, dentro de no mucho, en que la dirigirá. En cuanto tenga la confianza y aprobación de los otros grupos de chiflados de derechas, es posible que hasta vuelva a presentarse a las elecciones… pero esta vez no para gobernador de Texas. Sospecho que tiene objetivos más altos. ¿El Senado? Tal vez. ¿Incluso la Casa Blanca?

—Eso no podría pasar nunca. —Pero Lee sonaba poco convencido.

—Es improbable que pase —corrigió De Mohrenschildt—. Pero jamás subestimes la capacidad de la burguesía estadounidense para abrazar el fascismo bajo el nombre de populismo. O el poder de la televisión. Sin la tele, Kennedy nunca hubiese ganado a Nixon.

—Kennedy y su puño de hierro —dijo Lee. Su aprobación del actual presidente parecía haber seguido el camino de los zapatos de gamuza azul—. No descansará mientras Fidel cague en el váter de Batista.

—Y nunca subestimes el terror que inspira a la América blanca la idea de una sociedad en que la igualdad racial se haya convertido en ley.

—¡Negrata, negrata, negrata, frijolero, frijolero, frijolero! —estalló Lee, con una rabia tan intensa que era casi angustia—. ¡Es todo lo que oigo en el trabajo!

—Estoy seguro. Cuando en el *Morning News* dicen «el gran estado de Texas», lo que quieren decir en realidad es «el *klan* estado de Texas». ¡Y la gente escucha! Para un hombre como Walker, un *héroe de guerra* como Walker, un bufón como Hargis no es más que un trampolín. Del mismo modo que Von Hindenberg fue un trampolín para Hitler. Con las relaciones públicas adecuadas para pulirlo, Walker podría llegar lejos. ¿Sabes lo que creo? Que el hombre que liquidara al general Edwin América Racista Walker haría un gran favor a la sociedad.

Me dejé caer pesadamente en una silla junto a la mesa donde estaba la pequeña grabadora, que seguía girando.

—Si de verdad crees…. —empezó Lee, y entonces sonó un zumbido estruendoso que me obligó a arrancarme de golpe los auriculares. Arriba no se oían gritos de alarma o indignación, ni movimientos rápidos de pies, de manera que, a menos que se les diera muy bien disimular de improviso, creía poder suponer que no habían descubierto el micrófono. Volví a ponerme los auriculares. Nada. Probé con el micrófono a distancia, subiéndome a una silla y sosteniendo el cuenco de Tupperware casi pegado al techo. Con él oía hablar a Lee y las respuestas ocasionales de De Mohrenschildt, pero no distinguía lo que decían.

Mi oído en el piso de Oswald se había quedado sordo.

El pasado es obstinado.

Tras otros diez minutos de conversación —quizá sobre política, quizá sobre la naturaleza irritante de las esposas, quizá sobre unos planes recién concebidos para matar al general Edwin Walker—, De Mohrenschildt bajó dando brincos por la escalera de entrada y se fue en su coche.

Los pasos de Lee sonaban por encima de mi cabeza: *clomp, clod, clomp*. Los seguí hasta mi dormitorio y dirigí el micrófono hacia el lugar donde se detuvieron. Nada… nada… luego el leve pero inconfundible sonido de los ronquidos. Cuando Ruth Paine dejó a Marina y June al cabo de dos horas, Lee seguía durmiendo las Dos Equis. Marina no lo despertó. Yo tampoco hubiese despertado a aquel cabrón con malas pulgas.

6

Oswald empezó a faltar mucho más al trabajo después de ese día. Si Marina lo sabía, no le importaba. A lo mejor ni siquiera se dio cuenta. Estaba absorta en su nueva amiga Ruth. Las palizas habían remitido un poco, no porque la moral hubiese mejorado, sino porque Lee pasaba casi tanto tiempo fuera como ella. A menudo se llevaba su cámara. Gracias a las notas de Al, sabía adónde iba y lo que estaba haciendo.

Un día, después de que partiera hacia la parada del autobús, me subí a mi coche y conduje hasta la Oak Lawn Avenue. Quería adelantarme al interurbano de Lee, y lo conseguí. Con tiempo de sobra. Había plazas de aparcamiento en batería a ambos lados de Oak Lawn, pero mi Chevy rojo con las aletas de gaviota llamaba la atención, y no quería arriesgarme a que Lee lo viera. Lo dejé doblando la esquina con Wycliff Avenue, en el aparcamiento de una tienda Alpha Beta. Después fui hasta Turtle Creek Boulevard dando un paseo. Las casas eran neohaciendas decoradas con arcos y estuco. Había caminos de entrada bordeados de palmeras, grandes jardines y hasta un par de fuentes.

Delante del 4011, un hombre esbelto (que tenía un parecido asombroso con el actor de películas del Oeste Randolph Scott) estaba empujando un cortacésped. Edwin Walker vio que lo miraba y me dedicó un breve medio saludo tocándose la sien. Le devolví el gesto. El blanco de Lee Oswald continuó cortando el césped y yo seguí mi camino.

7

Las calles que delimitaban la manzana de Dallas que me interesaba eran Turtle Creek Boulevard (donde vivía el general), Wycliff Avenue (donde había aparcado), Avondale Avenue (que fue la que tomé después de corresponder al saludo de Walker) y Oak Lawn, una calle de pequeños comercios que quedaba directamente detrás de la casa del general. Oak Lawn era la que más me interesaba, porque sería la vía de llegada y de escape para Lee la noche del 10 de abril.

Me detuve ante Texas Shoes & Boots, con el cuello de la chaqueta vaquera levantado y las manos metidas en los bolsillos. Unos tres minutos después de que tomara esa posición, el autobús paró en la esquina de Oak Lawn con Wycliff. Dos mujeres cargadas con bolsas de la compra se apearon en cuanto se abrieron las puertas. Después Lee bajó a la acera. Llevaba una bolsa de papel marrón, como si fuera el almuerzo de un trabajador.

En la esquina había una gran iglesia de piedra. Lee se acercó como si tal cosa a la verja de hierro que la cercaba, leyó el tablón de anuncios, se sacó una libretita del bolsillo delantero y anotó algo. Después de eso arrancó a caminar en mi dirección, guardando el cuaderno en el bolsillo mientras andaba. Eso no me lo esperaba. Al había creído que Lee pensaba esconder su fusil cerca de las vías del tren, al otro lado de Oak Lawn Avenue, a unos ochocientos metros de distancia. Pero a lo mejor las notas eran erróneas, porque Lee ni siquiera miró de reojo en esa dirección. Estaba a setenta u ochenta metros, y se acercaba deprisa a mi posición.

Me verá y hablará conmigo, pensé. *Me dirá: «¿No eres el vecino de abajo? ¿Qué haces aquí?».* Si lo hacía, el futuro se desviaría en una nueva dirección. Eso no era bueno.

Miré fijamente los zapatos y las botas del escaparate mientras el sudor me empapaba la nuca y me resbalaba por la espalda. Cuando por fin me arriesgué y desvié la mirada hacia la izquierda, Lee había desaparecido. Fue como un truco de magia.

Caminé disimuladamente calle arriba. Deseé haberme puesto una gorra, quizá hasta unas gafas de sol; ¿por qué no lo había hecho? ¿Qué clase de agente secreto de pacotilla era?

Llegué a una cafetería que estaba a media manzana y en cuyo cristal había un cartel que anunciaba DESAYUNO TODO EL DÍA. Lee no estaba dentro. Pasada la cafetería se abría la boca de un callejón. Me dirigí poco a poco hasta allí, eché un vistazo a la derecha y lo vi. Estaba de espaldas a mí. Había sacado la cámara de la bolsa de papel pero no estaba fotografiando con ella, por lo menos todavía no. Estaba examinando cubos de basura. Levantaba las tapas, miraba dentro y los cubría de nuevo.

Todos los huesos de mi cuerpo —y con eso quiero decir todos los instintos de mi cerebro, supongo— me empujaban a seguir adelante antes de que se girase y me viera, pero una poderosa fascinación me detuvo allí un poquito más. Creo que le hubiera pasado a la mayoría. ¿Cuántas oportunidades se nos presentan, al fin y al cabo, de observar a un tipo enfrascado en la planificación de un asesinato a sangre fría?

Se adentró un poco más en el callejón y luego se detuvo ante una plancha circular de hierro incrustada en un saliente de cemento. Intentó levantarla. Nada que hacer.

El callejón no estaba pavimentado, tenía muchos baches y medía unos doscientos metros de longitud. A media altura, la tela metálica que vallaba jardines traseros cubiertos de malas hierbas y solares vacíos daba paso a unas altas empalizadas de tablones envueltas en hiedra que no parecían muy exuberantes tras un invierno frío y deprimente. Lee apartó unas ramas y probó suerte con un tablón. Este cedió hacia atrás y Lee se asomó al hueco.

Los axiomas sobre que había que romper huevos para hacer una tortilla estaban muy bien, pero me parecía que ya había tentado bastante a la suerte. Seguí caminando. Al final de la manzana paré delante de la iglesia que había llamado la atención de Lee. Era la Iglesia de los Santos de los Últimos Días de Oak Lawn. El tablón de anuncios informaba de que había misas ordinarias todos los domingos por la mañana y un servicio especial para recién llegados todos los miércoles a las siete de la tarde, con un acto social de una hora a continuación. Se servía un refrigerio.

El 10 de abril caía en miércoles, y el plan de Lee (suponiendo que no fuera el de De Mohrenschildt) parecía ya bastante claro: esconder previamente el arma en el callejón y luego esperar a que terminase la misa para recién llegados, y el acto social, por supuesto. Podría oír a los fieles cuando saliesen, riendo y charlando mientras se dirigían a la parada del autobús. Los buses pasaban cada cuarto de hora; siempre había uno a punto de llegar. Lee efectuaría su disparo, escondería el arma de nuevo bajo el tablón suelto (*no* cerca de las vías del tren) y después se mezclaría con los que salían de la iglesia. Cuando llegase el siguiente bus, desaparecería.

Miré de reojo a mi derecha justo a tiempo de verlo salir del callejón. La cámara volvía a estar en la bolsa de papel. Fue a la parada y se apoyó en el poste. Un hombre pasó y le preguntó algo. No tardaron en entablar conversación. ¿Pegaba la hebra con un desconocido, o se trataba quizá de otro amigo de De Mohrenschildt? ¿Un cualquiera de la calle, o un compañero de conspiración? ¿Tal vez incluso el famoso Tirador Desconocido que, según los teóricos de la conspiración, había acechado en el montículo de hierba cerca de Dealey Plaza cuando la comitiva de Kennedy se acercaba? Me dije que eso era una locura. Probablemente lo fuera, pero era imposible saberlo a ciencia cierta. Eso era lo jodido del asunto.

No había manera de saber *nada* a ciencia cierta, ni la habría hasta que viera con mis propios ojos que Oswald estaba solo el 10 de abril. Ni siquiera eso bastaría para despejar todas mis dudas, pero sería suficiente para seguir adelante.

Suficiente para matar al padre de Junie.

El autobús llegó gruñendo a la parada. El agente secreto X-19, también conocido como Lee Harvey Oswald, célebre marxista y maltratador, subió. Cuando el autobús quedó fuera de mi vista, volví al callejón y lo recorrí de punta a punta. Al final se ensanchaba y desembocaba en un gran patio trasero sin vallar. Había un Chevrolet Biscayne del 57 o el 58 aparcado junto a un surtidor de gas natural. Había un bidón para barbacoas sobre un trípode. Detrás de la barbacoa se alzaba la parte trasera de una gran casa marrón oscuro. La casa del general.

Miré al suelo y vi un surco fresco en la tierra. Al final de su trazado había un cubo de basura. No había visto a Lee moverlo, pero sabía que lo había hecho. La noche del 10 de abril pensaba apoyar allí el cañón del fusil.

El lunes, 25 de marzo, Lee subió caminando por Neely Street con un paquete alargado envuelto en papel marrón. Observando por una minúscula separación entre las cortinas, vi las palabras CERTIFICADO y ASEGURADO estampadas en él con grandes letras rojas. Por primera vez parecía huidizo y nervioso, mirando para variar el entorno exterior que lo rodeaba en vez del siniestro mobiliario de las profundidades de su cabeza. Yo sabía lo que contenía el paquete: un fusil Carcano, también conocido como Mannlicher-Carcano, de 6,5 milímetros, con mira telescópica incluida, adquirido en Klein's Sporting Goods en Chicago. Cinco minutos después de que subiera al segundo piso por la escalera exterior, el arma que Lee iba a usar para cambiar la historia se encontraba en un armario encima de mi cabeza. Marina sacó las famosas fotos en las que lo sostenía justo delante de la ventana de mi salón seis días más tarde, pero yo no lo vi. Fue un domingo, y estaba en Jodie. A medida que se acercaba el 10 de abril, esos fines de semana con Sadie se habían convertido en lo más importante, lo *más querido* de mi vida.

Me desperté sobresaltado al oír que alguien murmuraba entre dientes: «Todavía no es demasiado tarde». Me di cuenta de que había sido yo y cerré la boca.

Sadie masculló una protesta espesa y dio media vuelta en la cama. El familiar chirrido de los muelles me ubicó en el tiempo y el espacio: los Bungalows Candlewood, 5 de abril, 1963. Encontré a tientas mi reloj en la mesilla de noche y miré los números luminosos. Eran las dos y cuarto de la madrugada, lo que significaba que en realidad era el 6 de abril.

Todavía no es demasiado tarde.

¿Demasiado tarde para qué? ¿Para echarse atrás, conformarme con que fuera bastante bien? ¿O bastante mal, llegados a este punto? La idea de echarse atrás resultaba atractiva, bien lo sabía Dios. Si seguía adelante y las cosas salían mal, esa podía ser mi última noche con Sadie. Para siempre.

Aunque al final tengas que matarlo, no tienes por qué hacerlo enseguida.

Muy cierto. Tras el intento de asesinato del general, Oswald iba a trasladarse a Nueva Orleans durante una temporada —otro piso de mierda, que yo ya había visitado—, pero tardaría dos semanas. Eso me daría tiempo de sobra para detener su reloj. Sin embargo, tenía la sensación de que sería un error esperar mucho. Podría encontrar motivos para seguir esperando. El mejor lo tenía a mi lado en esa cama: largo, encantador y suavemente desnudo. Tal vez ella era una mera trampa más, tendida por ese pasado obstinado, aunque eso daba igual, porque la amaba. Y podía imaginar —con lamentable claridad— una hipótesis en la que tendría que huir después de matar a Oswald. Pero ¿adónde? De vuelta a Maine, por supuesto. Con la esperanza de adelantarme a la policía lo suficiente para llegar a la madriguera de conejo y escapar a un futuro donde Sadie Dunhill tendría... bueno... unos ochenta años. Eso, si estaba viva. Dada su adicción al tabaco, sería mucho pedir.

Me levanté y me acerqué a la ventana. Solo unos bungalows estaban ocupados ese fin de semana de principios de primavera. Había una camioneta manchada de barro o estiércol con un remolque lleno de lo que parecían herramientas de granja. Una motocicleta Indian con sidecar. Un par de rancheras. Y un Plymouth bicolor. La luna asomaba y se escondía entre las nubes tenues y resultaba imposible distinguir el color de la mitad inferior del coche con esa luz vacilante, pero aun así estaba bastante seguro de saber cuál era.

Me puse los pantalones, la camiseta interior y los zapatos. Después salí de la cabaña y crucé el patio. El aire gélido me azotaba la piel, que aún conservaba el calor de la cama, pero apenas lo sentía. Sí, el coche era un Fury, y sí, era blanco sobre rojo, pero ese no era ni de Maine ni de Arkansas; la matrícula era de Oklahoma y la pegatina del parabrisas trasero rezaba ARRIBA, SOONERS. Miré dentro y vi libros desperdigados. Un estudiante que tal vez iba rumbo al sur para visitar a sus padres durante las vacaciones de primavera. O una pareja de profesores a los que les había dado un calentón y aprovechaban la liberal política de admisiones de Candlewood.

Un tintineo más, no del todo afinado, emitido por el pasado al armonizarse consigo mismo. Di unas palmadas en el maletero, como había hecho en Lisbon Falls, y volví al bungalow. Sadie se había bajado la sábana hasta la cintura y, cuando entré, la corriente la despertó. Se sentó y se tapó los pechos con la sábana, aunque la dejó caer al ver que era yo.

—¿No puedes dormir, cariño?

—Tenía una pesadilla y he salido a que me diera un poco el aire.

—¿Qué ha sido?

Me desabroché los vaqueros y me quité los mocasines con los pies.

—No me acuerdo.

—Inténtalo. Mi madre siempre decía que, si cuentas tus sueños, no se harán realidad.

Me metí en la cama con ella sin más prenda que la camiseta interior.

—La *mía* decía que no se hacen realidad si besas a tu chica.

—¿De verdad decía eso?

—No.

—Bueno —dijo ella en tono reflexivo—, es posible. Vamos a intentarlo.

Lo intentamos.

Una cosa llevó a la otra.

10

Después, se encendió un cigarrillo. Yo me quedé tumbado observando el humo que ascendía y azuleaba cuando se colaba algún rayo de luna entre las cortinas entreabiertas. *Nunca dejaría así las cortinas en Neely*, pensé. *En Neely Street, en mi otra vida, siempre estoy solo pero aun así voy con cuidado de cerrarlas del todo. Menos cuando me asomo, claro. Cuando curioseo.*

En ese preciso instante no me gustaba mucho a mí mismo.

—¿George?

Suspiré.

—Ese no es mi nombre.

—Lo sé.

La miré. Ella inhaló a fondo, disfrutando de su pitillo sin remordimientos, como hace la gente en la Tierra de Antaño.

—No tengo información privilegiada, si es lo que estás pensando; pero es de cajón. El resto de tu pasado es inventado, al fin y al cabo. Y me alegro. George no me gusta mucho. Es un poco… ¿cómo es esa palabra que usas a veces? Un poco cutre.

—¿Qué te parece Jake?

—¿De Jacob?

—Sí.

—Me gusta. —Se volvió hacia mí—. En la Biblia, Jacob luchó con un ángel. Y tú también estás luchando. ¿O no?

—Supongo que sí, pero no con un ángel. —Aunque Lee Oswald tampoco era lo que se dice un demonio. Para ese papel me gustaba más George de Mohrenschildt. En la Biblia, Satanás es un tentador que hace su oferta y después se echa a un lado. Yo esperaba que De Mohrenschildt fuera así.

Sadie apagó el cigarrillo. Tenía la voz tranquila pero la mirada turbia.

—¿Te van a hacer daño?

—No lo sé.

—¿Vas a irte? Porque si tienes que irte, no estoy segura de que pueda soportarlo. Me hubiese muerto antes que reconocerlo cuando estaba allí, pero Reno fue una pesadilla. Perderte para siempre… —Negó despacio con la cabeza—. No, no estoy segura de que pudiera soportarlo.

—Quiero casarme contigo —dije.

—Dios mío —musitó ella—. Justo cuando estoy lista para decir que nunca pasará, Jake alias George dice que ahora mismo.

—Ahora mismo no, pero si la semana que viene sale como espero… ¿aceptarás?

—Por supuesto. Pero tengo que hacer una preguntilla de nada.

—¿Estoy soltero? ¿Legalmente soltero? ¿Es eso lo que quieres saber?

Sadie asintió.

—Lo estoy —dije.

Emitió un cómico suspiro y sonrió como una niña. Luego se serenó.

—¿Puedo ayudarte? Deja que te ayude.

La idea me provocó un escalofrío, y ella debió de notarlo. Su labio inferior se coló dentro de su boca. Lo mordió con los dientes.

—Tan malo es, ¿eh?

—Pongámoslo así: ahora mismo estoy cerca de una gran máquina llena de dientes afilados que funciona a toda velocidad. No consentiré que estés cerca de mí mientras la toqueteo.

—¿Cuándo es? —preguntó—. Tu... no sé... ¿tu cita con el destino?

—Aún está por ver. —Tenía la sensación de que ya había hablado demasiado pero, ya que había llegado tan lejos, decidí ir un poco más allá—. Este miércoles por la noche pasará algo. Algo que tengo que presenciar. Después decidiré.

—¿No puedo ayudarte de ninguna manera?

—No lo creo, cariño.

—Si resulta que puedo...

—Gracias —dije—. Lo agradezco. ¿De verdad te casarás conmigo?

—¿Ahora que sé que te llamas Jake? Pues claro.

11

El lunes por la mañana, alrededor de las diez, la ranchera paró ante la acera y Marina partió hacia Irving con Ruth Paine. Yo tenía un recado que hacer, y estaba a punto de salir del piso cuando oí unos pasos que bajaban por la escalera de entrada. Era Lee, pálido y desmejorado. Iba despeinado y tenía la cara moteada por un brote de acné postadolescente. Llevaba vaqueros y una gabardina ridícula que aleteaba en torno a sus pantorrillas. Caminaba con un brazo cruzado sobre el pecho, como si le dolieran las costillas.

O como si llevara algo debajo de la chaqueta. «*Antes del intento, Lee ajustó la mira de su nuevo fusil en algún punto cercano a Love Field*», había escrito Al. No me preocupaba dónde la ajustara. Lo que me preocupaba era lo cerca que acababa de estar de encontrármelo de bruces. Había cometido el descuido de dar por sentado que se había ido al trabajo sin que me enterase, y...

¿Por qué *no estaba* en el trabajo una mañana de lunes, por cierto?

Dejé correr la pregunta y salí, llevando mi maletín de estudiante. Dentro iba la novela que nunca acabaría, las notas de Al y el trabajo en curso que describía mis aventuras en la Tierra de Antaño.

Si Lee no estaba solo la noche del 10 de abril, uno de sus cómplices, quizá el propio De Mohrenschildt, podría verme y matarme. Seguía pareciéndome improbable, pero la posibilidad de que tuviera que huir después de matar a Oswald era más verosímil. Al igual que la de ser capturado y detenido por asesinato. No quería que nadie —la policía, por ejemplo— descubriera las notas de Al o mis memorias si sucedía alguna de esas dos cosas.

Lo que importaba ese 8 de abril era sacar mis papeles del piso y alejarlos del joven confuso y agresivo que vivía en el apartamento de arriba. Fui en coche hasta el First Corn Bank de Dallas, y no me sorprendió ver que el empleado del banco que me atendió tenía un parecido asombroso con el banquero del Hometown Trust que me había ayudado en Lisbon Falls. El tipo se llamaba Richard Link en vez de Dusen, pero aun así guardaba una semejanza inquietante con el viejo director de orquesta cubano, Xavier Cugat.

Me informé sobre las cajas de seguridad. Poco después, los manuscritos se hallaban en la Caja 775. Volví a Neely Street y experimenté un momento de pánico agudo cuando no logré encontrar la puñetera llave de la caja.

Tranquilo, me dije. *Está en tu bolsillo en alguna parte y, aunque no lo estuviera, tu nuevo amiguito Richard Link te hará una copia de mil amores. Puede que te cueste la friolera de un dólar.*

Como si el pensamiento la hubiera invocado, encontré la llave escondida en un recoveco de la esquina de mi bolsillo, debajo de las monedas. La enganché en mi llavero, donde estaría a salvo. Si al final *debía* volver corriendo a la madriguera de conejo y bajaba al pasado de nuevo tras un regreso al presente, aún la tendría…, aunque entonces todo lo que había pasado en los últimos cuatro años y medio se reiniciaría. Los manuscritos que en ese momento se encontraban en una caja de seguridad se perderían en el tiempo. Eso probablemente era una buena noticia.

La mala noticia era que con Sadie pasaría lo mismo.

CAPÍTULO 22

1

La tarde del 10 de abril fue despejada y cálida, un anticipo del verano. Me puse los pantalones y una de las chaquetas de sport que había comprado durante mi año de profesor en el instituto de Denholm. El .38 Especial, cargado por completo, iba en mi maletín. No recuerdo estar nervioso; llegado por fin el momento, me sentía como un hombre enfundado en un sobre frío. Miré el reloj: las tres y media.

Mi plan consistía en dejar el coche una vez más en el aparcamiento del Alpha Beta de Wycliff Avenue. Podía llegar hacia las cuatro y cuarto como muy tarde, aunque hubiese mucho tráfico. Miraría en el callejón. Si estaba vacío, como esperaba que estuviese a esa hora, echaría un vistazo en el hueco de detrás del tablón suelto. Si las notas de Al acertaban en lo relativo a que Lee había escondido previamente el Carcano (aunque errasen acerca del escondrijo), lo encontraría allí.

Volvería a mi coche durante un rato, desde donde vigilaría la parada del autobús por si Lee se presentaba antes de tiempo. Cuando empezara la misa de las siete para recién llegados en la iglesia mormona, me acercaría dando un paseo a la cafetería que servía desayunos todo el día y me sentaría junto a la ventana. Comería sin hambre, con parsimonia, haciendo que la comida durase y viendo llegar los autobuses con la esperanza de que, cuando Lee por fin bajara de uno, estuviera solo. También esperaría *no* ver ese barco que George de Mohrenschildt tenía por coche.

Ese, por lo menos, era el plan.

Recogí el maletín a la vez que echaba otro vistazo al reloj. Tres y treinta y tres. El Chevy tenía gasolina y estaba a punto para arrancar. Si hubiese salido del apartamento y me hubiera subido a él entonces, como tenía planeado, mi teléfono habría sonado en un piso vacío. Pero no fue así, porque alguien llamó a la puerta justo cuando estiraba la mano hacia el picaporte.

Abrí y me encontré a Marina Oswald.

2

Por un momento no hice otra cosa que mirar boquiabierto, incapaz de moverme o hablar. Más que nada por su presencia inesperada, pero también había otro motivo. Hasta que la tuve plantada justo delante de mí, no caí en lo mucho que se parecían sus grandes ojos azules a los de Sadie.

Marina o no hizo caso de mi expresión de sorpresa o no reparó en ella. Tenía sus propios problemas.

—Pierdone, por favor, ¿ha visto a mi espotka? —Se mordió los labios y sacudió un poco la cabeza—. Mi ex-poso. —Intentó sonreír, algo que con esos dientes tan bien restaurados ya estaba a su alcance, pero aun así no le salió muy bien—. Perdón, señor, no hablo buen idioma. Yo Bielorrusia.

Oí que alguien —supongo que fui yo— preguntaba si se refería al hombre que vivía arriba.

—Sí, por favor, mi ex-poso, Lee. Vivimos arriba. Esta nuestra *malishka*, nuestra bebé. —Señaló a June, que estaba sentada al pie de la escalera en su cochecito, dándole satisfecha a su chupete—. Ahora sale todo tiempo desde que perder trabajo. —Volvió a intentar sonreír y, cuando sus ojos se arrugaron, una lágrima se derramó de la comisura del izquierdo y descendió por su mejilla.

Ajá. Al parecer a fin de cuentas el bueno de Bobby Stovall podía salir adelante sin su mejor técnico de fotoimpresión.

—No lo he visto, señora… —Estuvo a punto de escapárseme «*Oswald*», pero me contuve a tiempo. Y menos mal, porque ¿cómo iba a saberlo? En apariencia no les enviaban nada. Había dos buzones en el porche, pero su nombre no figuraba en ninguno de ellos. Ni el mío. A mí tampoco me enviaban nada.

—Os-wal —dijo ella, y me tendió la mano. La estreché, más convencido que nunca de que aquello era un sueño que estaba teniendo. Pero su mano pequeña y seca resultaba de lo más real—. Marina Os-wal, un plaser conosierlo, señor.

—Lo lamento, señora Oswald, hoy no le he visto. —No era cierto; lo había visto salir justo después del mediodía, poco después de que la ranchera de Ruth Paine se llevara a Marina y June rumbo a Irving.

—Preocupo por él —dijo Marina—. Él... no sé... lo siento. No querer molestarle. —Volvió a sonreír, la sonrisa más dulce y más triste del mundo, y se secó despacio la lágrima de la cara.

—Si lo veo...

De repente parecía alarmada.

—No, no, decir nada. Él no gusta que yo hable con extraños. Vendrá cenar, quizá seguro. —Bajó los escalones y habló en ruso a la niña, que se rió y estiró los brazos regordetes hacia su madre—. Adiós, señor. Muchas gracias. ¿Dirá nada?

—Vale —dije yo—. Como una tumba. —Eso no lo pilló, pero asintió y pareció aliviada cuando puse el índice delante de mis labios.

Cerré la puerta, sudaba con profusión. En algún lugar oía no ya el aleteo de una mariposa, sino el de un enjambre entero de ellas.

A lo mejor no es nada.

Observé cómo Marina empujaba el cochecito de June por la acera hacia la parada del autobús, donde con toda probabilidad pensaba esperar a su ex-poso... que andaba metido en algo. Eso, por lo menos, ella lo sabía. Lo llevaba escrito en la cara.

Estiré la mano hacia el picaporte en cuanto la perdí de vista, y fue entonces cuando sonó el teléfono. Estuve a punto de no cogerlo, pero solo tenían mi número un puñado de personas, y una de ellas era una mujer que me importaba mucho.

—¿Hola?

—Hola, señor Amberson —dijo un hombre. Tenía un suave acento sureño. No estoy seguro de si supe quién era enseguida. No me acuerdo. Creo que sí—. Aquí hay alguien que tiene algo que decirle.

Viví dos vidas a finales de 1962 y principios de 1963, una en Dallas y otra en Jodie. Se unieron a las tres y treinta y nueve de la tarde del 10 de abril. En mi oído, Sadie empezó a gritar.

Sadie vivía en un rancho prefabricado de una sola planta en Bee Tree Lane, parte de una urbanización de cuatro o cinco manzanas de viviendas idénticas en el lado oeste de Jodie. Una fotografía aérea de la zona en un libro de historia de 2011 podría haber llevado como pie PRIMERAS VIVIENDAS DE MEDIADOS DE SIGLO. Esa tarde llegó allí hacia las tres, al acabar una reunión después de clase con los estudiantes que la ayudaban en la biblioteca. Dudo que reparase en el Plymouth Fury blanco sobre rojo que había aparcado a cierta distancia calle abajo.

En la otra acera, cuatro o cinco casas más abajo, la señora Holloway estaba lavando su coche (un Renault Dauphine que el resto de los vecinos miraban de reojo con cierto recelo). Sadie la saludó con la mano al salir de su Volkswagen Escarabajo. La señora Holloway le devolvió el saludo. Ser las únicas poseedoras de coches extranjeros (y en cierto modo *extraterrestres*) de la manzana las unía en una camaradería superficial.

Sadie recorrió el caminito hasta su puerta y se quedó allí plantada un momento, con la frente arrugada. Estaba entreabierta. ¿La había dejado así? Entró y cerró a su espalda. La puerta no cerró bien porque habían forzado la cerradura, pero no se dio cuenta. Para entonces toda su atención estaba fija en la pared de encima del sofá. Allí, escritas con su propio pintalabios, había dos palabras con letras de un metro de altura: SUCIA ZORRA.

Tendría que haber salido corriendo en ese momento, pero su horror e indignación eran tan grandes que no dejaban sitio para el miedo. Sabía quién había sido, pero sin duda Johnny se había marchado. El hombre con el que se había casado era poco amigo de la confrontación física. Sí, había habido palabras subidas de tono y algún que otro bofetón, pero nada más.

Además, había ropa interior de ella por todo el suelo.

Formaban un tosco rastro desde el salón hasta su dormitorio por el corto pasillo. Todas las prendas —combinaciones, enaguas, sujetadores, bragas, la faja que no necesitaba pero a veces se ponía— estaban rajadas. Al final del pasillo, la puerta del baño se encontraba abierta. Habían arrancado el toallero. En los azulejos había escrito, también con su pintalabios, otro mensaje: PUTA ASQUEROSA.

La puerta de su dormitorio también estaba abierta. Fue hasta ella y se plantó en el umbral sin sospechar en absoluto que Johnny Clayton esperaba detrás con un cuchillo en la mano y una Smith & Wesson Victory del .38 en la otra. El revólver que llevaba ese día era de la misma marca y modelo que el que usaría Lee Oswald para quitar la vida al policía de Dallas J. D. Tippit.

Vio su pequeño neceser abierto sobre la mesa y su contenido, más que nada maquillaje, desperdigado sobre la colcha. Las puertas en acordeón del armario estaban plegadas. Varias de sus prendas todavía colgaban tristemente de sus perchas; la mayoría descansaban en el suelo. Las habían rajado todas.

—¡Johnny, cabrón! —Sadie había querido gritar esas palabras, pero la impresión era demasiado fuerte. Le salió un susurro.

Arrancó a caminar hacia el armario pero no llegó muy lejos. Un brazo se enroscó en torno a su cuello y un pequeño círculo de acero le apretó con fuerza la sien.

—No te muevas, no pelees. Si lo haces, te mato.

Sadie intentó zafarse y él le dio un golpe seco en la cabeza con el corto cañón del revólver. Al mismo tiempo, hizo más fuerza con el brazo alrededor de su cuello. Sadie vio el cuchillo que sostenía con el puño cerrado al final del brazo que la estrangulaba y dejó de forcejear. Era Johnny —reconocía la voz— pero en realidad *no era* Johnny. Había cambiado.

Tendría que haberle hecho caso, pensó, refiriéndose a mí. *¿Por qué no hice caso?*

Johnny la llevó a la fuerza hasta el salón, sin quitarle el brazo del cuello, y después la hizo girar sobre sus talones y la lanzó contra el sofá, donde cayó con las piernas abiertas.

—Bájate el vestido. Se te ven las ligas, so puta.

Él llevaba un pantalón de peto (solo eso bastaba para que Sadie creyera que estaba soñando) y se había teñido el pelo de un extraño rubio anaranjado. Casi le dio la risa.

Johnny se sentó en el puf delante de ella. La pistola apuntaba a su estómago.

—Vamos a llamar a tu pichabrava.

—No sé de qué...

—Amberson. Ese con el que juegas a esconder el salchichón en el picadero de Kileen. Lo sé todo. Llevo mucho tiempo vigilándote.

—Johnny, si te vas ahora no llamaré a la policía. Lo prometo. Aunque me hayas destrozado la ropa.

—Ropa de puta —dijo él con desprecio.

—No sé… No sé su número.

Su libreta de direcciones, la que solía guardar en su pequeño estudio junto a la máquina de escribir, yacía abierta junto al teléfono.

—Yo sí. Está en la primera página. He mirado primero en la P de Pichabrava, pero no estaba allí. Yo haré la llamada, para que no se te ocurra decirle algo a la operadora. Después hablarás con él.

—No lo haré, Johnny, no si piensas hacerle daño.

Él se inclinó hacia delante. Su raro pelo rubio anaranjado le cayó delante de los ojos y él lo apartó con la mano que sostenía la pistola. Después usó la del cuchillo para descolgar el teléfono. La pistola siguió apuntando a su abdomen sin vacilar.

—Te explico, Sadie —dijo, y sonaba casi racional—. Voy a matar a uno de los dos. El otro puede vivir. Tú decides quién será.

Hablaba en serio. Se lo veía en la cara.

—¿Y… y si no está en casa?

Se rió de que fuera tan tonta.

—Entonces morirás, Sadie.

Ella debió de pensar: *Puedo ganar algo de tiempo. Hay por lo menos tres horas de Dallas a Jodie, más si hay mucho tráfico. Tiempo suficiente para que Johnny entre en razón. A lo mejor. O para que se distraiga lo bastante para que le tire algo y yo aproveche para salir disparada por la puerta.*

Clayton marcó el 0 sin mirar la libreta (su memoria para los números siempre había sido poco menos que perfecta) y pidió que lo pasaran con el Westbrook 7-5430. Escuchó y a continuación dijo:

—Gracias, operadora.

Luego, silencio. En algún lugar, más de ciento cincuenta kilómetros al norte, sonaba un teléfono. Sadie debió de preguntarse cuántos tonos esperaría Johnny antes de colgar y dispararle en la barriga.

Entonces su cara de atención cambió. Se animó y hasta sonrió un poco. Tenía los dientes tan blancos como siempre, observó Sadie, y ¿por qué no? Siempre se los había cepillado por lo menos media docena de veces al día.

—Hola, señor Amberson. Aquí hay alguien que tiene algo que decirle.

Se levantó del puf y entregó el teléfono a Sadie. Cuando ella se lo llevaba a la oreja, lanzó un tajo con el cuchillo, rápido como el ataque de una serpiente, y le rajó un lado de la cara.

4

—¿*Qué le has hecho?* —grité—. ¿*Qué has hecho, cabrón?*

—Silencio, señor Amberson. —Por su voz parecía que se lo estaba pasando bien. Sadie ya no chillaba, pero la oía sollozar—. Está bien. Sangra bastante, pero ya se le pasará. —Hizo una pausa y luego habló en un tono de cavilosa reflexión—. Claro que ya nunca más será guapa. Ahora parece lo que es, una puta barata de cuatro dólares. Mi madre dijo que lo era, y tenía razón.

—Déjala, Clayton —dije—. Por favor.

—*Quiero* dejarla. Ahora que la he marcado, es lo que quiero. Pero pasa una cosa que ya le he explicado a ella, señor Amberson. Voy a matar a uno de los dos. Por culpa de ella perdí mi trabajo, ¿sabe?; tuve que dejarlo e ingresar en un hospital para someterme a tratamiento, si no me habrían arrestado. —Hizo una pausa—. Empujé a una chica por las escaleras. Intentó tocarme. Todo culpa de esta sucia ramera, esta que está aquí sangrando en su regazo. También me ha manchado de sangre las manos. Necesitaré desinfectante. —Y se rió.

—Clayton…

—Le doy tres horas y media. Hasta las siete y media. Después le meteré dos balazos. Uno en la barriga y otro en su asqueroso coño.

De fondo, oí que Sadie gritaba:

—¡*No lo hagas, Jacob!*

—¡CALLA! —le gritó Clayton—. ¡*CÁLLATE!* —Después, a mí, con un escalofriante tono desenfadado—: ¿Quién es Jacob?

—Yo —respondí—. Es mi segundo nombre.

—¿Te llama así en la cama cuando te chupa la polla, pichabrava?

—Clayton —dije—. Johnny. Piensa en lo que estás haciendo.

—Llevo pensándolo más de un año. Pensando y soñando con ello. En el hospital me administraron tratamientos de electroshock, no sé si lo sabes. Dijeron que acabarían con los sueños, pero no fue así. Los empeoraron.

—¿El corte es grave? Déjame hablar con ella.

—No.

—Si me dejas hablar con ella, a lo mejor hago lo que me pides. Si no, de ninguna manera. ¿Tus tratamientos de electroshock te han dejado demasiado alelado para entender eso?

Al parecer, no. Oí unos roces y luego se puso Sadie. Hablaba con un hilo de voz temblorosa.

—Es profundo, pero no me matará. —Bajó la voz—. No me ha dado en el ojo por…

Entonces volvió a ponerse Clayton.

—¿Lo ves? Tu zorrita está bien. Y ahora sube corriendo a tu Chevrolet trucado y vente para acá todo lo rápido que den tus ruedas, si te parece. Pero escucha con atención, señor George Jacob Amberson Pichabrava: si llamas a la policía, si veo una sola luz roja o azul, mataré a esta zorra y después me suicidaré. ¿Lo crees?

—Sí.

—Bien. Voy viendo una ecuación en la que los valores se equilibran: el pichabrava y la puta. Yo estoy en medio. Soy el igual, Amberson, pero tú decides. ¿Qué valores se cancelan? De ti depende.

—¡No! —gritó Sadie—. ¡No le hagas caso! Si vienes nos matará a los d…

El teléfono chasqueó en mi oído.

5

He contado la verdad hasta ahora, y pienso contar la verdad a continuación aunque me deje por los suelos: mi primer pensamiento mientras mi mano insensible dejaba el auricular en su sitio fue que se equivocaba, que los valores *no* se equilibraban. En un plato de la balanza estaba una guapa bibliotecaria de instituto. En el otro, un hombre que conocía el futuro y tenía —por lo menos en teoría— el poder de cambiarlo. Por un segundo una parte de mí llegó a pensar en sacrificar a Sadie y cruzar la ciudad para observar el callejón que separaba Oak Lawn Avenue y Turtle Creek Boulevard para descubrir si el hombre que cambió la historia de Estados Unidos actuó solo.

Entonces me subí a mi Chevy y arranqué rumbo a Jodie. En cuanto entré en la Autopista 77, fijé el indicador de velocidad en ciento diez kilómetros por hora y no lo moví de allí. Mientras conducía, busqué a tientas los cierres de mi maletín, saqué la pistola y me la guardé en el bolsillo interior de la chaqueta.

Comprendí que tendría que involucrar a Deke en aquello. Era viejo y ya no se sostenía muy firme, pero sencillamente no había nadie más. Él *querría* involucrarse, me dije. Apreciaba a Sadie. Se lo veía en la cara cada vez que la miraba.

Y él ya ha vivido su vida, dijo mi frío raciocinio. *Ella no. En cualquier caso, tendrá la misma elección que te ha dado el lunático. No tiene por qué ir.*

Pero iría. A veces lo que nos ofrecen como elecciones no son elecciones en absoluto.

Nunca había echado tanto de menos mi móvil, desechado hacía mucho, como en aquel trayecto de Dallas a Jodie. Lo más que pude conseguir fue una cabina de teléfono en una gasolinera de la Ruta 109, pasados unos ochocientos metros de la valla del campo de fútbol. Al otro lado el teléfono sonó tres veces…, cuatro…, cinco…

Cuando estaba a punto de colgar, Deke dijo:

—¿Oiga? ¿Oiga? —Sonaba irritado y sin aliento.

—¿Deke? Soy George.

—¡Hombre, chico! —De repente la versión de esa noche de Bill Turcotte (de la popular y veterana obra de teatro *El marido homicida*) sonaba encantado en vez de molesto—. Estaba fuera, en mi jardín, junto a la casa. Casi dejo que suene, pero luego he…

—Calla y escucha. Ha pasado algo muy malo. Todavía está pasando. Sadie está herida, y creo que es grave.

Se produjo una breve pausa. Cuando Deke volvió a hablar, sonaba más joven: como el tipo duro que sin duda había sido hacía cuarenta años y dos esposas. O quizá era solo esperanza. Esa tarde lo único que tenía era esperanza y a un sesentón.

—Hablas de su marido, ¿verdad? Esto es culpa mía. Creo que lo vi, pero fue hace semanas. Y tenía el pelo mucho más largo que en la foto del anuario. Tampoco lo llevaba del mismo color. Era casi naranja. —Una pausa momentánea, y después una palabra que nunca le había oído antes—: ¡*Joder*!

Le conté lo que Clayton quería y lo que me proponía hacer. El plan era bastante sencillo. ¿El pasado armonizaba consigo mismo? Vale, le dejaría hacerlo. Sabía que Deke podía sufrir un infarto

—a Turcotte le había pasado— pero no pensaba permitir que eso me detuviera. No pensaba dejar que nada me detuviera. Se trataba de Sadie.

Esperaba que me preguntase si no sería mejor dejar aquello en manos de la policía pero, por supuesto, él ni se lo planteó. Doug Reems, el agente de Jodie, era miope, llevaba un aparato ortopédico en la pierna y era más viejo todavía que Deke. Tampoco me preguntó por qué no había llamado a la policía estatal desde Dallas. Si lo hubiera hecho, le habría explicado que creía que Clayton iba en serio cuando dijo que mataría a Sadie si veía una sola luz intermitente. Eso era cierto, pero no era el auténtico motivo. Quería ocuparme en persona de aquel malnacido.

Estaba muy enfadado.

—¿A qué hora te espera, George?

—No más tarde de las siete y media.

—Y ahora son… menos cuarto, en mi reloj. Lo que nos da una pizca de tiempo. La calle de detrás de Bee Tree es Apple… no sé qué. No me acuerdo del nombre exacto. ¿Es allí donde estarás?

—Correcto. La casa de detrás de la de ella.

—Podemos vernos allí dentro de cinco minutos.

—Claro, si conduces como un lunático. Que sean diez. Y lleva algún complemento, algo que él pueda ver desde la ventana del salón si se asoma. No sé, a lo mejor…

—¿Servirá una cacerola?

—Vale. Nos vemos en diez minutos.

Antes de que pudiera colgar, me preguntó:

—¿Llevas pistola?

—Sí.

Su respuesta se aproximó al gruñido de un perro.

—Bien.

6

La calle de detrás de la casa de Doris Dunning había sido Wyemore Lane. La de detrás de Sadie era Apple Blossom Way. El 202 de Wyemore había estado en venta. El 140 de Apple Blossom Way no tenía cartel de se vende en el jardín, pero estaba a oscuras y la hierba parecía descuidada, salpicada de dientes de león. Aparqué delante y miré mi reloj. Las seis cincuenta.

Dos minutos más tarde, la ranchera de Deke aparcó detrás de mi Chevy. Llevaba vaqueros, camisa a cuadros y corbata de cordón. En las manos sostenía una cacerola con una flor dibujada en el costado. Llevaba tapa de cristal, y parecía contener dos o tres kilos de chop suey.

—Deke, no sé cómo agradece…

—No merezco ningún agradecimiento, sino una patada rápida en el culo. El día en que lo vi salía de Western Auto justo cuando yo entraba en la tienda. Tenía que ser Clayton. Hacía viento; una ráfaga de aire le echó el pelo hacia atrás y vi por un segundo esas sienes hundidas que tiene. Pero el pelo… largo y de distinto color… e iba vestido con ropa de vaquero…, cojones. Sacudió la cabeza—. Me hago viejo. Si Sadie está herida, no me lo perdonaré nunca.

—¿Te encuentras bien? ¿No notas punzadas en el pecho ni nada parecido?

Me miró como si me hubiera vuelto loco.

—¿Nos vamos a quedar aquí charlando de mi salud, o vamos a intentar sacar a Sadie del problema en el que está metida?

—Vamos a hacer algo más que intentarlo. Rodea la manzana hacia su casa. Mientras lo haces, yo atajaré por este patio de atrás y luego atravesaré el seto para colarme en el patio de Sadie. —Estaba pensando en la casa de los Dunning en Kossuth Street, por supuesto, pero al mismo tiempo que lo decía recordé que, en efecto, *había* un seto al fondo del minúsculo patio trasero de Sadie. Lo había visto muchas veces—. Tú llama a la puerta y di algo alegre. Lo bastante alto para que yo lo oiga. Para entonces estaré en la cocina.

—¿Y si la puerta de atrás está cerrada?

—Sadie guarda una llave debajo del escalón.

—Vale. —Deke pensó un momento, con el ceño fruncido, y luego alzó la cabeza—. Diré: «Avon llama a su puerta, entrega especial de estofado». Y levantaré la cacerola para que me vea por la ventana del salón si mira. ¿Eso valdrá?

—Sí. Lo único que quiero es que lo distraigas unos segundos.

—No dispares si hay alguna posibilidad de que puedas dar a Sadie. Tumba a ese cabrón. Te bastarás. El tipo al que vi estaba delgado como un alambre.

Nos miramos con expresión torva. Un plan como ese funcionaría en una serie estilo *La ley del revólver* o *Maverick*, pero aquello era la vida real. Y en la vida real los buenos —y las buenas— a veces mueren.

7

El patio de detrás de la casa de Apple Blossom Way no era del todo igual al que daba a la residencia de los Dunning, pero había semejanzas. Para empezar, había una caseta de perro, aunque sin cartel que rezase AQUÍ VIVE TU CHUCHO. En lugar de eso, pintadas con letra insegura de niño sobre la entrada con forma de puerta redondeada, estaban las palabras CAZA DE BUTCH. Y no había niños disfrazados. Era la estación incorrecta.

El seto, sin embargo, parecía exactamente igual.

Lo atravesé por la fuerza, sin apenas reparar en los arañazos que las rígidas ramas me causaban en los brazos. Crucé el patio trasero de Sadie corriendo agachado y probé la puerta. Cerrada. Palpé debajo del peldaño, seguro de que la llave habría volado porque el pasado armonizaba pero el pasado era obstinado.

Estaba allí. La saqué, la metí en la cerradura y apliqué una presión lenta y creciente. Sonó un leve chasquido en el interior de la puerta cuando el pestillo retrocedió. Me puse rígido, esperando oír un grito de alarma. No sonó ninguno. Había luz en el salón, pero no oí voces. Quizá Sadie ya estaba muerta y Clayton se había ido.

Dios, por favor, no.

En cuanto abrí la puerta con cuidado, sin embargo, lo oí. Hablaba en una letanía monótona y alta que le hacía sonar como Billy James Hargis hasta arriba de tranquilizantes. Le estaba contando lo puta que era y cómo le había arruinado la vida. O quizá estuviera hablando de la chica que había intentado tocarle. Para Johnny Clayton todas eran lo mismo: portadoras de enfermedades ansiosas de sexo. Había que poner las cosas claras. Y la escoba, por supuesto.

Me quité los zapatos y los dejé en el linóleo. La luz del fregadero estaba encendida. Miré mi sombra para asegurarme de que no atravesara el umbral antes que yo. Saqué mi pistola del bolsillo de la chaqueta y empecé a cruzar la cocina con la intención de plantarme junto a la entrada del salón hasta que oyese: «¡*Avon llama a su puerta!*». Después entraría como una flecha.

Solo que eso no sucedió. Cuando Deke dio una voz, esta no tuvo nada de alegre. Fue un grito de furia atónita. Y no llegó de la entrada principal, sino de dentro mismo de la casa.

—¡*Oh, Dios mío! ¡Sadie!*

Después de eso, todo sucedió muy, muy deprisa.

8

Clayton había forzado la entrada principal de tal manera que no cerraba bien. Sadie no se dio cuenta, pero Deke sí. En vez de llamar, la abrió de par en par y entró con la cacerola en las manos. Clayton seguía sentado en el puf, y la pistola aún apuntaba a Sadie, pero había dejado el cuchillo en el suelo, a su lado. Deke dijo después que ni siquiera sabía que Clayton *tenía* un cuchillo. Dudo que en realidad reparase en la pistola. Tenía la atención fija en Sadie. La parte superior de su vestido azul era ya de un granate turbio. Su brazo y el lado del sofá sobre el que colgaba estaban cubiertos de sangre. Pero lo peor de todo era su cara, que tenía vuelta hacia él. Su mejilla izquierda pendía en dos jirones, como un telón rasgado.

—¡*Oh, Dios mío! ¡Sadie!* —El grito fue espontáneo, puro pasmo y nada más.

Clayton se volvió, con el labio superior alzado en una mueca de furia. Levantó la pistola. Lo vi mientras cruzaba como una exhalación la puerta que separaba el salón de la cocina. Y vi que Sadie lanzaba el pie adelante como un pistón para patear el puf. Clayton disparó, pero la bala fue a dar en el techo. Mientras intentaba levantarse, Deke lanzó la cacerola. La tapa se deslizó. Fideos, carne picada, pimientos verdes y salsa de tomate volaron en abanico. La cacerola, todavía más que medio llena, alcanzó el brazo derecho de Clayton. El chop suey se derramó. La pistola salió volando.

Vi la sangre. Vi la cara destrozada de Sadie. Vi a Clayton agachado sobre la alfombra ensangrentada y levanté mi propia pistola.

—¡*No!* —gritó Sadie—. ¡*No, por favor, no lo hagas!*

El chillido me despejó como una bofetada. Si lo mataba, me convertiría en objeto de investigación policial por justificado que estuviera el homicidio. Mi identidad de George Amberson se vendría abajo y perdería cualquier oportunidad de impedir el asesinato en noviembre. Además, ¿hasta qué punto estaría justificado? El tipo estaba desarmado.

O eso pensaba, porque tampoco vi el cuchillo. Estaba oculto por el puf volcado. Aunque hubiera estado a la vista, podría habérseme escapado.

Volví a guardarme la pistola en el bolsillo y lo puse en pie de un tirón.

—¡No puedes pegarme! —Escupía al hablar. Sus ojos revoloteaban como los de la víctima de un ataque epiléptico. Se le escapó la orina; oí el chorrillo al caer sobre la alfombra—. Soy un enfermo mental, no soy responsable de mis actos, no puede responsabilizárseme de mis actos, tengo un certificado, está en la guantera de mi coche, te lo enseña…

El gimoteo de su voz, el terror miserable de su cara ahora que estaba desarmado, la manera en que su pelo rubio anaranjado le colgaba sobre la cara en pegotes, hasta el olor a chop suey… todo eso me enfurecía. Pero más que nada era Sadie, encogida sobre el sofá y empapada en sangre. Se le había soltado el pelo, y por el lado izquierdo colgaba en un coágulo junto a su rostro atrozmente herido. Le quedaría una cicatriz en el mismo sitio donde Bobbi Jill llevaba el fantasma de la suya, por supuesto que sí, el pasado armoniza, pero la herida de Sadie parecía muchísimo peor.

Le di un bofetón en el lado derecho de la cara lo bastante fuerte para que un poco de saliva saliera disparada desde la comisura izquierda de la boca.

—¡Loco cabrón, esto es por la escoba!

Repetí en el otro lado, de modo que en esa ocasión la saliva voló desde la comisura derecha de la boca, y me regodeé en su aullido con esa amargura y tristeza que se reserva solo para las peores ocasiones, aquellas en las que el mal es demasiado grande para retirarlo. O perdonarlo.

—¡Esto es por Sadie!

Cerré el puño. En algún otro mundo, Deke gritaba al auricular del teléfono. ¿Y se estaba frotando el pecho, como lo había hecho Turcotte? No. Por lo menos todavía no. En ese mismo otro mundo Sadie gemía.

—¡Y esto es por mí!

Lancé el puño adelante y —he dicho que contaría la verdad, hasta la última palabra—, cuando se le astilló la nariz, su grito de dolor fue música para mis oídos. Lo solté y se derrumbó en el suelo.

Entonces me volví hacia Sadie.

Ella intentó levantarse del sofá y se cayó hacia atrás. Trató de tenderme los brazos, pero tampoco pudo, y cayeron sobre su vestido ensangrentado. Los ojos empezaron a ponérsele en blanco y vi claro que estaba a punto de desmayarse, pero aguantó.

—Has venido —susurró—. Oh, Jake, has venido por mí. Los dos habéis venido.

—¡Bee Tree Lane! —gritaba Deke al teléfono—. ¡No, no sé el número, no lo recuerdo, pero verán delante a un viejo con chop suey en los zapatos moviendo los brazos! ¡Dense prisa! ¡Ha perdido mucha sangre!

—Quédate quieta —dije—. No intentes…

Sadie abrió mucho los ojos. Miraba por encima de mi hombro.

—¡Cuidado! ¡Jake, *cuidado*!

Me di la vuelta y busqué la pistola en mi bolsillo. Deke también se volvió, sostenía el auricular del teléfono con sus dos manos artríticas, como una porra. Pero aunque Clayton había recogido el cuchillo que había empleado para desfigurar a Sadie, sus días de agredir a las personas habían terminado. A las que no fueran él mismo, se entiende.

Era otra escena en la que yo había actuado antes, en aquella ocasión en Greenville Avenue, no mucho después de llegar a Texas. No sonaba Muddy Waters a todo volumen desde La Rosa del Desierto, pero allí tenía a otra mujer malherida y a otro hombre sangrando de otra nariz rota, con la camisa desabrochada ondeando casi hasta la altura de sus rodillas. Sostenía un cuchillo en vez de una pistola, pero por lo demás era lo mismo.

—¡No, Clayton! —grité—. ¡Suéltalo!

Sus ojos, visibles a través de pegotes de pelo naranja, miraban desorbitados a la mujer aturdida y medio inconsciente del sofá.

—¿Es esto lo que quieres, Sadie? —gritó—. ¡Si esto es lo que quieres, te daré lo que quieres!

Con una sonrisilla desesperada, se llevó el cuchillo a la garganta… y cortó.

PARTE 5

11/22/63

CAPÍTULO 23

1

Del *Morning News* de Dallas del 11 de abril de 1963 (página 1):

DISPARAN A WALKER CON UN FUSIL
Por Eddie Hughes

Un tirador armado con un fusil de gran calibre intentó matar al ex general de división Edwin A. Walker en su casa el miércoles por la noche, según fuentes policiales, y no alcanzó al polémico cruzado por apenas un par de centímetros.

Walker estaba trabajando en su declaración de la renta a las 21.00 horas cuando la bala atravesó una ventana trasera y se incrustó en la pared junto a él.

Según la policía, al parecer un ligero movimiento de Walker le salvó la vida.

«Alguien lo tenía en el punto de mira —declaró el detective Ira Van Cleave—. Quienquiera que fuese, sin duda pretendía matarlo.»

Walker extrajo de su manga derecha varios fragmentos del casquillo del proyectil y todavía se estaba sacudiendo del pelo cristales y esquirlas de bala cuando llegaron los periodistas.

Walker declaró que había vuelto a su casa de Dallas el lunes tras la primera parada de una gira de conferencias llamada «Operación Cabalgata de Medianoche». También informó a los periodistas...

Del *Morning News* de Dallas del 12 de abril de 1963 (página 7):

PACIENTE PSIQUIÁTRICO ACUCHILLA A SU EX MUJER Y SE SUICIDA
Por Mack Dugas

(JODIE) Deacon «Deke» Simmons, de 77 años, llegó demasiado tarde la noche del miércoles para impedir que Sadie Dunhill resultara herida, pero las cosas podrían haber acabado mucho peor para Dunhill, de 28 años, una popular bibliotecaria de la Escuela Consolidada del Condado de Denholm.

Según Douglas Reems, el agente de policía de la localidad de Jodie: «Si Deke no hubiese llegado cuando lo hizo, la señorita Dunhill habría muerto casi seguro».

A las preguntas de los periodistas, Simmons solo respondió: «No quiero hablar del tema, ya ha pasado».

Según el agente Reems, Simmons redujo a John Clayton, mucho más joven, y le arrancó de las manos un pequeño revólver. Entonces Clayton sacó el cuchillo con el que había herido a su mujer y lo usó para rajarse la garganta. Simmons y otro hombre, George Amberson de Dallas, intentaron contener la hemorragia sin éxito. Clayton fue declarado muerto en el lugar de los hechos.

No ha sido posible contactar con el señor Amberson, un ex profesor de la Escuela Consolidada del Condado de Denholm que llegó al poco de que Clayton hubiera sido desarmado, pero este comunicó al agente Reems en la escena del crimen que Clayton —un antiguo paciente psiquiátrico— debía de llevar meses acechando a su ex mujer. El personal de la Escuela Superior Consolidada de Denholm estaba sobre aviso, y la directora Ellen Dockerty había obtenido una fotografía, pero se dice que Clayton había alterado su apariencia.

La señorita Dunhill fue transportada en ambulancia al hospital Parkland Memorial de Dallas, donde su estado se califica de satisfactorio.

No pude verla hasta el sábado. Pasé la mayor parte de las horas intermedias en la sala de espera con un libro que no parecía capaz de leer. Eso no supuso un gran problema, porque tuve compañía de sobra: la mayoría de los profesores de la ESCD pasaron para interesarse por el estado de salud de Sadie, al igual que casi un centenar de estudiantes, acompañados a Dallas por sus padres si no tenían carnet. Muchos se quedaron para donar sangre con la que reemplazar la que Sadie había perdido. Pronto mi maletín estuvo lleno de tarjetas deseando una rápida convalecencia y notas de preocupación. Había flores suficientes para que el mostrador de las enfermeras pareciese un invernadero.

Creía que me había acostumbrado a vivir en el pasado, y en líneas generales era cierto, pero aun así me sorprendió la habitación de Sadie en el Parkland cuando por fin me permitieron entrar. Era un cuarto individual, demasiado caldeado y no mucho mayor que un retrete. No había baño; en una esquina había un horrible inodoro que solo un enano podría haber usado con un mínimo de comodidad, con una cortina de plástico semiopaca para ocultarlo (y obtener un remedo de intimidad). En vez de botones para subir y bajar la cama había una manivela, con la pintura blanca desgastada por muchas manos. Por supuesto, no había monitores que mostrasen constantes vitales generadas por ordenador, ni televisor para el paciente.

Una simple botella de cristal con alguna sustancia —quizá solución salina— colgaba de un soporte metálico. De ella surgía un tubo que acababa en el dorso de la mano izquierda de Sadie, donde desaparecía bajo un aparatoso vendaje.

No tan aparatoso como el que le cubría el lado izquierdo de la cara, sin embargo. Le habían cortado un mechón de pelo de ese lado, lo que le confería un aspecto asimétrico y castigado… claro que, en verdad, la *habían* castigado. Los médicos habían dejado una minúscula ranura para su ojo. Este y el del lado intacto y sin vendar de su cara se abrieron parpadeando cuando oyó mis pasos y, aunque estaba sedada, esos ojos acusaron un fogonazo momentáneo de terror que me oprimió el corazón.

Entonces, con cuidado, volvió la cara hacia la pared.

—Sadie…, cariño, soy yo.

—Hola, yo —dijo sin volverse.

La toqué en el hombro, que la bata dejaba a la vista, y ella lo apartó con un movimiento convulso.

—No me mires, por favor.

—Sadie, no importa.

Volvió la cabeza. Unos ojos tristes y cargados de morfina me miraron, uno de ellos asomado a una mirilla de gasa. Una fea mancha roja amarillenta empapaba las vendas. Sangre y alguna clase de ungüento, supuse.

—Sí que importa —dijo ella—. Esto no es como lo que le pasó a Bobbi Jill. —Intentó sonreír—. ¿Sabes cómo es una pelota de béisbol, con todas esas costuras rojas? Esa es la nueva imagen de Sadie. Van para arriba, para abajo y de un lado a otro.

—Ya se irán.

—No lo entiendes. Me cortó la mejilla de arriba abajo y hasta la boca.

—Pero estás viva. Y te quiero.

—No me querrás cuando me quiten las vendas —dijo con su voz apagada y drogada—. A mi lado la novia de Frankenstein parece Liz Taylor.

Le cogí la mano.

—Una vez leí una cosa…

—No creo que esté del todo preparada para una charla literaria, Jake.

Intentó volverse de nuevo, pero no le solté la mano.

—Era un proverbio japonés: «Si hay amor, las cicatrices de la viruela son bellas como hoyuelos». Tu cara me encantará esté como esté. Porque es la tuya.

Rompió a llorar, y la abracé hasta que se tranquilizó. En realidad, creía que se había dormido cuando dijo:

—Sé que es culpa mía, que me casé con él, pero…

—No es culpa tuya, Sadie, no lo sabías.

—Sabía que tenía algo raro. Y aun así seguí adelante. Creo que, sobre todo, por cómo deseaban eso mi madre y mi padre. Aún no han venido, y me alegro. Porque también les culpo a ellos. Es espantoso, ¿no?

—Ya que estás repartiendo culpas, guarda una ración para mí.

Vi ese Plymouth de los cojones que conducía Clayton por lo menos dos veces, delante de mis narices, y a lo mejor un par de veces más con el rabillo del ojo.

—No hace falta que te sientas culpable por eso. El detective de la Policía Estatal y el ranger de Texas que me tomaron declaración dijeron que Johnny llevaba el maletero lleno de matrículas. Lo más probable es que las robase en moto hoteles, dijeron. Y tenía un montón de pegatinas, cómo se llaman…

—Calcomanías. —Estaba pensando en la que me había engañado en Candlewood aquella noche. ARRIBA, SOONERS. Había cometido el error de restar importancia a mis repetidos avistamientos del Plymouth blanco sobre rojo y tomarlos por un armónico más del pasado. Tendría que haber estado más atento. *Habría* estado más atento si no hubiese tenido media cabeza en Dallas, con Lee Oswald y el general Walker. Y si la culpa importaba, también había una ración para Deke. Al fin y al cabo, había visto a Clayton, había reparado en aquellas sienes hundidas.

Déjalo correr, pensé. *Ya ha pasado. No puede deshacerse.*

En realidad, sí se podía.

—Jake, ¿sabe la policía que no eres… del todo quien dices que eres?

Le retiré el pelo del lado derecho de la cara, donde todavía lo tenía largo.

—Ese flanco está cubierto.

Deke y yo habíamos declarado para los mismos policías que interrogaron a Sadie antes de que los médicos la entraran en el quirófano. El detective de la Policía Estatal nos había dedicado una tibia reprimenda acerca de los hombres que habían visto demasiadas películas de vaqueros. El ranger se mostró de acuerdo y después nos estrechó la mano y dijo: «En su lugar, yo hubiese hecho exactamente lo mismo».

—Deke me ha mantenido bastante al margen. Quiere asegurarse de que el consejo escolar no pondrá pegas a tu regreso el año que viene. Me parece increíble que ser acuchillada por un lunático pueda conducir a que te despidan por sospechas de bajeza moral, pero Deke opina que lo mejor es que…

—No puedo volver. No puedo mirar a los chicos con esta cara.

—Sadie, si supieras cuántos de ellos han venido a verte…

—Eso es bonito, significa mucho, pero precisamente a esos es a los que no podría mirar. ¿No lo entiendes? Creo que podría aguantar a los que se rieran e hicieran bromas. En Georgia enseñé con una mujer con labio leporino y aprendí mucho de cómo manejaba la crueldad juvenil. Son los otros los que me hundirían. Los bienintencionados. Los que me mirasen con comprensión… y los que no soportarían mirarme directamente. —Respiró hondo, con el aliento entrecortado, y después estalló—: Además, estoy enfadada. Sé que la vida es dura, creo que en el fondo de su corazón *todo el mundo* lo sabe, pero ¿por qué tiene que ser cruel, además? ¿Por qué tiene que *morder*?

La estreché en mis brazos. El lado indemne de su cara estaba cálido y palpitaba.

—No lo sé, cariño.

—¿Por qué no hay segundas oportunidades?

La abracé. Cuando su respiración se volvió regular, la solté y me puse en pie en silencio para marcharme. Sin abrir los ojos, dijo:

—Me dijiste que había algo que debías presenciar el miércoles por la noche. No creo que fuese cómo Johnny Clayton se rebanaba el pescuezo, ¿verdad?

—No.

—¿Te lo perdiste?

Pensé en mentir, pero no lo hice.

—Sí.

Entonces abrió los ojos, pero le costó un gran esfuerzo y no aguantarían mucho abiertos.

—¿Tendrás *tú* una segunda oportunidad?

—No lo sé. No importa.

Eso no era verdad. Porque les importaría a la mujer y a los hijos de Kennedy, les importaría a sus hermanos; quizá a Martin Luther King; casi seguro a las decenas de miles de jóvenes estadounidenses que en ese momento estudiaban en el instituto y a los que llamarían, si nada cambiaba el curso de la historia, a ponerse el uniforme, volar al otro lado del mundo, separar las nalgas y sentarse sobre el gran consolador verde que fue Vietnam.

Ella cerró los ojos. Yo salí de la habitación.

En el vestíbulo no había estudiantes de la ESCD en el instituto cuando salí del ascensor, pero sí un par de ex alumnos. Mike Coslaw y Bobbi Jill Allnut estaban sentados en duras sillas de plástico con sendas revistas olvidadas en sus regazos. Mike se levantó de un salto y me tendió la mano. De Bobbi Jill recibí un fuerte abrazo, de los buenos.

—¿Es muy grave? —preguntó—. Quiero decir… —Se pasó las puntas de los dedos por su propia cicatriz medio desaparecida—. ¿Puede arreglarse?

—No lo sé.

—¿Ha hablado con el doctor Ellerton? —preguntó Mike.

Ellerton, considerado el mejor cirujano plástico del centro de Texas, era el médico que había obrado su magia con Bobbi Jill.

—Esta tarde estará en el hospital, haciendo su ronda. Deke, la señorita Ellie y yo hemos quedado con él dentro de… —Miré mi reloj—. Veinte minutos. ¿Queréis estar presentes?

—Por favor —dijo Bobbi Jill—. *Sé* que él puede arreglarla. Es un genio.

—Vamos, pues. A ver qué puede hacer el genio.

Mike debió de leer la expresión de mi rostro, porque me apretó el brazo y dijo:

—A lo mejor no es tan grave como usted cree, señor A.

Era peor.

Ellerton nos fue pasando las fotografías, nítidas copias brillantes en blanco y negro que me recordaron las de Weegee y Diane Arbus. Bobbi Jill emitió un gritito ahogado y apartó la vista. Deke gruñó en voz baja, como si le hubieran pegado un golpe. La señorita Ellie las fue pasando estoicamente, pero, salvo por los dos círculos encarnados que llameaban en sus pómulos, perdió el color de la cara.

En las dos primeras, la mejilla de Sadie colgaba en raídos jirones. Eso yo lo había visto el miércoles por la noche y estaba preparado. Para lo que no estaba preparado era para la boca torcida como la de un hemipléjico y el pliegue de carne flácida bajo el ojo izquierdo.

Le conferían una apariencia de payasa que me provocaba ganas de darme cabezazos contra la mesa de la pequeña sala de juntas que el médico se había apropiado para nuestra reunión. O tal vez —eso sería mejor— de bajar corriendo al depósito de cadáveres donde yacía Johnny Clayton para poder golpearlo otro poco.

—Cuando lleguen los padres de esta joven, esta tarde —dijo Ellerton—, tendré tacto y me mostraré esperanzado, porque los padres merecen tacto y esperanza. —Arrugó la frente—. Aunque contaba con que llegarían antes, dada la gravedad del estado de la señora Clayton...

—¡Señorita *Dunhill*! —corrigió Ellie con tranquila fiereza—. Estaba legalmente divorciada de ese monstruo.

—Sí, claro, rectifico. En cualquier caso, ustedes son sus amigos y creo que merecen menos tacto y más verdad. —Miró con desapasionamiento una de las fotografías y dio unos golpecitos con una uña corta y limpia en la mejilla rasgada de Sadie—. Esto puede mejorarse, pero nunca arreglarse. No con las técnicas que tengo a mi disposición. A lo mejor dentro de un año, cuando el tejido se haya sellado del todo, tal vez pueda reparar las peores asimetrías.

Empezaron a correr lágrimas por las mejillas de Bobbi Jill, que cogió a Mike de la mano.

—El daño permanente a su apariencia es grande —dijo Ellerton—, pero además hay otros problemas. El nervio facial ha sido cercenado. Tendrá problemas para comer con el lado izquierdo de la boca. Ese ojo medio cerrado que ven en estas fotografías seguirá así durante el resto de su vida, y su conducto lagrimal está parcialmente cortado. Aun así, es posible que la vista no se resienta. Confiaremos en que no.

Suspiró y extendió las manos.

—Los avances en campos tan maravillosos como la microcirugía y la regeneración nerviosa prometen que quizá podamos hacer más con casos como este dentro de veinte o treinta años. De momento, lo único que puedo decir es que haré todo lo que esté en mi mano por reparar los daños que sean reparables.

Mike habló por primera vez. Su tono era amargo.

—Es una pena que no vivamos en 1990, ¿eh?

Fue un grupillo silencioso y desanimado el que salió del hospital esa tarde. Al llegar al límite del aparcamiento, la señorita Ellie me tocó la manga.

—Tendría que haberte hecho caso, George. Lo siento tanto…

—No estoy seguro de que hubiese cambiado nada —dije—, pero, si quieres compensármelo, pídele a Freddy Quinlan que me llame. Es el agente inmobiliario con el que traté cuando llegué a Jodie. Quiero estar cerca de Sadie este verano, y eso significa que necesitaré alquilar una casa.

—Puedes quedarte conmigo —ofreció Deke—. Tengo sitio de sobra.

Me volví hacia él.

—¿Estás seguro?

—Me harías un favor.

—Pagaré encantado…

Me acalló con un gesto de la mano.

—Puedes ayudar con las compras. Con eso bastará.

Él y Ellie habían llegado en la ranchera de Deke. Miré cómo partían y después caminé con paso cansino hasta mi Chevrolet, que ya me parecía —es probable que fuera injusto— un coche gafado. En mi vida había tenido menos ganas de volver a Neely Oeste, donde sin duda oiría cómo Lee desahogaba en Marina sus frustraciones por haber fallado con el general Walker.

—¿Señor A.? —Era Mike. Bobbi Jill estaba unos pasos más atrás, con los brazos cruzados con firmeza bajo los pechos. Parecía triste y muerta de frío.

—Sí, Mike.

—¿Quién pagará las facturas del hospital de la señorita Dunhill? ¿Y todas esas operaciones de las que ha hablado el médico? ¿Está asegurada?

—Algo.

Pero ni por asomo lo suficiente para algo como aquello. Pensé en sus padres, pero el que todavía no hubiesen hecho acto de presencia resultaba preocupante. No la *culparían* a ella de lo que había hecho Clayton…, ¿verdad? No veía por qué, pero yo venía de un mundo en el que un negro era presidente del país y las mujeres eran, en términos generales, tratadas como iguales. Nunca como entonces 1963 me pareció un país extranjero.

—Ayudaré tanto como pueda —dije, pero ¿cuánto sería eso? Mis reservas de efectivo eran lo bastante amplias para mantenerme unos meses más, pero no lo suficiente para pagar media docena de intervenciones de reconstrucción facial. No quería volver a la Financiera Faith de Greenville Avenue, pero supuse que lo haría si no quedaba más remedio. Faltaba menos de un mes para el Derbi de Kentucky y, según la sección de apuestas de las notas de Al, el ganador sería Chateaugay, al que nadie consideraba aspirante. Si apostaba mil a que ganaba, me sacaría siete u ocho de los grandes, lo suficiente para pagar la estancia hospitalaria de Sadie y —con los precios de 1963— parte de las operaciones posteriores.

—Tengo una idea —dijo Mike, y luego miró por encima de su hombro. Bobbi Jill le dedicó una sonrisa de ánimo—. Bueno, la idea la hemos tenido yo y Bobbi Jill.

—Bobbi Jill y yo, Mike. Ya no eres ningún crío, así que no hables como tal.

—Vale, vale, lo siento. Si viene diez minutitos a la cafetería, se la explicaremos.

Los acompañé. Tomamos café. Escuché su idea. Me pareció bien. A veces, cuando el pasado armoniza consigo mismo, el hombre sabio se aclara la garganta y canta a coro con él.

6

Esa noche hubo una bronca monumental en el piso de arriba. La pequeña June aportó su granito de arena berreando como una descosida. No me molesté en escuchar a escondidas; los gritos serían en ruso, por lo menos en su mayor parte. Después, alrededor de las ocho, se hizo un silencio inusual. Supuse que se habían acostado unas dos horas antes de lo habitual, y fue un alivio.

Estaba pensando en meterme en la cama yo también, cuando el Cadillac tipo yate de los De Mohrenschildt se detuvo junto a la acera. Jeanne salió como deslizándose y George *emergió* del coche con su típico ímpetu de muñeco con resorte. Abrió la puerta de atrás del lado del conductor y sacó un gran conejo de peluche de improbable pelaje púrpura. Me quedé mirando como un pasmarote por el hueco entre las cortinas hasta que caí en la cuenta: el día siguiente era Domingo de Pascua.

Se dirigieron a la escalera de la entrada. Ella caminaba; George, a la cabeza, iba al trote. Sus contundentes pisotones en los maltrechos peldaños hacían temblar el edificio entero.

Oí voces de sorpresa sobre mi cabeza, tenues pero a todas luces intrigadas. Pasos cruzaron mi techo a la carrera y el aplique de mi salón se tambaleó. ¿Creían los Oswald que la policía de Dallas llegaba para arrestar a alguien? ¿O que quizá era uno de los agentes del FBI que vigilaban a Lee cuando vivía con su familia en Mercedes Street? Esperaba que el muy cabroncete tuviera el corazón en un puño, que estuviera al borde de un ataque.

Sonó una ráfaga de golpes en la puerta del final de la escalera, y De Mohrenschildt gritó en tono jovial:

—¡Abre, Lee! ¡Abre, pagano!

La puerta se abrió. Me puse los auriculares pero no oí nada. Entonces, justo cuando había decidido probar con el cuenco de Tupperware, Lee o Marina encendieron la lámpara del micro. Volvía a funcionar, al menos por el momento.

—… para la niña —decía Jeanne.

—¡Oh, gracia! —replicó Marina—. ¡Mucha gracia, Jeanne, qué amable!

—¡No te quedes ahí plantado, camarada, tráenos algo de beber! —exclamó De Mohrenschildt. Se diría que él ya llevaba unas copas en el coleto.

—Solo tengo té —dijo Lee. Sonaba enfurruñado y soñoliento.

—Té está bien. En el bolsillo tengo algo que le dará un toquecito. —Casi lo veía guiñar el ojo.

Marina y Jeanne se pasaron al ruso. Lee y De Mohrenschildt —cuyos pesados pasos eran inconfundibles— se dirigieron a la zona de la cocina, donde yo sabía que los perdería. Las mujeres estaban de pie cerca de la lámpara; sus voces cubrirían la conversación de los hombres.

Entonces Jeanne, en inglés:

—Oh, cielo santo, ¿eso es un *arma*?

Todo se detuvo, incluido —o eso me pareció— mi corazón.

Marina se rió. Fue una carcajada leve y tintineante, como de cóctel, *jajaja*, más falsa que Judas.

—Pierde trabajo, no tenemos dinero, y esta persona loca compra rifle. Yo digo: «Mete en armario, loco idiota, para no estropear mi embarazo».

—Quería practicar un poco de tiro, nada más —dijo Lee—. En los Marines se me daba bastante bien. No me levantaron la bandera roja ni una sola vez.

Otro silencio. Pareció durar eternamente. Luego atronó la risotada campechana de De Mohrenschildt.

—¡Vamos, a otro perro con ese hueso! ¿Cómo es que no le diste, Lee?

—No sé de qué cojones hablas.

—¡Del general Walker, muchacho! Alguien estuvo a punto de rociar con sus sesos racistas la pared de su despacho en la casa que tiene en Turtle Creek. ¿Me estás diciendo que no lo sabías?

—Justamente hace un tiempo que no leo los periódicos.

—¿Ah, sí? —dijo Jeanne—. ¿No es el *Times Herald* eso que veo encima de ese taburete?

—Quiero decir que no leo las noticias. Demasiado deprimente. Solo las historietas y los anuncios de trabajo. El Gran Hermano dice que consiga empleo o la cría se morirá de hambre.

—O sea que no fuiste tú el autor de ese disparo chapucero, ¿eh? —preguntó De Mohrenschildt.

Pinchándole. Azuzándole.

La cuestión era por qué. ¿Porque De Mohrenschildt no hubiese creído ni en sus sueños más descabellados que un mequetrefe como Ozzie el Conejo era el tirador del miércoles anterior por la noche… o porque sabía que lo era? Deseé de todo corazón que las mujeres no estuvieran presentes. Si tenía la oportunidad de escuchar a Lee y a su peculiar compadre hablando de hombre a hombre, mis preguntas podrían haber hallado respuesta. Tal y como estaban las cosas, aún no podía estar seguro.

—¿Crees que sería tan loco como para disparar a alguien cuando J. Edgar Hoover no me quita el ojo de encima? —Por el tono de voz se diría que Lee intentaba seguirle el juego, hacerle el coro a George para no cantar tanto él solo, pero no le estaba saliendo muy bien.

—Nadie cree que disparases a nadie, Lee —dijo Jeanne en tono tranquilizador—. Solo promete que, cuando tu hija empiece a caminar, encontrarás un sitio más seguro que el armario para ese fusil tuyo.

Marina replicó a eso en ruso, pero yo veía de vez en cuando a la cría en el patio de al lado y sabía lo que estaba diciendo: que June ya caminaba.

—A Junie le encantará el regalo —dijo Lee—, pero no celebramos la Pascua. Somos ateos.

A lo mejor *él* lo era, pero, según las notas de Al, Marina —con la ayuda de su admirador, George Bouhe— había bautizado a June en secreto por la época de la Crisis de los Misiles.

—Y nosotros —dijo De Mohrenschildt—. ¡Por eso celebramos el Conejo de Pascua! —Se había acercado más a la lámpara, y su risotada por poco me deja sordo.

Hablaron durante diez minutos más, mezclando inglés y ruso. Entonces Jeanne dijo:

—Ya os dejamos en paz. Creo que os hemos sacado de la cama.

—No, no, estábamos levantados —dijo Lee—. Gracias por la visita.

—Hablaremos pronto, ¿vale, Lee? —dijo George—. Puedes venir al club de campo. ¡Organizaremos a los camareros en una cooperativa!

—Claro, claro. —Ya avanzaban hacia la puerta.

De Mohrenschildt dijo algo más, pero demasiado bajo para que yo pudiera pillar más de un par de palabras. Podrían haber sido «*recuperarlo*» o «*el respaldo*».

¿Cuándo fuiste a recuperarlo? ¿Era eso lo que había dicho? Como «¿*Cuándo fuiste a recuperar el fusil que dejaste escondido?*»

Reproduje la cinta media docena de veces pero, a velocidad superlenta, no había manera de saberlo con certeza. Permanecí en vela mucho después de que los Oswald se fueran a dormir; seguía despierto a las dos de la madrugada, cuando June lloró un ratito hasta que su madre la devolvió al país de los sueños con su arrullo. Pensé en Sadie, que dormía el sueño sin descanso de la morfina en el hospital Parkland. La habitación era fea y la cama era estrecha, pero yo allí habría conseguido dormir, estaba seguro.

Pensé en De Mohrenschildt, ese frenético histrión que se rasgaba la camisa. *¿Qué has dicho, George? ¿Qué has dicho justo al final? ¿Ha sido «¿*Cuándo lo recuperaste»? *¿Ha sido «*Ánimo, no es tan desastre»? *¿Ha sido «*No dejes que se retrase»? *¿O algo que no tiene nada que ver?*

Al final me dormí. Y soñé que me hallaba en una feria con Sadie. Llegábamos a un tenderete de tiro al blanco en el que estaba Lee con su fusil encajado en el hueco del hombro. El feriante era George de Mohrenschildt. Lee disparó tres veces y no alcanzó un solo blanco.

—Lo siento, hijo —dijo De Mohrenschildt—, no hay premio para los chicos que sacan bandera roja.

Luego se volvió hacia mí y sonrió.

—Acércate, hijo, a lo mejor tienes más suerte. *Alguien* tiene que matar al presidente, así que ¿por qué no tú?

Me desperté sobresaltado con la primera luz débil del día. Encima de mí, los Oswald seguían durmiendo.

7

La tarde del Domingo de Pascua me encontró de vuelta en Dealey Plaza, sentado en un banco del parque, contemplando el imponente cubo de ladrillo del Depósito de Libros Escolares y preguntándome qué hacer a continuación.

Al cabo de diez días, Lee iba a mudarse de Dallas a Nueva Orleans, su ciudad natal. Encontraría trabajo engrasando maquinaria en una compañía cafetera y alquilaría el piso de Magazine Street. Después de pasar unas dos semanas con Ruth Paine y sus hijos en Irving, Marina y June se unirían a él. No pensaba seguirlos. No cuando Sadie afrontaba un largo período de recuperación y un futuro incierto.

¿Iba a matar a Lee entre ese Domingo de Pascua y el 24 de abril? Probablemente podría. Desde que había perdido su trabajo en Jaggars-Chiles-Stovall, pasaba la mayor parte del tiempo en el piso o repartiendo folletos de Juego Limpio con Cuba en el centro de Dallas. De vez en cuando iba a la biblioteca pública, donde parecía haber sustituido a Ayn Rand y Karl Marx por las historias de vaqueros de Zane Grey.

Pegarle un tiro en la calle o en la biblioteca de Young Street equivaldría a mi encarcelamiento instantáneo, pero ¿y si lo hacía en el piso de arriba, mientras Marina estaba en Irving ayudando a Ruth Paine a mejorar su ruso? Podía llamar a la puerta y meterle un balazo en la cabeza en cuanto abriera. Listo. No había riesgo de que fallara. El problema era lo de después. Tendría que huir. Si no, sería el primero a quien interrogaría la policía. A fin de cuentas, era el vecino de abajo.

Podía afirmar que no estaba allí cuando sucedió, y tal vez se lo tragaran durante una temporada, pero ¿cuánto tardarían en descubrir que el George Amberson de Neely Oeste Street era el mismo George Amberson que casualmente estuvo presente en un episodio de violencia en Bee Tree Lane, en Jodie, poco antes? Eso merecería una indagación, que no tardaría en revelar que el certificado de profesor de George Amberson procedía de un expendedor de títulos al por mayor de Oklahoma y que sus referencias eran falsas. Llegados a este punto, muy probablemente me arrestarían. La policía obtendría una orden judicial para abrir mi caja de seguridad si descubría su existencia, como a buen seguro sucedería. El señor Richard Link, mi banquero, vería mi nombre y/o fotografía en el periódico y hablaría. ¿Qué conclusión sacaría la policía de mis memorias? Que tenía un motivo para matar a Oswald, por disparatado que fuese.

No, tendría que salir corriendo hacia la madriguera de conejo, abandonar el Chevy en algún punto de Oklahoma o Arkansas y luego coger un autobús o un tren. Y si llegaba a 2011 jamás podría usar otra vez la madriguera de conejo sin causar un reinicio. Y eso significaría dejar atrás a Sadie para siempre, desfigurada y sola. *«Claro que me ha dejado tirada*, pensaría. *Se llenó la boca con que si las cicatrices de la viruela eran bellas como hoyuelos, pero en cuanto oyó el diagnóstico de Ellerton, fea ahora, fea para siempre, puso pies en polvorosa.»*

Quizá ni siquiera me culpase. Esa era la posibilidad más horrenda de todas.

Pero no. No. Se me ocurría una peor todavía. ¿Y si volvía a 2011 y descubría que, a pesar de todo, Kennedy había sido asesinado el 22 de noviembre? Todavía no estaba seguro de que Oswald actuara solo. ¿Quién era yo para decir que diez mil teóricos de la conspiración se equivocaban, sobre todo basándome en los retazos de información que había obtenido con mis pesquisas y vigilancias?

Tal vez miraría en la Wikipedia y descubriría que el tirador había estado en el montículo de hierba, a fin de cuentas. O en la azotea de la combinación de cárcel y tribunal del condado de Houston Street, armado con un rifle de francotirador en vez de con un Mannlicher-Carcano comprado por correo. O escondido en una alcantarilla de Elm Street esperando la llegada de Kennedy con un periscopio, como afirmaban algunos de los más fantasiosos aficionados a las conspiraciones.

De Mohrenschildt estaba de alguna manera a sueldo de la CIA. Incluso Al Templeton, que estaba casi convencido de que Oswald había actuado solo, reconocía eso. Al estaba seguro de que era un *don nadie* que pasaba chismes de poca monta sobre América Central y del Sur para mantener a flote sus diversas especulaciones petrolíferas. Pero ¿y si era más que eso? La CIA aborrecía a Kennedy desde que este se había negado a mandar tropas estadounidenses para apoyar a los sitiados partisanos de la bahía de Cochinos. Su hábil manejo de la Crisis de los Misiles había agudizado esa animosidad; los espías habían pretendido usarla como pretexto para acabar con la guerra fría de una vez por todas, pues estaban seguros de que la cacareada «brecha de los misiles» era un cuento chino. Gran parte de eso podía leerse en la prensa diaria, a veces entre líneas en las informaciones, a veces expuesto sin tapujos en los editoriales.

¿Y si ciertos elementos de la CIA, por su cuenta y riesgo, habían embarcado a De Mohrenschildt en una misión mucho más peligrosa: no matar al presidente él mismo sino reclutar a varios individuos no del todo equilibrados que estuvieran dispuestos a hacerlo? ¿Aceptaría De Mohrenschildt una misión como esa? Yo creía que sí. Él y Jeanne vivían a todo trapo, pero en realidad yo no tenía ni idea de dónde sacaba para el Cadillac, el club de campo y la finca que tenían en Simpson Stuart Road. Actuar de enlace clandestino, de cortocircuito entre un presidente de Estados Unidos en el punto de mira y una agencia que en teoría existía para cumplir sus órdenes…, sería un trabajo peligroso pero, si las ganancias potenciales eran lo bastante grandes, podían tentar a un hombre que vivía por encima de sus posibilidades. Además, ni siquiera tendría que ser un pago en efectivo, y eso era lo mejor. Bastaría con esas maravillosas concesiones petrolíferas en Venezuela, Haití y la República Dominicana. Por otra parte, un encargo así podría atraer a un fanfarrón histriónico como De Mohrenschildt. Le gustaba la acción y no le hacía gracia Kennedy.

Gracias a John Clayton, yo ni siquiera podía eliminar a De Mohrenschildt de la intentona contra Walker. Había sido el fusil de Oswald, sí, pero ¿y si Lee se había descubierto incapaz de disparar llegado el momento? Me habría parecido muy propio de la pequeña comadreja arrugarse en el último instante. Veía a De Mohrenschildt arrancándole el Carcano de las manos temblorosas mientras gruñía: «*Dámelo, lo haré yo mismo*».

¿Se habría sentido capaz De Mohrenschildt de acertar desde detrás del cubo de basura que Lee había colocado como soporte para el fusil? Una línea de las notas de Al me hacía pensar que la respuesta era afirmativa: «*Ganó campeonato de tiro al plato en club de campo en 1961*».

Si yo mataba a Oswald, y Kennedy moría de todas formas, todo habría sido para nada. ¿Y luego qué? ¿Borrón y cuenta nueva? ¿Volver a matar a Frank Dunning? ¿Volver a salvar a Carolyn Poulin? ¿Volver a mudarme a Dallas?

¿Volver a conocer a Sadie?

No tendría la cara marcada, y eso era bueno. Sabría el aspecto que tenía su ex marido chiflado, teñido y todo, y esta vez podría pararle los pies antes de que se acercara. Eso también era bueno. Pero la mera idea de volver a pasar por todo aquello me dejaba agotado. Tampoco me creía capaz de matar a Lee a sangre fría, al menos basándome en las pruebas circunstanciales de las que disponía. En el caso de Frank Dunning, lo sabía a ciencia cierta. Lo había visto con mis propios ojos.

Entonces, ¿cuál era mi siguiente movimiento?

Eran las cuatro y cuarto, y decidí que mi siguiente movimiento sería visitar a Sadie. Me dirigí hacia mi coche, que estaba aparcado en Main Street. En la esquina de Main con Houston, nada más dejar atrás los viejos juzgados, tuve la sensación de que me observaban y me di la vuelta. No había nadie en la acera detrás de mí. Era el Depósito el que vigilaba, todas esas ventanas que contemplaban inexpresivas Elm Street, a la que llegaría la caravana del presidente unos doscientos días después de ese Domingo de Pascua.

Estaban sirviendo la cena en la planta de Sadie cuando llegué: chop suey. El olor me trajo una vívida imagen del chorro de sangre que se había derramado sobre la mano y el antebrazo de John Clayton antes de que cayera sobre la moqueta, por suerte boca abajo.

—Hola, señor Amberson —saludó la enfermera mientras yo firmaba. Era una mujer canosa vestida con uniforme y cofia blancos y almidonados. Llevaba un reloj de bolsillo enganchado a su formidable pecho. Me miraba desde detrás de una barricada de ramos de flores—. Anoche hubo bastantes gritos ahí dentro. Si se lo digo es porque usted es su prometido, ¿verdad?

—Verdad —dije. Desde luego eso era lo que deseaba ser, con cara rajada o sin cara rajada.

La enfermera se inclinó hacia delante entre dos jarrones llenos hasta los topes. Unas margaritas le rozaron el pelo.

—Mire, normalmente no chismorreo sobre mis pacientes y riño a las enfermeras jóvenes que lo hacen. Pero el modo en que la trataron sus padres no estuvo bien. Supongo que no los culpo del todo por venir desde Georgia con los padres de ese lunático, pero…

—Un momento. ¿Me está diciendo que los Dunhill y los Clayton compartieron *coche*?

—Supongo que en tiempos más felices eran la mar de amigos, o sea que bueno, vale; pero que le dijeran a ella que, mientras ellos visitaban a su hija, sus buenos amigos los Clayton estaban abajo firmando los papeles para sacar el cadáver de su hijo del depósito… —Sacudió la cabeza—. El padre no dijo ni pío, pero esa *mujer*…

Miró a su alrededor para asegurarse de que seguíamos solos, vio que era así y se volvió de nuevo hacia mí. Su sencillo rostro de campesina exhibía una expresión grave e indignada.

—No se callaba *nunca*. Una pregunta sobre cómo se encontraba su hija, y luego dale que te pego con los pobres Clayton. Su señorita Dunhill se mordió la lengua hasta que su madre dijo que era una pena porque ahora tendrían que cambiar de iglesia otra vez. Entonces la chica perdió los nervios y empezó a gritarles que se fueran.

—Bien hecho —dije yo.

—La oí chillar: «¿Queréis ver lo que me hizo el hijo de vuestros buenos amigos?» y, cariño, entonces fue cuando arranqué a correr. Estaba intentando quitarse el vendaje. Y la madre... se *inclinaba hacia delante*, señor Amberson. *Ansiosa*. Quería mirar, en serio. Los saqué y le pedí a uno de los residentes que administrara a la señorita Dunhill una inyección para tranquilizarla. El padre (un alfeñique) intentó disculparse por su mujer. «No sabía que estaba poniendo nerviosa a Sadie», dijo. «Bueno», le solté yo, «¿y usted qué? ¿Le ha comido la lengua el gato?». ¿Y sabe qué dijo la mujer justo antes de entrar en el ascensor?

Negué con la cabeza.

—Dijo: «No puedo culparle, ¿cómo iba a hacerlo? De pequeño jugaba en nuestro jardín y era un niño encantador». ¿Se lo puede creer?

Podía. Porque creía conocer ya a la señora Dunhill, en cierto sentido. En la Séptima Oeste Street persiguiendo a su hijo mayor mientras gritaba a pleno pulmón: «*Quieto, Robert, no vayas tan rápido, no he acabado contigo*».

—Quizá la encuentre... muy sensible —dijo la enfermera—. Solo quería que supiese que tiene un buen motivo.

9

No estaba muy sensible. Yo hubiese preferido eso. Si existe algo que pueda calificarse de serena depresión, allí estaba su cabeza esa tarde de Pascua. La encontré sentada en su silla, al menos eso, con un plato intacto de chop suey delante. Había perdido peso; su largo cuerpo parecía flotar en la bata blanca de hospital que se ajustó al verme.

Sonrió, pese a todo —con el lado de su cara que aún podía—, y me ofreció su mejilla buena para que la besara.

—Hola, George; vale más que te llame así, ¿no crees?

—Puede que sí. ¿Cómo estás, cariño?

—Dicen que estoy mejor, pero siento la cara como si me la hubieran empapado en queroseno y le hubiesen pegado fuego. Es porque me están quitando la medicación contra el dolor. No sea que me enganche a la droga.

—Si necesitas más, puedo hablar con alguien.

Sacudió la cabeza.

—Me deja atontada, y necesito pensar. Además, hace que me cueste controlar mis emociones. Ayer monté un escándalo con mis padres.

Solo había una silla —a menos que contaras como tal el inodoro bajo del rincón— de modo que me senté en la cama.

—La enfermera jefe me ha puesto al día. Por lo que ella oyó, tenías todo el derecho del mundo a ponerte hecha una furia.

—Puede, pero ¿de qué sirve? Mamá no cambiará nunca. Puede hablar durante horas sobre que darme a luz casi la mata, pero tiene muy pocos sentimientos hacia nadie más. Es falta de tacto, pero también es falta de algo más. Hay una palabra, pero no la recuerdo.

—¿Empatía?

—Sí. Eso es. Y tiene la lengua muy larga. Con el paso de los años, mi padre se ha convertido en un pelele. Ya casi nunca dice nada.

—No tienes por qué volver a verlos.

—Yo creo que sí. —Su voz tranquila y desapegada me gustaba cada vez menos—. Mamá dice que me arreglará mi antigua habitación, y la verdad es que no tengo ningún otro sitio adonde ir.

—Tu casa está en Jodie. Y tu trabajo.

—Me parece que ya hablamos de eso. Voy a presentar mi dimisión.

—No, Sadie, no. Es muy mala idea.

Sonrió lo mejor que pudo.

—Hablas como la señorita Ellie. Que no te creyó cuando dijiste que Johnny era un peligro. —Pensó en eso y añadió—: Claro que yo tampoco te creí. Nunca dejé de ser una boba con él, ¿verdad?

—Tienes una casa.

—Eso es verdad. Y unas letras de hipoteca que no puedo pagar. Tendré que renunciar a ella.

—Yo me ocuparé de los pagos.

Eso le llegó. Parecía asombrada.

—¡No puedes permitírtelo!

—En realidad, sí puedo. —Lo cual era cierto… durante un tiempo por lo menos. Y siempre me quedaba el Derbi de Kentucky y Chateaugay—. Me voy a mudar a casa de Deke desde Dallas. No me cobrará alquiler, así que quedará un buen pellizco para los pagos de la casa.

Una lágrima asomó a la comisura de su ojo derecho y tembló allí.

—No acabas de entenderlo. No puedo cuidar de mí misma, todavía no. Y no iré de «recogida» a ninguna parte si no es a mi casa, donde mi madre contratará a una enfermera para que ayude con los detalles desagradables. Me queda un poco de orgullo. No mucho, pero un poco sí.

—Yo cuidaré de ti.

Me miró con los ojos como platos.

—¿Qué?

—Ya me has oído. Y por lo que a mí respecta, Sadie, puedes meterte el orgullo por donde te quepa. Resulta que te quiero. Y, si tú me quieres, dejarás de decir gilipolleces sobre irte a casa de ese cocodrilo que tienes por madre.

Eso logró arrancarle una tenue sonrisa, y luego se quedó quieta, pensando, con las manos en el regazo de su fina bata.

—Viniste a Texas para algo, y no fue para hacer de niñera de una bibliotecaria de instituto que fue demasiado tonta para saber que estaba en peligro.

—Mi asunto en Dallas tendrá que esperar.

—¿*Puede*?

—Sí. —Y así de sencillo, quedó decidido. Lee se iba a Nueva Orleans y yo volvía a Jodie—. Necesitas tiempo, Sadie, y yo lo tengo. Ya que estamos, podemos pasarlo juntos.

—No puedes querer estar conmigo. —Lo dijo con una voz que apenas superaba el susurro—. No puede ser, no tal y como he quedado.

—Pues sí que quiero.

Me miró con ojos que temían esperar y pese a todo esperaban.

—¿Cómo es posible?

—Porque eres lo mejor que me ha pasado nunca.

El lado bueno de su boca empezó a temblar. La lágrima se derramó sobre su mejilla y fue seguida por otras.

—Si no tuviera que volver a Savannah…, si no tuviera que vivir con ellos…, con *ella*…, a lo mejor entonces podría estar, no sé, solo un poquito bien.

La estreché en mis brazos.

—Vas a estar mucho mejor que eso.

—¿Jake? —Las lágrimas ahogaban su voz—. ¿Me harás un favor antes de irte?

—¿Qué, cariño?

—Llévate ese puñetero chop suey. El olor me está poniendo mala.

10

La enfermera de los hombros de jugadora de fútbol americano y el reloj enganchado al busto era Rhonda McGinley, y el 18 de abril insistió en empujar en persona la silla de ruedas de Sadie no solo hasta el ascensor sino también hasta el bordillo de la acera, donde Deke esperaba con la puerta del pasajero de su ranchera abierta.

—Que no te vuelva a ver por aquí, reina —dijo la enfermera McGinley después de que ayudáramos a Sadie a subir al coche.

Sadie sonrió con aire distraído y no dijo nada. Estaba, hablando con propiedad, drogada hasta las cejas. El doctor Ellerton había pasado esa mañana para examinar su cara, un proceso muy doloroso que había precisado ración extra de analgésicos.

McGinley se volvió hacia mí.

—Va a necesitar muchos cuidados estos meses que vienen.

—Lo haré lo mejor que pueda.

Arrancamos. Quince kilómetros al sur de Dallas, Deke dijo:

—Quítale eso y tíralo por la ventanilla. Yo tengo que estar pendiente de este maldito tráfico.

Sadie se había dormido con un cigarrillo encendido entre los dedos. Me incliné por encima del asiento y lo cogí. Ella gimió cuando lo hice y dijo:

—No, Johnny, no, por favor.

Crucé una mirada con Deke. Solo un segundo, pero lo bastante para que viera que estábamos pensando lo mismo: *Queda mucho camino por delante. Mucho camino.*

11

Me mudé a la casa de estilo español de Deke en Sam Houston Road. Por lo menos de cara a la galería. En la práctica, me instalé con Sadie en el 135 de Bee Tree Lane. Me daba miedo lo que pudiéramos encontrarnos al ayudarla a entrar la primera vez, y creo que a Sadie también, drogada o no. Pero la señorita Ellie y Jo Peet, del departamento de economía doméstica, habían reclutado a un pelotón de estudiantes que se habían pasado un día entero, antes de la llegada de Sadie, limpiando, fregando y restregando hasta el último rastro de la porquería de Clayton de las paredes. Habían levantado y sustituido la moqueta del salón. La nueva era de un gris industrial, un color que no emocionaba pero que probablemente fuera una opción inteligente; las cosas grises conservan muy pocos recuerdos. Habían tirado y reemplazado por prendas nuevas toda su ropa rasgada.

Sadie nunca dijo una palabra sobre la nueva moqueta y la ropa cambiada. Ni siquiera estoy seguro de que reparase en ello.

12

Pasaba allí mis días, preparándole la comida, trabajando en su jardincillo (que se marchitaría pero no moriría del todo en otro verano del interior de Texas) y leyéndole *Casa desolada*. También nos enganchamos a varias de las telenovelas de la tarde: *The Secret Storm, Young Doctor Malone, From These Roots* y nuestra favorita particular, *The Edge of Night*.

Sadie se pasó la raya del pelo del centro a la derecha, en pos de un peinado a lo Veronica Lake que le cubriría la mayor parte de la cicatriz cuando por fin fuera sin vendaje. Claro que eso tampoco duraría mucho; la primera de las operaciones de reconstrucción —un trabajo en equipo en el que participarían cuatro médicos— estaba programada para el 5 de agosto. Según Ellerton, habría por lo menos cuatro operaciones más.

Después de cenar con Sadie (ella casi siempre se limitaba a picar algo), volvía en coche a casa de Deke porque los pueblos pequeños están llenos de ojos grandes pegados a bocas parlanchinas. Convenía que esos grandes ojos vieran mi coche en el camino de entrada de Deke tras la puesta de sol. Una vez que había oscurecido, recorría a pie los tres kilómetros y pico que había hasta la casa de Sadie, donde dormía en el nuevo sofá cama hasta las cinco de la mañana. Era casi siempre un descanso intermitente, pues eran pocas las noches en que Sadie no me despertaba porque las pesadillas la hacían gritar y revolverse. De día, Johnny Clayton estaba muerto. Cuando anochecía, aún la acechaba con su pistola y su cuchillo.

Yo iba a su cama y la tranquilizaba en la medida de mis posibilidades. A veces salía al salón conmigo y se fumaba un cigarrillo antes de volver a la cama arrastrando los pies, siempre apretándose el pelo con ademán protector sobre el lado mutilado de su cara. No me dejaba cambiarle las vendas. Lo hacía ella sola, en el baño y con la puerta cerrada.

Después de una pesadilla especialmente atroz, entré y me la encontré de pie junto a la cama, desnuda y sollozando. Había adelgazado hasta extremos alarmantes. Su camisón estaba hecho un guiñapo a sus pies. Me oyó y se volvió, con un brazo cruzado sobre los pechos y la otra mano sobre la entrepierna. Con el movimiento, su melena volvió al hombro derecho, al que en realidad pertenecía, y vi las cicatrices hinchadas, los gruesos puntos, la carne caída y arrugada que cubría su pómulo.

—¡¡Fuera!! —gritó—. ¡No me mires así!, ¿por qué no puedes salir?

—Sadie, ¿pasa algo? ¿Por qué te has quitado el camisón? ¿Qué pasa?

—He mojado la cama, ¿vale? Tengo que volver a hacerla, o sea que ¡haz el favor de salir y dejar que me cambie!

Fui al pie de la cama, levanté el edredón que estaba doblado allí y la envolví con él. Cuando giré una esquina hacia arriba, formando una especie de estola que ocultaba su mejilla, se calmó.

—Ve al salón y ten cuidado de no tropezar con esto. Fúmate un pitillo. Ya haré yo la cama.

—No, Jake, está sucia.

La agarré por los hombros.

—Eso es lo que diría Clayton, y está muerto. Solo es un poco de pis, nada más.

—¿Estás seguro?

—Sí. Pero antes de que te vayas…

Bajé la improvisada estola. Ella se estremeció y cerró los ojos, pero se quedó quieta. Soportarlo era lo máximo que podía hacer, pero ya me parecía un avance. Besé la carne colgante que había sido su mejilla —con suavidad, lo que Christy habría llamado un beso de mariposa— y después doblé de nuevo el edredón hacia arriba para ocultarla.

—¿Cómo puedes? —preguntó sin abrir los ojos—. Es *espantoso*.

—Qué va. Solo es otra parte de ti que amo, Sadie. Y ahora vete al salón mientras cambio estas sábanas.

Cuando acabé, me ofrecí a meterme en la cama con ella hasta que se durmiera. Se encogió como había hecho cuando había bajado el edredón de su cara y sacudió la cabeza.

—No puedo, Jake. Lo siento.

Pasito a pasito, me dije mientras cruzaba el pueblo con paso cansino hacia la casa de Deke bajo la primera luz gris de la mañana. *Pasito a pasito*.

13

El 24 de abril le dije a Deke que tenía algo que hacer en Dallas y le pedí que fuese a casa de Sadie hasta que yo volviera, sobre las nueve. Accedió de buena gana y, a las cinco de la tarde, me sentaba al otro lado de la calle de la terminal de autobuses Greyhound de Polk Sur Street, cerca del cruce de la Autopista 77 con la flamante autopista de cuatro carriles I-20. Estaba leyendo (o fingiendo leer) el último James Bond, *La espía que me amó*.

Media hora más tarde, una ranchera entró en el aparcamiento vecino a la terminal. Conducía Ruth Paine. Lee bajó, fue a la parte de atrás y abrió la puerta. Marina, con June en brazos, salió del asiento trasero. Ruth Paine se quedó al volante.

Lee solo llevaba dos bultos: un macuto verde oliva y una funda acolchada para armas, de las que tienen asas. Cargó con ellos hasta un autobús Scenicruiser con el motor encendido. El conductor cogió la bolsa y el fusil y los metió en el maletero abierto tras un vistazo rápido al billete de Lee.

Oswald se dirigió a la puerta del autobús y después se volvió y abrazó a su mujer, a la que besó en las dos mejillas y luego en la boca. Cogió a la niña en brazos y la acarició debajo de la barbilla. June se rió y Lee se rió con ella, pero vi lágrimas en sus ojos. Besó a June en la frente, le dio un abrazo, luego otro a Marina y subió corriendo los escalones del autobús sin mirar atrás.

Marina volvió a la ranchera, donde Ruth Paine la esperaba de pie. June tendió los brazos a la mujer mayor, que la acogió con una sonrisa. Esperaron durante un rato, mirando cómo embarcaban los pasajeros, y luego se fueron.

Yo me quedé donde estaba hasta que el autobús arrancó a las seis, puntual. El sol, que ya se ponía sanguinolento por el oeste, se reflejó en la ventana donde se anunciaba el destino del autobús y ocultó por un momento lo que había escrito. Después pude leerlo de nuevo, tres palabras que significaban que Lee Harvey Oswald salía de mi vida, al menos por el momento:

EXPRESO NUEVA ORLEANS

Lo vi subir por la rampa de entrada a la I-20 Este, recorrí a pie las dos manzanas hasta donde había aparcado el coche y volví a Jodie.

14

Pensamiento del corazón: otra vez eso.

Pagué el alquiler de mayo del piso de Neely Oeste Street, aunque necesitaba empezar a ahorrar y no tenía un motivo concreto para hacerlo. Lo único que tenía era la sensación informe pero poderosa de que debía mantener una base de operaciones en Dallas.

Dos días antes de que se celebrara el Derbi de Kentucky, fui a Greenville Avenue con toda la intención de apostar quinientos dólares a que Chateaugay quedaba primero o segundo. Eso, concluí, sería menos llamativo que apostar por la victoria del caballo. Aparqué a cuatro manzanas de la Financiera Faith y cerré el coche con llave, una precaución necesaria en esa parte de la ciudad incluso a las once de la mañana. Al principio caminé a buen ritmo, pero luego —una vez más sin motivo concreto— mis pasos empezaron a enlentecerse.

A media manzana de la casa de apuestas camuflada de oficina de préstamos a pie de calle, me detuve. Ahí estaba de nuevo el corredor de apuestas —sin gafas de sol en plena mañana— apoyado en la jamba de su local y fumándose un pitillo. Allí plantado bajo un intenso chorro de luz, enmarcado por las densas sombras del umbral, parecía el personaje de un cuadro de Edward Hopper. Ese día no había posibilidades de que me viera, porque estaba mirando fijamente un coche aparcado al otro lado de la calle. Era un Lincoln color crema con la matrícula verde. Sobre los números se leía EL ESTADO DEL SOL. Lo que no significaba que fuese un armónico. Lo que *desde luego* no significaba que perteneciese a Eduardo Gutierrez de Tampa, el corredor de apuestas que sonreía y decía «*Aquí viene mi yunqui de Yanquilandia*». El que casi a ciencia cierta había mandado incendiar mi casa en la playa.

De todas formas, di media vuelta y regresé a mi coche con los quinientos que pretendía apostar todavía en el bolsillo.

Pensamiento del corazón.

CAPÍTULO 24

1

Dada la afición de la historia a repetirse, por lo menos a mi alrededor, no os sorprenderá descubrir que el plan de Mike Coslaw para pagar las facturas de Sadie era una reedición del *Jodie Jamboree*. Dijo que creía que podría conseguir que los participantes originales retomaran sus papeles, siempre que lo programáramos para mediados de verano, y cumplió su palabra: casi todos se apuntaron. Ellie incluso accedió a repetir sus recias interpretaciones al banjo de «Camptown Races» y «Clinch Mountain Breakdown», aunque afirmaba que aún le dolían los dedos de la ronda anterior. Escogimos el 12 y el 13 de julio pero, durante una temporada, la celebración estuvo en duda.

El primer obstáculo que debimos superar fue la propia Sadie, que estaba horrorizada por la idea. Lo llamó «aceptar caridad».

—Eso suena a algo aprendido en el regazo de tu madre —dije.

Me miró con cara de pocos amigos durante un momento y luego bajó la vista y empezó a acariciarse el pelo contra el lado malo de la cara.

—¿Y qué? ¿Acaso es por eso menos cierto?

—Uy, déjame pensar. Estás hablando de una lección sobre la vida impartida por la mujer cuya mayor preocupación al descubrir que su hija había sido mutilada fue dónde iría a misa.

—Es humillante —dijo en voz baja—. Acogerse a la piedad de la gente es humillante.

—No pensabas lo mismo cuando se trataba de Bobbi Jill.

—Me estás hostigando, Jake. No hagas eso, por favor.

Me senté a su lado y le cogí la mano. Ella la retiró. Volví a cogerla. Esa vez me dejó.

—Sé que esto no es fácil para ti, cariño. Pero hay un momento para recibir, además de uno para dar. No sé si eso sale en el Eclesiastés, pero es verdad de todas formas. Tu seguro médico es un chiste. El doctor Ellerton nos está echando un cable con sus honorarios…

—Yo no le pedí…

—Calla, Sadie. Por favor. Se llama trabajo *pro bono* y lo hace porque quiere. Pero hay otros médicos de por medio. Las facturas de tus operaciones van a ser enormes, y mis recursos solo llegan hasta cierto punto.

—Casi preferiría que me hubiera matado —susurró ella.

—No digas eso nunca.

Sadie se encogió ante la ira de mi voz, y luego llegaron las lágrimas. Ahora solo podía llorar con un ojo.

—Cariño, la gente quiere hacer esto por ti. Déjales. Sé que tu madre vive en tu cabeza, pasa con casi todas las madres, supongo, pero en este caso no puedes dejar que se salga con la suya.

—Esos médicos no pueden arreglarlo, de todas formas. Nunca quedará como antes. Ellerton me lo dijo.

—Pueden arreglar mucho. —Lo que sonaba ligeramente mejor que «pueden arreglar algo».

Suspiró.

—Eres más valiente que yo, Jake.

—Tú eres la mar de valiente. ¿Lo harás?

—La Gala Benéfica de Sadie Dunhill. A mi madre le daría un patatús si se enterase.

—Razón de más, diría yo. Le mandaremos unas diapositivas.

Eso la hizo sonreír, pero solo por un momento. Se encendió un cigarrillo con dedos algo temblorosos y luego se puso a alisarse el pelo contra el lado malo de la cara una vez más.

—¿Yo tendría que estar presente? ¿Para que vean lo que pagan con sus dólares? ¿Como un gorrino de Berkshire con pedigrí garantizado?

—Claro que no. Aunque dudo que alguien se desmayara. La mayoría de la gente de por aquí ha visto cosas peores. —Como miembros del profesorado de una región de granjas y ranchos, habíamos visto cosas peores nosotros mismos; Britta Carlson, por ejemplo, que sufrió graves quemaduras en un incendio en su casa, o Duffy Hendrickson, que tenía una mano izquierda que parecía una pezuña después de que la cadena que sostenía en alto un motor de camión cediera en el garaje de su padre.

—No estoy preparada para esa clase de inspección. No creo que lo esté nunca.

Yo esperaba de todo corazón que eso no resultara cierto. Los locos del mundo —los Johnny Clayton, los Lee Harvey Oswald— no debían ganar. Si Dios no mejora las cosas después de que ellos se *apunten* sus pequeñas victorias de mierda, entonces tiene que hacerlo la gente normal. Tiene que intentarlo, como mínimo. Pero no era momento para dar sermones sobre el tema.

—¿Te ayudaría saber que el propio doctor Ellerton ha accedido a participar en el espectáculo?

Por un momento se olvidó de su pelo y me miró fijamente.

—¿*Qué*?

—Quiere ser la parte trasera de Bertha. —Bertha la Poni Bailarina era una creación en lona de los chicos del departamento de arte. Se paseaba durante varios de los números, pero su gran momento era un bailecillo moviendo la cola al compás de «Back in the Saddle Again», de Gene Autry. (La cola se controlaba mediante un cordel que estiraba la mitad trasera del Equipo Bertha.) La gente del campo, que no suele destacar por su sofisticado sentido del humor, lo encontraba desternillante.

Sadie empezó a reír. Vi que le hacía daño, pero no podía evitarlo. Se recostó en el sofá, con la palma de una mano apretada contra el centro de la frente como si quisiera impedir que le estallara el cerebro.

—¡Vale! —dijo cuando por fin pudo volver a hablar—. Os dejaré hacerlo solo para ver eso. —Después me miró con total seriedad—. Pero lo veré en el ensayo general. No me subirás a un escenario para que todo el mundo me vea y susurre: «Oh, mira lo que le hizo a esa pobre chica». ¿Queda claro?

—Más claro que el agua —dije, y la besé. Un obstáculo superado. El siguiente sería convencer al mejor cirujano plástico de Dallas para que acudiera a Jodie con el calor que hacía en julio a hacer el ganso bajo la mitad trasera de un disfraz de lona de quince kilos. Porque en realidad no había llegado a pedírselo.

Al final eso no supuso ningún problema; Ellerton se animó como un crío cuando le planteé la idea.

—Hasta tengo experiencia práctica —dijo—. Mi mujer lleva años diciéndome que bailo como el culo.

2

El último obstáculo resultó ser el recinto. A mediados de junio, más o menos para cuando echaban a Lee de un muelle de Nueva Orleans por intentar repartir sus folletos castristas entre los marineros del USS *Wasp*, Deke pasó por casa de Sadie. Le dio un beso en la mejilla buena (ella apartaba el lado malo de la cara cuando llegaba cualquier visita) y me preguntó si me apetecía salir a tomar una cerveza fría.

—Ve —dijo Sadie—. Estaré bien.

Deke me llevó en coche a El Urogallo, un bar con techo de chapa y aire acondicionado muy dudoso, catorce kilómetros al oeste del pueblo. Era media tarde y el local estaba vacío a excepción de por dos bebedores solitarios en la barra; la rockola estaba apagada. Deke me dio un dólar.

—Yo pago y tú pides. ¿Qué te parece el trato?

Me iba bien. Fui a la barra y me procuré dos Buckhorns.

—Si hubiese sabido que ibas a pedir Buckies, habría ido yo mismo —protestó Deke—. Macho, esto es pipí de burra.

—Resulta que a mí me gusta —dije—. En cualquier caso, pensaba que tú bebías en casa. «El coeficiente de capullos en los bares locales es un poco alto para mi gusto», creo que dijiste.

—De todas formas, no me apetece una maldita cerveza. —Ahora que no estaba Sadie delante, vi que estaba hecho una furia—. Lo que quiero es cascarle un puñetazo en la cara a Fred Miller y patear a Jessica Caltrop en su estrecho culo, que sin duda lleva forrado de encaje.

Conocía los nombres y las caras aunque, habiendo sido un humilde esclavo asalariado, jamás había llegado a conversar con ninguno de los dos. Miller y Caltrop eran dos tercios del consejo escolar del condado de Denholm.

—No te quedes ahí —dije—. Ya que estás con ganas de sangre, cuéntame qué le harías a Dwight Rawson. ¿No se llama así el otro?

—Es Rawlings —corrigió Deke enfurruñado—, y ese se salva. Votó a favor nuestro.

—No sé de qué hablas.

—No quieren dejarnos el gimnasio de la escuela para el *Jamboree*. Aunque estemos hablando de mediados de verano y el gimnasio esté ahí muerto de asco.

—¿Estás de broma? —Sadie me había explicado que ciertos elementos del pueblo podían tomarla con ella, y no la había creído. El tonto de Jake Epping, todavía apegado a sus fantasías futuristas del siglo veintiuno.

—Hijo, ojalá. Apelaron a no sé qué del seguro de incendios. Yo señalé que nadie se había preocupado por el seguro de incendios cuando había sido en pro de una estudiante que había sufrido un accidente, y la Caltrop, que es una gata vieja y seca, me soltó: «Sí, claro, Deke, pero eso fue durante el *curso escolar*».

»Hay cosas que les preocupan, ya lo creo, sobre todo cómo una miembro del equipo docente acabó con la cara rajada por el loco con el que estaba casada. Tienen miedo de que aparezca mencionado en el periódico o, Dios no lo quiera, en una de las cadenas de la televisión de Dallas.

—¿Y eso qué importa? —pregunté—. Él… ¡Cristo, Deke, él ni siquiera era de por *aquí*! ¡Era de *Georgia*!

—Eso les da lo mismo. Lo que les importa es que *murió* aquí, y tienen miedo de que haga quedar mal a la escuela. O al pueblo. Y a ellos.

—¡Eso no tiene ningún sentido! —Me oí balar, un sonido muy poco noble procediendo de un hombre en la flor de la vida, pero no pude evitarlo.

—La despedirían si pudieran, solo para librarse del bochorno. Como no pueden, esperan que dimita antes de que los chicos tengan que mirar lo que Clayton le hizo en la cara. Un caso claro de puta hipocresía mierdosa y pueblerina, hijo mío. A los veintipico años, Fred Miller visitaba las casas de putas de Nuevo Laredo dos veces al mes. Más si le sacaba a su papaíto un adelanto de la paga. Y sé de muy buena tinta que cuando Jessica Caltrop era Jessie Trapp a secas, del rancho Sweetwater, se puso hecha una foca a los dieciséis años y adelgazó una barbaridad unos nueve meses después. Me dan ganas de decirles que tengo más memoria que ellos remilgos, si eso es posible, y que podría ponerlos de vuelta y media si quisiera. Ni siquiera tendría que esforzarme mucho.

—No pueden culpar de verdad a Sadie de la locura de su ex marido..., ¿o sí?

—Madura, George. A veces actúas como si hubieras nacido en un granero. O en algún país donde la gente piensa como Dios manda. Para ellos es cuestión de sexo. Para la gente como Fred y Jessica *siempre* es cuestión de sexo. Probablemente piensen que Alfalfa y Spanky, de *La Pandilla*, pasan su tiempo libre cepillándose a Darla detrás del granero mientras Buckwheat los anima. Y cuando pasa algo así, es culpa de la mujer. No lo dirían en público con todas las letras, pero en el fondo creen que los hombres son bestias y las mujeres que no pueden amansarlos..., en fin, ellas se lo han buscado, hijo, ellas se lo han buscado. No dejaré que se salgan con la suya.

—No te quedará más remedio —dije—. Si no, el jaleo podría llegar a Sadie. Y ahora está frágil. Eso la tumbaría del todo.

—Sí —coincidió. Buscó su pipa en el bolsillo del pecho—. Sí, ya lo sé. Solo me estoy desahogando un poco. Ellie habló ayer mismo con la gente que lleva la Alquería. Están encantados de dejarnos montar el espectáculo allí, y tiene aforo para cincuenta personas más. Por la platea alta, ya sabes.

—Ahí está —dije, aliviado—. La sensatez se impone.

—Solo hay un problema. Piden cuatrocientos por las dos noches. Si consigo doscientos, ¿tú puedes poner el resto? No lo recuperarás con la recaudación, como supondrás. Eso está todo reservado para la atención médica de Sadie.

Conocía muy bien el precio de la atención médica de Sadie; ya había pagado trescientos dólares para costear la parte de su estancia en el hospital que su porquería de seguro dejó en el aire. A pesar de los buenos oficios de Ellerton, el resto de los gastos se acumularían muy deprisa. Por lo que a mí respectaba, todavía no estaba tocando fondo en lo financiero, pero empezaba a verlo.

—¿George? ¿Qué dices?

—Mitad y mitad —accedí.

—Entonces acábate esa cerveza de mierda. Quiero volver al pueblo.

Mientras salíamos de aquella triste imitación de local de copas, un póster pegado a la ventana me llamó la atención. En la parte de arriba:

¡VEA EL COMBATE DEL SIGLO EN TV DE CIRCUITO CERRADO!
¡EN DIRECTO DESDE EL MADISON SQUARE GARDEN!
¡NUESTRO TOM «MARTILLO» CASE, DE DALLAS,
CONTRA DICK TIGER!
AUDITORIO DE DALLAS
JUEVES, 29 DE AGOSTO
VENTA DE ENTRADAS ANTICIPADAS AQUÍ

Debajo había dos fotos de sendos forzudos con el pecho desnudo y los puños enguantados y alzados en la pose de rigor. Uno era joven y no tenía marcas. El otro parecía mucho mayor y se diría que le habían roto la nariz unas cuantas veces. Sin embargo, lo que me llamó la atención fueron los nombres. Me sonaban de algo.

—Ni se te ocurra —dijo Deke, sacudiendo la cabeza—. Tendría más emoción una pelea entre un pitbull y un cocker spaniel. Un cocker spaniel *viejo*.

—¿De verdad?

—Tommy Case siempre tuvo mucho corazón, pero ahora es un corazón cuarentón en un cuerpo cuarentón. Tiene barriguita y apenas puede moverse. Tiger es joven y rápido. Será campeón dentro de un par de años si los promotores no hacen el tonto. Entretanto, le echan sacos de entrenamiento andantes, como Case, para mantenerlo en forma.

Me sonaba como Rocky Balboa contra Apollo Creed, pero ¿por qué no? A veces la vida imita al arte.

—Pagar para ver la tele en un auditorio —dijo Deke—. Hay que ver, ¿qué será lo siguiente?

—La ola del futuro, supongo —comenté.

—Y es probable que llenen, por lo menos en Dallas, pero eso no quita para que Tom Case sea la ola del pasado. Tiger lo dejará para el arrastre. ¿Seguro que te parece bien este asunto de la Alquería, George?

—Sin duda.

Fue un junio extraño. Por un lado, me encantó ensayar con la compañía que había representado el *Jamboree* original. Fue un *déjà vu* de los buenos. Por otro lado, me descubría preguntándome, cada vez con mayor frecuencia, si alguna vez había tenido la intención de eliminar a Lee Harvey Oswald de la ecuación de la historia. No podía creer que me faltaran agallas para ello, porque ya había matado a un hombre malo, y a sangre fría, pero era un hecho innegable que había tenido a Oswald a tiro y lo había dejado escapar. Me decía que era por el principio de incertidumbre, y no a causa de su familia, pero no paraba de aparecérseme Marina sonriendo y extendiendo las manos por encima de su barriga. No paraba de preguntarme si no podría haber sido un chivo expiatorio, a fin de cuentas. Me recordaba que volvería en octubre. Y luego, por supuesto, me preguntaba en qué cambiaría eso las cosas. Su mujer seguiría embarazada y la ventana de la incertidumbre seguiría abierta.

Entretanto, estaban la lenta recuperación de Sadie que había que supervisar, las facturas que había que pagar, los formularios del seguro que había que rellenar (una burocracia ni un ápice menos irritante en 1963 que en 2011) y esos ensayos. El doctor Ellerton solo pudo asistir a uno de ellos, pero aprendió rápido y caracoleó su mitad de Bertha la Poni Bailarina con un brío encantador. Después del ensayo, me dijo que quería que otro cirujano, un especialista facial del Hospital General de Massachusetts, se uniese a su equipo. Le dije —con el alma en los pies— que otro cirujano me parecía una gran idea.

—¿Se lo pueden permitir? —preguntó—. Mark Anderson no es barato.

—Nos las apañaremos —respondí.

Invité a Sadie a los ensayos cuando se acercaban las fechas del estreno. Se negó sin rabia pero con firmeza, a pesar de su promesa anterior de que acudiría por lo menos a un ensayo general. Rara vez salía de la casa y, cuando lo hacía, era solo para pasear por el jardín de atrás. No había ido al instituto —ni al pueblo— desde la noche en que John Clayton le cortó la cara y luego se rajó la garganta.

Pasé las últimas horas de la mañana y las primeras de la tarde del 12 de julio en la Alquería, dirigiendo un último ensayo técnico. Mike Coslaw, que había adoptado el papel de productor con la misma naturalidad que el de cómico bufo, me explicó que para el espectáculo del sábado por la noche estaban todas las entradas vendidas y que el de esa noche estaba al noventa por ciento.

—Con los que compren la entrada en taquilla llenaremos, señor A. Cuente con ello. Solo espero que yo y Bobbi Jill no metamos la pata en el bis.

—Bobbi Jill y yo, Mike. Y no meteréis la pata.

Todo eso era bueno. Menos bueno fue cruzarme con el coche de Ellen Dockerty, que salía de Bee Tree Lane justo cuando yo entraba, para después encontrarme a Sadie sentada en el salón con lágrimas en su mejilla intacta y un pañuelo en el puño.

—¿Qué pasa? —pregunté airado—. ¿Qué te ha dicho?

Sadie me sorprendió sacándose una sonrisilla de la manga. Le salió bastante desigual, pero poseía cierto encanto pilluelo.

—Nada que no sea verdad. No te preocupes, por favor. Te prepararé un sándwich y tú me cuentas cómo ha ido.

De modo que eso fue lo que hice. Eso y preocuparme, claro, pero me guardé mis preocupaciones. También mis comentarios sobre el tema de las directoras de instituto entrometidas. Esa tarde, a las seis, Sadie me pasó revista, me rehízo el nudo de la corbata y después sacudió un poco de pelusilla, real o imaginaria, de las hombreras de mi chaqueta.

—Te diría que mucha mierda, pero aún te lo tomarías a mal.

Llevaba sus vaqueros viejos y una blusa ancha que disimulaba —un poco, por lo menos— lo mucho que había adelgazado. Me descubrí recordando el bonito vestido que había llevado al *Jodie Jamboree* original. Un bonito vestido con una bonita chica dentro. Aquello fue entonces. Esa noche, la chica —todavía bonita en un lado— estaría en casa cuando se alzara el telón, viendo una reposición de *Ruta 66*.

—¿Qué pasa? —preguntó ella.

—Que me gustaría que estuvieses allí, nada más.

Lo lamenté en cuanto quedó dicho, pero casi estuvo bien. Su

sonrisa se esfumó, pero luego reapareció. Como el sol cuando lo tapa una nube pequeña.

—*Tú* estarás allí. Lo que significa que yo también. —Me miró con solemne timidez con el ojo que el flequillo a lo Veronica Lake dejaba visible—. Si me quieres, claro.

—Te quiero con locura.

—Sí, supongo que sí. —Besó la comisura de mi boca—. Y yo te quiero a ti. O sea que nada de mierda y dales las gracias a todos.

—Lo haré. ¿No te da miedo quedarte sola?

—Estaré bien. —En realidad no era una respuesta a mi pregunta, pero era lo mejor que podía dar de sí por el momento.

6

Mike había acertado con lo de las ventas en taquilla. Las entradas para la representación del viernes por la noche se agotaron una hora antes del espectáculo. Donald Bellingham, nuestro director de escena, bajó las luces de la sala a las ocho en punto. Esperaba llevarme un chasco después del original casi sublime con su gran final a tartazos (que pensábamos repetir solo el sábado por la noche, porque el consenso era que queríamos limpiar el escenario de la Alquería —y el primer par de filas— una sola vez), pero ese fue casi igual de bueno. Para mí, el gran momento cómico fue ese maldito caballo bailarín. En un momento dado, el compañero frontal del doctor Ellerton, un entrenador Borman entusiasmado hasta el frenesí, estuvo a punto de tirar a Bertha del escenario llevado por el boogie.

El público creyó que esos veinte o treinta segundos de tumbos entre las candilejas formaban parte del número y aplaudió a rabiar la hazaña. Yo, que sabía la verdad, me descubrí atrapado en una paradoja emocional que probablemente no se repita nunca. Lo presencié entre bambalinas junto a un Donald Bellingham casi paralizado, riendo como un poseso mientras mi corazón aterrorizado amenazaba con salírseme por la boca.

El armónico de la noche llegó durante el bis. Mike y Bobbi Jill salieron al centro del escenario cogidos de la mano. Bobbi Jill miró al público y dijo:

—La señorita Dunhill significa muchísimo para mí, por su bondad y su caridad cristiana. Ella me ayudó cuando necesitaba ayuda, y me animó para que aprendiera lo que vamos a hacer para ustedes ahora. Les agradecemos que hayan venido esta noche para demostrar *su* caridad cristiana. ¿No es así, Mike?

—Sí —dijo él—. Sois los mejores.

Miró a la izquierda del escenario. Yo señalé a Donald, que estaba inclinado sobre su tocadiscos con el brazo del aparato levantado, listo para caer en el surco. Esa vez el padre de Donald sabría de sobra que su hijo había tomado prestado uno de sus discos de bigband, porque se encontraba entre el público.

Glenn Miller, ese bombardero de antaño, atacó «In the Mood» y, en el escenario, entre palmadas rítmicas del público, Mike Coslaw y Bobbi Jill Allnut bailaron un lindy a reacción, mucho más fervoroso que cualquiera de mis intentos con Sadie o Christy. Era todo juventud, alegría y entusiasmo, y eso lo hacía precioso. Cuando vi que Mike apretaba la mano de Bobbi Jill para indicarle que girase en dirección contraria y se lanzara entre sus piernas, de repente volví a estar en Derry, mirando a Bevvie y Richie.

Todo está cortado por el mismo patrón, pensé. *Es un eco tan cercano a la perfección que no puede distinguirse cuál es la voz viva y cuál la fantasmal que regresa.*

Por un momento todo estuvo claro, y cuando eso pasa uno ve que el mundo apenas existe en realidad. ¿No lo sabemos todos en secreto? Es un mecanismo perfectamente equilibrado de gritos y ecos que se fingen ruedas y engranajes, un reloj de sueños que repica bajo un cristal de misterio que llamamos vida. ¿Detrás de él? ¿Por debajo y a su alrededor? Caos, tormentas. Hombres con martillos, hombres con navajas, hombres con pistolas. Mujeres que retuercen lo que no pueden dominar y desprecian lo que no pueden entender. Un universo de horror y pérdida que rodea un único escenario iluminado en el que los mortales bailan desafiando a la oscuridad.

Mike y Bobbi Jill bailaron en su tiempo, y su tiempo era 1963, una época de pelos al rape en la nuca, televisores en muebles de madera y rock casero de garaje. Bailaron el día en que el presidente Kennedy prometió firmar un tratado de prohibición de pruebas nucleares y comunicó a los periodistas que no tenía «ninguna intención de permitir que nuestras fuerzas militares queden empantanadas en la enrevesada política y los odios ancestrales del sudeste asiático». Bailaron como habían bailado Bevvie y Richie, como habíamos bailado Sadie y yo, y eran hermosos, y los quise no a pesar de su fragilidad sino por ella. Todavía los quiero.

Acabaron a la perfección, con las manos en alto, la respiración trabajosa y de cara al público, que se puso en pie. Mike les concedió cuarenta segundos enteros para que se dejaran las manos aplaudiendo (es asombroso lo deprisa que las candilejas pueden convertir a un humilde jugador de fútbol en un histrión de tomo y lomo) y después pidió silencio. Al cabo de un rato, le hicieron caso.

—Nuestro director, el señor George Amberson, quiere pronunciar unas palabras. Ha puesto mucho esfuerzo y creatividad en este espectáculo, o sea que espero que lo reciban con un fuerte aplauso.

Salí y me acogió una nueva ovación. Estreché la mano de Mike y di a Bobbi Jill un beso en la mejilla. Se fueron correteando del escenario. Levanté las manos para pedir silencio y empecé con el discurso que había ensayado, diciendo que Sadie no había podido asistir esa noche pero dándoles a todos las gracias de su parte. Todo orador público digno de ese nombre sabe que debe concentrarse en algunos miembros específicos del público, y yo me centré en una pareja de la tercera fila que se parecía de forma llamativa a los abueletes de *American Gothic*. Eran Fred Miller y Jessica Caltrop, los miembros del consejo escolar que nos habían denegado el uso del gimnasio del instituto con el argumento de que la agresión a Sadie por parte de su ex marido era de mal gusto y debía ignorarse en la medida de lo posible.

Cuando llevaba cuatro frases, unas exclamaciones de sorpresa me interrumpieron. Fueron seguidas de aplausos, aislados al principio, aunque luego arreciaron con rapidez hasta convertirse en una tormenta. El público volvió a levantarse. No tenía ni idea de por qué aplaudían hasta que sentí que una mano liviana y tímida me agarraba el brazo por encima del codo. Me volví y vi que tenía a Sadie junto a mí con su vestido rojo. Se había recogido el pelo hacia arriba, sujeto con una horquilla centelleante. Su cara —los dos lados— quedaba completamente a la vista. Me asombró descubrir que, una vez expuesto del todo, el daño residual no era tan atroz como había temido. Tal vez se desprendiera de ello una verdad universal, pero estaba demasiado atónito para captarla. Cierto, costaba mirar ese hueco profundo e irregular y las marcas discontinuas y descoloridas de los puntos. Lo mismo pasaba con la carne flácida y el tamaño antinatural del ojo izquierdo, que ya no parpadeaba del todo en tándem con el derecho.

Pero sonreía, con esa encantadora sonrisa de un solo lado, y a mis ojos eso la hacía Helena de Troya. La abracé, y ella me devolvió el abrazo, riendo y llorando. Por debajo del vestido, su cuerpo entero vibraba como un cable de alta tensión. Cuando volvimos a situarnos de cara al público, todo el mundo estaba levantado y vitoreando salvo Miller y Caltrop, que miraron a su alrededor, vieron que eran los únicos que aún tenían el culo pegado al asiento e imitaron a regañadientes a los demás.

—Gracias —dijo Sadie cuando se calmaron—. Gracias a todos de todo corazón. Un agradecimiento especial a Ellen Dockerty, que me dijo que si no venía aquí y os miraba a todos a la cara, lo lamentaría el resto de mi vida. Y más que a nadie gracias a…

La más breve de las vacilaciones. Estoy seguro de que el público ni se enteró, lo cual me convertía en el único que sabía lo cerca que había estado Sadie de revelar a quinientas personas mi auténtico nombre.

—… a George Amberson. Te quiero, George.

Con lo cual el teatro se vino abajo, por supuesto. En momentos difíciles, cuando hasta los sabios tienen dudas, las declaraciones de amor nunca fallan.

7

Ellen se llevó a casa a Sadie —que estaba agotada— a las diez y media. Mike y yo apagamos las luces de la Alquería a medianoche y salimos al callejón.

—¿Se viene a la fiesta, señor A.? Al dijo que tendría abierta la cafetería hasta las dos, y ha llevado un par de barriles de cerveza. No tiene permiso para venderla, pero no creo que nadie lo detenga.

—Paso —dije—. Estoy muerto. Nos vemos mañana por la noche, Mike.

Llevé el coche a casa de Deke antes de ir a casa. Estaba sentado en pijama en su porche, fumando una última pipa.

—Una noche bastante especial —dijo.

—Sí.

—Esa joven ha demostrado agallas. Para dar y regalar.

—Es verdad.

—¿Te portarás bien con ella, hijo?

—Lo intentaré.

Asintió.

—Ella se lo merece, después del último. Y de momento estás cumpliendo. —Echó un vistazo a mi Chevy—. Probablemente hoy podrías coger tu coche y aparcar justo delante. Después de esta noche no creo que nadie en el pueblo se inmutara.

Tal vez tuviera razón, pero decidí que más valía prevenir que curar y me eché a caminar, tal y como había hecho tantas otras noches. Necesitaba ese tiempo para calmar mis propias emociones. No paraba de verla a la luz de las candilejas. El vestido rojo. La curva grácil de su cuello. La mejilla lisa… y la irregular.

Cuando llegué a Bee Tree Lane y abrí la puerta, la cama plegable estaba recogida. Me quedé mirándola, desconcertado, sin saber muy bien qué pensar de ello. Entonces Sadie me llamó —por mi nombre real— desde el dormitorio. Muy bajito.

La lámpara estaba encendida y vertía una luz suave sobre sus hombros desnudos y un lado de su cara. Sus ojos estaban luminosos y solemnes.

—Creo que este es tu sitio —dijo—. Quiero que estés aquí. ¿Y tú?

Me quité la ropa y me metí a su lado. Su mano se movió bajo las sábanas, me encontró y me acarició.

—¿Tienes hambre? Tengo bizcocho si quieres.

—Oh, Sadie, me muero de hambre.

—Pues apaga la luz.

8

Esa noche en la cama de Sadie fue la mejor de mi vida; no porque cerrara la puerta de John Clayton, sino porque volvió a abrir la nuestra.

Cuando acabamos de hacer el amor, caí en el primer sueño profundo que había tenido en meses. Desperté a las ocho de la mañana. El sol ya había salido del todo, los Angels cantaban «My Boyfriend's

Back» en la radio de la cocina y olía a beicon frito. Pronto me llamaría a la mesa, pero aún no. Tenía un poco de tiempo.

Me llevé las manos a la nuca y contemplé el techo, ligeramente atónito ante lo estúpido que había sido, lo ciego que había estado casi adrede desde el día en que había permitido que Lee subiera al autobús de Nueva Orleans sin hacer nada por detenerlo. ¿Necesitaba saber si George de Mohrenschildt había tenido algo más que ver con el intento de matar a Edwin Walker que las meras incitaciones a un hombrecillo inestable? Bueno, pues había una manera muy sencilla de averiguarlo, ¿o no?

De Mohrenschildt lo sabía, de modo que se lo preguntaría a él.

9

Sadie comió mejor de lo que había comido desde la noche en que Clayton se coló en su casa, y yo no me quedé muy a la zaga. Juntos dimos buena cuenta de media docena de huevos, con sus tostadas y su beicon. Cuando los platos estuvieron en el fregadero y ella se fumaba un cigarrillo con su segunda taza de café, le dije que quería pedirle una cosa.

—Si es que vaya al espectáculo esta noche, no creo que pueda pasar por eso dos veces.

—Es otra cosa. Pero ya que lo mencionas, ¿qué te dijo Ellie exactamente?

—Que ya iba siendo hora de que dejara de compadecerme de mí misma y volviera al desfile.

—No se anduvo con rodeos.

Sadie se acarició el pelo contra el lado herido de la cara, ese gesto automático.

—La señorita Ellie no es famosa por su delicadeza y su tacto. ¿Si fue un golpe que entrara aquí hecha una fiera para decirme que ya iba siendo hora de que dejara de holgazanear? Lo fue. ¿Tenía razón ella? La tenía. —Dejó de acariciarse el pelo y se lo retiró de repente con el canto de la mano—. Este es el aspecto que voy a tener a partir de ahora, con algunas mejoras, o sea que más vale que me vaya acostumbrando. Sadie va a descubrir si es cierto el viejo dicho de que la belleza es solo superficial.

—De eso quería hablarte.

—Vale. —Expulsó el humo por la nariz.

—Supón que pudiera llevarte a un sitio donde los médicos serían capaces de arreglar los daños de tu cara… no a la perfección pero mucho mejor de lo que jamás podrían el doctor Ellerton y su equipo. ¿Irías? ¿Aunque supieras que nunca podríamos volver aquí?

Arrugó el entrecejo.

—¿Estamos hablando hipotéticamente?

—En realidad, no.

Aplastó su colilla con lentitud y parsimonia, reflexionando.

—¿Esto es como lo de la señorita Mimi cuando fue a México buscando tratamientos experimentales para el cáncer? Porque no creo…

—Hablo de Estados Unidos, cariño.

—Bueno, si es en Estados Unidos, no entiendo por qué no podríamos…

—Ahí va el resto: puede que *yo* tenga que ir. Con o sin ti.

—¿Y no volver nunca? —Parecía alarmada.

—Nunca. Ninguno de los dos podríamos volver, por motivos que son difíciles de explicar. Imagino que creerás que estoy loco.

—Sé que no. —Había inquietud en sus ojos, pero habló sin vacilar.

—Tal vez deba hacer algo que me dejará en muy mal lugar ante las fuerzas del orden. *No es algo malo*, pero nadie lo creería nunca.

—Eso es… Jake, ¿esto tiene algo que ver con lo que me contaste de Adlai Stevenson? ¿Lo que dijo sobre que se helaría el infierno?

—En cierto modo. La cuestión es que, aunque pueda hacer lo que tengo que hacer sin que me pillen, y creo que puedo, eso no cambia tu situación. Seguirás teniendo cicatrices en la cara en mayor o menor grado. En ese sitio al que puedo llevarte, hay recursos médicos con los que Ellerton solo podría soñar.

—Pero no podríamos regresar jamás. —No hablaba conmigo, intentaba aclararse.

—No. —Entre otras cosas, si volvíamos al 9 de septiembre de 1958, la versión original de Sadie Dunhill ya existiría. Ese era un rompecabezas que no quería ni siquiera plantearme.

Sadie se levantó y se acercó a la ventana. Estuvo allí de espaldas a mí durante mucho rato. Esperé.

—¿Jake?

—Sí, cariño.

—¿Puedes predecir el futuro? Puedes, ¿verdad?

No dije nada.

Con un hilo de voz, me preguntó:

—¿Vienes *del* futuro?

No dije nada.

Se volvió hacia mí. Tenía la cara muy pálida.

—Jake, responde.

—Sí. —Fue como quitarme una piedra de treinta y cinco kilos de encima del pecho. Al mismo tiempo estaba aterrorizado. Por los dos, pero sobre todo por ella.

—¿De... de cuándo?

—Cariño, ¿estás segura de...?

—Sí. *¿De cuándo?*

—De dentro de casi cuarenta y ocho años.

—¿Yo estoy... muerta?

—No lo sé. No quiero saberlo. Esto es ahora. Y esto somos nosotros.

Sadie reflexionó. La piel que rodeaba las marcas rojas de sus heridas se había puesto muy blanca y me daban ganas de acercarme y reconfortarla, pero tenía miedo de moverme. ¿Y si gritaba y se iba corriendo?

—¿Por qué has venido?

—Para impedir que un hombre haga algo. Lo mataré si hace falta. Eso, si puedo asegurarme sin sombra de duda de que merece morir. Hasta la fecha no he podido.

—¿Qué es ese algo?

—Dentro de cuatro meses, estoy bastante seguro de que matará al presidente. Va a matar a John Ken...

Vi que sus rodillas empezaban a ceder, pero logró aguantar de pie justo lo suficiente para permitirme que la atrapara antes de caer.

10

La llevé al dormitorio y fui al baño para mojar un paño con agua fría. Cuando volví, ya tenía los ojos abiertos. Me miró con una expresión que no supe descifrar.

—No tendría que habértelo dicho.

—A lo mejor no —dijo ella, pero no se apartó cuando me senté a su lado en la cama, y emitió un leve suspiro de placer cuando empecé a acariciarle la cara con la tela fría, haciendo un desvío alrededor del lugar herido, del que había desaparecido toda sensación salvo un dolor sordo y profundo. Cuando acabé, me miró con solemnidad—. Dime algo que vaya a pasar. Me parece que, si quieres que te crea, tienes que hacerlo. Algo como lo de Adlai Stevenson y el infierno que se hiela.

—No puedo. Me licencié en filología, no en historia estadounidense. Estudié la historia de Maine en el instituto, era obligatoria, pero de Texas no sé casi nada. No… —Pero caí en la cuenta de que sí sabía una cosa. Sabía la última entrada de la sección de apuestas del cuaderno de Al Templeton, porque la había consultado dos veces para asegurarme. *«Por si necesitas una última transfusión de dinero»*, había escrito.

—¿Jake?

—Sé quién va a ganar un combate de boxeo en el Madison Square Garden el mes que viene. Se llama Tom Case, y noqueará a Dick Tiger en el quinto asalto. Si eso no pasa, supongo que eres libre de llamar a los hombres de las batas blancas. Pero ¿puedes mantenerlo entre nosotros hasta entonces? Hay mucho en juego.

—Sí. Eso puedo hacerlo.

11

Casi esperaba que Deke o la señorita Ellie, después de la representación de la segunda noche, me llevasen aparte con cara de circunstancias para decirme que habían recibido una llamada de Sadie diciendo que yo había perdido la chaveta. Pero eso no sucedió y, cuando volví a su casa, encontré una nota en la mesa que decía: *«Despiértame si quieres un resopón de medianoche»*.

No era medianoche —por poco— ni ella estaba dormida. Los siguientes cuarenta minutos o así fueron muy agradables. Después, a oscuras, me dijo:

—No tengo que decidir nada ahora mismo, ¿verdad?

—No.

—Y no tenemos que hablar de esto ahora mismo.

—No.

—A lo mejor después del combate que me dijiste.

—A lo mejor.

—Te creo, Jake. No sé si eso significa que estoy loca o no, pero es verdad. Y te quiero.

—Yo también te quiero.

Sus ojos resplandecían en la oscuridad; el que era bello y tenía forma de almendra y el que estaba torcido pero aún veía.

—No quiero que te pase nada, y no quiero que hagas daño a nadie a menos que sea absolutamente necesario. Y nunca por error. Nunca jamás. ¿Lo prometes?

—Sí. —Me fue fácil. Ese era el motivo de que Lee Oswald todavía respirase.

—¿Tendrás cuidado?

—Sí. Tendré mucho...

Detuvo mi boca con un beso.

—Porque me da igual de dónde vengas, para mí no hay futuro sin ti. Y ahora, vamos a dormir.

12

Pensé que retomaríamos la conversación por la mañana. No tenía ni idea de qué —o sea, cuánto— le contaría cuando lo hiciéramos, pero al final no tuve que explicarle nada, porque no me preguntó. En vez de eso quiso saber cuánto había recaudado la Gala Benéfica de Sadie Dunhill. Cuando le respondí que un poco más de tres mil dólares, sumando a la taquilla el contenido de la hucha de donaciones del vestíbulo, echó la cabeza atrás y emitió una preciosa carcajada gutural. Tres mil no cubrirían todas sus facturas, pero valía un millón solo oírla reír... y *no* oír algo del estilo de «¿*Para qué molestarse, cuando puedo hacer que se ocupen en el futuro?*». Porque no estaba del todo seguro de que ella quisiera ir, aunque de verdad me creyese, y tampoco estaba seguro de querer llevármela.

Quería *estar* con ella, sí. Todo lo cerca de para siempre que les es dado a los hombres. Pero tal vez fuera mejor en el 63... y todos los años que Dios o la Providencia nos dieran después del 63. Podríamos estar mejor. Podía imaginármela perdida en 2011, mirando los pantalones de cintura baja y los monitores de ordenador con asombro y desasosiego. Yo nunca le pegaría ni le gritaría —no, a Sadie no—, pero aun así podría convertirse en mi Marina Prusakova, viviendo en un lugar extraño y exiliada de su patria para siempre.

13

Había una persona en Jodie que tal vez sabría cómo podía sacar partido a la última entrada en las apuestas de Al. Se trataba de Freddy Quinlan, el agente inmobiliario. Cada semana organizaba en su casa una timba de póquer de a cuarto de dólar la apuesta, y yo había asistido un par de veces. Durante varias de esas partidas fanfarroneó sobre sus hazañas en materia de apuestas en dos ámbitos: el fútbol americano profesional y el Torneo Estatal de Baloncesto de Texas. Me recibió en su despacho solo porque, según dijo, hacía demasiado calor para jugar al golf.

—¿De qué estamos hablando, George? ¿Una apuesta mediana o tiramos la casa por la ventana?

—Estaba pensando en quinientos dólares.

Silbó y después se recostó en su silla y entrelazó las manos sobre su incipiente barriga. Solo eran las nueve de la mañana, pero el aire acondicionado estaba a tope. Las pilas de folletos de promociones inmobiliarias ondeaban bajo su gélida corriente.

—Eso es mucha pasta. ¿Puedo apuntarme a una buena jugada?

Como me estaba haciendo el favor —por lo menos eso esperaba— se lo conté. Alzó tanto las cejas que corrieron el peligro de juntarse con su pelo a pesar de las entradas.

—¡Madre mía! ¿Por qué no tiras el dinero por la alcantarilla y listos?

—Tengo un presentimiento, nada más.

—George, hazme caso, sé lo que digo. El combate Case-Tiger no es un encuentro deportivo, sino un globo sonda para ese nuevo invento de la televisión de circuito cerrado. Tal vez haya un par de peleas decentes entre los segundones, pero el combate principal es un chiste. Tiger tendrá instrucciones de aguantar al pobre abuelo durante siete u ocho asaltos y luego ya podrá mandarlo a dormir. A menos…

Se inclinó hacia delante. Su silla emitió un desagradable ruido sordo desde algún lugar de la parte de abajo.

—A menos que sepas algo. —Volvió a recostarse y apretó los labios—. Pero ¿cómo ibas a saberlo? Vives en *Jodie*, por los clavos de Cristo. Pero si lo supieras, se lo contarías a un colega, ¿verdad?

—No sé nada —dije, mintiéndole a la cara (y con mucho gusto)—. Es solo un presentimiento, pero la última vez que tuve uno tan fuerte aposté a que los Piratas vencían a los Yankees en la Serie Mundial, y me gané un pastón.

—Muy bonito, pero ya sabes lo que dicen: hasta un reloj parado da bien la hora dos veces al día.

—¿Me puedes ayudar o no, Freddy?

Me dedicó una sonrisa reconfortante que decía que el tonto y su dinero bien pronto se dirían adiós.

—Hay un tipo en Dallas que estaría encantado de aceptar una apuesta de ese calibre. Se llama Akiva Roth. Lo encontrarás en la Financiera Faith de Greenville Avenue. Heredó el negocio de su padre hará unos cinco o seis años. —Bajó la voz—. Se dice que está en tratos con la mafia. —Bajó la voz más aun—. Carlos Marcello.

Eso era exactamente lo que me temía, porque eso mismo se había dicho de Eduardo Gutierrez. Volví a pensar en el Lincoln con matrícula de Florida aparcado delante de la casa de apuestas.

—No estoy seguro de querer que me vean entrar en un sitio como ese. Es posible que quiera volver a enseñar, y al menos dos miembros del consejo escolar ya me tienen atravesado.

—Podrías probar con Frank Frati, en Fort Worth. Tiene una casa de empeños. —La silla volvió a hacer ese ruido cuando se inclinó hacia delante para verme mejor la cara—. ¿He dicho algo malo? ¿O es que te has tragado una mosca?

—No, nada. Es solo que conocí a un Frati una vez. Que también tenía una casa de empeños y llevaba apuestas.

—Probablemente procedan del mismo clan de prestamistas de Rumanía. En cualquier caso, él podría absorber esos quinientos, sobre todo para una apuesta de primo como es esta. Pero no te dará los beneficios que mereces. Claro que de Roth tampoco los conseguirías, pero se estiraría algo más que Frank Frati.

—Pero con Frank me libro de la relación con la mafia, ¿verdad?

—Supongo, pero ¿quién puede estar seguro? Los corredores de apuestas, hasta los que trabajan a tiempo parcial, no son conocidos por sus contactos comerciales de altos vuelos.

—Probablemente debería aceptar tu consejo y quedarme con mi dinero.

Quinlan parecía horrorizado.

—No, no, *no*, no lo hagas. Apuesta a que los Osos ganan la NFC. Así te forrarás. Prácticamente te lo garantizo.

14

El 22 de julio le dije a Sadie que tenía que ocuparme de unos asuntos en Dallas y que le había pedido a Deke que pasara a verla. Me contestó que no hacía falta, que estaría bien. Empezaba a ser la de antes. Poquito a poco, sí, pero empezaba.

No me hizo preguntas sobre la naturaleza de mis asuntos.

Mi parada inicial fue el First Corn, donde abrí mi caja de seguridad y repasé tres veces las notas de Al para asegurarme de que recordaba correctamente lo que creía recordar. Y sí, Tom Case iba a ser el inesperado ganador, al noquear a Dick Tiger en el quinto. Al debía de haber encontrado el combate en internet, porque se había ausentado de Dallas —y los sensacionales sesenta— mucho antes.

—¿Le puedo ayudar en algo más, señor Amberson? —preguntó mi banquero mientras me acompañaba a la puerta.

Bueno, podrías rezar una pequeña oración para que mi viejo amigo Al Templeton no se tragase una bola de internet.

—Tal vez sí. ¿Sabe dónde puedo encontrar una tienda de disfraces? Me toca hacer de mago en el cumpleaños de mi sobrino.

La secretaria del señor Link, tras una breve consulta a las Páginas Amarillas, me remitió a una dirección de Young Street. Allí compré lo que necesitaba. Lo guardé en mi piso de Neely Oeste; ya que pagaba el alquiler, al menos lo aprovecharía para algo. También dejé mi revólver, en el estante superior del armario. El micrófono, que había retirado de la lámpara de arriba, acabó en la guantera de mi coche, junto con la pequeña e ingeniosa grabadora japonesa. Los tiraría a los matorrales en el camino de vuelta a Jodie. Ya no me servían. No habían vuelto a alquilar el piso de arriba, y en la casa reinaba un silencio inquietante.

Antes de dejar Neely Street, pasé por el patio lateral vallado, donde, apenas tres meses antes, Marina había sacado fotos de Lee con su fusil. No había nada que ver, solo tierra apisonada y unas cuantas malas hierbas. Entonces, cuando me daba la vuelta para partir, *sí* que vi algo: un destello rojo bajo la escalera de entrada. Era un sonajero de bebé. Lo cogí y lo metí en la guantera de mi Chevy, junto al micrófono, pero, a diferencia de este, lo conservé. No sé por qué.

15

Mi siguiente parada era la enorme finca de Simpson Stuart Road donde George de Mohrenschildt vivía con su mujer, Jeanne. En cuanto la vi, la descarté para el encuentro que había planeado. Para empezar, no podría estar seguro de cuándo Jeanne estaba en casa y cuándo no, y esa conversación en concreto tenía que ser estrictamente entre machotes. Además, no estaba lo bastante aislada. El colegio Paul Quinn, un centro solo para negros, quedaba cerca, y debían de haber empezado los cursos de verano. No había manadas de niños, pero vi pasar a bastantes, unos caminando y otros en bici. No se avenía con mis propósitos. Era posible que nuestra charla se volviera ruidosa. Era posible que no fuera en absoluto una charla, por lo menos en el sentido del diccionario.

Algo me llamó la atención. Estaba en el amplio jardín delantero de los De Mohrenschildt, donde los aspersores lanzaban elegantes chorros por los aires y creaban arcoíris que parecían lo bastante pequeños para metértelos en el bolsillo. 1963 no era año de elecciones, pero a principios de abril —justo por las fechas en las que alguien había disparado al general Edwin Walker— el representante del Distrito Quinto había padecido un infarto fulminante. El 6 de agosto se celebraría una elección extraordinaria para ocupar su escaño.

El cartel rezaba: **¡VOTA A JENKINS PARA EL 5.º DISTRITO! ¡ROBERT «ROBBIE» JENKINS, EL CABALLERO BLANCO DE DALLAS!**

Según los periódicos, Jenkins se merecía ese título y más, pues era un derechista de la misma cuerda de Walker y su consejero espiritual, Billy James Hargis. Robbie Jenkins defendía los derechos de los estados, las escuelas separadas pero iguales y la reinstauración del bloqueo de la Crisis de los Misiles en torno a Cuba. La misma Cuba que De Mohrenschildt había llamado «esa isla preciosa». El cartel reforzaba una poderosa sensación que yo ya había desarrollado acerca de De Mohrenschildt. Era un diletante que, en el fondo, no tenía ninguna opinión política. Apoyaría a cualquiera que le divirtiese o que pusiera dinero en su bolsillo. Lee Oswald no podía hacer eso último —era tan pobre que hacía que las ratas pareciesen ricachonas—, pero su dedicación al socialismo, tan seria, combinada con sus grandilocuentes ambiciones personales, había ofrecido a De Mohrenschildt ración doble de lo primero.

Una deducción parecía obvia: Lee nunca había pisado el césped o ensuciado las alfombras de esa casa con sus pies de pobretón. Esa era la otra vida de De Mohrenschildt... o una de ellas. Tenía la sensación de que podía tener varias, que mantenía en diversos compartimientos estancos. Pero todo eso no respondía a la pregunta esencial: ¿estaba tan aburrido que había acompañado a Lee en su misión de asesinar al monstruo fascista Edwin Walker? No lo conocía lo bastante bien para hacer una conjetura fundamentada.

Pero lo conocería. Estaba decidido.

16

El cartel de la ventana de la casa de empeños de Frank Frati decía BIENVENIDOS A LA CENTRAL DE LA GUITARRA, y había muchas en el escaparate: acústicas, eléctricas, de doce cuerdas y una con doble mástil que me recordaba a algo que había visto en un vídeo de Mötley Crüe. Por supuesto, también había todos los demás detritos de las vidas estropeadas: anillos, broches, collares, radios, pequeños electrodomésticos. La mujer que me atendió estaba escuálida en vez de gorda, llevaba pantalones y una blusa Ship N Shore en vez de vestido púrpura y mocasines, pero la cara impasible era la misma que la de la mujer que había conocido en Derry, y las palabras que oí salir de mis labios fueron las mismas que entonces. O por lo menos unas bastante parecidas.

—Me gustaría comentar una propuesta de negocios de índole deportiva y bastante grande con el señor Frati.

—¿Sí? ¿Eso, cuando llega a casa y se quita el maquillaje, es una apuesta?

—¿Es usted policía?

—Sí, soy el jefe Curry de la Policía de Dallas. ¿No lo ha notado por las gafas y los mofletes?

—No veo gafas ni mofletes, señora.

—Eso es porque voy de incógnito. ¿A qué quiere apostar en mitad del verano, amigo? No hay nada a lo que apostar.

—Case-Tiger.

—¿Qué boxeador?

—Case.

Puso los ojos en blanco y después gritó por encima del hombro:

—Será mejor que salgas, papá, aquí hay un pardillo.

Frank Frati doblaba al menos en edad a Chaz Frati, pero aun así se le parecía. Eran parientes, por supuesto que sí. Si mencionaba que una vez había hecho una apuesta con un tal señor Frati de Derry, Maine, no me cabía duda de que podíamos tener una agradable charla sobre lo pequeño que era el mundo.

En vez de eso, pasé directamente a las negociaciones. ¿Podía apostar quinientos dólares a que Tom Case ganaba su combate con Dick Tiger en el Madison Square Garden?

—Sí, señor —dijo Frati—. También podría meterse un hierro de marcar al rojo por el trasero, pero ¿para qué iba a hacerlo?

Su hija soltó una breve risotada estridente.

—¿Qué clase de cuota me ofrecería?

Miró a la hija. Ella levantó las manos. Dos dedos se alzaron en la izquierda, uno en la derecha.

—¿Dos a uno? Eso es ridículo.

—La vida es ridícula, amigo mío. Vaya a ver una obra de Ionesco si no me cree. Le recomiendo *Víctimas del deber*.

Bueno, al menos no me llamaba «primo», como había hecho su primero de Derry.

—Trabaje un poco conmigo en esto, señor Frati.

Él cogió una Epiphone Hummingbird acústica y empezó a afinarla. Lo hizo a una velocidad sobrenatural.

—Deme algo con lo que trabajar, entonces, o tire para Dallas. Hay un sitio llamado…

—Ya conozco el sitio de Dallas. Prefiero Fort Worth. Antes vivía aquí.

—La decisión de mudarse es más sensata que la de apostar por Tom Case.

—¿Qué me dice de que Case gane por KO en algún momento de los siete primeros asaltos? ¿Qué me daría por eso?

Miró a la hija. Esa vez levantó tres dedos en la mano izquierda.

—¿Y Case por KO en los cinco primeros?

La chica recapacitó y luego alzó un cuarto dedo. Decidí no tirar más de la cuerda. Escribí mi nombre en su cuaderno y le enseñé mi carnet de conducir, con el pulgar encima de la dirección de Jodie, tal y como había hecho cuando aposté por los Piratas en la Financiera Faith hacía casi tres años. Después entregué mi dinero, que venía a ser una cuarta parte del efectivo que me quedaba, y me guardé el recibo en la cartera. Dos mil bastarían para costear una temporada más los gastos de Sadie y mantenerme durante el resto de mi estancia en Texas. Además, tenía tan pocas ganas de extorsionar a ese Frati como a Chaz, aunque aquel me hubiera echado encima a Bill Turcotte.

—Volveré el día después del baile —dije—. Tenga preparado mi dinero.

La hija se rió y se encendió un cigarrillo.

—¿No es eso lo que le dijo la corista al arzobispo?

—¿No se llamará Marjorie, por causalidad? —pregunté.

Se quedó paralizada con el pitillo delante y una columna de humo saliendo de entre sus labios.

—¿Cómo lo ha sabido? —Vio mi expresión y se rió—. Me llamo Wanda, campeón. Espero que se le dé mejor apostar que adivinar nombres.

Mientras volvía a mi coche, esperé lo mismo.

CAPÍTULO 25

1

La mañana del 5 de agosto me quedé con Sadie hasta que la subieron a una camilla y se la llevaron al quirófano. Allí la esperaba el doctor Ellerton, acompañado de médicos suficientes para formar un equipo de baloncesto. A Sadie le brillaban los ojos por la anestesia.

—Deséame suerte.

Me incliné y la besé.

—Toda la suerte del mundo.

Pasaron tres horas antes de que la llevaran de vuelta a la habitación —la misma, con el mismo cuadro en la pared y el mismo retrete canijo—, dormida como un tronco y roncando, con el lado izquierdo de la cara cubierto por un vendaje nuevo. La llevaba Rhonda McGinley, la enfermera de los hombros de jugador de fútbol americano. Me dejó quedarme con ella hasta que recuperó un poco la conciencia, lo que suponía una gran infracción de las normas. Los horarios de visitas son más estrictos en la Tierra de Antaño. A menos que le hayas caído en gracia a la enfermera jefe, se entiende.

—¿Cómo estás? —pregunté mientras le asía la mano.

—Me duele. Y tengo sueño.

—Pues duérmete, cariño.

—A lo mejor la próxima vez… —Sus palabras se difuminaron en un aterciopelado siseo. Se le cerraron los ojos, pero les obligó a abrirse con un esfuerzo— irá mejor. En tu tierra.

Luego se quedó dormida, y me dejó algo en lo que pensar.

Cuando volví al mostrador de las enfermeras, Rhonda me dijo que el doctor Ellerton me esperaba abajo, en la cafetería.

—La tendremos ingresada esta noche y es probable que también mañana —explicó—. Lo último que queremos es que desarrolle cualquier clase de infección. —(Más tarde recordaría eso, por supuesto; uno de esos detalles que resulta divertido, pero no mucho.)

—¿Cómo ha ido?

—Todo lo bien que cabía esperar, pero los daños que causó Clayton fueron muy graves. Dependiendo de la recuperación, programaré la segunda tanda para noviembre o diciembre. —Encendió un cigarrillo, exhaló humo y añadió—: Este es un equipo quirúrgico magnífico, y haremos todo lo que podamos… pero hay límites.

—Sí. Lo sé. —Estaba bastante seguro de saber otra cosa, además: no habría más operaciones. Por lo menos allí. La siguiente ocasión en que Sadie se las viera con el bisturí, no sería un bisturí, sino un láser.

En *mi* tierra.

2

Las pequeñas economías siempre se vuelven contra ti. Había hecho quitar el teléfono de mi piso de Neely Street para ahorrar ocho o diez dólares al mes, y ahora lo necesitaba. Pero a cuatro manzanas había una tienda U-Tote-M con una cabina de teléfono junto a la nevera de la Coca-Cola. Tenía el número de De Mohrenschildt en un trozo de papel. Eché una moneda y marqué.

—Residencia de los De Mohrenschildt, ¿en qué puedo ayudarle? —No era la voz de Jeanne. Una doncella, probablemente; ¿de dónde sacaba la pasta esa familia?

—Me gustaría hablar con George, por favor.

—Me temo que está en la oficina, señor.

Saqué un bolígrafo del bolsillo de la camisa.

—¿Puede darme el número?

—Sí, señor. Chapel 5-6323.

—Gracias. —Lo apunté en el dorso de mi mano.

—¿Quiere que le deje un recado, por si no lo encuentra, señor?

Colgué. Empezaba a envolverme de nuevo ese escalofrío. Lo recibí con satisfacción. Si alguna vez había necesitado fría claridad, era entonces.

Eché otra moneda y esa vez hablé con una secretaria que me informó de que había llamado a la Centrex Corporation. Le dije que quería hablar con el señor De Mohrenschildt. Ella, por supuesto, quiso saber por qué.

—Dígale que es acerca de Jean-Claude Duvalier y Lee Oswald. Dígale que es por su interés.

—¿Su nombre, señor?

Puddentane no colaría allí.

—John Lennon.

—Espere un momento, por favor, señor Lennon, veré si puede ponerse.

No hubo música enlatada, lo que en general me pareció una mejora. Me apoyé en la pared de la caldeada cabina y contemplé el cartel de SI FUMA, ENCIENDA EL VENTILADOR. No fumaba, pero encendí el ventilador de todas formas. No ayudó mucho.

Sonó en mi oído un chasquido lo bastante fuerte para sobresaltarme, y la secretaria dijo:

—Tiene línea, señor D.

—¿Hola? —Esa voz tonante y jovial de actor—. ¿Hola? ¿Señor Lennon?

—Hola. ¿Esta línea es segura?

—¿Qué quie…? Por supuesto que lo es. Espere un segundo, cerraré la puerta.

Se produjo una pausa, y luego volvió a ponerse.

—¿De qué se trata?

—De Haití, amigo mío. Y de concesiones petrolíferas.

—¿Qué pasa con *Monsieur* Duvalier y el tal Oswald? —No había preocupación en su voz, solo alegre curiosidad.

—Venga, los conoce a los dos mucho mejor de lo que aparenta —dije—. Llámeles Baby Doc y Lee, no se corte.

—Hoy estoy muy ocupado, señor Lennon. Si no me explica de qué se trata, me temo que tendré que…

—Baby Doc puede aprobar las concesiones petrolíferas en Haití que usted lleva esperando los últimos cinco años. Y usted lo sabe;

es la mano derecha de su padre, dirige a los *tonton macoute* y está el primero en la línea de sucesión de la gran poltrona. Usted le cae bien, y a nosotros también nos cae bien…

De Mohrenschildt empezó a hablar menos como un actor y más como un tipo real.

—Cuando dice «nosotros», ¿se refiere a…?

—Nos cae bien a todos, De Mohrenschildt, pero nos preocupa su asociación con Oswald.

—¡Jesús, si apenas lo conozco! ¡Hace seis u ocho meses que no lo veo!

—Lo vio el Domingo de Pascua. Le llevó a su hijita un conejo de peluche.

Una pausa muy larga. Después:

—De acuerdo, es verdad. Me había olvidado de eso.

—¿Se había olvidado de que alguien disparó contra Edwin Walker?

—¿Qué tiene que ver eso conmigo? ¿O con mis negocios? —Su perpleja indignación resultaba casi imposible de poner en duda. Palabra clave: «*casi*».

—Venga, vamos —dije—. Acusó a Oswald de hacerlo.

—*¡Era una broma, joder!*

Le di dos segundos, y dije:

—¿Sabe para qué compañía trabajo, De Mohrenschildt? Le daré una pista: no es Standard Oil.

Hubo un silencio en la línea mientras De Mohrenschildt repasaba las trolas que le había soltado hasta el momento. Solo que *no eran* trolas, no del todo. Le había dicho lo del conejo de peluche, y había aludido a la broma de «¿Cómo has podido fallar?» que había hecho después de que su mujer viera el fusil. La conclusión estaba bastante clara. Mi compañía era La Compañía, y la única cuestión que De Mohrenschildt tenía en la cabeza en ese momento —esperaba yo— era qué partes más de su sin duda interesante vida habíamos espiado.

—Esto es un malentendido, señor Lennon.

—Espero por su bien que lo sea, porque a nosotros nos parece que podría haberle usted incitado a disparar. Insistiendo sin parar sobre lo racista que es Walker y que si va a ser el siguiente Hitler americano.

—¡Eso es totalmente falso!

No hice caso.

—Pero esa no es nuestra principal preocupación. Nuestra principal preocupación es que pudiera haber usted acompañado al señor Oswald en su «gestión» del 10 de abril.

—*Ach, mein Gott!* ¡Eso es una locura!

—Si puede demostrarlo, y si promete mantenerse alejado del inestable señor Oswald en el futuro...

—¡Está en Nueva Orleans, por el amor de Dios!

—Cállese —dije—. Sabemos dónde está y lo que hace. Repartir panfletos de Juego Limpio con Cuba. Si no para pronto, acabará en la cárcel. —Y así sería, en menos de una semana. Su tío Dutz, el que tenía relación con Carlos Marcello, pagaría su fianza—. Volverá a Dallas bien pronto, pero usted no lo verá. Su jueguecillo ha terminado.

—Le digo que yo nunca...

—Esas concesiones aún pueden ser suyas, pero no lo serán a menos que pueda demostrar que no estuvo con Oswald el 10 de abril. ¿Puede?

—De... déjeme pensar. —Se produjo una larga pausa—. Sí. Sí, creo que puedo.

—Entonces veámonos.

—¿Cuándo?

—Esta noche. A las nueve en punto. Debo dar parte a ciertas personas, y estarían muy disgustadas conmigo si le concediera tiempo para montar una coartada.

—Venga a casa. Mandaré a Jeanne a ver una película con sus amigas.

—Tengo otro lugar en mente. Y no necesitará señas para encontrarlo. —Le dije lo que tenía pensado.

—¿Por qué allí? —Su perplejidad parecía sincera.

—Vaya y punto. Y si no quiere que los Duvalier *père* y *fils* se enfaden mucho con usted, amigo mío, vaya solo.

Colgué.

3

Volvía a estar en el hospital a las seis, como un clavo, y estuve con Sadie durante media hora. La encontré con la cabeza despejada, y afirmó que no le dolía demasiado. A las seis y media la besé en la mejilla buena y le dije que tenía que irme.

—¿Tus negocios? —preguntó—. ¿Tus negocios reales?

—Sí.

—Que nadie salga malparado si no es absolutamente necesario. ¿De acuerdo?

Asentí.

—Y nunca por error.

—Ándate con cuidado.

—Con pies de plomo.

Intentó sonreír. El gesto se convirtió en una mueca cuando sintió el tirón de la carne recién despellejada del lado izquierdo de su cara. Sus ojos miraron por encima de mi hombro. Me giré y vi a Deke y Ellie en el umbral. Llevaban sus mejores galas: Deke traje ligero, corbata de lazo y sombrero de cowboy de ciudad; Ellie un vestido rosa de seda.

—Podemos esperar, si queréis —dijo Ellie.

—No, pasad. Yo ya me iba. Pero no os quedéis mucho, está cansada.

Besé a Sadie dos veces: labios secos y frente húmeda. Después fui con el coche hasta Neely Oeste Street, donde extendí lo que había comprado en la tienda de disfraces y artículos de broma. Trabajé poco a poco y con cuidado delante del espejo del baño, consultando constantemente las instrucciones y deseando que Sadie estuviera allí para ayudarme.

No me preocupaba que De Mohrenschildt me viera y dijese «¿*No le he visto en alguna parte?*»; lo que quería era asegurarme de que no reconociera a «John Lennon» más adelante. Según lo creíble que me pareciera, quizá tendría que volver a hablar con él. En ese caso, quería pillarlo por sorpresa.

Primero me pegué el bigote. Era un bigote poblado que me hacía parecer un forajido de un western de John Ford. Luego vino el maquillaje que me puse en la cara y las manos para darme un bronceado de ranchero. A continuación unas gafas con montura de carey y cristales planos. Había considerado por un momento la posibilidad de teñirme el pelo, pero eso habría creado un paralelismo con John Clayton que no podía afrontar. En lugar de eso me calé una gorra de los Bullets de San Antonio. Cuando acabé, apenas me reconocía en el espejo.

—Que nadie salga malparado a menos que sea absolutamente imprescindible —dije al desconocido del espejo—. Y nunca por error. ¿Lo tenemos claro?

El desconocido asintió, pero los ojos tras las gafas falsas eran fríos.

Lo último que hice antes de partir fue bajar mi revólver del estante del armario y metérmelo en el bolsillo.

4

Llegué al aparcamiento desierto del final de Mercedes Street con veinte minutos de adelanto, pero De Mohrenschildt ya estaba allí, con su Cadillac hortera encajado contra la pared trasera de ladrillo del almacén de Montgomery Ward. Eso significaba que estaba nervioso. Excelente.

Miré a mi alrededor, casi esperando ver a las niñas de la comba, pero, por supuesto, ya se habían recogido por esa noche; posiblemente dormían y soñaban con Charlie Chaplin recorriendo Francia para ver a las damas que danzan.

Aparqué cerca del yate de De Mohrenschildt, bajé la ventanilla, saqué la mano izquierda y curvé el dedo índice para indicarle que se acercase. Por un momento De Mohrenschildt se quedó donde estaba, como si dudase. Después salió. No había ni rastro de los andares de gallito. Parecía asustado y huidizo. Eso también era excelente. En una mano llevaba una carpeta. Por lo plana que parecía, no había gran cosa dentro. Esperaba que no fuese un mero adorno. Si lo era, íbamos a bailar, y no sería el lindy-hop.

Abrió la puerta, se asomó dentro y dijo:

—Oiga, no me irá a pegar un tiro ni nada, ¿verdad?

—No —respondí, esperando sonar a aburrido—. Si fuera del FBI a lo mejor tendría que preocuparse por eso, pero no lo soy y usted lo sabe. Ya ha hecho negocios con nosotros. —Esperaba de todo corazón que las notas de Al estuvieran en lo cierto.

—¿Lleva algún micrófono este coche? ¿O *usted*?

—Si tiene cuidado con lo que dice, no tendrá que preocuparse por nada, ¿verdad? Ahora, entre.

Lo hizo y cerró la puerta.

—Sobre esas concesiones…

—Ese tema puede tratarlo en otro momento, con otras personas. El petróleo no es mi especialidad. Mi especialidad es ocuparme de quienes se comportan de forma indiscreta, y su relación con Oswald ha sido muy indiscreta.

—Tenía curiosidad, nada más. Es un hombre que ha conseguido desertar e irse a Rusia, para luego desertar otra vez y volver a Estados Unidos. Es un cateto a medio educar, pero tiene una maña sorprendente. Además… —Carraspeó—. Tengo un amigo que quiere follarse a su mujer.

—Eso ya lo sabemos —dije, pensando en Bouhe: un George más en un desfile al parecer interminable de ellos—. Lo único que me interesa es asegurarme de que no tuvo usted nada que ver con ese intento chapucero de matar a Walker.

—Mire esto. Lo he sacado del libro de recortes de mi mujer.

Abrió la carpeta, sacó la página solitaria de prensa que contenía y me la pasó. Encendí la luz del techo del Chevy con la esperanza de que mi bronceado no se delatara como el maquillaje que era. Aunque, bien pensado, ¿qué más daba? A De Mohrenschildt le parecería una estratagema de espías más.

La hoja era del *Morning News* del 12 de abril. Conocía la sección; EN LA CIUDAD era leída probablemente con mucho mayor detenimiento por la mayoría de los habitantes de Dallas que las noticias nacionales e internacionales. Había nombres en negrita a mansalva y montones de fotos de hombres y mujeres vestidos de gala. De Mohrenschildt había usado tinta roja para rodear un breve a media altura de la página. En la imagen que lo acompañaba, George y Jeanne eran inconfundibles. Él iba de esmoquin y lucía una sonrisa que parecía enseñar tantos dientes como teclas tiene un piano. Jeanne mostraba un canalillo de vértigo, que la tercera persona de la mesa parecía observar con atención. Los tres sostenían en alto copas de champán.

—Esto es del periódico del *viernes* —observé—. El disparo contra Walker fue un miércoles.

—Estos artículos de «En la ciudad» siempre salen con dos días de retraso. Porque hablan de la vida nocturna, ¿comprende? Además… no mire solo la foto, hombre, lea. ¡Está ahí mismo, en negro sobre blanco!

Lo comprobé, pero supe que me estaba diciendo la verdad en cuanto vi el nombre del otro hombre en la negrita estilo «tachán-tachán» del periódico. El eco armónico era tan ruidoso como un amplificador de guitarra con la reverberación puesta.

El magnate local del petróleo **George de Mohrenschildt** y su esposa **Jeanne** alzaron una copa (¡o a lo mejor fueron una docena!) en el **Club Carousel** la noche del miércoles, celebrando el cumpleaños de la divina dama. ¿Cuántos años? Los tortolitos no nos lo dijeron, pero nosotros no le echamos ni un día más de veintitrés (¡bombón!). Su anfitrión fue el jovial mandamás del **Carousel, Jack Ruby**, quien les mandó una botella de champán y después se les unió en un brindis. ¡Feliz cumpleaños, **Jeanne**, y que nos saludes muchos años!

—El champán era matarratas y estuve resacoso hasta las tres de la tarde del día siguiente, pero si le deja satisfecho valió la pena.

Me dejaba satisfecho; también fascinado.

—¿Conoce bien a este tal Ruby?

Sorbió por la nariz: todo su esnobismo señorial expresado en una única inhalación rápida por las narinas dilatadas.

—No muy bien, ni ganas. Es un pequeño judío loco que invita a la policía a copas para que miren para otro lado cuando usa los puños. Cosa que le agrada. Un día su mal genio le costará un disgusto. A Jeanne le gustan las bailarinas de striptease. La ponen caliente. —Se encogió de hombros, como para decir «Quién entiende a las mujeres»—. Y ahora, ¿está usted…? —Bajó la vista, vio la pistola en mi puño y dejó de hablar. Abrió los ojos como platos. Sacó la lengua y se lamió los labios. Emitió un curioso chupeteo húmedo cuando regresó a su boca.

—¿Que si estoy satisfecho? ¿Era eso lo que iba a preguntarme? —Le clavé la boca del cañón de la pistola y su exclamación ahogada me proporcionó un placer considerable. Matar cambia a un hombre, hacedme caso, lo encallece, pero en mi defensa debo decir que, si alguna vez hubo un hombre que mereciera un saludable susto, era ese. Marguerite era en parte responsable de en lo que se había convertido su hijo menor, y había responsabilidad de sobra para el propio Lee (todos esos sueños de gloria a medio cocer), pero De

Mohrenschildt había puesto su granito de arena ¿Y formaba parte de una trama complicada parida en las entrañas de la CIA? No. Para él, visitar los bajos fondos era un pasatiempo. La rabia y la decepción que se forjaban en el horno enchufado de la perturbada personalidad de Lee le divertían.

—Por favor —susurró De Mohrenschildt.

—Estoy satisfecho. Pero escúcheme, charlatán: no volverá a ver a Lee Oswald en su vida. No volverá a hablar con él por teléfono. Jamás mencionará una palabra de esta conversación a su esposa, su madre, George Bouhe o cualquiera de los otros emigrados. ¿Lo entiende?

—Sí. Del todo. Él empezaba a aburrirme, de todas formas.

—Ni la mitad de lo que me aburre usted a mí. Si descubro que ha hablado con Lee, le mataré. *Capisce?*

—Sí. ¿Y las concesiones…?

—Alguien se pondrá en contacto con usted. Y ahora salga de mi coche cagando leches.

Salió como alma que lleva el diablo. Cuando estuvo al volante del Cadillac, saqué la mano izquierda. En vez de indicarle que se acercase, esa vez usé mi índice para señalar Mercedes Street. Se fue.

Yo esperé un rato más en el coche, mirando el recorte, que con tanta prisa había olvidado llevarse con él. Los De Mohrenschildt y Jack Ruby con las copas alzadas. ¿Era un cartel señalando hacia una conspiración, a fin de cuentas? Los chiflados que creían en cosas como tiradores que brotaban de alcantarillas y dobles de Oswald probablemente lo hubiesen creído, pero yo sabía lo que pasaba. Era solo otro armónico. Aquello era la Tierra de Antaño, donde todo tenía un eco.

Sentía que había cerrado la ventana de incertidumbre de Al Templeton hasta dejar la más mínima de las corrientes. Oswald regresaría a Dallas el 3 de octubre. Según las notas de Al, lo contratarían como peón en el Depósito de Libros Escolares de Texas a mediados de octubre. Solo que eso no iba a pasar, porque en algún momento entre el 3 y el 16, yo iba a acabar con su miserable y peligrosa vida.

5

Me dieron permiso para sacar a Sadie del hospital la mañana del 7 de agosto. Durante el trayecto de vuelta a Jodie estuvo callada. Yo notaba que seguía sintiendo bastante dolor, pero la mayor parte del camino tuvo una mano amigable sobre mi muslo. Cuando salimos de la Autopista 77 a la altura del gran cartel de los Leones de Denholm, dijo:

—Vuelvo al instituto en septiembre.

—¿Seguro?

—Sí. Si pude plantarme delante del pueblo entero en la Alquería, supongo que me las apañaré con unos cuantos chavales en la biblioteca del instituto. Además, tengo la sensación de que necesitaremos el dinero. A menos que dispongas de una fuente de ingresos que desconozco, tienes que estar casi arruinado. Gracias a mí.

—A finales de mes tendría que entrarme algo de dinero.

—¿El combate?

Asentí.

—Bien. Y en cualquier caso solo tendré que escuchar los susurros y las risillas durante una temporada corta. Porque, cuando te vayas, me iré contigo. —Hizo una pausa—. Si eso sigue siendo lo que quieres.

—Sadie, eso es *lo único* que quiero.

Enfilamos la calle principal. Jem Needham terminaba en ese momento la ronda con su camioneta de la leche. Bill Gavery colocaba hogazas de pan recién hecho bajo una tela delante de la panadería. Dentro de un coche con el que nos cruzamos, Jan y Dean cantaban que en la Ciudad del Surf había dos chicas para cada chico.

—¿Me gustará, Jake? Tu tierra, digo.

—Eso espero, cariño.

—¿Es muy diferente?

Sonreí.

—La gente paga más por la gasolina y tiene que pulsar más botones. Por lo demás, viene a ser lo mismo.

6

Ese cálido agosto fue lo más parecido a una luna de miel que logramos tener, y fue una delicia. Mandé a la porra el fingir que dormía en casa de Deke Simmons, aunque por la noche seguía dejando el coche en su camino de entrada.

Sadie se recuperó con rapidez del último agravio a su carne y, aunque un ojo seguía medio cerrado y aún tenía cicatrices y un profundo hueco donde Clayton la había rajado hasta llegar al interior de la boca, la habían mejorado ostensiblemente. Ellerton y su equipo habían hecho un buen trabajo con lo que tenían.

Leíamos sentados uno al lado del otro en su sofá, mientras su ventilador nos echaba el pelo hacia atrás: ella *El grupo*, yo *Jude el oscuro*. Montábamos picnics en el jardín de atrás, a la sombra de su querido pistacho chino, y bebíamos litros de café helado. Sadie empezó a fumar menos otra vez. Veíamos *Látigo*, *Ben Casey* y *Ruta 66*. Una noche Sadie puso *Las nuevas aventuras de Ellery Queen*, pero le pedí que cambiara de canal. No me gustaban las series de misterio, dije.

Antes de acostarnos, le aplicaba pomada con cuidado en la herida de la cara y, cuando ya estábamos en la cama..., todo bien. Dejémoslo ahí.

Un día, delante del supermercado, me encontré con la intachable miembro del consejo escolar Jessica Caltrop. Me dijo que le gustaría hablar un momento conmigo sobre «un tema delicado».

—¿De qué se trata, señorita Caltrop? —pregunté—. Porque he comprado helado y me gustaría llegar a casa antes de que se derrita.

Me dedicó una sonrisa fría que podría haber mantenido firme mi vainilla durante horas.

—¿A la casa de Bee Tree Lane, señor Amberson? ¿Con la desafortunada señorita Dunhill?

—No me parece que sea de su incumbencia.

La sonrisa se enfrió un poco más.

—Como miembro del consejo escolar, tengo que asegurarme de la escrupulosa moralidad de nuestro profesorado. Si usted y la señorita Dunhill están viviendo juntos, es motivo de grave inquietud para mí. Los adolescentes son impresionables. Imitan lo que ven en sus mayores.

—¿Eso cree? Después de unos quince años dando clase, yo diría que observan el comportamiento adulto y salen corriendo en la dirección opuesta tan rápido como pueden.

—Estoy segura de que podemos sostener un ilustrativo debate sobre sus opiniones acerca de la psicología adolescente, señor Amberson, pero no es por eso por lo que le he pedido hablar un momento, por incómodo que me resulte. —No parecía en absoluto incómoda—. Si está viviendo en pecado con la señorita Dunhill…

—Pecado —dije—. Esa sí que es una palabra interesante. Jesús dijo que aquel que esté libre de pecado, que tire la primera piedra. Aquel o aquella, supongo. ¿Está usted libre de pecado, señorita Caltrop?

—No estamos hablando de mí.

—Pero podríamos hablar de usted. Yo podría hablar de usted. Podría, por ejemplo, empezar a preguntar en el pueblo por el bombo que le hicieron hace un tiempo.

Se echó atrás como si le hubiera dado una bofetada y retrocedió dos pasos hacia la pared de ladrillo del súper. Yo di dos pasos al frente, con las bolsas de la compra retorcidas en mis brazos.

—Eso me ha parecido de mal gusto y ofensivo. Si todavía estuviera usted enseñando, le…

—Estoy seguro, pero el caso es que no enseño, o sea que tiene que escucharme con mucha atención. Tengo entendido que tuvo una criatura a los dieciséis años, cuando vivía en el rancho Sweetwater. No sé si el padre fue un compañero de clase, un vaquero de paso o su propio padre…

—¡Es usted asqueroso!

Cierto. Y a veces es un gustazo.

—No me importa quién fuera, pero me importa Sadie, que ha sufrido más dolor y tristeza que usted en toda su vida. —Ya la tenía acorralada contra la pared de ladrillo. Me miraba de abajo arriba con ojos brillantes de terror. En otro momento y lugar podría haberme dado pena. No en ese instante—. Si dice una *sola palabra* sobre Sadie, a quien sea, me ocuparé de descubrir dónde para ese hijo suyo hoy en día y haré correr la información de una punta a otra de este pueblo. ¿Me entiende?

—¡Quítese de en medio! ¡Déjeme pasar!

—¿*Me entiende*?

—¡Sí! ¡¡Sí!!

—Bien. —Retrocedí—. Viva su vida, señorita Caltrop. Sospecho que ha sido bastante gris desde los dieciséis años; ajetreada, eso sí, porque inspeccionar los trapos sucios ajenos debe de mantenerla muy ocupada. Ande, viva su vida, y déjenos a nosotros vivir la nuestra.

Se deslizó hacia la izquierda, pegada a la pared de ladrillo, en dirección al aparcamiento de detrás del supermercado. Los ojos se le salían de las órbitas. No los apartó de mí.

Sonreí afablemente.

—Antes de que esta conversación se convierta en algo que no ha sucedido nunca, quiero darle un consejo, señoritinga. Hablo con el corazón en la mano. Quiero a Sadie, y no conviene tocarle los cojones a un hombre enamorado. Si se mete en mis asuntos, o en los de Sadie, haré todo lo posible por convertirla en la zorra entrometida más infeliz de Texas. Esa es la sincera promesa que le hago.

Corrió hacia el aparcamiento. Se la veía torpe, como alguien que hace mucho que no se mueve a un ritmo más rápido que un paseo decoroso. Con su falda marrón hasta las pantorrillas, sus medias opacas color carne y sus discretos zapatos marrones, era la viva imagen de su época. El pelo se le estaba saliendo del moño. No me cabía duda de que en un tiempo lo había llevado suelto, como a los hombres les gusta ver la melena de una mujer, pero de eso hacía mucho.

—¡Y que tenga un buen día! —le grité.

7

Sadie entró en la cocina mientras yo estaba metiendo cosas en la nevera.

—Has estado fuera mucho tiempo. Empezaba a preocuparme.

—Me he enredado hablando. Ya sabes cómo es Jodie. Siempre hay alguien con quien charlar un ratillo.

Sonrió. El gesto empezaba a salirle cada vez con más facilidad.

—Eres un buen chico.

Le di las gracias y le dije que ella era una buena chica. Me pregunté si Caltrop hablaría con Fred Miller, el otro miembro del consejo escolar que se consideraba un guardián de la moralidad del pueblo. No lo creía. No era solo que supiera lo de su desliz de juventud; me había propuesto asustarla. Con De Mohrenschildt había funcionado, y con ella también. Asustar a la gente es un trabajo sucio, pero alguien tiene que hacerlo.

Sadie cruzó la cocina y me rodeó con un brazo.

—¿Qué te parecería un fin de semana en los Bungalows Candlewood antes de que empiece el curso? Como en los viejos tiempos… Supongo que es mucho descaro por parte de Sadie, ¿no?

—Bueno, eso depende. —La estreché en mis brazos—. ¿Estamos hablando de un fin de semana guarrillo?

Se ruborizó, salvo por la zona que rodeaba la cicatriz, que se mantuvo blanca y reluciente.

—Guarrísimo, señor mío.

—Entonces, cuanto antes mejor.

8

En realidad no fue un fin de semana guarrillo, a menos que uno crea —como parecen creer las Jessica Caltrop del mundo— que hacer el amor es una cochinada. Es cierto que pasamos buena parte del tiempo en la cama, pero también estuvimos bastante rato fuera de ella. Sadie era una caminante incansable, y había una extensa pradera junto a la colina que se elevaba detrás del Candlewood. Estaba cuajada de flores silvestres de finales de verano. Pasamos allí la mayor parte de la tarde del sábado. Sadie sabía el nombre de algunas de las flores —daga española, chicalotes, algo llamado centinodia—, pero ante otras solo podía sacudir la cabeza para luego agacharse y olerlas. Caminamos de la mano mientras la hierba alta se frotaba contra nuestros vaqueros y unas grandes nubes de mullida cresta surcaban el alto cielo de Texas. Largas persianas de luz y sombra se deslizaban por el campo. Ese día soplaba una brisa fresca y el aire no olía a refinería. En la cima de la colina, dimos media vuelta y miramos por donde habíamos venido. Los bungalows eran pequeños e insignificantes en la extensión salpicada de árboles de la pradera. La carretera era una cinta.

Sadie se sentó, subió las rodillas hasta su pecho y cerró los brazos en torno a sus espinillas. Me senté a su lado.

—Quiero preguntarte una cosa —dijo.

—De acuerdo.

—No es sobre el…, ya sabes, de donde vienes…, eso me supera ahora mismo. Es sobre el hombre al que has venido a detener. El que dices que va a matar al presidente.

Recapacité.

—Es un tema delicado, cariño. ¿Recuerdas que te dije que estoy cerca de una máquina grande y llena de dientes afilados?

—Sí...

—Te dije que no permitiría que te acercases a mí mientras la manoseaba. Ya he dicho más de lo que pretendía, y probablemente más de lo que debería. Porque el pasado no quiere ser cambiado. Se defiende cuando lo intentas. Y cuanto mayor es el potencial cambio, más pelea por impedirlo. No quiero que te hagas daño.

—Ya me lo han hecho —dijo con voz queda.

—¿Me estás preguntando si fue culpa mía?

—No, cariño. —Me puso una mano en la mejilla—. No.

—Bueno, podría haberlo sido, al menos en parte. Existe una cosa que se llama efecto mariposa... —Había centenares de ellas revoloteando en la ladera ante nosotros, como si quisieran ilustrar lo que decía.

—Sé lo que es —dijo Sadie—. Hay un cuento de Ray Bradbury que va de eso.

—¿De verdad?

—Se llama «El ruido de un trueno». Es muy bonito y muy inquietante. Pero Jake..., Johnny estaba loco mucho antes de que tú aparecieras. Yo lo había *dejado* mucho antes de que tú aparecieras. Y si no hubieras llegado tú, a lo mejor habría sido otro hombre. Estoy segura de que no hubiese sido tan bueno como tú, pero eso yo no lo habría sabido, ¿verdad? El tiempo es un árbol con muchas ramas.

—¿Qué quieres saber de ese tipo, Sadie?

—Más que nada, por qué no llamas sin más a la policía, anónimamente, claro, y lo denuncias.

Arranqué una brizna de hierba para mascarla mientras pensaba en ello. Lo primero que se me pasó por la cabeza fue algo que De Mohrenschildt había dicho en el aparcamiento de Montgomery Ward: «*Es un cateto a medio educar, pero tiene una maña sorprendente*».

Era una evaluación certera. Lee había escapado de Rusia cuando se cansó de ella; también sería lo bastante mañoso para huir del Depósito de Libros después de disparar contra del presidente a pesar de la respuesta casi inmediata de la policía y del Servicio Secreto. Por supuesto que la respuesta sería inmediata, eran muchas las personas que iban a ver de dónde procedían exactamente los tiros.

Interrogarían a Lee a punta de pistola en la sala de descanso de la segunda planta antes incluso de que la caravana de coches llegara a toda velocidad con el presidente moribundo al hospital Parkland. El policía encargado recordaría más tarde que el joven se había demostrado razonable y convincente. En cuanto el capataz Roy Truly respondiese de él como empleado, el agente dejaría libre a Ozzie el Conejo y correría arriba para buscar la fuente de los disparos. Era posible creer que, de no ser por su encuentro con el patrullero Tippit, podrían haber tardado días o semanas en capturar a Lee.

—Sadie, los policías de Dallas van a asombrar al mundo con su incompetencia. Sería de locos confiar en ellos. Puede que ni siquiera reaccionasen a un chivatazo anónimo.

—Pero ¿por qué? ¿Por qué no iban a hacerlo?

—Ahora mismo, porque ese tipo ni siquiera está en Texas ni tiene intención de volver. Planea fugarse a Cuba.

—¿A *Cuba*? ¿Por qué demonios a *Cuba*?

Negué con la cabeza.

—No importa, porque no funcionará. Regresará a Dallas, pero no con ningún plan de matar al presidente. Ni siquiera sabe que Kennedy viene a Dallas. No lo sabe ni el propio Kennedy, porque el viaje aún no está programado.

—Pero *tú* lo sabes.

—Sí.

—Porque en la época de la que procedes, todo esto sale en los libros de historia.

—A grandes rasgos, sí. Los detalles me los dio el amigo que me envió aquí. Te contaré la historia completa algún día, cuando esto haya terminado, pero ahora no. No mientras la máquina siga funcionando a tope con todos esos dientes. Lo importante es lo siguiente: si la policía interroga al tipo en algún momento antes de mediados de noviembre, sonará completamente inocente, porque lo *es*. —Otra de esas enormes sombras de nube nos pasó por encima e hizo descender por un momento la temperatura unos cinco grados—. Por lo que yo sé, es posible que ni siquiera se hubiera decidido del todo hasta el instante en que apretó el gatillo.

—Hablas como si ya hubiera pasado —comentó ella con asombro.

—En mi mundo, es así.

—¿Qué tiene de importante mediados de noviembre?

—El día 16, el *Morning News* informará a Dallas del desfile en coche de Kennedy por la calle principal. L... el tipo lo leerá y caerá en la cuenta de que los coches pasarán justo por delante del sitio donde trabaja. Probablemente pensará que se trata de un mensaje de Dios. O a lo mejor del fantasma de Karl Marx.

—¿Dónde trabajará?

Volví a negar con la cabeza. No era seguro que supiese eso. Por supuesto, *nada* de todo aquello era seguro. Aun así (lo he dicho antes, pero vale la pena repetirlo), qué alivio era contar al menos una parte a otra persona.

—Si la policía hablase con él, por lo menos podrían asustarlo, y así no lo haría.

Tenía razón, pero ese era un riesgo horroroso. Ya me había arriesgado al hablar con De Mohrenschildt, pero este quería las concesiones petrolíferas. Además, había hecho algo más que asustarlo: lo había aterrorizado. Creía que mantendría la boca cerrada. Lee, en cambio...

Cogí la mano de Sadie.

—Ahora mismo puedo predecir adónde irá ese hombre igual que puedo predecir adónde irá un tren porque no puede salirse de la vía. En cuanto yo intervenga, en cuanto me *inmiscuya*, puede pasar cualquier cosa.

—¿Y si hablaras con él en persona?

Una imagen de auténtica pesadilla me vino a la cabeza. Vi a Lee diciéndole a la policía: «*La idea me la dio un hombre llamado George Amberson. De no ser por él, jamás se me habría ocurrido*».

—Tampoco creo que eso funcione.

—¿Tendrás que matarlo? —preguntó con un hilo de voz.

No respondí. Lo cual era una respuesta, claro.

—Y sabes de verdad que eso va a suceder.

—Sí.

—Tal y como sabes que Tom Case va a ganar ese combate el 29 de agosto.

—Sí.

—Aunque todo el mundo que sabe de boxeo dice que Tiger lo machacará.

Sonreí.

—Has estado leyendo la sección de deportes.

—Sí, es verdad. —Tiró de la brizna de hierba que asomaba de mi boca y la metió en la suya—. Nunca he estado en un combate por el título. ¿Me llevarás?

—No es lo que se dice en directo, ¿sabes? Será en una pantalla grande de televisión.

—Lo sé. ¿Me llevarás?

9

Había mujeres atractivas de sobra en el auditorio de Dallas la noche del combate, pero Sadie se llevó su buena ración de miradas de admiración. Se había maquillado con esmero para la ocasión, pero el maquillaje más habilidoso solo alcanzaba para minimizar los daños de su cara, no los ocultaba por completo. Su vestido ayudaba considerablemente. Se ajustaba como un guante a sus formas y tenía un escote pronunciado.

El toque maestro era un sombrero de fieltro que le había prestado Ellen Dockerty cuando Sadie le contó que le había pedido que me acompañara a ver el combate. Era una réplica casi exacta del que lleva Ingrid Bergman en la escena final de *Casablanca*. Con su inclinación desenfadada, realzaba su cara a la perfección… y por supuesto se inclinaba hacia la izquierda, proyectando un profundo triángulo de sombra sobre la mejilla mala. Era mejor que cualquier truco de maquillaje. Cuando salió del dormitorio para pedir mi opinión, le dije que estaba absolutamente fabulosa. Su expresión de alivio y la chispa de emoción de sus ojos sugerían que sabía que no lo decía solo para animarla.

Encontramos mucho tráfico procedente de Dallas; para cuando llegamos a nuestros asientos, se estaba disputando el tercero de los cinco combates previos: un negro grande y un blanco aún más grande que se aporreaban poco a poco mientras el público vitoreaba. No una sino cuatro enormes pantallas colgaban sobre el suelo de madera encerada donde los Spurs de Dallas jugaban (mal) durante la temporada de baloncesto. La imagen la proporcionaban múltiples sistemas de proyección situados detrás de las pantallas y, aunque los colores eran turbios —casi rudimentarios—, la imagen en sí misma era nítida. Sadie estaba impresionada. A decir verdad, yo también.

—¿Estás nervioso? —preguntó.

—Sí.

—Aunque…

—Aunque cuando aposté a que los Piratas ganarían la Serie Mundial allá en el 60, lo *sabía* seguro. En este caso dependo por completo de mi amigo, que lo sacó de internet.

—¿Qué diablos es eso?

—Ciencia ficción. Como Ray Bradbury.

—Ah…, vale. —Entonces se puso los dedos entre los labios y silbó—. *¡Oye, el de la cerveza!*

El vendedor de cerveza, ataviado con chaleco, sombrero de vaquero y cinturón con remaches plateados, nos vendió dos botellines de Lone Star (de cristal, no de plástico) con vasos de papel sobre el cuello. Le di un dólar y le dije que se quedara con el cambio.

Sadie cogió la suya, la chocó contra la mía y dijo:

—Suerte, Jake.

—Si la necesito, estoy bien jodido.

Se encendió un cigarrillo, para contribuir a la bruma azul que flotaba en torno a las luces. Yo estaba a su derecha y, desde ese lado, parecía perfecta.

Le di un golpecito en el hombro y, cuando se volvió, la besé con suavidad en los labios separados.

Chica —dije—, siempre nos quedará Paris.

Sonrió.

—El de Texas, a lo mejor.

Se elevó un gemido colectivo. El púgil negro acababa de tumbar al blanco.

10

El combate estrella comenzó a las nueve y media. Los primeros planos de los boxeadores llenaron las pantallas y, cuando la cámara enfocó a Tom Case, se me cayó el alma a los pies. Había vetas grises en su pelo moreno rizado. Sus mejillas empezaban a colgar. Un michelín cubría la cintura de sus pantalones cortos. Lo peor de todo, sin embargo, eran sus ojos, de algún modo desconcertados, que miraban desde hinchadas bolsas de tejido cicatrizado. No parecía tener muy claro dónde se encontraba. La mayor parte de las mil quinientas personas del público vitorearon —Tom Case era un chico de casa, al fin y al cabo—, pero también oí un buen coro de abucheos. Allí repanchingado en su taburete, agarrado a las cuerdas con las manos enguantadas, se diría que ya había perdido. Dick Tiger, en cambio, estaba de pie, practicando golpes y brincando ágilmente con sus botas negras.

Sadie se inclinó hacia mí y susurró:

—Esto no pinta muy bien, cariño.

Era el eufemismo del siglo. Tenía una pinta espantosa.

En primera fila (donde la pantalla debía de parecer un acantilado altísimo sobre el que proyectaban borrosas figuras móviles), vi que Akiva Roth escoltaba a una muñeca con visón y gafas de sol a lo Garbo hasta un asiento que hubiera quedado delante mismo del ring si el combate no se hubiera librado en una pantalla. Delante de Sadie y de mí, un hombre regordete que fumaba un puro se volvió y dijo:

—¿Con quién vas, guapa?

—¡Case! —exclamó Sadie con valentía.

El fumador de puros rechoncho se rió.

—Bueno, por lo menos tienes buen corazón. ¿Te jugarías diez por él?

—¿Me darás un cuatro a uno… si Case lo noquea?

—¿Si *Case* noquea a *Tiger*? Señorita, no se hable más. —Tendió una mano. Sadie la estrechó.

Después ella se volvió hacia mí con una sonrisilla desafiante bailando en la comisura de su boca que aún funcionaba.

—Bastante osada —comenté.

—Para nada —replicó ella—. Tiger caerá en el quinto. Veo el futuro.

11

El maestro de ceremonias, vestido de esmoquin y con un kilo de tónico capilar, salió trotando al centro del cuadrilátero, cazó un micrófono colgado de un cable plateado y cantó los datos de los boxeadores con voz sonora de feriante. Pusieron el himno nacional. Los hombres se quitaron el sombrero a toda prisa y se llevaron la mano al corazón. Yo mismo me notaba el pulso acelerado, por lo menos a ciento veinte pulsaciones por minuto, y a lo mejor más. En el auditorio había aire acondicionado, pero el sudor me corría por la nuca y me humedecía las axilas.

Una chica en bañador y zapatos de tacón se pavoneó por el ring llevando en alto un cartel con un gran «1».

Sonó la campana. Tom Case salió al ring arrastrando los pies y con cara de resignación. Dick Tiger le salió al encuentro brincando alegremente, fintó con la derecha y después soltó un gancho de izquierda compacto que tumbó a Case cuando llevaban doce segundos exactos de combate. Los públicos —el de allí y el del Garden, a tres mil doscientos kilómetros de distancia— emitieron un gruñido asqueado. De la mano que Sadie había apoyado en mi muslo parecieron brotar garras cuando la tensó y me clavó los dedos.

—Dile a ese billete que se despida de sus amigos, guapa —dijo con alegría el regordete fumador de puros.

Al, ¿en qué cojones estabas pensando?

Dick Tiger se retiró a su rincón y se quedó allí saltando sobre los talones como quien no quiere la cosa mientras el árbitro empezaba a contar subiendo y bajando el brazo derecho con teatrales movimientos. Cuando llegó a tres, Case se movió. A los cinco se sentó. A los siete hincó una rodilla. Y a los nueve se levantó y alzó los guantes. El árbitro asió con las manos la cara del boxeador y le hizo una pregunta. Case respondió. El árbitro asintió, le hizo una seña a Tiger y se echó a un lado.

El Hombre Tigre, ansioso quizá por llegar al filete que le esperaba en Sardi's para cenar, se abalanzó sobre él para rematar la faena. Case no intentó huir —había perdido su velocidad hacía mucho tiempo, tal vez en alguna pelea de tres al cuarto en un pueblucho tipo Moline, en Illinois, o New Haven, en Connecticut—, pero fue capaz de cubrirse… y abrazarse a él. Eso se hartó de hacerlo, apoyando la cabeza en el hombro de Tiger como un bailarín de tango cansado y aporreándole débilmente la espalda con sus guantes. El público empezó a abuchear. Cuando sonó la campana y Case volvió a su taburete con paso cansino, la cabeza gacha y los puños enguantados colgando, abuchearon con más fuerza.

—Da pena verlo, guapa —comentó el regordete.

Sadie me miró con desasosiego.

—¿Tú qué crees?

—Creo que en cualquier caso ha sobrevivido al primer asalto. —Lo que *de verdad* pensaba era que alguien hubiese debido de clavarle un tenedor a Tom Case en su culo flácido, porque a mí me parecía visto para sentencia.

La chica del bañador dio otra vuelta, esa vez paseando un «2». Sonó la campana. Una vez más Tiger brincó y Case arrastró los pies. Mi hombre siguió pegándose a su rival para poder abrazarlo siempre que fuera posible, pero me di cuenta de que se las estaba ingeniando para desviar el gancho de izquierda que lo había machacado en el primer asalto. Tiger se trabajó con golpes de derecha como un pistón la barriga del púgil más viejo, pero debía de haber bastante músculo debajo de ese michelín, porque no parecieron hacer mella en Case. En un momento dado, Tiger apartó a su contrincante y le hizo un gesto de «*venga, venga*» con los dos guantes. El público vitoreó. Case se limitó a mirarlo, de modo que Tiger avanzó. Case lo abrazó de inmediato. El público gimió. Sonó la campana.

—Mi abuelita daría más guerra a Tiger —gruñó el del puro.

—Puede —dijo Sadie, mientras se encendía su tercer cigarrillo del combate—, pero sigue en pie, ¿o no?

—No por mucho tiempo, reina. La próxima vez que se cuele uno de esos ganchos de izquierda, adiós muy buenas. —Se rió.

El tercer asalto fueron más abrazos y arrastrar de pies, pero en el cuarto Case bajó la guardia un poquito y Tiger le metió una andanada de izquierdazos y derechazos a la cabeza que puso en pie al público, enfervorecido. La novia de Akiva Roth se contaba entre ellos. El señor Roth permaneció en su asiento, aunque *sí* se tomó la molestia de tocarle el culo a su amiguita con una mano derecha llena de anillos.

Case retrocedió hasta las cuerdas lanzando golpes de derecha a Tiger y uno de esos puñetazos alcanzó su blanco. Parecía bastante débil, pero vi que volaba sudor del pelo del Hombre Tigre cuando sacudió la cabeza. En su cara había una expresión confusa que decía «de dónde ha salido *eso*». Después volvió a avanzar y se puso manos a la obra de nuevo. Un corte que Case tenía junto al ojo izquierdo empezó a sangrar. Antes de que Tiger pudiese convertir el hilillo de la herida en un chorro, sonó la campana.

—Si me das esos diez dólares ahora, guapa —dijo el fumador de puros rechoncho—, tú y tu novio os ahorraréis el tráfico de la salida.

—Mira lo que te digo —replicó Sadie—. Te doy la oportunidad de echarte atrás y ahorrarte cuarenta dólares.

El fumador de puros rechoncho se rió.

—Guapa y con sentido del humor. Si ese helicóptero largo y alto con el que andas te da mala vida, cariño, vente a casa conmigo.

En el rincón de Case, el entrenador se afanaba en curar el ojo malo estrujando un tubo sobre la herida y extendiendo un potingue con la punta de los dedos. A mí me parecía Super Glue, pero no creo que se hubiera inventado todavía. Después abofeteó a Case con una toalla mojada. Sonó la campana.

Dick Tiger entró a saco, lanzando derechazos rápidos y ganchos de izquierda. Case esquivó uno de estos y, por primera vez en el combate, Tiger dirigió un uppercut de derecha a la cabeza del otro púgil. Case logró retirarse lo justo para no recibir el impacto de lleno en el mentón, pero le alcanzó en la mejilla. La fuerza del golpe deformó su cara entera en una mueca de casa de los horrores. Trastabilló hacia atrás. Tiger se le echó encima. El público volvía a estar de pie pidiendo sangre a gritos. Nos levantamos con los demás. Sadie se tapó la boca con las manos.

Tiger había arrinconado a Case contra uno de los rincones neutrales y lo estaba machacando con la derecha y la izquierda. Vi que Case flaqueaba; vi que la luz de sus ojos se atenuaba. Un gancho de izquierda más —o ese cañonazo de derecha— y se apagarían.

—¡REMÁTALO! —gritaba el fumador de puros rechoncho—. ¡REMÁTALO, DICKY! ¡PÁRTELE EL CRÁNEO!

Tiger le dio un golpe ilegal, por debajo de la cintura. Probablemente no lo hizo aposta, pero el árbitro intervino. Mientras advertía a Tiger por su golpe bajo, observé a Case para ver cómo aprovechaba el momentáneo respiro. Vi aflorar a su cara algo que reconocí. Había visto esa misma expresión en el rostro de Lee el día en que había abroncado a Marina por la cremallera de su falda. Había aparecido cuando Marina se le encaró acusándole de llevarlas a ella y a la niña a una *posilga* y después movió el índice al lado de su oreja para indicarle que estaba loco.

De golpe y porrazo aquello había dejado de ser un mero jornal para Tom Case.

El árbitro se hizo a un lado. Tiger avanzó, pero en esa ocasión Case le salió al paso. Lo que sucedió durante los siguientes veinte segundos fue uno de los acontecimientos más electrizantes y terroríficos que he presenciado como parte de un público. Los dos se plantaron cara a cara sin más y se aporrearon en la cara, el pecho, los hombros y la barriga. Ni meneos, ni esquivas ni juego de pies. Eran toros en un prado. A Case se le rompió la nariz, que empezó a chorrear sangre. El labio inferior de Tiger se estrelló contra sus dientes y se partió; la sangre le corría por ambos lados de la barbilla y le hacía parecer un vampiro después de una comilona.

Todos los espectadores estaban de pie gritando. Sadie saltaba arriba y abajo. Se le cayó el sombrero y dejó a la vista la cicatriz de su mejilla. No se dio cuenta; ni ella, ni nadie… En las enormes pantallas, la tercera guerra mundial estaba en su apogeo.

Case bajó la cabeza para encajar un bazocazo de derecha y vi que Tiger hacía una mueca cuando su puño topó con duro hueso. Dio un paso atrás y Case descargó un uppercut monstruoso. Tiger apartó la cabeza y evitó lo peor del golpe, pero su protector dental saltó por los aires y rodó por la lona.

Case avanzó lanzando directos de derecha e izquierda. No había ningún arte en ellos, solo potencia cruda y furiosa. Tiger retrocedió, tropezó con su propio pie y cayó. Case se plantó encima de él, sin tener muy claro en apariencia qué hacer o —quizá— incluso dónde estaba. Su entrenador, gesticulando como un loco, consiguió que lo mirase y volviera con paso pesado a su rincón. El árbitro empezó a contar.

Cuando llegó a cuatro, Tiger hincó una rodilla. A los seis estaba en pie. Tras la obligatoria cuenta hasta ocho, el combate se reanudó. Miré el gran reloj de la esquina de la pantalla y vi que quedaban quince segundos de asalto.

No basta, no es tiempo suficiente.

Case avanzó con paso lento. Tiger le lanzó un devastador gancho de izquierda. Case apartó la cabeza con un movimiento brusco y, cuando el guante le pasó junto a la cara, soltó su derecha. Esa vez fue la cara de Dick Tiger la que se deformó y, cuando cayó al suelo, no se levantó.

El gordinflas contempló los restos hechos jirones de su puro y después lo tiró al suelo.

—¡Jesús lloró!

—¡Sí! —se regodeó Sadie mientras recolocaba su sombrero con la correspondiente inclinación desenfadada—. ¡Sobre una pila de tortitas de arándano, y los discípulos dijeron que eran las mejores que habían probado nunca! ¡Ahora, paga!

12

Para cuando llegamos de vuelta a Jodie, el 29 de agosto había dado paso al 30, pero los dos estábamos demasiado emocionados para dormir. Hicimos el amor y luego fuimos a la cocina y comimos tarta en ropa interior.

—¿Y bien? —dije—. ¿Qué piensas?

—Que no quiero volver nunca a un combate de boxeo. Ha sido pura sed de sangre. Y yo estaba de pie, animando como los demás. Durante unos segundos, a lo mejor un minuto entero, quería que Case matase a ese chulito bailarín tan creído. Después no veía la hora de volver aquí y saltar a la cama contigo. Esto de ahora no ha sido amor, Jake. Ha sido *furor*.

No dije nada. A veces no hay nada que decir.

Se estiró por encima de la mesa, me quitó una miga de la barbilla y me la echó a la boca.

—Dime que no es odio.

—¿El qué?

—El motivo por el que te sientes obligado a parar a ese hombre por tu cuenta. —Me vio empezar a abrir la boca y levantó una mano para acallarme—. Oí todo lo que me dijiste, todas tus razones, pero tienes que decirme que son razones *de verdad*, y no solo lo que vi en los ojos de ese tal Case cuando Tiger le pegó en los pantalones. Puedo amarte si eres un hombre, y puedo amarte si eres un héroe…, supongo, aunque por algún motivo eso parece mucho más difícil…, pero no creo que pueda amar a un justiciero vengativo.

Pensé en cómo Lee miraba a su mujer cuando no estaba enfadado con ella. Pensé en la conversación que había oído cuando él y su hija chapoteaban en la bañera. Pensé en sus lágrimas en la estación de autobuses, cuando había sostenido en brazos a Junie y la había acariciado bajo la barbilla antes de partir rumbo a Nueva Orleans.

—No es odio —dije—. Lo que me inspira es…

Dejé la frase en el aire. Sadie me observaba.

—Pena por una vida echada a perder. Pero también puede compadecerse a un perro bueno que coge la rabia. Eso no te impide sacrificarlo.

Me miró a los ojos.

—Quiero que lo hagamos otra vez. Pero esta vez tiene que ser por amor, ¿sabes? No porque acabemos de ver a dos hombres matándose a puñetazos y el nuestro haya ganado.

—Vale —dije—. Vale. Eso está bien.

Y lo estuvo.

13

—Bueno, bueno —dijo la hija de Frank Frati cuando entré en la casa de empeños alrededor del mediodía de ese viernes—. Si es el gurú del boxeo con acento de Nueva Inglaterra. —Me dedicó una sonrisa centelleante y luego volvió la cabeza y gritó—: *¡Papáa! ¡Es tu amigo, el de Tom Case!*

Frati salió arrastrando los pies.

—Buenas, señor Amberson —dijo—. Grande como un piano y apuesto como Satán un sábado por la noche. Seguro que se siente fresco como una rosa y alegre como unas castañuelas, ¿o no?

—Claro —respondí—. ¿Por qué no iba a estarlo? He tenido un golpe de suerte.

—El golpe me lo he llevado yo. —Sacó un sobre marrón, un poco más grande de lo normal, del bolsillo de atrás de sus anchos pantalones de algodón—. Dos mil. Cuéntelos tranquilamente.

—No hace falta —dije—. Me fío.

Empezó a pasarme el sobre, pero luego lo retiró y se dio un golpecito en la barbilla con él. Sus ojos azules, descoloridos pero astutos, me observaron con atención.

—¿Le interesa reinvertir esto? Se acerca la temporada de fútbol, y también la Serie Mundial de béisbol.

—No tengo ni idea de fútbol, y el enfrentamiento de los Dodgers contra los Yankees no me interesa mucho. Entrégueme el dinero.

Lo hizo.

—Ha sido un placer hacer negocios con ustedes —dije, y salí a la calle.

Sentía cómo sus ojos me seguían, y experimenté esa sensación, para entonces ya muy desagradable, de *déjà vu*. No podía ubicar la causa. Subí a mi coche con la esperanza de no tener que volver nunca a esa parte de Fort Worth. Ni a Greenville Avenue de Dallas. Ni a tener que apostar otra vez con un corredor apellidado Frati.

Esos fueron mis tres deseos, y se cumplieron todos.

14

Mi siguiente destino era el 214 de Neely Oeste Street. Había llamado al casero y le había informado de que agosto sería mi último mes. Intentó disuadirme y me dijo que los buenos inquilinos como yo eran difíciles de encontrar. Probablemente era cierto —la policía no había aparecido ni una vez por mi causa, y eso que visitaban mucho el vecindario, sobre todo los fines de semana—, pero sospechaba que tenía más que ver con la existencia de muchos pisos y pocos inquilinos. Dallas pasaba por una de sus periódicas depresiones.

Antes, de camino, había parado en el First Corn y había engordado mi cuenta corriente con los dos mil de Frati. Eso fue una suerte. Comprendí más tarde —mucho más tarde— que si lo hubiera llevado encima cuando llegué a Neely Street, sin duda alguna lo habría perdido.

Mi plan consistía en registrar a fondo las cuatro habitaciones en busca de cualquier posesión que pudiera haberme dejado, con especial atención a esos puntos místicos de atracción de basura que existían debajo de los cojines del sofá, bajo la cama y en el fondo de los cajones del buró. Y por supuesto me llevaría el .38 Especial. Me haría falta para vérmelas con Lee. Ya tenía toda la intención de matarlo, y lo haría lo antes posible después de que volviera a Dallas. Entretanto, no quería dejar atrás ni rastro de George Amberson.

Cuando me acercaba a Neely, esa sensación de repiqueteo en la cámara de eco del tiempo cobró mucha fuerza. No paraba de pensar en los dos Frati, uno con una mujer llamada Marjorie, otro con una hija llamada Wanda.

Marjorie: *¿Eso es una apuesta hablando en cristiano?*

Wanda: *¿Eso, cuando llega a casa y se quita el maquillaje, es una apuesta?*

Marjorie: *Soy J. Edgar Hoover, hijo mío.*

Wanda: *Soy el jefe Curry de la Policía de Dallas.*

¿Y qué? Era el tintineo, nada más. La armonía. Un efecto secundario del viaje en el tiempo.

Pese a todo, una alarma empezó a sonar en el fondo de mi cabeza y, cuando tomé Neely Street, se desplazó al cerebro anterior. La historia se repite, el pasado armoniza, y a eso venía esa sensación… pero no *solo* a eso. Cuando me metí en el camino que llevaba a la casa donde Lee había pergeñado su chapucero plan para asesinar a Edwin Walker, oí de verdad ese timbre de alarma. Porque ahora estaba muy cerca. Ahora era ensordecedor.

Akiva Roth en el combate, pero no solo. Lo había acompañado una alegre muñeca con gafas de sol a lo Garbo y una estola de visón. En agosto en Dallas no hacía precisamente tiempo para visones, pero en el auditorio había aire acondicionado y —como dicen en mi época— a veces hay que fardar y punto.

Quita las gafas de sol. Quita la estola. ¿Qué queda?

Durante un momento, allí sentado en mi coche oyendo los chasquidos del motor al enfriarse, no vi nada. Luego caí en la cuenta de que, si cambiaba la estola de visón por una blusa Ship N Shore, quedaba Wanda Frati.

Chaz Frati de Derry me había echado encima a Bill Turcotte. Esa idea hasta se me había pasado por la cabeza… pero la había descartado. Mal hecho.

¿A quién me había echado encima Frank Frati de Fort Worth? Bueno, tenía que conocer a Akiva Roth de la Financiera Faith; al fin y al cabo era el novio de su hija.

De repente quería mi pistola, y la quería enseguida.

Salí del Chevy y subí al trote los escalones del porche, con las llaves en la mano. Estaba buscando con mal pulso la de la puerta cuando una furgoneta dobló con un rugido la esquina con Haines Avenue y frenó bruscamente delante del 214 con las ruedas de la izquierda sobre la acera.

Miré a mi alrededor. No vi a nadie. La calle estaba desierta.

Nunca hay un testigo al que puedas pedir ayuda a gritos cuando lo necesitas. Mucho menos un policía.

Encajé la llave correcta en la cerradura y la giré con la intención de dejarlos fuera —quienesquiera que fuesen— y llamar a la policía por teléfono. Estaba dentro, oliendo el aire caliente y viciado del piso abandonado, cuando recordé que no *había* teléfono.

Hombres corpulentos estaban cruzando el jardín. Tres. Uno llevaba un trozo corto de tubería que parecía envuelto en algo.

No, en realidad había tipos suficientes para montar una partida de bridge. El cuarto era Akiva Roth, que no corría. Se acercaba paseando por el camino con las manos en los bolsillos y una plácida sonrisa en la cara. Cerré de un portazo. Eché el pestillo. Apenas lo había echado cuando lo reventaron de un golpetazo. Corrí hacia el dormitorio y llegué más o menos a la mitad del camino.

15

Dos de los matones de Roth me llevaron a rastras a la cocina. El tercero era el de la tubería. Iba envuelta con tiras de fieltro oscuro. Lo vi cuando la dejó con cuidado sobre la mesa en la que había disfrutado de muchas buenas comidas. Se puso unos guantes amarillos de cuero sin curtir.

Roth se apoyó en el quicio de la puerta, sin variar su plácida sonrisa.

—Eduardo Gutierrez tiene sífilis —anunció—. Le ha llegado al cerebro. Estará muerto dentro de dieciocho meses, pero ¿sabes qué? No le importa. Cree que volverá como emirato árabe o no sé qué cojones. ¿Qué te parece?

Responder a observaciones incongruentes —en cócteles, medios de transporte públicos o colas en la taquilla del cine— ya es de por sí complicado, pero se hace muy, pero que *muy* difícil cuando dos hombres te sujetan y un tercero está a punto de pegarte una paliza. De modo que no dije nada.

—La cuestión es que te tenía entre ceja y ceja. Ganaste apuestas que no podías ganar. A veces perdías, pero a Eddie G. se le metió en la cabeza que, cuando perdías, lo hacías a propósito, ¿sabes? Luego te forraste con el Derbi y decidió que eras, no sé, una especie de chisme telepático capaz de ver el futuro. ¿Sabías que quemó tu casa?

No dije nada.

—*Después* —prosiguió Roth—, cuando esos gusanillos empezaron a roerle en serio el cerebro, empezó a pensar que eras una especie de vampiro o demonio. Hizo correr la voz por el sur, el oeste y el Medio Oeste. «Buscad a ese tal Amberson y acabad con él. Matadlo. Ese tipo no es normal. Me lo olía, pero no presté atención. Ahora miradme, enfermo y moribundo. Y es culpa de ese tipo. Es un vampiro, un demonio o algo así.» Una locura, ¿sabes? Chaladuras.

No dije nada.

—Carmo, me parece que mi amigo Georgie no me escucha. Creo que se está durmiendo. Dale un toque para que despierte.

El hombre de los guantes amarillos de cuero me lanzó un uppercut estilo Tom Case desde su cadera hasta el lado izquierdo de mi cara. Noté un estallido de dolor en la cabeza y durante unos instantes lo vi todo a través de una neblina escarlata.

—Vale, ya pareces un poco más despabilado —dijo Roth—. ¿Por dónde iba? Ah, ya lo sé. Que te convertiste en el hombre del saco particular de Eddie G. Por la sífilis, eso lo sabíamos todos. Si no hubieras sido tú, habría sido el perro de un barbero o una chica que lo hubiera pajeado con demasiada fuerza en el autocine a los dieciséis años. A veces no recuerda ni su propia dirección y tiene que llamar a alguien para que lo lleve. Triste, ¿no? Son esos gusanos de su cabeza. Pero todo el mundo le sigue la corriente, porque Eddie siempre fue buen tipo. Era muy gracioso contando chistes, macho, llorabas de la risa. Nadie pensaba siquiera que fueses real. Entonces el hombre del saco de Eddie G. se presenta en Dallas, en mi local. ¿Y qué pasa? El hombre del saco apuesta a que los Piratas ganarán a los Yankees, algo que todo el mundo sabe que no va a pasar, y además en siete partidos, cuando todo el mundo sabe que la Serie no durará tanto.

—Fue pura suerte —dije. Mi voz sonaba pastosa, porque se me estaba hinchando el lado de la boca—. Una apuesta impulsiva.

—Eso es una estupidez, y la estupidez siempre se paga. Carmo, reviéntale la rodilla a este hijoputa estúpido.

—¡No! —exclamé—. ¡No, por favor, no hagas eso!

Carmo sonrió como si hubiera dicho algo gracioso, cogió de la mesa la tubería envuelta en fieltro y la blandió contra mi rodilla izquierda. Oí un estallido sordo allí abajo. Como un nudillo grande. El dolor fue atroz. Me tragué un grito y me desplomé contra los hombres que me sujetaban, que volvieron a erguirme a empujones.

Roth estaba plantado en la entrada, con las manos en los bolsillos y su alegre sonrisa plácida en la cara.

—Vale. Bien. Eso se hinchará, por cierto. No te creerás lo gorda que se va a poner. Pero oye, tú te lo has buscado. Entretanto, los hechos, señora, los hechos y nada más. —Los matones que me sostenían se rieron—. Es un hecho que nadie vestido como ibas vestido tú el día en que viniste a mi local hace una apuesta como esa. Para un hombre vestido como tú, una apuesta impulsiva son diez dólares, veinte como mucho. Pero los Piratas ganaron, eso también es un hecho. Y empiezo a creer que a lo mejor Eddie G. tenía razón. No en que eres un demonio, un vampiro o un chisme con poderes extrasensoriales, ni mucho menos, sino en que a lo mejor sí conoces a alguien que conoce a alguien. ¿No será que la cosa estaba amañada y estaba *previsto* que los Piratas ganasen en siete?

—Nadie amaña el béisbol, Roth. No desde los Black Sox en 1919. Llevas una casa de apuestas, deberías saberlo.

Alzó las cejas.

—¡Sabes cómo me llamo! Oye, a lo mejor sí que tienes poderes. Pero no dispongo de todo el día.

Echó un vistazo a su reloj, como para confirmarlo. Era grande y aparatoso, probablemente un Rolex.

—Intento ver dónde vives cuando vienes a cobrar, pero tapas la dirección con el pulgar. No pasa nada. Lo hace mucha gente. Decido que lo dejaré correr. ¿Tendría que haber mandado a unos muchachos calle abajo para que te pegaran una paliza, a lo mejor hasta matarte, para que Eddie G. no siga comiéndose lo que le queda de coco? ¿Solo porque un tipo hizo una apuesta suicida y me sacó doce mil? A tomar por culo; Eddie G. no se enteraría, y ojos que no ven… Además, si te quitaba de en medio, lo único que haría él sería empezar a pensar en otra cosa. A lo mejor que Henry Ford era el Annie Cristo o algo así. Carmo, otra vez no me escucha, ¡y eso me cabrea!

Carmo arremetió con la tubería contra mi vientre. Me alcanzó debajo de las costillas con fuerza paralizadora. Hubo dolor, primero irregular, después envuelto en una creciente explosión de calor, como una bola de fuego.

—Duele, ¿eh? —dijo Carmo—. Eso llega al alma.

—Creo que has desgarrado algo —protesté. Oí el ronco sonido de una máquina de vapor y caí en la cuenta de que era yo, jadeando.

—Eso espero, joder —dijo Roth—. ¡Te dejé *ir*, tonto del culo! ¡Te dejé *ir*, joder! ¡Me *olvidé* de ti! Luego te presentas donde Frank en Fort Worth para apostar en el puto combate Case-Tiger. El mismo modelo exacto: una apuesta gorda al que todos dan por perdedor con la mejor cuota que puedas conseguir. Esta vez predices el *puto asalto exacto*. O sea que te diré lo que va a pasar, amigo mío: me vas a contar cómo lo sabías. Si lo haces, te saco unas fotos tal y como estás ahora y Eddie G. se llevará una alegría. Sabe que no puede matarte, porque Carlos le dijo que no, y Carlos es el único al que hace caso, incluso ahora. Pero si te ve hecho una mierda…, qué digo, todavía no estás lo bastante hecho mierda. Machácalo un poco más, Carmo. Arréglale la cara.

De manera que Carmo me machacó la cara mientras los otros dos me sujetaban. Me rompió la nariz, me cerró el ojo izquierdo, me saltó unos cuantos dientes y me hizo un corte en la mejilla izquierda. Yo no paraba de pensar *Me desmayaré o me matará, en cualquier caso el dolor cesará*. Pero no me desmayé, y en algún momento Carmo lo dejó. Le oía respirar ruidosamente y vi salpicaduras rojas en sus guantes amarillos de cuero. El sol atravesaba las ventanas de la cocina y trazaba alegres rombos en el descolorido linóleo.

—Eso está mejor —dijo Roth—. Saca la Polaroid de la furgoneta, Carmo. Date prisa. Quiero acabar.

Antes de salir, Carmo se quitó los guantes y los dejó en la mesa, junto a la tubería de plomo. Varias de las tiras de fieltro se habían soltado. Estaban empapadas de sangre. Me dolía la cara, pero el abdomen aún más. El calor seguía extendiéndose. Algo iba muy mal por allá abajo.

—Una vez más, Amberson. ¿Cómo sabías que estaba amañado? ¿Quién te lo dijo? Di la verdad.

—Lo adiviné yo solo. —Intenté decirme que mi voz sonaba como si estuviera resfriado, pero no era así. Sonaba como un hombre al que acaban de pegarle una paliza.

Roth cogió la tubería y se dio unos golpecitos en la mano rechoncha.

—¿Quién te lo dijo, capullo?

—Nadie. Gutierrez tenía razón. Soy un demonio, y los demonios pueden ver el futuro.

—Te estás quedando sin opciones.

—Wanda es demasiado alta para ti, Roth. Y demasiado delgada. Cuando estás encima de ella, debes de parecer un sapo intentando follarse un tronco. O a lo mejor…

Su plácido rostro se arrugó en una mueca de furia. Fue una transformación completa que sucedió en menos de un segundo. Lanzó un golpe de tubería contra mi cabeza. Levanté el brazo izquierdo y lo oí crujir como una rama de abedul cargada de hielo. Esa vez, cuando me derrumbé, los matones me dejaron caer al suelo.

—Puto listillo, cómo odio a los putos listillos. —La voz parecía llegarme desde muy lejos. O desde muy arriba. O las dos cosas. Por fin me estaba preparando para perder el conocimiento, y no veía la hora. Sin embargo, me quedaba la suficiente visión para distinguir a Carmo cuando volvió con una cámara Polaroid. Era grande y aparatosa, de esas en que el objetivo está al final de una especie de acordeón.

—Dadle la vuelta —ordenó Roth—. Que se vea su perfil bueno.

Cuando los matones le obedecieron, Carmo le pasó la cámara y recibió de él la tubería. Después Roth se acercó la máquina a la cara y dijo:

—Mira al pajarito, puto soplapollas. Esta para Eddie G…

Flash.

—… y una para mi colección personal, que en realidad no tengo pero tal vez empiece ahora…

Flash.

—… y ahí va otra para ti. Para que recuerdes que, cuando alguien serio te hace preguntas, tienes que responder.

Flash.

Arrancó la tercera instantánea de la cámara y la tiró hacia mí. Aterrizó delante de mi mano izquierda… que entonces él pisó. Los huesos crujieron. Gimoteé y me llevé la mano herida al pecho. Me había roto por lo menos un dedo, quizá incluso tres.

—Más te vale acordarte de separar el negativo en sesenta segundos, o se quemará. Si estás consciente, claro.

—¿Quieres preguntarle algo más ahora que está ablandado? —preguntó Carmo.

—¿Estás de broma? Míralo. Ya no sabe ni su nombre. Que le den por culo. —Empezó a darse la vuelta pero se detuvo—. Oye, cabrón. Ahí va una de recuerdo.

Entonces fue cuando me dio una patada en la sien con lo que se me antojó un zapato de punta de acero. Explotaron cohetes en mi visión. Luego mi nuca topó con el rodapié y me desmayé.

16

No creo que estuviera inconsciente durante mucho tiempo, porque los rombos de luz del sol sobre el linóleo no parecían haberse movido. Tenía sabor a cobre mojado en la boca. Escupí al suelo sangre medio coagulada, junto con un fragmento de diente, y me dispuse a levantarme. Tuve que agarrarme a una de las sillas de la cocina con mi mano sana, y después a la mesa (que estuvo a punto de caérseme encima), pero en general fue más fácil de lo que pensaba. Sentía la pierna izquierda entumecida y los pantalones me apretaban a media altura, donde la rodilla se estaba hinchando como me habían prometido, pero pensé que podría haber sido mucho peor.

Miré por la ventana para asegurarme de que la furgoneta no estaba y luego emprendí una lenta y coja travesía al dormitorio. El corazón me palpitaba en el pecho con latidos enormes y blandos. Cada uno de ellos me retumbaba en la nariz rota y hacía que vibrase el lado izquierdo inflamado de mi cara, donde el pómulo debía de estar roto o casi. También me palpitaba de dolor la nuca. Tenía el cuello rígido.

Podría haber sido peor, me dije mientras avanzaba arrastrando los pies hacia el baño. *Te tienes en pie, ¿o no? Coge la condenada pistola, métela en la guantera y ve en coche a urgencias. Estás básicamente entero. A buen seguro, mejor que Dick Tiger esta mañana.*

Pude seguir diciéndome eso hasta que estiré la mano hacia el último estante del armario. Al hacerlo, algo primero dio un tirón en mis tripas... y luego pareció *rodar*. El calor sordo centrado en mi costado izquierdo se encendió como las brasas cuando les echas gasolina. Posé las puntas de los dedos en la culata de la pistola, la giré, colé un pulgar por el guardamonte y tiré para bajarla del estante. Cayó al suelo y rebotó hasta el dormitorio.

Probablemente ni siquiera está cargada. Me agaché para recogerla. Mi rodilla izquierda dio un grito y cedió. Caí al suelo y el dolor de mi barriga volvió a avivarse. Cogí la pistola, sin embargo, e hice rodar el tambor. Resultó que estaba cargada. Todas las recámaras. Me la guardé en el bolsillo e intenté arrastrarme de vuelta a la cocina, pero la rodilla dolía demasiado. El dolor de cabeza era peor todavía, y extendía unos tentáculos oscuros desde su pequeña cueva en mi nuca.

Llegué hasta la cama sobre la panza, con movimientos de nadador. Una vez allí, logré izarme usando el brazo y la pierna derechos. La pierna izquierda me sostenía, pero estaba perdiendo flexión en la rodilla. Tenía que salir de allí, y enseguida.

Debía de parecer Chester, el ayudante cojo del sheriff de *La ley del revólver*, mientras salía del dormitorio, cruzaba la cocina y llegaba a la puerta de entrada, abierta, colgando y con astillas alrededor del pestillo. Recuerdo que incluso pensé *¡Señor Dillon, señor Dillon, hay pelea en el Long Branch!*

Superé el porche, agarrándome al pasamanos con la mano derecha, y bajé los escalones como un cangrejo. Solo había cuatro, pero mi dolor de cabeza empeoraba cada vez que me dejaba caer en uno. Me parecía que estaba perdiendo visión periférica, lo que no podía ser bueno. Intenté volver la cabeza para ver mi Chevrolet, pero el cuello no quería cooperar. Conseguí pivotar con todo el cuerpo arrastrando los pies y, cuando tuve el coche a la vista, comprendí que conducir era imposible. Incluso abrir la puerta del copiloto y esconder la pistola en la guantera era imposible: inclinarme haría que el dolor y el calor de mi costado estallaran de nuevo.

Saqué con torpeza el .38 Especial del bolsillo y volví al porche. Me agarré a la barandilla de la escalera y escondí la pistola bajo los escalones. Tendría que bastar. Volví a enderezarme y reemprendí mi lenta travesía por el camino que llevaba a la calle. *Pasitos*, me dije. *Pasitos muy pequeños.*

Dos chavales se acercaban en bici. Intenté decirles que necesitaba ayuda, pero lo único que salió de mi boca hinchada fue un seco *jjjaaaajjj*. Se miraron y pedalearon más deprisa mientras me rodeaban.

Giré a la derecha (mi rodilla inflamada hacía que ir a la izquierda pareciese la peor idea del mundo) y empecé a avanzar con paso vacilante por la acera. Mi visión seguía estrechándose; ya se diría que miraba por una tronera o desde la boca de un túnel. Por un momento eso me hizo pensar en la chimenea caída en la fundición Kitchener, en Derry.

Llega a Haines Avenue, me dije. *Allí habrá tráfico. Tienes que llegar al menos hasta allí.*

Pero ¿me dirigía a Haines Avenue o me alejaba de ella? No me acordaba. El mundo visible se había reducido a un nítido círculo de unos quince centímetros de diámetro. La cabeza me estallaba; en mis tripas ardía un incendio forestal. Cuando caí, me pareció que lo hacía a cámara lenta y la acera se me antojó tan blanda como una almohada de plumas.

Antes de que pudiera desmayarme, noté un golpecito. Algo duro y metálico. Una voz ronca a diez o quince kilómetros por encima de mí dijo:

—¡Oye! ¡*Oye*, chico! ¿Qué te pasa?

Me puse boca arriba. El movimiento me exigió las pocas fuerzas que me quedaban, pero lo conseguí. A gran altura sobre mí estaba la anciana que me había llamado cobarde cuando me negué a separar a Lee y Marina el Día de la Cremallera. Podría haber *sido* ese mismo día, porque, a pesar del calor de agosto, llevaba una vez más el camisón de franela rosa y la chaqueta acolchada. Tal vez porque todavía tenía presente el boxeo en lo que me quedaba de cabeza, su pelo tieso hacia arriba me recordó ese día al de Don King, en vez de al de Elsa Lanchester. Me había tanteado con una de las patas delanteras de su andador.

—Aydiosmío —dijo—. ¿Quién te ha pegado?

Era una larga historia y no podía contarla. La oscuridad se me echaba encima, y me alegraba porque el dolor de mi cabeza me estaba matando. *Al tuvo cáncer de pulmón*, pensé. *Yo he tenido a Akiva Roth. En cualquier caso, se acabó lo que se daba. Gana Ozzie.*

No si podía evitarlo.

Haciendo acopio de todas mis fuerzas, hablé a la cara que estaba encima de la mía, lo único luminoso que quedaba en la oscuridad creciente:

—Llame… nueve, uno, uno.

—¿Qué es *eso*?

Pues claro que no lo sabía. El nueve, uno, uno no se había inventado aún. Aguanté lo suficiente para hacer otro intento.

—Ambulancia.

Creo que lo repetí, pero no estoy seguro. Fue entonces cuando la oscuridad se me tragó.

17

Me he preguntado desde entonces si fueron unos críos quienes robaron mi coche, o los matones de Roth. Y cuándo pasó. En cualquier caso, los ladrones ni lo destrozaron ni lo estrellaron; Deke Simmons lo recogió en el depósito de la policía de Dallas una semana más tarde. Estaba en mucho mejor estado que yo.

El viaje en el tiempo está lleno de ironías.

CAPÍTULO 26

Durante las once semanas siguientes viví, una vez más, dos vidas. Estaba aquella de la que apenas sabía nada —la vida exterior—, y aquella que conocía demasiado bien. Esa era la interior, en la que a menudo soñaba con Míster Tarjeta Amarilla.

En la vida exterior, la señora del andador (Alberta Hitchinson; Sadie la localizó y le compró un ramo de flores) se plantó sobre mí en la acera y gritó hasta que un vecino salió, vio la situación y llamó a la ambulancia que me llevó al hospital Parkland. El médico que me atendió allí fue Malcolm Perry, que más adelante se ocuparía tanto de John F. Kennedy como de Lee Harvey Oswald mientras agonizaban. Conmigo tuvo mejor suerte, aunque por poco.

Tenía rotos varios dientes, la nariz, un pómulo y la rodilla y el brazo izquierdos, además de varios dedos dislocados y lesiones abdominales. También había sufrido daños en el cerebro, que era lo que más preocupaba a Perry.

Me contaron que desperté y aullé cuando me palparon la barriga, pero no recuerdo nada. Me pusieron un catéter y de inmediato empecé a orinar lo que los comentaristas de boxeo hubiesen llamado «el clarete». Mis constantes vitales al principio eran estables, pero luego empezaron a decaer. Miraron mi grupo sanguíneo, hicieron la prueba cruzada y me transfundieron cuatro unidades de sangre sana..., la cual, como me explicó Sadie más tarde, compensaron centuplicada los residentes de Jodie en una campaña comunitaria de donación de sangre a finales de septiembre. Tuvo que contármelo varias veces, porque no paraba de olvidarlo. Me prepararon para una cirugía abdominal, pero antes me hicieron un examen neurológico y una punción lumbar: no existen ni TACS ni resonancias magnéticas en la Tierra de Antaño.

También me cuentan que sostuve una conversación con dos de las enfermeras que me preparaban para la punción. Les expliqué que mi mujer tenía un problema con la bebida. Una de ellas dijo que era una pena y me preguntó cómo se llamaba. Le respondí que era un pez llamado Wanda y me mondé de la risa. Después volví a desmayarme.

Tenía el bazo destrozado. Me lo extirparon.

Mientras aún estaba dormido y mi bazo viajaba adondequiera que vayan los órganos que ya no son útiles pero tampoco absolutamente vitales, me enviaron a la sección de ortopedia. Allí me entablillaron el brazo roto y me enyesaron la pierna. Muchas personas la firmaron en las semanas siguientes. A veces reconocía los nombres; por lo general, no.

Me mantenían sedado, con la cabeza estabilizada y la cama alzada treinta grados exactos. El fenobarbital no era porque estuviera consciente (aunque a veces farfullaba, dijo Sadie), sino porque tenían miedo de que pudiera despertar de repente y hacerme aún más daño. En pocas palabras, Perry y los demás médicos (Ellerton también pasaba con regularidad para comprobar mis progresos) trataban mi baqueteada sesera como una bomba a punto de explotar.

Aun a día de hoy no estoy del todo seguro de qué son el hematocrito y la hemoglobina, pero los míos empezaron a recuperarse y eso complació a todo el mundo. Me hicieron otra punción lumbar al cabo de tres días. Esa reveló muestras de sangre vieja y, en lo tocante a punciones lumbares, viejo es mejor que nuevo. Indicó que había padecido un traumatismo cerebral de consideración, pero que podían abstenerse de trepanarme el cráneo, una intervención arriesgada dadas todas las batallas que mi cuerpo estaba librando en otros frentes.

Pero el pasado es obstinado y se protege de los cambios. Cinco días después de que me ingresaran, la carne que rodeaba la incisión de la esplenectomía empezó a ponerse roja y caliente. Al día siguiente se reabrió y me dio fiebre. Mi estado, que había bajado de crítico a grave tras la segunda punción lumbar, volvió de golpe a la primera condición. Según mi historia clínica, estaba «sedado por orden del Dr. Perry y con respuesta neurológica mínima».

El 7 de septiembre, desperté por un momento. O eso me contaron. Una mujer, bella a pesar de la cicatriz de su cara, y un anciano con un sombrero de vaquero en el regazo estaban sentados junto a mi cama.

—¿Sabes cómo te llamas? —preguntó la mujer.

—Puddentane —contesté—. Pregunte otra vez y lo mismo le diré.

El señor Jake George Puddentane Epping-Amberson pasó siete semanas en Parkland antes de su traslado a un centro de rehabilitación —una pequeña urbanización para enfermos— en la zona norte de Dallas. Durante esas siete semanas me administraron un goteo de antibióticos para la infección que se había instalado donde antes estaba mi bazo. Reemplazaron la tablilla de mi brazo roto por una larga escayola, que también se llenó de nombres que no conocía. Al poco de mudarme a Eden Fallows, el centro de rehabilitación, di el salto a un pequeño yeso en el brazo. Más o menos por esas fechas, una fisioterapeuta empezó a torturar mi rodilla para devolverle algo que se pareciera a la movilidad. Me dijeron que grité mucho, pero no lo recuerdo.

Malcolm Perry y el resto del personal médico del Parkland me salvaron la vida, de eso no me cabe duda. También me dieron un regalo no intencionado ni deseado que duró hasta bien entrada mi estancia en Eden Fallows. Fue una infección secundaria causada por los antibióticos con los que me atiborraron para derrotar a la infección primaria. Tengo vagos recuerdos de vomitar y de pasar lo que me parecieron días enteros con el culo pegado a una cuña. Recuerdo que en un momento dado pensé: *Tengo que ir a la farmacia de Derry a ver al señor Keene. Necesito Kaopectate.* Pero ¿quién era el señor Keene y dónde estaba Derry?

Me dieron de alta del hospital cuando empecé a retener la comida de nuevo, pero llevaba casi dos semanas en Eden Fallows para cuando la diarrea cesó. Para entonces se acercaba el final de octubre. Sadie (normalmente recordaba su nombre; a veces se me olvidaba) me llevó una lámpara de papel con forma de calabaza. Ese recuerdo es muy vívido, porque grité al verla. Fueron los gritos de alguien que ha olvidado algo de una importancia vital.

—¿Qué? —preguntó ella—. ¿Qué pasa, cariño? ¿Qué tienes? ¿Es por Kennedy? ¿Algo sobre Kennedy?

—*¡Va a matarlos a todos con un martillo!* —le grité—. *¡La noche de Halloween! ¡Tengo que detenerlo!*

—¿A quién? —Asió mis manos agitadas, con cara de miedo—. ¿Detener a quién?

Pero no podía recordarlo, y me dormí. Dormía mucho, y no solo por la lesión de la cabeza, que poco a poco se iba curando. Estaba agotado, era poco más que un fantasma de mi antiguo yo. El día de la paliza pesaba ochenta y cuatro kilos. Para cuando me dieron el alta del hospital y me instalé en Eden Fallows, pesaba sesenta y tres.

Esa era la vida exterior de Jake Epping, un hombre al que habían propinado una grave paliza y había estado a punto de morir en el hospital. Mi vida interior estaba formada por oscuridad, voces y fogonazos de lucidez que eran como relámpagos: me cegaban con su brillo y desaparecían antes de que pudiera captar nada que no fuera un destello del paisaje gracias a su luz. Estaba perdido casi todo el tiempo, pero de vez en cuando me encontraba.

Me encontraba asado de calor, y una mujer me daba de comer pedacitos de hielo que sabían a gloria. Era LA MUJER DE LA CICATRIZ, que a veces era Sadie.

Me encontraba en el retrete del rincón de la habitación sin tener ni idea de cómo había llegado allí, soltando lo que parecían litros de ardiente mierda líquida, mientras el costado me picaba y dolía y la rodilla protestaba a gritos. Recuerdo haber deseado que alguien me matara.

Me encontraba intentando levantarme de la cama, porque tenía que hacer algo de una importancia crucial. Me parecía que el mundo entero dependía de que lo hiciera. EL HOMBRE DEL SOMBRERO DE VAQUERO estaba allí. Me sujetaba y me ayudaba a volver a la cama antes de que cayera al suelo.

—Todavía no, hijo —decía—. No estás lo bastante fuerte, ni mucho menos.

Me encontraba hablando —o intentando hablar— con un par de policías de uniforme que habían llegado para hacer preguntas sobre la paliza que había recibido. Uno de ellos llevaba una placa que ponía TIPPIT. Intenté avisarle de que estaba en peligro. Intenté decirle que recordase el 5 de noviembre. Era el mes correcto pero el día equivocado. No recordaba la fecha real y empecé a golpearme la estúpida cabezota por frustración. Los policías se miraron desconcertados. NO-TIPPIT llamó a una enfermera. Esta acudió con un médico, que me puso una inyección, y me alejé flotando.

Me encontraba escuchando a Sadie mientras me leía, primero *Jude el oscuro* y luego *Tess la de los d'Uberville*. Conocía esas historias, y volver a escucharlas resultaba reconfortante. En un momento dado, durante una lectura de *Tess*, recordé algo.

—Hice que Tessica Caltrop nos dejara en paz.

Sadie alzó la vista.

—¿Quieres decir *Jessica*? ¿Jessica Caltrop? ¿Eso hiciste? ¿Cómo? ¿Lo recuerdas?

Pero no me acordaba. Se había esfumado.

Me encontraba mirando a Sadie plantada ante mi pequeña ventana, contemplando la lluvia y llorando.

Pero más que nada estaba perdido.

EL HOMBRE DEL SOMBRERO DE VAQUERO era Deke, pero una vez lo tomé por mi abuelo y eso me dio un susto de muerte, porque el abuelo Epping estaba muerto y…

Epping, ese era mi apellido. *Agárrate a él*, me dije, pero al principio no pude.

Varias veces UNA MUJER MAYOR CON PINTALABIOS ROJO pasó a verme. En ocasiones creía que se llamaba señorita Mimi; otras pensaba que era la señorita Ellie; una vez estuve seguro de que era Irene Ryan, que interpretaba a la abuela Clampett en *Los nuevos ricos*. Le conté que había tirado mi teléfono móvil a un estanque.

—Ahora duerme con los peces. No veas cómo me gustaría recuperar el puto trasto.

Vino UNA PAREJA JOVEN. Sadie dijo:

—Mira, son Mike y Bobbi Jill.

Yo repliqué:

—Mike Coleslaw.

El JOVEN dijo:

—Casi, señor A. —Sonrió. Una lágrima resbaló por su mejilla cuando lo hizo.

Más tarde, cuando Sadie y Deke iban a Eden Fallows, se sentaban conmigo en el sofá. Sadie me cogía la mano y preguntaba:

—¿Cómo se llama, Jake? Nunca me has dicho su nombre. ¿Cómo podemos detenerlo si no sabemos quién es ni dónde estará?

—Yo lo entretendré —dije. Me esforzaba mucho. Me provocaba dolor en la nuca, pero me esforcé más aún—. Detendré.

—No podrías detener a una chinche sin nuestra ayuda —señaló Deke.

Pero a Sadie la quería demasiado y Deke era demasiado viejo. Ella no tendría que habérselo contado, para empezar. A lo mejor no era tan grave, de todas formas, porque él en realidad no se lo creía.

—Míster Tarjeta Amarilla os parará los pies si os metéis de por medio —dije—. Yo soy el único al que no puede detener.

—¿Quién es Míster Tarjeta Amarilla? —preguntó Sadie, que se inclinó hacia delante y me cogió las manos.

—No me acuerdo, pero no puede detenerme porque no soy de aquí.

Pero me *estaba* deteniendo. Él o algo. El doctor Perry decía que mi amnesia era superficial y pasajera, y tenía razón... pero hasta cierto punto. Si me esforzaba demasiado por recordar lo que más importaba, me entraba un dolor de cabeza atroz, mi cojera se acentuaba y se me desenfocaba la vista. Lo peor de todo era la tendencia a quedarme dormido de repente. Sadie preguntó al doctor Perry si se trataba de narcolepsia. Él dijo que probablemente no, pero me parecía que tenía cara de preocupado.

—¿Se despierta cuando lo llama o lo zarandea?

—Siempre —respondió Sadie.

—¿Es más probable que pase cuando está alterado porque no recuerda algo?

Sadie reconoció que así era.

—Entonces estoy bastante seguro de que pasará, como está sucediendo con su amnesia.

Por fin —poquito a poco— mi mundo interior empezó a fusionarse con el exterior. Era Jacob Epping, era profesor y de algún modo había viajado atrás en el tiempo para impedir el asesinato del presidente Kennedy. Al principio intenté rechazar la idea, pero sabía demasiado de los años intermedios, y no eran visiones. Eran recuerdos. Los Rolling Stones, las declaraciones de Clinton cuando el Congreso lo investigaba, el World Trade Center en llamas. Christy, mi enferma y enfermante ex esposa.

Una noche, mientras Sadie y yo mirábamos *Combat!*, recordé lo que le había hecho a Frank Dunning.

—Sadie, maté a un hombre antes de venir a Texas. Fue en un cementerio. Tuve que hacerlo. Iba a asesinar a toda su familia.

Me miró con los ojos y la boca muy abiertos.

—Apaga la tele —dije—. El tipo que hace de sargento Saunders, no recuerdo su nombre, acabará decapitado por un aspa de helicóptero. Por favor, Sadie, apágala.

Lo hizo y se arrodilló delante de mí.

—¿Quién va a matar a Kennedy? ¿Dónde estará cuando lo haga?

Hice todo lo posible, y no me quedé dormido, pero no podía recordarlo. Había viajado de Maine a Florida, de eso me acordaba. En el Ford Sunliner, un gran coche. Había viajado de Florida a Nueva Orleans, y de allí a Texas. Recordaba escuchar «Earth Angel» en la radio mientras cruzaba la frontera del estado a ciento diez kilómetros por hora por la Autopista 20. Recordaba un cartel: **TEXAS LE DA LA BIENVENIDA.** Y una valla que anunciaba la BARBACOA DE SONNY, 43 KM. Después de eso, un agujero en la película. Al otro lado emergían recuerdos de dar clases y vivir en Jodie. Recuerdos más luminosos de bailar el swing con Sadie y acostarme con ella en los Bungalows Candlewood. Sadie me contó que también había vivido en Fort Worth y Dallas, pero no sabía dónde; lo único que tenía eran dos números de teléfono que ya no funcionaban. Yo tampoco sabía dónde, aunque pensaba que uno de los sitios podría haber sido Cadillac Street. Sadie examinó los mapas y dijo que no existía una Cadillac Street en ninguna de las dos ciudades.

Ya recordaba muchas cosas, pero no el nombre del asesino ni dónde estaría cuando actuara. ¿Y por qué no? Porque el pasado me lo estaba ocultando. El obstinado pasado.

—El asesino tiene una hija —dije—. Creo que se llama April.

—Jake, voy a preguntarte una cosa. A lo mejor te enfadas, pero ya que mucho depende de esto, el destino del mundo, según dices, tengo que hacerlo.

—Adelante. —No se me ocurría nada que ella pudiera decir para hacerme enfadar.

—¿Me estás mintiendo?

—No —respondí. Era cierto. Entonces.

—Le dije a Deke que teníamos que llamar a la policía. Él me enseñó un artículo del *Morning News* que decía que ya se habían registrado doscientas amenazas de muerte y chivatazos sobre asesinos potenciales. Dice que tanto los derechistas de Dallas-Fort Worth como los izquierdistas de San Antonio intentan espantar a Kennedy para que no venga a Texas. Dice que la policía de Dallas está remitiendo todas las amenazas e informaciones al FBI y que ellos no están haciendo nada. Que la única persona a la que J. Edgar Hoover odia más que a JFK es a su hermano Bobby.

No me importaba gran cosa a quién odiara J. Edgar Hoover.

—¿Tú me crees?

—Sí —contestó ella, y suspiró—. ¿De verdad va a morir Vic Morrow?

Así se llamaba, en efecto.

—Sí.

—¿Rodando *Combat!*?

—No, una película.

Rompió a llorar.

—No mueras *tú*, Jake; por favor. Solo quiero que te pongas bien.

Tenía muchas pesadillas. La localización variaba —a veces era una calle vacía que se parecía a Main Street de Lisbon Falls, a veces era el cementerio en el que había disparado a Frank Dunning, a veces era la cocina de Andy Cullum, el as del cribbage—, pero solía tratarse del restaurante de Al Templeton. Nos sentábamos a una mesa, bajo la mirada de las fotos de su Muro Local de los Famosos. Al estaba enfermo —moribundo—, pero sus ojos seguían cargados de luminosa intensidad.

—Míster Tarjeta Amarilla es la personificación del pasado obstinado —dijo Al—. Lo sabes, ¿no?

Sí, lo sabía.

—Creyó que morirías de la paliza, pero no fue así. Creyó que morirías de las infecciones, pero no fue así. Ahora está tapiando esos recuerdos, los vitales, porque sabe que es su última esperanza de detenerte.

—¿Cómo puede? Está muerto.

Al sacudió la cabeza.

—No, ese soy yo.

—¿Quién es él? ¿*Qué* es? ¿Y cómo puede resucitar? ¡Se rajó su propia garganta y la tarjeta se volvió negra! ¡Lo *vi*!

—Ni idea, socio. Lo único que sé es que no puede detenerte si tú te niegas. *Tienes que llegar a esos recuerdos.*

—¡Ayúdame, entonces! —grité, y así la dura garra que era su mano—. ¡Dime cómo se llama el asesino! ¿Es Chapman? ¿Manson? Los dos me suenan, pero ninguno parece correcto. *¡Tú me metiste en esto, o sea que ayúdame!*

En ese momento del sueño Al abre la boca para hacer justamente lo que le pido, pero interviene Míster Tarjeta Amarilla. Si estamos en Main Street de Lisbon Falls, sale de la licorería o de la frutería Kennebec. Si es el cementerio, surge de una tumba abierta como un zombi de George A. Romero. Si es en el restaurante, se abren de golpe las puertas. La tarjeta que lleva en la cinta de su sombrero es tan negra que parece un agujero rectangular en el mundo. Está muerto y en descomposición. Su vetusto abrigo está salpicado de moho. Sus cuencas oculares son bolas de gusanos que se retuercen.

—*¡No puede decirte nada porque hoy se paga doble!* —grita Míster Tarjeta Amarilla que ahora es Míster Tarjeta Negra.

Me vuelvo hacia Al, para encontrarme con que se ha convertido en un esqueleto con un cigarrillo sujeto entre los dientes, y me despierto, sudoroso. Busco los recuerdos, pero no están ahí.

Deke me llevaba artículos de prensa sobre la inminente visita de Kennedy, con la esperanza de que desatascaran algún recuerdo. No lo hicieron. En una ocasión, mientras estaba tumbado en el sofá (saliendo de una de mis cabezadas repentinas) les oí discutir a los dos una vez más sobre si debían llamar a la policía. Deke dijo que no harían ni caso de un chivatazo anónimo y que un chivatazo con nombre nos metería a todos en un lío.

—¡No me importa! —gritó Sadie—. Sé que piensas que está chalado, pero ¿y si tiene razón? ¿Cómo te sentirás si Kennedy vuelve de Dallas a Washington en una *caja*?

—Si mezclas a la policía en el asunto, se centrarán en Jake, cariño. Y según tú, mató a un hombre en Nueva Inglaterra antes de venir aquí.

Sadie, Sadie, ojalá no le hubieras contado eso.

Ella dejó de discutir, pero no se rindió. A veces intentaba sacármelo por sorpresa, como quien trata de curar el hipo con un susto. No funcionó.

—¿Qué voy a hacer contigo? —preguntó entristecida.

—No lo sé.

—Intenta llegar de otra manera, acercándote con disimulo.

—Ya lo he probado. Creo que el tipo estuvo en el ejército, o en el cuerpo de Marines. —Me froté la nuca, donde empezaba a dolerme otra vez—. Pero podría haber sido la Armada. Mierda, Christy, no lo sé.

—Sadie, Jake. Soy Sadie.

—¿No he dicho eso?

Sacudió la cabeza e intentó sonreír.

El 12 de ese mes, el martes después del Día de los Veteranos, el *Morning Star* publicó un largo editorial sobre la inminente visita de Kennedy y lo que significaba para la ciudad. «La mayoría de los residentes parecen dispuestos a recibir al joven e inexperto presidente con los brazos abiertos —rezaba—. Hay mucha emoción. Por supuesto, no le perjudica que su bella y carismática esposa vaya a acompañarlo en el desfile.»

—¿Más sueños sobre Míster Tarjeta Amarilla ayer por la noche? —preguntó Sadie cuando entró. Había pasado el día festivo en Jodie, más que nada para regar las plantas y «airear la bandera», como decía ella.

Sacudí la cabeza.

—Cariño, has pasado aquí mucho más tiempo que en Jodie. ¿Qué pasa con tu trabajo?

—La señorita Ellie me ha puesto a media jornada. Me voy apañando, y cuando me vaya contigo…, si nos vamos…, supongo que tendré que esperar a ver qué pasa.

Apartó de mí la mirada y pasó a la tarea de encenderse un cigarrillo. Al ver que se tomaba demasiado tiempo prensándolo contra la mesa baja y después toqueteando las cerillas, comprendí algo descorazonador: Sadie también albergaba sus dudas. Y no la culpaba. Si nuestras posiciones se hubieran invertido, yo tampoco las habría tenido todas conmigo.

Entonces se animó.

—Pero tengo un suplente de lujo, y apuesto a que sabes quién es.

Sonreí.

—Es… —No me salía el nombre. Lo *veía*: la cara morena y curtida, el sombrero de vaquero, la corbata de cordón; pero ese martes por la mañana ni siquiera podía acercarme al nombre. Empezó a dolerme la parte de atrás de la cabeza, la que había chocado contra el zócalo; pero ¿qué zócalo?, ¿en qué casa? Era una putada mayúscula no saberlo.

Kennedy llega dentro de diez días y ni siquiera recuerdo el puto nombre de ese viejo.

—Inténtalo, Jake.

—Lo *intento* —dije—. ¡Lo *intento*, Sadie!

—Espera un segundo. Tengo una idea.

Dejó su cigarrillo humeante en una de las hendiduras del cenicero, se levantó, salió por la puerta y la cerró a su espalda. Después la abrió con voz cómicamente áspera y grave, diciendo lo que decía el viejo cada vez que venía de visita.

—¿Cómo te encuentras hoy, hijo? ¿Te alimentas?

—Deke —dije—. Deke Simmons. Estuvo casado con la señorita Mimi, pero ella murió en México. Le hicimos un homenaje.

El dolor de cabeza había desaparecido. Así de fácil.

Sadie aplaudió y corrió hasta mí. Recibí un beso largo y encantador.

—¿Lo ves? —dijo al retirarse—. Puedes hacerlo. Aún no es demasiado tarde. ¿Cómo se llama, Jake? ¿Cómo se llama ese loco cabrón?

Pero no podía recordarlo.

El 16 de noviembre, el *Times Herald* publicó la ruta que seguiría la comitiva de Kennedy. Empezaría en Love Field y terminaría en el Trade Mart, donde hablaría para el Consejo de Ciudadanos de Dallas y sus invitados. El objetivo declarado de su discurso era rendir homenaje al Centro de Investigación de Posgrado y felicitar a Dallas por su progreso económico en la última década, pero al *Times Herald* le complacía informar a quienes no lo supieran ya que el auténtico motivo era pura política. Texas había apoyado a Kennedy en 1960, pero el 64 no pintaba claro a pesar de presentarse con un buen paisano de Johnson City. Los cínicos todavía llamaban al vicepresidente «Lyndon el Arrollador», una referencia a su candidatura al Senado en 1948, un asunto de lo más sospechoso que se saldó con su victoria por ochenta y siete votos. Era una anécdota antigua, pero la longevidad del apodo decía mucho de los recelos que inspiraba a los tejanos. La misión de Kennedy —y de Jackie, por supuesto— era ayudar a Lyndon el Arrollador y al gobernador de Texas, John Connally, a enfervorizar a los fieles.

—Mira esto —dijo Sadie recorriendo la ruta con la punta de un dedo—. Manzanas y manzanas de Main Street. Luego Houston Street. Hay edificios altos en todo ese tramo. ¿Estará el tipo en Main Street? Tiene que estar ahí, ¿no te parece?

Apenas la escuchaba, porque había visto otra cosa.

—¡Mira, Sadie, los coches pasarán por Turtle Creek Boulevard!

Se le empañaron los ojos.

—¿Es allí donde sucederá?

Sacudí la cabeza, poco convencido. Probablemente no, pero sabía algo de Turtle Creek Boulevard, y tenía que ver con el hombre al que me había propuesto detener. Mientras reflexionaba sobre ello, algo salió a flote.

—Iba a esconder el fusil y volver luego por él.

—¿Esconderlo *dónde*?

—No importa, porque esa parte ya ha ocurrido. Eso forma parte del pasado. —Me tapé la cara con las manos porque de repente la luz de la habitación parecía demasiado brillante.

—Deja de pensar en ello de momento —dijo Sadie mientras me quitaba de las manos el artículo del periódico—. Relájate o te dará uno de tus dolores de cabeza y necesitarás una de esas pastillas. Te dejan alelado.

—Sí —dije—. Lo sé.

—Necesitas café. Café cargado.

Fue a la cocina a prepararlo. Cuando volvió, yo roncaba. Dormí durante casi tres horas, y podría haber permanecido en el país de los sueños más tiempo todavía, pero Sadie me despertó zarandeándome.

—¿Qué es lo último que recuerdas sobre venir a Dallas?

—*No* me acuerdo.

—¿Dónde te alojaste? ¿Un hotel? ¿Un moto hotel? ¿Una habitación alquilada?

Por un momento tuve un vago recuerdo de un patio y muchas ventanas. ¿Un botones? Quizá. Luego desapareció. El dolor de cabeza volvía por sus fueros.

—No lo sé. Lo único que recuerdo es que crucé la frontera del estado por la Autopista 20 y vi un cartel que anunciaba barbacoas. Y eso fue a kilómetros de Dallas.

—Ya lo sé, pero no hace falta que vayamos tan lejos porque, si llegaste por la 20, seguiste por la 20. —Echó un vistazo a su reloj—. Hoy se ha hecho tarde, pero mañana iremos a dar una vuelta en coche como buenos domingueros.

—Lo más probable es que no funcione. —Pero aun así sentí un destello de esperanza.

Pasó la noche conmigo, y a la mañana siguiente salimos de Dallas por la que los residentes denominan la Autopista de las Abejas, rumbo al este, hacia Luisiana. Sadie conducía mi Chevy, que estaba como nuevo una vez que habían sustituido el contacto forzado. Deke se había ocupado de ello. Llegamos hasta Terrell y entonces salimos de la 20 y cambiamos de sentido en el aparcamiento de tierra lleno de baches de una iglesia de carretera. «Sangre del Redentor», según el cartel que se alzaba en la hierba marchita. Debajo del nombre había un mensaje en letras adhesivas blancas. En teoría debía decir HAS LEÍDO HOY LA PALABRA DEL ALTÍSIMO, pero se habían caído varias de las letras y habían dejado AS LEÍDO HO LA PALABRA DE AL ÍSIMO.

Sadie me miró con cierta emoción.

—¿Puedes conducir tú en el camino de vuelta, cariño?

Estaba bastante seguro de que podía. Era en línea recta y el Chevy era automático. No tendría que usar para nada mi rígida pierna izquierda. Lo único era…

—Sadie —dije mientras me acomodaba ante el volante por primera vez desde agosto y echaba el asiento atrás al máximo.

—¿Sí?

—Si me duermo, agarra el volante y apaga el motor.

Sonrió con nerviosismo.

—Lo haré, créeme.

Esperé a que no vinieran coches y salí. Al principio no me atrevía a superar los setenta, pero era domingo a mediodía y teníamos la carretera prácticamente para nosotros. Empecé a relajarme.

—Despeja tu mente, Jake. No intentes recordar nada, solo deja que ocurra.

—Ojalá tuviera mi Sunliner —dije.

—Finge que *es* tu Sunliner, entonces, y deja que te lleve donde quiere ir.

—Vale, pero…

—Nada de peros. Hace un día precioso. Estás llegando a un sitio nuevo y no tienes que preocuparte de si asesinan a Kennedy, porque para eso falta mucho. Años.

Sí, hacía un buen día. Y no, no me dormí, aunque estaba hecho polvo: no había pasado tanto tiempo fuera desde la paliza. No me quitaba de la cabeza la pequeña iglesia junto a la autopista. Una iglesia negra, casi seguro. Probablemente cantaban los himnos de un modo en que jamás lo harían los blancos, y después se ponían a leer LA PALABRA DE AL ÍSIMO con mucho «aleluya» y «alabado sea Jesús».

Ya estábamos llegando a Dallas. Hice giros a izquierda y derecha, probablemente más a la derecha, porque aún tenía el brazo izquierdo débil y doblar hacia allí dolía, a pesar de la dirección asistida. Pronto me encontré perdido en las callejuelas.

Me he perdido, vale, pensé. *Necesito que alguien me dé indicaciones, como aquel chico de Nueva Orleans. Al hotel Moonstone.*

Solo que no había sido el Moonstone; había sido el Monteleone. Y el hotel donde me alojé al llegar a Dallas fue… fue…

Por un momento pensé que se me escurriría entre los dedos, como todavía me pasaba a veces incluso con el nombre de Sadie. Pero entonces vi al botones y todas esas ventanas centelleantes que daban a Commerce Street, y encajó.

Me había alojado en el hotel Adolphus. Sí. Porque estaba cerca de…

No me salía. Esa parte aún estaba bloqueada.

—¿Cariño? ¿Todo bien?

—Sí —dije—. ¿Por qué?

—Has dado como un respingo.

—Es la pierna. Tengo calambres.

—¿Nada de esto te suena?

—No —dije—. Nada.

Sadie suspiró.

—Otra idea que muerde el polvo. Supongo que será mejor que volvamos. ¿Quieres que conduzca yo?

—Quizá será lo mejor. —Me pasé cojeando al asiento del copiloto, pensando *Hotel Adolphus. Escríbelo cuando vuelvas a Eden Fallows. Para no olvidarte.*

Cuando estuvimos de nuevo en el pequeño apartamento de tres habitaciones, con sus rampas, su cama de hospital y sus agarraderos a ambos lados del váter, Sadie me dijo que me echara un ratito.

—Y tómate una de tus pastillas.

Fui al dormitorio, me quité los zapatos —un proceso lento— y me tumbé. Pero no me tomé la pastilla. Quería mantener mi mente despejada. En adelante tendría que mantenerla despejada. Solo cinco días separaban a Kennedy de Dallas.

Te alojaste en el hotel Adolphus porque estaba cerca de algo. ¿De qué?

Bueno, estaba cerca del recorrido del desfile que se había publicado en el periódico, lo que reducía las posibilidades a…, caramba, no más de dos mil edificios. Por no hablar de todas las estatuas, monumentos y muros tras los que podía ocultarse un supuesto francotirador. ¿Cuántos callejones a lo largo de la ruta? Docenas. ¿Cuántos pasos elevados con líneas de tiro limpias sobre los puntos de paso de Mockingbird Oeste Lane, Lemmon Avenue, Turtle Creek Boulevard? La comitiva viajaría por todas esas vías. ¿Cuántos más en Main Street y Houston Street?

Tienes que recordar o bien quién es o bien desde dónde va a disparar.

Si recordaba uno de los dos datos, me saldría el otro. Lo sabía. Pero a lo que siempre volvía mi pensamiento era a esa iglesia de la Ruta 20 en la que habíamos cambiado de sentido. Sangre del Redentor en la Autopista de las Abejas. Muchas personas veían a Kennedy como un redentor. Desde luego Al lo había visto así. Él…

Abrí los ojos y dejé de respirar.

En la otra habitación sonó el teléfono y oí que Sadie lo cogía, sin levantar la voz porque me creía dormido.

LA PALABRA DE AL ÍSIMO.

Recordé el día en que había visto el nombre completo de Sadie con una parte tapada, de tal modo que lo único que se leía era «Doris Dun». El que tenía delante era un armónico de aquella magnitud. Cerré los ojos y visualicé el cartel de la iglesia. Después visualicé que ponía la mano encima de ÍSIMO.

Lo que me quedó fue LA PALABRA DE AL.

Las notas de Al. *¡Tenía su cuaderno!*

Pero ¿dónde? ¿Dónde estaba?

Se abrió la puerta del dormitorio. Sadie se asomó.

—¿Jake? ¿Duermes?

—No —respondí—. Solo descansaba.

—¿Has recordado algo?

—No —dije—. Lo siento.

—Aún hay tiempo.

—Sí. Recuerdo cosas nuevas todos los días.

—Cariño, era Deke. Corre algún virus por el instituto y a él le ha dado fuerte. Me ha pedido si puedo ir mañana y el martes. A lo mejor el miércoles también.

—Ve —dije—. Si no lo haces, intentará trabajar él. Y ya no es ningún chaval. —En mi cabeza, cuatro palabras parpadearon como un rótulo de neón: LA PALABRA DE AL, LA PALABRA DE AL, LA PALABRA DE AL.

Sadie se sentó a mi lado en la cama.

—¿Estás seguro?

—Estaré bien. Me sobrará compañía, además. Mañana vienen las del EVAD, recuérdalo. —EVAD eran las Enfermeras Visitantes del Área de Dallas. Su principal cometido en mi caso era asegurarse de que no desvariaba, lo que a fin de cuentas podría indicar que sufría una hemorragia cerebral.

—Cierto. A las nueve. Está en el calendario, por si te olvidas. Y el doctor Ellerton…

—Vendrá a comer. Me acuerdo.

—Bien, Jake. Eso está *bien*.

—Dijo que traería sándwiches. Y batidos. Quiere cebarme.

—*Necesitas* que te ceben.

—Además el miércoles hay rehabilitación. Tortura de pierna por la mañana y tortura de brazo por la tarde.

—No me gusta dejarte tan cerca de… ya sabes.

—Si me ocurre algo, te llamaré, Sadie.

Me cogió la mano y se inclinó lo suficiente para que oliera su perfume y un rastro de tabaco en su aliento.

—¿Lo prometes?

—Sí. Por supuesto.

—Volveré el miércoles por la noche como muy tarde. Si Deke no puede empezar el jueves, la biblioteca tendrá que permanecer cerrada.

—Estaré bien.

Me dio un beso rápido, se dirigió a la puerta y luego se volvió.

—Casi espero que Deke tenga razón y todo esto sea un delirio. No soporto la idea de que lo sepamos y aun así tal vez no podamos impedirlo. Que tal vez estemos viendo la tele en el salón cuando alguien...

—Me acordaré —dije.

—¿De verdad, Jake?

—Tengo que acordarme.

Sadie asintió, pero incluso con la persiana echada podía captar las dudas en su cara.

—Podemos cenar antes de que me vaya. Cierra los ojos y deja que esa pastilla haga efecto. Duerme un rato.

Cerré los ojos, seguro de que no me dormiría. Y era una suerte, porque necesitaba pensar en La Palabra de Al. Un poco después olí que se cocinaba algo. Olía bien. Nada más salir del hospital, cuando aún vomitaba o cagaba cada diez minutos, todos los olores me daban asco. Las cosas habían mejorado.

Empecé a divagar. Veía a Al sentado delante de mí a una de las mesas de su restaurante, con su gorro de papel ladeado sobre la ceja izquierda. Nos contemplaban las fotos de los peces gordos de un pueblo pequeño, pero Harry Dunning ya no estaba en el muro. Yo lo había salvado. Quizá la segunda vez también lo había salvado de Vietnam. No había manera de saberlo.

—*Todavía te tiene paralizado, ¿eh, socio?* —preguntó Al.

—*Sí. Todavía.*

—*Pero ahora estás cerca.*

—*No lo bastante. No tengo ni idea de dónde guardé ese condenado cuaderno tuyo.*

—*Lo pusiste en un sitio seguro. ¿Eso reduce un poco el abanico?*

Empecé a decir que no, pero luego pensé: *La palabra de Al en un sitio seguro. Seguridad. Porque...*

Abrí los ojos y, por primera vez en lo que se me antojaban semanas, una gran sonrisa arrugó mi rostro.

Estaba en una caja de seguridad.

Se abrió la puerta.

—¿Tienes hambre? Lo he mantenido caliente.

—¿Eh?

—Jake, llevas dormido más de dos horas.

Me incorporé y bajé las piernas al suelo.

—Pues a comer.

CAPÍTULO 27

1

11/17/63 (domingo)

Sadie quería fregar los platos después de la cena, pero le dije que no perdiera tiempo y preparase su bolsa de viaje. Era pequeña y azul, con las esquinas redondeadas.

—Tu rodilla...

—Mi rodilla sobrevivirá a unos cuantos platos. Si quieres dormir ocho horas tienes que ponerte en marcha enseguida.

Diez minutos más tarde los platos estaban limpios, yo tenía las puntas de los dedos como pasas y Sadie estaba en la puerta. Con su pequeña bolsa de viaje en las manos y el pelo ondulado en torno a la cara, nunca me había parecido más guapa.

—¿Jake? Dime una cosa buena sobre el futuro.

Me sorprendió lo poco que se me ocurría. ¿Los teléfonos móviles? No. ¿Los atentados suicidas? Probablemente no. ¿El deshielo de los casquetes polares? A lo mejor en otro momento.

Entonces sonreí.

—Te daré dos por el precio de una. La guerra fría se acaba y el presidente es negro.

Sadie empezó a sonreír y luego vio que no bromeaba. Se quedó boquiabierta.

—¿Me estás diciendo que hay un negro en la *Casa Blanca*?

—En efecto. Aunque en mi época prefieren que los llamen afroamericanos.

—¿Hablas en serio?

—Sí. Del todo.

—¡Dios mío!

—Mucha gente dijo exactamente eso el día después de las elecciones.

—¿Está... haciendo un buen trabajo?

—Hay disparidad de opiniones. Si quieres la mía, lo está haciendo todo lo bien que cabría esperar, dadas las complejidades.

—Sabiendo eso, creo que volveré a Jodie... —se rió como una loca— en una nube.

Bajó la rampa, metió la bolsa en el cubículo que hacía las veces de maletero de su Escarabajo y me lanzó un beso. Iba a sentarse, pero no podía dejar que se fuera de esa manera. No podía correr —según el doctor Perry, para eso me faltaban aún ocho meses, tal vez un año—, pero cojeé rampa abajo tan rápido como pude.

—¡Espera, Sadie, espera un segundo!

El señor Kenopensky estaba sentado ante el apartamento de al lado en su silla de ruedas, arrebujado en una chaqueta y con su Motorola a pilas en el regazo. En la acera, Norma Whitten avanzaba con su paso cansino hacia el buzón de la esquina, ayudándose con un par de varas de madera que tenían más pinta de bastones de esquí que de muletas. Se volvió y nos saludó con la mano, intentando levantar el lado paralizado de su cara en una sonrisa.

Sadie me miró intrigada en el crepúsculo.

—Solo quería decirte una cosa —aclaré—. Quería decirte que eres lo mejor que me ha pasado en mi puñetera vida.

Se rió y me abrazó.

—Lo mismo digo, gentil caballero.

Nos besamos largo y tendido, y podría haberla besado durante más tiempo todavía de no haber sido por las secas palmadas que sonaron a nuestra derecha. El señor Kenopensky estaba aplaudiendo.

Sadie se apartó, pero me cogió por las muñecas.

—Llámame, ¿vale? Mantenme... ¿cómo es eso que dices? ¿Al loro?

—Eso es, y eso haré. —No tenía ninguna intención de mantenerla al loro. Tampoco a Deke ni a la policía.

—Porque esto no puedes hacerlo solo, Jake. Estás demasiado débil.

—Ya lo sé —dije, pensando: *Más vale que no tengas razón*—. Llámame para que sepa que has llegado bien.

Cuando su Escarabajo dobló la esquina y desapareció, el señor Kenopensky dijo:

—Le conviene esmerarse, Amberson. Esa chica es de las buenas.

—Lo sé. —Esperé al pie del camino de entrada lo suficiente para asegurarme de que la señora Whitten regresaba de la excursión al buzón sin caerse.

Lo consiguió.

Volví adentro.

2

Lo primero que hice fue coger mi llavero del aparador y examinar las llaves, sorprendido de que Sadie nunca me las hubiera enseñado para ver si me refrescaban la memoria… pero claro, no podía pensar en todo. Había una docena exacta. No tenía ni idea de para qué servían la mayoría de ellas, pero estaba bastante convencido de que la Schlage abría la puerta delantera de mi casa en… ¿era Sabattus? Creía que acertaba, pero no estaba seguro.

Entre las demás había una llave pequeña. Llevaba estampado FC y 775. Era la llave de una caja de seguridad, en efecto, pero ¿cuál era el banco? ¿First Commercial? Sonaba a banco, pero no encajaba.

Cerré los ojos y contemplé la oscuridad. Esperé, estaba casi seguro de que llegaría lo que quería…, y así fue. Vi una caja de seguridad con una funda de cocodrilo falso. Me vi abriéndola. Eso fue sorprendentemente fácil. Impreso en el resguardo de arriba figuraba no solo mi nombre en la Tierra de Antaño sino también mi última dirección oficial en ella.

214 Neely O. St. Apartamento 1
Dallas, TX

Pensé: *Allí fue donde me robaron el coche*.

Y pensé: *Oswald. El asesino se llama Oswald Conejo*.

No, por supuesto que no. Era un hombre, no un personaje de dibujos animados. Pero se acercaba.

—Voy por ti, señor Conejo —dije—. Todavía voy.

3

El teléfono sonó poco antes de las nueve y media. Sadie había llegado bien a casa.

—Supongo que no has recordado nada. Soy una pesada, ya lo sé.

—Nada. Y estás muy lejos de ser una pesada. —También iba a estar muy lejos de Oswald Conejo, si de mí dependía. Por no hablar de su mujer, cuyo nombre podía o no ser Mary, y su hija pequeña, de la que estaba seguro que se llamaba April.

—Me tomaste el pelo con lo de que habría un negro en la Casa Blanca, ¿verdad?

Sonreí.

—Espera un poco y lo verás por ti misma.

4

11/18/63 (lunes)

Las enfermeras del EVAD, una vieja e imponente y la otra joven y guapa, llegaron a las nueve de la mañana en punto. Se pusieron manos a la obra. Cuando la mayor consideró que ya había puesto bastantes muecas y había gemido lo suficiente, me pasó un sobre de papel con dos pastillas dentro.

—Dolor.

—En realidad no creo…

—Tómeselas —dijo; una mujer de pocas palabras—. Gratis.

Me las eché a la boca, las guardé en el carrillo, tragué agua y luego me disculpé para ir al baño. Allí las escupí.

Cuando volví a la cocina, la enfermera mayor dijo:

—Buen progreso. No se exceda.

—De ninguna manera.

—¿Los pillaron?

—¿Cómo dice?

—A los cabrones que le pegaron.

—Uh… todavía no.

—¿Haciendo algo que no debía?

Le dediqué una sonrisa de oreja a oreja, la que Christy decía que me hacía parecer un presentador de concursos que iba hasta arriba de crack.

—No me acuerdo.

5

El doctor Ellerton vino a verme a la hora de comer, cargado con enormes sándwiches de rosbif, crujientes patatas fritas que chorreaban aceite y los batidos prometidos. Comí todo lo que pude, que en realidad no era poco. Mi apetito estaba volviendo.

—Mike dejó caer la idea de organizar otro espectáculo de variedades —dijo—. Esta vez en beneficio de usted. Al final se impuso la sensatez. Un pueblo pequeño tiene sus límites. —Se encendió un cigarrillo, dejó caer la cerilla en el cenicero que había en la mesa y dio una calada con fruición—. ¿Alguna posibilidad de que la policía pille a los desgraciados que le hicieron esto? ¿Qué le dicen?

—Nada, pero lo dudo. Me limpiaron la cartera, me robaron el coche y se largaron.

—¿Qué hacía en ese lado de Dallas? No es lo que se dice un barrio lujoso de la ciudad.

Bueno, al parecer vivía allí.

—No me acuerdo. Visitar a alguien, tal vez.

—¿Descansa lo suficiente? ¿No fuerza demasiado esa rodilla?

—No. —Aunque sospechaba que la forzaría de lo lindo en breve.

—¿Aún se queda dormido de improviso?

—Eso ha mejorado bastante.

—Estupendo. Supongo…

Sonó el teléfono.

—Será Sadie —dije—. Me llama en su descanso para comer.

—Yo ya me iba, de todas formas. Me alegro de ver que ha recuperado algo de peso, George. Salude a la bella señorita de mi parte.

Lo hice. Sadie me preguntó si había recuperado algún *recuerdo pertinente*. Supe por su cuidadosa formulación que me llamaba desde la sala principal de la escuela… y que tendría que pagar la conferencia a la señora Coleridge cuando acabase. Además de llevar las finanzas de la ESCD, la señora Coleridge tenía las orejas muy largas.

Le respondí que no, que no había recordado nada pero que pensaba echar una cabezadita y esperaba encontrar algo al despertar. Añadí que la quería (era agradable decir algo que fuese verdad), pregunté por Deke, le deseé que pasara una buena tarde y colgué. Pero no eché una cabezada. Cogí las llaves del coche y mi maletín y arranqué rumbo al centro. Esperaba de todo corazón llevar algo en ese maletín para cuando volviera.

6

Conduje despacio y con cuidado, pero la rodilla me dolía como un demonio cuando entré en el First Corn Bank y enseñé la llave de mi caja de seguridad.

Mi banquero salió de su despacho para saludarme, y su nombre me vino a la cabeza en el acto: Richard Link. Abrió los ojos con cara de preocupación cuando le salí al paso renqueando.

—¿Qué le ha pasado, señor Amberson?

—Un accidente de coche. —Esperaba que hubiera pasado por alto o hubiese olvidado el breve que apareció en la sección de sucesos del *Morning News*. Yo no lo había leído, pero salió: El señor George Amberson de Jodie, víctima de paliza y atraco, hallado inconsciente y llevado al hospital Parkland—. Me estoy recuperando bien.

—Me alegra oír eso.

Las cajas de seguridad estaban en el sótano. Bajé la escalera a la pata coja. Usamos nuestras llaves y Link llevó mi caja a uno de los cubículos. La dejó en una mesita minúscula, con el tamaño justo para la caja, y señaló el botón de la pared.

—Llame a Melvin cuando haya terminado. Él le ayudará.

Le di las gracias y, cuando se fue, cerré la cortina del cubículo. Habíamos abierto las cerraduras de la caja, pero la tapa seguía cerrada. La contemplé con el corazón en un puño. Dentro estaba el futuro de John Kennedy.

La abrí. Encima de todo había un fajo de billetes y varios objetos sueltos de mi piso de Neely Street, entre ellos mi talonario del First Corn. Debajo había un manuscrito sujeto por dos gomas. En la primera página ponía EL LUGAR DEL CRIMEN. No aparecía el nombre del autor, pero era mío. Debajo había un cuaderno azul: La Palabra de Al. Lo sostuve en mis manos, abrumado por la terrible certeza de que, cuando lo abriera, todas las páginas estarían en blanco. Míster Tarjeta Amarilla las habría borrado.

Por favor, no.

Abrí la cubierta. En la primera página, una fotografía me devolvió la mirada. Una cara estrecha y no muy atractiva. Labios curvados en una sonrisa que conocía bien: ¿no la había visto con mis propios ojos? Era la clase de sonrisa que dice: *Sé lo que pasa y tú no, pobre iluso.*

Lee Harvey Oswald. El despreciable delgaducho que iba a cambiar el mundo.

7

Los recuerdos volvieron en tropel mientras trataba de recobrar el aliento en el cubículo del banco.

Ivy y Rosette en Mercedes Street. Apellido Templeton, como el de Al.

Las niñas de la comba: «*Mi viejo un submarino go-bier-na*».

Silent Mike (*Holy Mike*) de Electrónica Satélite.

George de Mohrenschildt rasgándose la camisa como Superman.

Billy James Hargis y el general Edwin A. Walker.

Marina Oswald, la hermosa rehén del asesino, plantada en mi puerta del 214 de Neely Oeste: «*Pierdone, por favor, ¿ha visto a mi espotka?*».

El Depósito de Libros Escolares de Texas.

Sexto piso, ventana sudeste. La que mejor vista tenía de Dealey Plaza y Elm Street, donde se curvaba hacia el Triple Paso Inferior.

Empecé a estremecerme. Me agarré con fuerza los bíceps con los brazos cruzados sobre el pecho. Eso hizo que el izquierdo

—roto por la tubería envuelta en fieltro— me doliera, pero no me importó. Me alegré. El dolor me ataba al mundo.

Cuando los temblores por fin remitieron, metí en el maletín el manuscrito inacabado, el preciado cuaderno azul y todo lo demás. Estiré el brazo hacia el botón que avisaría a Melvin y entonces eché un último vistazo al fondo de la caja. Allí encontré dos objetos más. Uno era el anillo barato que había adquirido en una casa de empeños para respaldar mi tapadera en Electrónica Satélite. El otro era el sonajero rojo que había pertenecido a la hija de los Oswald (June, no April). El sonajero fue al maletín y la alianza al bolsillo de mis pantalones dedicado al reloj. La tiraría de camino a casa. Cuando llegase el momento, si llegaba, Sadie recibiría una mucho mejor.

8

Golpecitos sobre cristal. Luego una voz:

—¿... bien? Señor, ¿se encuentra bien?

Abrí los ojos, al principio sin tener ni idea de dónde estaba. Miré a mi izquierda y vi a un policía de uniforme dando golpecitos en la ventanilla de la puerta del conductor de mi Chevy. Entonces lo recordé. A mitad de camino hacia Eden Fallows, cansado, emocionado y aterrorizado al mismo tiempo, me había asaltado esa sensación de *Voy a dormirme*. Había parado de inmediato en un oportuno aparcamiento. Eso había sido alrededor de las dos. Viendo la luz menguante calculé que debían de ser alrededor de las cuatro.

Bajé la ventanilla con la manivela y dije:

—Lo siento, agente. De golpe me ha entrado mucho sueño y me ha parecido más seguro parar.

Asintió.

—Sí, sí, es lo que tiene la bebida. ¿Cuántas se ha tomado antes de subirse al coche?

—Ninguna. Sufrí una lesión cerebral hace unos meses. —Giré el cuello para que viera los puntos donde todavía no me había crecido el pelo.

Estaba medio convencido, pero aun así me pidió que le echara el aliento a la cara. Eso acabó de persuadirlo.

—Enséñeme el carnet —dijo.

Le mostré mi permiso de conducir de Texas.

—¿No pensará conducir hasta Jodie, verdad?

—No, agente, solo hasta el norte de Dallas. Me alojo en un centro de rehabilitación llamado Eden Fallows.

Estaba sudando. Esperaba que, si el policía lo veía, lo considerase normal en un hombre que había echado una siesta en un coche cerrado en un día de noviembre tirando a cálido. También esperaba —fervientemente— que no me pidiera que le enseñara lo que llevaba en el maletín que tenía a mi lado en el asiento delantero. En 2011, podía negarme a esa petición aduciendo que dormir en mi coche no era causa probable. Qué caray, el aparcamiento ni siquiera era de pago. En 1963, sin embargo, un policía podía ponerse a rebuscar. No encontraría drogas, pero *sí* dinero en efectivo, un manuscrito con la palabra «*crimen*» en el título y un cuaderno lleno de excentricidades alucinatorias sobre Dallas y JFK. ¿Me llevarían a la comisaría más cercana para interrogarme o de vuelta al Parkland para someterme a un examen psiquiátrico? ¿Tardaban demasiado los Waltons en darse las buenas noches?

Me miró durante un momento, grande y rubicundo, un policía como pintado por Normal Rockwell que no hubiera desentonado en una portada del *Saturday Evening Post*. Entonces me devolvió el permiso.

—De acuerdo, señor Amberson. Vuelva a ese sitio, Fallows, y le sugiero que aparque el coche para toda la noche cuando llegue. Tiene mala cara, con siesta o sin ella.

—Eso es exactamente lo que pienso hacer.

Lo vi por el retrovisor mientras me alejaba, observándome. Tenía la certeza de que me dormiría otra vez antes de perderlo de vista. Esa vez no habría previo aviso; se me iría el coche, me subiría a la acera y quizá incluso me llevaría por delante a un peatón o tres antes de empotrarme contra el escaparate de una tienda de muebles.

Cuando por fin aparqué delante de mi pequeña casita con la rampa que llevaba a la entrada, me dolía la cabeza, me lagrimeaban los ojos y la rodilla me palpitaba…, pero mis recuerdos de Oswald se conservaban firmes y claros. Tiré mi maletín sobre la mesa de la cocina y llamé a Sadie.

—Te he llamado cuando he llegado a casa después de la escuela, pero no estabas —dijo ella—. Me tenías preocupada.

—Estaba al lado, jugando al cribbage con el señor Kenopensky.

—Esas mentiras eran necesarias. Tenía que recordarlo. Y debía decirlas con soltura, porque ella me conocía.

—Bueno, eso está bien. —Luego, sin hacer una pausa o cambiar de inflexión—. ¿Cómo se llama? ¿Cómo se llama el hombre?

Lee Oswald. Casi me lo saca por sorpresa.

—To… todavía no lo sé.

—Has dudado. Lo he oído.

Esperé a que cayera la acusación agarrando el teléfono con tanta fuerza que me dolía.

—Esta vez casi te ha salido de sopetón, ¿o no?

—He notado algo —reconocí con cautela.

Charlamos durante quince minutos mientras yo observaba el maletín con las notas de Al dentro. Me pidió que la llamara más tarde. Se lo prometí.

9

Decidí esperar a después del telediario de Huntley y Brinkley para abrir de nuevo el cuaderno azul. No creía que fuese a encontrar mucha información de valor práctico a esas alturas. Las notas finales de Al eran esquemáticas y apresuradas; nunca había esperado que la Misión Oswald durase tanto. Yo tampoco. Llegar hasta ese cretino fracasado era como viajar por una carretera llena de ramas caídas, y al final el pasado a lo mejor lograba protegerse. Pero yo *había* detenido a Dunning. Eso me daba esperanzas. Tenía el germen de un plan que podría permitirme detener a Oswald sin acabar en la cárcel o en la silla eléctrica en Huntsville. Tenía excelentes motivos para querer conservar la libertad. El mejor de todos se encontraba en Jodie esa noche, probablemente sirviendo una sopa de pollo a Deke Simmons.

Recorrí de forma metódica mi pequeño apartamento adaptado para inválidos, recogiendo cosas. Aparte de mi vieja máquina de escribir, no quería dejar atrás ni rastro de George Amberson cuando me fuera. Esperaba que ese momento no llegara hasta el miércoles, pero si Sadie decía que Deke se encontraba mejor y ella pensaba volver el martes por la noche, tendría que acelerar las cosas. ¿Y dónde me escondería hasta que cumpliera mi tarea? Muy buena pregunta.

Un trompeteo escandaloso anunció el telediario. Apareció Chet Huntley.

—«Después de pasar el fin de semana en Florida, donde presenció el lanzamiento de pruebas de un misil Polaris y visitó a su enfermo padre, el presidente Kennedy ha tenido un lunes ajetreado en el que ha dado cinco discursos en nueve horas.»

Un helicóptero —el *Marine One*— descendió entre los vítores de la multitud que lo esperaba. El siguiente plano mostraba a Kennedy acercándose a la muchedumbre tras una barrera improvisada, arreglándose el pelo desordenado con una mano y la corbata con la otra. Se adelantó con grandes zancadas al contingente del Servicio Secreto, que tuvo que trotar para ponerse a su altura. Observé, fascinado, cómo conseguía incluso colarse por un hueco entre las barreras y se adentraba en la masa de personas congregadas, dando la mano a diestra y siniestra. Los agentes que lo acompañaban corrían en pos de él con cara de consternación.

—«Esta ha sido la escena en Tampa —prosiguió Huntley—, donde Kennedy se dio un baño de multitudes de casi diez minutos. Preocupa a quienes tienen la tarea de mantenerlo a salvo, pero a la vista está que a la gente le encanta. Y a él también, David; por mucho que se hable de su altivez, disfruta con las exigencias de la política.»

Kennedy ya avanzaba hacia su limusina, todavía estrechando manos y aceptando un abrazo que otro de alguna señorita. El coche era un descapotable con el techo bajado, idéntico al que lo llevaría desde Love Field hasta su cita con la bala de Oswald. Quizá *fuese* el mismo. Por un momento la desenfocada filmación en blanco y negro captó una cara conocida entre la multitud. Me senté en el sofá y observé cómo el presidente de Estados Unidos daba la mano a mi antiguo corredor de apuestas de Tampa.

No tenía manera de saber si Roth acertaba con lo de la sífilis o se limitaba a repetir un rumor, pero Eduardo Gutierrez había perdido mucho peso, se estaba quedando calvo y sus ojos parecían confusos, como si no estuviera seguro de dónde estaba o incluso de quién era. Al igual que la escolta del Servicio Secreto de Kennedy, los hombres que lo flanqueaban llevaban gruesas americanas a pesar del calor de Florida. Fue solo una instantánea, y luego las imágenes volvieron a Kennedy, que se alejaba en el coche abierto que tan vulnerable lo dejaba, aún saludando y sonriendo de un lado a otro.

De vuelta a Huntley, cuya cara, de facciones marcadas, lucía una sonrisa irónica.

—«El día ha tenido su parte divertida, David. Cuando el presidente entraba en la sala de baile del International Inn, donde la Cámara de Comercio de Tampa esperaba para oírlo hablar…, bueno, escúchalo tú mismo.»

De nuevo las imágenes. Mientras Kennedy entraba saludando al público puesto en pie, un anciano, con un sombrero alpino y pantalones bávaros, atacó el «Hail to the Chief» con un acordeón más grande que él. El presidente tardó un poco en procesar lo que estaba viendo y luego levantó las dos manos en un afable gesto de *«no me lo puedo creer»*. Por primera vez lo vi como había llegado a ver a Oswald: como un hombre real. En el primer momento de incredulidad y el gesto que lo siguió, vi algo más bello incluso que el sentido del humor: la apreciación del absurdo esencial de la vida.

David Brinkley también sonreía.

—«Si Kennedy sale reelegido, quizá inviten a este caballero a tocar en el baile inaugural. Probablemente "La polca del barril de cerveza", más que el "Hail to the Chief". Entretanto, en Ginebra…»

Apagué la tele, volví al sofá y abrí el cuaderno de Al. Mientras pasaba las hojas buscando el final, no paraba de aparecérseme ese gesto de incredulidad. Y la sonrisa. Sentido del humor; sentido del absurdo. El hombre de la ventana del sexto piso del Depósito de Libros no tenía ninguna de las dos cosas. Oswald lo había demostrado una y otra vez, y un hombre así no es quién para cambiar la historia.

10

Me horrorizó descubrir que cinco de las últimas seis páginas del cuaderno de Al trataban de los movimientos de Lee en Nueva Orleans y sus infructuosos intentos de llegar a Cuba vía México. Solo la última página se centraba en los días previos al asesinato, y esas últimas notas eran superficiales. Al sin duda se sabía de memoria esa parte de la historia, y probablemente se imaginaba que, si no había eliminado a Oswald para la tercera semana de noviembre, iba a ser demasiado tarde.

10/3/63: O vuelve a Texas. Él y Marina «más o menos» separados. Ella vive con Ruth Paine, O aparece sobre todo en fines de semana. Ruth consigue a O trabajo en el Dep Libros a través de un vecino (Buell Frazier). Ruth llama a O «joven encantador».

O vive en Dallas durante laborables. Pensión.

10/17/63: O empieza a trabajar en Dep. Mueve libros, descarga camiones, etc.

10/18/63: O cumple 24. Ruth y Marina organizan fiesta sorpresa. O les da las gracias. Llora.

10/20/63: Nace 2.ª hija: Audrey Rachel. Ruth lleva a Marina a hosp (Parkland) mientras O trabaja. Fusil guardado en garaje de Paine, envuelto en manta.

O recibe repetidas visitas de agente FBI James Hosty. Aviva su paranoia.

11/21/63: O va a casa Paine. Suplica a Marina vuelva. M se niega. Gota que colma vaso para O.

11/22/63: O deja todo su dinero en aparador para Marina. También la alianza. Va de Irving a Dep Libros con Buell Frazier. Lleva paquete envuelto en papel marrón. Buell pregunta por él. «Barras para las cortinas de mi nuevo apartamento», dice O. Fusil Mann-Carc probablemente desmontado. Buell deja coche en aparcamiento público a 2 manzanas del Dep Libros, 3 min. caminando.

11.50 h.: O construye nido de francotirador en esquina SE del 6.º piso, usa cartones para ocultarse de obreros del otro lado, que ponen contrachapado para nueva planta. Almuerzo. Nadie allí menos él. Todos esperan para ver al Pres.

11.55 h.: O monta y carga el Mann-Carc.

12.29 h.: Comitiva llega a Dealey Plaza.

12.30 h.: O dispara 3 veces. 3.er disparo mata a JFK.

La información que más me interesaba —las señas de la pensión de Oswald— no figuraba en las notas de Al. Contuve el impulso de lanzar el cuaderno a la otra punta de la habitación. En lugar de eso me levanté, me puse el abrigo y salí. Ya casi había oscurecido del todo, pero en el cielo brillaban tres cuartos de luna. A su luz vi al señor Kenopensky hundido en su silla. Tenía el Motorola en el regazo.

Bajé por la rampa y me acerqué cojeando.

—¿Señor K? ¿Todo bien?

Por un momento no me respondió y ni siquiera se movió, y di por seguro que estaba muerto. Después alzó la vista y sonrió.

—Solo escuchaba mi música, hijo. Por las noches ponen swing en la KMAT, y me trae muchos recuerdos. En los viejos tiempos bailaba el lindy y el bunny-hop como un campeón, aunque nadie lo diría viéndome ahora. ¿No está bonita la luna?

Estaba bien bonita. La contemplamos durante un rato sin hablar, y pensé en el trabajo que tenía por delante. Quizá no sabía dónde dormía Lee esa noche, pero sí conocía el paradero de su fusil: el garaje de Ruth Paine, envuelto en una manta. ¿Y si iba allí y me lo llevaba? A lo mejor no tenía ni que entrar por la fuerza. Estaba en la Tierra de Antaño, donde la gente del interior no cerraba su casa con llave, y mucho menos su garaje.

Aunque, ¿y si Al se equivocaba? A fin de cuentas, se había equivocado con el escondrijo para el arma antes del atentado contra Walker. Y aunque estuviera allí...

—¿Qué piensas, hijo? —preguntó el señor Kenopensky—. Tienes mala cara. Espero que no sea un problema de faldas.

—No. —Al menos todavía no—. ¿Da usted consejos?

—Sí, señor, los doy. Es para lo que sirven los vejestorios cuando ya no pueden tirar un lazo o montar derechos.

—Pongamos que supiera que un hombre iba a hacer algo malo. Que estaba absolutamente decidido a hacerlo. Si parase los pies a ese hombre una vez, disuadiéndole, por ejemplo, ¿cree qué volvería a intentarlo al cabo de un tiempo, o ese momento pasaría para siempre?

—Cuesta saberlo. ¿Crees tal vez que quienquiera que le dejó las marcas a tu señorita va a volver para intentar rematar la faena?

—Algo parecido.

—Un chalado. —No era una pregunta.

—Sí.

—Los hombres cuerdos a menudo entienden las sugerencias —dijo el señor Kenopensky—. Los chalados no suelen hacerlo. Lo vi muchas veces en los tiempos de la artemisa, antes de la luz eléctrica y los teléfonos. Les das un aviso, y vuelven. Les das una paliza, y te tienden una emboscada: primero a ti y luego al tipo a por el que van de verdad. Los encierras en el calabozo, y esperan hasta que salen. Lo más seguro con los locos es meterlos entre rejas por una buena temporada. O matarlos.

—Eso pienso yo, también.

—No le dejes volver para que acabe de desgraciarla, si eso es lo que pretende. Si ella te importa tanto como parece, tienes una responsabilidad.

Sin duda la tenía, aunque Clayton ya no era el problema. Volví a mi pequeño apartamento modular, preparé un café cargado y me senté con un bloc. Mi plan ya estaba un poco más claro, y quería empezar a desarrollar los detalles.

En lugar de eso hice garabatos. Luego me dormí.

Cuando desperté era casi medianoche y la mejilla me dolía donde había estado apretada contra el hule a cuadros que cubría la mesa de la cocina. Miré lo que había en el bloc. No sabía si lo había dibujado antes de dormirme o si había despertado lo suficiente para hacerlo y no podía recordarlo.

Era un arma de fuego. No un fusil Mannlicher-Carcano, sino una pistola. *Mi* pistola. La que había tirado bajo los escalones del 214 de Neely Oeste. Probablemente seguía allí. *Esperaba* que siguiera allí.

Iba a necesitarla.

11

11/19/63 (martes)

Sadie llamó por la mañana y me dijo que Deke estaba un poco mejor, pero que pensaba obligarlo a quedarse en casa también el día siguiente.

—Si no, intentará ir a trabajar y tendrá una recaída. Pero dejaré la bolsa preparada antes de ir al instituto mañana por la mañana y saldré hacia allá en cuanto acabe la sexta hora.

La sexta hora acababa a la una y diez. Lo que significaba que yo tenía que haberme ido de Eden Fallows para las cuatro del día siguiente como muy tarde. Eso si supiera adónde debía ir.

—Tengo ganas de verte.

—Suenas raro, como tenso. ¿Te duele la cabeza?

—Un poco —dije. Era cierto.

—Túmbate con un trapo mojado encima de los ojos.

—Eso haré. —No tenía intención de hacerlo.

—¿Has pensado algo?

En realidad, sí. Había pensado que llevarme el fusil de Lee no era suficiente. Y dispararle en casa de Ruth Paine era una mala opción. Y no solo porque probablemente me pillarían; contando a los dos de Ruth, había cuatro niños en esa casa. Aun así, tal vez lo habría intentado si hubiese podido salir al paso de Lee desde una parada de autobús cercana, pero lo acompañaría en coche Buell Frazier, el vecino que le había encontrado trabajo a petición de Ruth Paine.

—No —respondí—. Todavía no.

—Se nos ocurrirá algo. Ya verás.

12

Conduje (aún poco a poco, pero cada vez con más confianza) hasta la otra punta de la ciudad, a Neely Oeste, preguntándome qué haría si la planta baja estaba ocupada. Comprar una pistola nueva, supuse..., pero el .38 Especial de la policía era la que quería, aunque solo fuera porque había tenido una igual en Derry y aquella misión había sido un éxito.

Según el locutor Frank Blair del boletín *Today*, Kennedy se había desplazado a Miami, donde lo había recibido una nutrida muchedumbre de *cubanos*. Algunos sostenían en alto carteles que decían VIVA JFK, mientras que otros mostraban una pancarta que rezaba KENNEDY ES UN TRAIDOR A NUESTRA CAUSA. Si nada cambiaba, le quedaban setenta y dos horas. Oswald, al que solo le quedaba un poquito más, estaría en el Depósito de Libros, quizá cargando cajas de cartón en los montacargas, quizá en la sala de descanso tomando un café.

Tal vez pudiera liquidarlo allí —acercarme como si tal cosa y llenarlo de plomo—, pero se me echarían encima y me tumbarían. Después del disparo mortal, si tenía suerte. Antes, si no la tenía. En cualquier caso, la próxima vez que viera a Sadie Dunhill sería a través de un cristal reforzado con alambres. Si tenía que entregarme para pararle los pies a Oswald —«*sacrificarme*», por recurrir al lenguaje heroico—, me creía capaz de hacerlo. Pero no quería que la cosa acabara así. Quería a Sadie y quería mi bizcocho.

Había una barbacoa en el jardín del 214 de Neely Oeste, y una mecedora nueva en el porche, pero las persianas estaban cerradas y no había ningún coche en el camino de entrada. Aparqué delante, me dije que de los cobardes nada se ha escrito y subí los escalones. Me planté donde se había situado Marina el 10 de abril, cuando había ido a visitarme, y llamé como había llamado ella. Si alguien abría la puerta, yo sería Frank Anderson, de ronda por el barrio para promocionar la *Enciclopedia Británica* (era demasiado viejo para ir vendiendo el periódico *Grit*). Si la señora de la casa demostraba interés, prometería volver con mi maletín de muestras al día siguiente.

No respondió nadie. A lo mejor la señora de la casa también trabajaba. A lo mejor estaba por el barrio, visitando a una vecina. A lo mejor estaba durmiendo la mona en el dormitorio que había sido mío no hacía mucho. Se me daba un ardite, como decimos en la Tierra de Antaño. El lugar estaba tranquilo, que era lo que importaba, y no pasaba nadie por la acera. Ni siquiera estaba a la vista la señora Alberta Hitchinson, la centinela del barrio con su andador.

Bajé del porche con mi cojera de cangrejo, me alejé por el camino, di media vuelta como si hubiera olvidado algo y miré bajo los escalones. El .38 estaba allí, medio sepultado por las hojas, de entre las que asomaba el cañón chato. Hinqué la rodilla buena, pesqué el arma y la guardé en el bolsillo lateral de mi chaqueta sport. Miré a mi alrededor y no vi a nadie que me observara. Cojeé hasta mi coche, metí la pistola en la guantera y arranqué.

13

En vez de volver a Eden Fallows, conduje hasta el centro de Dallas y paré en una tienda de artículos deportivos para comprar un kit de limpieza de armas y una caja de munición. Lo último que quería era que el .38 fallara o me explotase en la cara.

Mi siguiente parada fue el Adolphus. No había habitaciones libres hasta la semana siguiente, me dijo el botones —todos los hoteles de Dallas estaban llenos con motivo de la visita del presidente—, pero, por una propina de un dólar, aparcó de mil amores mi coche en el aparcamiento del hotel.

—Sin embargo, tiene que irse antes de las cuatro. Es cuando empieza a llenarse la recepción.

Para entonces era mediodía. Solo me separaban tres o cuatro manzanas de Dealey Plaza, pero me tomé mi tiempo para llegar hasta allí. Estaba cansado y mi dolor de cabeza había empeorado a pesar de un sobre de polvos Goody. Los tejanos conducen con el claxon, y cada pitada me taladraba el cerebro. Hice muchos descansos, apoyado en las paredes de los edificios y plantado sobre mi pierna buena como una garza. Un taxista fuera de servicio me preguntó si estaba bien; le aseguré que sí. Era mentira. Me sentía angustiado y agobiado. Un hombre con una rodilla hecha cisco realmente no debería cargar a la espalda el futuro del mundo.

Deposité mi agradecido trasero en el mismo banco en el que me había sentado en 1960, apenas días después de llegar a Dallas. El olmo que me había dado sombra entonces entrechocaba hoy sus ramas desnudas. Estiré la rodilla dolorida, suspiré de alivio y después devolví mi atención al feo cubo de ladrillo del Depósito de Libros. Las ventanas que daban a las calles Houston y Elm centelleaban al gélido sol de la tarde. «*Sabemos un secreto* —decían—. *Vamos a ser famosas, sobre todo la de la esquina sudeste del sexto piso. Seremos famosas, y no puedes impedírnoslo.*» Una sensación de estúpida amenaza rodeaba el edificio. ¿Y era yo el único que lo pensaba? Observé cómo varias personas se cambiaban a la otra acera de Elm Street cuando pasaban por delante y concluí que no. Lee estaba dentro de ese cubo en ese preciso instante, y no me cabía duda de que estaba pensando muchas de las mismas cosas que pensaba yo. *¿Puedo hacerlo? ¿Lo haré? ¿Es mi destino?*

Robert ya no es tu hermano, pensé. *Ahora tu hermano soy yo, Lee, tu hermano de armas. Lo que pasa es que no lo sabes.*

Detrás del Depósito, en la estación de tren, sonó el pitido de un motor. Una bandada de palomas de collar emprendió el vuelo. Sobrevolaron en círculos el cartel de Hertz de la azotea del Depósito y se alejaron en dirección a Fort Worth.

Si lo mataba antes del día 22, Kennedy se salvaría, pero yo casi con toda seguridad me pasaría en la cárcel o en un hospital psiquiátrico veinte o treinta años. Pero ¿y si lo mataba el 22 mismo? ¿Tal vez mientras montaba su fusil?

Esperar hasta tan tarde en la partida conllevaría un riesgo terrible que había intentado evitar por todos los medios, pero creía que podía hacerse y a esas alturas probablemente era mi mejor oportunidad. Hubiese sido más seguro con un socio que me ayudase a efectuar mis jugadas, pero solo tenía a Sadie y no pensaba involucrarla. Ni siquiera, comprendí desolado, si eso significaba que Kennedy moriría o que yo acabaría en la cárcel. Ella ya había sufrido bastante.

Empecé a volver lentamente al hotel para recuperar mi coche. Eché un último vistazo hacia atrás al Depósito de Libros. Me estaba mirando. No me cabía duda. Y por supuesto la historia iba a terminar allí, había sido un iluso al imaginar otra cosa. Se me había llevado hasta esa mole de ladrillo como a una vaca por la rampa del matadero.

14

10/20/63 (miércoles)

Al amanecer me desperté de un sueño que no recordaba con el corazón desbocado.

Lo sabe.

¿Sabe qué?

Que le has estado mintiendo sobre todo lo que afirmas no recordar.

—No —dije. Tenía la voz pastosa de sueño.

Sí. Fue cautelosa al decir que partía después de la sexta hora porque no quiere que sepas que piensa salir mucho antes. No quiere que lo sepas hasta que se presente aquí. En realidad, puede que ya esté en camino. Irás por la mitad de tu sesión de rehabilitación matutina, y entrará por sorpresa.

No quería creerlo, pero me parecía una conclusión cantada.

Así pues, ¿adónde iba a ir? Sentado en la cama a la primera luz de esa mañana de miércoles, eso también parecía una conclusión cantada. Era como si mi subconsciente lo hubiera sabido en todo momento. El pasado tiene resonancia, emite eco.

Antes que nada tenía una tarea más que realizar con mi gastada máquina de escribir. Una tarea desagradable.

15

20 de noviembre de 1963

Querida Sadie:

Te he estado mintiendo. Creo que ya hace bastante tiempo que lo sospechas. Creo que piensas aparecer hoy antes de lo previsto, por eso no volverás a verme hasta después de que JFK visite Dallas pasado mañana.

Si todo sale como espero, disfrutaremos de una vida larga y feliz, juntos, en un sitio diferente. Al principio te parecerá extraño, pero creo que te acostumbrarás. Yo te ayudaré. Te quiero, y por eso no puedo permitir que participes en esto.

Por favor, cree en mí; por favor, sé paciente y, por favor, no te sorprendas si lees mi nombre y ves mi foto en los periódicos; si las cosas salen como quiero, probablemente no suceda. Por encima de todo, no intentes encontrarme.

Con todo mi amor,
Jake

PD: Deberías quemar esta nota.

16

Guardé mi vida como George Amberson en el maletero de mi Chevrolet con alas de gaviota, dejé clavada en la puerta una nota para la fisioterapeuta y arranqué el coche con pesar y añoranza. Sadie salió de Jodie más temprano incluso de lo que yo pensaba: antes de que amaneciese. Partí de Eden Fallows a las nueve. Ella aparcó su Escarabajo a las nueve y cuarto, leyó la nota que cancelaba mi sesión de fisioterapia y entró con la llave que le había dado. Apoyado en el rodillo de la máquina de escribir había un sobre a su nombre. Lo abrió, leyó la carta, se sentó en el sofá delante del televisor apagado y lloró. Seguía llorando cuando apareció la fisioterapeuta…, pero había quemado la nota, como yo le había pedido.

17

En Mercedes Street reinaba un silencio casi total bajo un cielo encapotado. Las niñas de la comba no estaban a la vista —debían de estar en clase, quizá escuchando embelesadas mientras su maestra les hablaba de la inminente visita presidencial—, pero el cartel de SE ALQUILA volvía a estar clavado en la maltrecha barandilla del porche, como me esperaba. Incluía un teléfono. Conduje hasta el aparcamiento del almacén de Montgomery Ward y llamé desde la cabina cercana al muelle de carga. No me cabía la menor duda de que el hombre que respondió con un lacónico «Sí, al habla Merritt» era el mismo que había alquilado el 2703 a Lee y Marina. Aún veía su sombrero Stetson y sus chillonas botas remendadas.

Le dije lo que quería y se rió con incredulidad.

—No alquilo por semanas. Esa es una buena casa, forastero.

—Es un cuchitril —repliqué—. He estado dentro, lo sé.

—Espere un momento, mecachis…

—No, señor, espere *usted*. Le daré cincuenta pavos por malvivir en ese agujero durante el fin de semana. Eso es casi el alquiler de un mes entero, y usted podrá volver a colgar el cartel en la ventana este mismo lunes.

—¿Por qué va usted a…?

—Porque viene Kennedy y todos los hoteles de Dallas-Fort Worth están llenos. He recorrido un largo camino para verlo, y no pienso acampar en el parque Fair ni en Dealey Plaza.

Oí el chasquido y el siseo de un mechero mientras Merritt recapacitaba.

—El tiempo corre —dije—. Tictac.

—¿Cómo se llama, forastero?

—George Amberson. —Casi deseaba haberme instalado sin molestarme en llamar. Había estado a punto de hacerlo, pero una visita del Departamento de Policía de Fort Worth era lo último que necesitaba. Dudaba que a los residentes de una calle en la que estallaban gallinas por los aires para celebrar las fiestas les importase un pito que alguien ocupara una casa ilegalmente, pero más valía prevenir. Ya no caminaba alrededor del castillo de naipes; estaba viviendo dentro.

—Nos vemos delante de la casa dentro de media hora, cuarenta y cinco minutos.

—Estaré dentro —dije—. Tengo llave.

Más silencio. Después:

—¿De dónde la ha sacado?

No tenía intención de delatar a Ivy, aunque siguiera en Mozelle.

—De Lee. Lee Oswald. Me la dio para que pudiera regarle las plantas.

—¿Ese mierdecilla tenía *plantas*?

Colgué y volví en coche al 2703. Mi casero temporal, llevado quizá por la curiosidad, llegó en su Chrysler apenas quince minutos después. Llevaba su Stetson y sus botas de fardar. Yo esperaba sentado en el salón, escuchando cómo discutían los fantasmas de unas personas que aún vivían. Tenían mucho que decir.

Merritt quería sonsacarme información sobre Oswald: ¿de verdad era un maldito comunista? Le expliqué que no, que era un buen chico de Luisiana que trabajaba en un sitio con vistas al desfile del presidente el viernes. Le dije que esperaba que Lee me dejara compartir su mirador privilegiado.

—¡Puto Kennedy! —casi gritó Merritt—. Ese sí que es un comunista. Alguien tendría que llenar de plomo a ese malnacido hasta que no se meneara.

—Que tenga un buen día —le dije mientras abría la puerta.

Se fue, pero no muy satisfecho. Estamos hablando de un tipo acostumbrado a que los inquilinos se arrastraran y le rindiesen pleitesía. Se volvió en el agrietado e irregular camino de cemento.

—Deje la casa tan bien como la ha encontrado, ¿entendido?

Paseé la mirada alrededor del salón, con su alfombra mohosa, su yeso descascarillado y su sillón cojo.

—Eso no será ningún problema —dije.

Volví a sentarme e intenté sintonizar de nuevo con los fantasmas: Lee y Marina, Marguerite y De Mohrenschildt. En lugar de eso sucumbí a uno de mis accesos de sueño fulminantes. Cuando desperté, pensé que la cantinela que oía debía de proceder de un sueño que se evaporaba.

—*¡Charlie Chaplin se fue a FRANCIA! ¡Para ver a las damas que DANZAN!*

Seguía allí cuando abrí los ojos. Fui a la ventana y miré. Las niñas de la comba estaban un poco más altas y mayores, pero eran ellas, sin duda, el Trío Terrible. La del medio tenía granitos, aunque parecía al menos cuatro años demasiado joven para el acné adolescente. Quizá fuera rubeola.

—*¡Saluda al Capitán!*

—Saluda a la Reina —musité, y fui al baño a lavarme la cara. El agua que escupió el grifo estaba herrumbrosa pero lo bastante fría para acabar de despabilarme. Había cambiado mi reloj roto por un Timex barato, y vi que eran las dos y media. No tenía hambre, pero decidí comer algo, de modo que conduje hasta la Barbacoa del señor Lee. En el camino de vuelta, paré en una tienda para comprar otra caja de polvos para la jaqueca. También adquirí un par de novelas de bolsillo de John D. MacDonald.

Las niñas de la comba no estaban. En Mercedes Street, por lo general ruidosa, reinaba un silencio extraño. *Como una obra antes de que suba el telón para el último acto*, pensé. Entré para comer lo que había comprado pero, aunque las costillas estaban tiernas y olían de maravilla, acabé vomitándolo casi todo.

18

Intenté acostarme en el dormitorio principal, pero allí los fantasmas de Lee y Marina armaban demasiado jaleo. Poco antes de medianoche, me trasladé al dormitorio pequeño. Las niñas de témpera de Rosette Templeton seguían en las paredes, y por algún motivo me parecieron reconfortantes sus pichis idénticos (el Verde Bosque debía de ser el lápiz de cera favorito de Rosette) y sus zapatones negros. Pensé que esas niñas harían sonreír a Sadie, sobre todo la que llevaba la corona de Miss América.

—Te quiero, cariño —dije, y me quedé dormido.

11/21/63 *(jueves)*

No me apetecía desayunar más de lo que me había apetecido cenar la noche anterior, pero a las once de la mañana necesitaba un café desesperadamente. Medio litro o así parecía lo suyo. Cogí una de mis novelas de misterio nuevas —*Slam the Big Door*, se llamaba— y fui en coche al Happy Egg de la carretera de Braddock. El televisor de detrás de la barra estaba encendido, y vi un reportaje sobre la inminente llegada de Kennedy a San Antonio, donde lo recibirían Lyndon y Lady Bird Johnson. También se unirían a la fiesta el gobernador John Connally y su mujer, Nellie.

Sobre imágenes de Kennedy y su esposa cruzando la pista de la base de las Fuerzas Aéreas de Andrews, en Washington, en dirección al blanquiazul avión presidencial, una corresponsal que parecía a punto de hacerse pis encima hablaba del nuevo peinado «blando» de Jackie, resaltado por una «desenfadada boina negra», y las suaves líneas de su «vestido camisero de dos piezas con cinturón, creación de su diseñador favorito, Oleg Cassini». Puede que Cassini fuera realmente su diseñador favorito, pero yo sabía que en el equipaje de la señora Kennedy en ese avión viajaba otro vestido. Su diseñadora era Coco Chanel. Era de lana rosa, con un cuello negro como accesorio. Y por supuesto estaba el sombrerito conjuntado para rematarlo. El vestido haría juego con las rosas que le entregarían en Love Field, aunque no tanto como la sangre que le salpicaría la falda, las medias y los zapatos.

Regresé a Mercedes Street y leí mis novelas. Esperé a que el obstinado pasado me sacudiera como a una mosca molesta: que se me cayera el techo encima o se abriera un agujero que hundiera el 2703 en las profundidades. Limpié mi .38, la cargué, luego la descargué y volví a limpiarla. Casi esperaba desvanecerme en una de mis cabezadas repentinas —por lo menos así pasaría el tiempo—, pero no hubo suerte. Los minutos se sucedían con lentitud, hasta convertirse a regañadientes en una pila de horas, cada una de las cuales acercaba a Kennedy un poco más a ese cruce de Houston y Elm.

Ni un ataque de sueño repentino hoy, pensé. *Se reservan para mañana. Cuando llegue el momento crítico, me quedaré inconsciente de golpe. Cuando vuelva a abrir los ojos, la tragedia se habrá consumado y el pasado se habrá protegido.*

Podía suceder. Sabía que podía. Si era así, tenía una decisión que tomar: encontrar a Sadie y casarme con ella o volver y empezar de cero una vez más. Al pensar en ello, descubrí que no había decisión que tomar. No me quedaban fuerzas para regresar y comenzar de nuevo. Para bien o para mal, era el momento de la verdad. El último disparo del cazador.

Esa noche, los Kennedy, los Johnson y los Connally cenaron en Houston, en un acto organizado por la Liga de Ciudadanos Latinoamericanos. La cocina fue argentina: *ensalada rusa y guiso*. Jackie dio el discurso de sobremesa, en español. Yo comí hamburguesas y patatas fritas… o lo intenté. Tras un par de bocados, también esa comida terminó en el cubo de la basura.

Me había leído ya las dos novelas de MacDonald. Pensé en sacar del maletero del coche mi propio libro inacabado, pero la idea de leerlo me ponía malo. Acabé sentado sin hacer nada en el sillón medio roto hasta que oscureció. Entonces fui al pequeño dormitorio donde habían dormido Rosette Templeton y June Oswald. Me tumbé con los zapatos quitados y la ropa puesta, y usé el cojín de la butaca del salón como almohada. Había dejado la puerta abierta y la lámpara encendida. A su luz distinguía a las niñas de témpera con sus pichis verdes. Sabía que me esperaba la clase de noche que haría que el largo día que acababa de pasar se me antojara corto; yacería allí desvelado, con los pies colgando del extremo de la cama y casi tocando el suelo, hasta que la primera luz del 22 de noviembre se colara por la ventana.

Fue larga. Me torturaba pensar en lo que podría haber sido, en lo que debería haber sido y en Sadie. Eso era lo peor. Echarla de menos y anhelarla de manera tan profunda era como una enfermedad física. En algún momento, probablemente mucho después de la medianoche (había renunciado a mirar el reloj; el lento movimiento de las manecillas resultaba demasiado deprimente), caí en un letargo profundo y sin sueños. Dios sabe cuánto hubiese dormido a la mañana siguiente si no me hubieran despertado. Alguien me zarandeaba con suavidad.

—Vamos, Jake. Abre los ojos.

Hice lo que me decían, aunque cuando vi quién se había sentado a mi lado en la cama, no dudé que estaba soñando. No podía ser de otra manera. Pero entonces estiré el brazo, toqué la pernera de sus vaqueros azules desgastados y noté el tejido bajo mi palma. Llevaba el pelo recogido, la cara casi desprovista de maquillaje, la desfiguración de su mejilla izquierda era clara y singular. Sadie. Me había encontrado.

CAPÍTULO 28

1

11/22/63 (viernes)

Me incorporé y la abracé sin siquiera pensarlo. Ella correspondió al abrazo, con todas sus fuerzas. Después la besé, saboreé su realidad: los aromas entremezclados de tabaco y Avon. El rastro de pintalabios era más leve; en su nerviosismo, se lo había quitado casi todo mordisqueándose. Olí su champú, su desodorante y, de fondo, el rastro aceitoso del sudor provocado por la tensión. Sobre todo, la toqué: la cadera, el pecho y el surco de la cicatriz en su mejilla. Estaba allí.

—¿Qué hora es? —Mi fiel Timex se había parado.

—Las ocho y cuarto.

—¿Estás de broma? ¡No puede ser!

—Lo son. Y no me sorprende, aunque a ti sí. ¿Cuánto hace que no duermes otra cosa que no sean esos desmayos de un par de horas?

Yo aún seguía intentando asimilar la idea de que Sadie estaba allí, en la casa de Fort Worth donde habían vivido Lee y Marina. ¿Cómo podía ser? Por el amor de Dios, *¿cómo?* Y eso no era lo único. Kennedy también estaba en Fort Worth, y en ese preciso instante daba un discurso durante un desayuno de la Cámara de Comercio local en el hotel Texas.

—Tengo la maleta en mi coche —dijo Sadie—. ¿Llevaremos el Escarabajo adondequiera que vayamos o tu Chevy? Puede que sea mejor el Escarabajo. Es más fácil de aparcar. Es posible que tengamos que pagar un montón por un sitio, aun así, si no vamos ahora mismo. Los revendedores ya están colocados, moviendo sus banderitas. Los he visto.

—Sadie… —Sacudí la cabeza en un intento de despejarla y cogí mis zapatos. Me rondaban muchos pensamientos por la cabeza, muchísimos, pero volaban en remolino, como papeles en un ciclón, y no podía agarrar uno solo.

—Estoy aquí —dijo ella.

Sí. Ese era el problema.

—No puedes acompañarme. Es demasiado peligroso. Creía que te lo había explicado, pero a lo mejor no lo dejé lo bastante claro. Cuando intentas cambiarlo, el pasado muerde. Te arrancará la garganta de un mordisco a la mínima que pueda.

—Lo dejaste claro. Pero no puedes hacerlo solo. Afronta la realidad, Jake. Has ganado unos kilitos, pero sigues pareciendo un espantapájaros. Cojeas, y de mala manera. Tienes que parar y darle un descanso a la rodilla cada doscientos o trescientos pasos. ¿Qué harías si tuvieras que correr?

No dije nada. La escuchaba, eso sí. Mientras tanto, di cuerda a mi reloj y lo puse en hora.

—Y eso no es lo peor. Estás…, ¡hey! ¿Qué haces? —Le había agarrado el muslo.

—Me aseguro de que eres real. Todavía no me lo acabo de creer.

El *Air Force One* iba a aterrizar en Love Field al cabo de un poco más de tres horas. Alguien iba a entregar unas rosas a Jackie Kennedy. En sus otras paradas en Texas se las habían regalado amarillas, pero el ramo de Dallas sería rojo.

—Soy real y estoy aquí. Escúchame, Jake. Lo peor no es lo machacado que todavía estás. Lo peor es que aún te da por dormirte de repente. ¿No lo habías pensado?

Lo había pensado, y mucho.

—Si el pasado es tan malévolo como dices, ¿qué crees que pasará si consigues acercarte al hombre al que persigues antes de que pueda apretar el gatillo?

El pasado no era exactamente malévolo, esa no era una palabra adecuada, pero veía lo que Sadie quería decir y no tenía argumentos en contra.

—De verdad que no sabes en lo que te estás metiendo.

—Lo sé perfectamente. Y te olvidas de algo muy importante. —Me cogió las manos y me miró a los ojos—. No soy solo tu novia, Jake…, si eso es lo que soy aún para ti…

—Por eso mismo me muero de miedo al verte aparecer así.

—Dices que un hombre va a disparar al presidente, y tengo motivos para creerte, basándome en tus otras predicciones que se han hecho realidad. Hasta Deke está medio convencido. «Él sabía que Kennedy vendría antes de que *Kennedy* lo supiera», dijo. «El día y la hora exactos. Y sabía que su señora se apuntaría al paseo.» Pero lo dices como si fueras la única persona a la que le importase. No lo eres. A Deke le importa. Estaría aquí si no tuviera treinta y ocho de fiebre. Y a mí me importa. No le voté, pero resulta que soy estadounidense, y eso lo convierte no solo en *el* presidente sino en mi presidente. ¿Te suena sensiblero?

—No.

—Bien. —Sus ojos no admitían réplica—. No tengo ninguna intención de permitir que un loco le dispare, ni tengo ninguna intención de dormirme.

—Sadie…

—Déjame terminar. No disponemos de mucho tiempo, o sea que tienes que escucharme bien. ¿Tienes las orejas limpias?

—Sí, señora.

—Bien. *No vas a librarte de mí*. Lo repito: *no*. Voy contigo. Si no me dejas entrar en tu Chevy, te seguiré con mi Escarabajo.

—Jesucristo —dije, y no supe si renegaba o rezaba.

—Si alguna vez nos casamos, haré lo que digas mientras seas bueno conmigo. Me criaron para creer que ese es el trabajo de una esposa. —*Oh, hija de los sesenta*, pensé—. Estoy dispuesta a dejar atrás todo lo que conozco y seguirte al futuro. Porque te quiero y porque creo que el futuro del que hablas existe de verdad. Probablemente nunca te dé otro ultimátum, pero ahora te doy uno. O haces esto conmigo o no lo haces y punto.

Reflexioné al respecto, y con detenimiento. Me pregunté si hablaba en serio. La respuesta era tan clara como la cicatriz de su cara.

Sadie, entretanto, miraba las niñas de témpera.

—¿Quién crees que las pintó? En realidad están bastante bien.

—Las dibujó Rosette —respondí—. Rosette Templeton. Volvió a Mozelle con su mamá cuando su padre tuvo un accidente.

—¿Y entonces te mudaste tú?

—No, al otro lado de la calle. Aquí se mudó una pequeña familia de apellido Oswald.

—¿Así se llama, Jake? ¿Oswald?

—Sí. Lee Oswald.

—¿Voy contigo?

—¿Tengo elección?

Sonrió y me puso la mano en la cara. Hasta que vi esa sonrisa de alivio, no tuve ni idea de lo asustada que debía de haber estado al despertarme.

—No, cariño —dijo—. No que yo vea. Por eso lo llaman ultimátum.

2

Metimos su maleta en el Chevrolet. Si deteníamos a Oswald (y no nos arrestaban), podíamos cambiar más tarde a su Escarabajo, que ella llevaría hasta Jodie, donde nadie se extrañaría de verlo en su sitio, en el camino de entrada. Si las cosas salían mal —si fallábamos, o cumplíamos nuestra misión solo para encontrarnos perseguidos por el asesinato de Lee—, no nos quedaría otra que correr. Podíamos correr más deprisa, más lejos y de forma más anónima en un Chevrolet V-8 que en un Volkswagen Escarabajo.

Sadie vio mi pistola cuando la metí en el bolsillo interior de mi chaqueta sport y dijo:

—No. Bolsillo exterior.

Alcé las cejas.

—Donde pueda cogerla si de pronto te sientes cansado y te dan ganas de echar una cabezadita.

Salimos al camino de entrada; Sadie se colgó al hombro la correa de su bolso. Había pronóstico de lluvia, pero a mí me parecía que ese día los meteorólogos iban a quedar en evidencia. El cielo se estaba despejando.

Antes de que Sadie pudiera entrar por el lado del copiloto, sonó una voz a mi espalda.

—¿Es su novia, señor?

Me volví. Era la niña de la comba que tenía acné. Solo que no era acné ni rubeola, y no me hizo falta preguntar por qué no estaba en clase. Tenía la varicela.

—Sí, lo es.

—Es guapa. Menos la… —emitió un *shik* que, por grotesco que parezca, resultó casi simpático— de la cara.

Sadie sonrió. Mi aprecio por su entereza seguía creciendo… y nunca bajó.

—¿Cómo te llamas, cielo?

—Sadie —respondió la niña de la comba—. Sadie Van Owen. ¿Y tú?

—Bueno, no te lo vas a creer, pero también me llamo Sadie.

La niña la miró con un cinismo desconfiado que era marca de la casa en Mercedes Street.

—¡No es verdad!

—Que sí. Sadie Dunhill. —Se volvió hacia mí—. Es toda una coincidencia, ¿no te parece, George?

En realidad, no me lo parecía, pero no tenía tiempo para comentarlo.

—Tengo que pedirte una cosa, señorita Sadie Van Owen. Sabes dónde paran los autobuses en Winscott Road, ¿verdad?

—Claro. —Puso los ojos en blanco de «*¿Te crees que soy tonta?*»—. Escuchad, ¿vosotros dos habéis tenido la varicela?

Sadie asintió.

—Yo también —dije—, o sea que en eso estamos iguales. ¿Sabes qué autobús baja al centro de Dallas?

—El Número Tres.

—¿Y cada cuánto pasa el Tres?

—Creo que cada media hora, pero puede que sea cada quince minutos. ¿Por qué quieres el bus si tienes coche? *Dos* coches.

Noté por la expresión de Sadie la Grande que se estaba preguntando lo mismo.

—Tengo mis motivos. Y por cierto, mi viejo un submarino gobierna.

Sadie Van Owen sonrió de oreja a oreja.

—¿Te la sabes?

—Desde hace años —dije—. Entra, Sadie. Hay que ponerse en marcha.

Miré mi nuevo reloj. Eran las nueve menos veinte.

—Cuéntame por qué te interesan los autobuses —dijo Sadie.

—Primero cuéntame tú cómo me has encontrado.

—Cuando llegué a Eden Fallows y no estabas, quemé la nota como me pedías, y luego fui a hablar con el tipo de al lado.

—El señor Kenopensky.

—Sí. No sabía nada. Para entonces la señorita de la rehabilitación estaba sentada en tus escalones. No le hizo gracia enterarse de que no estabas. Dijo que había cambiado el turno a Doreen para que Doreen pudiera ver hoy a Kennedy.

La parada de autobuses de Winscott Road quedaba un poco más adelante. Aminoré para ver si había un horario dentro de la pequeña marquesina cercana al poste, pero no. Aparqué unos cien metros más allá de la parada.

—¿Qué haces?

—Sacarme una póliza de seguros. Si no ha pasado un bus para las nueve, nos iremos. Acaba tu historia.

—Llamé a los hoteles del centro de Dallas, pero nadie quería siquiera hablar conmigo. Están todos hasta la *bandera*. Lo siguiente fue telefonear a Deke, y él llamó a la policía. Les dijo que tenía información fiable de que alguien iba a disparar al presidente.

Hasta ese momento había estado mirando por el retrovisor por si llegaba el autobús, pero entonces miré a Sadie estupefacto. Aun así, sentí una admiración a regañadientes por Deke. Yo no tenía ni idea de cuánto de lo que Sadie le había contado se creía en realidad, pero se la había jugado de todas formas.

—¿Qué pasó? ¿Dio su nombre?

—Ni siquiera tuvo la oportunidad. Le colgaron. Creo que fue entonces cuando de verdad empecé a creer en lo que dijiste de que el pasado se protege. Porque así es como ves tú todo esto, ¿no? Solo un libro de historia vivo.

—Ya no.

Se acercaba poco a poco un autobús, verde y amarillo. El rótulo de la ventana de destino rezaba 3 MAIN STREET DALLAS 3. Paró y las puertas de delante y detrás se abrieron sobre sus juntas de acordeón. Subieron dos o tres personas, pero no iban a encontrar sitio de ninguna manera; cuando el bus pasó por nuestro lado, vi que todos los asientos estaban ocupados. Vi de pasada a una mujer con una hilera de chapas de Kennedy enganchadas al sombrero. Me saludó con alegría y, aunque nuestras miradas se encontraron solo por un segundo, sentí su emoción, su júbilo y sus nervios.

Arranqué el Chevy y seguí al autobús. En la parte de atrás, oculta parcialmente por el humo marrón que eructaba el tubo de escape, una chica Clairol de radiante sonrisa proclamaba que, si solo tenía una vida, quería vivirla de rubia. Sadie hizo un gesto exagerado con la mano.

—¡Puaj! ¡Aléjate! ¡Apesta!

—Es toda una crítica, viniendo de una chica de paquete de cigarrillos al día —señalé, aunque tenía razón, la peste a diésel era desagradable.

Aminoré. No había necesidad de pegarme ahora que sabía que Sadie la de la Comba había acertado con el número. Probablemente también con la frecuencia de paso. Los autobuses tal vez pasaran cada media hora en los días normales, pero ese no era un día normal.

—Lloré un poco más, porque pensé que te habías ido y no había nada que hacer. Tenía miedo por ti, pero también te odiaba.

Podía entenderlo y aun así opinaba que había hecho lo correcto, de modo que me pareció mejor no decir nada.

—Volví a llamar a Deke. Me preguntó si alguna vez habías dicho algo de tener otro escondrijo, tal vez en Dallas pero probablemente en Fort Worth. Le dije que no recordaba que hubieses mencionado nada concreto. Deke comentó que probablemente habría sido mientras estabas en el hospital, confundido. Me pidió que me concentrase. Como si no lo estuviera haciendo. Volví a ver al señor Kenopensky por si acaso le habías dicho algo. Para entonces casi era hora de cenar y estaba oscureciendo. Me repitió que no, pero justo entonces llegó su hijo con un estofado y me invitaron a cenar con ellos. El señor K se puso a hablar; tiene historias para dar y regalar sobre los viejos tiempos...

—Lo sé. —Más adelante, el bus dobló al este por Vickery Boulevard. Puse el intermitente y lo seguí, pero dejando la distancia suficiente para que no tuviéramos que tragarnos el humo—. He oído por lo menos tres docenas. Historias de vaqueros.

—Escucharle me sentó de maravilla, porque dejé de devanarme los sesos durante un rato y a veces, cuando una se relaja, las cosas se sueltan y afloran a la superficie de la mente. Mientras volvía a tu apartamentito, me acordé de repente de que habías dicho que viviste una temporada en Cadillac Street, aunque sabías que no era del todo exacto.

—Oh, Dios mío. Había olvidado eso por completo.

—Era mi última oportunidad. Volví a llamar a Deke. No tenía ningún mapa detallado de la ciudad, pero sabía que había algunos en la biblioteca del instituto. Fue hasta allí en coche, asfixiado de tos, probablemente, porque aún está bastante enfermo, los cogió y me llamó desde el despacho. Encontró en Dallas una Ford Avenue, un Chrysler Park y varias Dodge Street. Pero ninguna de ellas me sonaba a Cadillac, ya me entiendes. Entonces encontró una Mercedes Street en Fort Worth. Yo quería ir directamente, pero Deke dijo que me sería mucho más fácil verte a ti o tu coche si esperaba hasta la mañana.

Me agarró del brazo. Tenía la mano fría.

—La noche más larga de mi vida, hombre problemático. Apenas he pegado ojo.

—Ya he dormido yo por ti, aunque no me dormí hasta la madrugada. Si no hubieras venido, podría haberme perdido el condenado asesinato.

Ese sí que habría sido un final lamentable.

—Hay manzanas y manzanas en Mercedes Street. He conducido un montón. Luego he visto el final, en el aparcamiento de un edificio grande que parece la parte de atrás de unos grandes almacenes.

—Casi. Es un almacén de Montgomery Ward.

—Y todavía no había visto ni rastro de ti. Ni te imaginas lo desanimada que estaba. *Entonces…* —Sonrió. Fue un gesto radiante a pesar de la cicatriz—. Entonces he visto ese Chevy rojo con aletas ridículas que parecen las cejas de una mujer. Llamativo como un rótulo de neón. He gritado y he dado golpes en el salpicadero de mi pequeño Escarabajo hasta que me ha dolido la mano. Y ahora aquí es…

Sonó un crujido grave y metálico en la parte delantera y derecha del Chevy y de repente viramos hacia una farola. Oí una serie de duros golpes debajo del coche. Giré el volante. Lo noté escalofriantemente suelto en mis manos, pero quedaba la dirección suficiente para que lograse evitar que nos estampáramos de lleno contra la farola. En lugar de eso la rozamos por el lado de Sadie con un espeluznante chirrido de metal contra metal. La puerta de su lado se curvó hacia dentro y tiré de ella hacia mí. Nos detuvimos con el capó colgando encima de la acera y el coche inclinado a la derecha. *Esto no ha sido una mera rueda pinchada*, pensé. *Ha sido una puñetera herida mortal.*

Sadie me miró, anonadada. Yo me reí. Como se ha señalado en otras ocasiones, a veces no puedes hacer otra cosa.

—Bievenida al pasado, Sadie —dije—. Así es como vivimos aquí.

4

Sadie no podía salir por su lado; haría falta una palanca para abrir la puerta del copiloto. Se deslizó a lo largo del asiento y salió por la mía. Un puñado de personas, no muchas, nos miraban.

—Uy, ¿qué ha pasado? —preguntó una mujer que empujaba un cochecito de bebé.

Eso quedó claro en cuanto llegué a la parte delantera del coche. La rueda delantera derecha se había salido. Estaba seis metros detrás de nosotros, al final de una zanja que trazaba una curva en el asfalto. El eje partido brillaba al sol.

—Una rueda destrozada —le dije a la mujer del cochecito.

—Ay, mecachis —exclamó ella.

—¿Qué hacemos? —preguntó Sadie en voz baja.

—Nos hemos hecho un seguro; ahora presentamos una reclamación. La parada de bus más cercana.

—Mi maleta…

Sí, pensé, *y el cuaderno de Al. Mis manuscritos: la novela de mierda que no importa y las memorias que sí. Además de todo mi efectivo disponible.* Eché un vistazo a mi reloj. Las nueve y cuarto. En el hotel Texas, Jackie estaría poniéndose su vestido rosa. Tras una hora más de politiqueo, la comitiva arrancaría hacia la base de las Fuerzas Aéreas de Carswell, donde estaba aparcado el gran avión. Dada la distancia entre Fort Worth y Dallas, los pilotos apenas tendrían tiempo de levantar el tren de aterrizaje.

Intenté pensar.

—¿Quieren usar mi teléfono para llamar a alguien? —preguntó

la mujer del cochecito—. Mi casa está justo en esta calle. —Nos miró de arriba abajo y se fijó en mi cojera y en la cicatriz de Sadie—. ¿Se han hecho daño?

—Estamos bien —dije. Cogí a Sadie del brazo—. ¿Le importaría llamar a una estación de servicio para que manden una grúa? Sé que es mucho pedir, pero tenemos una prisa tremenda.

—Le *dije* que ese eje delantero se balanceaba —se lamentó Sadie, recreándose en su acento de Georgia—. Menos mal que no estábamos en la autopista.

—Hay una gasolinera de la Esso a dos manzanas. —La mujer señaló al norte—. Supongo que podría acercarme dando un paseo con el bebé…

—Oh, nos salvaría la vida, señora —dijo Sadie. Abrió su bolso, sacó la cartera y le tendió un billete de veinte—. Deles esto a cuenta. Siento pedirle tanto, pero si no veo a Kennedy, me muero.

Eso hizo sonreír a la mujer del cochecito.

—Caramba, con esto pagaría *dos* grúas. Si lleva algo de papel en el bolso, podría escribirle un recibo…

—No pasa nada —dije yo—. Confiamos en usted. Pero dejaré una nota debajo del limpiaparabrisas.

Sadie me miró con gesto intrigado… pero aun así me tendió un bolígrafo y un cuadernillo con un niño bizco de dibujos animados en la cubierta. DÍAS DE KOLE, ponía, NUESTROS KERIDOS DÍAS DE SIESTA.

Mucho dependía de esa nota, pero no había tiempo para pensar en la redacción. La garabateé a toda prisa y la dejé, doblada, bajo el limpiaparabrisas. Al cabo de un momento habíamos doblado la esquina y nos alejábamos.

5

—¿Jake? ¿Estás bien?

—Sí. ¿Tú?

—La puerta me ha dado un golpe y es probable que tenga un morado en el hombro, pero aparte de eso, bien. Si hubiéramos chocado contra esa farola, seguramente no estaría tan bien. Y tú tampoco. ¿Para quién es la nota?

—Para quienquiera que remolque el Chevy. —Y esperaba de todo corazón que el señor Quienquiera hiciese lo que la nota le pedía—. Nos preocuparemos de esa parte cuando volvamos.

Si volvíamos.

La siguiente parada de autobús estaba a media manzana de distancia. Tres mujeres negras, dos blancas y un hispano esperaban junto al poste, una mezcla racial tan equilibrada que parecía un casting para *Ley y Orden: Unidad de Víctimas Especiales*. Nos unimos a ellos. Me senté bajo la marquesina junto a una sexta mujer, una afroamericana que envolvía sus heroicas proporciones en un uniforme de rayón blanco que prácticamente gritaba Chacha de Blancos Forrados. En el pecho llevaba una chapa que rezaba A TOPE CON JFK EN EL 64.

—¿Tiene mal la pierna, señor? —me preguntó.

—Sí. —Tenía cuatro sobres de polvos para el dolor de cabeza en el bolsillo de mi chaqueta. Metí la mano por detrás de la pistola, saqué dos, rasgué los bordes superiores y vertí el contenido en mi boca.

—Si se los toma así se machacará los riñones —dijo ella.

—Lo sé. Pero tengo que mantener en movimiento esta pierna lo suficiente para ver al presidente.

Me dedicó una gran sonrisa.

—Vaya si le entiendo.

Sadie estaba de pie en el bordillo y miraba con nerviosismo calle abajo a la espera de un Número Tres.

—Hoy los buses tardan en pasar —dijo la sirvienta—, pero enseguida llegará uno. Ni en broma me pierdo a Kennedy, ¡no señor!

Dieron las nueve y media y seguía sin pasar el autobús, pero el dolor de mi rodilla se había reducido a un latido sordo. Que Dios bendiga los polvos Goody.

Sadie se me acercó.

—Jake, a lo mejor tendríamos que...

—*Ahí* viene un Tres —anunció la sirvienta, que se puso en pie. Era una mujer imponente, oscura como el azabache, al menos un par de centímetros más alta que Sadie y con el pelo liso como una tabla y resplandeciente—. Sí señor, voy a pillarme un sitio justo en plena Dealey Plaza. Llevo sándwiches en la bolsa. ¿Me oirá cuando chille?

—Estoy seguro —dije yo.

Ella se rió.

—¡Vaya que sí! ¡Él y Jackie!

El autobús iba lleno, pero la gente que esperaba en la parada se metió como pudo de todas formas. Sadie y yo éramos los últimos, y el conductor, que parecía más agobiado que un corredor de Bolsa en el Viernes Negro, levantó la palma.

—¡Nadie más! ¡Está lleno! ¡Van apretados como sardinas! ¡Esperen al siguiente!

Sadie me miró con cara de angustia, pero antes de que pudiera decir nada, la mujer gigante intervino a nuestro favor.

—Nada de eso, déjales subir. El hombre tiene una pata chula, y la señorita tiene sus propios problemas, como puedes ver. Además, ella está flaca y él más todavía. Déjales subir o yo te bajaré a ti y me pondré a conducir yo misma. Ojo, que sé hacerlo. Aprendí con el Bulldog de mi padre.

El conductor vio a aquel pedazo de mujer erguida sobre él, puso los ojos en blanco y nos indicó por señas que subiéramos. Cuando busqué monedas para meterlas en la máquina, él la cubrió con una palma rechoncha.

—Olviden el maldito billete, pónganse detrás de la línea blanca y punto. Si pueden. —Sacudió la cabeza—. Que alguien me explique por qué hoy no han puesto una docena de autobuses extra. —Tiró de la manivela cromada. Las puertas se cerraron delante y detrás. Los frenos neumáticos se retiraron con un resoplido y nos pusimos en marcha, lentos pero seguros.

Mi ángel no había acabado. Empezó a abroncar a una pareja de obreros, uno negro y otro blanco, sentados detrás del conductor con sus fiambreras en el regazo.

—¡Levantaos y dejadles vuestros asientos a este señor y a esta señorita, vamos! ¿No veis que tiene la rodilla fastidiada? ¡Y aun así va a ver a Kennedy!

—Señora, no pasa nada —dije yo.

No me hizo caso.

—Arriba, venga, ¿es que os criaron en un establo?

Se levantaron y se abrieron paso a empujones entre la multitud hacinada del pasillo. El obrero negro lanzó a la sirvienta una mirada furiosa.

—Mil novecientos sesenta y tres y *todavía* le tengo que dejar mi asiento a un blanco.

—Uy, pobrecito —se burló su amigo blanco.

El negro me miró mejor. No sé qué vio, pero señaló los asientos ya vacíos.

—Siéntate antes de que te caigas, Jackson.

Me senté junto a la ventanilla. Sadie les dio las gracias con un murmullo y tomó asiento a mi lado. El autobús avanzaba pesadamente como un elefante viejo que aun así puede ponerse al galope si se le concede el tiempo suficiente. La sirvienta se mantenía lo bastante cerca para protegernos, agarrada a una correa y contoneando las caderas en las curvas. Había mucho que contonear. Volví a mirar mi reloj. Las manecillas parecían ir lanzadas hacia las diez de la mañana; pronto las superarían.

Sadie se me acercó y me hizo cosquillas con el pelo en la mejilla y el cuello.

—¿Adónde vamos, y qué haremos cuando lleguemos allí?

Quería volverme hacia ella, pero en lugar de eso mantuve la vista al frente, atento a cualquier problema. A la espera del siguiente puñetazo. Ya estábamos en Division Oeste Street, que también era la Autopista 180. Pronto llegaríamos a Arlington, futuro hogar de los Rangers de Texas de George W. Bush. Si todo iba bien, cruzaríamos el límite municipal de Dallas a las diez y media, dos horas antes de que Oswald cargara la primera bala en su puñetero fusil italiano. Solo que, cuando intentas cambiar el pasado, las cosas rara vez salen bien.

—Tú sígueme —dije—. Y no te relajes.

6

Dejamos atrás el sur de Irving, donde la mujer de Lee se recuperaba en esos momentos del parto de su segunda hija hacía solo un mes. La circulación era lenta y apestosa. La mitad de los pasajeros de nuestro abarrotado autobús estaba fumando. Fuera (donde cabía suponer que el aire era un poco más limpio), las calles estaban llenas de tráfico de entrada. Vimos un coche con un TE QUEREMOS JACKIE escrito con jabón en el parabrisas de atrás, y otro con FUERA

DE TEXAS RATA ROJA en el mismo sitio. El autobús avanzaba dando bandazos. En las paradas esperaban grupos cada vez mayores de personas; sacudían los puños cuando nuestro abarrotado vehículo se negaba a aminorar siquiera.

A las diez y cuarto enfilamos Harry Hines Boulevard y pasamos por delante de un cartel que señalaba la dirección a Love Field. El accidente se produjo tres minutos después. Había albergado la esperanza de que no sucediera, pero me lo temía y lo estaba esperando, de modo que, cuando el camión con volquete se saltó el semáforo del cruce de Hines con Inwood Avenue, por lo menos me encontró medio preparado. Ya había visto uno parecido en mi camino al cementerio de Longview, en Derry.

Agarré el cuello de Sadie y le empujé la cabeza hacia su regazo.

—¡*Abajo*!

Un segundo más tarde salimos disparados contra la pantalla que separaba el asiento del conductor de la zona de pasajeros. Hubo cristales rotos. Chirridos metálicos. Los que estaban de pie salieron volando hacia delante en una masa gritona de extremidades agitadas, bolsos y sombreros de domingo. El obrero blanco que había dicho «*pobrecito*» estaba doblado hacia delante sobre la máquina de las monedas, que se encontraba al final del pasillo. La sirvienta gigante desapareció sin más, sepultada por una avalancha humana.

A Sadie le sangraba la nariz y un moratón hinchado subía como masa de pan bajo su ojo derecho. El conductor estaba tirado de lado junto al volante. El ancho parabrisas delantero se había resquebrajado y la visión de la calle había dado paso a una estampa de metal con flores de óxido. Podía leerse **ALLAS OBRAS PÚB**. El olor del asfalto que transportaba el camión era intenso.

Volví a Sadie hacia mí.

—¿Estás bien? ¿Tienes la cabeza clara?

—Estoy bien, solo aturdida. Si no hubieses gritado cuando lo has hecho, otro gallo cantaría.

Sonaban gemidos y gritos de dolor procedentes del montón que se había formado en la parte delantera del autobús. Un hombre con el brazo roto se zafó de la melé y zarandeó al conductor, que cayó rodando de su asiento. Del centro de su frente sobresalía una cuña de cristal.

—¡Cristo Dios! —exclamó el hombre del brazo roto—. ¡Creo que está muerto, joder!

Sadie se acercó al tipo que se había empotrado contra el receptáculo de las monedas y lo ayudó a llegar a donde habíamos estado sentados. Tenía la cara blanca y gemía. Supongo que había chocado contra el aparato con las pelotas por delante; estaba más o menos a la altura adecuada. Su amigo negro me ayudó a poner en pie a la sirvienta, pero si ella no hubiera estado del todo consciente y en condiciones de colaborar, dudo que hubiésemos logrado gran cosa. Estamos hablando de ciento treinta kilos de hembra maciza. Sangraba profusamente de la sien, y ese uniforme en concreto ya no iba a servirle para nada. Le pregunté si se encontraba bien.

—Creo que sí, pero me he dado un viaje de los buenos en la cabeza. ¡Madre mía!

Detrás de nosotros, en el autobús reinaba el caos. Al cabo de poco se produciría una estampida. Me puse delante de Sadie e hice que me rodeara la cintura con los brazos. Dado el estado de mi rodilla, probablemente tendría que haberme agarrado yo a ella, pero el instinto es el instinto.

—Tenemos que dejar salir a esta gente del autobús —le dije al obrero negro—. Dele a la manivela.

Lo intentó, pero no se movía.

—¡Atascada!

Pensé que eso era una chorrada; pensé que el pasado la mantenía cerrada. Y encima, no podía ayudarle a tirar. Solo tenía un brazo bueno. La sirvienta —con un lado del uniforme empapado ya de sangre— me empujó a un lado, con tanta fuerza que casi me tiró al suelo. Sentí que los brazos de Sadie se soltaban, pero luego volvió a agarrarse. El sombrero de la sirvienta se había torcido, y la gasa de su velo estaba perlada de sangre. El efecto era grotesco pero decorativo, como de minúsculas bayas de acebo. Se recolocó el tocado y después agarró la manivela cromada junto con el obrero negro.

—Voy a contar hasta tres, y después tiraremos de este cacharro —le dijo—. ¿Estás listo?

Él asintió.

—Uno…, dos…, ¡*tres*!

Tiraron, o más bien tiró ella, con la fuerza suficiente para que se le rajara el vestido debajo de un brazo. Las puertas se abrieron. Detrás de nosotros sonaron unos débiles vítores.

—Graci… —empezó Sadie, pero yo ya me estaba moviendo.

—Rápido, antes de que nos pisoteen. No te sueltes. —Fuimos los primeros en salir del autobús. Orienté a Sadie hacia Dallas—. Vamos.

—¡Jake, esta gente necesita ayuda!

—Y estoy seguro de que enseguida llegará. No mires atrás. Mira al frente, porque de allí vendrá el próximo problema.

—¿Qué problema? ¿Cuántos más?

—Todos los que el pasado pueda echarnos —respondí.

7

Tardamos veinte minutos en recorrer cuatro manzanas desde donde nuestro autobús Número Tres había sufrido el accidente. Notaba cómo se me hinchaba la rodilla. Palpitaba de dolor con cada latido de mi corazón. Llegamos a un banco y Sadie me dijo que me sentara.

—No hay tiempo.

—Que te sientes, amigo. —Me dio un empujón inesperado y me derrumbé sobre el banco, que tenía el anuncio de unas pompas fúnebres locales en el respaldo. Sadie asintió con brío, como podría hacer una mujer cuando se ha cumplido con una problemática faena doméstica, y luego se lanzó a la calzada de Harry Hines Boulevard a la vez que abría su bolso y rebuscaba dentro. El dolor de mi rodilla quedó suspendido por un momento cuando el corazón se me subió a la garganta y dejó de latir.

Un coche dio un volantazo para esquivarla y tocó el claxon. No la atropelló por menos de treinta centímetros. El conductor sacudió el puño mientras seguía manzana abajo y después le enseñó el dedo corazón para remachar el mensaje. Cuando le grité que volviera, ella ni siquiera miró en mi dirección. Sacó su cartera mientras los coches pasaban a su lado a toda velocidad, y con el viento que levantaban le apartaban el pelo de la cara marcada. Ella estaba como si tal cosa. Encontró lo que buscaba, dejó caer la cartera en su bolso y sostuvo un billete verde por encima de su cabeza. Parecía una animadora de instituto en pleno número.

—¡*Cincuenta dólares!* —gritó—. ¡*Cincuenta dólares por llevar-nos a Dallas! ¡Main Street! ¡Main Street! ¡Tengo que ver a Kennedy! ¡Cincuenta dólares!*

Esto no va a funcionar, pensé. *Lo único que va a pasar es que la atropellará el obstinado pasa...*

Un oxidado Studebaker frenó con un chirrido delante de ella. El motor protestó con un golpeteo metálico. Tenía una cuenca vacía donde debería haber estado uno de los faros. Salió un hombre con pantalones anchos y camiseta de tirantes. En la cabeza (y calado hasta las orejas) llevaba un sombrero de vaquero de fieltro verde con una pluma india en la cinta. Sonreía. La sonrisa revelaba al menos seis huecos en la dentadura. Eché un vistazo y pensé: *Aquí llegan los problemas.*

—Señorita, está loca —dijo el vaquero del Studebaker.

—¿Quiere cincuenta dólares o no? Solo tiene que llevarnos a Dallas.

El hombre entornó los ojos mirando el billete, tan ajeno como la propia Sadie a los coches que daban volantazos y pitaban. Se quitó el sombrero, golpeó con él los chinos que colgaban de sus escuchimizadas caderas y después volvió a ponérselo en la cabeza, calándoselo hasta que el ala tocó la punta de sus orejas de soplillo.

—Señorita, eso no son cincuenta, son diez.

—Tengo el resto en la billetera.

—Entonces, ¿por qué no la cojo y punto? —Lanzó la mano hacia su gran bolso y agarró un asa. Yo bajé de la acera, pero pensé que, para cuando llegase hasta Sadie, el tipo ya se habría largado con el botín. Además, si llegaba a tiempo, lo más probable era que me pegase una paliza. Por delgado que estuviera, seguía pesando más que yo. Y tenía dos brazos útiles.

Sadie no soltó el bolso, que, estirado en direcciones opuestas, se abrió como una boca gritando de dolor. Sadie metió dentro la mano y la sacó con un cuchillo de carnicero que me sonaba. Atacó a su agresor con él y le rajó el antebrazo. El corte empezaba encima de la muñeca y terminaba en la sucia arruga de la parte interior del codo. El vaquero gritó de dolor y sorpresa, soltó el bolso y retrocedió mirándola fijamente.

—¡Zorra chalada, me has cortado!

Se abalanzó hacia la puerta abierta de su coche, que parecía a punto de desmoronarse con esos ruidos. Sadie dio un paso al frente y lanzó un tajo al aire delante de la cara del vaquero. El pelo le caía por delante de los ojos. Sus labios eran una raya torva. La sangre del brazo herido del vaquero del Studebaker caía goteando sobre el asfalto. Los coches seguían pasando. Increíblemente, oí que alguien gritaba:

—¡*Duro con él, señora!*

El vaquero del Studebaker retrocedió hacia la acera, sin apartar los ojos del cuchillo.

Sin mirarme, Sadie dijo:

—Todo tuyo, Jake.

Por un segundo no la entendí, pero luego recordé el .38. Lo saqué del bolsillo y encañoné al vaquero.

—¿Ves esto, figura? Está cargado.

—Estás tan loco como ella. —Su brazo, apretado contra el pecho, embadurnaba la camiseta de sangre.

Sadie se dirigió corriendo al lado del pasajero del Studebaker y abrió la puerta. Me miró por encima del techo e hizo un impaciente gesto de darle a la manivela con una mano. No hubiese creído posible quererla más, pero en ese momento vi que me equivocaba.

—Tendrías que haber aceptado el dinero o haber pasado de largo —dije—. Ahora quiero verte correr. Arranca enseguida o te meteré una bala en la pierna para que no puedas hacerlo ni ahora ni después.

—Eres un puto cabrón —me soltó él.

Sí que lo soy. Y tú eres un puto ladrón que pronto lucirá un balazo. —Amartillé la pistola. El vaquero del Studebaker no me puso a prueba. Dio media vuelta y salió pitando por Hines en dirección oeste con la cabeza gacha y el brazo doblado contra el cuerpo, maldiciendo y dejando un rastro de sangre.

—¡No pares hasta llegar a Love! —le grité—. ¡Son tres kilómetros en esa dirección! ¡Saluda al presidente!

—Entra, Jake. Sácanos de aquí antes de que llegue la policía.

Me deslicé tras el volante del Studebaker con un gesto de dolor ante la protesta de mi rodilla hinchada. Tenía el cambio de marchas normal, lo que conllevaba usar mi pierna mala en el embrague. Eché el asiento todo lo atrás que pude, con un sonido de basura chafada y rajada en el suelo, y luego arranqué.

—El cuchillo —dije—. ¿Es…?

—El que Johnny usó para cortarme, sí. El sheriff Jones me lo devolvió después de la investigación. Creyó que era mío y probablemente tenía razón. Pero no de mi casa de Bee Tree. Estoy casi segura de que Johnny lo sacó de nuestra casa en Savannah. Lo llevo en el bolso desde entonces. Porque quería algo con lo que protegerme, por si acaso... —Se le empañaron los ojos—. Y esto es un acaso, ¿no? Si esto no es un acaso, que baje Dios y lo vea.

—Guárdalo en el bolso. —Moví la palanca de cambios, que estaba rígida a más no poder, y conseguí poner el Studebaker en segunda. El coche olía a gallinero que no se ha limpiado en aproximadamente diez años.

—Lo pondré todo perdido de sangre.

—Guárdalo de todas formas. No puedes pasearte con un cuchillo en la mano, y menos cuando el presidente está de visita en la ciudad. Cariño, has sido más que valiente.

Escondió el cuchillo y luego empezó a secarse los ojos con los puños, como una niña pequeña que se ha hecho un arañazo en las rodillas.

—¿Qué hora es?

—Las once y diez. Kennedy aterriza en Love Field dentro de cuarenta minutos.

—Todo está en nuestra contra —dijo ella—. ¿O no?

La miré de reojo y dije:

—Ahora lo entiendes.

8

Llegamos a Pearl Norte Street antes de que el motor del Studebaker se averiase. Salía vapor de debajo del capó. Algo metálico cayó a la calzada con estrépito. Sadie gritó llevada por la frustración, se golpeó el muslo con el puño cerrado y soltó varias palabrotas, pero yo estaba casi aliviado. Por lo menos no tendría que pelearme más con el embrague. Puse el coche humeante en punto muerto y dejé que rodara hasta un lado de la calle. Se detuvo delante de un callejón sobre cuyos adoquines habían escrito NO BLOQUEAR, pero esa infracción en concreto me parecía una tontería después de un ataque con arma blanca y un robo de coche.

Salí y cojeé hasta la acera, donde ya me esperaba Sadie.

—¿Qué hora tenemos? —preguntó.

—Las once y veinte.

—¿Hasta dónde debemos ir?

—El Depósito de Libros Escolares de Texas está en la esquina de Houston y Elm. Cinco kilómetros. Puede que más. —Apenas habían salido las palabras de mi boca cuando oímos el rugido de unos motores a reacción a nuestra espalda. Alzamos la vista y vimos al *Air Force One* en su trayectoria de descenso.

Sadie se retiró el pelo de la cara con gesto cansino.

—¿Qué vamos a hacer?

—Ahora mismo, caminar —respondí.

—Pásame el brazo por los hombros. Deja que sostenga parte de tu peso.

—No lo necesito, cariño.

Una manzana más tarde, sin embargo, ya lo necesitaba.

9

Nos acercamos al cruce de Pearl Norte con Ross Avenue a las once y media, más o menos cuando el 707 de Kennedy debía de estar frenando cerca del comité de bienvenida…, que incluía, por supuesto, a la mujer del ramo de rosas rojas. La esquina de la calle que teníamos delante estaba dominada por la Catedral Santuario de Guadalupe. En la escalera, bajo una estatua de la santa con los brazos extendidos, había un hombre sentado con un par de muletas de madera a un lado y una olla esmaltada al otro. Apoyado en la olla había un cartel que decía: ¡ESTOY LISIADO GRAVE! POR FAVOR UNA LIMOSNA SEA BUEN SAMARITANO DIOS LE AMA.

—¿Dónde están *tus* muletas, Jake?

—Se han quedado en Eden Fallows, en el armario de mi habitación.

—¿Te has olvidado las *muletas*?

A las mujeres se les dan bien las preguntas retóricas, ¿no?

—Últimamente no las he usado tanto. Para las distancias cortas, me apaño bastante bien. —Eso sonaba un poco mejor que reconocer que mi prioridad había sido largarme cagando leches del pequeño centro de rehabilitación antes de que Sadie llegase.

—Bueno, está claro que ahora no te vendrían mal.

Se adelantó corriendo con envidiable ligereza y habló con el mendigo de la escalinata de la iglesia. Para cuando llegué cojeando, estaba regateando con él.

—Un par de muletas como esas cuestan nueve dólares, ¿y quieres que te pague cincuenta por *una* sola?

—Necesito al menos una para llegar a casa —dijo él en un tono razonable—. Y tu amigo tiene aspecto de necesitar una para llegar *a cualquier parte*.

—¿Y todo ese rollo de que Dios nos ama y hay que ser buenos samaritanos?

—Bueno —dijo el mendigo mientras se frotaba con aire meditabundo la pelusa de la barbilla—. Es cierto que Dios te ama, pero yo soy solo un pobre lisiado. Si no te gustan mis condiciones, haz como el fariseo y cruza a la otra acera. Es lo que haría yo.

—Apuesto a que sí. ¿Y si te las quito y punto, por avaricioso?

—Supongo que podrías, pero entonces Dios dejaría de amarte —replicó él, y rompió a reír. Era un sonido sorprendentemente alegre para salir de alguien que estaba lisiado grave. En el apartado dental andaba mejor que el vaquero del Studebaker, pero no mucho.

—Dale el dinero —dije—. Solo necesito una.

—No, si le daré el dinero. Es que odio que me la claven.

—Señorita, eso es una pena para la población masculina del planeta Tierra, si no le importa que lo diga.

—Cuidado con esa boca —dije—. Estás hablando de mi prometida. —Ya eran las once y cuarenta.

El mendigo hizo como si no existiera. Miraba la cartera de Sadie.

—Está manchada de sangre. ¿Te has cortado al afeitarte?

—No pidas para salir en el programa de Ed Sullivan, cielo, no tienes ni puñetera gracia. —Sadie sacó el billete de diez que había mostrado al tráfico, más dos de veinte—. Toma —dijo mientras él los cogía—. Estoy arruinada. ¿Satisfecho?

—Has ayudado a un pobre lisiado —observó el mendigo—. Eres tú la que tendrías que estar satisfecha.

—¡Pues no lo estoy! —gritó Sadie—. ¡Así se te caigan esos malditos ojos de viejo de tu fea cabeza!

El mendigo me lanzó una cómplice mirada de hombre a hombre.

—Más vale que te la lleves a casa, amigo, creo que su período está al caer.

Coloqué la muleta bajo mi brazo derecho —la gente que ha tenido suerte con sus huesos cree que una sola muleta debería usarse en el lado lesionado, pero no es así— y cogí el codo de Sadie con la mano izquierda.

—Vámonos. No hay tiempo.

Mientras nos alejábamos, Sadie se dio una palmada en el trasero cubierto de tela vaquera, miró por encima del hombro y gritó:

—Bésamelo.

El mendigo respondió a voces:

—¡Traelo para acá y bájalo en mi dirección, preciosa, que eso te saldrá gratis!

10

Caminamos por Pearl Norte... o más bien Sadie caminó mientras yo avanzaba a la pata coja. Me iba cien veces mejor con la muleta, pero era imposible que llegásemos al cruce de Houston y Elm antes de las doce y media.

Nos acercábamos a un andamio. La acera pasaba por debajo. Tiré de Sadie para que cruzara la calle.

—Jake, ¿por qué *diablos*...?

—Porque se nos caería encima. Créeme.

—Necesitamos un vehículo. De *verdad* que necesitamos... ¿Jake? ¿Por qué paras?

Paré porque la vida es una canción y el pasado armoniza. Por lo general esas armonías no significan nada (o eso creía entonces), pero de vez en cuando el visitante intrépido de la Tierra de Antaño puede aprovechar una. Recé de todo corazón por que fuera una de esas ocasiones.

Aparcado en la esquina de Pearl Norte con San Jacinto había un Ford Sunliner descapotable de 1954. El mío había sido rojo y ese era azul oscuro, pero aun así... a lo mejor...

Corrí hacia él y probé la puerta del copiloto. Cerrada. Por supuesto. A veces te caía una ayudita, pero ¿un regalo con todas las letras? Nunca.

—¿Le harás un puente?

No tenía ni idea de cómo se hacía eso, y sospechaba que probablemente era más difícil de como lo pintaban en las series de policías. Lo que sí sabía era levantar la muleta y golpear la ventanilla repetidamente con el apoyo axilar hasta resquebrajarla y combarla hacia dentro. Nadie nos miró, porque no había nadie en la acera. Todo el jaleo se hallaba en el sudeste. Desde allí se oía el fragor de oleaje de la muchedumbre que se estaba reuniendo en Main Street a la espera de la llegada del presidente Kennedy.

El cristal de seguridad cedió. Giré la muleta y usé la punta con remate de goma para hundirlo del todo. Uno de los dos tendría que sentarse atrás. Si aquello funcionaba, claro. Estando en Derry, había encargado una copia de la llave de arranque del Sunliner y la había pegado con cinta aislante al fondo de la guantera, debajo de los papeles del coche. Quizá aquel tipo había hecho lo mismo. Quizá esa armonía en concreto llegaba hasta ese extremo. Era una posibilidad remota…, pero la posibilidad de que Sadie me encontrase en Mercedes Street había sido más descabellada todavía y había funcionado. Metí la mano en el fondo cromado de la guantera de ese Sunliner y empecé a palpar.

Armoniza, cabrito. Armoniza, por favor. Échame una manita por una vez.

—¿Jake? ¿Por qué crees…?

Mis dedos toparon con algo y saqué una caja metálica de caramelos Sucrets. Cuando la abrí encontré no solo una llave, sino cuatro. No sabía qué abrirían las otras tres, pero no albergaba dudas sobre la que me interesaba. Podría haberla encontrado a oscuras solo por la forma.

Cómo me gustaba ese coche.

—Bingo —dije, y casi me caí cuando Sadie me abrazó—. Conduce tú, cariño. Yo me sentaré atrás y descansaré la rodilla.

11

No fui tan ingenuo de intentar ir por Main Street; estaría bloqueada por las vallas y los coches de la policía.

—Ve por Pacific hasta donde puedas. Después métete por las

travesías. Mientras el ruido de la gente nos quede a la izquierda, creo que iremos bien.

—¿Cuánto tiempo tenemos?

—Media hora. —En realidad eran veinticinco minutos, pero pensé que media hora sonaba más reconfortante. Además, no quería que intentase conducir a lo loco y arriesgarnos a otro accidente. Todavía nos quedaba tiempo (en teoría, por lo menos), pero una avería más y estábamos acabados.

No hizo ninguna locura, pero sí condujo sin miedo. Llegamos a un árbol caído que bloqueaba una de las calles (cómo no) y Sadie se subió al bordillo y fue por la acera para superarlo. Llegamos hasta el cruce de Record Norte Street y Havermill. Desde allí no se podía seguir porque las dos últimas manzanas de Havermill —hasta el punto en que se cruzaba con Elm Street— ya no existían. Se habían convertido en un aparcamiento. Un hombre armado con una bandera naranja nos indicó que pasáramos.

—Cinco pavos —dijo—. Caminando solo están a dos minutos de Main Street, tienen tiempo de sobra. —Aunque echó una mirada dubitativa a mi muleta al decirlo.

—Estoy arruinada, de verdad —me dijo Sadie—. No mentía. Saqué la cartera y le di un billete de cinco al cobrador.

—Aparque detrás del Chrysler —ordenó—. Déjelo bien metidito.

Sadie le lanzó las llaves.

—Déjelo usted bien metidito. Vamos, cariño.

—¡Oigan, por ahí no! —dijo el aparcacoches—. ¡Por ahí se va a Elm! ¡Adonde quieren ir es a Main! ¡Por ahí es por donde vendrá!

—¡Sabemos lo que hacemos! —gritó Sadie. Confié en que tuviera razón. Avanzamos entre los coches encajonados, con Sadie a la cabeza. Yo me contoneaba y lanzaba la muleta a un lado y a otro, intentando no chocar con los retrovisores ni quedarme atrás. Ya oía las locomotoras y los traqueteantes vagones de mercancías de la estación de trenes de detrás del Depósito de Libros.

—Jake, estamos dejando un rastro de un kilómetro de ancho.

—Lo sé. Tengo un plan. —Una exageración gigantesca, pero sonaba bien.

Salimos a Elm, y señalé el edificio de la otra acera, dos manzanas más abajo.

—Ese. Allí está.

Sadie observó el chato cubo rojo con las ventanas vigilantes y luego volvió hacia mí un rostro consternado y de ojos desorbitados. Vi —con algo parecido al interés clínico— que se le había puesto la piel del cuello muy blanca y de gallina.

—¡Jake, es *horrible*!

—Lo sé.

—Pero… ¿qué tiene de *malo*?

—Todo. Sadie, tenemos que darnos prisa. Casi no nos queda tiempo.

12

Cruzamos Elm en diagonal, yo casi a la carrera ayudado por mi muleta. El grueso de la muchedumbre estaba en Main Street, pero un buen número de personas llenaban Dealey Plaza y se extendían por Elm Street y por delante del Depósito de Libros. Llenaban la acera hasta la altura del Triple Paso Inferior. Había niñas sentadas a hombros de sus padres, y los críos que quizá pronto gritarían de pánico se embadurnaban la cara de helado alegremente. Vi a un hombre que vendía cucuruchos de helado y a una mujer con un cardado enorme que pregonaba sus fotos a un dólar de Jack y Jackie en traje de noche.

Para cuando llegamos al pie del Depósito, yo sudaba, la axila me dolía a rabiar por la presión constante del soporte de la muleta y mi rodilla izquierda estaba constreñida por un cinturón de fuego. Apenas podía doblarla. Alcé la vista y vi a empleados del Depósito asomados a las ventanas. No distinguí a nadie en la esquina sudeste del sexto piso, pero Lee estaría allí.

Miré mi reloj. Las doce y veinte. Podíamos calcular el avance de la comitiva gracias a los crecientes rugidos procedentes de la parte baja de Main Street.

Sadie probó la puerta y me miró con cara de angustia.

—¡Cerrada!

Dentro, vi a un hombre negro que llevaba una boina con visera ladeada con garbo sobre la cabeza. Estaba fumando un cigarrillo. Al había sido un hacha de las notas al margen en su cuaderno, y hacia el final —apuntados al vuelo, casi garabateados— había dejado constancia de los nombres de varios compañeros de trabajo de Lee. No me había esforzado en absoluto por estudiarlos, porque no se me ocurrió qué uso mínimamente razonable podría darles. Junto a uno de esos nombres —el perteneciente al tipo de la boina con visera, no me cabía duda—, Al había escrito: «*Primer sospechoso (probablemente por ser negro)*». Había sido un nombre poco habitual, pero aun así no podía recordarlo, bien porque Roth y sus matones me lo habían sacado a golpes de la cabeza (junto con toda clase de datos más), bien porque no había prestado suficiente atención de buen principio.

O bien porque el pasado era obstinado. ¿Y acaso importaba? No me salía y punto. El nombre no estaba.

Sadie aporreó la puerta. El negro de la boina con visera la observó con aire impasible. Dio una calada a su cigarrillo y después le hizo un gesto con el dorso de la mano: «*Fuera, señorita, fuera*».

—*¡Jake, piensa algo!* ¡POR FAVOR!

Doce y veintiún minutos.

Un nombre inusual, sí, pero ¿*por qué* había sido inusual? Me sorprendió descubrir que eso era algo que en realidad sabía.

—Porque era de chica —dije.

Sadie se volvió hacia mí. Tenía las mejillas encarnadas a excepción de la cicatriz, que destacaba como un gruñido blanco.

—¿Qué?

De repente me puse a golpear el cristal.

—*¡Bonnie!* —grité—. *¡Oye, Bonnie Ray! ¡Déjanos entrar! ¡Conocemos a Lee! ¡Lee! ¡LEE OSWALD!*

Él captó el nombre y cruzó el vestíbulo a un paso insufriblemente lento.

—No sabía que ese cabrón flacucho *tuviera* algún amigo —dijo Bonnie Ray Williams mientras abría la puerta y luego se hacía a un lado cuando entramos a toda prisa—. Lo más probable es que esté en la sala de descanso, mirando al presidente con el resto de…

—Escúchame —interrumpí—. Ni yo soy su amigo ni él está en la sala de descanso. Está en el sexto piso. Creo que pretende disparar al presidente Kennedy.

El grandullón soltó una carcajada. Tiró el cigarrillo al suelo y lo pisó con una bota de obrero.

—Ese mequetrefe no tendría huevos para ahogar a una camada de gatitos en un saco. Lo único que hace es sentarse en un rincón y leer *libros*.

—Te digo…

—Yo subo al segundo. Si queréis venir conmigo, me parece bien, supongo. Pero dejad de decir chorradas sobre Leela. Así lo llamamos, Leela. ¡Disparar al presidente! ¡Y qué más! —Hizo un gesto con la mano y arrancó a caminar.

Yo pensé: *Tu sitio está en Derry, Bonnie Ray. Allí son especialistas en no ver lo que tienen delante de sus narices.*

—Escaleras —le dije a Sadie.

—El ascensor sería…

El fin de cualquier oportunidad que nos pudiera quedar, eso sería.

—Se quedaría parado entre dos pisos. *Escaleras.*

La cogí de la mano y tiré de ella. La escalera era una estrecha garganta con contrahuellas de madera combadas por años de paso. A la izquierda había una oxidada barandilla. Al pie de los escalones, Sadie se volvió hacia mí.

—Dame la pistola.

—No.

—Tú no llegarás a tiempo. Yo sí. *Dame la pistola.*

Casi la entregué. No era que me sintiera merecedor de conservarla; ahora que había llegado el momento divisorio propiamente dicho, no importaba quién detuviese a Oswald mientras *alguien* lo hiciera. Pero solo estábamos a un paso de la máquina rugiente del pasado, y ni en broma pensaba arriesgarme a que Sadie diera ese último paso por delante de mí, solo para ser engullida por el remolino de sus correas y cuchillas.

Sonreí y después me incliné hacia delante y la besé.

—Te echo una carrera —dije, y empecé a subir por la escalera. Por encima del hombro añadí—: ¡Si me duermo, es todo tuyo!

13

—Estáis locos perdidos —oí que decía Bonnie Ray Williams en un tono de leve protesta. Después llegó el leve golpeteo de unos pasos cuando Sadie arrancó a seguirme. Yo cargaba el peso a la derecha, sobre mi muleta —la cual, más que de apoyo, usaba ya como pértiga—, mientras tiraba de mi peso agarrando la barandilla con la mano izquierda. La pistola, en el bolsillo de mi chaqueta sport, se bamboleaba y chocaba contra mi cadera. Mi rodilla gritaba. Dejé que se desgañitara.

Cuando llegué al rellano del segundo, me permití un vistazo a mi reloj. Eran las doce y veinticinco. No; y veintiséis. Oía el fragor de la muchedumbre que seguía acercándose, una ola a punto de romper. La comitiva había superado los cruces de Main con Ervay, Main con Akard y Main con Field. Al cabo de dos minutos —tres como mucho— llegaría a Houston Street, doblaría a la derecha y pasaría por delante de los viejos juzgados de Dallas a veinticinco kilómetros por hora. Desde ese punto en adelante, el presidente de Estados Unidos sería un blanco fácil. En la mira de cuatro aumentos enganchada al Mannlicher-Carcano, los Kennedy y los Connally parecerían grandes como actores en la pantalla del Autocine Lisbon. Pero Lee esperaría un poco más. No era un esbirro suicida; quería escapar. Si disparaba demasiado pronto, el destacamento de seguridad que viajaba en el coche de cabeza de la caravana vería el fogonazo y respondería. Esperaría a que ese coche —y la limusina presidencial— trazase el giro cerrado a la izquierda que lo llevaría a Elm. No solo era un francotirador; además disparaba por la espalda.

Todavía me quedaban tres minutos.

O quizá solo dos y medio.

Ataqué los escalones entre el segundo y el tercer piso sin hacer caso del dolor de mi rodilla, obligándome a subir como un maratoniano que se acercase al final de una larga carrera. Que es lo que era, por supuesto.

Desde debajo de nosotros, oía a Bonnie Ray gritando algo que contenía «loco» y «dice que Leela va a disparar».

Hasta que llegué a la mitad del tramo que ascendía al tercer piso, oía a Sadie dándome en la espalda como un jinete que azuzara a un caballo para galopar más deprisa, pero entonces empezó a rezagarse un poco. La oí resollar y pensé *Demasiados pitillos, cariño*. La rodilla ya no me dolía; el subidón de adrenalina había sepultado el dolor por un momento. Mantuve la pierna izquierda todo lo recta que pude, para dejar que la muleta hiciera su trabajo.

Trazar el giro. Subir al cuarto. Para entonces yo también empecé a jadear, y las escaleras me parecían más inclinadas. Como una montaña. El travesaño de la muleta del mendigo en el que apoyaba la mano estaba viscoso de sudor. La cabeza me estallaba; los oídos me pitaban con los vítores de la muchedumbre de abajo. El ojo de mi imaginación se abrió a tope y vi la comitiva que se acercaba: el coche de seguridad y después la limusina presidencial flanqueada por las motocicletas Harley-Davidson del Departamento de Policía de Dallas, cuyos pilotos llevaban casco blanco sujeto a la barbilla y gafas de sol.

Otro giro. La muleta patinaba y después recuperaba el equilibrio. Arriba otra vez. La muleta se clavaba. Ya podía notar el olor dulce del serrín de las obras del sexto piso: los obreros sustituían los viejos tablones por otros nuevos. No en el lado de Lee, sin embargo. Lee tenía el rincón sudeste para él solo.

Llegué al rellano del quinto piso y tracé el último giro, con la boca abierta para tragar aire y la camisa convertida en un trapo empapado contra mi pecho, que subía y bajaba. El sudor me escocía en los ojos y me obligaba a parpadear.

Tres cajas de cartón llenas de libros, selladas como MISCELÁNEA y LECTURAS DE 4.º Y 5.º bloqueaban las escaleras que llevaban al sexto piso.

Me apoyé en la pierna derecha y golpeé una con la punta de la muleta; salió disparada hacia un lado. A mi espalda oí a Sadie, que se encontraba entre el cuarto y el quinto. De modo que al parecer había acertado al quedarme la pistola, aunque ¿quién sabía, en realidad? A juzgar por mi experiencia, saber que la responsabilidad principal de cambiar el futuro recae en ti te hace correr más deprisa.

Me metí por el hueco que había creado. Para hacerlo tuve que cargar todo mi peso en la pierna izquierda por un momento. Emitió un aullido de dolor. Gruñí y me agarré a la barandilla para no caer de bruces sobre los escalones. Miré mi reloj. Marcaba las doce y veintiocho, pero ¿y si atrasaba? La multitud rugía.

—Jake…, por el amor de Dios, corre… —Sadie, aún en las escaleras del rellano del quinto.

Acometí el último tramo y el sonido de la muchedumbre empezó a ahogarse en un silencio más grande. Para cuando llegué arriba, no quedaba otra cosa que mis ásperos jadeos y los ardientes latidos como mazazos de mi apurado corazón.

14

La sexta planta del Depósito de Libros Escolares de Texas era un cuadrado oscuro salpicado por islas de cajas de libros apiladas. Las luces del techo estaban encendidas allá donde estaban cambiando el suelo, pero no donde Lee Harvey Oswald planeaba hacer historia al cabo de cien segundos o menos. Siete ventanas daban a Elm Street; las cinco del centro eran grandes y semicirculares, mientras que las de los extremos eran cuadradas. El sexto piso estaba a oscuras alrededor del acceso a la escalera, pero una luz neblinosa bañaba la zona que daba a Elm Street. Gracias al serrín que flotaba a causa de la obra, los rayos de sol que entraban por las ventanas parecían lo bastante gruesos para cortarlos. El que llegaba de la ventana hasta la esquina sudeste, sin embargo, estaba bloqueado por una barricada de cajas de libros. El nido del francotirador quedaba en la otra punta de la planta respecto a mí, en una diagonal que cruzaba de noroeste a sudeste.

Detrás de la barricada, a la luz del sol, un hombre con un fusil se encontraba de pie ante la ventana. Estaba encorvado, mirando hacia fuera. La ventana estaba abierta. Una ligera brisa le agitaba el pelo y el cuello de la camisa. Empezó a elevar el fusil.

Arranqué a correr a trompicones, haciendo un zigzag en torno a los montones de cajas, metiendo la mano en el bolsillo de la chaqueta para sacar el .38.

—¡Lee! —grité—. ¡Quieto, hijo de perra!

Él volvió la cabeza y me miró, con los ojos desorbitados y la boca abierta. Por un momento fue solo Lee —el tipo que se reía y jugaba con Junie en la bañera, el que a veces abrazaba a su mujer y besaba su cara vuelta hacia arriba—, y después torció su boca delgada y de algún modo remilgada en una mueca de rabia que enseñaba sus dientes superiores. Cuando eso pasó, se transformó en algo monstruoso. Dudo que lo creáis, pero juro que es cierto. Dejó de ser un hombre y se convirtió en el fantasma demoníaco que atormentaría a Estados Unidos desde ese día en adelante, pervirtiendo su poder y echando a perder todas sus buenas intenciones.

Si yo le dejaba.

El ruido de la muchedumbre volvió a hacerse oír, millares de personas aplaudiendo, vitoreando y gritando a pleno pulmón. Yo los oí, y Lee también los oyó. Él sabía lo que significaba: ahora o nunca. Giró sobre sus talones hacia la ventana y se llevó al hombro la culata del fusil.

Yo tenía la pistola, la misma que había usado para matar a Frank Dunning. No solo parecida; en ese momento era la misma pistola. Lo pensaba entonces y lo pienso ahora. El percutor intentó engancharse en el forro del bolsillo, pero saqué el .38 de un tirón rasgando la tela.

Disparé. El tiro me salió alto y solo arrancó una nube de astillas de la parte superior del marco de la ventana, pero fue suficiente para salvar la vida de John Kennedy. Oswald dio un respingo al oír el disparo y el proyectil de 160 granos del Mannlicher-Carcano salió desviado hacia arriba y destrozó una ventana de los juzgados del condado.

Debajo de nosotros sonaron chillidos y gritos de confusión. Lee se volvió de nuevo hacia mí, con la cara convertida en una máscara de furia, odio y decepción. Alzó una vez más su fusil, y en esa ocasión no sería al presidente de Estados Unidos a quien apuntaría. Accionó el cerrojo —*clac-clac*— y volví a dispararle. Aunque había cruzado tres cuartas partes de la habitación y estaba a menos de nueve metros, fallé de nuevo. Vi temblar un lado de su camisa, pero eso fue todo.

Mi muleta topó con una pila de cajas. Me tambaleé hacia la izquierda, dando manotazos con el brazo de la pistola para equilibrarme, pero no tenía ninguna posibilidad. Durante un mero instante pensé en cómo, el día en que la había conocido, Sadie había caído literalmente en mis brazos. Sabía lo que iba a suceder. La historia no se repite, pero sí armoniza, y lo que suele sonar es la música del diablo. Esa vez fue mi turno de tropezar, y ahí estuvo la diferencia crucial.

Ya no la oía en las escaleras… pero podía oír sus rápidos pasos.

—*¡Sadie, al suelo!* —grité, pero mi voz se perdió en el ladrido del fusil de Oswald.

Oí que la bala me pasaba por encima. Después la oí gritar.

Luego sonaron más disparos, esa vez procedentes de fuera. La limusina presidencial había escapado hacia el Triple Paso Inferior a velocidad de vértigo, mientras las dos parejas que la ocupaban se agachaban y abrazaban. Pero el coche de seguridad se había detenido en el lado opuesto de Elm Street, cerca de Dealey Plaza. Los policías de las motos habían parado en mitad de la calle, y por lo menos cuatro docenas de personas estaban actuando de observadores, señalando hacia la ventana del sexto piso, donde un hombre flacucho con una camisa azul resultaba claramente visible.

Oí una ráfaga de golpes sordos, un sonido como de granizo azotando barro. Eran las balas que no habían acertado a la ventana e impactaban contra los ladrillos de arriba o los lados. Muchas no fallaron. Vi que la camisa de Lee se hinchaba como si un viento hubiera empezado a soplar dentro de ella, un viento rojo que perforase agujeros en el tejido: uno encima del pezón derecho, otro en el esternón, un tercero donde debía de estar su ombligo. Una cuarta ráfaga le desgarró el cuello. Lee bailó como una muñeca bajo la luz neblinosa con su nevisca de serrín, sin que esa espantosa mueca dejara su cara en ningún momento. Al final no era un hombre, os lo digo, era otra cosa. Lo que sea que se nos mete dentro cuando escuchamos a nuestros peores ángeles.

Una bala alcanzó una de las luces del techo, hizo añicos la bombilla y la dejó balanceándose. Después otro proyectil hizo saltar la parte superior de la cabeza del aspirante a magnicida, tal y como el proyectil de Lee había hecho con la coronilla de Kennedy en el mundo del que había venido yo. Se derrumbó sobre su barricada de cajas, que se volcaron por el suelo.

Gritos abajo. Alguien decía a voces:

—¡Ha caído, le he visto caer!

Pasos que corrían y subían. Pateé el .38, que dio varias vueltas hasta topar con el cuerpo de Lee. Tuve la presencia de ánimo justa para comprender que los hombres que subían por la escalera me machacarían y quizá hasta me matarían si me encontraban con una pistola en la mano. Empecé a levantarme, pero mi rodilla ya no me sostenía. Probablemente era una suerte. Tal vez no hubiese quedado a la vista desde Elm Street, pero en caso contrario habrían abierto fuego sobre mí. De manera que repté hasta donde yacía Sadie, cargando mi peso sobre las manos y arrastrando la pierna izquierda como un ancla.

La pechera de su blusa estaba empapada en sangre, pero vi el agujero. Estaba en pleno centro de su pecho, justo encima de la curva de sus pechos. De su boca manaba más sangre. Se estaba ahogando en ella. Le puse los brazos debajo y la alcé. Sus ojos no se apartaron de los míos. Brillaban en la penumbra brumosa.

—Jake —dijo con voz ronca.

—No, cariño, no hables.

No me hizo caso, sin embargo; ¿cuándo me lo había hecho?

—¡Jake, el presidente!

—A salvo. —En realidad no lo había visto de una pieza cuando la limusina se alejaba, pero había reparado en el mal gesto de Lee al realizar su único disparo contra la calle, y eso me bastaba. Además, en cualquier caso le hubiese dicho a Sadie que estaba a salvo.

Ella cerró los ojos y luego los volvió a abrir. Los pasos ya estaban muy cerca; habían realizado el giro del rellano del quinto piso y empezaban a subir el último tramo. Muy abajo, la muchedumbre expresaba sus nervios y confusión.

—Jake.

—¿Qué, cariño?

Sonrió.

—¡Cómo bailamos!

Cuando llegaron Bonnie Ray y los demás, me encontraron sentado en el suelo, sosteniéndola. Me pasaron por delante en estampida. Cuántos, no lo sé. Cuatro, a lo mejor. U ocho. O una docena. No me molesté en mirarlos. La abracé y mecí su cabeza contra mi pecho, dejando que su sangre empapara mi camisa. Muerta. Mi Sadie. Había caído en la máquina, a fin de cuentas.

Nunca he sido lo que se diría un hombre llorón, pero casi cualquier hombre que ha perdido a la mujer a la que ama derramaría una lágrima, ¿no os parece? Sí. Pero yo no.

Porque sabía lo que había que hacer.

PARTE 6

MÍSTER
TARJETA VERDE

CAPÍTULO 29

1

No me arrestaron exactamente, pero me pusieron bajo custodia y me llevaron a la comisaría de Dallas en un coche patrulla. En la última manzana del trayecto, varias personas —algunas de ellas periodistas, la mayoría ciudadanos de a pie— aporrearon las ventanillas y se asomaron. De un modo frío y distante, me pregunté si me sacarían a rastras del coche y me lincharían por intentar matar al presidente. No me importaba. Lo que más me inquietaba era mi camisa manchada de sangre. Quería quitármela; también quería llevarla para siempre. Era la sangre de Sadie.

Ninguno de los policías del asiento delantero me hizo ninguna pregunta. Supongo que alguien se lo había ordenado. Si me *hubieran* preguntado algo, no habría contestado. Estaba pensando. Podía hacerlo porque aquella frialdad se estaba apoderando de mí una vez más. Me la puse como una armadura. Podía arreglar aquello. Lo *arreglaría*. Pero antes tenía que hablar con varias personas.

2

Me metieron en una habitación blanca como el hielo. Contenía una mesa y tres sillas duras. Me senté en una de ellas. Fuera sonaban teléfonos y castañeteaba un teletipo. Pasaba gente de un lado a otro hablando en voz alta, a veces gritando y a veces riendo. La risa tenía un toque histérico. Es como se ríen los hombres cuando saben que se han librado por los pelos. Cuando han esquivado una bala, por así decirlo. A lo mejor Edwin Walker se había reído así la noche del 10 de abril mientras hablaba con los periodistas y se sacudía del pelo las esquirlas de cristal.

Los dos policías que me habían acompañado desde el Depósito de Libros me cachearon y se llevaron mis cosas. Pregunté si podía quedarme mis dos últimos sobres de polvos Goody. Los dos agentes lo debatieron y después los abrieron y los vertieron sobre la mesa, que estaba surcada de iniciales grabadas y quemaduras de cigarrillo. Uno de ellos se humedeció un dedo, probó el polvo y asintió.

—¿Quiere agua?

—No. —Recogí el polvo con una mano y me lo eché en la boca. Estaba amargo. Me pareció bien.

Uno de los policías se fue. El otro me pidió la camisa ensangrentada, que me quité a regañadientes y le entregué. Después le señalé con el dedo.

—Sé que es una prueba, pero trátela con respeto. Esa sangre es de la mujer a la que amaba. Puede que no signifique mucho para usted, pero también es de la mujer que ayudó a impedir el asesinato del presidente Kennedy, y eso debería importarle.

—Solo la queremos para analizar el gupo sanguíneo.

—Vale. Pero que vaya a mi lista de efectos personales. La quiero de vuelta.

—Claro.

El policía que había partido volvió con una camiseta interior blanca lisa. Parecía la que Oswald había llevado —o *habría* llevado— en la foto que la policía le sacó poco después de su arresto en el cine Texas.

3

Llegué a la pequeña sala de interrogatorios blanca a la una y veinte. Alrededor de una hora después (no puedo saberlo con exactitud porque no había reloj y mi Timex nuevo se lo habían llevado con el resto de mis efectos personales), los mismos dos agentes de uniforme me trajeron compañía. Un viejo conocido, a decir verdad: el doctor Malcolm Perry, equipado con una gran bolsa negra de médico rural.

Lo miré con moderado asombro. Se encontraba allí, en la comisaría, visitándome, porque no tenía que estar en el hospital Parkland extrayendo fragmentos de bala y esquirlas de hueso del cerebro de John Kennedy. El río de la historia ya discurría por su nuevo curso.

—Hola, doctor Perry.

Él asintió.

—Señor Amberson. —La última vez que me había visto, me había llamado George. Si me hubiese quedado alguna duda sobre si me consideraban sospechoso, eso lo habría confirmado. Pero no dudaba. Había estado presente y había sabido de antemano lo que iba a suceder. Eso ya debían de saberlo gracias a Bonnie Ray Williams.

—Entiendo que ha recaído en la lesión de la rodilla.

—Por desgracia, así es.

—Echemos un vistazo.

Intentó subirme la pernera izquierda del pantalón y no pudo. La articulación estaba demasiado hinchada. Cuando sacó unas tijeras, los dos policías dieron un paso al frente y desenfundaron sus pistolas, que mantuvieron apuntadas al suelo con los dedos despegados del gatillo. El doctor Perry los miró con moderado asombro y después cortó la pernera de mis pantalones por la costura. Miró, tocó, sacó una aguja hipodérmica y extrajo fluido. Apreté los dientes y esperé a que acabase. Después rebuscó en su bolsa, sacó un vendaje elástico y me envolvió bien prieta la rodilla. Eso me alivió un poco.

—Puedo darle algo para el dolor, si estos agentes no se oponen.

Ellos no se oponían, pero yo sí. La hora más crucial de mi vida —y de la vida de Sadie— estaba al caer. No quería que un calmante me enturbiase el cerebro cuando llegara el momento.

—¿Tiene polvos Goody para el dolor de cabeza?

Perry arrugó la nariz como si hubiese olido algo malo.

—Llevo aspirina de Bayer y Emprin. El Emprin es un poco más fuerte.

—Deme de eso, entonces. Y… doctor Perry…

Alzó la vista de su bolsa.

—Sadie y yo no hemos hecho nada malo. Ella ha dado su vida por su país… y yo hubiese dado la mía por ella. Lo malo es que no tuve la oportunidad.

—Si es así, déjeme ser el primero en agradecérselo. De parte de todo el país.

—El presidente. ¿Dónde está ahora? ¿Lo sabe?

El doctor Perry miró a los policías, las cejas alzadas en una pregunta. Ellos se miraron y luego uno dijo:

—Ha seguido hasta Austin, para dar un discurso en una cena, tal y como estaba programado. No sé si eso quiere decir que es valiente, insensato, o solo estúpido.

Tal vez, pensé, *el Air Force One se estrellaría y mataría a Kennedy y todos los demás pasajeros. Tal vez padecería un fatídico infarto o un derrame cerebral. Tal vez otro chulito mierdoso le volaría esa apuesta cabeza.* ¿Trabaja el obstinado pasado contra las cosas cambiadas además de contra el agente del cambio? No lo sabía. Tampoco me importaba mucho. Yo había cumplido. Lo que pasara con Kennedy en adelante no estaba en mis manos.

—He oído por la radio que Jackie no va con él —dijo Perry con voz queda—. La ha mandado por delante al rancho del vicepresidente en Johnson City. Se encontrará allí con ella el fin de semana, como estaba previsto. Si lo que dices es cierto, George…

—Creo que ya basta, doc —intervino uno de los policías. A mí desde luego me bastaba; para Mal Perry volvía a ser George.

El doctor Perry —que tenía su parte de arrogancia médica— no le hizo caso.

—Si lo que dices es cierto, veo un viaje a Washington en tu futuro. Y muy probablemente una ceremonia de entrega de medalla en el Rose Garden.

Cuando se fue, me quedé solo otra vez. Solo que en realidad, no; Sadie también estaba allí. «*Cómo bailamos*», había dicho justo antes de dejar este mundo. Podía cerrar los ojos y verla en fila con las demás chicas, sacudiendo los hombros y bailando el madison. En ese recuerdo reía, su melena volaba y su cara era perfecta. Las técnicas quirúrgicas de 2011 podían hacer mucho por arreglar lo que John Clayton le había hecho a su cara, pero yo creía tener una técnica mejor incluso. Si conseguía la oportunidad de usarla, claro.

4

Me dejaron cocer en mi propia y dolorosa salsa durante dos horas más antes de que la puerta de la sala de interrogatorios volviera a abrirse. Entraron dos hombres. El de la cara de sabueso debajo de un sombrero de vaquero blanco se presentó como capitán Will Fritz de la Policía de Dallas. Llevaba un maletín... pero no era el *mío*, o sea que no pasaba nada.

El otro tipo tenía carrillos macizos, tez de bebedor y pelo corto y oscuro que resplandecía gracias al tónico capilar. Tenía la mirada penetrante, aguda y un poco preocupada. Del bolsillo interior de su americana sacó una cartera con su identificación y la abrió con un gesto de la mano.

—James Hosty, señor Amberson. FBI.

Tienes motivos para estar preocupado, pensé. *Tú eras el encargado de controlar a Lee, ¿o no, agente Hosty?*

—Nos gustaría hacerle unas preguntas, señor Amberson —dijo Will Fritz.

—Sí —contesté—. Y a mí me gustaría salir de aquí. A la gente que salva al presidente de Estados Unidos por lo general no se la trata como a un delincuente.

—Bueno, bueno —dijo el agente Hosty—. Le hemos mandado un médico, ¿o no? Y no cualquier médico; *su* médico.

—Hagan sus preguntas —accedí.

Y me preparé para bailar.

5

Fritz abrió el maletín y sacó una bolsa de plástico con una etiqueta de pruebas pegada. Contenía mi .38.

—Hemos encontrado esto en el suelo junto a la barricada de cajas que había montado Oswald, señor Amberson. ¿Cree que era de él?

—No, esa es una Especial de la policía. Es mía. Lee tenía un .38, pero era un modelo Victory. Si no lo llevaba encima, es probable que lo encuentren dondequiera que se alojara.

Fritz y Hosty cruzaron una mirada sorprendida y luego me devolvieron su atención.

—De modo que admite que conocía a Oswald —dijo Fritz.

—Sí, aunque no muy bien. No sabía dónde vivía, de lo contrario hubiese ido allí.

—Resulta —intervino Hosty— que tenía una habitación en Beckley Street. Estaba registrado bajo el nombre de O. H. Lee. Al parecer también tenía otro alias, Alek Hidell. Lo usaba para recibir correo.

—¿La mujer y la criatura no vivían con él? —pregunté.

Hosty sonrió. El gesto extendió sus carrillos aproximadamente medio kilómetro en ambas direcciones.

—¿Quién hace aquí las preguntas, señor Amberson?

—Ustedes y yo —respondí—. He arriesgado mi vida para salvar al presidente y mi prometida ha *dado* la suya, de manera que me creo con derecho a hacer preguntas.

Después esperé a ver lo duros que se ponían. Si me apretaban mucho era que en realidad creían que había estado implicado. Si me venían de buenas, no lo creían pero deseaban asegurarse. Al final adoptaron una postura intermedia.

Fritz usó un dedo macizo para dar vueltas a la bolsa con la pistola dentro.

—Le diré lo que podría haber pasado, señor Amberson. No digo que fuera así, pero tendrá que convencernos.

—Ajá. ¿Han llamado a los padres de Sadie? Viven en Savannah. También deberían llamar a Deacon Simmons y Ellen Dockerty, en Jodie. Eran como sus padres adoptivos. —Reflexioné sobre ello—. Para mí también, en realidad. Pensaba pedirle a Deke que fuese mi padrino de bodas.

Fritz no dio muestras de haberme oído.

—Lo que podría haber pasado es que usted y su chica estuvieran en el ajo con Oswald. Y tal vez al final ustedes se rajaron.

La siempre popular teoría de la conspiración. No debería faltar una en ninguna casa.

—A lo mejor en el último momento han tomado conciencia de que se estaban preparando para disparar al hombre más poderoso del mundo —dijo Hosty—. Han tenido un instante de claridad. De modo que le han parado los pies. Si eso es lo que ha pasado, se le tratará con mucha indulgencia.

Sí. Indulgencia consistente en cuarenta, quizá cincuenta años en Leavenworth comiendo macarrones con queso, en vez de la muerte en la silla eléctrica de Texas.

—Entonces, ¿por qué no estábamos allí con él, agente Hosty, en vez de aporreando la puerta para que nos dejaran entrar?

Hosty se encogió de hombros. *Dímelo tú.*

—Y si estábamos planeando un asesinato, usted debió de verme con él. Porque sé que lo tenía bajo vigilancia al menos parcial. —Me inclíné hacia delante—. ¿Por qué no lo detuvo *usted*, Hosty? Ese era *su* trabajo.

Se echó atrás como si le hubiera alzado la mano. Sus carrillos enrojecieron.

Por lo menos durante unos instantes, mi pena se endureció y dio paso a una especie de malicioso placer.

—El FBI lo tenía vigilado porque desertó a Rusia, luego desertó a Estados Unidos y luego intentó desertar a Cuba. Se pasó meses repartiendo folletos pro Fidel por las esquinas, antes de la película de miedo de hoy.

—¿Cómo sabe todo eso? —ladró Hosty.

—Porque él me lo dijo. ¿Y qué pasa luego? El presidente que ha intentado todo lo que se le ha ocurrido para derrocar a Castro viene a Dallas. Como trabaja en el Depósito de Libros, Lee tiene un palco de lujo para el desfile. Usted lo sabía y no hizo nada.

Fritz observaba a Hosty con algo parecido al horror. Estoy seguro de que el segundo lamentaba que el policía de Dallas estuviese siquiera en la sala, pero ¿qué podía hacer? Era la comisaría de Fritz.

—No lo consideramos una amenaza —dijo Hosty muy tieso.

—Bueno, eso sí que fue un error. ¿Qué ponía en la nota que le dio, Hosty? Sé que Lee fue a su despacho y le dejó una cuando le informaron de que usted no estaba, pero no quiso decirme qué había escrito. Solo me enseñó esa sonrisilla estrecha a lo «que te den por culo» que tenía. Estamos hablando del hombre que ha matado a la mujer a la que yo amaba, o sea que creo que merezco saberlo. ¿Avisaba de que iba a hacer algo que conseguiría que el mundo se pusiera en pie y le prestara atención? Apuesto a que sí.

—¡No era nada de eso!

—Enséñeme la nota, entonces. A ver si hay huevos.

—Cualquier comunicación del señor Oswald es asunto del FBI.

—No creo que *pueda* enseñarla. Apuesto a que es un montón de cenizas en el retrete de su oficina por orden del señor Hoover. Si no lo era, lo sería. Figuraba en las notas de Al.

—Si es tan inocente —intervino Fritz—, cuéntenos de qué conocía a Oswald y por qué llevaba usted una pistola.

—¿Y por qué la señorita llevaba un cuchillo de carnicero manchado de sangre? —añadió Hosty.

Eso me hizo ver rojo.

—*¡La señorita tenía sangre por todas partes!* —grité—. *¡En la ropa, en los zapatos, en el bolso! El hijo de puta le pegó un tiro en el pecho, ¿o es que no se han dado cuenta?*

Fritz:

—Cálmese, señor Amberson. Nadie le está acusando de nada.

—La insinuación: «*todavía*».

Respiré hondo.

—¿Han hablado con el doctor Perry? Lo han enviado para hacerme un reconocimiento y cuidar de mi rodilla, de manera que deben de haber hablado con él. Lo que significa que saben que estuvieron a punto de matarme de una paliza el pasado agosto. El hombre que ordenó la paliza, y participó en ella, es un corredor de apuestas llamado Akiva Roth. No creo que pretendiese dejarme tan hecho polvo como lo hizo, pero probablemente me pasé de listo con él y lo cabreé. No lo recuerdo. Hay muchas cosas que no recuerdo desde ese día.

—¿Por qué no puso una denuncia?

—Porque estaba en coma, detective Fritz. Cuando salí de él, no lo recordaba. Cuando lo recordé, por lo menos en parte, me acordé de que Roth había dicho que estaba relacionado con un corredor de apuestas de Tampa con el que había hecho negocios, y con un mafioso de Nueva Orleans llamado Carlos Marcello. Eso hizo que acudir a la poli me pareciese algo arriesgado.

—¿Está llamando corrupta a la policía de Dallas? —No sabía si la ira de Fritz era real o falsa, y no me importaba mucho.

—Estoy diciendo que veo *Los intocables* y sé que a la mafia no le gustan los chivatos. Compré un arma para mi protección personal, como me da derecho la Segunda Enmienda, y la llevaba encima. —Señalé la bolsa de pruebas—. Esa pistola.

Hosty:

—¿Dónde la compró?

—No me acuerdo.

Fritz:

—Su amnesia es la mar de práctica, ¿eh? Como algo salido de un culebrón.

—Hablen con Perry —repetí—. Y echen otro vistazo a mi rodilla. Me volví a lesionar subiendo a la carrera seis pisos de escaleras para salvar la vida del presidente. Como le contaré a la prensa. También contaré que mi recompensa por cumplir con mi deber de ciudadano estadounidense ha sido un interrogatorio en un cuarto pequeño, asado de calor y sin un vaso de agua siquiera.

—¿Quiere agua? —preguntó Fritz, y entendí que aquello podía acabar bien, si no daba un paso en falso. El presidente se había salvado de ser asesinado por un pelo. Esos dos hombres, por no hablar del jefe de la Policía de Dallas Jesse Curry, se verían sometidos a una presión enorme para ofrecer un héroe. Como Sadie estaba muerta, yo era lo que tenían.

—No —dije—, pero una Coca-Cola estaría muy bien.

6

Mientras esperaba mi refresco, pensé en cuando Sadie había dicho: *«Estamos dejando un rastro de un kilómetro de ancho»*. Era cierto. Pero quizá podía lograr que aquello obrase en mi favor. Eso, siempre y cuando cierto conductor de grúa de cierta gasolinera Esso de Fort Worth hubiera hecho lo que se le pedía en la nota de debajo del limpiaparabrisas del Chevrolet.

Fritz encendió un cigarrillo y empujó el paquete hacia mí. Negué con la cabeza y lo recogió.

—Cuéntenos de qué lo conocía —dijo.

Conté que había conocido a Lee en Mercedes Street y que habíamos trabado una relación. Escuchaba sus desvaríos sobre los males de la América fascista-imperialista y el maravilloso estado socialista que surgiría en Cuba. Cuba era el ideal, decía. Rusia había caído en manos de burócratas indignos, y por eso se había marchado. En Cuba estaba el tío Fidel. Lee no decía directamente que el tío Fidel caminaba sobre el agua, pero lo daba a entender.

—Creía que estaba chalado, pero me caía bien su familia. —Eso al menos era cierto. Me caía bien su familia, y en efecto creía que estaba chalado.

—Dígame, ¿cómo acabó un educador profesional como usted viviendo en el lado pobre de Fort Worth? —preguntó Fritz.

—Estaba intentando escribir una novela. Descubrí que no podía hacerlo mientras enseñaba en el instituto. Mercedes Street era un vertedero, pero era barata. Pensé que el libro me llevaría al menos un año, y eso significaba que tenía que estirar mis ahorros. Cuando el barrio me deprimía, intentaba fingir que vivía en una buhardilla de la Orilla Izquierda.

Fritz:

—¿Incluían sus ahorros el dinero que ganó de los corredores de apuestas?

Yo:

—En este caso me acojo a la Quinta Enmienda.

Eso hizo reír a Will Fritz.

Hosty:

—De modo que conoció a Oswald y se hizo amigo suyo.

—*Relativamente* amigo. No se intima con los locos. Por lo menos yo no.

—Siga.

Lee y su familia se mudaron; yo me quedé. Entonces, un día, sin venir a cuento, recibí una llamada suya en la que me dijo que él y Marina estaban viviendo en Elsbeth Street de Dallas. Dijo que era un barrio mejor y que los alquileres eran baratos y abundantes. Conté a Fritz y Hosty que para entonces estaba cansado de Mercedes Street, de modo que me mudé a Dallas, comí con Lee en Woolworths y luego di un paseo por el barrio. Alquilé una planta baja en el 214 de Neely Oeste y, cuando el piso de arriba quedó vacío, se lo dije a Lee. Por devolverle el favor.

—A su mujer no le gustaba la casa de Elsbeth —dije—. El edificio de Neely Oeste estaba doblando la esquina y era mucho más agradable. De modo que se mudaron.

No tenía ni idea de hasta qué punto contrastarían mi declaración, de lo bien que aguantaría la cronología o de lo que podría contarles Marina, pero todo eso no era importante para mí. Solo necesitaba tiempo. Una historia que fuese siquiera medianamente plausible me lo daría, sobre todo cuando el agente Hosty tenía buenos motivos para dispensarme un trato exquisito. Si yo contaba lo que sabía sobre su relación con Oswald, podría pasar el resto de su carrera helándose el culo en Fargo.

—Entonces pasó algo que me puso sobre aviso. El pasado

abril, eso es. Por Pascua. Estaba sentado a la mesa de la cocina, trabajando en mi libro, cuando paró delante de casa un coche elegante, un Cadillac, creo, y salieron dos personas. Un hombre y una mujer. Bien vestidos. Llevaban un muñeco de peluche para Junie. Es la…

Fritz:

—Sabemos quién es June Oswald.

—Subieron al piso de arriba y oí que el hombre, que tenía acento como alemán y un vozarrón, oí que decía: «Lee, ¿cómo pudiste fallar?».

Hosty se inclinó hacia delante, con los ojos todo lo abiertos que podían estar en aquella cara carnosa.

—¿¿Qué??

—Ya me ha oído. De modo que miré el periódico y ¿saben qué? Alguien había disparado a un general retirado cuatro o cinco días antes. Un tipo muy de derechas. Justo la clase de persona que Lee odiaba.

—¿Qué hizo usted?

—Nada. Sabía que tenía una pistola, porque me la había enseñado un día, pero el diario decía que quien había disparado a Walker había usado un fusil. Además, en aquel entonces mi novia reclamaba casi toda mi atención. Me han preguntado por qué llevaba un cuchillo en el bolso. La respuesta es sencilla: tenía miedo. A ella también la agredieron, pero no fue el señor Roth. Fue su ex marido. La desfiguró.

—Hemos visto la cicatriz —dijo Hosty—, y lo acompañamos en el sentimiento, señor Amberson.

—Gracias. —*No parece que me acompañes lo suficiente*, pensé—. El cuchillo que llevaba era el mismo que su ex, que se llamaba John Clayton, usó contra ella. Lo llevaba a todas partes. —Pensé en ella diciendo «*Por si acaso*». Pensé en ella diciendo «*Si esto no es un acaso, que baje Dios y lo vea*».

Me tapé la cara con las manos durante un minuto. Ellos esperaron. Las dejé caer sobre mi regazo y seguí con voz monótona de Joe Friday. Solo los hechos, señora.

—Conservé el piso de Neely Street, pero pasé la mayor parte del verano en Jodie, cuidando de Sadie. Había prácticamente renunciado a la idea del libro y estaba pensando en pedir plaza otra vez en la

Escuela Consolidada de Denholm. Entonces topé con Akiva Roth y sus matones. Acabé yo también en el hospital. Cuando me dieron el alta, fui a un centro de rehabilitación llamado Eden Fallows.

—Lo conozco —dijo Fritz—. Una especie de asilo con asistencia.

—Sí, y Sadie era mi principal asistente. Yo cuidé de ella cuando su marido la rajó; ella cuidó de mí después de que Roth y sus socios me pegaran la paliza. Las cosas se compensan de esa manera. Forman…, no sé…, una especie de armonía.

—Todo pasa por un motivo —dijo Hosty con aire solemne, y por un momento sentí el impulso de abalanzarme por encima de la mesa y machacarle aquella cara roja y carnosa. No porque estuviera equivocado, sin embargo. En mi humilde opinión, todo *pasa* por un motivo, en efecto, pero ¿nos *gusta* ese motivo? Rara vez.

—Hacia finales del mes de octubre, el doctor Perry me dio el visto bueno para conducir distancias cortas. —Esa era una mentira total, pero cabía esperar que no la contrastaran con Perry durante un tiempo…, y si invertían en mí como auténtico Héroe Americano, quizá no la contrastasen en absoluto—. Fui a Dallas el martes de esta semana para visitar el piso de Neely Oeste. Más que nada por capricho. Quería comprobar si al verlo recuperaba algunos recuerdos.

Era cierto que había ido a Neely Oeste, pero para recuperar la pistola de debajo de los peldaños.

—Después, decidí comer en Woolworths, como en los viejos tiempos. Y a quién me encuentro en la barra sino a Lee comiendo atún con pan de centeno. Me senté y le pregunté cómo estaba, y fue entonces cuando me contó que el FBI los acosaba a él y a su mujer. Me dijo: «Voy a enseñar a esos cabrones a no tocarme los cojones, George. Si miras la tele el viernes por la tarde, puede que veas algo».

—Madre mía —dijo Fritz—. ¿Relacionó eso con la visita del presidente?

—Al principio, no. Nunca he seguido los movimientos de Kennedy con tanta atención; soy republicano. —Dos mentiras por el precio de una—. Además, Lee pasó enseguida a su tema favorito.

Hosty:

—Cuba.

—Exacto. Cuba y viva Fidel. Ni siquiera me preguntó por qué cojeaba. Estaba totalmente absorto en sus historias, ¿saben? Pero así era Lee. Le invité a un flan, macho, qué buenos les salen en Woolworths, y solo a un cuarto de dólar, y le pregunté dónde trabajaba. Me dijo que en el Depósito de Libros de Elm Street. Lo dijo con una sonrisa de oreja a oreja, como si descargar camiones y mover cajas de un lado a otro fuese el trabajo del siglo.

No había hecho ni caso de la mayor parte de su parloteo, proseguí, porque me dolía la pierna y me estaba dando una de mis jaquecas. Fui en coche a Eden Fallows y eché una siesta. Pero cuando me desperté, la bromita de «cómo pudiste fallar» del tipo alemán me vino a la cabeza. Puse la tele y estaban hablando de la visita del presidente. Ahí, les conté, fue cuando empecé a preocuparme. Rebusqué en la pila de periódicos del salón, encontré el recorrido del desfile y vi que pasaba justo por delante del Depósito de Libros.

—Le estuve dando vueltas todo el miércoles. —Ya se estaban inclinando hacia delante por encima de la mesa, pendientes de cada palabra. Hosty tomaba notas sin mirar la libreta. Me pregunté si después podría leerlas—. Me decía a mí mismo: *A lo mejor habla en serio*. Después me decía: *Qué va, a Lee se le va la fuerza por la boca*. Dale que te pego con esas dos ideas. Ayer por la mañana llamé a Sadie, le conté toda la historia y le pregunté qué pensaba. Ella telefoneó a Deke, Deke Simmons, el hombre al que he descrito como su padre adoptivo, y después volvió a llamarme a mí. Me dijo que debía contárselo a la policía.

Fritz dijo:

—No quiero echar sal en la herida, hijo, pero si hubiera hecho eso, su amiga aún estaría viva.

—Esperen. No han oído toda la historia. —Yo tampoco la había oído, por supuesto; me estaba inventando importantes fragmentos sobre la marcha—. Les dije a ella y a Deke que nada de policías porque, si Lee era inocente, estaría bien jodido. Hay que entender que el tipo a duras penas sobrevivía. Mercedes Street era un basurero y Neely Oeste solo era un poco mejor, pero eso a mí me bastaba; soy un hombre soltero y tenía mi libro para trabajar. Además de algo de dinero en el banco. Lee, sin embargo…, tenía una bella esposa y dos hijas, la segunda recién nacida, y apenas podía procurarles un techo. No era un mal tipo…

Al decir eso sentí el impulso de tocarme la nariz para asegurarme de que no estaba creciendo.

—… pero era un puto chiflado de campeonato, perdonen mi lenguaje. Sus locuras le hacían difícil conservar un empleo. Decía que, cuando encontraba uno, el FBI aparecía para joder la marrana. Decía que le pasó con su trabajo de impresor.

—Y un huevo —protestó Hosty—. El chaval culpaba a todo el mundo de los problemas que él mismo se buscaba. Estamos de acuerdo en algunas cosas, sin embargo, Amberson. Era un puto chiflado de campeonato, y me daban pena su esposa y sus hijas. Una pena de la hostia.

—¿Sí? Me alegro por usted. En cualquier caso, tenía un empleo y no quería que lo perdiese por mi culpa si solo estaba siendo un bocazas…, que era su especialidad. Le dije a Sadie que al día siguiente, o sea, hoy, iría al Depósito, solo para echarle un vistazo. Me dijo que me acompañaría. Yo le dije que no, que si Lee de verdad había perdido la chaveta y pensaba hacer algo, podría estar en peligro.

—¿Le pareció que había perdido la chaveta cuando comió con él? —preguntó Fritz.

—No, tranquilo como si tuviera horchata en las venas, pero eso era normal en él. —Me incliné hacia el policía—. Le conviene escuchar esta parte con mucha atención, detective Fritz. Yo sabía que ella pensaba acompañarme le dijera lo que le dijese. Se lo noté en la voz. De manera que me largué. Lo hice para protegerla. Solo por si acaso.

«Si esto no es un acaso, que baje Dios y lo vea», susurró la Sadie de mi cabeza. Viviría allí hasta que volviera a verla en carne y hueso. Juré que lo haría, sucediera lo que sucediese.

—Pensé que pasaría la noche en un hotel, pero estaban todos llenos. Entonces me acordé de Mercedes Street. Había devuelto la llave del 2706, donde vivía, pero aún me quedaba la del 2703, que estaba cruzando la calle, donde había vivido Lee. Me la dio para que pudiera ir a regar sus plantas.

Hosty:

—¿Tenía *plantas*?

Mi atención seguía fija en Will Fritz.

—Sadie se preocupó al descubrir que me había ido de Eden Fallows. Deke también. O sea que sí que llamó a la policía. No solo una vez, sino varias. Cada vez, el poli que le cogía el teléfono le decía que dejase de tocar los huevos y colgaba. No sé si alguien se molestó en tomar nota de esas llamadas, pero Deke se lo dirá, y no tiene motivos para mentir.

Le había llegado a Fritz el turno de ponerse rojo.

—Si supiera cuántas amenazas de muerte nos han llegado…

—Estoy seguro. Y tienen tan poco personal… Pero no me venga con que, si hubiéramos llamado a la policía, Sadie aún estaría viva. No me venga con esas, ¿vale?

No dijo nada.

—¿Cómo lo encontró? —preguntó Hosty.

Eso era algo sobre lo que no tenía que mentir, y no lo hice. A continuación, sin embargo, me preguntarían por el viaje desde Mercedes Street en Fort Worth al Depósito de Libros de Dallas. Esa era la parte de mi historia más erizada de peligros. No me preocupaba el vaquero del Studebaker; Sadie le había rajado, pero solo después de que él intentase robarle el bolso. El coche estaba en las últimas y tenía la sensación de que el vaquero tal vez ni siquiera se molestaría en denunciar el robo. Por supuesto, habíamos robado otro coche pero, dada la urgencia de nuestra misión, la policía sin duda haría la vista gorda. La prensa los crucificaría en caso contrario. Lo que me preocupaba era el Chevrolet rojo, el de las aletas como las cejas de una mujer. El maletero lleno de equipaje podía explicarse: habíamos pasado algunos fines de semana picantes en los Bungalows Candlewood. Pero si echaban un vistazo al cuaderno de Al…, ni siquiera quería pensar en eso.

Llamaron a la puerta de la sala de interrogatorios y, sin esperar respuesta, uno de los policías que me había llevado a la comisaría asomó la cabeza. Al volante del coche patrulla y mientras él y su compañero revolvían mis efectos personales me había parecido inexpresivo y peligroso, un pies planos salido de una película de intriga. Ahora, inseguro y con los ojos desorbitados por la emoción, vi que no pasaba de los veintitrés años y que aún sufría los últimos efectos de su acné juvenil. A su espalda distinguí a un montón de personas —algunas de uniforme, otras no— estirando el cuello para echarme un vistazo. Fritz y Hosty se volvieron con impaciencia hacia el recién llegado, al que no había invitado nadie.

—Señores, siento interrumpir, pero el señor Amberson tiene una llamada de teléfono.

El rubor volvió a los carrillos de Hosty con todo su esplendor.

—Hijo, estamos en pleno interrogatorio. No me importa si el que llama es el presidente de Estados Unidos.

El policía tragó saliva. Su nuez subió y bajó como un mono en un palo.

—Es que, señores… *es* el presidente de Estados Unidos.

Parecía que les importaba, a fin de cuentas.

7

Me acompañaron por el pasillo hasta el despacho del jefe Curry. Fritz me llevaba de un brazo y Hosty del otro. Con ellos sosteniendo veinticinco o treinta kilos de mi peso, apenas cojeaba. Había periodistas, cámaras de televisión y enormes focos que debían de haber elevado la temperatura hasta unos cuarenta grados. Esas personas —un peldaño por encima de los paparazzi— estaban fuera de lugar en una comisaría de policía después de un intento de magnicidio, pero no me sorprendía. En otra línea temporal, se habían colado en tropel tras el arresto de Oswald y nadie los había echado. Por lo que yo sabía, nadie lo había sugerido siquiera.

Hosty y Fritz se abrieron paso como toros entre la masa, impertérritos. Nos llovían preguntas a ellos y a mí. Hosty gritó:

—¡El señor Amberson hará una declaración después de que haya informado debidamente a las autoridades!

—¿*Cuándo*? —gritó alguien.

—¡Mañana, pasado mañana, a lo mejor la semana que viene!

Se oyeron gemidos. Hicieron sonreír a Hosty.

—A lo mejor el *mes* que viene. Ahora mismo tiene al presidente Kennedy esperando al teléfono, o sea que *¡atrás todos!*

Se echaron atrás parloteando como cotorras.

El único aparato que refrescaba el despacho del jefe Curry era un ventilador sobre una librería, pero el aire en movimiento parecía una bendición tras la sala de interrogatorios y el microondas mediático del pasillo. Había un gran auricular negro de teléfono junto al cartapacio. A su lado vi un archivo con LEE H. OSWALD impreso en la pestaña. Era delgado.

Cogí el teléfono.

—¿Diga?

La voz nasal con acento de Nueva Inglaterra que respondió hizo que me recorriera un escalofrío. Era un hombre que a esas alturas debería de haber yacido en una mesa del depósito de cadáveres, de no haber sido por Sadie y por mí.

—¿Señor Amberson? Soy Jack Kennedy. Yo... ah... tengo entendido que mi mujer y yo le debemos... ah... nuestras vidas. También tengo entendido que ha perdido a alguien muy querido. —Su pronunciación me recordaba a la que había oído desde pequeño.

—Se llamaba Sadie Dunhill, señor presidente. Oswald le disparó.

—Le acompaño en el... ah... sentimiento, señor Amberson. ¿Puedo llamarle... ah... George?

—Si quiere... —Pensando: *No estoy sosteniendo esta conversación. Es un sueño.*

—Su país les ofrecerá una gran demostración de agradecimiento... y a usted una gran demostración de condolencia, estoy seguro. Déjeme... ah... ser el primero en ofrecerle ambas cosas.

—Gracias, señor presidente. —Se me estaba formando un nudo en la garganta y apenas podía elevar la voz por encima de un susurro. Vi los ojos de Sadie, tan luminosos mientras agonizaba entre mis brazos. *«Jake, cómo bailamos.»* ¿Les importan esa clase de cosas a los presidentes? ¿Saben siquiera que existen? Quizá los mejores sí. A lo mejor por eso sirven al pueblo.

—Hay... ah... alguien más que quiere darle las gracias, George. Mi mujer no está aquí ahora mismo, pero ella... ah... quiere llamarle esta noche.

—Señor presidente, no estoy seguro de dónde estaré esta noche.

—Le encontrará. Es muy... ah... resuelta cuando quiere dar las gracias a alguien. Y ahora cuénteme, George, ¿cómo está usted?

Le dije que estaba bien, lo cual era mentira. Prometió recibirme en la Casa Blanca al cabo de muy poco y yo se lo agradecí, pero no creía que fuese a producirse ninguna visita a la Casa Blanca. En todo momento de esa onírica conversación, mientras el ventilador soplaba en mi cara sudorosa y el panel superior de cristal grueso de la puerta del jefe Curry resplandecía con la luz sobrenatural de los focos televisivos de fuera, tres palabras repicaban en mi cerebro.

Estoy a salvo. Estoy a salvo. Estoy a salvo.

El presidente de Estados Unidos había llamado desde Austin para darme las gracias por salvarle la vida, y yo estaba a salvo. Podría hacer lo que necesitaba hacer.

8

Cinco minutos después de concluir mi surrealista conversación con John Fitzgerald Kennedy, Hosty y Fritz me sacaban por la escalera de atrás al garaje en el que Jack Ruby habría disparado a Oswald. Entonces habría estado abarrotado por la expectativa de ver el traslado del asesino a la cárcel del condado. Ahora estaba tan vacío que nuestros pasos resonaban. Mis cuidadores me acompañaron en coche al hotel Adolphus, y no me sorprendió descubrirme en la misma habitación que había ocupado nada más llegar a Dallas. Todo acaba volviendo, dicen, y aunque nunca he podido aclarar quiénes son esos misteriosos sabios que «dicen», sin duda están en lo cierto en lo relativo a los viajes en el tiempo.

Fritz me explicó que los policías apostados en el pasillo y abajo, en el vestíbulo, estaban allí estrictamente para mi protección y para ahuyentar a la prensa. (Ajá.) Después me estrechó la mano. El agente Hosty hizo lo mismo y, al hacerlo, noté que un cuadrado de papel doblado pasaba de su palma a la mía.

—Descanse un poco —dijo—. Se lo ha ganado.

Cuando se fueron, desdoblé el minúsculo cuadrado. Era una página de su libreta. Había escrito tres frases, probablemente mientras yo estaba al teléfono con Jack Kennedy.

«Su teléfono está pinchado. Le veré a las 21.00. Queme esto y tire las cenizas al váter.»

Quemé la nota tal y como Sadie había quemado la mía y luego cogí el teléfono y desenrosqué la tapa del micrófono. Dentro, pegado a los cables, había un pequeño cilindro azul no más grande que una pila doble A. Me divirtió ver que llevaba algo escrito en japonés: me hizo pensar en mi viejo amigo Silent Mike.

Lo desenganché, me lo guardé en el bolsillo, enrosqué la tapa en su sitio y marqué el 0. Se produjo una pausa muy larga en el lado de la operadora después de que dijera mi nombre. Estaba a punto de colgar y volver a intentarlo cuando ella rompió a llorar y me agradeció farfullando que hubiera salvado al presidente. Si podía hacer algo, dijo, si cualquiera en el *hotel* podía hacer cualquier cosa, solo tenía que llamar, su nombre era Marie, haría *cualquier cosa* para agradecérmelo.

—Puede empezar poniendo una llamada a Jodie —dije, y le di el número de Deke.

—Por supuesto, señor Amberson. Que Dios le bendiga, señor. Conecto su llamada.

El teléfono dio dos tonos y luego Deke lo cogió. Tenía la voz cargada y laríngea, como si su resfriado hubiese empeorado.

—Si es otro puñetero periodista…

—No lo es, Deke. Soy yo, George. —Hice una pausa—. Jake.

—Oh, Jake —dijo con tono apesadumbrado, y luego *él* se puso a llorar. Esperé, agarrando el teléfono con tanta fuerza que me hice daño en la mano. Me dolían las sienes. El día estaba muriendo, pero la luz que entraba por las ventanas aún era demasiado brillante. A lo lejos oí retumbar un trueno. Al final Deke dijo—: ¿Estás bien?

—Sí. Pero Sadie…

—Lo sé. Sale en las noticias. Me he enterado cuando iba camino de Fort Worth.

De modo que la mujer del cochecito y el conductor de la grúa de la gasolinera de la Esso habían hecho lo que esperaba que hicieran. Gracias a Dios por eso. Tampoco parecía tan importante cuando estaba escuchando a ese anciano roto de dolor intentando controlar sus lágrimas.

—Deke…, ¿me culpas? Lo entendería.

—No —dijo al cabo de un rato—. Ellie tampoco. Cuando Sadie se decidía a hacer algo, no había quien la parase. Y si estabas en Mercedes Street de Fort Worth, fui yo quien le dijo cómo encontrarte.

—Estaba allí.

—¿Le ha disparado ese hijo de puta? En las noticias dicen que sí.

—Sí. Quería darme a mí, pero mi pierna coja… He tropezado con una caja o algo así y me he caído. Ella estaba justo detrás.

—Cristo. —Su voz cobró algo de fuerza—. Pero ha muerto haciendo lo correcto. A eso voy a agarrarme. A eso tienes que agarrarte tú también.

—Sin ella, jamás habría llegado allí. Si la hubieses visto…, lo decidida que estaba…, lo valiente que ha sido…

—Cristo —repitió él. Salió como un suspiro. Sonaba muy, muy viejo—. Todo era cierto. Todo lo que dijiste. Y todo lo que *ella* dijo de ti. Realmente vienes del futuro, ¿verdad?

Cómo me alegraba de que el micrófono estuviese en mi bolsillo. Dudaba que hubieran tenido tiempo de esconder dispositivos de escucha en la habitación en sí, pero aun así pegué la mano al auricular haciendo bocina y bajé la voz.

—Ni una palabra de eso a la policía o los periodistas.

—¡Dios bendito, claro que no! —La idea misma parecía indignarlo—. ¡Jamás volverías a respirar aire libre!

—¿Has sacado nuestro equipaje del maletero del Chevy? Aun después de…

—Claro. Sabía que era importante porque, nada más enterarme, he supuesto que estarías bajo sospecha.

—Creo que me las apañaré —dije—, pero necesito que abras mi maletín y… ¿tienes una incineradora?

—Sí, detrás del garaje.

—Hay un cuaderno azul en el maletín. Mételo en la incineradora y quémalo. ¿Me harás ese favor? —*Y a Sadie. Los dos dependemos de ti.*

—Sí. Lo haré. Jake, te acompaño en el sentimiento.

—Y yo a ti. A ti y a la señorita Ellie.

—¡No es un cambio justo! —estalló—. ¡Me da igual si es el presidente, no es un cambio justo!

—No —coincidí—. No lo es. Pero Deke… no era solo el presidente. Es todo lo malo que habría pasado si hubiese muerto.

—Supongo que tendré que tomarte la palabra. Pero es duro.

—Lo sé.

¿Organizarían una asamblea de homenaje a Sadie en el instituto, como habían hecho por la señorita Mimi? Por supuesto. Las cadenas enviarían unidades móviles y no quedaría un solo ojo seco en Estados Unidos. Pero cuando el espectáculo terminase, Sadie seguiría muerta.

A menos que yo lo cambiara. Significaría volver a pasar por todo aquello una vez más, pero por Sadie estaba dispuesto a hacerlo. Aunque me echara un vistazo en la fiesta en la que la había conocido y decidiese que era demasiado viejo para ella (aunque haría todo lo posible por convencerla de lo contrario). Hasta había un lado bueno: ahora que sabía que Lee en verdad había sido el único tirador, no tendría que esperar tanto para liquidar al desgraciado.

—¿Jake? ¿Estás ahí?

—Sí. Y acuérdate de llamarme George cuando hables de mí, ¿de acuerdo?

—No te preocupes por eso. Puede que sea viejo, pero mi cerebro aún funciona bastante bien. ¿Te volveré a ver?

No si el agente Hosty me dice lo que quiero oír, pensé.

—Si no, es porque todo está yendo por buen camino.

—Vale. Jake… George… ¿ha dicho… ha dicho algo al final?

No pensaba explicarle cuáles habían sido sus últimas palabras, porque eso era privado, pero podía darle algo. Él lo transmitiría a Ellie, y Ellie a todos los amigos de Sadie en Jodie. Tenía muchos.

—Me ha preguntado si el presidente estaba a salvo. Cuando le he dicho que sí, ha cerrado los ojos y nos ha dejado.

Deke rompió otra vez a llorar. Me dolía la cara. Las lágrimas hubiesen sido un alivio, pero mis ojos estaban secos como piedras.

—Adiós —dije—. Adiós, viejo amigo.

Colgué con delicadeza y me quedé inmóvil durante bastante rato, viendo cómo la luz de una puesta de sol de Dallas entraba roja por la ventana. «*Si el cielo está rojo, marino abre el ojo*», rezaba el viejo proverbio… y oí otro trueno. Cinco minutos después, cuando recuperé el control sobre mí mismo, alcé una vez más mi teléfono despinchado y marqué el 0 de nuevo. Le dije a Marie que iba a echarme un rato y pedí que me despertaran a las ocho en punto. También le pedí que pusiera una señal de «No molestar» en el teléfono hasta entonces.

—Oh, de eso ya se han encargado —explicó emocionada—. Ninguna llamada a su habitación, órdenes del jefe de policía. —Bajó un poco la voz—. ¿Estaba loco, señor Amberson? O sea, tenía que estarlo, pero ¿lo parecía?

Recordé los ojos indignados y la mueca demoníaca.

—Ya lo creo —dije—. Desde luego que sí. A las ocho, Marie. Nada hasta entonces.

Colgué antes de que pudiera decir nada más. Después me quité los zapatos (desembarazarme del izquierdo fue un proceso lento y doloroso), me tumbé en la cama y me tapé los ojos con el brazo. Vi a Sadie bailando el madison. Vi a Sadie diciéndome que entrase, gentil caballero, ¿quería bizcocho? La vi en mis brazos, con sus brillantes ojos moribundos vueltos hacia mi cara.

Pensé en la madriguera de conejo y en que cada vez que se usaba había un reinicio completo.

Al final me dormí.

9

La llamada a la puerta de Hosty llegó puntual a las nueve. Abrí y él entró con paso pesado. Llevaba un maletín en una mano (pero no *mi* maletín, de modo que no pasaba nada). En la otra traía una botella de champán, del bueno, Moët et Chandon, con un lazo rojo, blanco y azul atado al cuello. Parecía muy cansado.

—Amberson —dijo.

—Hosty —respondí.

Cerró la puerta y señaló el teléfono. Saqué el micrófono del bolsillo y se lo enseñé. Asintió.

—¿No hay más? —pregunté.

—No. Ese micro es del Departamento de Policía de Dallas y este caso ahora es nuestro. Órdenes directas de Hoover. Si alguien pregunta por el micro del teléfono, lo descubrió usted mismo.

—Vale.

Alzó el champán.

—Cortesía de la dirección del hotel. Han insistido en que lo suba. ¿Le apetece brindar por el presidente de Estados Unidos?

Teniendo en cuenta que mi bella Sadie yacía en esos momentos en una mesa de la morgue del condado, no me apetecía brindar por nada. Había triunfado, y el triunfo sabía a ceniza en mi boca.

—No.

—A mí tampoco, pero me alegro un huevo de que esté vivo. ¿Quiere saber un secreto?

—Claro.

—Le voté. Puede que sea el único agente del FBI que lo hizo.

No dije nada.

Hosty se sentó en uno de los dos sillones de la habitación y emitió un largo suspiro de alivio. Colocó el maletín entre sus pies y luego giró la botella para leer la etiqueta.

—Mil novecientos cincuenta y ocho. Los entendidos en vino probablemente sabrían si fue un buen año, pero yo soy más de cerveza.

—Yo también.

—Entonces tal vez disfrute de la Lone Star que le guardan abajo. Hay una caja llena y una carta enmarcada que le promete una caja al mes durante el resto de su vida. Más champán, también. He visto al menos una docena de botellas. Las mandan de todas partes, desde la Cámara de Comercio de Dallas hasta el Consejo Turístico Municipal. Tiene un televisor en color marca Zenith todavía en su caja, un anillo de sello de oro macizo con una foto del presidente de parte de la joyería Calloway, un vale por tres trajes nuevos de Dallas Menswear y toda clase de cosas más, entre ellas una llave de la ciudad. La dirección ha reservado una habitación en la primera planta para su botín, y supongo que mañana al amanecer tendrán que reservar otra. ¡Y la comida! La gente trae tartas, empanadas, estofados, asados de buey, pollo en barbacoa y comida mexicana suficiente para que coma por la patilla durante cinco años. Los estamos mandando a casa, y no les hace ninguna gracia irse, créame. Hay mujeres ahí fuera, delante del hotel, que... en fin, digamos solo que el mismísimo Jack Kennedy le envidiaría, y es un rompebragas legendario. Si usted supiera lo que el director tiene en sus archivos sobre la vida sexual de ese hombre, no se lo creería.

—Mi capacidad para creer podría sorprenderle.

—Dallas le ama, Amberson. Qué coño, el país entero le ama. —Se rió. Luego la risa degeneró en tos. Cuando se le pasó el ataque, se encendió un cigarrillo. Luego miró su reloj—. A las nueve y siete de la Hora Estándar Central de la noche del 22 de noviembre de 1963, es usted el niño mimado de América.

—¿Qué me dice de usted, Hosty? ¿Me ama? ¿Y el director Hoover?

Dejó su cigarrillo en el cenicero tras una sola calada y luego se inclinó hacia delante y me clavó la mirada. Tenía los ojos cansados y sepultados entre pliegues de carne, pero aun así parecían muy brillantes y atentos.

—Míreme, Amberson. A los ojos. Luego dígame si estaba o no

compinchado con Oswald. Y que sea la verdad, porque reconoceré una mentira.

Dado su calamitoso manejo de Oswald, no me lo creía, pero sí creía que *él* lo creía. O sea que le sostuve la mirada y dije:

—No lo estaba.

Durante un momento no dijo nada. Después suspiró, se recostó y recogió su cigarrillo.

—No. No lo estaba. —Expulsó el humo por la nariz—. ¿Para quién trabaja, entonces? ¿La CIA? ¿Los rusos, tal vez? Yo no lo creo, pero el director opina que los rusos quemarían encantados un agente encubierto de máximo nivel para impedir un asesinato que provocaría un incidente internacional. Tal vez incluso la Tercera Guerra Mundial. Sobre todo cuando la gente se entere de la temporada que pasó Oswald en Rusia. —Lo pronunció *Ruusha*, como hacía el telepredicador Hargis en sus programas. Quizá era lo que Hosty entendía por una broma.

—No trabajo para nadie —respondí—. Solo soy un tipo cualquiera, Hosty.

Él me señaló con su cigarrillo.

—Ahora volveremos a eso.

Abrió los cierres de su maletín y sacó un archivo más fino si cabe que el de Oswald que había visto en el despacho de Curry. Ese archivo debía de ser el mío, y engordaría…, pero no tan deprisa como habría hecho en el informatizado siglo veintiuno.

—Antes de Dallas, estuvo en Florida. La localidad de Sunset Point.

—Sí.

—Fue profesor interino en el sistema escolar de Sarasota.

—Correcto.

—Antes de eso, creemos que pasó un tiempo en… ¿fue Derren? ¿Derren, Maine?

—Derry.

—¿Qué hizo allí exactamente?

—Empecé mi libro.

—Ajá, ¿y antes de eso?

—De aquí para allá, de un lado a otro.

—¿Cuánto sabe de mis asuntos con Oswald, Amberson?

Guardé silencio.

—No se haga el interesante. Estamos las chicas solas.

—Lo suficiente para causarles problemas a usted y a su director.

—¿A menos que?

—Pongámoslo así. La cantidad de problemas que les cause será directamente proporcional a la cantidad de problemas que me causen ustedes a mí.

—¿Sería justo decir que, en lo tocante a causar problemas, se inventaría usted lo que no supiera a ciencia cierta… y en detrimento nuestro?

No dije nada.

Él prosiguió, como si hablara solo:

—No me sorprende que estuviera escribiendo un libro. Tendría que haber seguido, Amberson. Probablemente habría sido un best seller. Porque es un hacha inventando historias, hay que reconocerlo. Esta tarde ha sonado muy creíble. Y sabe cosas que no debería saber, que es lo que nos hace creer que en absoluto es usted un ciudadano cualquiera. Vamos, ¿quién le metió en esto? ¿Fue Angleton, de la Compañía? Fue él, ¿no? Es un cabrón muy astuto, me da igual que cultive rosas.

—Soy solo yo —insistí—, y es probable que no sepa tanto como usted cree. Pero sí sé lo suficiente para hacer que el FBI quede mal. Como que Lee me contó que no se anduvo por las ramas y le dijo a *usted* que pensaba disparar a Kennedy, por ejemplo.

Hosty apagó su cigarrillo con la fuerza suficiente para crear una fuente de chispas. Algunas le aterrizaron en el dorso de la mano, pero no pareció sentirlas.

—¡Eso es una puta mentira!

—Lo sé —dije—. Y la contaré con la cara muy seria. Si me obligan. ¿Han puesto ya sobre la mesa la idea de desembarazarse de mí, Hosty?

—Ahórreme las historias para no dormir. No matamos a nadie.

—Dígaselo a los hermanos Diem, allá en Vietnam.

Me estaba mirando como podría mirar un hombre a un ratón de apariencia inofensiva que de repente le hubiese mordido. Y con unos dientes muy grandes.

—¿Cómo sabe que Estados Unidos tuvo *algo* que ver con los hermanos Diem? Según lo que leí en los periódicos, tenemos las manos limpias.

—No cambiemos de tema. La cuestión es que ahora mismo soy demasiado popular para que me maten. ¿O me equivoco?

—Nadie quiere matarlo, Amberson. Y nadie quiere buscar las vueltas a su historia. —Soltó una carcajada falsa como un ladrido—. Si empezáramos a hacer eso, todo el cotarro se vendría abajo. Mire si es frágil.

—«La fantasía sin previo aviso era su especialidad» —dije.

—¿Cómo?

—H. H. Munro. También conocido como Saki. El cuento se llama «La ventana abierta». Búsquelo. En lo tocante a inventar chorradas sobre la marcha, resulta muy instructivo.

Me miró de arriba abajo con preocupación en sus ojillos taimados.

—No le entiendo para nada. Eso me preocupa. —Al oeste, donde los pozos petrolíferos percuten sin cesar y las llamaradas de gas ocultan las estrellas, retumbaron más truenos.

—¿Qué quieren de mí? —pregunté.

—Creo que, cuando sigamos su rastro más atrás, un poco antes de Derren o Derry o lo que sea, encontraremos… nada. Como si hubiera salido de la nada.

Eso se acercaba tanto a la verdad que casi me cortó la respiración.

—Lo que queremos es que vuelva a esa nada de la que salió. La prensa amarilla se sacará de la manga las habituales especulaciones feas y teorías de la conspiración, pero podemos garantizarle que saldrá del asunto bastante bien parado. Si es que eso le importa siquiera, se entiende. Marina Oswald respaldará su versión hasta la última coma.

—Ya han hablado con ella, deduzco.

—Deduce bien. Sabe que la deportaremos si no se atiene a razones. Los caballeros de la prensa no han podido verle a usted demasiado bien; las fotos que aparezcan en los periódicos de mañana serán poco menos que borrones.

Yo sabía que tenía razón. Solo había estado expuesto a las cámaras durante el breve recorrido por el pasillo hasta el despacho del jefe Curry, y Fritz y Hosty, que eran ambos hombres corpulentos, me habían llevado de los brazos, por lo que bloqueaban los mejores ángulos para las fotos. Además, yo había hecho la travesía con la cabeza gacha a causa de los focos. Había muchas fotografías mías en Jodie —hasta un retrato en el anuario del año en que había enseñado a jornada completa—, pero en aquella época anterior al jpeg o incluso al fax, hasta el martes o el miércoles de la semana siguiente no las habrían encontrado y publicado.

—Le contaré un cuento —dijo Hosty—. A usted le gustan los cuentos, ¿no es así? Como esa «Ventana abierta».

—Soy profesor de lengua. Me encantan los cuentos.

—Hay un tipo, George Amberson, que está tan desolado por la muerte de su novia…

—Prometida.

—Prometida, vale, mejor que mejor. Está tan destrozado por el dolor que lo manda todo a tomar por saco y desaparece sin más. No quiere saber nada de publicidad, champán gratis, medallas del presidente o desfiles triunfales. Solo quiere escapar y llorar su pérdida con discreción. Esa es la clase de cuento que gusta a los estadounidenses. Lo ven en la tele todo el tiempo. En vez de «La ventana abierta» se llama «El héroe modesto». Y hay un agente del FBI que está dispuesto a confirmar hasta la última palabra de la historia, e incluso a leer una declaración que usted dejó. ¿Cómo le suena?

Me sonaba como maná caído del cielo, pero mantuve mi cara de póquer.

—Deben de estar segurísimos de que puedo desaparecer.

—Lo estamos.

—¿Y habla en serio cuando dice que no desapareceré en el fondo del río Trinity por orden del director?

—Nada de eso. —Sonrió. Su intención era tranquilizarme, pero me hizo pensar en un viejo clásico de mi adolescencia: *No te preocupes, no te quedarás embarazada, tuve paperas a los catorce.*

—Porque podría haber dejado un pequeño seguro, agente Hosty.

Un párpado tembló. Fue la única indicación de que la idea lo inquietaba.

—Creemos que puede desaparecer porque pensamos…, digamos que podría solicitar asistencia una vez que estuviera fuera de Dallas.

—¿Sin rueda de prensa?

—Es lo último que queremos.

Volvió a abrir su maletín. Sacó una libreta amarilla. Me la pasó, junto con una pluma que llevaba en el bolsillo del pecho.

—Escríbame una carta, Amberson. Fritz y yo la encontraremos mañana por la mañana cuando vengamos a recogerle, pero puede dirigirla «A quien corresponda». Que sea buena. Que sea genial. Puede hacerlo, ¿no?

—Claro —dije—. La fantasía sin previo aviso es mi especialidad.

Sonrió sin humor y cogió la botella de champán.

—A lo mejor pruebo un poco de esto mientras usted se dedica a sus fantasías. Al final no lo catará. Va a tener una noche ocupada. Kilómetros que recorrer antes de dormir y todo eso.

10

Escribí con esmero, pero no tardé mucho. En un caso como ese (aunque tampoco podía decirse que en toda la historia del mundo hubiese habido un caso exactamente como ese), me parecía que lo breve, si bueno, dos veces bueno. Lo que tuve más presente fue el cuento del Héroe Modesto de Hosty. Me alegré mucho de haber tenido la oportunidad de dormir unas horitas. El poco descanso que había podido procurarme había estado preñado de sueños lúgubres, pero tenía la cabeza relativamente despejada.

Para cuando acabé, Hosty iba por su tercera copa de champán. Había sacado una serie de objetos de su maletín y los tenía colocados sobre la mesa baja. Le pasé la libreta y empezó a leer lo que había escrito. Fuera volvía a tronar y un relámpago iluminó fugazmente el cielo nocturno, pero me pareció que la tormenta aún estaba lejos.

Mientras él leía, examiné los chismes de la mesa. Estaba mi Timex, el único objeto que por algún motivo no me habían devuelto con los efectos personales cuando salimos de la comisaría. Había unas gafas de montura de concha. Las cogí y me las probé. Las lentes eran de cristal corriente. Había una llave con un cilindro hueco en vez de dientes. Un sobre que contenía lo que parecían mil dólares en billetes de veinte y cincuenta usados. Una redecilla para el pelo. Y un uniforme blanco de dos piezas: pantalones y camisa ancha. La tela de algodón parecía tan frágil como Hosty había dicho que era mi historia.

—Esta carta es buena —dijo Hosty mientras dejaba la libreta—. Le hace quedar como un tipo algo triste, al estilo de Richard Kimball en *El fugitivo*. ¿La ve?

Había visto la versión en película con Tommy Lee Jones, pero no parecía el momento más adecuado para mencionarlo.

—No.

—Será un fugitivo, desde luego, pero solo de la prensa y la opinión pública estadounidense que querrá saberlo todo sobre usted, desde la clase de zumo que bebe por la mañana hasta su talla de calzoncillos. Es usted una historia de interés humano, Amberson, pero no es usted asunto de la policía. No disparó a su novia; ni siquiera disparó a Oswald.

—Le disparé. Si no hubiera fallado, ella aún estaría viva.

—Yo no me culparía mucho por eso. Es una sala muy grande, y un .38 no tiene mucha precisión a distancia.

Cierto. Había que acercarse a menos de quince metros. Eso me habían dicho, y más de una vez. Pero no lo mencioné. Pensaba que mi breve relación con el agente especial James Hosty había casi terminado. En pocas palabras, no veía la hora.

—Está limpio. Lo único que tiene que hacer es irse a alguna parte donde su gente pueda recogerlo y llevárselo volando al país de Nunca Jamás de los espías. ¿Podrá conseguirlo?

El país de Nunca Jamás era en mi caso la madriguera de conejo que me transportaría cuarenta y ocho años al futuro. Suponiendo que siguiera allí.

—Creo que me las apañaré.

—Más le vale, porque si intenta hacernos daño, le será devuelto redoblado. El señor Hoover…, dejémoslo en que el director no es un hombre comprensivo.

—Dígame cómo voy a salir del hotel.

—Se pondrá este uniforme de cocinero, las gafas y la redecilla. La llave activa el ascensor de servicio. Le llevará al primer sótano. Atraviese la cocina y salga por la puerta de atrás. ¿Me sigue de momento?

—Sí.

—Habrá un coche del FBI esperándolo. Suba al asiento de atrás. No hable con el conductor; no es un servicio de limusinas. Le llevará a la estación de autobuses. El conductor del coche le dará a elegir entre estos tres billetes: Tampa a las once cuarenta, Little Rock a las once cincuenta o Albuquerque a las doce y veinte. No quiero saber cuál. Lo único que tiene que saber *usted* es que allí termina nuestra relación. La responsabilidad de mantenerse de incógnito pasa a ser toda suya. Y de quienquiera que sea su patrón, por supuesto.

—Por supuesto.

Sonó el teléfono.

—Si es algún periodista listillo que ha encontrado una manera de pasar la llamada, mándelo a freír espárragos —dijo Hosty—. Y si dice una sola palabra sobre que estoy aquí, le rebanaré el pescuezo.

Pensé que eso lo decía en broma, pero no estaba del todo seguro. Cogí el teléfono.

—No sé quién es, pero estoy bastante cansado ahora mismo, o sea...

La voz entrecortada del otro lado dijo que no me entretendría mucho. Para Hosty formé las palabras «Jackie Kennedy» con los labios. Él asintió y se sirvió un poco más de mi champán. Volví la cabeza, como si dar la espalda a Hosty pudiera impedirle oír la conversación.

—Señora Kennedy, de verdad que no hacía falta que llamase —dije—, pero es un honor oírla, esa es la verdad.

—Quería darle las gracias por lo que ha hecho —dijo ella—. Sé que mi marido ya se lo ha agradecido de parte de los dos, pero... Señor Amberson... —La primera dama se echó a llorar—. Quería darle las gracias en nombre de nuestros hijos, que han podido decirles buenas noches a su madre y su padre por teléfono esta noche.

Caroline y John-John. No se me habían pasado por la cabeza hasta ese momento.

—Señora Kennedy, no se merecen.

—Por lo que sé, la joven que ha muerto iba a convertirse en su esposa.

—Es cierto.

—Debe de estar desolado. Le ruego que acepte mi pésame; no es suficiente, lo sé, pero es todo lo que puedo ofrecer.

—Gracias.

—Si pudiera cambiarlo..., si de algún modo existiera la posibilidad de volver atrás el reloj...

No, pensé. *Ese es mi trabajo, señorita Jackie.*

—Lo entiendo. Gracias.

Hablamos un rato más. Esa llamada fue mucho más difícil que la de Kennedy en la comisaría. En parte porque aquella había parecido un sueño y esa no, pero sobre todo creo que fue por el miedo residual que oía en la voz de Jacqueline Kennedy. Parecía comprender de verdad lo poco que les había faltado. El marido no me había dado esa sensación. Parecía creerse providencialmente afortunado, bendecido, quizá incluso inmortal. Hacia el final de la conversación me acordé de pedirle que se asegurase de que su marido dejara de ir en coches descubiertos durante el resto de su presidencia.

Me dijo que podía contar con ello y después me dio las gracias otra vez. Le dije de nuevo que no se merecían y colgué el teléfono. Cuando me volví, vi que tenía la habitación para mí solo. En algún momento, mientras hablaba con Jacqueline Kennedy, Hosty se había ido. Lo único que quedaba de él eran dos colillas en el cenicero, una copa a medias de champán y otra nota garabateada junto a la libreta amarilla con mi carta a quien correspondiera.

«*Deshágase del micrófono antes de entrar en la estación de autobuses* —rezaba. Y debajo de eso—: *Buena suerte, Amberson. Siento mucho su pérdida. H.*»

A lo mejor era cierto, pero sentirlo es fácil, ¿verdad? Sentirlo es tan fácil...

11

Me puse el disfraz de pinche de cocina y bajé al primer sótano en un ascensor que olía a sopa de pollo, salsa barbacoa y Jack Daniel's. Cuando se abrieron las puertas, atravesé con paso decidido la cocina cargada de humo y aromas. No creo que nadie me mirase siquiera.

Salí a un callejón donde un par de borrachos rebuscaban en un cubo de basura. Ellos tampoco me miraron, aunque sí alzaron la vista cuando un relámpago iluminó el cielo por un momento. Un sedán Ford sin nada especial esperaba al ralentí en la boca del callejón. Me subí al asiento de atrás y partimos. El conductor dijo una sola cosa antes de parar en la estación de autobuses Greyhound:

—Parece que va a llover.

Me ofreció tres billetes como la mano de póquer de un pobre. Cogí el de Little Rock. Disponía de alrededor de una hora. Entré en la tienda de regalos y compré una maleta barata. Si todo salía bien, al final tendría algo que meter en ella. No necesitaría mucho; en mi casa de Sabattus tenía ropa de toda clase y, aunque ese domicilio en particular quedaba casi cincuenta años en el futuro, esperaba estar allí en menos de una semana. Una paradoja que a Einstein podría encantarle, y que jamás cruzó mi cansada y pesarosa cabeza, era que —dado el efecto mariposa— casi seguro que la casa ya no sería mía. Si existía.

También compré un periódico, una edición extra del *Slimes Herald*. Había una sola foto, tal vez obtenida por un profesional, más probablemente obra de un afortunado asistente. Mostraba a Kennedy doblado sobre la mujer con la que había hablado no hacía mucho, la mujer que no había tenido manchas de sangre en su vestido rosa cuando por fin se lo había quitado esa noche.

John F. Kennedy protege a su mujer con su cuerpo mientras la limusina presidencial se aleja a toda velocidad de lo que casi fue una catástrofe nacional, rezaba el pie. Por encima de eso había un titular en letras de tipo treinta y seis. Cabía porque era una sola palabra:

¡SALVADO!

Pasé a la página dos y tuve que hacer frente a otra imagen. Esa era de Sadie, con aspecto imposiblemente joven y bello. Sonreía. *«Tengo toda la vida por delante»*, decía la sonrisa.

Sentado en uno de los bancos de listones de madera mientras los viajeros noctámbulos desfilaban por delante de mí, los bebés lloraban, los reclutas con sus macutos reían, los hombres de negocios se hacían sacar brillo a los zapatos y los altavoces anunciaban llegadas y partidas, doblé con cuidado los bordes de esa fotografía para poder cortarla sin desgarrarle la cara. Logrado eso, la miré durante largo rato y después la guardé doblada en mi cartera. El resto del periódico lo tiré. No contenía nada que quisiera leer.

Llamaron a embarcar al autobús de Little Rock a las once y

veinte, y me sumé a la multitud que se agolpaba alrededor de la puerta correspondiente. Aparte de por las gafas falsas, no hice intento alguno de ocultar mi cara, pero nadie me miró con especial interés; solo era un glóbulo más en el torrente sanguíneo de la América en Tránsito, sin mayor importancia que cualquier otro.

Hoy he cambiado vuestras vidas, pensé mientras observaba a esa gente en los últimos compases del día, pero no había triunfo ni maravilla en la idea; no parecía acarrear ninguna carga emocional, ni positiva ni negativa.

Subí al autobús y me senté cerca del final. Había muchos chicos de uniforme delante de mí; probablemente se dirigían a la base de las Fuerzas Aéreas de Little Rock. De no ser por lo que habíamos hecho ese día, algunos habrían muerto en Vietnam. Otros podrían haber vuelto a casa mutilados. ¿Y ahora? ¿Quién lo sabía?

El autobús arrancó. Cuando salimos de Dallas, los truenos eran más estruendosos y los relámpagos más brillantes, pero seguía sin llover. Para cuando llegamos a Sulphur Springs, la amenazadora tormenta había quedado detrás de nosotros y las estrellas habían salido por decenas de miles, brillantes como pedacitos de hielo y el doble de frías. Las miré durante un rato y luego me recosté, cerré los ojos y escuché cómo las ruedas del enorme autobús devoraban la Interestatal 30.

Sadie —cantaban los neumáticos—. *Sadie, Sadie, Sadie.*

Al fin, en algún momento pasadas las dos de la madrugada, me dormí.

12

En Little Rock compré un billete para el autobús del mediodía a Pittsburgh, con una sola parada en Indianápolis. Desayuné en la cafetería de la estación, junto a un vejete que comía con una radio portátil sobre la mesa. Era grande y estaba cubierta de relucientes diales. La noticia del día seguía siendo el intento de asesinato, por supuesto…, y Sadie. Sadie era un notición. Iban a dedicarle un funeral de estado, seguido de un entierro en el Cementerio Nacional de Arlington. Se rumoreaba que JFK en persona pronunciaría el panegírico. En el apartado de noticias relacionadas, el prometido de la señorita Dunhill, George Amberson, también de Jodie, Texas, tenía programado aparecer ante la prensa a las diez de la mañana, pero la hora se había aplazado a la tarde, sin aducir ningún motivo. Hosty me estaba proporcionando todo el tiempo que podía para que huyera. Bueno para mí. Para él también, claro. Y para su adorado director.

—«El presidente y sus heroicos salvadores no son la única noticia que ha salido de Texas esta mañana —dijo la radio del abuelo, e hice una pausa con una taza de café solo suspendida a medio camino entre el plato y mis labios. Notaba un regusto amargo en la boca que había aprendido a reconocer. Un psicólogo podría haberlo llamado *presque vu* (la sensación que a veces tienen las personas de que algo asombroso está a punto de suceder), pero mi nombre para el fenómeno era mucho más humilde: armonía—. En el apogeo de una tormenta eléctrica poco después de la una de la madrugada, un tornado inexplicable tomó tierra en Fort Worth y destruyó un almacén de Montgomery Ward y una docena de casas. Se ha confirmado la muerte de dos personas, y otras cuatro han desaparecido.»

Que dos de las casas eran el 2703 y el 2706 de Mercedes Street no me cabía duda; un viento furioso las había borrado como una ecuación errónea.

CAPÍTULO 30

1

Me apeé de mi último Greyhound en la estación de autobuses de Minot Avenue Auburn, Maine, cuando pasaba un poco del mediodía del 26 de noviembre. Después de más de ochenta horas de travesía casi ininterrumpida, aliviada tan solo por intervalos breves de sueño, me sentía como un producto de mi propia imaginación. Hacía frío. Dios se estaba aclarando la garganta y escupía nieve como quien no quiere la cosa desde un cielo gris sucio. Me había comprado unos vaqueros y un par de camisas azules de Chambray para sustituir el uniforme blanco de cocinero, pero esa ropa no bastaba ni por asomo. Había olvidado el tiempo de Maine durante mi estancia en Texas, pero mi cuerpo lo recordó en un visto y no visto y se echó a temblar. Hice mi primera parada en Louie's for Men, donde encontré una chaqueta forrada de borrego de mi talla y la llevé al dependiente.

Este soltó su ejemplar del *Sun* de Lewiston para atenderme, y vi mi foto —sí, la del anuario de la ESCD— en la portada. ¿DÓNDE ESTÁ GEORGE AMBERSON?, quería saber el titular. El dependiente introdujo el importe de la compra en la máquina registradora y me extendió un recibo. Di un golpecito con el dedo a mi imagen.

—¿Qué demonios cree que pasa con este tipo?

El dependiente me miró y se encogió de hombros.

—No quiere publicidad, y no le culpo. Yo quiero con locura a mi mujer y, si muriese de repente, no tendría ganas de que nadie me hiciera una foto para los periódicos o sacase mi jeta llorosa por la tele. ¿Usted sí?

—No —dije—. Supongo que no.

—Si yo fuera ese tipo, no asomaría hasta 1970. Que se pasara el revuelo. ¿No quiere una buena gorra para acompañar esa chaqueta? Ayer mismo me llegaron unas de franela. Las orejeras son buenas y gruesas.

De modo que compré una gorra para acompañar mi chaqueta nueva. Después recorrí cojeando las dos manzanas que me separaban de la estación de autobuses, balanceando mi maleta en el extremo de mi brazo bueno. Parte de mí quería ir a Lisbon Falls de inmediato para asegurarse de que la madriguera de conejo seguía allí. Pero si estaba, la usaría, no sería capaz de resistirme, y después de cinco años en la Tierra de Antaño, mi parte racional sabía que no estaba preparado para el asalto frontal de lo que había pasado a ser, en mi cabeza, la Tierra del Porvenir. Antes necesitaba descansar un poco. Descansar de verdad, no dar cabezadas en un asiento de autobús mientras unos críos aullaban y unos adultos achispados se reían.

Había cuatro o cinco taxis parados ante la acera, bajo una nieve que ya caía más en copos que en escupitinas. Me metí en el primero y agradecí el aliento de la calefacción. El taxista, un tipo gordo con, en la gastada gorra, una insignia que ponía VEHÍCULO CON LICENCIA, volvió la cabeza. Era un completo desconocido para mí, pero supe que, cuando encendiera la radio, estaría sintonizada en la WJAB de Portland y que, cuando sacase su tabaco del bolsillo del pecho, sería Lucky Strike. Todo vuelve.

—¿Adónde, jefe?

Le dije que me llevase al Moto Hotel Tamarack, en la 196.

—Marchando.

Puso la radio y sonaron los Miracles cantando «Mickey's Monkey».

—¡Esos bailes modernos! —gruñó al tiempo que echaba mano a su tabaco—. Para lo único que sirven es para enseñar a los críos a sobarse y retorcerse.

—El baile es vida —dije.

Era una recepcionista distinta, pero me dio la misma habitación. Por supuesto. La tarifa era un poco más alta y el viejo televisor había dado paso a uno más nuevo, pero vi el mismo cartel apoyado en la antena de encima: *¡NO USE «PAPEL DE PLATA»!* La calidad de imagen seguía siendo penosa. No había noticias, solo culebrones.

Lo apagué. Puse el cartel de NO MOLESTAR en la puerta. Eché las cortinas. Después me desvestí y me arrastré hasta la cama, donde —salvo por un viaje al baño a trompicones para aliviar mi vejiga— dormí doce horas de un tirón. Cuando desperté era plena noche, no había luz y fuera soplaba un fuerte viento del sudoeste. Un luminoso cuarto creciente lucía en lo alto del cielo. Saqué la manta extra del armario y dormí otras cinco horas.

Cuando desperté, el amanecer bañaba el Moto Hotel Tamarack con las tonalidades claras y las sombras de una fotografía del *National Geographic*. Una capa de escarcha cubría los coches aparcados delante de unas pocas habitaciones ocupadas y mi aliento formaba una nubecilla. Probé el teléfono, sin esperar nada, pero un joven de la recepción me atendió enseguida, aunque por la voz parecía aún medio dormido. Claro, dijo, los teléfonos funcionaban bien y con mucho gusto me llamaría un taxi; ¿adónde quería ir?

A Lisbon Falls, le dije. La esquina de Main Street con la Antigua Carretera de Lewiston.

—¿A la Frutería? —preguntó.

Llevaba fuera tanto tiempo que por un instante me pareció un sinsentido absoluto. Después até cabos.

—Exacto. A la Compañía Frutera del Kennebec.

Me voy a casa, me dije. *Que Dios me ayude, me voy a casa.*

Solo que me equivocaba; 2011 no era mi casa y solo permanecería allí un rato; suponiendo, claro, que pudiera llegar. Quizá solo unos minutos. Ahora mi hogar estaba en Jodie. O lo estaría, en cuanto Sadie llegara allí. Sadie la virgen. Sadie con sus piernas largas, su pelo largo y su propensión a tropezar con cualquier cosa que se le pusiera por delante…, aunque en el momento crucial fui yo quien cayó.

Sadie, con su cara intacta.

Ella era mi casa.

La taxista de esa mañana era una mujer recia de unos cincuenta años, arrebujada en una vieja parka negra y con una gorra de los Red Sox en vez de una con la insignia de VEHÍCULO CON LICENCIA. Cuando doblamos a la izquierda para salir a la 196 en dirección a Lisbon Falls, me dijo:

—¿Ha oído la noticia? Seguro que no; ha habido apagón por aquí, ¿verdad?

—¿Qué noticia es esa? —pregunté, aunque una espantosa certeza se me había instalado ya en los huesos: Kennedy estaba muerto. No sabía si había sido un accidente, un infarto o un asesinato, a fin de cuentas, pero estaba muerto. El pasado era obstinado y Kennedy estaba muerto.

—Un terremoto en Los Ángeles. La gente lleva años diciendo que un día de estos California se va a ir nadando por el océano, y parece que al final va a resultar que tenían razón. —Sacudió la cabeza—. No digo que sea por cómo viven, todas esas estrellas de cine y demás, pero soy una baptista bastante devota y tampoco diré que no es por eso.

En ese preciso instante estábamos pasando por delante del Autocine Lisbon. CERRADO HASTA LA PRÓXIMA TEMPORADA, anunciaba la marquesina. ¡LES ESPERAMOS CON MUCHO MÁS EN EL 64!

—¿Ha sido muy grave?

—Dicen que hay siete mil muertos, pero cuando oyes una cifra así, sabes que crecerá. La mayoría de los malditos puentes se han caído, las carreteras están destrozadas y hay incendios por todos lados. Parece que la parte de la ciudad donde viven los negros ha ardido hasta los cimientos. ¡Warts! Vaya un nombrecito para una parte de la ciudad, ¿no cree? Incluso aunque en esa parte vivan los negros. ¡Verrugas! ¡Bah!

No respondí. Estaba pensando en Rags, el cachorro que habíamos acogido cuando yo tenía nueve años y aún vivía en Wisconsin. Tenía permiso para jugar con él en el patio de atrás las mañanas laborables, hasta que pasaba el autobús. Le estaba enseñando a sentarse, traer juguetes, rodar por el suelo y esa clase de cosas, y estaba aprendiendo; ¡perrito listo! Lo quería mucho.

Cuando llegaba el autobús, se suponía que debía cerrar la puerta del patio de atrás antes de subir. Rags siempre se tumbaba en el escalón de la cocina. Mi madre lo llamaba y le daba el desayuno cuando volvía de acompañar a mi padre a la estación de tren. Yo siempre me acordaba de cerrar la puerta —o, por lo menos, no recuerdo haberme *olvidado* de hacerlo—, pero un día, cuando llegué a casa del colegio, mi madre me contó que Rags había muerto. Había salido a la calle y un camión de reparto lo había atropellado. Nunca me riñó con la boca, ni una sola vez, pero sí con los ojos. Porque ella también quería a Rags.

«Lo he encerrado como siempre», dije entre lágrimas, y —como digo— creo que lo hice. A lo mejor porque siempre lo *había* hecho. Esa tarde mi padre y yo lo enterramos en el patio de atrás. *«Probablemente no sea legal —dijo mi padre—, pero yo no diré nada si tú no dices nada.»*

Aquella noche permanecí en vela durante mucho, mucho tiempo, atormentado por lo que no podía recordar y aterrorizado por lo que podría haber hecho. Por no hablar del sentimiento de culpa. La culpa me agobió durante mucho tiempo, un año o más. Si hubiera podido recordarlo con seguridad, para bien o para mal, estoy seguro de que me la habría quitado de encima antes. Pero no podía. ¿Había cerrado la puerta, o no? Una y otra vez me retrotraía a la mañana final del cachorro y era incapaz de recordar nada con claridad, salvo a mí lanzando su correa de cuero y chillando: «Busca, Rags, busca!».

Así me sentí en mi trayecto en taxi hasta Lisbon Falls. Primero intenté decirme que siempre *había* habido un terremoto a finales de noviembre de 1963. Solo era uno de esos datos —como el intento de asesinato de Edwin Walker— que se me habían pasado por alto. Como le había dicho a Al Templeton, me había licenciado en filología, no en historia.

No me lo quitaba de la cabeza. Si un terremoto como ese se hubiera producido en los Estados Unidos en los que había vivido antes de meterme en la madriguera de conejo, lo sabría. Había desastres mucho peores —el tsunami del océano Índico de 2004 mató a más de doscientas mil personas—, pero siete mil era una cifra abultada para Estados Unidos, más del doble de las víctimas que había causado el 11-S.

A continuación me pregunté cómo lo que yo había hecho en

Dallas podía haber causado lo que esa recia mujer afirmaba que había sucedido en Los Ángeles. La única respuesta que se me ocurría era el efecto mariposa, pero ¿cómo podía haberse acumulado tan pronto? De ningún modo. Imposible. No existía ninguna cadena de causa y efecto concebible entre los dos acontecimientos.

Y aun así una parte de mi cabeza susurraba: *Has sido tú. Tú causaste la muerte de Rags porque dejaste la puerta del patio de atrás abierta o no la cerraste con la fuerza suficiente para que encajase… y tú has causado esto. Tú y Al os llenasteis la boca hablando de salvar miles de vidas en Vietnam, pero esta es tu primera contribución real a la Nueva Historia: siete mil muertos en Los Ángeles.*

No podía ser, sencillamente. Y aunque fuera cierto…

«No existe un lado negativo —había dicho Al—. Si las cosas se van a la mierda, solo hay que retroceder. Es tan fácil como borrar una palabrota de una piza…»

—¿Señor? —dijo mi taxista—. Ya hemos llegado. —Se volvió para mirarme con curiosidad—. Llevamos aquí casi tres minutos. Es un poco pronto para ir de compras, de todas formas. ¿Está seguro de que aquí es donde quiere bajar?

Solo sabía que allí era donde *debía* estar. Pagué lo que marcaba el taxímetro, añadí una generosa propina (era dinero del FBI, a fin de cuentas), le deseé que tuviera un buen día y salí.

4

Lisbon Falls apestaba como siempre, pero al menos había brisa; el intermitente del cruce destellaba mecido por el viento del noroeste. La frutería Kennebec estaba a oscuras y el escaparate aún estaba desprovisto de las manzanas, las naranjas y los plátanos que exhibiría más tarde. El cartel que colgaba en la puerta del frente verde anunciaba ABRIMOS A LAS 10. Un puñado de coches circulaban por Main Street y unos pocos peatones caminaban con el cuello de la chaqueta levantado. Al otro lado de la calle, sin embargo, la fábrica Worumbo funcionaba a pleno rendimiento. Oía el *shat-HOOSH, shat-HOOSH* de las máquinas tejedoras incluso desde donde estaba. Entonces oí otra cosa: alguien me estaba llamando, aunque no por ninguno de mis nombres.

—¡Jimla! ¡Oye, Jimla!

Me volví hacia la fábrica, pensando: *Ha vuelto. Míster Tarjeta Amarilla ha vuelto de entre los muertos, igual que el presidente Kennedy.*

Solo que no era Míster Tarjeta Amarilla, al igual que el taxista que me había recogido en la estación de autobuses no era el mismo que me había llevado de Lisbon Falls al Moto Hotel Tamarack en 1958. Salvo que los dos taxistas *casi* eran el mismo, porque el pasado armoniza, y el hombre del otro lado de la calle se parecía al que me había pedido un dólar porque ese día se pagaba doble en la licorería. Era mucho más joven que Míster Tarjeta Amarilla, y su abrigo negro estaba más nuevo y más limpio…, pero era *casi* el mismo.

—¡Jimla! ¡Aquí! —Me hacía señas. El viento agitaba los faldones de su abrigo; hizo que el cartel que tenía a su izquierda se balanceara sobre su cadena tal y como el intermitente lo hacía colgado de su cable. Aun así pude leerlo: **PROHIBIDO EL PASO MÁS ALLÁ DE ESTE PUNTO HASTA QUE EL COLECTOR ESTÉ REPARADO**.

Cinco años, pensé, *y esa condenada tubería sigue averiada.*

—¡Jimla! ¡No me hagas cruzar hasta donde estás!

Probablemente podría; su suicida predecesor había podido llegar hasta la licorería. Sin embargo, estaba seguro de que, si yo arrancaba a cojear por la Antigua Carretera de Lewiston lo bastante rápido, esa nueva versión no tendría nada que hacer. Quizá pudiera seguirme hasta el supermercado Red & White, donde Al había comprado su carne, pero si yo llegaba hasta Titus Chevron o hasta El Alegre Elefante Blanco, podía dar media vuelta y hacerle una pedorreta. Estaba anclado a las inmediaciones de la madriguera de conejo. En caso contrario, lo habría visto en Dallas. Lo sabía con la misma certeza con la que sabía que la gravedad impide que la gente salga flotando hacia el espacio.

Como para confirmarlo, me gritó:

—¡Jimla, *por favor*! —La desesperación que vi en su cara era como el viento: fina pero de algún modo implacable.

Miré en ambas direcciones por si venían coches, no vi ninguno y crucé la calle hacia él. Al acercarme, aprecié dos diferencias más. Como su predecesor, llevaba un sombrero fedora, pero estaba limpio en vez de mugriento. Y, como su predecesor, de la cinta de su sombrero asomaba una tarjeta coloreada, como el pase de prensa de un reportero a la antigua usanza. Solo que esa no era amarilla, ni naranja ni negra.

Era verde.

5

—Gracias a Dios —dijo. Cogió una de mis manos con las dos suyas y la estrujó. La carne de sus palmas estaba casi tan fría como el aire. Aparté la mano, pero con delicadeza. No percibía peligro en él, solo esa fina e insistente desesperación. Aunque eso de por sí podía resultar peligroso; podía ser tan afilado como la hoja del cuchillo que John Clayton había usado en la cara de Sadie.

—¿Quién eres? —pregunté—. ¿Y por qué me llamas Jimla? Jim LaDue está muy lejos de aquí, señor.

—No sé quién es Jim LaDue —dijo Míster Tarjeta Verde—. Me he mantenido tan lejos de tu cuerda como he…

Se detuvo. Su cara se contorsionó. Se llevó los lados de las manos a las sienes y apretó, como si quisiera sujetar su sesera. Pero fue la tarjeta metida en la cinta de su sombrero la que captó la mayor parte de mi atención. El color no se mantenía fijo del todo. Por un momento hizo unas aguas que me recordaron al salvapantallas que toma el control de mi ordenador cuando lleva inactivo quince minutos o así. El verde adquirió unos reflejos de un pálido amarillo canario. Después, mientras él bajaba poco a poco las manos, volvió al verde. Pero quizá no tan brillante como la primera vez que me había fijado.

—Me he mantenido tan lejos de tu cuerda como he podido —dijo el hombre del abrigo negro—, pero no ha sido posible *del todo*. Además, ahora hay *muchas* cuerdas. Gracias a ti y a tu amigo el cocinero, hay mucha *basura*.

—No entiendo nada de eso —dije, pero no era del todo cierto. Podía al menos imaginar el propósito de la tarjeta que llevaba ese hombre (y su borrachín antecesor). Eran como las insignias que llevaban los trabajadores de las centrales nucleares, solo que en vez de medir la radiación, las tarjetas evaluaban… ¿qué? ¿La cordura? Verde, conservabas todos los tornillos. Amarilla, empezabas a perderlos. Naranja, llamar a los hombres de las bata blanca. Y cuando la tarjeta se ponía negra…

Míster Tarjeta Verde me observaba con atención. Desde el otro lado de la calle no le habría echado más de treinta años. Ahora, al aproximarme, me parecía que rondaba los cuarenta y cinco. Solo que, cuando te acercabas lo bastante para mirarlo a los ojos, parecía más viejo que el tiempo y algo perturbado.

—¿Eres una especie de guardián? ¿Defiendes la madriguera de conejo?

Sonrió… o lo intentó.

—Así la llamaba tu amigo.

Se sacó del bolsillo un paquete de tabaco. No tenía marca. Eso era algo que no había visto nunca, ni allí en la Tierra de Antaño ni en la Tierra del Porvenir.

—¿Esta es la única?

Sacó un mechero, hizo pantalla con la mano para impedir que el viento apagase la llama y después prendió fuego al extremo de su cigarrillo. El olor era dulce, más parecido a la marihuana que al tabaco. Pero no era marihuana. Aunque no llegó a decírmelo, creo que se trataba de algo medicinal. Quizá no tan diferente de mis polvos Goody para el dolor de cabeza.

Hay unas pocas. Piensa en un vaso de ginger ale que se han dejado fuera olvidado.

—Vale…

—Al cabo de dos o tres días, casi todo el gas se ha ido, pero quedan unas pocas burbujas. Lo que vosotros llamáis madriguera de conejo no tiene nada de agujero. Es una burbuja. En cuanto a lo de defender…, no. En realidad, no. Estaría bien, pero podríamos hacer muy poco sin empeorar las cosas. Ese es el problema de viajar en el tiempo, Jimla.

—Me llamo Jake.

—Vale. Lo que hacemos, Jake, es observar. A veces avisamos. Como Kyle intentó avisar a tu amigo el cocinero.

O sea que el loco tenía un nombre. Un nombre perfectamente normal. Kyle, ni más ni menos. Eso empeoraba las cosas porque las hacía parecer más reales.

—¡*Nunca* intentó avisar a Al! ¡Lo único que hacía era pedir un dólar para comprar vino barato!

Míster Tarjeta Verde dio una calada a su cigarrillo, bajó la vista al cemento agrietado y arrugó la frente como si allí hubiera algo escrito. *Shat-HOOSH, shat-HOOSH* decían las tejedoras.

—Al principio lo intentó —dijo—. A su manera. Tu amigo estaba demasiado emocionado con el mundo nuevo que había encontrado para prestar atención. Y para entonces Kyle ya no estaba bien. Es un... ¿cómo decirlo? Un gaje del oficio. Lo que hacemos nos somete a una enorme tensión mental. ¿Sabes por qué?

Sacudí la cabeza.

—Piénsalo. ¿Cuántas excursioncillas y expediciones de compras hizo tu amigo el cocinero antes incluso de que se le pasara por la cabeza la idea de ir a Dallas a detener a Oswald? ¿Cincuenta? ¿Cien? ¿Doscientas?

Intenté recordar el tiempo que había durado el restaurante de Al en el patio de la fábrica y no pude.

—Probablemente más, incluso.

—¿Y qué te contó? ¿Que cada viaje era la primera vez?

—Sí. Un reinicio completo.

Soltó una risa cansina.

—Qué iba a decir. La gente cree lo que ve. Y aun así, tendría que haberlo pensado mejor. *Tú* tendrías que haberlo pensado mejor. Cada viaje crea su propia cuerda y, cuando se juntan las suficientes, siempre se enmarañan. ¿Se le ocurrió alguna vez a tu amigo preguntarse cómo podía comprar la misma carne una y otra vez? ¿O por qué las cosas que se llevaba de 1958 nunca desaparecían cuando realizaba el siguiente viaje?

—Le pregunté por eso. No lo sabía, de modo que se desentendió.

Empezó a sonreír, pero se quedó en una mueca. El verde de la tarjeta que llevaba enganchada al sombrero empezó una vez más a difuminarse. Dio una honda calada a su cigarrillo de olor dulce. El color regresó y se estabilizó.

—Sí, desentenderse de lo obvio. Es lo que hacemos todos. Hasta después de que su cordura empezara a desmoronarse, Kyle sin duda sabía que sus viajes a esa licorería estaban empeorando su estado, pero a pesar de todo siguió. No le culpo; estoy seguro de que el vino aliviaba su dolor. Sobre todo hacia el final. Las cosas podrían haber ido mejor si no hubiese podido llegar a la licorería, si esta hubiese quedado fuera del círculo, pero no era así. Y realmente, ¿quién sabe? Aquí no hay culpas, Jake. No se condena a nadie.

Era bueno saberlo, pero solo porque significaba que podíamos conversar sobre este tema demencial como hombres medianamente racionales. Tampoco era que sus sentimientos me importasen mucho, en cualquier caso; yo seguía teniendo que hacer lo que tenía que hacer.

—¿Cómo te llamas?

—Zack Lang. Oriundo de Seattle.

—¿De Seattle *cuándo*?

—Esa pregunta carece de relevancia para la presente conversación.

—Te duele estar aquí, ¿no es así?

—Sí. Si no vuelvo, mi propia cordura no aguantará mucho más. Y los efectos residuales me acompañarán para siempre. El índice de suicidios es alto entre los de nuestra clase, Jake. Muy alto. Los hombres, y *somos* hombres, no alienígenas ni seres sobrenaturales, si eso era lo que estabas pensando, no están hechos para retener múltiples cuerdas de realidad en la cabeza. No es como usar la imaginación. No tiene nada que ver. Recibimos adiestramiento, claro está, pero aun así uno nota cómo le va comiendo por dentro. Como el ácido.

—De manera que cada viaje *no es* un reinicio completo.

—Sí y no. Deja un *residuo*. Cada vez que tu amigo el cocinero…

—Se llamaba Al.

—Sí, supongo que lo sabía, pero mi memoria ha empezado a fallar. Es como el Alzheimer, solo que no es Alzheimer. Es porque el cerebro no puede impedir el intento de reconciliar todos esos solapamientos finos de realidad. Las cuerdas crean múltiples imágenes del futuro. Algunas están claras, la mayoría son difusas. Por eso probablemente Kyle creyó que te llamabas Jimla. Debió de oírlo en alguna de las cuerdas.

No lo oyó, pensé. *Lo vio en una especie de Cuerdavisión. En una valla publicitaria de Texas. A lo mejor incluso a través de mis propios ojos.*

—No sabes la suerte que tienes, Jake. Para ti, viajar en el tiempo es sencillo.

No tan *sencillo*, pensé.

—Ha *habido* paradojas —señalé—. De toda clase. ¿O no?

—No, esa no es la palabra correcta. Son *residuos*. ¿No acabo de contarte eso? —Su incertidumbre parecía sincera—. Fastidian la máquina. Al final llegará el momento en que la máquina… se pare, sin más.

Pensé en cómo se había averiado el motor del Studebaker que Sadie y yo habíamos robado.

—Comprar carne una y otra vez en 1958 no era tan grave —dijo Zack Lang—. Sí, estaba causando problemas a largo plazo, pero era soportable. Entonces empezaron los *grandes* cambios. Salvar a Kennedy fue el mayor de todos.

Intenté hablar y no pude.

—¿Empiezas a entenderlo?

No del todo, pero captaba el contorno general y me estaba matando de miedo. El futuro pendía de unas cuerdas. Como una marioneta. Dios mío.

—El terremoto… lo *causé* de verdad. Cuando salvé a Kennedy… ¿qué hice? ¿Desgarrar el continuo espacio-tiempo? —Eso tendría que haber sonado estúpido, pero no. Sonó muy grave. Empezó a dolerme la cabeza.

—Tienes que volver ya, Jake. —Habló con dulzura—. Tienes que volver y ver exactamente lo que has hecho. Todo lo que has logrado con tu duro y sin duda bienintencionado trabajo.

No dije nada. La posibilidad de volver me había preocupado, pero ahora también me daba miedo. ¿Existe alguna frase más ominosa que «*Tienes que ver exactamente lo que has hecho*»? No se me ocurría ninguna.

—Ve. Echa un vistazo. Pasa un poco de tiempo. Pero solo un poco. Si esto no se arregla pronto, sucederá una catástrofe.

—¿Muy grande?

Habló con calma.

—Podría destruirlo todo.

—¿El mundo? ¿El sistema solar? —Tuve que apoyarme con una mano en el secadero para sostenerme en pie—. ¿La galaxia? ¿El universo?

—Más grande todavía. —Hizo una pausa porque quería asegurarse de que lo entendía. La tarjeta de su sombrero reverberó, se volvió amarilla y después regresó paulatinamente al verde—. La realidad misma.

6

Caminé hasta la cadena. El cartel que ponía **PROHIBIDO EL PASO MÁS ALLÁ DE ESTE PUNTO HASTA QUE EL COLECTOR ESTÉ REPARADO** chirrió mecido por el viento. Miré hacia atrás a Zack Lang, ese viajero de quién sabe cuándo. Me observaba sin expresión mientras los faldones de su abrigo negro ondeaban en torno a sus pantorrillas.

—¡Lang! Las armonías…, yo las causé todas. ¿No es así?

Tal vez asintió. No estoy seguro.

El pasado combatía el cambio porque era destructivo para el futuro. El cambio creaba…

Pensé en un viejo anuncio de cintas de audio Memorex. Salía una copa de cristal hecha añicos a causa de las vibraciones sonoras. Los puros armónicos.

—Y con cada cambio que conseguía realizar, esos armónicos aumentaban. *Ese* es el auténtico peligro, ¿verdad? Las putas armonías.

Ninguna respuesta. Quizá él lo había sabido y olvidado; quizá nunca había tenido la menor idea.

Simplifica, me dije… como había hecho cinco años antes, cuando aún tenían que aparecer las primeras mechas grises en mi cabello. *Simplifica.*

Pasé por debajo de la cadena con una punzada de dolor en la rodilla izquierda y luego me detuve un instante con la alta pared verde del secadero a mi izquierda. Esa vez no había ningún pedazo de cemento que señalase el punto en el que empezaba la escalera invisible. ¿A qué distancia de la cadena estaba? No me acordaba.

Caminé poco a poco, arrastrando los zapatos por el cemento agrietado. *Shat-HOOSH*, *shat-HOOSH* decían las tejedoras mecánicas… y entonces, al dar el sexto paso, y el séptimo, el sonido pasó a ser *demasiado-LEJOS*, *demasiado-LEJOS*. Di otro paso. Luego otro. Al cabo de poco llegaría al final del secadero y estaría en el patio de más allá. Se había ido. La burbuja había estallado.

Di un paso más y, aunque no había contrahuella de peldaño, por un breve momento vi mi zapato como una doble exposición. Estaba sobre el cemento, pero también en un sucio linóleo verde. Di otro paso, y todo yo pasé a ser una doble exposición. La mayor parte de mi cuerpo estaba junto al secadero de la fábrica Worumbo a finales de noviembre de 1963, pero parte de mí se encontraba en otro lugar, y no era la despensa del restaurante de Al.

¿Y si no salía a Maine, ni siquiera a la Tierra, sino a alguna extraña dimensión distinta, a un sitio con un cielo rojo irreal y un aire que me envenenaría los pulmones y pararía mi corazón?

Volví a mirar atrás. Lang estaba allí plantado, con el abrigo azotado por el viento. Seguía sin tener expresión en la cara. «*Ahora dependes de ti* —parecía decir esa cara vacía—. *No puedo obligarte a nada.*»

Era cierto, pero a menos que atravesara la madriguera de conejo hasta la Tierra del Porvenir, no podría volver a la Tierra de Antaño. Y Sadie permanecería muerta para siempre.

Cerré los ojos y logré dar otro paso. De repente noté un leve olor a amoníaco y otro, más desagradable. Tras haber cruzado el país en los asientos de atrás de un montón de autobuses Greyhound, ese segundo olor resultaba inconfundible. Era el feo hedor de un retrete que necesitaba mucho más que un ambientador Glade en la pared para suavizarlo.

Con los ojos cerrados, di un paso más y oí ese extraño y ligero estallido dentro de mi cabeza. Abrí los ojos. Me encontraba en un baño pequeño y sucio. No había váter; lo habían arrancado y no quedaba de él más que la mugrienta sombra de su soporte. En una esquina había un vetusto disco ambientador que había cambiado su azul brillante activo por un gris inerte. Las hormigas pasaban por encima de un lado a otro. El rincón al que había salido estaba aislado del resto del baño por cajas de cartón llenas de botellas y latas vacías. Me recordó al nido de francotirador de Lee.

Aparté un par de cajas y me abrí paso en el pequeño cuarto. Me dirigí hacia la puerta, pero antes volví a dejar las cajas donde estaban. No tenía sentido facilitar que cualquiera topase por casualidad con la madriguera de conejo. Después salí afuera, de vuelta a 2011.

Estaba oscuro la última vez que había bajado por la madriguera de conejo, de modo que, por supuesto, tampoco había luz ahora, porque solo era dos minutos más tarde. Mucho había cambiado en esos dos minutos, sin embargo. Lo adivinaba incluso en la penumbra. En algún momento de los pasados cuarenta y ocho años, la fábrica había ardido. Lo único que quedaba eran cuatro muros chamuscados, una chimenea caída (que me recordó, inevitablemente, a la que había visto en el solar de la fundición Kitchener de Derry) y varias pilas de cascotes. No había carteles de Your Maine Snuggery, L. L. Bean Express o cualquier otra tienda de gama alta. Se trataba de una fábrica derruida a orillas del Androscoggin. Nada más.

En la noche de junio en la que había partido en mi misión de cinco años para salvar a Kennedy, la temperatura era agradable y templada. Ahora hacía un calor espantoso. Me quité la chaqueta forrada de borrego que había comprado en Auburn y la tiré al baño maloliente. Cuando cerré la puerta otra vez, vi el cartel que tenía pegado: **¡BAÑO AVERIADO! ¡¡¡NO HAY VÁTER!!! ¡¡¡EL COLECTOR ESTÁ ROTO!!!**

Los presidentes jóvenes y apuestos morían y los presidentes jóvenes y apuestos vivían, las jóvenes bellas vivían y luego morían, pero la tubería de desagüe rota bajo el patio de la vieja fábrica Worumbo al parecer era eterna.

También seguía allí la cadena. Caminé hasta ella pegado al viejo y sucio edificio de bloques de hormigón que había sustituido al secadero. Cuando me agaché por debajo de la cadena y giré hacia la fachada del edificio, vi que era una tienda abandonada llamada Quik-Flash. Los cristales estaban rotos y se habían llevado todas las estanterías. El local no era más que una carcasa en la que una luz de emergencia, con la batería casi agotada, zumbaba como una mosca muerta sobre una funda para ventanas. Había una pintada en lo que quedaba del suelo y la luz justa para leerla: FUERA DEL PUEBLO PAQUI CABRÓN.

Crucé el cemento resquebrajado del patio. El aparcamiento que antaño usaban los obreros de la fábrica había desaparecido. No habían construido nada en él; solo era un rectángulo vacío lleno de botellas rotas, trozos de asfalto viejo como piezas de un rompecabezas y pegotes mustios de malas hierbas. De algunas colgaban condones usados como antiguas serpentinas. Alcé la vista para mirar las estrellas y no vi ninguna. El cielo estaba cubierto de nubes bajas lo bastante finas para que se filtrara un poco de luna a través de ellas. El intermitente del cruce de Main Street y la Ruta 196 (otrora conocida como Antigua Carretera de Lewiston) había sido sustituido en algún momento por un semáforo, pero estaba apagado. Daba lo mismo, porque no había tráfico en ninguna dirección.

La Compañía Frutera había desaparecido. En su lugar había un hueco. Al otro lado de la calle, donde estaba el frente verde en 1958 y debería de haberse alzado un banco en 2011, había algo llamado Cooperativa Alimentaria de la Provincia de Maine. Solo que esas ventanas también estaban rotas y cualquier artículo que pudiera haberse encontrado dentro había volado hacía mucho. El local estaba tan saqueado como el Quik-Flash.

Cuando había atravesado la mitad del cruce, me dejó paralizado un ruido colosal, como un desgarrón acuoso. Lo único que podía imaginar que emitiera un ruido como ese era alguna especie de avión de hielo que se derritiera a la vez que rompía la barrera del sonido. El suelo bajo mis pies tembló por un momento. Sonó una alarma de coche y luego se apagó. Los perros ladraron y después se fueron callando uno tras otro.

Un terremoto en Los Ángeles, pensé. *Siete mil muertos*.

Unos faros bañaron la Ruta 196 y yo crucé a la acera de enfrente a toda prisa. El vehículo resultó ser un pequeño autobús cuadrado que llevaba ROTONDA escrito en la ventanilla luminosa que indicaba su destino. Eso me sonaba vagamente, pero no sé por qué. Un armónico, supuse. Sobre el techo del autobús había varios cachivaches giratorios que parecían ventiladores de calefacción. ¿Turbinas de viento, quizá? ¿Era posible? No sonaba ningún motor de combustión interna, solo un leve zumbido eléctrico. Observé hasta que la ancha medialuna de su única luz trasera se perdió de vista.

Vale, de modo que los motores de gasolina se estaban reemplazando en esa versión del futuro, esa *cuerda*, por usar el término de Zack Lang. Eso era bueno, ¿no?

Posiblemente, pero el aire parecía pesado y como muerto mientras lo llevaba a mis pulmones, y flotaba una especie de poso olfativo que me recordaba a cómo olía el transformador de mis trenes Lionel cuando, de pequeño, le metía demasiada caña. *«Es hora de apagarlo y dejarlo descansar un rato»*, decía mi padre.

En Main Street había unos pocos comercios que parecían medio vivos, pero en su mayor parte eran una ruina. La acera estaba agrietada y cubierta de basura. Vi media docena de coches aparcados y todos eran o bien un híbrido de electricidad y gasolina o bien iban equipados con esos aparatos giratorios en el techo. Uno de ellos era un Honda Zephyr, otro un Takuro Spirit y un tercero un Ford Brisa. Parecían viejos, y un par habían sido objeto de vandalismo. Todos llevaban pegatinas rosa en los parabrisas con letras negras lo bastante grandes para leerlas a pesar de la penumbra: **ADHESIVO «A» PROVINCIA DE MAINE SIEMPRE MOSTRAR CARTILLA DE RACIONAMIENTO**.

Una pandilla de chavales reía y hablaba al otro lado de la calle.

—¡Eh! —les grité desde mi acera—. ¿La biblioteca sigue abierta?

Me miraron. Vi el parpadeo de luciérnaga de los cigarrillos... aunque el olor que me llegó flotando era casi a ciencia cierta de marihuana.

—¡Que te den por culo, tío! —me respondió uno a voces.

Otro dio media vuelta, se bajó los pantalones y me hizo un calvo.

—¡Si encuentras algún libro aquí dentro, es todo tuyo!

Hubo carcajadas generalizadas y luego siguieron caminando, hablando en voz más baja y mirando atrás.

No me importó el calvo —no era el primero que me hacían—, pero esas miradas no me gustaron, y menos aún las voces bajas. Quizá se cocía alguna conspiración. Jake Epping no creía exactamente eso, pero George Amberson sí; George había visto de todo y fue George el que se agachó, agarró dos trozos de cemento del tamaño de un puño y se los guardó en los bolsillos delanteros, por si las moscas. Jake pensó que era una tontería, pero no puso pegas.

Una manzana más adelante, el distrito comercial (por llamarlo de alguna manera) llegaba a un abrupto final. Vi a una anciana que pasaba con prisas y ojeando con nerviosismo a los chicos, que ya estaban un poco más lejos en la otra acera de Main. Llevaba un pañuelo y lo que parecía un respirador, de esos que usa la gente que tiene EPOC o un enfisema avanzado.

—Señora, ¿sabe si la biblioteca…?

—¡Déjame en paz! —Había miedo en sus ojos, muy abiertos. La luna brilló por un instante a través de una separación entre nubes y vi que la mujer tenía la cara cubierta de llagas. La de debajo del ojo derecho parecía llegarle hasta el hueso—. ¡Tengo un papel que dice que puedo salir, lleva el sello del ayuntamiento, o sea que déjame en paz! ¡Voy a ver a mi hermana! Ya tengo suficiente con esos chicos, y pronto empezarán con las gamberradas. ¡Si me tocas, le daré a mi zumbador y vendrá un policía!

No sé por qué, lo dudaba.

—Señora, solo quiero saber si la biblioteca todavía está…

—¡Lleva años cerrada y todos los libros han volado! Ahora allí celebran Mítines de Odio. ¡Déjame en paz, digo, o zumbo para que venga un policía!

Se alejó a paso ligero, mirando por encima del hombro cada pocos segundos para cerciorarse de que no la seguía. La dejé poner suficiente distancia de por medio para sentirse cómoda y luego seguí mi camino por Main Street. Mi rodilla se estaba recuperando un poco de mis excesos en las escaleras del Depósito de Libros, pero seguía cojeando y todavía lo haría durante un tiempo. Había luces tras las cortinas de varias casas, pero estaba bastante seguro de que no las producía la Compañía Eléctrica de Maine. Se trataba de bombonas de camping gas y, en algunos casos, lámparas de queroseno. La mayoría de las casas estaban a oscuras. Algunas eran ruinas carbonizadas. Había una esvástica nazi en una de las ruinas y las palabras RATA JUDÍA pintadas con espray sobre otra.

«*Ya tengo suficiente con esos chicos, y pronto empezarán con las gamberradas.*»

Y… ¿de verdad había dicho «Mítines de Odio»?

Delante de una de las pocas casas que parecía en buen estado —era una mansión comparada con la mayoría de las demás— vi un largo travesaño con amarraderos, como en una película del Oeste. Y en algún momento habían atado allí caballos de verdad. Cuando el cielo se iluminó en otro de esos espasmos difusos, vi restos de bosta, algunos de ellos frescos. Había una cancela delante del camino de entrada. La luna estaba oculta de nuevo, de modo que no pude leer el cartel que colgaba sobre las barras metálicas, pero no me hacía falta para saber que advertía NO ENTRAR.

En ese momento, por delante de mí, oí que alguien articulaba una sola palabra:

—¡Cabrón!

No sonaba joven, como uno de los gamberros, y provenía de mi lado de la calle más que del de ellos. El tipo parecía cabreado. También daba la impresión de que podría estar hablando consigo mismo. Caminé hacia la voz.

—¡Hijo de *puta*! —exclamó la voz, exasperada—. ¡Capullo!

Estaba quizá una manzana más arriba. Antes de que lo alcanzase, oí un sonoro golpe metálico y la voz masculina gritó:

—¡Perdeos! ¡Putos mocosos cabrones! ¡Perdeos antes de que saque mi pistola!

Eso fue acogido con risas burlonas. Eran los gamberros porretas, y la voz que replicó sin duda pertenecía al que me había hecho el calvo.

—¡La única pistola que tienes es la que llevas en los pantalones, y seguro que tiene el cañón mustio!

Más risas. Las siguió un agudo sonido metálico.

—¡Malnacidos, me habéis roto un radio! —Cuando el hombre volvió a chillarles, había en su voz un toque de miedo—. ¡No, no, quedaos en vuestra puta acera!

Las nubes se abrieron y asomó la luna. A su inconstante luz vi a un viejo en una silla de ruedas. Estaba en mitad de una de las calles que cruzaban Main; Goddard, si el nombre no había cambiado. Una de las ruedas se había metido en un bache y hacía que la silla se tambaleara inclinada hacia la izquierda. Los chicos cruzaban hacia él. El que me había mandado a tomar por culo llevaba un tirachinas con una piedra de buen tamaño preparada. Eso explicaba los golpes metálicos.

—¿Llevas algún pavo viejo, abuelete? Ya que estamos, ¿tienes algún pavo nuevo o una lata?

—¡No! ¡Si no tenéis la puta decencia de sacarme de este agujero, por lo menos largaos y dejadme en paz!

Pero eran gamberros, y no pensaban hacerle caso. Iban a robarle cualquier mierdecilla que llevase encima; de paso quizá le darían una paliza, y lo volcarían, eso seguro.

Jake y George se unieron y los dos vieron rojo.

Los gamberros tenían la atención fija en el vejete de la silla de ruedas y no me vieron atajar hacia ellos en diagonal, tal y como había cruzado la sexta planta del Depósito de Libros Escolares. Mi brazo izquierdo aún me era bastante inútil, pero el derecho estaba en forma, fortalecido por tres meses de fisioterapia, primero en Parkland y luego en Eden Fallows. Y aún conservaba parte de la puntería que me había llevado a la tercera base del equipo de béisbol del instituto. Lancé el primer trozo de cemento desde diez metros de distancia y alcancé a Don Calvo en el centro del pecho. Gritó de dolor y sorpresa. Todos los chicos —eran cinco— se volvieron hacia mí. Cuando lo hicieron, vi que sus caras estaban tan desfiguradas como la de aquella mujer asustada. El del tirachinas, el señorito Porculo, era el peor. Donde le tocaría tener la nariz no había más que un agujero.

Pasé el segundo trozo de cemento de la mano izquierda a la derecha y se lo lancé al más alto, que llevaba unos pantalones enormes y anchos con la cintura subida casi hasta el esternón. Levantó un brazo para escudarse. Mi proyectil le dio en él y mandó por los aires el porro que sujetaba. El chico echó un vistazo a mi cara y después giró sobre sus talones y arrancó a correr. Don Calvo le siguió. Eso dejaba a tres.

—¡*Dales pal pelo, hijo!* —chilló el hombre de la silla de ruedas—. ¡*Se lo tienen bien ganado, como hay Dios!*

Estaba seguro de que era así, pero me superaban en número y me había quedado sin munición. Cuando te las ves con adolescentes, la única manera posible de ganar en una situación como esa es no demostrar miedo, solo genuina indignación adulta. No hay que aflojar, y no lo hice. Agarré al señorito Porculo por el pecho de su astrosa camiseta con la mano derecha y le arrebaté el tirachinas con la izquierda. Me miró fijamente, con los ojos desorbitados, y no ofreció resistencia.

—So mierdoso —dije pegando mi cara a la suya…, y no era ya que no tuviera nariz; olía a sudor, porro y mugre profunda—. Porque mira que hay que ser mierdoso para meterse con un viejo en silla de ruedas.

—¿Quién er…?

—El puto Charlie Chaplin. Fui a Francia para ver a las damas que danzan. Ahora largo de aquí.

—Devuélveme mi…

Sabía lo que quería y le aticé con ello en el centro de la frente. El golpe reabrió una de sus llagas y debió de dolerle una barbaridad, porque se le llenaron los ojos de lágrimas. Eso me asqueó y me dio lástima, pero intenté no mostrar ninguna de las dos emociones.

—No mereces nada, mierdoso, si no es la oportunidad de largarte de aquí antes de que te arranque tus patéticas pelotas de ese escroto podrido que debes de calzar y te las meta por ese agujero que tienes en vez de nariz. Una oportunidad. Aprovéchala. —Respiré hondo y después le grité a la cara en un chorro de ruido y saliva—: ¡Corre!

Observé cómo se alejaban y sentí vergüenza y euforia a partes aproximadamente iguales. El viejo Jake era un hacha imponiendo silencio en salas de estudio alborotadas los viernes por la tarde en vísperas de vacaciones, pero allí acababan más o menos sus habilidades. El nuevo Jake, sin embargo, era en parte George. Y George había visto muchas cosas.

Detrás de mí oí un acceso de tos cargada. Me recordó a Al Templeton. Cuando cesó, el viejo dijo:

—Amigo, habría estado meando cálculos renales durante cinco años solo por ver a esos imbéciles canallas huir de ese modo. No sé quién es usted, pero me queda un poco de Glenfiddich en la despensa, del bueno, y si me saca de este puto hache y me empuja a casa, lo compartiremos.

La luna se había escondido de nuevo, pero cuando reapareció entre las nubes irregulares le vi la cara. Llevaba una larga barba blanca y una cánula metida por la nariz pero, aun después de cinco años, no me costó reconocer al hombre que me había metido en ese lío.

—Hola, Harry —dije.

CAPÍTULO 31

1

Aún vivía en Goddard Street. Lo empujé por la rampa del porche, donde se sacó de alguna parte un enorme manojo de llaves. Las necesitaba. La puerta de entrada tenía no menos de cuatro cerraduras.

—¿Estás de alquiler o es tuya?

—Oh, es toda mía —contestó—. Por lo que vale…

—Me alegro por ti. —Antes estaba alquilado.

—Todavía no me ha dicho cómo es que sabe cómo me llamo.

—Antes tomemos esa copa. No me vendrá mal.

La puerta se abría a un salón que ocupaba la mitad delantera de la casa. Me dijo «so», como si fuera un caballo, y encendió un camping gas. A su luz vi muebles de esos que se llaman «viejos pero prácticos». En el suelo había una bonita estera. No había certificado de estudios en ninguna de las paredes —ni por supuesto una redacción enmarcada que llevase por título «El día que cambió mi vida»—, pero había muchas imágenes católicas y montones de fotos. No me sorprendió reconocer a varios de los retratados. Había coincidido con ellos, a fin de cuentas.

—Eche los cerrojos, haga el favor.

Nos aislé del oscuro e inquietante Lisbon Falls, y cerré ambos pestillos.

—El que da vuelta también, si no le importa.

Lo giré y oí un contundente chasquido. Harry, entretanto, rodaba por su salón encendiendo la misma clase de alargadas lámparas de queroseno que recordaba vagamente haber visto en casa de mi abuela Sarie. Iluminaban mejor la sala que el camping gas y, cuando apagué el resplandor cálido y blanco de este último, Harry Dunning asintió en señal de aprobación.

—¿Cómo se llama, señor? Mi nombre ya lo sabe.

—Jake Epping. Supongo que no te suena de nada, ¿verdad?

Reflexionó y luego sacudió la cabeza.

—¿Debería?

—Probablemente no.

Me tendió la mano. Temblaba ligeramente con un principio de parálisis.

—Aun así, le estrecho la mano. Eso podría haberse puesto feo.

Se la estreché con alegría. Hola, nuevo amigo. Hola, viejo amigo.

—Vale, ahora que ya hemos cumplido con las formalidades, podemos beber con la conciencia tranquila. Sacaré ese whisky de malta. —Se dirigió hacia la cocina impulsándose con brazos algo temblorosos pero aún fuertes. La silla tenía un motorcito, pero o no funcionaba o estaba ahorrando batería. Me miró por encima del hombro—. No es usted peligroso, ¿verdad? Para mí, me refiero.

—Para ti, no, Harry. —Sonreí—. Soy tu ángel bueno.

—Eso es raro de cojones —dijo—. Pero hoy en día, ¿qué no lo es?

Entró en la cocina, donde pronto brilló una acogedora luz anaranjada. Allí dentro, todo parecía acogedor. Pero fuera... en el mundo...

¿Qué demonios había hecho?

2

—¿Por qué brindamos? —pregunté cuando tuvimos los vasos en la mano.

—Por tiempos mejores que estos. ¿Eso le parece bien, señor Epping?

—Me parece perfecto. Y tutéame.

Entrechocamos los vasos. Bebimos. No recordaba la última vez que había tomado algo más fuerte que una cerveza Lone Star. El whisky era como miel líquida.

—¿No hay electricidad? —pregunté, mirando las lámparas que

nos rodeaban. Él había bajado la llama de todas, cabía suponer que para ahorrar petróleo.

Puso mala cara.

—No eres de por aquí, ¿eh?

Una pregunta que había oído antes, de boca de Frank Anicetti, en la frutería Kennebec. En mi primer viaje al pasado. Entonces había contado una mentira. No quería hacer lo mismo.

—No sé muy bien cómo responder a eso, Harry.

Él lo dejó correr.

—En teoría tenemos luz tres días por semana, y se supone que hoy es uno de ellos, pero se ha cortado a las seis de la tarde. Creo en la Eléctrica de Providence como creo en Santa Claus.

Mientras reflexionaba sobre eso, recordé las pegatinas de los coches.

—¿Desde cuándo Maine forma parte de Canadá?

Me dedicó una mirada de esas de «mira que estás loco», pero noté que estaba disfrutando. Por lo extraño de la situación y también por su inmediatez. Me pregunté cuándo habría sido la última vez que había mantenido una conversación con alguien.

—Desde 2005. ¿Alguien te ha dado un golpe en la cabeza o algo así?

—A decir verdad, sí. —Fui hasta su silla de ruedas, hinqué la rodilla que aún se doblaba a voluntad y sin doler y le enseñé el punto de la nuca donde nunca volvería a crecerme el pelo—. Hace unos meses me pegaron una paliza tremenda...

—Ya, te he visto cojear cuando corrías hacia esos chicos.

—... y ahora hay montones de cosas que no recuerdo.

El suelo tembló de repente bajo nuestros pies. Las llamas de las lámparas de queroseno titilaron. Las fotografías de las paredes vibraron y un Cristo de yeso de medio metro de altura con los brazos extendidos se dio un agitado paseo hacia el borde de la repisa de la chimenea. Parecía un tipo considerando el suicidio y, tal como estaban las cosas, no lo culpaba.

—Una traca —dijo Harry como si nada cuando cesaron los temblores—. De eso te acuerdas, ¿no?

—No. —Me levanté, fui hasta la chimenea y empujé el Cristo hasta dejarlo junto a su Santa Madre.

—Gracias. Ya he perdido la mitad de los condenados discípulos del estante de mi dormitorio, y cada vez me muero de pena. Eran de mi madre. Las tracas son temblores de tierra. Tenemos muchos, pero la mayoría de los terremotos bestias pasan en el Medio Oeste o por California. En Europa y China también, por supuesto.

—La gente amarra sus botes en Idaho, ¿no? —Todavía estaba ante la chimenea, y miraba las fotografías enmarcadas.

—La cosa aún no ha llegado a tanto, pero… sabes que cuatro de las islas japonesas han desaparecido, ¿no?

Lo miré consternado.

—No.

—Tres eran pequeñas, pero Hokkaido también ha caído. Se hundió en el condenado océano hace cuatro años como si estuviera en un ascensor. Los científicos dicen que tiene algo que ver con la corteza terrestre. —Con total desenfado, añadió—: Dicen que, si no para, el fenómeno despedazará el planeta para el 2080 o así. Entonces el sistema solar tendrá *dos* cinturones de asteroides.

Apuré el resto de mi whisky de un solo trago y las lágrimas de cocodrilo de la bebida doblaron por un momento mi visión. Cuando la habitación volvió a solidificarse, señalé una fotografía de Harry con unos cincuenta años. Ya estaba en su silla de ruedas, pero parecía sano como un roble, por lo menos de cintura para arriba; las perneras de sus pantalones de vestir hacían bolsa sobre sus menguadas piernas. A su lado había una mujer con un vestido rosa que me recordó al de Jackie Kennedy el 11/22/63. Recordé que mi madre me había dicho que nunca dijese de una mujer que no fuera hermosa que tenía «una cara vulgar»; tenían, decía, «una cara agradable». Esa mujer tenía cara agradable.

—¿Tu mujer?

—Ajá. Esa es de las bodas de plata. Murió dos años después. Es algo muy habitual últimamente. Los políticos dicen que es culpa de las bombas atómicas; se han intercambiado veintiocho o veintinueve desde el Infierno de Hanoi del 69. Lo juran y perjuran, pero todo el mundo sabe que las llagas y el cáncer no empezaron a ser algo serio de verdad por aquí hasta que la central de Vermont Yankee tuvo el Síndrome de China. Eso pasó después de años de protestas sobre la planta. Decían: «Bah, no habrá ningún gran terremoto en Vermont, es imposible aquí en el Reino de Dios, solo tracas y tembleques de poca monta.» Ya. Mira lo que pasó.

—Me estás diciendo que explotó un reactor en Vermont.

—Difundió radiación sobre toda Nueva Inglaterra y el sur de Quebec.

—¿Cuándo?

—Jake, ¿me tomas el pelo?

—De ninguna manera.

—Diecinueve de junio de 1999.

—Siento lo de tu esposa.

—Gracias, hijo. Era una buena mujer. Una mujer encantadora. No merecía eso. —Se pasó el brazo poco a poco por los ojos—. Hace mucho que no hablo de ella, aunque es verdad que hace mucho que no tengo a nadie *con quien* hablar. ¿Puedo servirte un poco más de este jugo de la diversión?

Separé muy poquito el índice y el pulgar. No esperaba quedarme mucho tiempo; tenía que asimilar toda aquella historia falsa, aquella *oscuridad*, deprisa y corriendo. Tenía mucho que hacer, entre otras cosas devolver la vida a mi propia mujer encantadora. Eso significaría otra charla con Míster Tarjeta Verde. No quería estar borracho cuando la tuviera, pero un dedito más no me haría daño. Lo necesitaba. Me daba la impresión de tener las emociones congeladas, lo que probablemente era bueno, porque la cabeza me daba vueltas.

—¿Te quedaste paralítico en la ofensiva del Tet? —Mientras pensaba: *Pues claro que sí, pero podría haber sido peor; en el último viaje moriste.*

Pareció desconcertado por un momento, pero luego se le hizo la luz.

—Supongo que sí que era el Tet, ahora que lo pienso. Nosotros la llamamos directamente la Gran Cagada de Saigón de 1967. El helicóptero en el que iba se estrelló. Tuve suerte. La mayoría de las personas que viajaban en ese pájaro murieron. Algunos eran diplomáticos y otros solo eran críos.

—Tet del 67 —dije—. No del 68.

—Exacto. Tú no habrías nacido, pero seguro que lo has leído en los libros de historia.

—No. —Le dejé echar un poco más de whisky en mi vaso, apenas lo suficiente para cubrir el fondo, y dije—: Sé que el presidente Kennedy estuvo a punto de ser asesinado en noviembre de 1963. Después de eso, no sé nada.

Sacudió la cabeza.

—Es el caso de amnesia más raro que he oído nunca.

—¿Kennedy fue reelegido?

—¿Contra Goldwater? Ya te digo.

—¿Conservó a Johnson como vicepresidente?

—Claro. Kennedy necesitaba Texas. Y se la llevó. El gobernador Connally trabajó como un esclavo para él en esas elecciones, por mucho que despreciara la Nueva Frontera de Kennedy. Lo llamaron el Apoyo por Vergüenza. Por lo que estuvo a punto de pasar aquel día en Dallas. ¿Estás seguro de que no lo sabes? ¿Nunca lo viste en el colegio?

—Tú lo viviste, Harry. O sea que cuéntame.

—No me importa —dijo él—. Ponte cómodo, hijo. Deja de mirar esas fotos. Si no sabes que reeligieron a Kennedy en el 64, fijo que no vas a conocer a nadie de mi familia.

Oh, Harry, pensé.

3

Cuando era pequeño —tendría cuatro años, quizá incluso tres— un tío mío borracho me contó «Caperucita Roja». No la versión normal de los libros de cuentos, sino la de adultos, llena de gritos, sangre y el golpe seco del hacha del leñador. Guardo un vívido recuerdo de la experiencia aun a día de hoy, pero solo retengo un puñado de detalles: los dientes del lobo expuestos en una sonrisa resplandeciente, por ejemplo, y la abuelita empapada de sangre renaciendo de la panza rajada de la bestia. Este es mi modo de deciros que, si esperáis *La breve historia alternativa del mundo según Harry Dunning le contó a Jake Epping*, ya os podéis ir olvidando. No fue solo el horror de descubrir hasta qué punto se habían estropeado las cosas, sino también mi necesidad de volver y enmendarlas.

Aun así destacan unos pocos detalles. La búsqueda a escala mundial de George Amberson, por ejemplo. No hubo suerte —George estaba más desaparecido que el juez Crater—, pero en los cuarenta y ocho años transcurridos desde el intento de asesinato en Dallas, Amberson se había convertido en un personaje casi mítico. ¿Salvador o parte de la trama? La gente llegaba a celebrar convenciones anuales para debatirlo y, al escuchar cómo Harry contaba esa parte, me fue imposible no pensar en todas las teorías de la conspiración que habían brotado en torno a la versión de Lee que había logrado su objetivo. Como sabemos, clase, el pasado armoniza.

Kennedy esperaba cosechar una victoria aplastante ante Barry Goldwater en el 64; en lugar de eso había ganado por menos de cuarenta votos electorales, un margen que solo los incondicionales del Partido Demócrata consideraron respetable. A principios de su segunda legislatura, enfureció tanto a los votantes de derechas como al alto mando militar al declarar Vietnam del Norte «menos peligroso para nuestra democracia que la desigualdad racial en nuestras escuelas y ciudades». No retiró por completo las tropas estadounidenses, pero quedaron confinadas a Saigón y un anillo en torno a ella que se llamó —sorpresa, sorpresa— la Zona Verde. En vez de inyectar grandes cantidades de soldados, la segunda administración Kennedy inyectó grandes cantidades de dinero. Es el Estilo Americano.

Las grandes reformas de los derechos civiles de los sesenta nunca llegaron a producirse. Kennedy no era LBJ y, como vicepresidente, Johnson se hallaba en una posición de especial impotencia para ayudarle. Los republicanos y los demócratas del Sur se dedicaron a obstruir el funcionamiento del Congreso durante ciento diez días; uno llegó a morir mientras tenía el uso de la palabra y se convirtió en un héroe de la derecha. Cuando Kennedy por fin se rindió, realizó un comentario de pasada que lo atormentaría hasta el día de su muerte en 1983: «La América blanca ha llenado esta cámara de leña; ahora arderá».

A continuación llegaron los disturbios raciales. Mientras Kennedy andaba entretenido con ellos, los ejércitos norvietnamitas invadieron Saigón... y el hombre que me había metido en aquello acabó paralítico en un accidente de helicóptero en la cubierta de un portaaviones estadounidense. La opinión pública empezó a inclinarse poderosamente en contra de JFK.

Un mes después de la caída de Saigón, Martin Luther King fue asesinado en Chicago. El culpable resultó ser un agente del FBI llamado Dwight Holly que actuó por su cuenta. Antes de morir a su vez, declaró que había ejecutado una orden de Hoover. Chicago ardió. Lo mismo hicieron otras doce ciudades estadounidenses.

George Wallace fue elegido presidente. Para entonces los terremotos ya eran un serio problema. Wallace no podía hacer nada sobre ellos, de manera que se conformó con imponer la sumisión a Chicago a base de bombas incendiarias. Eso, según Harry, fue en junio de 1969. Un año más tarde, el presidente Wallace ofreció a Ho Chi Minh un ultimátum: convierta Saigón en una ciudad libre como Berlín o véala convertirse en una ciudad muerta como Hiroshima. El tío Ho se negó. Si creía que Wallace iba de farol, se equivocaba. Hanoi se convirtió en una nube radiactiva el 9 de agosto de 1969, veinticuatro años exactos después de que Harry Truman soltara al Gordo sobre Nagasaki. El vicepresidente Curtis LeMay se encargó en persona de la misión. En un discurso a la nación, Wallace lo calificó de voluntad de Dios. La mayoría de los estadounidenses estuvieron de acuerdo. Los índices de aprobación de Wallace eran altos, pero había al menos un hombre que no lo aprobaba. Se llamaba Arthur Bremer y el 15 de mayo de 1972 mató a Wallace a tiros cuando este hacía campaña para la reelección en un centro comercial de Laurel, Maryland.

—¿Con qué clase de arma?

—Me parece que fue un revólver del .38.

Claro que sí. A lo mejor un Especial de la policía, pero probablemente un modelo Victory, el mismo tipo de pistola que se había cobrado la vida del agente Tippit en otra cuerda temporal.

Ahí fue donde empecé a perder el hilo. Donde el pensamiento *tengo que arreglar esto, arreglar esto, arreglar esto* comenzó a repicar en mi cabeza como un gong.

Hubert Humphrey llegó a la presidencia en el 72. Los terremotos empeoraron. La tasa mundial de suicidios se disparó. Florecieron los fundamentalismos de toda clase. El terrorismo fomentado por los extremistas religiosos floreció con ellos. India y Pakistán entraron en guerra; brotaron más hongos nucleares. Bombay no se convirtió nunca en Mumbai; en lo que se convirtió fue en ceniza radiactiva volando en un viento de cáncer.

Lo mismo pasó con Karachi. Solo cuando Rusia, China y Estados Unidos prometieron bombardear ambos países hasta devolverlos a la Edad de Piedra cesaron las hostilidades.

En 1976, Ronald Reagan barrió a Humphrey de costa a costa; el pobre no pudo llevarse ni su estado natal de Minnesota.

Dos mil personas cometieron un suicidio colectivo en Jonestown, Guyana.

En noviembre de 1979, estudiantes iraníes invadieron la embajada estadounidense en Teherán y tomaron no sesenta y seis rehenes sino más de doscientos. Rodaron cabezas en la televisión iraní. Reagan había aprendido del Infierno de Hanoi lo suficiente para mantener las nucleares en sus bodegas de bombas y silos de misiles, pero mandó tropa para dar y regalar. Los restantes rehenes fueron, por supuesto, ejecutados, y un grupo terrorista emergente que se hacía llamar La Base —o, en árabe, Al-Qaida— empezó a poner bombas aquí, allí y en todas partes.

—El hijoputa hacía unos discursos cojonudos, pero no entendía el islamismo militante —dijo Harry.

Los Beatles se reunieron y tocaron un Concierto por la Paz. Un terrorista suicida entre el público detonó su chaleco y mató a trescientos espectadores. Paul McCartney se quedó ciego.

Oriente Próximo estalló en llamas poco después.

Rusia se hundió.

Un grupo —probablemente formado por rusos exiliados y fanáticos de la línea dura— empezó a vender armas atómicas a grupos terroristas, entre ellos La Base.

—Para 1994 —dijo Harry con su voz seca— los yacimientos petrolíferos de por allí eran campos de cristal negro. De ese que brilla en la oscuridad. Desde entonces, sin embargo, el terrorismo más o menos se ha consumido. Alguien detonó una bomba atómica dentro de una maleta en Miami hace dos años, pero no funcionó muy bien. Bueno, pasarán sesenta u ochenta años antes de que nadie pueda montar fiestas en South Beach, y por supuesto el golfo de México es básicamente una sopa muerta, pero solo han fallecido diez mil personas por culpa de la radiación. Para entonces no era problema nuestro. Maine aprobó incorporarse a Canadá, y Clinton nos dijo adiós de mil amores.

—¿Bill Clinton es presidente?

—Dios, no. Tenía la victoria asegurada en las primarias de 2004, pero murió de un ataque al corazón en la convención del partido. Su mujer lo sustituyó. *Ella* es la presidenta.

—¿Está haciendo un buen trabajo?

Harry hizo un gesto con la mano.

—No está mal…, pero los terremotos no pueden legislarse. Y eso es lo que al final acabará con nosotros.

Desde arriba volvió a sonar ese desgarro acuoso. Alcé la vista. Harry no.

—¿Qué es eso? —pregunté.

—Hijo —respondió—, nadie parece saberlo. Los científicos discuten, pero en este caso yo creo que los predicadores pueden no andar desencaminados. Dicen que Dios se está preparando para destruir todas las obras de sus manos, tal y como Sansón destruyó el Templo de los Filisteos. —Se bebió el resto de su whisky. Un precario color había florecido en sus mejillas… que estaban, por lo que alcanzaba a ver, libres de llagas de radiación—. Y en eso me parece que a lo mejor tienen razón.

—Dios todopoderoso —dije.

Me miró sin inmutarse.

—¿Has oído suficiente historia, hijo?

Suficiente para toda una vida.

4

—Tengo que irme —dije—. ¿Estarás bien?

—Hasta que deje de estarlo. Como todos los demás. —Me miró con detenimiento—. Jake, ¿de dónde has salido? ¿Y por qué cojones me da la impresión de que te conozco?

—¿A lo mejor porque siempre conocemos a nuestros ángeles buenos?

—Chorradas.

Quería irme. En términos generales, pensaba que mi vida después del siguiente reinicio iba a ser mucho más sencilla. Pero antes, como ese era un buen hombre que había sufrido mucho en sus tres encarnaciones, volví a acercarme a la repisa de la chimenea y descolgué una de las fotografías enmarcadas.

—Ten cuidado con eso —dijo Harry, quisquilloso—. Es mi familia.

—Lo sé. —La dejé en sus manos sarmentosas y cubiertas de manchas de vejez, una foto en blanco y negro que, a juzgar por el aspecto algo difuso de la imagen, era una ampliación de una instantánea Kodak—. ¿La sacó tu padre? Lo pregunto porque es el único que no sale.

Me miró con curiosidad y después contempló otra vez la fotografía.

—No —dijo—. La sacó una vecina en el verano de 1958. Para entonces mi padre y mi madre estaban separados.

Me pregunté si la vecina había sido a la que había visto fumar un pitillo mientras alternaba entre lavar el coche de la familia y rociar al perro de la familia. Por algún motivo estaba seguro de que había sido ella. Desde las profundidades de mi cabeza, como un sonido que subiera de un pozo muy hondo, llegaron las voces cantarinas de las niñas de la comba: «*Mi viejo un submarino go-bier-na*».

—Tenía problemas con la bebida. En aquel entonces no estaba tan mal visto, muchos hombres bebían demasiado y aguantaban bajo el mismo techo que sus esposas, pero él tenía muy mal vino.

—Apuesto a que sí —dije.

Volvió a mirarme, con mayor intensidad, y luego sonrió. Había perdido la mayor parte de los dientes, pero la sonrisa seguía siendo agradable.

—Dudo que sepas de lo que hablas. ¿Cuántos años tienes, Jake?

—Cuarenta. —Aunque estaba seguro de que esa noche parecía mayor.

—Lo que significa que naciste en 1971.

En realidad había sido en el 76, pero no tenía manera de decírselo sin mencionar los cinco años perdidos que habían caído por la madriguera de conejo, como Alicia en el País de las Maravillas.

—Algo así —dije—. Esa foto la sacaron en la casa de Kossuth Street. —Pronunciado a la manera de Derry: *Cossut*.

Señalé con el dedo a Ellen, que estaba de pie a la izquierda de su madre, pensando en la versión adulta con la que había hablado por teléfono; llamémosla Ellen 2.0. También pensaba —era inevitable— en Ellen Dockerty, la versión armónica que había conocido en Jodie.

—Aquí no se ve, pero era una pequeña pelirroja, ¿no? Una Lucille Bell en miniatura.

Harry no dijo nada, solo abrió la boca.

—¿Se metió a cómica? ¿U otra cosa? ¿Radio o televisión?

—Tiene un programa de música en la emisora pública canadiense de la Provincia de Maine —respondió con un hilo de voz—. Pero cómo…

—Aquí está Troy… y Arthur, también conocido como Tugga… y este eres tú, con el brazo de tu madre encima. —Sonreí—. Tal y como Dios lo planeó. —*Ojalá pudiera mantenerse así. Ojalá.*

—Yo… tú…

—A tu padre lo asesinaron, ¿no es así?

—Sí. —La cánula se le había torcido en la nariz, y la enderezó con un movimiento lento de la mano, como un hombre que sueña con los ojos abiertos—. Lo mataron de un disparo en el cementerio de Longview mientras ponía flores en la tumba de sus padres. Solo unos meses después de que nos sacaran esta foto. La policía detuvo por ello a un hombre llamado Bill Turcotte…

Vaya. Eso no lo había visto venir.

—…pero tenía una coartada convincente y al final tuvieron que soltarlo. Nunca atraparon al asesino. —Asió una de mis manos—. Señor… hijo… Jake… esto es una locura, pero… ¿fuiste tú quien mató a mi padre?

—No seas tonto. —Cogí la foto y volví a colgarla en la pared—. No nací hasta 1971, ¿recuerdas?

5

Recorrí con paso pausado Main Street hasta llegar a la fábrica en ruinas y la tienda Quik-Flash abandonada que se alzaba delante de ella. Caminé con la cabeza gacha, sin buscar a Desnarigado, Don Calvo y el resto de esa alegre pandilla. Pensé que, si seguían por ahí cerca, me rehuirían. Me tomaban por loco. Probablemente lo estaba.

«*Aquí todos estamos locos*» fue lo que el Gato de Cheshire le dijo a Alicia. Después desapareció. A excepción de la sonrisa, eso sí. Si mal no recuerdo, la sonrisa se quedó un rato.

Ya entendía más. No todo, porque dudo que ni siquiera los Místers de las Tarjetas lo entendieran todo (y después de pasar un tiempo de servicio, no entendían casi nada), pero eso seguía sin ayudarme con la decisión que debía tomar.

Cuando me agaché para pasar por debajo de la cadena, algo

explotó muy a lo lejos. No me sobresaltó. Supuse que abundarían las explosiones. Cuando la gente empieza a perder la esperanza, es lo normal.

Entré en el baño de la parte de atrás de la tienda y casi tropecé con mi chaqueta forrada de borrego. La aparté de una patada —no la necesitaría allá adonde iba— y me dirigí poco a poco a las cajas apiladas que tanto se parecían al nido de francotirador de Lee.

Jodidas armonías.

Aparté las suficientes para meterme en el rincón y luego las reamontoné con cuidado a mi espalda. Avancé paso a paso, pensando una vez más en cómo un hombre o una mujer tantea en busca del principio de una escalera cuando la oscuridad es completa. Pero allí no había escalón, solo ese extraño desdoblamiento. Avancé, observé cómo reverberaba la mitad inferior de mi cuerpo, y luego cerré los ojos.

Otro paso. Y otro. Ya sentía calor en las piernas. Dos pasos más y el sol mudó a rojo el negro de detrás de mis párpados. Di un paso más y oí el chasquido dentro de mi cabeza. Acto seguido, me llegó el *shat-HOOSH*, *shat-HOOSH* de las tejedoras.

Abrí los ojos. El hedor de los servicios sucios y abandonados había dado paso al de una fábrica textil que funcionaba a pleno rendimiento en un año en que no existía la Agencia de Protección del Medio Ambiente. Había cemento agrietado bajo mis pies en vez de linóleo pelado. A mi izquierda se encontraban los grandes contenedores metálicos llenos de restos de tejido y cubiertos por una loneta. A mi derecha quedaba el secadero. Eran las once y cincuenta y ocho de la mañana del 9 de septiembre de 1958. Harry Dunning era de nuevo un niño pequeño. Carolyn Poulin estaba en la quinta hora del instituto, quizá escuchando al profesor, quizá fantaseando sobre algún chico o sobre cómo iría a cazar con su padre al cabo de un par de meses. Sadie Dunhill, que todavía no estaba casada con el señor Escoba Busca Soltera, vivía en Georgia. Lee Harvey Oswald estaba en el mar del Sur de China con su unidad de Marines. Y John F. Kennedy era el senador más reciente de Massachusetts, cargado de sueños presidenciales.

Yo había vuelto.

Caminé hasta la cadena y pasé por debajo de ella. Al otro lado esperé completamente inmóvil durante un momento, ensayando lo que iba a hacer. Después fui al final del secadero. Al doblar la esquina, apoyado en él, estaba Míster Tarjeta Verde. Solo que la tarjeta de Zack Lang ya no era verde. Se había vuelto de una tonalidad fangosa de ocre, a medio camino entre el verde y el amarillo. Su abrigo, impropio de la estación, estaba cubierto de polvo, y su antes flamante sombrero presentaba un aspecto raído, derrotado en cierto sentido. Sus mejillas, antes bien afeitadas, tenían ahora sombra de barba... y parte de esa barba era blanca. Tenía los ojos inyectados en sangre. Aún no se había dado a la bebida —por lo menos no la olí—, pero pensé que quizá no tardase en hacerlo. El frente verde se encontraba, a fin de cuentas, dentro de su pequeño círculo de actividad, y sostener todas esas cuerdas temporales en la cabeza tenía que doler. Los múltiples pasados ya eran bastante malos, pero cuando se añadían múltiples futuros... Cualquiera se lanzaría por la botella si la tuviera a mano.

Había pasado una hora en 2011. Tal vez un poco más. ¿Cuánto había sido para *él*? No lo sabía. No lo *quería* saber.

Gracias a Dios —dijo—, justo como había hecho antes.

Pero cuando una vez más intentó asir mi mano con las dos suyas, la aparté. Tenía las uñas largas y negras de roña. Los dedos temblaban. Eran las manos (y el abrigo, el sombrero y la tarjeta en la cinta del sombrero) de un borrachín en ciernes.

—Ya sabes lo que tienes que hacer —me dijo.

—Sé lo que tú *quieres* que haga.

—No tiene nada que ver con querer. Tienes que regresar una última vez. Si todo está bien, saldrás al restaurante. Pronto lo quitarán y, cuando eso pase, la burbuja que ha causado toda esta locura estallará. Es un milagro que haya aguantado tanto tiempo. *Tienes que cerrar el círculo*.

Volvió a estirar las manos hacia mí. Esa vez hice algo más que retirarme; di media vuelta y corrí hacia el aparcamiento. Él salió disparado detrás de mí. Por culpa de mi rodilla mala, lo tenía más cerca de lo que debería. Lo oía justo a mi espalda mientras pasaba por delante del Plymouth Fury que era el doble del coche que había visto una noche delante de los Bungalows Candlewood sin darle importancia. Después llegué al cruce de Main con la Antigua Carretera de Lewiston. Al otro lado, el eterno rebelde rockabilly tenía la pierna doblada y la bota apoyada en el lateral de la frutería Kennebec.

Crucé corriendo las vías del tren, temeroso de que mi pierna me traicionase en los escombros, pero fue Lang el que tropezó y cayó. Lo oí gritar —un graznido desesperado y solitario— y sentí un instante de pena por él. El hombre tenía un deber muy duro. Pero no dejé que la pena me frenase. Los imperativos del amor son crueles.

El autobús expreso de Lewiston estaba llegando. Crucé a la carrera la intersección y el conductor tocó el claxon. Pensé en otro bus, abarrotado de personas que iban a ver al presidente. Y a su señora, claro está, la del vestido rosa. Rosas tendidas entre ellos sobre el asiento. No amarillas sino rojas.

—*¡Jimla, vuelve!*

Era correcto. Yo era el Jimla a fin de cuentas, el monstruo de la pesadilla de Rosette Templeton. Pasé cojeando por delante de la frutería Kennebec, ya con mucha ventaja sobre Míster Tarjeta Ocre. Esa carrera la iba a ganar. Era Jake Epping, profesor de instituto; era George Amberson, aspirante a novelista; era el Jimla, que estaba poniendo en peligro el mundo entero con cada paso que daba.

Aun así seguí corriendo.

Pensé en Sadie, alta, serena y bella, y seguí corriendo. Sadie que era propensa a los accidentes e iba a tropezar con un mal hombre llamado John Clayton. Contra él se magullaría algo más que las espinillas. «*El mundo bien perdido por amor*»... ¿eso era de Dryden o de Pope?

Me detuve a la altura de Titus Chevron, jadeando. Al otro lado de la calle, el *beatnik* propietario de El Alegre Elefante Blanco fumaba su pipa y me observaba. Míster Tarjeta Ocre estaba plantado en la boca del callejón de detrás de la frutería Kennebec. Al parecer era todo lo lejos que podía ir en esa dirección.

Estiró las manos hacia mí, lo que fue malo. Después cayó de rodillas y unió las manos por delante de él, lo que fue muchísimo peor.

—*¡No lo hagas, por favor! ¡Tienes que saber el coste!*

Lo sabía y aun así seguí adelante. Había una cabina de teléfonos nada más pasar la iglesia de San José. Me encerré dentro, consulté el listín telefónico y eché una moneda.

Cuando llegó el taxi, el conductor fumaba Lucky y tenía la radio sintonizada en la WJAB.

La historia se repite.

NOTAS FINALES

9/30/58

Me refugié en la habitación 7 del Moto Hotel Tamarack.

Pagué con dinero de una cartera de avestruz que me dio un viejo amigo. El dinero, como la carne comprada en el supermercado Red & White y las camisas compradas en Mason's Menswear, permanece. Si todo viaje *fuera* realmente un reinicio completo, no deberían, pero no lo es y permanecen. El dinero no era de Al, pero al menos el agente Hosty me había dejado escapar, lo que podía acabar siendo algo bueno para el mundo.

O no. No lo sé.

Mañana será el primero de octubre. En Derry, los chicos de los Dunning esperan ansiosos Halloween y ya planean sus disfraces. Ellen, esa pequeña y preciosa payasa pelirroja, piensa ir de princesa Summerfall Winterspring. No tendrá la oportunidad. Si fuese hoy a Derry, podría matar a Frank Dunning y salvar su Halloween, pero no lo haré. Y no iré a Durham a salvar a Carolyn Poulin del disparo perdido de Andy Cullum. La cuestión es: ¿iré a Jodie? No puedo salvar a Kennedy, eso ni se plantea, pero ¿es posible que la historia futura del mundo sea tan frágil que no permita a dos profesores conocerse y enamorarse? ¿Casarse, bailar canciones de los Beatles como «I Want to Hold Your Hand» y vivir una vida anodina?

No lo sé, no lo sé.

Tal vez ella no quiera saber nada de mí. Ya no tendremos treinta y cinco y treinta y ocho; esta vez yo tendré cuarenta y dos o cuarenta y tres. Parezco mayor incluso. Pero creo en el amor, ya saben; el amor es la única magia portátil. No creo que esté en las estrellas, pero *sí* creo que la sangre llama a la sangre y la mente a la mente y el corazón al corazón.

Sadie bailando el madison, con las mejillas ruborizadas, riendo.

Sadie diciéndome que le lamiera la boca otra vez.

Sadie preguntando si me gustaría entrar a comer bizcocho.

Un hombre y una mujer. ¿Es eso demasiado pedir?

No lo sé, no lo sé.

¿Qué he hecho aquí, me preguntaréis, ahora que he dejado a un lado mis alas de ángel bueno? He escrito. Tengo una pluma —una que me regalaron Mike y Bobbi Jill, los recordaréis—, y caminé carretera arriba hasta un centro comercial, donde compré diez cartuchos de recambio. La tinta es negra, lo cual encaja con mi estado de ánimo. También compré dos docenas de libretas gruesas, y he llenado todas menos la última. Cerca del centro comercial hay una tienda de Western Auto, donde compré una pala y un cofre de acero, de esos que tienen combinación. El coste total de mis compras fue de diecisiete dólares con diecinueve centavos. ¿Bastan estos artículos para volver el mundo oscuro e inmundo? ¿Qué será del dependiente, cuyo curso predestinado se ha visto desviado —solo con nuestra breve transacción— del que habría sido de otro modo?

No lo sé, pero *sí* sé lo siguiente: una vez di a un jugador de fútbol americano de instituto la oportunidad de brillar como actor, y su novia quedó desfigurada. Pueden decir que yo no fui el responsable, pero no nos hagamos los inocentes; la mariposa extiende sus alas.

Durante tres semanas escribí todo el día, todos los días. Doce horas algunos días; otros, catorce. La pluma corría y corría. La mano llegaba a dolerme. La remojaba y luego escribía un poco más. Algunas noches iba al Autocine Lisbon, donde hay un precio especial para los peatones: treinta centavos. Me sentaba en una de las sillas plegables delante del chiringuito y junto a la guardería. Vi otra vez *El largo y cálido verano*. Vi *El puente sobre el río Kwai* y *Al sur del Pacífico*. Vi una SESIÓN DOBLE TERRORÍFICA compuesta por *La mosca* y *La masa devoradora*. Y me pregunté qué estaba yo cambiando. Si mataba un bicho, me preguntaba qué estaría cambiando diez años más adelante. O veinte. O cuarenta.

No lo sé, no lo sé.

He aquí otra cosa que *sí* sé. El pasado es obstinado por el mismo motivo por el que el caparazón de una tortuga es resistente: porque la carne viva de dentro es tierna y está indefensa.

Y algo más. Las múltiples elecciones y posibilidades de la vida cotidiana son la música a la que bailamos. Son como las cuerdas de una guitarra. Si las rasgueas, creas un sonido agradable. Un armónico. Pero empieza a añadir cuerdas… Diez cuerdas, cien cuerdas, mil, un millón. ¡Porque se multiplican! Harry no sabía qué era aquel sonido de desgarrón acuoso, pero yo estoy bastante seguro de saberlo: es el sonido de un exceso de armonía creado por un exceso de cuerdas.

Si alguien entona un *do* agudo con una voz lo bastante alta y lo bastante constante puede resquebrajar el cristal fino. Si se reproducen las notas armónicas justas desde un estéreo lo bastante potente, puede resquebrajarse el cristal de una ventana. Le sigue (por lo menos para mí) que, si se colocan las cuerdas suficientes en el instrumento del tiempo, puede resquebrajarse la realidad.

Pero el reinicio es *casi* completo cada vez. Claro, deja un residuo. Míster Tarjeta Ocre lo dijo, y le creo. Pero si no hago ningún gran cambio…, si no hago otra cosa que ir a Jodie y conocer otra vez a Sadie por primera vez…, si resulta que nos enamoramos.

Quiero que eso suceda, y creo que probablemente sucedería. La sangre llama a la sangre, el corazón llama al corazón. Ella querrá hijos. Yo también, dicho sea de paso. Me digo que un hijo de más o de menos en el mundo no supondrá ninguna diferencia, tampoco. O no una *gran* diferencia. O dos. Incluso tres. (Se trata, al fin y al cabo, de la Era de las Familias Numerosas.) Llevaremos una vida tranquila. No levantaremos olas.

Solo que cada hijo es una ola.

Cada aliento que tomamos es una ola.

«*Tienes que regresar una última vez* —había dicho Míster Tarjeta Ocre—. *Tienes que cerrar el círculo. No tiene nada que ver con querer.*»

¿De verdad estoy pensando en arriesgar el mundo —quizá la realidad misma— por la mujer a la que amo? Eso hace que la locura de Lee parezca insignificante.

El hombre de la tarjeta metida en la cinta del sombrero me espera junto al secadero. Siento que está allí. A lo mejor no me envía ondas mentales, pero sin duda da esa impresión. «*Vuelve. No tienes por qué ser el Jimla. No es demasiado tarde para volver a ser Jake. Ser el bueno de la película, el ángel bueno. Nada de salvar al presidente; salva el mundo. Hazlo mientras aún queda tiempo.*»

Sí.

Lo haré.

Probablemente lo haré.

Mañana. Mañana será más pronto que tarde, ¿o no?

10/1/58

Sigo aquí en Tamarack. Sigo escribiendo.

Mi incertidumbre sobre Clayton es la peor. Clayton es aquello en lo que pensaba mientras enroscaba el último cartucho de tinta en mi fiel pluma, y es aquello en lo que pienso ahora. Si supiera que ella va a estar a salvo de él, creo que podría ceder. ¿Se presentará John Clayton de todas formas en la casa de Sadie en Bee Tree Lane si me resto de la ecuación? A lo mejor vernos juntos fue lo que le dio el empujón final. Pero la siguió a Texas *antes* incluso de saber lo nuestro y, si vuelve a hacerlo, esa vez podría cortarle la garganta en vez de la mejilla. Deke y yo no estaríamos allí para detenerlo, desde luego.

Solo que a lo mejor *sí* sabía lo nuestro. Sadie podría haber escrito a una amiga de Savannah, y la amiga podría habérselo contado a una amiga, y la noticia de que Sadie se estaba viendo con un tipo —uno que no conocía los imperativos de la escoba— podría haber llegado finalmente a su ex. Si nada de eso sucedía porque yo no estaba, Sadie estaría bien.

¿La dama o el tigre?

No lo sé, no lo sé.

El tiempo empieza a inclinarse hacia el otoño.

10/6/58

Anoche fui al autocine. Es el último fin de semana para ellos. El lunes colgarán un cartel que diga CERRADO HASTA LA PRÓXIMA TEMPORADA y añadirán algo del estilo de ¡EL DOBLE DE BUENO EN EL 59! El último programa consistió en dos cortometrajes, unos dibujos de Bugs Bunny y otro par de películas de miedo, *Macabro* y *Escalofrío*. Ocupé mi silla plegable de costumbre y vi *Macabro* sin verla. Pasé frío. Tenía dinero para comprar un abrigo, pero ya me daba miedo adquirir cualquier cosa. No paraba de pensar en los cambios que podría ocasionar.

Cuando terminó la primera película, sí que fui al chiringuito, sin embargo. Quería un café caliente (pensando *Esto no puede cambiar gran cosa*, y también ¿*Cómo lo sabes?*). Cuando salí, solo había un niño en la guardería, que habría estado llena en el intermedio apenas un mes antes. Era una niña que llevaba chaqueta vaquera y pantalones rojos brillantes. Estaba saltando a la comba. Se parecía a Rosette Templeton.

—Fui por la calle, la calle embarrada —cantaba—. Tropecé con el dedo, el dedo sangraba. ¿Todas aquí? ¡Y *dos*, *tres*, *cuatro* rosas! ¡Cómo quiero a la *mariposa*!

No pude quedarme. Temblaba demasiado.

A lo mejor los poetas pueden matar al mundo por amor, pero no los tipos del montón como yo. Mañana, suponiendo que la madriguera de conejo siga allí, volveré. Pero antes...

El café no fue lo único que compré en el chiringuito.

10/7/58

El cofre de la Western Auto está encima de la cama, abierto. La pala está en el armario (no sé qué habrá pensado la camarera de eso). Se está acabando la tinta de mi último recambio, pero no pasa nada; dos o tres páginas más me llevarán hasta el final. Dejaré el manuscrito en el cofre y luego lo enterraré cerca del estanque donde una vez me deshice del móvil. Lo enterraré bien hondo en esa tierra blanda y oscura. Quizá, algún día, alguien lo encontrará. Quizá seas tú. Si *hay* un futuro y *hay* un tú, se entiende. Eso es algo que descubriré pronto.

Me digo (esperanzado, temeroso) que mis tres semanas en Tamarack no pueden haber cambiado gran cosa; Al pasó cuatro años en el pasado y volvió a un presente intacto... aunque reconozco que me he preguntado por su posible relación con el holocausto del World Trade Center o el gran terremoto japonés. Me digo que no hay conexión... pero aun así, dudo.

También debería deciros que ya no pienso en 2011 como en el presente. Philip Nolan era *El hombre sin patria*; yo soy El Hombre

Sin Marco Temporal. Sospecho que siempre lo seré. Aunque 2011 siga allí, seré un extranjero de paso.

A mi lado en la mesa hay una postal con una foto de coches aparcados delante de una gran pantalla. Es la única clase de postal que venden en el chiringuito del Autocine Lisbon. He escrito el mensaje y he escrito la dirección: Sr. Deacon Simmons, Escuela Secundaria de Jodie, Jodie, Texas. Había empezado a escribir Escuela Superior Consolidada de Denholm, pero la ESJ no se convertirá en ESCD hasta el año siguiente o el otro.

El mensaje dice así: «*Querido Deke: cuando llegue tu nueva bibliotecaria, cuídala. Va a necesitar un ángel bueno, sobre todo en abril de 1963. Por favor, créeme*».

«*No, Jake* —oigo susurrar a Míster Tarjeta Ocre—. *Si John Clayton debe matarla y no lo hace, se producirán cambios... y, como has visto con tus propios ojos, los cambios nunca son a mejor. No importa lo buenas que sean tus intenciones.*»

—*¡Pero es Sadie!* —exclamo, y aunque nunca he sido lo que se diría un hombre llorón, ahora empiezan a brotar las lágrimas. Duelen, queman—. *¡Es Sadie y la quiero! ¿Cómo voy a quedarme de brazos cruzados cuando puede que la maten?*

La respuesta es tan obstinada como el pasado: «*Cierra el círculo*».

De modo que hago pedazos la postal, meto los fragmentos en el cenicero de la habitación y les prendo fuego. No hay detector de humos que pregone al mundo lo que he hecho. Lo único que hay es el sonido ronco de mis sollozos. Es como si la hubiera matado con mis propias manos. Pronto enterraré mi cofre con el manuscrito dentro y después volveré a Lisbon Falls, donde sin duda Míster Tarjeta Ocre se alegrará mucho de verme. No llamaré a un taxi; pienso hacer todo el camino a pie, bajo las estrellas. Supongo que quiero despedirme. Los corazones no se rompen de verdad. Ojalá pudieran.

Ahora mismo no voy a ninguna parte salvo a la cama, donde posaré mi cara mojada en la almohada y rogaré a un Dios en el que no puedo acabar de creer que envíe a mi Sadie algún ángel bueno para que pueda vivir. Y amar. Y bailar.

Adiós, Sadie.

Nunca me conociste, pero te quiero, cariño.

CIUDADANA DEL SIGLO (2012)

1

Imagino que el Hogar de la Famosa Granburguesa ya ha desaparecido, reemplazado por un L. L. Bean Express, pero no estoy seguro; es algo que nunca me he molestado en comprobar por internet. Lo único que sé es que seguía allí cuando volví de todas mis aventuras. Y el mundo que lo rodeaba, también.

De momento, por lo menos.

No sé si hay Bean Express porque aquel fue mi último día en Lisbon Falls. Volví a mi casa en Sabattus, recuperé el sueño perdido y luego metí mis dos maletas y a mi gato en el coche y partí rumbo al sur. Paré a poner gasolina en un pueblo de Massachusetts llamado Westborough y decidí que no tenía mal aspecto para un hombre sin especiales perspectivas ni expectativas en la vida.

Aquella primera noche me alojé en el Hampton Inn de Westborough. Había wi-fi. Me conecté a internet —con el corazón tan acelerado que me cruzaban motas brillantes por la vista— y abrí la página web del *Morning News* de Dallas. Después de introducir mi número de tarjeta de crédito (un proceso que precisó varios intentos por culpa de mis dedos temblorosos), pude consultar la hemeroteca. El 11 de abril de 1963 aparecía el artículo sobre un anónimo agresor que había disparado a Edwin Walker, pero el 12 no aparecía nada sobre Sadie. Tampoco la semana siguiente, ni la de después. Seguí buscando.

Encontré el artículo que buscaba en el ejemplar del 30 de abril.

PACIENTE PSIQUIÁTRICO ACUCHILLA A SU EX MUJER Y SE SUICIDA
por Ernie Calvert

(JODIE) Deacon «Deke» Simmons, de 77 años, y Ellen Dockerty, directora de la Escuela Superior Consolidada de Denholm, llegaron demasiado tarde el domingo por la noche para salvar a Sadie Dunhill de resultar gravemente herida, pero todo podría haber acabado mucho peor para la popular bibliotecaria de 28 años.

Según Douglas Reems, el policía local de Jodie: «Si Deke y Ellie no hubiesen llegado cuando lo hicieron, la señorita Dunhill casi a ciencia cierta habría sido asesinada».

Los dos educadores habían acudido con un guiso de atún y un pudin. Ninguno de los dos quiso hablar sobre su heroica intervención. Simmons solo declaró: «Ojalá hubiésemos llegado antes».

Según el agente Reems, Simmons redujo al mucho más joven John Clayton, de Savannah, Georgia, después de que la señorita Dockerty le lanzase el guiso y lo distrajera. Simmons le arrancó de las manos un pequeño revólver. A continuación Clayton sacó el cuchillo con el que había cortado en la cara a su ex mujer y lo usó para rajar su propia garganta. Simmons y la señorita Dockerty intentaron contener la hemorragia de manera infructuosa. Clayton fue declarado muerto en el lugar de los hechos.

La señorita Dockerty explicó al agente Reems que Clayton podría haber llevado meses acechando a su ex mujer. El personal de la Escuela Superior de Denholm estaba sobre aviso de que el ex marido de la señorita Dunhill podía ser peligroso, y la misma señorita Dunhill distribuyó una fotografía de él, pero la directora Dockerty declaró que había alterado su apariencia.

La señorita Dunhill fue transportada en ambulancia al hospital Parkland Memorial de Dallas, donde su estado se declara como estable.

3

Nunca un llorón, ese soy yo, pero esa noche lo compensé. Esa noche me dormí llorando y, por primera vez en mucho tiempo, mi sueño fue profundo y descansado.

Viva.

Estaba viva.

Marcada de por vida —oh, sí, sin duda— pero viva.

Viva, viva, viva.

4

El mundo seguía allí y seguía armonizando… o quizá yo lo *hacía* armonizar. Cuando nosotros creamos esa armonía, supongo que la llamamos hábito. Entré como sustituto en el sistema escolar de Westborough y luego a jornada completa. No me sorprendió que el director del instituto local fuese un fanático del fútbol americano llamado Borman…, como cierto entrenador simpaticón que había conocido una vez en otra parte. Me mantuve en contacto con mis viejos amigos de Lisbon Falls durante una temporada y luego me distancié. *C'est la vie.*

Volví a consultar la hemeroteca del *Morning News* de Dallas y descubrí un articulillo en el ejemplar del 29 de mayo de 1963: BIBLIOTECARIA DE JODIE SALE DEL HOSPITAL. Era breve y en gran medida insustancial. No había nada sobre su estado de salud y sus planes de futuro. Ni foto. Los breves sepultados en la página 29, entre anuncios de muebles rebajados y oportunidades para la venta puerta a puerta, nunca vienen con foto. Es una de las grandes verdades de la vida, como que el teléfono siempre suena cuando estás en el baño o en la ducha.

En el año transcurrido después de mi regreso a la Tierra de Ahora, hay varias páginas web y varios temas de búsqueda de los que me he mantenido alejado. ¿Sentía la tentación? Por supuesto. Pero la red es una espada de doble filo. Por cada hallazgo que reconforta —como descubrir que la mujer a la que amabas sobrevivió a su ex marido loco— hay dos con el poder de hacer daño. Una persona que busque noticias de alguien puede descubrir que ese alguien murió en un accidente. O de cáncer de pulmón por culpa del tabaco. O que se suicidó, en el caso de ese alguien en particular muy probablemente con una combinación de bebida y somníferos.

Sadie a solas, sin nadie que la despertase a bofetones y la metiera en una ducha fría. Si eso había pasado, no quería saberlo.

Usaba internet para preparar mis clases, lo usaba para consultar la cartelera y una o dos veces por semana miraba los últimos vídeos virales. Lo que no hacía era buscar noticias de Sadie. Supongo que, si Jodie hubiera tenido un periódico, me habría sentido aún más tentado, pero entonces no tenía y a buen seguro no lo tenía ahora, cuando internet estaba estrangulando poco a poco a la prensa de papel. Además, existe un viejo proverbio que dice: «*No mires por un agujero en un árbol si no quieres llevarte un disgusto*». ¿Ha habido en la historia humana un agujero en un árbol más grande que internet?

Sobrevivió a Clayton. Más valía, me dije, dejar ahí lo que sabía sobre Sadie.

5

Podría haberlo conseguido si no hubiera llegado a mi clase de lengua avanzada una estudiante procedente de otro instituto. Fue en abril de 2012; incluso podría haber sido el día 10, en el cuarenta y nueve aniversario del intento de asesinato de Edwin Walker. Se llamaba Erin Tolliver y su familia se había mudado a Westborough desde Kileen, Texas.

Ese era un nombre que conocía bien. Kileen, donde había comprado condones a un farmacéutico de desagradable sonrisa cómplice. «*No haga nada que vaya en contra de la ley, hijo*», me había aconsejado. Kileen, donde Sadie y yo habíamos compartido muchas noches dulces en los Bungalows Candlewood.

Kileen, que había tenido un periódico llamado *The Weekly Gazette*.

Durante su segunda semana de clase —para entonces mi nueva estudiante de lengua avanzada se había echado varias amigas nuevas, había fascinado a varios chicos y se estaba adaptando de maravilla—, pregunté a Erin si *The Weekly Gazette* todavía se publicaba. Se le iluminaron las facciones.

—¿Ha estado en Kileen, señor Epping?

—Estuve hace mucho tiempo —dije, una frase que no hubiese provocado el menor movimiento de aguja en un detector de mentiras.

—Sigue allí. Mi madre decía que solo lo compraba para envolver el pescado.

—¿Todavía saca la columna de «Actividades de Jodie»?

—Lleva una columna de «Actividades» por cada pueblecillo al sur de Dallas —respondió Erin con una leve carcajada—. Apuesto a que podría encontrarlo en la red si tanto le interesa, señor Epping. *Todo* está en la red.

Tenía toda la razón en eso, y aguanté exactamente una semana. A veces el agujero es demasiado tentador.

6

Mi intención era simple: acudiría a la hemeroteca (suponiendo que *The Weekly Gazette* tuviera una) y buscaría por el nombre de Sadie. El sentido común me lo desaconsejaba, pero Erin Tolliver sin querer había removido unos sentimientos que habían empezado a aposentarse, y sabía que no volvería a descansar tranquilo hasta que mirase. Resultó que la hemeroteca era innecesaria. Encontré lo que estaba buscando no en la columna de «Actividades de Jodie» sino en primera plana del ejemplar del día.

JODIE ESCOGE A LA «CIUDADANA DEL SIGLO» PARA LA CELEBRACIÓN DEL CENTENARIO EN JULIO, rezaba el titular. Y la foto de debajo del titular… ya tenía ochenta años, pero hay caras que no se olvidan. El fotógrafo podría haberle sugerido que volviese la cabeza para ocultar su lado izquierdo, pero Sadie miró a la cámara de frente. ¿Y por qué no? Ya era una cicatriz vieja, la herida causada por un hombre que llevaba muchos años en la tumba. Pensé que daba carácter a su cara, pero claro, yo no era imparcial. Para el ojo que ama, hasta las cicatrices de la viruela son bellas.

A finales de junio, cuando acabaron las clases, hice una maleta y puse tumbo a Texas una vez más.

Crepúsculo de una noche de verano en la localidad de Jodie, Texas. Es un poco más grande que en 1963, pero no mucho. Hay una fábrica de cajas en la parte del pueblo donde Sadie Dunhill vivió en un tiempo, en Bee Tree Lane. La barbería no está, y la gasolinera de Cities Service donde antaño echaba combustible a mi Sunliner es ahora un 7-Eleven. Hay un Subway donde Al Stevens vendía Berrenburguesas y Patatas Fritas Mesquite.

Los discursos de conmemoración del centenario de Jodie habían terminado. El pronunciado por la mujer escogida por la Sociedad Histórica y el Ayuntamiento como Ciudadana del Siglo fue encantador y breve; el del alcalde, largo pero informativo. Me enteré de que Sadie había sido alcaldesa durante una legislatura y que había representado al pueblo en la Cámara Estatal Legislativa de Texas durante cuatro, pero eso no era nada. Estaba su trabajo benéfico, sus incesantes esfuerzos por mejorar la calidad de la educación en la ESCD y su año sabático para ejercer el voluntariado en Nueva Orleans después del Katrina. Estaban el programa de la Biblioteca Estatal de Texas para estudiantes ciegos, una iniciativa para mejorar los servicios hospitalarios para veteranos y su infatigable (y continuado, incluso a los ochenta años) empeño por ofrecer mejores servicios públicos a los enfermos mentales indigentes. En 1996 le habían ofrecido la posibilidad de presentarse candidata al Congreso de Estados Unidos, pero dijo que no con el argumento de que tenía trabajo de sobra a pie de calle.

Nunca volvió a casarse. Nunca se fue de Jodie. Sigue siendo alta y la osteoporosis no ha doblado su cuerpo. Y sigue siendo bella, con una larga melena blanca que fluye por su espalda casi hasta su cintura.

Ahora los discursos han acabado y Main Street ha sido cerrada al tráfico. Una pancarta en cada extremo de las dos manzanas del tramo comercial proclama:

¡BAILE EN LA CALLE, 19.00-MEDIANOCHE!
¡VENID TODOS!

Sadie está rodeada de personas que quieren felicitarla —a algunas de las cuales creo reconocer aún—, de modo que me acerco dando un paseo a la tarima del DJ delante de lo que antes era la Western Auto y ahora es un Walgreens. El tipo que trastea con los discos y CD es un sesentón con el pelo ralo y canoso y una barriga considerable, pero reconocería esas gafas de pardillo de montura rosa en cualquier parte.

—Hola, Donald —digo—. Veo que todavía tiene el nido preferido del sonido.

Donald Bellingham alza la vista y sonríe.

—Nunca vayas al bolo sin él. ¿Le conozco?

—No —digo—; a mi madre. Estuvo en un baile donde pinchó usted, allá a principios de los sesenta. Decía que llevó de tapadillo los discos de big band de su padre.

Sonríe.

—Sí, la que me cayó por eso. ¿Quién era su madre?

—Andrea Robertson —respondo, escogiendo el nombre al azar. Andrea era mi mejor alumna en la segunda hora de literatura americana.

—Claro, la recuerdo. —Su vaga sonrisa dice que no.

—No conservarás alguno de esos viejos discos, ¿verdad?

—Dios, no. Los perdí hace tiempo. Pero tengo un montón de temas de big band en CD. ¿Veo venir una petición?

—A decir verdad, sí. Pero es algo especial.

Se ríe.

—¿No lo son todas?

Le digo lo que quiero y Donald —tan ansioso por complacer como siempre— accede. Cuando empiezo a volver hacia el final de la manzana, donde ahora el alcalde está sirviendo un ponche a la mujer a la que he venido a ver, Donald me llama dando una voz.

—No he pillado su nombre.

—Amberson —digo por encima del hombro—. George Amberson.

—¿Y la quiere a las ocho y cuarto?

—En punto. El tiempo es esencial, Donald. Esperemos que coopere.

Cinco minutos después, Donald Bellingham bombardea Jodie

con «At the Hop» y los bailarines llenan la calle bajo una puesta de sol tejana.

8

A las ocho y diez, Donald pone una canción lenta de Alan Jackson, una que pueden bailar hasta los más mayores. Sadie se queda sola por primera vez desde el final de los discursos, y me acerco a ella. El corazón me late tan fuerte que parece sacudir mi cuerpo entero.

—¿Señorita Dunhill?

Ella se vuelve, sonriendo y alzando un poco la vista. Es alta, pero yo más. Siempre lo fui.

—¿Sí?

—Me llamo George Amberson. Quería decirle lo mucho que la admiro, a usted y todo el trabajo que ha hecho.

Su sonrisa adquiere un ligero aire perplejo.

—Gracias, señor. No lo reconozco, pero el nombre me suena. ¿Es de Jodie?

Ya no puedo viajar en el tiempo, y desde luego no puedo leer mentes, pero aun así sé lo que está pensando: *«Oigo ese nombre en mis sueños».*

—Sí y no. —Y antes de que pueda insistir—: ¿Puedo preguntarle qué la llevó a interesarse por el servicio público?

Su sonrisa es ya apenas un fantasma en las comisuras de su boca.

—Y lo quiere saber porque…

—¿Fue el asesinato? ¿El asesinato de Kennedy?

—Pues… supongo que sí, en cierta manera. Me gusta pensar que habría ampliado horizontes de todas formas, pero supongo que empezó allí. Dejó en esta parte de Texas una… —su mano izquierda se eleva de forma involuntaria hacia la mejilla y luego vuelve a su sitio— cicatriz muy grande. Señor Amberson, ¿de qué le conozco? Porque le conozco. Estoy segura.

—¿Puedo hacerle otra pregunta?

Me mira con creciente perplejidad. Echo un vistazo a mi reloj. Las ocho y catorce. Casi la hora. A menos que Donald se olvide, por supuesto…, y no creo que lo haga. Por citar una canción de los cincuenta cualquiera, hay cosas que están destinadas a suceder.

—El baile de Sadie Hawkins, allá en 1961. ¿A quién escogió de acompañante cuando la madre del entrenador Borman se rompió la cadera? ¿Se acuerda?

Abre mucho la boca y luego la cierra poco a poco. El alcalde y su mujer se acercan, nos ven enfrascados en una conversación y cambian de rumbo. Aquí estamos en nuestra pequeña cápsula particular; solo Jake y Sadie. Como fue en otro tiempo.

—Don Haggarty —responde—. Fue como coreografiar un baile con el tonto del pueblo. Señor Amberson…

Pero antes de que pueda terminar, Donald Bellingham se dirige a nosotros a través de ocho altavoces, justo a tiempo:

—¡Okey, Jodie, ahí va un tornado del pasado, un disco que es distinto, solo grandes canciones y se aceptan peticiones!

Entonces suena, esa fluida introducción de metales de una banda desaparecida hacía mucho:

Bah-dah-dah… bah-dah-da-dee-dum…

—Oh, Dios mío, «In the Mood» —dice Sadie—. Yo bailaba el lindy con esta.

Le tiendo la mano.

—Vamos. Al lío.

Ella se ríe y niega con la cabeza.

—Mis días de swing quedaron muy atrás, me temo, señor Amberson.

—Pero no es demasiado mayor para bailar el vals. Como decía Donald en los viejos tiempos: «Arriba de las sillas y a mover las cinturillas». Y llámeme George. Por favor.

En la calle, las parejas bailan el jitterbug. Unas pocas hasta se atreven con el lindy-hop, pero ninguna puede bailar el swing como hacíamos Sadie y yo en los buenos tiempos. Ni por asomo.

Ella me coge la mano como una mujer en un sueño. *Está* en un sueño, y yo también. Como todos los dulces sueños, será corto…, pero es la brevedad la que *hace* la dulzura, ¿no es así? Sí, eso creo. Porque cuando el tiempo ha pasado, nunca lo puedes recuperar.

Las luces de fiesta cuelgan por encima de la calle, amarillas, rojas y verdes. Sadie tropieza con una silla, pero estoy preparado y la sostengo fácilmente por el brazo.

—Lo siento, soy torpe —dice.

—Siempre lo fuiste, Sadie. Uno de tus rasgos más adorables.

Antes de que pueda preguntarme por eso, le paso la mano por la cintura. Ella hace lo propio con la mía, sin dejar de mirarme desde un poco más abajo. Las luces patinan por sus mejillas y brillan en sus ojos. Unimos las manos, nuestros dedos se doblan juntos de forma natural y para mí los años se desprenden como un abrigo demasiado grueso y ajustado. En ese momento espero una cosa por encima de todo: que no haya vivido demasiado ocupada para encontrar al menos un hombre bueno, uno que se deshiciera de la puta escoba de John Clayton de una vez por todas.

Habla con voz casi demasiado baja para oírla por encima de la música, pero yo la oigo; siempre la oí.

—¿Quién *eres*, George?

—Alguien a quien conociste en otra vida, cariño.

Entonces la música se apodera de nosotros, la música se lleva los años por delante, y bailamos.

2 de enero de 2009-18 de diciembre de 2010
Sarasota, Florida
Lovell, Maine

EPÍLOGO

Ha pasado casi medio siglo desde que John Kennedy fue asesinado en Dallas, pero dos preguntas siguen pendientes: ¿fue de verdad Lee Oswald quien apretó el gatillo y, en caso de serlo, actuó solo? Nada de lo que he escrito en *11/22/63* ofrecerá respuestas a esas preguntas, porque el viaje en el tiempo solo es una interesante ficción. Pero si usted, como yo, siente curiosidad por saber por qué permanecen aún esos interrogantes, creo que puedo darle una respuesta satisfactoria en dos palabras: Karen Carlin. No solo una nota a pie de página de la historia, sino la nota de una nota. Y aun así...

Jack Ruby tenía un local de striptease en Dallas llamado el Carousel Club. Carlin, cuyo *nom du burlesque* era Little Lynn, bailaba allí. La noche que siguió al asesinato de Kennedy, Ruby recibió una llamada de la señorita Carlin, a la que faltaban veinticinco dólares para el alquiler de diciembre y necesitaba desesperadamente un préstamo para que no la echaran a la calle. ¿La ayudaría?

Jack Ruby, que tenía otras cosas en la cabeza, le dedicó lo más florido de su vocabulario (a decir verdad, era el único vocabulario que Jack el Chisposo de Dallas parecía tener). Le consternaba que hubiesen asesinado al presidente al que reverenciaba en su ciudad natal, y habló en repetidas ocasiones con amigos y parientes sobre lo terrible que era aquello para la señora Kennedy y sus hijos. Ruby se ponía malo al pensar que Jackie debía regresar a Dallas para el juicio de Oswald. La viuda se convertiría en un espectáculo nacional, decía. Usarían su dolor para vender prensa amarilla.

A menos, por supuesto, que Lee Oswald sufriese un ataque agudo de matarile.

Todos los agentes del Departamento de Policía de Dallas conocían a Jack al menos de vista. Él y su «esposa» —era como llamaba a su pequeña dachshund, Sheba— eran visitantes frecuentes de la comisaría. Repartía entradas gratis a sus clubes y, cuando los polis aparecían en ellos, les invitaba a copas. De modo que nadie le prestó especial atención cuando se presentó en la comisaría el sábado 23 de noviembre. Cuando hicieron desfilar a Oswald por delante de la prensa, proclamando su inocencia y luciendo un ojo morado, Ruby estaba presente. Llevaba una pistola (sí, otra .38, en esa ocasión una Colt Cobra) y tenía toda la intención de disparar a Oswald con ella. Pero la sala estaba abarrotada; Ruby se vio relegado al fondo y Oswald se libró.

De modo que Jack Ruby lo dejó correr.

A última hora de la mañana del domingo, fue a la oficina de la Western Union que había a una manzana o así del Departamento de Policía de Dallas y mandó a «Little Lynn» un giro postal de veinticinco dólares. Después se acercó dando un paseo a la comisaría. Presuponía que Oswald ya había sido trasladado a la Cárcel del Condado de Dallas, y le sorprendió ver a una multitud reunida delante del edificio. Había periodistas, furgonetas de las noticias y los curiosos de costumbre. El traslado no había cumplido el calendario previsto.

Ruby llevaba su pistola, y se abrió paso hasta el garaje de la policía. Allí no tuvo ningún problema. Algún que otro poli hasta le saludó, y Ruby correspondió al saludo. Oswald seguía en el piso de arriba. En el último momento había pedido a sus carceleros si podía ponerse un jersey, porque su camisa tenía un agujero. El desvío para recoger el jersey duró menos de tres minutos, pero fueron suficientes; la vida cambia en un instante. Ruby disparó a Oswald en el abdomen. Mientras un montón de policías aterrizaban encima de Jack el Chisposo, este consiguió chillar:

—¡Eh, chicos, que soy Jack Ruby! ¡Todos me conocéis!

El magnicida murió en el hospital Parkland al cabo de poco, sin realizar ninguna declaración. Gracias a una bailarina de striptease que necesitaba veinticinco pavos y a un fanfarrón de pacotilla que quería ponerse un jersey, Oswald no fue juzgado nunca por su crimen y nunca dispuso de una oportunidad real de confesar. Su declaración final sobre su participación en los acontecimientos del 11/22/63 fue: «Soy un cabeza de turco». Los consiguientes debates sobre si había dicho o no la verdad no han cesado nunca.

Al principio de la novela, el amigo de Jack Epping, Al, plantea la probabilidad de que Oswald fuera el único tirador en un noventa y cinco por ciento. Después de leer una pila de libros y artículos sobre el tema casi tan alta como yo, la situaría en un noventa y ocho por ciento, quizá incluso en un noventa y nueve. Porque todas las crónicas, incluidas las escritas por teóricos de la conspiración, cuentan la misma historia americana básica: he aquí a un peligroso canijo sediento de fama que se encontró en el lugar adecuado para tener suerte. ¿Que había muy pocas probabilidades de que pasara tal y como sucedió? Sí. También las hay de ganar la lotería, pero alguien la gana todos los días.

Probablemente, las fuentes más útiles que leí en la preparación para esta novela fueron *Case Closed*, de Gerald Posner; *Legend*, de Edward Jay Epstein (una chifladura a lo Robert Ludlum, pero divertida); *Oswald: un misterio americano*, de Norman Mailer; y *Mrs. Paine's Garage*, de Thomas Mallon. El último ofrece un brillante análisis de los teóricos de la conspiración y su necesidad de encontrar orden en lo que fue un suceso casi aleatorio. El Mailer también es excelente. Dice que acometió el proyecto (que incluye extensas entrevistas con rusos que conocieron a Lee y Marina en Minsk) creyendo que Oswald era la víctima de una conspiración, pero al final llegó a convencerse —a regañadientes— de que la vieja y aburrida Comisión Warren tenía razón: Oswald actuó solo.

Es muy, muy difícil que una persona razonable crea otra cosa. La Navaja de Occam: la explicación más sencilla suele ser la correcta.

También me causó una honda impresión —a la vez que me conmovió y afectó— mi relectura de *Muerte de un presidente*, de William Manchester. Se equivoca de medio a medio acerca de algunas cosas, es dado a arrebatos de prosa grandilocuente (decir que Marina Oswald tenía «ojos de lince», por ejemplo) y su análisis de los motivos de Oswald es superficial a la par que hostil, pero esta obra colosal, publicada solo cuatro años después de aquella terrible hora del almuerzo en Dallas, es la más cercana en el tiempo al asesinato, escrita cuando la mayoría de los participantes seguían vivos y sus recuerdos aún eran vívidos. Armado con la aprobación condicional del proyecto por parte de Jacqueline Kennedy, todo el mundo habló con Manchester y, aunque su relato de las secuelas es ampuloso, su crónica de los sucesos del 22-N es heladora y realista, una película de Zapruder en palabras.

Bueno... *casi* todo el mundo habló con él. Marina Oswald no lo hizo, y el posterior trato inclemente que le dispensó Manchester puede tener algo que ver con eso. Marina (que sigue viva en el momento de escribir estas líneas) tenía la vista puesta en la principal oportunidad que le brindó el acto cobarde de su marido, ¿y quién podría culparla? Quienes deseen leer sus recuerdos completos pueden encontrarlos en *Marina and Lee*, de Priscilla Johnson McMillan. Confío en muy poco de lo que dice (a menos que lo corroboren otras fuentes), pero saludo —con cierta renuencia, es cierto— su habilidad para la supervivencia.

Originariamente intenté escribir este libro hace mucho, en 1972. Abandoné el proyecto porque la investigación que acarrearía parecía demasiado ardua para un hombre que enseñaba a jornada completa. Había otro motivo: incluso nueve años después del suceso, la herida era demasiado reciente. Me alegro de haber esperado. Cuando por fin decidí seguir adelante, me resultó natural acudir a mi viejo amigo Russ Dorr para que me ayudase con la investigación. Proporcionó un espléndido sistema de apoyo para otro largo libro, *La cúpula*, y una vez más estuvo a la altura de lo que se le pedía. Escribo este epílogo rodeado de pilas de materiales de investigación, los más valiosos de los cuales son los vídeos que grabó Ross durante nuestros exhaustivos (y extenuantes) viajes en Dallas y la pila de treinta centímetros de emails que llegaron en respuesta a mis preguntas sobre infinidad de temas, desde la Serie Mundial de béisbol de 1958 hasta los dispositivos de escucha de mediados de siglo. Fue Ross quien localizó la casa de Edwin Walker, que resultó hallarse en la ruta del desfile del 11/22 (el pasado armoniza), y fue Ross quien —tras buscar largo y tendido en varios registros de Dallas— encontró la probable dirección en 1963 de ese hombre tan peculiar, George de Mohrenschildt. Y, por cierto, ¿dónde *estaba* exactamente el señor De Mohrenschildt la noche del 10 de abril de 1963? Probablemente no en el Carousel Club, pero, si tenía una coartada para el intento de asesinato del general, yo no pude encontrarla.

Odio aburrirles con mi discurso de los Oscar —me irritan mucho los escritores que lo hacen—, pero aun así necesito quitarme el sombrero ante una serie de personas más. El Gran Número Uno es Gary Mack, conservador del Museo del Sexto Piso de Dallas. Respondió a millones de preguntas, en ocasiones dos o tres veces antes de que embutiera la información en mi obtusa cabeza. El recorrido por el Depósito de Libros Escolares de Texas fue una siniestra necesidad que él animó con su considerable ingenio y sus enciclopédicos conocimientos.

También doy las gracias a Nicola Longford, director ejecutivo del Museo del Sexto Piso, y a Megan Bryant, directora de Colecciones y Propiedad Intelectual. Brian Collins y Rachel Howell trabajan en el departamento de historia de la Biblioteca Pública de Dallas y me dieron acceso a viejas películas (algunas de ellas bastante graciosas) que muestran el aspecto que tenía la ciudad en los años 1960-1963. Susan Richards, investigadora de la Sociedad Histórica de Dallas, también aportó su granito de arena, como hicieron Amy Brumfield, David Reynolds y el personal del hotel Adolphus. Martin Nobles, residente en Dallas de toda la vida, nos hizo de chófer a Ross y a mí por la ciudad. Nos llevó al ahora cerrado pero aún existente cine Texas, donde Oswald fue capturado, a la antigua residencia de Edwin Walker, a Greenville Avenue (no tan sórdida como fue en un tiempo el barrio de los bares y las putas de Fort Worth) y a Mercedes Street, donde ya no existe el 2703. Es cierto que voló en un tornado…, aunque no en 1963. Y me quito el sombrero ante Mike McEachern o «Silent Mike», que donó su nombre con fines benéficos.

Quiero dar las gracias a Doris Kearns Goodwin y a su marido Dick Goodwin, el antiguo ayuda de campo de Kennedy, por ser pacientes con mis preguntas sobre los peores escenarios en caso de que Kennedy hubiera vivido. George Wallace como trigésimo séptimo presidente fue idea de ellos… pero, cuanto más pensaba en ello, más plausible me parecía. Mi hijo, el novelista Joe Hill, señaló varias consecuencias del viaje en el tiempo que no me había planteado. También se le ocurrió un final nuevo y mejor. Joe, eres un fiera.

Y quiero dar las gracias a mi mujer, mi primera lectora por elección y mi más dura y justa crítica. Ferviente partidaria de Kennedy, lo vio en persona no mucho antes de su muerte y nunca lo ha olvidado. Siempre fiel al espíritu de contradicción, Tabitha está (no me sorprende a mí y no debería sorprenderles a ustedes) del lado de los teóricos de la conspiración.

¿Se me han escapado errores? Seguro. ¿He cambiado cosas para adecuarlas al curso de mi narrativa? Claro. Por poner un ejemplo, es verdad que Lee y Marina fueron a una fiesta de bienvenida organizada por George Bouhe a la que asistieron la mayoría de los emigrados rusos de la zona, y es verdad que Lee odiaba y criticaba a aquellos burgueses de clase media que habían dado la espalda a la Madre Rusia, pero la fiesta sucedió tres semanas más tarde de lo que se narra en el libro. Y si bien es cierto que Lee, Marina y la pequeña June vivieron en el piso de arriba del 214 de Neely Oeste Street, no tengo ni idea de quién vivía en el piso de abajo, si es que vivía alguien. Pero ese fue el que visité (pagando veinte dólares por el privilegio), y me pareció una pena no usar la distribución del edificio. Y vaya si era un edificio deprimente.

En general, sin embargo, he sido fiel a la verdad.

Habrá quien me critique por haber sido demasiado duro con la ciudad de Dallas. Siento discrepar. Si acaso, la narración en primera persona de Jack Epping me ha permitido pasarme de blando con ella, por lo menos tal y como era en 1963. El día en que Kennedy aterrizó en Love Field, Dallas era un lugar odioso. Las banderas confederadas se izaban del derecho y las estadounidenses del revés. Algunos espectadores del aeropuerto llevaban carteles que decían AYUDA A JFK A APLASTAR LA DEMOCRACIA. Poco antes de aquel día de noviembre, tanto Adlai Stevenson como Lady Bird Johnson fueron sometidos a una lluvia de escupitajos por parte de los votantes de Dallas. Las que escupían a la señora Johnson eran amas de casa de clase media.

Hoy ha mejorado, pero siguen viéndose carteles en Main Street que dicen NO SE PERMITEN PISTOLAS EN EL BAR. Esto es un epílogo, no un editorial, pero tengo opiniones muy claras sobre este tema, sobre todo a la vista del clima político actual del país. Si quieren saber a lo que puede conducir el extremismo político, vean la película de Zapruder. Tomen nota del fotograma 313 en particular, cuando explota la cabeza de Kennedy.

Antes de terminar, quiero dar las gracias a una persona más: el difunto Jack Finney, que fue uno de los grandes cuentacuentos y autores de fantasía de Estados Unidos. Además de *Los ladrones de cuerpos*, escribió *Ahora y siempre*, que es, en opinión de este humilde escritor, *la* gran historia sobre viajes en el tiempo. En un principio pretendía dedicarle este libro, pero en junio del año pasado llegó a nuestra familia una encantadora nietecita, de modo que la dedicatoria es para Zelda.

Jack, estoy seguro de que lo entenderías.

STEPHEN KING
Bangor, Maine

TAMBIÉN DE STEPHEN KING

LA CÚPULA

Es una soleada mañana de otoño en la pequeña ciudad de Chester's Mill. Claudette Sanders disfruta de su clase de vuelo y Dale Barbara hace autostop en las afueras. Ninguno de los dos llegará a su destino. De la nada ha caído sobre la ciudad una barrera invisible como una burbuja cristalina inquebrantable. Al descender, ha cortado por la mitad a una marmota y ha amputado la mano a un jardinero. El avión que pilotaba Claudette ha chocado contra la cúpula y se ha precipitado al suelo envuelto en llamas. Dale Barbara, veterano de la guerra de Iraq, debe regresar ahora a Chester's Mill, el lugar que tanto deseaba abandonar. El ejército pone a Dale al cargo de la situación pero Big Jim Rennie, el hombre que tiene un pie en todos los negocios sucios de la ciudad, no está de acuerdo; la cúpula podría ser la respuesta a sus plegarias. A medida que la comida, la electricidad y el agua escasean, los niños comienzan a tener premoniciones escalofriantes. El tiempo se acaba para aquellos que viven bajo la cúpula. ¿Podrán averiguar qué ha creado tan terrorífica prisión antes de que sea demasiado tarde?

Ficción

VINTAGE ESPAÑOL
Disponible en su librería favorita.
www.vintageespanol.com